TOM WOLFE

Fegefeuer der Eitelkeiten

Roman

Aus dem Amerikanischen von
Benjamin Schwarz

Knaur

Die amerikanische Originalausgabe erschien unter dem Titel
»The Bonfire of Vanities« bei Farrar, Strauß & Giroux, New York

Besuchen Sie uns im Internet:
www.droemer-knaur.de

Vollständige Taschenbuchausgabe September 1999
Droemersche Verlagsanstalt Th. Knaur Nachf., München
Dieser Titel erschien bereits
unter den Bandnummern 60671, 60110 und 3015.

Copyright © 1987 by Tom Wolfe
Copyright © 1988 der deutschsprachigen Ausgabe bei
Kindler Verlag GmbH, München
Alle Rechte vorbehalten. Das Werk darf – auch teilweise – nur mit
Genehmigung des Verlags wiedergegeben werden.
Umschlaggestaltung: Agentur Zero, München
Umschlagabbildung: Photonica, Hamburg
Satz: Ventura Publisher im Verlag
Druck und Bindung: Clausen & Bosse, Leck
Printed in Germany
ISBN 3-426-61472-3

*Seinen Hut lüftend,
widmet der Autor dieses Buch
ANWALT EDDIE HAYES,
der durchs Feuer ging,
auf die fahlen Lichter weisend.
Und er möchte
BURT ROBERTS
seine tiefe Dankbarkeit ausdrücken,
der als erster den Weg wies.*

Inhalt

Prolog: Narr in der Klemme 9

1 Master of the Universe 18
2 Gibraltar 42
3 Aus dem fünfzigsten Stock 70
4 König des Dschungels 104
5 Das Mädchen mit dem braunen Lippenstift 143
6 Ein Führer des Volkes 190
7 Auf Fischfang 224
8 Der Fall 264
9 Irgend so ein Brit namens Fallow 286
10 Bleierner Samstagmittag 316
11 Das Menetekel am Boden 338
12 Der Letzte der Großen Raucher 383
13 Der fluoreszierende Aal 404
14 Ich weiß nicht, wie man lügt 432
15 Die Maske des Roten Todes 463
16 Harps und Donkeys 504
17 Eine Hand wäscht die andere 525
18 Schuhmun 554
19 Donkey-Treue 572
20 Stimmen von oben 581
21 Der wunderbare Koala 598
22 Styropor-Erdnüsse 617
23 Im Innern der Höhle 674
24 Die Informanten 702

25 Wir, die Jury	723
26 Tod à la New York	751
27 Ein umschwärmter Held	773
28 Auf zu besseren Ufern	797
29 Das Rendezvous	811
30 Eine begabte Schülerin	841
31 In den Solarplexus	876
Epilog	919

Prolog
Narr in der Klemme

Un dann was sagen? Vielleich: ›Vergeß, daß ihr Hunger hab, vergeß, daß euch von irgend'm rassistischen Bullen in 'n Rücken geschossen wurde – Chuck war hier? Chuck is nach Harlem gekomm …‹«

»Nein, ich werde Ihnen was sagen …«

»›Chuck is nach Harlem gekomm un …‹«

»Ich werde Ihnen was sagen …«

»Vielleich: ›Chuck is nach Harlem gekomm un wird sich um die Angelegenheiten der schwarzen Gemeinde kümmern‹?«

Das bringt die Sache ins Rollen.

»Hih-hieeeeeeeeeeeeeehhhhhhhhhhhhhh!«

Es ist eine dieser widerlichen Alt-Gackerstimmen irgendwo da unten im Publikum. Ein Ton von so tief unten, unter so vielen Fettschichten hervor, daß er genau weiß, wie die Frau aussieht. Zweihundert Pfund, wenn sie ein Leichtgewicht ist. Gebaut wie ein Ölbrenner. Das Gegacker bringt die Männer in Fahrt. Sie stoßen diese dröhnenden Töne aus, die er so haßt.

Sie lachen: »Hihhihhihihi … annnnhhhh-hanhhh … Das stimmt … Gib's ihm, Bruder … Yo …«

Chuck! Der unverschämte Kerl – er steht gleich dort, gleich da vorn – er hat ihn eben einen Charlie genannt! Chuck ist die Kurzform von Charlie, und Charlie ist der altbekannte Deckname für einen bieder-rassistischen weißen Frömmler. Diese Unverschämtheit! Diese Frechheit! Die Hitze und das blendende Licht sind grausam. Der Bürgermeister muß blinzeln. Es sind die Fernsehscheinwerfer. Er steht mitten in einem blendenden Nebel. Er kann kaum das Gesicht des Zwischenrufers erkennen. Er sieht eine lange Silhouette und die grotesken knochigen Winkel, die die Ellbogen des Mannes beschreiben, wenn er die Hände in die Luft reckt. Und einen Ohrring. Der Mann trägt an einem Ohr einen dicken goldenen Ohrring.

Der Bürgermeister schlüpft förmlich ins Mikrofon und sagt: »Nein, ich werde Ihnen was sagen. Okay? Ich nenne Ihnen die wirklichen Zahlen. Okay?«

»Wir wolln deine Zahlen nich, Mann!«

Mann, sagt er! Diese Unverschämtheit! »Sie haben mit dem Thema angefangen, mein Freund. Darum kriegen Sie die wirklichen Zahlen genannt. Okay?«

»Bieder dich nich auch noch mit Zahlen bei uns an!«

Wieder eine Eruption in der Menge, diesmal lauter: »Annnnhannh ... Gib's ihm, Bruder ... Jetzt bis du dran ... Yo, Gober!«

»In dieser Amtsperiode – das ist verbürgte Tatsache – ist der Prozentanteil am gesamten Jahresbudget für New York City ...«

»Oh, Maaann«, schreit der Zwischenrufer, »steh doch nich da und bieder dich bei uns mit Zahlen und deinem bürokratischen Gerede an!«

Das gefällt ihnen. Diese Unverschämtheit! Die Frechheit setzt eine neue Eruption in Gang. Er späht durch das heiße Gleißen der Fernsehlampen. Er blinzelt unaufhörlich. Er erkennt eine große Masse Schatten vor sich da unten. Die Menge schwillt an. Die Decke drückt auf ihn. Sie ist mit beigefarbenen Platten verkleidet. Die Platten haben über die ganze Fläche wellige Rillen. Sie bröckeln an den Kanten. Asbest! Den erkennt er, wenn er ihn sieht. Die Gesichter – sie warten auf das Allotria, auf die Klopperei. Blutige Nasen – das ist der Gedanke. Der nächste Moment entscheidet alles. Er wird die Sache deichseln. Er kann mit Zwischenrufern fertig werden. Bloß einssiebzig, aber er kann das noch besser als Koch früher. Er ist der Bürgermeister der größten Stadt der Welt – New York! Er!

»In Ordnung! Sie hatten Ihren Spaß, aber jetzt werden Sie mal eine Minute die Klappe halten!«

Das verblüfft den Zwischenrufer. Er steht starr da. Das ist alles, was der Bürgermeister braucht. Er weiß, wie man's macht.

»Siiieee haben miiiir eine Frage gestellt, nicht wahr, und Sie haben einen Riiieesenlacher von Ihrer Claque geerntet. Und darum werden Siiieeee jetzt mal den Muuuund halten und der Antwort zuuuuhören. Okay?«

»Hast du Claque gesagt?« Dem Mann hat es den Atem verschlagen, aber er steht noch immer da vorn.

»Okay? Das hier sind die Zahlen für Ihrrren Stadtteil, genau hier, Harlem.«

»Hast du Claque gesagt?« Der Scheißkerl beißt sich an dem Wort »Claque« fest wie an einem Knochen. »Zahlen kann kein Mensch essen, Mann!«

»Gib's ihm, Bruder ... Yo ... Yo, Gober!«

»Lassen Sie mich ausreden! Denken Siiieee ...«

»Erzähl uns nix von Prozenten des Jahresbudgets, Mann! Wir wolln *Jobs*!«

Wieder fängt die Menge an zu toben. Es ist schlimmer als vorher. Vieles kriegt er nicht ganz mit – die Zwischenrufe kommen tief aus der Magengrube. Aber immerfort dieses Yo. Weiter hinten sitzt irgendein Schreihals mit einer Stimme, die alles durchdringt.

»Yo, Gober! Yo, Gober! Yo, Gober!«

Aber er sagt gar nicht *Gober*. Er sagt *Goldberg*.

»Yo, Goldberg! Yo, Goldberg! Yo, Goldberg!«

Das entsetzt ihn. An diesem Ort, in Harlem! Goldberg ist der Harlemer Spitzname für Jude. Unverschämt – empörend! –, daß jemand diese Gemeinheit dem Bürgermeister von New York City ins Gesicht wirft!

Buhs, Gezische, Stöhnen, dröhnende Lacher, Schreie. Sie wollen ein paar Zähne fliegen sehen. Die Sache ist außer Kontrolle. »Wollen Sie ...«

Es hat keinen Zweck. Selbst mit dem Mikrofon kann er sich kein Gehör verschaffen. Der Haß in ihren Gesichtern! Reines Gift! Lähmend.

»Yo, Goldberg! Yo, Goldberg! Yo, Hymie!«

Hymie! Da weht's her! Einer von ihnen schreit Goldberg, und ein anderer schreit Hymie. Dann dämmert's ihm. Reverend Bacon! Es sind Bacon-Leute. Er ist ganz sicher. Die aufgeschlossenen Leute, die in Harlem zu öffentlichen Versammlungen kommen, die Leute, mit denen Sheldon eigentlich diesen Saal hatte füllen sollen, sie würden nicht diese unerhörten Dinge schreien. Das war Bacon! Sheldon hat Scheiße gebaut. Bacon hat seine Leute hier drin.

Eine Woge reinsten Selbstmitleids rollt über den Bürgermeister weg. Aus dem Augenwinkel kann er in dem Lichtschleier die Fernsehteams sich drängeln sehen. Die Kameras wachsen ihnen aus den Köpfen wie Hörner. Sie schwenken mal so und mal so herum. Sie geilen sich dran auf. Sie sind nur wegen des Krawalls da. Sie würden keinen Finger krumm machen. Feiglinge! Parasiten! Die Läuse des öffentlichen Lebens!

Im nächsten Augenblick wird ihm etwas Schreckliches klar: Es ist vorbei. Ich kann's nicht glauben. Ich habe verloren.

»Nich mehr dein ... Raus hier ... Buuuh ... Wir wolln nich ... Yo, Goldberg!«

Guliaggi, der Chef der zivilen Sicherheitsabteilung des Bürgermeisters, kommt von der Seite der Bühne auf ihn zu. Der Bürgermeister weist ihn mit einer matten Handbewegung zurück, ohne ihn direkt anzusehen. Was könnte er auch schon machen? Er hat nur vier Beamte dabei. Er wollte hier nicht mit einer Armee antanzen. Der einzige Zweck war zu zeigen, daß er nach Harlem gehen und eine Rathausversammlung abhalten könne, genauso wie er das in Riverdale oder Park Slope konnte.

In der vordersten Reihe fällt ihm durch den Dunst Mrs. Langhorn ins Auge, die Dame mit dem Herrenschnitt, die Leiterin des Bezirksausschusses, die Frau, die ihn – was? – nur Minuten zuvor vorgestellt hat. Sie zieht den Mund kraus, hebt herausfordernd den Kopf und schüttelt ihn langsam. Dieser Blick soll sagen: Ich wünschte, ich könnte Ihnen helfen, aber was kann ich machen? Das ist die Wut des Volkes! Ach, sie hat Angst wie alle anderen! Sie weiß, sie sollte sich gegen diese Rotte erheben. Als nächstes werden sie Schwarze wie sie hetzen. Sie werden das mit Freuden tun. Sie weiß das. Aber die anständigen Leute sind eingeschüchtert. Sie wagen nichts zu unternehmen. Zurück zur eigenen Rasse! Sie und wir!

»Geh nach Hause! ... Buuuh ... Pfuuuiiii ... Yo!«

Er versucht's noch mal mit dem Mikrofon. »Ist das hier, was – *ist das hier, was* ...«

Hoffnungslos. Als schriee man gegen die Brandung an. Er möchte ihnen ins Gesicht spucken. Er möchte ihnen sagen, daß er keine Angst hat. Ihr laßt nicht *mich* schlecht dastehen! Ihr laßt durch eine Handvoll Scharfmacher in diesem Saal ganz Harlem schlecht dastehen! Ihr laßt es zu, daß ein paar Schreihälse mich Goldberg und Hymie nennen, und ihr schreit nicht *sie* nieder – ihr schreit *mich* nieder! Es ist unglaublich! Denkt ihr – ihr arbeitsamen, ehrbaren, gottesfürchtigen Leute von Harlem, Sie, Mrs. Langhorn, ihr aufgeschlossenen Leute –, denkt ihr wirklich, das sind eure Brüder? Wer sind denn in all diesen Jahren eure Freunde gewesen? Die Juden! Und ihr laßt zu, daß diese Scharfmacher mich einen Charlie nennen! Sie bewerfen mich mit diesen Sachen, und ihr sagt nichts?

Der ganze Saal scheint herumzuhüpfen. Sie fuchteln mit den Fäusten. Ihre Münder sind weit offen. Sie schreien. Wenn sie noch höher springen, werden sie gegen die Decke stoßen.

Man wird's im Fernsehen zeigen. Die ganze Stadt wird es sehen. Ihr wird's gefallen. Harlem erhebt sich! Was für eine Schau! Nicht die Nutten und die Arbeiter und die Schauspieler erheben sich, sondern *Harlem* erhebt sich! Das ganze schwarze New York steht auf! Er ist nur der Bürgermeister von einigen Leuten. Er ist der Bürgermeister des weißen New York. Heizt dem Dummkopf ein! Die Italiener werden sich das im Fernsehen anschauen, und es wird ihnen gefallen. Und den Iren. Sogar den Wasps, den weißen angelsächsisch-protestantischen Leuten. Sie werden überhaupt nicht wissen, was sie sich ansehen. Sie werden in ihren Eigentumswohnungen in der Park und der Fifth Avenue und der Zweiundsiebzigsten Straße Ost und am Sutton Place sitzen, vor dem Unrecht erzittern und die Schau genießen. Rindviecher! Spatzenhirne! Arschlöcher! Gojim! Ihr wißt nicht mal, was los ist, stimmt's? Glaubt ihr wirklich, das hier ist noch *eure* Stadt? Macht doch die Augen auf! Die größte Stadt des zwanzigsten Jahrhunderts! Glaubt ihr etwa, gegen *Geld* könnt ihr sie für euch behalten?

Kommt herunter aus euren stinkfeinen Wohnungen, ihr Kompagnons und Koanwälte! Da unten sitzt die dritte Welt! Puertoricaner, Westindier, Haitianer, Dominikaner, Kubaner, Kolumbianer, Honduraner, Koreaner, Chinesen, Thais, Vietnamesen, Ecuadorianer, Panamaer, Filipinos, Albaner, Senegalesen und Afro-Amerikaner! Inspiziert doch mal die Grenzen, ihr feigen Wundertiere! Morningside Heights, St. Nicholas Park, Washington Heights, Fort Tryon – por qué pagar más? Die Bronx – die Bronx ist für euch erledigt! Riverdale ist nur noch ein kleiner Freihafen! Pelham Parkway – hält den Durchgang nach Westchester offen! Brooklyn – *euer* Brooklyn gibt's nicht mehr! Brooklyn Heights, Park Slope – kleine Hongkongs, das ist alles! Und Queens? Jackson Heights, Elmhurst, Hollis, Jamaica, Ozone Park – wem gehören sie? Wißt ihr's? Und wo bleiben da Ridgewood, Bayside und Forest Hills? Habt ihr jemals drüber nachgedacht? Und Staten Island? Glaubt ihr Samstagsheimwerker wirklich, ihr seid sicher wie Maden in euerm bißchen Speck? Meint ihr, die Zukunft weiß nicht, wie sie über die Brücke kommt? Und ihr, ihr Wasp-Wohltätigkeitsball-Strategen auf euren geerbten Geldbergen da oben in euren Eigentumswohnungen mit den Vier-Meter-Decken und den zwei Trakten, einen für euch und einen fürs

Personal, glaubt ihr wirklich, ihr seid unangreifbar? Und ihr deutsch-jüdischen Finanzleute, die ihr's endlich in dieselben Häuser geschafft habt, um euch besser von den Schtetl-Horden abzusondern, meint ihr wirklich, ihr seid gegen die dritte Welt gefeit?

Ihr armen Fettsäcke! Ihr Negerküsse, außen schwarz und innen weiß! Ihr Hühner! Ihr Kühe! Wartet nur, bis ihr einen Reverend Bacon zum Bürgermeister habt und einen Stadtrat und eine Steuerbehörde mit einem Rudel Reverend Bacons von einem Ende des Sitzungssaals zum andern! Dann werdet ihr sie kennenlernen, richtig! Sie kommen euch besuchen! Sie kommen euch in Wall Street Nummer 60 und an der Chase Manhattan Plaza Nummer 1 besuchen! Sie setzen sich auf eure Schreibtische und trommeln mit den Fingern auf ihnen herum. Sie stauben für euch die Tresore aus, und das gratis ...

Vollkommen verrückt, diese Dinge, die ihm durch den Kopf dröhnen! Absolut paranoid! Niemand wird Bacon zu irgendwas wählen. Niemand wird in Richtung downtown marschieren. Er weiß das. Aber er fühlt sich so allein. Verlassen. Mißverstanden. Ich! Wartet nur, bis ihr *mich* nicht mehr habt! Dann seht ihr, wie euch das gefällt! Und ihr laßt mich hier allein an diesem Rednerpult stehen, während mir diese gottverdammte Asbestdecke auf den Kopf fällt ...

»Buuuuh! ... Puuuuh! ... Pfuuuiii! ... Yo! ... Goldberg!«

Auf einer Seite der Bühne findet ein furchtbares Gerangel statt. Die Fernsehscheinwerfer leuchten ihm direkt ins Gesicht. Jede Menge Geschiebe und Gedränge – er sieht einen Kameramann zu Boden gehen. Einige von den Scheißkerlen steuern auf die Treppe zur Bühne los, und die Fernsehteams sind im Weg. Aber sie steigen über sie weg. Sie drängen – drängen jemanden die Treppe runter – seine Leute, die Zivilabteilung, der Lange, Norrejo – Norrejo drängt jemanden die Treppe runter. Etwas trifft den Bürgermeister an der Schulter. Es tut höllisch weh. Am Fußboden liegt – ein Glas Mayonnaise, ein Halbpfundglas

Hellman's Mayonnaise. Halb voll! Halb leergegessen! Irgend jemand hat ein halb leergegessenes Glas Hellman's Mayonnaise nach ihm geworfen. In diesem Moment füllt diese absolute Unwichtigkeit sein Hirn völlig aus. Wer in Gottes Namen bringt ein halb leergegessenes Halbpfundglas Hellman's Mayonnaise zu einer öffentlichen Versammlung mit?

Die verfluchten Lampen! Leute sind auf der Bühne ... überall wird geprügelt ... ein regelrechtes Handgemenge ... Norrejo packt irgendeinen riesigen Teufel um die Taille, stellt ihm ein Bein und wirft ihn zu Boden. Die beiden anderen Zivilbeamten, Holt und Danforth, stehen mit dem Rücken zum Bürgermeister. Sie sind in die Hocke gegangen wie abblockende Verteidiger, die einen Rückpaß decken. Guliaggi steht direkt neben ihm.

»Treten Sie hinter mich«, sagt Guliaggi. »Wir gehen zu der Tür da raus.«

Lächelt er etwa? Guliaggi scheint ein bißchen zu lächeln. Er deutet mit dem Kopf zu einer Tür an der Bühnenrückseite. Er ist klein, er hat einen kleinen Kopf, eine niedrige Stirn, kleine schmale Augen, eine platte Nase, einen breiten, fiesen Mund unter einem schmalen Schnurrbart. Der Bürgermeister kann den Blick nicht von diesem Mund wenden. Ist das ein Lächeln? Es kann nicht sein, aber vielleicht ist es doch eins. Dieser merkwürdige, böse Zug um seine Lippen scheint zu sagen: Bis jetzt war's deine Schau, jetzt ist es meine.

Irgendwie entscheidet das Lächeln die Streitfrage. Der Bürgermeister gibt seinen General-Custer-Kommandostand am Rednerpult auf. Er vertraut sich diesem kleinen Felsen an. Jetzt sind auch die anderen um ihn versammelt, Norrejo, Holt, Danforth. Sie stehen um ihn herum wie die vier Pfosten eines Pferchs. Überall auf der Bühne sind Menschen. Guliaggi und Norrejo bahnen sich mit Gewalt einen Weg durch den Mob. Der Bürgermeister folgt ihnen auf den Fersen. Wütende Gesichter überall um ihn herum. Keine zwei Fuß von ihm entfernt sieht er einen Burschen, der unablässig in die Luft springt und schreit: »Du kleine weißhaarige Pussy! Du kleine weißhaarige Pussy!« Jedesmal, wenn der Kerl hochspringt, kann der Bürgermeister die hervorquellenden gelblichen Augen und den enormen Adamsapfel sehen. Er hat die Größe einer Süßkartoffel.

»Du kleine weißhaarige Pussy!« Er schreit es in einem fort. »Du kleine weißhaarige Pussy!«

Genau vor ihm – der riesige Zwischenrufer persönlich. Der mit den Ellbogen und dem goldenen Ohrring. Guliaggi befindet sich zwischen dem Bürgermeister und dem Zwischenrufer, aber der Zwischenrufer überragt Guliaggi. Er muß einsfünfundneunzig groß sein.

Er schreit den Bürgermeister an, ihm direkt ins Gesicht: »Hau ab – du Geldsack!«

Plötzlich sinkt der riesige Scheißkerl in sich zusammen, sein Mund steht offen, und die Augen treten ihm aus den Höhlen. Guliaggi hat dem Mann Ellbogen und Unterarm in den Solarplexus gerammt.

Guliaggi erreicht die Tür und macht sie auf. Der Bürgermeister folgt ihm. Er fühlt, wie die anderen Beamten ihn von hinten hindurchschieben. Er drängt sich gegen Guliaggis Rücken. Der Kerl ist wie aus Stein.

Sie gehen eine Treppe hinunter. Sie trampeln über irgendwelche Eisenplatten. Er ist heil und gesund. Der Mob ist nicht einmal hinter ihm her. Er ist in Sicherheit – sein Zorn verläßt ihn. Sie machen nicht einmal den Versuch, ihm zu folgen. Sie haben nie wirklich versucht, ihm an den Kragen zu gehen. Und in dem Augenblick ... weiß er es. Er weiß es, noch ehe sein Hirn sich das alles zusammenbauen kann.

Ich habe das Falsche getan. Ich habe diesem schwachen Lächeln nachgegeben. Ich bin in Panik geraten. Ich habe alles verloren.

1
Master of the Universe

Genau in diesem Moment, in genau der Art Park-Avenue-Eigentumswohnung, die den Bürgermeister so zwanghaft beschäftigte ... Vier-Meter-Decken ... zwei Trakte, einer für die weißen, angelsächsisch-protestantischen Wohnungseigentümer und einer fürs Personal ... kniete Sherman McCoy in seiner Diele und versuchte, einem Dackel die Leine anzulegen. Der Boden bestand aus dunkelgrünem Marmor, und der erstreckte sich weiter und immer weiter. Er führte zu einer anderthalb Meter breiten Nußbaumtreppe, die sich in einer pompösen Rundung zum darüber gelegenen Stockwerk hinaufschwang. Eine Wohnung also, die, wenn man nur an sie denkt, bei Leuten in ganz New York und letztlich in der ganzen Welt Neid und Habgier entfacht. Doch Sherman brannte auf nichts weiter, als für dreißig Minuten aus seinem sagenhaften Riesenreich herauszukommen.

Und hier kauerte er also auf beiden Knien und mühte sich mit einem Hund ab. Der Dackel, stellte er sich vor, war sein Ausreisevisum.

Wenn man Sherman McCoy so dahocken und so angezogen sah, wie er's jetzt war, in seinem karierten Hemd, den Khakihosen und den ledernen Segelmokassins, hätte man nie erraten, was für eine imposante Erscheinung er normalerweise abgab. Noch jung ... achtunddreißig Jahre alt ... hochgewachsen ... fast einsfünfundachtzig ... hervorragende Körperhaltung ... hervorragend, um nicht zu sagen: gebieterisch ... so gebieterisch wie sein Daddy, der Löwe von Dunning Sponget ... volles sandbraunes Haar ... lange Nase ... ein markantes Kinn ... Er war stolz auf dieses Kinn. Das McCoy-Kinn: Auch der Löwe hatte es. Es war ein männliches Kinn, ein starkes, rundes Kinn, wie es Yale-Absolventen auf jenen Zeichnungen von Gibson und Leyendecker normalerweise hatten, ein *aristokratisches* Kinn, wenn man wissen möchte, was Sherman dachte. Er war Yale-Absolvent.

Aber in diesem Augenblick sollte seine ganze Erscheinung ausdrücken: Ich gehe nur mal mit dem Hund um den Block.

Der Dackel schien zu wissen, was auf ihn zukam. Er drückte sich beharrlich vor der Leine. Die kurzen Beine des Köters täuschten. Wenn man ihn zu greifen versuchte, verwandelte er sich in eine sechzig Zentimeter lange muskelbepackte Röhre. Bei dem Gerangel mit dem Tier mußte Sherman sich nach vorn werfen. Und als er sich nach vorn warf, stieß er mit der Kniescheibe gegen den Marmorboden, und der Schmerz machte ihn wütend.

»Komm, Marshall«, murmelte er immer wieder. »Halt still, verdammt noch mal.«

Das Vieh tauchte wieder weg, und er tat sich noch mal an seinem Knie weh, aber jetzt ärgerte er sich nicht nur über das Tier, sondern auch über seine Frau. Es war vor allem der Wahn seiner Frau, auf eine Karriere als Innenarchitektin zu verfallen, der sie zu dieser protzigen Marmorfläche verführt hatte. Die kleine, schwarze, grobgerippte Kappe eines Damenschuhs ...

Sie stand da.

»Du scheinst ja deinen Spaß zu haben, Sherman. Was um alles in der Welt tust du da eigentlich?«

Ohne aufzusehen: »Ich drehe mit Marshall eine R-u-u-u-n-de.«

»Runde« kam als Stöhnen heraus, weil der Dackel mal nach rechts, mal nach links auszuweichen versuchte, so daß Sherman den Arm fest um den Rumpf des Hundes legen mußte.

»Du weißt, daß es regnet?«

Noch immer, ohne aufzusehen: »Ja, ich weiß.« Schließlich gelang es ihm, die Leine am Halsband des Tieres zu befestigen. »Du bist ja plötzlich so nett zu Marshall.«

Moment mal! War das Ironie? Argwöhnte sie etwas? Er blickte nach oben.

Aber das Lächeln auf ihrem Gesicht war offensichtlich echt, alles in allem freundlich ... eigentlich ein nettes Lächeln ... Immer noch eine sehr gutaussehende Frau, meine Frau ... mit ihren feinen, schmalen Gesichtszügen, ihren großen, strahlend blauen Augen, ihrem vollen braunen Haar ... Aber sie ist vierzig! ... Führt nichts dran vorbei ... Heute gutaussehend ... Morgen wird man drüber reden, was für eine *ansehnliche* Frau sie ist ... Nicht ihr Fehler ... Aber meiner auch nicht.

»Ich habe eine Idee«, sagt sie. »Warum läßt du nicht *mich* mit Marshall runtergehen? Oder ich bitte Eddie darum. Und du gehst nach oben und liest Campbell eine Geschichte vor, ehe sie einschläft. Das würde sie freuen. Du bist nicht oft so früh zu Hause. Warum tust du's nicht?«

Er starrte sie an. Es war kein Trick! Sie meinte es ehrlich! Und doch hatte sie *zip zip zip zip zip zip zip* mit ein paar raschen Handbewegungen, ein paar kleinen Sätzen ... ihn völlig konfus gemacht – ihn in ein Gewirr aus Schuldgefühlen und zwingender Logik gestürzt. Ohne auch nur den Versuch zu machen!

Die Tatsache, daß Campbell vielleicht in ihrem Bettchen lag – mein einziges Kind! – die reinste Unschuld, diese Sechsjährige! – und sich wünschte, daß er ihr eine Gutenachtgeschichte vorläse ... während er ... drauf und dran war zu tun, was immer es auch war, was er gerade tun wollte ... *Schlechtes Gewissen!* ... Die Tatsache, daß er normalerweise zu spät nach Hause kam, um sie überhaupt noch zu sehen ... *Gewissensbisse über Gewissensbisse!* ... Er war in Campbell vernarrt – liebte sie mehr als alles auf der Welt ... Um die Sache noch schlimmer zu machen – diese Logik des Ganzen! Das sanfte, mütterliche Gesicht, in das er nun starrte, hatte eben einen besonnenen und überlegten Vorschlag gemacht, einen logischen Vorschlag ... so logisch, daß er sprachlos war. Es gab nicht genug Notlügen auf der Welt, um so eine Logik auszutricksen. Und sie versuchte nur, nett zu sein!

»Na los«, sagte sie. »Es wird Campbell eine Riesenfreude machen. Ich kümmere mich schon um Marshall.«

Die Welt stand kopf. Was machte er, ein Master of the Universe, hier unten auf dem Fußboden, dazu gezwungen, sein Hirn nach Notlügen zu durchwühlen, um der sanften Logik seiner Frau auszuweichen? Die Masters of the Universe waren finstere, raubgierige Plastikpuppen, mit denen seine ansonsten vollkommen untadelige Tochter so gern spielte. Sie sahen aus wie nordische Götter, die Gewichte stemmen, und sie hatten Namen wie Drakon, Ahor, Mangelred und Blutong. Sie waren ungewöhnlich vulgär, selbst für Plastikspielzeug. Doch eines schönen Tages, nachdem er zum Telefon gegriffen und eine Order über Zero-Bonds angenommen hatte, die ihm eine Provision von $ 50.000 einbrachte, war ihm in einem Anfall von Euphorie, einfach so, eben diese Bezeichnung in den Sinn gekommen. In der Wall Street waren er und noch ein paar andere – wie viele? Dreihundert, vierhundert, fünfhundert? – genau das geworden: Masters of the Universe, Herren des Universums. Sie kannten ... keine wie auch immer gearteten Beschränkungen. Natürlich hatte er diesen Ausdruck nie einer lebenden Seele auch nur zugeflüstert. Er war doch kein Narr! Dennoch bekam er ihn nicht aus dem Kopf. Und hier lag nun der Master of the Universe mit einem Hund auf dem Fußboden und war durch Sanftheit, Schuldgefühle und Logik gelähmt ... Warum konnte er (da er doch ein Master of the Universe war) ihr das nicht einfach erklären? Sieh mal, Judy, ich liebe dich noch immer, und ich liebe unsere Tochter, und ich liebe unser Heim, und ich liebe unser Leben, und ich will an nichts etwas ändern – es ist nur, daß ich, ein Master of the Universe, ein junger Mann, noch in den Jahren sich steigernder Lebenskraft, ab und zu *mehr* als das verdiene, wenn es mich überkommt ...

Aber er wußte, er würde so einen Gedanken nie in Worte kleiden können. Und so stieg Groll in ihm hoch ... In gewisser Weise war sie doch selbst dran schuld ... Diese Frauen, deren Gesellschaft sie nunmehr offenbar zu schätzen weiß ... diese ... diese ... Der Ausdruck kommt ihm genau in diesem Moment in den Sinn: *Society-Röntgenbilder* ... Sie achten darauf, daß sie so mager bleiben, daß sie wie Röntgenfotos aussehen ... Man kann das Lampenlicht durch ihre Knochen scheinen sehen ... während sie über Interieurs und Landschaftsgärtnerei schnattern ... und ihre dürren Haxen zum Turnen in metallisch glänzende Lycra-Trikots hüllen ... Und es hat überhaupt nichts genutzt, oder? Sieh doch nur, wie schlaff ihr Gesicht und ihr Hals aussehen! Er konzentrierte sich auf ihr Gesicht und ihren Hals ... Schlaff ... Kein Zweifel ... das Turnen ... verwandelte sie in eine von ihnen ...

Es gelang ihm, gerade genügend Groll zu fabrizieren, um sich in die berühmte McCoy-Gereiztheit hineinzusteigern.

Er spürte, wie sein Gesicht heiß wurde. Er senkte den Kopf und sagte: »Juuuuuudy ...« Es war ein zwischen den Zähnen erstickter Schrei.

Er drückte den Daumen und die ersten beiden Finger seiner linken Hand aufeinander, hielt sie vor seine zusammengepreßten Kiefer und die wütenden Augen und sagte: »Hör zu ... ich bin startklar-um-mit-dem-Hund-rauszugehen ... Also-werde-ich-mit-dem-Hund-rausgehen ... Okay?«

Als er den Satz halb beendet hatte, war ihm klar, daß es völlig unangemessen war, zu ... zu ... aber er konnte sich nicht beherrschen. Das war letztlich das Geheimnis der McCoy-Gereiztheit ... an der Wall Street ... wo auch immer ... das Übermaß an Herrschsucht.

Judys Lippen wurden schmal. Sie schüttelte den Kopf. »Mach bitte, was du willst«, sagte sie tonlos. Dann wandte sie sich ab, schritt über den Marmorfußboden und stieg die pompöse Treppe hinauf.

Immer noch auf den Knien, sah er ihr nach, aber sie schaute nicht zurück. *Mach bitte, was du willst.* Er hatte sie glatt überfahren. Ganz einfach. Aber es war ein schaler Sieg.

Ein weiterer Anfall von schlechtem Gewissen ...

Der Master of the Universe erhob sich; es gelang ihm, die Leine festzuhalten und sich gleichzeitig in seinen Regenmantel zu zwängen. Es war ein abgetragener, aber wundervoller gummierter britischer Automantel voller Patten, Schlaufen und Schnallen. Er hatte ihn bei Knoud an der Madison Avenue gekauft. Früher mal hatte er diesen angegammelten Look als genau das Richtige betrachtet, der Mode der Bostoner Cracked Shoes entsprechend. Jetzt wußte er nicht so recht. Er zerrte den Dackel an der Leine hinter sich her aus der Eingangshalle in den Fahrstuhlvorraum und drückte auf den Knopf.

Anstatt weiterhin an Iren aus Queens und Puertoricaner aus der Bronx, die in Rund-um-die-Uhr-Schichten den Fahrstuhl bedienten, $ 200.000 pro Jahr zu zahlen, hatten die Wohnungseigentümer vor zwei Jahren beschlossen, die Fahrstühle auf Automatik umzustellen. Heute abend paßte das Sherman gut in den Kram. In seiner Aufmachung und mit dem sich sträubenden Hund im Schlepptau war ihm nicht danach, in einem Fahrstuhl neben einem Fahrstuhlfahrer zu stehen, der wie ein österreichischer Oberst von 1870 aufgeputzt ist. Der Fahrstuhl setzte sich in Bewegung – und hielt zwei Stockwerke weiter unten an. *Browning.* Die Tür ging auf, und die glattrasierte Massigkeit Pollard Brownings trat ein. Browning betrachtete Sherman, dessen ländliche Aufmachung und den Hund von oben bis unten und sagte ohne die Spur eines Lächelns: »Hallo, Sherman.«

»Hallo, Sherman« befand sich am Ende einer unsichtbaren Drei-Meter-Stange und teilte in nur vier Silben die Botschaft mit: »Du und deine Klamotten und dein Vieh versauen uns unseren neuen, mahagonigetäfelten Fahrstuhl.«

Sherman war wütend, ertappte sich aber trotzdem dabei, daß er sich bückte und den Hund vom Boden hochnahm. Browning war der Vorsitzende des Eigentümerbeirats in dem Haus. Er war ein Bursche aus New York, der dem Schoß seiner Mutter fix und fertig als fünfzigjähriger Sozius bei Davis Polk und Präsident der Downtown-Vereinigung entschlüpft war. Er war erst vierzig, sah aber schon die letzten zwanzig Jahre wie fünfzig aus. Sein Haar war über den runden Schädel glatt nach hinten gekämmt. Er trug einen makellosen marineblauen Anzug, ein weißes Hemd, eine schwarzweiß gewürfelte Krawatte und *keinen* Regenmantel. Er stand mit dem Gesicht zur Fahrstuhltür, dann drehte er den Kopf, warf Sherman noch einen Blick zu, ohne etwas zu sagen, und drehte sich wieder um.

Sherman kannte ihn schon, seit sie als Kinder zur Buckley School gegangen waren. Browning war ein fetter, ungestümer, arroganter kleiner Snob gewesen, der bereits mit neun Jahren wußte, wie man die erstaunliche Neuigkeit an den Mann bringt, daß McCoy ein Provinzlername (und der Name einer Provinzlerfamilie) war, wogegen er, Browning, ein wahrer Knickerbocker, also ein echter New Yorker, war. Sherman nannte er immer »Sherman McCoy, Mountain Boy«.

Als sie im Parterre ankamen, sagte Browning: »Du weißt, daß es regnet, nicht wahr?«

»Ja.«

Browning warf einen Blick auf den Dackel und schüttelte den Kopf. »Sherman McCoy. Des Menschen besten Freundes Freund.«

Sherman merkte, wie sein Gesicht wieder heiß wurde. Er sagte: »Das war's?«

»Was war was?«

»Du hattest vom achten Stock bis hierher Zeit, dir was Geistreiches einfallen zu lassen, und das war's also?« Es hatte freundlich-sarkastisch klingen sollen, aber er wußte, seine Wut war um die Ränder herum hervorgedrungen.

»Ich weiß nicht, wovon du redest«, sagte Browning und ging voraus. Der Portier lächelte und nickte und hielt ihm die Tür auf. Browning ging unter dem Baldachin zu seinem Wagen. Sein Chauffeur hielt ihm den Wagenschlag auf. Nicht ein Regentropfen berührte seine glänzende Gestalt, und verschwunden war er, glatt und makellos, in der Masse der roten Schlußlichter, die die Park Avenue hinunterschwebten. Kein schäbiger Automantel beengte die fette, ölige Rückseite Pollard Brownings.

Es regnete nur leicht, und es wehte kein Wind, aber der Dackel wollte von nichts was wissen. Er fing an, in Shermans Armen herumzuzappeln. Die Kraft dieses kleinen Mistviechs! Er stellte den Hund auf den Läufer unter dem Baldachin und trat mit der Leine in der Hand in den Regen hinaus. In der Dunkelheit bildeten die Wohnhäuser auf der anderen Straßenseite eine ruhige schwarze Wand; sie versperrte den Himmel über der Stadt, der in einem dunstigen Purpurrot schwamm. Er glühte, als sei er von einem Fieber entflammt.

Teufel noch mal, es war gar nicht so schlecht hier draußen.

Sherman zog, aber der Hund stemmte sich mit den Krallen in den Läufer.

»Na komm, Marshall!«

Der Portier stand vor der Tür und beobachtete ihn. »Ich glaube, ihm macht's überhaupt keinen Spaß, Mr. McCoy.«

»Mir auch nicht, Eddie.« Und kümmere dich nicht um anderer Leute Meinung! dachte Sherman. »Na los, komm schon, komm, Marshall!«

Draußen im Regen zog Sherman inzwischen ziemlich kräftig an der Leine, aber das Tier bewegte sich nicht. Er nahm es hoch, hob es von dem Gummiläufer und stellte es auf den Bürgersteig. Der Hund versuchte, in Richtung Tür davonzulaufen. Sherman durfte ihm nicht noch mehr Leine lassen, sonst wäre er genau wieder am Anfang angekommen. Er stemmte sich nach der einen Seite und der Hund nach der anderen, während die Leine sich zwischen ihnen straffte. Ein Tauziehen zwischen einem Mann und einem Hund ... auf der Park Avenue. Warum zum Teufel ging der Portier nicht wieder ins Haus zurück, wo er hingehörte?

Sherman versetzte der Leine einen scharfen Ruck. Der Dackel rutschte ein paar Zentimeter über den Bürgersteig. Man konnte seine Krallen kratzen hören. Na schön, wenn er ihn kräftig genug zog, würde er vielleicht aufgeben und zu laufen anfangen, nur um nicht gezogen zu werden.

»Na komm, Marshall! Wir gehen nur um die Ecke!«

Er ruckte wieder an der Leine, und dann zog er, was das Zeug hielt. Der Hund rutschte ein Stückchen vorwärts. Er rutschte! Er lief einfach nicht. Er gab einfach nicht auf. Der Schwerpunkt des Tieres schien im Mittelpunkt der Erde zu liegen. Es war, als versuchte man, einen Schlitten mit einem Stapel Ziegelsteinen darauf wegzuziehen. Herrgott, wenn er wenigstens bis um die Ecke käme. Mehr wollte er ja nicht. Wie kam es, daß die einfachsten Dinge – wieder ruckte er an der Leine, und dann behielt er den Zug bei. Er stemmte sich wie ein Seemann in den Wind. Ihm wurde langsam heiß in seinem gummierten Automantel. Der Regen rann ihm über das Gesicht. Der Dackel hatte die Beine gegen den Bürgersteig gespreizt. Seine Schultermuskeln traten hervor. Er warf sich von einer Seite zur anderen. Sein Hals zog sich in die Länge. Gott sei Dank bellte er wenigstens nicht! Er *rutschte*. Herrgott, er konnte es hören! Man konnte seine Krallen über den Bürgersteig kratzen hören. Er gab keinen Zentimeter nach. Sherman hatte den Kopf gebeugt, die Schultern hochgezogen und zerrte dieses Vieh durch die Finsternis und den Regen über die Park Avenue. Er fühlte den Regen in seinem Nacken.

Er bückte sich und hob den Dackel hoch, während er einen raschen Blick zu Eddie, dem Portier, hinüberwarf. Guckte immer noch. Der Hund fing an, sich zu sträuben und zu winden. Sherman stolperte. Er schaute nach unten. Die Leine hatte sich um seine Beine gewickelt. Sherman humpelte den Bürgersteig entlang. Schließlich schaffte er es um die Ecke und bis zum Münzfernsprecher. Er stellte den Hund wieder auf den Bürgersteig.

Himmelherrgott! Fast entwischt! Er schnappt sich die Leine gerade noch rechtzeitig. Er schwitzt. Sein Kopf ist klatschnaß vom Regen. Sein Herz pocht. Einen Arm steckt er durch die Schlaufe der Hundeleine. Der Hund hört nicht auf zu zerren. Wieder hat sich die Leine um Shermans Beine gewickelt. Er hebt den Hörer ab, klemmt ihn zwischen Schulter und Ohr, kramt in seiner Tasche nach einem Vierteldollar, steckt ihn in den Schlitz und wählt.

Dreimal klingelt es, dann eine Frauenstimme: »Hallo?«

Aber es war nicht Marias Stimme. Er meinte, es müßte ihre Freundin Germaine sein, von der sie die Wohnung in Untermiete hatte. Deshalb sagte er: »Könnte ich bitte Maria sprechen?«

Die Frau sagte: »Sherman? Bist du das?«

Herrgott! Es ist Judy! Er hat in seiner eigenen Wohnung angerufen! Er ist entsetzt – gelähmt!

»Sherman?«

Er legt auf. O Gott! Was soll er jetzt tun? Er wird sich rausreden. Wenn sie ihn fragt, wird er sagen, er weiß nicht, wovon sie redet. Schließlich hat er bloß fünf, sechs Worte gesprochen. Wie kann sie sich da sicher sein?

Aber es hatte keinen Zweck. Sie würde sich sicher sein, na schön. Außerdem war er nicht gut im Bluffen. Sie würde ihn einfach durchschauen. Trotzdem, was konnte er sonst tun?

Er stand im Regen, im Dunkeln neben dem Telefon. Das Wasser hatte sich einen Weg in seinen Hemdkragen gebahnt. Er atmete heftig. Er versuchte, sich vorzustellen, wie böse die Geschichte werden würde. Was würde sie tun? Was würde sie sagen? Wie wütend würde sie sein? Diesmal hätte sie etwas, woran sie sich so richtig hochziehen könnte. Sie hatte sich ihre große Szene verdient, wenn sie sie unbedingt wollte. Er hatte sich wirklich blöde verhalten. Wie konnte er nur so was tun? Er machte sich Vorwürfe. Auf Judy war er überhaupt nicht mehr wütend. Konnte er sich rausreden, oder hatte er es nun getan? Hatte er sie wirklich verletzt?

Plötzlich wurde Sherman sich einer Gestalt bewußt, die auf dem Bürgersteig in den nassen schwarzen Schatten der Stadthäuser und Bäume auf ihn zukam. Selbst aus fünfzehn Meter Entfernung und im Dunkeln wurde er ihr gewahr. Es war diese tiefe Unruhe, die in der Schädelbasis eines jeden haust, der an der Park Avenue südlich der Sechsundneunzigsten Straße wohnt – ein schwarzer Jugendlicher, hochgewachsen, schlaksig, mit weißen Turnschuhen. Jetzt war er noch zwölf Meter entfernt, zehn. Sherman starrte ihn an. Na, soll er doch kommen! Ich rühre mich nicht von der Stelle. Das hier ist mein Territorium. Ich weiche vor keinem kleinen Straßengangster zur Seite.

Der junge Schwarze machte plötzlich eine 90-Grad-Drehung und ging einfach über die Straße zum Bürgersteig auf der anderen Seite hinüber. Das matte Gelb einer Natriumdampf-Straßenlaterne spiegelte sich einen Moment lang auf seinem Gesicht, als er Sherman einen prüfenden Blick zuwarf.

Er hat die Straßenseite gewechselt! Was für ein Glück!

Es dämmerte Sherman McCoy keine Sekunde lang, daß der Junge nur folgendes zu Gesicht bekommen hatte: einen achtunddreißigjährigen Weißen, der, triefnaß und mit einem irgendwie militärisch wirkenden Regenmantel bekleidet, ein heftig zappelndes Tier in den Armen hielt, ihn mit hervorquellenden Augen anstarrte und mit sich selber sprach.

Sherman stand neben dem Telefon und atmete schnell, fast keuchend. Was sollte er jetzt machen? Er fühlte sich so niedergeschlagen, daß er auch gleich nach Hause gehen konnte. Aber wenn er sofort zurückging, war die Sache doch ziemlich offenkundig, oder? Er war nicht weggegangen, um mit dem Hund eine Runde zu drehen, sondern um zu telefonieren. Außerdem – ganz gleich, was Judy sagen würde, er war nicht darauf vorbereitet. Er mußte nachdenken. Er brauchte Rat. Er mußte dieses eigensinnige Viech aus dem Regen schaffen.

Er brachte noch einen Vierteldollar zum Vorschein und legte sich in seinem Kopf Marias Nummer zurecht. Er konzentrierte sich auf sie. Er nagelte sie fest. Dann wählte er sie mit einer angestrengten Bedächtigkeit, als benutze er diese spezielle Erfindung, das Telefon, zum erstenmal.

»Hallo?«
»Maria?«
»Ja?«

Kein Risiko eingehend: »Ich bin's.«

»Sherman?« Es klang wie Schuh-mun. Sherman war beruhigt. Es war Maria, na prima. Sie sprach einen Südstaatendialekt, in dem die Hälfte der Vokale wie Us und die andere Hälfte wie kurze Is gesprochen wurde. Birds waren buds, pens waren pins, bombs waren bumbs und envelopes waren invilups.

»Hör zu«, sagte er, »ich bin gleich bei dir. Ich bin in einer Telefonzelle. Ich bin nur ein paar Blocks entfernt.«

Es trat eine Pause ein, die er so verstand, daß sie ärgerlich war. Schließlich: »Wo um alles auf der Welt bist du gewesen?« Where on earth have you been: Where un uth have you bin?

Sherman lachte verdrossen: »Hör zu, ich bin gleich drüben bei dir.«

Die Treppe des Mietshauses bog sich durch und knarrte, als Sherman nach oben stieg. Auf jedem Stockwerk warf eine einzelne nackte, runde 22-Watt-Leuchtstoffröhre, unter dem Namen »Hauswirtsheiligenschein« bekannt, ein schwächliches, tuberkulös-blaues Licht gegen die Wände, die mietshauseinheitsgrün gestrichen waren. Sherman kam an Wohnungstüren mit unzähligen Schlössern vorbei, eins über dem anderen in beschwipsten Kolonnen. Man sah Zylindersicherungen über den Schlössern und Anti-Brechstangen-Beschläge an den Türpfosten und Stahlverkleidungen über den Türblättern.

In unbekümmerten Momenten, wenn König Priapus ohne Krisen in seinem Reich regierte, machte sich Sherman mit einem Anflug von Romantik an diesen Aufstieg zu Maria. Wie unbürgerlich! Wie ... real das hier alles war! Wie absolut richtig für diese Augenblicke, wenn der Master of the Universe die trübseligen Anstandsregeln von Park Avenue und Wall Street abstreifte und seine Liederjanhormone sich austoben ließ. Marias Zimmer mit einem Nebengelaß als Küche und einem weiteren Nebengelaß als Badezimmer, ihr sogenanntes Apartment, vierter Stock nach hinten, das sie von ihrer Freundin Germaine untervermietet bekam – tja, es war perfekt. Germaine war wieder ganz was anderes. Sherman war ihr zweimal begegnet. Sie war wie ein Hydrant gebaut. Auf ihrer Oberlippe sproß eine wilde Hecke aus Haaren, praktisch ein Schnurrbart. Sherman war überzeugt, daß sie lesbisch sei. Aber was sollte es? Es war alles so real! Verkommen! New York! Ein Feuersturm in den Lenden!

Aber heute abend hatte Priapus sein Zepter weggelegt. Heute abend lastete die Unerbittlichkeit des alten roten Sandsteingemäuers auf dem Master of the Universe.

Nur der Dackel war glücklich. Er hievte seinen Bauch in fröhlichem Tempo die Treppe hoch. Hier drin war es warm und trocken – und vertraut.

Als Sherman vor Marias Tür ankam, stellte er zu seiner Überraschung fest, daß er außer Atem war. Er schwitzte. Unter dem Regenmantel, seinem karierten Hemd und dem T-Shirt glühte sein Körper eindeutig vor Vitalität.

Ehe er anklopfen konnte, öffnete sich die Tür ungefähr einen Fußbreit, und da stand sie. Sie machte den Spalt nicht weiter auf. Sie stand da und blickte an Sherman rauf und runter, als sei sie wütend. Ihre Augen funkelten über ihren bemerkenswert hohen Wangenknochen. Ihr kurzgeschnittenes Haar wirkte wie eine schwarze Kappe. Die Lippen hatte sie zu einem O zusammengezogen. Plötzlich begann sie zu lächeln und mit kleinen Schniefern durch die Nase zu kichern.

»Na, komm schon«, sagte Sherman, »laß mich rein! Warte nur, bis ich dir erzähle, was passiert ist!«

Nun machte Maria die Tür völlig auf, aber anstatt ihn hereinzubitten, lehnte sie sich gegen den Türpfosten, kreuzte die Beine, verschränkte die Arme unter ihren Brüsten und starrte ihn weiter kichernd an. Sie trug hochhackige Pumps, in deren Leder ein schwarzweißes Schachbrettmuster eingearbeitet war. Sherman kannte sich mit der Schuhmode kaum aus, aber er hatte den Eindruck, daß die hier topaktuell waren. Sie hatte einen maßgeschneiderten weißen Gabardinerock an, sehr kurz, gut zehn Zentimeter über dem Knie, der ihre Beine freigab, die in Shermans Augen wie die einer Tänzerin wirkten und ihre schmale Taille unterstrichen. Sie trug eine helle Seidenbluse, die bis oberhalb der Brüste geöffnet war. Das Licht in dem winzigen Flur war so, daß es ihre ganze Erscheinung plastisch hervorhob: ihr dunkles Haar, diese Wangenknochen, die feinen Gesichtszüge, die gewölbte Kurve ihrer Lippen, die cremeweiße Bluse, diese cremeweißen, festen Brüste und ihre schimmernden Beine, die so unbekümmert gekreuzt waren.

»Sherman.« Schuh-mun. »Weißt du was? Du siehst süß aus. Genau wie mein kleiner Bruder.«

Der Master of the Universe war leicht gereizt, aber er trat ein und sagte, während er an ihr vorbeiging: »O Mann! Warte nur, bis ich dir erzähle, was passiert ist!«

Ohne ihre Stellung in der Tür zu ändern, schaute Maria auf den Hund hinunter, der an dem Teppich schnüffelte. »Hallo, Marshall!« Muh-schull. »Du bist eine richtige nasse, kleine Wurscht, Marshall.«

»Warte nur, bis ich dir erzähle ...«

Maria fing an zu lachen, dann machte sie die Tür zu. »Sherman ... du siehst aus, als hätte dich eben jemand ... zusammengeknüllt« – sie knüllte ein imaginäres Stück Papier zusammen – »und weggeschmissen.«

»Genauso fühle ich mich auch. Laß dir nur schnell erzählen ...«

»Genau wie mein kleiner Bruder. Jeden Tag, wenn er von der Schule nach Hause kam, guckte sein Bauchknopf raus.«

Sherman blickte nach unten. Es stimmte. Unter dem offenen Mantel war sein kariertes Hemd aus der Hose gerutscht, und man sah seinen Nabel. Er stopfte das Hemd wieder in die Hose, aber den Regenmantel zog er nicht aus. Er durfte sich's nicht erst bequem machen. Er konnte nicht allzu lange bleiben. Er wußte nicht genau, wie er Maria das klarmachen sollte.

»Jeden Tag geriet mein kleiner Bruder in der Schule in eine Klopperei ...«

Sherman hörte nicht mehr zu. Marias kleinen Bruder hatte er satt, nicht so sehr, weil die Stoßrichtung war, daß er, Sherman, kindisch sei, sondern weil sie am liebsten unaufhörlich über ihn schwatzte. Auf den ersten Blick wäre Sherman nie in den Sinn gekommen, daß irgend jemand Maria für ein Südstaaten-Girl halten könnte. Sie sah italienisch oder griechisch aus. Aber sie sprach wie ein Südstaaten-Girl. Das Geplapper strömte einfach aus ihr raus. Sie redete immer noch, als Sherman sagte: »Ich habe dich doch eben aus einer Telefonzelle angerufen. Willst du wissen, was passiert ist?«

Maria kehrte ihm den Rücken zu und ging bis in die Mitte der Wohnung, dann drehte sie sich rasch um und erstarrte zu einer Pose, indem sie den Kopf neigte, die Hände auf die Hüften legte, einen der hochhackigen Schuhe nonchalant nach außen drehte, ihre Schultern nach hinten drückte, den Rücken leicht wölbte, wobei sie ihre Brüste nach vorn schob, und sagte: »Bemerkst du gar nichts Neues?«

Wovon zum Teufel redete sie? Sherman war nicht in der

Stimmung für was Neues. Aber er betrachtete sie pflichtschuldig. Hatte sie eine neue Frisur? Ein neues Schmuckstück? Herrgott, ihr Mann behängte sie mit so vielen Klunkern, wer sollte da noch nachkommen? Nein, es mußte was im Zimmer sein. Sein Blick hüpfte im Zimmer herum. Es war vor hundert Jahren wahrscheinlich mal als Kinderschlafzimmer erbaut worden. Es besaß einen kleinen Erker mit drei Bleifensterflügeln und einer Fensterbank rundherum. Er warf einen Blick über die Möbel ... dieselben alten drei Wiener Kaffeehausstühle, derselbe alte plumpe Eichentisch mit dem Säulenfuß, dieselbe alte Klappcouch mit ihrer Kordsamtdecke und den drei oder vier Paisley-Kissen, die darüber verteilt waren, um dem Ganzen das Aussehen eines Diwans zu verleihen. Das ganze Zimmer schrie: Genügsamkeit. Auf jeden Fall hatte es sich nicht verändert.

Sherman schüttelte den Kopf.

»Wirklich nicht?« Maria nickte mit dem Kopf in Richtung Bett. Jetzt bemerkte Sherman über dem Bett ein kleines Gemälde in einem einfachen Rahmen aus hellem Holz. Er trat ein paar Schritte näher. Es war das Bildnis eines nackten Mannes von hinten gesehen, in groben schwarzen Pinselstrichen skizziert, wie es vielleicht ein Achtjähriger tun würde, vorausgesetzt, ein Achtjähriger hätte Lust, einen nackten Mann zu malen. Der Mann schien eine Dusche zu nehmen, zumindest war da was über seinem Kopf, das wie eine Brause aussah, und ein paar schludrige schwarze Striche kamen aus der Brause. Er schien in Heizöl zu duschen. Die Haut des Mannes war gelbbraun, mit krankhaften lavendelrosa Flecken darauf, als hätte er Verbrennungen. Was für ein Schund ... Es war zum Kotzen ... Aber es verbreitete den geheiligten Geruch ernsthafter Kunst, und darum zögerte Sherman, aufrichtig zu sein.

»Wo hast du es her?«
»Gefällt's dir? Kennst du seine Arbeiten?«
»Wessen Arbeiten?«
»Filippo Chirazzi.«

»Nein, ich kenne seine Arbeiten nicht.«

Sie lächelte. »In der ›Times‹ hat ein ganzer Artikel über ihn gestanden.«

Da er nicht den Wall-Street-Philister spielen wollte, nahm Sherman noch mal die Betrachtung dieses Meisterwerks auf. »Nun ja, es hat eine gewisse ... wie soll ich sagen? ... Direktheit.« Er ging gegen das Gelüst an, ironisch zu sein. »Wo hast du es her?«

»Filippo hat's mir geschenkt.« Sehr fröhlich.

»Das war großzügig.«

»Arthur hat vier von seinen Bildern *gekauft*, riesig große.«

»Aber er hat es nicht Arthur geschenkt, er hat es dir geschenkt.«

»Ich wollte auch eins haben. Die großen gehören Arthur. Außerdem würde Arthur Filippo nicht von ... von ich weiß nicht was auseinanderhalten, wenn ich's ihm nicht gesagt hätte.«

»Aha.«

»Du magst es nicht, stimmt's?«

»Ich mag's. Um dir die Wahrheit zu sagen: Ich bin etwas durcheinander. Ich habe eben so was verdammt Dämliches getan.«

Maria gab ihre Pose auf und setzte sich auf den Rand des Bettes, des Pseudodiwans, als wolle sie sagen: Okay, ich bin bereit zuzuhören. Sie schlug die Beine übereinander. Der Rock war jetzt die Schenkel halb hinaufgerutscht. Auch wenn diese Beine, ihre herrlichen Schenkel und Flanken, jetzt im Augenblick nicht zur Debatte standen, konnte Sherman den Blick nicht von ihnen wenden. Ihre Strümpfe brachten sie zum Funkeln. Jedesmal, wenn sie sich bewegte, schimmerten die Reflexe auf.

Sherman blieb stehen. Er hatte nicht viel Zeit, wie er ihr gerade erklären wollte. »Ich wollte mit Marshall Gassi gehen.« Marshall lag inzwischen ausgestreckt auf dem Teppich. »Und es regnet. Und er fängt an, mir das Leben zur Hölle zu machen.« Als er zu dem Telefongespräch selber kam, regte ihn schon allein die Schilderung furchtbar auf. Er bemerkte, daß Maria ihre Anteilnahme, falls sie überhaupt welche verspürte, recht erfolgreich im Zaum hielt, aber er konnte sich nicht beruhigen. Er stürzte sich in den emotionalen Kern der Sache, auf die Dinge, die er empfand, unmittelbar nachdem er aufgelegt hatte – und Maria schnitt ihm mit einem Achselzucken und einer kleinen ruckartigen Bewegung, die sie mit dem Handrücken in die Luft beschrieb, das Wort ab: »Ach, das ist nichts, Sherman.« That's nuthun, Shuhmun.

Er sah sie an.

»Du hast nichts weiter getan als angerufen. Ich verstehe nicht, warum du nicht einfach gesagt hast: ›Ach, Entschuldigung. Ich wollte eben meine Freundin Maria Ruskin anrufen.‹ Ich hätte das jedenfalls getan. Ich mache mir nie die Mühe, Arthur zu belügen. Ich erzähle ihm nicht jede Kleinigkeit, aber ich belüge ihn auch nicht.«

Wäre er möglicherweise zu so einer Unverfrorenheit imstande gewesen? Er führte sich die Sache noch einmal vor Augen. »Hmmmmmmmm.« Es endete in einem Unmutslaut. »Ich weiß nicht, wie ich um halb zehn am Abend runtergehen soll und sagen, ich führe den Hund spazieren, und dann rufe ich an und sage: ›Ach, entschuldige, ich bin eigentlich runtergegangen, um Maria Ruskin anzurufen.‹«

»Du kennst den Unterschied zwischen dir und mir, Sherman? Dir tut deine Frau leid, mir tut Arthur nicht leid. Arthur wird zweiundsiebzig im August. Er wußte, daß ich meine eigenen Freunde hatte, als er mich heiratete, und er wußte, daß er sie nicht mochte, und er hatte seine Freunde, und er wußte, daß ich *sie* nicht mochte. Ich kann sie nicht ertragen. Alle diese alten Jidden ... Sieh mich nicht an, als hätte ich was Schreckliches gesagt! Das ist die Art, in der Arthur redet. ›Die jiddim.‹ Und die gojim, und ich bin eine schikse. Ehe ich Arthur kennenlernte, hatte ich von alldem nie was gehört. Ich bin diejenige, die zufällig mit einem Juden verheiratet ist, nicht du, und ich hatte die letzten fünf Jahre genug von diesem jüdischen Zeug zu schlucken, um ein bißchen davon benutzen zu dürfen, wenn mir danach ist.«

»Hast du ihm gesagt, daß du hier eine eigene Wohnung hast?«

»Natürlich nicht. Ich habe dir ja gesagt, ich belüge ihn nicht, aber ich erzähle ihm auch nicht jede Kleinigkeit.«

»Ist das hier eine Kleinigkeit?«

»Das ist keine so große Angelegenheit, wie *du* denkst. Die Wohnung hier geht mir furchtbar auf den Wecker. Der Hauswirt macht schon wieder Terror.«

Maria erhob sich, ging zum Tisch, nahm ein Blatt Papier und reichte es Sherman, dann kehrte sie auf die Bettkante zurück. Es war ein Brief der Anwaltskanzlei Golan, Shander, Morgan und Greenbaum an Mrs. Germaine Boll bezüglich ihres Status als Mieterin einer mietgebundenen Wohnung im Besitz von Winter Real Properties, Inc. Sherman konnte sich nicht drauf konzentrieren. Er hatte keine Lust, darüber nachzudenken. Es wurde langsam spät. Maria schweifte andauernd vom Thema ab. Es wurde langsam spät.

»Ich weiß nicht, Maria. Das ist etwas, worauf Germaine antworten muß.«

»Sherman?« Sie lächelte mit leicht geöffnetem Mund. Sie stand auf. »Sherman, komm her!«

Er machte ein paar Schritte auf sie zu, aber er weigerte sich, sehr nahe an sie heranzugehen. Der Ausdruck in ihrem Gesicht sagte ihm, sie hatte »sehr nahe« im Sinn.

»Du denkst, du hast Ärger mit deiner Frau, und hast nichts weiter getan, als einen Anruf gemacht.«

»Ha. Ich denke nicht, ich habe Ärger, ich weiß, daß ich Ärger habe.«

»Na schön, wenn du schon Ärger hast und hast noch nicht

mal etwas getan, dann könntest du doch genausogut auch was tun, denn es läuft aufs selbe hinaus.«

Dann berührte sie ihn.

König Priapus, der Todesängste ausgestanden hatte, stand jetzt wieder von den Toten auf.

Auf dem Bett liegend, warf Sherman kurz einen Blick auf den Dackel. Das Tier hatte sich von dem Teppich erhoben und war zu dem Bett herübergewackelt, wo es zu ihnen heraufschaute und mit dem Schwanz wedelte.

Teufel noch mal! Gab's durch irgendeinen Zufall eine Möglichkeit, daß ein Hund petzen konnte ... Gab's irgendwas, was Hunde machten, das bewies, daß sie gesehen hatten ... Judy wußte über Tiere Bescheid. Sie sorgte und erregte sich über jede Laune von Marshall, daß es schon abstoßend war. Gab's irgendwas, das Dackel taten, wenn sie zugesehen hatten, wie ... Aber dann löste sich sein Nervensystem langsam auf, und ihn interessierte nichts mehr.

Seine Majestät, der uralte König Priapus, Master of the Universe, kannte kein Gewissen.

Sherman betrat seine Wohnung, wobei er sich bemühte, die üblichen Belobigungslaute zu verstärken. »So ist's brav, Marshall, okay, okay!«

Er zog seinen Regenmantel mit viel Geraschel des gummierten Stoffs und Schnallengeklirr und ein paar »Mannomann« aus.

Von Judy keine Spur.

Das Eßzimmer, das Wohnzimmer und eine kleine Bibliothek schlossen an die marmorne Eingangshalle an. Jeder Raum hatte seine vertrauten Glanzpunkte und Lichter aus geschnitztem Holz und geschliffenem Glas, dazu naturfarbene Seidengardinen, polierte Lackarbeiten und alle übrigen atemberaubend teuren persönlichen Noten seiner Frau, der aufstrebenden Innenarchitektin. Dann bemerkte er etwas. Der mächtige lederne

Ohrensessel, der normalerweise der Tür in der Bibliothek zugewandt war, war herumgedreht. Er konnte gerade eben Judys Scheitel von hinten sehen. Eine Lampe stand neben dem Sessel. Sie schien ein Buch zu lesen.

Er ging zu der Tür. »Na! Hier wären wir wieder!«

Keine Antwort.

»Du hattest recht. Ich bin klatschnaß geworden, und Marshall hat's keinen Spaß gemacht.«

Sie drehte sich nicht um. Er vernahm nur ihre Stimme aus dem Ohrensessel: »Sherman, wenn du mit jemandem namens Maria sprechen möchtest, warum rufst du mich da an?«

Sherman ging einen Schritt in das Zimmer hinein. »Was meinst du? Wenn ich *wen* sprechen möchte?«

Die Stimme: »Oh, Herrgott! Bitte, lüge nun nicht auch noch!«

»Lügen – inwiefern denn?«

Dann schob Judy den Kopf um eine Seite des Sessels. Der Blick, den sie ihm zuwarf!

Mit einem beklommenen Gefühl im Magen trat Sherman zu dem Sessel. In dem Kranz aus glattem braunem Haar war das Gesicht seiner Frau die pure Seelenpein.

»Wovon redest du, Judy?«

Sie war so durcheinander, daß sie zuerst kein Wort herausbrachte. »Ich wollte, du könntest deinen schäbigen Gesichtsausdruck sehen.«

»Ich weiß nicht, wovon du redest.«

Das Schrille in seiner Stimme brachte sie zum Lachen. »Na schön, Sherman, du willst also behaupten, du hast hier nicht angerufen und jemanden namens Maria zu sprechen verlangt?«

»*Wen?*«

»Irgendeine kleine Nutte, wenn ich raten soll, namens Maria.«

»Judy, ich schwöre bei Gott, ich weiß nicht, wovon du redest. Ich bin mit Marshall spazieren gewesen. Ich *kenne* nicht mal jemanden namens Maria. Jemand hat hier angerufen und nach jemandem namens Maria gefragt?«

»Uhhh!« Es war ein kurzes, ungläubiges Aufstöhnen. Sie stand auf und sah ihm fest in die Augen. »Du hast die Stirn! Du glaubst, ich erkenne deine Stimme am Telefon nicht?«

»Vielleicht tust du das, aber heute abend hast du sie nicht gehört. Ich schwör's bei Gott.«

»Du lügst!« Sie schenkte ihm ein giftiges Lächeln. »Und du bist ein gemeiner Lügner. Und du bist ein niederträchtiger Kerl. Du meinst, du bist so großartig, und bist doch so schäbig. Du lügst doch, oder?«

»Ich lüge *nicht*. Ich schwöre bei Gott, ich habe mit Marshall eine Runde gedreht und komme wieder zurück und: peng! Ich meine, ich weiß kaum, was ich sagen soll, denn ich weiß wirklich nicht, wovon du redest. Du verlangst von mir, daß ich eine Negativbehauptung bestätige.«

»Negativbehauptung!« Abscheu troff von dieser ausgefallenen Bezeichnung. »Du warst lange genug weg. Hast du ihr auch einen Gutenachtkuß gegeben und sie gut zugedeckt?«

»Judy ...«

»Nun?«

Sherman drehte den Kopf von ihrem flammenden Blick weg, kehrte seine Handflächen nach oben und seufzte.

»Hör zu, Judy, du hast total ... total ... absolut unrecht. Ich schwöre es bei Gott.«

Sie starrte ihn an. Plötzlich waren Tränen in ihren Augen. »Oh, du schwörst bei Gott. Oh, Sherman.« Nun zog sie die Tränen in der Nase hoch. »Ich werde nicht – ich gehe nach oben. Da steht das Telefon. Warum rufst du sie nicht von hier an?« Sie brachte die Worte mühsam durch die Tränen hervor. »Es macht mir nichts aus. Es macht mir wirklich nichts aus.«

Dann ging sie aus dem Zimmer. Er hörte ihre Schuhe über den Marmor in Richtung Treppe klappern.

Sherman ging an den Schreibtisch und setzte sich in seinen

Hepplewhite-Sessel. Er ließ sich nach hinten sacken. Sein Blick fiel auf den Fries, der um die Decke des kleinen Raumes herumlief. Er war als Hochrelief aus indianischem Rotholz geschnitzt und stellte Menschen dar, die einen Bürgersteig in einer Großstadt entlanghasten. Judy hatte ihn in Hongkong für eine erschreckende Summe anfertigen lassen ... *von meinem Geld.* Er beugte sich vor. Der Teufel soll sie holen! Verzweifelt versuchte er, die Flammen seines gerechten Zorns neu zu entfachen. Seine Eltern hatten ja so recht gehabt! Er verdiente Besseres. Sie war zwei Jahre älter als er, und seine Mutter hatte gesagt, auf solche Dinge *könne* es ankommen – was nach dem Ton, wie sie es sagte, bedeutete, es *würde* darauf ankommen. Aber hatte er darauf gehört? Ohhhhh nein. Sein Vater, der damit vermutlich auf Cowles Wilton anspielte, der eine kurze, chaotische Ehe mit irgendeiner obskuren kleinen Jüdin eingegangen war, hatte gesagt: »Ist es nicht genauso leicht, sich in ein reiches Mädchen aus guter Familie zu verlieben?« Und hatte er *darauf* gehört? Ohhhhh nein. Und all die Jahre lang hatte Judy als Tochter eines Geschichtsprofessors aus dem Mittelwesten – eines Geschichtsprofessors aus dem Mittelwesten! – sich aufgeführt, als sei sie eine intellektuelle Aristokratin. Aber sie hatte nichts dagegen gehabt, sein Geld und seine Familie zu benutzen, um Zugang zu ihrer neuen Clique zu bekommen und mit ihrer innenarchitektonischen Marotte anzufangen und ihre Namen und ihre Wohnung auf den Seiten dieser vulgären Zeitschriften breitzutreten, »W« und »Architectural Design« und wie sie nicht alle hießen. Ohhhhhhhh nein, nicht eine Minute lang! Und womit saß er nun da? Mit einer Vierzigjährigen, die fortwährend zu ihren Turnstunden raste ...

Und mit einemmal sieht er sie so, wie er sie zum erstenmal an jenem Abend vor vierzehn Jahren gesehen hat: im Village in Hal Thorndikes Apartment mit den schokoladenbraunen Wänden und dem riesigen, mit Obelisken vollgestellten Tisch und dem Menschengewimmel, das beträchtlich über Boheme hinausging, wenn er was von Boheme verstand – und das Mädchen mit dem hellbraunen Haar und den feinen, feinen Gesichtszügen und dem verrückten kurzen, engen Kleid, das soviel von ihrem vollkommenen kleinen Körper enthüllte. Und mit einemmal spürt er, wie unsagbar fest sie sich in den vollkommenen Kokon eingesponnen hatten, sein kleines Apartment in der Charles Street und ihr kleines Apartment in der Neunzehnten Straße West, immun gegenüber allem, was man ihm in Buckley, St. Paul's und Yale eingetrichtert hatte. Und er erinnert sich, daß er zu ihr gesagt hat – mit praktisch diesen Worten –, daß ihre Liebe *alles* ... übersteigen werde ...

Und nun geht sie, vierzig Jahre alt, ausgezehrt und sportlich zur Fastperfektion trainiert, weinend zu Bett.

Er ließ sich in dem Sessel wieder nach hinten sinken. Wie so mancher Mann vor ihm war er letztlich den Tränen einer Frau nicht gewachsen. Er preßte sein edles Kinn auf sein Schlüsselbein und krümmte sich zusammen.

Gedankenverloren drückte er auf einen Knopf auf der Schreibtischplatte. Die Rolltür eines Pseudo-Sheraton-Schränkchens rollte zurück und gab die Mattscheibe eines Fernsehers frei. Eine weitere persönliche Note seiner teuren, weinenden Innenarchitektin. Er zog die Schreibtischschublade auf, nahm die Fernbedienung heraus und schaltete den Fernseher an. Die Nachrichten. Der Bürgermeister von New York. Eine Bühne. Eine wütende Menge Schwarzer. Harlem. Reichlich Gerangel. Ein Krawall. Der Bürgermeister geht in Deckung. Schreie ... Durcheinander ... ein richtiger Aufstand. Absolut sinnlos. Für Sherman hatte das Ganze nicht mehr Bedeutung als ein Windstoß. Er konnte sich nicht darauf konzentrieren. Er schaltete wieder aus.

Sie hatte recht. Der Master of the Universe war gemein und verdorben und ein Lügner.

2
Gibraltar

Am nächsten Morgen taucht es für Lawrence Kramer aus einer matten, grauen Morgendämmerung auf, das Mädchen mit dem braunen Lippenstift. Es steht direkt neben ihm. Er kann ihr Gesicht nicht erkennen, aber er weiß, es ist das Mädchen mit dem braunen Lippenstift. Er kann auch von den Worten nichts verstehen, von den Worten, die wie winzig kleine Perlen zwischen diesen Lippen mit dem braunen Lippenstift hervorsprudeln, und trotzdem weiß er, was sie sagt: *Bleib bei mir, Larry! Leg dich mit mir hin, Larry!* Das möchte er ja! Das möchte er sehr gern! Er möchte nichts lieber auf dieser Welt! Warum tut er's dann nicht? Was hält ihn davon ab, seine Lippen auf jene Lippen mit dem braunen Lippenstift zu drücken? Seine Frau, nichts anderes. Seine Frau, seine Frau, seine Frau, seine Frau, seine Frau ...

Er wachte auf von dem Stoßen und Schlingern seiner Frau, die zum Fußende des Bettes kroch. Was für ein schwabbeliger, plumper Anblick ... Das Problem war, daß das Bett, eine Matratze von anderthalb mal zwei Metern, die auf einem Sperrholzpodest lag, fast so breit wie das Zimmer war. Darum mußte man nach unten kriechen oder sonstwie die Matratze der Länge nach überqueren, um zum Fußboden zu gelangen.

Jetzt stand sie auf dem Fußboden und beugte sich über einen Stuhl, um nach ihrem Bademantel zu greifen. So wie ihr das flanellene Nachthemd über die Hüften fiel, sah sie ungeheuer breit aus. Im selben Augenblick bereute er, einen solchen Gedanken gehabt zu haben. Er bibberte vor Zartgefühl. Meine

Rhoda! Schließlich war sie erst vor drei Wochen niedergekommen. Er blickte auf die Lenden, die sein erstes Kind geboren hatten. Einen Sohn. Sie hatte noch nicht ihre frühere Figur zurück. Er mußte ihr das zugute halten.

Trotzdem machte das den Anblick um nichts besser.

Er beobachtete, wie sie sich in den Bademantel zwängte. Sie drehte sich zur Tür. Licht drang aus dem Wohnzimmer. Zweifellos war die Kinderschwester, die aus England war, Miss Tüchtig, schon auf und wahnsinnig tüchtig. Im Licht sah er das blasse, aufgedunsene, ungeschminkte Gesicht seiner Frau im Profil.

Erst neunundzwanzig, und schon sah sie genau wie ihre Mutter aus. Sie war derselbe Mensch noch einmal. Sie war ihre Mutter. Da gab's nichts zu deuteln! Es war nur eine Frage der Zeit. Sie hatte dasselbe rötliche Haar, dieselben Sommersprossen, dieselbe Knollennase und dieselben Pausbacken – sogar der Ansatz zum Doppelkinn ihrer Mutter. Eine Jente im Embryonalzustand! Klein Gretel aus dem schtetl! Jung und jitzy in der Upper West Side!

Er verengte seine Augen zu Schlitzen, damit sie nicht sehen konnte, daß er wach war. Dann ging sie aus dem Zimmer. Er hörte, wie sie etwas zu der Kinderschwester und dem Baby sagte. Sie hatte sich angewöhnt, »Jo-shu-a« im Babytonfall zu sagen. Das war der Name, den er bereits zu bereuen begann. Wenn man einen jüdischen Namen wollte, was war dann verkehrt an Daniel oder David oder Jonathan? Er zog sich das Deckbett wieder über die Schultern. Er würde für fünf oder zehn Minuten in die leichte Narkose des Schlafs zurückkehren. Er würde zu dem Mädchen mit dem braunen Lippenstift zurückkehren. Er schloß die Augen ... Es hatte keinen Zweck. Er konnte sie nicht zurückholen. Alles, woran er denken konnte, war, wie eilig er zur U-Bahn würde hasten müssen, wenn er jetzt nicht aufstand.

Also stand er auf. Er wankte die Matratze hinunter. Es war,

als versuchte man, über den Boden eines Ruderboots zu gehen, aber krabbeln wollte er nicht. So schwabbelig und plump ... Er trug ein T-Shirt und B.-V.-D.-Unterhosen. Er bemerkte, daß ihn die übliche Plage junger Männer befallen hatte, eine Morgenerektion. Er ging zu dem Stuhl und zog sich seinen alten karierten Morgenmantel an. Er und seine Frau hatten sich angewöhnt, Morgenmäntel zu tragen, seit die englische Kinderschwester in ihr Leben getreten war. Einer der vielen unseligen Mängel der Wohnung war, daß es keine Möglichkeit gab, aus dem Schlafzimmer ins Bad zu kommen, ohne durchs Wohnzimmer zu müssen, wo die Säuglingsschwester auf der Klappcouch schlief und das Baby in einem Bettchen unter einem Spieldosen-Mobile lag, das mit kleinen Stoffclowns behängt war. Er hörte es jetzt. Die Spieldose spielte das Lied »Send in the Clowns«. Sie spielte es immer und immer wieder. *Plink plink plinkplink, plink plink plinkplink, plink* plink *plinkplink.*

Er blickte nach unten. Der Bademantel erfüllte seinen Zweck nicht. Es sah aus, als erhebe sich unter ihm eine Zeltstange. Aber wenn er sich vorbeugte, etwa so, war nichts zu sehen. Er konnte also durch das Wohnzimmer gehen und die Kinderschwester die Zeltstange sehen lassen, oder er konnte gebückt hindurchgehen, als hätte er einen Hexenschuß. Und so blieb er miesepeterig stehen, wo er war.

Miesepeterig stimmte genau. Die Anwesenheit der Kinderschwester hatte ihm und Rhoda eindringlich zu Bewußtsein gebracht, in was für einem Loch sie wohnten. Die ganze Wohnung, im New Yorker Immobilien-Sprachgebrauch Dreieinhalb-Zimmer-Wohnung genannt, war aus etwas hergerichtet worden, was einmal ein angenehmes, aber keineswegs zu großes Schlafzimmer im dritten Stock eines Stadthauses gewesen war, mit drei Fenstern, die auf die Straße hinausgingen. Das sogenannte Zimmer, in dem er jetzt stand, war eigentlich nichts weiter als ein schmaler Schlauch, der dadurch entstanden war, daß man eine Rigipswand eingezogen hatte. Zu dem Schlauch gehörte eins der Fenster. Der Rest des ursprünglichen Raumes wurde jetzt als Wohnzimmer bezeichnet und hatte die anderen beiden Fenster. Hinten an der Tür zum Korridor gab es noch zwei schmale Kabuffs: Eins diente als Küche, in der zwei Leute nicht aneinander vorbeigehen konnten, und das andere als Bad. Keines hatte ein Fenster. Die Wohnung war wie eins von diesen Ameisenlöchern, die man kaufen kann, aber sie kostete sie pro Monat $ 888, mietgebunden. Wenn es das Gesetz zur Mietpreisbindung nicht gegeben hätte, würde sie wahrscheinlich $ 1500 gekostet haben, was völlig undiskutabel war. Und sie waren froh gewesen, daß sie sie gefunden hatten! Mein Gott, es gab überall in New York College-Absolventen in seinem Alter, zweiunddreißig, die sich die Beine ausrissen, um eine Wohnung wie diese zu finden, eine Dreieinhalb-Zimmer-Wohnung mit Aussicht, in einem Stadthaus mit hohen Decken, mietgebunden, in den westlichen siebziger Straßen. Wirklich erbärmlich, nicht? Sie konnten sie sich nur leisten, wenn sie beide arbeiteten, womit ihre gemeinsamen Einkünfte pro Jahr $ 56.000, nach den Abzügen $ 41.000 betrugen. Der Plan war gewesen, daß Rhodas Mutter ihnen als eine Art Geschenk zur Geburt Geld geben würde, damit sie für vier Wochen eine Kinderschwester bezahlen könnten, bis Rhoda wieder auf die Beine kam und wieder zu arbeiten anfing. In der Zwischenzeit wollten sie sich nach einem Au-pair-Mädchen umsehen, das gegen Kost und Logis bei ihnen leben und sich um das Baby kümmern würde. Rhodas Mutter hatte ihren Teil des Plans erfüllt, aber es war bereits sonnenklar, daß es dieses Au-pair-Mädchen, das bereit wäre, auf einer Klappcouch im Wohnzimmer eines Ameisenloches auf der West Side zu schlafen, nicht gab. Rhoda würde nicht wieder arbeiten gehen können. Sie würden mit seinen $ 25.000 nach den Steuerabzügen auskommen müssen, und die Jahresmiete in diesem Loch hier betrug, selbst mit Mietpreisbindung, allein schon $ 10.656.

Na, wenigstens hatten diese gräßlichen Überlegungen seinem

Morgenmantel wieder zu einer schicklichen Form verholfen. Deshalb tauchte er aus dem Schlafzimmer auf.

»Guten Morgen, Glenda«, sagte er.

»Oh, guten Morgen, Mr. Kramer«, sagte die Kinderschwester.

Sehr kühl und britisch ihre Stimme. Kramer war überzeugt, der britische Akzent und die Briten an sich könnten ihm eigentlich völlig gleichgültig sein. In Wahrheit schüchterten sie ihn ein. In dem »Oh« der Kinderschwester, einem bloßen »Oh«, witterte er einen Anflug von: Na, auch schon aufgestanden?

Die pummelige gut Fünfzigjährige war bereits angemessen hergerichtet in ihrer weißen Uniform. Ihr Haar war zu einem tadellosen Knoten nach hinten gekämmt. Sie hatte die Klappcouch schon hochgeklappt und die Kissen wieder auf ihren Platz gelegt, so daß das gute Stück sein Tagesaussehen als schmutziggelbes, mit falschem Leinen bezogenes Wohnzimmermöbel zurückerhalten hatte. Sie saß auf der Kante von dem Ding, Rücken kerzengerade, und trank eine Tasse Tee. Das Baby lag vollkommen zufrieden auf dem Rücken in seinem Bettchen. Vollkommen war der zweite Vorname und die hervorstechende Eigenschaft dieser Frau. Sie hatten sie durch die Agentur Gough gefunden, die in einem Artikel im Familienteil der »Times« als eine der besten und vornehmsten aufgeführt worden war. Und so zahlten sie für eine englische Säuglingsschwester den vornehmen Preis von wöchentlich $ 525. Ab und zu erwähnte sie andere Stellen, bei denen sie gearbeitet hatte. Immer lagen sie an der Park Avenue, an der Fifth Avenue, am Sutton Place ... Tja, zu schade! Jetzt kriegst du mal einen Eindruck von einem miesen fahrstuhllosen Mietshaus auf der West Side! Sie wurde von ihnen Glenda gerufen. Sie nannte sie Mr. Kramer und Mrs. Kramer, nicht Larry und Rhoda. Es war eine verkehrte Welt. Glenda sah aus wie die fleischgewordene Vornehmheit, und sie trank Tee, während Mr. Kramer, der Herr des Ameisenbaus, barfuß, mit nackten Beinen, zerzausten Haaren und in einem abgewetzten, alten karierten Morgenmantel zum Bad stapfte. Drüben in der Ecke, unter einer extrem verstaubten Dracaena fragrans, lief der Fernseher. Ein Werbespot kam flimmernd zum Schluß, und ein paar lächelnde Köpfe begannen, in der »Today«-Sendung zu reden. Aber der Ton war nicht an. So unvollkommen war sie nicht, daß sie den Fernseher plärren ließ. Was um alles auf der Welt dachte sie eigentlich wirklich, diese britische Schiedsrichterin, die zu Gericht saß (auf einem schrecklichen Klappsofa) über die Verkommenheit der Familie Kramer?

Was die Frau des Hauses, Mrs. Kramer, anging, so kam sie gerade aus dem Badezimmer, noch immer in Bademantel und Hausschuhen.

»Larry«, sagte sie, »kuck doch bloß mal auf meine Stürne. Ich glaube, da is was wie 'n Ausschlach. Ich hab 'n im Spiegel gesehn.«

Immer noch benommen, versuchte Kramer ihr auf die »Stürne« zu sehen.

»Es ist nichts, Rhoda. Es sieht so aus, als käme ein Pickel raus.« Das war auch so was. Seit die Kinderschwester da war, wurde Kramer sich eindringlich bewußt, wie seine Frau sprach. Vorher hatte er es nie oder kaum bemerkt. Sie war Absolventin der New York University. Die letzten vier Jahre hatte sie als Lektorin bei Waverly Place Books gearbeitet. Sie war eine Intellektuelle, zumindest las sie offenbar viele von den Gedichten von John Ashberry und Gary Snyder, als er ihr zum erstenmal begegnete, und sie hatte eine Menge über Südafrika und Nicaragua zu sagen. Trotzdem war eine Stirn eine Stürne, und Ausschlag hatte ein ch am Ende und kein g.

Auch das war wie bei ihrer Mutter.

Rhoda trottete an ihm vorbei, und Kramer betrat das Badekabuff. Das Bad war das Leben in der Mietskaserne in Reinkultur. Wäsche hing über die ganze Breite der Stange des Duschvorhangs verteilt. Noch mehr Wäsche hing auf einer Leine, die quer durch den Raum ging, ein Strampelanzug, zwei Babylätzchen, ein paar Bikinihöschen, mehrere Strumpfhosen und weiß Gott, was noch alles, nichts davon gehörte natürlich der Kinderschwester. Kramer mußte in die Hocke gehen, um zum Klo zu gelangen. Eine nasse Strumpfhose strich ihm übers Ohr. Es war ekelhaft. Ein nasses Handtuch lag auf dem Toilettensitz. Er sah sich nach einem Platz um, wo er es hätte hinhängen können. Es gab keinen Platz. Er warf es auf den Fußboden.

Nachdem er gepinkelt hatte, bewegte er sich dreißig oder fünfunddreißig Zentimeter rüber zum Waschbecken, zog seinen Morgenmantel und das T-Shirt aus und legte beides über den Toilettensitz. Kramer liebte es, morgens sein Gesicht und seine Figur zu begutachten. Was sein breites, flaches Gesicht, seine stumpfe Nase und seinen dicken Hals anging, so hielt ihn niemand auf den ersten Blick für einen Juden. Er hätte Grieche, Slawe, Italiener, ja sogar Ire sein können – auf jeden Fall was Robustes. Er war nicht glücklich darüber, daß er am Scheitel kahl wurde, aber in gewisser Weise ließ ihn auch das robust erscheinen. Er bekam eine Glatze, wie sie viele Football-Profis bekamen. Und seine Figur ... Aber an diesem Morgen verließ ihn der Mut. Diese kraftvollen Deltamuskeln, diese mächtigen abfallenden Rückenmuskeln, diese festgebündelten Brustmuskeln, diese sich wölbenden Fleischblöcke, seine Bizepse – sie sahen schlaff aus. Er verkümmerte, verdammte Scheiße! Seit das Baby und die Kinderschwester da waren, hatte er nicht mehr trainieren können. Er bewahrte seine Hanteln in einem Karton hinter dem Kübel auf, in dem die Dracaena stand, und er trainierte zwischen der Pflanze und der Couch – und es gab keine Möglichkeit auf der ganzen Welt, daß er trainieren konnte, daß er ächzen und stöhnen und pressen und sich mit Sauerstoff vollpumpen und im Spiegel anerkennende Blicke zuwerfen konnte vor der englischen Kinderschwester ... oder etwa vor diesem sagenumwobenen Au-pair-Mädchen der Zukunft ...

Sehen wir den Dingen ins Gesicht! Es ist Zeit, solche Kinderträume aufzugeben! Jetzt bist du ein Schaffe-schaffe-Papi! Weiter nichts.

Als er aus dem Bad kam, sah er Rhoda auf der Couch neben der englischen Kinderschwester sitzen. Beider Augen klebten an dem Fernseher, und der Ton war aufgedreht. Es lief der Nachrichtenteil in der »Today«-Sendung.

Rhoda blickte hoch und sagte aufgeregt: »Sieh dir das bloß an! Der Bürgermeister! Gestern abend hat's einen Krawall in Harlem gegeben. Jemand hat eine Flasche nach ihm geworfen.«

Kramer bemerkte nur flüchtig, daß sie den Bürgermeister Bürchermeister und den Krawall Chrawall nannte. Erstaunliche Dinge ereigneten sich auf der Mattscheibe. Eine Bühne – ein Handgemenge – wogende Leiber – und dann füllte eine Riesenhand die Mattscheibe und verdunkelte für einen Augenblick alles. Noch mehr Geschrei und verzerrte Gesichter und Gedränge, und dann der reine Koller. Kramer, Rhoda und die Kinderschwester hatten den Eindruck, als kämen die Randalierer durch die Mattscheibe und purzelten auf den Fußboden gleich neben Joshuas Kinderbettchen. Und das in der »Today«-Sendung, nicht in den Lokalnachrichten. Das hier war, was Amerika zum Frühstück serviert bekam, einen Happen Leute aus Harlem, die sich in ihrem gerechten Zorn erhoben und den weißen Bürgermeister in einem öffentlichen Saal von der Bühne trieben. Eben sah man seinen Hinterkopf in Deckung gehen. Einst war er der Bürgermeister von New York City. Jetzt ist er der Bürgermeister des *weißen* New York.

Als es vorbei war, sahen die drei sich an, und Glenda, die englische Kinderschwester, erheblich erregt, nahm kein Blatt vor den Mund: »Nun ja, ich finde das absolut abstoßend. Die Farbigen wissen gar nicht, wie gut sie es in diesem Lande haben, das kann ich Ihnen sagen. In Großbritannien gibt es nicht einmal einen Farbigen in Polizeiuniform, geschweige denn einen wichtigen städtischen Beamten, wie es hier der Fall ist. Ja, es stand gerade neulich darüber ein Artikel in der Zeitung. In diesem Land gibt es mehr als zweihundert farbige Bürgermeister. Und nun wollen sie den Bürgermeister von New York verprügeln! Einige Leute wissen nicht, wie gut es ihnen geht – wenn Sie mich fragen.«

Sie schüttelte wütend den Kopf.

Kramer und seine Frau blickten einander an. Er sah, daß sie dasselbe dachte wie er.

Gott im Himmel sei Dank! Welche Erleichterung! Jetzt konnten sie aufatmen. Miss Tüchtig war eine Bigotte. Bigotterie galt heutzutage als unter aller Würde. Sie war ein Zeichen von Kleine-Leute-Herkunft, von niederem gesellschaftlichem Rang, von schlechtem Geschmack. Also waren sie ihrem englischen Kindermädchen doch überlegen. Was für eine verdammte Erleichterung!

Es hatte gerade aufgehört zu regnen, als Kramer sich auf den Weg zur U-Bahn machte. Er trug einen alten Regenmantel über seinem üblichen grauen Anzug, Button-down-Hemd und Schlips. Er hatte ein Paar Nike-Laufschuhe an, weiß mit Streifen an den Seiten. Seine braunen Lederhalbschuhe trug er in einer Einkaufstüte bei sich, einem von diesen glitschigen weißen Plastikbeuteln, wie man sie bei A & P bekommt.

Die U-Bahn-Station, auf der er die Linie D in die Bronx bekam, lag an der Einundachtzigsten Straße Ecke Central Park West. Er ging gern die Siebenundsiebzigste Straße bis Central Park West hinunter und lief dann bis zur Einundachtzigsten Straße hoch, weil er so am Museum of Natural History vorbeikam. Es war eine schöne Häuserzeile, nach Kramers Auffassung die schönste an der ganzen West Side. Ohne daß er jemals in Paris gewesen wäre, kam sie ihm wie eine Pariser Straßenszene vor. Die Siebenundsiebzigste Straße war an dieser Stelle sehr breit. Auf der einen Seite stand das Museum, eine herrliche pseudoromanische Schöpfung aus altem rötlichem Stein. Es stand zurückgesetzt in einem kleinen Park mit Bäumen. Selbst an einem wolkigen Tag wie diesem schien das junge Frühlingslaub zu leuchten. *Gelblichgrün* war das Wort, das ihm durch den Kopf ging. Auf der Straßenseite, auf der er ging, erhoben sich wie eine Klippe elegante Apartmenthäuser, die auf das Museum blickten. Hier gab es Portiers. Er erhaschte kurze Blicke in Marmorfoyers. Und dann dachte er an das Mädchen mit dem braunen Lippenstift ... Er sah sie jetzt sehr deutlich, viel deutlicher als im Traum. Er ballte die Faust. Verdammt noch mal! Er würde es tun. Er würde sie anrufen. Er würde diesen Anruf machen. Er würde natürlich bis zum Ende des Prozesses warten müssen. Aber er würde es tun. Er hatte es satt, anderen Leuten zuzusehen, wie sie ... *das Leben* führten. Das Mädchen mit dem braunen Lippenstift – sie beide, wie sie sich über den Tisch hinweg in die Augen sahen, in einem von diesen Restaurants mit hellem Holz und Sichtmauerwerk und Hängepflanzen und Messing und Mattglas und Menüs aus Languste Natchez und Kalbfleisch und Bananen Mesquite und Maisbrot mit Cayennepfeffer.

Kramer hatte sich diese Vision gerade so richtig schön zusammengereimt, als genau vor ihm aus dem stinkfeinen Eingang der Nummer 44 Siebenundsiebzigste Straße West eine Gestalt trat, die ihn erschreckte.

Es war ein junger Mann, fast babyhaft in seiner Erscheinung, mit einem runden Gesicht und dunklem Haar, das sorgfältig zurückgekämmt war. Er trug einen changierenden Chesterfield-Mantel mit goldbraunem Samtkragen und hatte einen von diesen burgunderroten Lederaktenkoffern in der Hand, die von Mädler oder T. Anthony an der Park Avenue stammen und über die butterweiche Glätte verfügen, die verkündet: »Ich koste $ 500.« Man sah ein Stück des uniformierten Armes, der dem Mann die Tür aufhielt. Er lief mit raschen kleinen Schritten unter dem Baldachin entlang, der sich über den Bürgersteig wölbte, zu einer Audi-Limousine. Ein Chauffeur saß auf dem Fahrersitz. Man sah eine Zahl – 271 – im hinteren Seitenfenster: ein privater Autoservice. Und jetzt kam der Portier herausgeeilt, und der junge Mann wartete, daß er ihn einholte und ihm den hinteren Schlag des Wagens öffnete.

Und dieser junge Mann war ... Andy Heller! Es bestand überhaupt kein Zweifel. Er war mit Kramer im selben Semester Jura auf der Columbia University gewesen, und wie überlegen war sich Kramer vorgekommen, als Andy, der pummelige, gescheite kleine Andy, das Übliche machte, nämlich downtown zu arbeiten anfing, und zwar bei Angstrom & Molner. Andy und Hunderte wie er würden die nächsten fünf oder zehn Jahre über ihre Schreibtische gebeugt verbringen und Kommas, Aktenzitate und Standardsätze überprüfen, um die Habgier von Hypothekenbankern, Gesundheits- und Schönheitsmittelfabrikanten, Fusionierungs-und-Übernahme-Arbitrageuren und Rückversicherungs-Discountern anzukurbeln und zu stärken, während er, Kramer, sich ins Dasein stürzen und sich bis zum Bauch ins Leben der Elenden und Verdammten knien und im Gerichtssaal mutig aufstehen und kämpfen würde, mano a mano vor den Schranken der Justiz.

Und genauso war es tatsächlich gekommen. Warum hielt Kramer sich dann jetzt zurück? Warum ging er nicht einfach hin und schmetterte freudig: »Hi, Andy?« Er war nicht mehr als fünf Meter von seinem ehemaligen Kommilitonen entfernt. Statt dessen blieb er stehen, drehte den Kopf zur Fassade des Gebäudes und hob die Hand zum Gesicht, als wäre ihm etwas ins Auge geflogen. Verflucht sollte er sein, wenn er zuließe, daß Andy Heller – sein Portier hielt ihm indessen den Wagenschlag auf, und sein Chauffeur wartete auf das Zeichen zum Abfahren –, verflucht sollte er sein, wenn er zuließe, daß Andy Heller ihm ins Gesicht sähe und sagte: »Larry Kramer, wie geht's dir denn?« Und dann: »Was machst du eigentlich?« Und er müßte sagen: »Tja, ich bin Unterstaatsanwalt oben in der Bronx.« Er würde nicht einmal hinzufügen müssen: »Verdiene $ 36.000 im Jahr.« Denn das wußte jeder. Unterdessen würde Andy Heller seinen schmutzigen Regenmantel kritisch betrachten, seinen alten grauen Anzug, dessen Hose zu kurz war, seine Nike-Turnschuhe, seine A & P-Einkaufstüte ... Leck mich ... Kramer stand mit abgewandtem Gesicht da und tat, als habe er ein Sandkorn im Auge, bis er die Tür des Audi zuschlagen hörte. Es klang, als fiele eine Safetür ins Schloß. Er drehte sich gerade rechtzeitig um, um eine hübsche kleine, weiche Wolke deutscher Luxuswagenabgase ins Gesicht zu kriegen, während Andy Heller in sein Büro abdampfte. Kramer weigerte sich, auch nur darüber nachzudenken, wie dieses gottverdammte Büro aussehen könnte.

In der U-Bahn-Linie D Richtung Bronx stand Kramer im Gang und hielt sich an einer Chromstahlstange fest, während der Waggon bockte und schlingerte und kreischte. Auf der Plastikbank ihm gegenüber saß ein knochiger alter Mann, der wie ein Pilz aus den Graffitis hinter ihm zu wachsen schien. Er las eine Zeitung. Die Schlagzeile der Zeitung lautete: HARLEMER MOB VERJAGT BÜRGERMEISTER. Die Wörter waren so groß, daß sie die ganze Seite einnahmen. Darüber stand in kleineren Buchstaben: *Geh heim nach Hymietown!* Der alte Mann trug ein Paar rot-weiß gestreifte Laufschuhe. Sie wirkten sonderbar an so einem alten Mann, aber eigentlich war nichts komisch an ihnen, nicht auf der Linie D. Kramer ließ den Blick über den Boden schweifen. Die Hälfte der Leute in dem Waggon trug Turnschuhe in auffälligen Mustern und mit Sohlen, die wie Soßenschüsseln geformt waren. Junge Leute trugen sie, alte Männer trugen sie, Mütter mit Kindern auf dem Schoß trugen sie, und die Kinder trugen sie im übrigen auch. Und das nicht aus Gründen wie jung & fit, stark & chic, wie das downtown üblich war, wo man viele gutgekleidete junge Weiße am Morgen mit diesen Sneakers an den Füßen zur Arbeit gehen sah. Nein, auf der

Linie D war der Grund, daß sie billig waren. Auf der Linie D waren diese Turnschuhe wie ein Schild um den Hals, auf dem Slum stand oder El Barrio.

Kramer gestand sich nur ungern ein, warum er sie trug. Er ließ den Blick nach oben schweifen. Einige Leute guckten auf die Gazetten mit den Schlagzeilen über den Krawall, aber die Linie D in die Bronx war keine Zeitungsleserbahn ... Nein ... Egal, was in Harlem geschah, es würde absolut keine Auswirkungen auf die Bronx haben. Alle in dem Waggon sahen mit dem üblichen leeren Blick in die Welt und vermieden jeden Augenkontakt.

Genau in dem Moment gab es einen von diesen Tonabfällen, eins von diesen Löchern im Gedröhne, die entstehen, wenn eine Tür zwischen zwei U-Bahn-Waggons aufgeht. In den Wagen kamen drei junge Burschen, schwarz, fünfzehn oder sechzehn Jahre alt, in Baseballschuhen mit ellenlangen Senkeln, die aufgebunden, aber genau parallel durch die Ösen gezogen waren, und schwarzen Thermojacken. Kramer riß sich zusammen und bemühte sich, unangenehm und gelangweilt zu wirken. Er spannte seine Nackenmuskeln an, um gleich einem Ringer seinen Hals aufzupumpen. Mann gegen Mann ... konnte er jeden von ihnen in Stücke reißen ... Aber es ging nie Mann gegen Mann ... Er sah Jungs wie die jeden Tag vor Gericht ... Jetzt bewegten sich die drei durch den Mittelgang ... Sie bewegten sich in einer wiegenden Gangart, die als pimp roll, als Ludenwalzer, bekannt war ... Den pimp roll sah er jeden Tag auch im Gerichtssaal ... An warmen Tagen stolzierten in der Bronx so viele junge Burschen draußen im pimp roll herum, daß ganze Straßenzüge auf und ab zu hüpfen schienen ... Sie kamen näher mit ihrem gleichbleibend coolen, leeren Blick ... Tja, was konnten sie machen? ... Sie gingen rechts und links an ihm vorbei ... und nichts passierte ... Na ja, natürlich passierte nichts ... Ein Bulle, ein Hengst wie er ... er wäre der letzte auf der Welt, den sie sich für eine Keilerei aussuchen würden ...

Trotzdem war er immer froh, wenn der Zug in die Station Einhunderteinundsechzigste Straße einfuhr.

Kramer stieg die Treppe hinauf und trat auf die Einhunderteinundsechzigste Straße hinaus. Der Himmel hellte sich auf. Vor ihm, direkt vor seiner Nase, erhob sich das riesige Oval des Yankee Stadions. Dahinter sah man die verfallenden Häuserklötze der Bronx. Vor zehn oder fünfzehn Jahren war das Stadion instand gesetzt worden; man hatte einhundert Millionen Dollar dafür ausgegeben. Die Aktion hatte zur »Neubelebung des Herzens der Bronx« führen sollen. Was für ein böser Scherz! Seither war dieser Bezirk, der Vierundvierzigste, genau diese Straßen hier, in der Verbrechensstatistik zum schlimmsten in der ganzen Bronx geworden. Kramer sah auch das jeden Tag.

In seinen Sneakers, die A & P-Tüte mit seinen Schuhen in der Hand, begann er die Einhunderteinundsechzigste Straße entlang den Hügel hinaufzusteigen. Die Leute, die in dieser tristen Gegend lebten, standen vor den Läden und Schnellimbissen an der Straße.

Er schaute auf – und einen Moment lang sah er die alte Bronx wieder in all ihrer Glorie vor sich. Auf dem Gipfel der Steigung, wo die Einhunderteinundsechzigste Straße den Grand Concourse kreuzte, war die Sonne durchgebrochen und beleuchtete die Kalksteinfassade des Concourse Plaza Hotels. Aus dieser Entfernung konnte es immer noch als ein europäisches Kurhotel der zwanziger Jahre durchgehen. Die Yankee-Mannschaft pflegte dort während der Spielsaison zu wohnen, das heißt, diejenigen, die es sich leisten konnten, die Stars. Er stellte sich immer vor, daß sie in riesigen Suiten wohnten. Joe DiMaggio, Babe Ruth, Lou Gehrig ... Das waren die einzigen Namen, die ihm einfielen, obwohl sein Vater früher immer lang und breit darüber geredet hatte. Oh, ihr goldenen jüdischen Hügel von einst! Die Einhunderteinundsechzigste Straße und der Grand Concourse dort oben auf der Spitze des Hügels waren der Gipfel des jüdischen Traums gewesen, des Traums vom neuen Kanaan, dem neuen jüdischen Stadtteil von New York, der Bronx. Kramers Vater war siebzehn Querstraßen von hier, in der Einhundertachtundsiebzigsten Straße, aufgewachsen und hatte von nichts Herrlicherem auf der Welt geträumt, als ... eines Tages ... eine Wohnung in einem dieser mächtigen Gebäude auf dem Gipfel am Grand Concourse zu haben. Den Grand Concourse hatte man als die Park Avenue der Bronx erbaut, wobei die Frage war, ob es das neue Land Kanaan nicht noch besser hinkriegen würde. Der Concourse war breiter als die Park Avenue, und er war landschaftlich luxuriöser gestaltet worden – was auch einer von diesen bösen Scherzen war. Wollte man eine Wohnung am Concourse? Heute hatte man da die freie Auswahl. Das Grand Hotel aus dem jüdischen Traum war jetzt eine Bleibe für Sozialhilfeempfänger, und die Bronx, das Gelobte Land, war zu siebzig Prozent schwarz und puertoricanisch.

Die arme, triste, jüdische Bronx! Als Kramer zweiundzwanzig war und gerade anfing, Jura zu studieren, war ihm sein Vater als der kleine Jude vorgekommen, der im Laufe eines ganzen Lebens endlich die lange Wanderung in der Diaspora aus der Bronx nach Oceanside, Long Island, das ganze zwanzig Meilen entfernt war, hinter sich gebracht hatte und der heute noch jeden Tag zu einem Papier-und-Kartonagen-Großhandel in den westlichen zwanziger Straßen in Manhattan zuckelte, wo er als »Komptrollör« arbeitete. Er, Kramer, wollte Anwalt werden ... ein Weltbürger ... Und jetzt, zehn Jahre später, war was passiert? Er wohnte in einer Ameisenhöhle, die das im Kolonialstil erbaute Haus des Alten in Oceanside mit seinen drei Schlafzimmern wie San Simeon erscheinen ließ, und er nahm jeden Tag die Linie D – die Linie D – auf dem Weg zur Arbeit in ... der Bronx!

Genau vor Kramers Augen beschien die Sonne jetzt auch das andere große Gebäude auf dem Gipfel des Hügels, das Gebäude, in dem er arbeitete, das Bronx County Building. Es war ein gewaltiger Kalkstein-Parthenon, der Anfang der dreißiger Jahre im Stil der städtischen Protzmoderne erbaut worden war. Es war acht Stockwerke hoch und nahm drei Blocks, von der Einhunderteinundsechzigsten bis zur Einhundertachtundfünfzigsten Straße, ein. Was für einen unbekümmerten Optimismus die doch hatten, die sich – egal, wer's war – damals dieses Gebäude ausdachten!

Trotz allem rührte ihn das Gerichtsgebäude innerlich. Seine vier mächtigen Fassaden waren absolute Jubelfeiern aus Skulpturen und Flachreliefs. An jeder Ecke befanden sich Gruppen klassizistischer Gestalten. Verkörperungen von Ackerbau, Handel, Industrie, Religion, den Künsten, von Justiz, Regierung, Recht und Ordnung und den Menschenrechten – edle, togentragende Römer in der Bronx! Was für ein goldener Traum von einer apollinischen Zukunft!

Wenn heutzutage einer von diesen netten klassizistischen Burschen von dort oben herunterkäme, würde er nicht lange genug leben, um es bis zur Einhundertzweiundsechzigsten Straße zu schaffen und sich dort einen Choc-o-pop oder eine Kanone zu besorgen. Sie würden ihn abknallen, bloß um an seine Toga zu kommen. Er war kein Witz, dieser Bezirk, der Vierundvierzigste. Auf der Seite zur Einhundertachtundfünfzigsten Straße blickte das Gerichtsgebäude auf den Franz Sigel Park, der, aus einem Fenster im fünften Stock betrachtet, ein hübsches Stückchen englischer Landschaftsgärtnerei, eine Idylle aus Bäumen, Büschen, Gras und aus der Erde ragenden Felsen darstellte, die sich die Südseite des Hügels hinab erstreckte. Aber praktisch niemand außer Kramer kannte noch den Namen Franz Sigel Park, weil niemand mit genügend Hirn im Kopf jemals so weit in den Park hineinging, um bis zu der Tafel zu gelangen, auf der dieser Name stand. Erst letzte Woche war irgendein armer Hund um 10 Uhr vormittags auf einer von den Betonbänken erstochen worden, die 1971 im Park aufgestellt worden waren, um »städtische Annehmlichkeiten zu schaffen und damit den Franz Sigel Park wiederzubeleben und für die Allgemeinheit zurückzuerobern«. Die Bank stand drei Meter weit im Park. Irgend jemand hatte den Mann wegen seines Kofferradios umgebracht, eines von diesen Riesendingern, die bei der Staatsanwaltschaft unter der Bezeichnung Bronx-Aktenkoffer bekannt sind. Niemand aus dem Amt ging an einem sonnigen Tag im Mai zur Mittagspause hinunter in den Park, nicht einmal jemand, der neunzig Kilo stemmen konnte wie er. Nicht einmal ein Justizbeamter, der eine Uniform trug und von Rechts wegen eine .38er bei sich hatte, tat so was. Alle blieben im Gebäude, in dieser Inselfestung der Macht und der Weißen, diesem Gibraltar im armen, tristen Sargassomeer der Bronx.

Auf der Straße, die er gerade überqueren wollte, der Walton Avenue, standen in einer Reihe hintereinander drei orangeblaue Wagen der Vollzugsabteilung, die darauf warteten, in den Amtshof einzufahren. Die Wagen brachten aus der Haftanstalt Bronx, von Rikers Island und dem Kriminalgericht Bronx, einen Block entfernt, Gefangene, die vor dem Bronx County Supreme Court, dem Obersten Kreisgericht Bronx, zu erscheinen hatten, dem Gericht, das Schwerverbrechen behandelt. Die Gerichtssäle lagen in den oberen Stockwerken, und die Gefangenen wurden in den Amtshof gebracht. In Fahrstühlen schaffte man sie von dort hinauf in Verwahrzellen auf den Etagen der Gerichtssäle.

Man konnte nicht in die Wagen hineinsehen, weil die Fenster mit starkem Maschendraht gesichert waren. Kramer mußte gar nicht hinsehen. In den Wagen saß der übliche Ramsch aus Schwarzen und Latinos, dazu gelegentlich ein Italiener aus der Gegend um die Arthur Avenue und hin und wieder mal ein irischer Jugendlicher oben aus Woodlawn oder irgendein Streuner, der das große Pech hatte, sich die Bronx auszusuchen, um in Schwierigkeiten zu kommen.

»Das Fressen«, murmelte Kramer vor sich hin. Jeder, der ihn

angesehen hätte, würde bemerkt haben, daß er wirklich seine Lippen bewegte, als er das sagte.

In etwa fünfundvierzig Sekunden sollte er erfahren, daß ihn tatsächlich jemand ansah. Aber in dem Moment gab es nichts weiter als das Übliche: die orange-blauen Wagen und ihn, der »das Fressen« vor sich hinmurmelte.

Kramer hatte diesen Tiefpunkt im Leben eines Unterstaatsanwalts in der Bronx erreicht, an dem ihn Zweifel packten. Jedes Jahr wurden vierzigtausend Menschen, vierzigtausend Nichtskönner, Dummköpfe, Alkoholiker, Psychopathen, Radaubrüder, gute Seelen, die zu irgendeiner schrecklichen, verhängnisvollen Wut getrieben wurden, und Leute, die nur als von Grund auf schlecht beschrieben werden können, in der Bronx verhaftet. Siebentausend davon wurden öffentlich angeklagt und vor Gericht gestellt, und dann gelangten sie in den Rachen der Strafjustiz – genau hier – durch die Toreinfahrt nach Gibraltar, wo die Wagen aufgereiht standen. Das waren ungefähr einhundertfünfzig neue Fälle, einhundertfünfzig weitere pumpende Herzen und mürrische Blicke, und das jede Woche, in der die Gerichte und die Staatsanwaltschaft Bronx offen hatten. Und zu welchem Zweck? Dieselben dummen, furchtbaren, erbärmlichen, grauenhaften Verbrechen wurden trotzdem tagein, tagaus begangen. Was erreichten Unterstaatsanwälte, was erreichten sie alle mit diesem ganzen schonungslosen Aufrühren des Drecks? Die Bronx zerbröckelte und verfiel ein bißchen weiter, und noch ein bißchen mehr Blut trocknete in den Ritzen. Diese Zweifel! *Ein* Zweck wurde sicher erreicht: Der Apparat wurde versorgt, und die Wagen da brachten das Fressen heran. Fünfzig Richter, fünfunddreißig Rechtsreferendare, zweihundertfünfundvierzig Unterstaatsanwälte, ein Oberstaatsanwalt – der Gedanke daran ließ Kramers Lippen sich zu einem Lächeln verziehen, weil genau in diesem Moment Weiss ganz sicher da oben im fünften Stock mit Channel 4 oder 7 oder 2 oder 5 wegen der Fernsehberichterstattung herumbrüllte, die ihm gestern nicht zuteil geworden war und die er heute haben wollte –, und der Himmel wußte, wie viele Strafrechtler, Armenanwälte, Gerichtsstenografen, Justizschreiber, Gerichtsbeamte, Vollzugsbeamte, Bewährungshelfer, Sozialarbeiter, Bürgen, Sonderermittlungsbeamte, Sachbearbeiter, Gerichtspsychiater. Was für eine Riesenmeute, die gefüttert werden mußte! Und jeden Morgen stellte sich das Fressen ein – das Fressen und die Zweifel. Kramer hatte den Fuß gerade auf die Straße gesetzt, als ein riesiger weißer Pontiac Bonneville vorbeibretterte, ein richtiges Schiff, vorn und hinten protzig ausladend, der Typ 6-Meter-Fregatte, den man ungefähr 1980 zu bauen aufhörte. Der Wagen kam quietschend und schaukelnd an der nächsten Ecke zum Stehen. Die Tür des Bonneville, eine gewaltige Spanne modelliertes Blech, etwa ein Meter fünfzig breit, öffnete sich mit einem dunklen *Twopp* in den Angeln, und ein Richter namens Kovitsky stieg aus. Er war ungefähr sechzig, klein, hager, kahl, drahtig, mit einer spitzen Nase, tiefliegenden Augen und einem grimmigen Zug um den Mund. Durch das Rückfenster des Bonneville sah Kramer eine Silhouette auf den Fahrersitz hinüberrutschen, den der Richter verlassen hatte. Wahrscheinlich seine Frau.

Der Klang der riesigen sich öffnenden Wagentür und der Anblick dieser kleinen Gestalt, die ausstieg, waren niederschmetternd. Der Richter Mike Kovitsky kam in einer praktisch zehn Jahre alten Mexikanerkutsche zur Arbeit. Als Richter am Obersten Gericht verdiente er $ 65.100. Kramer kannte die Zahlen auswendig. Nach den Steuerabzügen blieben vielleicht $ 45.000. Für einen sechzig Jahre alten Mann in den oberen Regionen der Juristerei war das erbärmlich. Downtown ... in der Welt von Andy Heller ... bezahlte man Leuten, die gerade mit dem Studium fertig waren, soviel als Anfangsgehalt. Und dieser Mann, dessen Wagen jedesmal *twopp* machte, wenn sich die Tür öffnete, stand hier in der Inselfestung an der Spitze der Hierarchie. Er, Kramer, hatte eine unbestimmte Position in der Mitte.

Wenn er seine Karten richtig ausspielte und es ihm gelang, sich bei den Demokraten in der Bronx beliebt zu machen, dann war dies – *twopp!* – die Stellung, zu der er in den nächsten drei Jahrzehnten aufsteigen konnte.

Kramer war halb über die Straße, als es losging: »Yo, Kramer!« Es war eine mächtige Stimme. Kramer konnte nicht sagen, woher sie kam.

»Du Schwanzlutscher!«

Waas? Er blieb wie angewurzelt stehen. Ein Gefühl – ein Geräusch – wie entweichender Dampf – füllte seinen Schädel.

»He, Kramer, du Stück Scheiße!«

Das war eine andere Stimme. Sie ...

»Yo! Saftkopp!«

Die Stimmen kamen hinten aus dem Wagen, dem orangeblauen Gefangenentransporter, der am nächsten bei ihm stand, keine zehn Meter entfernt. Er konnte niemanden sehen. Er konnte niemanden durch den Maschendraht vor den Fenstern erkennen.

»Yo! Kramer! Du Hymie-Arschloch!«

Hymie! Woher wußten sie überhaupt, daß er Jude war? Er sah nicht wie ... Kramer war kein ... wieso konnten sie ... Es warf ihn um.

»Yo! Kramer! Du Tunte! Leck mich am Arsch!«

»Aaaayyyyy, Maaaaann, fiiicki disch innn Aaasch! Fiiicki disch innn Aaasch!«

Eine lateinamerikanische Stimme – schon die unkultivierte Aussprache drehte das Messer ein bißchen weiter.

»Yo! Scheißkerl!«

»Aaaayyyyy! Du kiiißun sall! Du kiiißun sall!«

»Yo! Kramer! Leck Fotz von Mutta!«

»Aaaaaaayy! Maaannn! Aschlooock! Aschlooock!«

Es war ein Chor! Ein Müllregen! Ein »Rigoletto« aus der Kloake, aus der stinkenden Gosse der Bronx.

Kramer stand noch immer mitten auf der Straße. Was sollte

er machen? Er starrte auf den Transporter. Er konnte niemanden erkennen. Welche? ... Wer ... aus der endlosen Reihe bösartiger Schwarzer und Latinos ... Aber nein! Sieh nicht hin! Er blickte weg. Wer guckte zu? Soll er diese unglaublichen Beleidigungen einfach hinnehmen und weiter zum Walton-Avenue-Eingang gehen, während sie noch mehr von dem Zeug über ihn auskippten, oder sollte er sich ihnen stellen? ... Sich ihnen stellen? Wie denn? ... Nein! Er würde so tun, als sei nicht er es, zu dem sie rüberschrien ... Wer würde schon den Unterschied wissen! ... Er würde weiter die Einhunderteinundsechzigste Straße entlanglaufen und zum Haupteingang gehen. Niemand mußte wissen, daß er gemeint war. Er warf einen forschenden Blick auf den Bürgersteig vor dem Walton-Avenue-Eingang in der Nähe der Transporter ... Nichts als die üblichen paar jämmerlichen Passanten ... Sie waren abrupt stehengeblieben. Sie starrten auf den Wagen ... Der Wachmann! Der Wachmann am Walton-Avenue-Eingang kannte ihn. Der Wachmann würde sehen, daß er versuchte, sich davonzustehlen und die ganze Sache irgendwie hinzutricksen. Aber der Wachmann war nicht da ... Der hatte sich wahrscheinlich in den Torweg verdrückt, damit er nicht selbst irgendwas unternehmen mußte. Dann sah Kramer Kovitsky. Der Richter war auf dem Bürgersteig ungefähr fünf Meter von dem Eingang entfernt. Er stand da und starrte auf den Transporter. Dann guckte er genau zu Kramer rüber. Scheiße! Er kennt mich. Er weiß, daß sie das zu *mir* rüberschreien. Die kleine Gestalt, die eben – *twopp!* – aus dem Bonneville aufgetaucht war, stand zwischen Kramer und dessen geordnetem Rückzug.

»Yo! Kramer! Du mieser Scheißkerl!«
»Hey! Du Glatzenwurm!«
»Aaaaaayyyy! Du kahle Stocke leckun sall. Kahle Stocke leckun sall.«

Kahl? Wieso kahl? Er war nicht kahl. Ihm gingen ein paar Haare aus. Diese Mistkerle! Aber von einer Glatze war er meilenweit entfernt. Moment mal! Es galt gar nicht ihm – sie hatten den Richter Kovitsky erspäht. Jetzt hatten sie zwei Zielscheiben. »Yo! Kramer! Was haste 'nn inner Tüte, Mann?«

»Hey, du glatzköpfiger alter Furz!«

»Du abgewetzter oller Klugscheißer!«

»Haste dein Mumm inner Tüte, Kramer?«

Sie waren beide dran, er und Kovitsky. Jetzt konnte er nicht mehr seinen Endspurt zum Haupteingang an der Einhunderteinundsechzigsten Straße machen. Darum setzte er seinen ursprünglichen Weg fort. Er hatte das Gefühl, unter Wasser zu laufen. Er warf Kovitsky einen Blick zu. Aber Kovitsky sah ihn nicht mehr an. Er ging direkt auf den Wagen zu. Den Kopf hatte er gesenkt. Er funkelte vor Wut. Man sah das Weiße in seinen Augen. Die Pupillen waren wie zwei Todesstrahlen, die knapp unter seinen Lidern hervorsengten. Kramer hatte ihn vor Gericht schon so gesehen ... mit gesenktem Kopf und funkelnden Augen.

Die Stimmen in dem Wagen versuchten, ihn abzuwehren.

»Wo kuckst 'nn du hin, du kleine Schrumpelnille?«

»Yaaaggghhh, komm doch her! Komm her, Wurmzuzzel!«

Aber der Chor geriet aus dem Takt. Sie wußten nicht, was sie mit dieser vibrierenden kleinen Furie anfangen sollten.

Kovitsky ging zielstrebig auf den Wagen los und versuchte, durch den Maschendraht zu sehen. Er stemmte die Hand in die Hüfte.

»Yeah! Was siehste 'nn deiner Meinung nach?«

»Paaaß auf! Gleich haste was zu kucken, Mann!«

Aber drinnen ging ihnen der Dampf aus. Kovitsky machte jetzt ein paar Schritte nach vorn. Er richtete den wütenden Blick auf den Fahrer.

»Hören ... Sie ... das ... nicht?« fragte der kleine Richter und zeigte auf den Laderaum des Wagens.

»Waaa?« fragte der Fahrer zurück. »Was wolln Se?« Er wußte nicht, was er sagen sollte.

»Sind Sie verdammt noch mal taub?« fragte Kovitsky. »Ihre Gefangenen ... *Ihre* ... Gefangenen ... Sie sind Beamter der Vollzugsabteilung ...« Er stach mit dem Finger zu dem Mann hoch. »*Ihre* ... Gefangenen ... Sie lassen *Ihre* Gefangenen ... diese Scheiße ... auf die Bürger dieser Gemeinde und auf die Beamten dieses Gerichts kippen?«

Der Fahrer war ein dunkelhäutiger, fetter Mann, gedrungen, etwa fünfzig oder in irgend so einem grau-schmerbäuchigen mittleren Alter, ein Staatsdienst-Lebenslänglicher ... und plötzlich öffneten sich seine Augen und sein Mund, ohne daß ein Ton rauskam, er hob die Schultern, drehte die Handflächen nach oben und zog die Mundwinkel nach unten.

Es war das ureigene Achselzucken der Straßen New Yorks, der Blick, der besagt: Eihh, was is? Was wolln Sie von mir? Und in diesem speziellen Fall: Wolln Sie von mir, daß ich in den Käfig zu dem Pack da reinkrieche?

Es war der uralte New Yorker Schrei nach Erbarmen, unwiderlegbar und unbestreitbar.

Kovitsky sah den Mann an und schüttelte den Kopf, wie man das tut, wenn man gerade einen hoffnungslosen Fall gesehen hat. Dann drehte er sich um und lief zur Rückseite des Wagens.

»Hymie is wieder da!«

»Annh! Annnh! Annnhh!«

»Kau mein Schwanz, Eu' Ehren!«

Kovitsky starrte auf das Fenster, während er noch immer seinen Gegner durch den dichten Maschendraht zu erkennen versuchte. Dann holte er tief Luft. Man hörte ihn laut durch die Nase hochziehen, darauf ein tiefes Grollen in Brust und Kehle. Es schien unglaublich, daß ein derart vulkanisches Geräusch aus einem so kleinen, mageren Körper kommen könne. Und dann *spuckte* er. Er schleuderte einen erstaunlichen Klumpen Schleim gegen das Wagenfenster. Der traf auf den Maschendraht und blieb da hängen, eine große tropfende gelbe Auster, die zum Teil abzusacken begann wie ein widerlicher, bösartiger

Batzen Kautschuk oder eine Sahnekaramelle mit einem Tropfen unten dran. Und da blieb er und leuchtete in der Sonne für die dort drinnen, wer sie auch sein mochten, damit sie ihn sich in aller Ruhe betrachten konnten.

Die Sache verblüffte sie. Der gesamte Chor verstummte. Einen merkwürdigen fieberhaften Augenblick lang gab es nichts auf der ganzen Welt, im Sonnensystem, im Universum, in der ganzen Himmelsgeschichte, als den Gefangenenkäfig und diesen glänzenden, herabsickernden, baumelnden, von der Sonne beleuchteten Klumpen Schleim.

Dann führte der Richter seine rechte Hand so dicht an den Oberkörper, daß niemand auf dem Bürgersteig sie sehen konnte, und streckte den Mittelfinger nach oben. Darauf drehte er sich auf den Hacken um und ging zum Eingang des Gebäudes.

Er hatte schon den halben Weg bis zur Tür zurückgelegt, als sie wieder zu Atem kamen.

»Yegghhh, kannst uns auch am Arsch lecken, Mann!«

»Willste ... paaaß auf ... das versuchste ...«

Aber sie waren nicht mehr mit dem Herzen dabei. Der schauerliche Korpsgeist des Aufstands in dem Transporter war angesichts dieser wütenden, funkelnden kleinen Stahlrute von Mann verpufft.

Kramer eilte hinter Kovitsky her und holte ihn ein, als er in den Eingang an der Walton Avenue einbog. Er mußte ihn einholen. Er *mußte* ihm zeigen, daß er die ganze Zeit bei ihm gewesen war. Sie beide waren es gewesen, die da draußen diese hinterhältigen Beleidigungen eingesteckt hatten.

Der Wachmann war wieder an der Tür aufgetaucht. »Guten Morgen, Richter«, sagte er, als wäre es ein ganz anderer Tag auf der Inselfestung Gibraltar.

Kovitsky schenkte ihm kaum einen Blick. Er war mit anderem beschäftigt. Den Kopf hatte er gesenkt.

Kramer berührte ihn an der Schulter. »Hey, Richter, Sie sind 'ne Wucht!« Kramer strahlte, als hätten die beiden gerade

Schulter an Schulter eine schwere Schlacht überstanden. »Denen hat's die Sprache verschlagen! Ich konnte es gar nicht glauben! Die haben das Maul gehalten!«

Kovitsky blieb stehen und sah Kramer von oben bis unten an, als betrachte er jemanden, den er noch nie gesehen hatte.

»Scheißsinnlos«, sagte der Richter.

Er wirft mir wohl vor, daß ich nichts getan, daß ich ihm nicht geholfen habe – aber im nächsten Moment wurde Kramer klar, daß Kovitsky in Wirklichkeit von dem Fahrer des Wagens sprach.

»Na ja, der arme Teufel«, sagte Kovitsky, »er hat Schiß. Ich würde mich schämen, so einen Job zu haben, wenn ich solche Scheißangst hätte.«

Was er sagte, schien mehr an ihn selbst als an Kramer gerichtet zu sein. Er redete immer weiter über diesen Scheißkram und jenen Scheißkram. Das Gefluche nahm Kramer kaum zur Kenntnis. Im Gerichtsgebäude war es wie bei der Army. Von den Richtern hinunter bis zu den Wachmännern gab es ein einziges Allzweckadjektiv oder -attribut oder wie man's auch immer nannte, und nach einer Weile war es einem so natürlich wie das Atemholen. Nein, Kramer eilte mit den Gedanken voraus. Er fürchtete, die nächsten Worte aus Kovitskys Mund könnten lauten: Warum haben Sie nur dagestanden und keinen Scheißfinger krumm gemacht? Er dachte sich schon Entschuldigungen aus: Ich wußte nicht, wo es herkam ... Ich konnte nicht sagen, ob es aus dem Wagen kam oder ...

Die Neonbeleuchtung hüllte die Eingangshalle in den trüben Giftdunst einer Röntgenklinik.

»... dieses ›Hymie‹«, sagte Kovitsky gerade. Dann warf er Kramer einen Blick zu, der zweifellos eine Antwort verlangte.

Kramer wußte nicht, wovon der Richter zum Teufel noch mal geredet hatte.

»Hymie?«

»Yeah. ›Hymie ist wieder da‹«, sagte Kovitsky. »›Wurmzuzzel.‹ Wem macht das schon was: ›Wurmzuzzel‹? Aber ›Hymie‹. Das ist scheißgiftig. Das ist Haß! Das ist antisemitisch. Und für was?

Ohne die Jidden würden sie immer noch Asphalt legen und in South Carolina in Flintenläufe glotzen, das würden sie verdammt noch mal tun, diese jämmerlichen Scheißkerle.«

Eine Alarmanlage ging los. Wahnsinniges Gebimmel füllte die Halle. Es hämmerte in Wellen gegen Kramers Ohren. Richter Kovitsky mußte die Stimme erheben, um sich verständlich zu machen, aber er blickte sich nicht einmal um. Kramer zuckte nicht mit der Wimper. Der Alarm bedeutete, daß ein Gefangener entflohen war oder daß der Bruder irgendeines spacken kleinen Ganoven im Gerichtssaal einen Revolver gezogen hatte, oder irgendein hünenhafter Insasse hatte einen Vernehmungsbeamten von sechzig Kilo Lebendgewicht in den Schwitzkasten genommen. Vielleicht brannte es auch nur. Die ersten paar Male, die Kramer den Alarm auf der Inselfestung Gibraltar hatte losgehen hören, war sein Blick durch die Gegend gerast, während er sich auf das Getrampel einer Herde von Wachleuten gefaßt gemacht hatte, die Militärstiefel mit Stahlspitzen trugen, mit .38ern herumfuchtelten, durch die Marmorflure rannten und irgendeinen Wahnsinnigen in grellbunten Sneakers zu packen versuchten, der, durch seine Angst auf Touren gebracht, die hundert in acht Komma vier schaffte. Aber nach einer Weile ignorierte er das Gebimmel. Im Bronx County Building herrschten als Normalzustand äußerste Alarmbereitschaft, Panik und Durcheinander. Überall um Kramer und den Richter herum verrenkten Leute ihren Hals in alle Richtungen. So traurige Gesichter ... Sie betraten Gibraltar zum erstenmal mit weiß der Himmel was für traurigen Aufträgen.

Plötzlich zeigte Kovitsky auf den Boden und sagte: »... ist denn das, Kramer?«

»Das?« fragte Kramer und versuchte verzweifelt herauszufinden, wovon der Richter sprach.

»Diese Scheißschuhe«, sagte Kovitsky.
»Ach! Die Schuhe«, sagte Kramer. »Das sind Laufschuhe, Richter.«
»Hat Weiss sich das ausgedacht?«
»Nööö«, sagte Kramer und gluckste, als habe ihn der Esprit des Richters umgeworfen.
»Joggen für die Justiz? Läßt Abe euch Burschen das machen, joggen für die Justiz?«
»Nein, nein, nein, nein.« Noch mehr Gluckser und ein breites Grinsen, denn Kovitsky schien diesen Einfall zu mögen: Joggen für die Justiz.
»Herrgott, jeder Typ, der einen Red-Apple-Laden überfällt, trägt in meinem Gerichtssaal diese verdammten Dinger, und jetzt ihr Burschen auch?«
»Nööö-hö-hö.«
»Meinen Sie, Sie dürften in diesem Aufzug in meine Abteilung kommen?«
»Nöööööö-hö-hö-hö! Fiele mir nicht im Traum ein, Richter.« Die Alarmanlage schrillte weiter. Die neuen Leute, die neuen traurigen Gesichter, die noch nie in dieser Zitadelle gewesen waren, blickten sich mit weit aufgerissenen Augen und offenem Mund um, und sie sahen einen glatzköpfigen, alten Weißen in einem grauen Anzug mit weißem Hemd und Schlips und einen zur Glatze neigenden jungen Weißen in einem grauen Anzug mit weißem Hemd und Schlips, die einfach dastanden, redeten, lächelten, quasselten und plauderten. Wenn also diese beiden Weißen, die so offensichtlich zu der Macht gehörten, einfach dastanden, ohne auch nur die Stirn zu runzeln, wie schlimm konnte es dann sein?

Während der Alarm in seinem Kopf schrillte, wurde Kramer noch deprimierter.

Genau in diesem Moment und an dieser Stelle faßte er einen Entschluß. Er würde etwas unternehmen – etwas Überraschendes, etwas Unbesonnenes, etwas Verzweifeltes, was immer auch nötig war. Er würde hier ausbrechen. Er würde sich aus diesem Dreck erheben. Er würde den Himmel anzünden, selber das Leben an sich reißen ...

Er sah das Mädchen mit dem braunen Lippenstift wieder vor sich, so deutlich, als stünde es direkt neben ihm an diesem tristen, grausamen Ort.

3
Aus dem fünfzigsten Stock

Sherman McCoy trat mit seiner Tochter Campbell an der Hand aus seinem Wohnhaus. Neblige Tage wie dieser erzeugten ein eigentümliches, aschblaues Licht in der Park Avenue. Aber wenn sie unter dem Baldachin über dem Eingang hervorkamen – was für ein Gleißen! Der Mittelstreifen der Avenue war ein Meer gelber Tulpen. Tausende standen dort dank der Beiträge, die Wohnungseigentümer wie Sherman an die Park Avenue Association zahlten, und dank der Tausende von Dollars, die die Association an eine von drei Koreanern aus Maspeth, Long Island, geführte Gartenbaufirma namens Wiltshire Country Gardens zahlte. Es war etwas Himmlisches an dem gelben Leuchten all der Tulpen. Das paßte. Denn solange Sherman die Hand seiner Tochter in der seinen hielt und sie zu ihrer Bushaltestelle brachte, fühlte er sich der Gnade Gottes teilhaftig. Ein wunderbarer Zustand war das, und er kostete nicht viel. Die Bushaltestelle lag nur über die Straße weg. Seine Ungeduld über Campbells winzige Schrittchen hatte also kaum eine Chance, ihm diesen erfrischenden Schluck Vaterschaft, den er jeden Morgen nahm, zu verderben.

Campbell besuchte die erste Klasse an der Taliaferro, was, wie jedermann, tout le monde, wußte, Toliver ausgesprochen wurde. Jeden Morgen schickte die Taliaferro School ihren eigenen Bus samt Fahrer und Begleitperson die Park Avenue herauf. Und in der Tat gab es nur wenige Mädchen in der Taliaferro, die so weit weg wohnten, daß sie diese Buslinie nicht zu Fuß erreichten.

Während Sherman auf den Bürgersteig zusteuerte, die Hand seiner Tochter in der seinen, erschien ihm Campbell wie eine Vision. Sie war eine Vision, die sich jeden Morgen erneuerte. Ihr Haar war eine üppige Fülle sanfter Wellen wie bei ihrer Mutter, aber heller und goldener. Ihr Gesichtchen – vollkommen! Nicht einmal die derben Jahre der Pubertät würden es verändern. Er war sich dessen sicher. In ihrem burgunderroten Schulkleid, der weißen Bluse mit dem butterblumengelben Kragen, ihrem kleinen Nylonranzen und den weißen Kniestrümpfen glich sie einem Engel. Sherman fand allein schon ihren Anblick unglaublich ergreifend.

Der Frühschichtportier war ein alter Ire namens Tony. Nachdem er ihnen die Tür geöffnet hatte, trat er hinaus unter den Baldachin und beobachtete sie beim Weggehen. Das war schön ... schön! Sherman genoß es, wenn man ihm bei seinem Vatersein zusah. An diesem Morgen war er ein ernster Mensch, der die Park Avenue und Wall Street repräsentierte. Er trug einen blaugrauen, mattglänzenden Kammgarnanzug, in England für $ 1800 nach Maß angefertigt, einreihig auf zwei Knöpfe, mit gewöhnlichen stumpfen Revers. In der Wall Street galten Zweireiher und spitze Revers als ein bißchen zu grell, als ein bißchen zu stark nach Garment District riechend. Sein dichtes braunes Haar war glatt nach hinten gekämmt. Er straffte die Schultern und reckte seine lange Nase und das wundervolle Kinn in die Höhe.

»Liebling, warte! Ich knöpfe dir deinen Sweater zu. Es ist ein bißchen kühl.«

»Nee-nee, José«, sagte Campbell.

»Komm, Schätzchen! Ich möchte nicht, daß du dich erkältest.«

»N-O, Séjo, N-O.« Sie zog ihre Schultern mit einem Ruck von ihm weg. Séjo war José rückwärts. »N-n-n-n Ohhhh.«

Sherman seufzte und gab seinen Plan auf, seine Tochter vor den Elementen zu schützen. Sie liefen ein kleines Stück weiter.

»Daddy?«

»Ja, Liebchen?«

»Daddy, was ist, wenn es keinen lieben Gott gibt?«

Sherman beugte sich verdutzt zu ihr hinunter. Campbell sah mit völlig normalem Gesichtsausdruck zu ihm hoch, als hätte sie eben gefragt, wie diese gelben Blumen dort hießen.

»Wer hat gesagt, es gibt keinen lieben Gott?«

»Aber was ist, wenn es keinen gibt?«

»Was bringt dich auf den Gedanken – hat dir jemand gesagt, es gibt keinen lieben Gott?«

Welche hinterhältige kleine Aufrührerin in ihrer Klasse hatte dieses Gift verstreut? Soweit Sherman wußte, glaubte Campbell noch an den Weihnachtsmann, und hier fing sie plötzlich an, die Existenz Gottes in Frage zu stellen! Und doch ... es war eine frühreife Frage für eine Sechsjährige, nicht wahr? Da gab's nichts zu deuten. Wenn man sich überlegte ...

»Aber was ist, wenn's ihn nicht gibt?« Sie war ärgerlich. Sie nach der Herkunft ihrer Frage auszuquetschen, war keine Antwort.

»Aber es *gibt* einen lieben Gott, Schätzchen. Deshalb kann ich dir nichts über ›wenn es keinen gibt‹ erzählen.« Sherman versuchte, sie niemals zu belügen. Aber diesmal hielt er eine Lüge für das Vernünftigste. Er hatte gehofft, er würde nie über Religion mit ihr reden müssen. Sie schickten sie seit einiger Zeit zur Sonntagsschule in die St. James' Episcopal Church an der Madison Avenue Ecke Einundsiebzigste Straße. Das war die Art, wie man sich um Religion kümmerte. Man meldete die Kinder bei St. James' an und vermied es, jemals über Religion zu sprechen oder nachzudenken.

»Oh«, sagte Campbell. Sie starrte mit großen Augen in die Ferne. Sherman hatte ein schlechtes Gewissen. Sie hatte eine schwierige Frage gestellt, und er hatte sich davor gedrückt. Seine Tochter – sie versuchte im Alter von sechs Jahren, sich das größte Puzzle des Lebens zusammenzustückeln.

»Daddy?«

»Ja, Liebchen?« Er hielt den Atem an.

»Kennst du Mrs. Winstons Fahrrad?«

Mrs. Winstons Fahrrad? Dann fiel es ihm wieder ein. Vor zwei Jahren hatte es in Campbells Kindergarten eine Kindergärtnerin namens Mrs. Winston gegeben, die dem Verkehr die Zähne zeigte und jeden Tag mutig mit dem Fahrrad in den Kindergarten fuhr. Alle Kinder hatten das toll gefunden, eine Kindergärtnerin, die mit dem Fahrrad angeradelt kam. Er hatte Campbell die Frau seitdem nie wieder erwähnen hören.

»O ja, ich erinnere mich.« Eine bange Pause.

»MacKenzie hat genauso eins.«

MacKenzie? MacKenzie Reed war ein kleines Mädchen in Campbells Klasse.

»Tatsächlich?«

»Ja. Es ist bloß kleiner.«

Sherman wartete ... auf die Gedankenverbindung ... Aber sie kam nicht. So war das! Gott lebt! Gott ist tot! Mrs. Winstons Fahrrad! Nee-nee, José! N-O, Séjo! Alles kam aus demselben Durcheinander in der Spielzeugkiste. Sherman fühlte sich einen Moment lang erleichtert, aber dann kam er sich betrogen vor. Der Gedanke, daß seine Tochter mit sechs Jahren wirklich die Existenz Gottes in Frage gestellt haben könnte – das hatte er als Anzeichen einer höheren Intelligenz gewertet. Seit den letzten zehn Jahren galt in der Upper East Side Intelligenz bei Mädchen als gesellschaftlich durchaus angebracht.

Mehrere kleine Mädchen in burgunderroten Kleidchen und ihre Eltern oder Kindermädchen hatten sich auf der anderen Seite der Park Avenue an der Taliaferro-Bushaltestelle versammelt. Sobald Campbell sie sah, versuchte sie, ihre Hand aus der Shermans zu lösen. Sie war jetzt in diesem Alter. Aber er würde sie nicht loslassen. Er hielt ihre Hand fest und führte sie über die Straße. Er war ihr Beschützer. Er blickte finster einem Taxi entgegen, als es an der Ampel quietschend zum Stehen kam. Er würde sich mit Freuden davorwerfen, wenn es nötig wäre, um Campbells Leben zu retten. Während sie die Park Avenue überquerten, stellte er sich vor seinem geistigen Auge vor, was für ein ideales Gespann sie beide abgaben. Campbell, das vollkommene Engelchen in seiner Privatschuluniform; und er mit seinem edlen Kopf, seinem Yale-Kinn, seiner mächtigen Gestalt und seinem britischen 1800-Dollar-Anzug, der Vater des Engelchens, ein vielseitig begabter Mann. Er stellte sich die bewundernden Blicke, die neidischen Blicke der Autofahrer, der Fußgänger, ausnahmslos aller vor.

Sobald sie an der Bushaltestelle ankamen, machte Campbell sich frei. Die Eltern, die ihre Töchter am Morgen zur Taliaferro-Bushaltestelle brachten, waren ein fröhlicher Haufen. In welch vergnügter Stimmung sie immer waren! Sherman begann mit dem Gutenmorgensagen. Edith Tompkins, John Channing, MacKenzie Reeds Mutter, Kirby Colemans Kindermädchen, Leonard Schnorske, Mrs. Lueger. Als er zu Mrs. Lueger kam – ihren Vornamen hatte er nie erfahren –, mußte er zweimal hinsehen. Sie war eine schlanke, blasse Blondine, die nie Make-up benutzte. An diesem Morgen war sie wahrscheinlich in letzter Minute mit ihrer Tochter zur Bushaltestelle runtergerannt. Sie trug ein blaues Button-down-Herrenoberhemd, dessen zwei obere Knöpfe offenstanden. Dazu hatte sie ein Paar alte Bluejeans und irgendwelche Ballettslipper angezogen. Die Jeans waren sehr eng. Sie hatte einen hinreißenden kleinen Körper. Er hatte das noch nie bemerkt. Wirklich ganz hinreißend! Sie sah so ... blaß und halb wach und verletzlich aus. Wissen Sie was, Sie brauchen unbedingt eine Tasse Kaffee, Mrs. Lueger. Kommen Sie, ich wollte gerade rüber zu dem Coffee Shop an der Lexington! – Ach, das ist doch blöd, Mr. McCoy. Kommen Sie mit rauf zu mir! Ich habe schon Kaffee gemacht. Er starrte sie gut zwei Sekunden länger an, als er das eigentlich sollte, und dann ... *peng* ... kam der Bus, ein großes, solides Fahrzeug im

Greyhound-Format, und die Kinder sprangen die Stufen hinauf.

Sherman ging weg, dann schaute er zu Mrs. Lueger zurück. Aber sie sah ihn nicht an. Sie ging auf ihr Apartmenthaus zu. Die Gesäßnaht ihrer Jeans spaltete sie praktisch in der Mitte durch. Auf jeder Wölbung des Hinterns waren weißliche Flecken. Sie waren wie Schlaglichter auf dem Fleisch, das darunter schwoll. Was für einen wundervollen Hintern sie hatte! Und ihm waren diese Frauen immer bloß als Muttis vorgekommen. Wer wußte schon, was für heiße Feuerchen in diesen Muttis brannten?

Sherman machte sich in östlicher Richtung auf den Weg zum Taxistand in der First Avenue Ecke Neunundsiebzigste Straße. Er fühlte sich voller Schwung. Warum genau, hätte er nicht erklären können. Die Entdeckung der reizenden kleinen Mrs. Lueger ... ja, aber eigentlich verließ er die Bushaltestelle immer gut gelaunt. Die beste Schule, die besten Töchter, die besten Familien, das beste Viertel der Hauptstadt der westlichen Welt am Ende des zwanzigsten Jahrhunderts – aber das einzige, was ihm im Gedächtnis geblieben war, war das Gefühl von Campbells kleiner Hand, die sich an der seinen festhielt. Das war's, weshalb es ihm so gutging. Die Berührung ihrer vertrauensvollen, sich vollkommen auf ihn verlassenden kleinen Hand war das Leben selbst.

Dann ließ seine gute Laune nach. Er ging ziemlich schnell, während sein Blick beiläufig die Fassaden der braunen Sandsteinhäuser streifte. An diesem grauen Morgen wirkten sie alt und deprimierend. Formlose Plastikmüllsäcke in Farben zwischen Hundescheißebraun und Kackegrün waren vor ihnen, draußen an den Bordsteinen, abgestellt. Die Säcke hatten eine schleimig wirkende Oberfläche. Wie konnten Menschen nur so leben? Nur zwei Querstraßen entfernt war Marias Wohnung ... Ralston Thorpes Wohnung lag hier irgendwo in der Gegend ... Sherman und Rawlie hatten zusammen Buckley,

St. Paul's und Yale besucht, und jetzt arbeiteten sie beide bei Pierce & Pierce. Rawlie war nach seiner Scheidung aus einer 16-Zimmer-Wohnung in der Fifth Avenue in die oberen beiden Etagen eines Altbaus irgendwo hier in der Gegend gezogen. Sehr deprimierend. Sherman hatte gestern abend einen recht großen Schritt in Richtung einer Scheidung getan, oder? Judy hatte ihn nicht nur ertappt, in flagranti telephono sozusagen, sondern er hatte dann, verkommenes Geschöpf der Lust, das er war, weitergemacht und gevögelt – richtig! nichts weiter als das: gevögelt – und war fünfundvierzig Minuten lang nicht nach Hause zurückgekehrt ... Wie würde es Campbell treffen, wenn er und Judy sich jemals trennten? Er konnte sich sein Leben nach so etwas nicht vorstellen. Das Recht, seine eigene Tochter am Wochenende zu besuchen? Wie hieß doch gleich der Ausdruck, den sie benutzten? »Ausnahmezeit«? So geschmacklos, so geschmacklos ... Campbells Seele würde sich Monat für Monat zu einer spröden kleinen Muschelschale verhärten ...

Als er einen halben Block weitergegangen war, haßte er sich. Am liebsten wäre er umgekehrt, wieder nach Hause gelaufen und hätte um Vergebung gebeten und »nie wieder« geschworen. Er hätte es am liebsten getan, aber er wußte, er würde es nicht tun. Sonst käme er zu spät ins Büro, was bei Pierce & Pierce sehr ungern gesehen wurde. Niemand sagte es offen, aber es wurde von einem erwartet, daß man zeitig kam und sich sofort ans Geldverdienen machte ... und an die Meisterung des Universums. Ein Adrenalinstoß – die Giscard-Anleihe! Er arbeitete sich gerade langsam an das größte Geschäft seines Lebens heran, die Giscard, die goldgestützte Anleihe ... Master of the Universe! Dann fühlte er sich von neuem bedrückt. Judy hatte auf der Liege im Ankleidezimmer ihrer Schlafzimmersuite geschlafen. Sie schlief noch immer oder tat so, als er aufgestanden war. Nun, Gott sei Dank dafür. Ihm war nicht der Sinn nach einer neuerlichen Auseinandersetzung mit ihr gewesen, vor allem nicht, wenn Campbell oder Bonita zuhörten. Bonita war eine von diesen südamerikanischen Hausangestellten mit durch und durch angenehmen, dennoch gesetzten Umgangsformen. Vor ihr Zorn oder Schmerz zur Schau zu stellen wäre eine Taktlosigkeit gewesen. Kein Wunder, daß Ehen früher besser hielten. Shermans Eltern und deren Freunde hatten alle viele Hausangestellte gehabt, und die Angestellten hatten lange Arbeitszeiten und lebten im Haus. Wenn man sich vor den Angestellten nicht streiten wollte, gab es nicht viele Gelegenheiten, sich überhaupt zu streiten.

Und so hatte Sherman nach bester McCoy-Sitte, genauso wie es auch sein Vater getan hätte – nur daß er sich nicht vorstellen konnte, daß sein Vater jemals so in der Klemme gesessen haben könnte –, den Schein gewahrt. Er hatte mit Campbell in der Küche gesessen und gefrühstückt, während Bonita ihr das Frühstück reinstopfte und sie zur Schule fertig machte. Bonita hatte einen tragbaren Fernseher in der Küche, und zu dem schaute sie immer wieder hin, um sich die Reportage über den Krawall in Harlem anzusehen. Es war eine kitzlige Sache gewesen, aber Sherman hatte nicht hingesehen. Es war ihm alles so fern vorgekommen ... Sachen, wie sie halt da draußen passierten ... unter diesen Leuten ... Er war damit beschäftigt gewesen, Charme und Fröhlichkeit zu verströmen, damit Bonita und Campbell nicht die giftige Atmosphäre spürten, die den Haushalt umgab.

Mittlerweile war Sherman bis zur Lexington Avenue gelangt. Er machte immer in einem Süßwarenladen kurz hinter der Ecke halt und kaufte sich die »Times«. Als er um die Ecke bog, kam ein junges Mädchen auf ihn zu, ein hochgewachsenes Mädchen mit viel blondem Haar. Eine große Handtasche baumelte an einem Riemen von ihrer Schulter. Sie lief rasch, als wollte sie zur U-Bahn-Station an der Siebenundsiebzigsten Straße. Sie hatte einen langen Sweater an, der vorn weit offenstand, und ein Polohemd mit einem kleinen eingestickten Emblem auf der linken

Brust. Außerdem trug sie eine Art weiße Seemannshose, die in den Beinen sehr weit und schlapperig war, aber ungeheuer eng im Schritt. Ungeheuer! Es entstand ein sehr verwirrender Spalt. Sherman starrte ihn an, und dann blickte er ihr ins Gesicht. Sie guckte einfach zurück. Sie schaute ihm direkt in die Augen und lächelte. Sie verlangsamte weder das Tempo, noch warf sie ihm einen provozierenden Blick zu. Ihr Blick war zutraulich, optimistisch, er besagte soviel wie: Hi! Was sind wir zwei doch für gutaussehende Geschöpfe, was? So offen. So furchtlos. So energisch und unbescheiden.

In dem Bonbonladen bezahlte Sherman die »Times«. Als er sich umdrehte und zur Tür gehen wollte, streifte sein Blick einen Zeitschriftenständer. Das lachsfarbene Fleisch sprang ihm entgegen ... Mädchen ... Jungs ... Mädchen mit Mädchen ... Jungs mit Jungs ... Mädchen mit Jungs ... Mädchen mit nackten Brüsten, Mädchen mit nackten Hintern ... Mädchen mit allem möglichen Drum und Dran ... ein glücklich grinsender pornografischer Exzeß, eine Zusammenrottung, eine Orgie, eine Schweinesuhle ... Auf der Titelseite eines Magazins trägt ein Mädchen nur ein Paar hochhackige Schuhe und einen Lendenschurz ... Nur ist es kein Lendenschurz, es ist eine Schlange ... Irgendwie ist sie in ihrem Schoß verschlungen und guckt Sherman direkt in die Augen ... Auch das Mädchen schaut ihn direkt an ... Auf ihrem Gesicht liegt das sonnigste, das aufrichtigste Lächeln, das man sich vorstellen kann ... Es ist das Gesicht des Mädchens, das einem bei Baskin-Robbins die Waffeltüte mit dem Chocolate-Chip-Eis reicht ...

Sherman nahm den Weg zur First Avenue in ziemlich erregtem Zustand wieder auf. Es lag in der Luft. Es war eine Welle. Überall. Unentrinnbar ... Sex! ... Zum Mitnehmen! ... Der Sex lief die Straße entlang, so hemmungslos, wie man nur wollte ... Er wurde in allen Geschäften groß herausgestellt. Wenn man ein junger Mann und für dergleichen halbwegs empfänglich war, welche Chance hatte man da? ... Genaugenommen war er seiner Frau untreu gewesen. Na schön, gewiß ... Aber wer konnte monogam bleiben, wenn diese, diese, diese *Flutwelle* an Lüsternheit über die Welt schwappte? Herrgott, allmächtiger! Ein Master of the Universe konnte schließlich kein Heiliger sein ... Es war unvermeidlich. Herr du meine Güte, man kann Schneeflocken nicht aus dem Weg gehen, und das hier war ein Blizzard! Er war fast dabei erwischt worden, das war alles, oder halbwegs dabei erwischt worden. Das hieß gar nichts. Es hatte keine moralische Bedeutung. Es war nichts weiter, als wenn man bis auf die Haut naß wird. Als er den Taxistand an der First Ecke Neunundsiebzigste erreichte, hatte er die Sache in Gedanken so etwa gelöst.

An der Neunundsiebzigsten Straße Ecke First Avenue standen die Taxen jeden Tag aufgereiht, um die jungen Masters of the Universe zur Wall Street hinunterzufahren. Nach den Vorschriften mußte einen jeder Taxifahrer überall dorthin bringen, wohin man wollte, aber die Fahrer in der Schlange an der Neunundsiebzigsten Ecke First rührten sich nur, wenn man zur Wall Street oder in deren Umgebung wollte. Vom Taxistand aus schlugen sie zwei Querstraßen weit einen Bogen in Richtung Osten und fuhren dann auf dem Highway, dem FDR, dem Franklin Delano Roosevelt Drive am East River entlang nach Süden.

Das war jeden Morgen eine 10-Dollar-Fahrt, aber was bedeutete das schon für einen Master of the Universe? Shermans Vater war immer mit der U-Bahn zur Wall Street gefahren, auch als er Hauptabteilungsleiter bei Dunning Sponget & Leach war. Noch jetzt, mit einundsiebzig, wenn er seinen täglichen Ausflug zu Dunning Sponget machte, um für drei oder vier Stunden dieselbe Luft wie seine Anwaltsfreunde zu atmen, nahm er die U-Bahn. Das war eine Prinzipienfrage. Je gräßlicher die U-Bahn wurde, je mehr Graffiti Hinz und Kunz auf die Wagen schmierten, je mehr Goldkettchen sie von Mädchenhälsen rissen, je mehr alte Männer sie ausraubten, je mehr Frauen sie vor die Züge stießen, desto entschlossener war John Campbell McCoy, sich nicht aus den U-Bahnen von New York City vertreiben zu lassen. Aber die neue Generation, die junge Generation, die Master-Generation, Shermans Generation kannte kein solches Prinzip. *Isolation!* Das war die Devise. Es war der Ausdruck, den Rawlie Thorpe benutzte: »Wenn du in New York leben willst«, sagte er einmal zu Sherman, »mußt du dich isolieren, isolieren, isolieren«, was hieß, sich von Hinz und Kunz isolieren. Der Zynismus und die Blasiertheit dieses Gedankens kam Sherman sehr au courant vor. Wenn man den FDR Drive in einem Taxi hinabflitzen konnte, warum sollte man dann freiwillig in die Schützengräben des Großstadtkriegs marschieren?

Der Fahrer war ... ein Türke? Ein Armenier? Sherman versuchte, seinen Namen auf der Karte in dem Rähmchen am Armaturenbrett zu entziffern. Als das Taxi die Schnellstraße erreicht hatte, lehnte er sich bequem zurück und las die »Times«. Ein Bild auf der Titelseite zeigte eine Menschenmenge auf einer Bühne und den Bürgermeister, der in der Nähe eines Rednerpults stand und auf die Leute starrte. Der Krawall, kein Zweifel. Sherman begann, den Bericht zu lesen, aber seine Gedanken schweiften ab. Die Sonne brach langsam durch die Wolken. Er konnte sie auf dem Fluß zu seiner Linken sehen. In diesem Augenblick leuchtete der arme, dreckige Fluß. Es war immerhin ein sonniger Tag im Mai. Vor ihnen erhoben sich gleich neben dem Highway kerzengerade die Türme des New York Hospital. Er sah ein Schild für die Ausfahrt Einundsiebzigste Straße Ost, die sein Vater immer genommen hatte, wenn sie sonntags abends von Southampton nach Hause fuhren. Allein der Anblick des Krankenhauses und der Ausfahrt ließ Sherman an früher denken – nein, nicht so sehr denken, er meinte vielmehr das Haus in der Dreiundsiebzigsten Straße mit den knickerbockergrünen Räumen zu fühlen. Er war in diesen blaßgraugrünen

Zimmern aufgewachsen und diese vier engen Treppen rauf- und runtergestapft, im Glauben, daß er im Haus des mächtigen John Campbell McCoy, des Löwen von Dunning Sponget & Leach, im Eldorado der Eleganz lebe. Erst vor kurzem war ihm aufgegangen, daß seine Eltern 1948, als sie das Haus kauften und renovierten, ein – vorsichtig ausgedrückt – abenteuerlustiges junges Paar waren und etwas in Angriff nahmen, was zu der Zeit damals eine alte Ruine in einem heruntergekommenen Block war. Sie hielten den Blick eisern auf die Kosten und jeden Schritt des Weges gerichtet und waren stolz darauf, was für ein anständiges Haus sie sich zu einem relativ bescheidenen Preis schufen. Du lieber Himmel! Wenn sein Vater jemals dahinterkäme, wieviel er für die Wohnung bezahlt und wie er das finanziert hatte, bekäme er einen Herzinfarkt. $ 2,6 Millionen, davon $ 1,8 Millionen geliehen ... $ 21.000 pro Monat an Tilgung und Zinsen, wobei in zwei Jahren eine Schlußrate von $ 1 Million fällig wurde ... Der Löwe von Dunning Sponget wäre entsetzt ... und, schlimmer als entsetzt: verletzt ... weil seine endlos wiederholten Vorträge über Leistung, Schulden, Protzerei und das rechte Maß durch den Kopf seines Sohnes glatt hindurchgegangen waren ...

Ob sein Vater jemals fremdgegangen war? Das schien nicht ausgeschlossen. Er war ein hübscher Mann. Er hatte das Kinn. Aber Sherman konnte es sich nicht vorstellen. Und als er die Brooklyn Bridge vor sich auftauchen sah, gab er den Versuch auf, es sich vorzustellen. In ein paar Minuten würde er an der Wall Street sein.

Das Investment-Bankhaus Pierce & Pierce nahm den fünfzigsten, einundfünfzigsten, zweiundfünfzigsten, dreiundfünfzigsten und vierundfünfzigsten Stock eines Glasturms ein, der aus dem düsteren Schoß der Wall Street sechzig Stockwerke hoch aufragte. Die Rentenbörse, an der Sherman arbeitete, lag im fünfzigsten Stockwerk. Jeden Tag trat er aus einem aluminiumverkleideten Fahrstuhl auf eine Etage hinaus, die wie die Rezeption eines dieser neuen Londoner Hotels aussah, die den Yanks etwas bieten wollen. Neben der Fahrstuhltür befand sich ein falscher Kamin mit einem antiken Mahagonisims, dessen Ecken Schnitzereien dicker Obstbüschel zierten. Vor dem falschen Kamin stand ein Kamingitter aus Messing, ein fence oder fender, wie man das auf Landsitzen im Westen Englands nannte. Während der entsprechenden Monate glühte ein imitiertes Feuer darin, das flackernde Lichter auf zwei mächtige Messingkaminböcke warf. Die Wand dahinter war ebenfalls mit Mahagoni verkleidet: mit Paneelen in einem satten, rötlichen Ton, in die das Faltwerk so tief eingeschnitten war, daß man beim bloßen Hinsehen die Kosten in den Fingerspitzen fühlte. All das spiegelte die Leidenschaft des Hauptabteilungsleiters bei Pierce & Pierce, Eugene Lopwitz, für alles Britische wider. Britisches – Bibliotheksleitern, bauchige Konsolen, Sheraton-Beine, Chippendale-Rücken, Zigarrenabschneider, Klubsessel mit Troddeln, Plüschteppiche – wurde von Tag zu Tag mehr auf der fünfzigsten Etage bei Pierce & Pierce. Leider konnte Eugene Lopwitz an der Decke nicht viel ändern, die kaum zwei Meter vierzig hoch war. Der Fußboden war um dreißig Zentimeter angehoben worden. Darunter verliefen genügend Kabel und Drähte, um ganz Guatemala mit Strom zu versorgen. Die Leitungen lieferten den Strom für die Computerterminals und Telefone des Börsenraums. Die Decke war dreißig Zentimeter heruntergezogen worden, um Platz für Lampengehäuse, die Rohre der Klimaanlage und ein paar weitere Kilometer Kabel zu schaffen. Der angehobene Fußboden, die tiefere Decke: Es war, als befände man sich auf einem englischen Herrensitz, der plattgedrückt worden war.

War man an dem falschen Kamin vorbei, so hörte man ein wahnsinniges Gebrüll – wie das Toben einer wilden Menge. Es kam irgendwoher um die Ecke. Man konnte es nicht verfehlen. Sherman McCoy steuerte schnurstracks und voll Wonne darauf zu. An diesem Morgen schwang sich, wie an jedem Morgen, sein Magen voll drauf ein.

Er bog um die Ecke, und da war er: der Börsensaal von Pierce & Pierce. Es war ein riesiger Raum, vielleicht achtzehn mal vierundzwanzig Meter, aber mit der gleichen Zwei-Meter-vierzig-Decke, die einem auf den Kopf fiel. Es war ein bedrückender Raum mit aggressivem Licht, sich windenden Silhouetten und diesem Gebrüll. Das grelle Licht drang durch eine Glaswand, die nach Süden ging und auf den New Yorker Hafen, die Freiheitsstatue, Staten Island und die Ufer von Brooklyn und New Jersey blickte. Die sich windenden Silhouetten waren die Arme und Oberkörper junger Männer, von denen wenige älter als vierzig waren. Sie hatten ihre Jacketts abgelegt. Sie fuchtelten erregt herum, schwitzten bereits früh am Morgen und schrien, was dieses Gebrüll verursachte. Es war das Geräusch, das wohlerzogene junge Weiße erzeugen, die auf dem Rentenmarkt nach Geld brüllen.

»Nimm doch bitte das Scheißtelefon ab!« kreischte ein rundlicher, rosagesichtiger Harvard-Absolvent des Jahrgangs 1976 jemanden an, der zwei Schreibtischreihen weiter saß. Der Raum glich der Lokalredaktion einer Zeitung. Trennwände und sichtbare Zeichen einer Rangordnung gab es nicht. Alle saßen an hellgrauen Schreibtischen vor kalbfleischfarbenen Computerterminals mit schwarzen Monitoren, über die Reihen grünleuchtender Buchstaben und Zahlen glitten.

»Ich habe gesagt, nimm bitte das Scheißtelefon ab! Wenn ich's sage, meine ich's auch, heiliger Bimbam!« In den Achselhöhlen seines Hemdes sah man dunkle Halbmonde, und der Tag hatte eben erst begonnen.

Ein Yale-Absolvent des Jahrgangs 1973 mit einem Hals, der dreißig Zentimeter aus seinem Hemdkragen herauszuragen schien, starrte auf einen Bildschirm und schrie durch das Telefon einen Broker in Paris an: »Wenn Sie den Scheißmonitor nicht sehen können ... Herr du meine Güte, Jean-Pierre, das sind die fünf Millionen des *Käufers!* Des *Käufers!* Weiter läuft nichts ein!«

Dann legte er die Hand über die Muschel, blickte zur Decke hoch und sagte laut zu niemand Besonderem außer zu Mammon: »Diese Franzmänner! Diese Scheißfranzmänner!«

Vier Schreibtische weiter setzte sich gerade ein Absolvent der Stanford University, Jahrgang 1979, hin, blickte auf ein Blatt Papier auf seinem Schreibtisch und hielt einen Telefonhörer an sein Ohr. Sein rechter Fuß ruhte auf der Stange eines tragbaren Schuhputzstandes, und ein Schwarzer im Alter von ungefähr fünfzig Jahren – oder war er ungefähr sechzig? –, der Felix hieß, hatte sich über den Fuß gebeugt und bearbeitete den Schuh mit einem Poliertuch. Den ganzen Tag zog Felix von einem Schreibtisch zum anderen und putzte jungen Wertpapierhändlern und -maklern, während sie arbeiteten, für drei Dollar pro Kopf, Trinkgeld inklusive, die Schuhe. Selten wurde ein Wort gewechselt; Felix nahm die Schmutzflecken kaum zur Kenntnis. Genau in dem Moment stand Stanford 79 von seinem Stuhl auf, die Augen noch immer auf das Blatt Papier gerichtet, den Telefonhörer noch immer am Ohr – und den rechten Fuß noch immer auf der Schuhputzstange – und schrie: »Na schön, aber warum, meinen Sie, stoßen alle die Scheißzwanzigjährigen ab?« Nahm den Fuß keine Sekunde von dem Schuhputzstand herunter. Was muß der für kräftige Beine haben, dachte Sherman. Er setzte sich vor sein eigenes Telefon und Computerterminal. Das Geschrei, die Flüche, das Gestikulieren, die Scheißangst und Scheißgier umfingen ihn, und ihm gefiel es. Er war die Nummer eins der Wertpapiermakler, »der größte Producer«, wie die Bezeichnung im Börsenraum von Pierce & Pierce lautete, und er liebte schon allein das Brausen des Sturmes.

»Diese Goldman-Order hat wirklich alles total vermurkst!«
»... du bist verflucht noch mal dran und ...«
»... achteinhalb Geld ...«

»Ich liege um zwei Zweiunddreißigstel drunter.«

»Jemand lockt dich in eine Scheißfalle. Siehst du das denn nicht?«

»Ich nehme die Order an und kaufe bei sechs plus.«

»Schlag bei der Fünfjährigen zu!«

»Verkaufe fünf!«

»Könntest du nicht zehn unterbringen?«

»Du denkst, dies Ding geht weiter hoch?«

»Abstoßfieber bei der Zwanzigjährigen! Diese Trottel reden von nichts anderem mehr.«

»... hundert Millionen Juli-Neunziger sind angesagt ...«

»... verdammt kurzfristig ...«

»Herrgott, was ist los?«

»Ich glaube das verflucht noch mal nicht!«

»Heilige verfluchte Scheiße!« schrien die Absolventen von Yale, Harvard und Stanford. »Hei-li-ge ver-fluch-te Schei-ße!« Wie es diese Söhne der großen Universitäten, diese Nachfahren von Jefferson, Emerson, Thoreau, William James, Frederick Jackson Turner, William Lyons Phelps, Samuel Flagg Bemis und den anderen dreinamigen Giganten amerikanischer Gelehrsamkeit – wie es diese Erben von lux und veritas jetzt zur Wall Street und zur Rentenbörse von Pierce & Pierce drängte! Und die Geschichten zirkulierten auf jedem Campus! Wenn man innerhalb von fünf Jahren nicht $ 250.000 pro Jahr verdiente, dann war man entweder ungeheuer dämlich oder ungeheuer faul. So ging die Rede. Mit dreißig $ 500.000 – und diese Summe hatte noch den Makel der Mittelmäßigkeit. Mit vierzig verdiente man entweder eine Million pro Jahr, oder man galt als zaghaft und inkompetent. *Tu's jetzt!* Diese Devise brannte in aller Herzen wie eine Myokarditis. Junge Männer an der Wall Street, noch immer Burschen mit glatten Wangen und sauberen Arterien, Burschen, die noch erröten konnten, kauften sich Drei-Millionen-Dollar-Wohnungen an der Park und der Fifth Avenue. (Warum warten?) Sie kauften sich 30-Zimmer-undvier-Morgen-Sommersitze in Southampton, Anwesen, die in den zwanziger Jahren erbaut und in den Fünfzigern als lästig und unrentabel abgeschrieben worden waren, Villen mit verfallenen Dienstbotentrakten, und sie restaurierten auch die Dienstbotentrakte und bauten sogar an. (Warum nicht? Wir haben das Personal.) Zu den Geburtstagspartys ihrer Kinder ließen sie Karussells herankarren und auf den weiten grünen Rasenflächen aufbauen, komplett mit ganzen Kolonnen von Rummelplatzarbeitern, die sie bedienten. (Eine blühende kleine Industrie.)

Und wo kam dieses ganz überraschende neue Geld her? Sherman hatte Gene Lopwitz sich über dieses Thema unterhalten hören. Nach Lopwitz' Meinung hatten sie das Lyndon Johnson zu verdanken. Klammheimlich hatten die USA angefangen, in Milliardenhöhe Geld zu drucken, um den Krieg in Vietnam finanzieren zu können. Bevor irgend jemand, selbst Johnson, wußte, was los war, hatte eine weltweite Inflation eingesetzt. Allen wurde die Sache klar, als die Araber Anfang der siebziger Jahre plötzlich die Ölpreise in die Höhe schraubten. Im Handumdrehen wurden Märkte aller Art zu tanzenden Spielbällen: Gold, Silber, Kupfer, Devisen, Bankzertifikate, Industrieaktien – sogar Anleihen. Jahrzehntelang war das Rentengeschäft der bettlägerige Riese an der Wall Street gewesen. In Firmen wie Salomon Brothers, Morgan Stanley, Goldman Sachs und Pierce & Pierce hatte am Rentenmarkt stets zweimal soviel Geld wie am Aktienmarkt die Besitzer gewechselt. Aber die Preise hatten sich damals nur um Pennies von der Stelle bewegt, und meistens gingen sie nach unten. Wie Lopwitz es ausdrückte: »Der Rentenmarkt ist seit der Schlacht bei den Midways ständig abwärtsgegangen.« Die Schlacht bei den Midways (Sherman mußte es nachschlagen) fand im Zweiten Weltkrieg statt. Die Rentenabteilung bei Pierce & Pierce hatte nur aus zwanzig Figuren bestanden, zwanzig ziemlich trüben Figuren, die Bond Bores genannt wurden: Rentenlangweiler. Jene Angestellten der Firma, die am wenigsten zu Hoffnungen Anlaß gaben, wurden zum Rentenmarkt abgeschoben, wo sie keinen Schaden anrichten konnten.

Sherman sträubte sich gegen den Gedanken, daß das noch genauso gewesen war, als er in die Rentenbörse eingetreten war. Schön, damals war nicht mehr von Bond Bores die Rede ... O nein! Ganz und gar nicht! Der Rentenmarkt hatte Feuer gefangen, und erfahrene Makler wie er waren plötzlich sehr gefragt. Mit einemmal verdienten bei den Investmentfirmen die Wall Street rauf und runter die einstigen Bond Bores so viel Geld, daß sie dazu übergingen, sich nach der Arbeit in einer Bar am Hanover Square namens Harry's zu versammeln, um Kriegsberichte abzuliefern ... und sich gegenseitig zu versichern, das sei kein dummer Zufall, sondern vielmehr ein kollektiver Talentausbruch. Anleihen stellten jetzt vier Fünftel der Geschäfte von Pierce & Pierce dar, und die jungen Asse, die Yalies, Harvards und Stanfords, drängten begierig zur Rentenbörse von Pierce & Pierce, und in eben diesem Moment brachen sich ihre Stimmen an Eugene Lopwitz' faltwerkgeschmückten Mahagoniwänden.

Masters of the Universe! Das Gebrüll erfüllte Shermans Seele mit Hoffnung, Vertrauen, Korpsgeist und aufrechter Selbstachtung. Jawohl, aufrechter Selbstachtung! Judy verstand doch von alldem hier nichts. Absolut nichts. Oh, er bemerkte genau, wie ihre Augen jedesmal glasig wurden, wenn er darüber redete. Am Hebel drehen, der die Welt bewegt: Das tat er – und sie wollte lediglich wissen, warum er es nie rechtzeitig zum Abendessen nach Hause schaffte. Wenn er es pünktlich zum Abendbrot nach Hause schaffte, worüber würde sie dann reden wollen? Über ihre großartige Innenarchitektur und daß es ihr gelungen war, ihr Apartment in den »Architectural Digest« zu schleusen, was für einen echten Wall Streeter, offen gesagt, eine verdammte Peinlichkeit war. Lobte sie ihn mal für die Hunderttausende von Dollars, die ihre Dekoriererei und ihre

Lunches (und was zum Teufel sie sonst noch machte) erst ermöglichten? Nein, das tat sie nicht. Sie nahm sie als gegeben hin ... Und so weiter und so fort. Innerhalb von neunzig Sekunden, angeregt von dem mächtigen Gebrüll im Börsenraum von Pierce & Pierce, gelang es Sherman, sich in einen schönen, gerechten Groll gegen seine Frau hineinzusteigern, die es gewagt hatte, bei ihm Schuldgefühle auszulösen.

Er griff zum Telefon und wollte sich eben wieder an die Arbeit an dem größten Coup seiner jungen Laufbahn, die Giscard, machen, als er aus den Augenwinkeln etwas erspähte. Er *entdeckte* es – aufrechterweise! – mitten in dieser großen Maklerschaft sich windender Glieder und Leiber: Arguello las Zeitung! Ferdinand Arguello war ein jüngerer Rentenmakler, fünfundzwanzig oder sechsundzwanzig, aus Argentinien. Er hatte sich lässig auf seinem Stuhl zurückgelehnt und las eine Zeitung, und selbst von dort, wo Sherman saß, konnte er sehen, was es war: »The Racing Form«. (»The Racing Form«!) Der junge Mann sah aus wie die Karikatur eines südamerikanischen Polospielers. Er war schlank und hübsch; er hatte volles, schwarzes, gewelltes Haar, das glatt nach hinten gekämmt war. Er trug Hosenträger aus rotem Seidenmoiré. Seidenmoiré! Die Rentenabteilung von Pierce & Pierce war wie ein Air-Force-Jagdgeschwader. Sherman wußte das, auch wenn dieser junge Südamerikaner es nicht wußte. Als Rentenmakler Nummer eins nahm Sherman keinen offiziellen Rang ein. Dennoch hatte er eine moralische Stellung inne. Entweder war man imstande, den Job zu machen, und bereit, sich hundertprozentig der Arbeit zu widmen, oder man stieg aus. Die achtzig Angestellten der Abteilung erhielten als Sicherheitsnetz ein Grundgehalt von jährlich $ 120.000 pro Kopf. Das galt als lächerlich kleine Summe. Ihr übriges Einkommen rührte von Provisionen und Gewinnbeteiligungen her. Fünfundsechzig Prozent der Gewinne der Abteilung gingen an Pierce & Pierce. Aber fünfunddreißig Prozent wurden unter den achtzig Rentenmaklern und -händlern direkt aufgeteilt. Alle für einen und einer für alle, und jede Menge für einen selbst. Und darum ... keine Bummelanten erlaubt! Kein Ballast! Keine Mucker! Keine Faulenzer! Man eilte am Morgen direkten Wegs auf seinen Schreibtisch, sein Telefon und sein Computerterminal zu. Der Tag begann nicht mit Geplauder und Kaffee und der Lektüre von »The Wall Street Journal« und dem Wirtschaftsteil der »Times«, ganz zu schweigen von »The Racing Form«. Es wurde von einem erwartet, daß man ans Telefon ging und Geld zu machen begann. Wenn man das Büro verließ, und sei es nur zum Lunch, wurde verlangt, daß man Adresse und Telefonnummer den sogenannten Verkaufsassistentinnen hinterließ, die im Grunde Sekretärinnen waren, so daß man sofort zurückgerufen werden konnte, falls eine neue Emission von Anleihen hereinkam (und schnell verkauft werden mußte). Wenn man zum Lunch das Haus verließ, hatte es besser direkt etwas mit dem Verkauf von Anleihen für Pierce & Pierce zu tun. Sonst blieb man hier am Telefon sitzen und bestellte sich etwas aus dem Feinkostgeschäft wie der Rest des Geschwaders auch.

Sherman trat an Arguellos Schreibtisch und sah auf ihn herab. »Was machen Sie da, Ferdi?«

Im selben Moment, als der junge Mann aufblickte, erkannte Sherman, daß Arguello wußte, was die Frage bedeutete, und daß er wußte, er habe unrecht. Aber wenn es eines gab, was ein argentinischer Aristokrat wußte, dann, wie man sich mit Unverfrorenheit dagegen behauptet.

Arguello heftete einen gelassenen Blick auf Shermans Gesicht und sagte mit nur etwas lauterer Stimme als nötig: »Ich lese ›The Racing Form‹.«

»Warum?«

»Warum? Weil vier von unseren Pferden heute in Lafayette laufen. Das ist eine Rennbahn außerhalb von Chicago.«

Damit nahm er die Lektüre der Zeitung wieder auf.

Dieses »unseren« war es, was das Faß zum Überlaufen brachte. »Unseren« sollte einen daran erinnern, daß man hier vor dem Hause Arguello, den Lords der Pampas, stand. Abgesehen davon trug dieses kleine Arschloch rote Seidenmoiré-Hosenträger. »Hören Sie zu ... Sportsfreund«, sagte Sherman, »ich möchte, daß Sie die Zeitung weglegen.«

Provozierend: »Was haben Sie gesagt?«

»Sie haben's doch gehört. Ich habe gesagt, legen Sie diese verfluchte Zeitung weg!« Es sollte ruhig und bestimmt rauskommen, aber es kam wütend heraus. Es kam wütend genug heraus, um Judy, Pollard Browning, den Portier und einen dilettantischen Straßenräuber fertigzumachen.

Dem jungen Mann verschlug es die Sprache.

»Wenn ich Sie hier noch einmal mit ›The Racing Form‹ sehe, können Sie außerhalb von Chicago Ihr Geld verdienen. Sie können sich in die Vereinshauskurve setzen und auf Einlauf wetten. Das hier ist Pierce & Pierce und kein Buchmacher!«

Arguello war puterrot. Er war vor Zorn wie gelähmt. Ihm blieb nichts weiter, als auf Sherman einen Strahl puren Hasses abzuschießen. Sherman, der aufrecht Zornige, drehte sich um, wobei er mit Befriedigung notierte, daß der junge Mann langsam die aufgeschlagene »Racing Form« zusammenfaltete.

Zornig! Aufrecht! Sherman war in Hochstimmung. Alles guckte. Gut! Nichtstun war keine Sünde gegen einen selbst oder gegen Gott, aber gegen Mammon und Pierce & Pierce. Wenn er derjenige sein mußte, der diesen Pomadekopf zur Rechenschaft ziehen mußte, dann – aber er bedauerte den Pomadekopf, selbst in seinen Gedanken. Er betrachtete sich als zur neuen Ära und zur neuen Generation gehörig, als Wall-Street-Kämpen, als Master of the Universe, bei dem *nur* Leistung zählte. Wall Street und Pierce & Pierce waren heute nicht mehr gleichbedeutend mit »guter protestantischer Familie«. Es gab viele bekannte jüdische Investmentbankiers. Auch Lopwitz war Jude. Es gab viele Iren, Griechen und Slawen. Der Umstand, daß kein einziger von den achtzig Mitgliedern des Börsenraums ein Schwarzer oder eine Frau war, störte ihn nicht. Warum auch? Es störte auch Lopwitz nicht, der der Ansicht war, daß die Rentenbörse von Pierce & Pierce nicht der Ort für symbolische Gesten sei.

»He, Sherman!«

Er kam zufällig an Rawlie Thorpes Schreibtisch vorbei. Rawlie war kahl bis auf einen Haarkranz am Hinterkopf, und trotzdem wirkte er noch immer jugendlich. Er trug für sein Leben gern Button-down-Hemden und Shep-Miller-Hosenträger. Die Button-down-Kragen waren immer tadellos umgeschlagen.

»Worum ging's denn?« fragte er Sherman.

»Ich habe meinen Augen nicht getraut«, sagte Sherman. »Er sitzt da mit ›The Racing Form‹ und knobelt an Scheißrennlisten rum.« Er fühlte sich genötigt, das Ärgernis ein bißchen auszuschmücken.

Rawlie fing an zu lachen. »Na ja, er ist halt jung. Vielleicht hat er sich an den elektrischen Schmalzkringeln verausgabt.«

»Woran verausgabt?«

Rawlie hob sein Telefon ab und zeigte auf die Muschel. »Siehst du das? Das ist ein elektrischer Schmalzkringel.«

Sherman machte ein verdutztes Gesicht. Es sah tatsächlich irgendwie einem Schmalzkringel ähnlich, nur mit vielen kleinen Löchern statt des einen großen.

»Das ist mir gerade heute aufgegangen«, sagte Rawlie. »Ich mache den ganzen Tag nichts weiter, als mit anderen elektrischen Schmalzkringeln zu reden. Ich hab gerade mit einem Burschen drüben in Drexel telefoniert. Habe ihm anderthalb Millionen Joshua-Tree-Anleihen verkauft.« An der Wall Street sagte man nicht: Anleihen im Wert von anderthalb Millionen Dollar. Es hieß: anderthalb Millionen Anleihen. »Das ist irgendein gottverdammtes Nest in Arizona. Der Typ heißt Earl. Ich weiß nicht mal seinen Nachnamen. In den letzten zwei Jahren habe ich garantiert einige Dutzend Geschäfte mit ihm gemacht, fünfzig, sechzig Millionen Anleihen, und ich kenne nicht mal seinen Nachnamen, und ich bin ihm nie begegnet, und wahrscheinlich werde ich das auch nicht. Er ist ein elektrischer Schmalzkringel.«

Sherman fand das nicht komisch. In gewisser Weise war es eine Nichtanerkennung seines Triumphes über den faulen jungen Argentinier. Es war eine zynische Absage an seine Geradheit selbst. Rawlie war ein sehr amüsanter Mensch, aber seit seiner Scheidung war er nicht mehr ganz der alte. Vielleicht war er auch kein so großartiger Kämpfer im Geschwader mehr.

»Tjaja«, sagte Sherman und brachte halbwegs ein Lächeln für seinen alten Freund zustande. »Na, nun muß ich aber 'n paar von *meinen* Schmalzkringeln anrufen.«

An seinem Schreibtisch machte er sich über die nächste wichtige Aufgabe her. Er blickte auf die kleinen grünen Zeichen, die sich vor ihm über den Computermonitor bewegten. Er griff zum Telefon. Die französische goldgestützte Anleihe ... Eine merkwürdige, sehr vielversprechende Situation, und er war darauf gestoßen, als ganz zufällig eines Abends bei Harry's einer von den Burschen die Anleihe nebenbei erwähnt hatte.

In dem friedlichen Jahr 1973, kurz bevor der Spielball zu tanzen anfing, hatte die französische Regierung im Nennwert von $ 6,5 Milliarden eine Anleihe aufgelegt, die nach dem französischen Präsidenten Giscard d'Estaing unter dem Namen Giscard bekannt war. Die Giscard hatte eine interessante Eigenschaft: Sie war goldgestützt. Und wie der Goldpreis stieg und sank, so stieg und sank der Preis der Giscard. Unterdessen hatte der Preis sowohl des Goldes als auch der Giscard einen so irrsinnigen Zickzackkurs durchgemacht, daß amerikanische Anleger seit langem das Interesse an der Giscard verloren hatten. Aber kürzlich (der Goldpreis hatte sich um die $ 400 herum stabilisiert) war Sherman dahintergekommen, daß ein Amerikaner, der Giscards kaufte, zwei- oder dreimal soviel Gewinn machen konnte wie mit jeder beliebigen US-Regierungsanleihe und obendrein dreißig Prozent Profit, wenn die Giscard fällig wurde. Sie war eine schlafende Schönheit, ein richtiges Dornröschen. Die große Gefahr war ein Kursverfall des Franc. Sherman hatte das mit dem Plan aufgefangen, zur Deckung Francs auf Termin zu verkaufen.

Das einzige echte Problem war die Kompliziertheit der ganzen Angelegenheit. Es bedurfte mächtiger, erfahrener Anleger, um das zu begreifen. Mächtiger, erfahrener, vertrauensvoller Anleger. Und kein Neuling konnte jemanden dazu überreden, Millionen in die Giscard zu investieren. Man mußte enorme Kenntnisse besitzen. Man mußte Talent haben – Genie! – die Herrschaft über das Universum! – wie Sherman McCoy, der größte Producer bei Pierce & Pierce. Er hatte Gene Lopwitz dafür gewonnen, $ 600 Millionen des Vermögens von Pierce & Pierce dafür einzusetzen, die Giscard zu kaufen. Vorsichtig und geheim hatte er die Anteile von den verschiedenen europäischen Besitzern aufgekauft, ohne die mächtige Hand von Pierce & Pierce preiszugeben, indem er verschiedene »blinde« Broker benutzte. Jetzt stand die schwerste Prüfung für einen Master of the Universe bevor. Es gab nur etwa ein Dutzend Mitspieler, die als potentielle Käufer von so etwas Esoterischem wie der Giscard in Frage kamen. Mit fünf von ihnen hatte Sherman Verhandlungen aufnehmen können: zwei Treuhandbanken, Traders' Trust Co. (bekannt als Trader T) und Metroland; zwei Vermögensverwalter und einer seiner besten Privatkunden, Oscar Suder aus Cleveland, der zu verstehen gegeben hatte, daß er $ 10 Millionen kaufen würde. Aber der weitaus wichtigste Partner war Trader T, die vorhatten, die Hälfte aller Anteile zu übernehmen: $ 300 Millionen.

Das Geschäft würde Pierce & Pierce vorab eine Provision von einem Prozent – $ 6 Millionen – für die Idee und das Kapitalrisiko bringen. Shermans Anteil, inklusive Provisionen, Prämien, Gewinnanteilen und Wiederverkaufshonoraren, würde sich auf ungefähr $ 1,75 Millionen belaufen. Damit hatte er vor, den horrenden Kredit in Höhe von $ 1,8 Millionen zu tilgen, den er aufgenommen hatte, um seine Wohnung zu kaufen.

Und so war heute der erste Punkt der Tagesordnung ein Anruf bei Bernard Levy, einem Franzosen, der die Sache bei Trader T abwickelte: ein entspannter, freundlicher Anruf des Maklers mit dem dicksten Umsatz (Master of the Universe), um Levy in Erinnerung zu rufen, daß, obwohl Gold und Franc gestern und heute morgen (an den europäischen Börsen) im Wert gefallen waren, das nichts bedeute; alles stehe gut, sehr gut sogar. Gewiß hatte er Bernard Levy nur einmal gesehen, als er die erste Vorlage unterbreitet hatte. Sie waren nun monatelang telefonisch in Kontakt ... aber *elektrischer Schmalzkringel?* Zynismus war eine so feige Form von Überheblichkeit. Das war Rawlies große Schwäche. Rawlie löste seine Schecks ein. Dafür war er nicht zu zynisch. Wenn er Pleite machen wollte, weil er sich mit seiner Frau nicht einigen konnte, dann war das sein jämmerliches Problem.

Während Sherman wählte und wartete, daß Bernard Levy sich meldete, brach das ungeheure Getöse des Giersturms wieder über ihn herein. An dem Schreibtisch direkt vor seinem schrie ein langer, stieläugiger Typ (Yale 77): »Einunddreißig Geld für Januar-Achtundachtziger ...«

Von einem Schreibtisch irgendwo hinter ihm: »Suche siebzig Millionen Zehnjährige!«

Von er wußte nicht woher: »Die haben ihre verfluchten Kaufhosen angezogen!«

»Ich stehe bereit!«

»... langfristig einhundertfünfundzwanzig ...«

»... eine Million Vierjährige aus Midland ...«

»Wer fummelt denn mit den W-Is rum?«

»Ich sage Ihnen, ich stehe bereit.«

»... achtzigeinhalb Geld ...«

»... kaufe sie zu sechs plus ...«

»... legen zweieinhalb Gewinnpunkte zu ...«
»Vergessen Sie's! Jetzt heißt's Rübe runter.«

Um 10 Uhr versammelten sich Sherman, Rawlie und fünf andere im Konferenzzimmer von Eugene Lopwitz' Bürosuite, um über die Strategie von Pierce & Pierce beim Hauptereignis des Tages auf dem Rentenmarkt zu entscheiden, nämlich der Versteigerung von 10 Milliarden US-Schatzanleihen mit einer Laufzeit von zwanzig Jahren. Die Bedeutung der Rentenbörse für Pierce & Pierce ließ sich daran ermessen, daß man aus Lopwitz' Büros direkt in den Börsensaal gelangte.

In dem Konferenzzimmer gab es keinen Konferenztisch. Es sah dort aus wie in der Lounge eines britischen Yankee-Hotels, in der der Tee serviert wird. Es stand voller kleiner antiker Tische und Schränkchen. Sie waren so alt, zerbrechlich und hochpoliert, daß man das Gefühl hatte, wenn man mit dem Mittelfinger fest dagegenschnippt, zerfallen sie. Zugleich wurde einem durch eine Glaswand die Aussicht auf den Hudson und die faulenden Piers von New Jersey ins Blickfeld geschoben.

Sherman saß in einem Georg-II.-Sessel. Rawlie hatte neben ihm in einem alten Sessel Platz genommen, dessen Rückenlehne wie ein Schild geformt war. In anderen antiken oder antikisierten Sesseln mit danebenstehenden Sheraton- oder Chippendale-Beistelltischchen saßen der Chefbörsenhändler der Regierung, Georg Connor, der zwei Jahre jünger als Sherman war, sein Stellvertreter, Vic Scaasi, der erst achtundzwanzig war, der Chefmarktanalytiker, Paul Feiffer, und Arnold Parch, der geschäftsführende Direktor, Lopwitz' rechte Hand.

Jeder in dem Raum saß in einem antiken Sessel und blickte auf einen kleinen braunen Plastiklautsprecher auf einer Kommode. Es war eine zweihundertzwanzig Jahre alte, vorn stark gebauchte Adam-Kommode aus der Periode, in der die Gebrüder Adam Möbel gern mit Bildern und Schmuckbändern bemalten. Auf dem Mittelfach befand sich das ovale Gemälde einer griechischen Jungfrau, die in einer Senke oder Grotte saß, in der zartes Laubwerk in immer dunkleren Grünschattierungen wolkig in einen dämmrig blaugrünen Himmel zurückwich. Das Ding hatte eine befremdliche Menge Geld gekostet. Der Plastiklautsprecher war von der Größe eines Radioweckers. Alle starrten ihn an und warteten auf die Stimme von Gene Lopwitz. Lopwitz war in London, wo es jetzt 4 Uhr nachmittags war. Er würde diese Sitzung per Telefon leiten.

Ein undefinierbares Geräusch kam aus dem Lautsprecher. Es hätte eine Stimme, aber auch ein Flugzeug sein können. Arnold Parch erhob sich aus seinem Sessel, trat an die Adam-Kommode, sah den Plastiklautsprecher an und sagte: »Gene, können Sie mich hören?«

Er schaute den Lautsprecher flehend an, ohne den Blick von ihm zu wenden, als sei er tatsächlich Gene Lopwitz, nur verwandelt, so wie im Märchen Prinzen in Frösche verwandelt werden.

Eine Weile sagte der Plastikfrosch kein Wort. Dann sprach er: »Ja, ich höre Sie, Arnie. Hier wurde gerade laut gebrüllt.« Lopwitz' Stimme klang, als käme sie aus einem Abwasserkanal, aber man konnte sie hören.

»Wo sind Sie, Gene?« fragte Parch.

»Ich bin bei einem Kricketmatch.« Dann weniger deutlich: »Wie heißt das hier noch mal?« Er war offenbar mit anderen Leuten zusammen. »Tottenham Park, Arnie. Ich sitze auf so was wie einer Terrasse.«

»Wer spielt?« Parch lächelte, als wolle er dem Plastikfrosch zeigen, daß das keine ernstgemeinte Frage sei.

»Kommen Sie mir nicht mit Fachfragen, Arnie. Eine Menge sehr netter junger Gentlemen in grobgestrickten Pullovern und weißen Flanellhosen, mehr kann ich Ihnen beim besten Willen nicht sagen.«

Verständnisvolles Gelächter erhob sich in dem Zimmer, und

Sherman spürte, daß sich auch seine Lippen zu dem gewissermaßen obligatorischen Lächeln verzogen. Er blickte sich im Zimmer um. Alle lächelten und gluckten vergnügt zu dem braunen Plastiklautsprecher hinüber, nur Rawlie nicht, der die Augen in einer O-Mann-Manier nach oben gedreht hatte.

Dann beugte Rawlie sich zu Sherman herüber und sagte mit lauter Flüsterstimme: »Guck doch bloß, wie diese Idioten alle grinsen. Sie denken, die Plastikschachtel hat Augen.«

Das kam Sherman nicht sehr komisch vor, zumal er selber gegrinst hatte. Er fürchtete außerdem, Lopwitz' treuergebener Adjutant, Parch, könnte meinen, er stecke mit Rawlie unter einer Decke, wenn es darum ging, sich über den Großen Vorsitzenden lustig zu machen.

»Also, alle sind da, Gene«, sagte Parch zu der Schachtel, »deshalb soll George Sie erst einmal darüber informieren, wo wir bei der Auktion im Augenblick stehen.«

Parch sah George Connor an, nickte und ging zu seinem Sessel zurück, dann stand Connor von seinem Sessel auf, ging zu der Adam-Kommode hinüber, blickte den braunen Plastikkasten fest an und sagte: »Gene? Hier ist George.«

»Yeah, hi, George«, sagte der Frosch. »Schießen Sie los!«

»Das Wichtigste ist, Gene«, sagte Connor, vor der Adam-Kommode stehend, außerstande, den Blick von der Plastikschachtel zu lösen, »die Sache macht einen recht guten Eindruck. Die alten Zwanziger werden mit 8 Prozent gehandelt. Die Händler sagen, sie werden bei den neuen für 8,05 mitmachen, aber wir glauben, sie wollen uns bloß bluffen. Wir denken, wir werden den Preis gleich auf 8 bringen. Ich habe mir folgendes zurechtgelegt: Wir steigen ein bei 8,01, 8,02, 8,03 mit der Grenze bei 8,04. Ich bin bereit, 60 Prozent der Auflage zu gehen.«

Das hieß übersetzt: Er schlug vor, $ 6 Milliarden von den $ 10 Milliarden der bei der Auktion angebotenen Anleihen zu kaufen, mit der Erwartung, einen Profit von $^{2}/_{32}$ Dollar –

6 $^1/_4$ Cent – pro aufgewandte hundert Dollar zu machen. Das nannte man »two ticks«: zwei Häkchen.

Sherman konnte sich nicht verkneifen, noch einen Blick auf Rawlie zu werfen. Er hatte ein kleines, unangenehmes Lächeln im Gesicht, und sein Blick schien um mehrere Grade rechts an der Adam-Kommode vorbei auf die Docks von Hoboken zu gehen. Rawlies Benehmen war wie ein Glas Eiswasser ins Gesicht. Sherman ärgerte sich sofort noch einmal über ihn. Er wußte, was in ihm vorging. Da war dieser scheußliche Karrieremacher Lopwitz – Sherman wußte, daß Rawlie so über ihn dachte –, der auf der Terrasse irgendeines britischen Kricket-Klubs den feinen Pinkel zu spielen und gleichzeitig eine Sitzung in New York zu leiten versuchte, auf der entschieden werden sollte, ob Pierce & Pierce binnen drei Stunden zwei Milliarden, vier Milliarden oder sechs Milliarden in eine einmalige Regierungsanleihe investieren würde. Ohne Zweifel hatte Lopwitz in dem Kricket-Klub sein eigenes Publikum um sich, das seinem Auftritt zusah, während seine Worte, von einem Nachrichtensatelliten irgendwo da oben im Weltall reflektiert, Wall Street erreichten. Nun gut, es war nicht schwer, dergleichen lächerlich zu finden, aber Lopwitz war nun wirklich ein Master of the Universe. Er war etwa fünfundvierzig Jahre alt. Sherman wünschte sich, sieben Jahre weiter gedacht, nichts weniger, als mit fünfundvierzig gleichzeitig zu beiden Seiten des Atlantiks zu sein ... während Milliarden auf dem Spiel standen! Rawlie mochte lächeln ... und schwach in den Knien werden ... aber wenn man überlegte, was Lopwitz jetzt in den Händen hatte, wenn man überlegte, wieviel er jedes Jahr verdiente, nur bei Pierce & Pierce, was mindestens $ 25 Millionen waren, wenn man überlegte, was für ein Leben er führte – und woran Sherman zuallererst denken mußte, das war Lopwitz' junge Frau. Schneewittchen, so nannte Rawlie sie. Das Haar so schwarz wie Ebenholz, die Lippen so rot wie Blut, die Haut so weiß wie Schnee ... Sie war Lopwitz' vierte Frau, Französin, eine Gräfin offenbar, nicht älter als fünf- oder sechsundzwanzig, mit einem Akzent wie Catherine Deneuve in einer Badeölreklame. Sie war etwas ... Sherman war ihr auf einer Party bei den Petersons' begegnet. Sie hatte ihm die Hand auf den Arm gelegt, einfach um bei einer Unterhaltung ihrer Ansicht Nachdruck zu verleihen – aber wie sie den Druck auf seinen Arm beibehalten und ihn aus ungefähr zwanzig Zentimetern Entfernung fest angesehen hatte! Sie war ein junges, ausgelassenes Geschöpf mit Lippen so rot wie Blut und einer Haut so weiß wie Schnee, und das war es, was er wahrgenommen hatte. Was eigentlich mit den anderen drei Mrs. Eugene Lopwitz geschehen war, das war eine Frage, die Sherman nie jemanden hatte stellen hören. Wenn man Lopwitz' Stufe erreicht hatte, spielte es auch gar keine Rolle.

»Ja, schön, das hört sich gut an, George«, sagte der Plastikfrosch. »Was ist mit Sherman? Sind Sie da, Sherman?«

»Hi, Gene«, sagte Sherman und stand von seinem Georg-II.-Sessel auf. Seine Stimme hörte sich für ihn sehr merkwürdig an, jetzt, wo er zu einer Plastikschachtel sprach, und er wagte nicht einmal, Rawlie einen raschen Blick zuzuwerfen, als er zu der Adam-Kommode hinüberging, Aufstellung nahm und verzückt auf den Apparat starrte.

»Gene, alle meine Kunden sagen 8,05. Ich hab's aber im Gespür, daß sie auf unserer Seite sind. Der Markt ist in guter Stimmung. Ich denke, wir können die beteiligten Kundenkreise überbieten.«

»Okay«, sagte die Stimme in dem Kasten, »aber achten Sie darauf, daß Sie und George Überblick über die Handelsberichte behalten. Ich möchte nicht hören, daß Salomon oder irgend jemand mit Blankokäufen Unsinn treibt.«

Sherman stellte fest, daß er über die Klugheit des Froschs erstaunt war.

So was wie ein ersticktes Brüllen kam aus dem Lautsprecher. Alle starrten ihn an.

Lopwitz' Stimme kam wieder. »Eben hat jemand den Ball wie ein Wahnsinniger gedroschen«, sagte er. »Der Ball ist aber irgendwie ungültig. Na ja, Sie müßten eben irgendwie hier sein.« Es war nicht klar, was er damit meinte. »Also, passen Sie auf, George! Können Sie mich hören, George?«

George fuhr zusammen, erhob sich aus seinem Sessel und eilte hinüber zu der Adam-Kommode.

»Ich höre Sie, Gene.«

»Ich wollte eben sagen, wenn Sie meinen, Sie müssen heute nach dem Pott greifen und was erfolgreich auf die Beine stellen, machen Sie's! Es klingt gut.«

Und das war's.

Fünfundvierzig Sekunden vor Auktionsschluß um 1 Uhr mittags übermittelte George Connor von einem Telefon in der Mitte des Börsenraums aus seine letzten austarierten Gebote an einen Pierce-&-Pierce-Verbindungsmann, der an einem Telefon im Federal Building saß, dem eigentlichen Schauplatz der Auktion. Die Gebote betrugen durchschnittlich $ 99,62643 für Anleihen im Wert von $ 100. Binnen weniger Sekunden nach 13 Uhr war Pierce & Pierce, wie geplant, im Besitz von Anleihen mit zwanzigjähriger Laufzeit im Wert von $ 6 Milliarden. Die Rentenbörse hatte vier Stunden Zeit, einen günstigen Markt zu schaffen. Vic Scaasi leitete den Sturmangriff auf dem Gebiet des Rentenhandels, indem er die Anleihen – per Telefon – hauptsächlich an Brokerfirmen weiterverkaufte. Sherman und Rawlie kommandierten die Anleihenverkäufer, die die Obligationen per Telefon – vor allem an Versicherungsgesellschaften und Treuhandbanken verkauften. Um 14 Uhr war das Gebrüll in der Rentenbörse, mehr durch Furcht als durch Gier angeheizt, gespenstisch. Alle schrien und schwitzten und fluchten und kauten an ihren elektrischen Schmalzkringeln.

Um 17 Uhr hatten sie 40 Prozent – $ 2,4 Milliarden – von den $ 6 Milliarden zum Durchschnittspreis von $ 99,75062 für

Anleihen im Wert von $ 100 verkauft, was einen Gewinn von nicht zwei, sondern von vier »ticks« bedeutete. *Vier ticks!* Das war ein Profit von 12 $^1/_2$ Cent pro 100 Dollar. *Vier ticks!* Für den möglichen Detailkäufer dieser Obligationen, sei er eine Einzelperson, eine Körperschaft oder eine Institution, war diese Marge unsichtbar. Aber – *vier ticks!* Für Pierce & Pierce bedeutete das einen Profit von fast $ 3 Millionen für die Arbeit eines Nachmittags. Und damit würde es nicht aufhören. Der Markt blieb fest und zog langsam an. Innerhalb der nächsten Woche konnten sie mit Leichtigkeit zusätzliche $ 5 bis 10 Millionen mit den verbleibenden 3,6 Milliarden Anleihen verdienen. *Vier ticks!*

Um 17 Uhr schwebte Sherman auf einer Adrenalinwolke. Er gehörte zu der alles zermalmenden Macht Pierce & Pierce, Masters of the Universe. Die Waghalsigkeit der ganzen Unternehmung war atemberaubend. $ 6 Milliarden an einem einzigen Nachmittag zu riskieren, um zwei ticks zu machen – 6 $^1/_4$ Cent pro $ 100 – und dann vier ticks zu machen – *vier ticks!* Diese Kaltblütigkeit! Diese Verwegenheit! Gab es irgendeine erregendere Macht auf Erden? Sollte Lopwitz sich doch alle Kricketmatches ansehen, die er wollte! Sollte er doch den Plastikfrosch spielen! Master of the Universe – diese Tollkühnheit! Die Verwegenheit des Ganzen strömte Sherman durch Lungen, Lymphbahnen und Lenden. Pierce & Pierce war die Macht, und er war in diese Macht eingeschaltet, und die Macht summte und brauste noch in seinen Eingeweiden.

Judy ... Er hatte seit Stunden nicht mehr an sie gedacht. Was bedeutete ein einziger, wenn auch dummer Anruf ... im gewaltigen Hauptbuch von Pierce & Pierce? Der fünfzigste Stock war für Leute da, die keine Angst hatten, sich zu nehmen, was sie wollten. Und, Herrgott noch mal, er wollte doch nicht viel, verglichen mit dem, was ihm, einem Master of the Universe, von Rechts wegen zustand. Er wollte nichts weiter, als die Möglichkeit haben, alle fünfe gerade sein zu lassen, wenn ihm danach war, und die simplen Freuden zu genießen, die allen mächtigen Kriegern zustanden.

Woher nahm Judy sich das Recht, ihm das Leben so schwer zu machen?

Wenn dieses Mittelalter weiterhin die Stütze und Begleitung eines Masters of the Universe wünschte, dann mußte sie ihm die kostbare Währung zugestehen, die er verdiente, nämlich Jugend und Schönheit und pralle Titten und saftige Hüften …

Es hatte keinen Sinn! Irgendwie, aus keinem erklärlichen Grund, hatte Judy ihn immer durchschaut. Sie blickte auf ihn herab – von einer völlig fiktiven Warte zwar, aber trotzdem blickte sie auf ihn herab. Immer noch die Tochter von Professor Miller – E. (Egbord!) Ronald Miller von der DesPortes University in Terwilliger, Wisconsin –, dem erbärmlichen, langweiligen Professor Miller in seinen morschen Tweedanzügen, dessen einziger Anspruch auf Ruhm eine ziemlich feige verklausulierte Attacke (Sherman hatte sich mal durch sie hindurchgeackert) gegen seinen Landsmann aus Wisconsin, Senator Joseph McCarthy, 1955 in der Zeitschrift »Aspects« gewesen war. Damals jedoch, im Kokon ihrer ersten Zeit zusammen im Village, hatte Sherman Judys Anspruch gelten lassen. Er hatte seine Freude daran gehabt, ihr zu erzählen, daß er, obwohl er *an* der Wall Street arbeite, nicht *von* der Wall Street sei und die Wall Street nur benutze. Es hatte ihn gefreut, als sie sich dazu herabgelassen hatte, ihn wegen der Aufgeklärtheit zu bewundern, die sich in seiner Seele rührte. Irgendwie überzeugte sie ihn davon, daß sein Vater, John Campbell McCoy, der Löwe von Dunning Sponget, letztlich eine ziemlich biedere und langweilige Gestalt sei, ein hochgestellter Bewacher von anderer Leute Vermögen. Warum hätte das für ihn bedeutungsvoll sein sollen? Sherman wußte nicht einmal, wie er darüber Vermutungen anstellen sollte. Sein – nie sehr lebhaftes – Interesse an der Psychoanalyse hatte eines Tages in Yale aufgehört, als Rawlie Thorpe sie als »jüdische Wissenschaft« bezeichnete.

(Genau diese Ansicht hatte Freud fünfundsiebzig Jahre zuvor am meisten geärgert und in Rage gebracht.)

Aber das gehörte alles der Vergangenheit an, seiner Kindheit, seiner Kindheit in der Dreiundsiebzigsten Straße Ost und seiner Kindheit im Village. Das hier war eine neue Ära! Das hier war eine neue Wall Street! Und Judy war ... ein Ding, das noch aus seiner Kindheit stammte ... und trotzdem lebte sie weiter und wurde älter, magerer ... *ansehnlich* ...

Sherman lehnte sich auf seinem Stuhl zurück und warf einen Blick über den Börsensaal. Die Reihen grünleuchtender Ziffern und Buchstaben glitten noch immer über die Mattscheiben der Monitoren, aber das Gebrüll war zu einem Geräusch abgeflaut, das sich eher wie das Gelächter im Umkleideraum eines Sportvereins anhörte. George Connor stand mit den Händen in den Hosentaschen neben Vic Scaasis Stuhl und plauderte einfach. Vic machte den Rücken krumm, rollte die Schultern und schien jeden Moment gähnen zu wollen. Und da war Rawlie, nach hinten gefläzt auf seinem Stuhl, und unterhielt sich am Telefon, grinste und fuhr sich mit der Hand über seine Platte. Siegreiche Krieger nach dem Kampf ... Masters of the Universe ...

Und Judy hatte die Frechheit, ihm wegen eines bloßen Telefonats Schererein zu machen!

4
König des Dschungels

Thumpathumpathumpathumpathumpathumpathumpa – der Lärm der startenden Maschinen hämmerte so laut herunter, daß er ihn spüren konnte. Die Luft war mit Turbinenabgasen erfüllt. Der Gestank drang glatt durch bis zum Magen. Autos kamen unablässig aus dem Maul einer Auffahrt herausgeschossen und wanden sich durch die Menschenmassen, die in der Abenddämmerung auf der Dachebene herumschwärmten und nach den Fahrstühlen oder ihren Wagen oder anderer Leute Wagen suchten – klau! klau! klau! –, und seiner würde bestimmt der erste Anwärter darauf sein. Sherman stand da, eine Hand am Türgriff, und überlegte, ob er es wagen sollte, ihn hier stehenzulassen. Das Auto war ein schwarzer zweisitziger Mercedes-Sportwagen, der ihn $ 48.000 gekostet hatte – oder $ 120.000, je nachdem, wie man die Sache betrachten wollte. In der Steuerklasse eines Masters of the Universe, in der für die Föderation, den Staat New York und die Stadt New York Steuern zu zahlen waren, mußte Sherman $ 120.000 verdienen, um $ 48.000 für einen Zweisitzer-Sportwagen übrig zu haben. Wie sollte er es Judy erklären, wenn das Ding hier oben auf dem Dach eines Abfertigungsgebäudes im Kennedy Airport gestohlen würde?

Nun – warum sollte er ihr überhaupt eine Erklärung schuldig sein? Eine geschlagene Woche hatte er nun jeden Abend das Abendessen zu Hause eingenommen. Es war sicher das erstemal, seit er bei Pierce & Pierce die Arbeit aufgenommen hatte. Er war Campbell gegenüber aufmerksam gewesen und hatte einen Abend mindestens fünfundvierzig Minuten mit ihr verbracht, was ungewöhnlich war; trotzdem wäre er überrascht und gekränkt gewesen, wenn das jemand ausdrücklich erwähnt hätte. Er hatte in der Bibliothek eine Stehlampe repariert, ohne in unangebrachtes Wüten oder Stöhnen zu verfallen. Und nach drei Tagen mustergültigen Verhaltens hatte Judy die Liege im Ankleidezimmer aufgegeben und war ins Schlafzimmer zurückgekehrt. Sicher, die Berliner Mauer verlief jetzt in der Mitte des Bettes, und Judy richtete auch nicht andeutungsweise ein verbindliches Wort an ihn. Aber sie war immer höflich zu ihm, wenn Campbell in der Nähe war. Das war das Allerwichtigste. Vor zwei Stunden, als er Judy angerufen hatte, um ihr zu sagen, er arbeite länger, hatte sie es ohne weiteres hingenommen. Nun ja – er verdiente das! Er warf einen letzten Blick auf den Mercedes, dann steuerte er auf die Internationale Ankunftshalle los. Die befand sich tief unten im Innern des Gebäudes in einem Teil, der ursprünglich offenbar als Gepäckhalle geplant worden war. Neonröhren kämpften gegen die Düsterkeit des Raumes an. Menschen drängten sich hinter einem Eisenzaun und warteten darauf, daß aus dem Ausland ankommende Passagiere aus der Zollabfertigung auftauchten. Angenommen, es war jemand hier, der ihn und Judy kannte? Er musterte die Menge. Shorts, Turnschuhe, Jeans, Football-Trikots – meine Güte, wer waren diese Leute? Einer nach dem anderen kamen die Reisenden aus dem Zoll gezuckelt. Sweatshirts, T-Shirts, Windjacken, Wadenwärmer, Overalls, Trainingsjacken, Baseballmützen und Turnhemden; soeben aus Rom, Mailand, Paris, Brüssel, München und London eingetroffen: die Weltreisenden, die Kosmopoliten. Sherman hob sein Yale-Kinn gegen die Flutwelle.

Als Maria schließlich erschien, war sie nicht schwer zu erkennen. In diesem Haufen sah sie aus wie von einem anderen Stern. Sie trug einen Rock und eine breitschultrige Jacke in einem Königsblau, das in Frankreich Mode war, eine blauweiß gestreifte Seidenbluse und stahlblaue Eidechspumps mit weißen Kalbslederkappen an den Spitzen. Mit dem Preis der Bluse und der Schuhe allein hätte man die Sachen bezahlen können, die zwanzig x-beliebige Frauen auf dieser Etage auf dem Buckel trugen. Sie spazierte, die Nase nach oben, in einem Wackelhüften-Mannequin-Schritt heran, der darauf abgestimmt war, ein Maximum an Neid und Verdruß zu provozieren. Die Leute glotzten. Neben ihr marschierte ein Gepäckträger mit einem Aluminiumkarren einher, der mit Koffern vollgeladen war: eine ungeheure Menge, ein ganzer Satz im gleichen Dessin, cremefarbenes Leder mit dunkelbraunen Lederbesätzen an den Ecken. Gewöhnlich, aber nicht so gewöhnlich wie Louis Vuitton, dachte Sherman. Sie war nur eine Woche nach Italien geflogen, um für den Sommer ein Haus am Comer See zu suchen. Er konnte sich nicht denken, warum sie soviel Gepäck dabeihatte. (Unbewußt führte er solche Dinge auf eine lasche Erziehung zurück.) Er fragte sich, wie er das alles in seinen Mercedes bekommen sollte.

Er ging um die Absperrung herum und schritt auf sie zu. Er spannte die Schultern.

»Hallo, Baby«, sagte er.

»*Baby?*« fragte Maria. Sie setzte ein Lächeln drauf, als wäre sie eigentlich nicht ärgerlich, aber offensichtlich war sie es. Er hatte sie allerdings noch nie Baby genannt. Er hatte selbstbewußt, aber lässig klingen wollen, wie ein Master of the Universe, der seine Freundin auf einem Flughafen trifft.

Er nahm ihren Arm, paßte sich ihrem Schritt an und beschloß, noch einen Versuch zu unternehmen. »Wie war der Flug?«

»Herrlich«, sagte Maria, »wenn's einem nichts ausmacht, sechs Stunden lang von irgend'm Brit gelawelt zu werden.« Es dauerte ein paar Momente, bis Sherman klar war, daß sie »gelangweilt« gemeint hatte. Er blickte in die Ferne, als denke er über ihr Martyrium nach.

Oben auf dem Parkdeck hatte der Mercedes die räuberischen

Massen überstanden. Der Dienstmann bekam nicht viel von dem Gepäck in den sportlich kleinen Kofferraum des Wagens. Die Hälfte mußte er auf dem Rücksitz verstauen, der nicht viel mehr als eine gepolsterte Ablage war. Schrecklich, dachte Sherman. Wenn ich plötzlich bremsen muß, sausen mir herumfliegende, zueinander passende cremefarbene Kosmetikkoffer mit schokoladenbraunen Zierkanten gegen die Schädelbasis.

Als sie aus dem Flughafen heraus und auf den Van Wyck Expressway Richtung Manhattan fuhren, war nur noch der letzte matte Widerschein des Tageslichts hinter den Häusern und Bäumen von South Ozone Park sichtbar. Es war die Stunde der Abenddämmerung, in der die Straßenlaternen und Scheinwerfer eingeschaltet werden, aber nicht viel ausrichten. Ein Strom roter Hecklichter rollte vor ihnen dahin. Am Rand des Expressway, gleich hinter dem Rockaway Boulevard, sah er eine riesige zweitürige Limousine, wie sie in den siebziger Jahren gebaut wurden, an einer Stützmauer kleben. Ein Mann ... mit ausgebreiteten Armen auf dem Highway! ... Nein, als sie näher kamen, sah er, daß es gar kein Mensch war. Die ganze Kühlerhaube war weggerissen und lag auf dem Pflaster. Die Räder, Sitze und das Steuerrad waren weg ... Diese riesige, herrenlose Maschine war nun Teil der Landschaft ... Sherman, Maria, das Gepäck und der Mercedes rollten weiter.

Er versuchte es noch mal. »Na, wie war Mailand? Was ist am Comer See los?«

»Sherman, wer ist Christopher Marlowe?« Shumun, who's Christuphuh Muhlowe?

Christopher Marlowe? »Ich weiß nicht. Kenne ich ihn?«

»Der, den ich meine, war Schriftsteller.«

»Du meinst nicht etwa den Dramatiker?«

»Ich glaube. Wer war das?« Maria blickte weiter starr geradeaus. Sie klang, als wäre ihr letzter Freund gestorben.

»Christopher Marlowe ... Er war ein englischer Dramatiker

um die Zeit Shakespeares, glaube ich. Vielleicht ein bißchen vor Shakespeare. Warum?«

»Wann war das?« Sie hätte sich nicht jämmerlicher anhören können.

»Warte mal. Ich weiß nicht ... Sechzehntes Jahrhundert. Fünfzehnhundert-irgendwas. Warum?«

»Was hat er geschrieben?«

»Gott ... wenn ich das wüßte. Aber ich finde, es ist doch schon toll von mir, daß ich noch weiß, wer er war. Warum?«

»Ja, aber du weißt eben, wer er war.«

»Kaum. Warum?«

»Was ist mit Dr. Faustus?«

»Dr. Faustus?«

»Hat er was über Dr. Faustus geschrieben?«

»Mmmmmmmm.« Ein winziger Erinnerungsfunken, aber er glitt davon. »Könnte sein. Dr. Faustus ... ›Der Jude von Malta‹! Er hat ein Stück mit dem Titel ›Der Jude von Malta‹ geschrieben. Da bin ich ziemlich sicher. ›Der Jude von Malta‹. Ich weiß nicht mal, wieso mir ›Der Jude von Malta‹ einfällt. Ich bin sicher, daß ich das Stück nie gelesen habe.«

»Aber du weißt eben, wer er war. Das ist eine von den Sachen, die man halt wissen muß, nicht?«

Und damit hatte sie ihren Finger auf dem Punkt. Das einzige, was in Shermans Erinnerung über Christopher Marlowe wirklich haftengeblieben war, und zwar nach neun Jahren Buckley, vier Jahren St. Paul's und vier Jahren Yale, das war, daß man tatsächlich wissen mußte, wer Christopher Marlowe war. Aber er nahm keinen Anlauf, das auszusprechen.

Statt dessen fragte er: »Wer muß das wissen?«

»Jeder«, murmelte Maria. »Ich.«

Es wurde dunkler. Die schicken Skalen und Anzeigen des Mercedes leuchteten jetzt wie in einem Jagdflugzeug. Sie näherten sich der Überführung an der Atlantic Avenue. Am Straßenrand stand wieder ein verlassenes Auto. Die Räder fehlten, die

Kühlerhaube war aufgeklappt, und zwei Gestalten, einer mit einer Taschenlampe in der Hand, waren über den Motorraum gebeugt.

Maria blickte weiter starr geradeaus, während sie sich in den Verkehr auf dem Grand Central Parkway einfädelten. Eine Galaxis dahinströmender Scheinwerfer und Schlußlichter füllte ihr Blickfeld, als hätte sich die Energie der Stadt in Millionen von Lichtkugeln umgewandelt, die in der Dunkelheit ihre Kreisbahnen zogen. Hier, im Inneren des Mercedes und bei geschlossenen Fenstern, glitt die ganze Prachtschau ohne einen Laut vorbei.

»Weißt du was, Sherman?« You know somethun, Shuhmun? »Ich hasse die Brits. Ich *hasse* sie.«

»Du haßt Christopher Marlowe?«

»Vielen Dank, du Klugscheißer«, sagte Maria. »Du hörst dich genau wie das Arschloch neben mir an.«

Nun warf sie Sherman einen Blick zu und lächelte. Es war ein Lächeln, das man tapfer trotz großer Schmerzen aufbringt. Ihre Augen sahen aus, als finge sie jeden Augenblick an zu weinen.

»Welches Arschloch denn?« fragte er.

»Im Flugzeug. Dieser *Brit*.« Gleichbedeutend mit Wurm. »Er fing an, sich mit mir zu unterhalten. Ich guckte mir gerade den Katalog von der Rainer-Fetting-Ausstellung an, auf der ich in Milano gewesen war« – es ärgerte Sherman, daß sie das italienische Milano statt des englischen Milan benutzte, besonders weil er noch nie was von Rainer Fetting gehört hatte –, »und da fängt er an, über Rainer Fetting zu reden. Er trug eine von diesen goldenen Rolexes, diese riesigen Dinger? Es ist ein Wunder, daß man damit den Arm hochkriegt?« Sie hatte die Südstaatlerinnen-Angewohnheit, Aussagesätze zu Fragen zu machen.

»Meinst du, er hatte es auf dich abgesehen?«

Maria lächelte, diesmal erfreut. »Natürlich!«

Das Lächeln schenkte Sherman große Erleichterung. Der Bann war gebrochen. Warum genau, wußte er nicht. Es war ihm nicht klar, daß es Frauen gab, die über erotische Attraktivität genauso nachdachten wie er über den Rentenmarkt. Er wußte nur, daß der Bann gebrochen und die Last von ihm genommen war. Es war im Grunde nicht wichtig, worüber sie nun weiterplauderte. Und sie plauderte weiter. Sie stürzte sich kopfüber in die Demütigung, die sie erlitten hatte.

»Er mußte mir sofort erzählen, daß er Filmproduzent ist. Er dreht gerade einen Film nach dem Stück ›Dr. Faustus‹ von Christopher Marlowe, und ich weiß nicht, warum ich überhaupt was sagte, aber ich dachte, irgend jemand namens Marlowe schreibt Drehbücher. Ich glaube, eigentlich dachte ich wohl an diesen Film mit einer *Figur* namens Marlowe drin. Robert Mitchum hat mitgespielt.«

»Das stimmt. Das war eine Story von Raymond Chandler.«

Maria sah ihn völlig verständnislos an. Er ließ das Thema Raymond Chandler fallen. »Und was hast du zu ihm gesagt?«

»Ich sagte: ›Oh, Christopher Marlowe. Hat er nicht ein Drehbuch geschrieben?‹ Und weißt du, was dieser ... Mistkerl ... gesagt hat? Er sagte: ›Das glaube ich eigentlich nicht. Er ist schon 1593 gestorben.‹ *Das glaube ich eigentlich nicht.*«

Ihre Augen funkelten zornig bei der Erinnerung daran. Sherman wartete einen Moment. »Und das ist alles?«

»Das ist *alles?* Ich hätte ihn am liebsten erwürgt. Es war ... demütigend. *Das glaube ich eigentlich nicht.* Ich konnte's einfach nicht fassen ... diese Rotzigkeit.«

»Was hast du denn zu ihm gesagt?«

»Nichts. Ich wurde rot und brachte kein Wort raus.«

»Und das ist der Grund für deine Laune?«

»Sherman, sag mir ehrlich die Wahrheit. Wenn man nicht weiß, wer Christopher Marlowe ist, ist man da dumm?«

»Oh, du lieber Himmel, Maria. Ich kann gar nicht glauben, daß dich das in diese Stimmung versetzt hat.«

»Welche Stimmung denn?«

»Diese finstere Laune, in der du gelandet bist.«

»Du hast mir keine Antwort gegeben, Sherman. Ist man da dumm?«

»Mach dich nicht lächerlich. Ich konnte mich kaum drauf besinnen, wer das war, und wahrscheinlich hatte ich ihn in einem Seminar oder so was.«

»Ja, genau das ist eben der springende Punkt. Du hattest ihn zumindest in einem Seminar. Ich hatte ihn nicht in irgendeinem Seminar. Deshalb fühle ich mich ja so – du verstehst nicht mal, worüber ich rede, stimmt's?«

»Bestimmt nicht.« Er lächelte sie an, und sie lächelte zurück.

Inzwischen kamen sie am Flughafen La Guardia vorbei, der mit Hunderten von Natriumdampflampen erleuchtet war. Er sah nicht wie ein mächtiger Zugang zum Himmel aus. Er sah aus wie eine Fabrik. Sherman zog nach rechts raus, trat aufs Gas und tauchte mit dem Mercedes rasant in die Unterführung unter der Einunddreißigsten Straße, dann die Rampe hoch auf die Triborough Bridge. Die Wolke war vorbeigezogen. Er war wieder mit sich selbst zufrieden. Er hatte sie von ihrer schlechten Laune befreit.

Nun mußte er das Tempo drosseln. Auf allen vier Spuren war dichter Verkehr. Als der Mercedes den mächtigen Bogen der Brücke erklomm, konnte Sherman linker Hand die Insel Manhattan sehen. Die Wolkenkratzertürme standen so dicht zusammengepfercht, daß er die Masse und das enorme Gewicht regelrecht spüren konnte. Wenn man sich die Millionen Menschen von überall auf dem Globus vorstellte, die sich danach sehnten, auf dieser Insel zu sein, in diesen Türmen, in diesen engen Straßen! Da lag es, das Rom, das Paris, das London des zwanzigsten Jahrhunderts, die Stadt des Ehrgeizes, der undurchdringliche Magnetfelsen, das unweigerliche Ziel all derer, die darauf bestanden, dort zu sein, *wo alles stattfindet* – und er gehörte zu den Siegern! Er wohnte in der Park Avenue, der Straße der Träume! Er arbeitete an der Wall Street, fünfzig Stockwerke hoch, für die legendäre Firma Pierce & Pierce, von wo aus er die Welt überblickte! Er saß am Steuer eines 48.000-Dollar-Roadsters, mit einer der schönsten Frauen von New York – keinem komparatistischen Superhirn vielleicht, aber phantastisch – neben sich! Einem munteren, jungen Geschöpf! Er gehörte zu dem Schlag, dessen natürliche Bestimmung es war ... zu haben, was man wollte!

Er nahm eine Hand vom Steuer und vollführte eine große Gebärde zu dem mächtigen Eiland hinüber.

»Da liegt es, Baby!«

»Sind wir wieder bei Baby angekommen?«

»Ich habe einfach Lust, dich Baby zu nennen, Baby. New York City. Da liegt es.«

»Sherman! Mußt du da nicht abbiegen?«

Er blickte nach rechts. Es stimmte. Er war zwei Spuren links von den Fahrspuren, die zu der Ausfahrt nach Manhattan führten, und es gab für ihn keine Möglichkeit, nach rechts auszuscheren. Mittlerweile war seine Spur – die nächste Spur – die übernächste Spur – jede Spur – eine einzige Schlange von Personenwagen und Lkws, die sich Stoßstange an Stoßstange im Schrittempo auf eine Mautstelle hundert Meter weiter vorn zu bewegte. Über dem Areal hing ein riesiges grünes Schild, von gelben Lampen angestrahlt, auf dem BRONX UPSTATE N.Y. NEW ENGLAND stand.

»Sherman, ich bin sicher, das da drüben ist die Ausfahrt nach Manhattan.«

»Du hast recht, Liebling, aber ich komme da jetzt auf keinen Fall rüber.«

»Wo geht's hier hin?«

»In die Bronx.«

Die Fahrzeugschlangen krochen in einer Wolke aus Ruß- und Schwefelpartikeln auf die Mauthäuschen zu.

Der Mercedes war so niedrig, daß Sherman sich nach oben recken mußte, um die zwei Dollarnoten in die Kabine zu reichen. Ein müde wirkender Schwarzer guckte aus dem Fenster von sehr hoch oben zu ihm runter. Irgend etwas hatte der Seite des Häuschens einen langen Riß beigebracht. Die Furche rostete.

Eine vage, nebelhafte, unergründliche Unruhe drang langsam in Shermans Schädel. Die Bronx ... Er war in New York geboren und aufgewachsen und hegte einen männlichen Stolz, die Stadt zu kennen. *Ich kenne die Stadt.* Aber in Wirklichkeit rührte seine Kenntnis von der Bronx über die Spanne seiner achtunddreißig Jahre hin von fünf oder sechs Besuchen des Bronx Zoos, zwei Besuchen des Botanischen Gartens und vielleicht einem Dutzend im Yankee Stadion, der letzte 1977 zu einem Spiel der US-Meisterschaft. Er wußte, daß in der Bronx die Straßen numeriert waren, und zwar in Fortsetzung der Straßen von Manhattan. Was er tun konnte, das wäre – nun ja, er würde eine Querstraße nehmen und sie nach Westen fahren, bis er auf eine von den Avenuen kam, die einen wieder runter nach Manhattan brachten. Wie schlimm konnte das schon sein?

Die Woge roter Schlußlichter vor ihm strömte weiter, und jetzt beunruhigte sie ihn. Im Dunkeln, inmitten dieses roten Schwarms, fand er die Richtung nicht. Sein Orientierungssinn verließ ihn. Er fuhr offenbar noch immer nach Norden. Die Abfahrt von der Brücke hatte keine scharfe Kurve gemacht. Aber jetzt gab es nur noch Schilder, nach denen er sich richten konnte. Sein ganzer Bestand an Orientierungspunkten war weg, lag hinter ihm. Am Ende der Brücke teilte sich der Expressway in ein Y: MAJOR DEEGAN GEO. WASHINGTON BRIDGE ... BRUCKNER NEW ENGLAND ... Major Deegan führte nach Norden ... Nein! ... Fahr rechts ... Plötzlich wieder ein Y ... EAST BRONX NEW ENGLAND ... EAST 138TH BRUCKNER BOULEVARD ... Nimm einen von beiden, du Dussel! ... Entweder – oder ... Ein Finger, zwei Finger ... Er bog wieder nach rechts ... EAST 138TH ... eine Rampe ... Mit einemmal war keine Rampe, keine säuberlich abgegrenzte Schnellstraße mehr da. Er war unten angekommen. Es war, als wäre er auf einen

Schrottplatz gefallen. Er schien sich unter dem Expressway zu befinden. In der Finsternis konnte er drüben auf der linken Seite einen Maschendrahtzaun erkennen ... etwas drin verfangen ... Ein Frauenkopf! ... Nein, es war ein Stuhl mit drei Beinen und verbranntem Sitz, aus dem die verkohlte Füllung in großen Fetzen heraushing, halb durch den Maschendrahtzaun gerammt ... Wer um alles auf der Welt rammte einen Stuhl in die Maschen eines Drahtzauns? Und warum?

»Wo sind wir, Sherman?«

Er erkannte am Klang ihrer Stimme, daß Christopher Marlowe oder die Frage, wo man zu Abend essen würde, kein Thema mehr waren.

»Wir sind in der Bronx.«

»Weißt du, wie wir hier rauskommen?«

»Klar. Wenn ich nur eine Querstraße finde ... Laß mal sehn, laß mal sehn, laß mal sehn ... Einhundertachtunddreißigste Straße ...«

Sie fuhren unter einem Expressway in Richtung Norden. Aber unter welchem Expressway? Zwei Fahrspuren, beide in Richtung Norden ... Links eine Stützmauer, ein Maschendrahtzaun und Betonsäulen, die den Expressway trugen ... Sollte nach Westen fahren, um eine Straße zurück nach Manhattan zu finden ... Links abbiegen ... aber ich kann nicht links abbiegen wegen der Mauer ... Laß mal sehn, laß mal sehn ... Einhundertachtunddreißigste Straße ... Wo ist sie? Da! Das Schild – Einhundertachtunddreißigste Straße ... Er hält sich links, um abzubiegen ... Eine breite Öffnung in der Mauer ... Hundertachtunddreißigste Straße ... Aber er kann nicht links abbiegen! Zu seiner Linken sind vier oder fünf Fahrspuren, hier unten, unter dem Expressway, zwei gehen nach Norden, zwei nach Süden, und noch eine dahinter, Personenwagen und Lkws rasen in beide Richtungen – es gibt für ihn keine Möglichkeit, durch diesen Verkehr auf die andere Seite zu kommen ... Und so fährt er weiter ... in die Bronx hinein ... Wieder sieht er eine

Öffnung in der Mauer näher kommen ... Er bleibt stur auf dem linken Fahrstreifen ... Gleiche Situation! Keine Möglichkeit, links abzubiegen ... So allmählich hat er das Gefühl, in der Düsternis unter der Schnellstraße in der Falle zu sitzen ... Aber wie schlimm könnte das schon sein? ... Viel Verkehr ...

»Was machen wir jetzt, Sherman?«

»Ich versuche, links abzubiegen, aber auf dieser gottverdammten Straße gibt's keine Möglichkeit, links abzubiegen. Ich werde irgendwo hier rechts abbiegen müssen, dann wenden oder so was und drüben auf der anderen Seite zurückfahren.«

Maria sagte nichts dazu. Sherman warf ihr einen Blick zu. Sie schaute verbissen geradeaus. Auf der rechten Seite, über ein paar niedrigen baufälligen Gebäuden, sah er eine Reklametafel mit der Aufschrift GANZ OBEN IN DER BRONX. FLEISCH-GROSSHANDEL.

Fleisch-Großhandel ... tief unten in der Bronx ... Wieder eine Öffnung in der Mauer dort vorn ... Diesmal schert er langsam nach rechts raus – eine gewaltige Hupe! – ein Lastwagen, der rechts an ihm vorbeifährt ... Er reißt das Steuer nach links ...

»Sherman!«

»'tschuldige, Baby.«

Zu spät, um rechts abzubiegen ... Er fährt weiter, hält sich auf der rechten Seite der rechten Fahrbahn, bereit zum Abbiegen ... Wieder eine Öffnung ... biegt rechts ab ... eine breite Straße ... Was für eine Menge Leute mit einemmal ... Die Hälfte davon scheint auf der Straße zu stehen ... dunkel, aber sie sehen südamerikanisch aus ... Puertoricaner? ... Da drüben ein langes, flaches Gebäude mit bogenförmigen Gaubenfenstern ... so was Ähnliches wie ein Schweizerhaus aus dem Märchenbuch ... aber schrecklich schwarz geworden ... Hier drüben eine Bar – er guckt – halb verdeckt von metallenen Rolläden ... So viele Menschen auf der Straße ... Er verlangsamt das Tempo ... Niedrige Wohnhäuser, in denen Fenster fehlen ... ganze Fensterflügel weg ... Eine rote Ampel. Er hält. Er sieht, wie Maria den Kopf so herum und so herum dreht ... »Ooooooaggggh!« Ein entsetzlicher Schrei auf der linken Seite ... Ein junger Mann mit einem spärlichen Schnurrbart und einem Sporthemd schlendert über die Straße. Ein Mädchen rennt schreiend hinter ihm her. »Ooooooagggh!« Dunkles Gesicht, krauses blondes Haar ... Sie schlingt ihm die Arme um den Hals, aber in Zeitlupe, als wäre sie betrunken. »Ooooooaggggh!« Versucht, ihn zu würgen! Er sieht sie nicht einmal an. Er rammt ihr lediglich den Ellbogen rückwärts in den Magen. Sie rutscht an ihm herunter. Sie hockt auf allen vieren auf der Straße. Er geht weiter. Sieht sich nicht um. Sie steht auf. Sie stürzt wieder auf ihn los. »Ooooooaggggh!« Jetzt sind sie genau vor dem Mercedes. Sherman und Maria sitzen in ihren gelbbraunen Lederschalensitzen und starren direkt auf sie. Das Mädchen – sie hat ihren Freund wieder am Hals gepackt. Er versetzt ihr mit dem Ellbogen noch einen Stoß in den Bauch. Die Ampel schaltet um, aber Sherman kann nicht losfahren. Menschen sind von beiden Seiten auf die Straße geströmt, um der Auseinandersetzung zuzusehen. Sie lachen. Sie klatschen Beifall. Sie zieht an seinen Haaren. Er schneidet eine Grimasse und stößt rückwärts mit beiden Ellbogen nach ihr. Menschen, wohin man sieht. Sherman wirft Maria einen Blick zu. Keiner sagt ein Wort. Zwei Weiße, einer von ihnen eine junge Frau in einer königsblauen Avenue-Foch-Jacke mit Schultern, breit bis hier ... genügend zusammenpassendes Gepäck auf dem Rücksitz für eine Reise nach China ... ein 48.000-Dollar-Mercedes-Roadster ... mitten in der südlichen Bronx ... Wunderbar! Niemand achtet auch nur im geringsten auf sie. Nichts weiter als ein Wagen vor der Ampel. Die beiden Streithähne verziehen sich langsam zur anderen Straßenseite. Jetzt klammern sie sich, Angesicht zu Angesicht, wie Sumo-Ringer aneinander. Sie taumeln, schwanken. Sie sind fix und fertig. Sie ringen nach Atem.

Sie sind total erledigt. Sie könnten ebensogut tanzen. Die Menge verliert das Interesse und löst sich auf.

Sherman sagt zu Maria: »Wahre Liebe, Baby.« Möchte ihr das Gefühl geben, daß er nicht beunruhigt ist.

Jetzt ist niemand mehr vor dem Wagen, aber die Ampel hat wieder auf Rot geschaltet. Er wartet, bis sie wechselt, dann fährt er die Straße hinunter. Nicht mehr so viele Leute jetzt ... eine breite Straße. Er wendet und fährt den Weg zurück, den sie gekommen sind ...

»Was willst du jetzt tun, Sherman?«

»Ich glaube, wir sind richtig. Das hier ist eine Hauptseitenstraße. Wir fahren in die richtige Richtung. Wir fahren nach Westen.«

Aber als sie die breite Durchgangsstraße unter dem Expressway überquert hatten, fanden sie sich auf einer chaotischen Kreuzung wieder. Straßen liefen aus sonderbaren Winkeln zusammen ... Leute liefen in beiden Richtungen über die Straße ... Dunkle Gesichter ... In der einen Richtung ein U-Bahn-Eingang. In der anderen niedrige Häuser, Läden ... Great Taste Chinese Takeout ... Er konnte nicht sagen, welche Straße genau nach Westen verlief ... *Die* da – am wahrscheinlichsten – er bog in die Richtung ab ... eine breite Straße ... geparkte Autos zu beiden Seiten ... weiter vorn in zwei Reihen ... in drei Reihen geparkt ... eine Menschenmenge ... Kam er da überhaupt durch? Also bog er ab ... *da lang* ... Da war ein Straßenschild, aber die Namen der Straßen standen nicht mehr parallel zu den Straßen selbst. Ost-irgendwas schien ... in diese Richtung zu gehen ... Also nahm er diese Straße, aber sie vereinigte sich bald mit einer schmalen Seitenstraße und lief zwischen irgendwelchen niedrigen Häusern dahin. Die Häuser schienen verlassen zu sein. An der nächsten Ecke bog er ab – nach Westen, meinte er – und folgte dieser Straße ein paar Blocks weit. Noch mehr niedrige Gebäude. Es konnten Garagen sein, und es konnten auch Schuppen sein. Zäune, an denen oben Knäuel aus Rasierklingendraht befestigt waren. Die Straßen waren menschenleer, was okay war, sagte er sich, und trotzdem fühlte er sein Herz ängstlich pochen. Dann bog er wieder ab. Eine schmale Straße mit sechs- oder siebenstöckigen Wohnhäusern zu beiden Seiten; kein Anzeichen von Leben; nicht ein Fenster mit Licht. Der nächste Block dasselbe. Er bog von neuem ab, und als er um die Ecke kam ...

Verblüffend. Vollkommen leer, ein weites, unbebautes Gelände. Querstraße auf Querstraße – wie viele? – sechs? acht? ein Dutzend? –, ganze Stadtviertel, in denen kein Haus mehr stand. Man sah Straßen und Bordsteinkanten und Gehwege und Lichtmasten – und nichts weiter. Das unheimliche Gitternetz einer Stadt breitete sich vor ihm aus, vom chemischen Gelb der Straßenlampen beleuchtet. Hier und da sah man Spuren von Schotter und Schlacke. Die Erde sah aus wie Beton, nur daß sie in dieser Richtung nach unten ... und in der anderen Richtung nach oben verlief ... die Hügel und Täler der Bronx ... auf Asphalt, Beton und Asche reduziert ... in einem geisterhaften gelben Dämmerlicht.

Er mußte zweimal hinsehen, um sicher zu sein, daß er tatsächlich immer noch eine New Yorker Straße langfuhr. Die Straße führte eine lange Steigung hinauf ... Zwei Blocks entfernt ... drei Blocks entfernt ... auf diesem riesigen leeren Gelände war das schwer zu sagen ... stand ein einzelnes Gebäude, das letzte ... Es stand an der Ecke ... zwei oder drei Stockwerke hoch ... Es sah aus, als könnte es jeden Augenblick umkippen ... Im Erdgeschoß war Licht, als wäre dort ein Laden oder eine Bar ... Drei oder vier Leute standen draußen auf dem Bürgersteig. Sherman konnte sie unter der Straßenlaterne an der Ecke sehen.

»Was ist das hier, Sherman?« Maria starrte ihm ins Gesicht.

»Die südöstliche Bronx, nehme ich an.«

»Heißt das, du weißt nicht, wo wir sind?«

»Ich weiß *ungefähr,* wo wir sind. Solange wir nach Westen fahren, sind wir richtig.«

»Woher weißt du, daß wir nach Westen fahren?«

»Oh, keine Sorge, wir fahren in Richtung Westen. Es ist nur, äh ...«

»Es ist nur was?«

»Falls du ein Straßenschild siehst ... ich suche nach einer numerierten Straße.«

Die Wahrheit war, daß Sherman nicht mehr wußte, in welche Richtung er fuhr. Als sie näher an das Haus herankamen, hörte er *thang thang thang thang thang thang.* Er hörte es, obwohl die Wagenfenster geschlossen waren ... Ein Baß ... Eine elektrische Leitung schwang sich von dem Lichtmast an der Ecke hinunter und durch die offene Tür. Auf dem Gehweg stand eine Frau in Klamotten, die aussahen wie ein Basketball-Trikot und Shorts, und zwei Männer in kurzärmeligen Sporthemden. Die Frau stand gebückt, die Hände auf den Knien, und lachte, während sie den Kopf im Kreis herumschwenkte. Die beiden Männer lachten über sie. Waren es Puertoricaner? Man konnte es nicht erkennen. In der Tür, durch die die elektrische Leitung führte, sah Sherman mattes Licht und Silhouetten. *Thang thang thang thang thang* ... der Baß ... dann ein paar hohe Trompetentöne ... Lateinamerikanische Musik? Der Kopf der Frau kreiste und kreiste.

Er schaute zu Maria hinüber. Sie saß in ihrer wundervollen königsblauen Jacke da. Ihr volles, dunkles, kurzgeschnittenes Haar umrahmte ihr Gesicht, das erstarrt war wie eine Fotografie. Sherman gab Gas und verließ diesen unheimlichen Außenposten in der Wildnis.

Er hielt auf ein paar Gebäude zu ... dort drüben ... Er fuhr an Häusern ohne Fenster in den Höhlen vorbei ...

Sie kamen zu einem kleinen Park mit einem Eisenzaun drumherum. Man mußte entweder links oder rechts abbiegen. Die Straßen gingen in schiefen Winkeln ab. Sherman hatte das Gittermuster vollkommen aus den Augen verloren. Es sah nicht mehr wie New York aus. Es sah nach irgendeiner sterbenden Kleinstadt in New England aus. Er bog links ab.

»Sherman, allmählich gefällt mir das hier nicht mehr.«

»Keine Sorge, Kleines.«

»Sind wir jetzt bei ›Kleines‹ angelangt?«

»Baby hat dir doch nicht gefallen.« Er wollte ungezwungen klingen.

Jetzt sah man geparkte Autos entlang der Straße ... Drei Jugendliche standen unter einer Straßenlaterne: drei dunkle Gesichter. Sie hatten wattierte Jacken an. Sie starrten auf den Mercedes. Sherman bog von neuem ab.

Weiter vorn konnte er das diesige gelbe Licht offenbar von einer breiteren, heller erleuchteten Straße sehen. Je näher sie herankamen, desto mehr Menschen ... auf den Bürgersteigen, in Toreinfahrten, auf der Straße ... Was für eine Menge dunkler Gesichter ... Weiter vorn etwas auf der Straße. Das Licht seiner Scheinwerfer wurde von der Dunkelheit aufgesaugt. Dann konnte er es erkennen. Ein Auto parkte mitten auf der Straße, auch nicht annähernd an der Bordsteinkante ... eine Gruppe Jungen stand darum herum ... Noch mehr dunkle Gesichter ... Kam er überhaupt an ihnen vorbei? Er drückte auf den Knopf, der die Türen verriegelte. Das elektronische Klicken erschreckte ihn, als wäre es der Schlag einer kleinen Trommel. Er fuhr langsam vorbei. Die Jungen beugten sich runter und starrten durch die Fenster in den Mercedes.

Aus den Augenwinkeln sah er, daß einer von ihnen lächelte. Aber er sagte nichts. Er starrte nur und grinste. Gott sei dank war genug Platz. Sherman schob sich weiter langsam dran vorbei. Angenommen, er hätte einen Platten? Oder der Motor säuft ab? Das wäre eine schöne Geschichte. Aber er fühlte sich nicht nervös. Er war immer noch Herr der Lage. Einfach weiterfahren. Das ist die Hauptsache. Ein 48.000-Dollar-Mercedes. Na los, ihr Sauerkrautfresser, ihr Panzerköppe, ihr

Stahlhirn-Maschinisten ... Macht die Sache richtig ... Er schaffte es an dem Wagen vorbei. Weiter vorn eine Durchgangsstraße ... Der Verkehr rollte in beiden Richtungen in ziemlichem Tempo über die Kreuzung. Er stieß den Atem aus. Die würde er nehmen! Nach rechts! Nach links! Es war egal. Er kam an die Kreuzung. Die Ampel war rot. Zum Teufel! Er startete durch.

»Sherman, du bist bei Rot über die Ampel gefahren!«

»Wunderbar. Vielleicht kommt die Polizei. Das würde mich auch nicht allzusehr aus der Fassung bringen!«

Maria sagte kein Wort. Die Belange ihres Luxuslebens waren mittlerweile eng eingegrenzt. Die menschliche Existenz hatte nur noch ein Ziel: aus der Bronx herauszukommen.

Weiter vorn schien das dunstige senfgelbe Licht der Straßenlaternen heller und weiter verteilt ... So was wie eine größere Kreuzung ... Warte mal ... Da vorn ein U-Bahn-Eingang ... Hier drüben Läden, Billig-Restaurants ... Texas Fried Chicken ... Great Taste Chinese Takeout ... *Great Taste Chinese Takeout!*

Maria dachte dasselbe. »Herrgott, Sherman, wir sind wieder da, wo wir hergekommen sind. Du bist im Kreis gefahren!«

»Ich weiß. Ich weiß. Warte nur mal eine Sekunde. Ich sag dir was. Ich nehme die nach rechts. Ich fahre wieder unter den Expressway. Ich mache ...«

»Fahr nicht wieder unter dieses Ding, Sherman.«

Der Expressway erhob sich direkt vor ihnen. Die Ampel war grün. Sherman wußte nicht, was er tun sollte. Hinter ihm hupte jemand.

»Sherman! Sieh mal da drüben! Da steht George Washington Bridge!«

Wo? Die Hupe heulte weiter. Dann sah er es. Es war auf der anderen Seite, unter dem Expressway, in dem schwachen grauen Dämmerlicht, ein Schild an einem Betonpfeiler ... 95.895 EAST. GEO. WASH. BRIDGE ... Muß eine Auffahrt sein ...

»Aber wir wollen nicht in diese Richtung. Dort geht's nach Norden!«

»Also was, Sherman? Zumindest weißt du, was es ist! Wenigstens führt's in die Zivilisation! Nur raus hier!«

Die Hupe plärrte. Jemand da hinten schrie. Sherman drückte auf die Tube, solange er noch Grün hatte. Er fuhr quer über die fünf Fahrstreifen auf das kleine Schild zu. Er war wieder unter der Schnellstraße.

»Es ist gleich da drüben, Sherman!«

»Okay, okay, ich seh's ja.«

Die Auffahrt sah aus wie eine schwarze Rutsche, die zwischen die Betonpfeiler geklemmt war. Der Mercedes machte einen mächtigen Satz aus einem Schlagloch heraus.

»Mann«, sagte Sherman, »das habe ich überhaupt nicht gesehen.«

Er beugte sich über das Steuerrad nach vorn. Die Scheinwerfer jagten wie in einem Taumel über die Betonpfeiler. Er schaltete in den zweiten Gang. Er fuhr nach links um ein Widerlager herum und fetzte die Rampe hoch. Leichen! Leichen auf der Straße ... Zwei lagen zusammengerollt da! Nein, keine Leichen ... Bodenwellen an der Seite ... Senken ... Nein, Container, irgendwelche Container ... Müllkübel ... Er mußte sich nach links quetschen, um daran vorbeizukommen ... Er schaltete in den ersten Gang und wich nach links aus ... Etwas wischte durch seine Scheinwerfer ... Einen Moment lang dachte er, jemand wäre vom Geländer der Auffahrt runtergesprungen ... Nicht groß genug ... Es war ein Tier ... Es lag auf der Straße und versperrte den Weg ... Sherman trat voll auf die Bremse ... Ein Gepäckstück knallte ihm gegen den Hinterkopf ... zwei Stück ...

Ein Aufschrei von Maria. Ein Koffer lag auf ihrer Kopfstütze. Der Motor war abgewürgt. Sherman zog die Handbremse und schob den Koffer wieder nach hinten.

»Bist du okay?«

Sie sah ihn nicht an. Sie starrte durch die Windschutzscheibe.
»Was ist denn das?«

Versperrte die Straße – es war kein Tier ... Profile ... Es war ein Rad ... Sein erster Gedanke war, daß ein Wagen oben auf der Schnellstraße ein Rad verloren hatte und es auf die Rampe runtergefallen war. Plötzlich war es totenstill im Wagen, weil der Motor ausgegangen war. Sherman ließ ihn wieder an. Er kontrollierte die Bremse, um zu sehen, ob sie angezogen war. Dann öffnete er die Tür.

»Was willst du tun, Sherman?«

»Ich schieb's zur Seite.«

»Sei vorsichtig. Was ist, wenn ein Auto kommt?«

»Hmmm.« Er zuckte mit den Achseln und stieg aus.

Von dem Moment an, als er den Fuß auf die Rampe setzte, hatte er ein merkwürdiges Gefühl. Über ihm das entsetzliche Rasseln von Fahrzeugen, die über irgendeine metallene Verbindung oder Platte auf der Schnellstraße fuhren. Er blickte zu dem schwarzen Bauch des Expressway hoch. Die Wagen konnte er nicht sehen. Er konnte nur hören, wie sie gegen die Straße hämmerten, offenbar mit hoher Geschwindigkeit, womit sie dieses Rasseln verursachten und ein Schwingungsfeld erzeugten. Die Schwingungen umhüllten die mächtige, verrostete, schwarze Konstruktion mit einem Summen. Aber gleichzeitig konnte er seine Schuhe hören, seine $ 650 teuren New-&-Lingwood-Schuhe, New & Lingwood in der Jermyn Street in London, mit ihren englischen Ledersohlen und -absätzen, die leise sandige Kratzgeräusche machten, als er die Steigung zu dem Rad hochging. Das leise sandige Kratzgeräusch seiner Schuhe war so durchdringend, wie er noch kein Geräusch je gehört hatte. Er bückte sich. Es war doch kein Rad, nur ein Reifen. Man stelle sich vor, ein Wagen verliert einen Reifen. Er hob ihn auf.

»Sherman!«

Er drehte sich zu dem Mercedes um. Zwei Gestalten! ...

Zwei junge Männer – schwarz – auf der Rampe, die hinter ihm nach oben kamen ... *Boston Celtics!* Der vordere hatte eine silbrige Basketball-Trainingsjacke an, auf deren Brust CELTICS stand ... Er war nicht weiter als vier oder fünf Schritte entfernt ... kräftig gebaut ... Seine Jacke stand offen ... ein weißes T-Shirt ... ungeheure Brustmuskeln ... ein kantiges Gesicht ... breite Kiefer ... ein breiter Mund ... Was bedeutete dieser Blick? ... Jäger! Räuber! Der Bursche blickte Sherman direkt ins Gesicht ... kam langsam näher ... Der andere war hochgewachsen, aber mager, mit einem langen Hals und schmalem Gesicht ... ein sensibles Gesicht ... Augen weit offen ... erschrocken ... Er wirkte verängstigt ... Er trug einen großen, weiten Sweater ... Er war ein, zwei Schritte hinter dem Stämmigen zurück ...

»Yo!« sagte der Stämmige. »Brauchen Sie Hilfe?«

Sherman stand da, den Reifen in der Hand, und guckte.

»Was is los, Mann? Brauchen Sie Hilfe?«

Es war eine freundliche Stimme. *Will mich reinlegen! Eine Hand in seiner Jackentasche!* Aber er hört sich ehrlich an: *Es ist eine Falle, du Idiot!* Aber angenommen, er will bloß helfen? *Was suchen sie auf dieser Auffahrt?* Haben nichts getan – haben mich nicht bedroht. *Aber das tun sie gleich!* Sei einfach freundlich. *Bist du wahnsinnig? Unternimm was! Handle!* Ein Geräusch füllte seinen Schädel, das Geräusch zischenden Dampfes. Er hielt den Reifen vor seine Brust. Jetzt! Auf geht's – er lief auf den Stämmigen los und warf den Reifen nach ihm. Der kam sofort wieder zu ihm zurück! Der Reifen kam sofort wieder zu ihm zurück! Er warf die Arme in die Höhe. Der Reifen prallte von seinen Armen ab. Ein ungeschickter Schlenker – der Kerl fiel über den Reifen. Die silbrige Celtics-Jacke – auf dem Pflaster. Sherman wurde vom eigenen Schwung nach vorn getragen. Er rutschte auf den New-&-Lingwood-Partyschuhen aus. Er kreiselte um seine Achse.

»Sherman!«

Maria saß hinter dem Steuer des Wagens. Der Motor heulte auf. Die Tür auf der Beifahrerseite stand offen.

»Steig ein!«

Der andere, der Magere, war zwischen ihm und dem Wagen ... ein verängstigter Blick in seiner Visage ... Augen weit offen ... Sherman war die pure Hysterie ... Er mußte zu dem Wagen gelangen! ... Er rannte darauf zu. Er senkte den Kopf. Er stieß krachend mit dem Jungen zusammen. Der schleuderte nach hinten und flog gegen den hinteren Kotflügel des Wagens, fiel aber nicht hin.

»Henry!«

Der Stämmige stand wieder auf. Sherman schmiß sich in den Wagen. Marias totenbleiches, verzweifeltes Gesicht: »Steig ein! Steig ein!«

Der röhrende Motor ... die Panzerkopf-Mercedes-Skalen ... Ein verwischter Fleck außerhalb des Wagens ... Sherman packte den Griff und knallte mit einem enormen Adrenalinstoß die Tür zu. Aus den Augenwinkeln: der Stämmige – fast an der Tür auf Marias Seite. Sherman schlug auf die Verriegelungsautomatik. *Rap!* Er zerrte an dem Türgriff – Celtics bloß Zentimeter von Marias Kopf weg, nur die Scheibe dazwischen. Maria legte den ersten Gang ein und kreischte vorwärts. Der Bursche sprang zur Seite. Der Wagen steuerte geradewegs auf die Müllkübel zu. Maria trat auf die Bremse. Sherman wurde gegen das Armaturenbrett geschleudert. Ein Kosmetikkoffer landete auf dem Ganghebel. Sherman zog ihn weg. Jetzt lag er auf seinem Schoß. Maria knallte den Rückwärtsgang rein. Der Wagen schoß zurück. Er schaute nach rechts. Der Magere ... Der magere Junge stand da und starrte ihn an ... pure Angst auf seinem zarten Gesicht ... Maria schaltete wieder in den ersten Gang ... Sie atmete in mächtigen Zügen, als würde sie ertrinken ...

Sherman schrie: »Paß auf!«

Der Stämmige kam auf den Wagen zu. Er hielt den Reifen

über den Kopf. Maria setzte den Wagen kreischend vorwärts, genau auf ihn zu. Er taumelte beiseite ... ein Schatten ... ein schrecklicher Ruck ... Der Reifen flog gegen die Windschutzscheibe und prallte davon ab, ohne das Glas zu zerbrechen ... Die Sauerkrautfresser! ... Maria riß das Steuer nach links, um die Müllkübel nicht zu rammen ... Der Magere stand genau da ... Das Heck brach seitlich aus ... *Plong!* Der magere Junge stand nicht mehr da ... Maria kämpfte mit dem Steuerrad ... Ein sauberer Schuß zwischen dem Geländer und den Müllkübeln hindurch ... Sie trat das Gas bis zum Anschlag durch ... Ein wahnsinniges Kreischen ... Der Mercedes schoß die Auffahrt hinauf ... Die Straße unter ihm stieg an ... Sherman klammerte sich fest ... Die gewaltige Zunge der Schnellstraße ... Lichter sausten vorbei ... Maria bremste den Wagen ab ... Sherman und der Kosmetikkoffer flogen gegen das Armaturenbrett ... *Hahh hahhhhh hahhhhh hahhhh* ... Zuerst dachte er, sie lacht. Sie versuchte nur, Atem zu holen.

»Bist du okay?«

Sie schoß mit dem Wagen vorwärts. Das Plärren einer Hupe ... »Himmelherrgott, Maria!«

Die plärrende Hupe wich aus und raste vorbei, und sie waren draußen auf dem Expressway.

Seine Augen brannten vom Schweiß. Er hob eine Hand von dem Kosmetikkoffer, um sich die Augen zu reiben, aber sie begann so heftig zu zittern, daß er sie wieder auf den Koffer legte. Er fühlte sein Herz in der Kehle schlagen. Er war klatschnaß. Sein Jackett war zerrissen. Er konnte es fühlen. Es war in den Rückennähten aufgerissen. Seine Lungen rangen nach mehr Sauerstoff.

Sie rasten den Expressway runter – viel zu schnell.

»Fahr langsamer, Maria! Herrgott noch mal!«

»Wo geht's hier hin, Sherman? Wo geht's hier hin?«

»Fahr einfach den Schildern nach, auf denen George Washington Bridge steht, und fahr um Gottes willen langsamer.«

Maria nahm eine Hand vom Steuerrad, um sich die Haare aus der Stirn zu streichen. Ihr ganzer Arm, wie auch ihre Hand, zitterte. Sherman fragte sich, ob sie den Wagen unter Kontrolle halten könne, aber er wollte sie in ihrer Konzentration nicht stören. Sein Herz raste mit hohlen Schlägen, als hätte es sich in seinem Rippenkäfig losgerissen.

»O Scheiße, meine Arme zittern!« sagte Maria. Aw shit, muh uhms uh shakin. Er hatte sie noch nie das Wort »Scheiße« sagen hören.

»Nur ruhig Blut«, sagte Sherman. »Wir sind jetzt richtig, wir sind richtig.«

»Aber wo geht's hier hin?«

»Nur mit der Ruhe! Fahr einfach den Schildern nach. George Washington Bridge.«

»O Scheiße, Sherman, das haben wir vorhin doch auch gemacht!«

»Immer mit der *Ruhe,* Herrgott noch mal. Ich sag dir, wo lang.«

»Bau diesmal keinen Mist, Sherman.«

Sherman stellte fest, daß er den Kosmetikkoffer in seinem Schoß umklammerte, als wäre er ein zweites Steuerrad. Er versuchte sich auf die Straße vor ihnen zu konzentrieren. Dann blickte er auf ein Schild vor ihnen über dem Highway: Cross Bronx Geo. Wash. Bridge.

»Cross Bronx! Wo ist das denn?«

»Fahr einfach da lang!«

»Scheiße, Sherman!«

»Bleib auf dem Highway. Wir sind richtig.« Der Lotse.

Er starrte auf die weiße Linie auf der Straßenbettung. Er starrte so intensiv hin, daß er die Beziehung dazu verlor ... zu den Linien ... zu den Schildern ... den Hecklichtern ... Er kriegte das Muster nicht mehr zusammen ... Er konzentrierte sich auf ... Bruchstücke! ... Moleküle! ... Atome! ... Herrgott! ... *Ich habe die Fähigkeit verloren, logisch zu denken!* ...

Sein Herz begann, heftig zu schlagen ... und dann ein lauter ... *Knacks!* ... es kehrte zu seinem normalen Rhythmus zurück ...

Dann über ihnen: MAJOR DEEGAN TRIBORO BRIDGE.

»Siehst du das, Maria? Triborough Bridge! Nimm die!«

»Mann Gottes, Sherman, George Washington Bridge!«

»Nein! Wir wollen zur Triborough, Maria! So kommen wir direkt nach Manhattan rein!«

Also nahmen sie diese Schnellstraße. Kurz darauf über ihren Köpfen: WILLIS AVE.

»Wo ist denn die Willis Avenue?«

»Ich glaube, in der Bronx«, sagte Sherman.

»Scheiße!«

»Halt dich einfach links! Wir sind richtig!«

»Scheiße, Sherman!«

Über dem Highway ein großes Schild: TRIBORO.

»Da ist es, Maria! Siehst du das?«

»Jaaah.«

»Halt dich dort vorn rechts. Es geht rechts raus!« Sherman packte den Kosmetikkoffer und drehte ihn nun angestrengt nach rechts. Er hatte einen Kosmetikkoffer in der Hand und drehte ihn wie ein Steuerrad. Maria hatte eine königsblaue Avenue-Foch-Jacke an, mit Schulterpolstern ... breit bis hier ... ein nervöses kleines Tierchen, das sich unter königsblauen Schulterpolstern aus Paris wand ... sie beide in einem 48.000-Dollar-Mercedes mit todschicken Flugzeugskalen ... verzweifelt bemüht, der Bronx zu entfliehen ...

Sie kamen an die Ausfahrt. Er klammerte sich fest, als ginge es um sein Leben, als würde sich jeden Moment ein Tornado erheben und sie aus der richtigen Spur blasen – zurück in die Bronx!

Sie schafften es. Jetzt waren sie auf dem langen Gefälle, das zur Brücke und nach Manhattan führte.

Hahhhhh hahhhhh hahhhhh hahhhhh. »Sherman!«

Er sah sie an. Sie seufzte und atmete Luft in tiefen Atemzügen ein.

»Es ist okay, Liebling.«

»Sherman, er hat es ... direkt nach mir geworfen!«

»Was geworfen?«

»Dieses ... Rad, Sherman!«

Der Reifen war genau vor ihren Augen auf die Windschutzscheibe geknallt. Aber noch was anderes schoß ihm plötzlich durch den Kopf ... *Plong!* ... das Geräusch des hinteren Kotflügels, der gegen etwas stieß, und der magere Junge, der aus dem Blickfeld verschwand ... Maria entfuhr ein Schluchzen.

»Beruhige dich! Wir haben uns bloß ein bißchen verfahren!« Sie zog die Tränen durch die Nase hoch. »Gott ...«

Sherman langte hinüber und massierte ihr mit der Linken den Nacken. »Du bist okay, Liebchen. Du bist klasse.«

»O Sherman.«

Das Komische war – und es kam ihm genau in diesem Moment so komisch vor –, er hätte am liebsten gelächelt. Ich habe sie gerettet! Ich bin ihr Beschützer! Er massierte weiter ihren Nacken.

»Es war bloß ein Reifen«, sagte der Beschützer, der den Luxus genoß, die Schwachheit zu trösten. »Sonst hätte er die Windschutzscheibe durchschlagen.«

»Er warf ihn ... genau ... nach mir.«

»Ich weiß, ich weiß. Ist ja okay. Es ist jetzt vorüber.«

Aber er hörte es wieder. Das leise *Plong*. Und der magere Junge war verschwunden.

»Maria, ich glaube, du – ich glaube, wir haben einen von ihnen erwischt.«

Du – wir – schon stieg ein tiefsitzender Instinkt in dem feuchtgeschwitzten Patriarchen hoch: Schuld.

Maria sagte nichts.

»Du weißt, als wir wegrutschten. Da gab's so ein ... so ein ... leises Geräusch, ein leises *Plong*.«

Maria blieb schweigsam. Sherman sah sie an. Schließlich sagte sie: »Jaah – ich – ich – weiß nicht. Es interessiert mich einen Dreck, Sherman. Mich interessiert nur, daß wir da rausgekommen sind.«

»Klar, das ist die Hauptsache, aber ...«

»O Gott, Sherman, wie – der allerschlimmste Alptraum!« Sie unterdrückte wieder ein Schluchzen, während sie, nach vorn gebeugt und durch die Windschutzscheibe starr geradeaus blickend, sich auf den Verkehr konzentrierte.

»Es ist okay, Liebling. Wir sind jetzt richtig.« Er massierte noch ein wenig ihren Nacken. Der magere Junge stand da. *Plong.* Er stand nicht mehr da.

Der Verkehr wurde dichter. Die Flut der roten Schlußlichter vor ihnen verschwand unter einer Unterführung und tauchte an einem Hang wieder auf. Sie waren nicht mehr weit von der Brücke entfernt. Maria verlangsamte das Tempo. In der Dunkelheit war die Mautstelle ein großer Betonfleck, den die Lampen darüber gelb färbten. Weiter vorn wurden die roten Lichter zu einem Schwarm, der sich langsam an die Mauthäuschen heranarbeitete. In der Ferne konnte Sherman die dichte Schwärze Manhattans sehen.

Solche Bedrohung ... so viele Lichter ... so viele Menschen ... so viele Leute, die mit ihm diesen gelben Betonfleck teilten ... und alle ohne jede Ahnung davon, was er gerade durchgestanden hatte!

Sherman wartete, bis sie den FDR Drive hinabrollten, am East River entlang, zurück ins weiße Manhattan, und Maria wieder ruhiger war, ehe er das Thema noch einmal anschnitt.

»Also, was meinst du, Maria? Ich denke, wir sollten es der Polizei melden.«

Sie sagte nichts. Er schaute sie an. Sie starrte grimmig auf die Straße.

»Was meinst du?«

»Wozu?«

»Tja, ich denke nur ...«

»Sherman, halt den Mund.« Sie sagte es sanft, freundlich. »Laß mich in Ruhe dieses verdammte Auto hier fahren.«

Die vertrauten gotischen Zwanziger-Jahre-Palisaden des New York Hospital ragten gerade vor ihnen auf. Das weiße Manhattan! Sie verließen die Schnellstraße über die Ausfahrt Einundsiebzigste Straße.

Maria hielt gegenüber dem Mietshaus und ihrem Hideaway im dritten Stock. Sherman stieg aus und untersuchte sofort den rechten hinteren Kotflügel. Zu seiner großen Erleichterung – keine Beule; kein Zeichen von irgendwas, zumindest hier im Dunkeln nicht. Da Maria ihrem Mann gesagt hatte, sie käme erst am nächsten Tag aus Italien zurück, wollte sie auch das Gepäck mit hinauf in das kleine Apartment nehmen. Dreimal stieg Sherman im trüben Licht des Hauswirtsheiligenscheins die knarrende Treppe hoch und schleppte die Koffer nach oben. Maria zog ihre königsblaue Jacke mit den Pariser Schultern aus und legte sie aufs Bett. Sherman zog sein Jackett aus. Es war hinten an den Seitennähten völlig zerrissen. Huntsman, Savile Row, London. Hatte verdammt viel Geld gekostet. Er warf das Jackett aufs Bett. Sein Hemd war klatschnaß. Maria schleuderte ihre Schuhe von den Füßen, setzte sich auf einen von den Wiener Kaffeehausstühlen an dem eichenen Tisch mit dem Säulenfuß, stützte einen Ellenbogen auf die Tischplatte und ließ ihren Kopf gegen den Unterarm sinken. Der alte Tisch sackte auf seine traurige Weise durch. Dann richtete sie sich auf und sah Sherman an.

»Ich möchte einen Drink«, sagte sie. »Willst du auch einen?«

»Yeah. Soll ich sie mixen?«

»Mm-hmmm. Ich möchte viel Wodka und ein bißchen Orangensaft und etwas Eis. Der Wodka steht im Küchenschrank.«

Er ging in die schäbige kleine Küche und schaltete das Licht an. Eine Küchenschabe saß auf dem Rand einer schmutzigen

Pfanne auf dem Herd. Ach, zum Teufel damit. Er machte Maria ihren Wodka-Orangensaft, dann goß er sich ein Old-Fashioned-Glas mit Scotch voll und tat etwas Eis und ein bißchen Wasser dazu. Er setzte sich auf einen der Kaffeehausstühle ihr gegenüber an den Tisch. Er merkte, daß er den Drink sehr nötig hatte. Er sehnte sich nach dem eiskalt-brennenden Zucken in seinem Magen. Der Wagen brach hinten aus. *Plong.* Der hochgewachsene sensible Bursche stand nicht mehr da.

Maria hatte das große Glas, das er ihr gebracht hatte, bereits zur Hälfte getrunken. Sie schloß die Augen und warf ihren Kopf zurück, dann blickte sie Sherman an und lächelte müde. »Ich schwöre«, sagte sie, »ich dachte, es wäre mit uns ... aus.«

»Also, was machen wir jetzt?« fragte Sherman.

»Was meinst du damit?«

»Ich denke, wir sollten – ich finde, wir sollten es der Polizei melden.«

»Das hast du bereits gesagt. Okay. Sag mir, warum?«

»Na ja, sie haben versucht, uns auszurauben – und ich meine, vielleicht hast du – ich meine, es ist möglich, daß du einen von ihnen erwischt hast.«

Sie sah ihn nur an.

»Es war in dem Moment, als du voll drauftratst und wir wegrutschten.«

»Also, soll ich dir mal was sagen? Ich hoffe, ich hab's getan. Aber wenn, dann habe ich ihn bestimmt nicht sehr schlimm erwischt. Ich habe kaum was gehört.«

»Es war bloß ein leises *Plong.* Und dann stand er nicht mehr da.«

Maria zuckte mit den Schultern.

»Also – ich denke im Augenblick bloß laut«, sagte Sherman. »Ich denke, wir sollten es melden. Auf die Weise schützen wir uns selber.«

Maria stieß Luft durch ihre Lippen aus, so wie man es tut, wenn man mit seinem Latein am Ende ist, und schaute weg.

»Tja, bloß mal angenommen, der Bursche ist verletzt.«
Sie sah ihn an und lachte leise. »Offen gesagt, mir ist das völlig schnuppe.«
»Aber mal bloß angenommen ...«
»Sieh mal, wir sind da rausgekommen. Wie, das ist doch egal.«
»Aber angenommen ...«
»*Quatsch mit Soße* angenommen, Sherman. Wo willst du denn hin und es der Polizei melden? Und was willst du sagen?«
»Ich weiß es nicht. Ich erzähle ihnen einfach, was passiert ist.«
»Sherman, ich werde *dir* mal erzählen, was passiert ist. Ich bin aus South Carolina, und ich erzähl's dir so, wie mir der Schnabel gewachsen ist. Zwei Nigger haben versucht, uns umzulegen, und wir sind ihnen entkommen. Zwei Nigger haben versucht, uns im Dschungel zu töten, und wir sind aus dem Dschungel geflohen und atmen noch, und das ist alles.«
»Jaja, aber angenommen ...«
»Nimm *du* doch mal was an! Nimm an, du gehst zur Polizei. Was wirst du sagen? Was willst du ihnen sagen, was wir in der Bronx gemacht haben? Du sagst, du willst ihnen einfach erzählen, was passiert ist. Erzähl's *mir* doch mal, Sherman. Was ist denn passiert?«
Das war's also, was sie eigentlich meinte. Willst du der Polizei erzählen, daß Mrs. Arthur Ruskin von der Fifth Avenue und Mr. Sherman McCoy von der Park Avenue zufällig ein nächtliches Tête-à-tête hatten, als sie an der Triborough Bridge die Abfahrt nach Manhattan verpaßten und in der Bronx in einen kleinen Schlamassel gerieten? Er ließ sich das durch den Kopf gehen. Nun, er konnte Judy einfach erzählen – nein, es gab keine Möglichkeit, Judy zu erzählen, daß er mit einer Frau namens Maria eine kleine Autofahrt unternommen hatte. Aber falls sie – falls Maria den Jungen angefahren hatte, war es besser, in den sauren Apfel zu beißen und einfach zu erzählen, was geschehen war. Und was war das? Tja ... zwei Burschen hatten

sie zu überfallen versucht Sie versperrten ihnen die Straße. Sie haben sich an ihn herangemacht. Sie sagten ... Ein kleiner Schock fuhr ihm durch den Solarplexus. *Yo! Brauchen Sie Hilfe?* Das war alles, was der Stämmige gesagt hatte. Er hatte keine Waffe gezogen. Keiner von beiden hatte eine bedrohliche Bewegung gemacht, bis er den Reifen geworfen hatte. Könnte es sein – halt, Moment mal. Das ist Wahnsinn. Was sonst haben sie denn da draußen gemacht, auf einer Auffahrt zu einem Expressway, neben einer Barrikade, im Dunkeln, außer versucht ... Maria würde seine Interpretation stützen – *Interpretation!* – ein ausgelassenes, wildes Geschöpf – ganz plötzlich wurde ihm klar, daß er sie kaum kannte.

»Ich weiß es nicht«, sagte er. »Vielleicht hast du recht. Überlegen wir mal. Ich denke nur laut nach.«

»Ich brauche gar nicht drüber nachzudenken, Sherman. Manche Dinge verstehe ich besser als du. Nicht viele Dinge, aber einige. Es würde ihnen Spaß machen, dich und mich in die Mangel zu nehmen.«

»Wem denn?«

»Der Polizei. Und was würde es überhaupt nutzen? Diese Burschen erwischen sie nie.«

»Was meinst du mit ›uns in die Mangel nehmen‹?«

»Bitte, vergiß die Polizei.«

»Wovon redest du?«

»Von dir zum Beispiel. Du bist ein Mitglied der *Gesellschaft*.«

»Ich bin *kein* Mitglied der Gesellschaft.« Masters of the Universe lebten auf einem Niveau weit über der Gesellschaft.

»Ach nein? Deine Wohnung war in ›Architectural Digest‹. Dein Foto war in ›W‹. Dein Vater war – ist – na ja, was er eben ist. Du weißt das.«

»Meine *Frau* hat die Wohnung in die Zeitschrift gebracht!«

»Tja, das kannst du ja der Polizei erklären, Sherman. Ich bin sicher, sie werden den Unterschied zu würdigen wissen.«

Sherman war sprachlos. Es war ein abscheulicher Gedanke.

»Und sie werden auch absolut nichts dagegen haben, mich in die Finger zu kriegen, was das betrifft. Ich bin zwar bloß ein kleines Mädchen aus South Carolina, aber mein Mann besitzt hundert Millionen Dollar und ein Apartment in der Fifth Avenue.«

»Na schön, ich versuche ja bloß, mir die Folgen auszurechnen, die Dinge, die sich vielleicht ergeben, das ist alles. Was ist, wenn du den Jungen angefahren hast – was ist, wenn er verletzt ist?«

»Hast du gesehen, daß er angefahren wurde?«

»Nein.«

»Ich auch nicht. Was mich angeht, ich habe niemand angefahren. Ich hoffe zu Gott, ich hab's getan, aber was mich anbelangt und was dich anbelangt, habe ich niemanden angefahren. Okay?«

»Na ja, ich nehme an, du hast recht. Ich habe nichts gesehen. Aber ich habe was gehört, und ich habe was gespürt.«

»Sherman, es ging alles so schnell, du weißt nicht, *was* passiert ist, und ich auch nicht. Die Burschen da gehen bestimmt nicht zur Polizei. Da kannst du verdammt sicher sein. Und wenn du zur Polizei gehst, finden sie sie nicht mal. Sie werden sich bloß über deine Geschichte amüsieren – und du weißt ja auch nicht, was passiert ist, oder?«

»Ich nehme es an.«

»Ich nehme es auch an. Falls die Frage jemals gestellt wird: Es ist nichts weiter passiert, als daß zwei Burschen die Straße blockiert und versucht haben, uns auszurauben, und wir sind ihnen entwischt. Punkt. Das ist alles, was wir wissen.«

»Und warum haben wir es nicht gemeldet?«

»Weil es sinnlos war. Wir waren nicht verletzt, und wir dachten uns, daß sie diese Burschen sowieso nicht finden würden. Und weißt du was, Sherman?«

»Was denn?«

»Das ist nun mal zufällig die ganze Wahrheit. Du kannst dir alles ausdenken, was du willst, aber das ist zufällig alles, was du weißt, und alles, was ich weiß.«

»Yeah. Du hast recht. Ich weiß nicht, ich hätte einfach ein besseres Gefühl, wenn ...«

»Du brauchst gar kein besseres Gefühl zu haben, Sherman. Ich war diejenige, die gefahren ist. Wenn ich den Scheißkerl angefahren habe, dann war ich es, die ihn angefahren hat – und ich sage, ich habe niemanden angefahren, und ich melde der Polizei gar nichts. Also mach dir einfach keine Sorgen darüber.«

»Ich mache mir keine Sorgen darüber, es ist nur, daß ...«

»Gut.«

Sherman zögerte. Na ja, es stimmte ja, oder? *Sie* war gefahren. Es war sein Wagen, aber sie hatte es übernommen, den Wagen zu fahren, und falls die Frage jemals gestellt wurde: Was auch immer passiert war, sie hatte es zu verantworten. *Sie* war gefahren ... und falls es irgendwas zu melden gab, lag auch das in ihrer Verantwortung. Natürlich würde er zu ihr halten ... aber eine schwere Last glitt ihm bereits von den Schultern.

»Du hast recht, Maria. Es war wie eine Geschichte im Dschungel.« Er nickte mehrmals, um zu zeigen, daß ihm die Wahrheit endlich dämmerte.

Maria sagte: »Wir hätten dort genauso leicht auch umgebracht werden können.«

»Weißt du was, Maria? Wir haben gekämpft.«

»Gekämpft?«

»Wir waren in dem gottverdammten Dschungel ... und wurden überfallen ... und haben uns den Weg freigekämpft.« Er klang jetzt, als breche die Dämmerung immer heller und heller hervor. »Mann Gottes, ich weiß gar nicht, wann ich das letztemal gekämpft habe, richtig gekämpft. Vielleicht, als ich zwölf, dreizehn war. Weißt du was, Baby? Du warst toll. Du warst phantastisch. Das warst du wirklich. Als ich dich hinter dem Steuer sah – ich wußte nicht mal, ob du das Auto überhaupt fahren kannst!« Er war begeistert. *Sie* war gefahren. »Aber du bist wie der Teufel da rausgefahren. Du warst toll!« Oh, das Tageslicht war angebrochen. Die Welt erstrahlte in seinem hellen Glanz.

»Ich kann mich überhaupt nicht erinnern, was ich gemacht habe«, sagte Maria. »Es war einfach ein – ein – alles passierte zugleich. Das Schlimmste war, auf den Fahrersitz rüberzurutschen. Ich weiß auch nicht, warum sie diesen Ganghebel da genau in die Mitte setzen. Ich bin mit dem Rock dran hängengeblieben.«

»Als ich dich da sitzen sah, konnte ich's einfach nicht glauben! Wenn du das nicht gemacht hättest« – er schüttelte den Kopf –, »hätten wir es nie geschafft.«

Jetzt, wo sie sich mitten im Jubel ihrer Kriegsgeschichte befanden, konnte Sherman nicht umhin, ihr die Bresche für ein kleines Lob zu schlagen.

Maria sagte: »Ja, ich tat's einfach aus – ich weiß nicht – Instinkt.« Typisch für sie; sie bemerkte die Bresche nicht.

»Jaah«, sagte Sherman, »na ja, das war ein verdammt guter Instinkt. Ich hatte ja in dem Moment so ziemlich alle Hände voll zu tun!« Eine Bresche für ihn, breit genug für einen Laster.

Die bemerkte sogar sie. »O Sherman – ich weiß. Als du dieses Rad, diesen Reifen nach dem Jungen geworfen hast – o Gott, ich dachte – ich meinte fast – du erledigst sie beide, Sherman! Du erledigst sie beide!«

Ich erledige sie beide. Nie hatte solche Musik in den Ohren des Masters of the Universe geklungen. Spiel weiter! Hör niemals auf!

»Ich begriff nicht, was passierte!« sagte Sherman. Jetzt lächelte er vor Erregung und versuchte nicht einmal, das Lächeln zurückzuhalten. »Ich warf den Reifen, und plötzlich kam er zurück, mir ins Gesicht geflogen!«

»Das war, weil er die Arme hochgenommen hatte, um ihn abzuwehren, und er prallte ab und …«

Sie stürzten sich in die adrenalingesättigten Details ihres Abenteuers.

Ihre Stimmen erhoben sich, und ihre Stimmung hob sich, und sie lachten, angeblich über die bizarren Einzelheiten des Kampfes, aber in Wirklichkeit aus purer Freude, aus spontaner Begeisterung über *das Wunder*. Zusammen hatten sie den schlimmsten Alptraum von New York erlebt, und sie hatten triumphiert. Maria setzte sich aufrecht hin und begann, Sherman mit ihren überweit geöffneten Augen zu mustern, während sich ihre Lippen zur Andeutung eines Lächelns teilten. Ihm ahnte etwas Köstliches. Ohne ein Wort erhob sie sich und zog ihre Bluse aus. Sie trug nichts darunter. Er starrte auf ihre Brüste, die prachtvoll waren. Ihr makelloses weißes Fleisch strotzte vor Lüsternheit und glänzte von Schweiß. Sie kam herüber zu ihm und blieb zwischen seinen Beinen stehen, während er auf dem Stuhl saß und seine Krawatte aufzubinden begann. Er legte die Arme um ihre Taille und zog sie so heftig an sich, daß sie das Gleichgewicht verlor. Sie rollten auf den Teppich. Das verrückte, tapsige Gefummel, bis sie sich aus den Sachen gepellt hatten!

Jetzt lagen sie ausgestreckt am Boden, auf dem Teppich, der schmutzig war, zwischen den Staubbällchen, und wer machte sich schon was aus dem Dreck und den Staubbällchen? Sie waren beide erhitzt und schweißnaß, und wer machte sich daraus was? Es war besser so. Sie waren zusammen durch die Feuerwand geschritten. Sie hatten zusammen im Dschungel gekämpft, oder etwa nicht? Sie lagen nebeneinander, und ihre Körper waren noch erhitzt von dem Kampf. Sherman küßte sie auf die Lippen, und lange lagen sie einfach so da, sich küssend, die Körper aneinandergepreßt. Dann fuhr er mit den Fingern über ihren Rücken und den vollkommenen Schwung ihrer Hüfte und den vollkommenen Schwung ihrer Schenkel und die vollkommene Innenseite ihrer Schenkel – und noch nie eine solche Erregung! Die Glut rann von seinen Fingerspitzen direkt in seinen Schoß und dann durch sein ganzes Nervensystem zu einer Milliarde explosiver synaptischer Zellen. Er wollte diese Frau buchstäblich besitzen, sie mit seiner Haut regelrecht umschließen, diesen makellosen weißen Leib in der Blüte der wilden, starken, animalischen Gesundheit der Jugend sich unterwerfen und ihn sich für immer aneignen. Vollkommene Liebe! Reine Wonne! Priapus, König und Herr! Herr des Universums! König des Dschungels!

Sherman hatte seine beiden Wagen, den Mercedes und einen großen Mercury-Kombi, in einer unterirdischen Garage zwei Blocks von seinem Wohnhaus entfernt stehen. Am Ende der Rampe hielt er, wie immer, neben dem hölzernen Kassenhäuschen an. Ein dicklicher kleiner Mann in einem kurzärmeligen Sporthemd und ausgebeulten grauen Hosen aus Köper kam aus der Tür. Es war der, den er nicht mochte, Dan, der Rothaarige. Er stieg aus dem Wagen und krempelte rasch seine Jacke hoch, in der Hoffnung, der kleine Wächter würde nicht sehen, daß sie zerrissen war.

»He, Sherm! Wie geht's?«

Das war es, was Sherman partout nicht leiden konnte. Es war schon schlimm genug, daß dieser Mensch darauf bestand, ihn beim Vornamen zu nennen. Aber ihn zu »Sherm« zu verkürzen, wie kein Mensch ihn je gerufen hatte – das trieb die Anmaßung bis zur Abscheulichkeit. Sherman konnte sich an nichts erinnern, was er jemals gesagt, an keine Geste, die er jemals gemacht hatte, die diesen Menschen aufgefordert oder ihm auch nur die Gelegenheit gegeben haben mochte, vertraulich zu werden. Plumpe Vertraulichkeit war etwas, woran man sich in diesen Zeiten eigentlich nicht stoßen durfte, aber Sherman stieß sich daran. Es war eine Form von Aggression. *Du denkst, ich bin dir unterlegen, du Wall-Street-Wasp mit deinem Yale-Kinn, aber ich zeig's dir.* Oft hatte er versucht, sich eine höfliche, aber kühle und scharfe Erwiderung auf diese jovialen, pseudofreundlichen Begrüßungen auszudenken, aber es war ihm nichts eingefallen. »Sherm, wie geht's denn?« Dan stand direkt neben ihm. Er würde nicht nachgeben.

»Gut«, sagte Mr. McCoy frostig ... aber auch irgendwie lahm. Eine der ungeschriebenen Regeln des Statusverhaltens besagt, wenn ein Untergebener dich mit einem »Wie geht's?« grüßt, beantwortest du die Frage nicht. Sherman wandte sich zum Gehen.

»Sherm!«

Er blieb stehen. Dan stand neben dem Mercedes, die Hände auf seine rundlichen Hüften gestemmt. Er hatte Hüften wie eine alte Frau.

»Wissen Sie, daß Ihre Jacke zerrissen ist?«

Der Eisblock mit seinem vorspringenden Yale-Kinn sagte nichts.

»Genau da«, sagte Dan mit beträchtlicher Befriedigung. »Das Futter kuckt raus. Wie ham Se'nn das gemacht?«

Sherman konnte es hören – *plong* – und er spürte, wie das Heck des Wagens ausbrach, und der hochgewachsene, magere Junge stand nicht mehr da. *Kein Wort darüber* – und doch hatte er ein schreckliches Bedürfnis, es diesem widerlichen Männchen zu erzählen. Jetzt, da er die Feuerwand durchschritten und überlebt hatte, überkam ihn einer der stärksten, aber am wenigsten verstandenen Triebe des Menschen: der Mitteilungsdrang. Er wollte seine Kriegsgeschichte an den Mann bringen.

Aber die Vorsicht überwog, Vorsicht gepaart mit Snobismus. Wahrscheinlich sollte er mit niemandem über das Vorgefallene sprechen; und mit diesem Mann zuallerletzt.

»Keine Ahnung«, sagte er.

»Ham Se das nicht gemerkt?«

Der eisige Schneemann mit dem Yale-Kinn, Mr. Sherman McCoy, fuchtelte zu dem Mercedes hinüber. »Ich hole ihn mir erst wieder zum Wochenende.« Dann machte er kehrt und ging. Als er auf dem Bürgersteig ankam, fegte ein Windstoß über die Straße. Er spürte, wie feucht sein Hemd war. Seine

Hosen waren noch in den Kniekehlen naß. Sein zerrissenes Jackett hatte er über den Arm gelegt. Seine Haare fühlten sich an wie ein Vogelnest. Er sah furchtbar aus. Sein Herz schlug ein bißchen zu schnell. *Ich habe etwas zu verbergen.* Aber worüber machte er sich Sorgen? Er hatte den Wagen nicht gefahren, als es passierte – falls es passiert war. Genau! *Falls* es passiert war. Er hatte nicht gesehen, daß es den Jungen erwischte, und sie auch nicht, und außerdem war es in der Hitze des Kampfes um ihr nacktes Leben passiert – und auf jeden Fall war sie gefahren. Wenn sie es der Polizei nicht melden wollte, war das ihre Sache.

Er blieb stehen, holte Luft und blickte sich um. Ja – das weiße Manhattan, die Freistatt der siebziger Straßen Ost. Auf der anderen Straßenseite stand ein Portier unter dem Baldachin eines Apartmenthauses und rauchte eine Zigarette. Ein junger Mann im dunklen Straßenanzug und ein hübsches Mädchen in einem weißen Kleid kamen auf ihn zu geschlendert. Der Bursche redete wie ein Maschinengewehr auf sie ein. So jung, und gekleidet wie ein alter Mann, in seinem Anzug von Brooks Brothers oder Chipp oder J. Press, genau wie er ausgesehen hatte, als er bei Pierce & Pierce anfing.

Mit einemmal überkam Sherman ein großartiges Gefühl. Herr des Himmels, worüber machte er sich eigentlich Sorgen? Er stand auf dem Bürgersteig, völlig regungslos, das Kinn in die Luft gereckt und ein breites Grinsen im Gesicht. Der Junge und das Mädchen dachten möglicherweise, er sei verrückt. In Wirklichkeit – war er ein Held. Heute abend hatte er mit nichts als seinen Händen und seinem Mut gegen den elementaren Feind gekämpft, gegen den Jäger, den Räuber, und hatte gesiegt. Er hatte sich aus einem Hinterhalt im Reich des Alptraums herausgekämpft und hatte die Oberhand behalten. Er hatte eine Frau gerettet. Es war darauf angekommen, wie ein Mann zu handeln, und er hatte gehandelt und gesiegt. Er war nicht nur ein Master of the Universe, er war mehr: Er war ein Held. Grinsend und

»Zeig mir nur zehn, die tapfer bestehn« summend, stapfte der tapfere Held, noch feucht vom Kampf, die zwei Blocks bis zu seiner doppelstöckigen, die Straße der Träume überblickenden Wohnung.

5
Das Mädchen
mit dem braunen Lippenstift

Im Mezzanin des fünften Stockwerks im Bronx County Building befand sich in der Nähe der Fahrstühle ein breites Portal, das von zwei, drei Tonnen Mahagoni und Marmor gerahmt und durch eine Schranke und eine Pforte gesichert war. Hinter der Schranke saß ein Wachposten mit einem .38er Revolver im Holster an seiner Hüfte. Der Wachposten diente als Empfangschef. Der Revolver, der groß genug aussah, um damit den Lieferwagen eines Blumenhändlers aufzuhalten, sollte als Abschreckung für die unberechenbaren blind-rachsüchtigen Verbrecher der Bronx dienen.

Über diesem Portal befanden sich eine Reihe eindrucksvoller römischer Großbuchstaben, die mit erheblichen Unkosten für die New Yorker Steuerzahler aus Messing angefertigt und mit Epoxid-Kleber an der Marmorverkleidung befestigt worden waren. Einmal die Woche stieg ein Hausmeister auf eine Leiter und rieb Simichrome-Politur über die Buchstaben, damit die Inschrift RICHARD A. WEISS, OBERSTAATSANWALT, BRONX COUNTY noch heller strahlte als alles, womit die Architekten, Joseph H. Freedlander und Max Hausle, in der goldenen Morgenröte vor einem halben Jahrhundert sogar noch die Außenseite des Gebäudes zu schmücken gewagt hatten.

Als Larry Kramer aus dem Aufzug stieg und auf dieses messingene Strahlen zuging, verzog sich die rechte Seite seines Mundes zu einem subversiven Lächeln. Das A. stand für Abraham. Weiss war seinen Freunden und seinen politischen Spezis und den Zeitungsreportern und den Fernsehkanälen 1, 2, 4, 5, 7 und 11 und seinen Wählern, vor allem den Juden und Italienern, die oben um den Riverdale und den Pelham Parkway und um Coop City herum wohnten, als Abe Weiss bekannt. Er haßte den Spitznamen Abe, den er angeheftet bekommen hatte, als er in Brooklyn aufgewachsen war. Vor ein paar Jahren hatte er wissen lassen, daß er lieber Dick genannt werde, und war von den Demokraten in der Bronx praktisch ausgelacht worden. Es war das letztemal, daß Abe Weiss jemals Dick Weiss erwähnte. Für Abe Weiss wäre der Umstand, von den Demokraten der Bronx ausgelacht oder sogar – auf welche Weise auch immer – getrennt zu werden, so schlimm gewesen, als wäre er mitten in der Karibik über die Reling eines Weihnachtskreuzfahrerdampfers geworfen worden. Und so hieß er Richard A. Weiss nur in »The New York Times« und über diesem Portal.

Der Wachposten drückte auf den Summer und ließ Kramer durch die Pforte ein, und Kramers Laufschuhe quietschten auf dem Marmorboden. Der Posten warf einen raschen, zweifelnden Blick darauf. Wie üblich trug Kramer seine Lederschuhe in einer A&P-Einkaufstüte bei sich.

Hinter dem Portal bewegte sich das Prachtniveau in den Dezernaten der Oberstaatsanwaltschaft nach oben und nach unten. Das Büro von Weiss selbst war größer und, dank der getäfelten Wände, protziger als das des Bürgermeisters von New York. Die Dezernatsleiter für Mord, Ermittlungen, Delikte und Straftaten, für das Oberste Bundesgericht, das Kriminalgericht und Revisionen hatten ihren Anteil an der Täfelung und den Leder- oder Kunstledercouches und den in Lizenz gebauten Sheraton-Sesseln. Aber wenn man bis zu einem Unterstaatsanwalt wie Larry Kramer gelangte, blickte man in Fragen der Raumgestaltung bloß auf »Gut genug für den Staatsdienst«.

Die beiden Unterstaatsanwälte, die das Büro mit ihm teilten, Ray Andriutti und Jimmy Caughey, saßen nach hinten gefläzt auf ihren Drehstühlen. Es war gerade genug Platz in dem Raum für drei Metallschreibtische, drei Drehstühle, vier Aktenschränke, einen alten Kleiderständer mit sechs wild in die Gegend ragenden Haken und einen Tisch mit einer Mr.-Coffee-Maschine und einem unordentlichen Haufen Plastiktassen und -löffeln und einer schmierigen Ansammlung aus Papierservietten, weißen Zuckertütchen und rosa Süßstofftütchen, die auf einem rotbraunen Plastiktablett in einem dicken, süßlich riechenden Sumpf aus verschüttetem Kaffee und Milchpulver klebten. Beide, Andriutti und Caughey, hatten die Beine auf gleiche Weise übergeschlagen. Der linke Knöchel ruhte auf dem rechten Knie, als wären sie ungeheure Sexbolzen; als hätten sie ihre Beine nicht weiter überschlagen können, auch wenn sie es gewollt hätten. Diese Haltung war die allgemein akzeptierte Sitzposition im Morddezernat, dem männlichsten der sechs Dezernate in der Oberstaatsanwaltschaft.

Beide hatten ihre Jacketts abgelegt und mit vollkommener Scheiß-egal-Nachlässigkeit an den Kleiderständer gehängt. Ihre Hemdkragen standen offen, und die Schlipsknoten waren ungefähr zwei Fingerbreit nach unten gezogen. Andriutti rieb sich mit der Rechten die Rückseite seines linken Arms, als jucke ihn etwas. In Wirklichkeit befühlte und bewunderte er seine Trizepse, die er mindestens dreimal die Woche im New York Athletic Club mit ganzen Serien von French Curls an den Hanteln aufpumpte. Andriutti konnte es sich leisten, im Athletic Club zu trainieren statt auf einem Teppich zwischen einem Topf mit einer Dracaena fragrans und einer Klappcouch, denn er hatte nicht Frau und Kind in einer monatlich $ 888 verschlingenden Ameisenhöhle in den Siebzigern West zu versorgen. Er brauchte keine Angst zu haben, daß seine Trizepse, Deltamuskeln und Latissimi abschlafften. Andriutti liebte es, daß, wenn er mit der Hand hinter einen seiner kräftigen Arme langte, die breitesten Muskeln an seinem Rücken, die Latissimi dorsi, sich so blähten, daß sein Hemd fast platzte, und die Pectorales sich zu zwei puren Muskelbergen verhärteten. Kramer und Andriutti gehörten zur neuen Generation, in der die Begriffe Trizeps, Deltamuskeln, Latissimus dorsi und Pectoralis maior besser bekannt waren als die Namen der größeren Planeten. Andriutti rieb an seinen Trizepsen im Durchschnitt hundertzwanzigmal pro Tag.

Noch immer an ihnen herumreibend, sah Andriutti Kramer an, als der hereinkam, und sagte: »Mannomann, die Bag Lady ist wieder da. Was zum Teufel soll diese Scheiß-A&P-Tüte, Larry? Diese Woche bist du jeden Tag mit dieser Scheißtüte hergekommen.« Dann drehte er sich zu Jimmy Caughey um und sagte: »Sieht aus wie 'ne Scheiß-Bag-Lady.«

Auch Caughey war ein Sportstyp, aber mehr von der Triathlon-Sorte, mit schmalem Gesicht und langem Kinn. Er lächelte Kramer bloß an, als wolle er sagen: Na, was sagst du denn dazu? Kramer sagte: »Juckt der Arm, Ray?« Dann sah er Caughey an und sagte: »Ray hat wieder seine Scheißallergie. Sie heißt Gewichtheberkrankheit.« Er wandte sich wieder an Andriutti. »Juckt wie wahnsinnig, was?«

Andriutti ließ die Hand von seinem Trizeps sinken. »Und was sollen diese Joggingschuhe?« fragte er Kramer. »Du siehst aus wie die Mädchen, die bei Merrill Lynch zur Arbeit gehen. Total aufgedonnert, und an den Füßen haben sie dann diese Scheißgummikähne.«

»Was zum Teufel ist eigentlich in der Tüte?« fragte Caughey.

»Meine Stöckelschuhe«, sagte Kramer. Er schlüpfte aus seinem Jackett und knallte es in der allgemein akzeptierten Art, leck mich am Arsch, auf einen Kleiderhaken, dann zog er seinen Schlips runter, knöpfte sein Hemd auf, setzte sich auf seinen Drehstuhl, öffnete die Einkaufstüte, angelte seine braunen Johnston-&-Murphy-Lederschuhe heraus und zog langsam seine Nikes aus.

»Jimmy«, sagte Andriutti zu Caughey, »wußtest du, daß Juden – Larry, ich möchte nicht, daß du das persönlich nimmst – wußtest du, daß Juden, auch wenn sie wirklich wüste Typen sind, alle ein Tuntengen haben? Das ist 'ne bekannte Tatsache.

Sie können's nicht ertragen, ohne Regenschirm in den Regen rauszugehen, oder sie haben diesen ganzen modernen Scheiß in der Wohnung, oder sie gehen nicht gerne auf die Jagd, oder sie sind für den Atomstopp und für die Minderheiten, oder sie tragen Joggingschuhe zur Arbeit oder irgend so was Gottverdammtes. Weißt du das?«

»Mann«, sagte Kramer, »ich versteh gar nicht, warum du dachtest, ich nehm das persönlich.«

»Na komm, Larry«, sagte Andriutti, »sag die Wahrheit. Tief in deinem Innern, wünschst du dir da nicht, du wärst Italiener oder Ire?«

»Yeah«, sagte Kramer, »dann wüßte ich wenigstens nicht, was zum Teufel hier in diesem Scheißbüro vorgeht.«

Caughey fing an zu lachen. »Na, laß bloß nicht Ahab diese Schuhe sehen, Larry. Er läßt Jeanette sofort ein Scheißmemorandum herausgeben.«

»Nein, er beruft eine Scheißpressekonferenz ein«, sagte Andriutti.

»Darauf kannste aber 'ne Scheißwette eingehen.«

Und so nahm wieder ein Scheißtag im Scheißmorddezernat der Scheißoberstaatsanwaltschaft der Scheiß-Bronx seinen Scheißanfang.

Ein Unterstaatsanwalt im Dezernat Delikte und Straftaten hatte Abe Weiss irgendwann mal »Captain Ahab« genannt, und jetzt taten das alle. Weiss war für seine Publicitygeilheit berüchtigt, selbst bei der Sippschaft, den Staatsanwälten, die von Natur aus publicitygeil war. Im Gegensatz zu den berühmten Oberstaatsanwälten früherer Zeiten, zum Beispiel Frank Hogan, Burt Roberts oder Mario Merola, ging Weiss nie in die Nähe eines Gerichtssaals. Er hatte keine Zeit dazu. Für ihn reichten die Stunden des Tages gerade hin, um mit den Fernsehkanälen 1, 2, 4, 5, 7 und 11 und den New Yorker Zeitungen »Daily News«, »Post«, »The City Light« und »Times« in Kontakt zu bleiben.

Jimmy Caughey sagte: »Ich war eben beim Captain drin. Du solltest …«

»Ach ja? Wieso denn?« fragte Kramer mit eben einem Hauch zuviel Neugier und aufkeimendem Neid in der Stimme.

»Ich und Bernie«, sagte Caughey. »Er wollte was über den Fall Moore wissen.«

»Was dahinter?«

»Läppischer Scheiß«, sagte Caughey. »Dieser Scheißtyp Moore, der hat 'n großes Haus in Riverdale, und die Mutter seiner Frau wohnt da bei ihm, und die macht ihm seit ungefähr siebenunddreißig Jahren die Hölle heiß, verstehste? Und dieser Typ, er verliert seinen Job. Er arbeitet für eine von diesen Rückversicherungsgesellschaften und verdient $ 200.000 oder $ 300.000 im Jahr, und jetzt ist er schon acht oder neun Monate ohne Arbeit, und niemand will ihn haben, und er weiß nicht, was er verdammt noch mal tun soll, verstehste? Und eines Tages wurschtelt er da draußen im Garten rum, und die Schwiegermutter kommt raus und sagt: ›Jaja, das Wasser sucht sich immer den tiefsten Punkt.‹ Das ist wörtlich zitiert. ›Das Wasser sucht sich immer den tiefsten Punkt. Du solltest versuchen, 'n Job als Gärtner zu finden.‹ Und dieser Typ, der verliert seinen Scheißverstand, er dreht durch. Er geht rein und sagt zu seiner Frau: ›Ich hab Zoff mit deiner Mutter. Ich hol jetzt meine Flinte und jag ihr 'n bißchen Angst ein.‹ Und er geht rauf in sein Schlafzimmer, wo er seine Kaliber-12-Flinte stehen hat, und er kommt runter und steuert auf die Schwiegermutter zu, und er will, daß sie sich vor Angst in die Hose scheißt, und er sagt: ›Okay, Gladys‹, und er stolpert über den Teppich, und die Flinte geht los und legt sie um, und peng-peng! – Mord zweiten Grades.«

»Wieso war Weiss dran interessiert?«

»Na ja, der Kerl is 'n Weißer, er hat Geld, er wohnt in einem großen Haus in Riverdale. Es wirkt auf den ersten Blick, als wollte er vielleicht 'n Schießunfall vortäuschen.«

»Ist das möglich?«

»Nee. Der Scheißtyp ist einer von *meiner* Mischpoche. Er ist der klassische Irischstämmige, der's zu was gebracht hat, aber immer noch ein Harp ist. Er ersäuft in Reue. Man könnte meinen, er hat seine eigene Mutter erschossen, so verflucht schuldig fühlt er sich. Im Augenblick würde er alles gestehen. Bernie könnte ihn vor die Videokamera setzen und jeden Mord in der Bronx seit fünf Jahren abhaken. Nee, es ist 'n läppischer Scheiß, aber zuerst sah's prima aus.«

Kramer und Andriutti dachten über diesen läppischen Scheiß nach, ohne irgendeine weitere Erklärung zu benötigen. Jeder Unterstaatsanwalt in der Bronx, vom jüngsten Italiener, der gerade sein Jura-Examen im St. John's gemacht hatte, bis hin zum ältesten irischen Dezernatsleiter, also jemand wie Bernie Fitzgibbon, der zweiundvierzig war, teilte Captain Ahabs Leidenschaft für den Großen Weißen Angeklagten. Erstens einmal war es nicht erfreulich, sich sein ganzes Leben zu sagen: »Ich verdiene mir den Lebensunterhalt damit, daß ich Schwarze und Latinos ins Gefängnis schicke.« Kramer war liberal erzogen worden. In jüdischen Familien wie seiner stellte sich die Liberalität mit Similac, Mott's Apfelsaft, Instamatic und Daddys Grinsen am Abend ein. Und sogar die Italiener wie Ray Andriutti und die Iren wie Jimmy Caughey, denen von ihren Eltern die Liberalität nicht gerade eingebleut wurde, konnten gar nicht anders, als durch das geistige Klima der juristischen Fakultäten beeinflußt werden, in denen es, nicht zu vergessen, sehr viele jüdische Kommilitonen gab. Wenn man in der Gegend von New York sein Jurastudium hinter sich gebracht hatte, war es auf der normalen gesellschaftlichen Ebene, na ja ... *unhöflich!* ... herumzuziehen und Witze über die Joms zu machen. Es war nicht so, daß es moralisch ein Fehler war ... Es war einfach *geschmacklos*. Und es machte die Jungs nervös, dieses ewige gerichtliche Verfolgen von Schwarzen und Lateinamerikanern.

Nicht, daß sie unschuldig waren. Eine Sache, die Kramer innerhalb von zwei Wochen als Unterstaatsanwalt in der Bronx gelernt hatte, war, daß fünfundneunzig Prozent der Beschuldigten, die es bis zur formellen Klageerhebung brachten, vielleicht achtundneunzig Prozent, wirklich schuldig waren. Die Menge der Prozesse war so überwältigend, daß man keine Zeit mit dem Versuch vergeuden konnte, nebensächliche Fälle voranzubringen, es sei denn, die Presse saß einem im Nacken. Sie karrten Schuld tonnenweise heran, diese orange-blauen Transporter da draußen in der Walton Avenue. Aber die armen Schweine hinter den Drahtgittern verdienten kaum die Bezeichnung »Verbrecher«, wenn man mit Verbrecher die romantische Vorstellung von jemandem verband, der ein Ziel hat und es über irgendeinen verzweifelten Weg außerhalb der Gesetze zu erreichen versucht. Nein, sie waren schlichte Dummköpfe, die meisten von ihnen, und sie taten unglaublich dumme, scheußliche Dinge.

Kramer sah Andriutti und Caughey an, wie sie dasaßen, ihre mächtigen Schenkel übereinandergelegt. Er fühlte sich ihnen überlegen. Er war Absolvent der Juristischen Fakultät der Columbia University, und sie hatten beide im St. John's Examen gemacht, auch allgemein bekannt als die Jura-Fakultät für die Ferner-liefen in der akademischen Konkurrenz. Und er war Jude. Sehr früh in seinem Leben hatte er sich die Erkenntnis angeeignet, daß die Italiener und die Iren Tiere seien. Die Italiener waren Schweine, und die Iren waren störrische Maulesel oder geile Böcke. Er konnte sich nicht erinnern, ob seine Eltern solche Bezeichnungen wirklich benutzt hatten oder nicht, aber sie machten ihm den Gedanken mit aller Deutlichkeit klar. Für seine Eltern war New York City – New York? Teufel noch mal, die gesamten USA, die ganze Welt! – ein Drama mit dem Titel »Die Juden gegen die Gojim«, und die Gojim waren Tiere. Und was tat er hier mit diesen Tieren? Ein Jude im Morddezernat war etwas Seltenes. Das Morddezernat war das Elitekorps im

Büro des Oberstaatsanwalts, die Marines der Staatsanwaltschaft, denn Mord war das ernsteste aller Verbrechen. Ein Unterstaatsanwalt im Morddezernat mußte jederzeit, Tag und Nacht, in der Lage sein, raus auf die Straße zu den Mordschauplätzen zu gehen, ein echter Schinder zu sein, sich mit der Polizei zu arrangieren und zu wissen, wie man Beschuldigte und Zeugen aufeinanderhetzte und einschüchterte, wenn's soweit war, und die hier waren wahrscheinlich die miesesten, zähesten, fiesesten Angeklagten und Zeugen in der Geschichte der Strafrechtspflege. Mindestens fünfzig Jahre lang, vielleicht länger, war das Morddezernat irisches Hoheitsgebiet gewesen, aber seit kurzem hatten sich die Italiener einen Weg hineingebahnt. Die Iren hatten dem Morddezernat ihren Stempel aufgedrückt. Die Iren waren todesmutig. Selbst wenn es Wahnsinn war, nicht zurückzuweichen, gaben sie keinen Schritt Boden preis. Andriutti hatte recht gehabt, oder halbwegs recht. Kramer wollte kein Italiener sein, aber er wäre gern Ire gewesen, und das wollte auch Ray Andriutti, der blöde Hund. Ja, sie waren Tiere! Die Gojim waren Tiere, und Kramer war stolz darauf, unter den Tieren im Morddezernat zu sein.

Hier waren sie jedenfalls, die drei: saßen für $ 36.000 bis $ 42.000 pro Jahr in diesem »Gut genug für den Staatsdienst«-Büro, statt für $ 136.000 bis $ 142.000 unten bei Cravath, Swaine & Moore oder irgend so einer Firma zu arbeiten. Sie waren eine Million Kilometer von Wall Street entfernt zur Welt gekommen, will sagen, in den Außenvierteln Brooklyn, Queens und Bronx. Für ihre Familien war die Tatsache, daß sie aufs College gingen und Anwälte wurden, das bedeutendste Ereignis seit Franklin D. Roosevelt. Und so saßen sie nun in dem Büro des Morddezernats herum, redeten über diesen Scheiß und jenen Scheiß in einem Jargon, als wüßten sie es nicht besser.

Hier waren sie ... und hier war er, und wo ging es hin mit ihm? Was waren das für Fälle, die er abwickelte? Läppischer

Scheiß! Müll ... Arthur Rivera. Arthur Rivera und ein anderer Drogenhändler kommen wegen einer Pizzabestellung in einer geselligen Runde in Streit und ziehen die Messer, und Arthur sagt: »Laß uns die Waffen weglegen und Mann gegen Mann kämpfen.« Das tun sie, worauf Arthur ein zweites Messer zieht, dem anderen Kerl in die Brust stößt und ihn tötet ... Jimmy Dollard. Jimmy Dollard und sein engster Freund, Otis Blakemore, und noch drei schwarze Burschen saufen miteinander und schnupfen Kokain und spielen ein Spiel namens »the dozens«, in dem es darauf ankommt, wie ungeheuerlich man den anderen beleidigen kann, und Blakemore läßt eine schwungvolle Nummer über Jimmy vom Stapel, und Jimmy zieht einen Revolver, schießt ihm eine Kugel durchs Herz, bricht schluchzend über dem Tisch zusammen und sagt: »Mein Freund! Mein Freund Stan! Ich habe meinen Freund Stan erschossen!« Und der Fall Herbert 92X ...

Einen Moment lang löste der Gedanke an Herberts Fall eine Vision von dem Mädchen mit dem braunen Lippenstift aus ... Die Presse bekam diese Fälle überhaupt nicht zu Gesicht. Es ging einfach um arme Leute, die arme Leute umbrachten. Solche Fälle zu verfolgen, hieß, eine Rolle bei der Müllabfuhr zu spielen: notwendig und ehrenhaft, unverdrossen und anonym. Captain Ahab war letztlich gar nicht so lächerlich. Presseberichterstattung! Ray und Jimmy konnten lachen, soviel sie wollten, aber Weiss hatte dafür gesorgt, daß die ganze Stadt seinen Namen kannte. Auf Weiss kam eine Wahl zu, und die Bronx bestand zu siebzig Prozent aus Schwarzen und Lateinamerikanern, und er würde dafür sorgen, daß der Name Abe Weiss über jeden Fernsehkanal, den es gab, zu ihnen hinausgepumpt wurde.

Er tat vielleicht sonst nicht viel, aber das tat er.

Ein Telefon klingelte: Ray. »Morddezernat«, sagte er. »Andriutti ... Bernie ist nicht da. Ich glaube, er ist in einer Verhandlung ... Was? ... Wiederholen Sie das noch mal?« Lange

Pause. »Also, ist er von einem Wagen angefahren worden oder nicht? ... Annh-hannh ... Tja, Scheiße, ich weiß es nicht. Sie besprechen das am besten mit Bernie. Okay? ... Okay.« Er legte auf, schüttelte den Kopf und sah Jimmy Caughey an. »Das war irgend'n Kriminalbeamter drüben aus 'm Lincoln Hospital. Sagt, sie haben da 'n Todeskandidaten liegen, 'n junger Bursche, der in die Notaufnahme gekommen ist und nicht weiß, ob er in der Badewanne ausgerutscht ist und sich das Handgelenk gebrochen hat, oder ob er von 'nem Mercedes-Benz angefahren wurde. Oder irgend so 'n Scheiß. Möchte mit Bernie sprechen. Also soll er verdammt noch mal mit Bernie sprechen.«

Ray schüttelte wieder den Kopf, und Kramer und Caughey nickten teilnahmsvoll. Der ewige läppische Scheiß in der Bronx. Kramer blickte auf seine Uhr und stand auf.

»Tja«, sagte er, »ihr könnt ja hier sitzen und so 'n Scheiß, wenn ihr wollt, aber ich muß dem berühmten muslimischen Gelehrten Herbert 92X bei seiner Scheißlesung aus dem Koran zuhören.«

Es gab im Bronx County Building fünfunddreißig Gerichtssäle für Strafverfahren, die jeder »Abteilung« genannt wurden. Sie waren zu einer Zeit erbaut worden, Anfang der dreißiger Jahre, als noch die Meinung herrschte, daß allein schon der Anblick eines Gerichtssaals die Würde und Allgewalt des Rechtsstaats verdeutlichen sollte. Die Decken waren an die fünf Meter hoch. Die Wände waren von oben bis unten mit einem dunklen Holz getäfelt. Die Richterbank war ein Podium mit einem riesigen Pult. An dem Pult gab es genügend Gesimse, Hohlkehlen, Paneele, Pilaster, Intarsien und schiere Holzmasse, um den Eindruck zu erwecken, sogar Salomon, der schließlich König war, hätte das Ding imposant gefunden. Die Plätze im Zuschauerraum waren von der Richterbank, der Geschworenenbank und den Tischen des Anklägers, des Verteidigers und des Protokollführers durch eine Balustrade mit einem gewaltigen geschnitzten Geländer getrennt, der sogenannten Gerichtsschranke. Mit einem Wort, im Anblick der Räumlichkeiten gab es nichts, aber auch gar nichts, was vorschnell einen Hinweis auf das chaotische Durcheinander in den täglichen Aufgaben eines Strafrichters gegeben hätte.

Im selben Moment, als Kramer den Saal betrat, erkannte er, daß der Tag in der Abteilung 60 schlecht begonnen hatte. Er brauchte nur den Richter anzusehen. Kovitsky saß in seiner schwarzen Robe oben auf der Richterbank und lehnte sich, beide Unterarme auf das Pult gelegt, nach vorn. Das Kinn hatte er so tief gesenkt, daß es das Pult jeden Moment zu berühren schien. Sein knochiger Schädel und seine spitze Nase ragten in einem so flachen Winkel aus der Robe, daß er einem Bussard glich. Kramer sah die Iris auf dem Weiß seiner Augen herumschwimmen und -hüpfen, während er den Raum und die abgerissene Ansammlung von Menschen darin musterte. Er sah aus, als werde er gleich mit den Flügeln schlagen und zubeißen. Kramer war sich bei Kovitsky nicht sicher. Einerseits ärgerte er sich über dessen Tiraden bei Verhandlungen, die oft persönlich waren und darauf abzielten, die Leute zu demütigen. Andererseits war Kovitsky ein jüdischer Kämpfer, ein Sohn derer aus Masada. Nur Kovitsky konnte den Schreihälsen in den Gefangenentransportern mit einem Klumpen Spucke Einhalt gebieten.

»Wo ist Mr. Sonnenberg?« fragte Kovitsky. Er erhielt keine Antwort.

Deshalb fragte er es noch einmal, diesmal mit einem schrecklichen Bariton, der jede Silbe an die Rückwand des Raumes nagelte und alle Neuankömmlinge in Richter Myron Kovitskys Gerichtssaal erschreckte: »*Wo ist Mi-ster Son-nen-berg!*«

Abgesehen von zwei kleinen Jungen und einem kleinen Mädchen, die zwischen den Bänken herumrannten und Fangen spielten, erstarrten die Zuhörer. Einer nach dem anderen gratulierten sie sich selber. Ganz egal, wie erbärmlich ihr Schicksal auch war, wenigstens waren sie nicht so tief gesunken, daß sie Mr. Sonnenberg waren, dieses erbärmliche Insekt, wer immer das auch war.

Dieses erbärmliche Insekt war ein Anwalt, und Kramer kannte die Art seines Vergehens, das darin bestand, daß seine Abwesenheit verhinderte, daß das Fressen in den Schlund des Strafverfolgungssystems, Abteilung 60, geschaufelt wurde. In jeder Abteilung begann der Tag mit der sogenannten Terminkalendersitzung, in der sich der Richter mit Anträgen und Einsprüchen zu verschiedenen Fällen befaßte, vielleicht einem Dutzend an einem Morgen. Kramer mußte jedesmal lachen, wenn er eine Fernsehsendung mit einer Gerichtsszene sah. Die zeigten immer einen laufenden Prozeß. Ein Prozeß! Wer zum Kuckuck phantasierte sich nur diese gottverdammten Sendungen zusammen? In der Bronx gab es jedes Jahr 7000 Anklagen wegen schwerer Verbrechen und eine Kapazität von 650 Prozessen, wenn's hoch kam. Die Richter mußten die übrigen 6350 Fälle anders erledigen, und das auf zwei Arten. Sie konnten den Fall abweisen, oder sie konnten den Angeklagten sich schuldig bekennen lassen, und zwar gegen eine verminderte Strafe, weil er das Gericht nicht gezwungen hatte, einen Prozeß durchzustehen. Fälle abzuweisen war ein riskanter Weg, sich an den Abbau der aufgelaufenen Verfahren zu machen, auch für einen ausgebufften Zyniker. Jedesmal, wenn ein Strafverfahren verworfen wurde, schrie höchstwahrscheinlich einer, zum Beispiel das Opfer oder seine Familie, laut auf, und die Presse war nur allzu glücklich, Richter attackieren zu können, die Verbrecher laufenließen. So blieb der »Schuldhandel«: inoffizielle Kungeleien über Schuldgeständnis und Strafmaß, die Gegenstand der Terminkalendersitzungen waren. Und deshalb waren die Terminkalendersitzungen der eigentliche Verdauungskanal des Strafverfolgungssystems in der Bronx.

Jede Woche bekam Louis Mastroiani, der Leitende Richter für das Kriminaldezernat des Obersten Bundesgerichts Bronx

County, von dem Protokollführer jeder Abteilung einen Berichtsbogen eingereicht. Der Berichtsbogen wies aus, wie viele Fälle der Richter in der jeweiligen Abteilung noch auf dem Terminkalender und wie viele er in der Woche durch Schuldhandel, Abweisungen und Prozesse erledigt hatte. An der Wand des Gerichtssaales, über dem Kopf des Richters, stand AUF GOTT WIR BAUEN. Aber auf dem Berichtsbogen stand RÜCKSTANDSANALYSE, und die Effektivität eines Richters wurde fast ausschließlich nach der Rückstandsanalyse beurteilt.

Praktisch alle Fälle wurden auf morgens halb zehn anberaumt. Wenn der Protokollführer einen Fall aufrief, und der Beschuldigte war nicht da oder sein Anwalt war nicht anwesend, oder wenn eines von hundert anderen möglichen Dingen eintrat, das es unmöglich machte, diesen Fall ein kleines Stückchen weiter durch den Schlund zu schieben, dann waren vermutlich die Beteiligten des nächsten Falles da und bereit vorzutreten. Und so war der Zuschauerraum mit kleinen Grüppchen angefüllt, von denen im sportlichen Sinne niemand Zuschauer war. Dort saßen Beschuldigte und ihre Anwälte, Beschuldigte und ihre Kumpels, Beschuldigte und ihre Familien. Die drei kleinen Kinder kamen schlitternd zwischen zwei Sitzreihen hervor, rannten krähend und tauchten hinter der letzten Bank unter. Eine Frau drehte ihren Kopf und warf ihnen einen finsteren Blick zu, dachte aber nicht daran, sie zu sich zu rufen. Jetzt erkannte Kramer das Trio. Es waren die Kinder von Herbert 92X. Aber das fand er absolut nicht bemerkenswert; jeden Tag waren Kinder im Gerichtssaal. Die Gerichte waren in der Bronx eine Art Kindertagesstätte. Während Daddys Anträgen, Einsprüchen, Prozessen und Verurteilungen in der Abteilung 60 Fangen zu spielen gehörte einfach zum Größerwerden.

Kovitsky wandte sich an den Protokollführer, der an einem Tisch seitlich unter der Richterbank saß. Der Protokollführer war ein stiernackiger Italiener namens Charles Bruzzielli. Er hatte sein Jackett ausgezogen. Er trug ein kurzärmeliges Oberhemd mit aufgeknöpftem Kragen, die Krawatte auf halbmast. Man konnte den Rand seines T-Shirts sehen. Die Krawatte war zu einem dicken Windsor-Knoten gebunden.

»Ist das Mr. ...« Kovitsky sah hinunter auf ein Blatt Papier auf seinem Pult. »... Lockwood?«

Bruzzielli nickte bestätigend, und Kovitsky blickte geradeaus auf eine schmächtige Gestalt, die von den Zuschauerbänken nach vorn an die Schranke getreten war.

»Mr. Lockwood«, sagte Kovitsky, »wo ist Ihr Anwalt? Wo ist Mr. Sonnenberg?«

»Weiß nich«, sagte die Gestalt.

Er war kaum zu hören. Er war nicht älter als neunzehn oder zwanzig. Seine Haut war dunkel. Er war so mager, daß es unter seiner schwarzen Thermojacke kein Anzeichen von Schultern gab. Er trug schwarze Röhrenjeans und ein Paar gewaltige weiße Sneakers, die nicht mit Schnürsenkeln, sondern mit Velcro-Laschen verschlossen waren.

Kovitsky sah ihn einen Moment lang durchdringend an, dann sagte er: »Na schön, Mr. Lockwood, nehmen Sie wieder Platz. Falls und wenn Mr. Sonnenberg uns mit seiner Anwesenheit zu beehren geruht, rufen wir Ihren Fall wieder auf.«

Lockwood drehte sich um und ging langsam zu den Zuschauerbänken zurück. Er hatte denselben wiegenden Schritt, den praktisch jeder junge Beschuldigte in der Bronx zur Schau trug, den pimp roll. Diese dämlichen, selbstzerstörerischen, selbstverliebten Machos, dachte Kramer. Nie unterließen sie es, mit ihren schwarzen Jacken, den Sneakers und dem pimp roll aufzukreuzen. Nie unterließen sie es, vor Richtern, Geschworenen, Bewährungshelfern, Gerichtspsychiatern, vor jedem einzelnen, der was dabei mitzureden hatte, ob sie ins Gefängnis kamen oder nicht und für wie lange, vom Scheitel bis zur Sohle den jungen Verbrecher rauszukehren. Lockwood pimp-rollte zu einer Bank im hinteren Teil des Zuschauerraumes und setzte sich neben zwei anderen Burschen in schwarzen Thermojacken. Das waren zweifellos seine Kumpels, seine Kameraden. Die Kameraden des Beschuldigten tanzten vor Gericht immer mit *ihren* glänzenden schwarzen Thermojacken und lässigen Sneakers an. Das war auch sehr klug so. Es bewies augenblicklich, daß der Beschuldigte kein armes schutzloses Opfer des Gettolebens war, sondern zu einem Rudel unbarmherziger junger Halunken von der Sorte gehörte, die gern alte Damen auf dem Grand Concourse mit Plastikknüppeln niederschlagen und ihnen die Handtaschen stehlen. Die ganze Meute betrat den Gerichtssaal voller Vitalität, von stahlharten Muskeln und entschlossener Verachtung strotzend, um die Ehre und, falls notwendig, die Haut ihres Kumpels gegen das System zu verteidigen. Aber bald rollte eine betäubende Woge der Langeweile und Verwirrung über sie alle weg. Sie waren auf Action vorbereitet. Sie waren nicht auf das vorbereitet, was der Tag verlangte, nämlich zu warten, während etwas, wovon sie noch nie etwas gehört hatten, eine Terminkalendersitzung, sie mit affiger Sprache überschüttete, wie zum Beispiel »uns mit seiner Anwesenheit zu beehren geruht«.

Kramer ging an der Schranke vorbei und steuerte auf den Tisch des Protokollführers zu. Dort standen drei andere Unterstaatsanwälte, die zuguckten und auf ihren Auftritt vor dem Gericht warteten.

Der Protokollführer sagte: »Das Volk gegen Albert und Marilyn Krin...«

Er zögerte und blickte hinunter auf die vor ihm liegenden Akten. Er sah zu einer jungen Frau hinüber, die etwa anderthalb Meter von ihm entfernt stand, eine Unterstaatsanwältin namens Patti Stullieri, und sagte mit einem Bühnenflüstern: »Was zum Teufel ist das denn?«

Kramer sah ihm über die Schultern. Auf der Akte stand: Albert und Marilyn Krnkka.

»Kri-nik-ka«, sagte Patti Stullieri.

»Albert und Marilyn Kri-nik-ka!« deklamierte er. »Anklage

Nummer 3-2-8-1.« Dann zu Patti Stullieri: »Meine Güte, was zum Teufel ist denn das für ein Name?«

»Jugoslawisch.«

»Jugoslawisch. Sieht aus, als hätte sich jemand die Finger in 'ner Scheißschreibmaschine eingeklemmt.«

Aus dem hinteren Teil des Zuschauerraums schritt ein Paar nach vorn an das große Geländer und beugte sich vor. Der Mann, Albert Krnkka, lächelte mit strahlenden Augen und schien die Aufmerksamkeit von Richter Kovitsky auf sich lenken zu wollen. Albert Krnkka war ein hochgewachsener, schlaksiger Mann mit einem fünfzehn Zentimeter langen Spitzbart, aber ohne Schnurrbart, und mit langen blonden Haaren wie ein altmodischer Rockmusiker. Er hatte eine knochige Nase, einen langen Hals und einen Adamsapfel, der sich einen halben Meter rauf und runter zu bewegen schien, wenn er schluckte. Er trug ein blaugrünes Hemd mit überbreitem Kragen und, anstelle der Knöpfe, einen Reißverschluß, der diagonal von der linken Schulter zur rechten Hüfte verlief. Neben ihm stand seine Frau. Marilyn Krnkka war eine Schwarzhaarige mit einem mageren, sensiblen Gesicht. Ihre Augen waren zwei Schlitze. Sie hielt die Lippen zusammengepreßt und grimassierte.

Alle, Richter Kovitsky, der Protokollführer, Patti Stullieri, sogar Kramer, sahen die Krnkkas an und warteten darauf, daß ihr Anwalt vorträte oder durch eine Seitentür hereinkäme oder sich sonstwie materialisierte. Aber es war kein Anwalt zu sehen.

Zornig wandte Kovitsky sich an Bruzzielli und sagte: »Wer vertritt denn diese Leute?«

»Ich glaube, Marvin Sunshine«, sagte Bruzzielli.

»Na, und wo ist er? Ich habe ihn doch noch vor ein paar Minuten da hinten gesehen. Was ist bloß in alle diese komischen Leute gefahren?«

Bruzzielli zeigte ihm die Andeutung eines Schulterzuckens

und verdrehte die Augen, als sei ihm die ganze Sache ungeheuer peinlich, aber er könne leider nichts dran ändern.

Kovitsky hatte mittlerweile den Kopf sehr tief gesenkt. Seine Iris schwammen wie Zerstörer auf einem Milchsee herum. Aber ehe er sich in einen bissigen Vortrag über pflichtvergessene Anwälte stürzen konnte, erhob sich eine Stimme an der Schranke.

»Euer Ehren! Euer Ehren! He, Herr Richter!«

Es war Albert Krnkka. Er winkte mit der rechten Hand und versuchte, Kovitskys Aufmerksamkeit zu erregen. Seine Arme waren dünn, aber seine Handgelenke und Hände kräftig. Sein Mund hatte sich zu einem halben Lächeln geöffnet, das vermutlich den Richter davon überzeugen sollte, daß er ein Mensch sei, mit dem sich reden lasse. In Wirklichkeit sah er von oben bis unten wie einer von diesen heftigen, langen, grobknochigen Menschen aus, deren Stoffwechsel dreimal so schnell arbeitet wie normal und die, mehr als alle anderen Menschen auf der Welt, zu Zornausbrüchen neigen.

»Hallo, Herr Richter! Hören Se doch mal!«

Kovitsky guckte, erstaunt über diesen Auftritt. »He, Herr Richter! Hören Se mal. Vor zwei Wochen hatse uns gesagt, zwei bis sechs, stimmt's?«

Als Albert Krnkka »zwei bis sechs« sagte, hob er beide Hände und streckte an jeder Hand zwei Finger in die Höhe, wie ein V für victory oder wie ein Friedenszeichen, und fuchtelte damit in der Luft herum, als schlage er im Rhythmus der Worte »zwei bis sechs« auf ein paar unsichtbare Lufttrommeln.

»Mr. Krnkka«, sagte Kovitsky, für seine Begriffe sehr sanft.

»Und jetzt kommtse hier an mit drei bis neun«, sagte Albert Krnkka. »Wir haben ja schon gesagt: ›Okay, zwei bis sechs‹« – wieder hob er seine Hände und die beiden Vs und hieb im Rhythmus von »zwei bis sechs« Löcher in die Luft –, »und jetzt kommtse an mit drei bis neun. Zwei bis sechs« – er hieb Löcher in die Luft –, »zwei bis sechs ...«

»*Mi-ster Kri-nik-ka, wenn Sie ...*«

Aber Albert Krnkka war durch Richter Kovitskys hämmernde Stimme nicht kleinzukriegen.

»Zwei bis sechs« – *blem, blem, blem* –, »ham Se verstanden!«

»*Mi-ster Kri-nik-ka.* Wenn Sie eine Eingabe an das Gericht machen wollen, müssen Sie das durch Ihren Anwalt tun.«

»He, Herr Richter, fragen Se *sie!*« Er stach mit seinem linken Zeigefinger in Richtung von Patti Stullieri. Seine Arme wirkten, als wären sie einen Kilometer lang. »Sie ist diejenige. Sie hat zwei bis sechs angeboten. Jetzt kommtse an mit ...«

»Mister Krnkka ...«

»Zwei bis sechs, Herr Richter, zwei bis sechs!« Im Bewußtsein, daß seine Zeit vor der Schranke knapp würde, komprimierte Albert Krnkka seine Botschaft auf den entscheidenden Satz, während er unentwegt mit seinen riesigen Händen Löcher in die Luft hieb. »Zwei bis sechs! Zwei bis sechs! Verstanden!«

»Mister Krnkka ... *Setzen Sie sich!* Warten Sie, bis Ihr Anwalt da ist!«

Albert Krnkka und seine Frau begannen sich von der Schranke zurückzuziehen, wobei sie den Blick auf Kovitsky geheftet hielten, als verließen sie einen Thronsaal. Albert nuschelte die ganze Zeit die Worte »zwei bis sechs« und fuchtelte mit seinen V-Fingern herum.

Larry Kramer ging dorthin, wo Patti Stullieri stand, und fragte: »Was haben die denn ausgefressen?«

Patti Stullieri erwiderte: »Die Frau hat einem Mädchen ein Messer an die Kehle gesetzt, während ihr Mann sie vergewaltigte.«

»Herr du meine Güte«, entfuhr es Kramer unwillkürlich.

Patti Stullieri lächelte weltverdrossen vor sich hin. Sie war achtundzwanzig oder neunundzwanzig. Kramer überlegte, ob es sich lohnen würde, sich um sie zu bemühen. Sie war keine Schönheit, aber ihre kaltschnäuzige Art machte ihn ziemlich an. Kramer fragte sich, wie sie wohl in der High School gewesen sei. Er fragte sich, ob sie eine von diesen mageren, nervösen

Hippen war, die immer gereizt und schwierig und unweiblich waren, ohne stark zu sein. Auf der anderen Seite hatte sie die olivfarbene Haut, das volle schwarze Haar, die großen dunklen Augen und die Kleopatra-Lippen, die in Kramers Vorstellung das Aussehen eines geilen italienischen Mädchens ausmachten. In der High School – o Gott, diese geilen italienischen Mädchen! – hatte Kramer sie immer unfein gefunden, unglaublich dumm, antiintellektuell, unnahbar und ungeheuer begehrenswert.

Die Tür zum Gerichtssaal schwang auf, und herein schritt ein alter Mann mit einem mächtigen, geröteten, recht gebieterischen Haupt. *Lässig-liebenswürdig,* das war der Eindruck. Oder zumindest lässig-liebenswürdig nach den Maßstäben von Gibraltar. Er trug einen marineblauen, doppelreihigen Nadelstreifenanzug, ein weißes Hemd mit gestärktem Kragen und eine dunkelrote Krawatte. Sein schwarzes Haar, das schütter war und die tintige Stumpfheit gefärbter Haare hatte, war straff nach hinten gekämmt und an den Kopf geklatscht. Er trug ein altmodisches, bleistiftdickes Schnurrbärtchen, das zu beiden Seiten der Oberlippenrille unter seiner Nase eine scharfe schwarze Linie bildete.

Larry Kramer, der in der Nähe des Protokollführertisches stand, blickte auf und starrte den Mann an. Er kannte ihn. Es war etwas Charmantes – nein, Mutiges – an seinem Auftritt. Gleichzeitig ließ er einen frösteln. Dieser Mann war einmal, wie Kramer jetzt, Unterstaatsanwalt gewesen. *Bing! Bing! Bing!* Dreißig Jahre waren vergangen, und nun beendete er seine Laufbahn frei praktizierend, indem er diese armen Dummköpfe verteidigte, einschließlich der 18b-Klienten, die sich keine Anwälte leisten konnten. *Bing! Bing! Bing!* Keine sehr lange Zeit, dreißig Jahre!

Larry Kramer war nicht der einzige, der stehenblieb und erstaunt guckte. Der Auftritt des Mannes war ein Ereignis. Sein Kinn hatte die Form einer kleinen Melone. Er hielt es in einem selbstzufriedenen Winkel nach oben gereckt, als sei er ein Boulevardier – wenn man den Grand Concourse immer noch als Boulevard bezeichnen könnte.

»*Mi-ster Sonnenberg!*«

Der alte Anwalt sah zu Kovitsky hinüber. Er schien angenehm überrascht, daß seiner Ankunft eine so herzliche Begrüßung zuteil wurde.

»Wir haben Ihren Fall bereits vor fünf Minuten aufgerufen!«

»Ich bitte um Entschuldigung, Euer Ehren«, sagte Sonnenberg, während er nach vorn an den Angeklagtentisch schlenderte. Er schwenkte sein großes Kinn in einem eleganten Bogen zu dem Richter hinauf. »Ich bin in Abteilung 62 von Richter Meldnick aufgehalten worden.«

»Was haben Sie in Abteilung 62 mit einem Fall zu schaffen, wenn Sie wissen, daß dieses Gericht Sie aus persönlicher Gefälligkeit an die Spitze des Terminkalenders gesetzt hat? Ihr Mandant hat einen Job, wie ich mich erinnere.«

»Das ist richtig, Euer Ehren, aber mir wurde versichert ...«

»Ihr Mandant ist hier.«

»Ich weiß.«

»Er wartet auf Sie.«

»Das ist mir klar, Euer Ehren, aber ich hatte keine Ahnung, daß Richter Meldnick ...«

»Na schön, Mr. Sonnenberg, sind Sie jetzt bereit zu beginnen?«

»Ja, Euer Ehren.«

Kovitsky ließ den Protokollführer, Bruzzielli, den Fall von neuem aufrufen. Der junge Schwarze, Lockwood, erhob sich im Zuschauerraum und pimp-rollte an den Beklagtentisch neben Sonnenberg. Es wurde schnell deutlich, daß der Zweck dieser Voruntersuchung war, Lockwood Gelegenheit zu geben, sich schuldig im Sinne der Anklage zu bekennen, die auf bewaffneten Raub lautete; dafür hatte die Staatsanwaltschaft ein mildes Urteil, zwei bis sechs Jahre, in Aussicht gestellt. Aber

Lockwood ging nicht darauf ein. Sonnenberg konnte nichts anderes tun, als die Antwort seines Mandanten zu wiederholen, er betrachte sich als nicht schuldig.

Kovitsky sagte: »Mr. Sonnenberg, würden Sie bitte mal an die Richterbank herantreten? Und Mr. Torres?«

Torres war der mit diesem Fall betraute Unterstaatsanwalt. Er war klein und ziemlich dick, obwohl er noch nicht mal dreißig war. Er trug die Sorte Schnurrbart, die sich junge Anwälte und Ärzte stehenlassen, um älter und würdiger zu erscheinen.

Als Sonnenberg herankam, sagte Kovitsky in freundlichem Plauderton: »Sie sehen heute genau wie David Niven aus, Mr. Sonnenberg.«

»O nein, Herr Richter«, sagte Sonnenberg, »David Niven sehe ich nicht ähnlich. William Powell vielleicht, aber nicht David Niven.«

»William Powell? Sie machen sich älter, als Sie sind, Mr. Sonnenberg. So alt sind Sie doch noch gar nicht.« Kovitsky wandte sich an Torres und sagte: »Als nächstes bekommen wir zu hören, daß Mr. Sonnenberg uns demnächst verläßt und sich in den sonnigen Süden zurückzieht. Da unten sitzt er dann in 'ner Eigentumswohnung und braucht sich um nichts mehr zu kümmern, als zum Sonderangebot für Frühaufsteher bei Denny's rechtzeitig im Einkaufszentrum zu sein. Er braucht überhaupt nicht mehr dran zu denken, morgens aufzustehen, um in der Abteilung 60 in der Bronx Einsprüche vorzubringen.«

»Aber Herr Richter, ich schwöre ...«

»Mr. Sonnenberg, kennen Sie Mr. Torres?«

»O ja.«

»Also, Mr. Torres versteht was von Eigentumswohnungen und Frühaufstehersonderangeboten. Er ist nämlich selber ein halbes Jiddele.«

»Ach ja?« Sonnenberg wußte nicht, ob er nun erfreut erscheinen sollte oder was.

»Yeah, er ist halb Puertoricaner und halb a Jiddele. Stimmt's, Mr. Torres?«

Torres lächelte und zuckte die Schultern, um entsprechend amüsiert zu wirken.

»Und er hat seinen jiddischen Kop gebraucht und sich um ein Minderheitenstipendium fürs Jurastudium beworben«, sagte Kovitsky. »Seine jiddische Hälfte bewarb sich um ein Minderheitenstipendium für seine puertoricanische Hälfte! Ist das Völkerverständigung oder nicht? Jedenfalls heißt es, den eigenen Scheißkop zu gebrauchen.«

Kovitsky sah Sonnenberg an, bis dieser lächelte, und dann sah er Torres an, bis der lächelte, und dann strahlte Kovitsky alle beide an. Warum war er nur mit einemmal so vergnügt? Kramer blickte zu dem Beschuldigten, zu Lockwood, hinüber. Der stand an dem Angeklagtentisch und starrte auf dieses lustige Trio. Was mußte in seinem Kopf vorgehen? Seine Fingerspitzen ruhten auf dem Tisch, und seine Brust schien eingefallen zu sein. Seine Augen! Seine Augen waren die Augen eines Gehetzten in der Nacht. Er starrte auf das Schauspiel, das sein Anwalt bot, der grinsend und kichernd mit dem Richter und dem Anklagevertreter beisammenstand. Dort stand er, sein weißer Anwalt, lächelnd und plaudernd, zusammen mit dem weißen Richter und dem fetten weißen Scheißkerl, der ihn einzulochen versuchte.

Sonnenberg und Torres standen vor der Richterbank und blickten zu Kovitsky hoch. Jetzt wurde Kovitsky wieder dienstlich.

»Was haben Sie ihm angeboten, Mr. Torres?«

»Zwei bis sechs, Herr Richter.«

»Was hat Ihr Mandant dazu zu sagen, Mr. Sonnenberg?«

»Er nimmt's nicht an, Herr Richter. Ich habe letzte Woche mit ihm geredet, und ich habe heute morgen mit ihm geredet. Er will vor Gericht gestellt werden.«

»Warum?« fragte Kovitsky. »Haben Sie ihm erklärt, daß er in

einem Jahr die Chance hat, Freigänger zu werden? Das ist doch kein schlechtes Geschäft.«

»Tja«, sagte Sonnenberg, »das Problem ist, wie auch Mr. Torres weiß, daß mein Mandant Y.O. ist. Und zwar wegen derselben Tat, bewaffneter Raubüberfall, und wenn er sich für die hier schuldig bekennt, dann muß er die Zeit für die andere auch absitzen.«

»Ah«, sagte Kovitsky. »Und, was *will* er haben?«

»Er möchte anderthalb bis viereinhalb haben, wobei das erste Urteil mit dem zweiten aufgerechnet wird.«

»Was sagen Sie dazu, Mr. Torres?«

Der junge Unterstaatsanwalt holte tief Atem, senkte den Blick und schüttelte den Kopf. »Das kann ich nicht machen, Herr Richter. Wir reden hier von bewaffnetem Raub!«

»Jaah, ich weiß«, sagte Kovitsky, »aber war er derjenige mit der Waffe?«

»Nein«, sagte Torres.

Kovitsky hob den Blick von den Gesichtern Sonnenbergs und Torres' und schaute zu Lockwood hinüber.

»Er sieht nicht aus wie ein schlechter Kerl«, sagte Kovitsky, um bei Torres gut Wetter zu machen. »Eigentlich sieht er wie ein Baby aus. Ich sehe diese Jungs hier jeden Tag. Sie sind leicht zu verführen. Sie leben in so was wie 'ner asozialen Umgebung und landen automatisch bei irgendwelchen Dummheiten. Wie ist er, Mr. Sonnenberg?«

»Genauso ist es, Richter«, sagte Sonnenberg. »Der Junge ist ein Mitläufer. Er ist kein Superhirn, er ist aber auch kein schwerer Fall. Nicht, wie ich die Sache sehe.«

Dieses Persönlichkeitsbild sollte offensichtlich Torres dazu weichklopfen, Lockwood nur eine Strafe von einem Jahr vier Monaten bis vier Jahren anzubieten, wobei die Y.O.-Verurteilung praktisch vergessen wäre. Y.O. stand für »youthful offender«: jugendlicher Straftäter.

»Hören Sie, Herr Richter, es hat keinen Zweck«, sagte Torres. »Ich kann es nicht machen. Niedriger als zwei bis sechs kann ich nicht gehen. Mein Büro ...«

»Warum haben Sie nicht Frank angerufen?« fragte Kovitsky.

»Es hat keinen Sinn, Euer Ehren. Wir reden hier von bewaffnetem Raub! Er hat vielleicht nicht mit der Pistole auf das Opfer gezielt, aber nur, weil er ihm mit beiden Händen die Taschen durchgekramt hat! Ein neunundsechzig Jahre alter Mann mit einem Schlaganfall. Läuft so.«

Torres schlurfte vor der Richterbank vorbei, humpelnd wie ein alter Mann mit einem Schlaganfall.

Kovitsky lächelte. »Da kommt das Jiddele zum Vorschein! Mr. Torres hat ein paar von Ted Lewis' Chromosomen abgekriegt und weiß es nicht einmal.«

»Ted Lewis war Jude?« fragte Sonnenberg.

»Warum nicht?« sagte Kovitsky. »Er war doch ein Komiker, oder? Okay, Mr. Torres, das genügt.«

Torres kam zur Richterbank zurück. »Das Opfer, Mr. Borsalino, sagt, er hat ihm eine Rippe gebrochen. Wir legen ihm das nicht einmal zur Last, weil der Alte wegen der Rippe nie einen Arzt aufgesucht hat. Nein, zwei bis sechs, dabei bleibt's.«

Kovitsky dachte darüber nach. »Haben Sie das Ihrem Mandanten erklärt?«

»Natürlich«, sagte Sonnenberg. Er hob die Schultern und machte ein Gesicht, als wolle er sagen, sein Mandant nehme eben keine Vernunft an. »Er will seine Chance nutzen.«

»Seine Chance nutzen?« fragte Kovitsky. »Aber er hat ein Geständnis unterschrieben.«

Sonnenberg machte wieder dieses Gesicht und zog die Augenbrauen hoch.

Kovitsky sagte: »Lassen Sie mich mal mit ihm reden.«

Sonnenberg verzog den Mund und verdrehte die Augen.

Kovitsky hob wieder den Blick, sah Lockwood an, reckte sein Kinn in die Luft und sagte: »Mein Sohn ... komm mal her.«

Der Junge stand an dem Tisch, erstarrt, ganz und gar nicht sicher, ob der Richter mit ihm oder mit jemand anderem sprach. Und so setzte Kovitsky ein Lächeln auf, das Lächeln des gütigen Hirten, Er-der-bereit-ist-Geduld-zu-üben, machte ein Zeichen mit der rechten Hand und sagte: »Komm mal hierher, mein Sohn. Ich möchte mit dir reden.«

Der Junge, Lockwood, ging langsam, argwöhnisch dorthin, wo Sonnenberg und Torres standen, und sah Kovitsky an. Der Blick, den er ihm schenkte, war vollkommen leer. Kovitsky erwiderte den Blick. Es war, als schaute man nachts auf ein kleines, leeres Haus, in dem alle Lichter erloschen sind.

»Mein Sohn«, sagte Kovitsky, »du siehst mir nicht wie ein Strolch aus. Du siehst wie ein netter junger Mann aus. Also, ich möchte dir eine Chance geben. Ich gebe dir eine Chance, aber zuerst mußt du dir selber eine Chance geben.«

Darauf starrte Kovitsky Lockwood in die Augen, als wäre das, was er gleich sagen würde, eines der wichtigsten Dinge, die er wahrscheinlich in seinem ganzen Leben zu hören bekäme.

»Mein Sohn«, sagte er, »warum läßt du dich in all diese Scheißraubüberfälle reinziehen?«

Lockwood bewegte die Lippen, aber er kämpfte gegen die Regung an, etwas zu sagen, vielleicht aus Angst, er könne sich selbst belasten.

»Was sagt deine Mutter dazu? Du wohnst doch noch bei deiner Mutter?«

Lockwood nickte.

»Was sagt deine Mutter? Hat sie dir mal eins auf den Kopf gegeben?«

»Nee«, sagte Lockwood. Seine Augen wirkten verschleiert. Kovitsky nahm das als Zeichen, daß er vorankam.

»Also, mein Sohn«, sagte er, »hast du einen Job?«

Lockwood nickte.

»Was machst du?«

»Wachmann.«

»Wachmann«, sagte Kovitsky. Er blickte weg, auf einen leeren Punkt an der Wand, als dächte er über die Folgerungen für die Gesellschaft nach, die sich aus dieser Antwort ergaben, aber dann beschloß er, sich an das vor ihm liegende Problem zu halten.

»Siehst du?« sagte Kovitsky. »Du hast einen Job, du hast ein Zuhause, du bist jung, du bist ein gutaussehender, gescheiter junger Mann. Du hast vieles, was für dich spricht. Du hast mehr als die meisten. Aber du hast ein großes Problem zu lösen. *Du bist in diese Scheißraubüberfälle verwickelt!* Also, der Staatsanwalt hat dir ein Angebot von zwei bis sechs Jahren gemacht. Wenn du dieses Angebot annimmst und dich gut führst, liegt das Ganze in Null Komma nichts hinter dir, und du bist immer noch ein junger Mensch, der sein ganzes Leben vor sich hat. Wenn du vor Gericht gestellt und verurteilt wirst, könntest du zwischen acht und fünfundzwanzig Jahren kriegen. Nun denk mal drüber nach. Der Staatsanwalt hat dir ein Angebot gemacht.«

Lockwood sagte nichts.

»Warum nimmst du's nicht an?« fragte Kovitsky.

»Keine Begründung.«

»Keine Begründung?«

Lockwood schaute weg. Er würde sich auf kein Wortgeplänkel einlassen. Er würde sich nur an seinen Standpunkt klammern. »Sieh mal, mein Sohn«, sagte Kovitsky, »ich versuche, dir zu helfen. Die Sache hier verschwindet nicht einfach. Du kannst nicht bloß die Augen zumachen und hoffen, es wird schon alles weggehen. Verstehst du, was ich sagen will?«

Lockwood blickte standhaft nach unten oder zur Seite, immer ein paar Zentimeter am Blickkontakt mit dem Richter vorbei. Kovitsky bewegte in einem fort seinen Kopf, als wolle er Lockwoods Blick abfangen wie ein Hockey-Torwart.

»Sieh mich an, mein Sohn. Verstehst du, was ich sage?«

Lockwood gab nach und sah ihn an. Es war ein Blick, wie er einem Exekutionskommando begegnen mag.

»Also, mein Sohn, sieh's mal so. Es ist, wie wenn man Krebs hat. Du weißt, was Krebs ist.«

Es war nicht ein Funken von Verständnis zu entdecken, weder von Krebs noch von sonst etwas.

»Krebs geht auch nicht einfach weg. Man muß was dagegen tun. Wenn du ihn zeitig packst, wenn er noch klein ist und ehe er sich in deinem ganzen Körper ausbreitet und dein ganzes Leben erfaßt – und dein Leben kaputtmacht – und dein Leben beendet – verstehst du? – dein Leben *beendet* –, wenn du was dagegen tust, solange er noch ein kleines Problem ist, wenn du die *kleine* Operation machen läßt, die du nötig hast, dann ist die Sache damit erledigt!« Kovitsky warf die Hände in die Luft, hob sein Kinn und lächelte, als wäre er die Verkörperung der Lebenskraft in Person. »Und genauso ist es mit dem Problem, das du im Augenblick hast. Im Moment ist es ein kleines Problem. Wenn du dich schuldig bekennst und ein Urteil von zwei bis sechs Jahren kriegst und dich gut führst, wirst du nach einem Jahr für ein Freigängerprojekt vorgeschlagen und kommst nach zwei Jahren ganz raus. Und damit hättest du alles hinter dir. Aber wenn du vor Gericht gestellt und schuldig gesprochen wirst, dann beträgt deine Mindeststrafe acht Jahre. Acht Jahre vier Monate bis fünfundzwanzig Jahre. *Acht* – du bist erst neunzehn. Acht Jahre, das ist fast halb so lange, wie du auf der Welt bist. Willst du deine ganze Scheißjugend im Gefängnis verbringen?«

Lockwood wandte den Blick ab. Er sagte kein Wort.

»Also, wie steht's?« fragte Kovitsky.

Ohne aufzusehen, schüttelte Lockwood den Kopf.

»Na schön, wenn du unschuldig bist, möchte ich nicht, daß du dich schuldig bekennst, egal, was irgend jemand dir anbietet. Aber du hast ein Geständnis unterschrieben! Der Staatsanwalt hat ein Videoband von dir, auf dem du das Geständnis ablegst! Was willst du denn dagegen unternehmen?«

»Weiß nich«, sagte Lockwood.

»Was sagt denn dein Anwalt dazu?«
»Weiß nich.«
»Komm schon, mein Sohn. Natürlich weißt du's. Du hast einen fabelhaften Anwalt. Er ist einer der besten, der Mr. Sonnenberg. Er hat eine Menge Erfahrung. Hör auf ihn. Er wird dir sagen, daß ich recht habe. Diese Sache hier verschwindet nicht, genausowenig wie Krebs einfach verschwindet.«

Lockwood hielt den Blick gesenkt. Ganz gleich, was sein Anwalt und der Richter und der Staatsanwalt sich ausgedacht hatten, er würde es ihnen nicht abkaufen.

»Hör zu, mein Sohn«, sagte Kovitsky, »besprich's noch mal mit deinem Anwalt. Besprich's mit deiner Mutter. Was sagt denn deine Mutter dazu?«

Lockwood sah mit brennendem Haß im Blick auf. Tränen stiegen ihm in die Augen. Es war eine äußerst kitzlige Angelegenheit, mit diesen Jungs über ihre Mütter zu reden. Aber Kovitsky blickte ihm starr ins Gesicht.

»In Ordnung, Herr Rechtsanwalt!« sagte Kovitsky mit erhobener Stimme und sah zu Sonnenberg hinüber. »Und Mr. Torres. Ich vertage die Sache bis heute in zwei Wochen. Und, mein Sohn«, sagte er zu Lockwood, »du denkst über das nach, was ich dir gesagt habe, und du berätst dich mit Mr. Sonnenberg und kommst zu einem Entschluß. Okay?«

Lockwood schenkte Kovitsky einen letzten flüchtigen Blick und nickte und wandte sich von der Richterbank weg dem Zuschauerraum zu. Sonnenberg ging mit ihm und sagte etwas zu ihm, aber Lockwood gab keine Antwort. Als der Junge die Schranke passierte und seine Kumpels von der hintersten Bank aufstehen sah, begann er wieder mit dem pimp roll. Bloß raus hier! Zurück ins ... Leben! Die drei pimp-rollten aus dem Gerichtssaal, während Sonnenberg hinter ihnen herschlenderte, das Kinn in einem 30-Grad-Winkel erhoben.

Der Morgen schleppte sich knirschend weiter, und bis jetzt hatte Kovitsky noch keinen einzigen Fall erledigt.

Es war spät am Morgen, als Kovitsky sich endlich so weit durch den Terminkalender gearbeitet hatte, daß er beim Prozeß gegen Herbert 92X ankam, der mittlerweile an seinem vierten Tag angelangt war. Kramer stand am Tisch der Anklagevertretung. Die Gerichtswachtmeister rollten ihre Schultergelenke, reckten sich und bereiteten sich sonstwie auf die Ankunft von Herbert 92X vor, den sie für ausreichend verrückt hielten, um im Gerichtssaal irgendwelche Dummheiten und Gewalttätigkeiten zu begehen. Der Anwalt von Herbert 92X, Albert Teskowitz, vom Gericht bestellt, kam vom Verteidigertisch herüber. Er war ein magerer, gebeugter Mann in einer blaßblau karierten Jacke, die am Hals zehn bis zwölf Zentimeter zu weit war, und braunen Slacks, die mit dem Jackett nie bekannt gemacht worden waren. Sein schütter werdendes graues Haar hatte die Farbe von Trockeneis. Er warf Kramer rasch ein schiefes kleines Lächeln zu, das etwa besagen sollte: Gleich fängt die Posse an.

»Na, Larry«, sagte er, »sind Sie bereit für die Weisheiten Allahs?«

»Ich möchte Sie mal was fragen«, sagte Kramer. »Sucht sich Herbert jeden Tag seinen Stoff mit dem Gedanken aus, daß er eine Art Kommentar zu dem abgibt, was im Prozeß passiert, oder klappt er das Buch einfach irgendwo auf? Ich komme nicht dahinter.«

»Ich weiß es nicht«, sagte Teskowitz, »ich halte mich da raus, um ganz ehrlich zu sein. Ein Wort, und Sie sind eine Stunde Ihres Lebens los. Haben Sie schon mal mit einem logisch denkenden Verrückten gesprochen? Die sind viel schlimmer als simple Verrückte.«

Teskowitz war so ein schlechter Anwalt, daß Kramer Mitleid für Herbert empfand. Aber er tat ihm sowieso schon leid. Herbert 92X' bürgerlicher Name war Herbert Cantrell; 92X war sein muslimischer Name. Er war Fahrer bei einem Schnapsgrossisten. Das war eines von vielen Dingen, die Kramer annehmen ließen, daß Herbert gar kein richtiger Muslim war. Ein richtiger Muslim würde absolut nichts mit Schnaps zu tun haben. Auf jeden Fall wurde Herberts Lkw eines Tages auf der Willis Avenue von drei Italienern aus Brooklyn überfallen, die in den vergangenen zehn Jahren kaum was anderes gemacht hatten als Lkws zu entführen, und zwar im Auftrag von jedem, der für das Entführen von Lkws bezahlte. Sie bedrohten Herbert mit Pistolen, fesselten ihn, versetzten ihm einen Faustschlag ins Gesicht, warfen ihn in einer Seitenstraße in einen Müllcontainer und schärften ihm ein, sich eine Stunde nicht zu rühren. Dann fuhren die drei Italiener den Schnaps-Lkw zu dem Lagerhaus ihres derzeitigen Auftraggebers, eines gerissenen Schnapsgrossisten, der routinemäßig seine Kosten kappte, indem er Warentransporte überfallen ließ. Sie kamen mit dem entführten Lkw angefahren, und der Aufseher an der Laderampe sagte: »Heilige Scheiße! Ihr kriegt jede Menge Ärger! Das hier ist einer von unseren Lkws!«

»Was meinste?«

»Das ist einer von unseren Lkws! Ich hab ihn gerade vor zwei Stunden beladen. Ihr habt Schnaps geklaut, den wir gerade geklaut hatten! Ihr habt eben einen von unseren Leuten in die Mache genommen. Ihr kriegt jede Menge Ärger!«

Und so sprangen die drei Italiener wieder in den Lkw und rasten zu dem Müllcontainer zurück, um Herbert 92X seinen Lkw wiederzugeben. Aber Herbert war es gelungen zu entkommen. Sie fuhren mit dem Lkw die Straßen rauf und runter, um nach ihm zu suchen. Schließlich fanden sie ihn in einer Bar, in die er gegangen war, um seine Nerven zu beruhigen. Das war entschieden nicht die feine muslimische Art. Sie gingen rein, um ihm zu sagen, daß es ihnen leid täte und daß er seinen Lkw wiederhaben könne, aber Herbert dachte, daß sie ihn verfolgt hätten, weil er ihre Mahnung ignoriert hatte, in dem Müllcontainer zu bleiben. Er zog einen .38er Revolver unter seiner Thermojacke hervor – der hatte die ganze Zeit da gesteckt, aber diese hartgesottenen Burschen wären ihm überlegen gewesen –, und feuerte zwei Schüsse ab. Er verfehlte die drei Italiener, traf aber einen Mann namens Nestor Cabrillo tödlich, der zum Telefonieren in die Bar gekommen war. Die Waffe war vielleicht ein notwendiges Verteidigungsmittel in diesem Job, der offensichtlich gefährlich war. Aber Herbert hatte keine Erlaubnis, sie zu tragen, und Nestor Cabrillo war ein ehrlicher und aufrechter Bürger mit fünf Kindern. So wurde Herbert wegen Totschlags und strafbaren Waffenbesitzes angeklagt, der Fall mußte strafrechtlich verfolgt werden, und Kramer war mit dieser Aufgabe betraut. Der Fall war eine Studie in Dummheit, Inkompetenz und Sinnlosigkeit; mit einem Wort, läppischer Scheiß. Herbert 92X weigerte sich, in einen Schuldhandel einzuwilligen, weil er, was geschehen war, als Unfall betrachtete. Ihm tat nur leid, daß die .38er seine Hand so herumgerissen hatte. Und so war es mit diesem läppischen Scheiß zum Prozeß gekommen.

Eine Tür seitlich von der Richterbank ging auf, und heraus kamen Herbert 92X und zwei Vollzugsbeamte. Die Vollzugsabteilung hatte die Haftzellen unter sich, ein paar fensterlose Käfige eine halbe Etage über dem Gerichtssaal. Herbert 92X war ein hochgewachsener Mann. Seine Augen leuchteten aus dem Schatten einer karierten Kopfbedeckung à la Yasir Arafat hervor, die ihm über die Stirn hing. Er trug eine braune Robe, die ihm bis zu den Waden ging. Unter der Robe konnte man eine cremefarbene Hose erkennen, deren sich überlappende Seitennähte in einer Kontrastfarbe gesteppt waren, dazu ein Paar braune Schuhe mit Tuczek-Kappen. Die Hände hatte er auf dem Rücken. Als die Vollzugsbeamten ihn umdrehten, um ihm die Handschellen abzunehmen, sah Kramer, daß er den Koran in der Hand hielt.

»Yo, Herbert!« Die Stimme eines munteren kleinen Jungen. Er war eins von den Kindern, vorn an der Schranke. Die Gerichtswachtmeister sahen ihn finster an. Eine Frau hinten auf den Zuschauerbänken rief laut: »Kommst du her!« Der kleine Junge lachte und lief dorthin, wo die Frau saß. Herbert blieb stehen und drehte sich dem Jungen zu. Sein wütendes Gesicht entspannte sich. Er schenkte dem Jungen ein kindliches Lächeln von solcher Wärme und Liebe, daß Kramer schlucken mußte und wieder von einem kleinen Anfall seiner Zweifel heimgesucht wurde. Dann nahm Herbert an dem Verteidigertisch Platz.

Der Protokollführer Bruzzielli sagte: »Das Volk gegen Herbert Cantrell, Anklage Nummer 2-7-7-7.«

Herbert 92X war auf den Füßen und streckte die Hand in die Höhe. »Er hat mich wieder mit einem falschen Namen aufgerufen!«

Kovitsky beugte sich über sein Pult vor und sagte geduldig: »Mr. 92X, ich habe Ihnen das gestern und vorgestern und vor drei Tagen bereits erklärt.«

»Er hat mich mit dem falschen Namen aufgerufen!«

»Ich habe Ihnen das doch erklärt, Mr. 92X. Der Protokollführer ist durch eine Rechtsnorm gebunden. Aber angesichts Ihrer unverkennbaren Absicht, den Namen zu ändern, was Ihr gutes Recht ist und wofür es gesetzliche Verfahren gibt, ist das Gericht bereit, Sie für die Dauer dieses Prozesses mit Herbert 92X anzureden. Finden Sie das okay?«

»Danke, Euer Ehren«, sagte Herbert 92X, immer noch stehend. Er schlug den Koran auf und begann, darin herumzublättern. »Heute morgen, Euer Ehren ...«

»Können wir beginnen?«

»Ja, Herr Richter. Heute morgen ...«

»Dann setzen Sie sich!«

Herbert starrte Kovitsky einen Moment lang an, dann sackte er langsam auf seinen Stuhl, während er den Koran immer noch aufgeklappt in der Hand hielt. Leicht schmollend fragte er: »Werden Sie mich lesen lassen?«

Kovitsky blickte auf seine Armbanduhr und nickte, dann drehte er sich um etwa fünfundvierzig Grad herum und starrte auf die Wand über der leeren Geschworenenbank.

Sitzend legte Herbert 92X den Koran auf den Verteidigertisch und sagte: »Heute morgen, Euer Ehren, werde ich aus der Sure 41, betitelt ›Erklärt, geoffenbart in Mekka‹ vorlesen ... ›Im Namen Allahs, des Erbarmers, des Barmherzigen ... Dies ist eine Offenbarung des Erbarmers, des Barmherzigen ... Und eines Tages werden die Feinde Allahs zum Feuer versammelt werden, vorwärtsgetrieben: Bis daß, wenn sie zu ihm gekommen sind, ihre Ohren und Augen und ihre Haut Zeugnis wider sie ablegen für ihr Tun ...‹«

Die Gerichtswachtmeister drehten die Augen nach oben. Einer von ihnen, Kaminsky, ein richtiges Mastschwein, dessen weißes Uniformhemd kaum die Fettrolle fassen konnte, die auf seinem Pistolenkoppel lagerte, stieß einen hörbaren Seufzer aus und vollführte auf den Sohlen seiner klobigen schwarzen Polizistenschuhe eine Hundertachtzig-Grad-Drehung. Für die Anwälte der Anklage und der Verteidigung war Kovitsky eine Nervensäge. Aber die Gerichtswachtmeister waren von ganz unten kommende kleinbürgerliche Frontkämpfer aus dem öffentlichen Dienst, und für sie war Kovitsky, wie praktisch alle anderen Richter auch, in empörender und feiger Weise sanft gegen Verbrecher ... wenn er zum Beispiel diesen Irren dasitzen und aus dem Koran vorlesen ließ, während seine Kinder im Gerichtssaal herumrannten und »Yo, Herbert!« schrien. Kovitskys Überlegung schien zu sein, daß, da Herbert 92X ein Hitzkopf war und die Lesung aus dem Koran ihn beruhigte, er letztlich Zeit sparte.

»›... wehre das Böse ab mit dem Bessern, und siehe, derjenige, zwischen dem und dir Feindschaft war, wird sein gleich einem warmen Freund. Aber niemand soll das erreichen ...‹« In Herberts klagend-bombastischer Art vorzulesen senkten sich die Worte wie ein Nieselregen auf den Raum ... Kramers Gedanken begannen zu wandern ... Das Mädchen mit dem braunen Lippenstift ... Bald käme sie heraus ... Allein der Gedanke daran veranlaßte ihn, sich auf seinem Stuhl gerade aufzurichten ...

Er wünschte, er hätte einen prüfenden Blick auf sein Spiegelbild geworfen, bevor er in den Gerichtssaal kam ... auf seine Haare, seinen Schlips ... Er spannte seinen Hals und warf den Kopf zurück ... Er war überzeugt, daß Frauen von Männern mit mächtigen Hals- und Schultermuskeln beeindruckt waren ... Er schloß die Augen ...

Herbert las immer noch, als Kovitsky ihn unterbrach »Danke, Mr. 92X, damit endet die Lesung aus dem Koran.«

»Was sagen Sie? Ich bin noch nicht fertig!«

»Ich sagte, damit endet die Lesung aus dem Koran, Mr. 92X. *Drücke ich mich deutlich aus?*«

Kovitskys Stimme war mit einemmal so laut, daß die Leute im Zuschauerraum den Atem anhielten.

Herbert sprang auf. »Sie verletzen meine Rechte!« Sein Kinn war in Richtung Kovitzky gereckt, und seine Augen sprühten Feuer. Er sah wie eine Rakete aus, die jeden Moment losgeht.

»Setzen Sie sich!«

»Sie verletzen meine Religionsfreiheit!«

»*Setzen Sie sich, Mr. 92X!*«

»Fehlerhaftes Verfahren!« Dann ließ er seinen Zorn gegen Teskowitz los, der immer noch neben ihm saß. »Stehen Sie gefälligst *auf*, Mann! Das ist ein Unrechtsprozeß!«

Erschreckt und ein bißchen ängstlich erhob sich Teskowitz. »Euer Ehren, mein Mandant ...«

»*Ich sagte, setzen Sie sich! Alle beide!*«

Beide setzten sich.

»Also, Mr. 92X, dieses Gericht ist sehr nachsichtig mit Ihnen gewesen. Niemand verletzt Ihre Religionsfreiheit. Aber es wird spät, und wir haben da draußen eine Jury im Geschworenenzimmer sitzen, das seit fünfundzwanzig Jahren nicht mehr gestrichen worden ist, und es ist Zeit, die Lesung aus dem Koran zu beenden.«

»Sie sagen beenden? Sie meinen verbieten! Sie treten meine religiösen Rechte mit Füßen!«

»Der Angeklagte soll *den Mund halten!* Sie haben nicht das Recht, den Koran oder den Talmud oder die Bibel oder die Worte des Engels Moroni, der das Buch Mormon geschrieben hat, oder irgendein anderes heiliges Buch, ganz gleich, wie göttlich – Sie haben nicht das Recht, es in diesem Gerichtssaal vorzulesen. Ich möchte Sie daran erinnern, Sir, daß das hier nicht die Islamische Nation ist. Wir leben zufällig in einer Republik, und in dieser Republik herrscht die Trennung von Kirche und Staat. Verstehen Sie? Und in diesem Gerichtssaal herrschen die Gesetze dieser Republik, die in der Verfassung der Vereinigten Staaten niedergelegt sind.«

»Das ist nicht wahr!«

»Was ist nicht wahr, Mr. 92X?«

»Die Trennung von Kirche und Staat. Und ich kann es beweisen.«

»Wovon reden Sie, Mr. 92X?«

»Drehen Sie sich um! Gucken Sie auf die Wand da oben!« Herbert war wieder aufgesprungen und zeigte auf die Wand über Kovitskys Kopf. Kovitsky schwenkte in seinem Sessel herum und blickte nach oben. Tatsächlich standen dort, in die hölzerne Täfelung geschnitzt, die Worte: AUF GOTT WIR BAUEN. »Kirche und Staat!« rief Herbert triumphierend. »Da steht's in die Wand über Ihrem Kopf gemeißelt!«

»Hih hih higgggh!« Eine Frau im Zuschauerraum fing an zu lachen. Einer von den Wachtmeistern platzte heraus, drehte aber den Kopf weg, ehe Kovitsky ihn ausfindig machen konnte. Der Protokollführer, Bruzzielli, konnte sich das Grinsen nicht verkneifen. Patti Stullieri hatte eine Hand vor dem Mund. Kramer sah auf Kovitsky und wartete auf den Ausbruch.

Statt dessen erschien ein breites Lächeln auf dessen Gesicht. Aber den Kopf hatte er gesenkt, und seine Iris schwammen und hüpften wieder auf einem bewegten weißen Meer herum.

»Ich merke, Sie sind sehr aufmerksam, Mr. 92X, und dafür lobe ich Sie. Und da Sie so aufmerksam sind, werden Sie auch bemerken, daß ich keine Augen am Hinterkopf habe. Sondern ich habe Augen vorn am Kopf, und was sie erblicken, das ist ein Angeklagter, der wegen schwerwiegender Beschuldigungen vor Gericht steht und die Aussicht hat, zu zwölfeinhalb bis fünfundzwanzig Jahren Gefängnis verurteilt zu werden, sollte er von der Jury seiner Geschworenen schuldig befunden werden, und ich möchte, daß diese Jury die Zeit hat, die Waage der Gerechtigkeit ... mit *Sorgfalt* und *Fairneß* zu handhaben ... wenn sie die Schuld oder die Unschuld dieses Angeklagten feststellt. Wir leben in einem freien Land, Mr. 92X, und niemand kann Sie daran hindern, an jede Gottheit, die Ihnen gefällt, zu glauben. Aber solange Sie in diesem Gerichtssaal sind, glauben Sie besser an *das Evangelium des Mike Kovitsky!*«

Er sagte das mit solcher Heftigkeit, daß Herbert sich wieder auf seinen Stuhl setzte. Er sagte kein Wort. Statt dessen blickte er Teskowitz an. Teskowitz zuckte nur mit den Schultern und schüttelte den Kopf, als wolle er sagen: So ist es nun mal, Herbert.

»Holen Sie die Geschworenen herein!« sagte Kovitsky.

Ein Gerichtswachtmeister öffnete die Tür zum Geschworenenzimmer. Kramer richtete sich auf seinem Stuhl am Tisch des Anklägers auf. Er warf den Kopf zurück, um sein kräftiges Genick zur Geltung zu bringen. Die Geschworenen kamen einer hinter dem anderen herein ... drei Schwarze, sechs Puertoricaner ... Wo war sie? ... Da war sie, gerade trat sie durch die Tür! Kramer unternahm nicht einmal den Versuch, subtil zu Werke zu gehen. Er starrte sie unverhohlen an. Dieses lange, glänzende, dunkelbraune Haar, voll genug, um sein Gesicht darin zu vergraben, in der Mitte geteilt und nach hinten gestrichen, um diese vollkommene, reine weiße Stirn freizulegen, diese großen Augen und üppigen Wimpern, und diese wundervoll geschwungenen Lippen ... mit braunem Lippenstift! Ja! Sie hatte ihn wieder aufgelegt! Der braune Lippenstift, die Farbe von Karamel, verteufelt, rebellisch, durch und durch elegant ...

Kramer schätzte rasch die Konkurrenz ab. Der dicke Protokollführer, Bruzzielli, hatte den Blick auf sie geheftet. Die drei Gerichtswachtmeister starrten sie so eindringlich an, daß Herbert hätte einen Spaziergang unternehmen können, und sie hätten es absolut nicht bemerkt. Aber auch Herbert selber musterte sie interessiert. Teskowitz blickte sie an. Sullivan, der Gerichtsschreiber an seiner Stenografiermaschine, sah sie an. Und Kovitsky! Auch er! Kramer hatte Geschichten über Kovitsky gehört. Er schien gar nicht der Typ zu sein – aber man wußte nie.

Um zur Geschworenenbank zu gelangen, mußte sie direkt am Tisch des Anklägers vorbei. Sie trug eine pfirsichfarbene Strickjacke, flauschig, Angora oder Mohair, vorn geöffnet, und eine gestreifte Seidenbluse mit rosa und gelben Streifen; und darunter erspähte Kramer die üppige Wölbung ihrer Brüste, oder er meinte, sie zu erspähen. Sie trug einen cremefarbenen Gabardinerock, eng genug, um den Schwung ihrer Schenkel hervorzuheben.

Das Komische daran war, praktisch jeder Mann auf dieser Seite der Schranken des Gerichts hatte eine reelle Chance. Na ja, Herbert nicht, dafür aber sein schmächtiger kleiner Anwalt, Teskowitz. Sogar dieser dicke Wachtmeister da drüben, dieser Fettwanst Kaminsky. Wie viele Gerichtswachtmeister, Anwälte der Verteidigung, Gerichtsprotokollanten, Unterstaatsanwälte (o ja!) und sogar Richter (schließe sie nicht aus!) hatten knackige kleine Geschworene in Strafprozessen gebumst (das ist das richtige Wort) – großer Gott! Wenn die Presse jemals an diese Geschichte käme – aber die Presse kreuzte nie im Gerichtsgebäude in der Bronx auf.

Taufrische Geschworene in Kriminalgerichten hatten eine bestimmte Art, sich durch die Romantik, die primitive Spannung berauschen zu lassen, durch die böse Welt, auf die sie jetzt wie von einem Logenplatz aus blicken konnten, und junge Frauen animierte das am meisten von allen. Für sie waren die

Angeklagten kein Fressen; alles andere als das. Sie waren Desperados. Und diese Fälle waren kein läppischer Scheiß. Sie waren erregende Dramen aus der milliardenfüßigen Stadt. Und diejenigen mit dem Mut, sich mit den Desperados auseinanderzusetzen, mit ihnen zu ringen, sie zu bändigen, waren ... echte Männer ... sogar ein Gerichtswachtmeister mit einer zehn Zentimeter dicken Fettrolle über dem Pistolenhalfter. Aber wer war männlicher als ein junger Ankläger, er, der keine drei Meter von dem Angeklagten entfernt stand, mit nichts zwischen ihnen beiden als die dünne Luft, und der dem Beschuldigten die Anklagen des Volkes ins Gesicht schleuderte?

Jetzt war sie vor Kramer angelangt. Sie erwiderte offen seinen Blick. Ihr Gesichtsausdruck verriet nichts, aber der Blick war so freimütig und direkt! Und sie trug braunen Lippenstift!

Und dann war sie an ihm vorbei und betrat durch das kleine Türchen die Geschworenenabteilung. Er konnte sich ja nicht gut umdrehen und sie anstarren, aber er war versucht, es zu tun. Wie viele von ihnen waren zu dem Protokollführer, Bruzzielli, gegangen und hatten sich ihre Adresse und ihre Telefonnummern, zu Hause und in der Firma, herausgesucht – wie er? Der Protokollführer bewahrte die Zettel mit diesen Angaben, die sogenannten Stimmzettel, in einem Kasten auf seinem Schreibtisch im Gerichtssaal auf, so daß das Gericht Geschworene schnell erreichen konnte, um ihnen Terminplanänderungen oder sonst etwas mitzuteilen. Als Ankläger in dem Fall konnte er, Kramer, sich an Bruzzielli wenden und ihn um den Stimmzettel des Mädchens mit dem braunen Lippenstift oder irgendeines anderen Geschworenen bitten, ohne das Gesicht zu verlieren. Das konnte auch der Anwalt der Verteidigung, Teskowitz. Kovitsky konnte es mit leidlich ernstem Gesicht tun, und Bruzzielli selber konnte natürlich jederzeit einen Blick drauf werfen, wenn ihm danach war. Was die Gerichtswachtmeister wie Kaminsky betraf, für sie fiel die Bitte, einen Blick darauf werfen zu dürfen, unter die Kategorie ... Augenblinzeln und

Gefälligkeit. Aber hatte Kramer nicht schon Kaminsky mit Bruzzielli über dessen Schreibtisch gebeugt gesehen, in ein Gespräch vertieft über ... irgend etwas? Der Gedanke, daß selbst solche Kreaturen wie der fette Kaminsky hinter dieser ... dieser *Blume* ... her waren, machte Kramer entschlossener denn je. (Er würde sie vor den anderen retten.)

Miss Shelly Thomas aus Riverdale.

Sie kam aus der besten Gegend Riverdales, einem grünen Vorort, der geografisch zu Westchester County gehörte, aber politisch Teil der Bronx war. In der nördlichen Bronx gab es immer noch viele schöne Gegenden zum Wohnen. Die Leute in Riverdale hatten im allgemeinen Geld, und sie hatten auch ihre Möglichkeiten, sich um die Geschworenenpflicht zu drücken. Sie würden alle möglichen Hebel in Bewegung setzen, ehe sie sich der Aussicht fügten, herunter in die Süd-Bronx, in den Vierundvierzigsten Bezirk, in die Inselfestung Gibraltar, zu müssen. Der typische Bronx-Geschworene war puertoricanisch oder schwarz, dazu einige Einsprengsel von Juden und Italienern.

Aber hin und wieder landete eine seltene Blume wie Miss Shelly Thomas aus Riverdale auf der Geschworenenbank. Was für ein Name war das überhaupt? Thomas war ein Wasp-Name. Aber es gab auch Danny Thomas, und der war Araber, Libanese oder so was. Wasps waren selten in der Bronx, von den Typen aus der feinen Gesellschaft abgesehen, die ab und zu in Wagen mit Chauffeuren aus Manhattan rüberkamen, um für die Gettojugend Gutes zu tun. Die Organisation Big Brother, der Episcopal Youth Service, die Daedalus Foundation – diese Leute kreuzten im Familiengericht auf, dem Gericht für Kriminelle unter siebzehn Jahren. Sie hatten schon diese *Namen* ... Farnsworth, Fiske, Phipps, Simpson, Thornton, Frost ... und lautere Absichten.

Nein, die Chancen, daß Miss Shelly Thomas eine Wasp sein könnte, waren vage. Aber was war sie dann? Während der Geschworenenauswahl hatte er ihr die Information aus der Nase gezogen, daß sie bei der Werbeagentur Prischker & Bolka in Manhattan Art Director sei, was offensichtlich so was wie eine Designerin war. Für Kramer deutete das auf ein unvorstellbar glänzendes Leben hin. Wunderschöne Geschöpfe, die zu New-Wave-Musik vom Band in einem Büro mit weißen Wänden und Glasbausteinen hin und her hasteten ... eine Art MTV-Büro ... phantastische Lunches und Abendessen in Restaurants mit Naturholz, Messing, indirekter Beleuchtung und Milchglas mit Zickzackmustern darauf ... mit gebackener Wachtel mit Pfifferlingen auf einem Bett aus Süßkartoffeln und mit einer Krause aus gedämpftem Löwenzahn ... Er sah alles genau vor sich. Sie war Teil *dieses Lebens,* das waren die Lokale, in die Mädchen mit braunem Lippenstift gingen! ... Er hatte ihre beiden Telefonnummern, die von Prischker & Bolka und die von zu Hause. Natürlich konnte er nichts unternehmen, solange der Prozeß noch lief. Aber hinterher ... Miss Thomas? Hier ist Lawrence Kramer. Ich bin – oh! Sie erinnern sich! Das ist ja phantastisch! Miss Thomas, ich rufe Sie an, weil ich gelegentlich, nachdem einer von diesen wichtigeren Fällen abgeschlossen ist, gerne erfahre, was genau die Jury überzeugt hat – plötzlich ein bohrender Zweifel ... Angenommen, es passierte nichts weiter, als daß sie ihn den Prozeß verlieren ließ? Jurys in der Bronx waren für einen Ankläger sowieso schon ziemlich schwierig. Sie wurden aus der Reihe derer ausgewählt, die wissen, daß die Polizei tatsächlich zu lügen imstande ist. Jurys in der Bronx hegten eine Menge Zweifel, vernünftige und unvernünftige, und schwarze und puertoricanische Angeklagte, die erzschuldig, schuldig wie die Sünde waren, spazierten aus der Festung heraus, frei wie die Vögel in der Luft. Zum Glück hatte Herbert 92X einen rechtschaffenen Mann erschossen, einen armen Mann, einen Familienvater aus dem Getto. Gott sei Dank dafür! Wohl kein Geschworener, der in der Bronx wohnte, würde Mitgefühl für einen bösartigen Irren wie Herbert haben.

Nur eine unberechenbare Person wie Miss Shelly Thomas aus Riverdale konnte eventuell Mitleid haben. Eine wohlerzogene, junge Weiße, wohlhabend, der künstlerische Typ, möglicherweise Jüdin ... Sie war genau der Typ, der plötzlich zur Idealistin werden und sich weigern konnte, Herbert zu verurteilen, weil er ein Schwarzer, romantisch und bereits vom Schicksal hart geprüft war. Aber er mußte die Gelegenheit ergreifen. Er hatte nicht vor, sie sich entgehen zu lassen. Er brauchte sie. Er brauchte speziell diesen Triumph. In diesem Gerichtssaal stand er im Mittelpunkt der Arena. Sie hatte ihn keinen Moment lang aus den Augen gelassen. Er wußte das. Er konnte es fühlen. Es geschah bereits etwas zwischen ihnen ... zwischen Larry Kramer und dem Mädchen mit dem braunen Lippenstift.

An diesem Tag waren die üblichen Anwesenden erstaunt über Unterstaatsanwalt Kramers Eifer und Aggressivität in diesem unbedeutenden Bronxer Totschlagsfall.

Er begann, über Herberts Alibizeugen herzufallen.

»Ist es nicht so, Mr. Williams, daß diese ›Zeugenaussage‹ von Ihnen Teil einer Bargeldtransaktion zwischen Ihnen und dem Angeklagten ist?«

Was zum Teufel war in ihn gefahren? Teskowitz wurde allmählich wütend. Dieser Scheißkerl Kramer ließ ihn schlecht aussehen! Er fiel über das Gericht her, als wenn dieser läppische Scheiß der Prozeß des Jahrhunderts wäre.

Kramer beachtete die verletzten Gefühle von Teskowitz oder Herbert 92X oder irgendeinem von den anderen nicht. Für ihn gab es nur zwei Menschen in diesem höhlenartigen Mahagonisaal, und das waren Larry Kramer und das Mädchen mit dem braunen Lippenstift.

Über die Mittagspause ging Kramer, ebenso wie Ray Andriutti und Jimmy Caughey, ins Büro zurück. Ein Unterstaatsanwalt, der einen Prozeß laufen hatte, war berechtigt, für sich und seine Zeugen auf Kosten des Staates New York ein Mittagessen zu beziehen. In der Praxis bedeutete es, daß jeder in dem Büro ein freies Mittagessen bekam, und Andriutti und Caughey waren als erste dran. Dieses jämmerliche kleine Privileg des Büros wurde sehr ernst genommen. Bernie Fitzgibbons Sekretärin, Gloria Dawson, ließ aus dem Feinkostladen Sandwiches kommen. Auch sie bekam eines. Kramer hatte Roastbeef auf einem Zwiebelbrötchen mit Senf. Der Senf war in einem mit Gelatine verschlossenen Plastiktütchen, das er mit den Zähnen öffnen mußte. Ray Andriutti hatte einen Pepperoni-Hero, in den alles reingeknallt war, was man nur reinknallen kann, bis auf zwei dicke Scheiben Dillgurke, die auf einem Stück Wachspapier auf seinem Schreibtisch lagen. Der Geruch der Dillake füllte den Raum. Kramer beobachtete angeekelt und fasziniert zugleich, wie Andriutti sich nach vorn über seinen Schreibtisch warf, damit die Bröckchen und die Soßen, die aus dem Hero quollen, auf dem Schreibtisch und nicht auf seinem Schlips landeten. Er machte das bei jedem Bissen: Er warf sich über den Schreibtisch, und Essensstückchen und Soße troffen aus seinem Rachen, als wäre er ein Wal oder Thunfisch. Bei jedem Sich-nach-vorn-Werfen schoß sein Kiefer an einer Plastiktasse mit Kaffee vorbei, die auf dem Schreibtisch stand. Der Kaffee war aus der Mr.-Coffee-Maschine. Die Tasse war so voll, daß sich der Kaffee durch die Oberflächenspannung nach oben wölbte. Plötzlich begann er überzulaufen. Ein dickflüssiger gelber Bach, nicht breiter als ein Faden, begann an der Seite der Tasse herabzurinnen. Andriutti bemerkte es überhaupt nicht. Als die schmutziggelbe Flut die Schreibtischplatte erreichte, entstand eine Pfütze etwa von der Größe eines Kennedy-Halbdollarstücks. Im Nu hatte sie die Größe und die Farbe eines Dollar-Eierkuchens. Bald waren die Ecken von zwei leeren Zuckertütchen vom dem Ekelzeug überflutet. Andriutti schüttete in seinen Kaffee immer soviel Cremora-Pulver und Zucker, bis er sich in eine widerlich süße, krankhaft hellgelbe Brühe verwandelte. Seine klaffenden Kiefer mit dem hineingestopften Pepperoni-Hero stießen unablässig vor der Tasse herab. Der Höhepunkt des Tages! Ein kostenloser Lunch!

Und es wird in keiner Weise besser, dachte Kramer. Es waren nicht bloß junge Unterstaatsanwälte wie er und Andriutti und Jimmy Caughey. Überall in Gibraltar saßen in diesem Moment vom Niedrigsten bis zum Höchsten die Repräsentanten der Macht in der Bronx in ihre Büros eingesperrt, krummrückig über Sandwiches gebeugt, die man von einem Deli, einem Feinkostgeschäft, hatte kommen lassen. Um den großen Konferenztisch in Abe Weiss' Büro hockten sie über ihren Deli-Sandwiches, wobei *sie* diejenigen waren, von denen Weiss meinte, er benötige sie und könne sie bei seiner Publicitykampagne an diesem Tag in die Fänge bekommen. Um den großen Konferenztisch im Büro des Leitenden Richters für das Kriminaldezernat, Louis Mastroiani, waren sie über ihre Deli-Sandwiches gebeugt. Selbst wenn dieser angesehene Jurist zufällig irgendeine große Leuchte zu Besuch hatte, selbst wenn ein US-Senator vorbeikam, saßen sie dort über ihre Deli-Sandwiches gebeugt, auch die große Leuchte. Man konnte bis zur obersten Spitze des Strafjustizsystems in der Bronx aufsteigen und Deli-Sandwiches zu Mittag essen, bis zu dem Tag, an dem man sich zur Ruhe setzte oder starb.

Und warum? Weil sie, die Mächtigen – die Mächtigen, die die Bronx regieren – schreckliche Angst hatten! Sie hatten Angst, um zwölf Uhr mittags ins Herz der Bronx zu gehen und in einem Restaurant ihren Lunch einzunehmen! Angst! Und sie regierten den Ort, die Bronx, einen Stadtteil mit 1,1 Millionen Seelen! Das Herz der Bronx war mittlerweile so ein Slum, daß es so was wie ein Speiserestaurant für Geschäftsleute gar nicht mehr gab. Aber selbst wenn es eines gegeben hätte, welcher Richter oder Staatsanwalt oder Unterstaatsanwalt, welcher Gerichtswachtmeister, selbst mit einer .38er im Holster, würde zur Mittagszeit Gibraltar verlassen, um da hinzugehen? Erst einmal herrschte schlichte Angst. Man lief vom Bronx County

Building über den Grand Concourse und die abschüssige Einhunderteinundsechzigste Straße hinunter bis zum Kriminalgericht, eine Strecke von anderthalb Blocks, wenn man unbedingt mußte, aber der kluge Inhaber der Macht behielt seinen klaren Kopf. Es gab früh um elf an schönen Sonnentagen Raubüberfälle auf dem Gipfelpunkt des Grand Concourse, dieser bedeutenden Zierde der Bronx. Und warum auch nicht? Es waren mitten an einem schönen Sonnentag mehr Geldbörsen und Handtaschen zu Fuß unterwegs. Und weiter als bis zum Kriminalgericht ging man sowieso nicht. Es gab Unterstaatsanwälte, die bereits zehn Jahre in Gibraltar arbeiteten und einem beim besten Willen nicht sagen konnten, was auf der Einhundertzweiundsechzigsten oder auf der Einhundertdreiundsechzigsten Straße los war, einen Block vom Grand Concourse entfernt. Im Bronx Museum of Art in der Einhundertvierundsechzigsten Straße waren sie nie gewesen. Aber angenommen, man war in dieser Hinsicht furchtlos. Es blieb eine andere, subtilere Angst. Man war ein Fremder auf den Straßen des Vierundvierzigsten Bezirks, und man wußte das sofort, jedesmal, wenn das Schicksal einen in *ihr* Territorium führte. Die Blicke! Diese Blicke! Dieses tödliche Mißtrauen! Man war nicht erwünscht. Man war nicht willkommen. Gibraltar und die Macht gehörten der Demokratischen Partei der Bronx, den Juden und Italienern vor allem, aber die Straßen gehörten den Lockwoods und den Arthur Riveras und den Jimmy Dollards und Otis Blakemores und Herbert 92Xes. Der Gedanke deprimierte Kramer. Hier saßen sie, er und Andriutti, der Jude und der Italiener, und schlangen ihre Sandwiches runter, die man hatte kommen lassen, in die Festung hinein, in den Kalkfelsen hinein. Und wozu? Worauf hatten sie zu hoffen? Wie konnte dieser Laden hier lange genug bestehenbleiben, damit sie noch die Spitze der Pyramide erreichten – einmal unterstellt, es war wert, sie zu erreichen? Früher oder später würden sich die Puertoricaner und die Schwarzen politisch zusammentun und auch Gibraltar und alles, was darin war, erobern. Und in der Zwischenzeit, was würde er da tun? Er würde den Dreck umrühren ... den Dreck umrühren ... bis sie ihm den Stock wegnähmen.

In diesem Augenblick klingelte das Telefon.

»Hallo?«

»Bernie?«

»Sie sind auf dem falschen Apparat«, sagte Kramer, »aber ich glaube, er ist sowieso nicht da.«

»Wer spricht?«

»Kramer.«

»O jaaah, ich erinnere mich. Hier spricht Detective Martin.«

Kramer erinnerte sich eigentlich nicht an Martin, aber der Name und die Stimme lösten eine irgendwie unangenehme Erinnerung aus.

»Was kann ich für Sie tun?«

»Tja, ich bin hier drüben im Lincoln Hospital mit meinem Kollegen Goldberg, und wir haben hier 'n halben Mordfall, und ich dachte, wir sollten mal mit Bernie drüber reden.«

»Haben Sie vor ein paar Stunden hier mit jemandem gesprochen? Ray Andriutti?«

»Yeah.«

Kramer seufzte. »Tja, Bernie ist immer noch nicht zurück. Ich weiß nicht, wo er ist.«

Pause. »Scheiße. Vielleicht können Sie das an ihn weitergeben.«

Noch ein Seufzer. »Okay.«

»Hier is 'n Junge, Henry Lamb, L-A-M-B, achtzehn Jahre alt, und er liegt auf der Intensivstation. Er is gestern abend mit 'm gebrochenen Handgelenk hergekommen. Okay? Als er herkam, jedenfalls nach dem, was hier auf dem Papier steht, hat er nichts davon gesagt, daß er von 'nem Wagen angefahren worden is. Hier steht bloß, er wär hingefallen. Okay? Deshalb haben sie ihm in der Poliklinik bloß das Handgelenk gemacht und ihn nach Hause geschickt. Heute morgen bringt die Mutter den

Jungen wieder her, und er hat 'ne Gehirnerschütterung, und er fällt ins Koma, und jetzt stufen sie ihn als Todeskandidaten ein. Okay?«

»Yeah.«

»Der Junge lag schon im Koma, als sie uns riefen, aber hier is 'ne Schwester, die sagt, er hätte seiner Mutter erzählt, er wär von 'nem Wagen angefahren worden, einem Mercedes, und der Wagen hat den Unfallort verlassen, und er hat zum Teil die Zulassungsnummer.«

»Irgendwelche Zeugen?«

»Nein. Das ham wir alles von der Schwester. Wir können nich mal die Mutter auftreiben.«

»Sollen das zwei Unfälle sein oder nur einer? Sie sagten, ein gebrochenes Handgelenk und eine Gehirnerschütterung?«

»Einer, nach allem, was diese Schwester hier erzählt, die völlig aus 'm Häuschen is und mir wegen 'ner Unfallflucht auf die Eier steigt. Es is alles völlig konfus, aber ich dachte halt, ich erzähl's Bernie, für den Fall, daß er da was unternehmen will.«

»Okay, ich sag's ihm, aber ich verstehe nicht, was die Sache mit uns zu tun hat. Es gibt keinen Zeugen, keinen Fahrer – der Bursche liegt im Koma – aber ich sag's ihm.«

»Jaja, ich weiß. Falls wir die Mutter finden und irgendwas erfahren, sagen Sie Bernie, ich ruf ihn an.«

»Okay.«

Nachdem er aufgelegt hatte, kritzelte Kramer einen Zettel für Bernie Fitzgibbon. Das Opfer versäumte zu erwähnen, daß es von einem Wagen angefahren worden war. Ein typischer Fall für die Bronx. Wieder so ein läppischer Scheiß.

6
Ein Führer des Volkes

Am nächsten Morgen erlebte Sherman McCoy etwas, was ihm in den acht Jahren bei Pierce & Pierce noch nicht widerfahren war. Er war außerstande, sich zu konzentrieren. Sobald er sonst den Börsensaal betrat und das helle Licht der Glaswand ihn traf und das Gebrüll der Heerschar von Geldgier und Ehrgeiz besessener junger Männer ihn umfing, fiel alles andere in seinem Leben von ihm ab, und die Welt wurde zu den kleinen grünen Zeichen, die über die schwarzen Monitore der Computerterminals glitten. Sogar an dem Morgen nach dem dümmsten Telefonat, das er je gemacht hatte, an dem Morgen, an dem er aufwachte und überlegte, ob seine Frau ihn verlassen und das kostbarste Gut in seinem Leben, Campbell, mitnehmen werde – sogar an diesem Morgen war er in den Börsensaal gegangen, und das menschliche Dasein hatte sich, *einfach so,* zu französischen goldgestützten Obligationen und US-Regierungsanleihen mit zwanzigjähriger Laufzeit verengt. Aber nun war es, als habe er ein Doppelspurtonband im Kopf, und der Mechanismus springe andauernd von der einen Spur zur anderen über, ohne daß er irgendeine Kontrolle darüber hätte. Auf dem Monitor:

»U Frag 10,1 '96 102.« Einen ganzen Punkt runter! Die United-Fragrance-Anleihe mit dreizehnjähriger Laufzeit, fällig 1996, war gestern von 103 auf 102,5 gerutscht. Jetzt, bei 102, würde die Rendite 9,75 Prozent betragen – und die Frage, die er sich stellte, lautete:

Muß es unbedingt ein *Mensch* gewesen sein, gegen den der

Wagen geprallt ist, als sie zurücksetzte? Warum kann es nicht der Reifen gewesen sein oder ein Müllkübel oder etwas völlig anderes? Er versuchte, noch einmal den Ruck in seinem zentralen Nervensystem zu fühlen. Es war ein ... *plong* ... ein leichter Schlag gewesen. Es war wirklich nicht viel. Es hätte fast alles sein können. Aber dann verließ ihn der Mut. Was sonst hätte es sein können als dieser aufgeschossene, magere Junge? Und dann sah er dieses dunkle, zarte Gesicht, dessen Mund vor Angst offenstand ... Es war noch nicht zu spät, zur Polizei zu gehen! Sechsunddreißig Stunden – vierzig inzwischen – wie würde er es erklären? Ich glaube, wir – das heißt, meine Freundin Mrs. Ruskin und ich – haben vielleicht – Herr des Himmels, Mann, nimm dich zusammen! Nach vierzig Stunden war's nicht mehr die Meldung eines Unfalls, es war ein Geständnis! Du bist ein Master of the Universe. Du sitzt nicht auf der fünfzigsten Etage bei Pierce & Pierce, weil du unter Druck schlappmachst. Dieser beglückende Gedanke stählte ihn für die Aufgabe, die vor ihm lag, und er konzentrierte sich wieder auf den Bildschirm.

Die Zahlen glitten in Reihen darüber hin, als male sie ein radiumgrüner Pinsel darauf, und sie waren darüber hinweggehuscht und hatten sich direkt vor seinen Augen verändert, ohne daß er in seinem Hirn davon Notiz genommen hatte. Das erschreckte ihn. United Fragrance war auf 101 7/8 gefallen, was hieß, die Rendite war auf fast 10 Prozent gestiegen. Stimmte was nicht? Aber erst gestern hatte er sie durch die Kontrolle laufen lassen, und United Fragrance war in guter Verfassung, wirklich eins a. Genau in dem Moment war alles, was er noch wissen mußte:

Stand irgend etwas in »The City Light«? Die Zeitung raschelte am Boden zu seinen Füßen. Es hatte nichts in der »Times«, in der »Post« und in der »Daily News« gestanden, die er im Taxi auf dem Herweg durchgeblättert hatte. Die erste Ausgabe von »The City Light«, einer Mittagszeitung, kam nicht vor

10 Uhr morgens heraus. Deshalb hatte er vor zwanzig Minuten Felix, dem Schuhputzer, fünf Dollar gegeben, damit er nach unten ginge und ihm »The City Light« heraufholte. Aber wie sollte er sie bloß lesen? Er durfte sich nicht einmal dabei ertappen lassen, daß sie bei ihm auf dem Schreibtisch lag. Nicht er – nicht nach der Standpauke, die er dem jungen Senor Arguello gehalten hatte. Deshalb lag sie unter seinem Tisch, auf dem Fußboden, und raschelte zu seinen Füßen. Sie raschelte, und er brannte vor Gier. Er brannte vor Verlangen, sie aufzuheben und durchzublättern ... *genau jetzt* ... und zum Teufel damit, wie das aussah ... Aber natürlich war das unvernünftig. Außerdem, was würde es ausmachen, ob er sie jetzt oder in sechs Stunden läse? Was konnte das denn ändern? Nicht sehr viel, nicht sehr viel. Und dann brannte sein Verlangen noch stärker, bis er meinte, er könne es nicht mehr aushalten.

Scheiße! Irgendwas geschah mit der dreizehnjährigen United Fragrance! Sie stand wieder auf 102! Andere Käufer hatten den Handel gerochen! Mach schnell! Er wählte Oscar Suders Nummer in Cloveland, bekam seinen Adjutanten, Frank ... Frank ... Wie war doch noch sein Nachname? ... Frank ... Frank, der Schmalzkringel ... »Frank? Sherman McCoy von Pierce & Pierce. Sagen Sie Oscar, ich kann ihm 96er United Fragrance zehn zehn mit 9,75 Rendite besorgen, wenn er interessiert ist. Aber sie ziehen an.«

»Warten Sie.« In Null Komma nichts war der Schmalzkringel wieder dran. »Oscar nimmt drei.«

»Okay. Fein. Drei Millionen 96er United Fragrance zehn Komma zehn.«

»Richtig.«

»Danke, Frank, und schöne Grüße an Oscar. Ach, und sagen Sie ihm, ich melde mich bald wieder bei ihm wegen der Giscard. Der Franc steht ein bißchen tief, aber das ist einfach in den Griff zu bekommen. Jedenfalls, ich werde mit ihm reden.«

»Ich sag's ihm«, sagte der Schmalzkringel in Cleveland ...

Und noch ehe er den Orderzettel fertig ausgefüllt und Muriel, der Verkaufsassistentin, übergeben hatte, dachte er: Vielleicht sollte ich einen Anwalt konsultieren. Ich sollte Freddy Button anrufen. Aber er kannte Freddy zu gut. Freddy war schließlich bei Dunning Sponget. Sein Vater hatte ihn ursprünglich mal zu Freddy gelotst – und angenommen, er sagte dem Löwen was? Das würde er nicht tun – oder doch? Freddy betrachtete sich als Freund der Familie. Er kannte Judy, und er fragte jedesmal, wenn sie miteinander redeten, nach Campbell, und das, obwohl Freddy wahrscheinlich homosexuell war. Nun ja, Homosexuelle konnten Kinder doch mögen, oder? Freddy hatte selbst Kinder. Das bedeutete allerdings nicht, daß er nicht homosexuell wäre – Herrgott! Was zum Teufel interessierte Freddy Buttons Sexualleben? Es war Wahnsinn, die Gedanken so wandern zu lassen. Freddy Button. Er käme sich wie ein Idiot vor, wenn er Freddy Button die ganze Geschichte erzählte, und dann stellte sie sich als falscher Alarm heraus ... was sie wahrscheinlich auch war. Zwei junge Gangster hatten versucht, ihn und Maria zu berauben, und sie hatten erhalten, was ihnen zukam. Ein Kampf im Dschungel, nach den Gesetzen des Dschungels; das war alles, was geschehen war. Einen Moment lang fühlte er sich wieder fabelhaft. Das Gesetz des Dschungels! Der Master of the Universe!

Dann ging der Boden unter ihm weg. Sie hatten ihn niemals offen bedroht. *Yo! Brauchen Sie Hilfe?* Und Maria hatte den Jungen wahrscheinlich mit dem Wagen erwischt. Ja, es war Maria. Ich bin *nicht* gefahren. *Sie* ist gefahren. Aber sprach ihn das in den Augen des Gesetzes von seiner Verantwortung frei? Und sprach ...

Was war das? Auf dem Monitor klickerten die 96er United Fragrance 10,10 auf 102 1/8 hinauf. Ah! Das bedeutete, er hatte eben einen Viertelprozentpunkt von drei Millionen Anleihen für Oscar Suder gewonnen, indem er schnell gehandelt hatte. Er würde ihm das morgen mitteilen. Würde helfen, die Giscard zu sichern – aber wenn irgendwas mit dem ... *plong* ... passiert ... mit dem aufgeschossenen, sensiblen Jungen ... Die kleinen grünen Symbole glimmten radioaktiv auf dem Bildschirm. Sie hatten sich seit mindestens einer Minute nicht bewegt. Er hielt es nicht mehr länger aus. Er würde zur Toilette gehen. Dagegen gab's kein Gesetz. Er nahm einen großen Packpapierumschlag aus seinem Schreibtisch. An der Lasche war ein Faden, den man zum Verschließen des Umschlags um eine Pappscheibe wickelte. Es war ein Umschlag, wie man ihn benutzt, um Unterlagen von einem Büro ins andere weiterzugeben. Er ließ den Blick durch den Börsensaal schweifen, um zu sehen, ob die Luft rein war, dann steckte er den Kopf unter den Schreibtisch, stopfte »The City Light« in den Umschlag und steuerte auf die Toilette zu.

Es gab vier Toilettenkabinen, zwei Urinierbecken und ein großes Waschbecken. In der Kabine wurde ihm fürchterlich bewußt, wie laut die Zeitung raschelte, als er sie aus dem Umschlag nahm. Wie konnte er sie nur umblättern? Jedes Rascheln, Knistern und Knittern beim Umblättern wäre die donnernde Bekanntgabe, daß irgendein Faultier hier drin war und über einer Zeitung trödelte. Er zog die Füße näher an den Porzellanfuß des Toilettenbeckens heran. So konnte niemand unter der Kabinentür hindurch einen Blick auf seine halbdurchbrochenen New-&-Lingwood-Schuhe mit den dünnen Sohlen und dem abgeschrägten Rist werfen und folgern: Aha! McCoy. Hinter der Toilettentür versteckt, begann der Master of the Universe die Zeitung in einem Wahnsinnstempo zu durchstöbern, eine unappetitliche Seite nach der anderen.

Er fand nichts, keine Erwähnung eines Jungen, der auf einer Highwayrampe in der Bronx überfahren worden war. Er fühlte sich ungeheuer erleichtert. Fast zwei ganze Tage waren jetzt vergangen – und nichts. Mann Gottes, war das heiß hier drin. Er schwitzte entsetzlich. Wie konnte er nur so die Kontrolle über sich verlieren? Maria hatte recht. Die Halunken hatten angegriffen, und er hatte sie besiegt, und sie waren entkommen, und das war alles. Mit seinen bloßen Händen hatte er triumphiert!

Oder war es so, daß der Junge überfahren worden war und die Polizei nach dem Wagen suchte, aber die Zeitungen sahen die Sache nicht als so wichtig an, daß sie eine Story verdiente?

Das Fieber begann wieder zu steigen. Angenommen, irgendwas kam wirklich in die Zeitung ... nur ein Hinweis ... Wie sollte er denn das Giscard-Geschäft unter so einer drohenden Wolke zustande bekommen? ... Er wäre erledigt! ... *Erledigt!* ... Aber selbst jetzt, da er aus Angst vor so einer Katastrophe zitterte, wußte er, daß er sich aus Aberglauben darin suhlte. Wenn man sich bewußt etwas so Entsetzliches vorstellte, dann konnte es einfach nicht passieren, nicht wahr? ... Gott oder das Schicksal würden es ablehnen, sich von einem Sterblichen zuvorkommen zu lassen, nicht wahr? ... Gott bestand darauf, seinen Katastrophen die Unschuld einer Überraschung zu verleihen, nicht wahr? ... Und trotzdem – und trotzdem –, einige Verhängnisse sind so offenkundig, daß man sie auf diese Weise nicht vermeiden kann, nicht wahr! *Nur ein leiser Argwohn ...*

Seine Stimmung sank noch tiefer. Nur ein *leiser* Argwohn, und es bräche nicht nur das Giscard-Projekt zusammen, sondern *seine ganze Karriere* wäre beendet! Und was täte er dann? *Ich gehe schon mit einer Million Dollar im Jahr pleite!* Die erschreckenden Zahlen tauchten plötzlich wieder in seinen Gedanken auf. Letztes Jahr hatte sein Einkommen $ 980.000 betragen. Aber er hatte jeden Monat $ 21.000 für das 1,8-Millionen-Dollar-Darlehen zu zahlen, das er für den Kauf der Wohnung aufgenommen hatte. Was waren $ 21.000 monatlich für jemanden, der im Jahr eine Million verdiente? So hatte er damals darüber gedacht – und wirklich war es nicht mehr als eine drückende, lastende Bürde – das war alles! Sie belief sich auf $ 252.000 im Jahr, sämtlich steuerlich nicht absetzbar, da es sich um einen persönlichen Kredit, keine Hypothek handelte. (Die

Verwaltungsbeiräte in guten Häusern an der Park Avenue wie seinem gestatteten es nicht, die Wohnung mit einer Hypothek zu belasten.) Wenn man also die Steuern berücksichtigte, waren $ 420.000 Einkommen nötig, um die $ 252.000 zu bezahlen. Von den verbleibenden $ 560.000 seines Einkommens im letzten Jahr waren $ 44.400 für die monatlichen Unterhaltskosten der Wohnung draufgegangen; $ 116.000 für das Haus an der Old Drover's Mooring Lane in Southampton ($ 84.000 für Tilgung und Zinsen der Hypothek, $ 18.000 für Heizung, Strom, Gas und Wasser, Versicherungen und Reparaturen, $ 6000 für das Rasen- und Heckenschneiden, $ 8000 für Steuern). Bewirtung zu Hause und in Restaurants hatten sich auf $ 37.000 belaufen. Das war eine bescheidene Summe, verglichen mit dem, was andere Leute ausgaben; zum Beispiel hatte es bei Campbells Geburtstagsparty in Southampton nur *ein* Karussell gegeben (dazu natürlich die obligaten Ponys und den Zauberer), und das hatte weniger als $ 4000 gekostet. Die Taliaferro School kostete einschließlich Schulbus $ 9400 im Jahr. Die Kosten für Möbel und Kleidung waren auf etwa $ 65.000 gestiegen, und es bestand wenig Hoffnung, sie zu senken, da Judy schließlich Innenarchitektin war und alles auf demselben Niveau zu halten hatte. Das Personal (Bonita, Miss Lyons, Lucille, die Reinemachefrau, und Hobie, der dienstbare Geist in Southampton) kostete $ 62.000 pro Jahr. Damit blieben nur $ 226.200 oder $ 18.850 pro Monat für zusätzliche Steuern und dies und das, einschließlich Versicherungsprämien (fast $ 1000 pro Monat, wenn man den Durchschnitt nahm), Garagenmiete für zwei Wagen ($ 840 monatlich), Lebensmittel im Haushalt ($ 1500 pro Monat), Klubbeiträge (ungefähr $ 250 pro Monat) – die furchtbare Wahrheit war, daß er letztes Jahr *mehr* als $ 980.000 ausgegeben hatte. Nun, fraglos könnte er hier und da kürzen – aber nicht annähernd genug – falls das Schlimmste geschah! Es gab keine Möglichkeit, dem 1,8-Millionen-Dollar-Kredit zu entkommen, dem drückenden monatlichen 21.000-Dollar-

Mühlstein, ohne ihn abzubezahlen oder die Wohnung zu verkaufen und in eine viel kleinere und bescheidenere umzuziehen – eine *Unmöglichkeit!* Es gab keinen Weg zurück! Wenn man einmal in einer 2,6-Millionen-Dollar-Wohnung in der Park Avenue gewohnt hatte, war es unmöglich, in einer Wohnung für $ 1 Million zu wohnen! Natürlich gab es keine Möglichkeit, das einer lebenden Seele zu erklären. Wenn man kein kompletter Idiot war, brachte man die Worte nicht einmal aus dem Mund. Trotzdem – *es war so!* Es war ... *eine Unmöglichkeit!* Nun, das Haus, in dem er wohnte, war eines der großen, die kurz vor dem Ersten Weltkrieg erbaut worden waren. Damals schickte es sich für eine gute Familie noch nicht unbedingt, in einer Wohnung (statt in einem Haus) zu wohnen. Und so wurden die Wohnungen wie Villen gebaut, mit dreieinhalb, vier Meter hohen Decken, weiten Eingangshallen, Treppenhäusern, Dienstbotenflügeln, im Fischgrätenmuster gelegten Parkettböden, dreißig Zentimeter dicken Innenwänden, Außenwänden in der Stärke einer Festung und Kaminen, Kaminen, Kaminen, obwohl alle Gebäude mit Zentralheizung ausgestattet waren. Eine Villa! Nur daß man zur Haustür mit einem Fahrstuhl gelangte (der sich auf das eigene private Vestibül öffnete), statt von der Straße. Das war es, was man für $ 2,6 Millionen bekam, und jeder, der einen Fuß in die Eingangshalle der zweistöckigen Wohnung der McCoys in der zehnten Etage setzte, der wußte, er war in ... *einer dieser sagenhaften Wohnungen, für die die Welt, le monde, das Leben hingab!* Und was bekam man heutzutage für eine Million? Höchstens, aller-, allerhöchstens: eine Wohnung mit drei Schlafzimmern – keine Dienstbotenzimmer, keine Gästezimmer, ganz zu schweigen von Ankleidezimmern und dem Wintergarten – in einem weißen Backsteinhochhaus, in den sechziger Jahren östlich der Park Avenue erbaut, mit Zwei-Meter-fünfzig-Decken, einem Eßzimmer, aber keiner Bibliothek, einer Eingangshalle in der Größe eines Nebengelasses, keinem Kamin, kümmerlichen

Simsen, frisch vom Holzplatz, wenn überhaupt, Wänden aus Gipspappe, die jedes Flüstern durchließen, und ohne privaten Fahrstuhlhalt. O nein: vielmehr ein schäbiges, fensterloses Fahrstuhlfoyer mit mindestens fünf gotterbärmlich schlichten, gallebeige gestrichenen, metallverkleideten Türen, jede durch zwei oder mehr häßliche Stangenschlösser gesichert, und eines von diesen schauerlichen Portalen wäre *deines*.

Offenkundig ... *eine Unmöglichkeit!*

Er saß da, seine $ 650 teuren New-&-Lingwood-Schuhe gegen die kalte, weiße Schüssel der Toilette gepreßt, die raschelnde Zeitung in den zitternden Händen, und sah Campbell vor sich, deren Augen in Tränen schwammen, während sie die marmorne Eingangshalle in der zehnten Etage zum letztenmal verließ, um ihren Abstieg in die Tiefe zu beginnen.

Da ich es vorausgesehen habe, Gott, kannst du es nicht geschehen lassen, nicht wahr?

Die Giscard! ... Mußte sich beeilen! Mußte einen Druck haben! ... Dieser Satz setzte sich plötzlich in seinem Hirn fest, *einen Druck haben.* Wenn ein großes Geschäft, wie das mit der Giscard, fertig, ein für allemal abgeschlossen war, wurde es in Form eines Vertrages niedergelegt und regelrecht von einer Druckerei auf einer Presse gedruckt. *Einen Druck haben!*

Er saß da auf seinem weißen Porzellantoilettenbecken und flehte den Allmächtigen um einen Druck an.

Zwei junge Weiße saßen in einer Villa in Harlem und blickten auf einen Schwarzen mittleren Alters. Der Jüngere, der das Wort führte, war völlig außer Fassung durch das, was er sah. Er hatte das Gefühl, als sei er durch Astralprojektion seinem Körper entstiegen und höre wie ein Zuschauer seinen eigenen Worten zu, die aus seinem Munde kamen.

»Also, ich weiß nicht genau, wie ich es ausdrücken soll, Reverend Bacon, aber die Sache ist, wir – ich meine, die Diözese – die Episkopalkirche – wir haben Ihnen $ 350.000 als Gründungsgeld für die Kindertagesstätte zum Kleinen Hirten gegeben, und gestern erhielten wir einen Anruf von einem Zeitungsreporter, und der sagte, die Human Resources Administration hätte Ihren Konzessionsantrag bereits vor *neun Wochen* abgelehnt, und ich meine, also, wir konnten das einfach nicht glauben. Es war das erste, was wir überhaupt darüber hörten, und deshalb ...«

Die Worte entströmten weiter seinem Mund, aber der junge Mann, dessen Name Edward Fiske III. war, dachte nicht mehr über sie nach. Seine Stimme war auf Automatik gestellt, während sein Hirn versuchte, aus der Situation, in der er sich befand, klug zu werden. Der Raum war ein weitläufiger Jugendstilsalon voller stark gemaserter Eichenarchitrave und -gesimse und Stuckrosetten und Girlanden mit goldenen Reflexen und kannelierten Eckversteifungen und geschwungenen Bodenleisten, alles sorgfältig im Originalstil der Jahrhundertwende restauriert. Es war eine dieser Villen, wie sie sich die Textilbarone in New York vor dem Ersten Weltkrieg zu errichten pflegten. Aber jetzt war der Baron in diesen Räumlichkeiten, der hinter einem riesigen Mahagonischreibtisch saß, ein Schwarzer.

Sein hochlehniger Drehsessel war mit leuchtend rotbraunem Leder bezogen. Es lag nicht die Spur einer Gefühlsbewegung in seinem Gesicht. Er war einer von diesen hageren, grobknochigen Menschen, die kräftig aussehen, ohne muskulös zu sein. Sein zurückweichendes schwarzes Haar war etwa fünf Zentimeter straff nach hinten gekämmt, ehe es sich in Büschel kleiner Löckchen auflöste. Er trug einen schwarzen Zweireiher mit spitzen Revers, ein weißes Hemd mit einem steif gestärkten breiten Kragen und eine schwarze Krawatte mit breiten weißen Schrägstreifen. An seinem linken Handgelenk trug er eine Uhr mit genügend Gold dran, um damit einen Zähler abzulesen.

Fiske wurde sich des Klanges seiner Stimme unnatürlich bewußt: »... und dann riefen wir – das heißt, ich rief bei der HRA an und habe mit einem Mr. Lubidoff gesprochen, und der sagte mir – und ich wiederhole Ihnen nur, was er gesagt hat –, er sagte, daß mehrere – das heißt, er sagte sieben –, er sagte, daß sieben von den neun Mitgliedern des Vorstands der Kindertagesstätte zum Kleinen Hirten ein Gefängnisregister haben, und drei sind auf Hafturlaub, was bedeutet, daß sie technisch, rechtlich« – er warf seinem jungen Kollegen, Moody, der Anwalt war, einen raschen Blick zu –, »gelten oder angesehen werden oder, ich sollte sagen, belastet sind mit dem Ruch, Gefängnisinsassen zu sein.«

Fiske starrte auf Reverend Bacon, riß die Augen weit auf und zog die Brauen in die Höhe. Es war ein verzweifelter Versuch, den Baron in das Gesprächsvakuum zu ziehen. Er wagte nicht den Versuch, ihn zu *befragen,* ihn zu *verhören.* Das Beste, was er hoffen konnte, war, daß er bestimmte Fakten darlegte, die den Reverend durch die Überzeugungskraft des Augenblicks zwingen würden zu antworten.

Aber Reverend Bacon änderte nicht einmal den Gesichtsausdruck. Er blickte den jungen Mann einfach an, als betrachte er eine Wüstenrennmaus in ihrer Tretmühle im Käfig. Der schmale Schnurrbart, der seine Oberlippe konturierte, bewegte sich nicht. Dann begann er, mit den ersten beiden Fingern seiner linken Hand auf den Schreibtisch zu trommeln, als wolle er sagen: Also?

Nicht Reverend Bacon war es, sondern Fiske selber, der das Vakuum nicht ertragen konnte und sich hineinstürzte.

»Also – schön, ich meine, in den Augen der HRA – so wie die das ansehen – und sie sind die Genehmigungsbehörde für Kindertagesstätten – und man merkt ihr ganzes Engagement – wie heikel sie bei Kindertagesstätten sind – es ist ein großes politisches Problem – daß drei Leute im Vorstand der Kindertagesstätte zum Kleinen Hirten, die Freigänger, daß sie *immer noch im Gefängnis* sind, weil Leute auf Hafturlaub verbüßen trotzdem eine Gefängnisstrafe und unterliegen trotzdem all den ... all den ... na ja, was auch immer ... und die andern vier haben auch Strafregister, was alleine schon ausreicht, um ... um ... Also, die Statuten lassen nicht zu ...«

Die Worte quollen in plumpen Knäueln hervor, während seine Gedanken im ganzen Raum herumrasten und versuchten, einen Ausweg zu finden. Fiske war einer von diesen herrlich gesunden Weißen, die die Pfirsichhaut eines Dreizehnjährigen behalten, bis sie mindestens Ende zwanzig sind. Eben in diesem Moment begann sich sein zartes, helles Gesicht zu röten. Er war verlegen. Nein, er hatte Angst. In wenigen Augenblicken würde er auf das Thema der $ 350.000 zurückkommen müssen, es sei denn, sein Spezi hier neben ihm, Moody, der Anwalt, täte es für ihn. Gott du Allmächtiger, wie war es bloß soweit gekommen? Nachdem er Yale verlassen hatte, war er auf die Wharton School of Business gegangen, wo er eine Magisterarbeit über »Quantitative Aspekte ethischen Verhaltens in einer kapitalintensiven Körperschaft« geschrieben hatte. Die vergangenen drei Jahre war er Leiter des Gemeindeaußendienstes der Episkopaldiözese New York gewesen, eine Stellung, durch die er mit der intensiven moralischen und finanziellen Unterstützung von Reverend Bacon und seiner Arbeit für die Diözese zu tun bekam. Aber schon in den glücklichen, herzerfrischenden ersten Zeiten, vor zwei Jahren, war ihm bei den Fahrten zu dieser großen alten Stadtvilla in Harlem nie ganz wohl gewesen. Von Anfang an waren seiner tiefsitzenden intellektuellen Liberalität tausend kleine Dinge ins Gehege gekommen, beginnend mit diesem »Reverend Bacon«-Schmus. Jeder Yale-Absolvent, bestimmt aber jedes Mitglied der Episkopalkirche unter ihnen wußte, daß »Reverend«, ehrwürdig, ein Adjektiv und kein Nomen war. Es war wie das »Honorable« vor dem Namen eines Abgeordneten oder Richters. Man konnte von »dem Ehrenwerten William Rehnquist« sprechen, aber man würde ihn nicht »Ehrenwert Rehnquist« nennen. Ebenso konnte man von »dem Ehrwürdigen Reginald Bacon« oder »dem Ehrwürdigen Mr. Bacon« sprechen, aber man würde nicht »Ehrwürdig

Bacon« sagen außer in diesem Haus und in diesem Teil New Yorks, wo man ihn so nannte, wie er nun mal genannt werden wollte, und Yale in den Wind schlug. Die Wahrheit war, Fiske hatte Reverend Bacon auch schon in diesen frühen Tagen, als er noch eitel Lächeln gewesen war, abstoßend gefunden. Sie stimmten in praktisch allen philosophischen und politischen Fragen überein. Trotzdem waren sie *in keiner Weise gleich*. Und das jetzt waren nicht mehr die frühen Tage. Das waren, könnte man sagen, die letzten Tage.

»... Und so haben wir offensichtlich ein Problem, Reverend Bacon. Bis wir das mit der Konzession aus der Welt geschafft haben – und ich wünschte, wir hätten darüber schon vor neun Wochen Bescheid gewußt, als es passierte – also, ich sehe keine Möglichkeit, mit dem Projekt weiterzumachen, bis wir das Problem gelöst haben. Nicht, daß es nicht gelöst werden kann, natürlich nicht – aber Sie müssen – also, das erste, was wir tun müssen, scheint mir, wir müssen sehr realistisch sein, was die $ 350.000 angeht. Natürlich kann dieser Vorstand – ich meine, Ihr gegenwärtiger Vorstand – dieser Vorstand darf keinen Dollar von diesen Geldern für die Kindertagesstätte ausgeben, denn der Vorstand wird umgebildet werden müssen, scheint mir, was, wenn man sich's genau betrachtet, eine Umorganisation der Gesellschaft bedeutet, und das wird einige Zeit in Anspruch nehmen. Nicht viel Zeit vielleicht, aber es wird einige Zeit dauern, und ...«

Während seine Stimme sich weitermühte, wandte Fiske die Augen seinem Kollegen zu. Dieser Moody schien absolut nicht verwirrt zu sein. Er saß in seinem Sessel, den Kopf zur Seite gelegt, sehr gelassen, als habe er Reverend Bacon völlig durchschaut. Dies war seine erste Fahrt hier rauf zum Hause Bacon, und er schien die Sache ein bißchen als Jux zu betrachten. Er war der neueste Anwaltspraktikant, den die Firma Dunning Sponget & Leach der Diözese angedreht hatte, ein Erwerb, den man als rühmlich, aber einfältig betrachtete. Auf dem Herweg im Wagen hatte der junge Anwalt Fiske erzählt, daß auch er in Yale war. Er sei Linebacker in der Football-Mannschaft gewesen. Es gelang ihm, das ungefähr fünf verschiedene Male zu erwähnen. Er war in Reverend Bacons Hauptquartier spaziert, als hätte er ein Fäßchen Dortmunder zwischen den Beinen. Er hatte in dem Sessel Platz genommen, sich zurückgelehnt, herrlich entspannt. Aber er hatte nichts gesagt ... »Und deshalb dachten wir, Reverend Bacon«, sagte Ed Fiske, »in der Zwischenzeit wäre es das Klügste – wir haben das in der Diözese noch mal durchgesprochen – das war die Ansicht aller in dieser Sache, nicht nur meine – wir meinten, das Klügste – ich meine, uns interessiert hier nichts weiter als die Zukunft des Projekts, der Kindertagesstätte zum Kleinen Hirten – denn wir stehen immer noch hundertprozentig hinter dem Projekt – daran hat sich überhaupt nichts geändert – wir dachten, das Klügste wäre, wir legen die $ 350.000 – nicht gerechnet natürlich das Geld, das bereits für die Pacht des Hauses in der Hundertneunundzwanzigsten Straße West ausgegeben wurde – wir sollten die anderen – was? – $ 340.000 oder wieviel es auch ist, auf ein Treuhandkonto tun, und dann, wenn Sie die Geschichte mit dem Vorstand geregelt und die Konzession von der HRA bekommen haben und kein Aufschub mehr zu befürchten ist, werden diese Gelder Ihnen und Ihrem neuen Vorstand übergeben, und, tja, das ... wär's eigentlich!«

Fiske machte seine Augen wieder weit auf, zog die Brauen in die Höhe und versuchte es sogar mit einem kleinen freundlichen Lächeln, als wolle er sagen: He! Wir sitzen doch alle im selben Boot! Er sah Moody an, der in seiner kühlen Art unverwandt Reverend Bacon anstarrte. Reverend Bacon zuckte nicht einmal mit der Wimper, und etwas an diesem unnachgiebigen Blick führte Fiske zu der Erkenntnis, daß es unklug wäre, weiter in diese Augen zu blicken. Er schaute auf Reverend Bacons Finger, während sie ihren Trommelwirbel auf dem Schreibtisch vollführten. Nicht ein Wort. Und so unterzog er die Schreibtischplatte einer näheren Untersuchung. Er sah ein großes, hübsches, ledergebundenes Terminbuch, ein goldenes Dunhill-Füller-und-Bleistift-Set auf einem Onyxsockel, eine Sammlung Briefbeschwerer und in Gießharz eingebettete Medaillen, von denen mehrere Reverend Reginald Bacon von Bürgerorganisationen verliehen worden waren, einen Stapel Papiere, den ein Briefbeschwerer niederhielt, der hauptsächlich aus den Buchstaben WNBC-TV aus dickem Messing bestand, eine Gegensprechanlage mit einer Reihe von Knöpfen und einen großen, kastenförmigen Aschenbecher mit messinggefaßten Lederseiten und einem Messingrost oben ...

Fiske hielt den Blick gesenkt. In das Vakuum sickerten die Geräusche des Hauses. Aus der Etage über ihnen, stark gedämpft durch die dicken Fußböden und Wände des Gebäudes, das entfernte Spiel eines Klaviers ... Moody, der gleich neben ihm saß, bemerkte es wahrscheinlich nicht einmal. Aber Fiske konnte in Gedanken auf der Stelle in diese volltönig donnernden Akkorde einstimmen.

Die tau-send-jäh-ri-ge Herr-schaft ...

Für die nun ... kommt die Zeit ...

Mächtige Akkorde.

Heißt tausend Jahre ... E-wig-keit ...

König der Könige ...

Heere der Heerscharen ...

Wieder Akkorde. Ein ganzer Ozean von Akkorden. *Sie* war in diesem Moment dort oben. Als diese Sache losging, diese Geschichte mit der Diözese und Reverend Bacon, spielte Fiske abends in seiner Wohnung die Platten von Reverend Bacons Mutter und sang dazu, was die Lungen hergaben, mit begeisterter Hemmungslosigkeit – »Die tau-send-jäh-ri-ge Herrschaft!« – ein Lied, das durch Shirley Caesar berühmt geworden war ... oh, er kannte seine Gospelsänger – er! – Edward Fiske III., Yale-Jahrgang 80! – der jetzt rechtmäßig Zutritt zu dieser wunderbaren schwarzen Welt hatte ... Der Name Adela

Bacon tauchte immer noch hin und wieder auf Gospel Charts auf. Von allen Organisationen, die unten in der Eingangshalle der Villa aufgeführt waren: SOLIDARITÄT FÜR ALLE, DIE KIRCHE ZU DEN PFORTEN DES KÖNIGREICHS, DAS BESCHÄFTIGUNGSBÜNDNIS OFFENE TÜREN, MUTTERSCHAFTS-BEREITSCHAFTSDIENST, DER ANTI-DROGEN-KINDERKREUZZUG, DIE ANTI-HUNGER-LIGA FÜR DIE DRITTE WELT, DIE KINDERTAGESSTÄTTE ZUM KLEINEN HIRTEN und wie sie alle hießen, von all diesen Organisationen war nur Adela Bacons MUSIKGESELLSCHAFT TAUSENDJÄHRIGE HERRSCHAFT ein konventionelles Geschäftsunternehmen. Er bedauerte, daß er sie nie richtig kennengelernt hatte. Sie hatte die Kirche zu den Pforten des Königreichs gegründet, die angeblich Reverend Bacons Kirche war, aber in Wirklichkeit kaum noch existierte. Sie hatte sie geführt; sie hatte die Gottesdienste geleitet; sie hatte die Pfingstgemeinde der Kirche mit ihrer wunderbaren Altstimme und den wogenden Meereswellen ihrer Akkorde erhoben – und sie, nur sie allein, war das Kirchengremium gewesen, das ihren Sohn Reggie als Reverend Reginald Bacon zum Priester berufen hatte. Zuerst war Fiske schockiert gewesen, als er es erfuhr. Dann dämmerte ihm langsam eine große soziologische Wahrheit. *Alle* religiösen Beglaubigungen sind eigenhändig erteilt, eigenmächtig proklamiert. Wer hatte die Glaubensartikel geschaffen, unter denen sein eigener Chef, der Episkopalbischof von New York, zum Priester geweiht wurde? Hatte Moses sie, in Stein gemeißelt, vom Berg herabgebracht? Nein, irgendein Engländer hatte sie sich vor ein paar Jahrhunderten ausgedacht, und eine Menge Leute mit langen weißen Gesichtern waren damit einverstanden, sie streng und heilig zu nennen. Der episkopale Glaube war nur älter, verknöcherter und in der weißen Gesellschaft geachteter als der Bacons.

Aber die Zeit war lange vorbei, sich über Theologie und Kirchengeschichte Sorgen zu machen. Es war Zeit, die $ 350.000 zu retten.

Jetzt hörte er, wie Wasser lief und eine Kühlschranktür geöffnet wurde und eine von diesen schnellen Kaffeemaschinen zu kochen anfing. Das hieß, die Tür zu der kleinen Personalküche stand offen. Ein riesiger Schwarzer guckte heraus. Er trug ein blaues Arbeitshemd. Er hatte einen langen, kräftigen Hals, und er trug einen einzigen großen Ohrring wie ein Pirat aus dem Märchen. Das war eine dieser Geschichten an diesem Haus ... die Art, wie diese ... diese ... diese ... *schweren Jungs* hier immer herumschwirrten. Fiske erschienen sie nicht mehr wie romantische Revolutionäre ... Sie erschienen wie ... Der Gedanke daran, was sie sein könnten, zwang Fiske, den Blick abzuwenden ... Jetzt sah er an Bacon vorbei aus dem Erkerfenster hinter ihm. Das Fenster ging auf einen Hinterhof. Es war früher Nachmittag, aber der Hof erhielt nur dämmeriges, grünliches Licht wegen der Häuser, die an den Straßen dahinter hochgezogen worden waren. Fiske sah die Stämme von drei riesigen alten Platanen. Das war alles, was noch übrig war von dem, was zu seiner Zeit und nach New Yorker Maßstäben sicher eine richtige kleine Parklandschaft gewesen war.

Die gedämpften Akkorde. In Gedanken hörte Fiske die schöne Stimme von Adela Bacon:

Oh, was ... sag ich nur, Herr?

Es begab sich ... ja, was ...

Wogen gedämpfter Akkorde.

Eine Stimme ... von oben sprach ...

»Alles Fleisch ... ist wie Gras ...«

Ein ganzes Meer von Akkorden.

Reverend Bacon hörte auf, mit seinen Fingern zu trommeln. Er legte die Fingerspitzen beider Hände auf die Kante des Schreibtischs. Er hob leicht das Kinn und sagte: »Dies ist Harlem.«

Er sagte es langsam und leise. Er war so ruhig, wie Fiske nervös war. Fiske hatte nie erlebt, daß dieser Mann die Stimme erhob. Reverend Bacon ließ den Ausdruck auf seinem Gesicht und die Position seiner Hände erstarren, um seine Worte vollkommen wirken zu lassen.

»Dies«, sagte er noch einmal, »ist Harlem ... verstehen Sie ...« Er machte eine Pause.

»Sie kommen jetzt nach dieser ganzen Zeit hier herauf und sagen *mir*, es gibt Leute *mit Gefängnisstrafen* im Vorstand der Kindertagesstätte zum Kleinen Hirten. Sie informieren mich über diese Tatsache.«

»*Ich* sage Ihnen das nicht, Reverend Bacon«, sagte Fiske. »Das sagt die Human Resources Administration uns beiden.«

»Ich will *Ihnen* etwas sagen. Ich möchte Sie an etwas *erinnern*, was Sie zu mir gesagt haben. Wen *wollen* wir als Leiter der Kindertagesstätte zum Kleinen Hirten? Erinnern Sie sich? Wollen wir, daß diese vielgerühmten Mädchen aus Wellesley und diese vielgerühmten Mädchen aus Vassar herkommen und auf die Kinder aus Harlem aufpassen? Wollen wir diese vielgerühmten sozialen Wohltäter? Wollen wir diese vielgerühmten behördlich lizenzierten Staatsdienstbürokraten? Die Berufsbeamten aus dem Rathaus? Ist es das, was wir wollen? Ist es *das*, was wir wollen?«

Fiske fühlte sich genötigt zu antworten. Gehorsam wie ein Erstkläßler sagte er: »Nein.«

»Nein«, sagte Reverend Bacon zustimmend, »das ist es nicht, was wir wollen. Aber *was* wollen wir? Wir wollen, daß Leute aus Harlem sich um die Kinder aus Harlem kümmern. Wir wollen unsere Kraft ... unsere *Kraft* ... von unseren Leuten und aus unseren eigenen Straßen beziehen. Ich habe Ihnen das vor langer Zeit gesagt, in den ersten Tagen. Erinnern Sie sich? Erinnern Sie sich daran?«

»Ja«, sagte Fiske, der sich im selben Moment jugendlicher fühlte und hilfloser angesichts dieses stetigen Blicks.

»Ja. Unseren eigenen Straßen. Nun, wenn ein junger Mann in den Straßen von Harlem aufwächst, besteht die Möglichkeit, daß die Polizei eine Akte über diesen jungen Mann hat. Verstehen Sie? Man hat eine Akte über diesen jungen Mann. Ich rede von einer Polizeiakte. Wenn Sie also zu jedem sagen, der jemals im Gefängnis gewesen ist, und zu jedem, der *aus* dem Gefängnis kommt, und zu jedem, der *Hafturlaub* hat, wenn Sie sagen: ›Du darfst an der Wiedergeburt Harlems nicht teilnehmen, denn wir haben dich augenblicklich fallenlassen, als du bestraft wurdest‹ ... verstehen Sie ... dann reden Sie nicht von der Wiedergeburt Harlems. Sie reden von irgendeinem Scheinort, irgendeinem magischen Königreich. Sie betrügen sich selbst. Sie suchen nicht nach einer radikalen Lösung. Sie wollen nur dasselbe alte Spielchen weiterspielen, Sie wollen nur dieselben gewohnten Gesichter sehen. Sie wollen nur den immer gleichen alten Kolonialismus praktizieren. Verstehen Sie? Verstehen Sie, was ich sagen will?«

Fiske wollte gerade bestätigend nicken, als plötzlich Moody zu sprechen begann: »Sehen Sie, Reverend Bacon, wir wissen das alles, aber das ist nicht das Problem. Wir haben ein dringendes, spezielles, technisches, rechtliches Problem. Nach dem Gesetz ist es der HRA verboten, unter diesen Umständen eine Konzession zu erteilen, und das ist alles, was dazu zu sagen ist. Also, nehmen wir uns gemeinsam dieses Problems an, kümmern wir uns um die $ 350.000, dann werden wir in der Lage sein, auch die größeren Probleme zu lösen.«

Fiske konnte nicht glauben, was er hörte. Unwillkürlich rutschte er in seinem Sessel tiefer und warf Reverend Bacon einen besorgten Blick zu. Reverend Bacon starrte Moody völlig ausdruckslos an. Er starrte ihn lange genug an, damit das Schweigen ihn in sich aufnehmen konnte. Dann steckte er, ohne die Lippen zu öffnen, seine Zunge in die Wange, bis sie eine Wölbung von der Größe eines Golfballs bildete. Er wandte sich an Fiske und sagte leise: »Wie sind Sie hergekommen?«

»Äh ... mit dem Wagen«, sagte Fiske.

»Wo steht Ihr Auto? Wie sieht es aus?«

Fiske zögerte. Dann sagte er es ihm.

»Sie hätten es mir eher sagen sollen«, sagte Reverend Bacon. »Es gibt böse Elemente in der Gegend.« Er rief: »He, Buck!«

Aus der Küche kam der Riese mit dem goldenen Ohrring. Die Ärmel seines Arbeitshemds waren hochgekrempelt. Er hatte ungeheure Ellbogen. Reverend Bacon winkte ihn näher, und er kam heran, bückte sich und legte die Hände auf die Hüften, während Reverend Bacon mit leiser Stimme etwas zu ihm sagte. Die Arme des Mannes beschrieben furchterregende Winkel, wo sie in den Ellbogen eingeknickt waren. Der Mann richtete sich auf, blickte Reverend Bacon sehr ernst an, nickte und zog sich langsam zur Tür zurück.

»Ach, Buck«, sagte Reverend Bacon.

Buck blieb stehen und sah sich um.

»Und du hast ein Auge auf den Wagen.«

Buck nickte wieder und ging hinaus.

Reverend Bacon sah Fiske an. »Ich hoffe, keiner von diesen leichtsinnigen Burschen – na, Buck werden sie jedenfalls nicht auf der Nase rumtanzen. Also, was wollte ich gerade sagen?« All das war an Fiske gerichtet. Es war, als wäre Moody nicht mehr im Raum.

»Reverend Bacon«, sagte Fiske, »ich denke ...«

Reverend Bacons Gegensprechanlage summte.

»Ja?«

Eine Frauenstimme sagte: »Irv Stone von Channel 1 auf vier sieben.«

Reverend Bacon drehte sich zu einem Telefon auf einem kleinen Schränkchen neben seinem Stuhl um. »Hallo, Irv ... Gut, gut ... Nein, nein. Vor allem die Solidarität für alle. Wir haben im November einen Bürgermeister zu besiegen ... Diesmal nicht, Irv, diesmal nicht. Was dieser Mann nötig hat, ist nichts weiter als ein Schubs. Aber deswegen habe ich Sie nicht angerufen. Ich habe Sie wegen des Beschäftigungsbündnisses Offene Türen angerufen ... Ich sagte, das Beschäftigungsbündnis Offene Türen ... Wie lange? Lange, lange. Lesen Sie nicht Zeitung? ... Na, das ist okay. Deswegen habe ich Sie angerufen. Sie kennen diese Restaurants downtown, unten in den fünfziger und sechziger Straßen Ost, diese Restaurants, in denen die Leute, sie geben hundert Dollar fürs Abendessen aus, und sie geben zweihundert Dollar fürs Mittagessen aus, und sie denken auch nicht zweimal drüber nach ... Was? Nehmen Sie mich nicht auf den Arm, Irv. Ich weiß über euch Fernsehleute Bescheid. Sie kennen das Lokal, in dem Sie jeden Tag zu Mittag essen. La Boue d'Argent?« Fiske bemerkte, daß Reverend Bacon absolut keine Schwierigkeit hatte, den Namen eines der teuersten und schicksten Restaurants in New York auszusprechen. »Hi, hi, na schön, das hat man mir so gesagt. Oder ist es das Leicester's?« Auch das sprach er richtig aus. Leicester's wurde »Lester's« ausgesprochen, nach britischer Art. Reverend Bacon kicherte jetzt und lächelte. Offensichtlich hatte er seinen Spaß. Fiske war froh, als er ihn lächeln sah – über irgend etwas. »Also, was ich sagen will, ist, haben Sie in einem dieser Lokale jemals einen *schwarzen Kellner* gesehen? Na? Haben Sie *jemals* einen schwarzen Kellner gesehen? ... Das ist richtig, Sie haben nie einen gesehen. Nie. In *keinem.* Und warum? ... Das stimmt. Auch die Gewerkschaften. Sie verstehen, was ich sagen will? ... Das ist richtig. Also, das ist es, was sich ändern muß ... verstehen Sie ... sich ändern muß. Nächsten Dienstag, beginnend mittags um zwölf, wird das Bündnis vor dem Leicester's demonstrieren, und wenn wir damit fertig sind, gehen wir zum La Boue d'Argent und dem Macaque und dem La Grise und dem Three Ortolans und allen diesen Restaurants ... Wie? Mit allen notwendigen Mitteln. Sie reden immer von Filmmetern, Irv. Also, eins kann ich Ihnen versprechen. Sie werden Ihre *Filmmeter* bekommen. Können Sie mir folgen? ... Leicester's anrufen? Sicher. Nur zu ... Nein, wirklich. Es macht mir nichts aus.«

Als er auflegte, sagte er wie zu sich selbst: »Hoffentlich rufen sie sie an.«

Dann blickte er auf die beiden jungen Männer. »Also!« sagte er, als sei es Zeit, die Dinge zu Ende zu bringen und jedermann seines Weges zu schicken. »Sie sehen, womit ich mich hier auseinanderzusetzen habe. Ich habe den Kampf meines Lebens zu führen. Den Kampf ... meines ... Lebens. Mit der Solidarität für alle müssen wir im November den rassistischsten Bürgermeister in der Geschichte der Vereinigten Staaten zu Fall bringen. Mit dem Beschäftigungsbündnis Offene Türen müssen wir die Mauern der Apartheid auf dem Arbeitsstellenmarkt niederreißen. Und über die Anti-Hunger-Liga für die dritte Welt verhandeln wir mit einer Clique von Ausbeutern, die einen erzrassistischen Film mit dem Titel ›Harlems Engel‹ drehen. Gangs und Drogenhändler und Süchtige und Säufer, darauf läuft's raus. Rassenstereotypen. Sie glauben, weil sie da einen Schwarzen drinhaben, der eine junge Gang zu Jesus führt, sind sie keine Rassisten. Aber sie sind Erzrassisten, und sie müssen von dieser Tatsache entsprechend in Kenntnis gesetzt werden. Es kommt der Tag in New York. Die Stunde rückt näher. Die letzte Schlacht, könnte man sagen. Gideons Heer ... Und *Sie!* ... Sie kommen hierher und werfen mir irgendwelche besch... – irgendwelche lächerlichen Dinge wegen des Vorstands der Kindertagesstätte zum Kleinen Hirten vor!«

Wut hatte sich in die Stimme des Barons geschlichen. Fast hätte er das Wort »beschissen« ausgesprochen, und Fiske hatte es in der ganzen Zeit, die er ihn kannte, kein einziges Mal erlebt, daß er auch nur ein einziges unanständiges Wort in den Mund nahm, nicht einmal ein »verdammt«. Fiske fühlte sich hin und her gerissen zwischen dem Wunsch, dieses Haus zu verlassen, ehe die letzte Schlacht begann und das Höllenfeuer herabregnete, und dem Wunsch, seinen Job zu retten, so wie die Dinge lagen. Er vor allem war es gewesen, der die $ 350.000 an Reverend Bacon vermittelt hatte. Jetzt mußte er sie sich wiederholen. »Tja«, sagte er und probierte es mit einer neutralen Haltung, »Sie mögen ja recht haben, Reverend Bacon. Und wir – die Diözese – wir sind nicht hier, um die Dinge zu komplizieren. Offen gesagt, wollen wir Sie schützen, und wir wollen schützen, was wir an Kapital in Sie investiert haben. Wir haben Ihnen $ 350.000 als Beitrag zur Konzessionserteilung für die Kindertagesstätte gegeben. Wenn Sie uns also die $ 350.000 oder die $ 340.000, egal, wie der genaue Betrag lautet, aushändigen und sie uns auf ein Treuhandkonto einzahlen lassen, werden wir Ihnen helfen. Wir werden uns für Sie einsetzen.«

Reverend Bacon sah ihn gedankenverloren an, als dächte er über eine wichtige Entscheidung nach.

»So einfach ist das nicht«, sagte er.

»Und – warum nicht?«

»Das Geld ist zum größten Teil ... zugesagt.«

»Zugesagt?«

»Den Lieferanten.«

»Lieferanten? Was denn für Lieferanten?«

»Was für Lieferanten? Großer Gott, Mann, für die Geräte, die Möbel, die Computer, die Telefone, den Teppich, die Klimaanlage, die Ventilation – sehr wichtig bei Kindern, die Ventilation –, das Sicherheitsspielzeug. Es ist schwierig, sich an all die Dinge zu erinnern.«

»Aber, Reverend Bacon«, sagte Fiske, und seine Stimme wurde lauter, »bis jetzt haben Sie nichts weiter als ein altes, leeres Lagerhaus! Ich bin eben vorbeigefahren! Dort ist noch nichts drin! Sie haben keinen Architekten engagiert! Sie haben noch nicht mal irgendwelche Pläne!«

»Das ist das Allerwenigste. Koordination ist die Hauptsache bei einem Projekt wie diesem. Koordination.«

»Koordination? Ich verstehe nicht – schön, das mag sein, aber wenn Sie Lieferanten gegenüber Verpflichtungen eingegangen sind, dann scheint mir, müssen Sie denen halt erklären, daß es eine unvermeidliche Verzögerung geben wird.« Fiske befürchtete plötzlich, einen zu harten Ton angeschlagen zu haben. »Wenn's Ihnen nichts ausmacht – wieviel von dem Geld haben Sie denn noch, Reverend Bacon, ob es nun zugesagt ist oder nicht?«

»Nichts«, sagte Reverend Bacon.

»*Nichts?* Wie kann denn das sein?«

»Es war Gründungsgeld. Wir haben die Saat ausgesät. Etwas ist auf felsigen Grund gefallen.«

»Die Saat ausgesät? Reverend Bacon, Sie haben diesen Leuten ihr Geld doch nicht etwa vorgestreckt, bevor sie ihre Arbeit getan haben!«

»Es sind Minoritätenfirmen. Leute aus der Gemeinde. Genau das wollten wir ja. Habe ich nicht recht?«

»Ja. Aber Sie haben doch nicht etwa Geld vorgestreckt ...«

»Das sind keine Firmen mit großartigen ›Kreditlinien‹, ›computerisierten Bestandslisten‹, ›gestaffeltem Kassenzufluß‹, ›umsetzbarem Vermögensmanagement‹, ›kapitalsensiblen Liquiditätsraten‹ und alldem. Das sind keine Firmen mit einkalkulierbaren Faktoren, wie sie sie in der Bekleidungsindustrie haben, wenn das Unglück an die Tür klopft mit Ihren ›unvermeidlichen Verzögerungen‹ ... verstehen Sie ... Es handelt sich um Firmen, die Leute aus der Gemeinde gegründet haben. Es sind die zarten Triebe, die aus der Saat sprießen, die wir aussäen – Sie, ich, die Episkopalkirche, die Kirche zu den Pforten des Königreichs. Zarte Triebe ... und Sie sagen: ›Unvermeidliche Verzögerung‹. Das ist nicht nur so ein *Ausdruck*, das ist nicht nur Ihre wundervolle *Verzögerung* – das ist ein Todesurteil. Ein Todesurteil. Es lautet: ›Scher dich bitte zum Teufel!‹ Also erzählen Sie mir nicht, ich könnte denen das einfach *erklären*. *Unvermeidliche Verzögerung* ... Vielmehr *unvermeidlicher Tod.*«

»Aber Reverend Bacon – wir reden von $ 350.000! Sicher ...«

Fiske sah Moody an. Moody saß kerzengerade da. Er sah nicht mehr sehr gelassen aus, aber er sagte kein Wort.

»Die Diözese wird – es wird eine Überprüfung stattfinden müssen«, sagte Fiske. »Sofort.«

»O ja«, sagte Reverend Bacon. »Es wird eine Überprüfung stattfinden. Ich werde Ihnen Rechenschaft geben ... sofort. Ich werde Ihnen etwas erzählen. Ich werde Ihnen etwas über den Kapitalismus nördlich von der Sechsundneunzigsten Straße erzählen. Warum, was meinen Sie, investieren Sie dieses ganze Geld, Ihre $ 350.000, in eine Kindertagesstätte in Harlem? Warum?«

Fiske sagte nichts. Reverend Bacons sokratische Dialoge ließen ihn sich kindisch und hilflos vorkommen.

Aber Bacon ließ nicht locker. »Na, nur zu, sagen Sie's mir. Ich möchte es von *Ihnen* hören. Wie Sie sagen, es wird eine Überprüfung geben. Eine *Überprüfung*. Ich möchte es von Ihnen in Ihren eigenen Worten hören. Warum investiert ihr dieses ganze Geld in eine Kindertagesstätte in Harlem? Warum?«

Fiske hielt es nicht mehr aus. »Weil Kindertagesstätten in Harlem verzweifelt benötigt werden«, sagte er und kam sich wie ein Sechsjähriger vor.

»Nein, mein Freund«, sagte Bacon sanft, »das ist nicht der Grund. Wenn ihr euch solche Sorgen um die Kinder machen würdet, würdet ihr die Kindertagesstätte selbst bauen und für die Arbeit darin die besten Fachleute engagieren, Leute mit Erfahrung. Ihr würdet überhaupt nicht davon reden, Leute von der Straße zu engagieren. Was wissen denn die Leute von der Straße davon, wie man eine Kindertagesstätte führt? Nein, mein Freund, ihr investiert in etwas anderes. Ihr investiert in die Dampfbeherrschung. Und ihr bekommt einen reellen Gegenwert dafür. Einen reellen Gegenwert.«

»Dampfbeherrschung?«

»*Dampf*beherrschung. Es ist eine Kapitalinvestition. Und zwar eine sehr gute. Sie wissen, was Kapital ist? Sie denken, das ist etwas, was man besitzt, nicht wahr? Sie meinen, das sind Fabriken und Maschinen und Häuser und Land und Dinge, die man verkaufen kann, und Aktien und Geld und Banken und Firmen. Sie denken, es ist etwas, das Sie besitzen, weil Sie es immer schon besessen haben. Sie haben dieses ganze Land besessen.« Er schwenkte den Arm nach hinten zu dem Erkerfenster und dem düsteren Hinterhof mit den drei Platanen. »Sie besaßen all dieses Land, und da draußen in ... Kansas ... und ... Oklahoma ... stellten sich alle Leute nur in einer Reihe auf, und es hieß: ›Auf die Plätze, fertig, los!‹ Und eine Riesenmenge weißer Leute fing an zu rennen, und da lag all dieses Land, und sie hatten nichts weiter zu tun, als hinzulaufen und sich draufzustellen, und schon besaßen sie es, und ihre weiße Haut war ihre Besitzurkunde ... verstehen Sie ... Der rote Mann, er stand im Weg und wurde ausgerottet. Der gelbe Mann, er durfte die Eisenbahnschienen darüber verlegen, aber danach wurde er in Chinatown eingesperrt. Und der schwarze Mann, er lag sowieso die ganze Zeit in Ketten. Und so kam alles in euren Besitz, und ihr besitzt es immer noch, und deshalb meint ihr, Kapital heißt Dinge besitzen. Aber ihr irrt euch. Kapital heißt Dinge beherrschen. Dinge kontrollieren. Sie wollen Land in Kansas? Sie wollen Ihre weiße Besitzurkunde geltend machen? Erst müssen Sie Kansas kontrollieren ... verstehen Sie ... die Dinge beherrschen. Ich nehme nicht an, daß Sie jemals in einem Kesselraum gearbeitet haben. Ich habe in einem Kesselraum gearbeitet. Leute besitzen die Kessel, aber das nutzt ihnen überhaupt nichts, wenn sie nicht wissen, wie man den *Dampf* beherrscht ... verstehen Sie ... Wenn Sie den Dampf nicht ... beherrschen, sieht's trostlos aus für Sie und Ihre ganze Sippschaft. Wenn Sie jemals einen Dampfkessel außer Kontrolle geraten sehen, dann sehen Sie auch eine ganze Menge Leute um ihr Leben rennen. Und diese Leute, die denken bei diesem Kessel nicht an Kapitalvermögen, sie denken nicht über den Ertrag ihrer Investition nach, sie denken nicht über Treuhandkonten und Überprüfungen und darüber nach, was das Klügste wäre ... verstehen Sie ... Sie sagen: ›Herrgott, du Allmächtiger, ich habe die Kontrolle verloren‹, und sie rennen um ihr Leben. Sie versuchen, ihre nackte Haut zu retten. Sie sehen dieses

Haus?« Er machte eine vage Bewegung zur Decke. »Dieses Haus wurde im Jahr 1906 von einem Mann namens Stanley Lightfoot Bowman erbaut. Lightfoot: Leichtfuß. Badetücher und Damasttischdecken en gros, Stanley Lightfoot Bowman. Er verramschte diese Badetücher und Damasttischdecken. Er gab für dieses Haus im Jahr 1906 fast $ 500.000 aus ... verstehen Sie ... Seine Initialen, S.L.B., aus Bronze, die gehen von unten anstelle der Spindeln die ganze Treppe rauf. Das hier war der Platz, wo man 1906 wohnen mußte. Sie bauten diese großen Häuser die ganze West Side entlang, von der Zweiundsiebzigsten Straße bis hier rauf. Jaaah, und ich habe dieses Haus von einem ... von einem Juden gekauft, und zwar 1978 für $ 62.000, und der Kerl war glücklich, daß er das Geld bekam. Er leckte sich die Finger und sagte sich: ›Ich habe einen – einen Verrückten gefunden, der mir $ 62.000 für dieses Haus gibt.‹ Nun, was war mit allen diesen Stanley Lightfoot Bowmans passiert? Hatten sie ihr Geld verloren? Nein, sie hatten die Kontrolle verloren ... verstehen Sie ... Sie hatten die Kontrolle nördlich der Sechsundneunzigsten Straße eingebüßt, und als sie die Kontrolle verloren, verloren sie auch das Kapital. Verstehen Sie? Das ganze Kapital, es verschwand vom Angesicht der Erde. Das Haus war noch da, aber das Kapital, es war verschwunden ... verstehen Sie ... Was ich Ihnen also sagen will, ist, daß Sie besser aufwachen. Sie praktizieren den Kapitalismus der Zukunft und wissen es nicht einmal. Sie investieren nicht in eine Tagesstätte für die Kinder von Harlem. Sie investieren in die Seelen ... die Seelen ... der Menschen, die hier zu lange gelebt haben, um Harlem noch wie Kinder betrachten zu können, Menschen, die mit einem berechtigten Zorn im Herzen aufgewachsen sind und mit einem berechtigten *Dampf*druck, der sich in ihren Seelen staut und jederzeit unkontrolliert losbrechen kann. Ein berechtigter Druck. Wenn Sie hier raufkommen und von ›Minderheiten-Lieferanten‹ und ›Minderheiten-Jobs‹ und Tagesstätten für die Leute der Straße, von den Leuten der

Straße und durch die Leute der Straße reden, summen Sie die richtige Melodie, aber Sie wollen nicht die richtigen Worte singen. Sie wollen einfach nicht aus sich heraus und es sagen: ›Bitte, lieber Gott, du Allmächtiger, laß sie mit dem Geld machen, was sie wollen, solange es hilft, *den Dampf zu beherrschen,* bevor es zu spät ist!‹ Also, nur zu, führen Sie Ihre Überprüfung durch und sprechen Sie mit Ihrer HRA und reorganisieren Sie die Vorstände und machen Sie Striche durch alle Ts und setzen Sie Pünktchen auf alle Is. Inzwischen habe ich Ihre Investition für Sie erledigt, und dank meiner sind Sie der ganzen Branche bereits weit voraus ... Oh, führen Sie Ihre Überprüfung durch! ... Aber die Zeit wird kommen, da werden Sie sagen: ›Gottlob! Gottlob! Gottlob haben wir das Geld auf Reverend Bacons Weise investiert!‹ Denn ich bin ein vorsichtiger Mensch, ob Sie das wissen oder nicht. Sie wissen nicht, wer da draußen in diesen wilden und gierigen Straßen ist. Ich bin Ihr besonnener Makler am Tage des Gerichts. Harlem, die Bronx und Brooklyn, sie werden hochgehen, mein Freund, und an dem Tag, wie dankbar werden Sie da sein für Ihren umsichtigen Makler ... Ihren vorsichtigen Makler ... der den *Dampf* beherrschen kann. O ja. An diesem Tag, wie glücklich werden da die Besitzer des Kapitals sein, eintauschen zu können, was sie besitzen, wie glücklich werden sie sein, selbst ihr Geburtsrecht aufgeben zu dürfen, nur um diesen wilden, gierigen *Dampf* zu beherrschen. Nein, Sie fahren wieder da runter und sagen: ›Bischof, ich bin uptown gewesen, und ich bin hier, um Ihnen zu sagen, wir haben eine gute Investition gemacht. Wir haben einen umsichtigen Makler gefunden. Wir werden hoch und trocken sitzen, wenn alles zusammenstürzt.‹« In dem Moment summte wieder die Gegensprechanlage, und die Stimme der Sekretärin sagte: »Es ist ein Mr. Simpson von der Citizen's Mutual Insurance Company am Telefon. Er möchte mit dem Vorsitzenden der Urban Guaranty Investments sprechen.«

Reverend Bacon griff zum Telefon. »Hier ist Reginald

Bacon ... Das ist richtig, Vorsitzender und Erster Geschäftsführer ... Das stimmt, das stimmt ... Ja, nun, ich weiß Ihr Interesse zu schätzen, Mr. Simpson, aber wir haben die Ausgabe schon auf dem Markt ... Das ist richtig, die gesamte Ausgabe ... Oh, unbedingt, Mr. Simpson, diese Schul-Obligationen sind sehr beliebt. Natürlich, es hilft, wenn man diesen speziellen Markt kennt, und dazu ist die Urban Guaranty Investments ja da. Wir wollen Harlem in den Markt hineinbringen ... Das ist richtig, das ist richtig, Harlem ist immer *auf* dem Markt gewesen ... verstehen Sie ... Nun soll Harlem *in* den Markt hineinkommen ... Danke, danke ... Tja, warum versuchen Sie es nicht bei einem unserer Partner downtown. Ist Ihnen die Firma Pierce & Pierce ein Begriff? ... Das stimmt ... Sie haben ein sehr großes Paket dieser Auflage auf den Markt gebracht, ein sehr großes Paket. Ich bin sicher, man wird mit großer Freude in Geschäftsverbindung mit Ihnen treten.«

Urban Guaranty Investments? Pierce & Pierce? Pierce & Pierce war eine der größten und erfolgreichsten Investmentbanken an der Wall Street. Ein schrecklicher Verdacht beschlich Fiskes normalerweise nachsichtiges Herz. Er warf Moody einen Blick zu, und Moody sah ihn an und dachte ganz offensichtlich über genau dasselbe nach. Hatte Bacon die $ 350.000 in diesen Wertpapierhandel laufen lassen, oder was in Gottes Namen das auch immer in Wirklichkeit war? Wenn das Geld in den Effektenmarkt geflossen war, konnte es mittlerweile bereits spurlos verschwunden sein.

Sobald Reverend Bacon auflegte, sagte Fiske: »Ich wußte gar nicht, daß Sie – ich hatte nie davon gehört – na ja, vielleicht haben Sie – aber ich glaube nicht – was ist – ich habe es notgedrungen mit angehört, als Sie es erwähnten – was ist eigentlich die Urban Guaranty Investments?«

»Oh«, sagte Reverend Bacon, »wir übernehmen ab und zu kleine Emissionsgarantien, wenn wir damit aushelfen können. Kein Grund, warum Harlem immer en detail kaufen und en gros verkaufen soll ... verstehen Sie ... Warum nicht Harlem zum Makler machen?«

Für Fiske war das nur dummes Gerede. »Aber woher bekommen Sie – wie können Sie etwas finanzieren – ich meine, etwas wie das ...« Ihm fiel kein Weg ein, wie er diesen heiklen, brennenden Knallfrosch in Worte kleiden sollte. Die notwendigen Euphemismen fielen ihm nicht ein. Zu seiner Überraschung ergriff Moody wieder das Wort.

»Ich weiß über Wertpapierfirmen ein bißchen Bescheid, Reverend Bacon, und ich weiß, sie verlangen viel Kapital.« Er machte eine Pause, und Fiske bemerkte, daß auch Moody auf der angeschwollenen See gefälliger Umschreibungen herumzappelte. »Also, was ich meine, ist übliches Kapital, Kapital im üblichen Sinn. Sie haben – wir haben eben über Kapital nördlich von der Sechsundneunzigsten Straße und über Kontrolle gesprochen ... äh, über den Dampf, wie Sie sagten ... aber das klingt nach hundertprozentigem Kapitalismus, elementarem Kapitalismus, wenn Sie verstehen, was ich meine.«

Reverend Bacon sah ihn haßerfüllt an, dann machte er einen Gluckser im Hals und lächelte – ohne jede Freundlichkeit.

»Ich verlange kein Kapital. Wir geben Garantien. Wir bringen die Auflagen an den Markt, solange sie der Gemeinde von Nutzen sind ... verstehen Sie ... Schulen, Krankenhäuser ...«

»Ja, aber ...«

»Wie schon Paulus sagte, führen viele Wege nach Damaskus, mein Freund. Viele Wege.« *Viele Wege* hing bedeutungsschwanger in der Luft.

»Ja, ich weiß, aber ...«

»Ich an Ihrer Stelle«, sagte Reverend Bacon, »würde mir über Urban Guaranty Investments keine Sorgen machen. Ich an Ihrer Stelle würde tun, was das Sprichwort sagt. Ich würde bei meinen Leisten bleiben.«

»Genau das versuche ich zu tun, Reverend Bacon«, sagte Moody. »Meine Leisten sind – nun ja, sie belaufen sich auf $ 350.000.«

Fiske sackte in seinem Sessel wieder nach unten. Moody hatte zum Mut des Dummen zurückgefunden. Fiske warf dem Dummenfresser hinter dem Schreibtisch einen Blick zu. In dem Augenblick summte wieder die Gegensprechanlage.

Die Stimme der Sekretärin sagte: »Ich habe Annie Lamb am Apparat. Sagt, sie muß mit Ihnen reden.«

»Annie Lamb?«

»Ganz recht, Reverend.«

Ein tiefer Seufzer. »Na schön, ich übernehme.« Er griff zum Telefon. »Annie? ... Annie, einen Moment. Sprich langsamer ... Was sagst du? Henry? ... Das ist ja schrecklich, Annie. Wie schlimm ist es? ... Oh, Annie, das tut mir leid ... Hat er das?« Eine lange Pause, während der Reverend Bacon mit gesenktem Blick zuhörte. »Was sagt die Polizei? ... Strafe wegen Falschparken? Das tut nicht ... Das tut nicht ... Ich sage, das tut nicht ... Okay, Annie, hör zu! Du kommst sofort rüber und erzählst mir die ganze Geschichte ... Inzwischen rufe ich das Krankenhaus an. Sie haben nicht das Richtige getan, Annie. So hört sich das für mich an. Sie haben nicht das Richtige getan ... Was? ... Du hast absolut recht. Klar wie Regenwasser. Sie haben nicht das Richtige getan, und sie werden von mir hören ... Keine Bange! Und du kommst sofort rüber!«

Reverend Bacon legte auf, drehte sich wieder zu Fiske und Moody um und kniff die Augen zusammen, während er sie ernst ansah. »Meine Herren, ich habe hier einen Notfall. Eine meiner treuesten Helferinnen, eine von meinen Gemeindevorsitzenden, ihr Sohn ist von jemandem überfahren worden, der Unfallflucht begangen hat ... in einem Mercedes-Benz. Einem Mercedes-Benz ... Er liegt im Sterben, und diese gute Frau hat Angst, zur Polizei zu gehen, und wissen Sie, warum? Falschparkzettel. Sie haben einen Haftbefehl gegen sie ausgestellt wegen diesen Strafmandaten. Diese Frau *arbeitet*. Sie arbeitet downtown im Rathaus, und sie *braucht* dieses Auto, aber sie haben gegen sie einen Haftbefehl erlassen wegen ...

Falschparkzetteln. Das würde Sie nicht aufhalten, wenn es Ihr Sohn wäre, aber Sie haben nie im Getto gelebt. Wenn es Ihr Sohn wäre, würde man das nicht tun, was die getan haben. Sie würden ihm nicht das Handgelenk verbinden und ihn wegjagen, wenn er in Wahrheit eine Gehirnerschütterung hat. Und nun liegt er im Sterben ... verstehen Sie ... Aber das ist die Geschichte des Gettos. Grobe Fahrlässigkeit. So ist das Getto ... grobe Fahrlässigkeit ... Meine Herren, unsere Sitzung ist aufgehoben. Ich habe mich jetzt um eine ernste Angelegenheit zu kümmern.«

Auf der Fahrt zurück in Richtung downtown redeten die beiden Yale-Absolventen nicht viel, bis sie fast an der Sechsundneunzigsten Straße waren. Fiske war ziemlich froh, daß er den Wagen dort wiedergefunden hatte, wo er ihn abgestellt hatte, und daß in den Reifen noch Luft war und die Windschutzscheibe ganz. Was Moody betraf – zwanzig Blocks waren an ihnen vorbeigezogen, und Fiske hatte noch keinen Piep von Moody darüber vernommen, daß er Linebacker in Yale gewesen sei.

Schließlich sagte Moody: »Na, wollen Sie nicht im Leicester's zu Abend essen? Ich kenne den Geschäftsführer, einen mächtigen, langen schwarzen Kerl mit einem goldenen Ohrring.«

Fiske lächelte matt, sagte aber nichts. Moodys kleiner Scherz gab Fiske ein Gefühl der Überlegenheit. Zu dem vermeintlichen Humor gehörte die Unwahrscheinlichkeit der Vorstellung, daß einer von ihnen im Leicester's zu Abend essen könnte, das in diesem Jahr das schickste Restaurant des Jahrhunderts war. Aber es traf sich zufällig, daß Fiske an diesem Abend tatsächlich vorhatte, ins Leicester's zu gehen. Moody war auch nicht klar, daß das Leicester's, wenngleich schick, kein steriles Restaurant mit einer steifleinenen Schar Maitre d's und Oberkellnern war. Es war eher so was wie das klassische britische Bistro an der Fulham Road. Das Leicester's war der Lieblingstreffpunkt der englischen Kolonie in New York, und Fiske hatte ziemlich viele Engländer kennengelernt – und, na ja, es war etwas, was er einem Burschen wie Moody niemals hätte erklären können, aber die Briten verstanden die Kunst der Unterhaltung. Fiske betrachtete sich als im Kern britisch, britisch der Herkunft nach und britisch in ... na ja, in einer gewissen angeborenen aristokratischen Auffassung davon, wie man sein Leben führen sollte, aristokratisch nicht im Sinne der Reichsten, sondern der Besten. Er war wie der große Lord Philbank, nicht wahr? Philbank, ein Stützpfeiler der Kirche von England, der seine gesellschaftlichen Verbindungen und seine Kenntnis der Finanzmärkte dazu benutzt hatte, den Armen im Londoner East End zu helfen.

»Wenn ich darüber nachdenke«, sagte Moody, »habe ich tatsächlich nie einen schwarzen Kellner in New York gesehen, außer in Imbißstuben. Meinen Sie wirklich, Bacon erreicht irgendwas?«

»Hängt davon ab, was Sie damit meinen.«

»Na ja, was wird *wirklich* passieren?«

»Ich weiß nicht«, sagte Fiske, »aber die Leute möchten ungefähr genauso gern als Kellner im Leicester's arbeiten wie Sie und ich. Ich glaube, sie werden sich vielleicht einfach mit einer Spende für die guten Werke des Ehrwürdigen Mr. Bacon in Harlem zufriedengeben, und dann ziehen sie weiter zum nächsten Restaurant.«

»Dann ist es doch einfach ein Schmiergeld«, sagte Moody.

»Tja, das ist das Komische«, sagte Fiske. »Die Dinge ändern sich. Ich bin nicht sicher, daß es ihn interessiert, ob sie sich ändern oder nicht, aber sie ändern sich. Lokale, von denen er nie gehört hat und die ihn nicht interessieren würden, wenn er sie kennen würde, sie werden anfangen, schwarze Kellner einzustellen, anstatt darauf zu warten, daß Buck und alle diese Typen aufkreuzen.«

»Der Dampf«, sagte Moody.

»Ich nehm's an«, sagte Fiske. »Hat Ihnen eben der ganze

Schmus über den Kesselraum nicht gut gefallen? Er hat nie in seinem Leben in irgendeinem Kesselraum gearbeitet. Aber er hat eine neue Quelle entdeckt, so könnte man es vermutlich nennen. Vielleicht ist es sogar eine Form von Kapital, wenn man Kapital als etwas definiert, was man dazu benutzen kann, mehr Reichtum zu schaffen. Ich weiß nicht – mag sein, Bacon unterscheidet sich nicht von Rockefeller oder Carnegie. Du entdeckst eine neue Quelle und nimmst dir dein Geld, solange du jung bist, und wenn du alt bist, behängen sie dich mit Auszeichnungen und benennen Dinge nach dir, und man erinnert sich an dich als einen Führer des Volkes.«

»Na schön, aber was ist dann mit Urban Guaranty Investments? Das hört sich nicht nach irgendeiner neuen Quelle an.«

»Da wäre ich nicht so sicher. Ich weiß nicht, was es ist, aber ich werde es herausfinden. Ich bin bereit, mit Ihnen um eines zu wetten: Egal, was es ist, es wird bestimmt irgendwas merkwürdig dran sein, und es wird mich, verflucht noch mal, noch ein bißchen wahnsinniger machen.«

Sofort biß Fiske sich auf die Lippen, denn er war im Grunde ein treu ergebener Episkopaler und fluchte selten, und er betrachtete unflätige Reden nicht nur als falsch, sondern auch als gewöhnlich. Das war einer von einer ganzen Menge von Punkten, in denen er, auch zu diesem späten Zeitpunkt, mit Reginald Bacon zufällig einer Meinung war.

Als sie an der Neunundsiebzigsten Straße waren, im weißen Manhattan und in Sicherheit, wußte Fiske, daß Bacon wieder mal recht hatte. Sie investierten wirklich nicht in einen Kindergarten ... Sie versuchten, Seelen zu kaufen. Sie versuchten, die in gerechtem Zorn entbrannte Seele Harlems zu beruhigen.

Sehen wir den Tatsachen ins Gesicht!

Dann sagte er sich: Hör doch auf damit, Fiske ... du Idiot! ... Wenn er es nicht schaffte, die $ 350.000 oder den größten Teil davon zurückzuholen, würde er mit vollem Recht als Narr dastehen.

7
Auf Fischfang

Das Telefon schepperte Peter Fallow wach, der in einem Ei lag, dessen Schale abgepellt war und das nur noch von dem Hautsack zusammengehalten wurde. Ah! Der Hautsack war sein Kopf, und die rechte Seite seines Kopfes lag auf dem Kissen, und der Dotter war schwer wie Quecksilber und rollte herum wie Quecksilber, und er drückte auf seine rechte Schläfe und sein rechtes Auge und sein rechtes Ohr. Wenn er versuchen sollte, aufzustehen und ans Telefon zu gehen, würde der Dotter, das Quecksilber, die ekelhafte Masse verrutschen und ins Rollen kommen und den Sack zerreißen, und sein Gehirn fiele heraus.

Das Telefon stand auf dem Fußboden, in der Ecke, nahe dem Fenster, auf dem braunen Teppich. Der Teppich war ekelerregend. Synthetik; die Amerikaner stellten scheußliche Teppiche her: Metalon, Streptolon, dick, struppig, ein Gefühl, das ihm Gänsehaut machte. Wieder eine Detonation; er blickte es starr an, ein weißes Telefon und eine schmierige weiße Schnur, die da in einem scheußlichen, struppigen braunen Streptolonnest lagen. Hinter den Jalousien war die Sonne so hell, daß sie seinen Augen weh tat. Das Zimmer bekam Licht nur zwischen eins und zwei am Nachmittag, wenn die Sonne auf ihrer Reise über den südlichen Himmel zwischen zwei Häusern angekommen war. Die anderen Räume, das Bad, die Küche und das Wohnzimmer bekamen überhaupt nie Sonne. Die Küche und das Badezimmer hatten nicht einmal Fenster. Wenn man Licht im Bad machte, in dem ein Wannen-und-Duschkabinen-Modul stand –

Modul! Eine aus einem Stück geformte Einheit, die ein bißchen aus der Form geriet, wenn er in die Wanne stieg –, wenn man also Licht im Bad machte, begann ein Deckenventilator über einem Metallgitter in der Decke zu laufen, um für Luftumwälzung zu sorgen. Der Ventilator verursachte ein lautes Schleifgeräusch und eine ungeheure Vibration, so daß er nach dem Aufstehen das Licht im Bad nicht mehr anknipste. Er war dann allein auf das kränklich-blaue Dämmerlicht der Neonröhre an der Decke in dem Flur davor angewiesen. Mehr als einmal war er zur Arbeit gegangen, ohne sich rasiert zu haben. Den Kopf noch immer auf dem Kissen, starrte Fallow weiter auf das Telefon, das immer noch explodierte. Er mußte sich wirklich einen Tisch besorgen, um ihn neben das Bett zu stellen, wenn man eine Matratze und einen Rost auf einem von diesen amerikanischen verstellbaren Metallrahmen, die vor allem gut dazu geeignet waren, sich Knöchel und Finger abzuklemmen, sobald man sie zu verstellen versuchte – wenn man das ein Bett nennen konnte. Das Telefon sah klebrig und dreckig aus, wie es da auf dem abscheulichen Teppich stand. Aber er lud nie jemanden nach hier oben ein, außer Mädchen, und das war immer spät am Abend, wenn er zwei oder drei Flaschen Wein intus hatte und sich einen Dreck drum scherte. Aber so ganz stimmte das nicht. Wenn er ein Mädchen mit nach oben brachte, betrachtete er diese erbärmliche Bude immer durch dessen Augen, wenigstens einen Moment lang. Der Gedanke an Wein und Mädchen löste einen Kontakt in seinem Gehirn aus, und ein Anfall von Reue durchfuhr sein Nervensystem. Irgendwas war gestern abend passiert. Diese Tage wachte er oft so auf, grauenhaft verkatert, voll Angst, sich auch nur einen Zentimeter zu bewegen, und von einem abstrakten Gefühl der Verzweiflung und Scham erfüllt. Was auch immer er getan haben mochte, es war wie ein Ungeheuer auf den Boden eines kalten, dunklen Sees gesunken. Sein Gedächtnis war in der Nacht ersoffen, und er konnte nur die eisige Verzweiflung spüren. Er mußte nach dem Ungeheuer schlußfolgernd loten, Faden für Faden. Manchmal wußte er, daß er, ganz gleich, was auch gewesen sein mochte, ihm nicht ins Gesicht sehen konnte, und er beschloß, ihm für immer den Rücken zu kehren; aber genau dann sandte irgendwas, ein winziges Detail, ein Signal aus, und das Untier tauchte plötzlich von ganz allein an der Oberfläche auf und zeigte ihm seinen entsetzlichen Rüssel.

Er erinnerte sich, wie es angefangen hatte, nämlich im Leicester's, wo es ihm wie vielen Engländern, die häufig das Lokal besuchten, gelungen war, sich an den Tisch eines Amerikaners zu quetschen, von dem man annehmen konnte, daß er bezahlte, ohne über die Rechnung einen Flunsch zu ziehen, in diesem Fall ein fetter Kerl namens Aaron Gutwillig, der vor kurzem eine Testgeräte-Leihfirma für $ 12 Millionen verkauft hatte und sich von der englischen Kolonie und der italienischen Kolonie in New York gern zu Partys einladen ließ. Ein anderer Yank, ein ungehobelter, aber lustiger kleiner Typ namens Benny Grillo, der sogenannte »news documentaries« fürs Fernsehen produzierte, war ziemlich bekifft und wollte downtown ins Limelight, eine Diskothek in einer ehemaligen Episkopalkirche. Grillo war für die Zeche im Limelight gut, und so war er mit ihm dort hingefahren, dazu zwei amerikanische Mannequins und Franco di Nodini, ein italienischer Journalist, und Tony Moss, den er auf der Universität in Kent kennengelernt hatte, und Caroline Heftshank, die gerade aus London angekommen war und aus Angst vor Verbrechen auf den Straßen New Yorks, von denen sie in London jeden Tag gelesen hatte, wie gelähmt war und bei jedem Schatten zusammenfuhr, was zuerst sehr komisch war. Die beiden Mannequins hatten sich im Leicester's Roastbeef-Sandwiches bestellt, und dann zogen sie das Fleisch heraus, ließen es über ihren Mündern baumeln und aßen es aus den Fingern. Caroline Heftshank zuckte ziemlich zusammen, als sie vor dem Limelight aus dem Taxi stiegen. Das Lokal war praktisch umringt von schwarzen Jugendlichen mit riesigen Sneakers, die auf dem alten eisernen Kirchenzaun hockten und die Besoffenen und Kiffer beäugten, die zur Tür rein- und rausgingen. Drinnen wirkte das Limelight ungewöhnlich bizarr, und Fallow kam sich ungewöhnlich witzig, betrunken und charmant vor. So viele Transvestiten! So viele wahnsinnig abstoßende Punks! So viele kleine Amerikanerinnen mit käsig-teigigen Gesichtern, superperfekten Zähnen, silbernem Lippenstift und feucht-nächtlichem Augen-Make-up. Diese laute, nahtlose, endlose metallisch hämmernde Musik und diese nebligen, grobkörnigen Videotapes oben auf den Monitoren voller verdrießlicher, magerer Kerle und Rauchbomben! Tiefer und tiefer in den See war das alles gesunken. Sie waren in einem Taxi in den fünfziger Straßen West hin und her gefahren und hatten nach einem Lokal mit einer galvanisierten Metalltür gesucht, das Cup hieß. Schwarzer Noppengummiboden und ein paar eklige irische Jungs ohne Hemd – zumindest sahen sie irisch aus –, die aus Dosen Bier über alle Leute sprühten; und dann ein paar Mädchen ohne Hemd. Ah. Irgendwas war vor einigen Leuten in einem Raum passiert. Soweit er eine genaue Erinnerung daran hatte, konnte er sich entsinnen, daß ... Warum tat er so was? ... Das Haus in Canterbury ... der Umkleideraum in Cross Keys ... Dann sah er sich, als er zurückblickte ... sein blondes Haar, auf das er immer so stolz war, wie aus einem viktorianischen Bilderbuch ... seine lange, spitze Nase, sein langes, schmales Kinn, sein langer, dünner Körper, immer zu dünn für seine Länge, auf die er auch immer stolz gewesen war ... sein spindeldürrer Körper ... Wellengekräusel ... Das Untier tauchte vom Grund des Sees hoch! Gleich ... sein widerlicher Rüssel!

Kann ihm nicht ins Gesicht sehen ...

Das Telefon explodierte von neuem. Er öffnete die Augen und blinzelte auf die sonnendurchflutete moderne Verwahrlosung, und mit offenen Augen war es noch schlimmer. Mit offenen Augen: die unmittelbare Zukunft. Diese Hoffnungslosigkeit! Diese eiskalte Verzweiflung! Er blinzelte und erschauerte und machte die Augen wieder zu. *Der Rüssel!*

Er öffnete sie sofort wieder. Was er getan hatte, als er sehr betrunken war – außer Verzweiflung und Reue empfand er nun auch noch Furcht.

Das läutende Telefon begann ihn zu beunruhigen. Angenommen, es war »The City Light«. Nach der letzten Standpauke von der Toten Maus hatte er sich geschworen, jeden Morgen spätestens um zehn im Büro zu sein, und jetzt war es nach eins. In dem Fall – ging er besser nicht ran. Nein, wenn er nicht ans Telefon ginge, würde er für immer auf den Grund sinken, zusammen mit dem Ungeheuer. Er rollte sich aus dem Bett und stellte die Füße auf den Boden, und der grauenhafte Dotter kam ins Rutschen. Das katapultierte ihn in ungeheure Kopfschmerzen. Er hätte am liebsten gekotzt, aber er wußte, es würde seinem Kopf zu weh tun, als daß er es wirklich geschehen lassen konnte. Er taumelte aufs Telefon zu. Er sank auf die Knie und dann auf alle viere. Er kroch zu dem Telefon, nahm den Hörer ab und legte sich flach auf den Teppich in der Hoffnung, der Dotter käme wieder zur Ruhe.

»Hallo«, sagte er.

»Peter?« Pie-töäh? Gott sei Dank, eine englische Stimme.

»Ja?«

»Peter, du nuschelst. Ich hab dich geweckt, stimmt's? Hier ist Tony.«

»Nein, nein, nein, nein, nein. Ich bin – ich war im anderen Zimmer. Ich arbeite heute zu Hause.« Er bemerkte, daß seine Stimme zu einem verschwörerhaften Bariton abgesunken war.

»Also, es hört sich aber an wie eine sehr gute Imitation von jemandem, der eben aufgewacht ist.«

»Du glaubst mir wohl nicht, was?« Gott sei Dank war es Tony. Tony war ein Engländer, der zur selben Zeit wie er bei »The City Light« angefangen hatte. Sie waren ein Zwillingskommando in diesem ruppigen Land.

»Natürlich glaube ich dir. Aber damit sitze ich schon wieder am kürzeren Hebel. Ich an deiner Stelle, ich würde so schnell wie möglich herkommen.«

»Hmmmmmmmm. Ja.«

»Die Maus ist eben gekommen und hat mich gefragt, wo du bist. Und zwar nicht aus Neugier. Sie gebärdete sich stocksauer.«

»Was hast du ihr gesagt?«

»Ich hab ihr gesagt, du wärst beim Nachlaßgericht.«

»Hmm. Ich will ja nicht neugierig sein, aber was mache ich da bitte?«

»Großer Gott, Peter, ich habe dich *doch* aus dem Bett geholt, stimmt's? Die Lacey-Putney-Geschichte.«

»Hmmmmmmmm. Lacey Putney.« Schmerzen, Übelkeit und Schlaf rollten durch Fallows Kopf wie eine hawaiianische Woge. Sein Kopf lag flach auf dem Teppich. Der scheußliche Dotter schwappte grauenerregend herum.

»Uhmmmmmmmmmm.«

»Bleib mir nicht weg, Peter! Ich mach keinen Witz. Ich meine, du solltest herkommen und dich zeigen.«

»Ich weiß ich weiß ich weiß ich weiß ich weiß. Danke, Tony. Du hast absolut recht.«

»Kommst du?«

»Ja.« Noch als er das sagte, wußte er, wie sich der Versuch aufzustehen anfühlen würde.

»Und tu mir einen Gefallen.«

»Jeden.«

»Versuch dich zu erinnern, daß du beim Nachlaßgericht warst! Das Lacey-Putney-Erbe. Nicht, daß die Maus mir unbedingt glauben würde. Aber du weißt schon.«

»Ja. Lacey Putney. Danke, Tony.«

Fallow legte auf, rappelte sich vom Fußboden hoch, taumelte gegen die Jalousie und schnitt sich die Lippe. Die Lamellen waren diese schmalen aus Metall, die die Yanks liebten. Sie waren wie Rasierklingen. Er wischte sich das Blut mit der Rückseite des Zeigefingers von der Lippe. Er konnte den Kopf nicht senkrecht halten. Der Quecksilberdotter brachte sein ganzes Gleichgewichtsgefühl durcheinander. Er torkelte auf das Badezimmer zu und betrat es im tuberkelblauen Dämmerlicht der Neonröhre im Flur davor. In diesem kranken Licht sah das Blut an seiner Lippe im Spiegel an der Tür des Medizinschränkchens purpurn aus. Das war in Ordnung. Mit purpurnem Blut konnte er leben. Aber wenn er das Licht im Badezimmer anknipste, wäre er erledigt.

Reihen grünschimmernder Computerterminals in hellgrauen 2001-Sci-fi-Gehäusen verliehen der Lokalredaktion von »The City Light« den Anschein von Ordnung und Modernität. Einem zweiten Blick hielt das nie stand. Die Schreibtische waren mit dem üblichen Wust aus Papieren, Plastiktassen, Büchern, Handbüchern, Almanachen, Zeitschriften und teergeschwärzten Aschenbechern übersät. Die üblichen krummrückigen jungen Männer und Frauen saßen an den Tastaturen. Ein gefühlloses, emotionsloses Geklapper – *tack tack tack tack tack tack tack tack tack tack tack tack* – stieg von den Tastaturen auf, als wäre ein riesiges Mah-Jongg-Turnier im Gange. Die Reporter, Korrektoren und Redakteure saßen nach uralter Journalistenart zusammengekrümmt da. Alle paar Sekunden richtete sich da und dort ein Kopf auf, als käme er hoch, um nach Luft zu schnappen, und schrie irgendwas wegen Zeilenzahl, Überschriftgrößen oder Artikellängen in die Gegend. Aber selbst die Termindruckerregung hielt nicht lange vor. Im Hintergrund öffnete sich eine Tür, und ein Grieche in einer weißen Uniform kam schwankend herein, ein gewaltiges Tablett in der Hand, das mit Kaffee- und Mineralwasserbehältern, Doughnut-Kartons, Käsebroten, Zwiebelbrötchen, Krapfen und allen Sorten Schmiere und Schmalz beladen war, die der Schnellimbißindustrie zu Gebote stehen, und die Hälfte des Raumes verließ die

Computertische, fiel über ihn her und wühlte auf dem Tablett herum wie verhungernde Rüsselkäfer.

Fallow nutzte die Gelegenheit dieser Unterbrechung, um sich quer durch den Raum zu seiner Kabine zu stehlen. Mitten zwischen den Computerterminals blieb er stehen und griff mit der Miene professioneller Begutachtung nach einem Exemplar der zweiten Ausgabe, die gerade nach oben gebracht worden war. Unter dem Namen THE CITY LIGHT wurde die Titelseite von riesigen Großbuchstaben beherrscht, die die rechte Seite füllten:

SKALPIEREN OMA UND BERAUBEN SIE

und einem Foto auf der linken Seite. Das Foto war eine beschnittene Vergrößerung von so einem lächelnd-charakterlosen Porträt, wie sie Fotostudios herstellen. Es war das Bild einer Frau namens Carolina Pérez, fünfundfünfzig Jahre alt und nicht besonders omahaft, mit einem üppigen Schopf schwarzer Haare, die im altmodischen Stil à la feurige Spanierin hinten hochgetürmt waren.

Du liebe Güte! Sie zu skalpieren mußte aber eine Unternehmung gewesen sein! Hätte er sich besser gefühlt, dann hätte Fallow in aller Stille diese außerordentliche estéthique de l'abattoir bewundert, die diese schamlosen Teufel, seine Brötchengeber, seine Mitbürger, seine englischen Landsleute, seine Miterben Shakespeares und Miltons in die Lage versetzte, sich Tag für Tag solche Sachen auszudenken. Wenn man sich nur dieses feine Gespür für Gossensyntax vergegenwärtigte, das sie dazu inspirierte, eine Schlagzeile zu bauen, die nur aus Verben und Objekten bestand, wogegen das Subjekt fehlte, um einen nur desto gieriger seinen Weg hinein in diese schmierigen schwarzen Seiten suchen zu lassen, um herauszufinden, was für Kinder der Finsternis so unmenschlich waren, den Satz zu vervollständigen! Man denke nur an diese Madenbeharrlichkeit, die einige

Reporter dazu befähigte, chez Pérez einzudringen und ein Foto von Oma abzustauben, das einen die blutige Tat in den Fingerspitzen fühlen ließ – ja selbst in den Schultergelenken. Man überlege sich nur die Antiklimax von »*Skalpieren* Oma ... und *berauben* sie.« Diese sinnlose, brillante Antiklimax! Herrgott, wenn sie mehr Platz gehabt hätten, dann würden sie hinzugefügt haben: »... und lassen alle Lampen in der Küche brennen.«

Im Moment jedoch war ihm viel zu übel, um die Sache zu genießen. Nein, er stand da und blickte auf dieses neueste Beispiel von Revolverblatt-Genialität, um der Tatsache Geltung zu verschaffen – allen sichtbar und vor allem, hoffte er, der Toten Maus –, daß er anwesend und an kaum was anderem auf der Welt interessiert war als am New Yorker »City Light«.

Mit der Zeitung in der Hand und auf die Titelseite starrend, als habe ihn ihre Virtuosität völlig umgehauen, lief er den Rest des Weges durch den Raum und betrat seine Kabine. Sie bestand aus ein Meter zwanzig hohen Preßspanwänden in einem kränklichen Lachsrosa, einer sogenannten Arbeitsbucht mit kleinen High-Tech-Rundungen an den Ecken, die einen grauen Metallschreibtisch umgab, das allgegenwärtige Computerterminal samt Tastatur, einen Schreibtischstuhl aus Plastik in einer unangenehm orthopädischen Form und einen integrierten Plastikkleiderhaken, der raffiniert in die Fertigwand zurückschnappte. Er war bereits am Sockel angeknackst. An dem Haken hing ein einzelnes sandfarbenes Kleidungsstück, Peter Fallows Regenmantel, der die Kabine nie verließ.

Gleich neben dem Kleiderhaken befand sich ein Fenster, und er konnte darin sein Spiegelbild sehen. Von vorn sah er eher wie ein junger, hübscher Sechsunddreißigjähriger aus und weniger wie ein heruntergekommener Vierziger. Von vorn sahen seine Stirnlocke und die ziemlich langen, welligen blonden Haare, die lose nach hinten fielen, immer noch eher – na ja, byronisch aus und gar nicht so verloren auf der Rundung seines Schädels. Ja, in seiner Frontalansicht ... ging die Sache in Ordnung. Seine lange, schmale Nase wirkte von oben bis unten aristokratisch und nicht zu knollig an der Spitze. Sein mächtiges, gespaltenes Kinn wirkte nicht übermäßig kompromittiert durch die Hängebacken, die sich zu beiden Seiten gebildet hatten. Sein marineblauer Blazer, der von Blades vor acht – nein, zehn! – Jahren hergestellt worden war, wurde ein bißchen ... blank ... an den Revers ... aber er konnte den Flor wahrscheinlich mit so einer Drahtbürste wieder hochkämmen ... Er hatte den Ansatz zu einem kleinen Bauch und wurde an Hüften und Schenkeln allmählich zu dick. Aber das war jetzt ja kein Problem mehr, wo er mit Trinken aufgehört hatte. Nie wieder. Heute abend würde er mit einer Bewegungsdiät beginnen. Oder morgen, auf jeden Fall; er fühlte sich zu reizbar, um über heute abend nachzudenken. Es würde sich auch nicht um so eine jämmerliche amerikanische Angelegenheit wie Joggen handeln ... Er würde etwas Sauberes, Drahtiges, Flottes, Energisches ... Englisches tun. Er dachte an Medizinbälle, Sprossenleitern, Übungen am Pferd, an Keulen, Zuggewichte, Barren und dicke Taue mit Ledereinfassungen am Ende, und dann wurde ihm klar, daß das die Sportgeräte des Gymnasiums in Cross Keys waren, der Schule, die er vor der Universität in Kent besucht hatte. Lieber Gott ... zwanzig Jahre war das her. Aber er war immer noch erst sechsunddreißig, und er war einsachtundachtzig, und er hatte eine durch und durch gesunde Konstitution – im Grunde genommen.

Er zog seinen Bauch ein und holte tief Luft. Sofort wurde ihm flau. Er griff zum Telefon und hielt sich den Hörer ans Ohr. Beschäftigt aussehen! Das war der Hauptgedanke. Er empfand das Freizeichen als wohltuend. Er wünschte, er könnte in den Hörer hineinkriechen und auf dem Rücken in dem Freizeichen schwimmen und das Summen über seine Nervenenden plätschern lassen. Wie einfach es wäre, den Kopf auf den Schreibtisch zu legen, die Augen zu schließen und ein Nickerchen zu machen. Vielleicht konnte er sich das erlauben, wenn er eine Seite des Gesichts auf den Schreibtisch legte, den Hinterkopf dem Redaktionsraum zugewandt, und sich den Telefonhörer aufs andere Ohr preßte, als wenn er redete. Nein, es würde trotzdem komisch aussehen. Vielleicht ...

O du mein Gott! Ein Amerikaner namens Robert Goldman, einer von den Reportern, steuerte auf die Kabine zu. Goldman hatte eine Krawatte mit leuchtendroten, gelben, schwarzen und himmelblauen Schrägstreifen umgebunden. Die Yanks nannten diese nachgemachten Regimentskrawatten »reg ties«. Die Yanks trugen immer Krawatten, die sich vor ihren Hemden blähten, als wollten sie die nachfolgende Flatschigkeit ankündigen. Vor zwei Wochen hatte er sich von Goldman $ 100 geliehen. Er hatte ihm erzählt, er müsse bis zum Abend Spielschulden bezahlen: Backgammon, im Bracer's Club, leichtlebige europäische Clique. Die Yanks hatten ungeheuer viel übrig für Geschichten von Roués und Aristokraten. Inzwischen hatte der kleine Scheißkerl ihn schon dreimal wegen des Geldes genervt, als hänge seine Zukunft auf Erden von $ 100 ab.

Den Hörer immer noch am Ohr, blickte Fallow voll Verachtung dem sich nähernden Mann und der schreiend bunten Krawatte entgegen, die ihn ankündigte. Er war nicht der einzige Engländer in New York, der die Amerikaner als hoffnungslose Kinder betrachtete, die die Vorsehung perverserweise mit dieser großen, aufgequollenen, fetten Henne von einem Kontinent beschenkt hatte. Jede Art, die man wählte, um sie von ihrem Reichtum zu befreien, von Gewalt mal abgesehen, war fair, wenn nicht moralisch vertretbar, weil sie ihn sowieso nur auf irgendeine geschmacklose und sinnlose Weise verplempern würden.

Fallow fing an, in den Hörer zu sprechen, als wäre er in eine Unterhaltung vertieft. Er durchforschte sein vergiftetes Hirn nach der Sorte einseitigem Dialog, den sich Dramatiker für Telefonszenen ausdenken müssen.

»Was heißt denn das? ... Sie sagen, der Nachlaßrichter will

dem Stenografen nicht erlauben, uns eine Kopie zu überlassen? ... Also, sagen Sie ihm ... Richtig, richtig ... Natürlich ... Das ist eine absolute Zuwiderhandlung ... Nein, nein ... Jetzt hören Sie mal aufmerksam zu ...«

Die Krawatte – und Goldman – standen direkt neben ihm. Peter Fallow hielt den Blick gesenkt, wärend er eine Hand in die Höhe hob, wie um zu sagen: Bitte! Dieses Gespräch kann nicht unterbrochen werden.

»Hallo, Pete«, sagte Goldman.

Pete! sagte er, und das nicht einmal sehr fröhlich. *Pete!* Allein die Art, wie sich das anhörte, machte ihn nervös. Diese ... widerliche ... Yank-Vertraulichkeit! Und Cleverness! Diese Yanks mit ihren Arnies und Buddies und Hanks und ... Petes! Und dieser vertrottelte, linkische Flegel mit seiner schreiend bunten Krawatte besitzt die Frechheit, in dein Büro zu spazieren, während du am Telefon sitzt, weil er ein Nervenwrack wegen seiner erbärmlichen hundert Dollar ist! Und nennt dich *Pete!*

Fallow kniff sein Gesicht zu einem Ausdruck großer Intensität zusammen und fing an wie ein Maschinengewehr zu reden.

»So! ... Sie sagen dem Nachlaßrichter *und* dem Stenografen, daß wir die Kopie bis morgen mittag haben wollen! ... Natürlich! ... Das ist doch klar! ... Das ist etwas, was sich Ihr Barrister aus den Fingern gesogen hat. Die halten da drüben alle zusammen wie Pech und Schwefel!«

»Es heißt ›Richter‹«, sagte Goldman tonlos.

Fallow warf dem Amerikaner wütend einen finsteren Blick zu. Goldman erwiderte ihn mit einem leicht ironischen Zug um den Mund.

»Es heißt nicht ›Stenograf‹, es heißt ›Gerichtsschreiber‹. Und es heißt nicht ›Barrister‹, allerdings wird man wissen, was Sie meinen.«

Fallow schloß seine Augen und die Lippen zu drei schmalen

Linien, schüttelte den Kopf und fuchtelte mit der Hand, als sehe er sich einer unerträglichen Unverschämtheit gegenüber.

Aber als er die Augen wieder aufmachte, stand Goldman immer noch da. Goldman sah zu ihm runter, setzte eine Miene gespielter Gereiztheit auf, hob beide Hände und streckte seine zehn Finger vor Fallow in die Luft, dann machte er zwei Fäuste, streckte die zehn Finger wieder in die Höhe, wiederholte diese Geste zehnmal und sagte: »Einhundert Scheine, Pete!« Dann drehte er sich um und ging zurück in den Redaktionsraum.

Diese Unverschämtheit! Diese Unverschämtheit! Als klar war, daß das unverschämte kleine Arschloch nicht mehr umkehrte, legte Fallow auf; erhob sich und ging hinüber zu dem Kleiderhaken. Er hatte es geschworen – aber du lieber Himmel! Was er eben hatte ertragen müssen, das war ... einfach ... ein ... bißchen ... viel. Ohne den Regenmantel vom Haken zu nehmen, schlug er ihn auf und steckte den Kopf hinein, als wolle er die Nähte einer Prüfung unterziehen. Dann legte er ihn sich um die Schultern, so daß die obere Hälfte seines Körpers nicht mehr zu sehen war. Es war ein Regenmantel mit eingeschnittenen Taschen, die Öffnungen zum Durchgreifen haben, so daß man im Regen an das Jackett oder die Hose kommen kann, ohne den Mantel vorn aufknöpfen zu müssen. Unter seinem Popelinzelt tastete Fallow nach der Innenöffnung der linken Tasche. Aus der Tasche zog er eine kleine Feldflasche.

Er schraubte sie auf, setzte die Öffnung an seine Lippen und trank zwei große Schlucke Wodka, dann wartete er auf den Schock in seinem Magen. Er kam und fetzte dann wie eine Hitzewelle durch seinen Körper hinauf in den Kopf. Er schraubte den Deckel wieder drauf, ließ die Flasche in die Tasche zurückgleiten und tauchte wieder aus dem Regenmantel auf. Sein Gesicht brannte. Tränen standen ihm in den Augen. Er blickte vorsichtig in Richtung Redaktionsraum, und ...

O Scheiße!

... die Tote Maus sah ihn genau an. Fallow wagte es nicht zu blinzeln, geschweige zu lächeln. Er wollte bei der Maus keine wie auch immer geartete Reaktion provozieren. Er drehte sich um, als habe er sie nicht gesehen. War Wodka wirklich geruchlos? Das hoffte er inbrünstig. Er setzte sich an den Schreibtisch, hob wieder den Telefonhörer ab und bewegte die Lippen. Das Freizeichen summte, aber er war zu nervös, um sich ihm zu überlassen. Hatte die Maus ihn unter dem Regenmantel gesehen? Und wenn ja, würde sie was ahnen? Oh, wie anders war dieses kleine Schlückchen gewesen als die wunderbaren Trinksprüche vor sechs Monaten! Oh, was für wunderbare Aussichten hatte er in den Wind geschlagen! Er sah die Szene vor sich ... das Dinner bei der Maus in ihrer grotesken Wohnung an der Park Avenue ... die protzigen, überformellen Einladungskarten mit der erhabenen Schrift: SIR GERALD STEINER UND LADY STEINER BITTEN UM DAS VERGNÜGEN IHRER GESELLSCHAFT BEIM DINNER ZU EHREN VON MR. PETER FALLOW (»Dinner« und »Mr. Peter Fallow« waren mit der Hand geschrieben) ... dieses absurde Museum voller Bourbon-Louis-Möbel und fadenscheinigen Aubusson-Teppichen, die die Tote Maus und Lady Maus in der Park Avenue zusammengetragen hatten! Trotzdem, was für ein berauschender Abend das war! Jeder am Tisch war Engländer gewesen. Es gab sowieso nur drei oder vier Amerikaner in den höheren Rängen von »The City Light«, und keiner war eingeladen. Jeden Abend gab es in der ganzen East Side Manhattans Dinners wie dieses, hatte er bald entdeckt, verschwenderische Partys, die ausschließlich englisch oder ausschließlich französisch oder ausschließlich italienisch oder ausschließlich europäisch waren: keine Amerikaner, in keinem Fall. Man hatte das Gefühl, einer sehr reichen und sehr verbindlichen Geheimlegion anzugehören, die sich in die Eigentumsapartmenthäuser an der Park Avenue und Fifth Avenue hineingedrängt hatte, um sich von dort aus je nach Lust und Laune auf die fette Henne der Yanks zu stürzen und je nach Gelegenheit das letzte feiste, weiße Fleisch von den Knochen des Kapitalismus in sich hineinzuschlingen.

In England war Gerald Steiner für Fallow immer »dieser Jude Steiner« gewesen, aber an dem Abend damals hatten sich alle niedrigen Snobismen in nichts aufgelöst. Sie waren Waffengefährten in der Geheimlegion, im Dienste des verletzten Chauvinismus Großbritanniens. Steiner hatte der Tafel erzählt, was für ein Genie Fallow sei. Steiner war hingerissen gewesen von einer Serie über das Landleben unter den Reichen, die Fallow für »Dispatch« geschrieben hatte. Sie war voller Namen und Titel und Helikopter und verwirrender Perversitäten (»die Sache mit der Tasse«) und kostspieliger Krankheiten gewesen, und alles war so geschickt ausgedacht, daß es im Hinblick auf Verleumdungsklagen völlig wasserdicht war. Die Sache war Fallows größter Triumph als Journalist gewesen (in Wahrheit sein einziger), und Steiner konnte sich nicht vorstellen, wie er das zuwege gebracht hatte. Fallow wußte ganz genau, wie, aber es gelang ihm, die Erinnerung daran hinter dem Spitzenschleier der Eitelkeit zu verbergen. Jedes gepfefferte Detail in der Serie stammte von einem Mädchen, das er damals öfter sah, einer reizbaren kleinen Göre namens Jeannie Brokenborough, Tochter eines Händlers für seltene Bücher, die im Stall der Landluft-Schickeria als das gesellschaftliche Küken verkehrte. Und als die kleine Miss Brokenborough ihre Zelte abbrach, löste sich mit ihr auch Fallows täglicher Zauber in Luft auf.

Steiners Einladung nach New York war gerade zur richtigen Zeit gekommen, obwohl Fallow es nicht so sah. Wie jeder Autor vor ihm, der jemals einen Triumph gelandet hat, und sei es auf dem Niveau des Londoner »Dispatch«, war Fallow entschlossen, dem Glück nicht zu viele Verdienste zuzurechnen. Würde er irgendwelche Schwierigkeiten haben, seinen Erfolg in einer Stadt zu wiederholen, von der er nichts wußte, in einem Land, das er als umwerfenden Witz betrachtete? Nun ... warum sollte er? Sein Genie hatte eben erst zu blühen begonnen.

Das hier war letzten Endes nur Journalismus, eine Station auf dem Weg zu seinem schließlichen Triumph als Romancier. Fallows Vater, Ambrose Fallow, war Romanschriftsteller, ein fraglos unbedeutender, wie sich herausgestellt hatte. Sein Vater und seine Mutter stammten aus East Anglia und hatten zu der Sorte hochgebildeter junger Leute aus gutem Haus und von gutem Schlag gehört, die nach dem Zweiten Weltkrieg für die Idee empfänglich waren, literarisches Feingefühl könne einen zum Aristokraten machen. Mit der Idee, aristokratisch zu sein, liebäugelten sie immer, auch Fallow. Fallow hatte das fehlende Geld dadurch zu kompensieren versucht, daß er den geistreichen Kopf und den Roué herauskehrte. Diese aristokratischen Kultiviertheiten hatten ihm jedoch nicht mehr eingebracht als einen unsicheren Platz im Kometenschweif der eleganten Welt in London.

Jetzt, als Angehöriger der Steiner-Brigade in New York, würde Fallow ebenfalls sein Glück machen in der fetten, weißfleischigen Neuen Welt.

Man fragte sich, warum Steiner, der keine Erfahrung im Journalismus hatte, in die Vereinigten Staaten gekommen war und das äußerst kostspielige Unternehmen gestartet hatte, ein Massenblatt ins Leben zu rufen. Die flinke Erklärung war, daß »The City Light« als Angriffs- oder Kaperungswaffe für Steiners viel bedeutendere finanzielle Investitionen in den Vereinigten Staaten gegründet worden war, wo er bereits als »the Dread Brit«, der furchtbare Brite, bekannt war. Aber Fallow wußte, es war genau umgekehrt: Die »ernsthaften« Investitionen existierten zugunsten von »The City Light«. Steiner war großgezogen, geschult, gedrillt und mit einem Vermögen versehen worden von Old Steiner, einem lauten, protzigen Selfmade-Finanzmann, der aus seinem Sohn einen echten Peer machen wollte, nicht bloß einen reichen jüdischen Jungen. Steiner junior war die wohlerzogene, gebildete, gutgekleidete, korrekte Maus geworden, die sich sein Vater gewünscht hatte. Er hatte nie den Mut gefunden, sich aufzulehnen. Und jetzt, im vorgerückten Alter, hatte er plötzlich die Welt der Revolverblätter entdeckt. Sein tägliches Bad im Dreck – SKALPIEREN OMA UND BERAUBEN SIE – machte ihm unaussprechliche Freude. Juchhu! Endlich frei! Jeden Tag krempelte er sich die Ärmel hoch und stürzte sich in das Leben der Lokalredaktion. An manchen Tagen schrieb er die Schlagzeilen sogar persönlich. Es war möglich, daß er auch SKALPIEREN OMA verfaßt hatte, obwohl sie die unnachahmliche Hand seines leitenden Redakteurs verriet, eines Liverpooler Prolos namens Brian Highridge. Doch trotz der vielen Erfolge in seinem Leben war ihm nie gesellschaftlicher Erfolg beschieden gewesen. Das hing weitgehend mit seiner Persönlichkeit zusammen, aber die antijüdischen Gesinnungen waren auch nicht tot, und er konnte sie nicht völlig ausschließen. Auf jeden Fall sah er mit aufrichtigem Vergnügen der Aussicht entgegen, daß Peter Fallow all diesen feinen Pinkeln, die auf ihn herabblickten, einen netten, heißen Scheiterhaufen unter dem Hintern anzünden würde. Und so wartete er ...

Und wartete. Zunächst erregte Fallows Spesenkonto, das viel höher war als das anderer »City Light«-Autoren (wobei das ungewöhnliche, fremde Aufgabengebiet nicht zählte), keine Besorgnis. Um in das Highlife reinzukommen, mußte man es schließlich bis zu einem gewissen Grade selber führen. Den schwindelerregenden Lunchrechnungen, Dinnerrechnungen und Barrechnungen folgten amüsante Berichte über die Rolle, die Mr. Peter Fallow als fröhlicher Brit-Riese in fashionablen Spelunken spielte. Nach einer Weile waren sie überhaupt nicht mehr amüsant. Keinen großen Coup in der Berichterstattung über das Highlife brachte dieser sonderbare Glücksritter zustande. Mehr als einmal hatte Fallow Storys abgeliefert, nur um sie am nächsten Tag, zu ungezeichneten Notizen verkürzt, wiederzufinden. Steiner hatte ihn zu mehreren Zwischenberichten aufgefordert. Diese Gespräche waren von Mal zu Mal eisiger verlaufen. In seinem verletzten Stolz hatte Fallow seine Kollegen damit zu erheitern begonnen, daß er Steiner, den berühmten »Dread Brit«, als Dead Mouse titulierte, als Tote Maus. Alle schienen daran ungeheures Vergnügen zu haben. Schließlich *hatte* Steiner eine lange spitze Nase wie eine Maus und kein Kinn und einen zerknitterten kleinen Mund und große Ohren und winzige Hände und Füße und Augen, in denen das Licht erloschen zu sein schien, und ein müdes kleines Stimmchen. Seit kurzem aber war er so unverhohlen kalt und schroff, daß Fallow überlegte, ob er nicht doch irgendwie von der Schote mit der Toten Maus Wind gekriegt hatte.

Er blickte auf ... da stand Steiner, zwei Meter entfernt in der Tür zu der Kabine, und sah ihn direkt an; eine Hand ruhte auf einer der Fertigwände.

»Nett von Ihnen, uns einen Besuch zu machen, Fallow.«

Fallow! Verächtlicher und geringschätziger konnte ein Prüfungsbeamter in der Schule nicht sein! Fallow verschlug es die Sprache.

»Na«, sagte Steiner, »was haben Sie für mich?«

Fallow öffnete den Mund. Er durchwühlte sein verpestetes Gehirn auf der Suche nach dem leichten Konversationston, für den er berühmt war, und setzte keuchend und stotternd an: »Also! ... Sie werden sich erinnern ... das Lacey-Putney-Erbe ... Ich habe davon erzählt ... wenn ich nicht irre ... Am Nachlaßgericht hat man versucht, uns das Leben sehr schwer zu machen, der ... der ...« Verdammt! Hießen sie Stenografen oder irgendwas mit Schreibern? Was hatte Goldman gesagt? »Also! ... Ich hätte kaum ... aber ich habe jetzt wirklich das ganze Zeug zusammen. Es ist nur eine Frage der ... Ich kann Ihnen sagen ... Es wird bestimmt einiges sprengen, wenn ...«

Steiner wartete nicht mal, bis er ausgeredet hatte. »Das hoffe ich aufrichtig, Fallow«, sagte er einigermaßen drohend. »Das hoffe ich aufrichtig.«

Dann ging er und stürzte sich wieder in seine geliebte Lokalredaktion.

Fallow sank auf seinen Stuhl. Es gelang ihm, fast eine ganze Minute zu warten, ehe er aufstand und in seinem Regenmantel verschwand.

Albert Teskowitz war nicht das, was Kramer oder irgendein anderer Ankläger eine Gefahr genannt hätte, wenn es darum ging, eine Jury durch die Magie seines Plädoyers hinzureißen. Emotionale Drücker lagen ihm nicht, und selbst das, was er an rhetorischem Schwung zustande brachte, wurde durch sein Äußeres schnell hinfällig gemacht. Seine Haltung war so schlecht, daß jede Frau unter den Geschworenen oder zumindest jede richtige Mutter am liebsten gerufen hätte: Nimm die Schultern zurück! Was seinen Vortrag betraf, so war es nicht so, daß er seine Plädoyers nicht vorbereitete, es war so, daß er sie offensichtlich auf gelbem Konzeptpapier vorbereitete, das auf dem Verteidigertisch lag.

»Meine Damen und Herren, der Angeklagte hat drei Kinder im Alter von sechs, sieben und neun Jahren«, sagte Teskowitz soeben, »und sie befinden sich in diesem Augenblick im Gerichtssaal und warten auf den Ausgang dieses Verfahrens.« Teskowitz vermied es, seinen Mandanten beim Namen zu nennen. Wenn er hätte Herbert Cantrell, Mr. Cantrell oder auch Herbert sagen können, wäre alles in Ordnung gewesen, aber Herbert wollte sich nicht einmal Herbert gefallen lassen. »Mein Name ist nicht Herbert«, hatte er zu Teskowitz gesagt, als der den Fall übernahm. »Ich bin nicht Ihr Chauffeur. Mein Name ist Herbert 92X.«

»Es war nicht irgendein Krimineller, der an dem Nachmittag im Doubleheader Grill saß«, fuhr Teskowitz fort, »sondern ein Arbeiter mit einem Job und einer Familie.« Er zögerte und drehte sein Gesicht nach oben mit dem weit, weit, weit entrückten Ausdruck von jemandem, der im nächsten Moment einen epileptischen Anfall bekommt. »Einen Job und eine Familie«, wiederholte er verträumt, tausend Meilen weit weg. Dann machte er kehrt, ging zu dem Verteidigertisch, knickte seinen bereits gebeugten Körper in der Taille ein und starrte auf seinen gelben Konzeptblock, wobei er den Kopf zu einer Seite neigte wie ein Vogel, der ein Wurmloch beäugt. In dieser Haltung verharrte er eine Zeit, die einem wie eine Ewigkeit vorkam, dann ging er zurück zur Geschworenenbank und sagte: »Er war kein Aggressor. Er versuchte nicht, eine alte Rechnung zu begleichen oder jemandem eins auszuwischen oder sich an jemandem zu rächen. Er war ein Arbeiter mit einem Job und einer Familie, den nur eines interessierte, und dazu hatte er jedes Recht, und das war, daß sein Leben in Gefahr war.« Die Augen des kleinen Anwalts öffneten sich wieder wie zu einer Langzeitbelichtung, dann machte er eine Kehrtwendung, ging zurück zu dem Verteidigertisch und starrte von neuem auf den gelben Schreibblock. So vorgebeugt, wie er dastand, hatte er das Profil eines Ausgußhahns ... Ein Ausgußhahn ... ein Hund mit panischer Freßsucht ... Bösartige Bilder sickerten langsam in die Köpfe der Geschworenen. Sie bemerkten plötzlich Dinge, wie zum Beispiel die Staubschicht auf den riesigen Fenstern des Gerichtssaals und die Art, wie die sinkende Nachmittagssonne den Staub beschien, als wäre er aus diesem Plastikzeug, aus dem Spielsachen gemacht werden, dies Zeug, das Licht aufnimmt, und jeder in der Jury, der mit Haushalt was zu tun hatte, selbst die, die sich kaum um etwas kümmerten, überlegten, warum niemand diese Fenster putzte. Sie dachten über viele Dinge nach, eigentlich über fast alles, nur nicht darüber, was Albert Teskowitz gerade über Herbert 92X sagte, und vor allem dachten sie über den gelben Schreibblock nach, der Teskowitz' armen, gebeugten, dürren Hals an der Leine zu haben schien. »... und sprechen diesen Angeklagten ... nicht schuldig.« Als Teskowitz plötzlich sein Plädoyer beendete, waren sie nicht mal sicher, ob er nun fertig war. Ihre Augen klebten an dem gelben Schreibblock. Sie erwarteten, daß er den Anwalt noch einmal an den Tisch zurückreißen würde. Sogar Herbert

92X, dem kein Ton entgangen war, machte ein verdutztes Gesicht.

Genau in dem Augenblick erhob sich in dem Gerichtssaal ein leiser, monotoner Singsang.

»Yo-ohhhhhhh ...« Er kam von da drüben.

»Yo-ohhhhhhhhhhhhhh ...« Er kam von da drüben.

Kaminsky, der dicke Beamte, fing damit an, und dann nahm Bruzzielli, der Protokollführer, ihn auf, und sogar Sullivan, der Gerichtsschreiber, der gleich unter dem Rand von Kovitskys Richterbank an seiner Stenografiermaschine saß, stimmte mit seiner eigenen leisen, dezenten Fassung ein. »Yo-ohhh.«

Ohne mit der Wimper zu zucken, klopfte Kovitsky mit seinem Hammer und verkündete eine dreißigminütige Pause.

Kramer dachte nicht zweimal darüber nach. Es war Treckzeit in der Festung, das war alles. Trecken war normale Praxis. Wenn der Prozeß wahrscheinlich über Sonnenuntergang hinaus andauerte, gab's einen Treck. Jeder wußte das. Dieser Prozeß würde zwangsläufig über Sonnenuntergang hinaus andauern, weil der Verteidiger eben erst sein Plädoyer beendet hatte und der Richter die Sitzung nicht für die Nacht aufheben konnte, ohne die Anklage ihr Plädoyer halten zu lassen. Und so war es Zeit zum Trecken.

Während einer Treckpause gingen alle Bediensteten, die mit dem Wagen zur Arbeit gekommen waren und wegen des Prozesses bis nach Dunkelwerden im Gerichtsgebäude bleiben mußten, nach draußen auf den Parkplatz zu ihrem Wagen. Der Richter, Kovitsky, war keine Ausnahme. Heute war er selbst zur Arbeit gefahren, und er ging in seine Garderobe, die sich hinter einer Tür seitlich von der Richterbank befand, zog seine schwarze Robe aus und begab sich auf den Parkplatz, wie alle anderen auch.

Kramer besaß kein Auto, und er konnte es sich nicht leisten, für acht oder zehn Dollar ein Gypsy-Taxi nach Hause zu nehmen. Die Gypsies – viele davon wurden von den neuesten afrikanischen Einwanderern aus Ländern wie Nigeria und dem Senegal gefahren – waren die einzigen Taxis, die tagsüber oder nachts in die Nähe des Gerichtsgebäudes kamen, abgesehen von den Taxen, die Fahrgäste von Manhattan zum Bronx County Building brachten. Die Fahrer knipsten das OFF-DUTY-Schild schon an, bevor das Pedal der Bremstrommel überhaupt das erste bißchen Reibung entlockt hatte, setzten ihre Fahrgäste ab und sausten davon. Nein, mit einem leisen Frösteln ums Herz wurde Kramer klar, daß das einer von den Abenden war, wo er im Dunkeln würde drei Blocks zu Fuß bis zur U-Bahn-Station Einhunderteinundsechzigste Straße laufen müssen, um dann auf diesem Bahnsteig zu stehen und zu warten, der, was Verbrechen anging, als einer der gefährlichsten in der Stadt galt; und er hoffte, er fände dann einen Waggon, der mit genügend Leuten besetzt war, so daß er nicht wie ein von der Herde versprengtes Kalb vom Wolfsrudel weggeputzt würde. Er rechnete sich aus, daß ihm die Nike-Laufschuhe wenigstens eine halbwegs reelle Chance gäben. Erstens einmal waren sie eine gute Tarnung. Auf der U-Bahn in der Bronx kennzeichneten einen ein Paar lederne Johnston-&-Murphy-Straßenschuhe auf Anhieb als hervorragendes Angriffsziel. Das war, als trüge man ein Schild mit der Aufschrift BERAUBE MICH um den Hals. Die Nikes und die A&P-Einkaufstüte würden sie wenigstens veranlassen, sich die Sache noch mal zu überlegen. Sie würden ihn vielleicht für einen Bullen in Zivil halten, der auf dem Heimweg ist. Es gab in der Bronx keinen einzigen Polizisten in Zivil mehr, der keine Sneakers trug.

Die andere Sache war, wenn die Scheiße wirklich zum Dampfen kam, dann konnte man mit den Nikes wenigstens weglaufen oder sich auf die Hinterbeine stellen und kämpfen. Er hatte nicht vor, Andriutti oder Caughey irgendwas davon zu erzählen. Um Andriutti scherte er sich dabei einen Dreck, aber Caugheys Verachtung, das wußte er, würde er nicht ertragen können. Caughey war Ire und würde sich lieber eine Kugel ins

Gesicht schießen lassen, als in der U-Balm eine Scheißtarnung anzulegen.

Als die Geschworenen ins Geschworenenzimmer zurückgingen, starrte Kramer Miss Shelly Thomas an, bis er die Glätte ihres braunen Lippenstifts *spüren* konnte, als sie vorbeiging, und sie sah ihn eine Sekunde lang an – *mit einer ganz leichten Andeutung eines Lächelns!* –, und er begann sich darüber den Kopf zu zerbrechen, wie sie wohl nach Hause käme, und es gab nichts, was er daran drehen konnte, weil er ja nicht zu ihr gehen und ihr irgendeine Nachricht übermitteln konnte. Sogar angesichts dieses ganzen *Yo-ohhhh*-Spektakels informierte nie jemand die Jury oder die Zeugen über das Trecken, und es würde einem Geschworenen ja auch in keinem Fall erlaubt werden, sich während des Prozesses auf den Parkplatz zu begeben.

Kramer ging runter zum Eingang Walton Avenue, um sich die Beine zu vertreten, Luft zu schöpfen und der Parade zuzusehen. Draußen auf dem Bürgersteig hatte sich die eine Gruppe, darunter Kovitsky und sein Gerichtsreferendar, Mel Herskowitz, schon formiert. Die Gerichtswachtmeister waren bei ihnen und standen um sie herum wie Kompanieführer. Der Fettsack Kaminsky hatte sich auf die Zehenspitzen gestellt und reckte den Hals, um zu sehen, ob noch jemand da wäre, der mitkommen wolle. Der von den Gerichtsbediensteten bevorzugte Parkplatz lag gleich hinter der Anhöhe des Grand Concourse, kurz nach dem Gefälle an der Einhunderteinundsechzigsten Straße in einem riesigen Dreckloch gegenüber vom Kriminalgericht. Die Grube, die einen ganzen Block einnahm, war für die Fundamente eines Bauprojekts ausgehoben worden, das nie verwirklicht wurde.

Der Zug sammelte sich mit Kaminsky an der Spitze und einem anderen Gerichtswachtmeister am Schluß. Die Gerichtswachtmeister trugen ihre .38er gut sichtbar an der Hüfte. Der kleine Trupp setzte sich mutig in Bewegung hinein ins Indianerland. Es war etwa 17.45 Uhr. Die Walton Avenue war still.

Es gab nicht viel Berufsverkehr in der Bronx. Die Parkbuchten an der Walton Avenue gleich neben der Festung waren im 90-Grad-Winkel zu der Bordsteinkante angelegt. Nur eine Handvoll Wagen stand noch da. Zehn Plätze in der Nähe des Eingangs waren für Abe Weiss, Louis Mastroiani und andere höchste Träger der Macht in der Bronx reserviert. Der Wächter an der Tür stellte fluoreszierendrote Leitkegel in die Buchten, wenn die dazu befugten Benutzer weg waren. Kramer bemerkte, daß Abe Weiss' Wagen noch dastand. Dann noch einer, den er nicht kannte, aber die anderen Plätze waren leer.

Kramer ging in der Nähe des Eingangs auf dem Bürgersteig hin und her, den Kopf gesenkt, die Hände in den Taschen, und konzentrierte sich auf sein Plädoyer. Er war hier, um für den einen Hauptbeteiligten an diesem Verfahren das Wort zu ergreifen, der nicht für sich selber sprechen konnte, nämlich für das Opfer, den toten Nestor Cabrillo, einen gütigen Vater und rechtschaffenen Bürger der Bronx. Es fügte sich alles ohne jede Schwierigkeit zusammen. Betonargumente würden allerdings nicht ausreichen; nicht für das, was er erreichen mußte. Dieses Plädoyer mußte sie *rühren*, sie zu Tränen rühren oder ihr Respekt einflößen oder sie zumindest in höchstes Entzücken über ein hohes Gericht in der Bronx versetzen, das einen zähen jungen Unterstaatsanwalt groß herausstellte, einen Mann mit goldener Zunge und furchtlosem Vortrag, ganz zu schweigen von dem irrsinnig kräftigen Nacken. Und so lief er vor dem Festungseingang in der Walton Avenue auf dem Bürgersteig auf und ab, drehte Herbert 92X den Strick und spannte seine Schulter- und Nackenmuskeln an, während ihm eine Vision des Mädchens mit dem braunen Lippenstift im Kopf herumtanzte.

Ziemlich bald trafen die ersten Wagen ein. Da kam Kovitsky mit seinem riesigen, alten weißen Schiff, dem Pontiac Bonneville. Er setzte mit der Nase voran in eine der reservierten Parkbuchten in der Nähe der Tür. *Twopp!* Die gewaltige Tür drehte sich in den Angeln, und er stieg aus, ein unauffällig wirkender, kleiner, glatzköpfiger Mann in einem sehr durchschnittlichen grauen Anzug. Und dann kam Bruzzielli in irgendeinem kleinen japanischen Sportwagen an, aus dem er fast herauszuplatzen schien. Dann Mel Herskowitz und Sullivan, der Gerichtsschreiber. Dann Teskowitz in einem neuen Buick Regal. Scheiße, dachte Kramer. Selbst Al Teskowitz konnte sich einen Wagen leisten. Sogar er, ein 18b-Anwalt, und ich fahre mit der U-Bahn nach Hause! Bald war praktisch jeder Platz an der Seite des Gebäudes, die auf die Walton Avenue ging, von den Bediensteten besetzt. Der letzte Wagen, der herankam, war Kaminskys. Er brachte den zweiten Gerichtswachtmeister mit zurück. Die beiden stiegen aus, und als Kaminsky Kramer erblickte, setzte er ein gutmütiges Grinsen auf und schmetterte los: »Yo-ohhhhhhhhhhhhhhhh!«

»Yo ho ho«, sagte Kramer.

Der Treck. »Yo-ohhhhhh« war der Ruf John Waynes, des Helden und Oberkundschafters, der den Pionieren das Zeichen gab, die Wagen in Bewegung zu setzen. Man war im Indianerland und im Banditenland, und es war Zeit, die Wagen zur Nacht im Kreis aufzustellen. Jeder, der meinte, er könne im Bezirk vier-vier nach Dunkelwerden die zwei Blocks von Gibraltar zum Parkplatz laufen und friedlich zu Mom und Buddy und Sis nach Hause fahren, der spielte mit einem halben Kartenstapel um sein Leben.

Am späten Nachmittag erhielt Sherman von Arnold Parchs Sekretärin einen Anruf, in dem sie ihm mitteilte, Parch wolle ihn sprechen. Parch führte den Titel Geschäftsführender Direktor, aber er gehörte nicht zu denen, die sehr oft Leute aus dem Börsensaal in ihr Büro kommen ließen.

Parchs Büro war natürlich kleiner als Lopwitz', aber es bot die gleiche phantastische Aussicht nach Westen, über den Hudson und New Jersey hinweg. Im Gegensatz zu Lopwitz' Büro mit seinen Antiquitäten war Parchs mit modernen Möbeln und großen modernen Gemälden ausgestattet, wie sie Maria und ihr Mann liebten.

Parch, der ein großer Lächler war, lächelte und wies auf einen grauen Polstersessel, der so glatt und niedrig war, daß er aussah wie ein eben auftauchendes U-Boot. Sherman ließ sich hineinsinken, bis er das Gefühl hatte, unter Fußbodenniveau angekommen zu sein. Parch setzte sich in einen gleichen Sessel ihm gegenüber. Sherman sah vor allem Beine, seine und Parchs. Aus Shermans Blicklinie ragte Parchs Kinn kaum über seine angewinkelten Knie hinaus.

»Sherman«, sagte das lächelnde Gesicht hinter den Kniescheiben, »ich habe eben einen Anruf von Oscar Suder in Columbus, Ohio, erhalten, und er ist wirklich sauer über diese United-Fragrance-Anleihen.«

Sherman war verwundert. Er wollte den Kopf etwas höher heben, konnte es aber nicht. »Ach ja? Und er hat *Sie* angerufen? Was hat er denn gesagt?«

»Er sagte, Sie hätten ihn angerufen und ihm drei Millionen Anleihen für 102 verkauft. Er sagte auch, Sie hätten ihm geraten, sie schnell zu kaufen, weil sie anzögen. Heute morgen stehen sie bei 100.«

»*Pari!* Das glaube ich nicht!«

»Nun, es ist eine Tatsache, und sie fallen noch tiefer, wenn sie sich überhaupt irgendwohin bewegen. Standard & Poor's haben sie eben von AA auf BBB abgewertet.«

»Das ... *glaube* ich nicht, Arnold! Ich habe sie vorgestern von 103 auf 102,5 gehen sehen und sie durch die Kontrolle laufen lassen, und alles war okay. Gestern dann fielen sie auf 102, dann auf 101 7/8, und dann stiegen sie wieder auf 102. Deshalb dachte ich mir, andere Händler hätten die Sache spitzgekriegt, und da rief ich Oscar Suder an. Sie zogen weiter an. Es war ein verdammt gutes Geschäft bei 102. Oscar hatte nach irgendwas über 9 gesucht, und sie brachten 9,75, fast 10, AA.«

»Aber haben Sie sie auch gestern durch die Kontrolle laufen lassen, ehe Sie sie Oscar verkauften?«

»Nein, aber sie zogen noch mal um ein Achtel an, nachdem ich sie gekauft hatte. Sie zogen an. Mich macht das alles vollkommen sprachlos. Pari! Es ist nicht zu glauben.«

»Also, Herrgott, Sherman«, sagte Parch, der nicht mehr lächelte, »verstehen Sie denn nicht, was passiert ist? Irgend jemand bei Salomon hat Ihnen einen Köder hingelegt. Die waren randvoll mit U Frags, und sie wußten, daß der S&P-Bericht unterwegs war, deshalb haben sie einen Köder ausgelegt. Sie senkten den Preis vor zwei Tagen und warteten, daß jemand anbeißt. Dann setzten sie ihn wieder hoch, damit es so aussah, als passierte ein bißchen was im Handel. Dann senkten sie ihn gestern wieder und ließen ihn von neuem anziehen. Als sie dann Ihr vorsichtiges Knabbern bemerkten – nur ein nettes, kleines Knabbern –, zogen sie den Preis wieder an, um zu sehen, ob Sie bei 102 1/8 noch mal anbeißen würden. Sie und Solly waren der ganze Markt, Sherman! Niemand sonst rührte sie an. Sie haben Sie reingelegt. Jetzt ist Oscar um $ 60.000 ärmer und hat drei Millionen Anleihen am Bein, die er nicht haben will.«

Ein schrecklich helles Licht. Natürlich stimmte es. Er hatte sich auf die amateurhafteste Art und Weise reinlegen lassen. Und ausgerechnet Oscar Suder! Oscar, auf den er mit einem Teil des Giscard-Pakets zählte ... nur $ 10 Millionen von $ 600 Millionen, aber es waren $ 10 Millionen, die er nun woanders unterbringen mußte ...

»Ich weiß nicht, was ich sagen soll«, bekannte Sherman. »Sie haben absolut recht. Ich habe Mist gebaut.« Ihm wurde bewußt, daß »Mist gebaut« klang, als wolle er sich billig davonstehlen. »Es war ein dummer Fehler, Arnold. Ich hätte das sehen müssen.« Er schüttelte den Kopf. »Jungejunge. Ausgerechnet Oscar. Ob ich ihn mal selber anrufe?«

»Das würde ich jetzt noch nicht tun. Er ist wirklich stocksauer. Er wollte wissen, ob Sie oder sonst jemand hier wußte, daß der S&P-Bericht unterwegs war. Ich sagte nein, weil mir klar war, Sie würden Oscar nicht in irgendwas hineinreiten. Aber die Kontrolle wußte in der Tat darüber Bescheid. Sie hätten sich mit ihr noch mal abstimmen müssen, Sherman. Schließlich drei Millionen Anleihen ...«

Parch zeigte ihm ein Das-macht-nichts-Lächeln. Er mochte Unterhaltungen wie diese offensichtlich selber nicht. »Es ist Okay. So was kommt vor. Aber Sie sind da draußen unsere Nummer eins, Sherman.« Er zog die Augenbrauen in die Höhe und ließ sie da oben auf seiner Stirn hängen, als wollte er sagen: Sie wissen, was ich damit sagen will? Er mühte sich aus seinem Sessel hoch. Sherman desgleichen. Ausgesprochen verlegen streckte ihm Parch die Hand hin, und Sherman schüttelte sie.

»Okay, ran an den Speck«, sagte Parch mit einem breiten, aber flachen Lächeln.

Die Entfernung vom Anklagetisch, an dem Kramer stand, bis dorthin, wo Herbert am Verteidigertisch saß, hatte zunächst nicht mehr als sechs Meter betragen. Jetzt ging Kramer ein paar Schritte näher, womit er den Zwischenraum verkleinerte, bis jeder im Gerichtssaal merkte, daß irgendwas Merkwürdiges vor sich ging, ohne genau sagen zu können, was. Er war nun bei dem Teil seines Plädoyers angelangt, wo es Zeit wurde, alles von dem Mitgefühl für Herbert zu zerstören, das Teskowitz möglicherweise hatte aufbauen können.

»Nun, ich weiß, wir haben bestimmte Dinge über die persönliche Geschichte von Herbert 92X vernommen«, sagte Kramer und blickte die Jury an, »und hier sitzt nun Herbert 92X, in diesem Gerichtssaal.« Im Gegensatz zu Teskowitz brachte Kramer den Namen Herbert 92X fast in jedem Satz unter, bis er sich allmählich anhörte wie der Name eines Sci-fi-Filmroboters. Dann wirbelte er herum, senkte den Kopf, blickte Herbert ins Gesicht und sagte: »Ja, hier sitzt Herbert 92X ... *vollkommen gesund!* ... voller *Energie!* ... bereit, auf die Straßen zurückzukehren und sein Leben im Stil von Herbert 92X *fortzusetzen, wozu gehört, daß er versteckt einen nicht konzessionierten, illegalen Revolver Kaliber .38 bei sich trägt!*«

Kramer blickte Herbert 92X in die Augen. Er war jetzt kaum drei Meter von ihm weg und schleuderte ihm »gesund«, »Energie« und »fortsetzen« zwischen die Zähne, als sei er persönlich bereit, dem Mann seine Gesundheit und Energie mit bloßen Händen zu entreißen, samt der Möglichkeit, sein alltägliches Leben oder, was das anging, überhaupt irgendein Leben fortzusetzen. Herbert war kein Mensch, der vor einer Provokation zurückzuckte. Er betrachtete Kramer mit einem kühlen Lächeln, das ungefähr besagte: Rede ruhig weiter, du Scheißer, denn ich zähle noch bis zehn, und dann ... zerquetsche ich dich. Für die Geschworenen – für sie – sah Herbert sicher so aus, als stehe er kurz davor, die Hände auszustrecken und Kramer zu erdrosseln – als sei er obendrein scharf darauf, ihn zu erdrosseln. Das ängstigte Kramer nicht. Er wurde von drei Gerichtswachtmeistern beschützt, die bereits bester Laune waren durch den Gedanken an das Überstundengeld, das sie für die Abendarbeit bekamen. Sollte doch Herbert dasitzen in seinem arabischen Gewand und so brutal aussehen, wie er wollte! Je brutaler Herbert in den Augen der Jury aussah, desto besser für Kramer. Und je gefährlicher Herbert in den Augen von Miss Shelly Thomas erschien – desto heldenhafter die Ausstrahlung des furchtlosen jungen Anklagevertreters!

Der einzige wirklich Ungläubige war Teskowitz. Sein Kopf bewegte sich langsam vor und zurück wie ein Rasensprenger. Er konnte nicht glauben, was er sah. Wenn Kramer schon bei diesem läppischen Scheiß derart über Herbert herfiel, was zum Teufel würde er dann tun, wenn er einen veritablen Killer in den Händen hätte?

»Nun, meine Damen und Herren«, sagte Kramer und wandte sich wieder der Jury zu, blieb aber so nahe bei Herbert stehen wie zuvor, »es ist meine Pflicht, für jemanden zu sprechen, der in diesem Gerichtssaal nicht vor uns sitzt, weil er niedergestreckt und getötet wurde durch eine Kugel aus einem Revolver im Besitz eines Mannes, den er in seinem ganzen Leben nie gesehen hatte: Herbert 92X. Ich möchte Sie daran erinnern, daß der Streitpunkt in diesem Prozeß nicht das Leben von Herbert 92X ist, sondern der Tod von Nestor Cabrillo, einem braven Mann, einem guten Bürger der Bronx, einem guten Ehemann, einem guten Vater ... von *fünf Kindern* ... dahingerafft in der Blüte seines Lebens durch Herbert 92X' *arrogante Annahme* ... er habe das Recht, seine Geschäfte mit einem versteckten, nicht konzessionierten, illegalen .38er Revolver in seinem Besitz zu betreiben ...«

Kramer beehrte mit seinem Blick nacheinander jeden einzelnen Geschworenen. Aber am Schluß jedes volltönenden Satzes verweilten seine Augen auf *ihr*. Sie saß ganz am Ende links in der zweiten Reihe, und so war es ein bißchen ungeschickt, vielleicht sogar ein bißchen offensichtlich. Aber das Leben ist kurz! Und, mein Gott! – was für ein makelloses, weißes Gesicht – was für eine üppige Haarpracht – welch vollkommene Lippen mit braunem Lippenstift! Und welch ein bewunderndes Leuchten erspähte er jetzt in diesen großen braunen Augen! Miss Shelly Thomas war vollkommen berauscht, high von den Verbrechen in der Bronx.

Vom Bürgersteig aus konnte Peter Fallow die Personenwagen und Taxis auf der West Street nach Norden flitzen sehen. Herrgott noch mal, wie sehnte er sich danach, einfach in ein Taxi zu kriechen und zu schlafen, bis er im Leicester's wäre. *Nein!* Was dachte er da? Kein Leicester's heute abend; keinen Tropfen Alkohol in irgendeiner Form. Heute abend führe er sofort nach Hause.

Es wurde dunkel. Er würde sonstwas für ein Taxi geben ... damit er sich in ein Taxi kuscheln und schlafen und direkt nach Hause fahren könnte ... Aber die Fahrt würde $ 9 oder $ 10 kosten, und er hatte keine $ 75 mehr bis zum nächsten Zahltag, der nächste Woche war, und in New York waren $ 75 gar nichts, bloß ein Seufzer, ein tiefer Atemzug, ein flüchtiger Gedanke, eine kleine Laune, ein Fingerschnipsen. Er hielt den Blick auf den Vordereingang des »City Light«-Gebäudes gerichtet, das ein schmuddeliger Art-déco-Turm aus den zwanziger Jahren war, und hoffte, er werde einen der Amerikaner von der Zeitung erwischen, mit dem er sich ein Taxi teilen könnte. Der Trick war, dahinterzukommen, wohin der Amerikaner fuhr, und sich dann irgendein Ziel vier oder fünf Blocks davor auszudenken und als das eigene Ziel anzugeben. Kein Amerikaner hatte den Nerv, einen unter diesen Umständen zu bitten, sich an den Fahrtkosten zu beteiligen.

Einen Augenblick später tauchte ein Amerikaner namens Ken Goodrich auf, der Leiter der Marketingabteilung vom »City Light«, was immer in Gottes Namen auch »Marketing« war. Wagte er es noch mal? Er war in den vergangenen zwei Monaten schon zweimal von Goodrich zu einer Fahrt eingeladen worden, und beim zweiten Mal war Goodrichs Entzücken über die Möglichkeit, auf der Fahrt uptown sich mit einem Engländer unterhalten zu können, erheblich weniger groß gewesen, erheblich. Nein, er traute sich nicht. Und so bereitete er sich innerlich auf den acht Blocks weiten Weg bis zur City Hall vor, wo er die U-Bahn zur Lexington Avenue bekam.

Dieser alte Teil des südlichen Manhattan leerte sich abends schnell, und während sich Fallow in der Dämmerung mühsam voranschleppte, empfand er mehr und mehr Mitleid mit sich. Er kramte seine Jackentasche durch, um zu sehen, ob er eine U-Bahn-Münze hätte. Die hatte er, und das beschwor eine bedrückende Erinnerung herauf. Vor zwei Abenden hatte er im Leicester's in seine Tasche gegriffen, um Tony Moss einen Vierteldollar für ein Telefongespräch zu geben – er wollte sich mit dem Vierteldollar spendabel zeigen, weil er so langsam selbst unter seinen Landsleuten im Ruf stand, ein Schnorrer zu sein –, und hatte eine Handvoll Kleingeld hervorgeholt, und genau da, zwischen den Dimes und Quarters und Nickels und Pence, lagen zwei U-Bahn-Münzen. Er hatte das Gefühl, der ganze Tisch starre sie an. Ganz sicher hatte Tony Moss sie gesehen.

Fallow hatte keine physische Angst davor, mit der New Yorker U-Bahn zu fahren. Er betrachtete sich als rauhen Burschen, und auf jeden Fall war ihm bisher nie etwas in der Underground zugestoßen. Nein, was er fürchtete – und es lief auf eine echte Angst hinaus –, das war die ungeheure Verwahrlosung. An der U-Bahn-Station City Hall mit all diesen dunklen, abgerissenen Leuten die Treppe hinunterzugehen war wie freiwillig in ein Verlies hinabzusteigen, ein sehr schmutziges und lautes Verlies. Rußiger Beton und schwarze Gitter überall, Käfig hinter Käfig, Stockwerk auf Stockwerk, ein durch schwarze Gitter erblicktes Delirium in jeder Richtung. Jedesmal, wenn ein Zug in die Station hinein- oder aus ihr herausfuhr, gab es ein ohrenbetäubendes metallisches Kreischen, als würde irgendein riesiges Stahlskelett durch einen Hebel von unvorstellbarer Kraft auseinandergerissen. Wie kam es, daß man in diesem dicken, fetten Land mit seinen obszönen Bergen an Reichtum und mit der noch obszöneren Besessenheit vom leiblichen Wohl außerstande war, eine Untergrundbahn zu bauen, die so leise, ordentlich, vorzeigbar und – na ja – anständig wie die von London war? Weil sie Kinder waren. Solange sie unter der Erde fuhr, solange sie nicht zu sehen war, war es egal, wie sie aussah.

Fallow gelang es, zu dieser Stunde einen Sitzplatz zu bekommen, wenn eine Lücke auf einer schmalen Plastikbank ein Sitzplatz genannt werden kann. Vor ihm breitete sich die übliche verbissene Graffiti-Orgie aus, die üblichen dunklen, ärmlichen Leute mit ihren grauen und braunen Kleidern und ihren Sneakers – bis auf zwei Leute genau ihm gegenüber, einen Mann und einen Jungen. Der Mann, vielleicht Anfang vierzig, war klein und pummelig. Er trug einen geschmackvollen, teuer aussehenden grauen Nadelstreifenanzug, ein steifes weißes Hemd und, für einen Amerikaner, eine dezente Krawatte. Er hatte außerdem ein Paar ordentliche, wohlgeformte, gut geputzte schwarze Schuhe an. Amerikanische Männer verhunzten normalerweise ihre ansonsten vorzeigbare Gesamterscheinung durch plumpe, dicksohlige, schlecht gepflegte Schuhe. (Sie sahen nur selten ihre eigenen Füße und kümmerten sich – da sie Kinder waren – kaum darum, was sie an ihnen trugen.) Zwischen seinen Füßen stand ein offensichtlich teurer dunkler Lederaktenkoffer. Er beugte sich zur Seite und sagte dem Jungen, der vielleicht acht oder neun Jahre alt war, etwas ins Ohr. Der Junge trug einen marineblauen Schulblazer, ein weißes Button-down-Hemd und einen gestreiften Schlips. Während er noch mit dem Jungen sprach, warf der Mann seinen Blick hierhin und dorthin und gestikulierte mit seiner rechten Hand. Fallow stellte sich vor, es handle sich um einen Mann, der an der Wall Street arbeitet und seinen Sohn im Büro zu Besuch gehabt hat, und jetzt unternahm er mit ihm eine U-Bahn-Fahrt und weihte ihn in die Mysterien dieses rollenden Verlieses ein.

Gedankenverloren beobachtete Fallow die beiden, während der Zug Tempo aufnahm und sich der wiegenden, schlingernden, donnernden Schwungkraft der Fahrt uptown hingab. Fallow sah seinen Vater vor sich. Ein armer kleiner Krauter, ein trauriger kleiner Kerl, das war alles, wozu er es gebracht hatte, ein armer kleiner Krauter, der einen Sohn namens Peter hatte, ein armer kleiner Versager, der da zwischen seinen Boheme-Requisiten in einem baufälligen Haus in Canterbury saß ... Und was bin ich? dachte Fallow, während er in diesem rollenden Verlies in dieser geisteskranken Stadt in diesem durchgeknallten Land saß. Lechze nach einem Drink, lechze nach einem Drink ... Wieder rollte eine Welle der Verzweiflung über ihn weg ... Er guckte runter auf seine Revers. Er sah selbst in diesem armseligen Licht, wie blank sie waren. Er war abgeglitten ... unter die Bohème ... Das gräßliche Wort *verlottert* tauchte in seinem Kopf auf.

Von der U-Bahn-Station an der Lexington Avenue Ecke Siebenundsiebzigste Straße war es gefährlich nahe zum Leicester's. Aber das war kein Problem. Peter Fallow würde dieses Spielchen nicht länger spielen. Als er die Treppe nach oben gestiegen war und im Dämmerlicht auf den Bürgersteig hinaustrat, prägte er sich die Szene ins Bewußtsein ein, nur um sich seinen Vorsatz zu bestätigen und dann zu verwerfen. Das alte Holz, die Milchglaslampen, die Lichter aus dem Schacht hinter der Bar und die Art, wie er die Flaschenreihen beleuchtete, das kneipenartige Gedränge der Leute, das grölend Heimatliche ihrer Stimmen – ihre Stimmen – *englische Stimmen* ... Wenn er vielleicht eben bloß einen Orangensaft und ein Ginger Ale tränke und fünfzehn Minuten englische Stimmen in sich aufnähme ... *Nein!* Er würde standhaft bleiben.

Jetzt war er vor dem Leicester's angekommen, das für einen ahnungslosen Passanten zweifellos genauso aussah wie jedes andere gemütliche Bistro oder Speiselokal in der East Side. Zwischen den altmodischen Mittelpfosten der Fensterscheiben sah er all die gemütlichen Gesichter um die Tische an den Fenstern versammelt, gemütliche, glückliche, weiße Gesichter, von rosigen, bernsteinfarbenen Lampen beleuchtet. Das war zuviel. Er brauchte Trost und einen Orangensaft und Ginger Ale und englische Stimmen.

Wenn man das Leicester's von der Lexington Avenue betritt, kommt man in einen Raum voller Tische mit rotkarierten Tischdecken nach Art eines Bistros. An der einen Wand zieht sich eine enorme Saloonbar mit einer Fußraste aus Messing entlang. Zur anderen Seite hin befindet sich ein kleineres Speisezimmer. In diesem Raum, unter dem Fenster, das auf die Lexington Avenue hinausgeht, steht ein Tisch, an den acht oder zehn Leute gequetscht werden können, vorausgesetzt, sie vertragen sich. Durch stillschweigendes Gewohnheitsrecht ist er zu dem »Englischen Tisch« geworden, einer Art Stammtisch, an dem sich am Nachmittag und frühen Abend die Brits – Mitglieder des Londoner bon ton, die jetzt in New York leben – treffen, um ein paar Drinks zu nehmen ... und englische Stimmen zu hören.

Die Stimmen! Der heimatliche Herd tobte bereits, als Fallow eintrat.

»Hallo, Peter!«

Es war Grillo, der Amerikaner, der im Gewühl an der Bar stand. Er war ein lustiger Kerl und freundlich, aber Fallow hatte für diesen Tag von Amerikanern genug. Er lächelte, rief: »Hallo, Benny!« und steuerte geradewegs auf den Nebenraum los.

Tony Moss saß an dem Tisch, und Caroline Heftshank und Alex Britt-Withers, dem das Leicester's gehörte, und St. John Thomas, Museumsdirektor und (unterderhand) Kunsthändler, und St. Johns Freund, Billy Cortez, ein Venezolaner, der in Oxford studiert hatte und genausogut Engländer sein konnte, und Rachel Lampwick, eine der zwei Töchter von Lord Lampwick, die in New York von Papas Scheck lebten, und Nick Stopping, der kommunistische Journalist – stalinistisch stimmte wohl eher –, der hauptsächlich von Artikeln in »House & Garden«, »Art & Antiques« und »Connoisseur« lebte, in denen er den Reichen um den Bart ging. Nach den Gläsern und Flaschen zu urteilen, war der Tisch schon eine Weile zusammen, und ziemlich bald würden sie nach einem Fisch Ausschau halten, es sei denn Alex Britt-Withers, der Besitzer ... aber nein, Alex erließ nie die Rechnung.

Fallow setzte sich und verkündete, daß er ein neues Leben anfange und nur einen Orangensaft und Ginger Ale wolle. Tony Moss wollte wissen, ob das bedeute, er trinke nicht mehr oder er zahle nicht mehr. Fallow nahm das nicht übel, weil es von Tony kam, den er mochte, und deshalb lachte er und sagte, daß heute abend wirklich niemandes Geld was wert sei, weil ihr großzügiger Gastgeber, Alex, am Tisch sitze. Und Alex sagte: »Ich fürchte, am wenigsten Ihres.« Caroline Heftshank sagte, Alex habe Fallows Gefühle verletzt, und Fallow sagte, das stimme, und unter diesen Umständen sei er gezwungen, seine Meinung zu ändern. Er bat den Kellner, ihm einen Wodka Southside zu bringen. Alle lachten, denn das war eine Anspielung auf Asher Herzfeld, einen Amerikaner, Erbe der Herzfeld-Glas-Millionen, der letzten Abend einen furchtbaren Krach mit Alex vom Zaun gebrochen hatte, weil für ihn kein Tisch frei war. Herzfeld hatte die Kellner und Barkeeper ständig zum Wahnsinn getrieben, weil er sich den ungesunden amerikanischen Drink Wodka Southside bestellte, der mit Minze gemacht wird, und sich dann beklagte, daß die Minze nicht frisch sei. Das brachte den Tisch dazu, Herzfeld-Geschichten zu erzählen. St. John Thomas erzählte mit seiner sanftesten Stimme, wie er zum Abendessen in Herzfelds Apartment in der Fifth Avenue gewesen sei und Herzfeld darauf bestanden habe, den Gästen seine vier Bediensteten vorzustellen, was dem Personal peinlich und den Gästen lästig war. Er sei sicher, gehört zu haben, wie der junge südamerikanische Hausboy sagte: »Na dann, wieso gehen wir nicht alle zu mir zum Abendessen?«, was nach St. Johns Ansicht sicherlich zu einem vergnüglicheren Abend geführt hätte. »Also, bist du nun sicher oder bist du nicht sicher?« fragte Billy Cortez mit der Andeutung eines echten Vorwurfs in der Stimme. »Bestimmt hast du inzwischen bei ihm deswegen nachgehakt. Nebenbei, ein pickliger kleiner Puertoricaner.« »Kein Puertoricaner«, sagte St. John, »Peruaner. Und nicht picklig.« Jetzt richtete der Tisch es sich bei seinem Hauptthema ein, nämlich den häuslichen Sitten und Gebräuchen der Amerikaner. Die Amerikaner mit ihren pervertierten Schuldgefühlen stellten immer die Gäste dem Personal vor, besonders »Leute wie Herzfeld«, sagte Rachel Lampwick. Dann sprachen sie über die Ehefrauen, die amerikanischen Ehefrauen, die eine tyrannische Macht über ihre Männer ausübten. Nick Stopping sagte, er sei dahintergekommen, warum amerikanische Geschäftsleute in New York so lange Mittagspausen machten. Es sei die einzige Zeit, in der sie von ihren Frauen wegkämen, um zu vögeln. Er werde einen Artikel für »Vanity Fair« mit dem Titel »Sex am Mittag« schreiben. Tatsächlich brachte der Kellner Fallow einen Wodka Southside, und unter viel Hallo und Getoaste und Beschwerden an die Adresse von Alex wegen der Qualität der Minze trank er ihn und bestellte sich noch einen. Er schmeckte wirklich sehr gut. Alex verließ den Tisch, um nachzusehen, wie die Dinge in dem großen Raum liefen, und Johnny Robertson, der Kunstkritiker, kam und erzählte eine ulkige Geschichte von einem Amerikaner, der den italienischen Außenminister und dessen Frau bei der Eröffnung der Tiepolo-Ausstellung am Abend zuvor beharrlich mit dem Vornamen angeredet habe, und Rachel Lampwick erzählte von dem Amerikaner, der ihrem Vater vorgestellt worden war – »Das ist Lord Lampwick« – und gesagt hatte: »Hiya, Lloyd.« Aber amerikanische Universitätsprofessoren seien alle schrecklich gekränkt, wenn man vergäße, sie mit Doktor anzureden, sagte St. John, und Caroline Heftshank wollte wissen, warum die Amerikaner darauf bestünden, Rückadressen auf die Vorderseite der Umschläge zu schreiben, und Fallow bestellte sich noch einen Wodka Southside, und Tony und Caroline fragten, warum sie nicht noch eine Flasche Wein bestellten. Fallow sagte, ihm mache es nichts aus, wenn die Yanks ihn beim Vornamen riefen, wenn sie ihn bloß nicht immer zu Pete verkürzten. Alle Yanks im »City Light« nennten ihn Pete, und Nigel Stringfellow nennten sie Nige, und sie trügen außerdem falsche Regimentskrawatten, die sich vor den Hemden blähten, so daß das jedesmal, wenn er einen von diesen schreiendbunten Schlipsen sehe, bei ihm einen bedingten Reflex auslöse, und er zucke zusammen und mache sich innerlich auf »Pete« gefaßt. Nick Stopping erzählte, er sei neulich abend bei Stropp, dem Investmentbanker, in der Park Avenue zum Dinner eingeladen gewesen, und Stropps vierjährige Tochter von seiner zweiten Frau sei in das Eßzimmer gekommen und habe ein Spielzeugwägelchen hinter sich hergezogen, auf dem ein frischer, menschlicher Kothaufen lag – ja, ein Kothaufen! –, ihr eigener, wie man hoffte, und sie sei dreimal um den Tisch herumgewandert, und Stropp und seine Frau hätten nichts weiter getan, als den Kopf zu schütteln und zu lächeln. Das erforderte weiter keinen Kommentar, weil allgemein bekannt war, wie widerlich die Yanks ihre Kinder verwöhnen, und Fallow ließ sich noch einen Wodka Southside kommen und trank auf den abwesenden Asher Herzfeld, und sie bestellten Drinks für die ganze Runde.

Nun kam Fallow allmählich zu Bewußtsein, daß er bereits Drinks für zwanzig Dollar bestellt hatte, die er nicht zu zahlen bereit war. Wie durch C. G. Jungs kollektives Unbewußtes miteinander verbunden, wurden sich Fallow und St. John und Nick und Tony klar, daß die Stunde des Fisches angebrochen war. Aber welches Fisches?

Tony war es schließlich, der plötzlich rief: »Hallo, Ed!« Mit dem jovialsten Grinsen im Gesicht, zu dem er imstande war, winkte er eine hochgewachsene Gestalt an den Tisch. Es war ein Amerikaner, gut gekleidet, recht hübsch eigentlich, mit aristokratischen Zügen und einem Gesicht, so zart, rosa, faltenlos und flaumweich wie ein Pfirsich.

»Ed, ich möchte Ihnen Caroline Heftshank vorstellen. Caroline, das ist Ed Fiske, ein guter Freund von mir.«

Hallos um den ganzen Tisch, als Tony den jungen Amerikaner allen übrigen vorstellte. Dann verkündete Tony: »Er ist der Prinz von Harlem.«

»Oh, man langsam«, sagte Mr. Ed Fiske.

»Es stimmt!« sagte Tony. »Ed ist der einzige Mensch, den ich kenne, der Harlem der Länge, der Weite und der Breite nach, seine Highways und Seitenstraßen, sein Highlife und seine Kaschemmen betreten darf, wann er will, wo er will, zu jeder Zeit, tags oder nachts, und absolut willkommen ist.«

»Tony, das ist entsetzlich übertrieben«, sagte Mr. Ed Fiske und errötete, lächelte aber auch auf eine Weise, die erkennen ließ, daß es keine *unverschämte* Übertreibung war. Er setzte sich und wurde dazu ermuntert, sich einen Drink zu bestellen, was er auch tat.

»Was tut sich denn *wirklich* so in Harlem, Ed?«

Etwas heftiger errötend, gestand Mr. Ed Fiske, erst diesen Nachmittag in Harlem gewesen zu sein. Ohne Namen zu nennen, erzählte er von der Begegnung mit einem Menschen, bei welchem auf die Rückgabe einer recht erheblichen Summe Geldes, nämlich $ 350.000, zu drängen seine heikle Aufgabe gewesen sei. Er erzählte die Geschichte stockend und ein bißchen zusammenhanglos, da er darauf bedacht war, den Faktor Hautfarbe nicht überzubetonen oder zu erklären, warum soviel Geld auf dem Spiel stand – aber die Brits hingen mit hingerissenen und strahlenden Gesichtern an jedem Wort, als sei er der brillanteste Geschichtenerzähler, der ihnen in der Neuen Welt jemals über den Weg gelaufen war. Sie glucksten, sie lachten, sie wiederholten die Enden seiner Sätze wie ein Gilbert-und-Sullivan-Chor. Mr. Ed Fiske redete weiter, wobei er beständig an Zutrauen und Flüssigkeit gewann. Der Drink hatte gewirkt. Er breitete seine tollsten und erlesensten Harlem-Geschichten aus. Was für bewundernde britische Gesichter um ihn herum! Wie sie strahlten! Sie wußten wirklich die Kunst der Unterhaltung zu schätzen! Mit lässiger Großzügigkeit bestellte er eine Runde Drinks für den ganzen Tisch, und Fallow bekam noch einen Wodka Southside, und Mr. Ed Fiske erzählte von einem riesigen, gefährlichen Mann mit dem Spitznamen Buck, der wie ein Pirat einen großen goldenen Ohrring trug.

Die Brits tranken ihre Drinks und stahlen sich dann einer nach dem anderen davon, zuerst Tony, dann Caroline, dann Rachel, dann Johnny Robertson, dann Nick Stopping. Als Fallow leise »Entschuldigen Sie mich einen Augenblick« sagte und aufstand, saßen nur noch St. John Thomas und Billy Cortez da, und Billy zog St. John am Ärmel, weil er jetzt mehr als bloß ein bißchen Aufmerksamkeit in dem entzückten Blick bemerkte, mit dem St. John diesen hübschen und anscheinend reichen Jungen mit der Pfirsichhaut anstrahlte.

Draußen auf der Lexington Avenue dachte Fallow über die Höhe der Rechnung nach, die dem jungen Mr. Fiske in Kürze präsentiert werden würde. Selig beschickert grinste er im Dunkeln. Sie mußte an die zweihundert Dollar betragen. Fiske würde sie zweifellos ohne Murren bezahlen, der arme Fisch.

Diese Yanks. Lieber Gott.

Nur das Problem mit dem Abendessen mußte jetzt noch gelöst werden. Das Dinner im Leicester's kostete schon ohne Wein mindestens vierzig Dollar pro Person. Fallow steuerte auf den Münzfernsprecher an der Ecke zu. Er kannte doch diesen Bob Fowles, den amerikanischen Zeitschriftenredakteur ... Das sollte klappen ... Die magere Frau, mit der er zusammenlebte, Mona Irgendwas, war zwar fast unerträglich, selbst wenn sie nicht redete. Aber alles im Leben hatte eben seinen Preis.

Er betrat die Telefonzelle und warf einen Vierteldollar in den Schlitz. Wenn er Glück hatte, säße er innerhalb einer Stunde wieder im Leicester's und äße sein Lieblingsgericht, Chicken Paillard, das besonders gut mit Rotwein schmeckte. Er liebte Vieux Galouches, das war ein französischer Wein in einer Flasche mit krummem Hals, der beste.

8
Der Fall

Martin, der irische Kriminalbeamte, saß am Steuer, und sein Kollege Goldberg, der jüdische Kriminalbeamte, saß auf dem Beifahrersitz, und Kramer auf dem Rücksitz saß genau im richtigen Winkel, das ergab sich so, um den Tachometer zu sehen. Sie fuhren den Major Deegan Expressway mit guten fünfundsechzig irischen Meilen pro Stunde in Richtung Harlem runter. Daß Martin Ire war, beschäftigte Kramers Gedanken im Augenblick beträchtlich. Er hatte gerade rausgekriegt, wo er den Mann das erstemal gesehen hatte. Nämlich kurz nachdem er zum Morddezernat gekommen war. Er war zur Einhundertzweiundfünfzigsten Straße Ost geschickt worden, wo ein Mann auf dem Rücksitz eines Autos erschossen worden war. Der Wagen war ein Cadillac Sedan DeVille. Eine der hinteren Türen stand offen, und ein Kriminalbeamter stand daneben, ein kleiner Bursche, nicht schwerer als achtundsechzig Kilo, mit dünnem Hals, magerem, etwas asymmetrischem Gesicht und den Augen eines Dobermanns. Detective Martin. Detective Martin winkte mit einer schwungvollen Handbewegung wie ein Oberkellner zu dem offenen Wagenschlag hinüber. Kramer sah hinein, und was er erblickte, war grauenhafter als alles, was der Satz »auf dem Rücksitz eines Autos erschossen« ihn auch nur hatte ahnen lassen. Das Opfer war ein dicker Mann in einer grellbunt karierten Jacke. Er saß auf dem Rücksitz, die Hände kurz oberhalb der Knie auf den Beinen, als wollte er gerade seine Hose hochziehen, damit sie in den Knien nicht ausbeulte. Er schien ein hellrotes Lätzchen umzuhaben.

Zwei Drittel seines Kopfes waren weg. Die Heckscheibe des Cadillac sah aus, als hätte jemand eine Pizza dagegengeknallt. Das rote Lätzchen war Arterienblut, das wie eine Fontäne aus dem Kopfstumpf herausgeschossen war. Kramer kroch rückwärts aus dem Wagen hervor. »Scheiße!« sagte er. »Haben Sie das gesehen? Wie haben die – ich meine, *Scheiße!* – der ganze Wagen ist voll!« Worauf Martin gesagt hatte »Yeah, muß ihm den ganzen Scheißtag verdorben haben.« Zuerst hatte Kramer das als Rüffel aufgefaßt, weil der Anblick ihn so aus der Fassung gebracht hatte, aber später kam er dahinter, daß Martin es nie anders ausgedrückt hätte. Wo blieb denn der Spaß, Leute in die klassische Bronx-Bluttat einzuführen, wenn sie nicht die Fassung verloren? Danach machte Kramer es sich zum Prinzip, auf Verbrechensschauplätzen so irisch wie nur möglich aufzutreten.

Martins Kollege, Goldberg, war von doppeltem Umfang, eine richtige Ochsenhälfte, mit dickem, lockigem Haar, einem Schnurrbart, der an den Mundwinkeln leicht nach unten hing, und einem Stiernacken. Es gab Iren, die Martin hießen, und es gab Juden, die Martin hießen. Es gab Deutsche, die Kramer hießen, und es gab Juden, die Kramer hießen. Aber jeder Goldberg in der Weltgeschichte war ein Jude, mit der einzig denkbaren Ausnahme dieses Mannes. Als Martins Kollege war er inzwischen wahrscheinlich ebenfalls zu einem Iren geworden.

Martin auf dem Fahrersitz drehte den Kopf ein wenig, um sich mit Kramer auf dem Rücksitz zu unterhalten. »Ich kann's nicht glauben, daß ich wirklich nach Harlem fahr, um mir dieses Arschloch anzuhören. Wenn's 'ne angezapfte Leitung wär, das könnte ich glauben. Wie zum Teufel is er denn zu Weiss durchgekommen?«

»Ich weiß nicht«, sagte Kramer. Er sagte es gelangweilt, einfach um zu zeigen, daß er ein ziemlich harter Bursche sei, der weiß, daß diese Mission reine Zeitverschwendung ist. Im Grunde schwebte er noch immer auf dem Urteil, das am Abend zuvor gefällt worden war. Herbert 92X war untergegangen. Shelly Thomas war nach oben getaucht, herrlich wie die Sonne. »Anscheinend hat Bacon Joseph Leonard angerufen. Sie kennen Leonard? Den schwarzen Abgeordneten?«

Kramers Radar sagte ihm, daß »schwarz« als Kennzeichnung in einer Unterhaltung mit Martin und Goldberg zu taktvoll, zu vornehm, zu schick-liberal war, aber er wollte es nicht mit was anderem versuchen.

»Yeah, ich kenne ihn«, sagte Martin, »der ist auch so 'ne Nummer.«

»Na ja, ich stelle bloß Vermutungen an«, sagte Kramer, »aber Weiss hat im November eine Wahl vor sich, und wenn Leonard jemanden braucht, der ihm einen Gefallen tut, dann ist Weiss der richtige Mann. Er meint, er braucht schwarze Unterstützung. Dieser Puertoricaner, Santiago, tritt in der Vorwahl gegen ihn an.«

Goldberg schnaubte verächtlich. »Mir gefällt das Wort, das die da benutzen: *Unterstützung*. Als dächten sie, da draußen gibt's irgend so was wie 'ne Organisation. Das ist doch 'n Scheißwitz. In der Bronx könnten sie nich mal 'ne Tasse Kaffee organisieren. Bedford-Stuyvesant, genau dasselbe. Ich hab in der Bronx, in Bedford-Stuyvesant und in Harlem gearbeitet. In Harlem sind se raffinierter. Wenn du in Harlem irgend so 'n Arschloch einlochst und sagst ihm: ›Paß auf, es gibt zwei Möglichkeiten, wie wir das erledigen können, die einfache Art und die mühsame Art, es liegt an dir‹, dann wissen se wenigstens, wovon du redest. In der Bronx oder in Bed-Stuy, kannste vergessen. Bed-Stuy is das allerschlimmste. In Bed-Stuy könnteste dich genausogut im Dreck von der Müllkippe wälzen. Stimmt's, Marty?«

»Yeah«, sagte Martin ohne Begeisterung. Goldberg hatte überhaupt keine nähere Kennzeichnung benutzt, nur *sie*. Martin schien generell in keine Diskussion über Bullenphilosophie hineingezogen werden zu wollen. »Also Bacon ruft Leonard an, und Leonard ruft Weiss an«, sagte Martin. »Und was dann?«

»Dieser kleine Lamb, seine Mutter arbeitet für Bacon, oder sie hat mal für Bacon gearbeitet«, sagte Kramer. »Sie behauptet, sie hat irgendwelche Informationen darüber, was ihrem Sohn zugestoßen ist, aber sie hat einen ganzen Stapel Strafmandate wegen Falschparkens, und es läuft ein Ordnungshaftbefehl gegen sie, und sie hat Angst, zur Polizei zu gehen. Der Deal ist also: Weiss läßt den Haftbefehl unter den Tisch fallen und arbeitet einen Plan aus, nach dem sie die Strafzettel abzahlen kann, und sie gibt uns die Information, aber es muß in Bacons Anwesenheit passieren.«

»Und Weiss ist damit einverstanden?«

»Tjä.«

»Na, fabelhaft.«

»Na ja, Sie kennen Weiss«, sagte Kramer. »Das einzige, worum er sich sorgt, ist, daß er Jude ist und in einem Wahlkreis zur Wiederwahl antritt, der zu siebzig Prozent schwarz und puertoricanisch ist.«

Goldberg sagte: »Ham Se Bacon früher schon mal getroffen?«

»Nein.«

»Da nehm Se besser Ihre Uhr ab, ehe Se da reingehn. Scheißtyp macht kein Finger krumm, außer zum Klauen.«

Martin sagte: »Ich hab drüber nachgedacht, Davey. Ich seh nicht, wo 's Geld in dieser Sache drinsteckt. Aber du kannst wetten, irgendwo steckt's da drin.« Dann zu Kramer: »Ham Se mal was vom Beschäftigungsbündnis Offene Türen gehört?«

»Klar.«

»Das ist eines von Bacons Unternehmen. Sie wissen, daß sie vor Restaurants aufkreuzen und Jobs für Minderheiten fordern? Sie hätten bei dem Scheißkrawall in der Gun Hill Road dabeisein sollen. Es gab nich ein einziges scheißweißes Gesicht, das da oben arbeitet. Deshalb weiß ich nich, von was für Minderheiten die reden, außer von 'm Rudel Bongos mit Eisenrohren in der Hand, wenn se das 'ne Minderheit nennen.«

Kramer überlegte, ob »Bongos« als Rassenbezeichnung interpretiert werden könnte oder nicht. Er wollte nicht so irisch sein. »Na und, was steckt für sie drin?«

»Geld«, sagte Martin. »Wenn der Geschäftsführer sagen würde: ›Na klar, wir brauchen 'n paar Leute extra, ihr alle könnt Jobs haben‹, da würden sie 'n ansehn, als hätte er Wanzen auf den Augäpfeln. Sie nehm nur Geld, um wegzubleiben. Mit der Anti-Hunger-Liga für die dritte Welt is es genau dasselbe. Das sind diejenigen, die downtown auf 'n Broadway gehn und Randale machen. Das is auch eins von Bacons Unternehmen. Das is vielleicht 'n Herzchen.«

»Aber das Beschäftigungsbündnis Offene Türen«, sagte Kramer, »die geraten doch richtig in Schlägereien.«

»Abgesprochene Scheißrangeleien«, sagte Goldberg.

»Wenn's bloß 'n Trick ist, warum sollten sie das tun? Sie könnten dabei umkommen.«

»Sie müssen die mal sehn«, sagte Martin. »Die verrückten Scheißer schlagen sich den ganzen Tag für nichts rum. Warum sollten sie's dann nicht tun, wenn ihn jemand 'n paar Dollar dafür bezahlt?«

»Kannste dich noch an den erinnern, der mit dem Eisenrohr auf dich losgegangen ist, Marty?«

»Erinnern? Ich hab ihn in mei'm Scheißschlaf gesehen. Ein mächtiger, langer Scheißkerl mit 'm goldenen Ohrring, der an seinem Kopp so runterhing.« Martin formte aus Daumen und Zeigefinger ein großes O und hielt es unter sein rechtes Ohr.

Kramer wußte nicht, wieviel er von alldem glauben sollte. Er hatte einmal einen Artikel in »The Village Voice« gelesen, in dem Bacon als »Straßensozialist« bezeichnet wurde, als ein schwarzer politischer Aktivist, der zu seinen eigenen Theorien über die Fesseln des Kapitalismus gekommen war, und über die Strategien, die notwendig waren, um den Schwarzen ihr Recht zu verschaffen. Kramer war an linker Politik nicht interessiert, und sein Vater auch nicht. Noch im Elternhaus, als er aufwuchs, hatte das Wort »Sozialist« einen religiösen Beigeschmack gehabt. Es war wie »Zelot« oder »Masada«. Es hatte was Jüdisches an sich. Egal, wie verbohrt ein Sozialist auch sein mochte, ganz gleich, wie hart und rachsüchtig, er besaß irgendwo in seiner Seele einen Funken des Lichtes Gottes, Jahwes. Vielleicht war Bacons Unternehmen eine Erpressung, vielleicht aber auch nicht. Von einer Seite aus betrachtet, war die ganze Geschichte der Arbeiterbewegung eine Erpressung. Was war ein Streik anderes als eine Erpressung, gestützt durch wirkliche oder versteckte Gewaltandrohung? Auch die Arbeiterbewegung hatte in Kramers Elternhaus einen religiösen Nimbus gehabt. Die Gewerkschaften waren ein Masada-Aufstand gegen die Bösesten der Gojim. Sein Vater war ein Stammtischkapitalist, wirklich ein richtiger Kapitalistenknecht, der nie in seinem ganzen Leben einer Gewerkschaft angehörte und sich denen, die dabei waren, unendlich überlegen fühlte. Aber eines Abends war Senator Barry Goldwater im Fernsehen aufgetreten und hatte sich für eine Gesetzesvorlage zum Recht auf Arbeit stark gemacht, und sein Vater hatte in einer Weise zu knurren und zu fluchen begonnen, die Joe Hill und die Wobblies wie Arbeitsvermittler hätte erscheinen lassen. Ja, die Arbeiterbewegung war wirklich religiös, genau wie das Judentum. Sie war eine von diesen Dingen, an die man im Namen der ganzen Menschheit glaubte und um die man sich im eigenen Leben nicht eine Sekunde lang kümmerte. Es war komisch mit der Religion ... Sein Vater hüllte sich in sie wie in einen Umhang ... Dieser Bacon hüllte sich in sie ... Herbert hüllte sich in sie ... Herbert ... Mit einemmal sah Kramer eine Möglichkeit, über seinen Triumph zu sprechen.

»Es ist komisch mit diesen Typen und der Religion«, sagte er zu den beiden Polizisten auf den Vordersitzen. »Ich habe gerade einen Prozeß hinter mir, einen Kerl namens Herbert 92X.«

Er sagte nicht: Ich habe gerade einen Prozeß gewonnen. Das würde er irgendwie einflechten. »Dieser Kerl ...«

Martin und Goldberg war es wahrscheinlich sowieso egal. Aber wenigstens würden sie ... begreifen ...

Er blieb ein angeregter Erzähler den ganzen Weg bis nach Harlem.

Keine Menschenseele war in Reverend Bacons großem Salon-Büro, als Kramer, Martin und Goldberg von der Sekretärin hineingeführt wurden. Am auffallendsten abwesend war Reverend Bacon selbst. Sein gewaltiger Drehstuhl erhob sich hinter dem Schreibtisch in spannungsgeladener Leere.

Die Sekretärin bat die drei, in Sesseln gegenüber von dem Schreibtisch Platz zu nehmen, dann ging sie hinaus. Kramer blickte durch das Erkerfenster hinter dem Drehstuhl auf die traurigen Baumstämme im Garten. Die Stämme waren mit Flecken aus sumpfigem Gelb und fauligem Grün gesprenkelt. Dann sah er zur Deckenwölbung und zu den gezahnten Stuckformen hoch und besah sich all die anderen architektonischen Details, die vor achtzig Jahren den Millionär zu erkennen gegeben hatten. Martin und Goldberg taten das gleiche. Martin sah Goldberg an und zog die Lippen an einer Seite nach oben mit einem Blick, der ausdrückte: Alles Bluff.

Eine Tür ging auf, und den Raum betrat ein großer, dunkelhäutiger Mann, der nach zehn Millionen Dollar aussah. Er trug einen schwarzen Anzug, der so geschnitten war, daß die breiten Schultern und die schlanke Taille betont wurden. Das Jackett war auf zwei Knöpfe gearbeitet, die ein prachtvolles Stück weißer Hemdbrust freigaben. Der gestärkte Kragen stach makellos gegen die dunkle Haut des Mannes ab. Er trug eine weiße Krawatte mit einem schwarzen Zickzackmuster, wie sie Anwar Sadat immer getragen hatte. Kramer kam sich bloß vom Hinsehen völlig zerknautscht vor.

Einen Moment überlegte er, ob er aus seinem Sessel aufstehen solle, wohl wissend, was Martin und Goldberg von jeder respektvollen Geste halten würden. Aber ihm fiel kein Ausweg ein. Also stand er auf. Martin wartete ein paar Sekunden, doch dann stand auch er auf, und Goldberg folgte seinem Beispiel. Sie sahen sich an und zogen diesmal beide die Lippe kraus. Da Kramer sich als erster erhoben hatte, ging der Mann auf ihn zu, streckte ihm die Hand entgegen und sagte: »Reginald Bacon.« Kramer ergriff sie und sagte: »Lawrence Kramer, Staatsanwaltschaft Bronx. Detective Martin, Detective Goldberg.«

So wie Martin mit seinen Dobermannaugen auf die Hand von Reverend Bacon sah, war Kramer nicht klar, ob er sie ergreifen oder reinbeißen würde. Er ergriff sie schließlich. Er drückte sie höchstens eine Viertelsekunde, als hätte er eben einen Brocken Kreosot aufgehoben. Goldberg folgte seinem Beispiel.

»Möchten die Herren vielleicht Kaffee?«

»Nein, danke«, sagte Kramer.

Martin warf Reverend Bacon einen eisigen Blick zu und schüttelte dann den Kopf zweimal von einer Seite zur anderen, und zwar sehr-sehr lang-sam, womit er erfolgreich die Botschaft übermittelte: Auch nicht, wenn ich verdursten sollte. Goldberg, der jüdische Shamrock, folgte seinem Beispiel.

Reverend Bacon begab sich hinter den Schreibtisch zu seinem großen Sessel, und alle setzten sich. Er lehnte sich zurück, blickte Kramer ausdruckslos eine Zeit an, die sehr lang erschien, und sagte dann mit sanfter, leiser Stimme: »Hat Ihnen der Staatsanwalt Mrs. Lambs Situation erklärt?«

»Mein Bürochef hat es getan, ja.«

»Ihr Bürochef?«

»Bernie Fitzgibbon. Er ist Chef des Morddezernats.«

»Sie sind vom Morddezernat?«

»Wenn ein Fall als wahrscheinlich tödlich registriert ist, wird er an das Morddezernat abgegeben. Nicht immer, aber sehr oft.«

»Sie müssen Mrs. Lamb nicht unbedingt sagen, daß Sie vom Morddezernat sind.«

»Ich verstehe«, sagte Kramer.
»Ich würde das sehr begrüßen.«
»Wo ist Mrs. Lamb?«
»Sie ist hier. Sie kommt gleich. Aber ich möchte Ihnen noch etwas sagen, bevor sie hereinkommt. Sie ist sehr beunruhigt. Ihr Sohn liegt im Sterben, und sie weiß es, und sie tut es auch wieder nicht wissen ...« She don't know that ... »Verstehen Sie ... Es ist etwas, das sie weiß, und etwas, das sie nicht wissen will.« She don't want to know. »Verstehen Sie? Und die ganze Zeit, so sieht's aus mit ihr, hat sie Kummer wegen einem Haufen Strafmandaten. Sie sagt sich: ›Ich muß zu meinem Sohn, aber angenommen, sie verhaften mich wegen einem Haufen Strafmandaten‹ ... Verstehen Sie?«

»Also, sie – sie braucht sich da keine Sorgen zu machen«, sagte Kramer. She don't have to worry. In einem Zimmer mit drei Leuten, die »she don't« sagten, kriegte er kein »she doesn't« raus. »Der Staatsanwalt kassiert den Haftbefehl. Sie wird trotzdem die Strafzettel bezahlen müssen, aber niemand wird sie verhaften.«

»Das habe ich ihr schon gesagt, aber es wird helfen, wenn Sie ihr das sagen.«

»Oh, zum Helfen sind wir ja da, aber ich dachte, sie hätte *uns* was mitzuteilen.« Das sagte er Martin und Goldberg zu Gefallen, damit sie nicht dächten, er sei leicht über den Tisch zu ziehen.

Reverend Bacon machte wieder eine Pause und blickte Kramer an, dann sprach er weiter, sanft wie vorher. »Das ist richtig. Sie hat Ihnen etwas zu sagen. Aber Sie sollten über sie und über ihren Sohn, Henry, Bescheid wissen. Henry ist ... war ... *war* ... lieber Gott, es ist eine Tragödie. Henry ist ein prächtiger junger Mann ... ein prächtiger junger Mann, so prächtig, wie man es sich nur wünschen kann ... verstehen Sie ... Geht zur Kirche, nie in Schwierigkeiten gewesen, ist dabei, seinen High-School-Abschluß zu machen, bereitet sich aufs College vor ... ein prächtiger junger Mann. Und er hat bereits was Härteres als die Harvard University bestanden. Er ist im Siedlungsprojekt aufgewachsen, und er hat's geschafft. Er hat's überlebt. Er hat es als ein prächtiger junger Mann hinter sich gebracht. Henry Lamb ist ... *war!* ... *die Hoffnung!* ... verstehen Sie ... die Hoffnung. Und nun kommt da einfach jemand daher und« – *peng!* Er schlug mit der Hand auf die Schreibtischplatte – »fährt ihn um und hält noch nicht einmal an.«

Weil Martin und Goldberg da waren, fühlte Kramer die Notwendigkeit, dem Affen Zucker zu geben.

»Das mag ja sein, Reverend Bacon«, sagte er, »aber bis jetzt haben wir absolut keinen Beweis für einen Unfall mit Fahrerflucht.«

Reverend Bacon warf ihm seinen gelassenen Blick zu, dann lächelte er, zum erstenmal. »Sie werden alle Beweise bekommen, die Sie brauchen. Sie werden Henry Lambs Mutter kennenlernen. Ich kenne sie sehr gut ... verstehen Sie ... und Sie können glauben, was sie sagt. Sie ist Mitglied meiner Kirche. Sie ist eine hart arbeitende Frau, eine gute Frau ... verstehen Sie ... eine gute Frau. Sie hat einen guten Job, da unten im Municipal Building, im Standesamt. Nimmt keinen Pfennig von der Fürsorge. Eine gute Frau mit einem guten Sohn.« Dann drückte er auf einen Knopf auf seinem Schreibtisch, beugte sich vor und sagte: »Miss Hadley, bringen Sie Mrs. Lamb herein. Oh, noch eins. Ihr Mann, Henrys Vater, wurde vor sechs Jahren umgebracht, erschossen, als er abends nach Hause kam, draußen vor dem Projekt. Versuchte, sich gegen einen Räuber zu wehren.« Reverend Bacon sah jeden von den dreien an, wobei er die ganze Zeit nickte.

Da stand Martin plötzlich auf und sah aus dem Erkerfenster. Er guckte so gespannt hin, daß Kramer meinte, er müsse zumindest einen Einbruch erspäht haben, der sich gerade ereignete. Reverend Bacon blickte ihn verdutzt an.

»Was sind das denn für Bäume?« fragte Martin.

»Wo denn, Marty?« fragte Goldberg und stand ebenfalls auf.
»Die da«, sagte Martin und zeigte auf sie.

Reverend Bacon schwenkte seinen Sessel herum und sah selbst aus dem Fenster. »Das sind Platanen«, sagte er.

»Platanen«, wiederholte Martin in dem nachdenklichen Ton eines jungen Botanikers in einer Baumschule. »Sieh dir bloß diese Stämme an. Müssen bald fünfzehn Meter hoch sein.«

»Versuchen, ans Licht zu kommen«, sagte Reverend Bacon, »versuchen, die Sonne zu finden.«

Hinter Kramer öffnete sich eine mächtige Eichenflügeltür, und die Sekretärin, Miss Hadley, führte eine adrette, dunkelhäutige Frau herein, nicht älter als vierzig, vielleicht jünger. Sie trug einen einfachen blauen Rock mit Jacke und eine weiße Bluse. Ihr schwarzes Haar war zu weichen Wellen frisiert. Sie hatte ein mageres, fast zartes Gesicht und große Augen und den selbstbeherrschten Blick einer Lehrerin oder von jemandem, der es gewohnt ist, in der Öffentlichkeit aufzutreten.

Reverend Bacon erhob sich und kam um den Schreibtisch herum, um sie zu begrüßen. Kramer stand gleichfalls auf – und begriff Martins und des jüdischen Shamrock plötzliches Interesse an der Spezies der Bäume. Sie wollten nicht dazu gezwungen werden aufzustehen, wenn die Frau ins Zimmer kam. Es war schon schlimm genug gewesen, daß sie für einen Gauner wie Bacon hatten aufstehen müssen. Das noch mal zu machen für eine Frau aus dem Siedlungsprojekt, die zu Bacons Laden gehörte, hieß die Dinge zu weit treiben. Auf die Weise standen sie bereits und betrachteten die Platanen, als sie hereinkam.

»Meine Herren«, sagte Reverend Bacon, »das ist Mrs. Annie Lamb. Das hier ist der Herr von der Staatsanwaltschaft in der Bronx, Mr. Kramer. Und, äh ...«

»Detective Martin und Detective Goldberg«, sagte Kramer. »Sie sind mit den Untersuchungen im Fall Ihres Sohnes beauftragt.«

Mrs. Lamb trat nicht vor, um ihnen die Hand zu geben, und

sie lächelte auch nicht. Sie nickte nur ganz leicht. Sie schien ihr Urteil über die drei zurückzuhalten.

Ganz der Hirte, zog Reverend Bacon einen Sessel für Mrs. Lamb heran. Statt auf seinen gewaltigen Drehstuhl zurückzukehren, setzte er sich athletisch-lässig auf die Kante seines Schreibtischs.

Zu Mrs. Lamb sagte er: »Ich sprach gerade mit Mr. Kramer hier – die Strafmandate, die Sache ist erledigt.« Er sah Kramer an. »Also, der Haftbefehl ist aufgehoben«, sagte Kramer. »Es besteht kein Haftbefehl mehr. Es sind nur noch die Strafmandate da, und was uns angeht, wir sind an den Strafmandaten sowieso nicht interessiert.«

Reverend Bacon sah Mrs. Lamb an, lächelte und nickte ein paarmal mit dem Kopf, als wolle er sagen: Reverend Bacon schaukelt die Sache. Sie sah ihn nur an und kniff die Lippen zusammen.

»Also, Mrs. Lamb«, sagte Kramer, »Reverend Bacon sagt uns, Sie haben für uns einige Informationen darüber, was Ihrem Sohn zugestoßen ist.«

Mrs. Lamb sah Reverend Bacon an. Der nickte und sagte: »Na los. Erzähl Mr. Kramer, was du mir erzählt hast.«

Sie sagte: »Mein Sohn wurde von einem Wagen angefahren, und der Wagen hat nicht gehalten. Es war Fahrerflucht. Aber er hat sich das Nummernschild gemerkt, oder einen Teil davon.« Ihre Stimme war sachlich.

»Einen Moment, Mrs. Lamb«, sagte Kramer. »Wenn's Ihnen nichts ausmacht, fangen Sie ganz am Anfang an. Wann haben Sie zum erstenmal von alldem gehört? Seit wann wußten Sie, daß Ihr Sohn verletzt ist?«

»Als er aus dem Krankenhaus heimkam, mit seinem Handgelenk in so einem – äh – ich weiß nicht, wie man das nennt.«

»Ein Gipsverband?«

»Nein, es war kein Gipsverband. Es war eher wie eine Schiene, es sah nur aus wie ein dicker Mullhandschuh.«

»Na ja, jedenfalls kam er aus dem Krankenhaus nach Hause mit dieser Handgelenkverletzung. Wann war das?«
»Das war ... vor drei Tagen, am Abend.«
»Was sagte er, was passiert war?«
»Er hat nicht viel gesagt. Er hatte große Schmerzen und wollte ins Bett. Er sagte etwas von einem Wagen, aber ich dachte, er wäre in einem Auto mitgefahren, und sie hätten einen Unfall gehabt. Wie ich schon sagte, er wollte nicht reden. Ich glaube, sie haben ihm im Krankenhaus was gegeben, für die Schmerzen. Er wollte bloß ins Bett. Deshalb sagte ich zu ihm, geh ins Bett.«
»Sagte er, mit wem er zusammen war, als es passierte?«
»Nein. Er war mit niemand zusammen. Er war alleine.«
»Dann saß er in keinem Wagen.«
»Nein, er war zu Fuß.«
»Na schön, erzählen Sie weiter. Was passierte dann?«
»Am nächsten Morgen ging es ihm furchtbar schlecht. Er versuchte, den Kopf zu heben, und wurde fast ohnmächtig. Er fühlte sich so schlecht, daß ich nicht zur Arbeit ging. Ich rief an – und blieb zu Hause. Das war, als er mir erzählte, ein Wagen hätte ihn angefahren.«
»Was sagte er, wie es passiert war?«
»Er ging grade über den Bruckner Boulevard, und dieser Wagen fuhr ihn an, und er fiel auf sein Handgelenk, und er muß sich auch den Kopf gestoßen haben, denn er hat eine furchtbare Gehirnerschütterung.« In dem Moment brach ihre Fassung zusammen. Sie schloß die Augen, und als sie sie wieder öffnete, standen sie voller Tränen.
Kramer wartete einen Augenblick. »Wo war denn das auf dem Bruckner Boulevard?«
»Ich weiß nicht. Als er zu sprechen versuchte, war es zu beschwerlich für ihn. Er machte nur immer die Augen auf und zu. Er konnte sich nicht mal aufsetzen.«
»Aber er war ganz allein, sagten Sie. Was machte er denn auf dem Bruckner Boulevard?«

»Ich weiß es nicht. Es gibt da oben einen Schnellimbiß an der Hunderteinundsechzigsten Straße, das Texas Fried Chicken, und Henry mag die Sachen, die es da gibt, die Chicken Nuggets, und vielleicht ist er da hingegangen, aber ich weiß es nicht.«

»Wo hat ihn der Wagen erwischt? Wo an seinem Körper?«

»Das weiß ich auch nicht. Das Krankenhaus, vielleicht können die Ihnen das sagen.«

Reverend Bacon mischte sich ein: »Das Krankenhaus, die haben in ihren Pflichten völlig versagt. Sie haben dem jungen Mann nicht den Kopf geröntgt. Sie haben keine Computertomografie oder Kernspintomografie oder irgendwas von diesen Dingen bei ihm gemacht. Dieser junge Mann kommt da mit einer sehr schweren Kopfverletzung hin, und sie behandeln ihm das *Handgelenk* und schicken ihn nach Hause.«

»Also«, sagte Kramer, »offensichtlich wußten sie nicht, daß er von einem Auto angefahren worden war.« Er wandte sich an Martin. »'s das richtig?«

»Im Notaufnahmebericht steht nichts von einem Auto«, sagte Martin.

»Der Junge hatte eine ernste Verletzung am Kopf!« sagte Reverend Bacon. »Er wußte wahrscheinlich überhaupt nicht, was er sagte. Sie sind dazu da, so was rauszufinden.«

»Okay, kommen wir nicht vom Thema ab«, sagte Kramer.

»Er hat sich das Nummernschild zum Teil gemerkt«, sagte Mrs. Lamb.

»Was hat er Ihnen gesagt?«

»Er sagte, es fing mit R an. Das war der erste Buchstabe. Der zweite Buchstabe war E oder F oder P oder B oder so ein ähnlicher Buchstabe. So hat es ausgesehen.«

»Welcher Staat? New York?«

»Welcher Staat? Das weiß ich nicht. Ich nehme an, New York. Er hat nicht gesagt, daß es was anderes war. Und er hat mir die Marke gesagt.«

»Welche war es?«
»Ein Mercedes.«
»Ich verstehe. Welche Farbe?«
»Ich weiß nicht. Er hat's nicht gesagt.«
»Viertürig? Zweitürig?«
»Ich weiß nicht.«
»Hat er gesagt, wie der Fahrer aussah?«
»Er sagte, ein Mann und eine Frau saßen in dem Wagen.«
»Der Mann fuhr?«
»Ich nehme es an. Ich weiß nicht.«
»Irgendeine Beschreibung des Mannes oder der Frau?«
»Es waren Weiße.«
»Er sagte, es waren Weiße? Sonst was?«
»Nein, er sagte bloß, es waren Weiße.«
»Das ist alles? Er hat nicht noch was von ihnen oder von dem Wagen erzählt?«
»Nein. Er konnte ja kaum sprechen.«
»Wie ist er denn ins Krankenhaus gekommen?«
»Ich weiß nicht. Er hat's mir nicht erzählt.«
Kramer fragte Martin: »Haben die im Krankenhaus was gesagt?«
»Er kam zu Fuß an.«
»Er kann doch nicht vom Bruckner Boulevard bis zum Lincoln Hospital mit einem gebrochenen Handgelenk gelaufen sein.«
»Zu Fuß ankommen heißt nicht, daß er den ganzen Weg bis dahin gelaufen ist. Es heißt bloß, er kam zu Fuß in die Notaufnahme. Er wurde nicht reingetragen. Der EMS hat ihn nicht gebracht. Er kam nicht in einem Krankenwagen an.«
Kramers Gedanken machten bereits einen Satz nach vorn zu den Prozeßvorbereitungen. Er sah nichts als Sackgassen vor sich. Er schwieg einen Augenblick, schüttelte dann den Kopf und sagte zu niemandem im besonderen: »Das bringt uns nicht viel.«

»Was meinen Sie damit?« fragte Bacon. Zum erstenmal lag ein scharfer Ton in seiner Stimme. »Sie haben den ersten Buchstaben des Kennzeichens, und Sie haben einen Hinweis auf den zweiten, und Sie haben den Wagentyp – wie viele Mercedes mit einem Kennzeichen, das mit RE, RF, RB oder RP beginnt, werden Sie Ihrer Meinung nach finden?«

»Das kann ich nicht sagen«, antwortete Kramer. »Detective Martin und Detective Goldberg werden das rausfinden. Aber was wir brauchen, ist ein Zeuge. Ohne einen Zeugen haben wir keinen Fall.«

»Keinen Fall?« sagte Reverend Bacon. »Sie haben einen Fall und einen halben, scheint mir. Sie haben einen jungen Mann, einen hervorragenden jungen Mann, der auf den Tod darniederliegt. Sie haben einen Wagen und ein Kennzeichen. Wieviel Fall brauchen Sie denn noch?«

»Sehen Sie«, sagte Kramer, der hoffte, ein ultrageduldiger, leicht herablassender Ton werde den gewünschten Tadel durchklingen lassen. »Ich möchte Ihnen etwas erklären. Nehmen wir mal an, wir identifizieren morgen den Wagen. Okay? Nehmen wir an, der Wagen ist im Staat New York registriert, und es gibt nur einen Mercedes mit einem Kennzeichen, das mit R anfängt. Da haben wir zwar einen Wagen. Aber wir haben keinen Fahrer.«

»Jaaah, aber Sie können ...«

»Bloß daß jemand einen Wagen besitzt, heißt noch nicht« – *doesn't* mean! Kaum war es ihm entschlüpft, hoffte Kramer, das »doesn't« werde unentdeckt vorüberziehen –, »daß er damit zu einer bestimmten Zeit gefahren ist.«

»Aber Sie können diesen Mann verhören.«

»Das ist richtig, und das würden wir auch tun. Aber wenn er nicht sagt: ›Ja, ich war in soundso einen Unfall mit Fahrerflucht verwickelt‹, stehen wir da, wo wir angefangen haben.«

Reverend Bacon schüttelte den Kopf. »Ich begreife das nicht.«

»Das Problem ist, wir haben keinen Zeugen. Wir haben nicht nur niemanden, der uns erzählen könnte, wo das Ganze passiert ist, wir haben nicht mal jemanden, der uns erzählen könnte, ob er überhaupt von einem Auto angefahren wurde.«
»Sie haben Henry Lamb selbst!«
Kramer hob die Hände aus dem Schoß und hob leicht die Schultern, als wolle er den Umstand nicht überbetonen, daß Mrs. Lambs Sohn wahrscheinlich nie mehr in der Lage sein werde, irgend etwas zu bezeugen.
»Sie haben das, was er seiner Mutter erzählt hat. Er hat es ihr selber erzählt.«
»Das gibt uns einen Anhaltspunkt, aber es bleibt reine Vermutung.«
»Es ist, was er seiner *Mutter* erzählt hat.«
»Sie können es als die Wahrheit akzeptieren, und ich könnte es als die Wahrheit akzeptieren, aber vor einem Gericht ist es als Beweismittel nicht zulässig.«
»Das klingt mir nicht plausibel.«
»Nun ja, das ist das Gesetz. Aber ich sollte bei aller Objektivität noch etwas klarmachen. Als er neulich abend in die Notaufnahme kam, hat er offensichtlich nichts davon gesagt, daß er von einem Auto angefahren wurde. Das hilft dem Ganzen auch nicht weiter.« That don't help. Diesmal hatte er es richtig hingekriegt.
»Er hatte eine Gehirnerschütterung ... und ein gebrochenes Handgelenk ... Wahrscheinlich gab's vieles, was er nicht gesagt hat.«
»Tja, konnte er am nächsten Morgen nicht mehr klar denken? Man könnte auch diese Schlußfolgerung ziehen.«
»*Wer* zieht diese Schlußfolgerung?« fragte Reverend Bacon.
»Ziehen *Sie* diese Schlußfolgerung?«
»Nein. Ich versuche Ihnen nur klarzumachen, daß es hier ohne Zeugen eine Menge Probleme gibt.«
»Also, Sie können doch das Auto finden, nicht wahr? Sie

können den Besitzer verhören. Sie können den Wagen nach Beweisen absuchen, nicht wahr?«

»Sicher«, sagte Kramer. »Wie ich schon sagte, sie werden das rausfinden.« Er nickte zu Martin und Goldberg rüber. »Sie werden auch versuchen, Zeugen aufzutreiben. Aber ich glaube nicht, daß ein Wagen viele Beweise hergibt. Wenn den Jungen ein Wagen angefahren hat, muß er ihn geschrammt haben. Er hat ein paar Blutergüsse, aber er hat nicht die Art körperlicher Verletzungen, die man hat, wenn man wirklich von einem Wagen *angefahren* wird.«

»Sie sagen, *wenn* ihn ein Wagen angefahren hat?«

»Dieser Fall ist voller Wenns, Reverend Bacon. Wenn wir den Wagen und seinen Besitzer finden und wenn der Besitzer sagt: ›Ja, ich habe diesen jungen Mann neulich abend angefahren, und ich habe nicht gehalten, und ich habe es nicht gemeldet‹, dann haben wir einen Fall. Ansonsten haben wir nur viele Probleme.«

»Hmm-hmmm«, sagte Reverend Bacon. »Es ist also vielleicht so, daß Sie auf diesen Fall nicht soviel Zeit verwenden können, weil er so viele Probleme enthält?«

»Das stimmt nicht. Diesem Fall wird genausoviel Aufmerksamkeit geschenkt wie jedem anderen Fall.«

»Sie sagen, Sie sind objektiv. Also, ich werde objektiv sein. Henry Lamb ist kein prominenter Bürger, und er ist nicht der Sohn eines prominenten Bürgers, aber er ist trotzdem ein prächtiger junger Mann ... verstehen Sie ... Er macht gerade seinen High-School-Abschluß. Er wollte – er möchte gern aufs College. Hat nie in Schwierigkeiten gesteckt. Aber er kommt aus dem Edgar-Allan-Poe-Siedlungsprojekt. Das Edgar-Allan-Poe-Siedlungsprojekt. Er ist ein junger Schwarzer aus dem Projekt. Jetzt lassen Sie uns die Geschichte einen Moment lang anders herum betrachten. Angenommen, Henry Lamb wäre ein junger Weißer und wohnte in der Park Avenue und er stünde kurz davor, nach Yale zu gehen, und er würde auf der Park

Avenue von einem Schwarzen und einer Schwarzen in einem ... einem ... Pontiac Firebird überfahren und nicht von einem Mercedes ... verstehen Sie ... Und dieser Junge erzählte seiner Mutter, was Henry Lamb seiner Mutter erzählt hat. Wollen Sie mir erzählen, Sie *hätten keinen Fall?* Statt von Problemen zu reden, würden Sie diese Information um- und umkehren und jeden Stich einzeln zählen.«

Martin geriet polternd in Bewegung. »Wir täten dasselbe, was wir jetzt tun. Wir haben zwei Tage lang versucht, Mrs. Lamb zu finden. Wann haben wir von dem Kennzeichen erfahren? Sie haben's gehört. Ich habe an der Park Avenue gearbeitet, und ich habe am Bruckner Boulevard gearbeitet. Es macht keinen Unterschied.«

Martins Stimme war so ruhig und bestimmt, und sein Blick war so unnachgiebig, so mauleselhaft, so erzirisch, daß er Reverend Bacon einen Augenblick lang einen Schock versetzte. Der versuchte, den kleinen Iren mit seinem Blick aus der Fassung zu bringen, ohne Erfolg. Dann lächelte er leicht und sagte: »Sie können mir das erzählen, weil ich Pfarrer bin, und ich möchte auch glauben, daß die Gerechtigkeit blind ist ... verstehen Sie ... ich möchte es glauben. Aber Sie gehen besser nicht raus auf die Straßen von Harlem und der Bronx und versuchen, es den Leuten dort zu erzählen. Sie informieren sie am besten nicht über diese Segnungen, weil die die Wahrheit nämlich schon kennen. Sie erfahren sie auf die rauhe Art.«

»Ich bin jeden Tag auf den Straßen der Bronx«, sagte Martin, »und ich würd's jedem erzählen, der's hören will.«

»Hmm-hmmm«, sagte Reverend Bacon. »Wir haben eine Organisation, Solidarität für alle. Wir besichtigen die Gemeinden, und die Leute kommen zu uns, und ich kann Ihnen sagen, daß Ihre Botschaft nicht zu den Leuten gelangt. Zu ihnen gelangt eine andere Botschaft.«

»Ich bin bei einer Ihrer Besichtigungen gewesen«, sagte Martin. »Bei was sind Sie gewesen?«

»Bei einer Ihrer Besichtigungen. Oben in der Gun Hill Road.«

»Tjaa, also, ich weiß nicht, wovon Sie reden.«

»Es war auf den Straßen der Bronx«, sagte Martin.

»Jedenfalls«, sagte Kramer und sah Mrs. Lamb an, »danke für Ihre Information. Und hoffentlich haben Sie bald gute Nachrichten von Ihrem Sohn. Wir erkundigen uns nach dieser Zulassungsnummer. Wenn Sie in der Zwischenzeit von jemandem erfahren, der neulich abend mit Ihrem Sohn zusammen war oder irgendwas gesehen hat, lassen Sie es uns wissen, okay?«

»Hm-hmmm«, sagte sie im selben zweifelnden Ton wie zu Beginn. »Danke.«

Martin starrte mit seinen Dobermannaugen noch immer Reverend Bacon an. Deshalb wandte Kramer sich an Goldberg und sagte: »Haben Sie eine Karte, die Sie Mrs. Lamb geben können, mit einer Telefonnummer?«

Goldberg kramte in einer Innentasche herum und reichte ihr seine Karte. Sie nahm sie, ohne sie sich anzusehen.

Reverend Bacon stand auf. »Sie brauchen mir Ihre Karte nicht zu geben«, sagte er zu Goldberg. »Ich kenne Sie ... verstehen Sie ... ich werde Sie *anrufen*. Ich werde hinter Ihrem Fall *her* sein. Ich will sehen, daß was passiert. Die Solidarität für alle will sehen, daß was passiert. Und etwas *wird* passieren ... verstehen Sie ... Also, auf eines können Sie zählen: Sie werden von mir hören.«

»Jederzeit«, sagte Martin, »jederzeit, wann Sie wollen.«

Sein Mund war ganz leicht geöffnet, um die Mundwinkel die Andeutung eines Lächelns. Es erinnerte Kramer an den Gesichtsausdruck – Grinsezahn –, den Jungs am Beginn einer Spielplatzrauferei aufsetzen.

Kramer wandte sich zum Gehen und verabschiedete sich über die Schulter in der Hoffnung, er würde Streithahn Martin und den jüdischen Shamrock mit aus dem Zimmer lotsen.

Auf der Fahrt zurück zur Festung sagte Martin: »Mann Gottes, jetzt weiß ich, warum sie euch Typen Jura studieren lassen, Kramer. Damit ihr lernt, ein eisernes Gesicht zu wahren.« Er sagte es allerdings in gutmütigem Ton.

»Tja, Teufel, Marty«, sagte Kramer, der meinte, da er in dem Idiotengeplänkel bei Reverend Bacon sein Mitstreiter gewesen war, könne er mit dem unerschrockenen kleinen irischen Esel auf Spitznamenbasis verkehren, »die Mutter des Jungen saß doch dabei. Außerdem bringt ja das Kennzeichen vielleicht was zutage.«

»Willste was drauf wetten?«

»Es ist eine Möglichkeit.«

»Am Arsch ist es 'ne Möglichkeit. Du wirst von einem Scheißwagen angefahren und gehst ins Krankenhaus und erzählst es denen zufällig nicht? Und dann gehste nach Hause, und du erzählst es deiner Mutter zufällig auch nicht? Und am nächsten Morgen fühlste dich nicht so toll, also sagte: ›Ach, übrigens, ich bin von 'nem Auto angefahren worden‹? Erzählt mir doch nichts. Der lausige Scheißer hat Kloppe gekriegt, aber von jemand, über den er niemand was erzählen wollte.«

»Oh, das bezweifel ich nicht. Sieh mal nach, ob's nich 'ne Akte über ihn gibt, ja?«

»Weißte«, sagte Goldberg, »die Leute tun mir leid. Sie sitzen da und sagen, der Junge hat kein Strafregister, als wenn das 'ne echte scheißtolle Leistung wär. Und dazu im Siedlungsprojekt, das ist erst was. Einfach keine Polizeiakte zu haben! Das ist was Besonderes. Mir tut die Frau leid.«

Und ein kleines Stückchen Jude blinzelt hinter dem jüdischen Shamrock hervor, dachte Kramer.

Aber dann griff Martin den Refrain auf. »Eine Frau wie sie, die sollte eigentlich überhaupt nicht im Projekt wohnen, Herrgott noch mal. Sie war okay. Sie war in Ordnung. Ich erinnere mich jetzt an die Sache, als ihr Mann umgelegt wurde. Der Bursche war 'n kleiner Arbeiter, der Mumm hatte. Bot irgend'm

Dreckskerl die Stirn, und der Scheißtyp schoß ihm einfach in den Mund. Sie arbeitet, nimmt die Fürsorge nicht in Anspruch, schickt den Jungen zur Kirche, läßt ihn weiter zur Schule gehen – sie is in Ordnung. Keine Ahnung, wo der Junge seine Finger drin hat, aber sie is in Ordnung. Die Hälfte von diesen Leuten, verstehste, irgendwas passiert, und man redet mit ihnen, und sie verbringen irrsinnig viel Zeit damit, der Scheißwelt in die Schuhe zu schieben, was passiert ist, so daß man nicht mal halbwegs dahinterkommt, was zum Teufel überhaupt passiert ist. Aber die hier, die war in Ordnung. Zu schade, daß sie in diesem Scheißsiedlungsprojekt hockt, aber weißte« – er sah Kramer an, als er das sagte –, »es gibt 'ne Menge anständige Leute im Projekt, Leute, die zur Arbeit gehen.«

Goldberg nickte verständig und sagte: »Heute würde man's nie denken, aber dafür sind die Scheißhäuser mal gebaut worden, für Arbeiter. Das war die ganze Idee, billige Wohnungen für Arbeiter. Und wennde jetzt jemanden da drin findest, der arbeiten geht und die richtigen Dinge zu tun versucht, bricht es dir dein Scheißherz.«

Dann dämmerte es Kramer. Die Bullen waren gar nicht so anders als die Unterstaatsanwälte. Es war nur der Dreckfaktor. Die Cops hatten es ebenfalls satt, jeden Tag Schwarze und Latinos ins Gefängnis zu stecken. Für sie war es sogar schlimmer, weil sie dazu noch tiefer in den Dreck tauchen mußten. Das einzige, was die Sache konstruktiv machte, war der Gedanke, daß sie es für jemanden taten – für die anständigen Leute. Und sie machten die Augen auf und waren jetzt auf all die guten Leute mit farbiger Haut eingestimmt ... die nach oben stiegen ... bei diesem ganzen schonungslosen Gerühre im Dreck ...

Man konnte es nicht unbedingt Erleuchtung nennen, dachte Kramer, aber es war verdammt noch mal ein Anfang.

9

Irgend so ein Brit namens Fallow

Diesmal trieb die Detonation des Telefons sein Herz in eine wilde Raserei, und jede Kontraktion preßte das Blut mit solchem Druck durch seinen Kopf – ein Schlaganfall! – er würde einen Schlaganfall bekommen! – während er hier alleine in seiner amerikanischen Hochhausbude lag – einen Schlaganfall! Die Panik weckte das Tier. Das Tier kam sofort an die Oberfläche und zeigte seinen Rüssel.

Fallow öffnete ein Auge und sah das Telefon in einem braunen Streptolonnest liegen. Ihm war schwindlig, und er hatte noch nicht mal den Kopf gehoben. Augenschmiere schwamm in dicken Gerinnseln vor seinem Gesicht herum. Das pochende Blut zerteilte den Quecksilberdotter zu Gerinnseln, und die Gerinnsel kamen ihm aus dem Auge. Das Telefon explodierte wieder. Er machte das Auge wieder zu. Der Rüssel des Tieres war genau hinter seinem Augenlid. Diese Päderasten-Geschichte ...

Und der gestrige Abend hatte als so ein normaler Abend begonnen!

Da er weniger als $ 40 besaß, um die nächsten drei Tage zu überstehen, hatte er das Übliche getan. Er hatte einen Yank angerufen. Er hatte Gil Archer, den Literaturagenten, angerufen, der mit einer Frau verheiratet war, an deren Namen Fallow sich nie erinnern konnte. Er hatte vorgeschlagen, daß man sich zum Abendessen im Leicester's träfe, wobei er den Eindruck erweckte, er werde ebenfalls eine Freundin mitbringen. Archer kam mit seiner Frau, wogegen er allein erschien. Und Archer, stets der gelassen-höfliche Yank, zahlte unter diesen Umständen natürlich die Zeche. So ein ruhiger Abend; so ein früher Abend; so ein routinemäßiger Abend für einen Engländer in New York, ein langweiliges Abendessen, für das ein Yank bezahlte; er hatte wirklich erwogen, aufzustehen und nach Hause zu fahren. Und dann kamen Caroline Heftshank und ein Freund von ihr, ein italienischer Künstler, Filippo Chirazzi, herein, und sie blieben an dem Tisch stehen und setzten sich dazu, und Archer fragte sie, ob sie nicht was trinken wollten, und er sagte, warum sie dann nicht noch eine Flasche Wein nähmen, und so bestellte Archer noch eine Flasche Wein, und die tranken sie, und dann tranken sie noch eine und noch eine, und nun war das Leicester's mit all den üblichen Gesichtern gerammelt voll und ohrenbetäubend laut, und Alex Britt-Withers schickte einen von den Kellnern herüber, um dem Tisch eine Runde Drinks auf Kosten des Hauses zu offerieren, was Archer das Gefühl gab, gesellschaftlich Erfolg zu haben, die Anerkennung-durch-den-Wirt-Schote – die Yanks waren sehr erpicht darauf –, und Caroline Heftshank drückte unentwegt ihren hübschen jungen Italiener an sich, Chirazzi, der sein bezauberndes Profil posierend in die Höhe streckte, als müsse man sich schon allein deswegen bevorzugt fühlen, weil man dieselbe Luft atmete wie er. St. John kam von einem anderen Tisch herüber, um den jungen Signor Chirazzi zu bewundern, sehr zum Mißvergnügen von Billy Cortez, und Signor Chirazzi sagte zu St. John, ein Maler müsse unbedingt mit »den Augen eines Kindes« malen, und St. John sagte, auch er versuche die Welt mit den Augen eines Kindes zu sehen, worauf Billy Cortez sagte: »Er hat Kind gesagt, St. John, nicht Päderast.« Signor Chirazzi posierte noch ein wenig, indem er seinen langen Hals und seine Valentino-Nase aus seinem lächerlichen stahlblauen Punk-Hemd mit dem Dreiviertelzoll-Kragen und dem rosa Glitzerschlips hervorstreckte, und darauf sagte Fallow, es sei doch postmoderner, wenn ein Maler die Augen eines Päderasten statt eines Kindes habe, und was Signor Chirazzi dazu meine? Caroline, die ziemlich betrunken war, sagte zu ihm, er solle keinen Quatsch reden, und zwar recht scharf, und Fallow lehnte sich zurück, womit er lediglich eine Pose einnehmen wollte, die den jungen Maler nachäffte, aber er verlor das Gleichgewicht und fiel hin. Viel Gelächter.

Als er wieder aufstand, drehte sich alles, und er hielt sich an Caroline fest, bloß um sich zu stützen, aber der junge Signor Chirazzi nahm in den Tiefen seiner italienischen Männerehre Anstoß daran und versuchte, Fallow wegzuschubsen, und nun fielen beide, Fallow und Caroline, hin, und Chirazzi machte Anstalten, sich auf Fallow zu stürzen, und St. John versuchte, aus welchen Gründen auch immer, über den hübschen Italiener herzufallen, und Billy Cortez kreischte, und Fallow rappelte sich hoch, ein enormes Gewicht über sich, und Britt-Withers stand vor ihm und schrie: »Um Gottes willen!«, und dann war eine ganze Traube von Leuten auf ihm, und sie alle taumelten krachend durch die Eingangstür auf den Bürgersteig in der Lexington Avenue.

Das Telefon explodierte von neuem, und Fallow hatte schreckliche Angst davor, was er zu hören bekäme, wenn er den Hörer abnähme. Von dem Moment an, als sie alle auf den Bürgersteig rausgestürzt waren, bis jetzt konnte er sich an nichts erinnern. Er schwenkte die Füße aus dem Bett, und in seinem Kopf brüllte und brodelte es noch immer, und sein ganzer Körper fühlte sich wund an. Er kroch über den Teppich auf das explodierende Telefon zu und legte sich daneben. Der Teppich an seiner Wange fühlte sich trocken, metallisch, staubig, eklig an.

»Hallo?«

»Aaaayyy, Pete! Wie geht's 'nn?«

Es war eine fröhliche Stimme, eine Yank-Stimme, eine New Yorker Stimme, eine besonders ungehobelte New Yorker Stimme. Fallow fand diese Yank-Stimme noch mißtönender als das

Pete. Na ja, wenigstens war es nicht »The City Light«. Niemand vom »City Light« würde ihn mit so einer fröhlichen Stimme anrufen.

»Wer ist da?« fragte Fallow. Seine Stimme war ein Tier in einem Loch.

»Herrgott, Pete, *Sie* hören sich aber schrecklich an. Irgendwelchen Puls? Hey. Hier ist Al Vogel.«

Die Nachricht ließ ihn die Augen wieder schließen. Vogel war eine von diesen typischen Yank-Berühmtheiten, die, wenn ein Engländer in London über sie las, so lebhaft, unbezähmbar und moralisch bewundernswert erschienen. In der Wirklichkeit, in New York, entpuppten sie sich immer gleich. Sie waren Yanks; was bedeutet, ungehobelte Langweiler. Vogel war in England sehr bekannt als einer der amerikanischen Anwälte, deren Spezialität unpopuläre politische Fälle waren. Er verteidigte Radikale und Pazifisten, so wie das auch Charles Garry, William Kunstler und Mark Lane getan hatten. Unpopulär hieß natürlich nur unpopulär bei normalen Leuten. Vogels Mandanten waren in den sechziger und siebziger Jahren bei der Presse und den Intellektuellen, besonders in Europa, bestimmt ziemlich populär gewesen, wo jedem, der von Albert Vogel verteidigt wurde, Flügel, Heiligenschein, Toga und Fackel wuchsen. Doch wenige von diesen modernen Heiligen hatten Geld, und Fallow fragte sich oft, wie Vogel seinen Lebensunterhalt verdiente, vor allem da die achtziger Jahre es nicht gut mit ihm meinten. In den Jahren nach 1980 hatten nicht einmal mehr die Presse und die Intellektuellen Nachsicht mit dieser reizbaren, brodelnden, miesgelaunten, leidverliebten, cholerischen Klientel, auf die er spezialisiert war. In letzter Zeit war Fallow dem großen Verteidiger auf den sonderbarsten Partys begegnet. Vogel ging zum Beispiel auch zur Eröffnung eines Parkplatzes (und Fallow sagte dort hallo zu ihm).

»Oh, hi-i-i-i«, sagte Fallow, und es klang am Ende wie ein Stöhnen.

»Ich habe schon in Ihrem Büro angerufen, Pete, und sie sagten mir, sie hätten Sie noch nicht gesehen.«

Nicht gut, dachte Fallow. Er überlegte, wann, ob, warum und wo er Vogel seine private Telefonnummer gegeben hatte.

»Sind Sie noch da, Pete?«

»Hmmmmmmmmmmm.« Fallow hatte die Augen geschlossen. Er hatte kein Gefühl für oben oder unten. »Ist in Ordnung. Ich arbeite heute zu Hause.«

»Ich habe was, worüber ich mit Ihnen reden möchte, Pete. Ich glaube, es liegt 'ne Wahnsinnsgeschichte drin.«

»Hmmmm.«

»Ja, nur würde ich jetzt im Augenblick nicht gern am Telefon drüber reden. Passen Sie auf. Warum essen wir nicht zusammen zu Mittag? Wir treffen uns um eins im Regent's Park.«

»Hmmmm. Ich weiß nicht, Al. Das Regent's Park. Wo ist denn das?«

»Am Central Park South, in der Nähe vom New York Athletic Club.«

»Hmmmmm.«

Fallow fühlte sich zwischen zwei tiefsitzenden Instinkten hin- und hergerissen. Auf der einen Seite dachte er daran, daß er aufstehen und den Quecksilberdotter ein zweites Mal ins Rutschen bringen müsse, und das zu keinem anderen Zweck, als einem amerikanischen Langweiler und ausgedienten Veteranen ein oder zwei Stunden zuzuhören ... Auf der anderen Seite eine kostenlose Mahlzeit in einem Restaurant. Die Riesenflugechse und der Brontosaurus waren auf der Klippe über dem Verlorenen Kontinent im tödlichen Kampf ineinander verkrallt.

Die kostenlose Mahlzeit siegte wie schon so oft in der Vergangenheit.

»In Ordnung, Al, wir sehen uns um eins. Wo ist dieses Lokal noch mal?«

»Am Central Park South, Pete, gleich neben dem New York

A. C. Ist ein nettes Restaurant. Mit Blick auf den Park. Mit Blick auf eine Statue von José Marti zu Pferde.«

Fallow verabschiedete sich und mühte sich hoch, und der Dotter schwappte in diese Richtung und in jene Richtung, und Fallow stieß sich den Zeh an dem Metallrahmen des Bettes. Es tat höllisch weh, aber der Schmerz konzentrierte sein Zentralnervensystem auf einen Punkt. Er duschte im Dunkeln. Der Plastikduschvorhang war bedrückend. Als er die Augen schloß, hatte er das Gefühl umzukippen. Ab und zu mußte er sich an dem Duschkopf festhalten.

Das Regent's Park war eins von den New Yorker Restaurants, die von verheirateten Männern bevorzugt werden, die Affären mit jungen Frauen haben. Es war groß, luxuriös und formell, mit viel Marmor draußen und drinnen, ein ungeheuer steifer Laden, dessen hauteur vor allem Leute ansprach, die in den nahe gelegenen Hotels wohnten: Ritz-Carlton, Park Lane, St. Moritz und Plaza. In der Geschichte New Yorks hatte eine Unterhaltung noch nie mit dem Satz begonnen: »Neulich war ich zu Mittag im Regent's Park und ...«

Seinem Versprechen getreu hatte Vogel einen Tisch am großen Fenster ergattert. Das war im Regent's Park zwar keine heiße Sache, trotzdem – da lag er, der Park, in seiner Frühlingspracht. Und da war auch das Standbild José Martis, das Vogel versprochen hatte. Martis Pferd bäumte sich auf, und der berühmte kubanische Revolutionär lehnte sich in seinem Sattel gefährlich nach rechts. Fallow wandte den Blick ab. Eine heftig bewegte Parkstatue war zuviel, um es mit ihr aufzunehmen.

Vogel war in seiner gewohnten warmherzigen Stimmung. Fallow beobachtete, wie sich seine Lippen bewegten, ohne daß er ein Wort hörte. Das Blut sackte Fallow aus dem Gesicht, dann aus dem Oberkörper und den Armen. Seine Haut wurde kalt. Darauf versuchten eine Million kleine, kochendheiße Fischchen aus seinen Arterien zu entkommen und an die Oberfläche zu gelangen. Schweiß bildete sich auf seiner Stirn. Er fragte sich, ob er jetzt sterbe. So fingen Herzanfälle an. Das hatte er gelesen. Er fragte sich, ob Vogel über Herzmassage Bescheid wisse. Vogel sah aus wie irgend jemandes Großmutter. Sein Haar war weiß, nicht grauweiß, sondern von einem seidigen Schlohweiß. Er war klein und dicklich. Auch in seinen Glanzzeiten war er dicklich gewesen, aber er hatte draufgängerisch gewirkt, »scrappy«, wie die Yanks gern sagten. Jetzt war seine Haut rosig und zart. Seine Hände waren winzig, und knotige, alte Adern führten hinauf zu den Handgelenken. Ein munteres altes Weib.

»Pete«, sagte Vogel, »was möchten Sie trinken?«

»Gar nichts«, sagte Fallow reichlich überbetont. Dann zu dem Ober: »Könnte ich etwas Wasser haben?«

»Ich möchte eine Margarita on the Rocks«, sagte Vogel. »Sicher, daß Sie sich nicht anders entscheiden, Pete?«

Fallow schüttelte den Kopf. Das war ein Fehler. Ein widerwärtiges Gehämmere setzte in seinem Schädel ein.

»Bloß einen, um den Motor in Schwung zu bringen?«

»Nein, nein.«

Vogel legte die Ellbogen auf den Tisch, lehnte sich vor und begann, den Raum in Augenschein zu nehmen, dann heftete sich sein Blick auf einen Tisch seitlich hinter ihm. An dem Tisch saßen ein Mann in einem grauen Straßenanzug und ein Mädchen von achtzehn, neunzehn Jahren mit langen, glatten, sehr auffälligen blonden Haaren.

»Sehen Sie dieses Mädchen?« fragte Vogel. »Ich könnte schwören, dieses Mädchen war in dem Komitee, egal, wie's hieß, an der Universität von Michigan.«

»Was denn für ein Komitee?«

»So eine Studentengruppe. Sie hatten das Vortragsprogramm unter sich. Ich habe vorgestern abend an der Universität von Michigan einen Vortrag gehalten.«

Na und? dachte Fallow. Vogel sah wieder über seine Schulter.

»Nein, das ist sie nicht. Aber, verdammt noch mal, sie sieht genauso aus. Diese verfluchten Mädchen an den Colleges – wollen Sie wissen, warum Leute in diesem Land auf Vortragsreisen gehen?«

Nein, dachte Fallow.

»Okay, fürs Geld. Aber abgesehen davon. Wollen Sie wissen, warum?«

Die Yanks wiederholten beharrlich ihre Einleitungsfragen.

»Diese verfluchten Mädchen.« Vogel schüttelte den Kopf und blickte einen Moment lang zerstreut zur Seite, als habe ihn allein schon der Gedanke daran überwältigt. »Ich schwöre bei Gott, Pete, man muß sich an die Kandare nehmen. Sonst müßte man ein verflucht schlechtes Gewissen haben. Diese Mädchen – heute – also, als ich jung war, war das Tolle, als man aufs College ging, daß man einen saufen konnte, wenn einem danach war. Okay? Diese Mädchen, sie gehen aufs College, damit sie ficken können, wann ihnen danach ist. Und wen wollen sie? Das ist das wirklich Mitleiderregende an der Geschichte. Wollen sie gutaussehende kräftige Burschen in ihrem Alter? Nein. Wollen Sie wissen, wen? Sie wollen ... Autorität ... Macht ... Ruhm ... Prestige ... Sie wollen von den Lehrern gevögelt werden! Die Lehrer drehen mittlerweile durch an diesen Schulen. Wissen Sie, als die Studentenbewegung auf dem Höhepunkt war, war eines der Dinge, die wir auf den Campus zu machen versuchten, diese Mauer der Formalität zwischen der Fakultät und den Studenten niederzureißen, weil sie nichts weiter als ein Herrschaftsinstrument war. Aber jetzt, du lieber Himmel, frage ich mich doch. Ich nehme an, sie wollen alle von ihren Vätern gefickt werden, wenn man Freud glaubt, was ich nicht tue. Wissen Sie, das ist eine Sache, mit der die Frauenbewegung nicht zu Rande gekommen ist. Wenn eine Frau vierzig wird, sind ihre Probleme heute genausogroß wie immer – und ein Bursche wie ich hat es noch nie so gut gehabt. Ich bin nicht sehr alt, aber, Herrgott, ich habe graue Haare ...«

Weiße, dachte Fallow, als wenn du eine alte Frau wärst.

»… und es macht absolut nichts aus. Ein winziger Hauch Berühmtheit, und sie fallen um. Sie fallen einfach um. Ich rühme mich dessen nicht, weil es so erbärmlich ist. Und diese gottverdammten Mädchen, jedes einzelne macht dich noch fertiger als das vorige. Ich würde ihnen gern mal einen Vortrag zu *diesem* Thema halten, aber wahrscheinlich würden sie gar nicht wissen, wovon ich rede. Sie haben kein Bezugssystem, für nichts. Der Vortrag, den ich vorgestern abend gehalten habe, war über das studentische Engagement in den achtziger Jahren.«

»Ich würd's ums Verrecken gern wissen«, sagte Fallow ganz hinten im Hals, ohne die Lippen zu bewegen.

»Pardon?«

Die Yanks sagten »pardon« statt »was«.

»Nichts.«

»Ich habe ihnen erzählt, wie das vor fünfzehn Jahren auf den Campus war.« Sein Gesicht verdunkelte sich. »Aber ich weiß nicht … vor fünfzehn Jahren, vor fünfzig Jahren, vor hundert Jahren … sie haben kein Bezugssystem. Für sie ist alles so weit weg. Vor zehn Jahren … vor *fünf* Jahren … Vor fünf Jahren, das war *vor* den Walkman-Kopfhörern. Sie können sich das nicht vorstellen.«

Fallow hörte nicht mehr zu. Es gab keinen Weg, Vogel von seinem Kurs abzubringen. Er war gegen Ironie immun. Fallow guckte zu dem Mädchen mit den langen blonden Haaren hinüber. Wankten durch das Restaurant. Caroline Heftshank und der erschreckte Ausdruck in ihrem Gesicht. Hatte er irgendwas getan, kurz bevor sie alle durch die Tür rausstürzten? Egal, was – sie verdiente es – aber was war es? Vogels Lippen bewegten sich. Er ging noch mal seinen ganzen Vortrag durch. Fallow fielen die Lider zu. Das Tier durchbrach die Oberfläche, warf sich herum und beäugte ihn. Es beäugte ihn über seinen widerlichen Rüssel hinweg. Jetzt hatte das Tier ihn. Er konnte sich nicht rühren.

»... Managua?« fragte Vogel.

»Was?«

»Sind Sie mal dort gewesen?«

Fallow schüttelte den Kopf. Die Seitwärtsbewegung machte ihn schwindlig.

»Sollten Sie mal hin. Jeder Journalist sollte da mal hin. Ist ungefähr so groß wie ... oh, ich weiß nicht, East Hampton. Wenn's so groß ist. Würden Sie gern mal hinfahren? Es wär ganz leicht, das für Sie in die Wege zu leiten.«

Fallow wollte nicht wieder seinen Kopf schütteln. »Ist das die Geschichte, von der Sie mir erzählen wollten?«

Vogel schwieg einen Augenblick, als taxiere er die Bemerkung auf ihren sarkastischen Gehalt.

»Nein«, sagte er, »aber es ist keine schlechte Idee. Etwa ein Fünfzigstel von allem, was über Nicaragua gesagt werden sollte, wird in diesem Land gedruckt. Nein, was ich erzählen wollte, hat sich vor vier Tagen in der Bronx zugetragen. Es könnte genausogut auch Nicaragua sein, wenn man zufällig dort leben würde. Na egal, Sie wissen doch, wer Reverend Bacon ist, oder?«

»Ja. Ich denke schon.«

»Er ist ein – na ja, er ist ein – Sie haben von ihm gelesen oder ihn im Fernsehen gesehen, ja?«

»Ja.«

Vogel lachte. »Wollen Sie wissen, wo ich ihm zum erstenmal begegnet bin? In einem riesigen zweistöckigen Apartment an der Park Avenue, Peggy Fryskamps Apartment, damals, als sie an der Geronimo-Bruderschaft noch Interesse hatte. Sie gab eine Wohltätigkeitsparty. Das muß Ende der sechziger, Anfang der siebziger Jahre gewesen sein. Es war ein Bursche namens Flying Deer, Fliegender Hirsch, dabei. Er hielt die Seelenrede, wie wir das damals nannten. Es gab immer die Seelenrede und die Geldrede. Jedenfalls hielt er die Seelenrede, die geistliche Rede. Sie wußte nicht, daß der Scheißkerl unter Strom stand.

Sie dachte einfach, es wäre indianisch, so verrückt, wie er sich anhörte. Fünfzehn Minuten später kotzte er auf das 8000-Dollar-Duncan-Phyfe-Klavier von Peggy, über alle Tasten und die Saiten und die Hämmerchen und alles. Sie wissen, diese kleinen Filzhämmerchen? Oh, es war fürchterlich. Sie kam nie drüber weg. Der Kerl hatte den Abend jede Menge gekifft. Und wollen Sie wissen, wer ihm wirklich die Hölle heiß gemacht hat? Reverend Bacon. Yeah. Er wollte Peggy bitten, ein paar von den Sachen zu unterstützen, die er laufen hatte, und als dieser Flying Deer seine Kekse über das Duncan Phyfe kotzte, war ihm klar, daß er Peggy Fryskamp vergessen konnte. Er fing an, ihn Flying Beer zu nennen. ›Flying *Deer*? Flying *Beer*, wenn Sie mich fragen!‹ Herrgott, war das komisch. Aber er wollte gar nicht komisch sein. Bacon versucht nie, komisch zu sein. Jedenfalls, er hat da eine Frau, die manchmal für ihn arbeitet, Annie Lamb aus der Bronx. Annie Lamb wohnt im Edgar-Allan-Poe-Siedlungsprojekt, zusammen mit ihrem einzigen Sohn, Henry.«

»Sie ist schwarz?« fragte Fallow.

»Yeah, sie ist schwarz. Praktisch jeder im Poe-Projekt ist schwarz oder puertoricanisch. Nach dem Gesetz sollten übrigens alle diese Projekte gemischt sein.« Vogel zog die Augenbrauen kraus. »Jedenfalls, diese Annie Lamb ist eine ungewöhnliche Frau.« Vogel erzählte die Geschichte von Annie Lamb und ihrer Familie, die in der Unfallflucht des Mercedes-Benz-Fahrers gipfelte, bei der ihr hoffnungsvoller Sohn Henry an der Schwelle des Todes zurückblieb.

Pech, dachte Fallow, aber wo ist die Story?

Wie um diesen Einwurf vorwegzunehmen, sagte Vogel: »Nun, die Sache hat zwei Seiten, und beide haben damit zu tun, was so einem braven Jungen passiert, wenn er das Pech hat, schwarz zu sein und in der Bronx aufzuwachsen. Ich meine, es geht hier um einen Jungen, der alles richtig gemacht hat. Wenn man von Henry Lamb spricht, spricht man von dem einen Prozent, das genau das tut, was das System von ihm erwartet. Okay? Und was passiert? Erstens, das Krankenhaus behandelt den Jungen auf ... *ein gebrochenes Handgelenk!* Wenn das ein weißes Mittelstandskind gewesen wäre, hätten sie ihn gründlich geröntgt, eine Computertomografie, eine Kernspintomografie und alles, was es gibt, gemacht. Zweitens, die Polizei und die Staatsanwaltschaft wollen in dem Fall nicht aktiv werden. Das ist es, was die Mutter des Jungen wirklich wütend macht. Es findet eine Unfallflucht statt, man hat einen Teil des Kennzeichens und die Wagenmarke, und sie unternehmen nichts.«

»Warum?«

»Tja, im Grunde geht's halt bloß um einen x-beliebigen Jungen aus der Bronx, der von einem Wagen angefahren worden ist, soweit es sie betrifft. Damit können sie sich nicht abgeben. Aber sie sagen, es gäbe keinen Zeugen außer dem Opfer selbst, und das liegt in einem finalen Koma, und so hätten sie keinen Fall, selbst wenn sie den Wagen und den Fahrer finden. Nun mal angenommen, das wäre *Ihr* Sohn. Er hat die Information geliefert, aber sie wollen sie nicht verwenden, weil sie rein formal gesehen nur Hörensagen ist.«

Fallow tat von der ganzen Sache der Kopf weh. Er konnte sich nicht vorstellen, einen Sohn zu haben, und schon gar nicht in irgendeiner Sozialwohnung im Stadtteil Bronx in New York City in Amerika.

»Es ist eine bedauerliche Situation«, sagte Fallow, »aber ich bin ganz und gar nicht sicher, ob da eine Geschichte drinhängt.«

»Nun, für *irgend* jemanden wird da sehr bald eine Geschichte drinhängen, Pete«, sagte Vogel. »Die schwarze Gemeinde ist in Harnisch. Sie sind kurz davor zu explodieren. Reverend Bacon organisiert bereits eine Protestdemonstration.«

»Worüber genau gehen die denn in die Luft?«

»Sie sind es leid, behandelt zu werden, wie wenn Menschenleben in der Bronx nichts gelten! Und ich sagte Ihnen, wenn Bacon irgendwas in die Hand nimmt, passieren Dinge. Er ist

nicht Martin Luther King oder Bischof Tutu. Okay? Er wird keinen Nobelpreis bekommen. Er hat seine eigene Art, Dinge zu erledigen, und manchmal hält diese Art einer näheren Prüfung vielleicht nicht stand. Aber das ist ein Grund dafür, warum er Erfolg hat. Er ist das, was Hobsbawm einen primitiven Revolutionär nannte. Hobsbawm war Brite, stimmt's?«
»Ist er immer noch.«
»Ich dachte, er lebt nicht mehr. Er hatte diese Theorie über primitive Revolutionäre. Die unteren Klassen haben bestimmte natürliche Anführer, und die Mächtigen deuten das, was sie tun, als Verbrechen – sie mögen es sogar ehrlich so deuten –, aber eigentlich sind diese Leute Revolutionäre. Und genau das ist Bacon. Ich bewundere ihn. Und mir tun diese Leute leid. Jedenfalls glaube ich, daß hier eine Mordsgeschichte drinhängt, die philosophischen Erwägungen mal ganz beiseite gelassen.«
Fallow schloß die Augen. Er sah den Rüssel des Tieres im Licht gedämpfter Bistrolampen. Dann der eisige Schauer. Er öffnete die Augen. Vogel sah ihn mit dem munteren Grinsen eines alten rosigen Kindermädchens an. Dieses lächerliche Land.
»Sehen Sie, Pete, das wenigste, was Sie aus der Sache rausholen können, ist eine gute, ergreifende Geschichte. Und wenn die Dinge sich richtig entwickeln, haben Sie eine ganz dicke Sache am Haken. Ich kann Ihnen ein Interview mit Annie Lamb vermitteln. Ich kann Ihnen ein Interview mit Reverend Bacon vermitteln. Ich kann Sie in die Intensivstation bringen, in der der Junge liegt. Ich meine, er liegt zwar im Koma, aber Sie können ihn sehen.«
Fallow versuchte sich vorzustellen, wie er das Quecksilberei und seine reizbaren Innereien in die Bronx schaffen sollte. Er konnte sich kaum denken, daß er die Reise überstünde. Seiner Ansicht nach war die Bronx so was wie die Arktis. Sie lag irgendwo im Norden, und man fuhr nicht hin.
»Ich weiß nicht, Al. Meine Spezialität ist eigentlich das Highlife.« Er versuchte zu lächeln.

»Eigentlich, Pete, eigentlich. Man wird Sie schon nicht feuern, wenn Sie mit einer grandiosen Geschichte aus dem Lowlife aufkreuzen.«

Das Wort »feuern« war es, was wirkte. Er schloß die Augen. Der Rüssel war nicht da. Statt dessen sah er das Gesicht der Toten Maus. Er sah, wie die Maus in diesem Augenblick zu seiner Kabine in dem Redaktionsraum herübersah und feststellte, daß sie leer war. Angst durchströmte jede seiner Zellen, und er führte seine Serviette an die Stirn.

»Darf ich Sie etwas fragen, Al?«

»Bitte.«

»Was interessiert Sie an der ganzen Geschichte?«

»Nichts, wenn Sie von materiellen Interessen sprechen. Reverend Bacon rief mich an und erbat meinen Rat, und ich habe ihm gesagt, ich würde versuchen, ihm zu helfen, das ist alles. Ich mag ihn. Ich mag, was er zu tun versucht. Ich mag die Art, wie er diese verfluchte Stadt aufrüttelt. Ich stehe auf seiner Seite. Ich sagte zu ihm, er solle versuchen, die Sache in die Zeitungen zu bringen, ehe er die Protestdemonstration durchführt. Auf die Weise bekommt er mehr Aufmerksamkeit vom Fernsehen und so weiter. Ich sage Ihnen jetzt die schlichte Wahrheit. Ich dachte an Sie, weil ich meinte, Sie könnten so eine Gelegenheit vielleicht gebrauchen. Das könnte für Sie von Vorteil sein und für eine Menge anständige Leute, die nie eine verdammte Chance in dieser Stadt bekommen.«

Fallow erschauerte. Was hatte Vogel denn bloß über seine Situation erfahren? Im Grunde wollte er das nicht wissen. Er wußte, er wurde benutzt. Gleichzeitig war hier das Stück Käse, das er der Maus vorwerfen konnte.

»Tja, vielleicht haben Sie recht.«

»Ich weiß, daß ich recht habe, Pete. Das wird so oder so eine riesige Geschichte. Da könnten doch auch Sie derjenige sein, der sie der Welt mitteilt.«

»Können Sie mich zu diesen Leuten bringen?«

»Na, sicher. Machen Sie sich darüber keine Gedanken. Das einzige ist, Sie dürfen die Geschichte nicht zurückhalten. Bacon ist bereit loszuschlagen.«

»Hmmmmm. Ich schreibe mir mal ein paar von diesen Namen auf.« Fallow langte in die Seitentasche seines Jacketts. Himmel, er hatte nicht mal ein Notizbuch oder ein Stück Papier eingesteckt, ehe er losging. Er zog einen Brief von Con Edison aus der Tasche, in dem ihm gedroht wurde, daß man ihm Gas und Strom sperren würde. Darauf konnte er sich nicht mal was notieren.

Der Brief war auf beiden Seiten bedruckt. Vogel sah dem allen zu, zog ohne ein Wort einen Notizblock hervor und gab ihn Fallow. Dann reichte er ihm einen silbernen Kugelschreiber. Er wiederholte die Namen und Einzelheiten.

»Passen Sie auf«, sagte Fallow. »Ich rufe gleich mal die Lokalredaktion an.«

Er stand auf und stieß am Nebentisch gegen einen Stuhl, auf dem eine alte Frau in einem Kleid à la Coco Chanel versuchte, einen Löffel Sauerampfersuppe an ihren Mund zu führen. Sie starrte ihn an.

»Was wollen Sie essen?« fragte Vogel. »Ich bestelle für Sie mit.«

»Nichts. Eine Tomatensuppe. Etwas Chicken Paillard.«

»Wein?«

»Nein. Na schön. Ein Glas.«

Das Münztelefon befand sich im Vorraum gegenüber von der Garderobe, wo ein hübsches Mädchen auf einem Barhocker saß und ein Buch las. Ihre Augen starrten aus einer gräßlichen schwarzen Ellipse hervor, die sie sich sorgfältig auf ihre Lider gemalt hatte. Fallow rief Frank de Pietro, den Lokalredakteur von »The City Light« an. De Pietro war einer der wenigen Amerikaner auf einem wichtigen Redaktionsposten bei der Zeitung. Sie brauchten eben jemanden aus New York als Lokalredakteur. Die anderen Engländer, die wie Fallow dort arbeiteten, kannten sich nur in einem einzigen Teil Manhattans aus, und zwar von den trendy Restaurants in TriBeCa im Süden bis zu den trendy Restaurants in Yorkville, nahe der Sechsundachtzigsten Straße, im Norden. Der Rest von New York hätte genausogut auch Damaskus sein können.

»Yeah?« Frank de Pietros Stimme. Begeisterung darüber, von Peter Fallow am Tage während der Arbeitszeit angerufen zu werden, war nicht wahrzunehmen.

»Frank«, sagte Fallow, »ist Ihnen eine Gegend bekannt, die das Edgar-Allan-Poe-Projekt heißt?«

»Yeah. Und Ihnen?«

Fallow wußte nicht, was unangenehmer war, diese Yank-Angewohnheit, »yeah« statt »yes« zu sagen, oder die Skepsis in der Stimme dieses Mannes. Trotzdem machte er unverdrossen weiter, erzählte Albert Vogels Geschichte mit ein paar Ausschmückungen, wo nötig, und ohne Albert Vogel zu erwähnen. Er erweckte den Eindruck, daß er mit Reverend Bacon und der Mutter des Opfers bereits Kontakt aufgenommen habe und daß sein sofortiges Erscheinen in der Bronx ausnahmslos von allen erwartet werde. De Pietro sagte, er solle weitermachen und der Sache nachgehen. Auch das sagte er ohne besondere Begeisterung. Und dennoch fühlte Fallow, wie eine ganz unerwartete Freude sein Herz erfüllte.

Als er zum Tisch zurückkam, sagte Vogel: »Hey, wie lief's denn? Ihre Suppe wird kalt.« Die Worte schafften es kaum aus seinem Mund, der mit Essen vollgestopft war.

Ein großer Teller Tomatensuppe und ein Glas Weißwein standen auf Fallows Platz. Vogel säbelte geschäftig an einer scheußlich aussehenden Kalbshaxe herum.

»Gefällt denen die Geschichte, hmmm?«

»Hmmmmmmm.« Na ja, sie mißfällt ihnen nicht, dachte Fallow. Seine Übelkeit legte sich langsam. Der Dotter wurde kleiner. Eine forsche Heiterkeit, ganz ähnlich der eines Athleten, der einen Kampf beginnt, schlich sich in sein Nervensystem. Er kam sich ... fast anständig vor. Es war das von Dichtern nie erwähnte Gefühl, dessen sich diejenigen erfreuen, die den Eindruck haben, daß sie wenigstens dieses eine Mal ihr Geld wert sind.

Kramer war an der Reihe, zwölf Stunden lang den Piepser am Hosenbund zu tragen. Im Morddezernat der Staatsanwaltschaft Bronx war zu allen Zeiten irgend jemand, irgendein Unterstaatsanwalt zu erreichen. Der Zweck war, jemanden dazuhaben, der sofort zu Verbrechensorten fahren konnte, um Zeugen zu befragen, bevor sie verschwanden oder die Neigung verloren, über die Bluttat zu reden. Während dieser zwölf Stunden hatte ein Unterstaatsanwalt die Aussicht, jeden läppischen Scheiß in der Bronx, der mit Mord zusammenhing, an den Hals gehängt zu kriegen, und es war ein klassisch läppischer Bronx-Scheiß, dessentwegen man Kramer in dieses Revier gerufen hatte. Ein schwarzer Kriminalbeamter namens Gordon stand am Schaltertisch und erzählte ihm die Einzelheiten.

»Der Kerl wird Pimp genannt«, sagte Gordon, »aber er ist kein Zuhälter. Er ist vor allem ein Spieler, und wahrscheinlich dealt er ein bißchen mit Drogen, aber er zieht sich an wie ein Zuhälter. Sie sehen ihn gleich. Er ist da hinten im Umkleideraum. Hat so 'ne Art Modellanzug mit 'ner zweireihigen Weste an.« Gordon schüttelte den Kopf. »Er sitzt auf der Stuhlkante und ißt Rippchen, und die hält er ungefähr so« – er beugte sich vor und hob geziert die Hand –, »damit ihm die Soße nicht auf den Anzug kleckert. Er hatte etwa vierzig Anzüge, und wenn er Ihnen von diesen Scheißanzügen erzählt, glauben Sie, sein Scheißkind wäre ihm abhanden gekommen.«

Das Ganze war passiert, weil ihm jemand die vierzig Anzüge gestohlen hatte. Oh, das war wirklich ein läppischer Scheiß. Berge über Berge Kinderkram und sinnlose Gewalt, und Kramer hatte noch nicht mal die ganze Geschichte gehört.

Der Hauptraum des Reviers war erfüllt von dem dumpfigen

und merkwürdig süßen Geruch faulenden Holzes, verursacht durch Heizkörper, die Jahrzehnte hindurch auf die Fußböden getropft hatten. Der Holzfußboden war größtenteils durch Beton ersetzt. Die Wände waren bis auf eine alte abgeblätterte, etwa einen Meter hohe simple Holzverkleidung regierungsdienstgrün gestrichen. Das Gebäude hatte dicke Wände und hohe Decken, die jetzt mit flachen Neonlichtkästen abgehängt waren. Auf der anderen Seite des Durchgangs konnte Kramer die Rücken von den beiden Streifenpolizisten sehen. Ihre Hüften waren durch Waffen und Gerätschaften, darunter Taschenlampen, Vorladungsbücher, Walkie-talkies und Handschellen, gewaltig aufgeplustert. Einer von ihnen hob unentwegt in erklärenden Gesten die Hände vor zwei Frauen und einem Mann, Bewohnern der Gegend, deren Gesichter ausdrückten, daß sie ihm kein Wort glaubten.

Gordon erzählte Kramer: »Er ist also in seiner Wohnung, und es sind auch vier Burschen da, und einer von ihnen ist dieser André Potts, von dem er meint, daß er weiß, wer die Anzüge geklaut hat, bloß sagt André, er weiß nichts und gar nichts, und so geht das hin und her, und schließlich hat André genug davon, und er steht auf und geht aus dem Zimmer. So, und was würden *Sie* nun tun, wenn so ein respektloser Scheißkerl aufsteht und Ihnen den Rücken zudreht, während Sie ihn wegen Ihren verfluchten vierzig Anzügen ausquetschen? Sie würden ihn in den Rücken schießen, stimmt's? Und genau das tat Pimp. Er schoß Mr. André Potts mit einer .38er dreimal in den Rücken.«

»Haben Sie Zeugen?« fragte Kramer.

»Oh, haufenweise.«

In dem Augenblick ging der Piepser an Kramers Hosenbund los. »Kann ich mal Ihr Telefon benutzen?«

Gordon zeigte auf eine offene Tür, die in das Büro führte, ein Zimmer neben dem Hauptraum. Darin standen drei trostlose, regierungsdienstgraue Metallschreibtische. An jedem Tisch saß ein Schwarzer im Alter von dreißig oder vierzig Jahren. Alle hatten sie Bronx-Straßenkluft an, die etwas zu trist war, um echt zu sein. Kramer dachte, wie ungewöhnlich es doch sei, auf ein Büro mit lauter schwarzen Kriminalbeamten zu stoßen. Der an dem Schreibtisch gleich neben der Tür trug eine schwarze Thermojacke und ein ärmelloses schwarzes T-Shirt, das seine kräftigen Arme vorteilhaft zur Geltung brachte.

Kramer streckte die Hand zu dem Telefon auf dem Schreibtisch aus und sagte: »Ihr Telefon benutzen?«

»He, was soll der Scheiß, Mann!«

Kramer zog die Hand zurück.

»Wie lange soll ich hier noch angekettet sitzen wie 'n verdammtes Tier?«

Damit hob der Mann seinen mächtigen linken Arm unter gräßlichem Gerassel in die Höhe. Er hatte eine Handschelle am Handgelenk, und an der Handschelle war eine Kette. Das andere Ende der Kette war an das Bein des Schreibtisches geschlossen. Jetzt hatten auch die beiden an den anderen Schreibtischen die Arme rasselnd und zeternd in der Luft. Alle drei waren an die Schreibtische gekettet.

»Ich hab nix weiter getan, als *gesehen,* wie das Arschloch den Dreckskerl alle gemacht hat, und er war das Arschloch, das den Kerl *erledigt* hat, und ich bin derjenige, der hier angekettet wird wie 'n verdammtes Tier, und das Arschloch da« – wieder schreckliches Gerassel, als er mit der linken Hand zu einem Raum im Hintergrund zeigte –, »der sitzt da hinten, kuckt Scheißfernsehen und spachtelt Rippchen.«

Kramer sah zum hinteren Teil des Zimmers hinüber, und tatsächlich saß da hinten in einem Umkleideraum eine Gestalt auf der Kante eines Stuhles, vom hektischen Flackern des Fernsehers beleuchtet, und aß eine Länge gegrillte Schweinerippchen. Er lehnte sich wirklich so geziert nach vorn. Sein Jackettärmel war so geschnitten, daß er viel weiße Manschette und die glänzenden Manschettenknöpfe sehen ließ.

Jetzt zeterten alle drei. *Scheißrippchen ... Scheißketten! ... Scheißfernsehen!*

Aber natürlich! Die Zeugen. Als Kramer das klar wurde, bekam alles, Ketten und alles, seinen Sinn.

»Yeah, okay, okay«, sagte er ungehalten zu dem Mann, »ich kümmere mich sofort um Sie. Ich muß bloß mal telefonieren.« *Scheißrippchen! Wart's ab! ... Scheißketten!*

Kramer rief im Büro an, und Gloria, Bernie Fitzgibbons Sekretärin, sagte, Milt Lubell wolle ihn sprechen. Lubell war Abe Weiss' Pressesekretär. Kramer kannte Lubell kaum; er konnte sich nicht erinnern, öfter als vier- oder fünfmal mit ihm gesprochen zu haben. Gloria gab ihm Lubells Nummer.

Milt Lubell hatte beim alten New Yorker »Mirror« gearbeitet, als Walter Winchell dort noch seine Kolumne hatte. Er hatte den großen alten Mann nur ganz flüchtig gekannt, aber dessen atemlos schnoddrige Art zu reden bis in die letzten Tage des zwanzigsten Jahrhunderts fortgeführt.

»Kramer«, sagte er, »Kramer, Kramer, warten Sie, Kramer. Ja, ja, ja, okay, ich hab's. Der Fall Henry Lamb. Liegt im Sterben. Was ist damit?«

»Es ist läppischer Scheiß«, sagte Kramer.

»Ich habe eine Anfrage von ›The City Light‹ bekommen, irgend so ein Brit namens Fallow. Typ hat diesen Akzent. Ich dachte, ich höre Channel 13. Jedenfalls hat er mir eine Erklärung von Reverend Bacon zu dem Fall Henry Lamb vorgelesen. Das hat mir gereicht. Die Worte von Reverend Bacon mit britischem Akzent. Kennen Sie Bacon?«

»Ja«, sagte Kramer. »Ich habe Henry Lambs Mutter in Bacons Büro befragt.«

»Von ihr hat der Kerl auch was, aber zum größten Teil ist es von Bacon. Warten Sie, warten Sie, warten Sie. Da steht äh ... bla bla bla, bla bla bla ... Menschenleben in der Bronx ... Amtsvergehen ... weißer Mittelstand ... bla bla bla ... Kernspintomografie ... Immer weiter über die Kernspintomografie.

Es gibt von diesen Scheißapparaten im ganzen Land vielleicht zwei, glaube ich ... bla bla bla ... Warten Sie, hier haben wir's. Er beschuldigt die Staatsanwaltschaft, die Sache zu verschleppen. Wir würden uns nicht die Mühe machen, den Fall in Angriff zu nehmen, weil der Junge ein schwarzer Jugendlicher aus dem Poe-Projekt ist, und da hänge zuviel Ärger dran.«

»Das ist Quatsch.«

»Gut, ich weiß das, und Sie wissen das, aber ich muß diesen Brit wieder anrufen und ihm was sagen.«

Ein furchtbares Gerassel. »Wie lange soll ich hier noch in diesen Ketten rumsitzen, Mann!« Der Mann mit den kräftigen Armen fing wieder an zu toben. »Das ist gegen das Gesetz!«

»Hey!« sagte Kramer, aufrichtig verärgert. »Wenn Sie hier raus wollen, hören Sie damit auf. Ich versteh, verdammt noch mal, mein eigenes Wort nicht.« Dann zu Lubell: »Entschuldigung, ich bin drüben im Revier.« Er legte die Hand um seinen Mund und die Sprechmuschel und sagte leise: »Die haben hier drüben drei Mordzeugen an die Scheißschreibtischbeine im Büro gekettet, und sie drehen langsam durch.« Er hatte seinen Spaß an dem Schuß proletigen Machojargon, in dem er Lubell diese Geschichte erzählte, obwohl er den Mann nicht mal kannte.

»An die Schreibtischbeine!« sagte Lubell anerkennend. »Herr des Himmels, das habe ich noch nie gehört.«

»Also«, sagte Kramer, »wo war ich stehengeblieben? Okay, wir haben einen Mercedes-Benz mit einem Kennzeichen, das mit R anfängt. Vorerst wissen wir noch gar nicht, ob wir von einem Kennzeichen des Staates New York reden. Okay? Das mal vorneweg. Aber nehmen wir mal an, es ist von New York. Es gibt zweitausendfünfhundert im Staat New York angemeldete Mercedes, deren Kennzeichen mit R beginnt. Okay, also, der zweite Buchstabe sieht angeblich wie ein E oder F, vielleicht auch wie ein P oder B oder R aus, irgendein Buchstabe mit einer Senkrechten links, von der irgendwelche Waagrechten abgehen. Angenommen, wir stimmen soweit überein. Dann reden wir immer noch über fast fünfhundert Wagen. Also, was tun wir? Fünfhundert Wagen überprüfen? Wenn Sie einen Zeugen haben, der Ihnen bestätigt, daß der Junge von so einem Wagen angefahren wurde, tun Sie das vielleicht. Aber es gibt keinen Zeugen, abgesehen von dem Jungen, und der liegt im Koma, aus dem er nicht erwacht. Wir haben keine Informationen über den Fahrer. Alles, was wir haben, besagt: zwei Leute in einem Wagen, zwei Weiße, ein Mann und eine Frau, und obendrein paßt die Geschichte des Jungen überhaupt nicht zusammen.«

»Also, was soll ich sagen? Die Untersuchungen werden fortgesetzt.«

»Yeah. Die Untersuchungen *werden* fortgesetzt. Aber wenn Martin keinen Zeugen findet, haben wir keinen Fall. Selbst wenn der Junge von einem Wagen angefahren wurde, war es wahrscheinlich kein solcher Zusammenstoß, der einen gerichtstauglichen Beweis an dem Wagen ergibt, weil der Junge nicht die körperlichen Verletzungen hat, die zu so einem Zusammenprall passen – ich meine, Himmelherrgott, es gibt so viele Scheißwenns in dieser blödsinnigen Geschichte. Wenn Sie mich fragen, ist es ein läppischer Scheiß. Der Junge scheint ein anständiger Kerl zu sein und die Mutter ebenfalls, aber unter uns gesagt, ich glaube, er ist in irgend'ne Keilerei reingeraten und hat sich diese Lügengeschichte ausgedacht, um sie seiner Mutter aufzutischen.«

»Na schön, aber warum phantasiert er sich dann einen Teil eines Nummernschildes zusammen? Warum sagt er nicht, er weiß die Nummer nicht?«

»Woher soll ich das wissen? Warum tut irgend jemand irgend etwas von all dem, was sie in diesem Stadtteil tun? Meinen Sie, dieser Typ, dieser Reporter, wird wirklich was schreiben?«

»Ich weiß nicht. Ich werde ihm einfach sagen, wir verfolgen die Sache natürlich intensiv.«

»Hat Sie sonst noch jemand deswegen angerufen?«
»Nein. Es klingt, als wäre Bacon irgendwie an den Burschen rangekommen.«
»Was gewinnt denn Bacon dabei?«
»Oh, das ist eines von den Steckenpferden, die er reitet. Das zweierlei Maß, die weiße Justiz, bla bla bla. Er ist ständig darauf aus, dem Bürgermeister eins reinzuwürgen.«
»Na«, sagte Kramer, »wenn er aus diesem läppischen Scheiß was machen kann, ist er ein Zauberer.«
Als Kramer auflegte, rasselten die drei gefesselten Zeugen wieder mit ihren Ketten und jammerten herum. Schweren Herzens wurde ihm klar, daß er sich nun wirklich würde hinsetzen und mit diesen drei Bazillen reden und was Zusammenhängendes aus ihnen rauskriegen müssen über einen Mann namens Pimp, der einen Mann erschossen hatte, der jemanden gekannt hatte, der vielleicht oder vielleicht auch nicht von dem Verbleib von vierzig Anzügen wußte. Sein ganzer Freitagabend wäre im Arsch, und er würde wieder mit dem Schicksal würfeln und mit der U-Bahn runter nach Manhattan fahren müssen. Er blickte noch mal nach hinten in den Umkleideraum. Die Schönheit in Person, der Titel-Boy von »Gentleman's Quarterly«, der Mann namens Pimp, saß immer noch da hinten, aß Rippchen und amüsierte sich riesig über irgendwas im Fernsehen, das sein Gesicht in Tönungen zwischen Verbrennung-ersten-Grades-Rosa und Kobaltbestrahlungsblau beleuchtete.
Kramer verließ das Büro und sagte zu Gordon: »Ihre Zeugen werden irgendwie unruhig da drin. Der eine Typ würde mir am liebsten die Kette um den Hals wickeln.«
»Ich mußte ihm die Kette anlegen.«
»Ich weiß. Aber ich will Sie mal was fragen. Dieser Pimp, der sitzt einfach da hinten und ißt Rippchen. Er ist nicht an irgendwas gekettet.«
»Oh, wegen Pimp mach ich mir keine Sorgen. Der haut nicht ab. Der hat sich abgeregt. Er ist zufrieden. Diese lausige Umge-

bung hier ist alles, was er kennt. Ich wette, er weiß nicht, daß New York am Atlantik liegt. Er ist hier zu Hause. Nein, der geht nirgendwohin. Er ist bloß der Täter. Aber ein Zeuge – he, Mann, wenn ich dem Zeugen keine Ketten anlegen würde, hätten Sie ni-i-iemanden zum Fragenstellen. Sie würden ihn nie wieder zu Gesicht kriegen. Ein Scheißzeuge setzt sich schneller nach Santo Domingo ab, als Sie Billigtarif sagen können.«

Kramer ging wieder in das Büro, um seine Pflicht zu tun und die drei aufgebrachten Bürger in Ketten zu verhören und irgendeine Ordnung in diesen allerneuesten läppischen Scheiß zu bringen.

Von »The City Light« erschien keine Sonntagsausgabe, und so befand sich am Samstagnachmittag nur die Stammtruppe in der Lokalredaktion. Die meisten davon waren Depeschenredakteure, die das Material, das ununterbrochen aus den Apparaten von Associated Press und United Press International gerattert und geklappert kam, nach Themen untersuchten, die für die Montagsausgabe eventuell von Nutzen sein konnten. Im Redaktionszimmer saßen drei Reporter, dazu einer unten im Zentralen Polizeihauptquartier von Manhatten für den Fall, daß sich irgendeine Katastrophe oder eine so blutige Mordtat ereignete, daß die Leser von »The City Light« sie auch noch am Montag würden aufschlecken wollen. Ein einsamer Hilfsredakteur war da, der den größten Teil des Nachmittags am Telefon verbrachte und über die Fernleitung von »The City Light« Verkaufsgespräche in seiner Nebentätigkeit führte, die darin bestand, Schmuck für Studentenvereinigungen en gros an Leiter von Verbindungshäusern zu verkaufen, die das Zeug, die Krawattennadeln und Ringe und Vereinsabzeichen und so weiter, en detail an die Verbindungsstudenten weiterverkauften und die Differenz für sich behielten. Die Gelangweiltheit und Mattigkeit dieser Wächter der Presse war kaum zu überbieten.

Und an diesem speziellen Samstag befand sich dort auch Peter Fallow.

Fallow war im Gegensatz zu seinen Kollegen die personifizierte Arbeitswut. Von den verschiedenen Kabinen rund um den Redaktionsraum war seine die einzige, die besetzt war. Er hockte auf der Kante seines Stuhles, das Telefon am Ohr und einen Kugelschreiber in der Hand. Er war so aufgedreht, daß seine Nervosität den Kater des heutigen Tages mit etwas durchdrang, was an Klarheit grenzte.

Auf seinem Schreibtisch lag ein Telefonbuch des Verwaltungsbezirks Nassau, der auf Long Island lag. Ein großes, gewichtiges Ding war das, dieses Telefonbuch. Er hatte vom Verwaltungsbezirk Nassau noch nie was gehört, obwohl er jetzt der Meinung war, daß er an dem Wochenende durchgefahren sein müsse, an dem es ihm gelungen war, St. Johns Vorgesetzten am Museum, Virgil Gooch III. – die Yanks liebten es, römische Zahlen hinter die Namen ihrer Söhne zu setzen –, zu veranlassen, ihn in sein grotesk-würdevolles Haus am Meer in East Hampton auf Long Island einzuladen. Es hatte keine zweite Einladung gegeben, aber ... na gut, na gut ... Was die Stadt Hewlett anging, die im Verwaltungsbezirk Nassau lag, so war ihre Existenz auf dem Antlitz der Erde völlig neu für ihn, aber irgendwo in dieser Stadt Hewlett klingelte jetzt ein Telefon, und er wünschte sich verzweifelt, daß jemand ranginge. Nach siebenmal Klingeln wurde endlich abgehoben.

»Hallo?« Außer Atem.

»Mr. Rifkind?«

»Ja ...« Außer Atem und wachsam.

»Hier ist Peter Fallow vom New Yorker ›City Light‹.«

»Möchte ich nicht.«

»Wie bitte? Ich hoffe, Sie entschuldigen, daß ich Sie an einem Samstagnachmittag anrufe.«

»Sie hoffen falsch. Ich habe einmal die ›Times‹ abonniert. Hab sie aber nur ungefähr einmal die Woche bekommen.«

»Nein, nein, nein, ich möchte nicht ...«

»Entweder klaute sie sich jemand von der Eingangstür, ehe ich aus dem Haus ging, oder sie war völlig durchgeweicht oder sie wurde überhaupt nicht geliefert.«

»Nein, ich bin Journalist, Mr. Rifkind. Ich *schreibe* für ›The City Light‹.«

Es gelang ihm schließlich, Mr. Rifkind diese Tatsache glaubhaft zu machen.

»Aha, okay«, sagte Mr. Rifkind, »reden Sie weiter. Ich war grade draußen in der Einfahrt und hab 'n paar Bier getrunken und ein ›ZU VERKAUFEN‹-Schild gemacht, das ich ins Fenster meines Wagens hängen will. Sie sind nicht zufällig an einem 81er Thunderbird interessiert?«

»Nein, tut mir leid«, sagte Fallow mit einem Gluckser, als wäre Mr. Rifkind einer der großen Samstagnachmittag-Witzbolde seines Lebens. »Ich rufe eigentlich an, um mich nach einem Ihrer Schüler zu erkundigen, einem Jungen namens Henry Lamb.«

»Henry Lamb. Klingelt nicht bei mir. Was hat er ausgefressen?«

»Oh, *ausgefressen* hat er nichts. Er ist schwer verletzt.« Er begann, die Umstände des Falles auszubreiten, wobei er die Gewichte seiner Schilderung ziemlich kräftig zur Albert-Vogel-Reverend-Bacon-Theorie über den Vorfall hin verschob. »Mir wurde gesagt, er sei Schüler in Ihrer Englischklasse gewesen.«

»Wer hat Ihnen das gesagt?«

»Seine Mutter. Ich habe mich ziemlich lange mit ihr unterhalten. Sie ist eine sehr reizende Frau und sehr aufgeregt, wie Sie sich vorstellen können.«

»Henry Lamb ... O ja, ich weiß, wen Sie meinen. Tja, das ist sehr schlimm.«

»Ich würde gerne erfahren, Mr. Rifkind, welche Art Schüler Henry Lamb ist.«

»Welche *Art*?«

»Na ja, würden Sie sagen, er ist ein *herausragender* Schüler?«

»Woher sind Sie, Mr. – Entschuldigung, sagen Sie mir noch mal Ihren Namen?«

»Fallow.«

»Mr. Fallow. Ich nehme an, Sie sind nicht aus New York.«

»Das ist richtig.«

»Dann besteht auch keine Veranlassung, warum Sie etwas über die Colonel Jacob Ruppert High School in der Bronx wissen sollten. An der Ruppert benutzen wir zwar Vergleichskategorien, aber *herausragend* gehört nicht dazu. Der Spielraum bewegt sich eher von kooperativ bis lebensbedrohend.« Mr. Rifkind fing an zu kichern. »Sagen Sie um Gottes willen nicht, daß ich das gesagt habe.«

»Also, wie würden Sie Henry Lamb bezeichnen?«

»Als kooperativ. Er ist ein netter Kerl. Macht *mir* nie Scherereien.«

»Würden Sie ihn als guten Schüler bezeichnen?«

»Auch *gut* läßt sich an der Ruppert nicht recht verwenden. Es geht eher darum: ›Kommt er zum Unterricht oder kommt er nicht?‹«

»Ist Henry Lamb zum Unterricht gekommen?«

»Wenn ich mich recht erinnere, ja. Er ist normalerweise da. Er ist sehr zuverlässig. Er ist ein netter Junge, so nett wie nur möglich.«

»Gab es irgendwas im Lehrplan, wo er besonders gut – oder sagen wir, geschickt war, irgendwas, das er besser als was anderes konnte?«

»Eigentlich nicht.«

»Nein?«

»'s ist schwierig zu erklären, Mr. Fallow. Wie's im Sprichwort heißt: ›Ex nihilo nihil fit.‹ Es gibt nicht viel Bewegungsspielraum in diesen Klassen, und deshalb ist es schwer, Leistungen zu vergleichen. Diese Jungen und Mädchen – manchmal sind sie mit den Gedanken im Klassenzimmer und manchmal nicht.«

»Und Henry Lamb?«

»Er ist ein netter Bursche. Er ist höflich, er ist aufmerksam, er macht mir keine Schwierigkeiten. Er versucht zu lernen.«

»Also, irgendwelche Fähigkeiten muß er aber haben. Seine Mutter erzählte mir, er hätte vor, aufs College zu gehen.«

»Das kann schon sein. Sie spricht wahrscheinlich vom C.C.N.Y. Das ist das City College of New York.«

»Ich glaube, das erwähnte Mrs. Lamb.«

»Das City College hat keine Aufnahmebeschränkungen. Wenn man in New York wohnt und den High-School-Abschluß hat und aufs College gehen möchte, dann kann man das.«

»Schafft Henry Lamb den Abschluß, oder würde er ihn geschafft haben?«

»Soweit ich weiß. Wie ich schon sagte, sein Anwesenheitsregister ist sehr gut.«

»Was meinen Sie, wie er sich als College-Student gemacht haben würde?«

Ein Seufzer. »Ich weiß nicht. Ich kann mir nicht vorstellen, was mit diesen Kindern geschieht, wenn sie zum City College gehen.«

»Also, Mr. Rifkind, können Sie mir denn *gar* nichts über Henrys Leistungen oder Fähigkeiten sagen, überhaupt nichts?«

»Sie müssen wissen, daß man mir ungefähr fünfundsechzig Schüler pro Klasse gibt, wenn das Schuljahr beginnt, weil man weiß, daß es bis zur Mitte des Jahres nur noch vierzig und am Ende des Jahres nur noch dreißig sein werden. Auch dreißig sind zuviel, aber so viele kriege ich nun mal. Es ist nicht gerade das, was man Einzelunterricht nennen würde. Henry ist ein netter junger Mann, der sich bemüht und eine Ausbildung haben möchte. Was soll ich Ihnen sonst sagen?«

»Lassen Sie mich noch folgendes fragen. Wie ist er in seinen schriftlichen Arbeiten?«

Mr. Rifkind ließ einen Aufschrei hören. »*Schriftliche* Arbeiten? An der Ruppert gibt es schon seit fünfzehn Jahren keine schriftlichen Arbeiten mehr! Vielleicht seit zwanzig! Man macht Multiple-choice-Tests. Lesefertigkeit, das ist der große Schlager. Der Unterrichtsausschuß kümmert sich um nichts anderes.«

»Wie war Henry Lambs Lesefertigkeit?«

»Das müßte ich nachsehen. Nicht schlecht, wenn ich raten sollte.«

»Besser als die meisten? Oder ungefähr Durchschnitt? Oder was würden Sie sagen?«

»Tja ... das ist für Sie sicher schwer zu verstehen, Mr. Fallow, wo Sie aus England kommen. Habe ich recht? Sind Sie Brite?«

»Ja.«

»Natürlich – oder ich vermute, es ist natürlich – sind Sie an Kategorien gewöhnt, die man vorzügliche Leistungen und so weiter nennt. Aber diese Kinder haben diese Kategorie nicht erreicht, wo es sich lohnt, auf solche Vergleiche Wert zu legen, von denen Sie sprechen. Wir versuchen nur, sie auf ein bestimmtes Niveau zu hieven und dann davor zu bewahren, wieder abzusacken. Sie denken an ›Musterschüler‹ und ›Klassenprimus‹ und all das, und das ist ja auch sehr natürlich, wie ich schon sagte. Aber an der Colonel Jacob Ruppert High School ist ein Musterschüler jemand, der zum Unterricht kommt, nicht destruktiv ist, zu lernen versucht und im Lesen und Rechnen alles richtig macht.«

»Gut, gehen wir von diesem Maßstab aus. Ist nach diesen Maßstäben Henry Lamb ein Musterschüler?«

»Nach diesen Maßstäben, ja.«

»Ich danke Ihnen sehr, Mr. Rifkind.«

»Ist schon in Ordnung. Es tut mir leid, daß ich das alles hören muß. Ist sicher ein netter Junge. Wir sollten sie eigentlich nicht

Jungs nennen, aber trotzdem sind sie genau das, arme, beklagenswerte, verwirrte Jungs mit jeder Menge Problemen. Zitieren Sie mich um Gottes willen bloß nicht, sonst kriege *ich* jede Menge Probleme. He, hören Sie. Können Sie nicht doch vielleicht einen 81er Thunderbird gebrauchen?«

10
Bleierner Samstagmittag

In diesem Moment war, ebenfalls auf Long Island, aber sechzig Meilen weiter östlich an der Südküste, soeben der Strandklub zur Saison geöffnet worden. Der Klub besaß ein niedriges, verschachteltes Stuckgebäude schräg über den Dünen und etwa hundert Meter Strand, der durch zwei Taue abgegrenzt wurde, die durch Metallstützen liefen. Die Klubräume waren weitläufig und bequem, wurden aber getreulich in der intellektuell-asketischen beziehungsweise Volksschul-Naturholz-Mode erhalten, wie sie in den zwanziger und dreißiger Jahren modern gewesen war. So kam es, daß Sherman McCoy jetzt auf der Terrasse an einem vollkommen schlichten Holztisch unter einem großen ausgeblichenen Sonnenschirm saß. Bei ihm waren sein Vater, seine Mutter, Judy und hin und wieder Campbell.

Man ging (oder, in Campbells Fall, rannte) von der Terrasse direkt auf den zwischen den beiden Tauen liegenden Sandstrand, und Campbell war gerade im Moment irgendwo da draußen mit Rawlie Thorpes kleiner Tochter Eliza und Garland Reeds kleiner Tochter MacKenzie. Sherman hörte mit Bedacht nicht hin, als sein Vater Judy erklärte, wie Talbot, der Barkeeper des Klubs, seinen Martini gemixt hatte, der wie blasser Tee aussah.

»... weiß nicht warum, aber ich habe einen Martini aus süßem Wermut immer vorgezogen. Geschüttelt, bis er schäumt. Talbot diskutiert mit mir immer ...«

Die schmalen Lippen seines Vaters öffneten und schlossen sich, sein stattliches Kinn bewegte sich auf und ab, und sein bezauberndes Geschichtenerzählerlächeln runzelte seine Wangen. Als Sherman in Campbells Alter war, hatten sein Vater und seine Mutter ihn einmal auf ein Picknick zum Strand jenseits der Taue mitgenommen. Dieser Ausflug hatte etwas von einem Abenteuer gehabt. Es war das primitive, rauhe Leben gewesen. Die Fremden da draußen am Strand, die Handvoll, die am späten Nachmittag noch da waren, hatten sich als harmlos erwiesen.

Nun ließ Sherman den Blick vom Gesicht seines Vaters abschweifen, um von neuem den Strand jenseits der Taue zu erkunden. Er mußte blinzeln, denn wo der dichtgedrängte Haufen der Tische und Sonnenschirme endete, war der Strand schieres blendendes Licht. Er verkürzte die Blickweite und ertappte sich, daß er sie auf einen Kopf an dem Tisch unmittelbar hinter seinem Vater einstellte. Es war der nicht zu verkennende runde Kopf Pollard Brownings. Pollard saß dort zusammen mit Lewis Sanderson senior, der in Shermans Kindheit immer der Botschafter Sanderson gewesen war, Mrs. Sanderson und Coker Channing und seiner Frau. Wie Channing jemals Klubmitglied geworden war, entzog sich Shermans Kenntnis, allerdings baute er seine Karriere darauf auf, daß er sich bei Leuten wie Pollard einschmeichelte. Pollard war Präsident des Klubs. Herrgott, er war auch der Vorsitzende des Verwaltungsbeirats von Shermans Eigentumswohnung. Dieser schwerfällige, runde Kopf ... Aber in seiner augenblicklichen Stimmung wurde Sherman durch diesen Anblick beruhigt ... schwerfällig wie ein Felsen, massiv wie ein Felsen, reich wie Krösus, unerschütterlich.

Die Lippen seines Vaters hörten einen Moment auf, sich zu bewegen, und er hörte seine Mutter sagen: »Mein Lieber, langweile Judy doch nicht mit Martinis. Es macht dich so alt. Niemand außer dir trinkt mehr welche.«

»Hier am Strand schon. Wenn du mir nicht glaubst ...«

»Es ist, wie wenn man über Fliegenklatschen redet oder über Klappsitze oder Speisewagen oder ...«

»Wenn du mir nicht glaubst ...«

»... die K-Ration oder die Hitparade.«

»Wenn du mir nicht glaubst ...«

»Hast du jemals was von einer Sängerin namens Bonnie Baker gehört?« Sie wandte sich an Judy, wobei sie Shermans Vater völlig ignorierte. »Bonnie Baker war der Star der Hitparade im Radio. Wee Bonnie Baker wurde sie genannt. Das ganze Land hörte ihr zu. Inzwischen wahrscheinlich vollkommen vergessen.«

Fünfundsechzig Jahre alt und immer noch schön, dachte Sherman. Groß, hager, aufrecht, volles weißes Haar – weigert sich, es zu färben –, eine Aristokratin, viel aristokratischer als sein Vater mit all seinen Bemühungen, einer zu sein – und dennoch meißelt sie am Sockel der Statue des Großen Löwen von Dunning Sponget herum.

»Oh, so weit muß man gar nicht zurückgehen«, sagte Judy. »Neulich unterhielt ich mich mit Garlands Sohn Landrum. Er besucht die Unterstufe, ich glaube, er sagte, des Brown...«

»Garland Reed hat einen Sohn auf dem College?«

»Sallys Sohn.«

»Ach, du meine Güte. Sally hatte ich ja vollkommen vergessen. Ist das nicht schrecklich?«

»Nicht schrecklich. Up to date«, sagte Judy, fast ohne zu lächeln.

»Wenn du mir nicht glaubst, frag Talbot«, sagte Shermans Vater.

»Up to date!« sagte seine Mutter, die lachte und den Löwen und seine Martinis und seinen Talbot ignorierte.

»Jedenfalls«, fuhr Judy fort, »sagte ich zu ihm zufällig etwas über Hippies, und er starrte mich einfach an. Nie davon gehört. Geschichte des Altertums.«

»Hier am Strand ...«

»Wie Martinis«, sagte Shermans Mutter zu Judy.

»Hier am Strand ist es einem noch immer gestattet, die einfachen Freuden des Lebens zu genießen«, sagte Shermans Vater, »zumindest durfte man das noch vor einem Augenblick.«

»Daddy und ich waren gestern abend mit Inez und Herbert Clark in diesem kleinen Restaurant in Wainscott, Sherman, das Daddy so sehr mag, und weißt du, was die Wirtin zu mir gesagt hat – du kennst doch die hübsche kleine Person, der es gehört?«

Sherman nickte bestätigend.

»Ich finde sie sehr nett«, sagte seine Mutter. »Als wir aufbrachen, sagte sie zu mir – ach ja, erst muß ich noch erwähnen, daß Inez und Herbert jeder zwei Gin Tonic getrunken hatten, Daddy hatte seine drei Martinis, und Wein hatte es auch noch gegeben – da sagte sie zu mir ...«

»Celeste, du übertreibst. Ich hatte *einen.*«

»Schön, vielleicht nicht drei. Zwei.«

»Celeste.«

»Also, sie meinte, es war viel, die Wirtin. Sie sagte zu mir: ›Ich mag meine älteren Kunden am liebsten. Sie sind die einzigen, die noch trinken.‹ *Meine älteren Kunden!* Ich kann mir nicht vorstellen, was sie sich dachte, wie das in meinen Ohren klingen sollte.«

»Sie dachte, du wärst fünfundzwanzig«, sagte Shermans Vater. Dann zu Judy: »Mit einemmal bin ich mit einem Weißen Band verheiratet.«

»Einem Weißen Band?«

»Noch antikere Geschichte«, murmelte er. »Oder aber ich bin mit Miss Trendy verheiratet. Du bist immer up to date gewesen, Celeste.«

»Nur im Vergleich zu dir, Schatz.« Sie lächelte und legte die Hand auf seinen Unterarm. »Ich würde dir um nichts auf der Welt deine Martinis nehmen. Talbots auch nicht.«

»Um Talbot mache ich mir keine Sorgen«, sagte der Löwe.

Sherman hatte seinen Vater mindestens hundertmal erzählen hören, wie er seine Martinis gemixt haben wollte, und Judy hatte es bestimmt schon zwanzigmal gehört, aber das war in

Ordnung. Er ging seiner Mutter auf die Nerven, nicht ihm. Es war angenehm; alles war genauso wie immer. Das war es, wie er an diesem Wochenende die Dinge haben wollte: wie immer, wie immer, wie immer und säuberlich umgrenzt von den beiden Tauen.

Schon die Wohnung zu verlassen, in der *Könnte ich bitte Maria sprechen* noch immer die Luft vergiftete, hatte erheblich geholfen. Judy war gestern am frühen Nachmittag in dem Kombi mit Campbell, Bonita und Miss Lyons, dem Kindermädchen, herausgefahren. Er war gestern abend mit dem Mercedes nachgekommen. Heute morgen hatte er sich in der Auffahrt vor der Garage, hinter ihrem großen alten Haus in der Old Drover's Mooring Lane, den Wagen im Sonnenlicht genau angesehen. Von der ganzen Geschichte absolut keine Spur, die er hätte entdecken können ... Alles war strahlender an diesem Morgen, auch Judy. Sie hatte am Frühstückstisch recht freundlich geplaudert. Gerade eben lächelte sie seinen Vater und seine Mutter an. Sie wirkte entspannt ... und wirklich ziemlich hübsch, recht chic ... in ihrem Polohemd und dem blaßgelben Shetlandpullover und den weißen Slacks ... Sie war nicht jung, aber sie hatte unbestreitbar diese zarten Gesichtszüge, die angenehm altern würden ... Wunderschönes Haar ... Das Diäthalten und das abscheuliche Turnen ... und das Alter ... hatten ihren Tribut an Judys Busen gefordert, aber sie hatte immer noch den adretten kleinen Körper ... fest ... Er spürte ein sanftes Kribbeln ... Vielleicht heute abend ... oder am hellichten Nachmittag! ... Warum nicht? ... Das könnte dem Wärmerwerden, der Wiedergeburt des Frühlings, der Wiederkehr der Sonne ... ein solideres Fundament verleihen ... Sollte sie einverstanden sein, dann wäre die ... unangenehme Geschichte ... vorüber. Vielleicht wäre die *ganze* unangenehme Geschichte vorüber. Vier Tage waren jetzt vergangen, und es hatte nicht die kleinste Nachricht über irgend etwas Schreckliches gegeben, das einem aufgeschossenen, mageren Jungen auf einer Schnellstraßenauffahrt in der Bronx zugestoßen wäre. Niemand war gekommen und hatte an seine Tür geklopft. Außerdem war *sie* gefahren. Das hatte sie selber gesagt. Und was immer auch geschah, er hatte *moralisch recht.* (Nichts von Gott zu fürchten.) Er hatte um sein Leben und um ihres gekämpft ...

Vielleicht war die ganze Sache nur einer von Gottes Fingerzeigen. Warum zogen er und Judy und Campbell nicht weg aus dem Irrsinn New Yorks ... und dem Größenwahn von Wall Street? Wer anders als ein arroganter Narr konnte sich wünschen, ein Master of the Universe zu sein – und die geisteskranken Gelegenheiten ergreifen, die er ergriffen hatte? Eine geheime Mahnung! ... Lieber Gott, ich schwöre dir, daß von nun an ... Warum verkaufte er nicht das Apartment und zog fürs ganze Jahr hier raus nach Southampton – oder nach Tennessee ... Tennessee ... Sein Großvater William Sherman McCoy war aus Knoxville nach New York gekommen, als er einunddreißig war ... ein Provinzler in den Augen der Brownings ... Nun, was war denn so verkehrt an guten amerikanischen Provinzlern! ... Sein Vater war mit ihm nach Knoxville gefahren. Er hatte das vollkommen zureichende Haus gesehen, in dem sein Großvater aufgewachsen war ... Eine hübsche Kleinstadt, eine nüchterne, vernünftige kleine Stadt, dieses Knoxville ... Warum ging er nicht dahin, nahm einen Job in einem Maklergeschäft an, eine geregelte Arbeit, einen gesunden, verantwortlichen Posten, auf dem er nicht versuchen würde, die Welt auf den Kopf zu stellen, ein Job zwischen neun und fünf oder wann immer man an Orten wie Knoxville eben arbeitete? $ 90.000 oder $ 100.000 pro Jahr, ein Zehntel oder weniger von dem, was er jetzt idiotischerweise nötig zu haben meinte, und es wäre reichlich ... ein georgianisches Haus mit einer Veranda mit Fliegengittern an der einen Seite ... ein oder zwei Morgen guten grünen Rasen, einen Snapper-Rasenmäher, den er gelegentlich selber bedienen könnte, eine Garage mit einem Tor, das sich mit Hilfe einer Fernbedienung öffnet, die man an die

Sonnenblende im Wagen klemmt, eine Küche mit einer Magnetpinnwand, an der man Mitteilungen füreinander hinterläßt, ein behagliches Leben, ein liebevolles Leben. Unsere kleine Stadt ... Judy lächelte jetzt über irgend etwas, das sein Vater gesagt hatte, und der Löwe lächelte erfreut über ihren Sinn für seinen witzigen Verstand, und seine Mutter lächelte beiden zu, und an den Tischen dahinter lächelten Pollard und Rawlie, und Botschafter Sanderson und seine schlaksigen alten Beine und alles lächelte, und die liebliche Junisonne am Meer wärmte Shermans Knochen, und er entspannte sich das erstemal seit zwei Wochen, und er lächelte Judy an und seinen Vater und seine Mutter, als habe er ihren Neckerein tatsächlich aufmerksam zugehört.

»Daddy!«

Campbell kam aus dem Sand und dem blendenden Licht auf der Terrasse, zwischen den Tischen, auf ihn zugerannt.

»Daddy!«

Sie sah absolut wundervoll aus. Mittlerweile fast sieben, hatte sie ihr babyhaftes Aussehen abgelegt und war ein kleines Mädchen mit schlanken Armen und Beinen und festen Muskeln ohne jeden Makel geworden. Sie trug einen rosafarbenen Badeanzug, auf den schwarz und weiß die Buchstaben des Alphabets gedruckt waren. Ihre Haut glühte von der Sonne und dem Laufen. Allein ihr Anblick, der Anblick dieser ... *Erscheinung* ... zauberte ein Lächeln auf das Gesicht seines Vaters und seiner Mutter und Judys. Er schwenkte seine Beine unter dem Tisch hervor und breitete die Arme aus. Er wünschte sich, daß sie geradewegs in seine Umarmung liefe.

Aber sie blieb plötzlich stehen. Sie war nicht gekommen, um sich Liebe und Zuneigung abzuholen. »Daddy!« Sie atmete schwer. Sie hatte eine wichtige Frage. »Daddy!«

»Ja, Liebling!«

»Daddy.« Sie kam kaum zu Atem.

»Nun mal langsam, Liebchen. Was gibt's denn?«

»Daddy ... was machst du?«
Was machte er?
»Machen? Was meinst du, Liebchen?«
»Also, MacKenzies Daddy macht Bücher, und er hat achtzig Leute, die für ihn arbeiten.«
»Das hat dir MacKenzie erzählt?«
»Ja.«
»Oho! Achtzig Leute!« sagte Shermans Vater mit der Stimme, die er sich für kleine Kinder aufhob. »Junge, Junge, Junge!«
Sherman konnte sich denken, was der Löwe über Garland Reed dachte. Garland hatte die Druckerei seines Vaters geerbt und zehn Jahre lang nichts damit gemacht, als sie am Leben zu erhalten. Die »Bücher«, die er »machte«, waren Druckaufträge, die er von wirklichen Verlegern erhielt, und die Produkte waren wahrscheinlich eher Dienstvorschriften, Klubverzeichnisse, Firmenverträge und Jahresberichte als irgend etwas auch nur entfernt Literarisches. Was die achtzig Leute betraf – achtzig farbverschmierte arme Teufel traf die Sache eher, Setzer, Drucker und so weiter. Auf dem Höhepunkt seiner Laufbahn hatte der Löwe *zweihundert Wall-Street-Anwälte* unter seiner Fuchtel gehabt, die meisten Ivy League.
»Aber was machst du?« fragte Campbell, die jetzt ungeduldig wurde. Sie wollte zu MacKenzie zurück, um ihr Bericht zu erstatten, und etwas Eindrucksvolles war zweifellos gefordert.
»Na, Sherman, wie steht's?« sagte sein Vater mit einem breiten Grinsen. »Die Antwort darauf möchte ich selber wissen. Ich habe mich oft gefragt, was macht ihr Burschen eigentlich genau. Campbell, das ist eine *exzellente* Frage.«
Campbell, die das Lob ihres Großvaters für bare Münze nahm, lächelte.
Noch mehr Ironie, und diesmal nicht sehr willkommen. Der Löwe hatte ihm immer verübelt, daß er ins Obligationsgeschäft statt in die Jurisprudenz eingestiegen war, und die Tatsache, daß er damit erfolgreich gewesen war, hatte alles nur schlimmer

gemacht. Sherman wurde langsam wütend. Er konnte hier doch nicht von sich ein Bild als Master of the Universe präsentieren, wenn sein Vater und seine Mutter und Judy an jedem Wort hingen, das aus seinem Munde kam. Gleichzeitig konnte er Campbell nicht irgendeine bescheidene Darstellung von sich als Verkäufer geben, einer unter vielen, oder sogar als Oberster Wertpapierhändler, was protzig klingen würde, ohne eindrucksvoll zu sein, und Campbell auf jeden Fall überhaupt nichts sagen würde – Campbell, die keuchend dastand, bereit, zu ihrer kleinen Freundin zurückzuhasten, die einen Daddy hatte, der *Bücher machte* und *achtzig Leute* hatte, die für ihn arbeiteten.

»Tja, ich handle mit *Anleihen,* Liebchen. Ich kaufe sie, ich verkaufe sie, ich ...«

»Was sind Anleihen? Was heißt handeln?«

Jetzt fing seine Mutter an zu lachen. »Du mußt es ihr wirklich besser erklären, Sherman!«

»Also, Schätzchen, Anleihen sind – eine Anleihe ist – also, laß mich mal überlegen, wie ich dir das am besten erkläre.«

»Erklär's mir auch, Sherman«, sagte sein Vater. »Ich habe mindestens fünftausend Obligationskaufverträge geschlossen, aber ich bin immer eingeschlafen, ehe ich dahinterkommen konnte, warum jemand die Dinger haben wollte.«

Deswegen waren du und deine zweihundert Wall-Street-Anwälte nichts weiter als Funktionäre der Masters of the Universe, dachte Sherman, der im selben Moment noch ärgerlicher wurde. Er sah, daß Campbell ihren Großvater verwirrt anschaute.

»Dein Großvater macht bloß Witze, Schätzchen.« Er warf seinem Vater einen strengen Blick zu. »Eine Anleihe ist ein Weg, Leuten Geld zu leihen. Sagen wir mal, du möchtest eine Straße bauen, und es ist keine kleine Straße, sondern eine große Autobahn, wie die Autobahn, auf der wir letzten Sommer nach Maine gefahren sind. Oder du willst ein großes Krankenhaus bauen. Dazu ist viel Geld nötig, mehr Geld, als du jemals bekommen könntest, indem du einfach zu einer Bank gehst. Und deshalb gibst du etwas heraus, was Anleihen genannt wird.«

»Du baust Straßen und Krankenhäuser, Daddy? Ist es das, was du machst?«

Jetzt begannen sein Vater und seine Mutter zu lachen. Er warf ihnen unverhüllt mißbilligende Blicke zu, was sie nur noch fröhlicher machte. Judy lächelte mit einem, wie ihm schien, teilnehmenden Augenzwinkern.

»Nein, ich baue sie nicht selber, Liebchen. Ich handele mit den Anleihen, und die Anleihen, die machen es möglich ...«

»Du *hilfst,* daß sie gebaut werden?«

»Tja, gewissermaßen.«

»Welche denn?«

»*Welche?*«

»Du hast gesagt, Straßen und Krankenhäuser.«

»Nun ja, keine bestimmten.«

»Die Straße nach Maine?«

Jetzt stimmten sowohl sein Vater als auch seine Mutter das aufreizende Gekicher von Leuten an, die alles dransetzen, einem nicht offen ins Gesicht zu lachen.

»Nein, nicht die ...«

»Ich glaube, du sitzt bis über die Ohren in der Tinte, Sherman!« sagte seine Mutter. »Tinte« schwang sich fast zu einem Freudenschrei hoch.

»Nicht die Straße nach Maine«, sagte Sherman, der die Bemerkung überhörte. »Laß mich's mal anders versuchen.«

Judy mischte sich ein. »Laß es mich probieren.«

»Na schön ... in Ordnung.«

»Schätzchen«, sagte Judy. »Daddy baut keine Straßen oder Krankenhäuser, und er hilft auch nicht, sie zu bauen, sondern er handelt mit den *Anleihen* für die Leute, die das Geld aufbringen.«

»Anleihen?«

»Ja. Stell dir einfach vor, eine Anleihe ist ein Stück Kuchen, und du hast den Kuchen gebacken, aber jedesmal, wenn du jemandem ein Stück Kuchen gibst, fällt ein kleines bißchen davon ab, wie kleine Krümel, und die kannst du behalten.«

Judy lächelte, und das tat auch Campbell, die zu merken schien, daß das ein Scherz war, eine Art Märchen über das, was ihr Daddy machte.

»Kleine Krümel?« sagte sie hoffnungsvoll.

»Ja«, sagte Judy. »Oder du mußt dir kleine Krümel vorstellen, aber sehr *viele* kleine Krümel. Wenn du genügend Stücke Kuchen verteilst, dann hast du ziemlich bald genug Krümel, um einen *riesigen* Kuchen draus zu machen.«

»Einen Kuchen, den ich essen kann?« fragte Campbell.

»Nein, den kannst du nicht essen. Du mußt dir das bloß so vorstellen.« Judy blickte zu Shermans Vater und Mutter hinüber, um sich Beifall für diese geistreiche Beschreibung des Wertpapierhandels zu holen. Sie lächelten, aber unsicher.

»Ich bin nicht sicher, ob du das Campbell in irgendeiner Weise klarer machst«, sagte Sherman. »Meine Güte ... *Krümel.*« Er lächelte, um zu zeigen, daß er wußte, es handelte sich nur um eine Mittagstischhänselei. Eigentlich ... war er an Judys Herablassung gegenüber Wall Street gewöhnt, aber er war nicht glücklich über die ... *Krümel.*

»Ich glaube, es ist gar keine so schlechte Umschreibung«, sagte Judy, die ebenfalls lächelte. Dann wandte sie sich an seinen Vater. »Ich gebe dir ein aktuelles Beispiel, John, und dann urteilst du.«

John. Auch wenn etwas ... schief ... war an den *Krümeln,* war dies das erste wirkliche Anzeichen dafür, daß die Sache möglicherweise umschlagen konnte. *John.* Sein Vater und seine Mutter hatten Judy ermuntert, sie John und Celeste zu nennen, aber sie fühlte sich nicht wohl dabei. Und sie vermied es, sie irgendwie zu nennen. Dieses beiläufige, vertrauliche »John« sah ihr nicht ähnlich. Selbst sein Vater schien ein bißchen auf der Hut zu sein.

Judy gab eine Beschreibung von Shermans Giscard-Projekt zum besten. Dann sagte sie zu seinem Vater: »Pierce & Pierce emittiert sie nicht für die französische Regierung und kauft sie nicht von der französischen Regierung, sondern von wem auch immer, der sie bereits von der französischen Regierung gekauft hat. Deshalb haben die Transaktionen von Pierce & Pierce nichts mit irgend etwas zu tun, was Frankreich aufzubauen oder zu entwickeln oder ... zu erreichen hofft. Es ist alles schon passiert, lange bevor Pierce & Pierce die Szene betritt. Und so sind sie lediglich ... Kuchenstücke. Goldener Kuchen. Und Pierce & Pierce kassiert Millionen wundervolle« – sie zuckte mit den Achseln – »goldene Krümel.«

»Nenn sie halt Krümel, wenn du willst«, sagte Sherman, der versuchte, nicht unwirsch zu klingen, was ihm nicht gelang.

»So, ich habe mein Bestes getan«, sagte Judy munter. Darauf zu seinen Eltern: »Investmentgeschäfte sind ein nicht alltägliches Metier. Ich weiß nicht, ob es wirklich eine Möglichkeit gibt, es jemandem unter zwanzig zu erklären. Oder vielleicht sogar unter *dreißig*.«

Sherman bemerkte jetzt, daß Campbell mit einem völlig betrübten Gesicht dabeistand. »Campbell«, sagte er, »weißt du was? Ich glaube, Mommy will, daß ich den Beruf wechsle.« Er grinste, als sei das eine der ulkigsten Unterhaltungen des ganzen Jahres.

»Absolut nicht«, sagte Judy lachend. »Ich beklage mich nicht über deine goldenen Krümel!«

Krümel – *Schluß jetzt!* Er fühlte seinen Zorn wachsen. Aber er lächelte weiter. »Vielleicht sollte ich es mit Dekorieren versuchen. Entschuldige, Innenarchitektur.«

»Ich glaube nicht, daß du dafür geschaffen bist.«

»Oh, ich weiß nicht. Es muß doch Spaß machen, Raffgardinen und Chintz einzukaufen für – wer waren diese Leute noch? – diese Italiener, denen du die Wohnung eingerichtet hast? – die di Duccis?«

»Ich weiß nicht, ob es besonders Spaß macht.«
»Na gut, dann ist es *kreativ*. Stimmt's?«
»Nun ja ... wenigstens ist man imstande, etwas vorzuzeigen, was man *getan* hat, etwas Greifbares, etwas klar Umrissenes ...«
»Für die di Duccis.«
»Auch wenn es für Leute ist, die oberflächlich und eingebildet sind, ist es etwas *Wirkliches,* etwas Benennbares, etwas, das zu schlichter menschlicher Zufriedenheit beiträgt, ganz gleich, wie falsch und vergänglich sie ist, etwas, das du wenigstens deinen Kindern erklären kannst. Ich meine, bei Pierce & Pierce, was um alles in der Welt erzählt ihr euch *gegenseitig* darüber, was ihr jeden Tag tut?«

Plötzlich ein Geheul. Campbell. Tränen liefen ihr über das Gesicht. Sherman legte den Arm um sie, aber ihr Körper war starr. »Ist ja alles gut, Liebchen!«

Judy stand auf, kam um den Tisch herum und legte ebenfalls den Arm um sie. »O Campbell, Campbell, Campbell, süßes Schätzchen! Daddy und ich haben uns doch nur gehänselt.«

Pollard Browning schaute zu ihnen herüber. Und Rawlie. Gesichter an den Tischen überall um sie herum blickten auf das gekränkte Kind.

Weil sie beide versuchten, Campbell in die Arme zu nehmen, war Shermans Gesicht plötzlich nahe an Judys. Er hätte sie am liebsten erwürgt. Er blickte zu seinen Eltern hinüber. Sie waren entgeistert.

Sein Vater erhob sich. »Ich gehe mir einen Martini holen«, sagte er. »Ihr seid mir alle zu up to date.«

Sonnabend! In SoHo! Nach weniger als zwanzig Minuten Warten konnten Larry Kramer und seine Frau Rhoda und Greg Rosenwald und seine Freundin, mit der er zusammenlebte, Mary Lou Love-Greg, und Herman Rappaport und seine Frau Susan sich an einem Fenstertisch im Restaurant Haiphong Harbor niederlassen. Draußen auf dem West Broadway herrschte so ein klarer, funkelnder Spätfrühlingstag, daß ihn nicht einmal der Ruß von SoHo verdunkeln konnte. Nicht einmal Kramers Neid auf Greg Rosenwald konnte ihn verdunkeln. Er und Greg und Herman waren auf der New York University Kommilitonen gewesen. Sie hatten zusammen im Studentenausschuß gearbeitet. Herman war jetzt Lektor, einer von vielen, bei Putnam, dem Verlag, und es war vor allem ihm zu verdanken, daß Rhoda den Job bei Waverly Place Books bekommen hatte. Kramer war Unterstaatsanwalt, einer von zweihundertfünfundvierzig in der Bronx. Aber Greg, Greg mit seinen Downtown-Kleidern und der reizenden Mary Lou Blondy neben sich, war Journalist bei »The Village Voice«. Bis jetzt war Greg der einzige Stern, der aus ihrer kleinen Gruppe von Campusleuchten aufgestiegen war. Das war deutlich geworden, als sie sich hinsetzten. Jedesmal, wenn die anderen eine Bemerkung machten, sahen sie Greg dabei an.

Herman sah Greg an, als er sagte: »Seid ihr mal in dem Deanand-DeLuca-Laden gewesen? Habt ihr euch mal die Preise angesehen? Geräucherter ... schottischer ... Lachs ... dreiunddreißig Dollar das Pfund? Susan und ich waren eben drin.«

Greg lächelte verständnisvoll. »Der ist für die Short-Hills-Seville-Clique da.«

»Die Short-Hills-Seville-Clique?« fragte Rhoda. Meine Frau, ein richtiger Trampel. Nicht nur das, sie hatte auch dieses Grinsen im Gesicht, das man aufsetzt, wenn man schon *weiß,* daß man eine witzige Antwort erhalten wird.

»Yeah«, sagte Greg, »wirf mal 'n Blick da raus.« Take a look oudeh. Sein Akzent war so grauenhaft wie Rhodas. »Jeder zweite Wagen« – evvy udda kah – »ist ein Cadillac Seville mit einem Kennzeichen von Jersey. Und guck dir an, was sie tragen.« Take a lookad whuddeh weh. Er hatte nicht nur einen grauenhaften Akzent, er hatte die 300-Watt-Munterkeit von David Brenner, dem Komiker. »Jeden Sonnabend kommen sie in ihren Bomberjacken und Bluejeans aus diesen georgianischen Sechs-Schlafzimmer-Villen in Short Hills gerollt, steigen in ihre Cadillac Sevilles und fahren nach SoHo.«

Jeden Sonnabend. Evvy Saddy. Aber Rhoda, Herman und Susan strahlten und glucksten anerkennend. Sie hielten das für köstlich. Nur Mary Lou Blondy Scheinwerfer sah aus, als habe sie dieser unbezahlbare Witz nicht ganz so hingerissen. Kramer beschloß, falls er ein Wort dazwischenschieben könnte, es an sie zu richten.

Greg war gerade ausführlich mit all den bürgerlichen Elementen beschäftigt, die jetzt von den Künstlervierteln angelockt wurden. Warum packte er sich nicht an der eigenen Nase? Guck ihn dir an. Ein roter Rauschebart, so groß wie der von Herzkönig, um sein fliehendes Kinn zu verbergen ... eine schwärzlichgrüne Tweedjacke mit enormen Schultern und ausgeschnittenen Revers bis fast runter auf die Rippen ... ein schwarzes T-Shirt mit dem Schriftzug von Pus Casserole, der Band, quer über die Brust ... schwarze, an den Hüften weite und unten enge Hosen ... der Schmuddel-Black-Look, der so ... so Post-Punk, so downtown, so ... aktuell war ... Und in Wirklichkeit war er ein netter kleiner jüdischer Junge aus Riverdale, was das Short Hills an der Grenze von New York City war, und seine Eltern besaßen ein hübsches, großes Haus im Kolonialstil oder Tudor oder was es auch immer war ... ein Mittelstandsheini ... Journalist bei »The Village Voice«, ein Allesbesserwisser, Besitzer von Mary Lou Flaumschenkel ... Greg war mit Mary Lou zusammengezogen, als sie sich zum Seminar über Reportagejournalismus anmeldete, das er vor zwei Jahren an der N.Y.U. abgehalten hatte. Sie besaß einen phantastischen Körper, *hervorragende* Brüste und das klassische Wasp-Aussehen. Auf dem N.Y.U.-Campus fiel sie auf wie jemand von einem anderen Planeten. Kramer nannte sie Mary Lou Love-Greg, was ausdrücken sollte, daß sie ihre wirkliche Identität aufgegeben hatte, um mit Greg zusammenzuleben. Sie beunruhigte die Runde. Sie beunruhigte vor allem Kramer. Er fand sie begriffsstutzig, abweisend – äußerst begehrenswert. Sie erinnerte ihn an das Mädchen mit dem braunen Lippenstift. Und darum beneidete er Greg am meisten. Er hatte sich dieses prachtvolle Geschöpf an Land gezogen und besaß es, ohne irgendwelche Verpflichtungen einzugehen, ohne in einem Ameisenloch an der West Side festzusitzen, ohne ein englisches Kindermädchen am Hals zu haben, ohne eine Frau zu haben, der er zusehen mußte, wie sie sich in ihre Schtetl-Mama verwandelte ... Kramer warf einen Blick auf Rhoda und ihr strahlendes, aufgedunsenes Gesicht und hatte sofort ein schlechtes Gewissen. Er *liebte* seinen neugeborenen Sohn, er war an Rhoda gebunden, für immer und auf geheiligte Weise ... und dennoch ... *Das hier ist New York! Und ich bin jung!*

Gregs Worte schwebten an ihm vorbei. Sein Blick wanderte. Für einen Moment begegneten seine Augen denen Mary Lous. Sie hielt seinem Blick stand. *Konnte es sein* – aber er konnte sie doch nicht ewig ansehen. Er schaute aus dem Fenster auf die Leute, die den West Broadway entlanggingen. Die meisten waren jung oder ziemlich jung – so fesch gekleidet – so downtown! – funkelnd, sogar in Schmuddelschwarz, an einem makellosen Sonnabend im Spätfrühling.

In dem Moment und an dem Ort, an einem Tisch im Haiphong Harbor, schwor sich Kramer, daß er *dazugehören* werde. Das Mädchen mit dem braunen Lippenstift ...

Sie hatte seinem Blick standgehalten, und er ihrem, als der Schuldspruch kam. Er hatte gesiegt. Er hatte die Geschworenen überwältigt und Herbert vernichtet, der zu drei bis sechs Jahren verurteilt werden würde, mindestens, weil er bereits ein Schwerverbrechen auf seinem Schuldkonto hatte. Er war hartnäckig, unerschrocken und gerissen gewesen – und hatte gewonnen. Er hatte *sie* gewonnen. Als der Obmann, ein Schwarzer namens Forester, den Schuldspruch verkündete, hatte Kramer ihr in die Augen gesehen, und sie hatte ihm in die Augen gesehen, und so hatten sie eine, wie es schien, sehr lange Zeit verharrt.

Kramer versuchte noch mal, Mary Lous Aufmerksamkeit auf sich zu lenken, hatte aber kein Glück. Rhoda guckte in die Speisekarte. Er hörte, wie sie Susan Rappaport fragte: »Jeet foya came down heh?« Was hieß: Did you eat before you came down here? – Habt ihr gegessen, bevor ihr hergekommen seid?

Susan sagte: »Nein, ihr?«

»Nein, ich konnt's nicht erwarten, ausm Haus zu komm. Ich werd's die nächsten sechzn Jahre ja nich mehr könn.«

»Was denn?«

»Ach, einfach nach SoHo zu fahrn, wenn mir danach is, nach SoHo zu fahrn. Irgendwohin zu fahrn. Die Babyschwester hört Mittwoch auf.«

»Warum besorgst du dir nicht jemand anderen?«

»Machst du'n Witz? Willste wissen, wieviel wir ihr zahln?«

»Wieviel denn?«

»Fünfhundertzwanzig Dollar die Woche. Meine Mutter hat's für vier Wochen bezahlt.«

Herzlichen Dank. Mach nur weiter. Erzähl allen diesen Yentas, dein Mann kann sich nicht einmal die gottverdammte Babyschwester leisten. Er bemerkte, daß Susans Augen von Rhodas Gesicht weg und nach oben blickten. Auf dem Bürgersteig, unmittelbar hinter der Fensterscheibe, stand ein junger Mann, der ins Innere zu sehen versuchte. Wenn dieser halbe Zentimeter Glas nicht gewesen wäre, hätte er sich einfach über ihren Tisch gebeugt. Er guckte, guckte, guckte immer weiter, bis sich seine Nasenspitze beinahe gegen die Scheibe preßte. Jetzt blickten alle sechs zu dem Burschen hoch, aber er konnte sie offenbar nicht sehen. Er hatte ein mageres, glattes, hübsches junges Gesicht und weich gelocktes hellbraunes Haar. In seinem offenstehenden Hemd und der marineblauen Trainingsjacke, deren Kragen hochgeklappt war, sah er aus wie ein junger Flieger aus längst vergangenen Tagen.

Mary Lou Streichelschmeichel wandte sich an Susan, einen mutwilligen Ausdruck in den Augen. »Ich denke, wir sollten ihn fragen, ob er schon Mittag gegessen hat.«

»Hmmmmm«, sagte Susan, die wie Rhoda unter der Haut bereits die erste Schicht einer Matrone angesetzt hatte.

»Für mich sieht er hungrig aus«, sagte Mary Lou.

»Für mich sieht er debil aus«, sagte Greg. Er war kaum dreißig Zentimeter von dem jungen Mann entfernt, und der Unterschied zwischen Gregs ungesundem, schmuddelig-schwarzem downtown-trendy Frettchenäußeren und dem rosigen guten Aussehen des jungen Mannes war überwältigend. Kramer fragte sich, ob die anderen das bemerkten. Mary Lou mußte es gesehen haben. Dieser rotbärtige Riverdale-Heini verdiente sie gar nicht.

Kramer suchte noch mal einen Moment lang ihren Blick, aber sie betrachtete den jungen Mann, der, durch die Spiegelungen irritiert, sich jetzt von dem Fenster abwandte und langsam den West Broadway hinunterging. Auf den Rücken seiner Jacke war ein goldener Blitz gestickt und die Worte RADARTRONIC SECURITY. »Radartronic Security«, sagte Greg in einem Ton, der besagte, was für eine Niete, was für eine Null dieser Typ war, über den Mary Lou auszuflippen beschlossen hatte.

»Ihr könnt sicher sein, daß er absolut nicht für eine Wachschutzfirma arbeitet«, sagte Kramer. Er war entschlossen, Mary Lous Aufmerksamkeit zu erringen.

»Warum nicht?« fragte Greg.

»Weil ich die Leute zufällig kenne. Ich sehe sie jeden Tag. Ich würde in dieser Stadt keinen Wachmann engagieren, und wenn mein Leben davon abhinge – besonders, wenn mein Leben davon abhinge. Sie sind alle erklärte Gewaltverbrecher.«

»Sie sind was?« fragte Mary Lou.

»Erklärte Gewaltverbrecher. Sie haben bereits mindestens einen Schuldspruch wegen eines Verbrechens auf dem Buckel, das mit Gewalt gegen Menschen zu tun hat.«

»Ach, komm«, sagte Herman. »Das kann doch nicht sein.« Er hatte jetzt ihre Aufmerksamkeit. Er spielte seine einzige starke Farbe aus, den Macho-Insider von der Bronx.

»Klar, nicht alle, aber ich wette, sechzig Prozent. Ihr solltet mal einen Morgen oben am Grand Concourse bei den Schuldhandelsitzungen dabeisein. Eine der Möglichkeiten, wie du einen Schuldhandel rechtfertigst, ist, daß der Richter den Beschuldigten fragt, ob er 'n Job hat, und wenn er einen hat, soll das beweisen, daß er in der Gemeinschaft verwurzelt ist und so weiter. Der Richter fragt also diese Burschen, ob sie einen Job haben, und ich meine, diese Jungs sind verhaftet wegen bewaffnetem Raub, Straßenraub, tätlichem Angriff, Totschlag, versuchtem Mord, was ihr wollt, und jeder von ihnen, wenn sie überhaupt einen Job haben, sagt: ›Yeah, Wachmann.‹ Ich meine, wer übernimmt denn eurer Meinung nach so 'n Job? Sie zahlen Minilöhne, sie sind langweilig, und wenn sie nicht langweilig sind, sind sie unerfreulich.«

»Vielleicht sind sie da gut drin«, sagte Greg. »Sie vermischen das gerne. Sie wissen, wie man mit Waffen umgeht.« Rhoda und Susan lachten. So ein kluger Kopf, so ein kluger Kopf.

Mary Lou lachte nicht. Sie sah Kramer unentwegt an.

»Das wissen sie zweifellos«, sagte er. Er wollte nicht die Kontrolle über das Gespräch und diese dickbusigen blauen Augen verlieren. »Jeder in der Bronx trägt 'ne Waffe. Ich werd euch von einem Fall erzählen, den ich gerade abgeschlossen habe.« Ahhhhh! Das war die Gelegenheit, von dem Triumph des Volkes über diesen Desperado Herbert 92X zu erzählen, und er stürzte sich mit Wonne auf die Geschichte. Aber gleich von Anfang an machte Greg Schwierigkeiten. Kaum hörte er den Namen Herbert 92X, schon mischte er sich mit irgendeiner Story über Gefängnisse ein, die er für »The Village Voice« geschrieben hatte.

»Wenn's die Muslims nicht gäbe, wären die Gefängnisse in dieser Stadt *wirklich* außer Kontrolle.«

Das war Quatsch, aber Kramer wollte nicht, daß sich die Diskussion auf die Muslims und Gregs verfluchte Story verlagerte. Darum sagte er: »Herbert ist eigentlich kein Muslim. Ich meine, Muslims gehen nicht in Bars.«

Es war mühsam. Greg wußte alles. Er wußte alles über Muslims, Gefängnisse, Verbrechen, das Leben in den Straßen der milliardenfüßigen Stadt. Er begann, die Geschichte gegen Kramer zu wenden. Warum waren sie so scharf darauf, einen Mann zu belangen, der nichts weiter getan hatte, als dem natürlichen Instinkt zu folgen, sein Leben zu schützen?

»Aber er hat einen Mann *umgebracht,* Greg! Mit einer unlizenzierten Pistole, die er jeden Tag routinemäßig bei sich trug.«

»Yeah, aber sieh dir doch den Job an, den er hatte! Offenbar eine gefährliche Beschäftigung. Du hast selber gesagt, jeder da oben trägt 'ne Waffe.«

»Den Job ansehen? Okay, sehen wir ihn uns an. Er arbeitet für einen verdammten *Schwarz*händler!«

»Was soll er denn deiner Meinung nach machen, für IBM arbeiten?«

»Du redest, als wenn das außer Frage stünde. Ich wette, bei IBM gibt's 'ne Menge Programme für Minderheiten, aber Herbert würde gar keinen von ihren Jobs wollen, wenn sie ihm einen gäben. Herbert ist ein Spieler. Er ist ein Gauner, der sich mit diesem religiösen Mäntelchen zu bedecken versucht, und dabei ist er einfach weiter so kindisch, egozentrisch, verantwortungslos, faul ...«

Plötzlich wurde Kramer gewahr, daß sie ihn alle komisch ansahen, und zwar alle. Rhoda ... Mary Lou ... Sie sahen ihn an, wie man jemanden ansieht, der sich als verkappter Reaktionär entpuppt. Er war allzu versessen auf seine Strafrechtsmarotte .... Er vibrierte von den reaktionären Untertönen des Systems ... Das hier war wie bei einem der Männergespräche, die die Clique immer hatte, als sie noch alle auf der N.Y.U. waren, bloß daß sie jetzt über dreißig waren und ihn ansahen, als wäre aus ihm etwas Schreckliches geworden. Und er wußte im selben Augenblick, daß es für ihn keine Möglichkeit gab, ihnen zu erklären, was er die letzten sechs Jahre hindurch gesehen hatte. Sie würden's nicht verstehen, am wenigsten von allen Greg, der Kramers Triumph über Herbert 92X nahm und ihm in den Hals stopfte.

Es lief so miserabel, daß Rhoda sich veranlaßt sah, ihm zu Hilfe zu eilen.

»Du verstehst das nich, Greg«, sagte sie. »Du hast keine Ahnung, wie viele Fälle Larry hat. Es wern jedes Jahr in der Bronx siebentausend Anklagen erhobn, und se ham bloß die Kapazität« – the kehpehsity – »für fünfhundert Verfahren. Es geht gar nich, daß sie jede Seite jedes Falles genau studieren und alle diese verschiedenen Sachen in Betracht ziehn.«

»Ich kann mir gut vorstellen, wie jemand versucht, das diesem Typen Herbert 92X zu erzählen.«

Kramer blickte zur Decke des Haiphong Harbor hoch. Sie war mattschwarz gestrichen, desgleichen alle Leitungen, Rohre und Beleuchtungsinstallationen. Sah wie Eingeweide aus. Seine eigene Frau. Ihre Vorstellung, ihm zu Hilfe zu kommen, hieß: »Larry muß so viele Farbige ins Kittchen bringen, daß er keine Zeit hat, sie wie Menschen zu behandeln. Also seid nicht ungerecht gegen ihn.« Er hatte sich selber übertroffen im Verfahren von Herbert 92X, hatte es brillant gehandhabt, hatte Herbert persönlich fest ins Auge geblickt, hatte den Vater von fünf Kindern, Nestor Cabrillo, gerächt – und was hatte er davon? Jetzt mußte er sich *selber* verteidigen gegen ein Rudel intellektueller Trendsetter in einem trendy Bistro im trendy Scheiß-SoHo.

Er warf einen forschenden Blick in die Runde. Selbst Mary Lou sah ihn kalt und fischig an. Der schöne, einladende Mösenlandeplatz war genauso trendy geworden wie alle anderen.

Na schön, einen Menschen gab es, der den Fall Herbert 92X verstand, der verstand, wie brillant er gewesen war, der die Billigkeit des Rechts verstand, das er durchgesetzt hatte, und dieser Mensch ließ Mary Lou Titte aussehen wie ... wie ... eine Null.

Einen Moment lang fing er noch mal Mary Lous Blick auf, aber das Licht war ausgegangen.

11
Das Menetekel am Boden

Die Pariser Börse, La Bourse, war täglich nur zwei Stunden für den Handel geöffnet, und zwar von 1 bis 3 Uhr am Nachmittag, das war nach New Yorker Zeit zwischen 7 und 9 Uhr morgens. Und so traf Sherman am Montag im Börsensaal von Pierce & Pierce morgens um halb sieben ein. Mittlerweile war es halb acht, und er saß an seinem Schreibtisch, hatte das Telefon am linken Ohr und den rechten Fuß auf Felix' tragbarem Schuhputzstand.

Der Lärm der jungen Männer, die auf dem Wertpapiermarkt nach Geld plärrten, hatte sich bereits im Raum erhoben, denn der Markt war jetzt eine internationale Angelegenheit. Auf der anderen Seite des Ganges saß der junge Lord der Pampas, Arguello, mit dem Telefon am rechten Ohr und der linken Hand über dem linken Ohr, und sprach aller Wahrscheinlichkeit nach mit Tokio. Er war seit mindestens zwölf Stunden im Dienst, als Sherman ankam, weil er an einem riesigen Verkauf von US-Schatzanleihen an die japanische Post arbeitete. Wie dieser Bursche jemals auch nur die Finger in so ein Geschäft bekommen hatte, war Sherman schleierhaft, aber so war's nun mal. Die Tokioter Börse war nach New Yorker Zeit von 7.30 Uhr abends bis 4 Uhr morgens geöffnet. Arguello trug irgendwelche Wahnsinnshosenträger mit Bildern von Tweety Pie, der Cartoon-Figur, darauf, aber das war in Ordnung. Er arbeitete, und Sherman war beruhigt.

Felix, der Schuhputzer, hockte vorgebeugt da und bearbeitete Shermans rechten Schuh, einen lochgemusterten New & Lingwood, mit seinem Poliertuch. Sherman mochte es, wie durch das Heben seines Fußes sein Bein gebeugt und gewölbt und Druck auf die Innenseite seines Schenkels ausgeübt wurde. Er kam sich dadurch athletisch vor. Er mochte es, wie Felix sich mit krummem Rüchen nach vorn beugte, als umhülle er den Schuh mit Leib und Seele. Er blickte dem dunkelhäutigen Mann auf den Scheitel, keinen halben Meter unter seiner Nase. Felix hatte einen kreisrunden, karamelbraunen kahlen Fleck auf seinem Schädel, was merkwürdig war, da das Haar darum herum ganz dicht war. Sherman mochte diesen kreisrunden kahlen Fleck. Felix war verläßlich und spaßig, nicht mehr jung, empfindlich und gerissen.

Felix hatte »The City Light« neben seinem Gestell am Boden liegen und las, während er arbeitete. Die Zeitung war auf der zweiten Seite aufgeschlagen und in der Mitte zusammengefaltet. Seite zwei enthielt die meisten internationalen Nachrichten von »The City Light«. Die Überschrift ganz oben lautete: BABY FÄLLT 60 METER TIEF – UND LEBT. Die Nachricht stammte aus Elaiochori in Griechenland. Aber das war in Ordnung. Die Gazetten bargen für Sherman keine Schrecken mehr. Fünf Tage waren jetzt vergangen, und in keiner Zeitung hatte auch nur ein Wort über irgendeinen schrecklichen Vorfall auf einer Highwayrampe in der Bronx gestanden. Es war genauso, wie Maria es gesagt hatte. Sie waren in einen Dschungelkampf hineingezogen worden, hatten gekämpft und gesiegt, und der Dschungel stimmte kein Geschrei über seine Verwundeten an. Heute morgen hatte sich Sherman in dem kleinen Laden an der Lexington nur die »Times« gekauft. Er hatte sich während der Taxifahrt downtown in aller Ruhe über die Sowjets und Sri Lanka und den Vernichtungskampf des US-Zentralbankrats informiert, statt sich sofort Teil B, den Stadtnachrichten, zuzuwenden.

Nach einer geschlagenen Woche der Angst konnte er sich jetzt auf die radiumgrünen Zahlen konzentrieren, die über die schwarzen Mattscheiben flimmerten. Er konnte sich auf das vor ihm liegende Geschäft konzentrieren ... die Giscard ...

Bernard Levy, der Franzose, mit dem er bei Trader's Trust Co. zu tun hatte, war eben in Frankreich, um die letzten paar Nachforschungen über die Giscard anzustellen, bevor Trader T ihre $ 300 Millionen überwiesen und sie den Handel abschlossen und einen Druck anfertigen ließen ... *die Krümel* ... Judys verächtliches Schlagwort schoß ihm kurz in den Kopf ... Krümel ... Na und? ... Es waren Krümel aus Gold ...

Er konzentrierte sich auf Levys Stimme am anderen Ende der Satellitenparabel: »Sehen Sie, Sherman, hier liegt also das Problem. Die Schuldenzahlen, die die Regierung eben veröffentlicht hat, haben alle hier nervös gemacht. Der Franc fällt, und er wird todsicher weiter fallen, und gleichzeitig fällt, wie Sie wissen, der Goldpreis, wenn auch aus verschiedenen Gründen. Die Frage ist, wo der Tiefstpunkt liegen wird, und ...«

Sherman ließ ihn einfach reden. Es war nicht ungewöhnlich, daß Leute kurz vor Überweisung einer Summe von $ 300 Millionen ein bißchen durchdrehten. Er hatte mit Bernard – er nannte ihn beim Vornamen – seit mittlerweile sechs Wochen fast jeden Tag gesprochen und konnte sich trotzdem kaum erinnern, wie er aussah. Mein französischer Schmalzkringel, dachte er – und im selben Moment wurde ihm bewußt, daß das Rawlie Thorpes Witzchen war, Rawlies Zynismus, Sarkasmus, Pessimismus, Nihilismus, die allesamt nichts anderes bedeuteten als Rawlies *Schwäche,* und so verbannte er »Schmalzkringel« ebenso wie »Krümel« aus seinen Gedanken. Heute morgen stand er von neuem auf der Seite von Macht und Schicksal. Er war beinahe bereit, den Begriff ... Herrschaft über das Universum ... von neuem in Erwägung zu ziehen ... Das Gebrüll der jungen Titanen ertönte überall um ihn herum –

»Ich bin sechzehn, siebzehn. Was will er denn tun?«
»Bieten Sie mir fünfundzwanzig Zehnjährige!«
»Ich will raus!«

Und wieder war es Musik. Felix bewegte das Poliertuch hin und her. Sherman genoß es, wie der Lappen gegen seine Mittelfußknochen drückte. Es war eine kleine Selbstgefühlsmassage, wenn man sich richtig drauf einließ – dieser große, stämmige, braune Mann mit dem kahlen Fleck auf dem Schädel da unten zu seinen Füßen, der ihm die Schuhe polierte, blind für die Hebel, mit denen Sherman eine andere Nation, einen anderen Erdteil bewegen konnte, allein indem er ein paar Worte per Satellit in die Gegend schleuderte.

»Der Franc ist kein Problem«, sagte er zu Bernard. »Wir können das bis Januar oder einem festen Termin oder allem beiden absichern.«

Er spürte, wie Felix gegen die Sohle seines rechten Schuhs klopfte. Er hob den Fuß von dem Ständer, Felix nahm seinen Kasten und trug ihn zur anderen Seite des Stuhles, und Sherman hob sein mächtiges, athletisches linkes Bein in die Höhe und stellte seinen linken Schuh auf den eisernen Schuhputztritt. Felix drehte die Zeitung herum, faltete sie in der Mitte zusammen, legte sie auf den Boden neben seinen Kasten und begann den linken lochgemusterten New & Lingwood zu bearbeiten.

»Ja, aber für eine Absicherung muß man zahlen«, sagte Bernard, »und wir haben durchweg davon gesprochen, daß wir unter sehr blauem Himmel, also ohne Manipulationen operieren, und ...«

Sherman versuchte, sich seinen Schmalzkringel, Bernard, vorzustellen, wie er in einem Büro in einem dieser niedlichen modernen Häuser saß, die die Franzosen bauen, während Hunderte winziger Autos unten auf der Straße vorüberbrummten und mit ihren Spielzeughupen tuteten ... da unten ... und sein Blick schweifte zufällig nach unten auf die Zeitung, die da unten am Boden lag ...

Die Haare auf seinem Arm richteten sich auf. Am Kopf der Seite, der dritten Seite von »The City Light«, lautete eine Überschrift:

Mutter von Musterschüler:
Polizei deckt Fahrerflucht

Darüber stand in kleineren weißen Buchstaben auf einem schwarzen Balken: »Während er im Sterben liegt.« Unter der Schlagzeile befand sich wieder ein schwarzer Balken, in dem stand: »*Exklusiv* für The City Light«. Und darunter »Von Peter Fallow«. Und wiederum darunter sah man, in eine Textkolumne eingebettet, ein Foto, das Brustbild eines lächelnden schwarzen Jugendlichen, sauber gekleidet in einem dunklen Jackett, einem weißen Hemd und einer gestreiften Krawatte. Sein mageres, zartes Gesicht lächelte.

»Ich denke, das einzig Vernünftige ist, daß man rausfindet, wo das Ganze am Tiefpunkt ankommt«, sagte Bernard.

»Also ... ich glaube, Sie übertreiben das äh ... das äh ...« *Dieses Gesicht!* »... das äh ...« *Dieses schmale, zarte Gesicht, jetzt mit Hemd und Schlips! Ein junger Herr!* »... das, äh, Problem!«

»Das hoffe ich«, sagte Bernard. »Aber so oder so wird's nicht schaden, wenn wir warten.«

»Warten?« *Yo! Brauchen Sie Hilfe! Dieses erschreckte, sensible Gesicht! Ein netter Junge!* Hatte Bernard »warten« gesagt? »Ich verstehe nicht, Bernard. Alles ist in *bester Ordnung!*« Er hatte nicht so eindringlich klingen wollen, so ungeduldig, aber seine Augen klebten an den Worten unter ihm auf dem Fußboden.

Mit den Tränen kämpfend, berichtete gestern eine Witwe aus der Bronx »The City Light«, wie ihr Sohn, ein strebsamer und fleißiger Schüler, von einer rasenden Luxuslimousine überfahren wurde – und beschuldigte die Polizei und die Staatsanwaltschaft der Bronx, auf dem Fall zu sitzen.
Mrs. Annie Lamb, Angestellte beim städtischen Standes-

amt, sagt, ihr Sohn Henry, achtzehn Jahre alt, im Begriff, in der nächsten Woche an der Colonel Jacob Ruppert High School mit Auszeichnung sein Abschlußexamen zu bestehen, habe ihr einen Teil des Kennzeichens des Wagens genannt – eines Mercedes-Benz –, ehe er ins Koma fiel.

»Aber der Mann von der Staatsanwaltschaft nannte die Information nutzlos«, sagt sie, weil das Opfer selbst der einzige bisher bekannte Zeuge sei.

Ärzte am Lincoln Hospital bezeichneten das Koma als »wahrscheinlich irreversibel« und sagten, Lambs Zustand sei »ernst«.

Lamb und seine Mutter wohnen in den Edgar Allan Poe Towers, einem sozialen Wohnungsbauprojekt in der Bronx. Von Nachbarn und Lehrern als »musterhafter junger Mann« geschildert, hatte er vor, ab Herbst das College zu besuchen. Der Lehrer vom Lambs Kursus »Literatur und Stilkunde für Fortgeschrittene« an der Ruppert, Zane J. Rifkind, sagte zu »The City Light«: »Das ist eine tragische Geschichte. Henry gehört zu dem bemerkenswerten kleinen Teil der Schülerschaft, die imstande ist, die vielen Hindernisse zu überwinden, die ihnen das Leben in der South Bronx in den Weg legt, und sich auf ihr Studium und ihre Leistungsfähigkeit und ihre Zukunft zu konzentrieren. Man kann sich nur fragen, zu was er es auf dem College gebracht haben würde.«

Mrs. Lamb sagt, ihr Sohn habe die Wohnung vergangenen Dienstag am frühen Abend verlassen, offenbar um Lebensmittel einzukaufen. Während er den Bruckner Boulevard überquerte, sagt sie, sei er von einem Mercedes-Benz überfahren worden, in dem ein Mann und eine Frau saßen, beides Weiße. Der Wagen habe nicht gehalten. Das Viertel wird vorwiegend von Schwarzen und Latinos bewohnt.

Lamb schaffte es bis ins Krankenhaus, wo er ein gebrochenes Handgelenk behandelt bekam und entlassen wurde. Am nächsten Morgen klagte er über heftige Kopfschmerzen und Schwindelgefühle. In der Notaufnahme wurde er bewußtlos. Man stellte fest, daß er eine subdurale Gehirnerschütterung erlitten hatte.
Milton Lubell, Sprecher des Oberstaatsanwalts der Bronx, Abe Weiss, teilt mit, daß Kriminalbeamte und ein Unterstaatsanwalt Mrs. Lamb befragt hätten und daß eine »Untersuchung im Gange« sei, es seien aber im Staat New York zweitausendfünfhundert Mercedes-Benz registriert, deren Kennzeichen mit einem R beginnt, dem Buchstaben, den Mrs. Lamb genannt hat. Sie sagt, ihr Sohn meinte, der zweite Buchstabe sei ein E, F, B oder R. »Selbst angenommen, einer davon ist der zweite Buchstabe«, sagte Lubell, »dann reden wir immer noch über fast fünfhundert Wagen ...

RF – Mercedes-Benz – die Angaben auf den Seiten von einer Million Zeitungen – fuhren Sherman durch den Solarplexus wie eine heftige Schwingung. Sein Kennzeichen begann mit RFH. Mit einem unheimlichen Verlangen nach der Meldung seines eigenen Untergangs las er weiter:

> ... und wir haben keine Beschreibung eines Fahrers und keine Zeugen und ...

Soweit konnte er lesen. Felix hatte die Zeitung an der Stelle gefaltet. Der Rest befand sich auf der unteren Hälfte der Seite. Sein Gehirn stand in Flammen. Er brannte darauf, nach unten zu greifen und die Zeitung umzudrehen – und er sehnte sich danach, nie erfahren zu müssen, was sie ihm enthüllte. Unterdessen leierte Bernard Levys Stimme von jenseits des Atlantik weiter, reflektiert von einem AT&T-Nachrichtensatelliten.

»... reden von sechsundneunzig, wenn's das ist, was Sie mit ›bester Ordnung‹ meinen. Aber das sieht allmählich ziemlich teuer aus, weil ...«

Teuer? Sechsundneunzig? *Keine Erwähnung eines zweiten Jungen! Keine Erwähnung einer Rampe, einer Barrikade, eines versuchten Raubüberfalls!* Der Preis hatte immer festgestanden! Wie konnte er jetzt damit anfangen? *Könnte es letzten Endes – kein Raubversuch sein?* Er hatte einen Durchschnitt von vierundneunzig dafür bezahlt. Nur eine Zweipunktmarge! Konnte nicht tiefer gehen! *Dieser so nett aussehende Junge lag im Sterben. Mein Wagen!* Muß mich darauf konzentrieren ... die Giscard! Konnte nicht schiefgehen, nicht nach dieser ganzen Zeit – und die Zeitung raschelte auf dem Fußboden.

»Bernard ...« Sein Mund war ausgetrocknet. »Hören Sie zu ...«

»Ja?«

Aber wenn er vielleicht seinen Fuß von dem Schuhputztritt herunternahm ...

»Felix? Felix?« Felix hörte ihn anscheinend nicht. Der kreisrunde, karamelbraune, kahle Fleck auf dem Scheitel seines Kopfes ging unaufhörlich vor und zurück, während er an dem lochgemusterten New & Lingwood arbeitete.

»Felix!«

»Hallo, Sherman! Was haben Sie gesagt?«

In seinem Ohr die Stimme des französischen Schmalzkringels, der auf dreihundert Millionen goldgestützten Anleihen saß – vor seinen Augen der kahle Scheitel des Schwarzen, der auf einem Schuhputzstand saß und seinen linken Fuß unter sich begrub.

»Entschuldigen Sie, Bernard! ... Nur einen Augenblick ... Felix?«

»Sagten Sie Felix?«

»Nein, Bernard! Ich meine, nur eine Sekunde ... Felix!«

Felix hörte auf, den Schuh zu bearbeiten, und blickte auf.

»Entschuldigung, Felix, ich muß mein Bein mal eine Sekunde lang ausstrecken.«

Der französische Schmalzkringel: »Hallo, Sherman, ich kann Sie nicht verstehen!«

Sherman nahm den Fuß von dem Tritt und streckte ihn mit viel Getue, als sei er völlig steif.

»Sherman, sind Sie noch da?«

»Ja! Entschuldigen Sie mich einen Augenblick, Bernard.«

Wie er es gehofft hatte, ergriff Felix die Gelegenheit, »The City Light« umzudrehen, um die untere Hälfte der Seite zu lesen. Sherman stellte seinen Fuß auf den Tritt zurück, und Felix kauerte sich wieder über den Schuh, während Sherman den Kopf senkte und sich auf die Worte am Boden zu konzentrieren versuchte. Er beugte den Kopf so tief zu Felix hinunter, daß der Schwarze aufblickte. Sherman zog den Kopf zurück und lächelte schwach.

»Entschuldigung!« sagte er.

»Sagten Sie ›Entschuldigung‹?« fragte der französische Schmalzkringel.

»Entschuldigung, Bernard, ich habe mit jemand anderem gesprochen.«

Felix schüttelte mißbilligend den Kopf, dann senkte er ihn und machte sich wieder an die Arbeit.

»›Entschuldigung‹?« wiederholte der französische Schmalzkringel, noch immer verwirrt.

»Schon gut, Bernard. Ich habe mit jemand anderem gesprochen.« Langsam neigte Sherman wieder seinen Kopf nach unten und heftete die Augen auf die Zeitung unter sich.

... niemanden, der uns sagen kann, was geschehen ist, nicht einmal den jungen Mann selber.«

»Sherman, sind Sie noch da? Sherman ...«

»Ja, Bernard. Entschuldigung. Äh ... wiederholen Sie mir

noch mal, was Sie über den Preis gesagt haben? Denn, wirklich, Bernard, wir sind alle fest dazu entschlossen. Wir sind schon seit *Wochen* startklar!«

»Noch mal?«

»Wenn's Ihnen nichts ausmacht. Ich wurde hier unterbrochen.« Ein heftiger Seufzer über Satellit aus Europa. »Ich sagte gerade, daß wir hier von einem stabilen zu einem instabilen Durcheinander gekommen sind. Wir können nicht mehr von den Zahlen extrapolieren, von denen wir sprachen, als Sie Ihren Vorschlag machten ...«

Sherman versuchte, seine Aufmerksamkeit auf beide Dinge gleichzeitig zu richten, aber die Worte des Franzosen wurden rasch zu einem Nieseln, zu einem Nieselregen per Satellit, und er verschlang den Text, der unter dem Kopf des Schuhputzers zu sehen war:

Aber Rev. Reginald Bacon, Vorsitzender der in Harlem beheimateten Solidarität für alle, nennt das »dieselbe Geschichte wie immer«. Er sagt: »Ein Menschenleben, wenn es ein schwarzes oder hispanisches Menschenleben ist, gilt den Mächtigen nicht viel. Wenn es um einen weißen Schüler ginge, der von einem schwarzen Fahrer auf der Park Avenue überfahren worden wäre, würde man sich nicht mit Statistiken und juristischen Hindernissen aufhalten.«

Er nennt das Versäumnis des Krankenhauses, Lambs Gehirnerschütterung sofort festzustellen, »ungeheuerlich« und fordert eine Untersuchung.

In der Zwischenzeit kommen Nachbarn in Mrs. Lambs kleine, gepflegte Wohnung in den Poe Towers, um ihr Trost zuzusprechen, während sie über diese neueste Entwicklung in ihrer tragischen Familiengeschichte nachsinnt.

»Henrys Vater wurde vor sechs Jahren da draußen um-

gebracht«, berichtet sie »The City Light« und zeigt auf ein Fenster, das auf den Eingang der Siedlung blickt. Monroe Lamb, damals sechsunddreißig, wurde von einem Straßenräuber erschossen, als er eines Abends von seiner Arbeit als Klimatechniker nach Hause kam.
»Wenn ich Henry verliere, wird es auch mein Ende sein, und es wird ebenfalls niemanden kümmern«, sagt sie. »Die Polizei hat nie herausgekriegt, wer meinen Mann umgebracht hat, und nun will sie nicht einmal untersuchen, wer Henry das angetan hat.«
Aber Rev. Bacon hat geschworen, Druck auf die Behörden auszuüben, bis etwas passiert: »Wenn die Mächtigen uns sagen, es ist gleichgültig, was unseren besten jungen Leuten, der fleischgewordenen Hoffnung dieser erbärmlichen Viertel widerfährt, dann ist es Zeit, daß wir den Mächtigen eine Botschaft übermitteln: Eure Namen sind nicht in Tafeln eingemeißelt, die vom Berg herabgebracht wurden. Euch steht eine Wahl bevor, und ihr könnt ersetzt werden.«
Abe Weiss, Staatsanwalt der Bronx, sieht sich bei der Vorwahl der Demokraten im September einer schwierigen Herausforderung gegenüber. Der Abgeordnete Robert Santiago hat die Unterstützung von Bacon, von dem Abgeordneten Joseph Leonard und anderen schwarzen Führern, wie auch der Führung der vor allem puertoricanischen südlichen und zentralen Bronx.

»... und deshalb sage ich, wir lassen die Geschichte ein paar Wochen ruhen, lassen die Partikel sich setzen. Bis dahin werden wir wissen, wo die untere Grenze liegt. Wir werden wissen, ob wir von realistischen Preisen reden. Wir werden wissen...«
Es dämmerte Sherman mit einemmal, was der ängstliche Schmalzkringelfrosch da sagte. Aber er *konnte nicht warten* –

nicht, während *diese Sache* sich über ihm zusammenzog – mußte an den Druck kommen – *jetzt!*

»Bernard, jetzt hören Sie mal zu. Wir *können nicht* warten. Wir haben die ganze Zeit dazu verwandt, alles in Ordnung zu bringen. Es braucht nicht zu ruhen und sich zu setzen. Es hat sich gesetzt. Wir müssen *jetzt handeln!* Sie werfen Phantomprobleme auf! Wir müssen uns zusammenreißen und die Sache *tun!* Wir haben das Ganze schon vor langer Zeit gründlich erörtert! Es ist egal, was heute oder morgen mit Gold oder Franc passiert!«

Schon beim Sprechen bemerkte er die fatale Ungeduld in seiner Stimme. An der Wall Street war ein hektischer Händler ein toter Händler. Er wußte das! Aber er konnte sich nicht zurückhalten ...

»Ich kann doch nicht einfach meine Augen verschließen, Sherman.«

»Niemand verlangt das von Ihnen.« *Plong. Ein leichter Schlag.* Ein aufgeschossener, sensibler Junge, ein Musterschüler! Der schreckliche Gedanke erfaßte sein gesamtes Bewußtsein: *Sie waren in Wirklichkeit zwei freundliche Jungen, die helfen wollten ... Yo!* ... Die Auffahrt, die Finsternis ... Aber was war mit ihm – dem Stämmigen? Überhaupt keine Erwähnung eines zweiten Jungen ... Keine Erwähnung einer Rampe ... Es ergab keinen Sinn ... Vielleicht nur ein Zufall! Ein anderer Mercedes! – R – zweitausendfünfhundert davon –

Aber in der Bronx an genau demselben Abend?

Das Entsetzliche der Situation begrub ihn von neuem völlig unter sich.

»Tut mir leid, aber wir können das nicht mit Zen-Bogenschießen erledigen, Sherman. Wir werden eine Zeitlang auf den Eiern sitzen müssen.«

»Was sagen Sie? Wie lange ist ›eine Zeitlang‹, um Gottes willen?« War es denkbar, daß sie zweitausendfünfhundert Wagen untersuchten?

»Nun ja, nächste Woche oder die Woche darauf. Ich würde sagen, drei Wochen allerhöchstens.«
»Drei Wochen!«
»Auf uns kommen eine ganze Reihe wichtiger Vorlagen zu. Wir können wirklich nichts dran ändern.«
»Ich kann nicht drei Wochen warten, Bernard! Hören Sie, Sie nennen ein paar kleinere Probleme – Herrgott, es sind nicht einmal *Probleme*. Ich bin jede dieser Eventualitäten zwanzig gottverdammte Male durchgegangen! Sie *müssen* es jetzt tun! Drei Wochen helfen da gar nichts!«
An der Wall Street sagten Händler auch nicht »müssen«.
Eine Pause. Dann des Schmalzkringels sanfte, geduldige Stimme per Satellit aus Paris: »Sherman. Bitte. Für dreihundert Millionen Anleihen *muß* niemand irgendwas so heiß essen.«
»Natürlich nicht, natürlich nicht. Es ist nur, daß ich weiß, ich habe genau erklärt ... Ich weiß, ich habe ... ich weiß ...«
Er wußte, er mußte sich von seiner unüberlegten Ungeduld so schnell wie möglich wieder herunterbegeben, wieder die gewandte, gelassene Person vom fünfzigsten Stock bei Pierce & Pierce werden, die der Trader-T-Schmalzkringel schon seit eh und je kannte, ein Mensch des Vertrauens und der unerschütterlichen Macht, aber ... es war *zwangsläufig sein Wagen. Da half nichts! Mercedes RF, ein Weißer und eine Weiße!*
Das Feuer tobte in seinem Schädel. Der Schwarze polierte weiter an seinem Schuh herum. Die Geräusche des Börsensaals schlugen über ihm zusammen wie das Gebrüll wilder Tiere:
»Er sieht sie bei sechs! Ihr Gebot ist fünf!«
»Gebot raus! Die Fed gibt nach!«
»Die Fed kauft alle Coupons! Marktthema!«
»Heilige verdammte Scheiße! Ich will raus!«

Ein einziges Durcheinander herrschte in Abteilung 62, in der Richter Jerome Meldnick den Vorsitz führte. Hinter dem Tisch des Protokollführers hervor blickte Kramer mit belustigter

Verachtung auf Meldnicks Bestürzung. Meldnicks großer blasser Kopf dort oben auf der Richterbank ähnelte einem Gouda. Er hatte ihn zu dem seines Referendars, Jonathan Steadman, geneigt. Soweit Richter Jerome Meldnick auf irgendwelche brauchbaren juristischen Erfahrungen zurückgreifen konnte, waren sie in Steadmans Kopf zu finden. Meldnick war Generalsekretär der Lehrergewerkschaft gewesen, einer der größten und am standfestesten demokratisch eingestellten Gewerkschaften des Staates, als der Gouverneur ihn in Anerkennung seiner juristischen Fähigkeiten und der jahrzehntelangen Kärrnerarbeit für die Partei zum Richter an der Strafprozeßabteilung des State Supreme Court ernannte. Er hatte die Juristerei nicht mehr ausgeübt, seit er, kurz nach seiner Zulassung, Aufträge für seinen Onkel ausgeführt hatte, der als Anwalt Testaments- und Grundstücksverträge abwickelte und Versicherungen von Rechtsansprüchen auf ein zweistöckiges Abschreibungsobjekt am Queens Boulevard verkaufte.

Irving Bietelberg, der Anwalt eines Schwerverbrechers namens Willie Francisco, stand auf der anderen Seite der Richterbank auf Zehenspitzen, spähte herüber und versuchte, zu Wort zu kommen. Der Angeklagte selbst, Francisco, fett, zweiundzwanzig, mit einem spirreligen Schnurrbart und einem rotweiß gestreiften Sporthemd, war aufgesprungen und schrie Bietelberg an: »Yo! He! Yo!« Drei Gerichtswachtmeister waren zu beiden Seiten und hinter Willie für den Fall postiert, daß er sich zu sehr erregte. Sie hätten ihm mit Freuden den Kopf weggepustet, da er, ohne mit der Wimper zu zucken, einen Polizisten erschossen hatte. Der Polizist hatte ihn festgenommen, als er mit einer Porsche-Sonnenbrille in der Hand aus einem Optikerladen gerannt kam. Porsche-Sonnenbrillen wurden im Morrisania-Viertel der Bronx sehr bewundert, weil sie $ 250 das Stück kosteten und weil der Name »Porsche« am oberen Rand des linken Glases weiß eingeätzt war. Willie war mit einem gefälschten Medicaid-Brillenrezept in das Optikergeschäft gegangen und hatte geäußert, er wolle die Porsche. Der Angestellte hatte gesagt, die könne er nicht bekommen, weil die Kasse dem Geschäft für eine Brille, die so teuer sei, die Erstattung nicht zahle. Darauf hatte Willie sich die Porsche gegrapscht, war hinausgerannt und hatte den Polizisten erschossen.

Ein wirklich läppischer Scheiß, dieser Fall, und noch dazu ein sonnenklarer läppischer Scheiß, und Jimmy Caughey hätte nicht mal schwer atmen müssen, um ihn zu gewinnen. Aber dann war diese verrückte Geschichte passiert. Die Geschworenen waren gestern nachmittag rausgegangen und nach sechs Stunden zurückgekehrt, ohne zu einem Spruch gekommen zu sein. Diesen Morgen ackerte sich Meldnick gerade durch seine Terminkalendersitzung, als die Jury melden ließ, sie sei zu einem Spruch gelangt. Sie kamen im Gänsemarsch herein, und der Spruch lautete schuldig. Bietelberg, der einfach das Übliche tat, verlangte, daß die Jury einzeln befragt würde. »Schuldig«, »Schuldig«, »Schuldig«, sagte einer nach dem anderen, bis der Protokollführer zu einem dicken, alten, weißhaarigen Mann kam, Lester McGuigan, der gleichfalls »Schuldig« sagte, dann jedoch in die porschelosen Augen von Willie Francisco blickte und sagte: »Ich hab kein absolut gutes Gefühl dabei, aber ich muß ja wohl ein Votum abgeben, und so stimme ich nun mal.« Willie Francisco sprang auf und schrie: »Prozeßfehler!«, noch ehe Bietelberg es schreien konnte – und danach herrschte eitel Durcheinander. Meldnick schlang sich die Unterarme um den Kopf und fragte Steadman um Rat, und das war der Punkt, an dem die Dinge standen. Jimmy Caughey faßte es einfach nicht. Die Jurys in der Bronx waren berüchtigt für ihre Unberechenbarkeit, aber Caughey hatte gemeint, McGuigan wäre einer seiner zuverlässigen Felsen. Er war nicht nur ein Weißer, er war Ire, ein sein Leben lang in der Bronx wohnender Ire, der sicher wußte, daß jemand, der Jimmy Caughey hieß, selber ein wackerer junger Ire war. Aber es hatte sich rausgestellt, daß McGuigan ein alter Mann war, der viel Zeit hatte und zuviel nachdachte und in vielen Dingen zu philosophisch wurde, selbst wenn es um jemanden wie Willie Francisco ging.

Kramer amüsierte Meldnicks Verwirrung, aber nicht die von Jimmy Caughey. Für Jimmy empfand er nur Bedauern. Kramer war in Abteilung 62 mit einem ähnlichen Läpperscheiß beschäftigt und hatte ähnlich lächerliche Katastrophen zu befürchten. Kramer stand bereit, um über einen Antrag auf eine Zeugenanhörung zu verhandeln, den der Anwalt, Gerard Scalio, im Fall Jorge und Juan Terzio vorgebracht hatte, zwei Brüder, die »zwei echte Blödmänner« waren. Sie hatten einen koreanischen Lebensmittelladen in der Fordham Road zu überfallen versucht, hatten aber nicht rausgekriegt, auf welche Knöpfe an der Kasse sie drücken mußten, und statt dessen einer Kundin zwei Ringe von den Fingern gezogen. Das regt einen anderen Kunden, Charlie Esposito, dermaßen auf, daß er hinter ihnen herläuft, Jorge einholt, ihn packt, zu Boden drückt und zu ihm sagt: »Weißt du was? Ihr seid zwei echte Blödmänner.« Jorge langt in sein Hemd, zieht eine Pistole und schießt ihn mitten ins Gesicht. Ein wirklich läppischer Scheiß.

Während der Klamauk immer lauter wurde und Jimmy Caughey seine Augen immer hoffnungsloser kreisen ließ, dachte Kramer an eine glänzendere Zukunft. Heute abend würde er es endlich treffen ... das Mädchen mit dem braunen Lippenstift. Muldowny's, das Restaurant an der East Side, Third Avenue Ecke Achtundsiebzigste Straße ... unverputzte Backsteinwände, helles Holz, Messing, Milchglas, Hängepflanzen ... künftige Schauspielerinnen, die an Tischen warteten ... Prominente ... aber alles zwanglos und nicht sehr teuer, jedenfalls hatte er das gehört ... das animierte Geplauder junger Leute von Manhattan, die ... das *Leben* führten ... ein Tisch für zwei ... Er blickt in das unvergleichliche Gesicht von Miss Shelly Thomas ...

Eine leise, zaghafte Stimme sagte ihm, er solle es nicht tun, oder noch nicht. Der Fall war durch, soweit es den Prozeß betraf, Herbert 92X hatte den ihm gebührenden Schuldspruch bekommen, und die Geschworenen waren entlassen worden. Was konnte es also schaden, wenn er sich mit einer Geschworenen traf und sie über die Beratungen in diesem Fall befragte? Nichts ... es sei denn, daß das Urteil noch nicht verkündet und der Prozeß daher technisch noch nicht zu Ende war. Das Klügste würde es sein zu warten. Aber in der Zwischenzeit könnte Miss Shelly Thomas vielleicht ... sich abkühlen ... heruntekommen von ihrem Verbrechensrausch ... nicht mehr gefesselt sein vom Zauber des furchtlosen jungen Unterstaatsanwalts mit der goldenen Zunge und den mächtigen Schulter- und Nackenmuskeln ...

Eine laute, männliche Stimme fragte ihn, ob er den Rest seines Lebens auf Nummer Sicher und Schmalspur reisen wolle. Er spannte seine Schultern. Er würde die Verabredung einhalten. Verdammt klar! Die Erregung in ihrer Stimme! Es war fast, als habe sie erwartet, daß er anriefe. Sie war dort bei Prischker & Bolka, in diesem MTV-Büro aus Glasbausteinen und weißem Gitterwerk, im Mittelpunkt des Lebens, vibrierte noch im verbrecherischen Pulsschlag des Lebens in der Bronx, so hart und grausam wie es war, erschauerte noch immer vor der Kraft derer, die so männlich waren, sich mit diesen Verbrechen auseinanderzusetzen ... Er konnte sie sehen, konnte sie sehen ...

Er schloß fest seine Augen ... Ihr dichtes braunes Haar, ihr Alabastergesicht, ihr Lippenstift ...

»He, Kramer!« Er machte die Augen auf. Es war der Protokollführer. »Ein Anruf für Sie.«

Er griff zu dem Telefon, das auf dem Tisch des Protokollführers stand. Oben auf der Richterbank gluckte Meldnick in dumpfer Gouda-Verblüffung immer noch mit Steadman zusammen. Willie Francisco schrie immer noch: »Yo! He! Yo!«

»Kramer«, sagte Kramer.

»Larry, hier ist Bernie. Hast du heute ›The City Light‹ gelesen?«

»Nein.«

»Da ist ein langer Artikel auf Seite drei über diese Henry-Lamb-Angelegenheit. Behauptet, die Polizei zieht die Sache hin. Und wir auch. Da steht, du hättest dieser Mrs. Lamb gesagt, die Informationen, die sie dir gegeben hätte, wären unbrauchbar. Ist ein langer Artikel.«

»Was!«

»Erwähnt dich nicht mit Namen. Sagt bloß ›der Mann von der Staatsanwaltschaft‹.«

»Das ist absolut totaler Quatsch, Bernie! Ich hab ihr das Scheißgegenteil gesagt! Ich hab gesagt, sie hätte uns gute Hinweise gegeben! Es war bloß, daß es nicht genug war, um 'n Fall daraus zu zimmern.«

»Also, Weiss dreht völlig durch. Er kariolt wie ein Querschläger von Wand zu Wand. Milt Lubell kommt alle drei Minuten runter. Was machst du denn im Augenblick?«

»Ich warte auf eine Zeugenanhörung in diesem Fall mit den Terzio-Brüdern, den zwei Blödmännern. Die Lamb-Angelegenheit! Herrgott noch mal! Milt hat gesagt, neulich hätte irgend jemand, irgendein Scheißengländer, von ›The City Light‹ angerufen – aber Herrgott noch mal, das ist wirklich unerhört. Diese Geschichte ist verdammt noch mal voller Löcher. Ich hoffe, dir ist das klar, Bernie.«

»Yeah, also, paß auf, laß dir in der Sache mit den beiden Blödmännern einen Aufschub geben und komm hier runter.«

»Ich kann nicht. Zur Abwechslung sitzt Meldnick oben auf seiner Richterbank und hält sich den Kopf. Irgendein Geschworener hat eben seinen Schuldspruch in der Willie-Francisco-Sache zurückgenommen. Jimmy ist hier, und ihm kommt der Rauch aus den Ohren. Hier passiert nichts, bis Meldnick nicht jemanden findet, der ihm sagt, was zu tun ist.«

»Francisco? Ach, du meine Güte. Wer ist Protokollführer? Eisenberg?«

»Yeah.«

»Gib ihn mir mal.«

»He, Phil«, sagte Kramer. »Fitzgibbon möchte Sie sprechen.«

Während Bernie Fitzgibbon mit Phil Eisenberg telefonierte, ging Kramer um die andere Seite des Protokollführertisches herum und sammelte seine Papiere über den Fall der Gebrüder Terzio ein. Er konnte es nicht glauben. Die arme Witwe Lamb, die Frau, mit der sogar Martin und Goldberg solches Mitleid hatten – sie entpuppt sich als Schlange! Wo war die Zeitung? Er brannte darauf, sie in die Hände zu bekommen. Er stand in der Nähe des Gerichtsstenografen, vielmehr Gerichtsschreibers, wie die Sippschaft richtig hieß, des langen Iren Sullivan. Sullivan war von seiner Stenografiermaschine gleich unter dem Rand der Richterbank aufgestanden und streckte sich. Sullivan war ein gutaussehender, stoppelhaariger Mann Anfang vierzig, berühmt oder berüchtigt auf Gibraltar wegen seiner eleganten Kleidung. Im Augenblick trug er ein Tweedjackett, das so weich und extravagant war, so voller Heideglitzer von den Highlands, daß Kramer klar war, er würde sich es in Millionen Jahren nicht leisten können. Hinter Kramer kam ein alter Gerichtsbeamter namens Joe Hyman herum, der die Aufsicht über die Gerichtsschreiber hatte. Er trat zu Sullivan und sagte: »Es kommt 'n Mord in diese Abteilung. Läuft sicher täglich. Wie wär's damit?«

Sullivan sagte: »Was? Ach komm, Joe. Ich hab grad 'n Mord hinter mir. Was soll ich denn mit noch 'm Mord? Da muß ich trecken. Ich hab Theaterkarten. Haben mich fünfunddreißig Dollar das Stück gekostet.«

Hyman sagte: »Okay, okay. Was ist mit der Vergewaltigung? Ich hab 'ne Vergewaltigung, die bearbeitet werden muß.«

»Ach Scheiße, Joe«, sagte Sullivan, »eine Vergewaltigung – das bedeutet auch Trecken. Warum ich? Warum muß immer ich derjenige sein? Sheila Polsky ist schon Monate nicht mehr bei 'ner Jury geblieben. Was ist denn mit ihr?«

»Sie hat 'n kranken Rücken. Sie kann nicht so lange sitzen.«

»Einen kranken Rücken?« fragte Sullivan. »Sie ist achtundzwanzig, Herrgott noch mal. Sie ist 'ne Drückebergerin. Das ist alles, was mit ihr ist.«

»Trotzdem ...«

»Hör zu, wir müssen uns mal zusammensetzen. Ich bin's leid, immer derjenige welcher zu sein. Wir müssen mal über die Arbeitsaufteilung reden. Wir müssen uns gegen die Faultiere wehren.«

»In Ordnung«, sagte Hyman. »Ich sag dir was. Du übernimmst die Vergewaltigung, und ich teil dich nächste Woche für 'ne Halbtagsterminkalendersitzung ein. Okay?«

»Ich weiß nicht«, sagte Sullivan. Er knautschte seine Augenbrauen um die Nase, als sehe er sich einer der quälendsten Entscheidungen seines Lebens gegenüber. »Meinst du, bei der Vergewaltigung ist 'ne tägliche Abschrift drin?«

»Ich weiß nicht. Wahrscheinlich.«

Tägliche Abschrift. Jetzt wußte Kramer, warum er Sullivan und seine schicken Sachen nicht leiden konnte. Nach vierzehn Jahren als Gerichtsschreiber war Sullivan mit $ 51.000 pro Jahr – $ 14.500 mehr, als Kramer verdiente – auf der obersten Sprosse des öffentlichen Dienstes angelangt, und das war nur das Grundgehalt. Obendrein *verkauften* die Gerichtsschreiber die Abschriften Seite für Seite zu einem Mindestpreis von $ 4,50 pro Blatt. »Tägliche Abschrift« hieß, daß jeder Verteidiger und der Unterstaatsanwalt, plus das Gericht, also der Richter, eine Abschrift der täglichen Sitzungsberichte haben wollten, ein Eilauftrag, der Sullivan zu einer Leistungsprämie von $ 6 und mehr berechtigte. Wenn es mehrere Angeklagte gab – und in Vergewaltigungsfällen war das oft so –, konnte er bis zu $ 14 oder $ 15 pro Seite erzielen. Man erzählte sich, in einem Mordverfahren gegen eine Bande albanischer Drogenhändler letztes Jahr hätten Sullivan und ein anderer Schreiber in zweieinhalb Wochen insgesamt $ 30.000 gemacht. Für diese Typen war es ein Klacks, $ 75.000 im Jahr zu verdienen, $ 10.000 mehr als ein

Richter und *zweimal* soviel wie er. Ein Gerichtsschreiber! Ein Automat an der Stenografiermaschine! Einer, der im Gerichtssaal nicht mal den Mund aufmachen durfte, außer um den Richter zu bitten, jemanden ein Wort oder einen Satz wiederholen zu lassen!

Und daneben er, Larry Kramer, mit seinem Columbia-Jurastudium, ein Unterstaatsanwalt – der sich überlegen mußte, ob er es sich wirklich würde leisten können, ein Mädchen mit braunem Lippenstift in ein Restaurant in der Upper East Side auszuführen!

»He, Kramer.« Es war Eisenberg, der Protokollführer, der ihm den Telefonhörer hinhielt.

»Ja, Bernie?«

»Ich habe das mit Eisenberg geregelt, Larry. Er setzt die Terzio-Brüder ans Ende des Terminkalenders. Komm runter. Wir müssen in diesem Scheiß-Lamb-Fall irgendwas in Gang bringen.«

»So wie die Yanks ihre Sozialwohnungen bauen, halten die Fahrstühle bloß auf jeder zweiten Etage«, sagte Fallow, »und sie stinken wie Pisse. Die Fahrstühle, meine ich. Sobald man reinkommt – große, weiche Wolken menschlicher Pisse.«

»Warum jede zweite Etage?« fragte Sir Gerald Steiner, der diese Erzählung aus den tieferen Tiefen des menschlichen Lebens gierig aufnahm. Sein geschäftsführender Redakteur, Brian Highridge, stand neben ihm, gleichfalls hingerissen. In der Ecke der Kabine hing Fallows schmutziger Regenmantel immer noch auf dem Plastikkleiderhaken, und die Feldflasche mit dem Wodka steckte noch immer in der Innentasche. Aber er hatte die Aufmerksamkeit, das Lob und die Heiterkeit, um mit dem Brummschädel dieses Morgens fertig zu werden.

»Um Geld beim Bauen zu sparen, könnte ich mir vorstellen«, sagte er. »Oder um die armen Teufel daran zu erinnern, daß sie von Arbeitslosenunterstützung leben. Es ist alles gut und schön für diejenigen, die die Wohnung auf der Etage haben, in der der Fahrstuhl hält, aber die anderen müssen bis zu der Etage drüber fahren und dann runterlaufen. In einer Sozialwohnung in der Bronx ist das scheint's eine riskante Geschichte. Die Mutter des Jungen, diese Mrs. Lamb, hat mir erzählt, als sie einzog, hat sie die Hälfte ihrer Möbel eingebüßt.« Die Erinnerung brachte ein Lächeln auf Fallows Lippen, so ein gequältes Lächeln, das ausdrückt, daß das eine traurige Geschichte ist und man trotzdem zugeben muß, daß sie komisch ist. »Sie schaffte die Möbel im Fahrstuhl auf die Etage über ihrer Wohnung. Sie mußte alles die Treppe runtertragen, und jedesmal, wenn sie zu der oberen Etage zurückkam, fehlte was. Das ist so üblich! Wenn neue Leute in eine Etage ohne Fahrstuhl ziehen, klauen die Bewohner deren Sachen vom Fahrstuhl weg!«

Die Tote Maus und Highridge versuchten, sich ihr Lachen zu verkneifen, denn schließlich waren es doch lauter bedauerliche Leute, über die sie redeten. Die Tote Maus setzte sich auf Fallows Schreibtischkante, was zu erkennen gab, daß ihn all das genug erfreute, um sich einen Moment lang niederzulassen. Fallow schwoll das Herz. Was er vor sich erblickte, war nicht mehr ... die Tote Maus ... sondern Sir Gerald Steiner, der verständige Magnat des britischen Verlagswesens, der ihn in die Neue Welt gerufen hatte.

»Offenbar riskiert man schon sein Leben, wenn man nur die Treppe runtergeht«, fuhr Fallow fort. »Mrs. Lamb sagte zu mir, *ich* sollte sie unter gar keinen Umständen benutzen.«

»Warum nicht?« fragte Steiner.

»Anscheinend sind die Treppenhäuser sozusagen die Seitenstraßen der Sozialwohnungen. Die Wohnungen sind in diesen riesigen Türmen übereinandergeschichtet, verstehen Sie, und die Türme sind so rum und so rum angeordnet« – er bewegte die Hände, um die unregelmäßige Anordnung anzudeuten –, »damit die Gegend wie ein Park aussieht. Natürlich bleibt kein Grashalm am Leben, aber auf jeden Fall gibt's dort keine

Straßen oder Gassen oder Wege oder Kneipen oder sonstwas zwischen den Häusern, nur dieses offene, verdorrte Heideland. Es gibt keinen Ort, wo die Bewohner *sündigen* können. Deshalb benutzen sie die Treppenabsätze dazu. Sie machen ... *alles* ... auf den Treppenabsätzen.«

Die aufgerissenen Augen von Sir Gerald und seinem geschäftsführenden Redakteur waren zuviel für Fallow. Sie trieben ihm die Lust auf dichterische Freiheit das Rückgrat hoch.

»Ich muß gestehen, ich konnte mir einen Blick nicht verkneifen. Deshalb beschloß ich, dem Weg nachzugehen, den Mrs. Lamb und ihr Sohn damals genommen haben, als sie in die Edgar Allan Poe Towers einzogen.«

In Wirklichkeit hatte es Fallow nach der Warnung nicht gewagt, sich in die Nähe der Treppe zu begeben. Aber jetzt sprudelten ihm dicke Lügen in berauschender Menge ins Gehirn. Auf seiner wagemutigen Tour die Treppe hinab begegnete er allen denkbaren Lastern: Unzucht, Crackrauchen, Heroininjektion, Würfelspiel, betrügerischen Kartentricks und immer neuer Unzucht.

Steiner und Highridge starrten mit offenem Mund und prallen Augen.

»Im Ernst?« fragte Highridge. »Was taten die Leute denn, als sie Sie sahen?«

»Nichts. Sie machten einfach weiter. Was hieß das in ihrem wundervollen Zustand schon, wenn ein simpler Journalist vorbeikam?«

»Hogarth, wie er leibt und lebt«, sagte Steiner. »Gin Lane. Bloß senkrecht.«

Fallow und Highridge lachten voll begeisterter Anerkennung über diesen Vergleich.

»Die senkrechte Gin Lane«, sagte Highridge. »Wissen Sie was, Jerry, das ergäbe keinen schlechten Zweiteiler. So was wie ›Das Leben in einem staatlich subventionierten Slum‹.«

»Hogarth rauf und runter«, sagte Steiner, der sich ein bißchen in seiner neuen Rolle als Formulierungskünstler sonnte. »Aber haben die Amerikaner überhaupt die leiseste Ahnung von Hogarth und der Gin Lane?«

»Ach, das halte ich für kein so großes Problem«, sagte Highridge. »Sie erinnern sich an unsere Geschichte über den Blaubart Howard Beach. Ich bin sicher, sie hatten auch nicht die Spur einer Idee, wer Blaubart war, aber man kann es in einer Fußnote erklären, und dann freuen sie sich an dem, was sie gerade gelernt haben. Und Peter hier kann unser Hogarth sein.«

In Fallow rührte sich leise Unruhe.

»Wenn ich so drüber nachdenke«, sagte Steiner, »bin ich nicht sicher, ob das so eine gute Idee ist.«

Fallow fühlte sich sehr erleichtert.

»Warum nicht, Jerry?« fragte Highridge. »Ich denke, Sie sind da wirklich auf was gestoßen.«

»Oh, ich glaube, an sich ist es eine wichtige Story. Aber Sie wissen ja, die Amerikaner sind sehr empfindlich in solchen Dingen. Wenn wir eine Geschichte über das Leben in den weißen Sozialbauvierteln brächten, wäre das in Ordnung, aber ich glaube, es gibt gar keine weißen Sozialwohnungen in New York. Das ist ein sehr heikles Thema und eines, das mir gerade im Moment einige Sorgen macht. Wir ernten bereits ziemliches Geschrei von diesen Organisationen, die ›The City Light‹ beschuldigen, gegen Minderheiten eingestellt zu sein, ›anti-minority‹, um ihren Ausdruck zu benutzen. Nun, es ist in Ordnung, eine weiße Zeitung zu *sein* – was könnte reiner weiß sein als die ›Times‹? –, aber es ist ganz etwas anderes, wenn man sich diesen Ruf zu eigen macht. Das verunsichert sehr viele einflußreiche Leute, einschließlich, möchte ich sagen, der Inserenten. Erst neulich habe ich einen gräßlichen Brief von irgendeinem Verein erhalten, der sich die Anti-Hunger-Liga für die dritte Welt nennt.« Er zog die Worte »Anti-Hunger« in die Länge, als seien sie die lächerlichste Erfindung, die man sich vorstellen könne. »Worum ging's eigentlich bei der Geschichte, Brian?«

»Die lachenden Vandalen«, sagte Highridge. »Letzte Woche hatten wir auf Seite eins ein Foto von drei lachenden schwarzen Jungs auf einem Polizeirevier. Sie waren verhaftet worden, weil sie in einer Schule für behinderte Kinder die Therapieeinrichtung zertrümmert hatten. Versprühten Petroleum und zündeten Streichhölzer an. Reizende Bürschchen. Die Polizei berichtete, sie hätten gelacht, nachdem sie sie festgenommen hatten, und deshalb schickte ich einen von unseren Fotografen hin, Silverstein – er ist Amerikaner – dreister kleiner Bursche –, damit er ein Foto von ihnen macht, während sie lachen.« Er zuckte die Schultern, als wäre das eine journalistische Routineentscheidung gewesen.

»Die Polizei war sehr hilfsbereit. Sie brachten sie aus der Arrestzelle nach vorn an die Anmeldung, damit unser Mann sie beim Lachen fotografieren konnte, aber als sie Silverstein mit seiner Kamera sahen, lachten sie einfach nicht. Deshalb erzählte Silverstein ihnen einen dreckigen Witz. Einen *dreckigen Witz!*« Highridge fing an zu lachen, ehe er weiterreden konnte. »Der war über eine jüdische Frau, die auf eine Safari nach Afrika geht, und sie wird von einem Gorilla gekidnappt, und der schafft sie auf einen Baum und vergewaltigt sie, und er behält sie monatelang da und notzüchtigt sie Tag und Nacht, und schließlich kann sie fliehen und kommt zurück in die Vereinigten Staaten, und sie erzählt alles einer anderen Frau, ihrer besten Freundin, und dann bricht sie in Tränen aus. Und die Freundin sagt: ›Na, na, na, jetzt ist ja alles wieder gut.‹ Und die Frau sagt: ›Du hast gut reden. Du weißt ja nicht, wie mir zumute ist. Er *schreibt* nicht ... er *ruft* nicht *an* ...‹ Und die drei Jungs fangen an zu lachen, möglicherweise aus Verlegenheit über diesen gräßlichen Witz, Silverstein macht ein Foto von ihnen, und wir bringen es. ›Die lachenden Vandalen.‹« Steiner platzte heraus. »Oh, ist das köstlich! Ich sollte nicht lachen. Oh, mein Gott! Was haben Sie gesagt, wie der Bursche hieß? Silverstein?«

»Silverstein«, sagte Highridge. »Sie können ihn nicht übersehen. Läuft immer mit Schnitten im Gesicht durch die Gegend. Er legt *Toilettenpapierschnipsel* auf die Schnitte, um das Blut zu stillen. Ihm klebt immer Toilettenpapier im Gesicht.«

»Schnitte? Was denn für Schnitte?«

»Von seinem Rasierapparat. Scheint, daß ihm sein Vater seinen alten Rasierapparat vererbt hat, als er starb. Er benutzt ihn beharrlich. Komme nicht dahinter, warum. Zerschneidet sich jeden Tag damit. Zum Glück *kann* er fotografieren.«

Steiner kam vor Heiterkeit außer Atem. »Die Yanks! Herrgott, ich liebe sie! Erzählt ihnen einen Witz. Lieber Gott ... Ich mag Burschen mit Mumm. Notieren Sie sich das mal, Brian. Gebe ihm eine Gehaltserhöhung. Fünfundzwanzig Dollar die Woche. Aber sagen Sie weder ihm noch sonst irgend jemandem um Gottes willen, wofür. Erzählt ihnen einen *Witz!* Vergewaltigt von einem *Gorilla!*«

Steiners Liebe zum Sensationsjournalismus, seine Ehrfurcht vor dem »Mumm«, der Journalisten den Mut gab, sich an solchen Bravourstücken zu versuchen, war so echt, daß Fallow und Highridge nicht anders konnten, als in sein Lachen einzustimmen. Steiners kleines Gesicht war in diesem Augenblick alles andere als das einer Toten Maus. Die ungeheure Begeisterung für diesen amerikanischen Fotografen, Silverstein, verlieh ihm Leben, ja Strahlkraft.

»Trotzdem«, sagte Steiner wieder ernster, »haben wir dieses Problem.«

»Ich denke, wir sind da vollkommen entschuldigt«, sagte Highridge. »Die Polizei hat uns versichert, sie hätten die ganze Zeit drüber gelacht. Es war ihr Anwalt, einer von diesen Leuten von Legal Aid, so nennen sie das, glaube ich, der da so einen Wind gemacht hat, und er hat wahrscheinlich auch dieses Anti-Hunger-Dingsbums eingespannt.«

»Leider sind es nicht die Fakten, die zählen«, sagte Steiner. »Wir müssen einige Ideen ändern, und ich denke, diese Fahrerflucht-Geschichte ist ein guter Anfang dafür. Sehen wir mal, was wir für diese Familie, diese armen Lambs, tun können. Sie scheinen schon irgendwelche Unterstützung zu bekommen. Dieser Bacon.«

»Die armen Lambs«, wiederholte Highridge. Die armen Lämmer. »Ja.« Steiner machte ein verdutztes Gesicht; diese Formulierung war unbeabsichtigt gewesen.

»Also, ich frage Sie jetzt, Peter«, sagte Steiner, »kommt die Mutter, diese Mrs. Lamb, Ihnen glaubwürdig vor?«

»O ja«, sagte Fallow. »Sie macht einen guten Eindruck, sie ist redegewandt, sehr aufrichtig. Sie hat Arbeit, sie wirkt sehr gepflegt in ihrem Äußeren – ich meine, diese Sozialwohnungen sind schäbige kleine Löcher, aber ihre ist sehr ordentlich ... Bilder an den Wänden ... Sofa mit Beistelltischen und so weiter ... sogar ein Tischchen neben der Eingangstür und so weiter.«

»Und der Junge – der stellt sich nicht plötzlich als taube Nuß heraus, oder? Ich glaube, er ist so was wie ein Musterschüler?«

»An den Maßstäben seiner Schule gemessen. Ich bin nicht sicher, welche Figur er auf der Holland Park Comprehensive machen würde.« Fallow lächelte. Das war eine Gesamtschule in London. »Er hat nie Scherereien mit der Polizei gehabt. Das ist so ungewöhnlich in diesen Sozialbauvierteln, daß sie darüber reden, als müsse man von dieser bemerkenswerten Tatsache beeindruckt sein.«

»Was sagen die Nachbarn über ihn?«

»Oh ... daß er halt ein angenehmer ... guterzogener Junge ist«, sagte Fallow. In Wirklichkeit war Fallow mit Albert Vogel und einem von Reverend Bacons Leuten, einem langen Kerl mit einem goldenen Ring am Ohr, geradewegs zu Annie Lamb in die Wohnung gefahren, hatte sie befragt und war wieder gegangen. Aber mittlerweile war sein Ansehen als unerschrockener Erforscher der tieferen Tiefen des menschlichen Lebens à la Bronx in den Augen seines adeligen Arbeitgebers derart hoch, daß er es nicht wagte, gerade jetzt einen Rückzieher zu machen.

»Sehr schön«, sagte Steiner. »Und womit stoßen wir nach?«

»Reverend Bacon – so nennt ihn jeder, Reverend Bacon – Reverend Bacon organisiert für morgen gerade eine Demonstration. Als Protest gegen ...«

In dem Moment klingelte Fallows Telefon.

»Hallo?«

»Ayyy, Pete!« Es war Albert Vogels unverwechselbare Stimme. »Es geht los. Irgendein Kid hat eben Bacon angerufen, 'n Kid unten von der Kraftfahrzeugzulassungsstelle.« Fallow begann, sich Notizen zu machen. »Dieser Knabe, er hat Ihre Geschichte gelesen, und da hat er's auf sich genommen, sich da unten an den Computer zu setzen, und er behauptet, er hätte die Sache auf hundertvierundzwanzig Wagen eingegrenzt.«

»Hundertvierundzwanzig, Wird die Polizei damit fertig?«

»Kleinigkeit – wenn sie's wollen. Sie können sie in ein paar Tagen überprüfen, wenn sie die Leute dazu einsetzen wollen.«

»Wer ist dieser ... Bursche?« Fallow haßte die amerikanische Angewohnheit, das Wort »kid«, das sich ja eigentlich nur für junge Ziegen verwenden ließ, in der Bedeutung von »junger Mensch« zu benutzen.

»Halt irgend so 'n Kid, das da unten arbeitet, ein Kid, das der Meinung ist, die Lambs kriegen die üblichen Schikanen zu spüren. Ich habe Ihnen gesagt, das ist es, was ich an Bacon mag. Er aktiviert Leute, die die Mächtigen provozieren wollen.«

»Wie komme ich in Kontakt mit diesem ... Burschen?«

Vogel gab ihm alle Einzelheiten, dann sagte er: »Pete, jetzt hören Sie mir mal eine Sekunde zu. Bacon hat eben Ihre Geschichte gelesen, und sie hat ihm sehr gut gefallen. Jede Zeitung und jeder Fernsehsender in der Stadt hat ihn angerufen, aber diese Sache mit der Zulassungsstelle behält er Ihnen vor. Sie gehört Ihnen, exklusiv. Okay? Aber Sie müssen sie an die große Glocke hängen. Sie müssen jetzt an dem verdammten Ball dranbleiben. Verstehen Sie, was ich meine?«

»Ich verstehe.«

Als Fallow aufgelegt hatte, lächelte er Steiner und Highridge an, die ganz Auge waren, nickte wissend und sagte: »Tchchcha ... ich glaube, wir kommen so langsam in Fahrt. Das war eben ein Tipgeber in der Kraftfahrzeugzulassungsstelle, wo sie die Unterlagen von allen Kennzeichen aufbewahren.«

Es war genauso, wie er es sich erträumt hatte. Es war absolut genauso, daß er am liebsten den Atem angehalten hätte aus Angst, etwas könnte den Zauber zerstören. Sie sah ihm, nur die Breite eines kleinen Tisches von ihm entfernt, in die Augen. Sie war gefesselt von seinen Worten, in sein Magnetfeld hineingezogen, so weit hinein, daß er den Drang spürte, seine Hand über den Tisch gleiten zu lassen und seine Fingerspitzen unter ihre zu schieben – jetzt schon! – eben zwanzig Minuten, nachdem sie sich getroffen hatten – eine derartige Elektrizität! Aber er durfte es nicht übereilen, durfte den köstlichen Schwebezustand dieses Augenblicks nicht aufheben.

Im Hintergrund sah man die unverputzten Backsteine, die dezenten Reflexe des Messings, die unaufdringlich verzierten Katarakte mattgeschliffenen Glases, die aerobischen Stimmen der jungen Schickeria. Im Vordergrund ihre Masse dunklen Haars, das berkshirehafte Herbstglühen ihrer Wangen – tatsächlich bemerkte er selbst inmitten dieses Zaubers, daß das Herbstglühen wahrscheinlich Make-up war. Ganz sicher waren die mauve- und pupurfarbenen Regenbogen auf ihren Oberlidern und die okzipitalen Augenhöhlen Make-up – aber das war das Wesen vergänglicher Vollkommenheit. Von ihren Lippen, prall vor Verlangen, glänzend von braunem Lippenstift, kamen die Worte:

»Aber Sie standen so *nahe* bei ihm und haben ihn praktisch *angeschrien,* und er hat Ihnen solche *mordgierigen* Blicke zugeworfen – ich meine, hatten Sie nicht Angst, er könnte einfach über Sie *herfallen* und – ich weiß nicht – ich meine, er sah nicht wie ein netter Mensch aus!«

»Aaaaaaaach«, sagte Kramer und schob die Todesgefahr mit einem Achselzucken und dem Aufpumpen seiner mächtigen Schulter- und Nackenmuskeln beiseite. »Diese Typen bestehen zu neunzig Prozent aus Schau, aber man ist nicht schlecht beraten, wenn man ein Auge auf die restlichen zehn Prozent hat. Haha, ja. Das Wichtigste war, irgendwie mußte ich die gewalttätige Seite an Herbert herausstellen, so daß jeder sie sehen konnte. Sein Anwalt, Al Teskowitz – na ja, ich brauche Ihnen nicht zu sagen, daß er nicht der größte Redner auf der Welt ist, aber das tut nicht« – that don't – that *doesn't* – es war Zeit, in der dritten Person Einzahl wieder einen anderen Gang einzulegen –, »das macht in einem Strafprozeß nicht unbedingt was aus. Das Strafrecht ist eine Sache für sich, denn auf dem Spiel steht nicht Geld, sondern menschliches Leben und menschliche Freiheit, und ich kann Ihnen sagen, das löst eine Menge verrückter Gefühle aus. Teskowitz, glauben Sie's oder glauben Sie's nicht, kann ein Meister darin sein, Gemüter zu verwirren – eine Jury zu manipulieren. Er sieht selber so grämlich aus – und es ist alles Be-rech-nung – aber sicher. Er weiß, wie man Mitleid für einen Mandanten weckt. Die Hälfte davon ist – wie heißt der Ausdruck? – Körpersprache, so könnte man es wohl nennen. Vielleicht ist es reines *Schmieren*theater, aber das weiß er sehr gut einzusetzen, und ich konnte den Gedanken, daß Herbert angeblich ein reizender Familienvater ist – ein *Famili*-*en*vater! –, nicht einfach so in der Luft hängen lassen wie einen schönen Luftballon, nicht wahr. Deshalb dachte ich mir, daß …«

Die Worte plätscherten in Gießbächen nur so heraus, all die wunderbaren Dinge über seinen Mut und sein Talent für die rauhe Auseinandersetzung, über die er sich mit niemandem unterhalten konnte. Er konnte in dieser Form nicht mit Jimmy Caughey oder Ray Andriutti und auch nicht mehr mit seiner

Frau reden, deren Empfindlichkeitsschwelle für Verbrechensräusche inzwischen zu einer Steinmauer geworden war. Aber Miss Shelly Thomas – ich muß dich in Atem halten! Sie trank alles in sich hinein. Diese Augen! Diese glänzenden braunen Lippen! Ihr Durst nach seinen Worten war bodenlos, was vorteilhaft war, denn sie trank nichts anderes als Designer-Mineralwasser. Kramer hatte ein Glas Weißwein der Hausmarke vor sich stehen und versuchte, es nicht herunterzustürzen, weil er schon gemerkt hatte, daß das Lokal doch nicht so preiswert war, wie er gedacht hatte. Herrgott! Seine verdammten Gedanken liefen wie rasend auf zwei Gleisen! Es war wie ein Doppelspurtonband. Auf der einen Spur sprudelte er diesen Vortrag heraus, wie er den Prozeß gehandhabt hatte ...

»... aus den Augenwinkeln konnte ich sehen, daß er drauf und dran war loszubrüllen. Die Schnur war straff gespannt! Ich wußte überhaupt nicht, ob ich's bis zum Ende meines Plädoyers schaffen würde, aber ich war entschlossen ...«

... und auf der zweiten Spur dachte er über *sie* nach, über die Rechnung (und sie hatten noch nicht einmal das Essen bestellt), darüber, wohin er eventuell mit ihr gehen könnte (falls!) und über die Massen hier im Muldowny's. Meine Güte! War das nicht John Rector, der Nachrichtensprecher von Channel 9, da drüben an dem Tisch in der Nähe des Eingangs, an der Backsteinwand? Aber nein! Er würde sie nicht darauf aufmerksam machen. Nur Raum für eine Berühmtheit hier – ihn – den Sieger über den gewaltigen Herbert 92X und den schlauen Al Teskowitz. Viele junge Leute, chic aussehende Leute hier – das Lokal war rappelvoll – fabelhaft – konnte nicht besser sein. Es hatte sich herausgestellt, daß Shelly Thomas Griechin war. Eine kleine Enttäuschung. Er hätte sich gewünscht – wußte nicht, was. Thomas war der Name ihres Stiefvaters; er stellte in Long Island City Plastikcontainer her. Ihr leiblicher Vater hieß Choudras. Sie wohnte in Riverdale zusammen mit ihrem Stiefvater und ihrer Mutter, arbeitete bei Prischker & Bolka, konnte sich eine Wohnung in Manhattan nicht leisten, wünschte sich sehnlich eine – »irgendeine kleine Wohnung in Manhattan« konnte man nicht mehr finden (brauchte man ihm nicht zu erzählen) ... »... Sache ist, Jurys in der Bronx sind sehr unberechenbar. Ich könnte Ihnen erzählen, was einem der Burschen in meinem Büro heute morgen passiert ist – aber möglicherweise haben Sie selber bemerkt, wovon ich rede. Ich meine, man kriegt Leute, die kommen auf die Geschworenenbank mit Ansichten, die – wie soll ich sagen? – in gewisser Weise festgelegt sind. Es gibt viel ›wir gegen sie‹, wobei ›sie‹ die Polizei und die Ankläger sind – aber wahrscheinlich haben Sie das selber mitgekriegt.«

»Nein, eigentlich nicht. Alle waren sehr einfühlsam und wollten sicher das Richtige tun. Ich wußte nicht, was mich erwartete, aber ich war sehr angenehm überrascht.«

Denkt sie etwa, ich habe Vorurteile? »Nein, ich meine – es gibt viele aufgeschlossene Leute in der Bronx, es ist bloß so, daß manche Leute Komplexe haben, und dann passieren sehr sonderbare Dinge.« Verlassen wir lieber das Gebiet. »Darf ich Ihnen etwas gestehen, wo wir schon mal so offen sprechen? Ich war um *Sie* als Geschworene besorgt.«

»Um mich!« Sie lächelte und schien durch das Make-up-Glühen hindurch deutlich zu erröten, völlig weg darüber, daß sie in strategischen Überlegungen am Supreme Court in der Bronx ein Faktor gewesen war.

»Ja! Es ist die Wahrheit! Verstehen Sie, in einem Strafprozeß lernt man, diese Dinge aus einer anderen Perspektive zu sehen. Das mag eine krumme Perspektive sein, aber so ist das nun mal bei diesen scheußlichen Sachen. In einem Fall wie diesem – sind Sie – tja, galten Sie als zu intelligent, zu gut erzogen, zu *weit entfernt* von der Welt eines Typs wie Herbert 92X, und deshalb – und das ist die Ironie an der Geschichte – als zu bereitwillig, seine Probleme zu verstehen, und wie die Franzosen sagen: ›Alles verstehen heißt alles verzeihen.‹«

»Hmm, eigentlich ...«

»Ich will nicht sagen, daß das schön und richtig ist, aber so lernt man die Dinge in diesen Fällen betrachten. Nicht Sie – aber jemand wie Sie – kann da *zu einfühlsam* sein.«

»Aber Sie haben mich nicht wegen Befangenheit abgelehnt. So heißt das doch?«

»Jaaa. Nein, das habe ich nicht. Tja, zum einen halte ich es nicht für nötig, eine Geschworene abzulehnen, bloß weil sie – weil sie intelligent und gebildet ist. Ich meine, sicher haben Sie bemerkt, daß in Ihrer Jury niemand sonst aus Riverdale kam. Während der Geschworenenvernehmung gab es überhaupt niemanden sonst aus Riverdale auf Ihrer Liste. Alle stöhnen unentwegt darüber, daß wir nicht mehr gebildete Geschworene in der Bronx haben, und dann kriegen wir eine – na ja, es läuft auf eine Verschwendung von Mitteln oder so was hinaus, wenn man eine Geschworene ablehnen wollte, bloß weil man meint, sie könnte zu *einfühlsam* sein. Außerdem ...« Traute er sich das? Er traute sich. »... Ich wollte ... um ganz ehrlich zu sein ... ich wollte Sie einfach in dieser Jury haben.«

Er blickte so tief in diese großen, mauve-regenbogenfarbenen Augen, wie er nur konnte, setzte eine so offene und ehrliche Miene auf, wie sie ihm nur zur Verfügung stand, und hob sein Kinn, damit sie die Pracht seiner Schulter- und Nackenmuskeln sehen konnte.

Sie schlug die Augen nieder und errötete wieder deutlich durch ihren Herbst in den Berkshires hindurch. Dann hob sie den Blick und sah ihm tief in die Augen.

»Ich habe irgendwie gemerkt, daß Sie mich oft angesehen haben.«

Ich und jeder andere Beamte im Gerichtssaal! Aber es wäre nicht richtig, ihr das zu sagen.

»Wirklich? Ich hatte gehofft, es wäre nicht so offensichtlich! Lieber Gott, hoffentlich haben es andere nicht bemerkt.«

»Haha! Ich glaube schon. Erinnern Sie sich an die Frau, die

neben mir saß, die dunkelhäutige Dame? Eine sehr nette Frau. Sie arbeitet bei einem Gynäkologen, und sie ist sehr reizend, sehr intelligent. Ich habe sie um ihre Telefonnummer gebeten und ihr versprochen, sie mal anzurufen. Na egal, wollen Sie wissen, was sie zu mir gesagt hat?«

»Was denn?«

»Sie sagte: ›Ich glaube, dieser Unterstaatsanwalt dort mag Sie irgendwie, Shelly.‹ Sie nannte mich Shelly. Wir haben uns ganz prima verstanden. ›Er kann den Blick gar nicht von Ihnen wenden.‹«

»Hat sie das gesagt?« Er setzte ein Lächeln auf.

»Ja!«

»Hat sie das übelgenommen? Ich meine, du lieber Gott. Ich hatte nicht gedacht, daß es so deutlich war!«

»Nein, sie fand es süß. Frauen mögen so was.«

»Es war so offensichtlich, hmm?«

»Für sie ja!«

Kramer schüttelte den Kopf, als wäre er verlegen, während er seine Augen in ihre bohrte, und sie bohrte ihre geradewegs in seine. Sie hatten den Graben bereits übersprungen, und das ganz mühelos. Er wußte – er *wußte!* –, er konnte seine Hand über den Tisch gleiten lassen und ihre Fingerspitzen in seine nehmen, und sie würde es zulassen, und alles würde geschehen, ohne daß sie den Blick voneinander ließen, aber er hielt sich zurück. Es war alles zu perfekt und lief zu gut, als daß er das allerkleinste Risiko eingehen wollte.

Er schüttelte noch immer den Kopf und lächelte ... immer bedeutungsschwangerer ... In Wahrheit war er verlegen, wenn auch nicht darüber, daß andere gemerkt hatten, wie sehr sie ihn im Gerichtssaal beschäftigt hatte. Wohin *ging* er mit ihr – das war die Frage, über die er in Verlegenheit war. Sie hatte keine Wohnung, und natürlich gab es keine Möglichkeit auf Erden, sie mit in sein Ameisenloch zu nehmen. Ein Hotel? Viel zu plump, und außerdem, wie sollte er sich das verflucht noch mal leisten? Selbst in einem zweitklassigen Hotel kostete das Zimmer an die $ 100. Und Gott allein wußte, was dieses Essen kosten würde. Die Speisekarte hatte was Kunstlos-Handgeschriebenes, das in Kramers Zentralnervensystem sofort Alarm auslöste: *Geld*. Irgendwie wußte er aufgrund seiner geringen Erfahrung, daß dieser pseudosaloppe Scheiß *Geld* bedeutete.

In dem Moment kam die Kellnerin zurück. »Hatten Sie schon Gelegenheit, sich zu entscheiden?«

Auch sie war eine perfekte Mischung. Jung, blond, lockiges Haar, strahlendblaue Augen, der perfekte Typ aufstrebende Schauspielerin mit Grübchen und einem Lächeln, das besagte: Na! Über *etwas* seid ihr euch schon klar, das sehe ich! Oder hieß es: Ich bin jung, hübsch und bezaubernd, und ich erwarte ein dickes Trinkgeld, wenn ihr eure dicke Rechnung bezahlt?

Kramer sah ihr in das verschmitzt zwinkernde Gesicht, dann blickte er in das von Miss Shelly Thomas. Gefühle der Lust und der Not verzehrten ihn.

»Also, Shelly«, sagte er, »Sie wissen schon, was Sie essen wollen?«

Es war das erstemal, daß er sie bei ihrem Vornamen nannte.

Sherman saß auf der Kante eines der Wiener Kaffeehausstühle. Er lehnte sich nach vorn, die Hände zwischen den Knien gefaltet und den Kopf gesenkt. Die katastrophale, belastende Nummer von ›The City Light‹ lag auf dem eichenen Säulentisch wie etwas Radioaktives. Maria saß auf dem anderen Stuhl, gefaßter, doch auch nicht ganz so sorglos wie früher.

»Ich habe es gewußt«, sagte Sherman, ohne sie anzusehen, »ich habe es gleich gewußt. Wir hätten es sofort melden sollen. Ich kann nicht glauben, daß ich – ich kann's einfach nicht glauben, daß wir in dieser Situation sind.«

»Tja, nun ist es zu spät, Sherman. Geschehen ist geschehen.«

Er richtete sich auf und sah sie an. »Vielleicht ist es doch noch nicht zu spät. Du sagst einfach, du hättest nicht gewußt, daß du jemanden angefahren hast, bevor du diese Zeitung hier gelesen hättest.«

»Na, klar«, sagte Maria. »Und was sage ich, wie's passiert ist, diese Sache, von der ich nicht mal wußte, daß sie überhaupt passiert ist?«

»Erzähl ... einfach, was passiert ist.«

»Das wird sich fabelhaft anhören. Zwei Jungs haben uns angehalten und versucht, uns zu berauben, aber du hast einen Reifen nach einem von ihnen geworfen, und ich bin davongerast wie 'ne ... 'ne ... angesengte *Sau,* aber ich habe nicht gemerkt, daß ich jemanden angefahren habe.«

»Aber genauso ist es passiert, Maria.«

»Und wer soll das glauben? Du hast die Geschichte gelesen. Sie nennen den Jungen 'ne Art *Musterschüler,* so was wie einen Heiligen. Sie schreiben nichts über den anderen. Sie schreiben noch nicht mal was über eine Rampe. Sie reden von einem kleinen Heiligen, der für seine Familie zu essen einkaufen gegangen ist.«

Die schreckliche Möglichkeit flackerte wieder auf. Was wäre, wenn die beiden Jungen *wirklich* nur zu helfen versucht hätten? Da saß Maria in einem Jerseyrollkragenpullover, der ihm ihre vollkommenen Brüste sogar in diesem Moment zu Bewußtsein brachte. Sie trug einen kurzen, karierten Rock, ihre schimmernden Beine waren übereinandergeschlagen, und einer ihrer Pumps baumelte an ihrer Fußspitze.

Hinter ihr stand das provisorische Bett, und über dem Bett hing jetzt ein zweites kleines Ölbild, das einen weiblichen Akt darstellte, der ein kleines Tier in der Hand hatte. Der Pinselstrich war so entsetzlich plump, daß er nicht erkennen konnte, was für ein Tier es war. Es konnte ebensogut eine Ratte wie ein Hund sein. Sein Jammer ließ seinen Blick einen Moment lang darauf verweilen.

»Du hast es bemerkt«, sagte Maria und versuchte zu lächeln. »Du wirst langsam besser. Filippo hat's mir geschenkt.«

»Toll.« Die Frage, warum irgend so ein Salami-Künstler derart großzügig zu Maria war, interessierte ihn absolut nicht mehr. Die Welt war geschrumpft. »Was sollten wir also deiner Meinung nach tun?«

»Ich denke, wir sollten zehnmal tief einatmen und uns beruhigen. Das ist meine Meinung.«

»Und dann?«

»Und dann vielleicht nichts.« 'N thin mibby nuthun. »Sherman, wenn wir ihnen die Wahrheit sagen, machen sie uns *fertig*. Begreifst du das? Sie schneiden uns in kleine Stückchen. Bis zum Augenblick wissen sie nicht, wessen Wagen es war, sie wissen nicht, wer gefahren ist, sie haben keine Zeugen, und der Junge selbst liegt im Koma, und es sieht nicht so aus, als ... käme er jemals wieder zu sich.«

Du bist gefahren, dachte Sherman. Vergiß das nicht. Es beruhigte ihn, daß er sie es hatte sagen hören. Dann plötzlich Angst: Angenommen, sie würde es leugnen und sagen, er sei gefahren? Aber der andere Junge wußte es, wo immer er auch war.

Er sagte aber nur: »Was ist mit dem anderen Jungen? Angenommen, er taucht auf.«

»Wenn er auftauchen würde, wäre er inzwischen schon längst aufgetaucht. Er wird nicht auftauchen, weil er ein Verbrecher ist.«

Sherman beugte sich wieder nach vorn und senkte den Kopf. Er ertappte sich dabei, daß er auf die blanken Kappen seiner lochgemusterten New & Lingwood starrte. Die kolossale Nichtigkeit seiner handgearbeiteten englischen Schuhe machte ihn krank. Was hülfe es dem Menschen ... Er konnte sich nicht erinnern, wie das Zitat weiterging. Er sah den jämmerlichen braunen Mond auf dem Scheitel von Felix' Kopf ... Knoxville ... Warum war er nicht schon vor langer Zeit nach Knoxville gezogen? ... Ein schlichtes georgianisches Haus mit einer Fliegendrahtterrasse an der einen Seite ...

»Ich weiß nicht, Maria«, sagte er, ohne aufzublicken. »Ich

glaube, wir durchschauen nicht, was sie vorhaben. Ich denke, wir sollten uns vielleicht mit einem Anwalt in Verbindung setzen« – mit *zwei* Anwälten, sagte eine leise Stimme in seinem Hinterkopf, denn ich kenne diese Frau nicht, und wir stehen vielleicht nicht ewig auf derselben Seite – »und ... mit allem rausrücken, was wir wissen.«

»Und unsere Köpfe dem Tiger ins Maul stecken, das meinst du doch.« 'N stick uh hids in thuh tiguh's mouth. Marias Südstaatendialekt ging Sherman allmählich auf die Nerven. »Ich bin diejenige, die gefahren ist, Sherman, und deshalb, meine ich, liegt die Entscheidung bei mir.«

Ich bin diejenige, die gefahren ist! Sie hatte es selber gesagt. Seine Stimmung hob sich ein bißchen. »Ich versuche nicht, dir was einzureden«, sagte er. »Ich denke nur laut nach.«

Marias Miene wurde sanfter. Sie lächelte ihn warm, fast mütterlich an. »Sherman, ich will dir was sagen. Es gibt zwei Arten Dschungel. Wall Street ist ein Dschungel. Das hast du auch schon gehört, oder? Du weißt, du mußt dich in diesem Dschungel durchsetzen.« Die südliche Brise wehte an seinen Ohren vorbei – aber es stimmte. Seine Laune hob sich noch ein bißchen. »Und dann gibt's den anderen Dschungel. Das ist der, in dem wir uns neulich abend verirrt haben, in der Bronx. Und du hast *gekämpft,* Sherman! Du warst großartig!« Er mußte sich zurückhalten, daß er sich nicht selber mit einem Lächeln beglückwünschte. »Aber du lebst nicht in diesem Dschungel, Sherman, und hast es nie getan. Weißt du, was in diesem Dschungel los ist? Leute, die die ganze Zeit hin und her laufen, hin und her, hin und her, von der einen Seite des Gesetzes auf die andere, von der einen Seite zur anderen. Du weißt nicht, wie das ist. Du hattest eine *gute* Erziehung. Die Gesetze stellten keine Bedrohung für dich dar. Sie waren *deine Gesetze,* Sherman, von Leuten wie dir und deiner Familie. Tja, ich bin nicht so aufgewachsen. Wir sind immer hin und her über die Grenzlinie getaumelt wie ein Haufen Betrunkener, und deshalb weiß ich Bescheid, und es macht mir keine Angst. Und ich will dir noch was sagen. Genau auf der Grenzlinie ist jeder ein Tier – die Polizei, die Richter, die Verbrecher, alle.«

Sie lächelte ihn weiter freundlich an wie eine Mutter, die einem Kind eine tiefe Wahrheit anvertraut hat. Er überlegte, ob sie wirklich wisse, wovon sie redete, oder ob sie sich nur einem kleinen sentimentalen Revanche-Snobismus hingab.

»Und was willst du damit sagen?« fragte er.

»Ich will damit sagen, daß ich denke, du solltest dich auf meinen Instinkt verlassen.«

In dem Augenblick klopfte es an der Tür.

»Wer ist das?« fragte Sherman, bei dem sofort Warnlampen aufleuchteten.

»Keine Sorge«, sagte Maria. »Das ist Germaine. Ich habe ihr gesagt, daß du hier bist.« Sie stand auf, um zur Tür zu gehen.

»Du hast ihr doch nicht etwa erzählt, was passiert ist ...«

»Natürlich nicht.«

Sie öffnete die Tür. Aber es war nicht Germaine. Es war ein riesiger Mann in einem fremdartigen schwarzen Aufzug. Er kam herein, als gehöre ihm die Wohnung, sah sich rasch in dem Zimmer um, warf einen Blick auf Sherman, die Wände, die Decke, den Fußboden und zum Schluß auf Maria.

»Sind Sie Germaine Boll« – er holte keuchend Atem, offenbar, weil er eben die Treppe heraufgestiegen war – »oder Bowl?«

Maria war sprachlos. Sherman desgleichen. Der Riese war jung, ein Weißer mit einem großen, gekräuselten schwarzen Bart, einem breiten, apoplektisch roten Gesicht, das von Schweiß glänzte, einem schwarzen Homburger mit völlig flacher Krempe, einem viel zu kleinen schwarzen Homburger, der wie ein Spielzeug auf seinem dicken Kopf thronte, einem zerknitterten weißen Hemd, das bis zum Hals zugeknöpft war, jedoch ohne Krawatte, und einem glänzenden schwarzen Zweireiher, bei dem die rechte Seite des Jacketts über die linke geknöpft war, so wie es bei Damenjacken normalerweise der Fall ist. Ein chassidischer Jude. Sherman hatte chassidische Juden oft im Diamantenviertel gesehen, das in der Sechsundvierzigsten und Siebenundvierzigsten Straße zwischen Fifth und Sixth Avenue lag, aber er hatte noch nie einen so riesigen chassidischen Juden gesehen. Wahrscheinlich eins fünfundneunzig groß, einiges über einhundertzehn Kilo schwer, ungeheuer fett, aber kräftig gebaut, quoll er aus seiner leberkranken Haut wie eine Bratwurst. Er nahm seinen Homburger ab. Sein Haar klebte vor Schweiß am Schädel fest. Er schlug sich mit dem Handballen seitlich gegen seinen dicken Kopf, als wolle er ihn wieder in Form klopfen. Dann setzte er sich den Homburger wieder auf. Der Hut thronte so hoch auf dem Kopf, daß es aussah, als könne er jeden Moment runterfallen. Der Schweiß troff dem Riesen von der Stirn.

»Germaine Boll? Bowl? Bull?«

»Nein, bin ich nicht«, sagte Maria. Sie hatte ihre Fassung wieder. Sie war gereizt, bereits zum Angriff übergegangen. »Sie ist nicht da. Was wollen Sie?«

»Sie wohnen hier?« Für so einen riesigen Mann besaß er eine merkwürdig hohe Stimme.

»Miss Boll ist im Augenblick nicht da«, sagte Maria, die die Frage überhörte.

»Wohnt sie hier oder wohnen Sie hier?«

»Hören Sie zu, wir haben 'n bißchen was zu tun.« Übertriebene Geduld. »Warum versuchen Sie's nicht später noch mal?« Provozierend: »Wie sind Sie eigentlich ins Haus gekommen?«

Der Riese griff in die rechte Außentasche seines Jacketts und holte ein enormes Schlüsselbund hervor. Es schienen Dutzende von Schlüsseln zu sein. Er fuhr mit seinem dicken Zeigefinger um den Ring herum, hielt bei einem Schlüssel inne und hob ihn mit Daumen und Zeigefinger vorsichtig in die Höhe.

»Damit. Winter-Immobilien.« Er hatte einen leicht jiddischen Akzent.

»Na schön. Da müssen Sie später noch mal wiederkommen und mit Miss Boll sprechen.«
Der Riese rührte sich nicht von der Stelle. Er sah sich wieder in der Wohnung um. »Sie wohnen nicht hier?«
»Also, hören Sie zu ...«
»Ist okay, ist okay. Wir müssen hier drin streichen.« Mit diesen Worten streckte der Riese beide Arme aus, als wären sie Flügel und er mache im nächsten Augenblick eine Schwalbe, dann trat er an eine Wand, das Gesicht ihr zugekehrt. Er preßte die linke Hand auf die Wand, schlängelte sich herüber, hob die Linke, drückte die Rechte auf diesen Punkt und schlurfte nach links, bis er wieder mit ausgebreiteten Armen in der Schwalbenposition dastand.
Maria sah Sherman an. Er wußte, er würde etwas unternehmen müssen, hatte aber keine Vorstellung, was. Er ging zu dem Riesen hinüber. In einem so eisigen und befehlenden Ton, wie er ihn nur zustande bekam, genauso wie es der Löwe von Dunning Sponget getan haben würde, sagte er: »Einen Augenblick. Was machen Sie da?«
»Messen«, sagte der Riese, während er immer weiter seinen Schwalben-Shuffle an der Wand entlang vollführte. »Muß hier streichen.«
»Es tut mir sehr leid, aber dafür haben wir jetzt keine Zeit. Sie werden Ihre Vorbereitungen zu irgendeiner anderen Zeit treffen müssen.«
Der gewaltige junge Mann drehte sich langsam um und legte die Hände auf seine Hüften. Er holte tief Luft, so daß er aussah, als wäre er zu fast fünfhundert Pfund aufgebläht. Auf seinem Gesicht erschien der Ausdruck eines Menschen, der sich mit einer Nervensäge abgeben muß. Sherman hatte das flaue Gefühl, daß dieses Monster an derartige Auseinandersetzungen gewöhnt sei und sie im Grunde genoß. Aber der Männerkampf war jetzt entflammt.
»*Sie* wohnen hier?« fragte der Riese.

»Ich habe Ihnen doch gerade gesagt, wir haben dafür keine Zeit«, sagte Sherman, der den kühlen Kommandoton des Löwen beizubehalten versuchte. »Seien Sie so nett und gehen Sie jetzt und kommen Sie zu irgendeiner anderen Zeit wieder, um hier zu streichen.«

»Sie *wohnen* hier?«

»Wenn Sie's genau wissen wollen, ich wohne *nicht* hier, aber ich bin hier zu Besuch, und ich lasse nicht ...«

»*Sie* wohnen nicht hier, und sie wohnt auch nicht hier. Was machen Sie hier?«

»Das geht Sie nichts an!« sagte Sherman, außerstande, seine Wut unter Kontrolle zu halten. Er kam sich sofort noch hilfloser vor. Er zeigte auf die Tür. »Seien Sie jetzt so freundlich und gehen Sie!«

»Sie gehören hier nicht her. Okay? Wir haben ein echtes Problem. Wir haben falsche Leute in diesem Haus wohnen. Das ist ein mietgebundenes Haus, und die Leute, sie hauen ab und vermieten die Wohnungen für tausend, zweitausend Dollar im Monat an andere Leute. Die Miete in dieser Wohnung hier, die beträgt nur $ 331 im Monat. Verstehen Sie? Germaine Boll – aber wir sehen sie hier nie. Wieviel zahlen Sie ihr?«

Diese Unverschämtheit! Der Männerkampf! Was konnte er tun? In den meisten Fällen fühlte sich Sherman stark, körperlich gesehen. Neben dieser fremdartigen Kreatur ... Er konnte ihn unmöglich berühren. Er konnte ihn nicht einschüchtern. Die kühlen Befehle des Löwen zeigten keine Wirkung. Und darunter waren selbst die Fundamente verrottet. Er war moralisch in einer vollkommen ungünstigen Position. Er *gehörte nicht hierher* – und er hatte rein alles zu verbergen. Und was, wenn dieses unglaubliche Monster in Wirklichkeit gar nicht von Winter-Immobilien war? Angenommen ...

Zum Glück mischte sich Maria ein. »Wie's der Zufall will, wird Miss Boll gleich hiersein. In der Zwischenzeit ...«

»Okay! Gut! Ich warte auf sie.«

Der Riese begann durchs Zimmer zu wandern wie ein schwankender Druide. Er blieb an dem eichenen Säulentisch stehen und ließ mit schöner Beiläufigkeit seinen ungeheuren Hintern auf einen von den Wiener Kaffeehausstühlen sinken.
»Na schön«, sagte Maria. »Jetzt reicht's!«
Als Reaktion darauf verschränkte der Riese seine Arme, schloß die Augen und lehnte sich zurück, als richte er sich auf Dauer ein. In dem Moment wußte Sherman, daß er wirklich etwas unternehmen müßte, egal was, oder er würde aller Männlichkeit verlustig gehen. Der Männerkampf! Er trat einen Schritt vor.
Kraaaacccckkkk! Mit einemmal lag das Monster auf seinem Rücken am Boden, und der Homburger trudelte auf seiner steifen Krempe eierig über den Teppich. Ein Stuhlbein war nahe der Sitzfläche fast durchgebrochen, und das helle Holz guckte unter dem Anstrich hervor. Der Stuhl war unter seinem Gewicht zusammengebrochen.
Maria schrie. »Sehen Sie bloß, was Sie gemacht haben, Sie Hinterwäldler! Sie Zuchtsau! Sie Fettwanst!«
Mit viel Geschnaufe und Gepuste richtete sich der Riese auf und begann, sich mühsam auf die Füße zu hieven. Seine überhebliche Pose war zerstört. Er war rot im Gesicht, und der Schweiß rann von neuem an ihm herunter. Er beugte sich vor, um seinen Hut aufzuheben, und verlor beinahe das Gleichgewicht.
Maria setzte ihren Angriff fort. »Ihnen ist ja hoffentlich klar, daß Sie dafür *bezahlen* müssen!«
»Was denn, was denn«, sagte der Riese. »Der gehört Ihnen ja nicht!« Aber er zog sich zurück. Marias Vorwürfe und seine eigene Verlegenheit waren zuviel für ihn.
»Das kostet Sie fünfhundert Dollar und eine – und eine Anzeige!« sagte Maria. »Das hier ist Überfall und Hausfriedensbruch!«
Der Riese blieb an der Tür stehen und machte ein finsteres

Gesicht, aber es war alles zuviel für ihn. Er ging schwankend und in großer Verwirrung aus der Tür.

Sobald Maria ihn die Treppe hinunterstampfen hörte, machte sie die Tür zu und schloß sie ab. Sie drehte sich um, sah Sherman an und brach in lautes Gelächter aus.

»Hast ... du ... ihn ... am ... Boden ... liegen ... sehen!« Sie lachte dermaßen, daß sie kaum die Worte herausbrachte.

Sherman starrte sie an. Sie hatte recht. Sie waren zwei verschiedene Tiere. Maria hatte Spaß an allem, was ihnen passierte. Sie kämpfte – mit Vergnügen! Das Leben war ein Kampf auf der Grenzlinie, von der sie gesprochen hatte – na und? Er hätte *gern* gelacht. Er hätte ihre animalische Freude an der absurden Szene, die sie eben erlebt hatten, gern geteilt. Aber er konnte nicht. Er schaffte nicht einmal ein Lächeln. Er hatte das Gefühl, als löse sich seine isolierte Stellung in der Welt langsam auf. Diese ... unglaublichen Leute ... konnten jetzt in sein Leben einbrechen. »Kraaaaaaacccch!« sagte Maria, der vor Lachen die Tränen kamen. »O Gott, ich wünschte, ich hätte ein Video davon!« Dann bemerkte sie den Ausdruck auf Shermans Gesicht. »Was ist denn los?«

»Was meinst du, um was das alles ging?«

»Was meinst du mit ›das alles‹?«

»Was meinst du, was er hier wollte?«

»Der Hauswirt hat ihn geschickt. Erinnerst du dich an den Brief, den ich dir gezeigt habe?«

»Aber ist es nicht ziemlich merkwürdig, daß ...«

»Germaine zahlt bloß $ 331 im Monat, und ich zahle ihr $ 750. Die Wohnung ist mietgebunden. Sie würden sie hier gerne rausschmeißen.«

»Kommt es dir nicht sonderbar vor, daß sie beschlossen haben, gerade jetzt hier reinzuplatzen?«

»Gerade jetzt?«

»Ja, vielleicht bin ich verrückt, aber heute – nach dieser Sache in der Zeitung?«

»In der *Zeitung*?« Dann dämmerte ihr, was er meinte, und sie setzte ein strahlendes Lächeln auf. »Sherman, du bist verrückt. Du bist paranoid. Weißt du das?«

»Vielleicht bin ich's tatsächlich. Es sieht einfach wie ein merkwürdiger Zufall aus.«

»Was meinst du, wer ihn hergeschickt hat, wenn nicht der Hauswirt? Die Polizei?«

»Tja ...« Ihm wurde klar, daß es reichlich paranoid klang, und er lächelte schwach.

»Die Polizei sollte einen riesengroßen, chassidischen Wabbelspeckidioten herschicken, um dich auszuspionieren?«

Sherman preßte sein mächtiges Yale-Kinn gegen das Schlüsselbein. »Du hast recht.«

Maria ging zu ihm, hob sein Kinn mit ihrem Zeigefinger in die Höhe, blickte ihm in die Augen und setzte das liebevollste Lächeln auf, das er je gesehen hatte.

»Sherman.« Shuhmun. »Es ist nicht so, daß die ganze Welt stehenbleibt und über dich nachdenkt. Es ist nicht so, daß die ganze Welt unterwegs ist, um dich zu *kriegen*. Nur ich.«

Sie nahm sein Gesicht in beide Hände und küßte ihn. Sie landeten auf dem Bett, aber diesmal bedurfte es einiger Anstrengungen ihrerseits. Es war nicht dasselbe, wenn man vor Angst halb tot war.

12
Der Letzte der Großen Raucher

Nach einem unruhigen Schlaf kam Sherman um 8 Uhr bei Pierce & Pierce an. Er war erschöpft, und der Tag hatte noch nicht begonnen. Der Börsensaal hatte etwas Halluzinatorisches. Das entsetzlich helle Licht an der Seite zum Hafen ... die sich windenden Silhouetten ... die radiumgrünen Zahlen, die über die Mattscheiben unendlich vieler Terminals glitten ... die jungen, so ungeheuer ahnungslosen Masters of the Universe, die die elektrischen Schmalzkringel anplärrten:

»Ich zahle zwei!«

»Yeah, aber wie steht's mit den Wann-Emittierten?«

»Zwei ticks runter!«

»Quatsch! Eine Lunte kann man nicht löschen!«

Selbst Rawlie, der arme, niedergeschlagene Rawlie, war auf den Beinen, das Telefon am Ohr, bewegte die Lippen wie ein Maschinengewehr und trommelte mit einem Bleistift auf die Schreibtischplatte. Der junge Arguello, Lord der Pampas, wiegte sich zurückgelehnt auf seinem Stuhl, die Schenkel gespreizt, das Telefon am Ohr, und seine Moiréhosenträger glänzten aufdringlich, während ein breites Grinsen auf seinem jungen Gigologesicht lag. Er hatte am Tag zuvor in Japan mit den Schatzanleihen einen sagenhaften Coup gelandet. Der ganze Börsensaal sprach davon. Grinsend, grinsend, grinsend suhlte sich der Ölkopf im Triumph.

Sherman hatte das Verlangen, zum Yale Club zu fahren, ein Dampfbad zu nehmen, sich eine schöne, heiße Klopfmassage verabreichen zu lassen und dann zu schlafen.

Auf seinem Schreibtisch lag eine als dringend gekennzeichnete Mitteilung, er solle Bernard Levy in Paris anrufen.

Vier Computerterminals entfernt arbeitete Felix am rechten Schuh eines schlaksigen, unangenehmen jungen Alleskönners namens Ahlstrom, der gerade zwei Jahre die Wharton School hinter sich hatte. Ahlstrom war am Telefon. Raffen, raffen, raffen, nicht wahr, Mr. Ahlstrom? Felix – »The City Light«. Inzwischen wäre sie an den Zeitungsständen. Er wollte sie sehen, und er fürchtete, sie zu sehen.

Kaum im Bewußtsein dessen, was er tat, legte Sherman den Hörer ans Ohr und wählte die Trader-T-Nummer in Paris. Er lehnte sich über den Schreibtisch, wobei er sich mit beiden Ellbogen abstützte. Sobald Felix mit dem jungen Ahlstrom fertig wäre, würde er ihn zu sich rufen.

Irgendein Teil seines Innern hörte zu, als der französische Schmalzkringel, Bernard Levy, sagte: »Sherman, nachdem wir gestern miteinander gesprochen hatten, bin ich die Sache noch einmal mit New York durchgegangen, und jeder gibt zu, Sie haben recht. Es hat keinen Sinn zu warten.«

Gott sei Dank.

»Aber«, fuhr Bernard fort, »wir können nicht sechsundneunzig bieten.«

»Nicht sechsundneunzig bieten?«

Er hörte bedrohliche Worte ... und konnte sich dennoch nicht konzentrieren ... Die Morgenzeitungen, die »Times«, die »Post«, die »News«, die er im Taxi auf dem Weg downtown gelesen hatte, brachten Aufgüsse des »City Light«-Artikels, dazu weitere Äußerungen dieses Schwarzen, Reverend Bacon. Wütende Ausfälle gegen das Krankenhaus, in dem der Junge noch immer im Koma lag. Einen Augenblick lang hatte Sherman Mut gefaßt. *Sie schoben die ganze Schuld auf das Krankenhaus!* Dann wurde ihm klar, daß das reines Wunschdenken war. Die Schuld würden sie ... *Sie* war gefahren. Falls, wenn sie schließlich über ihn herfielen, alles andere versagte, war *sie* gefahren. *Sie* war es gewesen. Daran klammerte er sich fest.

»Nein, sechsundneunzig stehen nicht mehr zur Debatte«, sagte Bernard. »Aber bei dreiundneunzig sind wir bereit.«

»Dreiundneunzig!«

Sherman setzte sich gerade hin. Das konnte nicht wahr sein. Sicher würde Bernard ihm im nächsten Moment sagen, er habe sich versprochen. Er würde schlimmstenfalls fünfundneunzig sagen. Sherman hatte vierundneunzig bezahlt. Sechshundert Millionen Anleihen zu vierundneunzig. Bei dreiundneunzig würde Pierce & Pierce $ 6 Millionen verlieren.

»Sicher haben Sie nicht dreiundneunzig gemeint!«

»Dreiundneunzig, Sherman. Wir meinen, das ist ein sehr fairer Preis. Auf jeden Fall ist das das Gebot.«

»Herrgott im Himmel ... Darüber muß ich eine Sekunde nachdenken. Hören Sie zu, ich rufe zurück. Sind Sie da?«

»Natürlich.«

»In Ordnung. Ich rufe Sie gleich wieder an.«

Er legte auf und rieb sich die Augen. Mein Gott! Es mußte doch einen Weg geben, die Sache abzufangen. Er hatte sich gestern in dem Gespräch mit Bernard aus der Fassung bringen lassen. Fatal! Bernard hatte Panik in seiner Stimme bemerkt und einen Rückzieher gemacht. Reiß dich zusammen! Denke diese Sache zu Ende! Es gibt keine Möglichkeit, sie nach alldem zusammenbrechen zu lassen! Rufe ihn wieder an und sei du selber, der beste Producer von Pierce & Pierce! – Master of the ... Er verlor den Mut. Je mehr er sich anspornte, desto nervöser wurde er. Er sah auf die Uhr. Er sah zu Felix hinüber. Felix richtete sich gerade von dem Schuh des heißen Knaben, Ahlstrom, auf. Er winkte ihn heran. Er nahm seinen Geldklipp aus der Hosentasche, legte ihn zwischen die Knie, damit ihn niemand sehen konnte, zog einen Fünf-Dollar-Schein heraus und schob ihn in einen Dienstumschlag. Als Felix näher kam, stand er auf.

»Felix, hier drin sind fünf Dollar. Würden Sie bitte nach unten gehen und mir ein ›City Light‹ holen? Der Rest gehört Ihnen.« Felix sah ihn an, dann setzte er ein merkwürdiges Lächeln auf und sagte: »Yeah, okay, aba wissen Sie, letztes Mal lassen sie mich da unten am Zeitungsstand warten, und der Fahrstuhl tut nich komm, und ich verlier 'ne Masse Zeit. Sind fümzich Stockwerke da runter. Kost mich 'ne Masse Zeit.« Er rührte sich nicht vom Fleck.

Es war unerhört! Er behauptete, daß fünf Dollar für das Besorgen einer 35-Cent-Zeitung ein Loch in seinen Profit als Schuhputzer rissen! Er hatte die Stirn, ihn zu erpressen – ahhhhhhh ... das war es. So was wie ein Straßenradar sagte ihm, wenn er die Zeitung in einem Umschlag versteckte, war sie Konterbande. Es war Schmuggel. Es war Verzweiflung, und verzweifelte Leute zahlten.

Kaum fähig, seine Wut zurückzuhalten, griff Sherman in seine Tasche, zog noch einen Fünf-Dollar-Schein hervor und streckte ihn dem Schwarzen hin, der ihn nahm, ihm einen widerlich gelangweilten Blick zuwarf und mit dem Umschlag verschwand. Er rief wieder in Paris an.

»Bernard?«

»Ja?«

»Sherman. Ich arbeite noch dran. Geben Sie mir noch mal fünfzehn oder zwanzig Minuten.«

Eine Pause. »In Ordnung.«

Sherman legte auf und sah zu dem großen rückwärtigen Fenster hinüber. Die Silhouetten hüpften und zuckten in irrsinnigen Mustern herum. Falls er bereit war, sich auf fünfundneunzig zu steigern ... Im Nu war der Schwarze zurück. Er reichte ihm den Umschlag ohne ein Wort oder einen ergründbaren Ausdruck im Gesicht.

Das Kuvert war ganz dick von der Zeitung. Es war, als stecke was Lebendes darin. Er legte es unter seinen Schreibtisch, wo es herumknisterte und -raschelte.

Wenn er einen Teil seines eigenen Gewinns beisteuerte ... Er kritzelte die Zahlen flüchtig auf ein Stück Papier. Ihr Anblick – sinnlos! Mit nichts verbunden! Er hörte sich selber atmen. Er griff zu dem Umschlag und steuerte auf die Toilette zu.

In der Kabine – die Hosen seines 2000-Dollar-Savile-Row-Anzugs zierten den nackten Toilettensitz und seine New-&-Lingwood-Schuhe mit den Kappen vorn waren gegen das Porzellantoilettenbecken zurückgezogen – öffnete Sherman den Umschlag und zog die Zeitung heraus. Jedes Papierknistern klagte ihn an. Die Titelseite ... GEISTERWÄHLER-SKANDAL IN CHINATOWN ... nicht das geringste Interesse ... Er schlug sie auf ... Seite zwei ... Seite drei ... ein Foto eines chinesischen Restaurantbesitzers ... Es stand am Fuß der Seite:

FAHRERFLUCHT IN DER BRONX:
GEHEIMER COMPUTERAUSDRUCK

Über der Schlagzeile in kleineren, weißen Buchstaben auf einem schwarzen Balken: »Neue Bombe im Fall Lamb.« Darunter in einem anderen schwarzen Balken: »Ein CITY LIGHT-*Exklusivbericht*«. Der Artikel war wieder von diesem Peter Fallow:

> Mit der Erklärung: »Mich stinkt diese Zeitschinderei an«, spielte ein Informant in der Kraftfahrzeugzulassungsstelle gestern »The City Light« einen Computerausdruck zu, der die Zahl der Fahrzeuge auf einhundertvierundzwanzig einengt, die letzte Woche an dem Unfall mit Fahrerflucht beteiligt gewesen sein könnten, bei dem der Schüler Henry Lamb aus der Bronx zum Krüppel wurde.
> Der Informant, der in der Vergangenheit mit der Polizei schon in ähnlichen Fällen zusammengearbeitet hat, sagte: »Sie können einhundertvierundzwanzig Wagen in weni-

gen Tagen überprüfen. Aber erst einmal müssen sie das Personal einsetzen wollen. Wenn das Opfer aus dem Siedlungsprojekt kommt, wollen sie nicht immer.«
Lamb, der bei seiner verwitweten Mutter in den Edgar Allan Poe Towers wohnt, einem Projekt des sozialen Wohnungsbaus in der Bronx, liegt in einem offenbar irreversiblen Koma. Ehe er das Bewußtsein verlor, konnte er seiner Mutter noch den ersten Buchstaben – R – und fünf Möglichkeiten für den zweiten Buchstaben – E, F, B, R, P – vom Kennzeichen des Luxus-Mercedes nennen, der ihn auf dem Bruckner Boulevard überfuhr und dann davonraste.
Polizei und Staatsanwaltschaft in der Bronx haben eingewandt, daß fast fünfhundert im Staat New York registrierte Mercedes-Benz ein Kennzeichen haben, das mit diesen Buchstaben beginnt, zu viele, um eine Kontrolle aller Fahrzeuge in einem Fall zu rechtfertigen, in dem der einzige bekannte Zeuge, Lamb selbst, vielleicht nie wieder zu Bewußtsein kommt.
Aber der »City Light«-Informant bei der Zulassungsstelle sagte: »Sicher, es gibt fünfhundert Möglichkeiten, aber nur einhundertvierundzwanzig, die wahrscheinlich sind. Der Bruckner Boulevard, auf dem der Junge überfahren wurde, ist nicht gerade eine Touristenattraktion. Es ist zu vermuten, daß das Fahrzeug jemandem in New York City oder Westchester gehört. Wenn man von dieser Voraussetzung ausgeht – und ich habe es die Polizei in anderen Fällen tun sehen –, grenzt das die Zahl auf einhundertvierundzwanzig ein.«
Die Enthüllung hatte erneut die Forderung eines Schwarzenführers, Rev. Reginald Bacon, nach einer umfassenden Untersuchung des Vorfalls zur Folge.
»Wenn es die Polizei und die Staatsanwaltschaft nicht tun, machen wir es selbst«, sagte er. »Die Mächtigen las-

sen zu, daß das Leben eines glänzenden jungen Mannes zerstört wird, und haben nur ein Gähnen dafür übrig. Aber wir werden uns das nicht gefallen lassen. Wir haben jetzt den Computerausdruck, und wir werden diese Wagen selber aufspüren, wenn nötig.«

Shermans Herz machte einen Satz in seiner Brust.

Lambs Nachbarschaft in der South Bronx beschrieb man uns als »in Harnisch« und »vor Wut schäumend« über die Behandlung von Lambs Verletzungen und die angebliche Abneigung der Behörden, in diesem Fall tätig zu werden.

Ein Sprecher der Gesundheits- und Krankenhausverwaltung sagte, eine »interne Untersuchung« sei in Gang. Die Polizei und das Büro des Bronxer Staatsanwalts Abe Weiss gaben an, ihre Untersuchungen »gehen weiter«. Sie verweigerten einen Kommentar zu der Eingrenzung der Zahl der Fahrzeuge, aber ein Sprecher der Zulassungsstelle, Ruth Berkowitz, sagte im Hinblick auf das »The City Light« zugespielte Material: »Die unbefugte Weitergabe von Eigentumsdaten in einem heiklen Fall wie diesem stellt eine ernste und völlig unverantwortliche Verletzung verwaltungstechnischer Gepflogenheiten dar.«

Das war es. Sherman hockte auf dem Toilettensitz und starrte auf den Buchstabenblock. Die Schlinge zog sich zusammen! Aber die Polizei schenkte der Sache keine Aufmerksamkeit ... Ja, aber angenommen, dieser ... dieser *Bacon* ... und ein Haufen wutschäumender Schwarzer fingen an, selber die Wagen zu kontrollieren ... Er versuchte sich das vorzustellen ... Zu ungeheuerlich für seine Vorstellungskraft ... Er blickte zu der beigegrauen Tür der Toilettenkabine hoch ... Er hörte eine Tür nur wenige Kabinen entfernt aufgehen. Langsam faltete Sherman die Zeitung zusammen und schob sie in den Dienstumschlag. Ganz langsam erhob er sich von dem Toilettensitz; ganz leise öffnete er die Kabinentür; ganz vorsichtig schlich er durch den Toilettenvorraum, während sein Herz ihm vorausraste.

Wieder im Börsensaal, griff er zum Telefon. Muß Bernard anrufen. *Muß Maria anrufen.* Er versuchte, eine geschäftsmäßige Miene aufzusetzen. Private Telefongespräche aus dem Börsensaal von Pierce & Pierce wurden außerordentlich mißbilligt. Er rief in ihrer Wohnung in der Fifth an. Eine Frau mit spanischem Akzent nahm ab. Mrs. Ruskin nicht zu Hause. Er rief im Hideaway an, wobei er die Nummer äußerst bedachtsam wählte. Keine Antwort. Er lehnte sich auf dem Stuhl zurück. Seine Augen richteten sich in die Ferne ... das grelle Licht, die herumfuchtelnden Silhouetten, das Gebrüll ...

Das Geräusch von schnippenden Fingern über seinem Kopf ... Er blickte auf. Es war Rawlie, der mit den Fingern schnippte. »Wach auf. Denken ist hier nicht erlaubt.«

»Ich habe bloß ...« Er brauchte den Satz nicht zu beenden, denn Rawlie war schon wieder weg.

Er beugte sich über seinen Schreibtisch und sah auf die radiumgrünen Zahlen, die über die Bildschirme zogen.

Da beschloß er *einfach so*, Freddy Button zu besuchen.

Was würde er Muriel sagen, der Verkaufsassistentin? Er würde ihr sagen, er ginge zu Mel Troutman bei Polsek & Fragner wegen der Medicart-Fleet-Anleihe ... Genau das würde er ihr sagen ... und der Gedanke widerte ihn an. Eine der Maximen des Löwen lautete: Eine Lüge kann jemand anderen täuschen, aber dir sagt sie die Wahrheit: Du bist schwach.

Er konnte sich nicht an Freddy Buttons Telefonnummer erinnern. So lange war das her, seit er ihn das letztemal angerufen hatte. Er sah sie in seinem Adressenbuch nach.

»Hier ist Sherman McCoy. Ich hätte gern Mr. Button gesprochen.«

»Tut mir leid, Mr. McCoy, er hat einen Mandanten bei sich. Kann er Sie zurückrufen?«

Sherman schwieg einen Moment. »Sagen Sie ihm, es ist dringend.«

Die Sekretärin zögerte. »Warten Sie bitte.«

Sherman saß über seinen Schreibtisch gebeugt. Er blickte auf seine Füße hinunter ... der Umschlag mit der Zeitung ... Nein! Angenommen, sie rief über eine Sprechanlage zu Freddy hinein, und ein anderer Anwalt, jemand, der seinen Vater kannte, hörte sie sagen ... »Sherman McCoy, dringend« ...

»Entschuldigung! Warten Sie eine Sekunde! Schon gut – sind Sie noch da?« Er schrie in das Telefon. Sie war weg.

Er blickte auf den Umschlag hinunter. Er kritzelte irgendwelche Zahlen auf ein Blatt Papier, um beschäftigt und geschäftsmäßig zu wirken. Das nächste, was er hörte, war die stets zuvorkommende, stets nasale Stimme von Freddy Button.

»Sherman. Wie geht's? Was ist los?«

Auf dem Weg hinaus erzählte Sherman Muriel seine Lüge und kam sich schäbig, schmutzig und schwach vor.

Wie viele andere konservative, betuchte Protestantenfamilien in Manhattan hatten die McCoys immer darauf geachtet, daß ihnen bei Privatangelegenheiten und Gesundheitsfragen nur andere Protestanten zur Seite standen. Mittlerweile war das ziemlich schwierig. Protestantische Zahnärzte und Steuerberater waren seltene Vögel, und protestantische Ärzte waren nicht leicht aufzutreiben.

Protestantische Anwälte aber gab es noch reichlich, zumindest an der Wall Street, und Sherman war auf dieselbe Weise Mandant von Freddy Button geworden, wie er als Junge Mitglied der Knickerbocker Greys, des Kinderkadettenkorps, geworden war. Sein Vater hatte das arrangiert. Als Sherman in Yale im letzten Semester war, meinte der Löwe, es sei an der Zeit, daß er als ordentlichen und überlegten Schritt seines Erwachsenwerdens ein Testament mache. Und so verwies er ihn an Freddy, der damals ein junger, kurz zuvor als Partner bei Dunning Sponget eingetretener Anwalt war. Sherman hatte sich nie Gedanken darüber machen müssen, ob Freddy ein guter Anwalt sei oder nicht. Er war zu ihm gegangen, um alles in

Ordnung zu haben: wegen Testamenten, die erneuert wurden, als er Judy heiratete und als Campbell geboren wurde, wegen Verträgen, als er die Wohnung an der Park Avenue und das Haus in Southampton kaufte. Der Wohnungskauf hatte Sherman zögern lassen. Freddy wußte, daß er sich $ 1,8 Millionen geborgt hatte, um sie zu kaufen, und das war mehr, als sein Vater (technisch gesehen Freddys Partner) wissen durfte. Freddy hatte sein Wissen für sich behalten. Aber in einer so abscheulichen Angelegenheit wie dieser, in der die Zeitungen ein gellendes Geschrei erhoben, gab es da nicht Gründe – irgendwelche Schritte – irgendwelche Firmenpraktiken – irgend etwas, was bewirken konnte, daß die Sache an andere Partner weitergegeben wurde – sogar an den alten Löwen?

Dunning Sponget & Leach nahmen vier Etagen eines Wolkenkratzers an der Wall Street, drei Querstraßen von Pierce & Pierce entfernt, ein. Als das Haus erbaut wurde, war es der letzte Schrei im Stil der Moderne der zwanziger Jahre gewesen, aber mittlerweile hatte es die rußige Düsterkeit, die typisch für die Wall Street war. Die Büros von Dunning Sponget glichen denen von Pierce & Pierce. In beiden Fällen waren moderne Innenräume mit englischen Täfelungen aus dem 18. Jahrhundert überzogen und mit englischen Rokokomöbeln ausgestattet worden. Aber das ließ Sherman gleichgültig. Für ihn war alles an Dunning Sponget so verehrungswürdig wie sein Vater.

Zu seiner Erleichterung kannte die Dame am Empfang weder ihn noch seinen Namen. Denn natürlich war der Löwe inzwischen nichts weiter als einer der zerknitterten alten Partner, die jeden Tag für ein paar Stunden die Korridore bevölkerten. Sherman hatte gerade in einem Sessel Platz genommen, als Freddy Buttons Sekretärin, Miss Zilitsky, erschien. Sie war eine der Frauen, die wie fünfzig und zuverlässig wirken. Sie führte ihn einen stillen Gang hinunter.

Freddy, hochgewachsen, hager, elegant, charmant, unentwegt rauchend, stand wartend an der Tür zu seinem Büro.

»Hal-lo, Sherman!« Eine Wolke Zigarettenrauch, ein prachtvolles Lächeln, ein warmer Händedruck, eine bezaubernde Bekundung von Freude allein über den Anblick von Sherman McCoy. »Meine Güte, meine Güte, wie geht's dir. Setz dich. Wie wär's mit Kaffee? Miss Zilitsky!«

»Nein, danke. Für mich nicht.«

»Wie geht's Judy?«

»Gut.«

»Und Campbell?« Er erinnerte sich stets an den Namen seiner Tochter, was Sherman zu schätzen wußte, selbst in seiner augenblicklichen Lage.

»Oh, sie macht sich.«

»Sie geht inzwischen zur Taliaferro, stimmt's?«

»Ja. Woher weißt du das? Hat mein Vater davon erzählt?«

»Nein, meine Tochter Sally. Sie hat vor zwei Jahren die Taliaferro abgeschlossen. Liebte sie ausgesprochen. Ist stets auf dem laufenden. Sie ist jetzt auf der Brown.«

»Wie gefällt ihr die Brown?« Herrgott noch mal, warum fragte er denn das überhaupt? Aber er wußte, warum. Freddys Charme fegte einen mit seiner kräftigen, raschen, absichtslosen Strömung einfach weg. Hilflos redete man das Übliche.

Es war ein Fehler. Freddy stürzte sich sofort in eine Anekdote über die Brown und gemischte Schlafsäle. Sherman machte sich nicht die Mühe zuzuhören. Um etwas zu unterstreichen, warf Freddy seine langen Hände in einer matten, effeminierten Gebärde in die Luft. Immer redete er über Familien, seine Familie, deine Familie, anderer Leute Familien, und war doch homosexuell. Kein Zweifel. Freddy war ungefähr fünfzig, einsdreiundneunzig oder mehr, schlank, schrecklich proportioniert, aber elegant, im englischen »drape«-Stil, gekleidet: überlanges Jackett, exzentrischer Schnitt. Seine glatten blonden Haare, jetzt durch eine steigende Flut von Grau verblichen, waren nach der Dreißiger-Jahre-Mode straff nach hinten gekämmt. Er ließ sich schlapp in seinen Sessel am Schreibtisch gegenüber von Sherman sinken, während er unentwegt redete und rauchte. Er nahm einen langen Zug aus der Zigarette, entließ den Rauch in Kringeln aus dem Mund und zog ihn in zwei dicken Strömen wieder durch die Nasenlöcher ein. Das war mal als französisches Inhalieren bekannt, und deshalb kannte es auch Freddy Button, der Letzte der Großen Raucher. Er blies Rauchringe. Er inhalierte französisch und blies große Rauchringe, und dann blies er schnelle kleine Rauchringe durch die großen. Ab und zu hielt er die Zigarette nicht zwischen Zeige- und Mittelfinger, sondern zwischen Daumen und Zeigefinger, aufrecht wie eine Kerze. Woran lag es, daß Homosexuelle soviel rauchten? Vielleicht weil sie selbstzerstörerisch veranlagt waren. Aber über das Wort »selbstzerstörerisch« gingen Shermans Kenntnisse psychoanalytischer Überlegungen nicht hinaus, und so begann sein Blick zu wandern. Freddys Büro war *gestaltet,* und zwar so, wie Judy über das *Gestalten* von Wohnungen sprach. Es sah aus wie aus einem dieser grauenhaften Magazine ... burgunderfarbener Samt, ochsenblutfarbenes Leder, stark gemasertes Holz, Nippes aus Messing und Silber ... Ganz plötzlich wirkten Freddy und sein Charme und sein Geschmack über die Maßen unangenehm.

Freddy hatte offenbar seine Gereiztheit bemerkt, denn er brach seine Geschichte ab und sagte: »Also – du sagtest, irgendwas sei mit dir und deinem Wagen passiert.«

»Leider steht's schon in der Zeitung, Freddy.« Sherman öffnete seinen Aktenkoffer und nahm den Pierce-&-Pierce-Dienstumschlag heraus, aus dem er die Nummer des »City Light« zog. Die schlug er auf Seite drei auf und reichte sie über den Schreibtisch. »Der Artikel unten auf der Seite.«

Freddy nahm die Zeitung mit der Linken entgegen, und mit der Rechten drückte er seine Zigarette in einem Lalique-Aschenbecher mit einem Löwenkopf am Rand aus. Er griff zu einem weißen Seidentaschentuch, das nachlässig-üppig aus der Brusttasche seines Jacketts quoll, und zog eine Hornbrille hervor. Dann legte er die Zeitung hin und setzte sich die Brille mit beiden Händen auf. Aus der Innentasche holte er ein aus Silber und Elfenbein gearbeitetes Zigarettenetui, klappte es auf und zog eine Zigarette unter einem silbernen Klipp hervor. Er tippte mit ihr auf den Deckel des Etuis und zündete sie mit einem schlanken, geriffelten Silberfeuerzeug an, dann griff er zu der Zeitung und begann zu lesen; oder vielmehr zu lesen und zu rauchen. Die Augen auf die Zeitung gerichtet, führte er die Zigarette in der Kerzenhaltung zwischen Daumen und Zeigefinger an die Lippen, nahm einen tiefen Zug, wirbelte die Finger herum, und – zack! – tauchte die Zigarette zwischen den Knöcheln seines Zeige- und Mittelfingers wieder auf. Sherman staunte. Wie hatte er das bloß gemacht? Dann war er wütend. Freddy verwandelt sich in einen Rauchakrobaten *mitten in meiner Not!*

Als Freddy mit dem Artikel fertig war, legte er die Zigarette mit großer Sorgfalt in den Lalique-Aschenbecher, nahm die Brille ab und steckte sie unter das glänzende Seidentaschentuch zurück, dann griff er wieder zu der Zigarette und nahm erneut einen tiefen Zug.

Sherman spuckte die Worte aus: »Das ist mein Wagen, von dem du eben gelesen hast.«

Der Zorn in seiner Stimme verblüffte Freddy. Behutsam, als ginge er auf Zehenspitzen, sagte er: »Du hast einen Mercedes mit einem Nummernschild, das mit R anfängt? R und noch was?«

»Genau.« Mit einem Zischen.

Freddy, verwirrt: »Also ... warum erzählst du mir nicht, was passiert ist?«

Erst als Freddy diese Worte sagte, wurde Sherman bewußt, daß ... er darauf brannte! Er sehnte sich danach, irgend jemandem – alles zu gestehen! Egal wem! Selbst diesem nikotingetränkten Turnwart, diesem schwulen Fatzke, der ein Partner seines Vaters war! Er hatte Freddy noch nie mit solcher Klarheit betrachtet. Er durchschaute ihn. Freddy war eine Art geschmeidiger Zauberstab, in dessen Büro eine Wall-Street-Firma von der Größenordnung von Dunning Sponget alle Witwen und Erben wie ihn abschob, die vermutlich mehr Geld als Probleme hatten. Dennoch war er der einzige verfügbare Beichtiger.

»Ich habe eine Freundin namens Maria Ruskin«, sagte Sherman. »Sie ist die Frau eines Mannes namens Arthur Ruskin, der mit Gott weiß was viel Geld verdient hat.«

»Ich habe von ihm gehört«, sagte Freddy und nickte.

»Ich habe ...« Sherman verstummte. Er wußte nicht recht, wie er es ausdrücken sollte. »Ich kenne Mrs. Ruskin schon eine ganze Weile.« Er kniff die Lippen zusammen und sah Freddy an. Die unausgesprochene Botschaft lautete: Ja, genau, es ist der übliche, dreckige Fall niedriger Lust.

Freddy nickte.

Sherman zögerte von neuem, dann stürzte er sich in die Einzelheiten der Autofahrt in die Bronx. Er suchte in Freddys Gesicht nach Anzeichen von Mißfallen oder – schlimmer! – Freude! Er entdeckte nichts als ein freundliches Interesse, das durch Rauchringe interpunktiert wurde. Aber Sherman ärgerte sich nicht mehr über ihn. Diese Erleichterung! Das abscheuliche Gift strömte heraus! Mein Beichtvater!

Während er seine Geschichte erzählte, spürte er noch etwas: eine irrationale Freude. Er war die Hauptfigur in einer aufregenden Geschichte. Immer wieder empfand er Stolz – stupiden Stolz! – darauf, daß er im Dschungel gekämpft und triumphiert hatte. Er stand auf der Bühne. Er war der Star! Freddys Miene hatte sich von freundlich und interessiert ... zu verzückt gesteigert ...

»Und hier bin ich also«, sagte Sherman schließlich. »Ich habe keine Ahnung, was ich tun soll. Ich wollte, ich wäre gleich, als es passiert war, zur Polizei gegangen.«

Freddy lehnte sich in seinem Sessel zurück, schaute weg und

nahm einen Zug von seiner Zigarette, dann drehte er den Kopf zurück und schenkte Sherman ein beruhigendes Lächeln.

»Also, nach dem, was du mir erzählt hast, trägst du an den Verletzungen des jungen Mannes keine Schuld.« Während er sprach, kam inhalierter Rauch in feinen Schwaden aus seinem Mund. Sherman hatte das schon jahrelang bei niemandem mehr gesehen. »Als Besitzer des Wagens magst du eine gewisse Pflicht gehabt haben, den Vorfall zu melden, und es könnte auch das Thema ›Verlassen des Unfallorts‹ eine Rolle spielen. Ich muß mir die Bestimmungen ansehen. Ich nehme an, man könnte dich wegen tätlicher Beleidigung verklagen, weil du den Reifen geworfen hast, aber ich glaube nicht, daß sich das halten ließe, zumal du fraglos Grund zur Annahme hattest, daß dein Leben bedroht war. Im Grunde ist das wirklich gar kein so ungewöhnlicher Sachverhalt, wie du vielleicht meinst. Kennst du Clinton Danforth?«

»Nein.«

»Er ist Vorsitzender des Verwaltungsrats von Danco. Ich habe ihn in einem Prozeß gegen die Triple A vertreten. Der Automobilklub von New York war, glaube ich, der eigentliche juristische Gegner. Er und seine Frau – du bist Clinton nie begegnet?«

Begegnet? »Nein.«

»Sehr etepetete. Sieht aus wie einer von diesen Kapitalisten, wie sie früher von Witzzeichnern dargestellt wurden, mit Seidenzylinder. Jedenfalls fahren Clinton und seine Frau eines Tages nach Hause ...« Jetzt war er mitten in einer Geschichte über den Wagen seines illustren Mandanten, der in Ozone Park, Queens, eine Panne gehabt hatte. Sherman siebte die Worte nach einem kleinen Nugget Hoffnung durch. Doch dann wurde ihm klar, daß hier nur der Abglanz von Freddys Charme am Werke war. Der Wesenskern des Gesellschaftscharmeurs war, eine Geschichte erzählen zu können, möglichst mit bekannten Namen drin, die zu jedem Thema paßte. In einem Vierteljahrhundert Rechtspraxis war dies wahrscheinlich der einzige Fall, den Freddy jemals in den Händen gehabt hatte, in dem die Straßen von New York wenigstens vorkamen.

»... ein Schwarzer mit einem Polizeihund an der Leine ...«

»Freddy.« Sherman, wieder zischend. »Dein dicker Freund Danforth interessiert mich nicht.«

»Was?« Freddy, verwirrt und geschockt.

»Ich habe keine Zeit dafür. Ich habe ein Problem.«

»Oh, hör zu. Bitte. Entschuldige.« Freddy sprach sanft, behutsam; auch traurig, so wie man eventuell mit einem Irren redet, der aufbraust. »Wirklich, ich wollte dir nur zeigen ...«

»Laß das Gezeige. Mach deine Zigarette aus und sag mir, was du denkst.«

Ohne den Blick von Shermans Gesicht zu wenden, drückte Freddy die Zigarette in dem Lalique-Aschenbecher aus. »Na schön, ich sage dir genau, was ich denke.«

»Ich wollte nicht grob sein, Freddy, aber Herrgott noch mal.«

»Ich weiß, Sherman.«

»Bitte rauche, wenn du willst, aber laß uns beim Thema bleiben.«

Die Hände flatterten in die Höhe zum Zeichen, daß Rauchen nicht so wichtig sei.

»Na schön«, sagte Freddy, »ich sehe die Sache folgendermaßen. Ich glaube, bei dem größeren Problem hier, nämlich der Körperverletzung, bist du aus dem Schneider. Du könntest eventuell in Gefahr geraten, wegen Verlassens des Unfallortes und unterlassener Benachrichtigung der Polizei angeklagt zu werden. Wie gesagt, ich muß das nachsehen. Ich glaube aber, daß das keine allzu ernste Sache ist, vorausgesetzt, wir können die Abfolge der Ereignisse, wie du sie mir skizziert hast, beweisen.«

»Was meinst du mit ›beweisen‹?«

»Na ja, was mich an dieser Zeitungsstory stört, ist, daß sie von den Fakten, wie du sie mir berichtet hast, so weit abweicht.«

»Oh, ich weiß!« sagte Sherman. »Es findet keine Erwähnung von dem anderen – dem anderen Burschen statt, von dem, der zuerst auf mich losgegangen ist. Es steht kein Wort da über die Barrikade oder auch nur über die Auffahrt. Sie behaupten, es wäre auf dem Bruckner Boulevard passiert. Es ist nicht auf dem Bruckner Boulevard oder sonst irgendeinem Boulevard passiert. Sie behaupten, daß dieser Junge, dieser ... *Musterschüler* ... dieser schwarze Heilige ... über die Straße ging, nur mit seinen eigenen Dingen beschäftigt, und irgendein weißer Lump in einem ›Luxuswagen‹ kommt daher, überfährt ihn und rast weiter. Ist doch Wahnsinn! Sie nennen ihn beharrlich ›Luxuswagen‹, und er ist nichts weiter als ein Mercedes. Himmel, ein Mercedes ist dasselbe wie früher ein Buick.«

Freddys zusammengekniffene Augenbrauen sagten: Nicht ganz. Aber Sherman drängte weiter. »Ich will dich folgendes fragen, Freddy. Bringt mich die Tatsache, daß« – er wollte eben *Maria Ruskin* sagen, mochte aber nicht so erscheinen, als sei er darauf bedacht, Schuld von sich abzuwälzen –, »die Tatsache, daß ich nicht gefahren bin, als der Junge zu Schaden kam, bringt mich das juristisch aus dem Schneider?«

»Soweit es die Verletzungen des jungen Mannes betrifft, meine ich, ja. Wie gesagt, ich müßte mir die Bestimmungen noch mal ansehen. Aber ich möchte dich was fragen. Wie lautet die Version deiner Freundin Maria Ruskin von dem, was passiert ist?«

»Ihre Version?«

»Ja. Was sagt sie, wie der Bursche zu Schaden gekommen ist? Sagt sie, sie wäre gefahren?«

»Ob sie *sagt,* sie wäre gefahren? Sie *ist gefahren.*«

»Ja, aber mal angenommen, sie erkennt die Möglichkeit, für ein Verbrechen belangt zu werden, wenn sie sagt, daß sie gefahren ist.«

Sherman war einen Moment lang sprachlos. »Also, ich kann mir nicht vorstellen, daß sie ...« *Lügen* war das Wort, das ihm auf der Zunge schwebte, das er aber nicht aussprach, denn tatsächlich lag es nicht völlig außerhalb seiner Vorstellungskraft. Der Gedanke schockte ihn. »Tja ... ich kann dir dazu nur sagen, daß sie jedesmal, wenn wir darüber gesprochen haben, dasselbe gesagt hat. Immer sagte sie: ›Schließlich war ich diejenige, die gefahren ist.‹ Als ich das erstemal vorschlug, zur Polizei zu gehen, gleich, nachdem es passiert war, sagte sie genau das. ›Ich war doch diejenige, die gefahren ist. Also liegt die Entscheidung bei mir.‹ Ich meine, ich glaube, alles kann passieren, aber ... Großer Gott.«

»Ich will ja keine Zweifel säen, Sherman. Ich möchte dir nur klarmachen, daß sie die einzige sein könnte, die deine Version von der Sache stützt – und das mit einer gewissen Gefahr für sie selbst.«

Sherman ließ sich in dem Sessel nach hinten sinken. Die wollüstige Kriegerin, die neben ihm im Dschungel gekämpft und ihn dann, gleißend, auf dem Fußboden geliebt hatte ...

»Wenn ich also jetzt zur Polizei gehe«, sagte er, »und erzähle denen, was passiert ist, und sie bestätigt nicht, was ich sage, dann bin ich schlimmer dran als jetzt.«

»Das ist möglich. Sieh mal, ich unterstelle nicht, daß sie dir nicht den Rücken stärken würde. Ich möchte nur, daß du dir klar darüber bist ... wo du stehst.«

»Was sollte ich deiner Meinung nach tun, Freddy?«

»Mit wem hast du schon darüber gesprochen?«

»Mit niemandem. Nur mit dir.«

»Und Judy?«

»Nein. Mit Judy zuallerletzt, wenn du die Wahrheit wissen willst.«

»Also, im Augenblick solltest du mit niemandem darüber reden, wahrscheinlich nicht einmal mit Judy, es sei denn, du fühlst dich dazu genötigt. Selbst dann solltest du ihr einschärfen, absolutes Stillschweigen darüber zu bewahren. Du würdest staunen, wie die Dinge, die du sagst, genommen und gegen dich gewendet werden können, wenn es jemand darauf anlegt. Ich habe das zu oft erlebt.«

Sherman bezweifelte das, nickte aber bloß.

»In der Zwischenzeit werde ich mit deiner Erlaubnis die Situation mit einem anderen Anwalt, den ich kenne, durchsprechen, einem Burschen, der schon seit eh und je auf diesem Gebiet arbeitet.«

»Niemand hier bei Dunning Sponget ...«

»Nein.«

»Denn ich sähe es sehr ungern, wenn die Sache hier in den Korridoren dieses gottverdammten Hauses breitgetreten würde.«

»Keine Sorge, es ist eine ganz andere Firma.«

»Welche Firma?«

»Sie heißt Dershkin, Bellavita, Fishbein & Schlossel.«

Der Silbenschwall war wie schlechter Geruch.

»Was für eine Firma ist denn das?«

»Oh, die haben eine normale Kanzlei, aber am meisten sind sie für ihre Arbeit im Strafrecht bekannt.«

»Strafrecht?«

Freddy lächelte schwach. »Keine Sorge. Strafanwälte stehen auch Leuten bei, die keine Verbrecher sind. Wir haben uns auch schon früher an diesen Burschen gewandt. Er heißt Thomas Killian. Er ist sehr gescheit. Ungefähr so alt wie du. Er ist tatsächlich ebenfalls zur Yale gegangen, zumindest hat er dort Jura studiert. Er ist der einzige Ire, der jemals sein Juraexamen auf der Yale gemacht hat, und er ist der einzige Absolvent der Juristischen Fakultät der Yale, der jemals im Strafrecht tätig war. Ich übertreibe natürlich.«

Sherman sank wieder in den Sessel zurück und versuchte das Wort »Strafrecht« sich setzen zu lassen. Als Freddy merkte, daß er wieder der »Anwalt mit Oberwasser« war, nahm er das

Silber-Elfenbein-Etui aus der Tasche, zog unter dem Silberklipp eine Senior Service heraus, tippte sie auf, zündete sie an und inhalierte mit tiefer Befriedigung.

»Ich möchte hören, was er denkt«, sagte Freddy, »vor allen Dingen, weil, nach dieser Zeitungsstory zu urteilen, der Fall politische Dimensionen annimmt. Tommy Killian kann uns darüber viel besser Auskunft geben als ich.«

»Dershkin, Dings-Irgendwas & Schlossel?«

»Dershkin, Bellavita, Fishbein & Schlossel«, sagte Freddy. »Drei Juden und ein Italiener, und Tommy Killian ist Ire. Ich will dir was sagen, Sherman. Die Rechtspraxis ist in New York sehr spezialisiert. Es ist, als gebe es viele kleine ... *Clans* ... *Gangs* ... Ich will dir ein Beispiel nennen. Wenn ich wegen Fahrlässigkeit im Straßenverkehr belangt würde, würde ich nicht wollen, daß irgend jemand bei Dunning Sponget mich vertritt. Ich würde zu einem dieser Anwälte am unteren Broadway gehen, die nichts anderes machen. Sie sind der absolute Bodensatz im Faß der Anwaltschaft. Es sind alles Bellavitas und Schlossels. Sie sind ruppig, grob, niederträchtig und unappetitlich – du kannst dir überhaupt nicht vorstellen, wie sie sind. Aber sie sind diejenigen, zu denen ich gehen würde. Sie kennen alle Richter, alle Protokollführer, die anderen Anwälte – sie wissen, wie man die Sachen schaukelt. Wenn jemand, der Bradshaw oder Farnworth heißt, von Dunning Sponget & Leach sich dort blicken ließe, würden sie ihn rausekeln. Sie würden ihn sabotieren. Genauso ist es mit dem Strafrecht. Die Strafanwälte sind auch nicht gerade der bout en train, aber in bestimmten Fällen muß man sich an sie wenden. In dieser Situation ist Tommy Killian eine sehr gute Wahl.«

»Gottogott«, sagte Sherman. Von allem, was Freddy gesagt hatte, war nur das Wort »Strafrecht« hängengeblieben.

»Mach nicht so ein düsteres Gesicht, Sherman!«

Strafrecht.

Als er in den Börsensaal bei Pierce & Pierce zurückkehrte,

warf ihm die Verkaufsassistentin, Muriel, einen strengen Blick zu.

»Wo sind Sie gewesen, Sherman? Ich habe versucht, Sie zu erreichen.«

»Ich war ...« Er wollte, mit Ausschmückungen, noch einmal die Lüge wiederholen, aber der Blick auf ihrem Gesicht sagte ihm, er würde damit alles nur schlimmer machen. »Okay, was ist los?«

»Gleich nachdem Sie weg waren, kam eine Emission rein, zweihundert Millionen Fidelity Mutuals. Ich rief bei Polsek & Fragner an, aber Sie waren nicht da, und man sagte mir, Sie würden überhaupt nicht erwartet. Arnold ist nicht erfreut darüber, Sherman. Er möchte Sie sprechen.«

»Ich gehe zu ihm.« Er drehte sich um und ging auf seinen Schreibtisch zu.

»Einen Augenblick noch«, sagte Muriel. »Auch dieser Mensch aus Paris hat Sie zu erreichen versucht. Er hat ungefähr viermal angerufen. Mr. Levy. Sagte, Sie hätten ihn eigentlich zurückrufen wollen. Sagte, ich sollte Ihnen ausrichten, dreiundneunzig wäre es. ›Endgültig‹, sagte er. Er sagte, Sie wüßten, was das heißt.«

13
Der fluoreszierende Aal

Kramer und die beiden Kriminalbeamten Martin und Goldberg kamen gegen 16.15 Uhr in einem Dodge vor den Edgar Allan Poe Towers an. Die Demonstration war für 17 Uhr vorgesehen. Das Wohnungsbauprojekt war während der »Grünes Gras« genannten Phase der Slum-Beseitigungsära geplant worden, mit der Idee, Wohnhochhäuser in eine grasbewachsene Landschaft zu bauen, in der die Jungen herumtoben und die Alten unter schattigen Bäumen an sich dahinschlängelnden Fußwegen sitzen könnten. Die Setzlinge der schattenspendenden Bäume wurden indessen von der herumtobenden Jugend noch im ersten Monat abgebrochen, abgehackt oder ausgerissen, und jeder Alte, der dämlich genug war, sich an den gewundenen Wegen niederzulassen, hatte die gleiche Behandlung zu erwarten. Die Siedlung war inzwischen eine gewaltige Ansammlung rußiger Backsteintürme, die auf einem Areal aus Schlacke und festgetrampelter Erde standen. Ohne die grünen Holzlatten, die längst verschwunden waren, sahen die Betonsockel der Bänke wie uralte Ruinen aus. Ebbe und Flut der Stadt, verursacht durch die Gezeiten menschlicher Arbeit, bewirkten nicht einmal ein Wellengekräusel vor den Poe Towers, wo die Arbeitslosenrate mindestens fünfundsiebzig Prozent betrug. Um 16.15 Uhr ging es hier nicht lebhafter zu als mittags um zwölf. Kramer erspähte keine Menschenseele, bis auf eine kleine Schar Jungen, die an den Graffitis am Fuß der Häuser entlanghuschten. Die Graffitis sahen lustlos aus. Der rußigschwarze Backstein mit all seinen Mörtelrillen machte selbst die Spraydosen-Teenies mißmutig.

Martin verlangsamte den Wagen auf Schrittempo. Sie waren auf der Hauptstraße vor dem Gebäude A, wo die Demonstration stattfinden sollte. Der Block war menschenleer, bis auf einen schlaksigen Teenager, der mitten auf der Straße das Rad eines Wagens bearbeitete. Das Auto, ein roter Camaro, stand mit der Nase in einem Parkhafen an der Bordsteinkante. Das Hinterteil ragte auf die Straße heraus. Der Junge trug schwarze Jeans, ein schwarzes T-Shirt und gestreifte Sneakers. Er saß in der Hocke, einen Kreuzschlüssel in den Händen.

Martin hielt kaum drei Meter von ihm entfernt an und schaltete den Motor aus. Der Junge, immer noch in der Hocke, starrte den Dodge an. Martin und Goldberg saßen vorn, Kramer auf dem Rücksitz. Martin und Goldberg saßen einfach da und blickten schnurgeradeaus. Kramer konnte sich nicht denken, was sie vorhatten. Dann stieg Martin aus. Er trug eine braune Windjacke, ein Polohemd und billig aussehende graue Hosen. Er ging rüber zu dem Jungen, stellte sich vor ihn und sagte: »Was machst 'nn da?« Er sagte es nicht sehr freundlich.

Verdutzt sagte der Junge: »Nichts. Reparier 'ne Radkappe.«

»*Reparierst* 'ne Radkappe?« fragte Martin, und seine Stimme troff vor Ironie.

»Jahhhhh ...«

»Parkste immer so, mitten auf der Scheißstraße?«

Der Junge stand auf. Er war eine ganze Ecke über eins neunzig groß. Er hatte lange, muskulöse Arme und kräftige Hände, von denen eine den Kreuzschlüssel hielt. Mit offenem Mund starrte er Martin an, der plötzlich wie ein Zwerg aussah. Martins schmale Schultern schienen unter der Windjacke überhaupt nicht zu existieren. Er trug kein Abzeichen oder irgendeine andere Polizeimarke. Kramer konnte einfach nicht glauben, was er sah. Sie waren hier in der South Bronx, dreißig Minuten von einer Demonstration getrennt, auf der gegen Pflichtverletzungen der weißen Justiz protestiert werden sollte, und Martin legte sich mit einem schwarzen Jugendlichen an, der zweimal so groß war wie er und einen Kreuzschlüssel in der Hand hatte.

Martin legte den Kopf zur Seite und blickte dem Jungen ohne auch nur die Andeutung eines Blinzelns in das ungläubige Gesicht. Der Junge fand das offenbar ebenfalls überaus merkwürdig, denn er rührte sich nicht von der Stelle und sagte auch kein Wort. Jetzt sah er zu dem Dodge rüber und entdeckte das fette Fleischgesicht von Goldberg mit den Schlitzen statt der Augen und dem schlaff herabhängenden Schnurrbart. Dann sah er wieder Martin an und setzte ein mutiges, wütendes Gesicht auf.

»Bring bloß 'ne Radkappe in Ordnung, Meister. Hab nix mit Ihn' am Hut.«

Ehe er zu dem Wort »Hut« kam, bewegte er sich bereits von Martin weg, und zwar in einer Gangart, die wohl als Schlenderschritt gemeint war. Er öffnete den Schlag des Camaro und warf den Kreuzschlüssel auf den Rücksitz, dann schlenderte er herum zur Fahrerseite, stieg ein und startete den Motor. Er manövrierte den Wagen aus der Parkbucht und fuhr davon. Der Camaro ließ ein mächtiges, kehliges Dröhnen hören. Martin kehrte zu dem Dodge zurück und setzte sich hinter das Steuer.

»Ich schlag dich für 'n Preis für öffentliche Beziehungen vor, Marty«, sagte Goldberg.

»Junge hatte Glück, daß ich ihn nicht kontrolliert habe«, sagte Martin. »Außerdem ist das hier der einzige freie Parkplatz in dem Scheißblock.«

Und sie wundern sich, warum die Leute im Getto sie hassen, dachte Kramer. Aber im gleichen Moment staunte er ... *staunte!* Er, Kramer, war groß und stark genug, um sich mit dem Jungen mit dem Kreuzschlüssel schlagen zu können, und es war denkbar, daß er ihn besiegen würde. Aber er würde *es tun müssen*. Wenn er vor dem Jungen gestanden hätte, wäre es im selben Augenblick zur Schlägerei gekommen. Martin dagegen wußte von Anfang an, daß es nicht dazu käme. Er wußte, daß etwas in seinen Augen den Jungen spüren ließ: Irischer Bulle, der keinen Schritt zurückweicht. Natürlich schadete es nicht, Goldberg da sitzen zu haben, der wie das Urbild eines Raubmörders aussah, und es schadete auch nicht, eine .38er unter der Jacke zu tragen. Trotzdem wußte Kramer, er hätte nicht fertiggebracht, was dieser sagenhafte, kleine Federgewicht-Champion aus der Clique geschafft hatte, und zum fünfhundertstenmal in seiner Laufbahn als Unterstaatsanwalt in der Bronx erwies er im stillen dem rätselhaftesten und begehrtesten aller männlichen Attribute seine Reverenz, dem irischen Machismo.

Martin fuhr den Dodge in den Parkhafen, den der Junge freigemacht hatte, und alle drei lehnten sich zurück und warteten.

»Alles Scheiße«, sagte Martin.

»He, Marty«, sagte Kramer, stolz darauf, mit diesem Vorbild auf du und du zu sein, »habt ihr rausgefunden, wer den Computerausdruck an ›The City Light‹ weitergegeben hat?«

Ohne sich umzudrehen, sagte Martin: »Einer von da brothers«, womit er einen schwarzen Akzent ins Irische übersetzte. Er drehte den Kopf ein wenig und verzog den Mund, um anzudeuten, daß das wohl ungefähr zu erwarten und nichts zu machen war.

»Werdet ihr alle hundertvierundzwanzig Wagen, oder wie viele es sind, kontrollieren?«

»Yeah. Weiss nervt den Kommandierenden schon den ganzen Tag.«

»Wie lange wird das in Anspruch nehmen?«

»Drei oder vier Tage. Er hat sechs Mann benannt. Alles Scheiße.«

Goldberg drehte sich um und sagte zu Kramer: »Was ist mit Weiss? Glaubt er wirklich diesen Scheiß, den er in den Zeitungen liest, oder was?«

»Er glaubt nichts anderes«, sagte Kramer. »Und bei allem, wo 'ne Rassenfrage reinspielt, dreht er durch. Wie ich euch gesagt habe, er steht vor 'ner Wiederwahl.«

»Yeah, aber wie kommt er auf die Idee, daß wir bei dieser Demonstration Zeugen finden? Das ist *reine* Scheiße.«
»Ich weiß nicht. Aber das hat er zu Bernie gesagt.«
Goldberg schüttelte den Kopf. »Wir haben nich mal 'n Ort, wo die gottverfluchte Sache passiert is. Is dir das klar? Marty und ich sind den Bruckner Boulevard rauf und runter, und ich will verflucht sein, wenn wir rauskriegen könn, wo's passiert is. Das is noch 'ne Sache, die der Junge seiner Mutter zu erzählen vergessen hat, als er mit der Scheißzulassungsnummer antanzte, wo's nämlich, verflucht noch mal, passiert sein soll.«
»Apropos«, sagte Kramer, »wie soll 'n Junge in der Poe-Siedlung denn überhaupt wissen, wie 'n Mercedes aussieht?«
»Oh, das wissen die«, sagte Martin, ohne den Kopf zu drehen. »Die Louis und die Klugscheißer fahren Mercedes.«
»Yeah«, sagte Goldberg. »Nach 'm Cadillac drehen die sich nich mehr um. Jetzt sieht man die Kids mit diesen Dingern, diesen Motorhaubenverzierungen von Mercedes, um den Hals.«
»Wenn 'n Kid von hier sich 'n Scheißauto für 'ne Scheißgeschichte ausdenkt«, sagte Martin, »ist der Mercedes das erste, auf das er kommt. Bernie weiß das.«
»Na ja, Weiss setzt Bernie da auch ganz schön zu«, sagte Kramer. Er sah sich wieder um. Die riesige Siedlung war so still, daß es schon unheimlich war. »Bist du sicher, daß das hier richtig ist, Marty? Es ist niemand zu sehen.«
»Keine Sorge«, sagte Martin. »Sie kommen schon noch. Alles Scheiße.«
Wenig später bog ein bronzefarbener Kleinbus in den Block ein und hielt ein Stück vor ihnen. Ungefähr ein Dutzend Männer stiegen aus. Alle waren schwarz. Die meisten von ihnen trugen blaue Arbeitshemden und Arbeitshosen. Sie schienen so um die Mitte zwanzig oder Anfang dreißig zu sein. Einer von ihnen fiel auf, weil er so lang war. Er hatte ein eckiges Profil und einen mächtigen Adamsapfel, und an einem Ohr trug er einen Goldring. Er sagte etwas zu den anderen, worauf sie

Holzlatten aus dem Wagen zogen. Das waren, wie sich herausstellte, die Transparentstangen. Sie stapelten die Schilder auf dem Bürgersteig übereinander. Die Hälfte der Männer lehnte sich gegen den Bus und begann sich zu unterhalten und Zigaretten zu rauchen.

»Dieses lange Arschloch hab ich schon irgendwo gesehen«, sagte Martin.

»Ich meine, ich hab ihn auch schon gesehen«, sagte Goldberg. »Oh, Scheiße, ja. Er ist eins von Bacons Arschlöchern, der, den sie Buck nennen. Er war bei der Sache in der Gun Hill Road dabei.«

Martin setzte sich gerade hin. »Du hast recht, Davey. Das ist genau dasselbe Arschloch.« Er starrte über die Straße auf den Mann. »Ich würde wahnsinnig gerne ...« Er sprach wie im Traum. »Bitte, du Arschloch, bitte, mach einfach irgend'ne Dummheit, du Arschloch ... Ich steige aus.«

Martin stieg aus dem Dodge, blieb auf dem Bürgersteig stehen und ließ demonstrativ seine Schultern und Arme rotieren, wie ein Preisboxer, der sich locker macht. Dann stieg Goldberg aus. Deshalb stieg auch Kramer aus. Die Demonstranten auf der anderen Straßenseite starrten zu ihnen rüber.

Einer von ihnen, ein kräftig gebauter junger Mann in einem blauen Arbeitshemd und Bluejeans, kam jetzt in einem coolen pimp roll über die Straße geschlendert und ging auf Martin zu. »Yo!« sagte er. »Seid ihr vom Fernsehen?«

Martin drückte das Kinn nach unten und schüttelte den Kopf sehr langsam in einer Weise, die die reine Drohung war.

Der Schwarze taxierte ihn mit den Augen und sagte: »Woher bist du dann, Jack?«

»Jump City, Agnes«, sagte Martin.

Der junge Mann versuchte, ein finsteres Gesicht zu machen, dann versuchte er's mit einem Lächeln, aber mit beidem bekam er nichts anderes zu sehen als ein Gesicht voll irischem Abscheu. Er drehte sich um, ging wieder zurück über die Straße und sagte etwas zu den anderen, worauf der, der Buck hieß, Martin anstarrte. Martin starrte mit einem Paar Shamrock-Lasern zurück. Buck wandte den Kopf und sammelte vier oder fünf von den anderen zu einem Kriegsrat um sich. Ab und zu warfen sie Martin verstohlene Blicke zu.

Diese mexikanische Reserviertheit hatte bereits ein paar Minuten angedauert, als ein zweiter Kleinbus eintraf. Einige junge Weiße stiegen aus, sieben Männer und drei Frauen. Bis auf eine Frau mit langem, welligem graublondem Haar sahen sie wie College-Studenten aus.

»Yo, Buck!« rief sie aus. Sie trat zu dem langen Kerl mit dem goldenen Ohrring, streckte beide Hände aus und lächelte breit. Er ergriff ihre Hände, wenn auch nicht ganz so enthusiastisch, und sagte: »He, wie geht's dir, Reva?« Die Frau zog ihn an sich und küßte ihn auf eine Wange und dann auf die andere.

»Oh, gib mir 'ne verfluchte Chance«, sagte Goldberg. »Diese Nutte.«

»Kennst du sie?« fragte Kramer.

»Weiß, wer sie ist. Sie is 'ne Scheißkommunistin.«

Dann drehte sich die Frau, Reva, um und sagte etwas, und zwei von den Weißen, ein Mann und eine Frau, gingen zu dem Bus und luden weitere Transparente aus.

Gleich darauf traf ein dritter Kleinbus ein. Wieder stiegen neun oder zehn Weiße aus, Männer und Frauen, die meisten jung. Sie hievten einen dicken Stoffballen aus dem Wagen und falteten ihn auseinander. Es war ein Spruchband. Kramer konnte die Worte SCHWULE FAUST STREITMACHT GEGEN RASSISMUS erkennen.

»Was zum Teufel ist denn das?« fragte er.

»Das sind die Lesben und die Schwulen«, sagte Goldberg.

»Und was machen die hier?«

»Die sind bei allen solchen Sachen dabei. Wahrscheinlich mögen sie die frische Luft. Die macht sie richtig geil.«

»Aber was interessiert sie an dem Fall?«

»Frag mich nicht. Die Einheit der Unterdrückten, nennen sie es. Wenn eine von diesen Gruppen Verstärkung braucht, rollen sie an.«

Mittlerweile waren da also etwa zwei Dutzend weiße und ein Dutzend schwarze Demonstranten, die herumhingen, miteinander quatschten und Transparente und Spruchbänder bereitlegten.

Jetzt kam ein Personenwagen an. Zwei Männer stiegen aus. Einer von ihnen hatte zwei Kameras an Gurten um den Hals und eine Umhängetasche, auf die der gedruckte Schriftzug THE CITY LIGHT geklebt war. Der andere war ein hochgewachsener Mann von Anfang dreißig mit langer Nase und blondem Haar, das von einer schmalen Stirnlocke herabwallte. Sein heller Teint war rot gefleckt. Er trug einen blauen Blazer in einem ungewöhnlichen und, wie es Kramer schien, ausländischen Schnitt. Aus keinem erkennbaren Grund torkelte er plötzlich nach links. Er schien furchtbare Schmerzen zu haben. Er stand wie angewurzelt auf dem Bürgersteig, klemmte sich seinen Spiralblock unter den linken Arm, schloß die Augen, preßte beide Hände gegen seine Schläfen und massierte sie ausgiebig, dann machte er die Augen auf, zuckte zusammen und sah sich blinzelnd um.

Martin fing an zu lachen. »Seht euch das Gesicht da an. Sieht aus wie 'n gärendes Faß Roggenmaische. Der Typ hat so 'n Kater, der lillt in seine eigene Kotze.«

Fallow taumelte wieder nach links. Er hatte beständig Schlagseite nach Backbord. Etwas war ernstlich mit seinem Gleichgewichtssystem nicht in Ordnung. Es war absolut ekelhaft diesmal, als wenn das Gehirn in Hautfäden eingewickelt wäre, wie die Fäden an den Häuten einer Orange, und jede Zusammenziehung seines Herzens straffte die Fäden, und das Gift wurde in seinen Organismus gepreßt. Er hatte auch schon früher diese pochenden Kopfschmerzen gehabt, aber das hier waren *toxische* Kopfschmerzen, giftig bis zum äußersten ...

Wo waren eigentlich die Volksmassen? Waren sie an einen falschen Ort gefahren? Es schienen da eine Handvoll Schwarze und ungefähr zwanzig weiße Studenten einfach so herumzustehen. Auf einem gewaltigen Spruchband war Schwule Faust zu lesen. Schwule Faust? Er hatte den Gedanken an den Lärm und das Durcheinander gefürchtet, aber jetzt machte ihm die Stille angst.

Auf dem Gehweg, gleich vor ihm, stand der lange Schwarze mit dem goldenen Ohrring, der ihn und Vogel vor zwei Tagen hierhergefahren hatte. Vogel. Er schloß die Augen. Vogel hatte ihn gewissermaßen zur Feier (Bezahlung?) für den Artikel gestern abend ins Leicester's zum Abendessen eingeladen ... Er hatte einen Wodka Southside getrunken ... dann noch einen ... *Der Rüssel des Ungeheuers! – beleuchtet von einem radiumblauen Flackern!* ... Tony Stalk und Caroline Heftshank kamen rüber und setzten sich, und Fallow versuchte sich zu entschuldigen für das, was mit ihrem jungen Freund, Chirazzi, dem Künstler, passiert war, und Caroline schenkte ihm ein sonderbares Lächeln und sagte, darüber sollte er sich keine Sorgen machen, und er trank noch einen Wodka Southside, und Caroline trank in einem fort Frascati und kreischte furchtbar albern zu Britt-Withers hinüber, und schließlich kam er, und sie knöpfte ihm das Hemd auf und zog so fest an seinen Brusthaaren, daß er fluchte, und dann waren Fallow und Caroline oben in Britt-Withers' Büro, wo Britt-Withers einen Bullterrier mit wässerigen Augen angekettet hatte, und Caroline sah Fallow immerfort mit ihrem sonderbaren Lächeln an, und er versuchte, ihr die Bluse aufzuknöpfen, und sie lachte ihn aus und gab ihm verächtlich einen Klaps auf den Hintern, aber das machte ihn völlig verrückt, und – *eine leise Wellenbewegung! Das Ungeheuer rührte sich in den eiskalten Tiefen!* –, und sie krümmte den Finger und machte ihm ein Zeichen, und er wußte, sie machte sich über ihn lustig, aber er ging trotzdem quer durch das Büro zu ihr, und da stand ein Apparat – etwas mit einem Apparat und einem radiumblauen Geflacker – *warf sich hin und her! Drängte an die Oberfläche!* – ein gummiartiger Lappen – er konnte es jetzt fast sehen – *fast!* –, und sie machte sich über ihn lustig, aber ihm war es egal, und sie drückte unablässig auf etwas, und das Radiumblau flackerte von drinnen, und es entstand ein mahlendes Brummen, und sie griff nach unten und hob etwas auf – sie zeigte es ihm – er konnte es fast sehen – hielt es nicht zurück – *es brach durch die Oberfläche und blickte ihn über seinen dreckigen Rüssel hinweg direkt an* – Und es war wie ein Holzblock, der sich in einer Radiumaura gegen einen schwarzen Grund abhob, und das Ungeheuer starrte ihn weiter über den Rüssel hinweg an, und er hätte am liebsten die Augen aufgemacht, um es zu verscheuchen, aber er konnte nicht, und der Bullterrier fing an zu knurren, und Caroline sah ihn nicht mehr an, auch nicht, um ihm ihre Verachtung zu zeigen, und so berührte er sie an der Schulter, aber sie war plötzlich furchtbar beschäftigt, und der Apparat mahlte und summte in einem fort und summte und flackerte radiumblau, und dann hatte sie einen Stapel Fotos in der Hand, und sie lief die Treppe zum Restaurant hinunter, und er kippte andauernd nach einer Seite, und dann kam ihm ein schrecklicher Gedanke. Er rannte die Treppe runter, eine enge Wendeltreppe, und das machte ihn noch schwindliger. Unten im Restaurant so viele brüllende Gesichter und perlende Zähne – und Caroline Heftshank stand an der Bar und zeigte das Foto Cecil Smallwood und Billy Cortez, und dann waren plötzlich Fotos im ganzen Lokal, und er drängte sich zwischen den Tischen hindurch, und die Leute grapschten nach den Fotos …

Er öffnete die Augen und versuchte sie offenzuhalten. Die Bronx, die Bronx, er war in der Bronx. Er ging auf den Mann mit dem goldenen Ohrring zu, Buck. Fortwährend hatte er

Schlagseite nach links. Ihm war schwindlig. Er fragte sich, ob er einen Schlaganfall erlitten hätte.
»Hallo«, sagte er zu Buck. Es sollte fröhlich klingen, aber es kam nur als Keuchen heraus. Buck sah ihn ohne die Spur eines Wiedererkennens an. Darum sagte er: »Peter Fallow von ›The City Light‹.«
»Oh, he, wie geht's, Mann?« Der Schwarze klang freundlich, aber nicht begeistert. Der Autor der brillanten Knüller in »The City Light« hatte Begeisterung erwartet. Der Schwarze nahm sein Gespräch mit der Frau wieder auf.
»Wann beginnt die Demonstration?« fragte Fallow.
Buck hob zerstreut den Blick. »Sobald Channel 1 da ist.«
Als er bei »ist« angekommen war, sah er die Frau bereits wieder an.
»Aber wo sind die Leute?«
Er starrte Fallow an und zögerte, als versuche er, aus ihm klug zu werden. »Sie werden dasein ... sobald Channel 1 kommt.« Er sprach mit einer Stimme, wie man sie für jemanden verwendet, der gutmütig, aber begriffsstutzig ist.
»Ich verstehe«, sagte Fallow, der überhaupt nichts verstand. »Wenn, äh, wie Sie sagen, Channel 1 kommt, äh ... was findet dann statt?«
»Gib dem Mann die Pressemitteilung, Reva«, sagte Buck. Eine verspannte, ziemlich verrückt aussehende Weiße griff in eine große Vinyl-Einkaufstasche, die auf dem Bürgersteig zu ihren Füßen stand, und reichte ihm zwei zusammengeheftete Blätter. Das Papier, das fotokopiert war – *fotokopiert! Radiumblau! Der Rüssel!* –, trug den Briefkopf der American People's Alliance. Eine Überschrift, in Großbuchstaben getippt, lautete: DAS VOLK FORDERT TATEN IM FALL LAMB.
Fallow machte sich ans Lesen, aber die Worte liefen ihm vor den Augen zusammen wie Gulasch. Genau in diesem Moment nahm ein kräftiger, lebhafter Mann, ein Weißer, vor ihm Gestalt an. Er trug ein erschreckend geschmackloses Tweedjak-

kett. »Neil Flannagan von den ›Daily News‹«, sagte der lebhafte Mann. »Was ist hier los?«

Die Frau namens Reva zog noch eine Pressemitteilung hervor. Mr. Neil Flannagan war, wie Fallow, von einem Fotografen begleitet. Der lebhafte Mr. Flannagan hatte Fallow nichts zu sagen, aber die beiden Fotografen kamen sofort miteinander ins Gespräch. Fallow hörte, wie sie sich über diesen Auftrag beklagten. Fallows Fotograf, ein widerlicher kleiner Typ mit Mütze, benutzte unentwegt den Ausdruck »Haufen Scheiße«. Das war alles, worüber amerikanische Pressefotografen offenbar mit wenigstens einem bißchen Vergnügen redeten, nämlich ihr Mißfallen darüber, daß man sie bat, die Redaktion zu verlassen und Fotos zu machen. Die paar Demonstranten waren indessen durch die Anwesenheit der Vertreter von zwei Massenblättern der Stadt, »The City Light« und »Daily News«, sichtlich ungerührt. Sie lungerten weiterhin um die Kleinbusse herum, während ihr Zorn, wenn sie welchen hatten, über die Henry Lamb angetanen Ungerechtigkeiten erfolgreich gezügelt war.

Fallow versuchte noch einmal, die Pressemitteilung zu lesen, gab aber bald auf. Er blickte sich um. Die Poe Towers blieben friedlich; unnormal, wenn man ihre Größe bedachte. Auf der anderen Straßenseite standen drei Weiße. Ein kleiner Bursche in einer braunen Windjacke, ein großer, massiger Mann mit einem herabhängenden Schnurrbart und einer Trainingsjacke und ein Mann mit schütterem Haar und groben Gesichtszügen, der einen schlechtsitzenden grauen Anzug und eine gestreifte Yank-Krawatte trug. Fallow fragte sich, wer sie seien. Aber vor allem wollte er schlafen. Er überlegte, ob er im Stehen schlafen könne wie ein Pferd.

Dann hörte er die Frau, Reva, zu Buck sagen: »Ich glaube, da sind sie.« Beide blickten die Straße hinunter. In die Demonstranten kam langsam Leben.

Die Straße herauf kam ein großer weißer Lastwagen. An der

Seite stand in riesigen Buchstaben THE LIVE 1. Buck, Reva und die Demonstranten gingen ihm entgegen. Mr. Neil Flannagan, die beiden Fotografen und schließlich auch Fallow latschten notgedrungen mit. Channel 1 war da.

Der Wagen hielt, und auf der Beifahrerseite stieg ein junger Mann mit einem mächtigen Schopf dunkler, lockiger Haare aus, der einen marineblauen Blazer und braune Hosen trug.

»Robert Corso«, sagte Reva ehrfurchtsvoll.

Die Seitentüren des Lastwagens schoben sich auf, und zwei junge Männer in Jeans, Pullovern und Laufschuhen stiegen aus. Der Fahrer blieb am Steuer sitzen. Buck eilte auf den Wagen zu.

»Yo-o-o-o-o! Robert Corso! Wie geht's denn, Mann?« Plötzlich hatte Buck ein Lächeln, das die ganze Straße erhellte.

»Okay!« sagte Robert Corso, der seinerseits versuchte, begeistert zu klingen. »Okay!« Er hatte offensichtlich keine Ahnung, wer dieser Schwarze mit dem goldenen Ohrring war.

»Sagen Sie, was wir tun sollen«, sagte Buck.

Der lebhafte junge Mann mischte sich dazwischen. »He, Corso, Neil Flannagan, ›Daily News‹.«

»Oh, hi.«

»Sagen Sie, was wir ...«

»Wo seid ihr denn die ganze Zeit gewesen?«

»Sagen Sie, was wir ...«

Robert Corso sah auf seine Uhr. »Es ist erst zehn nach fünf. Wir gehen um sechs live drauf. Wir haben noch viel Zeit.«

»Yeah, aber ich hab um sieben Redaktionsschluß.«

»Sagen Sie, was wir tun sollen«, beharrte Buck.

»Tja ... Mann!« sagte Robert Corso. »Das weiß ich nicht. Was würdet ihr denn tun, wenn ich nicht hier wäre?«

Buck und Reva sahen ihn mit einem kleinen komischen Grinsen an, als hielten sie das für einen Witz.

»Wo sind Reverend Bacon und Mrs. Lamb?« fragte Robert Corso.

»In Mrs. Lambs Wohnung«, sagte Reva. Das stieß Fallow

sauer auf. Niemand hatte sich die Mühe gemacht, ihn davon zu unterrichten.

»He, sofort, wenn Sie wollen«, sagte Buck.

Robert Corso schüttelte seine mächtige Kruselmähne. Er murmelte: »Also, Teufel noch mal, ich kann doch die Sache nicht für euch deichseln.« Dann zu Buck: »Wir werden 'ne Weile brauchen, um alles aufzubauen. Ich denke, der Gehweg ist der beste Platz. Ich möchte die Gebäude im Hintergrund haben.«

Buck und Reva machten sich an die Arbeit. Sie fingen an zu gestikulieren und den Demonstranten Anweisungen zu geben, die jetzt wieder zu ihren Kleinbussen zurückgingen und die Transparente aufhoben, die auf dem Gehweg aufgestapelt lagen. Ein paar Leute kamen allmählich von den Poe Towers zum Ort des Geschehens herübergewandert.

Fallow ließ von Buck und Reva ab und trat zu Robert Corso. »Entschuldigung«, sagte er. »Ich bin Peter Fallow von ›The City Light‹. Habe ich eben richtig gehört? Reverend Bacon und Mrs. Lamb sind hier?«

»Fallow?« sagte Robert Corso. »Sind Sie der, der die Storys geschrieben hat?« Er ergriff Fallows Hand und schüttelte sie voll Begeisterung.

»Ich fürchte, ja.«

»Sie sind der Grund, warum wir in dieser gottverdammten Gegend sind?« Er sagte es mit einem achtungsvollen Lächeln. »Tut mir leid.« Fallow spürte ein Glühen in seinem Inneren. Das war die Art Hochachtung, die er die ganze Zeit erwartet hatte, aber er hatte nicht erwartet, sie von einem Fernsehmann zu erhalten. Robert Corso wurde ernst. »Meinen Sie, Bacon ist in dieser Geschichte wirklich zu trauen? Tja, offensichtlich sind Sie der Meinung.«

»Sie nicht?« fragte Fallow.

»Oh, Teufel noch mal, bei Bacon weiß man nie. Er ist ziemlich widerlich. Aber als ich Mrs. Lamb interviewte, war ich beeindruckt, um ehrlich zu sein. Sie macht auf mich den Eindruck eines angenehmen Menschen – sie ist gescheit, sie hat einen festen Job, sie hat eine nette, saubere kleine Wohnung. Ich war beeindruckt. Ich weiß nicht – ich glaube ihr. Was meinen Sie?«

»Sie haben sie schon interviewt? Ich dachte, Sie wollten sie hier interviewen.«

»Yeah, klar, aber das hier dient bloß als Rahmen. Wir umrahmen live um sechs Uhr.«

»Umrahmen live ... Ich glaube nicht, daß ich über Live-Umrahmung Bescheid weiß.«

Die Ironie ließ den Amerikaner kalt. »Also, wir machen folgendes: Heute nachmittag sind wir mit einem Team hier rausgefahren, nachdem Ihr Artikel erschienen war. Vielen Dank dafür! Aufträge in der Bronx liebe ich wirklich. Jedenfalls haben wir Mrs. Lamb interviewt und ein paar von den Nachbarn, und wir haben ein paar Meter auf dem Bruckner Boulevard gedreht und an der Stelle, wo der Vater von dem Jungen umgebracht wurde, und so weiter, und ein paar Standfotos von dem Jungen. Wir haben also den größten Teil der Geschichte bereits auf Band. Das sind ungefähr zwei Minuten, und was wir jetzt machen, das ist folgendes: Wir gehen während der Demonstration live drauf, dann senden wir das Band, dann schalten wir wieder live zurück und rahmen die Sache mit einem Live-Teil ein. Das ist eine Live-Umrahmung.«

»Aber was zeigen Sie? Es ist doch niemand hier, bis auf die paar Leute. Und die meisten sind Weiße.« Fallow machte eine Kopfbewegung rüber zu Buck und Reva.

»Oh, keine Sorge. Sobald unser Teleskop ausfährt, werden hier jede Menge Leute sein.«

»Ihr Teleskop?«

»Unsere Sendeantenne.« Robert Corso sah hinüber zu dem Lastwagen. Fallow folgte seinem Blick. Er konnte im Inneren die beiden Leute von der Crew in ihren Bluejeans sehen.

»Ihre Sendeantenne. Nebenbei, wo ist denn Ihre Konkurrenz?«
»Unsere Konkurrenz?«
»Die anderen Fernsehstationen.«
»Oh, uns wurde ein Exklusivbericht versprochen.«
»Tatsächlich? Von wem denn?«
»Bacon, nehme ich an. Das ist es, was ich an dem Verein nicht mag. Bacon ist ein so verdammter Manipulierer. Er hat einen Draht zu meinem Produzenten, Irv Stone. Kennen Sie Irv?«
»Leider nein.«
»Aber Sie haben von ihm gehört.«
»Hmmmm, bis jetzt noch nicht.«
»Er hat 'ne Menge Preise gewonnen.«
»Hmmmm.«
»Irv ist – also, Irv ist in Ordnung, aber er ist einer von diesen ollen Heinis, die damals in den sechziger Jahren die Unis auf den Kopf gestellt haben, als sie die Antikriegsdemonstrationen machten und all das. Er hält Bacon für einen romantischen Führer des Volkes. Er ist ein Scheißunternehmer, das ist meine Meinung. Aber egal, er hat Irv einen Exklusivbericht versprochen, wenn er ihn um sechs live bringt.«
»Das ist aber sehr bequem. Warum will er denn das? Warum will er nicht, daß alle Sender hier sind?«
»Weil er sonst vielleicht nichts erreichen würde. Ich wette mit Ihnen, daß es in New York jeden Tag zwanzig oder dreißig Demonstrationen gibt, und alle reißen sie sich darum, daß über sie berichtet wird. So aber weiß er, daß wir die Sache groß rausstellen. Wenn wir uns die Mühe machen, den Übertragungswagen hinzuschicken, und wenn wir live senden, und wenn wir meinen, wir haben die Exklusivrechte, dann kommt die Sache ganz oben in die Nachrichten. Sie kommt live, und sie wird 'ne große Sache, und morgen meinen 5 und 7 und 2 und der ganze Rest, sie bringen die Geschichte besser auch.«
»Ich verstehe«, sagte Fallow, »hmmmmm ... Aber wie kann

er Ihnen einen Exklusivbericht, wie Sie sagen, garantieren? Was hindert die anderen, äh, Sender daran, hierherzukommen?«

»Nichts, bis auf die Tatsache, daß er ihnen weder den Ort noch die Zeit sagt.«

»So rücksichtsvoll war er zu mir nicht, was?« sagte Fallow. »Wie ich sehe, scheint die ›Daily News‹ Zeit und Ort zu kennen.«

»Ja«, sagte Robert Corso, »aber Sie hatten die Sache jetzt zwei Tage exklusiv. Jetzt muß er auch die anderen Zeitungen ranlassen.« Er machte eine Pause. Sein hübsches, junges, von Krusellocken umrahmtes amerikanisches Gesicht sah mit einemmal melancholisch aus. »Aber Sie meinen, die Sache hier ist koscher, oder?«

»Oh, absolut«, sagte Fallow.

Corso meinte: »Dieser Henry Lamb ist – war – ist ein netter Junge. Musterschüler, kein Polizeiregister, er ist ruhig, die Nachbarn scheinen ihn zu mögen – kommt es Ihnen nicht auch so vor?«

»Oh, gar keine Frage«, sagte der Erfinder des Musterschülers. Reva kam zu ihnen. »Wir sind startklar. Sagen Sie einfach, wann.«

Robert Corso und Fallow sahen zu dem Gehweg hinüber, auf dem die drei Dutzend Demonstranten jetzt locker aufgereiht standen. Sie hatten sich die Stangen der Transparente wie Holzgewehre über die Schultern gelegt.

Corso fragte: »Ist Bacon bereit? Und Mrs. Lamb?«

Reva erwiderte: »Ja, sagen Sie mir oder Buck Bescheid. Reverend Bacon möchte nicht mit Mrs. Lamb runterkommen und bloß rumstehen. Aber er ist bereit.«

»Okay«, sagte Corso. Er drehte sich zu dem The-Live-1-Lkw um. »He, Frank! Seid ihr bereit?«

Aus dem Inneren des Lkw: »Gleich!«

Ein lautes Surren setzte ein. Aus dem Dach des Lastwagens tauchte ein silberfarbener Schaft, ein Zylinder auf. An der Spitze des Schafts war ein fluoreszierendes orangefarbenes Band oder Fahnentuch befestigt. Nein, es war ein Kabel, ein dick isoliertes Kabel, breit, aber flach, wie ein elektrischer Aal. Der grellorangefarbene Aal war in einer Spirale um den Schaft geschlungen. Der silbrige Schaft und die orangefarbene Spirale stiegen, stiegen, stiegen unentwegt weiter in die Höhe. Der Schaft bestand aus Segmenten wie ein Teleskop, und er stieg hoch, hoch, hoch, und der Lkw surrte und surrte und surrte.

Leute begannen aus den stillen Türmen der Siedlung zu strömen, die nicht mehr still waren. Ein brodelndes Geräusch, das Brodeln vieler Stimmen, stieg aus dem verdorrten Heideland auf. Da kamen sie, Männer, Frauen, Scharen von Jungen, kleine Kinder, deren Gesichter an der langsam in die Höhe steigenden orange-silbrigen Lanze und der bestrahlungsorangefarbenen Fahne hingen.

Jetzt war der Schaft mit dem darum herumgewickelten orangefarbenen Aal zweieinhalb Stockwerke hoch über der Straße angelangt. Die Straße und die Gehwege waren nicht mehr leer. Eine gewaltige, gutmütige Menge sammelte sich und wartete auf das Fest. Eine Frau schrie: »Robert Corso!« Channel 1! Der Kruselhaarige, der im Fernsehen sein würde!

Robert Corso sah zu den Demonstranten hinüber, die auf dem Gehweg ein sich träge bewegendes Oval gebildet hatten und zu marschieren begannen. Buck und Reva standen daneben. Buck hatte ein Megaphon in der Hand. Er hielt die Augen auf Robert Corso geheftet. Dann schaute Robert Corso zu seinen Leuten hinüber. Sein Kameramann stand zwei Meter von ihm entfernt. Die Kamera wirkte neben dem Lastwagen und dem ungeheuren Antennenschaft sehr klein, aber die Menge war gebannt von ihrem tiefen, tiefen, graustarigen Auge. Die Kamera lief überhaupt noch nicht, aber jedesmal wenn der Kameramann sich umdrehte, um mit dem Tontechniker zu reden, und das große Auge herumschwang, ging eine Bewegung durch die Menge, als hätte der Apparat seine eigene, unsichtbare kinetische Energie. Buck sah zu Robert Corso herüber und hob eine Hand, Handfläche nach oben, die fragte: Wann? Robert Corso zuckte mit den Achseln, und dann zeigte er mit dem Finger müde auf Buck. Buck hob das Megaphon an die Lippen und schrie: »Was wollen wir?«

»Gerechtigkeit!« riefen die drei Dutzend Demonstranten. Ihre Stimmen hörten sich vor der großen Menschenmenge und den Türmen der Siedlung und der pompösen Silberlanze von The Live 1 schrecklich dünn an.

»*Was kriegen wir?*«

»Ras-sen-haß!«

»*Was wollen wir?*«

»Ge-rech-tig-keit!« Sie waren etwas lauter, aber nicht viel.

»*Was kriegen wir?*«

»Ras-sen-haß!«

Eine Handvoll Jungen von zehn, elf Jahren schubsten und rempelten sich gegenseitig und lachten und drängelten, um in die Schußlinie der Kamera zu gelangen. Fallow stand seitlich ein ganzes Stück von dem Star, Robert Corso, entfernt, der sein Mikrofon in der Hand hielt, aber nichts sagte. Der Mann mit dem High-Tech-Horn bewegte sich näher an die ovale Schlange der Demonstranten heran, und die Menge wogte zur Antwort. Die Schilder und Transparente kamen nickend vorbei. WEISS-JUSTIZ IST WEISSE JUSTIZ ... LAMB: GESCHLACHTET DURCH GLEICHGÜLTIGKEIT ... BEFREIT JOHANNESBRONX ... SCHWULE FAUST STREITMACHT GEGEN RASSISMUS ... DAS VOLK RUFT: RACHE FÜR HENRY! ... KEINE AUSFLÜCHTE, ABE! ... WIR SCHWULEN UND LESBEN NEW YORKS FORDERN GERECHTIGKEIT FÜR UNSEREN BRUDER HENRY LAMB ... KAPITALISMUS + RASSISMUS = LEGALISIERTER MORD ... UNFALLFLUCHT-LÜGE FÜR DAS VOLK! ... HANDELT JETZT! ...

»*Was wollen wir?*«

»Ge-rech-tig-keit!«

»*Was kriegen wir?*«

»Rassenhaß!«

Buck drehte das Megaphon zur Menge. Er wollte, daß ihre Stimmen mit einstiegen.

»*Was wollen wir?*«

Keine Reaktion. Prächtig gelaunt sahen die Leute dem Spektakel zu.

Buck beantwortete seine eigene Frage: »*Ge-rech-tig-keit.*«

»*Was kriegen wir?*«

Nichts.

»*Ras-sen-haß!*«

»*Okay! Was wollen wir?*«

Nichts.

»*Brüder und Schwestern*«, sagte Buck, das rote Megaphon vor seinem Gesicht, »*unser Bruder, unser Nachbar, Henry Lamb, er wurde überfahren ... von einem Fahrer, der Unfallflucht beging ... und im Krankenhaus ... wird nichts für ihn getan ... und die Bullen und der Staatsanwalt ... wollen sich nicht damit abgeben ... Henry liegt im Sterben ... und ihnen ist das egal ... Henry ist ein Musterschüler ... und sie sagen: ›Na und?‹ ... Weil er arm ist, weil er aus der Siedlung kommt ... weil er schwarz ist ... Also, warum sind wir hier, Brüder und Schwestern? ... Um dafür zu sorgen, daß Chuck endlich das Richtige tut!*«

Das bewirkte ein bißchen anerkennendes Gelächter in der Menge.

»*Um Gerechtigkeit zu bekommen für unseren Bruder, Henry Lamb!*« fuhr Buck fort. »*Okay. Also, was wollen wir?*«

»Gerechtigkeit«, sagten Stimmen in der Menge.

»*Und was kriegen wir?*«

Lachen und Gaffen.

Das Lachen kam von einer Handvoll Jungen von zehn, elf Jahren, die sich gegenseitig schubsten und rempelten und sich nach einer Position genau hinter Buck drängten. Das würde sie in die direkte Schußlinie zum Auge der Kamera bringen, deren hypnotisierendes rotes Lämpchen jetzt brannte.

»Wer ist Chuck?« fragte Kramer.

»Chuck ist Charlie«, sagte Martin, »und Charlie ist Der Mann, und was Den Mann angeht, würde ich gern dieses große Arschloch dort in die Mache nehmen.«

»Seht ihr die Schilder da?« fragte Kramer. »›Weiss-Justiz ist weiße Justiz‹ und ›Keine Ausflüchte, Abe!‹?«

»Yeah.«

»Wenn sie das im Fernsehen zeigen, flippt Weiss verflucht noch mal aus.«

»Is schon ausgeflippt, wenn de mich fragst«, sagte Goldberg. »Seht euch diesen Scheißdreck an.«

Von dort, wo Kramer, Goldberg und Martin standen, wirkte die Szene auf der anderen Straßenseite wie ein merkwürdiges kleines Rundtheater. Das Stück handelte von den Medien. Unter der turmhohen Antenne eines Fernsehübertragungswagens marschierten drei Dutzend Gestalten, zwei Dutzend davon weiß, mit Schildern in einem kleinen Oval herum. Elf Leute, zwei davon schwarz, neun weiß, halfen ihnen, ihre dünnen Stimmen und ihre Filzstiftbotschaften einer Stadt von sieben Millionen nahezubringen: ein Mann mit einem Megaphon, eine Frau mit einer Einkaufstasche, ein kruselhaariger Fernsehansager, ein Kameramann und ein Tontechniker, die über Nabelschnüre mit dem Übertragungswagen verbunden waren, zwei Techniker, die hinter den offenen Schiebetüren des Wagens zu sehen waren, der Fahrer, zwei Pressefotografen und zwei Zeitungsreporter mit Notizbüchern in der Hand, von denen der eine immer noch ab und zu nach Backbord torkelte. Ein Publikum von zwei- oder dreihundert Seelen drängte sich dicht um sie herum und genoß das Spektakel.

»Okay«, sagte Martin, »wird Zeit, daß wir mit Zeugen reden.« Er ging langsam über die Straße auf die Menge zu.

»He, Marty«, sagte Goldberg. »Nimm's cool. Okay?«

Nahm Kramer die Worte aus dem Mund. Es war hier nicht die ideale Umgebung für den Versuch, der Welt irischen

Machismo vorzuführen. Er hatte die schreckliche Vision, Martin könne dem Mann mit dem Ohrring das Megaphon wegnehmen und es ihm vor den versammelten Bewohnern der Poe Towers um die Ohren hauen.

Die drei, Kramer, Martin und Goldberg, waren schon halb über die Straße weg, als die Demonstranten und die Menge plötzlich in Ekstase gerieten. Sie fingen an, regelrecht auf den Putz zu hauen. Buck bellte irgendwas in das Megaphon. Der High-Tech-Rüssel des Kameramanns schwenkte so herum und so herum. Von irgendwoher war eine hochgewachsene Gestalt aufgetaucht, ein Mann in einem schwarzen Anzug und einem irrsinnig steifen weißen Kragen und einer schwarzen Krawatte mit weißen Streifen. Bei ihm war eine kleine dunkelhäutige Frau, die ein schwarzes Kleid mit Seiden- oder Satinglanz trug. Es waren Reverend Bacon und Mrs. Lamb.

Sherman hatte den Marmorboden der Eingangshalle schon halb überquert, als er Judy in der Bibliothek sitzen sah. Sie saß in dem Ohrensessel, eine Zeitschrift im Schoß, und sah fern. Sie blickte ihn an. Was zeigte dieser Blick? Er zeigte Überraschung, nicht Wärme. Wenn sie ihm auch nur ein Zeichen von Wärme geben würde, er würde auf der Stelle zu ihr gehen und – ihr alles erzählen! Ach ja? Ihr was erzählen? Ihr erzählen ... wenigstens von der Katastrophe im Büro, davon, wie Arnold Parch mit ihm geredet und, schlimmer noch, ihn angesehen hatte! Die anderen auch! Als wenn ... Er vermied es, in Worte zu kleiden, was sie von ihm gedacht haben mußten. Sein Verschwinden, der Zusammenbruch des Projekts mit der goldgestützten Anleihe – und dann ihr auch das übrige erzählen? Hatte sie inzwischen einen Zeitungsartikel über einen Mercedes gelesen ... RF ... Aber es gab kein Zeichen von Wärme. Er sah nur Überraschung. Es war 18 Uhr. Er war schon lange nicht mehr so zeitig nach Hause gekommen ... Es lag nur Überraschung in diesem traurigen, mageren Gesicht mit der Frisur aus glattem braunem Haar.

Er ging auf sie zu. Er wollte sowieso in die Bibliothek. Er würde sich in den anderen Sessel setzen und ebenfalls fernsehen. Darüber hatten sie sich stillschweigend verständigt. Beide konnten sie zusammen in der Bibliothek sitzen und lesen oder fernsehen. Auf die Weise führten sie, wenigstens im Interesse Campbells, den erstarrten Ritus durch, eine Familie zu sein, ohne daß sie miteinander sprechen mußten.

»Daddy!«

Er drehte sich um. Campbell kam aus der Tür, die in die Küche führte, auf ihn zu. Ein siegreiches Lächeln lag auf ihrem Gesicht. Es brach ihm fast das Herz.

»Hallo, Schätzchen.« Er steckte die Hände unter ihre Achseln, hob sie vom Boden hoch und schlang seine Arme um sie. Sie legte ihm die Arme um den Hals und die Beine um die Taille und sagte: »Daddy! Rate mal, was ich gemacht habe!«

»Was denn?«

»Ein Kaninchen.«

»Tatsächlich? Ein Kaninchen?«

»Ich zeige es dir.« Sie begann zu zappeln, um auf den Boden zu gelangen.

»Du zeigst es mir?« Er wollte ihr Kaninchen nicht sehen, nicht jetzt, aber die Pflicht, begeistert zu erscheinen, behielt die Oberhand. Er ließ sie zu Boden gleiten.

»Komm mit!« Sie nahm ihn bei der Hand und begann mit gewaltiger Kraft zu ziehen. Sie zog ihn aus dem Gleichgewicht.

»He! Wo gehen wir denn hin?«

»Komm mit! Es ist in der Küche!« Sie zerrte ihn in Richtung Küche und lehnte sich dabei so weit vor, daß fast das ganze Gewicht ihres Körpers an seiner Hand hing, die ihre Hände hielt.

»He! Paß auf! Du fällst gleich hin, Liebchen.«

»*Komm ... mit!*« Er schlingerte hinter ihr her, in der Zwickmühle zwischen seinen Ängsten und seiner Liebe zu einer Sechsjährigen, die ihm ein Kaninchen zeigen wollte.

Die Tür führte in einen kurzen Flur voller Schränke und

dann in den Anrichteraum, der mit Glasschränken voller funkelnder Reihen Kristall und mit Chromstahlbecken gesäumt war. Die Vitrinen mit ihren Rundstabverzierungen, Sprossen, Mittelpfosten, Kranzleisten – er konnte sich nicht an alle Begriffe erinnern – hatten ihn Tausende gekostet ... *Tausende* ... Die *Leidenschaft*, die Judy in diese ... Dinge ... investiert hatte ... Die Art und Weise, wie sie beide Geld ausgegeben hatten ... Geld geblutet ...

Und jetzt waren sie in der Küche. Noch mehr Glasschränke, Kranzleisten, Chromstahl, Kacheln, Punktstrahler, die Sub-Zero-Kühltruhe, der Vulcan-Herd – alles vom Besten, was Judy mit ihrer endlosen Sucherei auftreiben konnte, alles unendlich teuer, geblutet und geblutet ... Bonita stand an dem Vulcan-Herd.

»Hi, Mr. McCoy.«

»Hallo, Bonita.«

Lucille, das Dienstmädchen, saß auf einem Hocker an einer Arbeitsfläche und trank eine Tasse Kaffee.

»Mr. McCoy.«

»Ach? Hallo, Lucille.« Er hatte sie eine Ewigkeit nicht mehr gesehen; war nie zeitig genug zu Hause gewesen. Er sollte etwas zu ihr sagen, da es schon so lange her war, aber ihm fiel nichts ein, außer, wie traurig alles sei. Sie verrichteten ihre gewohnten Arbeiten, fest im Glauben, daß alles so sei, wie es immer war.

»Da drüben, Daddy.« Campbell zog ihn beharrlich weiter. Sie wollte nicht, daß er abgelenkt würde, indem er mit Bonita und Lucille sprach.

»Campbell!« sagte Bonita. »Du deinen Daddy nicht so ziehen!« Sherman lächelte und kam sich irgendwie unfähig vor. Campbell ignorierte sie. Dann hörte sie auf zu ziehen.

»Bonita wird es für mich backen. Damit's hart wird.«

Da war das Kaninchen. Es lag auf einem Tisch mit einer weißen Formica-Platte. Sherman staunte. Er konnte es kaum glauben.

Es war aus Ton geformt und ein erstaunlich gelungenes Kaninchen. Es war zwar primitiv ausgeführt, aber der Kopf war zur einen Seite geneigt, und die Ohren waren in ausdrucksvollen Winkeln angesetzt, und die Beine waren zu einer unkonventionellen Haltung gespreizt, wie halt Kaninchen liefen, und die Bildung und Proportion der Läufe war hervorragend. Das Tier wirkte erschreckt.

»Liebling! Das hast du gemacht?«
Sehr stolz: »Ja.«
»Wo?«
»In der Schule.«
»Du ganz allein?«
»Ja. Fürs wirkliche Leben.«
»Also, Campbell – das ist ein wunderschönes Kaninchen! Ich bin sehr stolz auf dich! Du bist so begabt!«
Sehr schüchtern: »Ich weiß.«
Ganz plötzlich hätte er am liebsten geweint. Ein erschrecktes Häschen. Wenn man überlegte, was es hieß, in dieser Welt sich *wünschen* zu können, ein Kaninchen zu formen, und es dann in aller Unschuld zu *tun,* voller Vertrauen, daß die Welt es voll Liebe und Zärtlichkeit und Bewunderung entgegennehmen werde – wenn man überlegte, was sie im Alter von sechs Jahren *voraussetzte,* daß dies nämlich das Wesen der Welt sei und daß Mommy und Daddy – ihr *Daddy!* – dafür sorgten, daß es so war, und natürlich nie zulassen würden, daß sich das änderte.

»Laß es uns Mommy zeigen«, sagte er.
»Sie hat es schon gesehen.«
»Ich wette, es hat ihr gefallen.«
Die sehr schüchterne Stimme: »Ich weiß.«
»Komm, wir gehen beide und zeigen es ihr.«
»Bonita muß es backen. Damit es hart wird.«
»Gut, ich möchte aber zu Mommy gehen und ihr sagen, wie gut es *mir* gefallen hat.« Mit gespielter Begeisterung hob er

Campbell hoch und warf sie sich über die Schulter. Sie fand es ungeheuer ulkig.

»Daddy!«

»Campbell, du wirst allmählich wirklich *groß!* Bald werde ich dich nicht mehr tragen können wie einen Mehlsack. Ducken! Wir gehen durch die Tür.«

Unter viel Gekicher und Gezappel trug er sie über den Marmorfußboden in die Bibliothek. Judy hob gereizt den Blick.

»Campbell, bring Daddy nicht immer dazu, daß er dich trägt. Du bist zu groß dafür.«

Mit leisem Trotz: »Ich *habe* Daddy nicht dazu gebracht.«

»Wir haben bloß gespielt«, sagte Sherman. »Hast du Campbells Kaninchen gesehen? Ist es nicht wunderschön?«

»Ja. Es ist hübsch.« Sie wandte den Kopf wieder dem Fernseher zu.

»Ich bin *wirklich beeindruckt.* Ich glaube, wir haben da ein außerordentlich begabtes kleines Mädchen.«

Keine Antwort.

Sherman ließ Campbell von seiner Schulter herabgleiten und nahm sie in seine Arme, als wäre sie ein Baby, dann setzte er sich in den Sessel und nahm sie auf den Schoß. Campbell rutschte herum, um es sich bequemer zu machen, und kuschelte sich an ihn, und er legte seine Arme um sie. Sie schauten auf das Fernsehbild.

Die Nachrichten liefen. Die Stimme eines Ansagers. Ein Gewirr schwarzer Gesichter. Ein Transparent: HANDELT JETZT!

»Was machen die da, Daddy?«

»Es sieht aus wie eine Demonstration, Liebchen.«

Wieder ein Transparent: WEISS-JUSTIZ IST WEISSE JUSTIZ. *Weiss?*

»Was ist eine Demonstration?« Campbell setzte sich in seinem Schoß auf und sah ihn an, während sie ihm die Frage stellte, womit sie ihm den Blick auf den Bildschirm nahm. Er versuchte, um sie herumzugucken.

»Was ist eine Demonstration?«

Zerstreut und bemüht, wenigstens mit einem Auge auf der Mattscheibe zu bleiben: »Äh ... das ist eine – manchmal, wenn die Leute über irgendwas wütend werden, machen sie sich Schilder und marschieren damit herum.«

UNFALLFLUCHT – LÜGE FÜR DAS VOLK!
Unfallflucht!

»Über was werden sie wütend?«

»Moment mal, Liebchen.«

»Über was werden sie wütend, Daddy?«

»Über fast alles.« Sherman lehnte sich jetzt weit nach links, um das Fernsehbild zu sehen. Er mußte Campbell fest um die Taille fassen, damit er sie nicht von seinem Schoß warf.

»Aber über was?«

»Na, gucken wir mal.«

Campbell kehrte den Kopf dem Fernseher zu, drehte sich aber sofort wieder um. Da redete bloß irgendein schwarzer Mann, sehr groß, der ein schwarzes Jackett und ein weißes Hemd und eine gestreifte Krawatte trug, und neben ihm stand eine magere schwarze Frau in einem dunklen Kleid. Hinter ihnen drängte sich eine riesige Menge schwarzer Gesichter. Jungen mit grinsenden Gesichtern reckten sich hinter den beiden nach vorne und starrten in die Kamera.

»Wenn ein junger Mann wie Henry Lamb«, sagte der Mann, »ein Musterschüler, ein hervorragender junger Mann, wenn ein junger Mann wie Henry Lamb mit einer akuten Gehirnerschütterung ins Krankenhaus kommt, und man behandelt ihn auf ein gebrochenes Handgelenk ... versteht ihr ... wenn seine Mutter der Polizei und dem Staatsanwalt eine Beschreibung des Wagens gibt, der ihn überfahren hat, eine Beschreibung des Wagens ... versteht ihr ... und sie tun nichts, sie verschleppen die Sache ...«

»Daddy, komm, wir gehen wieder in die Küche. Bonita wird mein Kaninchen backen.«

»Gleich ...«

»... unseren Leuten: ›Es ist uns egal. Eure jungen Menschen, eure Musterschüler, eure Hoffnungen zählen nicht, sie haben überhaupt keine Bedeutung‹ ... versteht ihr ... Das ist die Botschaft. Aber uns ist es nicht egal, und wir werden nicht ruhen, und wir werden nicht still sein. Wenn die Mächtigen nichts tun wollen ...«

Campbell rutschte von Shermans Schoß, packte mit beiden Händen sein rechtes Handgelenk und zog daran. »Komm, Daddy.«

Das Gesicht der mageren schwarzen Frau füllte den Bildschirm. Tränen rollten ihr über die Wangen. Ein kruselhaariger junger Weißer war auf dem Bildschirm und hielt sich ein Mikrofon an die Lippen. Ein ganzer Kosmos schwarzer Gesichter war hinter ihm und noch mehr Jungen, die in die Kamera Grimassen schnitten.

»... die bisher nicht identifizierte Mercedes-Benz-Limousine mit einem Kennzeichen, das mit RE, RF, RB oder RP beginnt. Und so, wie Reverend Bacons Ansicht nach diese Gemeinde von den Behörden eine Botschaft erhält, hat die Gemeinde eine Botschaft für die Behörden. ›Wenn ihr keine umfassende Untersuchung startet, machen wir sie selber.‹ Ich bin Robert Corso, The Live 1, aus der Bronx.«

»Daddy!« Sie zog ihn so fest an der Hand, daß der Sessel sich zur Seite neigte.

»RF?« Judy hatte den Kopf herumgedreht und sah Sherman an. »*Unseres* beginnt doch mit RF, oder?«

Jetzt! Erzähl's ihr!

»Daddy! Komm mit! Ich will das Kaninchen backen!«

Es war keine Interessiertheit in Judys Gesicht. Sie war nur über den Zufall erstaunt; so erstaunt, daß sie eine Unterhaltung begonnen hatte.

Jetzt!

»Daddy, komm doch!«

Kümmer dich drum, daß das Kaninchen gebacken wird.

14
Ich weiß nicht, wie man lügt

Sherman erwachte aus einem Traum, an den er sich nicht erinnern konnte, während sein Herz noch immer gegen die Wand seines Brustkorbs hämmerte. Es war die Säuferstunde, jene Stunde mitten in der Nacht, in der Trinker und Schlaflose plötzlich aufwachen und wissen, es ist alles vorbei, dieses plötzliche Schwinden des Schlafes. Er widerstand dem Drang, auf die beleuchtete Uhr am Radio auf dem Nachttisch zu sehen. Er wollte nicht wissen, wie viele Stunden er hier würde liegen und mit diesem Fremden kämpfen müssen, seinem Herz, das sich verzweifelt mühte, in irgendein weit weit weit weit weit weit weit weit weit entferntes Kanada zu entfliehen.

Die Fenster zur Park Avenue und zu der Seitenstraße waren geöffnet. Zwischen Fensterbänken und Rolläden sah man einen Streifen purpurner Finsternis. Er hörte ein Auto, ein einsames Auto, an einer Ampel losfahren. Dann hörte er ein Flugzeug. Kein Jet, sondern ein Flugzeug mit Propeller. Der Motor setzte aus. Es stürzte ab! Dann hörte er es wieder, wie es über New York hinwegdröhnte und -brummte. Wie merkwürdig ...

... mitten in der Nacht. Seine Frau schlief, einen halben Meter entfernt, auf der anderen Seite der Berliner Mauer und atmete regelmäßig ... ahnungslos ... Sie lag von ihm abgewandt, auf der Seite, die Knie angezogen. Wie schön wäre es, sich an sie heranzurollen, die Knie in ihre Knickehlen zu betten und den Brustkorb gegen ihren Rücken zu pressen. Früher einmal konnten sie ... früher, als sie sich so nahe waren ... da konnten sie das tun, ohne einander aufzuwecken ... mitten in der Nacht.

Das konnte nicht wahr sein! Es gab für diese Leute keine Möglichkeit, durch diese Mauern in sein Leben einzudringen! Der aufgeschossene, magere Junge, die Zeitungen, die Polizei ... in der Säuferstunde.

Seine geliebte kleine Tochter schlief am anderen Ende des Korridors. Die liebe Campbell. Ein glückliches kleines Mädchen – ahnungslos! Ein Nebel senkte sich auf seine weit offenen Augen.

Er starrte an die Decke und versuchte, sich zum Wiedereinschlafen zu überlisten. Er dachte an ... andere Dinge ... Das Mädchen, das er damals im Speisesaal des Hotels in Cleveland kennengelernt hatte ... die nüchtern-geschäftsmäßige Art, wie sie sich vor ihm auszog ... im Gegensatz zu Maria ... die dies und jenes tat, glutrot vor ... *Lust!* ... Die Lust hatte ihn in die Sache hineingezogen ... in die Eingeweide der Bronx, der aufgeschossene, magere Junge ... Weg ist er –

Es gab keine *anderen* Dinge. Alles war mit diesen Dingen verknüpft, und er lag da, während sie in seinem Inneren in entsetzlichen Bildern aufflackerten ... Die entsetzlichen Gesichter auf dem Bildschirm, Arnold Parchs langweiliges Gesicht mit seinem entsetzlichen Versuch, hart zu erscheinen ... Bernard Levys ausweichende Stimme ... der Blick auf Muriels Gesicht, als wüßte sie, daß er jetzt einen schrecklichen Makel trug und kein Olympier bei Pierce & Pierce mehr war ... Geld blutend ... Sicher waren das Träume! Seine Augen waren weit offen, starrten auf die purpurne Dunkelheit dort, wo die Rolläden einen Spaltbreit über dem Fensterbrett endeten ... mitten in der Nacht, voller Angst vor dem ersten Licht der Morgendämmerung.

Er stand früh auf, brachte Campbell zur Bushaltestelle, kaufte sich an der Lexington Avenue die Zeitungen und nahm ein Taxi zu Pierce & Pierce. In der »Times« ... nichts. In der »Post« ... nichts. In der »Daily News« nur ein Foto und ein kurzer Text dazu. Das Foto zeigte Demonstranten und eine

Menschenmenge. Auf einem Transparent im Vordergrund stand Weiss-Justiz ist weisse Justiz. In zwei Stunden ... würde »The City Light« an den Kiosken sein.

Es war ein ruhiger Tag bei Pierce & Pierce, wenigstens für ihn. Er erledigte seine Routinetelefonate mit Prudential, Morgan Guaranty, Allen & Company ... »The City Light« ... Felix war drüben auf der anderen Seite des Saales. Selbst der Versuch, ihn noch einmal einzuspannen, wäre zu entwürdigend ... Kein Wort von Arnold Parch oder sonst jemandem. *Stellen sie mich kalt?* ... »The City Light« ... Er würde Freddy anrufen und ihn bitten, die Zeitung zu kaufen. Freddy konnte sie ihm vorlesen. Er rief Freddy an, aber der war zu einem Termin unterwegs. Er rief Maria an; nirgendwo zu finden ... »The City Light« ... Er hielt es nicht mehr aus. Er würde nach unten fahren, sich die Zeitung kaufen, sie im Foyer lesen und zurückkommen. Gestern hatte er sich unerlaubt von der Truppe entfernt, als die Emission hereinkam. Er hatte Millionen – *Millionen!* – mit den goldgestützten Anleihen verloren. Wieviel schlimmer konnte da ein Vergehen mehr es noch machen? So gelassen wie möglich schlenderte er durch den Börsensaal zu den Aufzügen. Niemand schien es zu bemerken. (Niemanden kümmerte es mehr!)

Am Zeitungsstand unten im Foyer blickte er nach links und rechts, ehe er sich »The City Light« kaufte. Er trat hinter eine dicke rosafarbene Marmorsäule. Sein Herz hämmerte. Wie bitter! Wie seltsam! Jeden Tag in *persönlicher Angst* vor den Zeitungen New Yorks zu leben! Nichts auf der Titelseite ... oder Seite zwei oder Seite drei ... Es stand auf Seite fünf, ein Foto und ein Artikel von diesem Individuum, Peter Fallow. Das Foto zeigte die weinende schlanke dunkelhäutige Frau, während der hochgewachsene Schwarze in dem Anzug sie tröstete. Bacon. Im Vordergrund sah man Transparente. Der Artikel war nicht lang. Er überflog ihn ... »Wut der Gemeinde« ... »Luxuswagen« ... »weißer Fahrer« ... Keine klare Angabe, was die Polizei gerade tat. Am Ende des Artikels war ein Kästchen, in dem stand: »Leitartikel Seite sechsunddreißig.« Sein Herz begann wieder zu rasen. Seine Finger zitterten, als er sich zur Seite sechsunddreißig durchwühlte ... Da, über der Kolumne des Leitartikels die Überschrift: LASCHE JUSTIZ.

Am Montag startete Peter Fallow von »The City Light« die tragische Geschichte von Henry Lamb, dem Schüler aus der Bronx, der bei einem Unfall mit Fahrerflucht lebensgefährlich verletzt – und einfach liegengelassen wurde wie irgendein Stück Dreck in einer vermüllten Großstadt.
Sicher, juristisch gesehen ist Henry Lamb kein einfacher Fall. Aber er hat auch kein einfaches Leben gehabt. Es gelang ihm, das Schlimmste zu überstehen, was eine Jugend in einem Sozialbauprojekt der Stadt ihm antun konnte – einschließlich der Ermordung seines Vaters durch einen Straßenräuber –, und er erhielt ein hervorragendes Zeugnis an der Ruppert High School. Er wurde niedergestreckt auf der Schwelle zu einer glänzenden Zukunft.
Henry Lamb und den vielen anderen rechtschaffenen Menschen, die entschlossen sind, es in den weniger wohlhabenden Vierteln unserer Stadt gegen die Übermacht aufzunehmen, genügt unser Mitleid nicht. Sie müssen wissen, daß ihre Hoffnungen und Träume für die Zukunft von ganz New York von Bedeutung sind. Wir fordern eine energische Untersuchung aller Winkel und Ecken im Fall Lamb.

Er war entsetzt. Die Sache wuchs sich zu einem Kreuzzug aus. Er starrte auf die Zeitung. Sollte er sie aufheben? Nein, besser, wenn er sich nicht mit ihr sehen ließ. Er blickte sich nach einem Papierkorb oder einer Bank um. Nichts. Er klappte die Zeitung zu, faltete sie zusammen und ließ sie hinter der Säule auf den Boden fallen, dann eilte er zurück zu den Aufzügen.

Sein Mittagessen nahm er am Schreibtisch ein, ein Sandwich und Orangensaft, um möglichst fleißig zu erscheinen. Er war furchtbar nervös und entsetzlich müde. Er konnte das Sandwich nicht aufessen. Schon am frühen Nachmittag spürte er das überwältigende Verlangen, die Augen zu schließen. Sein Kopf fühlte sich so schwer an ... Ein beginnender Kopfschmerz hatte seine Stirn fest im Griff. Er fragte sich, ob er wohl eine Grippe bekomme. Er sollte Freddy Button anrufen. Aber er war so müde. In dem Moment klingelte sein Telefon. Es war Freddy.

»Komisch, ich wollte dich gerade anrufen. Heute stand so ein verfluchter Leitartikel drin, Freddy.«

»Ich weiß. Ich habe ihn gelesen.«

»Du hast ihn gelesen?«

»Ich lese alle vier Zeitungen. Hör zu, Sherman, ich habe mir die Freiheit genommen, Tommy Killian anzurufen. Warum gehst du nicht mal zu ihm? Er sitzt in der Reade Street. Es ist nicht weit von dir, gleich an der City Hall. Ruf ihn an.« Mit seiner belegten Raucherstimme nannte er eine Telefonnummer.

»Es sieht wohl nicht so rosig aus«, sagte Sherman.

»Das ist es nicht. An dem, was ich gelesen habe, ist nichts von substantieller Bedeutung. Es ist nur so, daß die Sache eher eine politische Färbung annimmt, und Tommy hat dafür sicher ein gutes Rezept.«

»Okay. Danke, Freddy. Ich rufe ihn an.«

Ein Ire in der Reade Street mit Namen Tommy Killian.

Er rief ihn nicht an. Er hatte solche Kopfschmerzen, daß er die Augen schloß und sich die Schläfen mit den Fingerspitzen massierte. Punkt 17 Uhr, zum offiziellen Dienstschluß, ging er. Das gehörte sich nicht. Das Ende des Börsentages war für die Masters of the Universe der Beginn der zweiten Tageshälfte.

Das Ende des Börsentages war wie das Ende einer Schlacht. Nach 17 Uhr kümmerten sich die Masters of the Universe um die Dinge, mit denen Leute in anderen Geschäftszweigen ihren ganzen Tag zubrachten. Sie errechneten das »Nettonetto«, das heißt, den tatsächlichen Gewinn und Verlust des Tages. Sie überprüften die Märkte, überprüften Strategien, diskutierten Personalprobleme, untersuchten neue Emissionen und erledigten die gesamte Lektüre der Finanzpresse, was während der Schlacht des Tages verboten war. Sie erzählten einander Kriegsgeschichten und klopften sich auf die Brust und jodelten, wenn sie es verdienten. Das einzige, was man *niemals* tat, war, einfach heimzugehen zu Weib und Kindern.

Sherman ließ Muriel einen Wagen beim Autoservice bestellen. Er forschte in ihrem Gesicht nach Anzeichen dafür, daß er der Gnade verlustig gegangen sei. Nichts.

Vor dem Gebäude stand die Straße in Vierer- und Fünferreihen mit Wagen der Autoservices voll, und weiße Männer in Straßenanzügen drängten zwischen ihnen herum, die Köpfe gesenkt, mit zusammengekniffenen Augen nach ihrer Nummer suchend. Der Name des Autoservice und die Nummer des Wagens hingen immer in einem Seitenfenster. Pierce & Pierce benutzten eine Firma namens Tango. Alles Oldsmobile- und Buick-Limousinen. Pierce & Pierce bestellten pro Tag drei- bis vierhundert Fahrten zu einem Durchschnittspreis von $ 15. Irgendein cleverer Teufel bei Tango, wer immer die Firma auch besaß, holte allein bei Pierce & Pierce $ 1 Million pro Jahr heraus. Sherman sah sich nach Tango 278 um. Er wanderte in dem Meer der Limousinen herum, wobei er gelegentlich gegen Leute prallte, die genauso aussahen wie er, Köpfe gesenkt, die Augen zusammengekniffen ... dunkelgraue Anzüge ... »'tschuldigung« ... »'tschuldigung« ... Die neue Rush-hour! In alten Filmen vollzog sich die Wall-Street-Rush-hour allein auf den U-Bahnen ... *U-Bahnen?* ... hinunter mit ... denen? ... *Isoliere dich!* ... Heute ... wandern, wandern ... inmitten von Limousinen ... blinzeln, blinzeln ... 'tschuldigung, 'tschuldigung ... Endlich fand er Tango 278.

Bonita und Lucille waren überrascht, als sie ihn um halb sechs die Wohnung betreten sahen. Er fühlte sich nicht wohl genug, um vergnügt zu klingen. Judy und Campbell waren nicht zu Hause. Judy war mit ihrer Tochter zu einer Geburtstagsparty an der West Side gefahren. Sherman schleppte sich müde die große geschwungene Treppe hinauf. Er ging ins Schlafzimmer und legte das Jackett und die Krawatte ab. Ohne die Schuhe auszuziehen, streckte er sich auf dem Bett aus. Er schloß die Augen. Er fühlte, wie alles Denken von ihm abfiel ... abfiel. Es war unerträglich schwer, das Denken.

Mister McCoy. Mister McCoy.
Bonita stand vor ihm. Er konnte sich nicht denken, warum.
»Ich nicht stören will«, sagte sie. »Der Portier, er sagen, zwei Männer von der Polizei unten.«
»Was?«
»Der Portier, er sagen ...«
»Unten?«
»Ja. Er sagen, von der Polizei.«
Sherman stemmte sich auf einen Ellenbogen hoch. Da waren seine Beine, auf dem Bett ausgestreckt. Er konnte sich nicht denken, warum. Es mußte morgens sein, aber er hatte seine Schuhe an. Bonita stand vor ihm. Er rieb sich sein Gesicht.
»Also ... sagen Sie ihnen, ich bin nicht da.«
»Der Portier, er schon sagen, Sie hier.«
»Was wollen sie denn?«
»Weiß nicht, Mr. McCoy.«
Eine sanfte, blasse Dämmerung. War es das Morgengrauen? Er fühlte sich wie im Halbschlaf. Er hatte das Gefühl, als seien seine Nervenbahnen blockiert. Absolut kein Anhaltspunkt. Bonita; die Polizei. Die Panik setzte ein, noch ehe er die Gründe klar erkennen konnte.
»Wie spät ist es?«

»Sechs Uhr.«

Er blickte wieder auf seine Beine, auf seine Schuhe. Muß sechs Uhr abends sein. Kam um halb sechs nach Hause. Bin eingeschlafen. Immer noch ausgestreckt ... vor Bonita. Ein Gefühl des Anstands, wenigstens das, ließ ihn die Beine vom Bett herunternehmen und sich auf die Kante setzen.

»Was ich ihm sagen, Mr. McCoy?«

Sie meinte sicher den Portier. Er kam nicht ganz dahinter. Sie waren unten. Zwei Polizisten. Er saß auf seiner Bettkante und versuchte, zu sich zu kommen. Zwei Polizisten waren unten beim Portier. Was sollte er sagen?

»Sagen Sie ihm ... sie werden einen kleinen Moment warten müssen, Bonita.«

Er stand auf und ging auf das Badezimmer zu. So wacklig, so steif; sein Kopf tat weh; in seinen Ohren rauschte es. Das Gesicht im Badezimmerspiegel hatte das edle Kinn, war aber zerknautscht und erschöpft und verfallen. Sein Hemd war zerknittert und aus der Hose gerutscht. Er spritzte sich Wasser ins Gesicht. Ein Tropfen hing von seiner Nasenspitze herab. Er trocknete sich das Gesicht mit einem Gästetuch. Wenn er nur denken könnte. Aber es war alles blockiert. Es war alles neblig. Wenn er sich weigerte, mit ihnen zu sprechen, und wenn sie wußten, daß er da war, und das wußten sie, würden sie sicher Verdacht schöpfen, nicht wahr? Aber wenn er mit ihnen spräche und sie ihn fragten – wonach? Er versuchte sich das vorzustellen ... Er konnte sich nicht darauf konzentrieren. Ganz gleich, was sie fragen ... er weiß es nicht ... Nein! Er kann es nicht darauf ankommen lassen! Darf nicht mit ihnen sprechen! Aber was hatte er Bonita gesagt? »Sie werden warten müssen« – was ja wohl hieß, ich *will* sie sprechen, aber sie werden einen kleinen Moment warten müssen.

»Bonita!« Er ging ins Schlafzimmer zurück, aber sie war nicht mehr da. Er ging hinaus in die Halle. »Bonita!«

»Hier unten, Mr. McCoy.«

Von der Galerie aus sah er sie am Fuß der Treppe stehen. »Sie haben noch nicht zum Portier hinuntergerufen, oder?«

»Ja, ich anrufen. Ich ihm sagen, sie müssen warten.«

Scheiße. Das hieß, er würde mit ihnen sprechen. Zu spät, einen Rückzieher zu machen. Freddy! Er würde Freddy anrufen! Er ging wieder ins Schlafzimmer, zum Telefon neben dem Bett. Er rief Freddys Büro an. Keine Antwort. Er rief die Zentrale von Dunning Sponget an und fragte nach ihm; nach einer – wie ihm schien – endlosen Warterei wurde ihm gesagt, er sei weggegangen. Ihn zu Hause anrufen. Wie lautete die Nummer? Im Adreßbuch, unten in der Bibliothek.

Er rannte die Treppe hinunter – bemerkte, daß Bonita noch immer in der Eingangshalle stand. Darf vor ihr nicht nervös erscheinen. Zwei Polizisten unten beim Portier. Ging über den Marmorboden in einem Tempo, das eventuell als ruhig durchgehen mochte.

Er hatte das Adreßbuch in einem Bücherregal hinter dem Schreibtisch. Seine Finger zitterten, als er die Seiten umblätterte. B. Das Telefon – es stand nicht auf dem Schreibtisch. Jemand hatte es auf dem Beistelltisch neben dem Ohrensessel stehenlassen. Eine *Unerhörtheit.* Er eilte um den Schreibtisch herum zu dem Sessel. Die Zeit raste. Er wählte Freddys Nummer. Ein Dienstmädchen war dran. Buttons sind essen gegangen. Scheiße. Was jetzt? Die Zeit raste, raste, raste. Was würde der Löwe tun? Eine Familie, in der die Zusammenarbeit mit den Behörden automatisch geschah. Es konnte nur einen Grund geben, nicht behilflich zu sein: Man hatte etwas zu verbergen. Natürlich würden sie das sofort entdecken, weil man nicht behilflich war. Wenn nur ...

Er verließ die Bibliothek und ging wieder in die Eingangshalle hinaus. Bonita stand immer noch da. Sie sah ihn sehr gespannt an – und das gab den Ausschlag. Wollte nicht erschreckt oder entschlußlos vor dem Personal erscheinen. Wollte nicht wie jemand erscheinen, der in Schwierigkeiten ist.

»Na schön, Bonita.« Er versuchte, sich wie jemand zu geben, der bereits gelangweilt ist und einer weiteren Zeitverschwendung entgegensieht. »Welcher Portier ist heute abend da? Eddie?«

»Eddie.«

»Sagen Sie ihm, er soll sie raufschicken. Lassen Sie sie hier warten. Ich bin gleich wieder unten.«

Er stieg sehr bedächtig die Treppe nach oben. Als er oben den Korridor erreicht hatte, rannte er ins Schlafzimmer. Was er im Spiegel sah, war jemand, der sehr erschöpft und zerknittert wirkte. Er hob das Kinn. Das half. Er würde stark sein. Er würde nicht den Kopf verlieren. Er würde ... er gestattete sich den Ausdruck ... ein Master of the Universe sein.

Wie sollte er sich präsentieren? Sollte er sein Jackett und die Krawatte wieder anlegen? Er hatte ein weißes Hemd an, die Hosen eines grauen, mattglänzenden Kammgarnanzugs und ein Paar schwarze Schuhe mit Kappen an den Spitzen. Mit Schlips und Jackett würde er schrecklich nach Wall Street, schrecklich konservativ aussehen. Das würden sie vielleicht übelnehmen. Er eilte in das andere Schlafzimmer, das zu seinem Ankleidezimmer umfunktioniert worden war, nahm ein Tweedjackett mit Karomuster aus dem Schrank und schlüpfte hinein. Die Zeit raste vorbei, raste vorbei. Sehr viel zwangloser, entspannter; ein Mann in seinem eigenen Zuhause, vollkommen entspannt. Aber das weiche Tweedjackett paßte nicht zu der glatten Hose. Außerdem ... ein Sportsakko ... *Sport* ... Ein junger Nichtsnutz, der wilde Fahrten in einem Sportwagen unternimmt ... Er zog das Tweedjackett wieder aus, warf es auf die Chaiselongue und rannte zurück ins Schlafzimmer. Sein Anzugsakko und die Krawatte lagen über einen Polsterstuhl geworfen. Er band sich die Krawatte um und zog sie zu einem festen Knoten nach oben. Die Zeit raste vorbei, raste vorbei. Er zog das Sakko an und knöpfte es zu. Er hob sein Kinn und spannte die Schultern. Wall Street. Er ging ins Bad und bürstete das Haar nach hinten. Wieder hob er sein Kinn. Sei stark. Ein Master of the Universe.

Er eilte durch den Korridor zurück, dann verlangsamte er den Schritt, als er sich der Treppe näherte. Er stieg mit langsamem Schritt die Treppe nach unten und versuchte daran zu denken, daß er sich gerade hielt.

Sie standen mitten auf dem Marmorboden, zwei Männer und Bonita. Wie seltsam ihm das alles vorkam! Die beiden Männer standen mit leicht gespreizten Beinen da, und Bonita hielt sich ungefähr zwei Meter abseits, als wären die Männer ihre kleine Herde. Sein Herz hatte einen ziemlichen Zahn drauf.

Der größere von den beiden sah aus wie ein großer Fleischklumpen in Kleidern. Seine Anzugjacke stand von seinem Ringerbauch ab wie Pappe. Er hatte ein dickes, dunkles Gesicht, ein mediterranes Gesicht, nach Shermans Dafürhalten, und einen Schnurrbart, der nicht zu seinem Haar paßte. Der Schnurrbart kräuselte sich zu beiden Seiten des Mundes nach unten, ein Stil, der einem Börsenmakler von Pierce & Pierce sofort meldete: Unterschicht. Dieser Mann starrte Sherman an, als er die Treppe herunterkam, aber der andere, der kleinere, nicht. Er trug ein Sportjackett und die Sorte brauner Hosen, wie sie eine Ehefrau als dazu passend aussuchen würde. Er sah sich die Eingangshalle an wie ein Tourist ... den Marmor, den Handschuhkasten aus Eibenholz, die aprikosenfarbene Seide an den Wänden, die Thomas-Hope-Stühle, Judys perfekte, kleine Dinge für Zigtausende hingebluteter Dollars ... Die Nase des Mannes war groß, aber Kinn und Kiefer waren schwächlich. Er hielt den Kopf zu einer Seite geneigt. Er sah aus, als hätte ihn irgendeine riesige Kraft an der einen Seite des Kopfes getroffen. Dann drehte er seinen krummen Blick Sherman zu. Sherman bemerkte sein Herzklopfen und das Geräusch, das seine Schuhe machten, als er über den Marmor schritt. Er hielt das Kinn oben und setzte ein freundliches Lächeln auf.

»Meine Herren, womit kann ich Ihnen behilflich sein?« Er

sah den Dicken an, als er das sagte, aber es war der Kleine, der Schiefäugige, der antwortete.

»Mr. McCoy? Ich bin Detective Martin, und das ist Detective Goldberg.«

Sollte er ihnen die Hand geben? Könnte er ja tun. Er streckte die Hand aus, und der Kleine nahm sie und dann der Große. Es schien ihnen peinlich zu sein. Ihr Händedruck war nicht sehr fest.

»Wir untersuchen einen Autounfall mit Personenschaden. Vielleicht haben Sie davon gelesen oder irgendwas darüber im Fernsehen gesehen.« Er griff in sein Jackett und holte ein Blatt Papier hervor, das in der Mitte einmal gefaltet war. Er reichte es Sherman. Es war ein Zeitungsausschnitt draufgeklebt, der Originalartikel aus »The City Light«. Das Foto des aufgeschossenen, mageren Jungen. Teile des Artikels waren mit einem gelben Marker unterstrichen. Bruckner Boulevard. Mercedes-Benz. R. *Würden seine Finger zittern?* Wenn er das Blatt lange genug in der Hand hielte, um den ganzen Artikel zu lesen, würden sie's tun. Er hob den Blick und sah die beiden Kriminalbeamten an.

»Wir haben etwas darüber gestern abend im Fernsehen gesehen, meine Frau und ich.« Sollte er sagen, daß er erstaunt sei? Oder: Was für ein Zufall? Es kam ihm genau mit diesen Worten zu Bewußtsein: *Ich weiß nicht, wie man lügt.* »Wir dachten: Lieber Gott, wir haben einen Mercedes, und das Kennzeichen fängt mit R an.« Er blickte wieder nach unten auf den Zeitungsausschnitt und reichte ihn rasch an den Kleinen zurück, Martin.

»Sie und 'ne Menge Leute«, sagte Martin mit einem beruhigenden Lächeln. »Wir versuchen, sie alle zu überprüfen.«

»Wie viele sind das?«

»Viele. 'ne Menge Beamte arbeiten an der Sache. Mein Kollege und ich haben selber eine Liste mit ungefähr zwanzig drauf.«

Bonita stand noch immer da, guckte zu und saugte alles gierig ein.

»Tja, kommen Sie hier herein«, sagte Sherman zu dem, der Martin hieß. Er machte eine Handbewegung in Richtung Bibliothek. »Bonita, tun Sie mir einen Gefallen. Wenn Mrs. McCoy und Campbell zurückkommen, sagen Sie ihnen, ich hätte mit den Herren in der Bibliothek zu tun.« Bonita nickte und zog sich in die Küche zurück. In der Bibliothek trat Sherman hinter den Schreibtisch und wies auf den Ohrensessel und den Sheraton-Sessel. Der Kleine, Martin, blickte sich ausführlich um. Sherman wurde nur allzu bewußt, wieviel offensichtlich kostspieliger ... *Kram* ... in dieses kleine Zimmer gestopft war ... der sagenhafte Krimskrams ... der Schnickschnack ... und als die Augen des kleinen Kriminalbeamten an dem geschnitzten Fries ankamen, blieben sie dort hängen. Er drehte sich zu Sherman mit einem offenen, jungenhaften Blick auf dem Gesicht um, als wollte er sagen: Nicht schlecht! Dann nahm er in dem Sessel Platz, und der Dicke, Goldberg, setzte sich in den Ohrensessel. Sherman ließ sich hinter dem Schreibtisch nieder.

»Also, sehn wir mal«, sagte Martin. »Können Sie uns sagen, ob Ihr Wagen an dem Abend, als die Sache passierte, benutzt worden ist?«

»Wann genau war das?« Ja – jetzt habe ich mich aufs Lügen festgelegt.

»Dienstag vor einer Woche«, sagte Martin.

»Ich weiß nicht«, sagte Sherman, »ich müßte versuchen, das rauszukriegen.«

»Wie viele Leute benutzen Ihren Wagen?«

»Meistens ich, manchmal meine Frau.«

»Haben Sie Kinder?«

»Eine Tochter, aber sie ist erst sechs.«

»Sonst noch jemand, der Zugang zu dem Wagen hat?«

»Nein, ich denke nicht, von den Leuten in der Garage abgesehen.«

»Garage?« fragte Martin. »Ein Parkhaus?«

»Ja.« Warum hatte er die Garage erwähnt?

»Sie lassen den Wagen mit den Schlüsseln dort, und die Leute parken ihn ein?«

»Ja.«

»Wo ist sie, die Garage?«

»Sie ist ... hier in der Nähe.« Shermans Gedanken begannen in wildem Tempo zu kreisen. Sie verdächtigen die Angestellten! Nein, das ist Quatsch! Dan! Er sah den pummeligen, kleinen rothaarigen Troll vor sich. Der würde ihnen mit Freuden erzählen, daß ich an dem Abend mit dem Wagen unterwegs war! Vielleicht würde er sich nicht erinnern oder nicht mehr wissen, an welchem Abend das war. Oh, *er weiß es bestimmt!* So wie ich ihn habe abblitzen lassen ...

»Könnten wir da hingehen und einen Blick drauf werfen?«

Shermans Mund war ausgetrocknet. Er spürte, wie sich seine Lippen zusammenzogen.

»Auf den Wagen?«

»Ja.«

»Wann?«

»Wenn wir hier weggehen, das würde uns sehr gut passen.«

»Sie meinen, *jetzt*? Also, ich weiß nicht ...« Sherman hatte das Gefühl, seine Lippen würden von einer Beutelschnur zusammengezerrt.

»Es gibt bestimmte Dinge, die mit so einem Vorfall in Verbindung zu bringen sind. Wenn ein Wagen diese Dinge nicht hat, klappern wir die Liste weiter ab. Im Moment suchen wir nach einem Wagen. Wir haben keine Beschreibung eines Fahrers. Also – geht das in Ordnung mit Ihnen?«

»Tja ... ich weiß nicht ...« Nein! Laß sie ihn sich doch ansehen! Es gibt nichts für sie zu entdecken! Oder doch? Etwas, wovon ich nichts weiß, überhaupt nichts gehört habe! Aber wenn ich nein sage – werden sie Verdacht schöpfen! Sag ja! Aber angenommen, der kleine rothaarige Garagenwart ist da!

»Es ist die übliche Prozedur. Wir sehen uns alle Wagen an.«

»Ich weiß, aber, äh, wenn das eine, äh, Prozedur ist, dann

sollte ich wohl auch ... der Prozedur folgen, daß ich – es erscheint mir zweckmäßig, jemandem mit einem Wagen in dieser Situation.« Sein Mund verengte sich immer weiter. Er sah die beiden Männer Blicke wechseln.

Der Kleine, Martin, hatte einen Ausdruck tiefer Enttäuschung im Gesicht. »Sie wollen uns doch behilflich sein, oder?«

»Ja, natürlich.«

»Also, das hier ist keine große Affäre. Das gehört zur üblichen Prozedur. Wir überprüfen die Wagen.«

»Ich weiß, aber wenn das eine übliche Prozedur ist – dann sollte ich ebenfalls einer üblichen Prozedur folgen. Jedenfalls wäre das logisch, scheint mir.«

Sherman war sich nur zu klar, daß er Unsinn schwafelte, aber er klammerte sich an dieses Wort »Prozedur«, als ginge es um sein Leben. Wenn er nur die Muskeln um seinen Mund unter Kontrolle bekäme ...

»Tut mir leid, ich kapier das nicht«, sagte Martin. »Was denn für eine Prozedur?«

»Na, Sie erwähnten eine Prozedur, Ihre Prozedur, um einen Fall wie diesen zu untersuchen. Ich weiß nicht, wie so etwas funktioniert, aber es gibt für den Besitzer des Wagens in so einer Situation doch sicher auch eine Prozedur – ich meine, ich besitze zufällig einen Wagen einer bestimmten Marke und einer Zulassungsnummer – mit einer bestimmten Zulassungsnummer –, und ich weiß, es muß eine Prozedur geben. Nichts anderes versuche ich zu sagen. Ich denke, das muß ich dabei bedenken. Die Prozedur.«

Martin stand auf und schaute wieder zu dem geschnitzten Fries hoch. Seine Augen folgten ihm um den halben Raum. Dann blickte er Sherman mit schief gelegtem Kopf an. Ein kleines Lächeln lag auf seinen Lippen. Unverschämt! Erschreckend!

»In Ordnung, die Prozedur ist – sie ist nichts Kompliziertes. Wenn Sie mit uns zusammenarbeiten wolln, und Sie haben nichts dagegen, mit uns zusammenzuarbeiten, dann arbeiten Sie mit uns zusammen, und wir kuckn uns den Wagen an, und dann gehn wir unserer Wege. Nichts Kompliziertes. Okay? Wenn Sie uns nich behilflich sein wolln, falls Sie Ihre Gründe haben, uns nich behilflich zu sein, dann sind Sie uns nich behilflich, dann müssen wir über den Dienst- und Instanzenweg gehn, und dieselbe Sache passiert trotzdem, und genauso liegt's bei Ihnen.«

»Tja, es ist nur ...« Er wußte nicht, wie er den Satz zu Ende bringen sollte.

»Wann sind Sie das letztemal mit Ihrem Wagen gefahren, Mr. McCoy?« Es war der andere, der Dicke, Goldberg, der immer noch in dem Ohrensessel saß. Einen Augenblick war Sherman dankbar für den Themenwechsel.

»Warten Sie ... Am Wochenende, nehme ich an, es sei denn ... lassen Sie mich mal überlegen ... bin ich seitdem damit gefahren ...«

»Wie oft sind Sie in den letzten zwei Wochen damit gefahren?«

»Das weiß ich nicht genau ... Lassen Sie mich nachdenken ...« Er sah den dicken Fleischkloß im Ohrensessel an und versuchte verzweifelt herauszukriegen, wie er auf diese Fragen lügen könnte – und aus den Augenwinkeln sah er den Kleineren um den Schreibtisch auf sich zukommen.

»Wie oft fahren Sie den Wagen normalerweise?« fragte Goldberg.

»Das kommt darauf an.«

»Wie oft die Woche?«

»Wie ich schon sagte, das kommt ganz darauf an.«

»Es kommt darauf an. Fahren Sie damit zur Arbeit?«

Sherman starrte den großen Fleischklotz mit dem Schnurrbart an. Etwas ungeheuer Unverschämtes an dieser Befragung. Zeit, die Sache abzubrechen, sich durchzusetzen. Aber welchen Ton anschlagen? Diese beiden waren über eine unsichtbare

Schnur mit einer gefährlichen ... Macht verbunden ... die er nicht begriff. *Was?*

Der Kleine, Martin, war jetzt ganz auf seine Seite des Schreibtischs herumgekommen. Von da unten, aus seinem Stuhl, blickte Sherman zu Martin hoch, und Martin blickte mit seinem schiefen Gesichtsausdruck zu ihm herunter. Zuerst blickte er sehr traurig. Dann setzte er ein tapferes Lächeln auf.

»Sehen Sie, Mr. McCoy«, sagte er und lächelte durch seine Traurigkeit hindurch, »ich bin sicher, Sie wollen uns helfen, und ich möchte nicht, daß Sie wegen der Prozedur Komplexe kriegen. Es ist nur so, daß wir in diesem Fall alles sehr sorgfältig überprüfen, weil das Opfer, dieser Mr. Lamb, in sehr schlechter Verfassung ist. Die beste Information, die wir haben, ist, daß er sterben wird. Deshalb bitten wir jedermann, uns behilflich zu sein, aber es gibt nichts, was besagt, Sie müssen das tun. Wenn Sie nicht wollen, brauchen Sie überhaupt nichts zu sagen. *Das* Recht haben Sie. Verstanden?«

Als er »Verstanden?« sagte, legte er den Kopf extrem schief und setzte ein ungläubiges Lächeln auf, das andeutete, Sherman müsse wirklich ein schrecklich undankbarer, querulantischer und hartherziger Mitmensch sein, wenn er nicht behilflich wäre. Dann legte er beide Hände auf Shermans Schreibtisch und beugte sich vor, bis seine Arme das Gewicht seines Oberkörpers stützten. Das brachte sein Gesicht näher an das von Sherman heran, obwohl er noch immer zu ihm heruntersah.

»Ich meine, Sie wissen«, sagte er, »Sie haben das Recht auf einen *Anwalt.*«

So, wie er »Anwalt« sagte, war es, als wenn er sich jede verrückte und lächerliche Entscheidung vorzustellen versuchte, die ein Mensch – ein unbedeutenderer und viel unaufrichtigerer Mensch als Sherman McCoy – nur haben könnte. »Sie verstehen, nicht wahr?«

Sherman merkte, daß er gegen seinen Willen nickte. Ein kaltes Angstgefühl begann sich in seinem Körper auszubreiten.

»Ich meine, was das angeht, wenn Ihnen für einen Anwalt die Mittel fehlten« – er sagte das mit einem so kumpelhaften Lächeln und so fabelhaft gut gelaunt, daß es schien, als wären er und Sherman schon jahrelang Freunde und machten ihre kleinen Witzchen miteinander – »und Sie wollten einen Anwalt, würde der Staat Ihnen einen kostenlos zu Verfügung stellen. Wenn es irgendwelche Gründe gibt, daß Sie einen wollten.«

Sherman nickte wieder. Er starrte in das zur Seite hängende Gesicht des Mannes. Ihm war, als fehle ihm die Kraft zu handeln oder sich zu wehren. Was ihm dieser Mann sagen wollte, war offenbar: Ich brauche Ihnen diese Dinge nicht zu sagen. Sie sind ein vermögender Mann und stehen darüber. Wenn aber nicht ... dann sind Sie die Sorte Wurm, die wir zertreten müssen.

»Ich sage nichts weiter, als daß wir Ihre Mithilfe brauchen.«

Dann drehte er sich herum, setzte sich auf den Schreibtischrand und blickte direkt in Shermans Gesicht herunter. *Er sitzt auf dem Rand meines Schreibtisches!*

Er lächelte das wärmste Lächeln, das man sich vorstellen kann, und fragte sanft: »Also, wie steht's, Mr. McCoy? Mein Kollege fragte grade, ob Sie mit dem Wagen zur Arbeit fahren.« Er lächelte immer weiter.

Diese Impertinenz! Diese *Drohung! Sich auf meinen Schreibtisch zu setzen!* Diese barbarische Unverschämtheit!

»Na?« Lächelte sein schiefes Lächeln. »Fahren Sie damit zur Arbeit?«

Angst und Empörung stiegen zusammen hoch. Aber die Angst stieg höher. »Nein ... zur Arbeit nicht.«

»Wann benutzen Sie ihn denn dann?«

»An den Wochenenden ... Oder – wenn es mir paßt ... am Tag oder vielleicht manchmal auch nachts. Ich meine, nicht oft tagsüber, außer wenn meine Frau ihn benutzt, und das heißt, ich meine, es ist schwer zu sagen.«

»Könnte Ihre Frau ihn Dienstagabend vor einer Woche benutzt haben?«

»Nein! Ich meine, ich glaube nicht.«

»Es könnte also sein, daß Sie ihn jederzeit benutzen, aber Sie können sich nicht daran erinnern.«

»Das ist es nicht. Es ist halt – wenn ich den Wagen benutze, mache ich mir keine Notiz darüber, ich führe keine Akte, ich denke wohl nicht soviel darüber nach.«

»Wie oft benutzen Sie ihn nachts?«

Verzweifelt versuchte Sherman, die richtige Antwort herauszuknobeln. Wenn er »oft« sagte, wurde dann dadurch die Wahrscheinlichkeit größer, daß er auch *in jener Nacht* gefahren war? Aber wenn er »selten« sagte – müßte er dann nicht genauer darüber Bescheid wissen, ob er in jener bestimmten Nacht gefahren war oder nicht?

»Ich weiß nicht«, sagte er. »Nicht *viel* – aber wohl ziemlich oft, vergleichsweise.«

»Nicht viel, aber ziemlich oft vergleichsweise«, sagte der kleine Kriminalbeamte in immer gleichem Ton. Als er bei »vergleichsweise« angekommen war, sah er seinen Kollegen an. Dann drehte er sich um und blickte von seinem Sitz auf dem Schreibtischrand wieder zu Sherman herunter.

»Schön, kehren wir zu dem Wagen zurück. Warum gehn wir nicht hin und werfen 'n Blick drauf? Was meinen Sie?«

»Jetzt?«

»Klar.«

»Jetzt ist es nicht günstig.«

»Haben Sie eine Verabredung oder so was?«

»Ich – warte auf meine Frau.«

»Gehen Sie aus?«

»Ich – ähhhhhhhh.« Die erste Person Singularis verkam zu einem Seufzen.

»Wollen Sie mit dem Wagen weg?« fragte Goldberg. »Da könnten wir doch einen Blick drauf werfen. Dauert keine Sekunde.« Einen Moment lang dachte Sherman daran, den Wagen aus der Garage herüberzuholen und sie ihn sich vor dem Haus ansehen zu lassen. Aber angenommen, sie begnügten sich damit nicht? Angenommen, sie kämen mit – und redeten mit Dan?

»Haben Sie eben gesagt, Ihre Frau kommt bald nach Hause?« fragte der Kleinere. »Vielleicht sollten wir warten und auch mit ihr sprechen. Vielleicht erinnert sie sich daran, ob jemand den Wagen Dienstagabend vor einer Woche benutzt hat.«

»Tja, sie – jetzt ist einfach keine günstige Zeit, meine Herren.«

»Wann ist es denn günstig?« fragte der Kleinere.

»Ich weiß nicht. Wenn Sie mir einfach ein bißchen Zeit geben würden, damit ich drüber nachdenken kann.«

»Über was nachdenken? Wann die Zeit günstig ist? Oder ob Sie uns behilflich sein wollen?«

»Darum geht es nicht. Ich bin – ja, ich bin besorgt wegen des Verfahrens.«

»Das Verfahren?«

»Einfach, wie die Sache gehandhabt werden sollte. Korrekt.«

»Ist Verfahren dasselbe wie Prozedur?« Der Kriminalbeamte spähte mit einem unverschämten Lächeln zu ihm herunter.

»Verfahren ... Prozedur ... Ich bin mit dieser Terminologie nicht vertraut. Ich nehme an, es läuft aufs selbe hinaus.«

»Ich bin damit auch nicht vertraut, Mr. McCoy, weil es eine solche Terminologie nicht gibt, es gibt kein solches Verfahren, es gibt keine solche Prozedur. Sie sind entweder bei einer Untersuchung behilflich oder Sie sind es nicht. Ich dachte, Sie wollten uns behilflich sein?«

»Ja, aber Sie haben die Möglichkeiten eingeengt.«

»Welche Möglichkeiten denn?«

»Tja – sehen Sie. Was ich tun sollte, nehme ich an, das ist, ich sollte ... ich sollte das mit einem Rechtsanwalt besprechen.«

Kaum hatten diese Worte seinen Mund verlassen, hatte er das Gefühl, daß er ein schreckliches Eingeständnis gemacht hatte.

»Wie ich Ihnen bereits sagte«, äußerte der kleine Kriminalbeamte, »ist das Ihr Recht. Aber warum sollten Sie mit einem Anwalt sprechen wollen? Warum sollten Sie sich dieser Mühen und Kosten unterziehen wollen?«

»Ich möchte nur sicherstellen, ich verfahre« – sofort fürchtete er, er bekäme Schwierigkeiten, weil er die Verbform von »Verfahren« benutzte – »korrekt.«

Der Dicke, der in dem Ohrensessel saß, schaltete sich plötzlich ein.

»Ich möchte Sie was fragen, Mr. McCoy. Gibt es irgendwas, das Sie sich von der Seele reden wollen?«

Sherman wurde frostig. »Von der Seele reden?«

»Denn wenn ja« – ein väterliches Lächeln – *Unverschämtheit!* –, »ist jetzt die richtige Zeit dazu, ehe die Dinge weiterlaufen und kompliziert werden.«

»Was sollte ich mir von der Seele reden?« Es sollte bestimmt klingen, aber es kam ... erschreckt heraus.

»Das frage ich Sie.«

Sherman stand auf und schüttelte den Kopf. »Ich glaube, es hat keinen Zweck, das hier jetzt weiter fortzusetzen. Ich werde das besprechen müssen ...«

Der Kleine, der immer noch auf dem Schreibtisch saß, beendete den Satz für ihn: »... mit einem Rechtsanwalt?«

»Ja.«

Der Kleine schüttelte den Kopf, wie man das tut, wenn jemand, dem man einen Rat gibt, entschlossen scheint, an einer Dummheit festzuhalten. »Das ist Ihr Recht. Aber wenn Sie irgend etwas Wesentliches mit einem Rechtsanwalt zu besprechen haben, sind Sie besser dran, wenn Sie gleich jetzt damit rausrücken. Und Sie werden sich besser *fühlen*. Egal, was es ist, es ist wahrscheinlich gar nicht so schlimm, wie Sie denken. Jeder Mensch macht Fehler.«

»Ich habe nicht gesagt, daß es etwas Wesentliches gäbe. Das gibt es nicht.« Er fühlte sich in der Falle. *Ich versuche da, ihr*

Spiel mitzuspielen – wo ich doch das Spiel als Ganzes verweigern sollte!

»Sind Sie sicher?« fragte der Dicke mit einem Lächeln, das er offenbar für väterlich hielt. Tatsächlich war es ... grauenhaft ... obszön ... Diese *Unverschämtheit!*

Sherman schob sich an dem Kleinen vorbei, der auf dem Schreibtisch sitzen blieb und ihm mit seinen bedrohlichen kleinen Augen folgte. An der Tür drehte Sherman sich um und sah die beiden an.

»Es tut mir leid«, sagte er, »aber ich sehe keinen Sinn darin, das hier zu vertiefen – ich glaube nicht, daß ich es weiter erörtern sollte.«

Schließlich erhob sich der Kleinere – *endlich verzieht er sich von seinem unverschämten Platz auf meinem Schreibtisch!* Er zuckte mit den Achseln und sah den Dicken an, der ebenfalls aufstand. »Okay, Mr. McCoy«, sagte der Kleinere, »wir sehen Sie dann ... mit Ihrem Anwalt.« So wie er es sagte, schien es zu bedeuten: Wir sehen Sie ... *vor Gericht.*

Sherman öffnete die Bibliothekstür und winkte ihnen, sich in die Eingangshalle zu verfügen. Es erschien ihm schrecklich wichtig, sie hinauszugeleiten und das Zimmer als letzter zu verlassen – um zu zeigen, daß das hier schließlich immer noch sein Haus war und er der Herr darin.

Als sie an der Tür zum Fahrstuhlvorraum ankamen, sagte der Kleinere zu dem Dicken: »Davey, hast du 'ne Karte? Gib Mr. McCoy 'ne Karte.«

Der Dicke nahm eine Karte aus der Seitentasche seiner Jacke und reichte sie Sherman. Die Karte war zerknittert.

»Wenn Sie Ihre Meinung ändern«, sagte der Kleinere, »rufen Sie uns an.«

»Yeah, überlegen Sie sich's«, sagte der Dicke mit seinem grauenhaften Lächeln. »Ganz egal, was Sie auf der Seele haben, je schneller Sie's uns erzählen, desto besser wird's für Sie sein. So ist das nun mal. Im Moment sind Sie noch in einer Lage, wo

Sie mit uns zusammenarbeiten können. Wenn Sie warten ... und die Maschine läuft an ...« Er drehte seine Handflächen nach oben, als wollte er sagen: Dann sitzen Sie verflucht tief in der Patsche.

Sherman öffnete die Tür. Der Kleinere sagte: »Überlegen Sie sich's.«

Beim Hinausgehen zwinkerte ihm der Dicke grauenerregend zu.

Sherman schloß die Tür. Sie waren weg. Alles andere als erleichtert, durchfuhr ihn ein überwältigendes Entsetzen. Sein gesamtes Zentralnervensystem sagte ihm, er habe soeben eine katastrophale Niederlage erlitten – und trotzdem war ihm nicht klar, was passiert war. Er konnte seine Verletzungen nicht genau bestimmen. Ihm war ungeheure Gewalt angetan worden – aber wie war es geschehen? Wie waren diese zwei ... unverschämten ... abgerissenen ... *Viecher* ... in sein Leben eingebrochen?

Als er sich umdrehte, war Bonita aus der Küche gekommen und stand am Rande des Marmorbodens. Er mußte etwas zu ihr sagen. Sie wußte, daß die beiden Polizisten waren.

»Sie untersuchen einen Autounfall, Bonita.« Zu aufgeregt.

»Ach, ein Unfall.« Ihre aufgerissenen Augen sagten: Erzähl weiter.

»Ja ... ich weiß nicht. Einer der beteiligten Wagen hatte eine Zulassungsnummer, die einer von unseren ähnlich ist. Oder irgend so etwas.« Er seufzte und machte eine hilflose Geste. »Ich bin nicht ganz dahintergekommen.«

»Sie sich nicht Sorgen machen, Mr. McCoy. Sie wissen, es nicht Sie sind.« So wie sie das sagte, mußte er wirklich sehr besorgt aussehen.

Sherman ging in die Bibliothek, schloß die Tür und wartete drei oder vier Minuten. Er wußte, es war irrational, aber er hatte das Gefühl, wenn er nicht wartete, bis die beiden Polizisten das Haus verlassen hätten, könnten sie irgendwie wieder auftauchen, von neuem hereinplatzen, einfach so, und auf diese grauenerregende Weise grinsen und zwinkern, wie sie es getan hatten. Dann rief er in Freddy Buttons Wohnung an und hinterließ, daß er anrufen solle, sobald er heimkäme.

Maria. Er mußte mit ihr sprechen. Wagte er es, sie anzurufen? Wußte nicht mal, wo sie war ... im Hideaway, in der Wohnung in der Fifth ... *Angezapftes Telefon!* ... Konnten sie sein Telefon irgendwie sofort anzapfen? Hatten sie ein Abhörgerät im Zimmer zurückgelassen? ... Beruhige dich! ... Das ist Wahnsinn ... Aber angenommen, Judy ist schon zurück, und ich habe sie nicht gehört!

Er erhob sich aus seinem Sessel und ging hinaus in die große Eingangshalle ... Niemand da ... Er hörte ein leises *Klink Klink* ... Marshalls Hundemarken ... Der traurige Dackel kam aus dem Wohnzimmer gewackelt ... Die Klauen des Tiers klickerten auf dem Marmor ... Das kleine laufende Salamistück ... die Ursache der Hälfte meiner Probleme ... Und was kümmert dich die Polizei? ... Futter und Gassi, Futter und Gassi ... Dann steckte Bonita ihren Kopf durch die Tür ... Möchtest nicht, daß dir was entgeht, hmmm? Möchtest die ganze Geschichte mit der Polizei in dich reinschlingen, stimmt's? ... Sherman blickte sie vorwurfsvoll an.

»Oh, ich denken, Mrs. McCoy nach Hause kommen«, sagte sie. »Keine Sorge«, sagte er, »wenn Mrs. McCoy und Campbell nach Hause kommen, werden Sie sie schon hören.« Und bis dahin nimm deine Nase aus meinen Angelegenheiten.

Bonita, die den Ton seiner Stimme deutlich genug mitbekam, zog sich in die Küche zurück. Sherman begab sich wieder in die Bibliothek. Ich riskiere einen Anruf. In dem Moment öffnete sich die Tür des Fahrstuhlvorraums.

Judy und Campbell.

Was jetzt? Wie konnte er Maria anrufen? Müßte er nicht erst Judy von der Polizei erzählen? Wenn er's nicht täte, würde Bonita es tun.

Judy sah ihn spöttisch an. Was zum Teufel trug sie denn da schon wieder? Weiße Flanellhosen, einen weißen Kaschmirpullover und eine Art schwarzer Punkjacke mit Schulterpolstern bis ... hier ... die Ärmel fast bis zum Ellenbogen hochgekrempelt, ein Kragen mit einem lächerlich weiten Ausschnitt, runter bis ... hier ... Dagegen wirkte Campbell überaus damenhaft in ihrem burgunderfarbenen Taliaferro-Trägerrock und -Blazer und der weißen Bluse mit dem butterblumengelben Kragen ... Woran lag es nur, daß heutzutage die kleinen Mädchen wie Damen und ihre Mütter wie Teenymiezen gekleidet waren?

»Sherman«, sagte Judy und machte ein beunruhigtes Gesicht, »stimmt etwas nicht?«

Sollte er ihr sofort von der Polizei erzählen? Nein! Geh runter und rufe Maria an!

»Äh, nein«, sagte er, »ich wollte gerade ...«

»Daddy!« sagte Campbell und lief auf ihn zu. »Siehst du diese Karten?«

Siehst du diese Karten?

Sie hielt ihm drei Miniaturspielkarten entgegen, das Herzas, das Pikas und das Karoas.

»Was ist das?« fragte sie.

Was ist das?

»Ich weiß nicht, Liebchen, Spielkarten.«

»Aber was *sind* sie?«

»Einen Moment, Schätzchen. Judy, ich muß mal eine Minute weg.«

»*Daddy!* Was *sind* sie!«

»Der Zauberer hat sie ihr geschenkt«, sagte Judy. »Sag ihr, was sie sind.« Ein leichtes Kopfnicken, das hieß: Tu ihr doch den Willen. Sie will dir einen Trick zeigen.

»Wenn ich zurückkomme«, sagte er zu Campbell. »Ich muß bloß einen Augenblick weg.«

»*Daddy!*« Sie hüpfte in die Luft und versuchte, ihm die Karten direkt vors Gesicht zu halten.

»Eine Sekunde, Liebchen!«

»Du gehst weg?« fragte Judy. »Wo gehst du denn hin?«

»Ich muß nur rüber zu ...«

»*Daddy! Sag – mir – was – sie – sind!*«

»... Freddy Button.«

»*Daddy!*«

»Schhhhhhhhh«, sagte Judy. »Sei mal still!«

»*Daddy ... guck doch!*« Die drei Karten tanzten vor seinem Gesicht in der Luft herum.

»Zu Freddy Button? Weißt du, wie spät es ist? Wir müssen uns zum Abendessen fertigmachen!«

»Sag mir, was sie *sind*, Daddy!«

Das hatte er total vergessen. Sie mußten heute abend zum Dinner zu diesen grauenhaften Leuten, den Bavardages! Judys Clique ... die Society-Röntgenbilder ... Heute abend? Unmöglich! »Ich weiß nicht, Judy. Ich ... weiß nicht, wie lange ich bei Freddy sein werde. Entschuldige, ich ...«

»Was soll das heißen, *du weißt es nicht?*«

»*Daddy!*« Den Tränen nahe vor Enttäuschung.

»Sherman, sieh dir um Gottes willen die Karten an.«

»Du darfst nicht ›Gott‹ sagen, Mommy.«

»Du hast völlig recht, Campbell, ich hätte es nicht sagen sollen.« Er beugte sich vor und guckte auf die Karten. »Also ... das Herzas ... das Pikas ... und das Karoas.«

»Bist du sicher?«

»Ja.«

Breites Lächeln. Triumphierend. »Ich schwenke sie bloß mal so.« Sie begann, mit den Karten wie wild herumzuwedeln, bis sie nur noch ein verwischter Fleck in der Luft waren.

»Sherman, du hast keine *Zeit*, zu Freddy Button zu gehen.« Ein strenger Und-dabei-bleibt's-Blick.

»Judy, ich muß.« Augenrollen zur Bibliothek hinüber, wie um zu sagen: Ich erkläre es dir dort drin.

»Bibbidi, babbidi, bu!« sagte Campbell. »Jetzt kuck, Daddy!«

Judy, mit mühsam beherrschter Stimme: »Wir gehen ... zu – diesem – Dinner.«

Er beugte sich wieder nach unten. »Das Karoas ... das Herzas ... und das ... Kreuzas! Nanu – Campbell! Wie ist denn das Kreuzas da hingekommen?«

Entzückt. »Einfach – so!«

»Aber – das ist ja Zauberei!«

»Sherman ...«

»Wie hast du denn das gemacht? Ich kann's gar nicht glauben!«

»Sherman, hast du gehört?«

Campbell, mit großer Bescheidenheit: »Der Zauberer hat's mir gezeigt.«

»Aha! Der Zauberer. Was denn für ein Zauberer?«

»Auf MacKenzies Geburtstagsparty.«

»Das ist ja unglaublich!«

»Sherman, sieh mich an.«

Er sah sie an.

»Daddy! Willst du sehen, wie ich es gemacht habe?«

»Sherman.« Noch mehr Und-dabei-bleibt's.

»Schau her, Daddy, ich zeig's dir.«

Judy, zuckersüß: »Campbell, weißt du, wer Zaubertricks einfach liebt?«

»Wer?«

»Bonita. Sie ist verrückt danach. Warum zeigst du ihn nicht ihr, ehe sie mit deinem Abendbrot zu tun hat. Dann kommst du wieder her und zeigst Daddy, wie du es gemacht hast.«

»Oh, na gut.« Sie zuckelte tief geknickt in Richtung Küche. Sherman hatte ein schlechtes Gewissen.

»Komm mit in die Bibliothek«, sagte er mit unheilschwangerer Stimme zu Judy.

Sie gingen in die Bibliothek, er machte die Tür zu und sagte zu Judy, sie solle sich setzen. *Es wird zuviel für dich, wenn du es im Stehen erfährst.* Sie setzte sich in den Ohrensessel, und er nahm in dem anderen Sessel Platz.

»Judy, du erinnerst dich doch an diese Geschichte gestern abend im Fernsehen über diese Unfallflucht in der Bronx, und daß sie nach einem Mercedes mit einem Kennzeichen suchen, das mit R anfängt?«

»Ja.«

»Also, zwei Polizisten waren hier, kurz bevor du mit Campbell nach Hause kamst. Zwei Kriminalbeamte, und sie haben mir eine Menge Fragen gestellt.«

»Ach?«

Er schilderte das Verhör, wobei er versuchte, es bedrohlich klingen zu lassen – *Ich muß zu Freddy Button!* –, aber seine eigenen Gefühle der Unzulänglichkeit, Angst und Schuld ausließ.

»Deshalb habe ich Freddy angerufen, aber er war nicht zu Hause, doch er wird zurückerwartet. Und ich gehe rüber in seine Wohnung und hinterlasse ihm diese Mitteilung« – er drückte auf die Jackettbrust, als stecke in der Innentasche ein Brief –, »und falls er da ist, wenn ich hinkomme, spreche ich mit ihm. Und deshalb gehe ich jetzt am besten.«

Judy sah ihn nur kurz an. »Sherman, das klingt überhaupt nicht plausibel.« Sie sprach geradezu freundlich, mit einem kleinen Lächeln, so wie man mit jemandem redet, der vom Rand eines Daches weggeschwatzt werden muß. »Man wird dich nicht ins Gefängnis stecken, weil du eine bestimmte Zulassungsnummer hast. Ich habe heute morgen in der ›Times‹ etwas darüber gelesen. Anscheinend gibt es zweitausendfünfhundert Mercedes mit Nummernschildern, die mit R anfangen. Ich habe mit Kate di Ducci beim Mittagessen darüber gewitzelt. Wir waren im La Boue d'Argent essen. Worüber um alles in der Welt machst du dir Sorgen? Du bist doch bestimmt nicht an dem Abend in der Bronx herumgefahren, wann immer das auch war.«

Jetzt! ... Erzähl's ihr! ... Entledige dich ein für allemal dieser grauenhaften Last! Gestehe alles! Mit einem Gefühl, das an Begeisterung reichte, erkletterte er die letzten paar Zentimeter der hohen Mauer aus Lügen und Hinterlist, die er zwischen sich und seiner Familie errichtet hatte, und ...

»Ja ... ich weiß, daß ich nicht dort war. Aber sie benahmen sich, als wenn sie mir nicht glaubten.«

... und stürzte im selben Moment herunter.

»Ich bin sicher, du bildest dir das ein, Sherman. Das ist wahrscheinlich einfach die Art, wie sie halt sind. Du meine Güte. Wenn du mit Freddy reden willst, hast du doch morgen jede Menge Zeit.«

»Nein! Wirklich! Ich muß zu ihm.«

»Und ein langes Gespräch führen, falls notwendig.«

»Hm, ja, falls notwendig.«

Sie lächelte auf eine Weise, die ihm nicht gefiel. Dann schüttelte sie den Kopf. Sie lächelte noch immer. »Sherman, wir haben diese Einladung vor fünf Wochen angenommen. Wir werden dort in anderthalb Stunden erwartet. Und ich gehe hin. Und *du* gehst hin. Wenn du Freddy die Nummer von Bavardages hinterlassen möchtest, damit er dich dort anruft, ist das in Ordnung. Ich bin sicher, Inez und Leon werden nichts dagegen haben. Aber wir gehen hin.«

Sie lächelte ihn immer weiter freundlich an ... den Todesspringer auf dem Dach ... *und dabei bleibt's.*

Die Gelassenheit ... das Lächeln ... die falsche Freundlichkeit ... Ihr Gesicht machte die Sache mit größerer Bestimmtheit klar als jede Erklärung, mit der sie hätte aufwarten können. Worte hätten ihm möglicherweise Lücken geboten, durch die er hätte hindurchschlüpfen können. Dieser Blick bot überhaupt keine Lücken. Das Dinner bei Inez und Leon Bavardage war Judy so wichtig, wie es die Giscard für ihn gewesen war. Die Bavardages waren dieses Jahr die Gastgeber des Jahrhunderts, die rührigsten und aufdringlichsten Parvenüs unter allen Arrivierten. Leon Bavardage war ein Chicoréehändler aus New Orleans, der später mit Immobilien ein Vermögen gemacht hatte. Seine Frau, Inez, entstammte vielleicht wirklich einer alten Familie aus Louisiana, den Belairs. Für Sherman (den Knickerbocker) waren sie lächerlich.

Judy lächelte – und war noch nie in ihrem Leben ernster gewesen.

Aber er mußte mit Maria sprechen!

Er sprang auf. »Na schön, wir gehen – aber ich muß schnell rüber zu Freddy! Es dauert nicht lange!«

»Sherman!«

»Ich versprech's dir! Ich bin rechtzeitig zurück!«

Er rannte beinahe über den dunkelgrünen Marmor der Eingangshalle. Er erwartete fast, daß sie ihm nachliefe und ihn aus dem Fahrstuhlvorraum wieder nach drinnen zerrte.

Unten sagte der Portier Eddie: »'n Abend, Mr. McCoy«, und starrte ihn mit einem Blick an, der zu fragen schien: Und warum sind die Bullen bei dir gewesen?

»Hallo, Eddie«, sagte er, ohne sich die Zeit zu nehmen, ihn anzusehen. Er begann, die Park Avenue hinaufzugehen.

Als er an der Ecke ankam, eilte er zu der verhängnisvollen Telefonzelle. Vorsichtig, vorsichtig wählte er Marias Nummer. Erst die des Hideaways. Dann rief er in der Wohnung in der Fifth Avenue an. Eine spanische Stimme sagte, Mrs. Ruskin könne nicht ans Telefon kommen. *Verdammt!* Sollte er sagen, es sei dringend? Sollte er seinen Namen nennen? Aber der Alte, ihr Mann, Arthur, könnte sehr gut dort sein. Er sagte, er riefe wieder an.

Mußte einige Zeit totschlagen, um plausibel erscheinen zu lassen, daß er bis zu Freddy Button gelaufen war, eine Nachricht abgegeben hatte und wieder zurückgelaufen war. Er spazierte hinüber zur Madison Avenue ... dem Whitney Museum ... dem Carlyle Hotel ... Drei Männer kamen aus der Tür zum Café Carlyle. Sie waren etwa in seinem Alter. Sie redeten und lachten mit zurückgeworfenem Kopf, selig beschwipst ...

Alle drei hatten Aktenkoffer bei sich, und zwei von ihnen trugen dunkle Anzüge, weiße Hemden und blaßgelbe Krawatten mit kleinem Druckmuster. Diese blaßgelben Krawatten waren die Insignien der Arbeitsbienen in der Geschäftswelt geworden ... Über was zum Teufel hatten sie zu lachen und zu prahlen, außer über das alkoholische Gesumm in ihren Hirnen, die armen Irren ...

Er empfand den Groll derer, die feststellen, daß trotz ihrer ernsten Lage die Welt weiter ihren Geschäften nachgeht, herzlos, ohne auch nur ein trauriges Gesicht zu machen.

Als er in die Wohnung zurückkam, war Judy oben in ihrer Schlafzimmersuite.

»Na – siehst du? Hat gar nicht so lange gedauert«, sagte er. Es klang, als erwarte er einen Orden dafür, daß er Wort gehalten hatte.

Mehrere mögliche Bemerkungen hatten Zeit, ihr durch den Kopf zu gehen. Was sie dann schließlich sagte, lautete: »Wir haben weniger als eine Stunde Zeit, Sherman. Jetzt tu mir einen Gefallen. Zieh bitte den blauen Anzug an, den du dir letztes Jahr hast machen lassen, den dunkelblauen. Nachtblau, glaube ich, ist er. Und eine gediegene Krawatte, keine von diesen bedruckten. Die marineblaue Crêpe de Chine. Oder eine Glencheck geht auch. Mit denen siehst du immer nett aus.«

Eine Glencheck geht auch ... Er wurde von Verzweiflung und Schuldgefühlen übermannt. *Sie* waren da draußen und machten die Runde, und er hatte nicht den Mut gehabt, ihr alles zu erzählen. Sie dachte, sie könne sich noch immer den unschätzbaren Luxus leisten, sich über die richtige Krawatte Gedanken zu machen.

15
Die Maske des Roten Todes

Sherman und Judy langten vor dem Haus in der Fifth Avenue, in dem die Bavardages wohnten, in einer schwarzen Buick-Limousine mit einem weißhaarigen Chauffeur an; der Wagen war für den Abend von Mayfair Town Car Inc. gemietet. Sie wohnten zwar nur sechs Blocks von den Bavardages entfernt, aber zu Fuß zu gehen kam nicht in Frage. Erstens wegen Judys Kleid. Es war schulterfrei, hatte aber kurze Puffärmel von der Größe chinesischer Lampenschirme, die die Oberarme bedeckten. Das Oberteil lag eng an, der Rock dagegen blähte sich zu einer Form, die Sherman an eine Montgolfiere erinnerte. Die Einladung zum Dinner bei den Bavardages schrieb »zwanglose« Kleidung vor. Aber in dieser Saison zogen sich die Damen, wie tout le monde wußte, zu zwanglosen Dinners in vornehmen Häusern viel extravaganter an als zu formellen Bällen in großen Sälen. Auf jeden Fall war es für Judy unmöglich, in diesem Kleid über die Straße zu gehen. Ein Gegenwind von fünf Meilen pro Stunde, und sie hätte keinen Schritt mehr laufen können.

Aber es gab noch einen viel zwingenderen Grund für einen Mietwagen mit Chauffeur. Es wäre vollkommen okay gewesen, wenn die beiden zum Dinner in einem Guten Haus (die gängige Bezeichnung) an der Fifth Avenue in einem Taxi gefahren wären, und es hätte sie keine drei Dollar gekostet. Aber was würden sie *nach* der Party tun? Wie konnten sie aus dem Haus der Bavardages treten und sich von aller Welt, tout le monde, dabei ertappen lassen, wie sie auf der Straße standen, die

McCoys, dieses zielstrebige Paar, die Hände in der Luft, und tapfer, verzweifelt, bemitleidenswert versuchten, ein Taxi anzuhalten? Die Türsteher würden keine Hilfe sein, weil sie damit beschäftigt wären, tout le monde zu ihren Limousinen zu geleiten. Deshalb hatte er diesen Wagen und diesen Chauffeur gemietet, diesen weißhaarigen Chauffeur, der sie die sechs Blocks fahren, dreieinhalb oder vier Stunden warten, sie dann die sechs Blocks zurückfahren und sich empfehlen würde. Einschließlich 15 Prozent Trinkgeld und der Mehrwertsteuer würden die Kosten $ 197,20 beziehungsweise $ 246,50 betragen, je nachdem, ob ihnen im ganzen vier oder fünf Stunden berechnet würden.

Geld bluten! Hatte er überhaupt noch einen Job? Heftige Angst ... Lopwitz ... Sicher würde Lopwitz ihn nicht *feuern* ... wegen drei miserablen Tagen ... *und $ 6 Millionen, du Dummkopf!* ... Muß anfangen, mich einzuschränken ... morgen ... Heute abend war es natürlich unumgänglich, einen Wagen mit Chauffeur zu haben.

Um alles noch schlimmer zu machen, konnte der Chauffeur nicht an den Bürgersteig am Hauseingang heranfahren, weil so viele Limousinen im Weg standen. Er mußte in der zweiten Reihe halten. Sherman und Judy mußten sich zwischen den Limousinen hindurchquetschen ... Neid ... Neid ... An den Nummernschildern erkannte Sherman, daß diese Limousinen nicht gemietet waren. Sie gehörten denen, deren geschmeidige Körper sie hierher transportierten. Ein Chauffeur, ein guter, der bereit war, Überstunden und Spätdienst zu machen, kostete mindestens $ 36.000 im Jahr; Garage, Unterhalt und Versicherung würden noch einmal wenigstens $ 14.000 betragen; zusammen also $ 50.000, von denen kein einziger Dollar steuerlich absetzbar war. *Ich verdiene eine Million im Jahr – und kann mir das trotzdem nicht leisten!*

Er erreichte den Bürgersteig. *Nanu?* Gleich links, im Dämmerlicht, eine Gestalt – *ein Fotograf* – da drüben –

Schieres Entsetzen!

Mein Foto in der Zeitung!
Der andere Junge, der Stämmige, das Viech, sieht es und geht zur Polizei!
Die Polizei! Die beiden Kriminalbeamten! Der Dicke! Der mit dem schief gelegten Gesicht! McCoy – geht auf Partys bei den Bavardages, sieh mal an! Nun riechen sie wirklich Blut!
Entsetzt starrt er den Fotografen an ... und stellt fest, daß es nur ein junger Mann ist, der einen Hund ausführt. Er ist an dem Baldachin stehengeblieben, der zum Eingang führt ... Sieht Sherman nicht einmal an ... beglotzt ein Paar, das auf die Tür zugeht ... ein alter Mann in dunklem Anzug und eine junge Frau, ein Blondine in einem kurzen Kleid.
Beruhige dich, Himmelherrgott! Dreh nicht durch! Sei nicht paranoid!
Aber eine grinsende, unverschämte Stimme sagte: *Gibt es irgendwas, das Sie sich von der Seele reden wollen?*
Jetzt waren Sherman und Judy unter dem Baldachin, nur drei oder vier Schritte hinter dem alten Mann und der Blondine, und gingen auf den Hauseingang zu. Ein Portier mit gestärkter weißer Hemdbrust stieß die Tür auf. Er trug weiße Baumwollhandschuhe. Die Blondine ging als erste hinein. Der alte Mann, der nicht viel größer war als sie, sah müde und melancholisch aus. Sein schütteres graues Haar war glatt nach hinten gekämmt. Er hatte eine große Nase und schwere Lider wie ein Kinoindianer. *Moment mal – ich kenne ihn ...* Nein, er hatte ihn irgendwo *gesehen* ... Aber wo? ... *Klar!* ... Auf einem Foto natürlich ... Es war Baron Hochswald, der deutsche Finanzmann.
Das hatte Sherman gerade noch gefehlt an diesem Abend aller Abende ... Nach den Katastrophen der vergangenen drei Tage, an diesem gefährlichen Tiefpunkt seiner Karriere an der Wall Street diesem Mann zu begegnen, dessen Erfolg so umfassend, so dauerhaft und dessen Reichtum so gewaltig und unangreifbar war – den Blick richten zu müssen auf diesen unerschütterlich ruhigen, alten Deutschen ...

Vielleicht *wohnte* der Baron nur in diesem Haus ... Bitte, lieber Gott, laß ihn nicht zu derselben Dinnerparty gehen ...

Genau in diesem Augenblick hörte er den Baron mit einem deutlich europäischen Akzent zu dem Portier sagen: »Bavardage.« Der weiße Handschuh des Portiers deutete zum Hintergrund des Foyers.

Sherman verzweifelte. Er verzweifelte an diesem Abend und an diesem Leben. Warum war er nicht vor sechs Monaten nach Knoxville gezogen? Ein kleines georgianisches Haus, ein Laubgebläse, ein Badminton-Netz für Campbell hinter dem Haus ... Aber nein! Er mußte hinter diesem walnußäugigen Deutschen herlatschen, der sich zu irgendwelchen anmaßend-vulgären Leuten namens Bavardage begab, ein besserer Handlungsreisender und seine Frau.

Sherman sagte zu dem Portier: »The *Bavardages'*, please.« Er hob die betonte Silbe deutlich hervor, damit niemand dächte, er hätte der Tatsache, daß der adlige Herr, Baron Hochswald, dasselbe gesagt hatte, auch nur die leiseste Aufmerksamkeit geschenkt. Der Baron, die Blondine, Judy und Sherman steuerten auf den Fahrstuhl zu. Der Aufzug war mit altem Mahagoni getäfelt. Das Holz glühte warm. Die Maserung war auffällig, aber kostbar und angenehm. Beim Hineingehen überhörte Sherman, daß Baron Hochswald dem Fahrstuhlführer den Namen Bavardage nannte. Sherman wiederholte, wie schon zuvor: »The *Bavardages'*« – damit der Baron nicht den Eindruck gewönne, daß er, Sherman, Kenntnis von seiner Existenz habe.

Nun wußten alle vier, daß sie zur selben Dinnerparty gingen, und mußten eine Entscheidung treffen. Verhielt man sich nun auf die anständige, sympathische, nachbarliche und durch und durch amerikanische Art – so wie man es ohne Zögern in einem Fahrstuhl in einem ähnlichen Haus am Beacon Hill oder Rittenhouse Square – oder übrigens auch in einem Haus in New York getan hätte, wenn die Party von jemandem von gutem Schrot und Korn gegeben würde, wie etwa Rawlie oder Pollard (im Vergleich zur anwesenden Gesellschaft nahm sich Pollard plötzlich ganz okay aus, als recht empfehlenswerter Knickerbocker) –, benahm man sich gutgelaunt und lächelte und stellte sich vor ... oder verhielt man sich auf die vulgär-snobistische Art und stand einfach da und tat so, als wisse man nicht, daß man ein gemeinsames Ziel hat, und starrte verbissen auf den Nacken des Fahrstuhlführers, während die Mahagonikabine in ihrem Schacht nach oben stieg?

Sherman warf Hochswald und der Blondine einen forschenden Blick zu. Sie trug ein schwarzes Futteralkleid, das mehrere Zoll über ihren Knien endete, ihre üppigen Schenkel und die verführerische Senke ihres Unterleibs umspannte und oben in einer Rüsche endete, die Blütenblättern glich. Himmel, sie war sexy! Ihre sahnigweißen Schultern und die Oberseiten ihrer Brüste wölbten sich prall, als brenne sie darauf, das Futteral abzuwerfen und nackt durch die Begonien zu laufen ... Ihr blondes Haar war zurückgestrichen, um ein Paar riesige Rubinohrringe sichtbar werden zu lassen ... Nicht älter als fünfundzwanzig ... Ein leckeres Häppchen! Ein gieriges Tierchen! ... Der alte Saftsack hatte sich genommen, was er wollte, oder? ... Hochswald trug einen schwarzen Serge-Anzug, ein weißes Hemd mit breitem Kragen und eine schwarze Seidenkrawatte mit einem großen, geradezu verwegenen Knoten ... alles in allem *einfach so* gestylt ... Sherman war froh, daß Judy ihn veranlaßt hatte, den dunkelblauen Anzug und eine dunkelblaue Krawatte zu wählen ... Trotzdem wirkte der Baron alles in allem vergleichsweise wahnsinnig chic.

Jetzt bemerkte er, daß der Deutsche mit seinem Blick Judy und ihn flüchtig von oben bis unten streifte. Ihre Augen begegneten sich für den Bruchteil einer Sekunde. Dann starrten beide von neuem auf die Biese hinten am Kragen des Fahrstuhlführers.

Sie fuhren also hinauf, ein Fahrstuhlführer und vier Gesellschaftsstatisten, in Richtung eines der oberen Stockwerke, und die Antwort lautete: Man tat's auf die vulgär-snobistische Art.

Der Fahrstuhl hielt, und die vier stummen Statisten betraten das Aufzugsvestibül der Bavardages. Es wurde von Trauben winziger Seidenlampenschirme zu beiden Seiten eines Spiegels in einem vergoldeten Rahmen erhellt. Man sah einen offenen Durchgang ... ein sattes, rosiges Glühen ... das Geräusch eines Bienenschwarms angeregter Stimmen ...

Sie gingen durch die Tür in die Eingangshalle der Wohnung. Diese Stimmen! Dieses Entzücken! Dieses Lachen! Sherman sah sich der Katastrophe in seiner Laufbahn, der Katastrophe in seiner Ehe gegenüber – und die Polizei ging suchend herum – und dennoch der Bienenschwarm – der Bienenschwarm! – der Bienenschwarm! – die Schallwellen des Bienenschwarms ließen sein tiefstes Inneres vibrieren. Gesichter voller grinsender, glitzernder, perlender Zähne. Wie toll und glücklich sind wir doch, wir wenigen, daß wir in diesen hochgelegenen Räumen sind, mit unserem strahlenden, blaßrosa Glühen!

Die Eingangshalle war kleiner als die von Sherman, aber während seine (von seiner Frau, der Innenarchitektin, gestaltet) würdevoll und ernst war, gab sich diese verwirrend und übermütig. Die Wände waren mit einer leuchtend zinnoberroten Seide bezogen, und die Seide wurde von schmalen Goldleisten umrahmt, und die Leisten wurden von einem groben erdbraunen Polsterleinen umrahmt, und das Leinen wurde wieder von Goldleisten umrahmt, und das Licht einer Reihe von Messingwandlampen brachte das Gold zum Leuchten, und das Glühen des Goldes und der zinnoberroten Seide ließ all die lachenden Gesichter und glänzenden Roben noch prächtiger erscheinen.

Er warf einen Blick über die Menge und spürte sofort eine Struktur ... presque vu! presque vu! fast erkannt! ... und doch hätte er sie nicht in Worte fassen können. Sie entzog sich ihm. Alle Männer und Frauen in dieser Diele waren in Trauben, sozusagen in Gesprächsbouquets angeordnet. Es gab keine Einzelfiguren, keine heimatlos Herumirrenden. Alle Gesichter waren weiß. (Schwarze Gesichter mochten gelegentlich bei eleganten Wohltätigkeitsdinners zu sehen sein, aber nicht in eleganten Privatwohnungen.) Es gab keine Männer unter fünfunddreißig, und ziemlich wenige unter vierzig. Die Frauen kamen in zwei Spielarten vor. Erstens waren da Frauen Ende Dreißig, in den Vierzigern und älter (Frauen »in einem gewissen Alter«), alle Haut und Knochen (fast zur Vollkommenheit gehungert). Um die Sinnlichkeit, die ihren saftlosen Rippen und ausgezehrten Hintern abging, auszugleichen, wandten sie sich an die Modeschöpfer. In dieser Saison waren keine Bäusche, Volants, Plissees, Krausen, Lätzchen, Schleifen, Wattierungen, Festons, Spitzen, Abnäher oder diagonale Raffungen zu extrem. Diese Frauen waren die Society-Röntgenfotos, um den Ausdruck zu benutzen, der Sherman selber eingefallen war. Zweitens gab es die sogenannten Lemon Tarts, die Zitronentörtchen. Das waren Frauen in den Zwanzigern oder Anfang Dreißig, meistens Blondinen (die Zitrone am Törtchen), die die zweiten, dritten und vierten Frauen oder Lebensgefährtinnen von Männern über vierzig oder fünfzig oder sechzig (oder siebzig) waren, die Sorte Frauen, die Männer, ohne weiter nachzudenken, Mädel nennen. In dieser Saison war das Törtchen in der Lage, mit den natürlichen Vorzügen der Jugend zu protzen, indem es seine Beine ein ganzes Stück weit überm Knie zeigte und seinen runden Hintern betonte (etwas, was kein Röntgenfoto hatte). Was vollkommen fehlte chez Bavardage, war die Art Frau, die weder sehr jung noch sehr alt ist, eine Schicht Fett unter der Haut angesetzt hat und mit ihrer Fülle und ihrem rosigen Gesicht prangt, das ohne Worte von Heim und Herd spricht, von warmem Essen, das um sechs bereitsteht, von abends vorgelesenen Geschichten und Gesprächen auf der Bettkante, kurz bevor der Sandmann kommt. Mit einem Wort, niemand lud jemals die ... Mutter ein.

Shermans Aufmerksamkeit wurde von einem Bouquet ekstatisch moussierender Gesichter unmittelbar im Vordergrund angezogen. Zwei Männer und eine tadellos ausgemergelte Frau lachten einen massigen, jungen Mann mit blaßblondem Haar und einer Locke mitten über der Stirn an ... *Bin ihm irgendwo begegnet ... aber wer ist das? ... Natürlich!* ... Wieder ein Gesicht aus der Presse ... Der Goldene Hillbilly, der Blonde Tenor ... So nannte man ihn ... Sein Name war Bobby Shaflett. Er war die neue Tenor-Attraktion an der Metropolitan Opera, ein ungeheuer fettes Geschöpf, das irgendwie aus den Höhlen des Appalachen-Hochlands aufgetaucht war. Man konnte kaum eine Illustrierte oder Zeitung aufschlagen, ohne auf ein Foto von ihm zu stoßen. Während Sherman ihm zusah, ging der Mund des jungen Mannes weit auf. *Ho ho ho ho ho ho ho ho ho,* brach er in ein gewaltiges, bäurisches Gelächter aus, und die lachenden Gesichter um ihn herum wurden noch strahlender, noch hingerissener als zuvor.

Sherman hob sein Yale-Kinn, spannte die Schultern, straffte den Rücken, richtete sich zu seiner vollen Größe auf und wurde ganz Präsenz, die Präsenz eines älteren, feineren New York, des New York seines Vaters, des Löwen von Dunning Sponget.

Ein Butler erschien und fragte Judy und Sherman, was sie zu trinken wünschten. Judy bat um »Sprudel«. (Perrier oder irgendeinen anderen Markennamen zu nennen, galt inzwischen als zu banal.) Sherman hatte eigentlich vorgehabt, nichts zu trinken. Er hatte sich vorgenommen, zu allem, was diese Leute, diese Bavardages, betraf, Distanz zu wahren, angefangen mit ihren Alkoholika. Aber der Bienenschwarm hatte sich um ihn geschlossen, und der stirnlockige Blondkopf des Goldenen Hillbilly dröhnte in einem fort weiter.

»Einen Gin Tonic«, sagte Sherman von der Höhe seines Kinns herab.

Eine strahlende, knochige kleine Frau tauchte plötzlich mitten aus den Menschentrauben in der Eingangshalle auf und kam auf sie zu. Sie war ein Röntgenfoto mit einem toupierten blonden Pagenkopf und vielen winzigen grinsenden Zähnen. Ihr ausgemergelter Körper steckte in einem schwarz-roten Kleid mit heftig gepufften Schultern, einem sehr engen Oberteil und langem Rock. Ihr Gesicht war breit und rund – doch ohne ein Gramm Fleisch. Ihr Hals war viel schlaffer als Judys. Ihre Schlüsselbeine ragten so weit hervor, daß Sherman das Gefühl hatte, er könne die Hand ausstrecken und die beiden Knochen wegnehmen. Er sah Lampenlicht durch ihre Rippen schimmern.

»Liebe Judy!«

»Inez!« sagte Judy, und die beiden küßten einander, vielmehr schwenkten nach europäischer Art ihre Wangen aneinander vorbei, erst auf der einen Seite, dann auf der anderen, was Sherman, nun ganz der Sohn des standhaften Knickerbockers, jenes alten Familienpatriarchen, jener low-church-episkopalischen Geißel der Sinnlichkeit, John Campbell McCoy, prätentiös und vulgär fand.

»Inez! Ich glaube, Sherman kennst du noch nicht!« Sie zwang ihre Stimme zu einem Schrei, um über den Bienenschwarm hinweg gehört zu werden. »Sherman, das ist Inez Bavardage!«

»Howja do«, sagte der Löwensproß.

»Ich habe absolut das *Gefühl,* Sie schon zu kennen!« sagte die Frau, blickte ihm gerade ins Gesicht, ließ ihre winzigen Zähne blitzen und streckte ihm die Hand entgegen. Überrumpelt ergriff er sie. »Sie sollten mal Gene Lopwitz über Sie reden hören!« Lopwitz! Wann denn? Sherman stellte fest, daß er sich an diesen Hoffnungsanker klammerte. (Vielleicht hatte er in der Vergangenheit so viele Punkte gesammelt, daß ihn das Giscard-Debakel nicht erledigte!) »Und ich kenne auch Ihren Vater. Heidenrespekt vor ihm!«

Mit diesen Worten packte die Frau Sherman am Unterarm, bohrte ihre Augen in seine und brach in ein ungeheures Gelächter aus, ein hackendes Gelächter, nicht *ha ha ha,* sondern *hack hack hack hack hack hack hack hack hack,* ein Lachen von solcher Herzlichkeit und krampfhaften Begeisterung, daß Sherman sich dabei ertappte, daß er dämlich grinste und sagte: »Was Sie nicht sagen!«

»Ja!« *Hack hack hack hack hack hack hack.* »Ich habe dir das nie erzählt, Judy!« Sie streckte die Arme aus und hakte sich mit einem bei Judy und mit dem anderen bei Sherman ein und zog die beiden an sich, als wären sie die zwei liebsten Freunde, die sie je gehabt hatte. »Es gab mal so einen furchtbaren Kerl namens Derderian, der gegen Leon geklagt hat. Versuchte ständig, ihm Dinge in die Schuhe zu schieben. Reine Schikane! Und ein Wochenende waren wir bei Angie Civelli draußen auf Santa Catalina Island.« Sie nannte den Namen des berühmten Schauspielers ohne jede Verschleifung. »Und wir sitzen beim Dinner, und Leon fängt an, von all den Scherereien zu erzählen, die er mit diesem Derderian hat, und Angie sagt – glauben Sie mir, Sherman, er meinte es *absolut* ernst – er sagt: ›Wollen Sie, daß ich mich um die Sache kümmere?‹« Bei diesen Worten drückte Inez Bavardage ihre Nase mit dem Zeigefinger zur Seite, als Zeichen für die Bent-Nose Crowd, das organisierte Verbrechen. »Also, ich meine, ich hatte über Angie und die Mafia *gehört,* aber ich habe es nicht geglaubt – aber er meinte es *ernst!«* *Hack hack hack hack hack hack hack hack.* Sie zog Sherman noch näher an sich heran und richtete ihren Blick direkt in sein Gesicht. »Als Leon wieder in New York war, ging er zu Ihrem Vater und erzählte ihm, was Angie ihm gesagt hatte, und dann sagte er zu Ihrem Vater: ›Vielleicht ist das die einfachste Art, sich um die Sache zu kümmern.‹ Ich werde nie vergessen, was Ihr Vater darauf gesagt hat. Er sagte: ›Nein, Mr. Bavardage, überlassen Sie die Sache *mir.* Es wird nicht einfach sein, es wird nicht schnell gehen, und es wird Sie *eine Menge* Geld kosten. Aber meine Rechnung können Sie bezahlen. Die anderen – kein Mensch ist reich genug, um sie zu bezahlen. Sie kassieren bis zu dem Tag, an dem Sie sterben.‹«

Inez Bavardage blieb dicht vor Shermans Gesicht und warf ihm einen Blick voll bodenlosen Tiefsinns zu. Er fühlte sich bemüßigt, etwas zu sagen. »Tja und was hat Ihr Gatte getan?«

»Was Ihr Vater gesagt hat, natürlich. Wenn er was sagte – sprangen die Leute!« Eine *hack-hack-hack-hack-hackende* Laaaachchchsalve.

»Und was war mit der Rechnung?« fragte Judy, als sei sie entzückt darüber, an dieser Geschichte über Shermans unvergleichlichen Vater beteiligt zu sein.

»Sie war sensationell! Sie war verblüffend, diese Rechnung!« *Hack hack hack hack hack.* Vesuv, Krakatoa und Mauna Loa brachen in Lachen aus, und Sherman fühlte sich unwillkürlich von der Eruption mit nach oben gerissen. Sie war unwiderstehlich – Gene Lopwitz liebt dich! Dein unvergleichlicher Vater! Deine aristokratische Herkunft! – Welch Hochgefühl hast du in meiner knochigen Brust erweckt!

Er wußte, es war irrational, aber er fühlte sich warm, glühend, erhoben, im siebenten Himmel. Er steckte den Revolver seines Grolls in den Hosenbund zurück und sagte zu seinem Snobismus, er solle gehen und sich vor den Ofen legen. Wirklich eine sehr bezaubernde Frau. Wer hätte das gedacht, nach all den Dingen, die man über die Bavardages hörte! Ein Society-Röntgenfoto, das sicher, aber das kann man ihr ja wohl kaum vorwerfen. Wirklich sehr freundlich – und sehr amüsant!

Wie den meisten Männern entging Sherman völlig die routinemäßige Begrüßungstechnik einer vornehmen Gastgeberin. Für mindestens fünfundvierzig Sekunden war jeder Gast der engste, liebste, lustigste und am geistreichsten verschwörerische Freund, den ein Mädchen je hatte. Jeden männlichen Gast berührte sie am Arm (jeder andere Körperteil bot Probleme) und drückte ihn ein wenig, tiefempfunden. Jeden Gast, männlich oder weiblich, sah sie an, mit einer Radarsperre im Blick, als sei sie gefesselt (von dem funkelnden Verstand, dem Witz, der Schönheit und den unvergleichlichen Erinnerungen).

Der Butler kehrte mit den Getränken für Judy und Sherman

zurück, Sherman trank einen langen, tiefen Schluck von dem Gin Tonic, und der Gin kam unten an, und der süße Wacholderduft stieg auf, und er entspannte sich und ließ das fröhliche Gesumme des Bienenschwarms brausend in seinen Kopf ein.

Hack hack hack hack hack hack, machte Inez Bavardage.
Ho ho ho ho ho ho ho ho, machte Bobby Shaflett.
Ha ha ha ha ha ha ha ha, machte Judy.
He he he he he he he he, machte Sherman.
Der Bienenschwarm summte und summte.

Im Nu hatte Inez Bavardage ihn und Judy hinüber zu dem Bouquet gelotst, in dem der Goldene Hillbilly seine Reden schwang. Nicken, Hallos, Händeschütteln unter den Augen von Shermans neuer bester Freundin, Inez. Ehe ihm richtig klar war, was passierte, hatte Inez Judy aus der Eingangshalle in irgendeinen inneren Salon geführt, und Sherman blieb bei dem gefeierten Appalachen-Fettsack, zwei Männern und einem Röntgenfoto zurück. Er sah, bei Shaflett beginnend, jeden an. Keiner erwiderte seinen Blick. Die beiden Männer und die Frau starrten hingerissen auf den riesigen bleichen Kopf des Tenors, während er eine Geschichte über irgend etwas erzählte, was in einem Flugzeug geschehen war:

»... und ich sitz da und warte auf Barbra – sie soll angeblich mit mir zurück nach New York fliegen?« Er hatte eine Art, einen Aussagesatz mit einer Frage enden zu lassen, die Sherman an Maria erinnerte ... an Maria ... und den riesigen chassidischen Juden! Der große blonde Fettball vor ihm war wie dieses riesige Schwein von der Immobilienfirma – wenn es stimmte, daß der Kerl von ihr geschickt worden war. Ein kalter Schauder ... Sie waren da draußen und machten die Runde, und machten die Runde ... »Und ich sitz auf meim Platz – ich hatte den am Fenster? Und von da hinten, da kommt ein *un*glaublicher, *außer*gewöhnlicher Schwarzer?« Die Art, wie er das »un« und das »außer« betonte und mit den Händen in der Luft herumflatterte, veranlaßte Sherman, sich zu fragen, ob dieser Hillbilly-Riese nicht in Wirklichkeit schwul sei. »Und er hat so 'n Hermelinmantel an? – runter bis da? – und 'ne passende Hermelinkappe? – und er hat mehr Ringe an der Hand als Barbra, und er hat drei Leute als *Gefolge* bei sich? – wie direkt aus *Shaft?*«

Der Riese blubberte weiter, und die beiden Männer und die Frau hielten ihre Augen mit festgeschraubtem Grinsen auf sein riesiges rundes Gesicht gerichtet; und der Riese seinerseits sah nur sie an, nie Sherman. Während die Sekunden vorüberrollten, wurde ihm immer deutlicher bewußt, daß alle vier sich verhielten, als existiere er gar nicht. Eine Riesentunte mit Hillbilly-Akzent, dachte Sherman, und sie hingen an jedem einzelnen seiner Worte. Sherman nahm drei lange Schlucke von seinem Gin Tonic.

Die Geschichte schien sich darum zu drehen, daß der fürstliche Schwarze, der in dem Flugzeug neben Shaflett Platz genommen hatte, der Weltmeister im cruiser-weight, im Halbschwergewicht, Sam (Assassin Sam) Assinore war. Shaflett fand den Ausdruck »cruiser-weight« ungeheuer komisch – *ho ho ho ho ho ho ho* –, und die beiden Männer brachen in ein begeistertes Brüllgelächter aus. Sherman tat auch sie als homosexuell ab. Assassin Sam hatte nicht gewußt, wer Shaflett war, und Shaflett hatte nicht gewußt, wer Assassin Sam war. Die Pointe der ganzen Geschichte schien zu sein, daß die einzigen zwei Leute in der Erster-Klasse-Kabine des Flugzeugs, die nicht wußten, wer diese beiden Berühmtheiten waren ... Shaflett und Assinore selber waren! *Ho ho ho ho ho ho ho ho – hi hi hi hi hi hi hi* und – *aha!* – ein Gesprächsnugget über Assassin Sam Assinore hüpfte in Shermans Kopf. Oscar Suder – *Oscar Suder!* – er zuckte bei der Erinnerung zusammen, drängte aber weiter – Oscar Suder gehörte einem Syndikat von Geldgebern aus dem Mittelwesten an, die Assinore unterstützten und seine Finanzen kontrollierten. Ein Nugget! Ein Gesprächsnugget! Ein Mittel, sich Zutritt zu dieser Partytraube zu verschaffen!

Sobald das Gelächter sich gelegt hatte, sagte Sherman zu Bobby Shaflett: »Wußten Sie, daß Assinores Vertrag und sein Hermelinmantel nach allem, was ich weiß, einem Syndikat von Geschäftsleuten in Ohio gehören vor allem aus Cleveland und Columbus?«

Der Goldene Hillbilly sah ihn an. als wenn er ein Schnorrer wäre. »Hmmmmmm«, sagte er. Es war ein *Hmmmmmmm,* das bedeutet: Ich verstehe, aber nichts könnte mich weniger interessieren – worauf er sich den anderen drei wieder zuwandte und sagte: »Und ich fragte ihn, ob er mir meine Speisekarte signieren würde? Man kriegt da nämlich so 'ne Speisekarte? – und ...«

Das genügte Sherman McCoy. Er zog den Revolver seines Grolls wieder aus dem Hosenbund. Er drehte sich von der Traube weg und kehrte ihr den Rücken zu. Nicht einer von ihnen bemerkte es. Der Bienenschwarm tobte in seinem Kopf. Was sollte er jetzt tun? Mit einemmal war er allein in diesem geräuschvollen Bienenschwarm, ohne einen Platz zum Ausruhen. Allein! Es wurde ihm deutlich bewußt, daß die ganze Party im Moment aus diesen Bouquets bestand und daß keinem von ihnen anzugehören ein ungeheures, inkompetentes gesellschaftliches Versagen war. Er guckte in diese Richtung und in jene. Wer war das, gleich da? Ein hochgewachsener, gutaussehender, blasiert wirkender Mann ... bewundernde Gesichter um ihn herum ... Ah! ... Es klickte ... ein Schriftsteller ... Sein Name war Nunnally Voyd ... ein Romancier ... er hatte ihn in einer Fernseh-Talkshow gesehen ... spöttisch, gallig ... Sieh dir bloß an, wie vernarrt diese Dummköpfe in ihn sind ... Traute sich nicht, es mit diesem Bouquet aufzunehmen ... Wäre nur eine Neuauflage von dem Goldenen Hillbilly, keine Frage ... Da droben, jemand, den er kannte ... Nein! Wieder ein berühmtes Gesicht ... der Tänzer ... Boris Korolew ... Wieder ein Kreis anhimmelnder Gesichter ... glänzend vor Hingerissensein ... Diese Idioten! Menschliche Nullen! Was soll das, sich vor Tänzern, Romanciers und riesenhaften tuntigen Opernsängern im Dreck zu sielen? Sie sind nichts als Hofnarren, nichts weiter als eine leichte Unterhaltung für ... die Masters of the Universe, die die Hebel bewegen, nach denen sich die Welt dreht ... Und trotzdem beten diese Idioten sie an, als wären sie der direkte Draht zur Gottheit ... Sie wollten nicht einmal wissen, wer er war ... und würden nicht mal imstande sein, es zu begreifen, selbst wenn sie es wissen wollten ...

Plötzlich stand er neben einer anderen Traube ... Na, wenigstens keine Berühmtheit in dieser, kein grinsender Hofnarr ... Ein dicker, rötlicher Mann sprach mit breitem britischem Akzent: »Er lag auf der Straße, nicht wahr, mit einem gebrochenen Bein ...« *Der sensible, magere Junge! Henry Lamb! Er sprach über den Artikel in der Zeitung!* Aber Moment mal – ein gebrochenes Bein – »... und die ganze Zeit sagte er: ›Wie ungeheuer langweilig, wie ungeheuer langweilig.‹« Nein, er sprach über irgendeinen Engländer. *Nichts mit mir zu tun* ... Die anderen in der Traube lachten ... eine Frau, um die Fünfzig, mit rosa Puder im ganzen Gesicht ... Wie grotesk ... Warte! ... Er kannte dieses Gesicht. Die Tochter des Bildhauers, jetzt Bühnenbildnerin. Er konnte sich nicht auf ihren Namen besinnen ... Dann fiel er ihm ein ... Barbara Cornagglia ... Er schlenderte weiter ... Allein! ... Trotz allem, trotz der Tatsache, daß *sie* ihre Runde machten – die Polizei –, fühlte er den Druck gesellschaftlichen Versagens ... Was konnte er machen, daß es so aussah, als wenn er allein sein *wollte,* als wenn er am liebsten allein durch den Bienenschwarm schlenderte? Der Bienenschwarm summte und summte.

Neben der Tür, durch die Judy und Inez Bavardage verschwunden waren, stand eine antike Truhe mit zwei kleinen chinesischen Tafelständern darauf. Auf jedem Ständer lag eine weinrote Samtscheibe von der Größe einer Torte, und in Schlitzen in dem Samt, kleinen Taschen, steckten Namenskarten. Es waren Pläne für die Sitzordnung beim Dinner, damit jeder Gast wußte, wer seine Tischnachbarn sein würden. Das erschien Sherman, dem löwenhaften Yale-Mann, als eine neuerliche Vulgarität. Trotzdem guckte er hin. Es war eine Möglichkeit, beschäftigt zu erscheinen, so als wäre er aus keinem anderen Grund allein, als die Sitzordnung zu studieren.

Es gab offensichtlich zwei Tische. Und da sah er auch schon eine Karte, auf der »Mr. McCoy« stand. Er würde neben, sehen wir mal nach, einer Mrs. Rawthrote sitzen, wer immer das auch war, und neben einer Mrs. Ruskin. *Ruskin!* Sein Herz machte einen Satz. Das konnte nicht sein – nicht Maria!

Aber natürlich konnte das sein. Das hier war genau die Art von gesellschaftlichem Ereignis, zu der man sie und ihren reichen, aber irgendwie unwirklichen Gatten einladen würde. Er kippte den Rest seines Gin Tonic herunter und eilte durch die Tür in den anderen Raum. Maria! Mußte mit ihr sprechen! Mußte aber gleichzeitig auch Judy von ihr fernhalten! *Brauche das nicht auch noch zu allem übrigen!*

Er befand sich jetzt im Wohnzimmer des Apartments, oder im Salon, da der Raum offenbar für Feste gedacht war. Er war riesig, aber er wirkte ... *vollgestopft* ... mit Sofas, Kissen, dicken Sesseln und Kniepolstern, allesamt mit Litzen, Quasten, Bändern und Borten besetzt und ... *vollgestopft* ... Selbst die Wände; die Wände waren mit einer Art gepolstertem Gewebe mit roten, dunkelroten und rosa Streifen tapeziert. Vor den Fenstern auf die Fifth Avenue hinaus hingen in mächtigen Falten Vorhänge aus dem gleichen Material, die zurückgezogen waren, damit der rosafarbene Futterstoff und ein Zierband aus gestreifter Litze zu sehen waren. In der Einrichtung war auch nicht der leiseste Hinweis auf das zwanzigste Jahrhundert zu entdecken, nicht einmal in der Beleuchtung. Ein paar Tischlampen mit roséfarbenen Schirmen sorgten für das ganze Licht, so daß das Gebiet dieses prunkhaft vollgestopften kleinen Planeten in tiefe Schatten mit dezenten Schlaglichtern getaucht war.

Der Bienenschwarm summte vor schierer Ekstase, daß er in

diesem sanft rosafarben vollgestopften Orbit kreiste. *Hack hack hack hack hack,* erhob sich irgendwo das Pferdelachen von Inez Bavardage. So viele Menschenbouquets ... lachende Gesichter ... perlende Zähne ... Ein Butler erschien und fragte ihn, ob er etwas zu trinken wünsche. Er bestellte sich noch einen Gin Tonic. Er stand da. Sein Blick hüpfte in den tiefen, vollgestopften Schatten umher.

Maria.

Sie stand an einem der beiden Eckfenster. Nackte Schultern ... ein rotes Futteralkleid ... Sie bemerkte seinen Blick und lächelte. Einfach so, ein Lächeln. Er antwortete mit dem leisesten Lächeln, das man sich vorstellen kann. Wo war Judy?

In Marias Traube befand sich eine Frau, die er nicht kannte, ein Mann, den er nicht kannte, und ein kahlköpfiger Mann, den er von irgendwoher kannte, ein weiteres von den ... *berühmten Gesichtern,* auf die dieser Zoo spezialisiert war ... irgendein Schriftsteller, ein Brite ... Ihm fiel der Name nicht ein. *Vollkommen* kahl; kein einziges Haar auf seinem langen, schmalen Kopf; ausgezehrt, ein Totenschädel.

Sherman durchforschte den Raum auf der verzweifelten Suche nach Judy. Nun, was würde es schon ausmachen, wenn Judy in diesem Raum jemandem namens Maria begegnete! Es war kein ungewöhnlicher Name. Aber würde Maria verschwiegen sein? Sie war keine große Leuchte, und sie hatte eine boshafte Ader – und er sollte neben ihr sitzen!

Er fühlte, wie das Herz in seiner Brust bockte. Herrgott! War es möglich, daß Inez Bavardage über sie beide Bescheid wußte und sie mit Absicht nebeneinandersetzte? *Moment mal! Das ist furchtbar paranoid!* Sie würde niemals eine häßliche Szene riskieren. Trotzdem –

Judy. Da war sie, stand da drüben neben dem Kamin und lachte so heftig – *ihr neues Partylachen – möchte eine zweite Inez Bavardage sein* –, lachte so heftig, daß ihre Frisur hüpfte. Sie machte ein neues Geräusch dabei: *Hock hock hock hock*

hock hock hock. Noch nicht Inez Bavardages *Hack hack hack hack,* sondern erst ein vermittelndes *Hock hock hock hock.* Sie hörte einem halslosen alten Mann mit hervortretendem Brustkorb und zurückweichendem grauem Haar zu. Das dritte Mitglied des Bouquets, eine Frau, elegant, schlank, um die Vierzig, war nicht annähernd so belustigt. Sie stand da wie ein Marmorengel. Sherman bahnte sich den Weg durch den Bienenschwarm zum Kamin hinüber, vorbei an Knien von ein paar Leuten, die auf einem riesigen runden orientalischen Polster saßen. Er mußte sich durch ein dichtes Geschwader gepuffter Roben und moussierender Gesichter drängen ...

Judys Gesicht war eine Maske der Heiterkeit. Sie war von der Unterhaltung des Mannes mit dem hervortretenden Brustkorb dermaßen in Bann geschlagen, daß sie Sherman zuerst gar nicht bemerkte. *Dann* sah sie ihn. Bestürzt! Aber natürlich! Es war ein Zeichen gesellschaftlichen Versagens, wenn ein Ehepartner dazu gezwungen war, sich dem anderen in einer Gesprächstraube anzuschließen. *Aber was soll's! Halte sie von Maria fern!* Das war die Hauptsache. Judy sah ihn nicht an. Von neuem strahlte sie ihr lachendes Entzücken dem alten Mann entgegen.

»Und letzte Woche«, sagte er gerade, »kommt meine Frau aus Italien zurück und informiert mich, daß wir ein Sommerhaus am Como haben. ›Como‹, sagte sie. Es ist dieser Comer See. Na okay! Wir haben ein Sommerhaus am Como. Ist besser als Hammamet. Das war im Sommer vor zwei Jahren.« Er hatte eine rauhe Stimme, eine aufgerauhte New Yorker Straßenstimme. Er hatte ein Glas Sodawasser in der Hand und blickte hin und her, von Judy zu dem Marmorengel, während er seine Geschichte erzählte, wobei er Ströme von Zustimmung bei Judy erntete und ein gelegentliches Kräuseln der Oberlippe, wenn er dem Engel direkt ins Gesicht sah. Ein Kräuseln; es hätte der Ansatz zu einem höflichen Lächeln sein können. »Wenigstens weiß ich, wo der Como liegt. Von Hammamet hatte ich keine

Ahnung. Meine Frau ist von Italien völlig bezuckert. Italienische Bilder, italienische Kleider und jetzt der Como.«

Judy brach in eine neue Maschinengewehrlachsalve aus: *Hock hock hock hock hock hock,* als wäre die Art, wie der Alte voller Spott auf die Liebe seiner Frau zu italienischen Dingen »Como« aussprach, das Ulkigste auf der Welt – *Maria.* Der Gedanke überkam ihn *einfach so.* Es war Maria, über die er sprach. Dieser alte Mann war ihr Gatte, Arthur Ruskin. Hatte er sie schon bei ihrem Namen genannt, oder hatte er nur von »meiner Frau« gesprochen?

Die andere, Marmorengel, stand einfach da. Der Alte hob plötzlich seine Hand an ihr linkes Ohr und nahm ihren Ohrring zwischen Daumen und Zeigefinger. Entsetzt erstarrte die Frau. Sie würde ihren Kopf weggezogen haben, aber ihr Ohr war jetzt zwischen Daumen und Zeigefinger dieses alten und gräßlichen tapsigen Wesens.

»Sehr hübsch«, sagte Arthur Ruskin, während er den Ohrring immer noch festhielt. »Nadina D., stimmt's?« Nadina Dulocci war eine außerordentlich bemerkenswerte Schmuckdesignerin. »Ich glaube!« sagte die Frau mit einer ängstlichen europäischen Stimme. Hastig hob sie die Hände an ihre Ohren, löste beide Ohrringe und reichte sie ihm mit äußerster Emphase, als wolle sie sagen: Da, nimm sie. Aber sei so nett, und reiß mir nicht die Ohren ab.

Uninteressiert nahm Ruskin sie in seine pelzigen Pfoten und sah sie sich an. »Nadina D., ganz recht. Sehr hübsch. Wo haben Sie sie her?«

»Sie waren ein Geschenk.« Kalt wie Marmor. Er gab sie ihr zurück, und sie steckte sie rasch in ihre Handtasche.

»Sehr hübsch, sehr hübsch. Meine Frau ...«

Angenommen, er sagte »Maria«! Sherman mischte sich ein. »Judy!« Zu den anderen: »Entschuldigung.« Zu Judy: »Ich überlegte gerade ...«

Judy verwandelte ihren erschreckten Gesichtsausdruck auf

der Stelle in ein Strahlen. Noch nie war eine Ehefrau in der gesamten Weltgeschichte entzückter gewesen, ihren Mann zu ihrem Gesprächsbouquet treten zu sehen.

»Sherman! Kennst du Madame Prudhomme?«

Sherman reckte sein Yale-Kinn und nahm zur Begrüßung der verwirrten französischen Dame den Ausdruck des echtesten Knickerbocker-Charmes an. »Howja do?«

»Und Arthur Ruskin«, sagte Judy. Sherman drückte beherzt die haarige Pranke.

Arthur Ruskin war kein junger Einundsiebziger. Er hatte große Ohren mit dicker Haut und hervorsprießenden Drahthaaren. Unter seinen mächtigen Kiefern hingen klumpige Kehllappen. Er stand aufrecht da und wippte auf seinen Hacken, was seinen Brustkorb und den dicken Bauch nach vorn schob. Seine Massigkeit war von einem dunkelblauen Anzug, einem weißen Hemd und einer dunkelblauen Krawatte schicklich verhüllt.

»Verzeihen Sie«, sagte Sherman. Zu Judy, mit einem bezaubernden Lächeln: »Darf ich dich einen Moment lang entführen.« Ruskin und der Französin warf er ein rasches Entschuldigungslächeln zu und trat ein paar Schritte zur Seite, Judy im Schlepptau. Madame Prudhomme machte ein langes Gesicht. Sie hatte sich von seiner Ankunft in dem Bouquet die Rettung von Ruskin erhofft.

Judy, immer noch ein feuerfestes Lächeln im Gesicht: »Was ist?«

Sherman, eine lächelnde Maske mit Yale-Kinn-Charme: »Ich möchte dich ... äh ... Baron Hochswald vorstellen.«

»Wem?«

»Baron Hochswald. Du weißt doch, der Deutsche – einer von den Hochswalds.«

Judy, noch immer mit festgeschraubtem Lächeln: »Aber warum?«

»Wir sind mit ihm im Aufzug nach oben gefahren.«

Das ergab für Judy offensichtlich überhaupt keinen Sinn. Drängend: »Also, wo ist er?« Drängend, weil es schon schlimm genug war, in einer großen Gesprächstraube mit dem eigenen Gatten angetroffen zu werden. Mit ihm eine Minitraube zu bilden, nur sie beide ...

Sherman, der sich umsah: »Tja, eben war er noch hier.«

Judy mit erloschenem Lächeln: »Sherman, was um alles auf der Welt soll das? Wovon redest du? Baron Hochswald?«

In dem Moment kam der Butler mit dem Gin Tonic. Sherman trank einen großen Schluck und sah sich von neuem um. Er fühlte sich benommen. Überall ... Society-Röntgenfotos in gebauschten Kleidern, die in dem matt aprikosenfarbenen Glühen der kleinen Tischlampen schimmerten ...

»Na – ihr beiden! Was versucht *ihr* denn hier auszuhecken!« *Hack hack hack hack hack hack hack.* Inez Bavardage nahm sie beide an den Armen. Einen Moment lang, bevor sie ihr feuerfestes Grinsen wieder aufsetzen konnte, machte Judy ein verzweifeltes Gesicht. Nicht nur war sie in einer Minitraube mit ihrem Gatten geendet, sondern New Yorks herrschende Gastgeberin, diesen Monat die Zirkusdompteuse des Jahrhunderts, hatte sie erspäht und fühlte sich genötigt, diesen Rettungsdienst zu unternehmen, um sie vor gesellschaftlicher Schande zu bewahren. »Sherman wollte ...«

»Ich habe nach euch gesucht! Ich möchte euch Ronald Vine vorstellen. Er gestaltet gerade das Haus des Vizepräsidenten in Washington um.«

Inez Bavardage schleppte sie durch den Bienenschwarm aus Gelächter und Roben hinter sich her und schob sie in ein Bouquet, in dem ein großer, schlanker, gutaussehender, relativ junger Mann die erste Geige spielte, besagter Ronald Vine. Mr. Vine sagte soeben: »... Jabots, Jabots, Jabots. Ich fürchte, die Frau des Vizepräsidenten hat das Jabot entdeckt.« Ein belästigtes Augenrollen. Die anderen in diesem Bouquet, zwei Frauen und ein Mann mit Glatze, lachten und lachten. Judy brachte kaum ein Lächeln zustande ... Zermalmt ... Mußte durch die Gastgeberin vor dem gesellschaftlichen Tod gerettet werden ... Was für eine traurige Ironie! Sherman haßte sich selber. Er haßte sich für all die Katastrophen, von denen sie noch nichts ahnte.

Die Wände im Eßzimmer der Bavardages waren mit so vielen Schichten matt aprikosenfarbenem Lack überzogen, vierzehn im ganzen, daß sie die gläserne Brillanz eines Teiches hatten, in dem sich ein nächtliches Lagerfeuer spiegelt. Der Raum war ein einziger Triumph nächtlicher Reflexe, einer von vielen derartigen Siegen von Ronald Vine, dessen Stärke die Erzeugung von Spiegelungen war, ohne Spiegel zu benutzen. Der Spiegelwahn wurde mittlerweile als eine der großen Sünden der siebziger Jahre betrachtet. Und so war Anfang der achtziger Jahre von der Park bis zur Fifth Avenue, von der Zweiundsechzigsten bis zur Sechsundneunzigsten Straße das unheimliche Geklirre von hektarweise höllisch teuren Kristallspiegeln erschollen, die in den großen Apartments von den Wänden gerissen wurden. Nein, im Eßzimmer der Bavardages flatterte man mit seinen Augen in einem Kosmos aus Geflimmer, Geglitzer, Gefunkel, Schlaglichtern, Reflexen, blinkenden Teichen und feurigem Glühen umher, der auf feinsinnigere Weise erzeugt war, nämlich mit Lack, lasierten Kacheln in einem schmalen Band genau unter den Deckengesimsen, vergoldeten englischen Regency-Möbeln, Silberleuchtern, Kristallschalen, Tiffany nachempfundenen Vasen und künstlerisch geformten Silberbestecken, die so schwer waren, daß die Messer in der Hand lasteten wie Degengriffe.

Die zwei Dutzend Gäste saßen an zwei runden Regency-Tischen. Der Bankettisch, eine Art Sheraton-Flugplatz, an dem vierundzwanzig Leute sitzen konnten, wenn man alle zusätzlichen Platten einsetzte, war aus den eleganteren Eßzimmern verschwunden. Man wollte nicht mehr so formell, so pompös sein. Zwei kleine Tische waren viel besser. Und was tat's, wenn diese zwei kleinen Tische von einer so reichen Zurschaustellung von Objekten, Stoffen und Nippes umgeben und verziert wurden, daß selbst der Sonnenkönig in Erstaunen ausgebrochen wäre? Gastgeberinnen wie Inez Bavardage waren stolz auf ihre Begabung für das Zwanglose und Intime.

Um die Zwanglosigkeit dieses Anlasses noch zu unterstreichen, stand in der Mitte jedes Tisches, tief drin im Kristall-und-Silber-Wald, ein Korb, in äußerst rustikaler Appalachen-Handwerksart aus harten Reben geflochten. An der Außenseite des Korbes waren um die Reben in verschwenderischer Fülle Wildblumen gewunden. Im Korb drängten sich drei oder vier Dutzend Molmblüten. Dieses faux-naïf Mittelstück der Tafel war die Spezialität von Huck Thigg, dem jungen Floristen, der den Bavardages für diese eine Dinnerparty eine Rechnung über $ 3300 präsentieren würde.

Sherman starrte auf die geflochtenen Reben. Sie sahen aus, als hätten Gretel oder Klein-Heidi aus der Schweiz etwas auf einem Fest des Lukullus zurückgelassen. Er seufzte. Alles ... zuviel. Maria saß neben ihm, zu seiner Rechten, und schwatzte mit dem leichenhaften Engländer, wie immer er auch hieß, der rechts von ihr saß. Judy war an dem anderen Tisch – hatte aber freie Sicht auf ihn und Maria. Er mußte mit Maria über das Verhör durch die beiden Kriminalbeamten reden – aber wie sollte er das tun, wenn Judy genau zu ihnen herübersah? Er würde es mit einem harmlosen Partygrinsen im Gesicht tun. Das war die Lösung! Er würde das ganze Gespräch über grinsen! Sie würde niemals den Unterschied bemerken ... Oder doch? ... Arthur Ruskin saß an Judys Tisch ... Aber Gott sei Dank war er vier Plätze von ihr entfernt ... würde nicht mit ihr plaudern ... Judy saß zwischen Baron Hochswald und irgendeinem ziemlich aufgeblasen wirkenden jüngeren Mann ... Inez Bavardage war zwei Plätze von Judy entfernt, und Bobby Shaflett saß zu ihrer Rechten. Judy feuerte auf den wichtigtuerischen Mann ein ungeheures Gesellschaftslachen ab ... *Hock hock hock hock hock hock hock hock hock hock!* Deutlich konnte er über das Gesumm des Bienenschwarms hinweg ihr neues Gelächter hören ... Inez sprach mit Bobby Shaflett, aber auch mit dem grinsenden Röntgenfoto, das rechts von dem Goldenen Hillbilly saß, und mit Nunnally Voyd, der rechts von dem Röntgenfoto saß. *Ho ho ho ho ho ho ho,* sang der blondköpfige Tenor ... *Hack hack hack hack hack hack,* sang Inez Bavardage ... *Hock hock hock hock hock hock hock hock hock,* plärrte seine eigene Frau ...

Leon Bavardage saß vier Plätze rechts von Sherman, hinter Maria, dem leichenhaften Briten und der Dame mit dem rosa Puder im Gesicht, Barbara Cornagglia. Im Gegensatz zu Inez Bavardage hatte Leon das Feuer eines Regentropfens. Er hatte ein sanftes, passives, faltenloses Gesicht, welliges blondes Haar, das etwas zurückwich, eine lange, fein modellierte Nase und einen sehr blassen, fast bläulichen Teint. Statt eines 300-Watt-Gesellschaftsgrinsens zeigte er ein scheues, zurückhaltendes Lächeln, womit er gerade eben Miss Cornagglia beschenkte.

Mit Verspätung fiel Sherman ein, daß er sich mit der Dame zu seiner Linken unterhalten sollte. Rawthrote, Mrs. Rawthrote; wer in Gottes Namen war sie bloß? Was konnte er zu ihr sagen? Er wandte sich nach links – *und sie wartete bereits.* Sie blickte ihn direkt an, und ihre Laseraugen waren keinen halben Meter von seinem Gesicht entfernt. Ein echtes Röntgenfoto mit einer riesigen blonden Mähne und einem Blick von solcher Intensität, daß er zuerst dachte, sie müsse irgend etwas *wissen* ... Er öffnete den Mund ... er lächelte ... er durchstöberte sein Gehirn nach irgend etwas, was er sagen könnte ... er tat sein Bestes ... Er sagte zu ihr: »Würden Sie mir einen großen Gefallen tun? Wie heißt der Herr rechts von mir, der *magere* Herr? Sein Gesicht ist so bekannt, aber sein Name fällt mir um alles in der Welt nicht ein.«

Mrs. Rawthrote beugte sich noch näher heran, bis ihre Gesichter kaum zwanzig Zentimeter auseinander waren. Sie war ihm so nahe, daß ihm schien, sie habe drei Augen. »Aubrey Buffing«, sagte sie. Ihre Augen brannten sich weiter in seine hinein. »Aubrey Buffing«, sagte Sherman lahm. Eigentlich war es eher eine Frage.

»Der Dichter«, sagte Mrs. Rawthrote. »Er steht in der engeren Wahl für den Nobelpreis. Sein Vater war der Herzog von Bray.« Ihr Ton besagte: Wie um alles in der Welt konnten Sie das denn nicht wissen?

»Natürlich«, sagte Sherman, der das Gefühl hatte, daß er zusätzlich zu seinen anderen Sünden auch noch ein Banause war. »Der Dichter.«

»Wie finden Sie, sieht er aus?« Sie hatte Augen wie eine Kobra. Ihr Gesicht blieb unverwandt an seinem kleben. Er wollte einen Rückzieher machen, konnte es aber nicht. Er fühlte sich gelähmt.

»Wie er aussieht?« fragte er.

»Lord Buffing«, sagte sie. »Sein Gesundheitszustand.«

»Das – kann ich wirklich nicht sagen. Ich kenne ihn nicht.«

»Er wird am Vanderbilt Hospital behandelt. Er hat AIDS.« Sie zog sich ein paar Zentimeter zurück, um besser sehen zu können, wie dieser Pfeil bei Sherman einschlug.

»Das ist ja schrecklich!« sagte Sherman. »Woher wissen Sie denn das?«

»Ich kenne seinen besten Freund.« Sie schloß die Augen und öffnete sie wieder, wie um zu sagen: Ich weiß solche Dinge, aber stellen Sie mir nicht allzu viele Fragen. Dann sagte sie: »Das ist entre nous.« *Aber wir sind uns noch nie begegnet!* »Erzählen Sie es nicht Leon oder Inez«, fuhr sie fort. »Er ist Gast ihres Hauses – schon seit zweieinhalb Wochen. Laden Sie nie Engländer übers Wochenende ein. Sie kriegen sie nicht mehr raus.« Sie sagte es ohne ein Lächeln, als sei das der ernsteste Ratschlag, den sie je gratis gegeben hatte. Sie setzte ihre kurzsichtige Erforschung von Shermans Gesicht fort.

Um den Augenkontakt zu unterbrechen, blickte Sherman rasch hinüber zu dem ausgezehrten Briten, Lord Buffing, dem Dichter in der engeren Wahl.
»Keine Sorge«, sagte Mrs. Rawthrote. »Am Tisch kann man's nicht kriegen. Wenn, dann hätten wir's inzwischen alle. Die Hälfte der Kellner in New York ist schwul. Zeigen Sie mir einen glücklichen Homosexuellen, dann zeige ich Ihnen eine schwule Leiche.« Sie wiederholte dieses *mot farouche* mit derselben *Rat-tat-tat*-Stimme wie alles andere, und ohne die Spur eines Lächelns.

In dem Moment begann ein hübscher junger Kellner, seinem Äußeren nach Latino, den ersten Gang zu servieren, der wie ein Osterei unter einer dicken weißen Soße aussah, das auf einem Häufchen rotem Kaviar lag, der auf einem Bett aus Bibb-Salat ruhte.

»Die nicht«, sagte Mrs. Rawthrote direkt vor dem jungen Mann. »Die arbeiten ganztags bei Inez und Leon. Mexikaner aus New Orleans. Sie wohnen in ihrem Dorf auf dem Land und fahren in die Stadt, um bei Dinnerpartys zu servieren.« Darauf, ohne jede Vorankündigung: »Was tun Sie, Mr. McCoy?«

Sherman war verblüfft. Er war sprachlos. Er war so verdutzt wie neulich, als Campbell ihm die gleiche Frage gestellt hatte. Ein Niemand, ein fünfunddreißigjähriges Röntgenfoto, und trotzdem ... *Ich möchte sie beeindrucken!* Die möglichen Antworten rauschten durch sein Gehirn ... *Ich bin leitendes Mitglied der Rentenabteilung bei Pierce & Pierce* ... Nein ... so klingt es, als wäre er ein ersetzbarer Teil in einer Bürohierarchie und auch noch stolz darauf ... *Ich bin der Producer Nummer eins* ... Nein ... klingt wie etwas, das ein Staubsaugervertreter sagen würde ... *Wir sind eine Gruppe, die die wichtigeren Entscheidungen* ... Nein ... nicht exakt und eine überaus ungeschickte Bemerkung ... *Mit dem Verkauf von Anleihen habe ich letztes Jahr $ 980.000 verdient* ... Das war der wahre Kern der Sache, aber es gab keine Möglichkeit, eine solche Mitteilung zu machen, ohne dämlich zu erscheinen ... *Ich bin – ein Master of the Universe!* ... Träume nur! Und außerdem kann man das unmöglich aussprechen! ... Deshalb sagte er: »Oh, ich versuche, für Pierce & Pierce ein paar Anleihen zu verkaufen.« Er lächelte nur ganz leicht, in der Hoffnung, die Bescheidenheit seiner Äußerung würde dank der ungeheuren und spektakulären Leistungen an der Wall Street als Zeichen großen Vertrauens verstanden werden.

Mrs. Rawthrote rückte mit ihren Laserstrahlaugen wieder näher. Aus fünfzehn Zentimetern Entfernung: »Gene Lopwitz ist einer unserer Kunden.«

»Ihr Kunde?«

»Bei Benning and Sturtevant.«

Wo? Er starrte sie an.

»Sie kennen doch Gene«, sagte sie.

»Ja, sicher, ich arbeite bei ihm.«

Offensichtlich fand die Frau das nicht überzeugend. Zu Shermans Verblüffung drehte sie sich ohne ein weiteres Wort neunzig Grad nach links, wo ein vergnügter, vor Gesundheit strotzender, rotgesichtiger Mann sich mit dem Zitronentörtchen unterhielt, das mit Baron Hochswald gekommen war. Sherman fiel jetzt ein, wer das war ... ein Fernsehmann namens Rale Brigham. Sherman starrte auf Mrs. Rawthrotes knochige Rückenwirbel, die unter ihrem Kleid hervorstachen ... Vielleicht hatte sie sich nur für einen Moment abgewandt und würde sich wieder umdrehen und das Gespräch fortsetzen ... Aber nein ... sie hatte sich in die Unterhaltung zwischen Brigham und dem Törtchen gemischt ... Er hörte ihre *Rat-tat-tat*-Stimme ... Sie lehnte sich zu Brigham hinüber ... Sie hatte ihm die Zeit geopfert, die sie ihm zu opfern Lust gehabt hatte ... einem simplen Rentenmakler!

Er saß wieder auf dem trockenen. Maria, rechts von ihm, war noch immer mit Lord Buffing ins Gespräch vertieft. Er blickte von neuem dem gesellschaftlichen Tod ins Auge. Er war ein

Mensch, der an einer Dinnertafel völlig allein saß. Der Bienenschwarm summte überall um ihn herum. Auf allen anderen ruhte der gesellschaftliche Segen. Nur er war gestrandet. Nur er war ein Mauerblümchen ohne Gesprächspartner, eine Gesellschaftsleuchte ohne jede Wattleistung im Prominentenzoo der Bavardages ... *Mein Leben geht in die Brüche!* Und dennoch brannte in diesem überlasteten Zentralnervensystem durch alles andere hindurch die Schande – die Schande! – gesellschaftlicher Unfähigkeit.

Er starrte auf Huck Thiggs Rebengeflecht in der Mitte der Tafel, als sei er ein Lehrling im Blumenbinden. Dann legte er ein Grinsen auf, als sei er wirklich belustigt. Er trank einen großen Schluck Wein und blickte hinüber zu dem anderen Tisch, als habe er dort den Blick von jemandem aufgefangen ... Er lächelte ... Er flüsterte lautlos mit leeren Flecken an der Wand. Er trank noch etwas Wein und betrachtete sich noch ein wenig das Rebengeflecht. Er zählte die Wirbel in Mrs. Rawthrotes Wirbelsäule. Er war glücklich, als einer der Kellner, einer von den varones vom Lande, auftauchte und ihm Wein nachgoß.

Der Hauptgang bestand aus rosagebratenen Roastbeef-Scheiben, die, mit gedünsteten Zwiebeln, Karotten und Kartoffeln umlegt, auf großen Porzellanplatten hereingetragen wurden. Es war ein einfacher, herzhafter amerikanischer Hauptgang. Einfache, herzhafte amerikanische Hauptgänge zwischen exotisch ausgeklügelten Prologen und Epilogen, waren, der gängigen Zwanglosigkeit entsprechend, im Augenblick comme il faut. Als die mexikanischen Kellner die Platten über die Schultern der Gäste zu hieven begannen, damit sie sich nehmen konnten, was sie wollten, diente das als Startzeichen, die Gesprächspartner zu wechseln. Lord Buffing, der todkranke englische Dichter, entre nous, wandte sich der gepuderten Madame Cornagglia zu. Maria drehte sich zu Sherman herum. Sie lächelte und sah ihm tief in die Augen. Zu tief! Angenommen, Judy blickte jetzt eben zu ihnen herüber! Er setzte ein erstarrtes Gesellschaftsgrinsen auf.

»Wuh!« sagte Maria. Sie rollte die Augen in die Richtung von Lord Buffing. Sherman hatte keine Lust, sich über Lord Buffing zu unterhalten. Er wollte über den Besuch der beiden Kriminalbeamten reden. *Aber fang besser langsam damit an, falls Judy gerade guckt.*

»Ach, stimmt ja!« sagte er. Ein breites Gesellschaftsgrinsen. »Ich vergaß. Du kannst Briten nicht leiden.«

»Oh, das ist es nicht«, sagte Maria. »Er scheint ein netter Mensch zu sein. Ich verstand kaum, was er gesagt hat. So einen Akzent hast du noch nie gehört.«

Gesellschaftsgrinsen: »Worüber hat er denn geredet?«

»Über den Sinn des Lebens. Ich mache keine Witze.«

Gesellschaftsgrinsen: »Hat er zufällig gesagt, worin der besteht?«

»Tatsächlich hat er das. In der Fortpflanzung.«

Gesellschaftsgrinsen: »Fortpflanzung?«

»Ja. Er sagte, er hätte siebzig Jahre gebraucht, um zu begreifen, daß das der einzige Sinn des Lebens ist: die Fortpflanzung. Er sagte: ›Die Natur ist nur an einem interessiert: an der Fortpflanzung um der Fortpflanzung willen.‹«

Gesellschaftsgrinsen: »Das ist sehr interessant, zumal, wenn er es sagt. Du weißt, daß er homosexuell ist, nicht wahr?«

»Ach, komm. Wer hat dir denn das erzählt?«

»Die da.« Er zeigte auf den Rücken von Mrs. Rawthrote.

»Wer ist sie überhaupt? Kennst du sie?«

»Yeah. Sally Rawthrote. Sie ist Immobilienmaklerin.«

Gesellschaftsgrinsen: »Immobilienmaklerin!« Wer um alles auf der Welt lud denn einen *Immobilienmakler* zum Dinner ein!

Als hätte sie seine Gedanken gelesen, sagte Maria: »Du bist nicht auf dem laufenden, Sherman. Immobilienmakler sind im

Moment sehr chic. Sie geht überall mit diesem alten, rotgesichtigen Faß da drüben hin, Lord Gutt.« Sie nickte zu dem anderen Tisch hinüber.
»Der Dicke mit dem britischen Akzent?«
»Ja.«
»Wer ist das?«
»Ein Bankier oder so was.«
Gesellschaftsgrinsen: »Ich muß dir was erzählen, Maria, aber – ich möchte nicht, daß du dich aufregst. Meine Frau sitzt am Nachbartisch und kann uns sehen. Bleibe also bitte gelassen.«
»Na, na, aber. Schon gut, Mr. McCoy, Liebling.«
Während Sherman die ganze Zeit das Gesellschaftsgrinsen festgeschraubt im Gesicht behielt, gab er ihr einen kurzen Bericht von seiner Begegnung mit den beiden Polizisten.
Genau wie er es befürchtet hatte, verlor Maria die Fassung. Sie schüttelte den Kopf und machte ein finsteres Gesicht. »Und warum hast du sie sich den verdammten Wagen nicht ansehen lassen, Sherman? Du sagtest doch, es wär nichts dran!«
Gesellschaftsgrinsen: »He! Beruhige dich! Meine Frau kann uns sehen. Ich war nicht um den Wagen besorgt. Ich wollte einfach nicht, daß sie mit dem Garagenwart sprechen. Es hätte derselbe sein können, der an dem Abend da war, als ich den Wagen zurückbrachte.«
»Herrgott, Sherman. Du sagst mir, ich soll gelassen sein, und du bist dermaßen nervös. Bist du sicher, daß du ihnen nichts gesagt hast?«
Gesellschaftsgrinsen: »Ja, ich bin sicher.«
»Himmelherrgott, laß doch dieses dämliche Grinsen. Du darfst beim Dinner eine ernsthafte Unterhaltung mit einer Dame führen, auch wenn deine Frau zuguckt. Ich verstehe nicht, warum du überhaupt eingewilligt hast, mit der gottverdammten Polizei zu sprechen.«
»Es schien mir das richtige in dem Moment.«

»Ich habe dir *gesagt,* du wärst für so was nicht geeignet.«
Sherman schraubte sein Grinsen wieder auf und sah zu Judy hinüber. Sie war damit beschäftigt, ins Indianergesicht von Baron Hochswald zu grinsen. Er wandte sich, noch immer grinsend, wieder Maria zu.
»Oh, um Gottes willen«, sagte Maria.
Er schaltete das Grinsen ab. »Wann kann ich mit dir reden? Wann kann ich dich sehen?«
»Ruf mich morgen abend an.«
»Okay. Morgen abend. Darf ich dich was fragen? Hast du jemanden über den Artikel in ›The City Light‹ reden hören? Jemanden hier, heute abend?«
Maria fing an zu lachen. Sherman war froh. Wenn Judy hersah, würde es so aussehen, als führten sie eine amüsante Unterhaltung. »Meinst du das ernst?« fragte Maria. »Das einzige, was diese Leute hier in ›The City Light‹ lesen, ist *ihre* Kolumne.« Sie deutete auf eine dicke Frau an der gegenüberliegenden Seite des Tisches, eine Frau in dem gewissen Alter mit einem ungeheuerlichen Mop aus Blondhaar auf dem Kopf und Wimpern, die so lang und dick waren, daß sie kaum die Lider heben konnte.
Gesellschaftsgrinsen: »Wer ist das?«
»Das ist ›Der Schatten‹.«
Shermans Herz machte einen Satz. »Du machst Witze! Sie laden eine Zeitungskolumnistin zum Dinner ein?«
»Sicher. Aber mach dir keine Sorgen. Sie hat kein Interesse an dir. Und an Autounfällen in der Bronx hat sie auch kein Interesse. Wenn ich Arthur erschießen würde, daran wäre sie interessiert. Und ich würde ihr gern den Gefallen tun.«
Maria fing an, über ihren Mann herzuziehen. Er werde von Eifersucht und Ressentiments verzehrt. Er mache ihr das Leben zur Hölle. Er nenne sie fortwährend eine Hure. Ihr Gesicht verzerrte sich mehr und mehr. Sherman wurde unruhig – Judy könnte hersehen! Er wollte sein Gesellschaftsgrinsen wieder aufsetzen, aber wie sollte er das angesichts dieser Klagen? »Ich

meine, er läuft in der Wohnung herum und nennt mich eine *Hure!* ›Du Hure! Du Hure!‹ Direkt vor dem Personal! Was meinst du, wie man sich da fühlt? Wenn er mich noch ein einziges Mal so nennt, haue ich ihm was auf den Kopf. Das schwöre ich bei Gott!«

Aus den Augenwinkeln bemerkte Sherman, daß Judys Gesicht ihnen beiden zugewandt war. O Gott – und er ohne sein Grinsen! Schnell holte er es zurück, klemmte es auf seinem Gesicht fest und sagte zu Maria: »Das ist ja schrecklich! Es klingt, als wäre er senil.«

Maria blickte ihm einen Moment lang in seine Gesellschaftsvisage, dann schüttelte sie den Kopf. »Fahr zur Hölle, Sherman. Du bist genauso schlimm wie er.«

Erschrocken behielt Sherman das Grinsen bei und ließ das Gesumme des Bienenschwarms über sich zusammenschlagen. Diese Verzückung auf allen Seiten! Diese strahlenden Blicke und das feuerfeste Gegrinse! Diese vielen perlenden Zähne! *Hack hack hack hack hack hack hack*, erhob sich Inez Bavardages Lachen im gesellschaftlichen Triumphgefühl. *Ho ho ho ho ho ho ho ho ho,* erhob sich das Stallgeschrei des Goldenen Hillbilly als Antwort. Sherman goß noch ein Glas Wein in sich hinein.

Als Dessert gab es Aprikosensoufflé, für jeden Gast einzeln in einem gedrungenen kleinen Töpfchen zubereitet, das nahe am Rand nach normannischer Art mit handgemalten Schmuckbändern au rustaud verziert war. Üppige Desserts waren diese Saison wieder in Mode. Jene Desserts, die zeigten, daß man auf Kalorien und Cholesterin achtete, alle die Beeren und Melonenbällchen mit einem Schuß Sorbet, fand man inzwischen einfach ein bißchen Middle America: spießig. Im übrigen war es eine tour de force, vierundzwanzig einzelne Soufflés zu servieren. Es erforderte eine verdammt gute Küche und an Personal eine Mannschaft und eine halbe dazu.

Als die tour de force gelaufen war, erhob sich Leon Bavardage und tippte gegen sein Weinglas – ein Glas Sauterne von einem satt rosigen Goldton – schwere Dessertweine waren in dieser Saison ebenfalls comme il faut –, und ihm antwortete das fröhlich betrunkene Geklirr der Leute an beiden Tischen, die in zum Lachen reizender Manier ebenfalls gegen ihre Weingläser klopften. *Ho ho ho ho*, ertönte Bobby Shafletts Lachen. Er schlug gegen sein Glas, so laut es ging. Leon Bavardages rote Lippen verbreiterten sich über sein Gesicht, und seine Augen kräuselten sich zusammen, als sei das kristallene Trommelkonzert eine tiefe Huldigung an die Freude, die die versammelten Zelebritäten in seinem Hause fanden.

»Sie sind alle so liebe und besondere Freunde von Inez und mir, daß wir *keine* besondere Gelegenheit benötigen, um Sie alle bei uns in unserem Haus haben zu wollen«, sagte er mit einem einschmeichelnden, leicht femininen Golfküsten-Akzent. Dann wandte er sich dem anderen Tisch zu, an dem Bobby Shaflett saß. »Ich meine, manchmal bitten wir Bobby, einfach mal rüberzukommen, damit wir sein *Lachen* hören können. Bobbys Lachen ist Musik, finde ich – außerdem bringen wir ihn nie dazu, für uns zu singen, nicht einmal wenn Inez Klavier spielt!« *Hack hack hack hack hack hack hack hack,* machte Inez Bavardage. *Ho ho ho ho ho ho ho ho*, übertönte sie der Goldene Hillbilly mit einem ganz eigenen Lachen. Es war das ein ganz unglaubliches Lachen. *Ho ho hoo hooo hoooo hooooo hoooooo,* stieg es und stieg es und stieg es an, und dann sank es langsam auf merkwürdige, ganz künstliche Weise ab und endete in einem Schluchzer. Der Raum erstarrte – Totenstille –, denn den Moment brauchten die Gäste, zumindest die meisten, um zu merken, daß sie gerade den berühmten Lachschluchzer aus der Arie »Vesti la giubba« aus dem »Bajazzo« gehört hatten.

Stürmischer Applaus von beiden Tischen, strahlendes Grinsen, Lachen und Rufe nach »Mehr! Mehr! Mehr!«

»Och nee!« sagte der große blonde Riese. »Ich singe nur für

mein Mittachessen, und das reicht jetzt schon fürs Mittachessen. Mein Soufflé war nich groß genuch, Leon!«

Lachstürme, neuer Applaus. Leon Bavardage machte eine träge Geste zu einem der mexikanischen Kellner hinüber. »Mehr Soufflé für Mr. Shaflett!« sagte er. »Macht es in der Badewanne!« Der Kellner erwiderte den Blick mit steinernem Gesicht.

Grinsend, mit glänzenden Augen, mitgerissen von diesem Duett der beiden großen Witzbolde, schrie Rale Brigham: »Einen Souffleur!« Das war so lahm, wie Sherman mit Befriedigung bemerkte, daß alle es ignorierten, sogar die röntgenäugige Mrs. Rawthrote.

»Aber wir haben dennoch einen besonderen Anlaß«, sagte Leon Bavardage, »denn wir haben während seines Besuches in den Vereinigten Staaten einen ganz besonderen Freund bei uns zu Gast, Aubrey Buffing.« Er strahlte den berühmten Mann an, der mit einem kleinen, gespannten, argwöhnischen Lächeln sein ausgezehrtes Gesicht Leon Bavardage zuwandte. »Im vergangenen Jahr hat unser Freund Jacques Prudhomme« – er strahlte zum französischen Kultusminister hinunter, der rechts von ihm saß – »Inez und mir gesagt, er habe es aus sicherer Quelle – ich hoffe, ich sage nichts Unpassendes, Jacques ...«

»Das hoffe ich auch«, sagte der Kultusminister mit seiner würdevollen Stimme und zuckte übertrieben mit den Achseln, um komisch zu wirken. Anerkennendes Gelächter.

»Also, Sie *haben* zu Inez und mir gesagt, Sie hätten es aus sicherer Quelle, daß Aubrey den Nobelpreis bekäme. Tut mir leid, Jacques, aber euer Geheimdienst ist nicht so toll in Stockholm!«

Wieder ein riesiges Achselzucken, noch etwas von der gepflegten Grabesstimme: »Zum Glück erwägen wir keine Feindseligkeiten gegen Schweden, Leon.« Viel Gelächter.

»Aber Aubrey war jedenfalls so *nahe* dran«, sagte Leon und führte Daumen und Zeigefinger dicht zusammen, »und nächstes Jahr wird vielleicht sein Jahr sein.« Das kleine angespannte

Lächeln des alten Engländers wich nicht. »Aber natürlich ist es eigentlich nicht wichtig, denn was Aubrey für unsere ... unsere Kultur ... bedeutet, geht weit über Preise hinaus, und ich weiß, daß das, was Aubrey Inez und mir als *Freund* bedeutet ... nun, das geht über Preise und Kultur ... und ...« Er suchte verlegen nach einer Möglichkeit, dieses Trikolon abzuschließen, und so sagte er: »... und alles andere hinaus. Jedenfalls möchte ich auf Aubrey einen Toast ausbringen, mit den besten Wünschen für seinen Besuch in Amerika ...«

»Eben hat er sich noch einen weiteren Monat mit Hausgast verschafft«, sagte Mrs. Rawthrote im Bühnengeflüster zu Rale Brigham.

Leon erhob sein Glas Sauterne. »Lord Buffing!«

Erhobene Gläser, Applaus, Hört-Hörts nach britischer Art.

Der Engländer erhob sich langsam. Er war schrecklich dürr. Seine Nase schien eine Meile lang zu sein. Er war nicht groß, aber irgendwie ließ sein mächtiger, haarloser Schädel ihn imposant erscheinen.

»Sie sind viel zu freundlich, Leon«, sagte er, indem er Leon ansah und dann seine Augen bescheiden niederschlug. »Wie Sie vielleicht wissen ... ist jedem, der den Gedanken an den Nobelpreis hegt, angeraten, sich so zu verhalten, als wisse er allein schon von dessen Existenz nichts, und in jedem Falle bin ich viel zu alt, um mir darüber Gedanken zu machen ... Und darum bin ich sicher, daß ich nicht weiß, wovon Sie reden.« Leises erstauntes Gelächter. »Aber man kann kaum umhin, sich der wunderbaren Freundschaft und Gastlichkeit von Ihnen und Inez bewußt zu sein, und Gott sei Dank habe ich keine Sekunde lang so zu tun, als sei ich es nicht.« Die Litotes hatte sich in solcher Geschwindigkeit verdreifacht, daß die Gesellschaft durcheinander kam. Aber sie murmelte ihre Zustimmung. »Und das so sehr«, fuhr er fort, »daß ich zum Beispiel glücklich sein sollte, wenn ich für mein Mittagessen singen darf ...«

»Das denke ich auch«, flüsterte Mrs. Rawthrote.

»... aber ich sehe nicht, wie das jemand wagen sollte nach Mr. Shafletts bemerkenswerter Anspielung auf Canios Gram im ›Bajazzo‹.«

Wie es nur die Engländer fertigbringen, sprach er »Mr. Shaflett« sehr schelmisch aus, um der Absurdität Ausdruck zu geben, daß man diesem bäurischen Clown den würdigen Titel Mister verlieh.

Plötzlich verstummte er, hob den Kopf und blickte starr geradeaus, als sehe er durch die Wände des Hauses hinaus auf die Metropole dahinter. Er lachte trocken.

»Verzeihen Sie. Ich hörte plötzlich den Klang meiner eigenen Stimme, und mir kam der Gedanke, daß ich mittlerweile die Art britischer Stimme habe, die, wenn ich sie vor einem halben Jahrhundert gehört hätte, als ich ein junger Mann war – ein wunderbar hitzköpfiger junger Mann, wie ich mich erinnere –, mich veranlaßt haben würde, den Raum zu verlassen.«

Man warf sich gegenseitig Blicke zu.

»Aber ich weiß, Sie werden nicht hinausgehen«, fuhr Buffing fort. »Es ist immer wunderbar gewesen, ein Engländer in den Vereinigten Staaten zu sein. Lord *Gutt* mag vielleicht nicht meiner Meinung sein« – er sprach »Gutt« mit so einem gutturalen Gebell aus, daß es war, als sage er »Lord Arschloch« –, »aber ich bezweifle das. Als ich das erstemal in die Vereinigten Staaten kam, als junger Mann vor dem Zweiten Weltkrieg, und die Leute meine Stimme hörten, sagten sie: ›Oh, Sie sind Engländer!‹, und ich bekam meinen Willen, weil sie so beeindruckt waren. Wenn ich heutzutage in die Vereinigten Staaten komme und die Leute meine Stimme hören, sagen sie: ›Ach, Sie sind Engländer – Sie Ärmster!‹ – und ich bekomme noch immer meinen Willen, weil Ihre Landsleute es nie versäumen, Mitleid mit uns zu haben.«

Viel zustimmendes Gelächter und Erleichterung. Der alte Herr schlug jetzt einen leichteren Ton an. Er schwieg wieder, als versuche er sich zu entscheiden, ob er weitersprechen solle oder nicht. Sein Entschluß lautete offensichtlich ja.

»Warum ich nie ein Gedicht über die Staaten geschrieben habe, weiß ich eigentlich nicht. Gut, ich nehme das zurück. Ich *weiß* es natürlich. Ich lebe in einem Jahrhundert, in dem man von Dichtern nicht erwartet, daß sie Gedichte *über* irgend etwas schreiben, zumindest nicht über etwas, das man mit einer geografischen Bezeichnung belegen kann. Aber die Vereinigten Staaten verdienen ein episches Gedicht. Zu verschiedenen Zeiten meines Lebens habe ich überlegt, ob ich nicht ein Epos schreiben sollte, aber auch das habe ich nicht getan. Man erwartet von Dichtern auch nicht mehr, daß sie Epen schreiben, obwohl die einzigen Dichter, die Bestand haben und immer haben werden, Dichter sind, die Epen geschrieben haben. Homer, Vergil, Dante, Shakespeare, Milton, Spenser – wo werden Mr. Eliot oder Mr. Rimbaud« – wie »Mr. Shaflett« ausgesprochen – »in deren Lichte stehen, in auch nur fünfundzwanzig Jahren? Im Schatten, fürchte ich, in den Fußnoten, tief im Ibidem-Dickicht ... zusammen mit Aubrey Buffing und vielen anderen Dichtern, von denen ich von Zeit zu Zeit eine sehr hohe Meinung hatte. Nein, wir Dichter haben nicht einmal mehr die Vitalität, Epen zu verfassen. Wir besitzen nicht einmal mehr den Mut zu Reimen, und das amerikanische Epos sollte Reime haben, Reime über Reime in üppigem Faltenwurf, Reime der Art, wie Edgar Allan Poe sie uns schenkte ... Ja, Poe, der während seiner letzten Lebensjahre gleich nördlich von hier wohnte, glaube ich, in einem Stadtteil von New York, der die Bronx heißt ... in einem kleinen Häuschen mit Fliederbüschen und einem Kirschbaum ... und einer Frau, die an Tuberkulose starb. Natürlich war er ein Säufer, vielleicht ein Psychopath – aber mit dem Wahnsinn prophetischer Weitsicht. Er hat eine Geschichte geschrieben, die uns alles sagt, was wir über den Augenblick, in dem wir gerade leben, wissen müssen ... ›Die Maske des Roten Todes‹ ... Eine rätselhafte Seuche, der Rote

Tod, verwüstet das Land. Fürst Prospero – Fürst *Pro*spero – selbst der Name ist vollkommen –, Fürst Prospero versammelt all die besten Leute in seinem Schloß, lagert für zwei Jahre Vorräte an Essen und Trinken ein und verschließt die Tore gegen die Außenwelt, gegen das bösartige Gift aller niederen Seelen, und eröffnet einen Maskenball, der währen soll, bis sich die Seuche jenseits der Mauern erschöpft haben wird. Das Fest geht endlos und ohne Unterbrechungen vonstatten, und es wird in sieben großen Sälen abgehalten, und in jedem wird der Trubel ausgelassener als im vorigen, und die Gäste werden immer weiter, weiter, weiter gelockt zu dem siebten Raum, der völlig schwarz ausgestattet ist. Eines Abends erscheint in diesem Raum ein Gast, der in das raffinierteste und auf seine gräßliche Art schönste Kostüm gehüllt ist, das diese Gesellschaft glänzender Masken je gesehen hat. Dieser Gast ist als Tod verkleidet, aber so überzeugend, daß Fürst *Pro*spero sich verletzt fühlt und ihn hinauszuwerfen befiehlt. Aber niemand wagt ihn zu berühren, so daß die Aufgabe dem Fürsten selbst zufällt, und in dem Moment, da er das gräßliche Leichentuch berührt, fällt er tot zu Boden, denn der Rote Tod ist in das Haus Prosperos eingedrungen … *Pro*speros, meine Freunde … Nun, das Erlesene an der Geschichte ist, daß die Gäste irgendwie die ganze Zeit gewußt haben, was sie in diesem Raum erwartet, und doch fühlen sie sich unwiderstehlich zu ihm hingezogen, denn die Erregung ist so ungeheuer, und das Vergnügen ist so zügellos, und die Kleider und die Speisen und Getränke und das Fleisch sind so üppig – und das ist alles, was sie besitzen. Familien, Häuser, Kinder, die lange Kette allen Seins, die ewige Flut der Chromosomen bedeutet ihnen nichts mehr. Sie sind aneinander gefesselt, und sie taumeln umeinander herum, endlos, kleine Teilchen in einem dem Untergang geweihten Atom – und was sonst konnte der Rote Tod sein, als eine Art allerletztes Stimulans, das Nonplusultra? Und Poe war so freundlich, den Schluß für uns vor mehr als hundert Jahren zu schreiben. Wer soll, dieses wissend, denn nun bloß all die fröhlicheren Passagen schreiben, die davor kommen sollten? Ich nicht, ich nicht. Das Siechen – der Schwindel – der Schmerzen Verwirrn – erlosch mit dem Fieber, das quälte mein Hirn – dem Fieber, 's heißt ›Leben‹, das mir brannte im Hirn. Das Fieber, 's heißt ›Leben‹ – es waren mit die letzten Worte, die er schrieb ... Nein, ich kann nicht der epische Dichter sein, den Sie verdienen. Ich bin zu alt und viel zu müde, zu überdrüssig des Fiebers namens ›Leben‹, und ich schätze Ihre Gesellschaft viel zu sehr, Ihre Gesellschaft und den Taumel, den Taumel, den Taumel. Danke, Leon. Danke, Inez.« Und damit nahm der gespensterhafte Brite langsam wieder Platz.

Der Eindringling, den die Bavardages am meisten fürchteten, die Stille, beherrschte jetzt den Raum. Die Gäste sahen einander verlegen an, und das auf drei Arten. Sie waren verlegen über diesen alten Mann, der die Taktlosigkeit begangen hatte, einen düsteren Ton an einem Abend bei den Bavardages anzuschlagen. Sie waren verlegen, weil sie das Bedürfnis fühlten, ihre zynische Überlegenheit gegenüber dieser Feierlichkeit zum Ausdruck zu bringen, aber nicht wußten, wie sie das anstellen sollten. Wagten sie es zu kichern? Schließlich war er Lord Buffing aus der engeren Nobelpreiswahl und Hausgast ihrer Gastgeber. Und sie waren verlegen, weil immer die Möglichkeit bestand, daß der alte Mann etwas Tiefgründiges gesagt hatte, und sie hatten es nicht kapiert. Sally Rawthrote rollte mit ihren Augen, machte ein spöttisches langes Gesicht und blickte sich um, um zu sehen, ob irgend jemand ihrem Beispiel folgte. Lord Gutt zwang ein deprimiertes Lächeln auf sein großes, dickes Gesicht und blickte zu Bobby Shaflett hinüber, der seinerseits Inez Bavardage in Erwartung eines Zeichens ansah. Sie gab keines. Sie starrte verdattert vor sich hin. Judy lächelte ein vollkommen dämliches Lächeln, fand Sherman, als sei sie der Meinung, der berühmte Herr aus Großbritannien habe soeben etwas sehr Erfreuliches geäußert.

Inez Bavardage stand auf und sagte: »Den Kaffee trinken wir im anderen Zimmer.«

Nach und nach, ohne Überzeugung, begann der Bienenschwarm wieder zu summen.

Auf der Fahrt nach Hause, auf der Sechs-Querstraßen-Reise, die $ 123,25 kostete, nämlich die andere Hälfte von $ 246,50, mit dem weißhaarigen Chauffeur von Mayfair Town Car Inc. am Steuer, plauderte Judy ohne Punkt und Komma. Sie sprudelte geradezu über. So aufgedreht hatte Sherman sie schon seit mehr als zwei Wochen nicht mehr gesehen, seit dem Abend, als sie ihn mit Maria in flagranti telephono erwischt hatte. Heute abend hatte sie offensichtlich nichts erspäht, was Maria betraf, wußte wohl noch nicht einmal, daß die hübsche Frau neben ihrem Mann beim Dinner Maria *geheißen* hatte. Nein, sie war in phantastischer Stimmung. Sie war beschwipst, nicht von Alkohol – Alkohol machte dick –, sondern von der Gesellschaft.

Unter der Maske amüsierter Distanziertheit plapperte sie über das Raffinement, mit dem Inez ihre prominente Galabesetzung ausgewählt hatte: drei Adelstitel (Baron Hochswald, Lord Gutt und Lord Buffing), ein ranghoher Politiker mit kosmopolitischem Gepräge (Jacques Prudhomme), vier Giganten aus Kunst und Literatur (Bobby Shaflett, Nunnally Voyd, Boris Korolew und Lord Buffing), zwei Designer (Ronald Vine und Barbara Cornagglia), drei V.I.F.s – »V.I.F.s?« fragte Sherman – »Very Important Fags«, sagte Judy, »sehr berühmte Tunten – so nennt sie jeder« (der einzige Name, den Sherman aufgeschnappt hatte, war der des Engländers, der rechts von ihr gesessen hatte, St. John Thomas) – und drei Titanen der Geschäftswelt (Hochswald, Rale Brigham und Arthur Ruskin). Dann machte sie sich über Ruskin her. Die Frau zu seiner Linken, Madame Prudhomme, wollte sich nicht mit ihm unterhalten, und die Frau zu seiner Rechten, Rale Brighams Frau, hatte kein Interesse gezeigt, und so hatte Ruskin sich vorgebeugt und

Baron Hochswald von seinem Charterflugdienst im Nahen Osten zu erzählen begonnen. »Sherman, hast du eine Ahnung, womit dieser Mann sein Geld verdient? Er bringt Araber mit Flugzeugen nach Mekka – mit Jumbo Jets! Zu Zigtausenden! Und er ist Jude!«

Es war das erstemal seit – er konnte sich nicht erinnern, seit wann, daß sie ihm in der sonnigen Laune von einst einen Klatsch weitererzählte. Aber ihn kümmerten Leben und Zeiten des Arthur Ruskin nicht mehr. Er konnte nur noch an den ausgezehrten, ruhelosen Engländer denken, Aubrey Buffing.

Und dann sagte Judy: »Was um alles in der Welt, meinst du, ist in Lord Buffing gefahren. Das Ganze war so ... so kränkend.«

Kränkend, in der Tat, dachte Sherman. Er wollte ihr schon erzählen, daß Buffing an AIDS sterbe, aber die Freuden des Klatsches kümmerten ihn ebenfalls schon lange nicht mehr.

»Ich habe keine Ahnung«, sagte er.

Aber natürlich wußte er es. Er wußte es genau. Diese manierierte, gespenstische englische Stimme war die Stimme eines Orakels gewesen. Aubrey Buffing hatte direkt zu ihm gesprochen, als sei er ein von Gott persönlich gesandtes Medium. Edgar Allan Poe – *Poe!* – der Untergang der Prasser! – in der Bronx – *der Bronx!* Der sinnlose Taumel, das üppige Fleisch, die Vernichtung von Heim und Herd! Und, im letzten Zimmer wartend, der Rote Tod.

Eddie hatte die Tür bereits geöffnet, als sie von der Mayfair-Town-Car-Limousine zum Hauseingang schritten. Judy schmetterte: »Hallo, Eddie!« Sherman sah ihn kaum an und sagte gar nichts. Ihm war schwindlig. Außer daß er von Angst verzehrt wurde, war er auch noch betrunken. Seine Augen huschten im Foyer umher ... Die Straße der Träume ... Er erwartete fast, das Leichentuch zu sehen.

16
Harps und Donkeys

Martins irischer Machismo war so eiskalt, daß Kramer ihn sich nicht gutgelaunt vorstellen konnte, es sei denn eventuell, wenn er betrunken war. Aber selbst dann, dachte er, wäre er ein fieser, reizbarer Betrunkener. Heute morgen war Martin jedoch gut gelaunt. Seine hinterhältigen Dobermannaugen waren groß und strahlend. Er war glücklich wie ein Kind.

»Wir stehn da also in diesem Foyer mit diesen beiden Portiers rum«, sagte er gerade, »da summt's, und so 'n Knopf leuchtet auf, und – Himmelherrgott – einer von diesen Burschen rennt aus der Tür, als hätte er 'n Elektrodraht im Arsch, pfeift auf 'ner Trillerpfeife und fuchtelt mit den Armen nach 'm Taxi.«

Er sah direkt auf Bernie Fitzgibbon, als er diese Geschichte erzählte. Die vier, Martin, Fitzgibbon, Goldberg und Kramer, saßen in Fitzgibbons Büro. Wie sich's für einen Chef des Morddezernats bei der Staatsanwaltschaft ziemte, war Fitzgibbon ein schlanker, athletischer Ire von der schwarzhaarigen irischen Sorte mit kantiger Kinnlade, dichtem schwarzem Haar, dunklen Augen und einem Ausdruck im Gesicht, den Kramer das Umkleideraumgrinsen nannte. Das Umkleideraumgrinsen kam schnell, war aber nie einschmeichelnd. Fitzgibbon griente zweifellos bereitwillig über Martins Geschichte und deren ungehobelte Details, denn Martin war ein ganz spezieller Typ eines zähen, kleinen Harp, und Fitzgibbon verstand und schätzte diesen Schlag.

Es waren zwei Iren im Zimmer, Martin und Fitzgibbon, und zwei Juden, Goldberg und Kramer, aber im Grunde saßen da vier Iren. Ich bin Jude, dachte Kramer, aber nicht in diesem Zimmer. Alle Polizisten wurden zu Iren, die jüdischen Polizisten wie Goldberg, aber auch die italienischen Polizisten, die hispanischen Polizisten und die schwarzen Polizisten. Auch die schwarzen; keiner verstand die Polizeikommissare, die üblicherweise schwarz waren, weil ihre Haut die Tatsache verbarg, daß sie zu Iren geworden waren. Dasselbe traf auf die Unterstaatsanwälte im Morddezernat zu. Man erwartete von einem, daß man Ire wurde. Die Iren verschwanden so langsam aus New York, soweit es die allgemeine Bevölkerung betraf. In der Politik waren die Iren, die vor zwanzig Jahren noch die Bronx, Queens, Brooklyn und große Teile von Manhattan beherrscht hatten, zu einem einzigen schäbigen kleinen Distrikt drüben an der West Side von Manhattan zusammengeschmolzen, da drüben, wo all die unbenutzten Piers im Hudson rosteten. Jeder irische Polizist, den Kramer kannte, wohnte draußen auf Long Island oder in solchen Orten wie Dobby Ferry und pendelte in die Stadt. Bernie Fitzgibbon und Jimmy Caughey waren Dinosaurier. Jeder, der in der Staatsanwaltschaft Bronx nach oben kam, war Jude oder Italiener. Und dennoch war der irische Stempel der Polizeibehörde und dem Morddezernat der Staatsanwaltschaft aufgedrückt, und das würde er wahrscheinlich für immer bleiben. Irischer Machismo – das war der eigensinnige Wahnsinn, der sie alle packte. Sie nannten sich Harps und Donkeys, Harfen und Esel, und zwar die Iren selber. Donkeys! Sie benutzten das Wort aus Stolz, aber auch als Eingeständnis. Sie verstanden das Wort. Irischer Mut war nicht der Mut des Löwen, sondern der Mut des Esels. Ganz gleich, in was für eine dumme Klemme man sich als Polizist oder Unterstaatsanwalt im Morddezernat hineinmanövriert hatte, man kniff nie. Man behauptete die Stellung. Das war es, was selbst an den kleinsten und unbedeutendsten dieses Schlages unheimlich war. Nahmen sie mal eine Position ein, dann waren sie auch bereit zu kämpfen. Wenn man mit ihnen zu tun bekam, mußte man ebenfalls zum Kämpfen bereit sein, und dabei hatten auf diesem armseligen Erdball gar nicht viele Leute Lust zu kämpfen. Die andere Seite an der Geschichte war die Loyalität. Wenn einer von ihnen in die Klemme kam, desertierten die anderen nie. Schön, das stimmte nicht ganz, aber die Partie mußte schon ziemlich aussichtslos sein, ehe ein Ire anfing, an sich selber zu denken. Die Polizisten waren so, und von den Unterstaatsanwälten im Morddezernat erwartete man, daß sie so wären. Treue war Treue, und irische Treue war ein Monolith, unteilbar. Der Donkey-Kodex! Und jeder Jude, jeder Italiener, jeder Schwarze, jeder Puertoricaner prägte sich diesen Kodex ein und wurde selber zu einem beinharten Donkey. Die Iren unterhielten sich gern gegenseitig mit irischen Kriegsgeschichten, und als jetzt Donkey Fitzgibbon und Donkey Goldberg Donkey Martin zuhörten, hätten sie eigentlich nur noch was zu saufen gebraucht, um das Bild dadurch zu vervollständigen, daß sie besoffen und sentimental wurden oder besoffen und tierisch wütend. Nein, dachte Kramer, sie brauchen keinen Alkohol. Sie sind berauscht davon, was für zähe, illusionslose Scheißkerle sie doch sind.

»Ich hab einen von den Portiers danach gefragt«, sagte Martin. »Ich meine, wir hatten Masse Zeit. Dieser Scheiß-McCoy läßt uns da unten im Foyer fünfzehn Minuten warten. Jedenfalls, auf jedem Stockwerk hamse neben dem Fahrstuhl zwei Knöpfe. Einer is für den Fahrstuhl, und der andere is für Taxis. Du drückst auf den Knopf, und dieser kleine Saftsack rennt raus auf die Straße, bläst in seine Trillerpfeife und fuchtelt mit den Armen. Also jedenfalls kommen wir schließlich in den Fahrstuhl, und da fällt mir ein, ich weiß gar nicht, im welchem Stock der Scheißtyp wohnt. Ich steck also meinen Kopf aus der Tür und sage zu dem Portier: ›Welchen Knopf muß ich drücken?‹ Und er sagt: ›Wir schicken Sie schon rauf.‹ *Wir schicken Sie schon rauf.* Du kannst in dem Fahrstuhl auf alle Knöpfe drücken, die du willst, und das nutzt 'n Scheiß. Einer von den Portiers muß auf den Knopf auf seiner Schalttafel draußen an der Tür drücken. Sogar wenn du in diesem Scheißhaus wohnst und du willst jemand anderen besuchen, kannste nich einfach in den Fahrstuhl steigen und die Etage von jemand anderem drücken. Nicht daß das Haus mir so vorkommt, als wär's eins von denen, wo sie einfach so vorbeischnein und das Kroppzeug erschießen. Jedenfalls, dieser McCoy wohnt im zehnten Stock. Die Tür geht auf, und man kommt in so 'n kleinen Raum. Sie führt in keinen Hausflur, sie führt in diesen kleinen Raum, und da gibt's nur eine Tür. In diesem Stockwerk ist der Fahrstuhl nur für seine Scheißwohnung da.«

»Du hast ein zu abgeschiedenes Leben geführt, Marty«, sagte Bernie Fitzgibbon.

»Nicht scheißabgeschieden genug, wenn du mich fragst«, sagte Martin. »Wir drücken auf die Klingel, und ein Hausmädchen im Dreß macht die Tür auf. Sie ist Puertoricanerin oder Südamerikanerin oder so was. Die Diele, in die man kommt, da ist überall Marmor und Holztäfelungen und eine von diesen riesigen Treppen, die so raufgehen wie im Film. Wir kühlen also unsere Hacken für 'ne Weile auf dem Marmor, bis der Kerl meint, er hat uns die angemessene Zeit warten lassen, und dann kommt er die Treppe runter, sehr langsam, mit seinem Scheißkinn – ich schwöre bei Gott – sein Scheißkinn in die Luft gereckt. Haste das bemerkt, Davey?«

»Yeah«, sagte Goldberg. Er prustete vor Vergnügen.

»Wie sieht er aus?« fragte Fitzgibbon.

»Er ist groß, grauer Anzug, hat das Kinn in der Luft – so 'n Wall-Street-Arschloch. Kein häßlicher Bursche. Ungefähr vierzig.«

»Wie reagierte er auf euch?«

»Zuerst reagierte er ziemlich cool auf die ganze Geschichte«, sagte Martin. »Er führte uns in die Bibliothek, so was war's wohl. War nicht sehr groß, aber du hättest diesen verdammten

Scheiß um die Decke rum sehen sollen.« Er vollführte mit der Hand eine schwungvolle Bewegung. »Alle diese Scheißleute, aus Holz geschnitzt, Menschenmassen auf 'm Bürgersteig, und Läden und so 'n Scheiß im Hintergrund. So was haste noch nie gesehen. Also, wir setzen uns da hin, und ich erzähle ihm, daß das 'ne Routinekontrolle der Wagen dieser Marke mit dieser Zulassungsnummer wär und so weiter, und er sagt, yeah, er hätte was über den Fall im Fernsehen gesehen, und yeah, er hat 'n Mercedes mit 'm Nummernschild, das mit R anfängt, und das ist sicher 'n verdammter Zufall, na schön – und ich meine, ich merke, das ist schon wieder so 'n Zeitverschwendungsname auf dieser Scheißzeitverschwendungsliste, die sie uns gegeben haben. Ich meine, wenn du dir den allerunwahrscheinlichsten Typen vorstellen willst, der nachts auf dem Scheiß-Bruckner-Boulevard in der Bronx rumfahren soll, dann isses dieser Kerl. Ich meine, ich *entschuldige* mich praktisch bei dem Typen, daß ich ihm seine Scheißzeit raube. Und dann frage ich ihn, ob wir 'n Blick auf den Wagen werfen dürfen, und er sagt: ›Wann?‹ Und ich sage: ›Jetzt‹, und mehr war nich nötig. Ich meine, wenn er gesagt hätte: ›Er ist in der Werkstatt‹ oder ›Meine Frau hat ihn grade‹ oder irgend so 'n gottverdammten Scheiß, ich weiß nich, ob ich überhaupt zurückgegangen wär, um ihn mir anzusehen, die ganze Sache sah so verflucht unwahrscheinlich aus. Aber er hat plötzlich so 'n Ausdruck im Gesicht, und seine Lippen fangen an zu zittern, und er fängt an, so 'n nichtssagenden Quatsch zu reden, daß *er nicht weiß* ... und was denn *diese Prozedur* ... aber es ist hauptsächlich der Ausdruck in seinem Gesicht. Ich sah Davey an, und er sah mich an, und wir sahen beide die gleiche gottverdammte Sache. War's nich so, Davey?«

»Yeah. Plötzlich kommt sein Galgengesicht raus. Man sah es richtig rauskommen.«

»Ich hab solche Leute schon früher gesehen«, sagte Martin. »Er mag diesen Scheiß überhaupt nich. Er is kein schlechter Kerl. Sieht 'n bißchen hochnäsig aus, aber er is wahrscheinlich 'n ganz netter Bursche. Er hat 'ne Frau und 'n Kind. Er hat dieses Scheißapartment. Er hat nich die Nerven für so 'n Scheiß. Er hat nich die Nerven, auf der falschen Seite des Gesetzes zu stehen. Egal, wer einer ist, irgendwann in seinem Leben wird er mal auf der falschen Seite des Gesetzes stehen, und einige Leute haben dann die Nerven dafür, und einige nich.«

»Es ging über seine Nerven, daß du dich auf seinen Scheißschreibtisch gesetzt hast«, sagte Goldberg und lachte.

»O yeah«, sagte Martin und gluckste bei der Erinnerung. »Also, die Sache is, ich sehe, daß der Bursche langsam in Scherben geht, und ich sage mir: Oh, Scheiße, ich habe ihm noch nich seine Scheißrechte vorgetragen, dann tu ich das wohl besser jetzt. Und ich versuche, die Sache wirklich ganz salopp zu machen, und ich sage zu ihm, wie sehr wir seine Mitarbeit zu schätzen wüßten und alles, aber er bräuchte nichts zu sagen, wenn er das nicht wollte, und er hätte das Recht auf 'n Anwalt, und so weiter, und jetzt überlege ich mir: Wie soll ich sagen: Wenn Sie sich keinen Anwalt leisten können, wird der Staat Ihnen kostenlos einen stellen – so daß es salopp klingt, wenn doch schon die Scheißschnitzereien an der Wand mehr kosten, als ein Scheiß-18b-Anwalt in einem ganzen Jahr verdient. Also überlege ich mir, daß ich mich obendrein noch auf die gute alte Ran-an-den-Feind-List werfe, und ich stehe genau vor ihm – er sitzt an diesem Riesenschreibtisch – und ich sehe ihn an, als würde ich sagen: Du wirst doch nich so 'n Affenscheiß veranstalten und deine Klappe halten, bloß weil ich dir deine Rechte vortrage?«

»Es war noch viel schlimmer«, sagte Goldberg. »Marty setzt sich plötzlich auf die Kante des Scheißschreibtischs von dem Typen!«

»Was hat er da gemacht?« fragte Fitzgibbon.

»Zuerst nichts«, sagte Martin. »Er weiß, irgendwas ist im Busch. Man kann ja nicht einfach sagen: ›Ach, übrigens‹, und dann jemandem seine Rechte vortragen, als wollte man einfach die Zeit rumkriegen. Aber er ist durcheinander. Ich sehe, daß seine Augen immer größer werden. Er redet Unsinn wie 'n Irrer. Dann steht er auf und sagt, er möchte mit einem Anwalt sprechen. Das Komische ist, er verliert die Fassung, als wir ihn nach seinem Wagen fragen, und dann gehn wir da vorbei und sehn uns den Wagen an, und es ist nichts dran. Es ist nicht eine Schramme dran.«

»Wie habt ihr den Wagen gefunden?«

»Das war einfach. Er hat uns gesagt, er hätte ihn in einer Garage. Also hab ich überlegt, wenn du soviel Geld hast wie dieser Hurensohn, dann hast du deinen Wagen in der Garage, die am nächsten ist. Also hab ich den Portier gefragt, wo die nächste Garage ist. Das is alles. Hab nicht mal McCoy erwähnt.«

»Und in der Garage haben sie euch den Wagen einfach gezeigt?«

»Yeah, ich hab kurz mit der Marke gewinkt, und Davey stand auf der anderen Seite von dem Burschen und starrte ihm Löcher in den Kopf. Du weißt, ein fieser Jude sieht viel fieser aus als ein fieser Harp.«

Goldberg strahlte. Er nahm das als ein großes Kompliment.

»Der Typ fragt: ›Welcher Wagen?‹« sagte Goldberg. »Stellt sich raus, sie haben zwei Wagen in der Garage, den Mercedes und einen Mercury-Kombi, und es kostet $ 410 pro Monat, um seinen Wagen da abzustellen. Klebte 'n Plakat an der Wand. $ 820 pro Monat für zwei Wagen. Das sind $ 200 mehr, als ich für mein ganzes Scheißhaus in Dix Hills bezahle.«

»Und der Bursche zeigt euch also den Wagen?« fragte Fitzgibbon.

»Er erzählt uns, wo er steht, und sagt: ›Bedienen Sie sich‹«, sagte Goldberg. »Und mir kommt die Idee, daß er von McCoy nich gerade hingerissen ist.«

»Na ja, er reißt sich nich gerade 'n Bein aus, um auf ihn aufzupassen«, sagte Martin. »Ich fragte ihn, ob der Wagen Dienstag vor 'ner Woche abends benutzt worden wäre, und er sagt, na klar, er erinnert sich sehr gut dran. McCoy ist damit gegen sechs weg und kommt ungefähr um zehn zurück und wirkt völlig durcheinander.«

»Schön, wenn man Leute hat, die sich so um einen kümmern«, sagte Goldberg.

»Allein?« fragte Fitzgibbon.

»Das sagte der Mann«, sagte Martin.

»Ihr seid also sicher, das ist der Mann.«

»O yeah.«

»Okay«, sagte Fitzgibbon, »wie kriegen wir jetzt einen Fall zustande?«

»Wir haben jetzt den Anfang«, sagte Martin. »Wir wissen, daß er an dem Abend mit seinem Wagen unterwegs war.«

»Gib uns noch zwanzig Minuten mit dem Scheißkerl, und wir kriegen den Rest raus«, sagte Goldberg. »Bei ihm hat das Galgengesicht schon rausgekuckt.«

»Darauf würde ich mich nicht verlassen«, sagte Fitzgibbon, »aber ihr könnt's ja probieren. Ihr wißt, im Grunde haben wir bisher 'n Scheiß. Wir haben keine Zeugen. Der Junge selber kommt nicht mehr in Frage. Wir wissen nicht mal, wo's passiert ist. Nicht nur das, der Junge kommt an dem Abend, als es passiert ist, ins Krankenhaus und sagt überhaupt nichts davon, daß er von einem Wagen angefahren worden ist.«

Kramer begann ein Licht aufzugehen. Er mischte sich ein: »Vielleicht war er da schon gaga.« Ein Leuchten entstieg plötzlich dem einstigen Läpperscheiß. »Wir wissen, daß er am Kopf einen ganz schönen Hieb abgekriegt hat.«

»Vielleicht«, sagte Fitzgibbon, »aber das gibt mir überhaupt keine Handhabe, was zu unternehmen, und ich sage euch, Abe wird was unternehmen wollen. Er war über diese Demonstration gestern nicht sehr glücklich. ›Weiss-Justiz ist weiße Justiz.‹ Das stand in allen Zeitungen, und es kam im Fernsehen.«

»Und es war Quatsch«, sagte Goldberg. »Wir waren da. Ein paar Dutzend Demonstranten, die Hälfte davon die üblichen

Spinner, diese Reva Dingsbums und ihre Elfen, und der Rest waren Gaffer.«

»Versuch das mal Abe zu erzählen. Er hat's im Fernsehen gesehen, wie alle anderen auch.«

»Also, wißt ihr«, sagte Kramer, »dieser McCoy hört sich an wie jemand, den wir vielleicht ausräuchern können.«

»Ausräuchern?«

»Yeah. Ich denke im Moment bloß mal laut – aber wenn wir uns damit vielleicht an die Öffentlichkeit wenden ...«

»An die Öffentlichkeit?« sagte Fitzgibbon. »Machst du Witze? Womit denn? Daß der Kerl wuschig wird, wenn zwei Polizisten zu ihm in die Wohnung kommen, und daß er mit seinem Wagen unterwegs war an dem Abend, als der Junge überfahren wurde? Weißt du, was das bringt? Gar nichts.«

»Ich sagte ja, ich denke bloß laut.«

»Jaja, aber tu mir 'n Gefallen. Denk bloß nicht vor Abe auf diese Weise laut. Der ist imstande und nimmt das ernst.«

Die Reade Street war eine von diesen alten Straßen unten in der Nähe der Gerichte und der City Hall. Es war eine schmale Straße, und die Häuser zu beiden Seiten, Bürohäuser und Kleinindustrie-Fabrikgebäude mit gußeisernen Säulen und Architraven, hielten sie in einer trüben Dämmerung, selbst an einem hellen Frühlingstag wie diesem. Die Häuser in dieser Gegend, die unter der Bezeichnung TriBeCa bekannt ist, einer Abkürzung von »triangle below Canal Street«, Dreieck südlich der Canal Street, wurden nach und nach zu Büros und Wohnungen umgebaut, aber das Viertel bewahrte sich seine immer gleiche Schmuddeligkeit. Im dritten Stock eines alten gußeisernen Gebäudes ging Sherman einen Korridor mit einem schäbigen Fliesenboden entlang.

Auf der Hälfte des Ganges bemerkte er ein Plastikschild, in das die Namen DERSHKIN, BELLAVITA, FISHBEIN & SCHLOSSEL graviert waren. Sherman öffnete die Tür und fand sich in einem kleinen, überwältigend hellen, verglasten Vorzimmer wieder, in dem eine Latino-Frau arbeitete, die hinter einer Glastrennwand saß. Er nannte seinen Namen und sagte, er wolle Mr. Killian sprechen, und die Frau drückte auf einen Summer. Eine Glastür führte in einen größeren, noch helleren Raum mit weißen Wänden. Die Lampen an der Decke waren so hell, daß Sherman den Kopf gesenkt hielt. Gerippter orangefarbener Industrieteppich bedeckte den Boden. Sherman blinzelte beim Versuch, der irrwitzigen Helligkeit zu entgehen. Gleich geradeaus erspähte er am Boden das Unterteil eines Sofas. Das Unterteil bestand aus weißem Formica. Blaßbraune Lederpolster lagen darauf. Sherman setzte sich, und im selben Moment rutschte er mit dem Steißbein nach vorn. Der Sitz hatte offensichtlich die verkehrte Neigung. Seine Schulterblätter stießen gegen die Rückenpolster, die an einem Formica-Sockel lehnten, der im rechten Winkel zum Unterteil angebracht war. Vorsichtig hob er den Kopf. Ihm gegenüber stand noch so ein Sofa. Darauf saßen zwei Männer und eine Frau. Einer der Männer trug einen blauweißen Jogging-Anzug mit zwei großen graublauen Ledereinsätzen vorn. Der andere trug einen Trenchcoat aus irgendeinem düsteren graubraunen, genarbten Leder, vielleicht Elefant, mit Schultern, die so weit geschnitten waren, daß er riesig wirkte. Die Frau trug eine schwarze, ebenfalls sehr weit geschnittene Lederjacke, schwarze Lederhosen und schwarze Stiefel, die unter den Knien umgekrempelt waren wie Piratenstiefel. Alle drei blinzelten wie Sherman. Auch sie rutschten in einem fort nach vorn und wanden und schlängelten sich dann wieder nach oben, wobei ihre Ledersachen knarrten und quietschten. Die Lederleute. Auf dem Sofa zusammengepfercht, ähnelten sie einem von Fliegen gepiesackten Elefanten.

Aus einem Korridor betrat ein Mann den Empfangsraum, ein großer, magerer, glatzköpfiger Mann mit borstigen Augenbrauen. Er hatte Oberhemd und Schlips an, aber kein Jackett und trug, hoch an der linken Hüfte, einen Revolver in einem Holster. Er schenkte Sherman ein starres Lächeln, wie es ein Arzt im Wartezimmer aufsetzen könnte, wenn er nicht aufgehalten werden möchte. Dann ging er wieder hinein.

Stimmen aus dem Wohnungsgang: ein Mann und eine Frau. Es stellte sich heraus, daß der Mann die Frau vor sich herschob. Die Frau machte kleine Schritte und blickte über die Schulter zu dem Mann zurück. Er war groß und schlank, wahrscheinlich Ende Dreißig. Er trug einen marineblauen Zweireiher mit blaßblauem Muster und ein gestreiftes Hemd mit einem steifen weißen Kragen. Der Kragen war übertrieben breit und sah nach Shermans Geschmack ganz nach Modefatzke aus. Er hatte ein schmales Gesicht, ein feines Gesicht, hätte man sagen können, wäre da nicht seine Nase gewesen, die offensichtlich gebrochen war. Die Frau war jung, höchstens fünfundzwanzig, nur Titten, leuchtendrote Lippen, Wahnsinnsmähne und dickes Make-up, und alles platzte aus einem schwarzen Rollkragenpullover hervor. Sie trug schwarze Hosen und stöckelte auf schwarzen Schuhen mit Pfennigabsätzen herum.

Zuerst klangen ihre Stimmen gedämpft. Dann wurde die Stimme der Frau lauter und die des Mannes leiser. Es war der klassische Fall. Der Mann möchte die Geschichte auf eine ruhige private Auseinandersetzung begrenzen, aber die Frau beschließt, einen von ihren Trümpfen auszuspielen, nämlich eine Szene zu machen. Es gibt die Szene, und es gibt die Tränen. Das hier war die Szene. Die Stimme der Frau wurde lauter und lauter, und schließlich erhob sich auch die des Mannes.

»Aber Sie müssen«, sagte die Frau.

»Aber ich muß nich, Irene.«

»Was soll ich denn machen? Verfaulen?«

»Du sollst deine Rechnungen bezahlen wie andere Leute auch«, sagte er, indem er sie nachäffte. »Du hast mich schon auf die Hälfte meines Honorars runtergedrückt. Und dann verlangtest auch noch Dinge, die mich die Zulassung kosten könnten.«

»Sie kümmern sich nich.«
»Es ist nich so, daß ich mich nich kümmer. Es ist so, daß ich mich nich *mehr* kümmer. Du zahlst deine Rechnungen nich. Sieh mich nich so an. Du kannst machen, was du willst.«
»Aber Sie müssen! Was passiert denn, wennse mich wieder verhaften?«
»Daran hättste früher denken sollen, Irene. Was habe ich dir gesagt, als du das erstemal in dies Büro reinkamst? Ich habe dir zwei Dinge gesagt. Ich sagte dir: ›Irene, ich werde nich dein Freund sein. Ich werde dein Anwalt sein. Aber ich werde mehr für dich tun als deine Freunde.‹ Und ich hab dir gesagt: ›Irene, du weißt, warum ich das tue? Ich tu's fürs Geld.‹ Und dann habe ich gesagt: ›Irene, denk an diese beiden Dinge.‹ Stimmt's nich? Habe ich das nich gesagt?«
»Ich kann da nich wieder hin«, sagte sie. Sie senkte die heftig auf tropischen Sonnenuntergang geschminkten Lider und dann den ganzen Kopf. Ihre Oberlippe bebte; ihr Kopf und die Wahnsinnsmähne wackelten, desgleichen ihre Schultern.
Die Tränen.
»O Herr du meine Güte, Irene. Nu komm schon!«
Die Tränen.
»Na schön. Hör zu ... Ich versuch rauszukriegen, ob sie wegen 220-31 hinter dir her sind, und ich vertrete dich vor dem Vernehmungsrichter, wenn's so is, aber das is alles.«
Die Tränen! Siegreich selbst nach so vielen Jahrtausenden. Die Frau nickte wie ein reuiges Kind. Sie ging durch den gleißendhellen Warteraum nach draußen. Ihr Hintern wackelte in einem schwarzglänzenden Schimmer. Einer von den Ledermännern sah Sherman an, lächelte von Mann zu Mann und sagte: »Ay, caramba.«
Auf diesem fremden Terrain fühlte Sherman sich bemüßigt zurückzulächeln.
Der Modefatzke kam in das Empfangszimmer und sagte: »Mr. McCoy? Ich bin Tom Killian.«

Sherman stand auf und reichte ihm die Hand. Killians Händedruck war nicht sehr fest; Sherman dachte an die beiden Kriminalbeamten. Er folgte Killian durch einen Gang mit noch mehr Punktscheinwerfern.

Killians Büro war klein, modern und abscheulich. Es besaß kein Fenster. Aber wenigstens war es nicht so hell. Sherman guckte zur Decke. Von den neun Unterputzstrahlern waren sieben lose gedreht oder einfach durchgebrannt.

Sherman sagte: »Die Lampen da draußen ...« Er schüttelte den Kopf und machte sich nicht die Mühe, den Satz zu beenden.

»Yeah, ich weiß«, sagte Killian. »Das hat man davon, wenn man seine Innenarchitektin bumst. Der Typ, der den Laden hier gemietet hat, der schleppte die Zicke an, und sie meinte, das Haus wär düster. Sie langte ganz schön zu, ich meine die *Lampen*. Die Frau hatte die Wattomanie. Man soll sich hier an Key Biscayne erinnert fühlen. Genau das hatse gesagt.«

Sherman hörte nichts mehr nach »wenn man seine Innenarchitektin bumst«. Als Master of the Universe empfand er einen männlichen Stolz bei dem Gedanken, daß er mit allen Seiten des Lebens zu Rande käme. Jetzt aber entdeckte er, wie viele seriöse amerikanische Männer vor ihm, daß »alle Seiten des Lebens« sehr bunt waren, vor allem, wenn man im Publikum saß. *Wenn man seine Innenarchitektin bumst.* Wie konnte er nur irgendeine Entscheidung, die sein Leben betraf, von dieser Art Mensch in dieser Art Atmosphäre fällen lassen? Er hatte sich bei Pierce & Pierce telefonisch krank gemeldet – diese lahmste, schwächste, wehleidigste aller kleinen Lügen im Leben: für diese krätzige Hintergasse des Rechtswesens.

Killian wies auf einen Sessel, einen modernen Sessel mit geschwungenem Chromrahmen und zinnoberroten Polstern, und Sherman setzte sich. Die Rückenlehne war zu niedrig. Es war unmöglich, es sich darin bequem zu machen. Killians Sessel hinter dem Schreibtisch sah auch nicht viel besser aus.

Killian stieß wieder einen Seufzer aus und rollte mit seinen Augen. »Haben Sie gehört, wie ich verhandelt habe mit meiner Mandantin, Miss ...« Er beschrieb mit der hohlen Hand eine Kurve in der Luft.

»Das habe ich. Ja.«

»Tja, da hatten Se's Schrafrech 'n seir elmntahn Foom mit alln Märkmahn.«

Zuerst dachte Sherman, der Mann redete so, um noch die Frau nachzuäffen, die eben gegangen war. Dann wurde ihm klar, daß es nicht ihr Akzent war. Es war Killians. Der geschniegelte Dandy vor ihm hatte einen New Yorker Gossenakzent voller ausgelassener Konsonanten und mißhandelter Vokale. Trotzdem hatte er Shermans Stimmung um ein oder zwei Striche gehoben, als er zu erkennen gab, daß er wußte, daß Sherman neu in der Welt des Strafrechts war und in einer Sphäre weit darüber lebte. »Was für ein Fall?« fragte Sherman.

»Drogen. Wer sonst kann sich acht Wochen lang einen Prozeßanwalt leisten?« Dann sagte er ohne jeden Übergang: »Freddy hat mir von Ihrem Problem erzählt. Ich hab über den Fall auch in den Massenblättern gelesen. Freddy ist ein fabelhafter Mensch, aber er hat zuviel Klasse, um Massenblätter zu lesen. Ich lese sie. Also, warum erzählen Sie mir nicht, was wirklich passiert ist.«

Zu seiner Überraschung fand Sherman, als er erst einmal begonnen hatte, daß es leicht war, seine Geschichte an diesem Ort und diesem Mann zu erzählen. Wie ein Priester kam sein Beichtvater, dieser Dandy mit Boxernase, aus einem anderen Orden.

Hin und wieder gab der Plastikkasten einer Gegensprechanlage auf Killians Schreibtisch einen elektronischen Piepston von sich, und die leicht südamerikanisch gefärbte Stimme der Empfangsdame sagte etwa: »Mr. Killian ... Mr. Scannesi auf drei null« oder »Mr. Rothblatt auf drei eins«, und Killian sagte dann: »Sagen Sie ihm, ich rufe zurück«, und Sherman nahm den

Faden wieder auf. Aber dann piepste der Apparat, und die Stimme sagte: »Mr. Leong auf drei null.«

»Sagen Sie ihm – ich übernehme.« Killian machte mit der Hand in der Luft eine abweisende Flatterbewegung, als wollte er sagen: Das ist nichts, verglichen mit dem, worüber wir gerade sprechen, aber ich muß eine halbe Sekunde mit diesem Mann reden.

»Ayyyy, Lee«, sagte Killian. »Wasdenn, wasdenn? ... Kein Witz? ... He, Lee, ich lese grade 'n Buch über Sie ... Nein, nicht über Sie, sondern über euch Leongs ... Würde ich Sie veräppeln? Was glauben Sie, möchte ich 'n Beil in meinen Rücken?« Sherman wurde immer ärgerlicher. Gleichzeitig war er beeindruckt. Offenbar vertrat Killian einen von den Angeklagten aus dem Wahlskandal in Chinatown.

Killian legte schließlich auf, wandte sich Sherman zu und sagte: »Sie brachten also den Wagen zur Garage zurück, wechselten ein paar Worte mit dem Angestellten und gingen nach Hause.« Das sollte zweifellos beweisen, daß er durch die Unterbrechung nicht abgelenkt worden war.

Sherman erzählte weiter und schloß mit dem Besuch der beiden Kriminalbeamten, Martin und Goldberg, in seiner Wohnung.

Killian beugte sich vor und sagte: »Okay. Das erste, was Sie jetzt begreifen müssen, ist: Von jetzt an müssen Sie den Mund halten. Verstehen Sie? Sie gewinnen nichts, *gar* nichts, wenn sie über die Sache mit irgend jemandem reden« – by talking, *tawkin* –, »egal, mit wem. Alles was passieren würde, ist, daß Sie noch etwas mehr rumgeschubst werden, wie es die beiden Polizisten getan haben.«

»Was hätte ich denn tun sollen? Sie waren im Haus. Sie wußten, ich war oben. Wenn ich mich geweigert hätte, mit ihnen zu sprechen, wäre es doch ein deutlicher Hinweis darauf gewesen, daß ich etwas zu verbergen habe.«

»Sie hätten nichts weiter zu sagen brauchen als: ›Meine Herren, nett, Sie kennenzulernen, Sie führen eine Untersuchung durch, ich habe auf diesem Gebiet absolut keine Erfahrung, ich darf Sie also an meinen Anwalt verweisen, guten Abend, und sehen Sie zu, daß Ihnen beim Rausgehen nicht die Klinke ins Kreuz fällt.‹«

»Aber selbst das ...«

»Ist besser, als was passiert ist, nicht wahr? Tatsächlich hätten sie nämlich wahrscheinlich gedacht: Schön, das ist so 'n Park-Avenue-Pinkel, der zu beschäftigt ist oder zu hoch über allem schwebt, um mit Typen wie uns zu sprechen. Er hat Leute, die Dinge wie die für ihn erledigen. Es hätte Ihrer Sache überhaupt keinen Abbruch getan, wahrscheinlich. Von jetzt an todsicher nicht mehr.« Er fing an zu kichern. »Der Kerl hat Ihnen also tatsächlich Ihre Rechte vorgetragen, hm? Ich wünschte, ich wär dabei gewesen. Die trübe Nuß wohnt wahrscheinlich in 'nem Zweifamilienhaus in Massapequa, sitzt da plötzlich in einem Apartment an der Park Avenue Höhe siebziger Straßen und muß Sie darüber informieren, daß, falls Sie außerstande sind, sich einen Anwalt zu leisten, Ihnen der Staat einen stellen wird. Er mußte Ihnen den ganzen Vers vortragen.«

Sherman schreckte die gelöste Heiterkeit des Mannes. »Na schön«, sagte er, »aber was bedeutet das?«

»Es bedeutet, sie versuchen, Beweismaterial für eine Anklage zusammenzukriegen.«

»Welcher Art?«

»Welcher Art Beweismaterial oder welcher Art Anklage?«

»Welcher Art Anklage.«

»Sie haben mehrere Möglichkeiten. Angenommen, Lamb tut nich« – don't – »sterben, isses rücksichtsloses Gefährdung.«

»Ist das dasselbe wie rücksichtsloses Fahren?«

»Nein, es is 'n Verbrechen. Sogar 'n ziemlich schweres Verbrechen. Oder wenn die wirklich verbissen rangehen wollen, könnten sie von der Annahme ausgehen, es wär ein tätlicher Angriff mit einer gefährlichen Waffe, in dem Fall das Auto.

Wenn Lamb stirbt, kommen zwei weitere Möglichkeiten in Frage. Körperverletzung mit Todesfolge ist die eine, fahrlässige Tötung ist die andere, allerdings habe ich die ganze Zeit, die ich da oben in der Staatsanwaltschaft war, kein einziges Mal davon gehört, daß jemand wegen fahrlässiger Tötung angeklagt wurde, es sei denn, es hatte was mit Alkohol am Steuer zu tun. Außerdem stehen das unerlaubte Verlassen des Unfallorts und die unterlassene Unfallmeldung zu Buche. Beides schwere Vergehen.«

»Da ich aber den Wagen nicht gefahren habe, als es den Jungen erwischte, kann man denn da eine von diesen Anklagen gegen *mich* erheben?«

»Ehe wir dazu kommen, möchte ich Ihnen noch was erklären. Vielleicht kann man gegen *niemanden* Anklage erheben.«

»Nein?« Sherman fühlte, wie sich sein gesamtes Nervensystem bei diesem ersten Hoffnungsschimmer belebte.

»Sie haben sich Ihren Wagen ganz sorgfältig angesehen, richtig? Keine Beulen? Kein Blut? Keine Hautfetzen? Kein kaputtes Glas? Richtig?«

»Das ist richtig.«

»Es ist ziemlich klar, daß der Junge keinen sehr heftigen Schlag abgekriegt hat. In der Poliklinik haben sie ihn wegen einem gebrochenen Handgelenk behandelt und wieder gehen lassen. Richtig?«

»Ja.«

»Tatsache ist, daß Sie nicht einmal *wissen*, ob der Wagen gegen ihn geprallt ist, nicht wahr.«

»Aber ich habe etwas gehört.«

»Bei dem ganzen Durcheinander, das in dem Moment passierte, hätte das alles Mögliche sein können. Sie haben was *gehört*. Sie haben aber nichts gesehen. *Wissen* tun Sie eigentlich gar nichts, stimmt's?«

»Tja ... das stimmt.«

»Verstehen Sie langsam, warum ich will, daß Sie mit niemandem drüber reden?« Tawkin.

»Ja.«

»Und ich meine *nie*manden. Okay? Also. Und dann wär noch was. Vielleicht war's nicht Ihr Wagen, der ihn angefahren hat. Ist Ihnen diese Möglichkeit jemals in den Sinn gekommen? Vielleicht war's überhaupt kein Auto. *Sie* wissen's nicht. Und die anderen, die Polizei, die weiß es auch nicht. Diese Artikel in der Zeitung sind sehr merkwürdig. Da ist diese Riesengeschichte, angeblich, aber niemand weiß, wo diese blödsinnige Unfallflucht sich zugetragen haben soll. *Bruckner Boulevard.* Der Bruckner Boulevard ist acht Kilometer lang! Es gibt keine Zeugen. Was der Junge seiner Mutter erzählt hat, ist Hörensagen. Es bedeutet absolut nichts. Man hat keine Beschreibung des Fahrers. Selbst wenn man beweisen könnte, daß er mit Ihrem Wagen angefahren wurde – ein Auto kann man nicht verhaften. Einer von den Garagenangestellten könnte ihn dem Neffen seiner Schwägerin geliehen haben, damit er rauf zur Fordham Road fährt, um seiner Freundin einen Gutenachtkuß zu geben. Die Polizei weiß es nicht. Und Sie wissen es nicht. Tatsächlich haben sich schon merkwürdigere Dinge ereignet.«

»Aber angenommen, der andere Junge taucht auf? Ich schwöre Ihnen, da war noch ein zweiter, ein großer, stämmiger Bursche.«

»Ich glaube Ihnen. Es war 'ne abgekartete Sache. Sie wollten Sie ausrauben. Jaaa, er könnte auftauchen, aber für mich klingt das so, als hätte er seine Gründe, es nicht zu tun. Nach der Geschichte zu urteilen, die die Mutter erzählt, hat auch der Junge ihn nicht erwähnt.«

»Ja«, sagte Sherman, »aber er könnte auftauchen. Ich schwör's, so langsam habe ich das Gefühl, ich sollte der ganzen Situation zuvorkommen und die Initiative ergreifen und mit Maria – Mrs. Ruskin – zur Polizei gehen und ihnen einfach genau erzählen, was passiert ist. Ich meine, ich kenne mich im

Recht nicht aus, aber ich fühle mich moralisch sicher, daß ich das Richtige getan habe und daß sie das Richtige getan hat in der Situation, in der wir waren.«

»Ayyyyy!« sagte Killian. »Ihr Wall-Street-Bosse seid aber wirklich Spieler! Ayyyyyy! Wasdenn wasdenn!« Killian griente. Sherman starrte ihn verwundert an. Killian hatte das offenbar bemerkt, denn er setzte wieder ein vollkommen ernstes Gesicht auf. »Haben Sie irgendeine Vorstellung, was die Staatsanwälte tun, wenn Sie einfach so hereinspaziert kommen und sagen: ›Yeah, ich war es und meine Freundin, die in der Fifth Avenue wohnt, in meinem Wagen‹? Sie würden Sie verschlingen – *ver-schlin-gen.*«

»Warum?«

»Die Sache ist bereits ein Politikum, aber sie haben *nichts,* um gegen Sie vorzugehen. Reverend Bacon tönt rum, es ist im Fernsehen, ›The City Light‹ ist total aus 'm Häuschen, und das übt 'ne Menge Druck auf Abe Weiss aus, der eine Wahl auf sich zukommen sieht. Ich kenne Weiss sehr gut. Die Realität gibt es für ihn nicht. Es gilt nur, was im Fernsehen kommt und in den Zeitungen steht. Aber ich sage Ihnen noch was. Sie würden Ihnen keine Chance geben, auch wenn niemand hinsähe.«

»Warum nicht?«

»Wissen Sie, was man den ganzen Tag macht, wenn man bei der Staatsanwaltschaft beschäftigt ist? Sie belangen Leute namens Tiffany Latour und LeBaron Courtney und Mestaffalah Shabazz und Camilio Rodriguez. Und schließlich *brennt* man darauf, jemanden in die Hände zu bekommen, der was auf dem Kasten hat. Und wenn man dann ein Paar wie Sie und Ihre Freundin Mrs. Ruskin in die Finger bekommt – ayyyyyy, einsame Spitze!«

Der Mann schien eine grauenhafte nostalgische Begeisterung für so einen Fang zu entwickeln.

»Was würde passieren?«

»Erst einmal führt kein Weg auf der Welt dran vorbei, daß

man Sie verhaftet, und so wahr ich Weiss kenne, der würde eine Riesenschau daraus machen. Man würde Sie möglicherweise nicht lange festhalten können, aber es wäre extrem unerfreulich. Das garantiert.«

Sherman versuchte, es sich vorzustellen. Es gelang ihm nicht. Seine Stimmung langte am Tiefpunkt an. Er stieß einen lauten Seufzer aus.

»Verstehen Sie *jetzt,* warum ich will, daß Sie mit niemandem drüber reden?« Tawkin. »Klar?«

»Ja.«

»Aber verstehen Sie, ich will Ihnen nicht Ihre Stimmung rauben. Meine Aufgabe im Moment ist nicht, Sie zu verteidigen, sondern Sie davor zu bewahren, daß ich Sie überhaupt verteidigen muß. Ich meine, immer vorausgesetzt, Sie sagen, daß ich Sie vertreten soll. Ich will an diesem Punkt noch nicht mal über ein Honorar reden« – tawkin –, »weil ich nicht weiß, was da alles drinhängt. Wenn Sie Glück haben, finde ich raus, daß der Fall 'ne Lappalie ist.«

»Wie können Sie denn das rausfinden?«

»Der Leiter des Morddezernats in der Staatsanwaltschaft der Bronx ist ein Typ, mit dem ich da oben angefangen habe, Bernie Fitzgibbon.«

»Und der sagt es Ihnen?«

»Ich denke schon. Wir sind Freunde. Er ist genauso ein Esel wie ich.«

»Ein Esel?«

»Ein Donkey. Ein Ire.«

»Aber ist das denn klug, wenn man sie wissen läßt, daß ich mir einen Anwalt genommen habe und beunruhigt bin? Würde sie das nicht auf irgendwelche Gedanken bringen?«

»Himmel, die Gedanken haben sie schon, und sie wissen, daß Sie beunruhigt sind. Wenn Sie nicht beunruhigt wären, nachdem diese beiden Heinis bei Ihnen waren, dann würde irgendwas nicht mit Ihnen stimmen. Aber ich kann mich darum küm-

mern. Worüber Sie sich mal langsam Gedanken machen sollten, das ist Ihre Freundin Mrs. Ruskin.«
»Das hat Freddy auch gesagt.«
»Freddy hatte recht. Wenn ich diesen Fall übernehme, möchte ich mit ihr reden« – tawkin –, »und je eher, desto besser. Meinen Sie, sie wäre bereit, eine Erklärung abzugeben?«
»Eine Erklärung?«
»Eine eidesstattliche Erklärung, die wir beglaubigen lassen könnten?«
»Ehe ich mit Freddy sprach, hätte ich gesagt, ja. Mittlerweile weiß ich es nicht. Wenn ich sie zu überreden versuche, eine eidesstattliche Erklärung abzugeben, und das in einer rechtsgültigen Form, weiß ich nicht, was sie tun wird.«
»Nun, so oder so möchte ich mit ihr reden.« Tawkin. »Erwischen Sie sie irgendwie? Mir macht's nichts aus, sie selber anzurufen, wenn's das ist.«
»Nein, es wäre besser, wenn ich das tue.«
»Wichtig ist, Sie lassen sie nicht in der Gegend rumziehen und über die Sache reden.« *Tawkin tawkin tawkin.*
»Freddy hat mir gesagt, daß Sie in Yale Jura studiert haben. Wann waren Sie da?«
»Ende der siebziger«, sagte Killian.
»Wie fanden Sie es da?«
»Es war okay. Keiner dort wußte, wovon ich zum Teufel noch mal redete.« Tawkin. »Man könnte ebenso aus Afghanistan oder aus Sunnyside, Queens, kommen. Aber mir hat's gefallen. Es ist schön da. Es ist so einfach, wie Jura nur sein kann. Sie versuchen nicht, einen mit Details zuzuschütten. Sie vermitteln einem die wissenschaftliche Sicht, den Überblick. Man kriegt den umfassenden Gesamtplan mit. Einem das zu vermitteln, darin sind sie sehr gut. Yale ist phantastisch für alles, was man tun will, solange es nichts mit Leuten mit Sneakers, Pistolen und Drogen, mit Sex oder Faulheit zu tun hat.«

17
Eine Hand wäscht die andere

Über die Gegensprechanlage kam die Stimme der Sekretärin: »Ich habe Irv Stone von Channel 1 am Telefon.«

Ohne ein Wort zu Bernie Fitzgibbon, Milt Lubell oder Kramer hielt Abe Weiss mitten im Satz inne und griff zum Telefon. Ohne ein Hallo oder irgendeine einleitende Bemerkung sagte er in die Muschel: »Was soll ich denn mit euch Kerlen machen?« Es war die Stimme eines müden, enttäuschten Vaters. »Ihr seid doch angeblich eine Medienorganisation in der wichtigsten Stadt im Land. Richtig? Und welches ist das ernsteste Problem in der wichtigsten Stadt im Land? Drogen. Und welche ist die schlimmste aller Drogen? Crack. Habe ich recht? Und wir erheben Grand-Jury-Anklagen gegen drei der größten Crackdealer in der Bronx, und was tut ihr? Nichts ... Laß mich ausreden. Wir bringen alle drei um zehn Uhr morgens ins Zentralregister, und wo seid ihr? Nirgendwo ... Einen Augenblick, verdammt noch mal!« Nicht mehr der bekümmerte Vater. Jetzt der aufgebrachte Nachbar vom Stockwerk drunter. »Du hast keine Entschuldigung, Irv! Ihr Typen seid faul. Ihr habt Angst, daß euch eine Mahlzeit im Côte Basque durch die Lappen geht. Aber eines Tages werdet ihr aufwachen – was? ... Sag mir so was nicht, Irv! Das einzige Verkehrte an diesen Crackdealern ist, sie sind schwarz und sie sind aus der Bronx! Was willste denn? Vanderbilt, Astor und – und – und – und Wriston?« Er schien sich nicht allzu sicher mit Wriston zu sein. »Eines Tages werdet ihr aufwachen und feststellen, ihr seid aus der Sache raus. Das ist Amerika hier oben in der Bronx, Irv, das Amerika von heute! Und es gibt schwarze Menschen im Amerika von heute, ob ihr das wißt oder nicht! Manhattan ist eine Strandboutique! Das hier ist Amerika! Hier steht das Laboratorium menschlicher Beziehungen! Hier findet der Versuch städtischen Lebens statt! ... Was soll das heißen, wie's mit dem Fall Lamb steht? Was hat das denn damit zu tun? 'ne dicke Sache, über die ihr aus der Bronx hättet berichten können. Was habt ihr gekriegt? 'ne Einschaltquote!«

Er legte auf. Kein Aufwiedersehen. Er drehte sich zu Fitzgibbon um, der an der einen Seite des kolossalen Schreibtischs des Oberstaatsanwalts saß. Kramer und Lubell saßen rechts und links von Fitzgibbon. Weiss streckte die Hände in die Luft, als hielte er einen Medizinball über seinen Kopf.

»Jeden Abend schreien sie über Crack, und wir erheben Anklage gegen drei maßgebliche Dealer, und er erzählt mir, da hängt keine Story drin, das wäre Routinezeug.«

Kramer ertappte sich dabei, daß er den Kopf schüttelte, um zu zeigen, wie betrübt er über die Halsstarrigkeit von Fernsehjournalisten sei. Weiss' Pressesekretär, Milt Lubell, ein dürrer Mann mit graumeliertem Bart und großen Augen, drehte den Kopf in einem Zustand hochgradiger Fassungslosigkeit. Nur Bernie Fitzgibbon nahm diese Nachricht ohne die leiseste sichtbare Reaktion entgegen.

»Haben Sie's gesehen?« sagte Weiss. Er stieß mit dem Daumen in Richtung Telefon, ohne es anzusehen. »Ich versuche mit diesem Kerl über Drogenanklagen zu reden, und er wirft mir den Fall Lamb an den Kopf.«

Der Staatsanwalt wirkte äußerst wütend. Andererseits hatte er jedesmal, wenn Kramer ihn zu Gesicht bekam, wütend ausgesehen. Weiss war ungefähr achtundvierzig. Er hatte dichtes hellbraunes Haar, ein schmales Gesicht und eine starke, markante Kinnpartie mit einer Narbe auf einer Seite. Es gab nichts dran auszusetzen. Abe Weiss war einer aus der langen Reihe New Yorker Staatsanwälte, deren Karriere darauf beruht hatte, im Fernsehen zu erscheinen und den letzten lähmenden Hieb in den Solarplexus des Verbrechens in dieser brodelnden Metropole anzukündigen. Weiss, der gute Captain Ahab, mochte die Zielscheibe von Witzen sein. Aber er hatte seine Kanäle zur Macht, und die Macht strömte durch ihn hindurch, und sein Büro mit den getäfelten Wänden und den gewaltigen alten Holzmöbeln und der amerikanischen Flagge an ihrem Ständer war ein Kommandoposten der Macht, und Kramer bebte vor Erregung darüber, zu einem Gipfeltreffen wie diesem hinzugezogen worden zu sein.

»Irgendwie«, sagte Weiss, »müssen wir mit diesem Fall zu Rande kommen. Im Moment befinde ich mich in einer Position, wo ich nur noch reagieren kann. Sie müssen das doch haben kommen sehen, Bernie, und Sie haben mich nicht gewarnt. Kramer hier hat mit Bacon gesprochen, vor einer Woche muß das gewesen sein.«

»Genau das ist der Punkt, Abe«, sagte Fitzgibbon. »Das ist ...«

Weiss drückte auf einen Knopf auf seinem Schreibtisch, und Fitzgibbon verstummte, weil die Gedanken des Oberstaatsanwalts offensichtlich die unmittelbare Umgebung verlassen hatten. Er blickte auf einen Fernsehschirm auf der gegenüberliegenden Seite des Raumes. Wie ein High-Tech-Kropf bauchte sich dort aus der vornehm getäfelten Wand eine Reihe von vier Fernsehern vor, sowie Stapel von metallenen Kästen mit metallenen Knöpfen und schwarzen Glasskalen und grünleuchtenden Lämpchen in einem Gewirr elektrischer Leitungen. Lange Schlangen von Videokassetten erstreckten sich auf den Regalen hinter den Fernsehapparaten, wo früher einmal Bücher gestanden hatten. Wenn Abe Weiss oder irgend etwas über Abe Weiss oder irgend etwas, das Verbrechen und Strafe in der Bronx anging, im Fernsehen zu sehen war, wollte Weiss es auf Band. Einer der Apparate begann zu flimmern. Nur das Bild, kein Ton. Ein Stofftransparent füllte die Mattscheibe ... JOHANNES-

BRONX: WEISS-JUSTIZ IST APARTHEID-JUSTIZ ... Dann sah man eine Traube wütender Gesichter, weiße und schwarze, von unten aufgenommen, so daß sie wie eine gewaltige Menschenmasse wirkten.

»Himmelherrgott, wer zum Teufel ist das denn?« fragte Weiss. »Das ist Channel 7«, sagte Milt Lubell.

Kramer sah Lubell an. »Aber die waren überhaupt nicht da, Channel 7. Es war nur Channel 1 da.« Er sagte es mit leiser Stimme, um zu zeigen, daß er nur mit dem Pressesekretär des Staatsanwalts zu sprechen wagte. Er erdreistete sich nicht, in die allgemeine Unterhaltung einzugreifen.

»Haben Sie das nicht gesehen?« fragte Lubell. »Das kam gestern abend. Nachdem Channel 1 es gebracht hatte, wurden auch die anderen auf die Geschichte scharf. Deshalb machten sie gestern abend noch mal eine Demonstration.«

»Das ist nicht Ihr Ernst!« sagte Kramer.

»Lief auf fünf oder sechs Kanälen. Raffinierter Schachzug.«

Weiss drückte auf einen anderen Knopf auf seinem Schreibtisch, und ein zweiter Fernseher schaltete sich ein. Auf dem ersten sah man ununterbrochen Köpfe aufleuchten und wieder verschwinden, aufleuchten und verschwinden. Auf dem zweiten drei Musiker mit knochigen Gesichtern und riesigen Adamsäpfeln und eine Frau ... in einer dunklen, rauchigen Seitengasse ... MTV ... Ein Surren ... Die Musiker zerteilen sich in zitternde Streifen. Die Videokassette klinkt ein. Ein junger Mann mit Mondgesicht, ein Mikrofon unter dem Kinn ... draußen vor der Poe-Siedlung ... Die übliche Schar Kinder, die im Hintergrund ihren Unsinn trieben.

»Mort Selden, Channel 5«, sagte Weiss.

»Richtig«, sagte Milt Lubell.

Weiss hieb wieder auf einen Knopf. Ein dritter Monitor wurde hell. Die Musiker waren wieder in der rauchigen Gasse. Die Frau hatte dunkle Lippen ... wie Shelly Thomas ... das allerköstlichste Gefühl überkam Kramer ... Die Musiker verwandelten sich wieder in zitterige Streifen. Ein Mann mit südamerikanischen Gesichtszügen ...

»Roberto Olvidado«, sagte Lubell.

Der Mann hielt einer wütenden Schwarzen ein Mikrofon ins Gesicht. Im Nu liefen da drei Fernseher voller Köpfe, die aufleuchteten und wieder verschwanden, aufleuchteten und wieder verschwanden, und ihr giftig flackerndes Glühen über die geschnitzten Paneele verteilten.

Weiss sagte zu Fitzgibbon: »Ist Ihnen klar, daß gestern abend in den Nachrichten nichts anderes als die Lamb-Sache gelaufen ist? Und Milt hat den ganzen Morgen nichts weiter gemacht, als Anrufe von Reportern und diesen gottverdammten Leuten entgegenzunehmen, die wissen wollen, was wir tun.«

»Aber das ist doch lächerlich, Abe«, sagte Fitzgibbon. »Was sollen wir denn tun? Wir sind Ankläger, und die Cops haben noch nicht mal eine Verhaftung vorgenommen.«

»Bacon ist schlau«, sagte Lubell. »Ein ganz Schlauer. Oh, er ist ein alter Fuchs. Er sagt, die Polizei hat mit der Mutter des Jungen gesprochen, und wir haben mit der Mutter des Jungen gesprochen, und aus irgendeinem blödsinnigen Grund haben wir uns verschworen, nichts zu unternehmen. Die Schwarzen in den Siedlungsprojekten interessieren uns nicht.«

Plötzlich richtete Weiss einen unheilschwangeren Blick auf Kramer, und Kramer raffte seinen Mut zusammen.

»Kramer, sagen Sie mir eines. Haben Sie wirklich der Mutter des Jungen mitgeteilt, ihre Informationen seien unbrauchbar?«

»Nein, Sir, das habe ich natürlich nicht!« Kramer bemerkte, daß seine Antwort eine Spur zu hektisch klang. »Das einzige, was ich zu ihr gesagt habe, ich sagte, daß alles, was ihr Sohn zu ihr gesagt hätte, Hörensagen wär, verfahrenstechnisch betrachtet, und was wir wirklich bräuchten, wären Zeugen, und sie sollte uns sofort Bescheid geben, wenn sie von jemandem hörte, der gesehen hätte, was passiert ist. Mehr habe ich nicht gesagt. Ich habe nicht gesagt, was sie mir erzählt hatte, wär völlig unbrauchbar. Genau das Gegenteil. Ich habe ihr dafür gedankt. Ich verstehe nicht, wie jemand das so herumdrehen konnte.«

Und währenddessen dachte er die ganze Zeit: Warum habe ich die Frau so kühl behandelt? Um Martin und Goldberg zu beeindrucken, damit sie nicht denken, ich wär weich! Damit sie mich als einen echten Iren betrachten! Warum konnte ich kein gutmütiger, mitfühlender Jude sein? Jetzt sieh dir an, in was für einer Klemme ich sitze ... Er fragte sich, ob Weiss ihm den Fall abnehmen würde.

Aber Weiss nickte nur traurig und sagte: »Yeah, ich weiß ... Aber vergessen Sie nicht, man kann nicht immer logisch argumentieren mit ...« Er entschied sich, den Satz nicht zu beenden. Er wandte seinen Blick Fitzgibbon zu. »Bacon darf jeden gottverdammten Mist äußern, den er will, und ich muß hier sitzen und sagen: ›Mir sind die Hände gebunden.‹«

»Ich hoffe, Ihnen ist klar, Abe, daß diese Demonstrationen der reine Quatsch sind. Ein Dutzend von Bacons Jungs, dazu ein paar Dutzend von den üblichen Spinnern, die Monolithische Sozialistische Arbeiterpartei, was auch immer. Stimmt's, Larry?«

»An dem Abend, als ich da war, ja«, sagte Kramer. Aber etwas sagte ihm, er sollte die Bedeutung der Demonstrationen nicht herunterspielen. Deshalb wies er auf die Fernseher und sagte: »Aber ich sage Ihnen, es sieht so aus, als wenn gestern abend die Menge viel größer gewesen wär.«

»Ja, sicher«, sagte Lubell. »Es ist die übliche Prophezeiung, die sich selbst erfüllt. Kaum erscheint's im Fernsehen oder steht in allen Zeitungen, meinen die Leute, es ist bedeutungsvoll. Sie denken, sie müssen sich darüber aufregen. Die übliche sich selbst erfüllende Prophezeiung.«

»Egal«, sagte Weiss, »wie ist die Situation? Was ist mit diesem McCoy? Was haben wir über ihn? Diese beiden Beamten – wie hießen sie noch?«

»Martin und Goldberg«, sagte Fitzgibbon.

»Die meinen, das ist der Bursche, stimmt's?«
»Yeah.«
»Sind die Männer gut?«
»Martin hat viel Erfahrung«, sagte Fitzgibbon. »Aber er ist nicht unfehlbar. Bloß weil dieser Bursche sich so aufgeregt hat, heißt das ja nicht notwendigerweise, daß er Dreck am Stecken hat.«
»Park Avenue«, sagte Weiss. »Sein Alter hat mal Dunning Sponget & Leach geleitet. Milt hat seinen Namen in ein paar Gesellschaftskolumnen gefunden, und seine Frau ist Innenarchitektin.« Weiss ließ sich in seinem Sessel nach hinten sinken und lächelte, so wie man über unerfüllbare Träume lächelt. »Das würde diesem Scheiß mit der weißen Justiz ohne Frage ein Ende setzen.«
»Abe«, sagte die irische Eiswasserdusche, Fitzgibbon, »wir haben bisher null gegen den Mann vorliegen.«
»Gibt's irgendeine Möglichkeit, ihn zu einer Vernehmung hierher zu bringen? Wir wissen, daß er an dem Abend, als die Sache passierte, mit seinem Wagen gefahren ist.«
»Er hat inzwischen einen Anwalt, Abe. Tommy Killian nämlich.«
»Tommy? Ich möchte mal wissen, wie zum Teufel er auf Tommy gekommen ist. Woher wissen Sie das?«
»Tommy rief mich an. Sagte, er verträte den Burschen. Wollte wissen, warum die Cops ihm Fragen gestellt haben.«
»Was haben Sie ihm gesagt?«
»Ich sagte, der Wagen des Mannes paßt auf die Beschreibung des Wagens, nach dem sie suchen. Deshalb versuchen sie das zu überprüfen.«
»Was sagte er darauf?«
»Er sagte, sie hätten eine auf Hörensagen basierende Scheißbeschreibung.«
»Was haben Sie da gesagt?«
»Ich sagte, wir hätten auch einen im Sterben liegenden Jungen

im Krankenhaus, und die Cops führten die Untersuchung mit den Informationen durch, die sie haben.«

»Wie steht's um den Jungen? Irgendeine Veränderung in seinem Befinden?«

»Nein ... Er liegt immer noch im Koma auf der Intensivstation. Er hängt an Schläuchen.«

»'ne Chance, daß er das Bewußtsein wiedererlangt?«

»Nach dem, was man mir erzählt hat, kann's passieren, aber das heißt gar nichts. Sie können langsam zu sich kommen, aber sie dämmern auch gleich wieder weg. Außerdem kann er nicht sprechen. Zum Atmen hat er einen Schlauch im Hals.«

»Aber vielleicht kann er deuten«, sagte Weiss.

»Deuten?«

»Yeah. Ich habe eine Idee.« Ein verträumter Blick; das entrückte Starren der Inspiration. »Wir bringen ein Foto von McCoy rüber ins Krankenhaus. Milt hat eins in einer von diesen Illustrierten gefunden.«

Weiss reichte Bernie Fitzgibbon eine Seite aus einer Art Wochenschrift für die höheren Stände namens »W«. Die Seite bestand fast nur aus Fotos grinsender Leute. Die Männer trugen Smokings. Die Frauen waren nur Zähne und ausgemergelte Gesichter. Kramer beugte sich vor, um sie sich anzusehen. Ein Foto war mit einem roten Marker eingekringelt. Ein Mann und eine Frau, beide grinsend, in Abendkleidung. Sieh sie dir an. Die Wasps. Der Mann hatte eine schmale, spitze Nase. Sein Kopf war nach hinten geworfen, was sein großes, aristokratisches Kinn zur Geltung brachte. So ein siegessicheres ... arrogantes? ... Lächeln ... Auch der Frau blickte die Wasp aus dem Gesicht, aber anders. Sie hatte diesen verkniffenen, reinlichen, tugendhaften, verhaltenen Blick, auf den hin man sich sofort fragt, was nicht stimmt an dem, was man trägt oder gerade gesagt hat. Die Bildunterschrift lautete »Sherman und Judy McCoy«. Sie waren auf irgendeinem Wohltätigkeitsfest. Wenn man hier, auf der Etage 6M der Inselfestung, einen Namen wie

Sherman McCoy hörte, nahm man natürlich an, der Betreffende sei schwarz. Aber das hier waren die Originale, die Wasps. Kramer bekam sie kaum jemals zu Gesicht, außer in dieser Form, auf Fotos, und die Fotos zeigten ihm kühle, störrische Fremde mit spitzen Nasen, die Gott in seiner Perversität in sehr vielen Dingen begünstigt hatte. Aber das war kein bewußter Gedanke in Worten mehr; das war inzwischen nur noch ein Reflex.

Weiss sagte gerade: »Wir bringen dieses Foto von McCoy und von drei oder vier anderen Leuten, drei oder vier anderen weißen Burschen, da rüber und legen sie neben sein Bett. Er kommt zu sich und zeigt auf McCoys Foto ... Er zeigt immer wieder ...«

Bernie Fitzgibbon sah Weiss an, als warte er auf einen Fingerzeig, einen Hinweis, daß das nur ein kleiner Scherz sei.

»Vielleicht ist es einen Versuch wert«, sagte Weiss.

»Wer soll das alles bezeugen?« fragte Fitzgibbon.

»Eine Schwester, ein Arzt, wer da ist. Dann gehen wir rüber und nehmen eine richtige letztwillige Verfügung auf.«

Fitzgibbon sagte: »*Richtig?* Wie denn? Ich traue meinen Ohren nicht, Abe. Ein armer Teufel mit einem Schlauch im Hals zeigt auf ein Foto? Das würde vor Gericht niemals standhalten.«

»Das weiß ich, Bernie. Ich will mir bloß den Burschen kaufen. Dann können wir uns entspannen und die Sache richtig machen.«

»Abe! ... Herr im Himmel! Lassen wir mal die rechtliche Seite der Geschichte für 'ne Minute aus dem Spiel. Sie wollen ein Foto von einem Wall-Street-Investmentbanker und einer Reihe anderer Weißer dem Jungen auf den Nachttisch legen, während er verflucht noch mal *stirbt?* Angenommen, er kommt zu sich – und *guckt* auf den Scheißnachttisch – und ein halbes Dutzend Weißer in mittleren Jahren in Anzug und Krawatte starren ihn an! Den Scheißjungen trifft doch ganz klar der Schlag! Er wird

›Heilige Scheiße!‹ sagen und seinen Scheißgeist aufgeben! Ich meine, haben Sie doch ein Scheißherz, Abe!«

Weiss stieß einen tiefen Seufzer aus und schien vor Kramers Augen zusammenzuschrumpfen. »Yeah. Sie haben recht. Es ist zu brutal.«

Fitzgibbon warf Kramer einen Blick zu.

Kramer zuckte mit keiner Wimper. Er wollte die Klugheit des Oberstaatsanwalts von Bronx County auch nicht dem Hauch einer Schmähung aussetzen. Captain Ahab war von der Lamb-Sache besessen, und er, Kramer, hatte den Fall noch immer in seinen Händen. Er hatte es immer noch nicht aufgegeben, dieses vielgepriesene, kaum jemals zu fassende und in der Bronx geradezu mythische Geschöpf: den Großen Weißen Angeklagten.

Freitags entließ die Taliaferro School ihre Schülerinnen mittags um halb eins, aber nur, weil so viele von den Mädchen aus Familien kamen, die Wochenendhäuser auf dem Lande hatten und bis zwei, vor der Rush-hour am Freitagnachmittag, die Stadt verlassen haben wollten. Und so sollte, wie üblich, Judy mit Campbell, Bonita und Miss Lyons, dem Kindermädchen, in dem Mercury-Kombi nach Long Island hinausfahren. Und wie üblich würde Sherman in dem Mercedes-Roadster nachkommen, und zwar noch am Abend oder am nächsten Morgen, je nachdem, wie lange er bei Pierce & Pierce noch zu tun haben würde. Als sehr praktisch hatte sich dieses Arrangement während der letzten paar Monate erwiesen. Ein gemütlicher Besuch bei Maria in ihrem kleinen Hideaway war am Freitagabend zur regelmäßigen Gewohnheit geworden.

Den ganzen Morgen versuchte er von seinem Schreibtisch bei Pierce & Pierce aus, Maria zu erreichen, sowohl in ihrer Wohnung in der Fifth Avenue als auch in dem Hideaway. Niemand ging in dem Versteck ans Telefon. In der Wohnung beteuerte ein Dienstmädchen, nicht zu wissen, wo sie sei, nicht einmal, in welchem Staat oder Land sie sich befinde. Schließlich war er so verzweifelt, daß er seinen Namen und die Telefonnummer hinterließ. Sie rief nicht zurück.

Sie schnitt ihn! Bei den Bavardages hatte sie zu ihm gesagt, er solle sie gestern abend anrufen. Er hatte es immer wieder versucht; sie war nirgendwo. Sie brach alle Kontakte mit ihm ab! Aber aus was für Gründen genau? Angst? Sie war keine von der ängstlichen Sorte ... Die entscheidende Tatsache, die ihn retten würde: *Sie war gefahren* ... Aber wenn sie verschwand? Das war Wahnsinn. Sie konnte nicht verschwinden. Italien! Sie konnte nach Italien verschwinden! Oooh ... das war lachhaft. Er hielt den Atem an und öffnete den Mund. Unter dem Brustbein hörte er laut sein Herz pochen ... *tsch, tsch, tsch, tsch* ... Sein Blick glitt von den Computerterminals ab. Konnte einfach nicht hier sitzen bleiben; er mußte etwas unternehmen. Das Teuflische daran war, daß es nur einen einzigen Menschen gab, an den er sich um Rat wenden konnte, und das war jemand, den er bis jetzt kaum kannte: Killian.

Gegen Mittag rief er bei Killian an. Die Dame am Empfang sagte ihm, er sei im Gericht. Zwanzig Minuten später rief Killian aus einer lauten Telefonzelle an und sagte, er erwarte ihn um eins in der Haupthalle des Kriminalgerichts in der Centre Street 100.

Beim Weggehen erzählte Sherman Muriel nur eine halbe Lüge. Er sagte, er gehe zu einem Anwalt namens Thomas Killian, und er gab ihr Killians Nummer. Die halbe Lüge lag in der lässigen Art, in der er das sagte: Sie legte die Vermutung nahe, daß Thomas Killian, Esq., mit Pierce-&-Pierce-Geschäften zu tun habe.

An diesem milden Tag im Juni war es von der Wall Street bis zur Centre Street 100 ein bequemer Spaziergang uptown. In all den Jahren, die er in New York lebte und downtown arbeitete, hatte Sherman das Gebäude des Kriminalgerichts nie bemerkt, obwohl es eines der größten und protzigsten Gebäude in der

Gegend um die City Hall war. Ein Architekt namens Harvey Wiley Corbett hatte es im Stil der Moderne entworfen, der heute Art déco hieß. Corbett, einst so berühmt, war inzwischen, außer bei einer Handvoll Architekturhistorikern, vergessen; desgleichen die Aufregung über das Gebäude, als es 1933 fertiggestellt wurde. Die Kompositionen aus Stein, Messing und Glas im Eingang waren immer noch eindrucksvoll, aber als Sherman in die große Halle im Inneren kam, versetzte ihn etwas urplötzlich in Alarmzustand. Er hätte nicht sagen können, was. In Wahrheit waren es die dunklen Gesichter, die Sneakers, die Trainingsjacken und die pimp rolls. Für ihn war das hier wie der Port-Authority-Busbahnhof. Es war fremdes Terrain. In dem ganzen Riesenraum, der die gigantische Höhe eines altmodischen Bahnhofs hatte, standen Haufen dunkelhäutiger Menschen, und ihre Stimmen erzeugten ein lautes, nervöses Grollen. Um die dunkelhäutigen Leute herum schlenderten weiße Männer in billigen Anzügen oder Sportjacketts, die sie beobachteten wie Wölfe die Schafherde. Noch mehr dunkelhäutige Menschen, junge Männer, liefen zu zweit und zu dritt in einem verwirrenden Wiegeschritt durch die Halle. Auf der einen Seite, im Schatten, beugte sich ein halbes Dutzend Leute, schwarze und weiße, in eine Reihe öffentlicher Telefone. Auf der anderen Seite verschlangen und spien Fahrstühle noch mehr dunkelhäutige Leute, und die Häufchen dunkelhäutiger Menschen lösten sich auf, und andere bildeten sich, und das nervöse Grollen wurde lauter und leiser, lauter und leiser, und die Sneakers quietschten auf den Marmorböden.

Es war nicht schwer, Killian ausfindig zu machen. Er stand in der Nähe der Fahrstühle und trug eine andere von seinen Fatzkeausstaffierungen, einen blaßgrauen Anzug mit breiten weißen Streifen und ein Hemd mit weißem Kragen und kastanienbraunen Nadelstreifen. Er sprach mit einem kleinen weißen Mann mittleren Alters, der eine Trainingsjacke anhatte. Während Sherman näher kam, hörte er Killian sagen: »Rabatt für Cash? Hör doch auf, Dennis. Wasdenn wasdenn?« Der kleine Mann sagte etwas. »Das ist doch nichts Tolles. Ich krieg nichts anderes als Cash. Die Hälfte meiner Mandanten wissen nicht mal, was 'n Girokonto ist, so wie die Dinge liegen. Außerdem zahle ich meine Scheißsteuern. Das ist eins der kleineren Dinge, um die man sich sorgen muß.« Er sah Sherman herankommen, nickte und sagte zu dem kleinen Mann: »Was soll ich dir sagen? Was ich dir schon gesagt habe. Bring's mir bis Montag. Sonst kann ich nicht anfangen.« Der kleine Mann folgte Killians Blick zu Sherman, sagte leise etwas zu ihm und ging dann kopfschüttelnd davon.

Killian sagte zu Sherman: »Wie geht's?«

»Gut.«

»Sind Sie schon mal hier gewesen?«

»Nein.«

»Die größte Anwaltspraxis in New York. Sehen Sie die beiden Burschen da drüben?« Er zeigte auf zwei Weiße in Anzug und Krawatte, die zwischen den Ansammlungen dunkelhäutiger Menschen herumwanderten. »Das sind Anwälte. Sie suchen nach Mandanten, die sie vertreten können.«

»Ich verstehe nicht.«

»Ganz simpel. Sie gehen einfach an die Leute ran und sagen: ›He, brauchen Sie 'n Anwalt?‹«

»Ist das nicht verbotenes ambulance chasing?«

»Das is es. Sehen Sie den Typen da drüben?« Er deutete auf einen gedrungenen Mann in einem grellkarierten Sportjackett, der vor einer Reihe von Aufzügen stand. »Er heißt Miguel Escalero. Aber er wird Mickey Elevator genannt. Er ist Anwalt. Er steht da den halben Morgen, und jedesmal, wenn jemand auf ihn zukommt, der hispanisch und unglücklich aussieht, sagt er: ›Necesita usted un abogado?‹ Wenn der Mann sagt: ›Ich kann mir keinen Anwalt leisten‹, sagt er: ›Wieviel hast du in der Tasche?‹ Wenn der Mann fünfzig Dollar hat, hat er sich 'n Anwalt engagiert.«

»Was bekommt man für fünfzig Dollar?«

»Er erhebt für den Mann Einspruch oder bringt ihn durch 'ne Anklagevernehmung. Wenn wirklich Arbeit für den Mandanten mit dranhängt, will er nichts davon wissen. Ein Spezialist. Also, was ist?«

Sherman berichtete ihm von seinen vergeblichen Versuchen, Maria zu erreichen.

»Klingt so, als hätte sie auch einen Anwalt«, sagte Killian. Beim Sprechen rollte er den Kopf mit halbgeschlossenen Augen herum wie ein Boxer, der sich für einen Kampf locker macht. Sherman fand das ungezogen, sagte aber nichts.

»Und der Anwalt sagt ihr, daß sie nicht mit mir sprechen soll.«

»Genau das würde ich ihr sagen, wenn sie meine Mandantin wäre. Achten Sie nicht auf mich. Ich hab gestern 'n paarmal 'ne Brücke gemacht, und ich glaube, davon hat mein Hals was abgekriegt.«

Sherman starrte ihn an.

»Früher bin ich gern gelaufen«, sagte Killian, »aber das ganze Gehopse und Gestampfe hat meinen Rücken ruiniert. Deswegen gehe ich jetzt in den New York Athletic Club und stemme Gewichte. Ich sehe, wie die Kids alle die Brücke machen. Aber wahrscheinlich bin ich zu alt, um 'ne Brücke zu machen. Ich werde selber versuchen, sie zu erreichen.« Er hörte auf, seinen Kopf herumzurollen.

»Wie?«

»Ich denk mir was aus. Meine halbe Praxis besteht daraus, mit Leuten zu reden, die nicht scharf aufs Reden sind.« Tawkin.

»Um die Wahrheit zu sagen«, fuhr Sherman fort, »überrascht mich das wirklich. Maria – Maria ist nicht der vorsichtige Typ. Sie ist eine Abenteurerin. Eine Spielerin. Das kleine Mädchen aus den Südstaaten, aus dem Nichts, das es in die Fifth Avenue 962 schafft ... Ich weiß nicht ... Und das klingt jetzt vielleicht naiv, aber ich meine, daß sie aufrichtig ... etwas für mich empfindet. Ich glaube, sie liebt mich.«

»Ich wette, sie liebt auch die Fifth 962«, sagte Killian. »Vielleicht meint sie, es ist Zeit, mit Spielen aufzuhören.«

»Mag sein«, sagte Sherman, »aber ich kann mir einfach nicht vorstellen, daß sie sich vor mir verstecken würde. Natürlich sind es erst zwei Tage.«

»Wenn's nötig wird«, sagte Killian, »haben wir 'n Detektiv gleich neben unserem Büro. War früher Beamter für schwierige Fälle bei der Polizei. Aber es besteht kein Grund, die Unkosten in die Höhe zu treiben, solange wir das nicht wirklich müssen. Und ich denke, wir werden das nicht müssen. Im Moment haben sie nichts in der Hand. Ich habe mit Bernie Fitzgibbon gesprochen. Sie erinnern sich an den Burschen, von dem ich Ihnen erzählt habe, der im Morddezernat in der Staatsanwaltschaft der Bronx sitzt?«

»Sie haben schon mit ihm gesprochen?«

»Yeah. Die Presse hat sie unter Druck gesetzt, deshalb überprüfen sie jetzt die Wagen. Das ist alles, was im Augenblick passiert. Sie haben nichts in der Hand.«

»Warum sind Sie so sicher?«

»Was meinen Sie damit?«

»Warum sind Sie sicher, daß er Ihnen die Wahrheit sagt?«

»Oh, er würde mir vielleicht nicht alles erzählen, was er weiß, aber er wird mich nicht anlügen. Er wird mich nicht täuschen.«

»Warum nicht?«

Killian ließ den Blick über die Halle von Centre Street 100 schweifen. Dann kehrte er zu Sherman zurück. »Haben Sie mal was von der Gefälligkeitsbank gehört?«

»Gefälligkeitsbank? Nein.«

»Also, alles in diesem Gebäude, alles im Strafjustizsystem in New York läuft über Gefälligkeiten. Jeder erweist jedem Gefälligkeiten. Bei jeder Gelegenheit, die sich ihnen bietet, machen sie Einzahlungen auf die Gefälligkeitsbank. Einmal, als ich gerade als Unterstaatsanwalt anfing, verhandelte ich einen Fall, und ich hatte einen Verteidiger gegen mich, einen älteren Typen, der legte mich einfach total lahm. Der Mann war Jude. Ich wußte nicht, wie ich mit ihm fertig werden sollte. Und ich besprach die Sache mit meinem leitenden Vorgesetzten, der war ein Harp wie ich. Und ehe ich mich's recht versehe, bringt er mich zu dem Richter in dessen Amtszimmer. Auch der Richter war ein Harp, ein alter Mann mit weißen Haaren. Ich werd das nie vergessen. Wir kommen da rein, und er steht neben seinem Schreibtisch und spielt Zimmergolf. Man schlägt den Golfball über den Teppich, und statt einem Loch steht da so 'n Napf mit 'm Rand, der schräg nach unten abfällt. Er tut nicht mal« – don't – »aufblicken. Er ist dabei einzuputten. Mein Chef verläßt den Raum, und ich stehe da, und der Richter sagt: ›Tommy ...‹ Er guckt immer noch auf den Golfball. Tommy nennt er mich, und ich habe ihn noch nie von Angesicht zu Angesicht gesehen, außer im Gerichtssaal. ›Tommy‹, sagt er, ›Sie scheinen 'n anständiger Junge zu sein. Ich höre, es hat Ihnen ein gewisser Judendreckskerl das Leben sauer gemacht.‹ Ich bin verdammt erstaunt. Das ist so ungesetzlich – verstehen Sie, das gibt's doch nicht. Ich weiß überhaupt nicht, was ich sagen soll. Dann sagt er: ›Ich würde mir darüber keine Sorgen mehr machen, Tommy.‹ Er blickt immer noch nicht auf. Ich hab bloß gesagt: ›Danke, Herr Richter‹, und bin aus dem Zimmer gegangen. Danach ist es der Richter, der den Verteidiger total lahmlegt. Wenn ich sage: ›Einspruch!‹, komme ich nicht bis zur zweiten Silbe, da hat er schon: ›Stattgegeben!‹ gesagt. Von einem Moment zum anderen stehe ich da wie ein Genie. Also, das war eine lupenreine Einzahlung auf die Gefälligkeitsbank. Es gab absolut nichts, was ich für diesen Richter tun konnte – damals jedenfalls. Eine Einzahlung auf die Gefälligkeitsbank ist nicht quid pro quo. Es ist Sparen für kalte Tage. Im Strafrecht gibt's 'ne Menge Grauzonen, und man muß sich drin bewegen können, aber wenn man einen Fehler macht, kann man jede Menge

Schwierigkeiten kriegen, und man wird schnellstens jede Menge Hilfe nötig haben. Ich meine, sehen Sie sich diese Kerle an.« Er machte ein Bewegung zu den Anwälten hinüber, die zwischen den Leuten in der Halle herumstrichen, und dann zu Mickey Elevator. »Man könnte sie verhaften. Ohne die Gefälligkeitsbank wäre es aus mit ihnen. Aber wenn man regelmäßig seine Einzahlungen auf die Gefälligkeitsbank geleistet hat, ist man in der Lage, Kontrakte zu machen. Das ist, was man große Gefälligkeiten nennt, Kontrakte. Man muß seine Kontrakte einhalten.«

»Tatsächlich. Und warum?«

»Weil jeder im Gerichtsgebäude an eine Redewendung glaubt: ›Was rausgeht, kommt zurück.‹ Was bedeutet, wenn du dich heute nicht um mich kümmerst, werde ich mich morgen nicht um dich kümmern. Wenn man im Grunde kein Vertrauen in seine eigenen Fähigkeiten hat, ist das ein entsetzlicher Gedanke.«

»Sie baten Ihren Freund Fitzgibbon also um einen Kontrakt? Ist das der richtige Ausdruck?«

»Nein, was ich von ihm bekommen habe, war bloß eine alltägliche Gefälligkeit, nur Ihr Standardprotokoll. Noch gibt's nichts, wofür man einen Kontrakt vergeuden sollte. Meine Strategie ist, daß die Dinge möglichst gar nicht diesen Punkt erreichen. Im Moment, scheint mir, ist der Risikofaktor Ihre Freundin Mrs. Ruskin.«

»Ich denke immer noch, sie wird sich mit mir in Verbindung setzen.«

»Falls sie's tut, sage ich Ihnen, was Sie tun müssen. Verabreden Sie ein Treffen mit ihr, und dann rufen Sie mich an. Ich bin nie länger als eine Stunde von meinem Telefon weg, auch an Wochenenden nicht. Ich denke, Sie sollten sich verkabeln.«

»Verkabeln?« Sherman ahnte, was er meinte – und war schockiert.

»Yeah. Sie sollten ein Aufnahmegerät bei sich tragen.«

»*Ein Aufnahmegerät?*« Hinter Killians Schulter wurde Sherman wieder die weite, gallenfarbige Düsternis der Halle gewahr, die dunklen, schlaksigen Gestalten, die sich in die Telefongehäuse lehnten, die mit ihren riesigen Laufschuhen und dem sonderbaren Wiegeschritt in die und in jene Richtung wanderten, sich zu ihren elenden Tête-à-têtes zusammendrängten, und Mickey Elevator, der an den Rändern dieser abgerissenen, jämmerlichen Herde herumschlenderte.

»Ist nichts dabei«, sagte Killian, der anscheinend der Meinung war, Shermans Besorgnis sei technischer Art. »Wir kleben Ihnen den Rekorder hinten auf den Rücken. Das Mikrofon kommt unter Ihr Hemd. Es ist nicht größer als die Spitze Ihres kleinen Fingers.«

»Hören Sie, Mr. Killian ...«

»Nennen Sie mich Tommy. Alle tun das.«

Sherman schwieg und blickte in das magere irische Gesicht, das sich aus dem britischen breiten Hemdkragen erhob. Ganz plötzlich hatte er das Gefühl, auf einem anderen Planeten zu sein. Er würde ihn weder Mr. Killian noch Tommy nennen.

»Ich mache mir über all das Sorgen«, sagte er, »aber ich bin nicht dermaßen besorgt, daß ich heimlich eine Aufnahme von einer Unterhaltung mit jemandem machen würde, der mir nahe steht. Also lassen Sie uns das einfach vergessen.«

»Im Staat New York ist das vollkommen legal«, sagte Killian, »und es wird ständig gemacht. Sie haben jedes Recht, Ihre eigenen Unterhaltungen aufzunehmen. Sie können das am Telefon tun, und Sie können es persönlich tun.«

»Das ist nicht die Frage«, sagte Sherman. Unwillkürlich streckte er sein Yale-Kinn in die Luft.

Killian zuckte die Schultern. »Okay. Ich sage nur, es ist koscher, und manchmal ist es die einzige Möglichkeit, jemanden zur Wahrheit zu zwingen.«

»Ich ...« Sherman machte Anstalten zu einer großen Grundsatzerklärung, fürchtete aber, Killian könnte das als Beleidigung auffassen. Deshalb begnügte er sich mit: »Ich könnte es nicht.«

»Na schön«, sagte Killian. »Wir sehen einfach, wie die Dinge laufen. Versuchen Sie aber, sie irgendwie zu erwischen, und rufen Sie mich dann an. Und ich probier's meinerseits.«

Als Sherman aus dem Gebäude kam, sah er scharenweise verdrossene Menschen auf den Treppen. So viele junge Menschen mit gebeugten Schultern! So viele dunkelhäutige Gesichter! Einen Augenblick lang sah er den langen, schmächtigen Jungen und den stämmigen Fiesling vor sich. Er überlegte, ob es völlig ungefährlich sei, in der Nähe eines Gebäudes zu sein, das täglich, stündlich so viele Beschuldigte in Kriminalfällen versammelte.

Wie Albert Vogel immer diese Lokale ausfindig machte, konnte Fallow sich auch nicht ansatzweise vorstellen. Das Huan Li war so bombastisch und überheblich wie das Regent's Park. Trotz der Tatsache, daß sie in den fünfziger Straßen Ost, nahe der Madison Avenue waren, war das Restaurant mitten in der Lunchzeit fast völlig ruhig. Es war vielleicht zu zwei Dritteln leer, vielleicht aber auch nicht. Das war wegen der Dunkelheit und der Zwischenwände schwer zu sagen. Das ganze Restaurant bestand nur aus Abteilen und durchbrochenen Zwischenwänden aus dunklem Holz, in die Muster aus unzähligen Angelhaken gesägt waren. Die Dunkelheit war so groß, daß selbst Vogel, der in der Nische gerade einen halben Meter von Fallow entfernt saß, wie ein Rembrandt aussah. Ein durch Schlaglichter hervorgehobenes Gesicht, ein Lichtstrahl, der seinen alten, großmutterhaften Kopf in strahlendes Weiß verwandelte, eine Ahnung von Hemdbrust, durch eine Krawatte halbiert – und der Rest dieser Gestalt löste sich in die Finsternis auf, die sie umgab. Hin und wieder tauchten lautlos chinesische Ober und Hilfskellner in weißen Jacketts und schwarzen Fliegen auf. Trotzdem hatte ein Mittagessen mit Vogel im Huan Li eine herrliche Seite, und die war entscheidend. Der Amerikaner würde es bezahlen.

Vogel sagte: »Wollen Sie sich's bestimmt nicht noch anders überlegen, Pete? Die haben hier einen fabelhaften chinesischen Wein. Haben Sie chinesischen Wein schon mal gekostet?«

»Chinesischer Wein schmeckt wie tote Maus«, sagte Fallow.

»Schmeckt wie was?«

Tote Maus ... Fallow wußte überhaupt nicht, warum er das gesagt hatte. Er benutzte diesen Ausdruck nicht mehr. Er dachte ihn nicht einmal mehr. Er marschierte jetzt Schulter an Schulter mit Gerald Steiner durch die Welt des Sensationsjournalismus, zum Teil dank Albert Vogel, aber hauptsächlich dank seines eigenen brillanten Könnens. Er war bereits in der Stimmung, den Anteil von Albert Vogel an seiner sensationellen Lamb-Story zu vergessen. Er ärgerte sich über den Mann mit seinem *Pete* hier und *Pete* da, und er hatte Lust, sich ihm zu widersetzen. Andererseits war Vogel sein direkter Draht zu Bacon und diesem ganzen Verein. Er würde nicht gern völlig auf sich gestellt mit ihnen umgehen müssen.

»Manchmal mag ich lieber Bier zu chinesischem Essen, Al«, sagte Fallow.

»Yeah ... das kann ich verstehen«, sagte Vogel. »He, Herr Ober. Ober! Herrgott, wo ist denn die Bedienung? Ich kann überhaupt nichts sehen hier drin.«

Ein Bier wäre wirklich sehr schön. Bier war praktisch ein Gesundheitsgetränk, wie Kamillentee. Sein Kater heute war überhaupt nicht schlimm, nichts weiter als ein dichter Nebel. Keine Schmerzen; nur der Nebel. Gestern hatte er aufgrund seines gestiegenen Ansehens bei »The City Light« den Moment für gekommen erachtet, die schnuckeligste von den Tippsen, eine großäugige Blondine namens Darcy Lastrega, zum Abendessen auszuführen. Sie gingen ins Leicester's, wo er mit Britt-Withers und sogar mit Caroline Heftshank wieder Frieden geschlossen hatte. Sie waren schließlich zusammen mit Nick Stopping und

Tony und St. John und Billy Cortez und noch ein paar anderen am Stammtisch gelandet. Der Tisch hatte im Nu einen bereitwilligen Fisch gefunden, einen Texaner namens Ned Perch, der mit irgend etwas einen erstaunlichen Haufen Geld verdient und in England eine Menge altes Silber gekauft hatte, wie zu erwähnen er nicht müde wurde. Fallow unterhielt den Tisch ziemlich lange mit Geschichten über die Sozialbausiedlung in der Bronx, um jedermann über seinen neuesten Erfolg in Kenntnis zu setzen. Seine Begleiterin, Miss Darcy Lastrega, war indessen nicht so hingerissen. Leute wie Nick Stopping und St. John durchschauten sofort, was sie war, nämlich eine humorlose amerikanische dumme kleine Pute, und niemand machte sich die Mühe, mit ihr zu reden, und so sackte sie auf ihrem Stuhl immer mutloser in sich zusammen. Um dem entgegenzuwirken, drehte sich Fallow alle zwanzig oder dreißig Minuten zu ihr um, nahm ihren Arm, neigte seinen Kopf zu ihrem und sagte in einem Ton, der nur halb scherzhaft klingen sollte: »Ich weiß auch nicht, was über mich kommt. Ich muß mich verliebt haben. Du bist doch nicht verhciratet, oder?« Beim erstenmal erfreute sie ihn mit einem Lächeln. Beim zweiten- und drittenmal nicht mehr. Beim viertenmal war sie nicht mehr da. Sie war gegangen, und er hatte es nicht einmal bemerkt. Billy Cortez und St. John machten sich über ihn lustig, und er nahm es krumm. Eine kindische kleine amerikanische Tussi – und trotzdem war es demütigend. Nach nicht mehr als drei oder vier weiteren Gläsern Wein verließ er das Leicester's ebenfalls, ohne sich bei jemandem zu verabschieden, ging nach Hause und schlief gleich darauf ein.

Vogel war es gelungen, einen Kellner zu finden und Bier zu bestellen. Er bat auch um Stäbchen. Das Huan Li war so freimütig auf Kommerz eingestellt und an Echtheit so uninteressiert, daß sie die Tische mit normalem Hotelsilber deckten. Wie ungeheuer amerikanisch war es doch, anzunehmen, daß diese würdevollen Chinesen erfreut sein würden, wenn man seine

Vorliebe für ihre angestammten Eßwerkzeuge bewies ... Wie ungeheuer amerikanisch war es doch, irgendwie ein schlechtes Gewissen zu haben, wenn man sich bei Glasnudeln und Fleischstückchen nicht mit Gerätschaften herumschlug, die wie vergrößerte Stricknadeln aussahen. Während er so was wie einen glitschigen kleinen Knödel in einer Schüssel herumscheuchte, sagte Vogel zu Fallow: »Also, Pete, sagen Sie die Wahrheit. Habe ich's Ihnen nicht gesagt? Habe ich Ihnen nicht gesagt, das würde eine phantastische Geschichte?«

Das war nicht das, was Fallow hören wollte. Er wollte nicht hören, daß die Story, der Fall Lamb an sich, phantastisch sei. Deshalb nickte er nur.

Vogel hatte diese Hirnstromwelle offenbar empfangen, denn er fuhr fort: »Sie haben bereits etwas in Gang gesetzt. Sie haben es geschafft, daß die ganze Stadt darüber spricht. Die Sachen, die Sie geschrieben haben – sind grandios, Pete, grandios.«

Entsprechend geschmeichelt, erlitt Fallow nun einen Dankbarkeitsanfall. »Ich muß zugeben, ich war skeptisch, als wir das erstemal darüber sprachen. Aber Sie hatten recht.« Er hob sein Glas Bier wie zu einem Toast.

Vogel steckte das Kinn fast in die Schüssel, um den Knödel zu erwischen, ehe er ihm zwischen den Stäbchenspitzen wegglipschen konnte. »Und das Phantastische war, Pete, daß es nicht bloß eine von diesen vorübergehenden Sensationen ist. Diese Sache reicht hinab bis an die eigentlichen Strukturen dieser Stadt, das gesellschaftliche Klassengefüge, das Rassengefüge, an die Art, wie das System zusammengesetzt ist. Das ist auch der Grund, warum die Geschichte Reverend Bacon so viel bedeutet. Er ist wirklich dankbar für das, was Sie geleistet haben.« Fallow ärgerte sich über diese Erinnerung an Bacons Eigentumsansprüche auf die Geschichte. Wie die meisten Journalisten, denen eine Story zugeschanzt wird, war Fallow erpicht darauf, sich einzureden, daß er selbst den Lehm gefunden und ihm Leben eingehaucht hatte.

»Er hat mit mir gesprochen«, fuhr Vogel fort, »und mir gesagt, wie erstaunt er sei – Sie sind aus England, Pete, aber Sie kommen hierher und legen den Finger genau auf das zentrale Problem, nämlich, wieviel gilt ein Menschenleben. Ist ein schwarzes Leben weniger wert als ein weißes? Das ist es, was die Sache so bedeutsam macht.«

Fallow schwamm eine Weile in diesem Sirup herum, aber dann fragte er sich so langsam, wohin diese Darlegungen führen sollten.

»Aber es gibt einen Aspekt an dieser Sache, den Sie, scheint mir, etwas schärfer kritisieren könnten, und ich habe darüber mit Reverend Bacon gesprochen.«

»Aha?« sagte Fallow. »Und was ist das?«

»Das Krankenhaus, Pete. Bis jetzt ist das Krankenhaus vergleichsweise glimpflich davongekommen. Sie sagen, sie ›gehen der Sache nach‹, wie dieser Junge mit einer subduralen Gehirnerschütterung reinkommen und nur wegen einem gebrochenen Handgelenk behandelt werden konnte, aber Sie wissen ja, was sie tun werden. Sie werden versuchen, sich herauszulavieren.«

»Das mag ja so sein«, sagte Fallow, »aber sie behaupten, Lamb hätte ihnen nie erzählt, daß er von einem Auto angefahren wurde.«

»Der Junge war möglicherweise schon halb im Dschumm, Pete! Genau das ist es, was sie hätten bemerken müssen – seinen Allgemeinzustand! Das meine ich ja mit einem schwarzen Leben und einem weißen Leben. Nein, ich denke, es wird Zeit, dem Krankenhaus gehörig eins aufs Dach zu geben. Und jetzt ist ein guter Augenblick dafür. Die Story hat ein bißchen an Pep verloren, weil die Polizei den Wagen und den Fahrer nicht gefunden hat.«

Fallow sagte nichts. Er nahm es übel, wenn man ihn so gängelte. Dann sagte er: »Ich überleg's mir. Mir scheint, die haben eine recht umfassende Erklärung abgegeben, aber ich überlege es mir.«

Vogel sagte: »Also, hören Sie zu, Pete, ich will ganz offen zu Ihnen sein. Bacon war wegen dieses Aspekts schon in Kontakt mit Channel 1, aber Sie sind unser – unser wichtigster Mann, wie man so sagt, und wir sähen es gerne, wenn Sie bei dieser Geschichte vorn in der ersten Reihe blieben.«

Euer wichtigster Mann! Was für eine widerliche Anmaßung! Aber er zögerte, Vogel wissen zu lassen, wie beleidigend das war. Er sagte: »Was ist denn das für eine traute Beziehung zwischen Bacon und Channel 1?«

»Was meinen Sie?«

»Er hat ihnen die Exklusivrechte an der ersten Demonstration gegeben.«

»Nun – das stimmt, Pete. Ich werde ganz offen mit Ihnen sein. Wie haben Sie das erfahren?«

»Ihr – wie nennt ihr das gleich? – Moderator hat's mir gesagt. Corso.«

»Ah. Tja, die Sache ist, so muß man arbeiten. TV-Nachrichten sind durch und durch PR. Jeden Tag warten die TV-Nachrichtenredaktionen auf PR-Leute, die ihnen Listen von Dingen servieren, die sie filmen können, und sie suchen sich dann ein paar davon aus. Der Witz ist zu wissen, wie man ihnen Appetit macht. Sie sind nicht sehr unternehmungslustig. Ihnen geht's schon viel besser, wenn sie was sehen, was bereits gedruckt ist.«

»In ›The City Light‹, nur um ein mögliches Beispiel zu nennen«, sagte Fallow.

»Ja – das stimmt. Ich will ganz ehrlich zu Ihnen sein, Pete. Sie sind ein echter Journalist. Wenn diese Fernsehgesellschaften einen echten Journalisten mit was beschäftigt sehen, machen sie sich drüber her.«

Fallow lehnte sich zurück und trank in der trübsinnigen Düsternis des Huan Li einen gemütlichen Schluck Bier. Ja, sein nächster Coup würde eine Geschichte sein, in der er die Fernsehnachrichten als das entlarven würde, was sie wirklich waren. Aber für den Augenblick würde er das vergessen. Die Art und

Weise, wie die TV-Nachrichtenleute in der Lamb-Sache in seinen Fußstapfen hinter ihm herrannten – nichts hatte ihn jemals so gut dastehen lassen.

 Binnen weniger Minuten war er in seinen Gedanken zu dem Schluß gekommen, daß eine Story über die Fahrlässigkeit des Krankenhauses nichts weiter als der logische nächste Schritt sei. Darauf wäre er unweigerlich auch von allein gekommen, mit oder ohne diesen lächerlichen Yank mit seinem Pausbackengesicht, rosig-kosig wie nur was.

Die Sandwiches des heutigen Tages wurden Jimmy Caughey, Ray Andriutti und Larry Kramer vom Staate New York durch freundliche Vermittlung des Falles Willie Francisco beschert. Richter Meldnick hatte nur vier Tage gebraucht, um sich zu erkundigen und herauszukriegen, welche Meinung er zu Willies Verfahrensfehlerantrag habe, und heute morgen hatte er ihm stattgegeben. Er hatte den Prozeß aufgrund der starken Zweifel des dicken alten irischen Geschworenen McGuigan für fehlerhaft erklärt. Aber da der Tag begonnen hatte, als der Prozeß technisch gesehen noch lief, hatte Bernie Fitzgibbons Sekretärin, Gloria, formell das Recht, Sandwiches zu bestellen.

 Ray warf sich von neuem über seinen Schreibtisch, während er seinen Super-sub aß und seinen Kübel gelben Kaffee trank. Kramer aß ein Roastbeef-Sandwich, das nach Chemikalien schmeckte. Jimmy rührte seins kaum an. Er stöhnte immer noch darüber, wie so ein leichter Fall hatte in die Binsen gehen können. Er hielt einen hervorragenden Rekord. Das Morddezernat führte regelrechte Tabellen, wie Baseball-Tabellen, an denen man ablesen konnte, wie viele Schuldgeständnisse und Schuldsprüche jeder Unterstaatsanwalt erzielt hatte, und Jimmy Caughey hatte seit zwei Jahren keinen Fall mehr verloren. Seine Wut hatte sich jetzt zu einem heftigen Haß auf Willie Francisco und die Gemeinheit seiner Tat entwickelt, die sich für Andriutti und Kramer nur wie ein x-beliebiger läppischer

Scheiß anhörte. Es war merkwürdig, Jimmy in dieser Verfassung zu sehen. Normalerweise hatte er die gleiche schwarzhaarig-irische Gelassenheit wie Fitzgibbon.

»Ich hab das kommen sehen«, sagte er. »Man stellt diese Bazillen vor Gericht, und sie glauben, sie sind Stars. Habt ihr Willie rumhopsen sehen und ›Prozeßfehler!‹ schreien?«

Kramer nickte.

»Jetzt ist er ein Rechtsexperte. Tatsächlich ist er eins der dümmsten Arschlöcher, die jemals in Bronx County vor Gericht gestanden haben. Ich hab Bietelberg vorgestern gesagt, wenn Meldnick den Prozeß für fehlerhaft erklären sollte – und ich meine, er *mußte* ihn für fehlerhaft erklären –, wären wir bereit, mit uns handeln zu lassen. Wir würden die Anklage von Mord zwei auf Totschlag eins runterstufen, nur um einen zweiten Prozeß zu vermeiden. Aber nein. Er ist zu gerissen dafür, unser Willie. Er faßt das als Eingeständnis einer Niederlage auf. Er glaubt, er übt eine Macht über die Geschworenen aus oder so was. Im Wiederaufnahmeverfahren wird er untergehen wie ein Scheißstein. Zwölfeinhalb bis fünfundzwanzig wird er kriegen, statt drei bis sechs oder vier bis acht.«

Ray Andriutti hielt mit dem Verschlingen seines Super-sub lange genug inne, um zu sagen: »Vielleicht ist er clever, Jimmy. Wenn er sich auf einen Schuldhandel einläßt, geht er todsicher in den Knast. Bei einer Scheißjury aus der Bronx ist es jedesmal das reine Pokerspiel. Habt ihr gehört, was gestern passiert ist?«

»Was?«

»Mit diesem Arzt aus Montauk?«

»Nein.«

»Dieser Arzt, ich meine, er ist irgend so ein Doktor aus Montauk, hat wahrscheinlich noch nie die Bronx mit eigenen Augen gesehen. Er hat einen Patienten mit irgend'ner komplizierten Tropenkrankheit. Der Mann ist sehr krank, und das Krankenhaus da draußen meint, es käme mit der Sache nicht zu Rande, aber es gibt ja dieses Krankenhaus in Westchester mit irgend so was wie 'ner Spezialabteilung für so was. Und der Arzt sorgt für einen Krankentransport für den Mann, steigt mit in den Krankenwagen ein und fährt mit bis nach Westchester, aber der Mann stirbt in Westchester in der Aufnahme. Die Familie verklagt den Arzt auf Verletzung der ärztlichen Sorgfaltspflicht. Aber wo erheben sie die Klage? In Montauk? In Westchester? Auf keinen Fall. In der Bronx.«

»Wieso können sie die Klage hier erheben?« fragte Kramer.

»Der Scheißkrankenwagen mußte den Major Deegan nach Westchester hochfahren. Deswegen kommt der Anwalt der Familie mit der Theorie an, daß die Pflichtverletzung sich in der Bronx ereignet hat, und da fand eben auch der Prozeß statt. Acht Millionen Dollar wurden ihnen zugesprochen. Die Geschworenen haben gestern ihren Spruch gefällt. Da haben wir mal 'n Anwalt, der seine Geografielektion gelernt hat.«

»Teufel noch mal«, sagte Jimmy Caughey, »ich wette, jeder auf Fahrlässigkeitsprozesse spezialisierte Anwalt in Amerika weiß von der Bronx. In einem Zivilverfahren ist eine Bronxer Jury jederzeit ein Mittel zur Vermögensumverteilung.«

Eine Bronxer Jury ... Und plötzlich dachte Kramer nicht mehr an denselben Haufen dunkler Gesichter, an den Ray und Jimmy dachten ... Er dachte an diese vollkommenen, lächelnden Zähne und die süßen, vollen Lippen, die von braunem Lippenstift schimmerten, und an diese leuchtenden Augen auf der anderen Seite eines kleinen Tisches mitten im Herzen ... des Lebens ... das es nur in Manhattan gab ... Herrgott ... Er war pleite gewesen, nachdem er die Rechnung im Muldowny's bezahlt hatte ... aber als er für sie gleich vor dem Lokal ein Taxi anhielt und ihre Hand ergriff, um ihr zu danken und auf Wiedersehen zu sagen, ließ sie die Hand in seiner, und er verstärkte den Druck, und sie drückte zurück, und so blieben sie stehen, blickten einander in die Augen, und – Gott! – dieser Moment war zärtlicher, sexyer, erfüllter von – verdammt noch mal! –

Liebe, echter *Liebe,* der Liebe, die einen einfach *erwischt* und ... *einem das Herz fällt* ... als alle diese Knallbums-Erfolge gleich bei der ersten Verabredung, auf die er sich was einbildete, wenn er draußen herumstrich wie ein gottverdammter Kater ... Nein, er würde den Jurys in der Bronx eine Menge nachsehen. Eine Bronxer Jury hatte in sein Leben die Frau gebracht, der zu begegnen ihm immer schon bestimmt war ... Liebe, Schicksal, Wie-voll-mein-Herz ... Sollten andere vor der Bedeutung dieser Worte zurückschrecken ... Ray, der sein Super-sub runterschlang, Jimmy, der mürrisch über Willie Francisco und Lester McGuigan meckerte ... Larry Kramer lebte in einer geistigeren Sphäre ...

Rays Telefon klingelte. Er nahm ab und sagte: »Morddezernat ... Ahann-ahann ... Bernie ist nicht da ... die Lamb-Sache? Kramer ... Larry.« Ray guckte rüber zu Kramer und zog ein fragendes Gesicht. »Er ist gerade da. Wollen Sie ihn sprechen? ... Okay, Moment bitte.« Er hielt die Sprechmuschel zu und sagte: »'n Typ von der Rechtshilfe namens Cecil Hayden.« Kramer stand von seinem Schreibtisch auf, ging rüber zu Andriutti und griff zum Hörer. »Kramer.«

»Larry, hier ist Cecil Hayden von Legal Aid.« Eine forsche Stimme, die dieser Cecil Hayden hatte. »Sie behandeln doch die Sache Henry Lamb. Richtig?«

»Genau.«

»Larry, ich denke, die Zeit ist gekommen, daß wir ›Machen wir 'n Deal‹ spielen.« Sehr forsch.

»Was für einen Deal?«

»Ich vertrete ein Individuum namens Roland Auburn, das vorgestern vor einer Grand Jury wegen kriminellen Besitzes und Handels mit Drogen angeklagt worden ist. Weiss hat eine Presseerklärung herausgegeben, in der er Auburn den Crack-König von der Evergreen Avenue nennt. Mein Mandant fühlte sich enorm gebauchklatscht. Wenn Sie die Evergreen Avenue mal sähen, würden Sie sich fragen, warum. Der König ist außerstande, zehntausend Dollar Kaution zu zahlen, und ist momentan auf Rikers Island.«

»Yeah, schön, was hat er mit der Lamb-Sache zu tun?«

»Er sagt, er war mit Henry Lamb zusammen, als er von dem Wagen angefahren wurde. Er hat ihn ins Krankenhaus gebracht. Er kann Ihnen eine Beschreibung des Fahrers geben. Er möchte 'n Geschäft machen.«

18
Schuhmun

Daniel Torres, der dicke Unterstaatsanwalt aus dem Dezernat für das Oberste Kreisgericht, erschien in Kramers Büro mit seinem zehnjährigen Sohn im Schlepptau und einer tiefen Furche mitten auf der Stirn. Er war auf seine sanfte, dicke Weise wütend darüber, daß er an einem Samstagmorgen in der Inselfestung zu erscheinen hatte. Er sah noch mehr wie ein Tropfen aus als das letztemal, als Kramer ihn gesehen hatte, nämlich in Kovitskys Gerichtssaal. Er trug ein kariertes Sporthemd, ein Jackett, das nicht die geringste Chance hatte, sich um seinen großen, weichen Bauch zu schließen, und Slacks von Linebacker, dem Geschäft für den untersetzten Herrn in Fresh Meadow, die seinen Unterleib unter dem Gürtel hervortreten ließen wie Südamerika. Die Drüsen, dachte Kramer. Sein Sohn dagegen war schlank und dunkel, mit feinen Gesichtszügen, der scheue, feinfühlige Typ allem Anschein nach. Er hatte ein broschiertes Buch und einen Baseball-Handschuh bei sich. Nach einer raschen, gelangweilten Besichtigung des Büros setzte er sich auf Jimmy Caugheys Stuhl und fing an, in dem Buch zu lesen.

Torres sagte: »Glauben Sie, wenn die Yankees nich auf Tournee wären« – er machte eine leichte Kopfbewegung rüber zum Yankee Stadion, gleich den Hügel hinunter – »am Samstach« – Saddy –, »ich käme hierher? Das ist mein Wochenende mit ...« – jetzt machte er eine Kopfbewegung rüber zu seinem Sohn –, »... und ich habe ihm versprochen, ihn zum Baseball-Spiel mitzunehmen, und meiner Exfrau hab ich versprochen, ich würde zu Kiel's auf dem Springfield Boulevard fahren und ein paar Sträucher kaufen und zu ihr bringen, aber wie ich von hier rüber zum Springfield Boulevard und dann rüber nach Maspeth und dann noch rechtzeitig zum Spiel wieder zum Shea Stadion zurückkommen soll, das weiß ich nich. Fragen Sie mich nich, warum ich überhaupt gesagt habe, ich würde ihr die Sträucher bringen.« Er schüttelte den Kopf.

Kramer fand das peinlich für den Jungen, der in die Lektüre vertieft zu sein schien. Der Titel lautete »Die Frau in den Dünen«. Soweit es Kramer dem Umschlag entnehmen konnte, hieß der Autor Kobo Abé. Neugierig und mitfühlend ging er hinüber zu dem Jungen und fragte in der freundlichsten Oberlehrerart, die ihm zu Gebote stand: »Was liest du denn da?«

Der Junge blickte auf wie ein Reh zwischen zwei Scheinwerfern. »Es ist eine Geschichte«, sagte er. Oder vielmehr das war es, was seine Lippen sagten. Seine Augen sagten: Bitte, bitte, laß mich in die Fluchtburg meines Buches zurückkehren.

Kramer bemerkte es, aber er fühlte sich bemüßigt, seine Aufgeschlossenheit noch etwas deutlicher zu machen.

»Wovon handelt es?«

»Japan.« Flehend.

»Japan? Was denn über Japan?«

»Es ist über einen Mann, der von Sanddünen eingeschlossen ist.« Eine sehr weiche Stimme, flehend, flehend, flehend.

Nach seinem abstrakten Umschlag und dem engen Druck zu urteilen, war es kein Kinderbuch. Kramer, der Kenner des menschlichen Herzens, hatte den Eindruck, es sei ein intelligenter, in sich gekehrter Junge, das Erzeugnis von Torres' jüdischer Hälfte, der möglicherweise wie seine Mutter aussah und sich dem Vater bereits entfremdet hatte. Einen Moment lang dachte er an seinen eigenen Sohn. Er versuchte sich vorzustellen, daß er ihn in neun oder zehn Jahren an einem Samstag einmal mit hier rüber nach Gibraltar schleppte. Es deprimierte ihn tief.

»Also, was wissen Sie über Mr. Auburn, Danny?« fragte er Torres. »Was ist das für 'ne Geschichte mit diesem Crack-König von der Evergreen Avenue?«

»Es ist läppischer ...« Torres unterbrach sich abrupt wegen des Jungen. »Es ist ein Witz, nichts weiter. Auburn ist – wissen Sie, einfach das übliche Kid aus dem Kiez. Das ist jetzt seine dritte Verhaftung wegen Drogen. Der Beamte, der ihn festgenommen hat, nannte ihn den Crack-König von der Evergreen Avenue. Das war Hohn. Die Evergreen Avenue ist ungefähr fünf Blocks lang. Ich weiß nicht mal, wie Weiss das erfahren hat. Als ich diese Pressemitteilung sah, ich – ich konnte es fast nicht glauben. Gott sei Dank hat ihr niemand Beachtung geschenkt.« Torres sah auf seine Uhr. »Wann werden sie da sein?«

»Sie sollten ziemlich bald hier sein«, sagte Kramer. »An einem Samstag geht alles langsamer da drüben auf Rikers Island. Wie kam's denn, daß sie ihn geschnappt haben?«

»Tja, das ist 'ne verrückte Geschichte«, sagte Torres. »Eigentlich haben sie ihn zweimal gekascht, aber der Junge hat die Eier – jede Menge Mumm, oder er ist kreuzdämlich, ich weiß nich, was von beiden. Vor ungefähr 'm Monat hat ein Undercover-Cop bei Auburn und 'm anderen Kid was gekauft und dann verkündet, sie wären verhaftet und so weiter, und Auburn sagte zu ihm: ›Wenn du mich willst, Tussi – mußte mich erschießen‹, und machte sich auf die Socken. Ich hab mit dem Cop gesprochen, Officer Iannucci. Er sagte, wenn der Junge nich 'n Schwarzer gewesen wär in 'm schwarzen Viertel, er hätte ihn erschossen oder jedenfalls auf ihn geschossen. Vor einer Woche hat er ihn geschnappt, derselbe Cop.«

»Was erwartet ihn, wenn er der Dealerei überführt wird?«

»Zwei bis vier vielleicht.«

»Wissen Sie irgendwas über seinen Anwalt, diesen Hayden?«

»Yeah. Er ist 'n Schwarzer.«

»Tatsächlich?« Kramer wollte gerade sagen: Er hörte sich gar nicht schwarz an, überlegte sich es aber anders. »Man sieht nicht allzu viele Schwarze bei Legal Aid.«

»Das stimmt nicht. Es gibt schon 'n paar. Viele von ihnen brauchen den Job. Diesen jungen schwarzen Anwälten geht's nämlich bescheiden. Die Unis geben ihnen die Diplome, aber es gibt keine freien Stellen. Downtown – das ist jämmerlich. Die reden immer drüber, aber sie stellen keine schwarzen Anwälte ein, das ist die ganze Wahrheit. Und so gehen sie zu Legal Aid oder zum 18b-Kader. Manche von ihnen fretten sich mit 'ner Schmalspur-Strafrechtspraxis durch. Aber die schwarzen Großganoven, die Drogendealer, die wollen nicht, daß ein schwarzer Anwalt sie vertritt. Und die kleinen Lichter auch nicht. Einmal war ich bei den Arrestkäfigen, und da kommt so ein schwarzer 18b-Anwalt an und sucht nach dem Mandaten, dem er zugeteilt worden war, und er schreit seinen Namen. Sie kennen die Art, wie sie die Namen brüllen vor den Arrestkäfigen. Jedenfalls, der Kerl, dem er zugewiesen wurde, ist schwarz, und er kommt rüber an das Gitter geschlendert und sieht dem Anwalt in die Augen und sagt: ›Hau ab, Schwester – ich will 'n Juden.‹ Ich schwör's! Er sagt: ›Hau ab, Schwester – ich will 'n Juden.‹ Hayden scheint ziemlich gerissen zu sein, aber ich hab ihn noch nicht oft gesehen.«

Torres sah wieder auf seine Uhr, und dann blickte er auf den Fußboden in der Ecke. Im selben Moment waren seine Gedanken irgendwo außerhalb des Raumes und außerhalb von Gibraltar. In Kiel's Baumschule? Bei den Mets? Seiner kaputten Ehe? Sein Sohn war in Japan bei dem Mann, der in den Dünen gefangen war. Nur Kramer war genau dort in diesem Zimmer. Er war nervös. Er war sich der Stille der Inselfestung an diesem sonnigen Samstag im Juni bewußt. Wenn nur dieser Typ, Auburn, sich als wirklich nützlich herausstellte, wenn er nur nicht zu sehr der übliche rücksichtslose Trickser wäre, der versucht, mit allen irgendein dummes Spiel zu treiben, und hinter dem Drahtgitter hervor ins Leere schreit ...

Wenig später hörte Kramer draußen Leute den Korridor entlangkommen. Er machte die Tür auf und sah Martin und Goldberg, und zwischen ihnen einen stämmig gebauten jungen Schwarzen in einem Jersey-Rollkragenpullover, dem die Hände auf den Rücken gefesselt waren. Die Nachhut bildete ein kleiner, vierschrötiger Schwarzer in einem blaßgrauen Anzug. Das mußte Cecil Hayden sein.

Selbst mit den Händen auf dem Rücken gelang es Roland Auburn, den pimp roll hinzukriegen. Er war nicht größer als eins siebzig oder zweiundsiebzig, aber sehr muskulös. Seine Brust-, Delta- und Trapezmusheln wölbten sich massig und deutlich definiert. Kramer, der Verkümmerte, spürte den Neid an sich zerren. Zu sagen, daß der Bursche sich seines phantastischen Körperbaus bewußt war, hieß, es milde ausdrücken. Der Rollkragenpullover paßte ihm wie eine zweite Haut. Er hatte ein Goldkettchen um den Hals. Er trug enge schwarze Hosen und weiße Reebok-Sneakers, die aussahen, als kämen sie eben aus dem Karton. Sein braunes Gesicht war kantig, hart und teilnahmslos. Er hatte kurzes Haar und einen schmalen Schnurrbart auf der Oberlippe.

Kramer fragte sich, warum Martin ihm die Hände auf den Rücken gefesselt hatte. Das war erniedrigender, als wenn sie vorn zusammengeschlossen waren. Man fühlte sich so hilfloser und verletzlicher. Er *spürte* förmlich die Gefahr hinzufallen. Er würde fallen wie ein Baum, ohne den Kopf schützen zu können. Und da sie Roland Auburns Mitarbeit wünschten, hatte Kramer gedacht, daß Martin es dem Mann leichter machen würde – oder meinte er, es bestünde tatsächlich die Gefahr, daß dieser sperrige Felsen flitzte? Oder war Martins Tour ausnahmslos die harte Tour?

Der Geleitzug schob sich in das kleine Büro. Das Bekanntmachen war ein langwieriges Geschurre. Torres, als Unterstaatsanwalt mit dem Drogenfall des Gefangenen betraut, kannte Cecil Hayden, aber er kannte weder Martin und Goldberg noch den Gefangenen. Hayden kannte Kramer nicht, und Kramer kannte den Gefangenen nicht, und wie würden sie überhaupt den Gefangenen anreden? Sein eigentlicher Status war der eines mit einer Drogenanklage im Gefängnis sitzenden Ganoven, aber in diesem Augenblick war er genaugenommen ein Bürger, der sich bereit erklärt hatte, den Behörden bei der Aufklärung eines Verbrechens behilflich zu sein. Martin löste das Namensproblem, indem er Roland Auburn wiederholt und gelangweilt mit Roland anredete.

»Okay, Roland, sehn wir mal zu. Wo setzen wir Sie denn hin?« Er sah sich in dem Büro mit seinem Durcheinander schrammliger Möbel um. Einen Gefangenen mit seinem Vornamen anzureden, war der gängige Weg, alle Ansprüche auf Ansehen und gesellschaftliche Einzelstellung, an die er sich noch klammern mochte, abzuweisen. Martin würde das Versatzstück Roland Auburn dorthin stecken, wonach ihm der Sinn war. Er zögerte, blickte Kramer an und warf dann einen skeptischen Blick in die Richtung von Torres' Sohn. Es war klar, daß er der Ansicht war, der sollte nicht mit in dem Zimmer sein. Der Junge las nicht mehr in seinem Buch. Er hatte sich in dem Stuhl nach hinten gefläzt, den Kopf gesenkt, und starrte. Er war geschrumpft. Von ihm war nichts mehr da als zwei riesengroße Augen, die Roland Auburn ansahen.

Für alle anderen im Raum, vielleicht sogar für Auburn selber, war es nur ein Routinevorgang, daß ein schwarzer Angeklagter zu einer Verhandlung, einer kleinen Schuldhandelrunde in das Büro eines Unterstaatsanwalts gebracht wurde. Aber dieser traurige, feinfühlige, buchvernarrte kleine Junge würde nie vergessen, was er jetzt sah, einen schwarzen Mann mit auf den Rücken gefesselten Händen im Dienstgebäude seines Vaters, an einem sonnigen Samstag vor dem Spiel der Mets.

Kramer sagte zu Torres: »Dan, ich glaube, wir werden den Stuhl da wohl brauchen«.

Er sah zu Torres' Sohn hinüber.

»Vielleicht würde er sich gerne da reinsetzen, in Bernie Fitzgibbons Büro. Da ist niemand drin.«

»Yeah. Ollie«, sagte Torres, »warum gehst du nicht da rein, bis wir fertig sind.« Kramer überlegte, ob Torres seinen Sohn wirklich Oliver genannt hatte. Oliver Torres.

Ohne ein Wort stand der Junge auf, griff nach seinem Buch und dem Baseball-Handschuh und steuerte auf die zweite Tür, auf Bernie Fitzgibbons Büro, zu, aber einen letzten Blick auf den in Handschellen gelegten Schwarzen konnte er sich nicht verkneifen. Roland Auburn starrte ohne jeden Ausdruck im Gesicht zurück. Dem Alter nach war er dem Jungen näher als Kramer. Trotz all seiner Muskeln war er selber nicht viel mehr als ein Junge.

»Okay, Roland«, sagte Martin, »ich nehme Ihnen jetzt diese Dinger hier ab, und Sie setzen sich dort auf den Stuhl und sind 'n braver Junge, ja?«

Roland Auburn sagte nichts, kehrte Martin nur leicht den Rücken zu und hielt ihm seine gefesselten Hände hin, um sich die Handschellen lösen zu lassen.

»Ayyyyy, keine Sorge, Marty«, sagte Cecil Hayden, »mein Mandant ist hier, weil er aus diesem Zimmer hier *rausspazieren* möchte, ohne sich umzudrehen.«

Kramer faßte es nicht. Hayden nannte den irischen Dobermann bereits bei seinem Spitznamen, Marty, und hatte ihn eben erst kennengelernt. Hayden war einer von diesen munteren kleinen Kerlen, deren Unbeschwertheit so freundlich und vertrauensvoll ist, daß man schon sehr schlecht gelaunt sein muß, um sich gekränkt zu fühlen. Er schaffte den schwierigen Trick, seinem Mandanten zu beweisen, daß er sich für dessen Rechte und Ansehen einsetzte, ohne vor dem irischen Bullenkontingent den Schwanz einzuklemmen.

Roland Auburn setzte sich und begann, seine Handgelenke zu massieren, hörte aber wieder damit auf. Er wollte Martin und Goldberg nicht die Genugtuung verschaffen, zu sehen, daß ihm die Handschellen weh getan hatten. Goldberg war hinter den Stuhl getreten und ließ sich mit seinem schweren Körper auf der Kante von Ray Andriuttis Schreibtisch nieder. Er hatte ein Notizbuch und einen Kugelschreiber in der Hand, um sich von dem Gespräch Notizen zu machen. Martin schlenderte auf die andere Seite von Jimmy Caugheys Schreibtisch hinüber und nahm auf dessen Rand Platz. Der Gefangene saß jetzt zwischen den beiden und würde sich umdrehen müssen, um jeweils einen von ihnen direkt anzusehen. Torres setzte sich auf Ray Andriuttis Stuhl, Hayden auf Kramers und Kramer, der die Show leitete, blieb stehen. Roland Auburn lehnte sich jetzt auf Jimmy Caugheys Stuhl zurück, die Knie gespreizt und die Unterarme auf den Armlehnen, knackte mit seinen Knöcheln und sah Kramer fest an. Sein Gesicht war eine Maske. Er zuckte mit keiner Wimper. Kramer dachte an den Ausdruck, der in den Bewährungsberichten über diese jungen, schwarzen, männlichen Angeklagten immer wieder auftauchte, »Mangel an Gemüt«. Das bedeutete offensichtlich, daß ihnen normale Gefühle abgingen. Sie fühlten nicht Schuld, Scham, Reue, Angst oder Mitleid für andere. Aber immer wenn Kramer in die Lage kam, mit diesen Leuten zu reden, hatte er das Gefühl, daß es ganz etwas anderes war. Sie zogen einen Vorhang zu. Sie schlossen ihn aus von dem, was hinter der ungerührten Oberfläche ihres Blicks geschah. Sie ließen ihn auch nicht einen Millimeter davon sehen, was sie von ihm und der Macht und ihrem eigenen Leben dachten. Er hatte es sich früher gefragt, und er fragte es sich jetzt: Wer sind diese Leute? (Diese Leute, über deren Schicksal ich jeden Tag entscheide ...)

Kramer sah Hayden an und sagte: »Herr Anwalt ...« *Herr Anwalt.* Er wußte nicht recht, wie er den Mann anreden sollte. Hayden hatte ihn am Telefon gleich Larry genannt, aber in diesem Raum hatte er ihn noch nicht angesprochen, und Kramer wollte ihn nicht Cecil nennen, aus Furcht, vor Roland entweder zu plump vertraulich oder zu respektlos zu erscheinen. »Herr

Anwalt, Sie haben doch Ihrem Mandanten erklärt, was wir hier machen, nicht wahr?«

»Aber sicher«, sagte Hayden. »Er weiß Bescheid.«

Jetzt blickte Kramer Roland an. »Mr. Auburn ...« *Mr. Auburn.* Kramer rechnete damit, daß Martin und Goldberg ihm vergeben würden. Die übliche Prozedur, wenn ein Unterstaatsanwalt einen Beklagten verhörte, war, mit dem respektvollen Mister zu beginnen, einfach um den Dingen eine gewisse Form zu geben, und dann auf den Vornamen überzugehen, wenn alles lief. »Mr. Auburn, ich denke, Mr. Torres hier kennen Sie schon. Er ist der Unterstaatsanwalt, der den Fall behandelt, dessentwegen Sie verhaftet und angeklagt worden sind, Drogenhandel. Okay? Und ich habe die Henry-Lamb-Sache unter mir. Also, wir können Ihnen gar nichts versprechen, aber wenn Sie uns helfen, werden wir Ihnen helfen. So einfach ist das. Aber Sie müssen ehrlich sein. Sie müssen vollkommen ehrlich sein. Sonst führen Sie bloß alle an der Nase rum, und das wäre nicht gut für Sie. Haben Sie verstanden?«

Roland sah seinen Anwalt, Cecil Hayden, an, und Hayden nickte nur, als wenn er sagen wollte: Keine Sorge, es ist okay.

Roland drehte sich wieder um, sah Kramer an und sagte völlig ausdruckslos: »Hmm-hm.«

»Okay«, sagte Kramer. »Was mich interessiert, ist, was ist Henry Lamb an dem Abend zugestoßen, als er verletzt wurde. Ich möchte, daß Sie mir erzählen, was Sie wissen.«

Immer noch auf Jimmy Caugheys Stuhl zurückgefläzt, fragte Roland: »Wo soll ich anfang?«

»Na ... am Anfang. Wie kam's denn, daß Sie an dem Abend mit Henry Lamb zusammen waren?«

Roland antwortete: »Ich stann auf'm Gehweg und wollte grade runter zur Hunderteinundsechzigsten Straße, zu dem Imbiß, dem Texas Fried Chicken, da seh ich Henry vorbeikomm.« Er hielt inne.

Kramer sagte: »Okay, und was dann?«

»Ich sag zu ihm: ›Henry, wo willste 'nn hin?‹ Und er sag: ›Ich geh zu der Imbißhalle‹, und ich sage: ›Da wollt ich auch grade hin.‹ Und wir machen uns auf den Weg runter zu dem Imbiß.«
»Welche Straße runter?«
»Bruckner Boulevard.«
»Ist Henry ein guter Freund von Ihnen?«
Zum erstenmal zeigte Roland eine Regung. Er schien leicht amüsiert zu sein. Ein kleines Lächeln kräuselte sich in einem Mundwinkel, und er senkte den Blick, als wäre ein peinliches Thema zur Sprache gekommen. »Nee, ich kenn ihn einfach. Wir wohn in derselben Siedlung.«
»Treibt ihr euch zusammen rum?«
Größere Erheiterung. »Nee, Henry treib sich nich viel rum. Er komm nich viel raus.«
»Jedenfalls«, sagte Kramer, »gehen Sie beide den Bruckner Boulevard runter zu dem Texas Fried Chicken. Was passierte dann?«
»Also, wir gehn runter zur Hunts Point Avenue und wollen über die Straße, rüber zum Texas Fried Chicken.«
»Über welche Straße, Hunts Point Avenue oder Bruckner Boulevard?«
»Bruckner Boulevard.«
»Nur damit wir uns richtig verstehen: Sie sind auf welcher Seite vom Bruckner Boulevard? Der östlichen Seite und gehen rüber auf die westliche Seite?«
»Das is richtig. Von der östlichen Seite rüber zur westlichen Seite. Ich stann 'n kleines Stück draußen auf der Straße un warte, daß die Autos vorbeifahrn, un Henry stand da drühm.« Er machte eine Bewegung nach rechts. »Ich kann also die Autos besser sehn als er, weil sie komm von *der* Seite.« Er machte eine Bewegung nach links. »Die Wagen, meistens fahrn sie auf der Mittelspur wie, also, in einer Reihe, un dieser eine Wagen, der scher plötzlich aus un will alle andern Wagen rechts überholn, un ich seh, er komm zu nahe ran, wo wir stehn. Ich spring zu-

rück. Aber Henry, er sieht wohl gaa nix, bis ich zurückspringe, un dann hör ich so'n klein Schlag, un ich seh Henry umfalln, so.« Er machte mit dem Zeigefinger eine Kreiselbewegung.

»Okay, was passierte dann?«

»Dann hör ich 'n Quietschen. Dieser Wagen, er brems. Was ich als erstes mach, ich geh rüber zu Henry, un er lieg da auf der Straße, neem dem Gehweg, un er lieg zusammgeroll auf einer Seite un hält sich irgendwie ein Aam, un ich sag: ›Henry, bis du verletzt?‹ Un er sag: ›Ich glaub, ich hab mir mein Aam gebrochn.‹«

»Hat er gesagt, er wär am Kopf verletzt?«

»Das hat er mir später erzähl. Als ich da über ihm kauer, sagt er dauernd, sein Aam tut ihm weh. Un dann hab ich ihn ins Krankenhaus gebrach, un er erzählt mir, als er umfiel, hat er seine Aame ausgestreck, un er fiel auf ein Aam, un dann rollte er weiter un schlug sich sein Kopf.«

»Na schön, kehren wir zurück zu dem Moment, gleich nachdem es passiert war. Sie sind da neben Henry Lamb auf der Straße, und dieser Wagen, der ihn angefahren hat, er bremst. Hat er angehalten?«

»Yeah. Ich seh, daß er 'n Stück weiter anhält.«

»Wie weit weg?«

»Ich weiß nich. Vielleicht dreißig Meter. Die Tür geh auf, un so'n Typ steig aus, 'n Weißer. Un dieser Typ, er kuck zurück. Er kuck direk zu mir und Henry zurück.«

»Was haben Sie da gemacht?«

»Also, ich dachte, dieser Typ, er hat angehalten, weil er Henry angefahrn hat, und wollte nachsehn, ob er helfn kann. Ich dachte, he, der Typ kann Henry ins Krankenhaus bring. Deshalb stann ich auf und ging auf ihn zu und sagte: ›Yo! Yo! Wir brauchn Hilfe!‹«

»Und was tat er?«

»Der Mann sah mich direk an, un dann geh die Tür auf der andern Seite auf, un da ist 'ne Frau. Sie steig irgendwie, verstehn

Se, halb ausm Wagen aus, un sie kuck auch zurück. Beide kuckn zu mir, un ich sag: ›Yo! Mein Freund is verletz!‹«
»Wie weit waren Sie inzwischen von ihnen entfernt?«
»Nich sehr weit. Fümf, sechs Meter.«
»Konnten Sie sie deutlich sehen?«
»Ich hab ihn direk ins Gesicht gesehn.«
»Was taten sie?«
»Die Frau, sie hat so 'n Blick im Gesicht. Sie sieht ängstlich aus. Sie sag: ›Schuhmun, paß auf!‹ Sie redet mit dem Typen.«
»›Schuhmun, paß auf‹? Sie sagte *Schuhmun*?« Kramer warf Martin einen Blick zu. Martin machte die Augen weit auf und drückte eine Luftblase unter seine Oberlippe. Goldberg hielt den Kopf gesenkt und machte sich Notizen.
»So hat sich's für mich angehör.«
»Schuhmun oder Sherman?«
»Klang wie Schuhmun.«
»Okay, was passierte dann?«
»Die Frau, sie spring wieder in den Wagen. Der Mann, er ist hinten, hinter dem Wagen, un sieht mich an. Dann die Frau, sie sag: ›Schuhmun, steig ein!‹ Bloß jetz sitz sie auf'm Fahrersitz. Un der Mann, er renn zur andern Seite rum, wo sie gesessen hat, un er spring in den Wagen und knall die Tür zu.«
»Sie haben also die Plätze gewechselt. Und was taten Sie? Wie weit von ihnen weg waren Sie inzwischen?«
»Faß so nahe dran wie zu Ihn.«
»Waren Sie wütend? Haben Sie sie angeschrien?«
»Ich hab nur gesagt: ›Mein Freund ist verletz.‹«
»Haben Sie die Faust geballt? Haben Sie irgendeine Drohgebärde gemacht?«
»Ich wollte nix weiter als Hilfe für Henry bekomm. Ich war nich wütend. Ich hatte Angs, um Henry.«
»Okay, was passierte dann?«
»Ich lief rum zur Vorderseite des Wagens.«
»Welche Seite?«

»Welche Seite? Die rechte Seite, wo der Typ saß. Ich kuckte sie durch die Windschutzscheibe direk an. Ich sag: ›Yo! Mein Freund is verletz!‹ Ich steh vor dem Wagen und kuck die Straße runter, un da is Henry. Er is direk hinter dem Wagen. Er komm näher, wie betäub, verstehn Se, und häll sein Aam so.« Roland hielt sich den linken Unterarm mit seiner rechten Hand und ließ die Linke herunterbaumeln, als wenn sie verletzt wäre. »Das heiß also, dieser Typ, er konnte Henry die ganze Zeit rankomm sehn, wie er sein Aam so hält. Unmöglich, daß er nich weiß, Henry ist verletz. Ich seh Henry an, un eh ich's mich verseh, tritt die Frau aufs Gas und scher da raus, daß die Reifn rauchn. Sie scher da so schnell raus, daß ich seh, wie der Kopf von dem Mann nach hinten ruck. Er sieht mich direk an, un sein Kopf ruck nach hinten, un sie da raus wie 'ne Rakete. Kam so nahe an mich ran.« Er legte Daumen und Zeigefinger zusammen. »Faß erwisch er mich schlimmer als Henry.«

»Kennen Sie die Zulassungsnummer?«

»Nee. Aber Henry. Oder er kenn wohl 'n Teil davon.«

»Hat er sie Ihnen genannt?«

»Nee. Ich glaub, er hat sie seiner Mutter gesag. Das hab ich im Fernsehn gesehn.«

»Was für ein Wagen war es?«

»Es war ein Mercedes.«

»Welche Farbe?«

»Schwarz.«

»Welches Modell?«

»Ich weiß nich, welches Modell.«

»Wie viele Türen?«

»Zwei. Er war, also, verstehn Se, niedrig gebaut. Es war 'n Sportwagen.«

Kramer sah wieder Martin an. Der hatte erneut sein großäugiges Na-so-was-Gesicht aufgesetzt.

»Würden Sie den Mann wiedererkennen, wenn Sie ihn sähen?«

»Ich würd ihn wiedererkenn.« Roland sagte das mit einer bitteren Überzeugung, die echt klang.
»Wie steht's mit der Frau?«
»Die auch. War nix weiter als 'n Stück Glas zwischen mir un ihn.«
»Wie sah die Frau aus? Wie alt war sie?«
»Ich weiß nich. Sie war weiß. Ich weiß nich, wie alt sie war.«
»Also, war sie alt oder jung? War sie eher fünfundzwanzig, fünfunddreißig, fünfundvierzig oder fünfundfünfzig?«
»Fümfunzwanzig höchswahrscheinlich.«
»Helles Haar, dunkles Haar, rotes Haar?«
»Dunkles Haar.«
»Was hatte sie an?«
»Ich glaube, 'n Kleid. Sie war ganz in Blau. Ich erinner mich dran, weil es war 'n richtiges leuchtendes Blau, und sie hatte so breite Schultern an dem Kleid. Da dran erinner ich mich.«
»Wie sah der Mann aus?«
»Er war groß. Er hatte 'n Anzug und 'n Schlips.«
»Welche Anzugfarbe?«
»Ich weiß nich. Es war 'n dunkler Anzug. Mehr fällt mir nich ein.«
»Wie alt war er? Würden Sie sagen, er war in meinem Alter, oder war er älter? Oder jünger?«
»Etwas älter.«
»Und Sie würden ihn wiedererkennen, wenn Sie ihn sähen.«
»Ich würd ihn wiedererkenn.«
»Also, Roland, ich zeige Ihnen jetzt ein paar Fotos, und ich möchte, daß Sie mir sagen, ob Sie jemanden auf diesen Fotos erkennen. Okay?«
»Öng-höhn.«
Kramer ging rüber an seinen eigenen Schreibtisch, an dem Hayden saß, sagte: »Entschuldigen Sie einen Augenblick«, und zog eine Schublade auf. Währenddessen sah er Hayden einen kurzen Moment lang an und nickte leicht, als wolle er sagen: Es

klappt. Aus der Schublade nahm er den Satz Fotos, den Milt Lubell für Weiss zusammengestellt hatte. Er breitete die Fotos auf Jimmy Caugheys Schreibtisch vor Roland Auburn aus.

»Erkennen Sie jemanden von diesen Leuten?«

Roland überflog die Fotos, dann bewegte sein Zeigefinger sich spontan zu dem grinsenden Sherman McCoy in seinem Smoking.

»Das isser.«

»Woran erkennen Sie, daß es derselbe Mann ist?«

»Das *is* er. Ich erkenn ihn *wieder*. Das is sein Kinn. Der Mann hatte so 'n großes Kinn.«

Kramer sah Martin und dann Goldberg an. Goldberg lächelte ganz leicht.

»Sehen Sie die Frau auf dem Foto, die Frau, neben der er steht? Ist das die Frau, die in dem Wagen gesessen hat?«

»Nee. Die Frau in dem Wagen war jünger, un sie hatte dunklere Haare, un sie war viel ... viel schärfer.«

»Schärfer?«

Roland fing wieder an zu lächeln, kämpfte aber dagegen an. »Verstehn Se, mehr 'ne ... heiße Nummer.«

Kramer gestattete sich selber ein Lächeln und einen Gluckser. Das gab ihm eine Möglichkeit, etwas von dem Stolz herauszulassen, den er bereits empfand. »Eine heiße Nummer, hm? Okay, eine heiße Nummer. In Ordnung. Der Wagen verläßt also den Unfallort. Was taten Sie dann?«

»Gab nich viel, was ich tun konnte. Henry stann da und hielt sich sein Aam. Sein Handgelenk war total verbogn. Ich sagte zu ihm: ›Henry, du muß ins Krankenhaus‹, un er sagt, er will nich ins Krankenhaus, er will nach Hause. Also gehn wir zurück, den Bruckner Boulevard rauf, zurück zur Siedlung.«

»Einen Moment mal«, sagte Kramer. »Hat irgend jemand all das, was passiert ist, gesehen? War da irgend jemand auf dem Bürgersteig?«

»Ich weiß nich.«

»Haben keine Autos angehaltn?«

»Nee. Ich denke, wenn Henry da sehr lange gelegn hätte, vielleich hätt einer gehaltn. Aber es hat keiner gehaltn.«

»Also Sie gehen den Bruckner Boulevard rauf, zur Siedlung zurück.«

»Genau. Un Henry, er stöhn un sieht aus, als wird er gleich ohnmächtig, un ich sage: ›Henry, du muß ins Krankenhaus.‹ Un ich bring ihn wieder runter zur Hunts Point Avenue, un wir gehn rüber zur Hunderteinundsechzigsten Straße, zu der U-Bahn-Station da drühm, un da seh ich so 'n Taxi, das mein Freund Brill gehört.«

»Brill?«

»Is 'n Bursche, der zwei Taxis hat.«

»Und er fuhr Sie zum Lincoln Hospital?«

»Dieser Curly Kale, er fuhr. Er is einer von Brills Fahrern.«

»Curly Kale. Ist das sein richtiger Name oder ist das ein Spitzname?«

»Ich weiß nich. Er wird so genannt, Curly Kale.«

»Und er hat Sie beide zum Krankenhaus gefahren.«

»Genau.«

»Wie kam Ihnen Henrys Zustand auf dem Weg zum Krankenhaus vor? War's da, als er Ihnen erzählte, er hätte sich den Kopf gestoßen?«

»Genau, aber meistens redete er über sein Aam. Sein Handgelenk sah *böse* aus.«

»War er klar? War er bei vollem Bewußtsein, soweit Sie das sagen können?«

»Wie ich schon gesagt hab, er stöhnte viel und sagte, wie weh ihm sein Aam tät. Aber er wußte, wo er war. Er wußte, was passierte.«

»Als Sie zum Krankenhaus kamen, was haben Sie da gemacht?«

»Naja, wir stiegn aus, un ich ging mit Henry zur Tür, zur Notaufnahme, un er ging da rein.«

»Sind Sie mit ihm reingegangen?«
»Nee, ich bin wieder in das Taxi zu Curly Kale gestiegn und weggefahrn.«
»Sie sind nicht bei Henry geblieben?«
»Ich dachte mir, mehr kann ich für ihn nich tun.« Roland warf einen Blick zu Hayden hinüber.
»Wie ist Henry vom Krankenhaus nach Hause gekommen?«
»Ich weiß nich.«
Kramer machte eine Pause. »Na schön, Roland, da gibt's noch eins, was ich wissen möchte. Warum sind Sie mit diesen Informationen nicht schon früher rausgerückt? Ich meine, da ist Ihr Freund, oder jedenfalls ein Nachbar von Ihnen – er ist aus derselben Siedlung –, und er ist das Opfer einer Unfallflucht direkt vor Ihren Augen, und die Sache ist im Fernsehen und in allen Zeitungen, und wir hören von Ihnen keinen Pieps bis jetzt. Was sagen Sie dazu?«
Roland sah Hayden an, der bloß nickte, und Roland sagte: »Die Bullen ham mich gesuch.«
Hayden ergriff das Wort. »Es lief ein Haftbefehl wegen Drogenhandel, Drogenbesitz, Widerstand gegen die Staatsgewalt und ein paar anderen Sachen, dieselben Beschuldigungen, wegen denen er grade angeklagt worden ist.«
Kramer sagte zu Roland: »Sie haben sich also selbst geschützt. Sie hielten diese Informationen lieber zurück, als mit der Polizei reden zu müssen.«
»Genau.«
Kramer wurde es schwindlig vor Freude. Er sah die Sache bereits Gestalt annehmen. Dieser Roland war nicht gerade ein Schätzchen, aber er war durch und durch glaubwürdig. Zieh ihm seinen Bodybuilder-Pulli und die Sneakers aus! Brich ihm die Hüfte, damit er den pimp roll nicht machen kann! Laß diese Sache mit dem Crack-König von der Evergreen Avenue in der Versenkung verschwinden! Macht auf Geschworene keinen guten Eindruck, wenn ein Schwerverbrecher vor Gericht auftritt

und eine Zeugenaussage im Tausch gegen einen Schuldhandel macht. Nur ein bißchen Waschen und Versäubern – das ist alles, was dieser Fall braucht! Plötzlich sah Kramer sie vor sich ... *die Zeichnung* ...

Er sagte zu Roland: »Und Sie sagen mir die volle Wahrheit?«
»Önh-hönh.«
»Sie setzen nichts hinzu und lassen nichts weg.«
»Önh-hönh.«
Kramer trat an Jimmy Caugheys Schreibtisch, direkt neben Roland, und sammelte die Fotos zusammen. Dann wandte er sich an Cecil Hayden.

»Herr Anwalt«, sagte er, »ich muß das mit meinem Vorgesetzten durchsprechen. Aber wenn ich mich nicht irre, denke ich, daß wir zu einem Handel kommen.«

Er sah sie, noch ehe die Worte seinen Mund verlassen hatten ... *die Zeichnung* ... vom Gerichtszeichner ... Er konnte sie sehen, als befinde sich die Mattscheibe des Fensehers bereits direkt vor ihm ... Unterstaatsanwalt Lawrence N. Kramer ... stehend ... den Zeigefinger erhoben ... und seine Nacken- und Brustmuskeln quellen hervor ... Aber wie würde der Künstler seinen Kopf behandeln, wo er so viele Haare verloren hatte? Schön, wenn die Zeichnung seinem kräftigen Körper gerecht wurde, würde das niemand bemerken. Den Mut und die Redegewandtheit ... die würde man sehen. Die ganze Stadt New York würde sie sehen. Miss Shelly Thomas würde sie sehen.

19
Donkey-Treue

Am Montagmorgen wurden Kramer und Bernie Fitzgibbon als erstes in Abe Weiss' Büro gerufen. Milt Lubell war ebenfalls da. Kramer bemerkte, daß sein Status sich über das Wochenende verbessert hatte. Weiss nannte ihn jetzt Larry statt Kramer und richtete nicht jede Bemerkung über den Fall Lamb an Bernie, als wenn er, Kramer, nichts weiter als Bernies Fußsoldat wäre.

Aber er blickte Bernie an, als er sagte: »Ich will mit dieser Sache nicht rumtrödeln, wenn ich's nicht muß. Haben wir genug, um diesen McCoy zu verhaften oder nicht?«

»Wir haben genug, Abe«, sagte Fitzgibbon, »aber ich bin nicht ganz glücklich damit. Wir haben diesen Auburn, der McCoy als denjenigen identifiziert, der den Wagen fuhr, mit dem Lamb verletzt wurde, und wir haben den Garagenangestellten, der sagt, daß McCoy in der Zeit, als die Sache passierte, mit seinem Wagen unterwegs war, und Martin und Goldberg haben den Gypsy-Taxiunternehmer Brill gefunden, der bestätigt, daß Auburn eines seiner Taxis an dem Abend benutzt hat. Aber den Fahrer haben sie nicht gefunden, diesen Curly Kale« – er rollte mit den Augen und holte tief Luft, als wolle er sagen: Diese Leute und ihre Namen –, »und ich meine, wir sollten erst mit ihm reden.«

»Warum?« fragte Weiss.

»Weil's da bestimmte Dinge gibt, die tun keinen Sinn ergeben, und Auburn ist ein verflucht zwielichtiger Drogendealer, der Morgenluft wittert. Ich würde immer noch gern wissen, warum Lamb nichts davon gesagt hat, daß ihn ein Wagen angefahren hatte, als er das erstemal ins Krankenhaus kam. Ich würde gern wissen, ob Auburn tatsächlich den Jungen ins Krankenhaus gebracht hat. Ich würde auch gern ein bißchen mehr über Auburn wissen. Verstehen Sie, er und Lamb sind nicht die Leute, die gemeinsam rüber zum Texas Fried Chicken spazieren. Soweit ich weiß, ist Lamb so was wie ein gutmütiger Junge, und Auburn ist ein Spieler.«

Kramer spürte eine sonderbare Wut in seinem Innern aufsteigen. Er wollte die Ehre von Roland Auburn verteidigen. Ja! Ihn verteidigen!

Weiss machte mit der Hand eine abweisende Bewegung. »Das klingt mir nach Kleinigkeiten, Bernie. Ich weiß nicht, warum wir McCoy nicht verhaften und anklagen können und dann die Kleinigkeiten klären. Jeder faßt dieses ewige ›Die Untersuchung läuft‹ als Hinhaltetaktik auf.«

»Ein paar Tage mehr machen da nichts aus, Abe. McCoy tut nich abhauen, und Auburn tut ganz bestimmt nich abhauen.« Kramer sah eine Lücke und stürzte sich, durch seinen neuen Status ermutigt, hinein: »Wir könnten da ein Problem bekommen, Bernie. Es stimmt, Auburn« – er wollte gerade sagen: haut nicht ab, schaltete aber um auf: tut nicht, don't – »tut nicht abhauen, aber ich denke, wir sollten schnell von ihm Gebrauch machen. Er denkt wahrscheinlich, er kommt jeden Moment auf Kaution frei. Wir sollten den Burschen, so schnell wir können, vor eine Grand Jury stellen, wenn wir ihn benutzen wollen.«

»Mach dir darüber keine Sorgen«, sagte Fitzgibbon. »Er ist kein Intelligenzbolzen, aber er weiß, er hat die Wahl zwischen drei Jahren Gefängnis und null Jahren Gefängnis. Der wird die Klappe nicht plötzlich halten.«

»Ist das der Handel, den wir geschlossen haben?« fragte Weiss. »Auburn geht frei aus?«

»Darauf wird's wohl hinauslaufen. Wir müssen die Anklage

fallenlassen und die Beschuldigung auf Drogenvergehen runterdrücken.«

»Scheiße«, sagte Weiss. »Ich wünschte, wir hätten uns mit dem Dreckskerl nicht so beeilt. Ich kassiere Grand-Jury-Anklagen nicht gern.«

»Abe«, sagte Fitzgibbon und lächelte, »das haben *Sie* gesagt, nicht *ich!* Ich will Ihnen nichts weiter sagen, als: Gehen Sie's ein bißchen langsamer an. Ich hätte ein viel besseres Gefühl, wenn wir noch was in der Hand hätten, was seine Aussagen untermauern würde.«

Kramer konnte sich nicht zurückhalten. »Ich weiß nicht – was er sagt, hält sehr gut stand. Er hat Dinge gesagt, die er nur wissen konnte, wenn er dabei war. Er wußte die Farbe des Wagens, die Anzahl der Türen – er wußte, daß es ein Sportwagen war. Er kannte McCoys Vornamen. Er hörte ihn zwar als ›Schuhmun‹, aber ich meine, das ist ziemlich ähnlich. Es ist unmöglich, daß er sich das alles zusammenphantasiert haben könnte.«

»Ich sag ja nicht, er war nicht dabei, Larry, und ich sage nicht, daß wir ihn nicht benutzen werden. Wir benutzen ihn. Ich sage nur, er ist ein Rotzklumpen, und wir sollten vorsichtig sein.«

Rotzklumpen? Das ist mein Zeuge, von dem du hier redest! »Ich weiß nicht, Bernie«, sagte er. »Nach dem, was ich bis jetzt rauskriegen konnte, ist er gar kein so schlechter Junge. Ich habe einen Bewährungsbericht in die Hand bekommen. Er ist kein Genie, aber er ist auch nie mit jemandem zusammengewesen, der ihn mal seinen Kopf hat benutzen lassen. Er ist Fürsorgezögling in der dritten Generation, seine Mutter war fünfzehn, als er geboren wurde, und sie hat noch zwei Kinder von anderen Vätern, und im Moment lebt sie mit einem von Rolands Kumpels zusammen, einem einundzwanzigjährigen Jungen, bloß ein Jahr älter als Roland. Er ist da einfach mit in die Wohnung gezogen, zusammen mit Roland und einem von den beiden anderen Kindern. Ich meine, Herrgott noch mal, kannst du dir das vorstellen? Ich meine, ich hätte 'n schlechteres Polizeiregister als er. Ich bezweifle, daß er jemals einen Verwandten kennengelernt hat, der außerhalb der Siedlung wohnt.«

Bernie Fitzgibbon lächelte ihn jetzt an. Kramer war verwirrt, ackerte aber weiter.

»Noch was habe ich über ihn rausgefunden: Er hat Talent. Sein Bewährungshelfer hat mir ein paar Bilder gezeigt, die er gemacht hat. Sie sind wirklich interessant. Das sind solche wie-heißen-sie-noch ...«

»Collagen?« fragte Fitzgibbon.

»Yeah!« sagte Kramer. »Collagen mit so 'ner Art Silber ...«

»Zerknüllte Aluminiumfolie als Himmel?«

»Jaaa! Du hast sie gesehen! Wo hast du sie gesehen?«

»Die von Auburn habe ich nicht gesehen, aber ich habe viele davon gesehen. Das ist Knastkunst.«

»Was meinst du?«

»Man sieht das Zeug ununterbrochen. Sie machen diese Bilder im Gefängnis. So Figuren, ähnlich wie Witzfiguren, stimmt's? Und dann füllen sie den Hintergrund mit zerknülltem Reynolds-Stanniol aus?«

»Yeah ...«

»Ich sehe diesen Mist andauernd. Zwei, drei Anwälte kommen jedes Jahr mit diesen Stanniolbildern an und erzählen mir, ich hielte Michelangelo hinter Gittern.«

»Na ja, das mag ja sein«, sagte Kramer. »Aber ich würde sagen, der Junge hat wirklich Talent.«

Fitzgibbon sagte nichts. Er lächelte nur. Und jetzt wußte Kramer auch, worüber dieses ganze Gelächle ging. Bernie dachte, er versuche, seinen Zeugen rauszustreichen. Kramer wußte alles darüber – aber das hier war was anderes! Seinen Zeugen rauszustreichen, war ein allgemein verbreitetes psychologisches Phänomen unter Anklägern. In einem Strafprozeß stammte der Hauptbelastungszeuge wahrscheinlich aus demselben Milieu wie der Angeklagte und konnte durchaus selber ein Strafregister haben. Er war höchstwahrscheinlich nicht als Säule der Rechtschaffenheit verschrien – und trotzdem war er der einzige Hauptbelastungszeuge, den man hatte. An diesem Punkt fühlte man wahrscheinlich den Drang, ihn mit der Lampe der Wahrheit und Glaubwürdigkeit anzustrahlen. Aber dabei ging es nicht nur darum, seinen Ruf in den Augen eines Richters und einer Jury zu heben. Man fühlte den Drang, ihn *für sich selber* aufzupolieren. Man mußte daran glauben können, daß das, was man mit diesem Menschen tat – nämlich ihn zu benutzen, um einen anderen Menschen ins Gefängnis zu bringen –, nicht nur wirkungsvoll, sondern richtig war. Dieser Wurm, dieser Bazillus, dieser Ganove, dieses einstige Arschloch war jetzt dein Kamerad, dein Spitzenreiter im Kampf von Gut gegen Böse, und *du selbst* wolltest glauben, daß ein Licht dieses ... Wesen, diesen einstigen Wurm umstrahlte, der unter dem Stein hervorgekrochen war und nun ein mißbrauchter und mißverstandener Jugendlicher war.

Er wußte das alles – aber Roland Auburn war anders!

»Na schön«, sagte Abe Weiss und machte mit einer erneuten Handbewegung dieser Ästhetikdebatte ein Ende. »Es tut nichts zur Sache. Ich muß eine Entscheidung fällen, und ich habe eine Entscheidung gefällt. Wir haben genug in der Hand. Wir verhaften McCoy. Wir verhaften ihn morgen früh und geben eine Erklärung heraus. Ist Dienstag ein guter Tag?«

Bei diesen Worten sah er Milt Lubell an. Lubell nickte weise. »Dienstag und Mittwoch sind die besten. Dienstag und Mittwoch.« Er wandte sich an Bernie Fitzgibbon. »Montag ist mies. Am Montag machen die Leute nichts anderes, als den ganzen Tag Sportnachrichten zu lesen und abends zum Baseball zu gehen.«

Aber Fitzgibbon sah Weiss an. Schließlich zuckte er mit den Achseln und sagte: »Okay, Abe. Ich kann damit leben. Aber wenn wir es morgen machen, rufe ich besser gleich jetzt Tommy Killian an, ehe er ins Gericht fährt, damit ich sicher weiß, daß er seinen Mann präsentieren kann.«

Weiss deutete hinüber zu dem Tischchen mit dem Telefon auf der anderen Seite des Raumes, hinter dem Konferenztisch, und Fitzgibbon ging dorthin. Während Fitzgibbon am Telefon war, sagte Weiss: »Wo sind diese Bilder, Milt?«

Milt Lubell wühlte einen Stapel Papiere auf seinem Schoß durch, zog mehrere Seiten einer Zeitschrift heraus und reichte sie Weiss.

»Wie heißt diese Zeitschrift, Milt?«

»›Architectural Digest‹.«

»Sehen Sie sich das an.« Ehe Kramer sich's versah, beugte Weiss sich über den Schreibtisch und reichte ihm die Seiten. Er fühlte sich ungeheuer geschmeichelt. Er betrachtete sie sich ... das weichste Papier, das man sich denken konnte ... wundervolle Farbfotos mit Details, so scharf, daß man blinzeln mußte ... McCoys Wohnung ... Ein Marmormeer führte bis an eine breite, geschwungene Treppe mit einem dunklen Holzgeländer ... Dunkle Hölzer überall, und ein pompöser Tisch mit ungefähr einer Lkw-Ladung Blumen, die sich aus einer riesigen Vase erhoben ... Das war die Diele, von der Martin gesprochen hatte. Sie sah groß genug aus, um drei von Kramers Ameisenlöchern für $ 888 monatlich reinzupacken, und es war nur die Diele. Er hatte davon gehört, daß es Leute gäbe, die in New York so wohnten ... Ein anderes Zimmer ... noch mehr dunkles Holz ... Muß das Wohnzimmer sein ... So riesig, es standen drei oder vier Gruppen schwerer Möbel darin ... so ein Raum, in dem man beim Reinkommen die Stimme zu einem Flüsterton senkt ... Noch ein Foto ... eine Vergrößerung von irgendwelchen Holzschnitzereien, ein glänzendes, rötlichbraunes Holz, alle diese Gestalten in Anzügen und Hüten, die in merkwürdigen Perspektiven vor Gebäuden in die eine und die andere Richtung liefen ... Und nun beugte sich Weiss über seinen Schreibtisch und deutete auf das Bild.

»Sehn Sie sich das bloß an«, sagte er. »›Wall Street‹ heißt es, von Wing Wong oder irgendso 'm gottverdammten Typen, ›dem Meisterschnitzer von Hongkong‹. Steht das nicht da? Ist an der Wand von ›der Bibliothek‹. Mir gefällt das.«

Jetzt wußte Kramer, wovon Martin gesprochen hatte. »Die Bibliothek« ... Die Wasps ... Achtunddreißig ... nur sechs Jahre älter als er ... Ihnen wurde dieses ganze Geld von ihren Eltern hinterlassen, und sie lebten im Märchenland. Na schön, der hier steuerte auf eine Kollision mit der Wirklichkeit zu.

Fitzgibbon kam vom anderen Ende des Raumes zurück.

»Haben Sie mit Tommy gesprochen?« fragte Weiss.

»Yeah. Er wird seinen Mann bereit haben.«

»Werfen Sie mal 'n Blick darauf«, sagte Weiss und nickte zu den Zeitschriftenseiten hinüber. Kramer reichte sie Fitzgibbon. »McCoys Wohnung«, sagte Weiss.

Fitzgibbon warf einen raschen Blick auf die Bilder und gab sie Kramer zurück.

»Haben Sie so was schon mal gesehen?« fragte Weiss. »Seine Frau war die Innenarchitektin. Habe ich recht, Milt?«

»Ja, sie ist eine von diesen Schickimicki-Architektinnen«, sagte Lubell, »eine von diesen reichen Frauen, die für andere reiche Frauen Wohnungen ausstatten. Im ›New York‹ bringen sie Artikel über sie.«

Weiss hielt den Blick auf Fitzgibbon gerichtet, aber Fitzgibbon sagte nichts. Dann öffnete Weiss in einem Ausdruck plötzlicher Offenbarung weit seine Augen.

»Können Sie sich das ausmalen, Bernie?«

»Was ausmalen?«

»Also, ich sehe es folgendermaßen«, sagte Weiss. »Was ich für eine gute Idee halte, um mit dem ganzen Quatsch von weißer Justiz und Johannesbronx und all dem Mist Schluß zu machen, das wäre, wenn wir ihn in seiner Wohnung verhaften. Ich glaube, das wäre eine Mordssache. Wenn man den Leuten in diesem Stadtteil klarmachen will, daß das Gesetz kein Ansehen der Person kennt, dann verhaftet man einen Burschen von der Park Avenue genauso, wie man José Garcia oder Tyrone Smith verhaftet. Man geht in ihre Scheißwohnung, habe ich recht?«

»Yeah«, sagte Fitzgibbon, »weil sie auf keine andere Weise zu kriegen sind.«

»Das ist nicht die Frage. Wir haben eine Verpflichtung gegenüber den Menschen in diesem Stadtteil. Diese Behörde wird ihnen in einem sehr schlechten Licht dargestellt, und das wird dem ein Ende machen.«

»Ist das nicht ziemlich hart, einen Mann in seiner Wohnung zu verhaften, bloß um ein Exempel zu statuieren?«

»Es gibt keine angenehme Art, verhaftet zu werden, Bernie.«

»Aber wir können das nicht machen«, sagte Fitzgibbon.

»Warum nicht?«

»Weil ich Tommy eben gesagt habe, wir würden es nicht auf diese Weise tun. Ich habe ihm gesagt, daß er McCoy selbst übergeben kann.«

»Tja, tut mir leid, aber das hätten Sie nicht tun sollen, Bernie. Wir können niemandem garantieren, daß wir seinem Mandanten eine Sonderbehandlung zukommen lassen. Sie wissen das.«

»Das weiß ich nicht, Abe. Ich habe ihm mein Wort gegeben.«

Kramer sah Weiss an. Kramer wußte, jetzt hatte der Donkey sich auf seine Hinterbeine gestellt, aber wußte Weiss das? Offenbar nicht.

»Hören Sie zu, Bernie, Sie sagen Tommy einfach, ich hätte Sie überstimmt, okay? Sie können alles auf mich schieben. Ich halte den Kopf dafür hin. Wir machen das bei Tommy wieder gut.«

»Unmöglich«, sagte Fitzgibbon. »Sie werden dafür den Kopf nicht hinhalten müssen, Abe, weil es nicht soweit kommen wird. Ich habe Tommy mein Wort gegeben. Es ist ein Kontrakt.«

»Yeah. Na schön, manchmal muß man halt ...«

»*Oongots,* Abe, es ist ein Kontrakt.«

Kramer hielt die Augen auf Weiss gerichtet. Bernies Wiederholung des Wortes »Kontrakt« war bei ihm gelandet. Kramer sah es. Weiss war völlig erstarrt. Jetzt wußte er, daß er es mit diesem halsstarrigen Treuekodex zu tun hatte. Stumm bat Kramer Weiss, seinen Untergebenen beiseite zu fegen. Donkey-Treue! Einfach schamlos! Warum sollte er, Kramer, unter der brüderlichen Solidarität der Iren zu leiden haben? Eine an die große Glocke gehängte Verhaftung dieses Wall-Street-Investmentbankers in seiner Wohnung – das war nun mal zufällig eine grandiose Idee! Die Vorurteilslosigkeit der Justiz in der Bronx beweisen – absolut! Unterstaatsanwalt Lawrence Kramer – die »Times«, die »News«, die »Post«, »The City Light«, Channel 1 und alle übrigen würden seinen Namen in Kürze auswendig kennen! Warum sollte Abe Weiss vor dem Kodex dieser Harps klein beigeben? Und dennoch wußte er, er würde es tun. Er konnte es an seinem Gesicht sehen. Und es war nicht bloß Bernie Fitzgibbons schwarzhaarig-irische Hartnäckigkeit. Es war auch dieses Wort »Kontrakt«. Das drang glatt durch bis in die Seele von jedem, der lebenslänglich an dieses Geschäft gekettet war. Bei der Gefälligkeitsbank mußten alle laufenden Rechnungen beglichen werden. Das war das Gesetz im Strafrechtssystem, und Abe Weiss war nichts weiter als ein Geschöpf des Systems.

»Mann, Scheiße, Bernie«, sagte Weiss, »warum ham Se'nn das gemacht? Herrgott noch mal ...«

Die Konfrontation war vorüber.

»Glauben Sie mir, Abe, Sie werden so besser dastehen. Man wird nicht sagen können, Sie haben sich der Wut der Masse gefügt.«

»Hmmmm. Aber nächstesmal gehen Sie nicht wieder solche Verpflichtungen ein, ohne mich vorher zu fragen.«

Bernie sah ihn nur an und warf ihm ein winziges Lächeln zu, das wiederum soviel wie »Oongots« hieß.

20
Stimmen von oben

Gene Lopwitz empfing Besucher nicht an seinem Schreibtisch. Er ließ sie in einer Ansammlung englischer Chippendale-Ohrensessel und irischer Chippendale-Beistelltischchen vor dem Kamin Platz nehmen. Die Chippendale-Gruppe war, wie auch die anderen Möbelgruppen in dem weiten Raum, ein Geistesprodukt von Ronald Vine, dem Innenarchitekten. Aber der Kamin war Lopwitz' Idee. Und der Kamin funktionierte! Die Börsensaaldiener, die wie bejahrte Bankwächter aussahen, konnten ein richtiges Feuer mit Holzscheiten darin machen – eine Tatsache, die bei den firmeneigenen Lästerern wie Rawlie Thorpe mehrere Wochen lang für Gewicher gesorgt hatte.

Da das Gebäude ein modernes Bürohochhaus war, besaß es keine Rauchkanäle. Aber Lopwitz war nach einem Jahr überwältigender Erfolge entschlossen, in seinem Büro einen funktionierenden Kamin mit holzgeschnitztem Kaminsims zu haben. Und warum? Weil Lord Upland, der Besitzer des Londoner »Daily Courier«, einen hatte. Der asketische Peer hatte in seiner Bürosuite in einem pompösen alten Backsteingebäude in der Fleet Street für Lopwitz ein Essen gegeben, in der Hoffnung, er werde durch ihn eine große Menge »kreativ strukturierter« Aktien an die Yanks verscheuern. Lopwitz hatte nie vergessen, wie ab und zu ein Butler hereingekommen war, um ein Scheit auf das warme und brenzlig scharf riechende Feuer im Kamin zu legen. Es war so ... wie sollte man es nennen? ... so *baronesk*, das war es. Lopwitz hatte sich wie ein glücklicher kleiner Junge gefühlt, der in das Heim eines großen Mannes eingeladen worden war.

Das Heim. Das war der entscheidende Punkt. Die Briten mit ihrem immer sicheren Gefühl für Klassenunterschiede hatten erkannt, daß, wenn ein Mensch an der Spitze des Geschäftslebens stand, er kein gewöhnliches Büro haben durfte, das ihn als auswechselbares Rad in einem großen Mechanismus erscheinen ließ. Nein, er mußte ein Büro haben, das aussah wie das Zuhause eines Adligen, wie um deutlich zu machen: Ich persönlich bin der Herr, Schöpfer und Gebieter dieser großen Firma. Lopwitz war schließlich in einen schrecklichen Streit mit den Eigentümern des Hochhauses und der Verwaltungsgesellschaft, die es für sie betreute, und der städtischen Baubehörde und der Feuerwehr geraten, und der Bau der Rauchkanäle und Abzugsöffnungen hatte $ 350.000 gekostet, aber er hatte endlich seinen Kopf durchgesetzt, und Sherman McCoy blickte nun nachdenklich in das Maul dieses baronesken Herdes, fünfzig Stockwerke über der Wall Street, neben dem Börsensaal von Pierce & Pierce. Es war jedoch kein Feuer im Kamin. Es hatte schon lange keines mehr darin gebrannt.

Sherman fühlte das elektrische Trillern eines Herzjagens in seiner Brust. Sie beide, Lopwitz und er, saßen in den hochlehnigen Chippendale-Ungetümen. Lopwitz war nicht gut in Small talk, auch bei den glücklichsten Anlässen nicht, und diese kleine Zusammenkunft würde unangenehm werden. Der Kamin ... die Milbenlarven ... Herrgott ... Na schön, alles war besser, als auszusehen wie ein geprügelter Hund. Und so richtete Sherman sich in dem Sessel auf, hob sein prächtiges Kinn und schaffte es sogar, ein bißchen von oben herab auf den Herrn und Gebieter dieser mächtigen Firma zu blicken.

»Sherman«, sagte Gene Lopwitz, »ich will mit Ihnen nicht lange um den heißen Brei herumreden. Dafür habe ich zuviel Respekt vor Ihnen.«

Das elektrische Trillern in seiner Brust! Shermans Gedanken

jagten mit seinem Herzen davon, und er fragte sich plötzlich, völlig müßig, ob Lopwitz wisse, woher der Ausdruck »um den heißen Brei herumgehen« kam, oder nicht. Wahrscheinlich nicht.

»Ich hatte am Freitag ein langes Gespräch mit Arnold«, sagte Lopwitz gerade. »Nun, was ich Ihnen sagen möchte – ich möchte eines klarmachen, es geht nicht ums Geld oder irgendwelches Geld, das verlorengegangen ist – das ist hier nicht das Problem.« Diese Expedition hinaus auf das Gebiet der Psychologie warf Lopwitz' schon eingefallene Wangen in komplizierte Falten. Er war ein fanatischer Jogger (5-Uhr-Frühaufsteher). Er hatte das hagere und gequälte Aussehen derjenigen, die Tag für Tag in den knochigen Schlund des Großen Gottes Aerobik starren.

Jetzt war er mit der Angelegenheit Oscar Suder und United-Fragrance-Anleihen beschäftigt, und Sherman wußte, er sollte eigentlich ganz bei der Sache sein. United-Fragrance-Anleihen ... Oscar Suder ... und er dachte an »The City Light«. Was bedeutete »nahe vor einer großen Zäsur im Fall Henry Lamb«? Der Artikel, wieder von diesem Fallow, war verblüffend nichtssagend, bis auf die Feststellung, daß die »Zäsur« durch den »City Light«-Artikel über die möglichen Zulassungsnummern ausgelöst worden sei. *Ausgelöst!* Das war das Wort, das sie benutzten, als redeten sie von einem Schuß! Irgendwie hatte das Wort das Herzjagen in Gang gesetzt, als er in der Toilettenkabine versteckt saß. Keine von den anderen Zeitungen enthielt einen ähnlichen Artikel.

Jetzt ging Lopwitz auf die Geschichte ein, als er an dem Tag, als die große Emission hereinkam, unentschuldigt die Firma verlassen hatte. Sherman sah Freddy Buttons gezierte Hände um das Zigarettenetui herumflattern. Gene Lopwitz' Lippen bewegten sich. Das Telefon auf dem irischen Chippendale-Tischchen neben Lopwitz' Ohrensessel läutete mit einem diskret murmelnden Geplapper. Lopwitz hob ab und sagte: »Yeah? ... Okay, gut. Ist er noch dran?«

Unerklärlicherweise strahlte Lopwitz Sherman plötzlich an und sagte: »Dauert nur eine Sekunde. Ich habe Bobby Shaflett das Flugzeug benutzen lassen, damit er einen Termin in Vancouver einhalten kann. Sie sind jetzt über Wisconsin oder South Dakota oder irgend so einer gottverdammten Gegend.«

Lopwitz senkte nun den Blick, ließ sich in dem Ohrensessel nach hinten sinken und strahlte in der Vorfreude, mit dem berühmten Goldenen Hillbilly zu sprechen, dessen berühmte buttrige Körperfülle und Tenorstimme im Moment in Lopwitz' achtsitzigen, mit Rolls-Royce-Motoren ausgestatteten Jet gepfercht waren. Genaugenommen gehörte die Maschine Pierce & Pierce, aber es war praktisch seine, persönlich, baroneskerweise. Lopwitz senkte den Kopf, und große Lebhaftigkeit erfüllte sein Gesicht, und er sagte: »Bobby? Bobby? Können Sie mich hören? ... Was ist das? Wie geht's? ... Werden Sie da oben gut behandelt? ... Was? ... Hallo? Hallo? ... Bobby? Sind Sie noch da? Hallo? Können Sie mich hören? Bobby?«

Immer noch mit dem Hörer am Ohr, sah Lopwitz Sherman so finster an, als habe er eben etwas viel Schlimmeres getan, als auf die United Fragrance reinzufallen oder die Firma unentschuldigt zu verlassen. »Mist«, sagte er. »Verbindung ist unterbrochen.« Er tippte auf die Gabel. »Miss Bayles? ... Verbindung ist unterbrochen. Sehen Sie mal, ob Sie die Maschine noch mal kriegen.«

Er legte auf und machte ein jämmerliches Gesicht. Ihm war die Gelegenheit entgangen, daß ihm der große Künstler, der dicke Ballon aus Ruhm und Rahm, seinen Dank abstattete und damit vom Himmel hoch, aus zwölftausend Metern über dem amerikanischen Binnenland, dem baronesken Mr. Lopwitz seine Reverenz erwies.

»Okay, wo waren wir stehengeblieben?« fragte Lopwitz und sah so wütend aus, wie Sherman ihn noch nie gesehen hatte. »Ah ja, die Giscard.« Lopwitz begann den Kopf zu schütteln, als sei etwas wirklich Grauenhaftes geschehen, und Sherman riß sich zusammen, denn das Debakel mit den goldgestützten Anleihen war das Schlimmste von allem. Im nächsten Augenblick hatte Sherman jedoch das unheimliche Gefühl, daß Lopwitz den Kopf eigentlich über die zusammengebrochene Telefonverbindung schüttelte.

Das Telefon läutete wieder. Lopwitz stürzte sich darauf. »Yeah? ... Haben Sie die Maschine? ... Was? ... Hm, na schön, stellen Sie durch.«

Diesmal sah Lopwitz Sherman an und schüttelte seinen Kopf voller Enttäuschung und Bestürzung, als sei Sherman sein verständnisvoller Freund. »Es ist Ronald Vine. Er ruft aus England an. Er ist draußen in Wiltshire. Er hat ein paar Faltwerk-Paneele für mich aufgetrieben. Die sind uns sechs Stunden voraus, deshalb muß ich's übernehmen.«

Seine Stimme bat um Verständnis und Entschuldigung. *Faltwerk-Paneele?* Sherman konnte nur erstaunt glotzen. Doch da Lopwitz offenbar befürchtete, er könnte in so einem kritischen Augenblick etwas sagen, hielt er einen Finger in die Luft und schloß kurz die Augen.

»Ronald? Von wo rufen Sie an? ... Das habe ich mir gedacht ... Nein, das kenne ich sehr gut ... Was meinen Sie damit, man will es Ihnen nicht verkaufen?«

Lopwitz ließ sich in eine eingehende Diskussion mit dem Innenarchitekten Ronald Vine über irgendein Hindernis ein, das dem Erwerb der Faltwerk-Paneele in Wiltshire im Weg stand. Sherman betrachtete von neuem den Kamin ... Die Milbenlarven ... Lopwitz hatte den Kamin ungefähr zwei Monate lang benutzt, und dann nie wieder. Als er eines Tages an seinem Schreibtisch saß, hatte er plötzlich an der Unterseite seiner linken Gesäßhälfte ein heftiges Jucken und Brennen gespürt ... Feuerrote Pusteln waren da ... *Insektenbisse* ... Der einzige plausible Schluß war, daß in einer Ladung Feuerholz für den heimischen Herd irgendwie Milbenlarven ihren Weg in den fünfzigsten Stock, in den mächtigen Börsensaal von Pierce & Pierce gefunden und den baronesken Herrn in den Hintern gebissen hatten. Auf den Kaminböcken aus Messing lag nun ein Stapel sorgfältig ausgewählter Hartholzscheite aus New Hampshire, bildhauerisch perfekt, vollkommen sauber, durch und durch antiseptisch, mit genügend Insektenmitteln behandelt, um einen Bananenhain von allem zu befreien, was sich bewegt, für immer aufgebaut, um nie angezündet zu werden.

Lopwitz' Stimme wurde lauter. »Was meinen Sie damit, sie wollen es nicht an den ›Handel‹ verkaufen? ... Yeah, ich weiß, daß man Ihnen das gesagt hat, aber die wissen doch, daß Sie es für mich besorgen. Worüber reden die denn, ›Handel‹? ... Hmm-hmm ... Ja, schön, sagen Sie ihnen, ich hätte einen Ausdruck für sie. Trefe ... Lassen Sie sie selber dahinterkommen. Wenn ich der ›Handel‹ bin, sind sie trefe ... Was das heißt? Das heißt ungefähr ›nicht koscher‹, nur schlimmer. Auf gut deutsch bedeutet das Wort glaub ich ›Scheiße‹. Es gibt ein altes Sprichwort: ›Wenn man nahe genug hinsieht, ist alles trefe.‹ Und das gilt auch für diese mottenzerfressenen Aristokraten, Ronald. Sagen Sie ihnen, sie sollen sich ihre Faltwerk-Paneele in den Hintern stecken.«

Lopwitz legte auf und blickte Sherman sehr verärgert an.

»Na schön, Sherman, kommen wir zur Sache.« Es klang, als hätte Sherman Zeit geschunden, Widerrede erhoben, sei Fragen ausgewichen, habe ihn mit Gerede hingehalten und sonstwie versucht, in den Wahnsinn zu treiben. »Ich kann mir nicht vorstellen, was mit der Giscard passiert ist ... Ich möchte Sie was fragen.« Er neigte den Kopf zur Seite und setzte einen Blick auf, der besagte: Ich bin ein scharfsinniger Beobachter der menschlichen Natur.

»Ich bin nicht neugierig«, sagte er, »aber ich möchte, daß Sie es mir trotzdem sagen. Haben Sie zu Hause Probleme oder so was?«

Einen Moment lang hegte Sherman den Gedanken, von

Mann zu Mann um Nachsehen zu bitten und wenigstens einen Millimeter oder zwei von seinem Seitensprung zu enthüllen. Aber sein sechster Sinn sagte ihm, daß »Probleme zu Hause« nur Lopwitz' Verachtung und Appetit auf Klatsch erregen würden, der beträchtlich zu sein schien. Und so schüttelte er den Kopf und lächelte leise, um anzudeuten, daß die Frage ihn überhaupt nicht beunruhige, und sagte: »Nein, ganz und gar nicht.«

»Also, brauchen Sie einen Urlaub oder so was?«

Sherman wußte nicht, was er darauf antworten sollte. Aber seine Stimmung stieg. Zumindest klang es nicht so, als sei Lopwitz im Begriff, ihn zu feuern. Tatsächlich brauchte er auch nichts zu sagen, denn das Telefon klingelte von neuem. Lopwitz griff zum Hörer, diesmal allerdings nicht so hastig.

»Yeah? ... Was ist, Miss Bayles? ... Sherman?« Ein tiefer Seufzer. »Ja, er ist gerade hier.«

Lopwitz blickte Sherman fragend an. »Scheint für Sie zu sein.« Er hielt ihm den Hörer hin.

Sehr merkwürdig. Sherman erhob sich, nahm den Hörer und blieb neben Lopwitz' Sessel stehen. »Hallo?«

»Mr. McCoy?« Es war Miss Bayles, Lopwitz' Sekretärin. »Ein Mr. Killian ist am Telefon. Er sagt, es ist ›unumgänglich‹, daß er mit Ihnen spricht. Möchten Sie ihn sprechen?«

Sherman fühlte ein dumpfes Pochen in der Brust. Dann begann sein Herz gleichmäßig und galoppierend zu rasen. »Ja, danke.« Eine Stimme sagte: »Sherman?« Es war Killian. Er hatte ihn noch nie mit seinem Vornamen angeredet. »Ich mußte Sie unbedingt erwischen.« Hadda gedoldya – had to get hold of you. »Ich bin im Büro von Mr. Lopwitz«, sagte Sherman förmlich.

»Ich weiß«, sagte Killian. »Aber ich mußte sichergehen, daß Sie das Haus nicht verlassen oder irgendwas, ehe ich Sie erwische.« Gedoldya. »Ich habe eben einen Anruf von Bernie Fitzgibbon erhalten. Sie behaupten, sie haben einen Zeugen, der die

Leute – ausmachen kann, die an dem Vorfall beteiligt waren. Können Sie mir folgen?«

»Ausmachen?«

»Identifizieren.«

»Ich verstehe ... Ich rufe Sie an, wenn ich wieder an meinem Schreibtisch bin.« Gelassen.

»Okay, ich bin in meinem Büro, aber ich muß zum Gericht. Also machen Sie schnell. Es gibt einen sehr wichtigen Punkt, den Sie unbedingt wissen müssen. Man will Sie sehen, offiziell, und zwar morgen. Offiziell, okay? Also rufen Sie sofort zurück.« An der Art, wie Killian »offiziell« sagte, erkannte Sherman, daß es ein verschlüsselter Ausdruck war, für den Fall, daß jemand in Lopwitz' Büro die Unterhaltung mithören konnte.

»In Ordnung«, sagte er. Gelassen. »Danke.« Er legte den Hörer auf den Apparat auf dem irischen Chippendale-Tischchen und setzte sich wie benommen wieder in den Ohrensessel.

Lopwitz sprach weiter, als hätte der Anruf nie stattgefunden. »Wie ich Ihnen bereits sagte, Sherman, die Frage ist nicht, daß Sie für Pierce & Pierce Geld verloren haben. Das meine ich nicht. Die Giscard war Ihre Idee. Es war eine fabelhafte Strategie, und Sie haben sie sich ausgedacht. Aber ich meine, Herr des Himmels, Sie haben vier Monate dran gearbeitet, und Sie sind unser bester Rentenmakler da draußen. Es ist also nicht das Geld, das Sie für uns verloren haben, es ist, Herrgott noch mal, daß Sie ein Mann sind, von dem man erwartet, daß er da draußen am besten arbeitet, und jetzt sind wir in einer Situation, wo wir eine ganze Reihe von diesen Dingen haben, über die ich mit Ihnen gesprochen habe.«

Lopwitz verstummte und machte vor Erstaunen große Augen, als Sherman sich ohne ein Wort erhob. Sherman wußte, was er tat, aber gleichzeitig schien er keine Kontrolle über sich zu haben. Er konnte nicht einfach aufstehen und mitten in einem entscheidenden Gespräch über seine Leistungen bei Pierce

& Pierce Gene Lopwitz demonstrativ verlassen, und dennoch konnte er keine Sekunde länger dort sitzenbleiben.
»Genc«, sagte er, »Sie müssen mich entschuldigen. Ich muß weg.« Er hörte seine eigene Stimme, als höre er sich von außerhalb. »Es tut mir wirklich leid, aber ich muß.«
Lopwitz blieb sitzen und sah ihn an, als sei er verrückt geworden.
»Dieser Anruf«, sagte Sherman. »Tut mir leid.«
Er verließ gemessenen Schrittes das Büro. Aus den Augenwinkeln bekam er mit, daß Lopwitz ihm mit dem Blick folgte.
In der Weite des Börsensaals hatte der morgendliche Wahnsinn seinen Höhepunkt erreicht. Während er auf seinen Schreibtisch zusteuerte, hatte Sherman das Gefühl, als schwimme er durch ein Delirium.
»... Oktober-zweiundneunziger sind angesagt ...«
»... ich sagte, wir stoßen die Scheißdinger ab!«
Ahhhh, die goldenen Krümel ... Wie sinnlos das alles erschien ...
Als er sich an seinen Schreibtisch setzte, kam Arguello und fragte: »Sherman, wissen Sie irgendwas von zehn Millionen Joshua Tree S&Ls?«
Er scheuchte ihn zurück, wie man jemanden von einem Feuer oder dem Rand einer Klippe zurückzuwinken versuchen würde. Er merkte, daß sein Zeigefinger zitterte, als er Killians Nummer in das Telefon tippte. Die Dame am Empfang meldete sich, und vor seinem geistigen Auge sah er die siedende Helligkeit der Rezeption in dem alten Gebäude in der Reade Street. Im Nu war Killian am Apparat.
»Sind Sie irgendwo, wo wir reden können?« Tawk.
»Ja. Was meinten Sie damit, man will mich offiziell sehen?«
»Sie wollen Sie stellen. Es ist unmoralisch, es ist unnötig, es ist Quatsch, aber es ist das, was sie tun werden.«
»Mich stellen?« Selbst als er es sagte, hatte er das entsetzliche Gefühl, er wisse, was Killian meinte. Die Frage war ein unwill-

kürliches Gebet aus dem Innersten seines Zentralnervensystems, daß er sich irren möge.

»Sie stellen Sie unter Arrest. Es ist unerhört. Sie sollten eigentlich, egal, was sie in der Hand haben, einer Grand Jury vorlegen, um eine Anklage zu erreichen, und sich dann um eine Vernehmung vor dem Haftrichter bemühen. Bernie weiß das, aber Weiss braucht eine schnelle Verhaftung, um sich die Presse vom Hals zu schaffen.«

Shermans Kehle wurde trocken bei »stellen Sie unter Arrest«. Das übrige waren nur noch Worte.

»Unter Arrest?« Ein Krächzen.

»Weiss ist eine Bestie«, sagte Killian, »er ist eine Hure, wenn's um die Presse geht.«

»*Unter Arrest* – das kann nicht Ihr Ernst sein.« Bitte, laß es nicht wahr sein. »Was können sie – was werfen sie mir vor?«

»Rücksichtslose Gefährdung, unerlaubte Entfernung vom Unfallort und unterlassene Unfallmeldung.«

»Ich kann es nicht glauben.« Bitte, mach es ungeschehen. »Rücksichtslose Gefährdung? Aber nach dem, was Sie gesagt haben – ich meine, wie können die das? Ich bin ja nicht mal gefahren!«

»Doch, nach dem was der Zeuge von Ihnen sagt. Bernie sagt, der Zeuge hat Ihr Bild aus einer ganzen Reihe Fotos rausgefunden.«

»Aber ich bin nicht gefahren!«

»Ich erzähle Ihnen nur, was Bernie mir gesagt hat. Er sagt, der Zeuge wußte auch die Farbe Ihres Wagens und das Modell.«

Sherman wurde sich seines eigenen raschen Atems und des Gebrülls im Börsensaal bewußt.

Killian sagte: »Sind Sie noch da?«

Sherman, heiser: »Ja ... Wer ist dieser Zeuge?«

»Das wollte er mir nicht sagen.«

»Ist es der andere Junge?«

»Er wollte's nicht sagen.«
»Oder – Herrgott – Maria?«
»Er wird es mir nicht erzählen.«
»Sagte er *irgend* etwas von einer Frau in dem Wagen?«
»Nein. Sie behalten in diesem Stadium die Einzelheiten für sich. Aber passen Sie auf. Ich will Ihnen was sagen. Das wird nicht so schlimm, wie Sie denken. Ich habe eine bindende Zusage von Bernie. Ich kann Sie selber da hinbringen und persönlich übergeben. Sie kommen da rein und gleich wieder raus. *Babing.*«

Rein und raus bei *was?* Aber was er sagte, war: »Mich übergeben?«

»Yeah. Wenn die wollten, könnten sie downtown zu Ihnen kommen, Sie verhaften und in Handschellen da raufschaffen.«

»Wohin rauf?«

»In die Bronx. Aber das geschieht nicht. Ich habe die bindende Zusage von Bernie. Und bis sie es der Presse mitgeteilt haben, sind Sie wieder draußen. Dafür können Sie dankbar sein.«

Die Presse ... die Bronx ... übergeben ... rücksichtslose Gefährdung ... eine grotesk abstrakte Vorstellung nach der anderen. Urplötzlich hatte er es verzweifelt nötig, sich vorzustellen, was mit ihm passieren würde, es sich auszumalen, ganz gleich, was es war, und nicht bloß die schreckliche Gewalt zu spüren, die ihn zu überrollen drohte.

Killian sagte: »Noch da?«

»Ja.«

»Sie können sich bei Bernie Fitzgibbon bedanken. Erinnern Sie sich, was ich Ihnen von den Kontrakten erzählt habe? Das hier ist ein Kontrakt zwischen mir und Bernie.«

»Hören Sie«, sagte Sherman, »ich muß zu Ihnen kommen und mit Ihnen reden.«

»Ich muß jetzt sofort rüber zum Gericht. Ich bin schon spät dran. Aber bis eins sollte ich fertig sein. Kommen Sie gegen eins rüber. Sie werden wahrscheinlich sowieso ein paar Stunden brauchen.«

Diesmal wußte Sherman genau, wovon Killian sprach. »O Gott«, sagte er mit seiner inzwischen völlig rauhen Stimme, »ich muß mit meiner Frau reden. Sie hat von alledem keine blasse Ahnung.« Er sprach ebenso zu sich wie zu Killian. »Und meine Tochter und meine Eltern ... und Lopwitz ... Ich weiß nicht ... ich kann Ihnen sagen – es ist absolut unglaublich.«

»Es ist, als würde Ihnen der Boden unter den Füßen weggerissen, nicht? Das ist das Allernatürlichste von der Welt. Sie sind halt kein Verbrecher. Aber es wird nicht so schlimm, wie Sie denken. Das Ganze heißt noch nicht, daß die einen Fall haben. Es bedeutet nur, sie meinen, sie haben genug in der Hand, um was zu unternehmen. Und ich werde Ihnen was sagen. Vielmehr, ich werde Ihnen noch mal sagen, was ich Ihnen schon mal gesagt habe. Sie werden einigen Leuten sagen müssen, was los ist, aber gehen Sie nicht in Details über das, was an dem Abend passiert ist. Ihre *Frau* – na ja, was Sie der erzählen, das ist eine Sache zwischen Ihnen und ihr, und ich kann Ihnen da nicht raten. Aber allen anderen gegenüber – keine Einzelheiten. Sie können gegen Sie verwendet werden.«

Eine Woge trauriger, trauriger Empfindungen rollte über Sherman weg. Was konnte er Campbell sagen? Und wieviel würde sie von dem aufschnappen, was andere Leute über ihn erzählten? Sechs Jahre alt, so arglos – ein kleines Mädchen, das Blumen und Kaninchen liebt.

»Ich verstehe«, sagte er mit einer völlig deprimierten Stimme. Campbell konnte durch all das nur zermalmt werden.

Nachdem er sich von Killian verabschiedet hatte, blieb er an seinem Schreibtisch sitzen und ließ die grünleuchtenden Buchstaben und Zahlen auf den Computermonitoren vor seinen Augen vorübergleiten. Logisch, intellektuell gesehen wußte er, daß Campbell, sein kleines Mädchen, die erste wäre, die ihm uneingeschränkt glauben würde, und die letzte, die das Vertrauen in ihn verlöre, und trotzdem hatte es keinen Zweck, logisch und intellektuell darüber nachzudenken. Er sah ihr zartes, sensibles kleines Gesicht vor sich.

Seine Sorge um Campbell hatte wenigstens eine positive Wirkung. Sie ließ die erste seiner schwierigen Aufgaben kleiner erscheinen, nämlich wieder zu Eugene Lopwitz hineinzugehen und mit ihm zu sprechen.

Als er von neuem in Lopwitz' Bürosuite auftauchte, warf ihm Miss Bayles einen besorgten Blick zu. Offenbar hatte Lopwitz ihr erzählt, daß er den Raum verlassen hatte wie ein Geistesgestörter. Sie führte ihn zu einem bombastischen französischen Sessel und hielt ein Auge auf ihn während der fünfzehn Minuten, die Lopwitz ihn warten ließ, ehe er ihn wieder hineinrief. Lopwitz stand, als Sherman das Büro betrat, und bot ihm keinen Platz an. Statt dessen fing er ihn mitten im Zimmer auf dem riesigen Orientteppich ab, als wolle er sagen: Okay, ich habe Sie wieder reingelassen. Aber nun machen Sie schnell.

Sherman hob sein Kinn und versuchte, würdevoll zu erscheinen. Aber ihm schwindelte bei dem Gedanken, was er gleich enthüllen, was er gestehen würde.

»Gene«, sagte er, »es war nicht meine Absicht, hier so abrupt rauszugehen, aber ich hatte keine andere Wahl. Der Anruf, der kam, als wir miteinander sprachen. Sie fragten mich, ob ich irgendwelche Probleme hätte. Nun, Tatsache ist, ich habe Probleme. Ich werde morgen früh verhaftet.«

Zunächst starrte Lopwitz ihn nur an. Sherman bemerkte, wie dick und faltig seine Lider waren. Dann sagte er: »Gehen wir hier rüber«, und deutete auf die Gruppe der Ohrensessel.

Sie nahmen wieder Platz. Sherman empfand einen stechenden Groll angesichts der Gespanntheit in Lopwitz' Gesicht, in das mit großen Buchstaben VOYEUR geschrieben stand. Sherman erzählte ihm von dem Fall Lamb, wie er zuerst in der Presse erschienen war, und dann von dem Besuch der beiden Kriminalbeamten in seiner Wohnung, allerdings ohne die demütigenden Einzelheiten. Währenddessen blickte er die ganze Zeit in Lopwitz' hingerissenes Gesicht und spürte die widerliche Erregung eines hoffnungslosen Lüstlings, der gutes Geld dem schlechten hinterherwirft und ein gutes Leben schändlichen, charakterlosen Sünden. Die Versuchung, *alles zu erzählen,* um der wahre Lüstling zu sein, von den süßen braunen Lenden Maria Ruskins zu erzählen und von dem Kampf im Dschungel und von seinem Sieg über die beiden Bestien – Lopwitz zu erzählen, daß er, ganz gleich, was er getan hatte, es *als Mensch* getan hatte – und daß als Mensch er schuldlos war – und mehr als schuldlos, vielleicht sogar ein Held –, die Versuchung, das ganze Drama aufzudecken – *in dem er kein Schurke war!* –, war fast zu stark, um sich ihr zu widersetzen. Aber er beherrschte sich.

»Es war mein Anwalt, der anrief, als ich hier bei Ihnen war, Gene, und er meint, ich sollte im Augenblick niemandem Details erzählen von dem, was passiert ist oder nicht passiert ist, aber ich möchte, daß Sie eines wissen, besonders weil ich nicht weiß, was in der Presse über das Ganze berichtet werden wird. Und zwar, daß ich mit meinem Wagen niemanden angefahren habe oder rücksichtslos gefahren bin oder irgend etwas getan habe, worüber ich kein absolut reines Gewissen haben kann.« Kaum hatte er das Wort »Gewissen« ausgesprochen, wurde ihm klar, daß jeder Schuldige von seinem reinen Gewissen spricht. »Wer ist Ihr Anwalt?« fragte Lopwitz.

»Er heißt Thomas Killian.«

»Kenne ich nicht. Sie sollten sich Roy Branner nehmen. Er ist der beste Streiter für das Recht, den Sie in New York finden können. Fabelhaft. Wenn ich mal in der Klemme sitzen würde, würde ich Roy engagieren. Wenn Sie ihn haben wollen, rufe ich ihn an.«

Verdutzt hörte Sherman zu, während sich Lopwitz über die Fähigkeiten des sagenhaften Roy Branner ausließ und über die Fälle, die er gewonnen hatte, und wie er ihn kennengelernt habe und wie befreundet sie seien, und daß auch ihre Frauen miteinander bekannt seien, und wieviel Roy für ihn tun würde, wenn er, Gene Lopwitz, nur ein Wort sagte.

Das also war Lopwitz' übermächtige instinktive Reaktion, als er von dieser Krise in Shermans Leben hörte: ihm von seinen Insiderkenntnissen und den wichtigen Leuten zu erzählen, die er kannte, und was für eine Macht er, der faszinierende Aristokrat, über die großen Namen hatte. Die zweite instinktive Reaktion war praktischer. Sie wurde von dem Wort »Presse« in Gang gesetzt. Lopwitz schlug vor, und das auf eine Weise, die nicht zur Widerrede einlud, daß Sherman sich beurlauben lassen solle, bis diese unglückliche Geschichte geklärt sei.

Dieser durch und durch vernünftige, ganz ruhig geäußerte Vorschlag löste Alarm in Shermans Nervensystem aus. Wenn er Urlaub nähme, konnte er – er war sich da nicht völlig sicher –, konnte er weiter sein Grundgehalt von monatlich $ 10.000 beziehen, was weniger als die Hälfte dessen war, was er jeden Monat an Darlehensrückzahlungen zu leisten hatte. Aber er würde keinen Anteil mehr an Provisionen und Gewinnausschüttungen haben. Praktisch gesehen hätte er kein Einkommen mehr.

Das Telefon auf Lopwitzens irischem Chippendale-Beistelltischchen läutete mit seinem leisen Gurren. Lopwitz nahm ab. »Jaaa? ... Wirklich?« Breites Lächeln. »Toll ... Hallo? ...Hallo? ... Bobby? Können Sie mich gut hören?« Er sah Sherman an, lächelte ihm entspannt zu und artikulierte stumm den Namen Bobby Shaflett. Dann blickte er nach unten und konzentrierte sich auf den Hörer. Sein Gesicht hatte sich vor reinster Freude in Falten und Runzeln gelegt. »Es ist also alles okay? ... Wunderbar! War mir eine Freude. Man hat Ihnen hoffentlich was zu essen gegeben ... Gut, gut. Passen Sie auf. Wenn Sie was brauchen, wenden Sie sich einfach an die beiden. Sie sind nette Burschen. Wußten Sie, daß sie beide in Vietnam geflogen sind? ... Aber sicher. Sie sind tolle Burschen. Wenn Sie 'n

Drink oder so was wollen, wenden Sie sich einfach an sie. Ich habe einen 1934er Armagnac an Bord. Ich glaube, er ist hinten verstaut. Fragen Sie den Kleineren, Tony. Er weiß, wo er ist ... Da also, wenn Sie heute abend wiederkommen. Ist phantastisches Zeug. Der beste Jahrgang, den es von Armagnac je gegeben hat, 1934. Er ist sehr weich. Er wird Ihnen helfen, sich zu entspannen ... Es ist also alles okay, hmm? ... Wunderbar. ... Was? ... Überhaupt nicht, Bobby. Ist mir eine Freude, eine Freude.«

Als er auflegte, hätte er nicht glücklicher aussehen können. Der berühmteste Opernsänger Amerikas saß in seinem Flugzeug, das ihn nach Vancouver, Kanada, brachte, mit Lopwitz' eigenen zwei ehemaligen Air-Force-Piloten, Schlachtfliegern aus Vietnam, als Chauffeuren und Butlern, die ihm einen mehr als ein halbes Jahrhundert alten Armagnac servierten, die Flasche zu $ 1.200, und nun bedankte sich dieser wunderbare, kugelrunde berühmte Mensch bei ihm, erwies ihm seine Hochachtung aus zwölftausend Metern über dem Staate Montana.

Sherman starrte in Lopwitzens lächelndes Gesicht und bebte es mit der Angst. Lopwitz war nicht wütend auf ihn. Er war nicht beunruhigt. Er war nicht einmal besonders verstimmt. Nein, *das Schicksal von Sherman McCoy interessierte ihn nicht so sehr*. Lopwitz' englisches Abklatschleben würde Sherman McCoys Probleme überdauern, und Pierce & Pierce würde sie überdauern. Jeder würde an der pikanten Geschichte eine Weile seinen Spaß haben, und Anleihen würden weiter in riesigen Mengen verkauft werden, und der neue Leitende Rentenmakler – wer? – Rawlie? – oder jemand anderer? – würde in Lopwitzens Tee-in-Connaught-Konferenzzimmer erscheinen, um zu debattieren, ob die Pierce-&-Pierce-Milliarden zu dieser Seite des Marktes oder jener tendierten. Noch so ein Luft-Boden-Anruf von irgendeinem fetten Prominenten, und Lopwitz würde sich nicht einmal mehr erinnern, wer er war.

»Bobby Shaflett«, sagte Lopwitz, als säßen Sherman und er beisammen und nähmen einen Drink vor dem Abendessen. »Er war über Montana, als er anrief.« Er schüttelte den Kopf und kicherte, als wolle er sagen: Ein Teufelskerl.

21
Der wunderbare Koala

Noch nie in seinem Leben hatte er die *Dinge*, die Dinge des täglichen Lebens, so deutlich gesehen. Und sein Blick vergiftete jedes einzelne.

In der Bank in der Nassau Street, in der er Hunderte von Malen gewesen war und wo ihn Schalterbeamte, Wachpersonal, die jüngeren Angestellten und der Direktor selbst als den hochgeschätzten Mr. McCoy von Pierce & Pierce kannten und beim Namen nannten, wo er tatsächlich so geschätzt war, daß man ihm einen persönlichen Kredit von $ 1,8 Millionen gegeben hatte, damit er seine Wohnung kaufen konnte – und dieser Kredit kostete ihn jeden Monat $ 21.000! – und wo sollten die jetzt herkommen? – *o Gott!* –, bemerkte er nun die kleinsten Dinge ... die Eierstabzierleisten um das Gesims in der Haupthalle ... die alten Bronzeschirme an den Lampen auf den Schreibpulten in der Mitte des Foyers ... die spiralförmige Kannelierung an den Pfosten, die das Gitter zwischen dem Foyer und dem Teil trugen, wo die Angestellten saßen ... Alles so solide, so präzise, so ordentlich! ... Und jetzt so trügerisch, so eine Farce ... so *wertlos* und absolut keinen Schutz gewährend ...

Jeder *lächelte* ihn an. Freundliche, respektvolle, ahnungslose Gemüter ... Heute noch Mr. McCoy, Mr. McCoy, Mr. McCoy, Mr. McCoy, Mr. McCoy ... Wie entsetzlich, wenn man sich überlegte, daß diese solide, ordentliche Bank ... morgen ...

Zehntausend in bar ... Killian hatte gesagt, die Kaution müsse bar bezahlt werden ... Die Schalterbeamtin war eine junge

Schwarze, nicht älter als fünfundzwanzig, die eine Bluse mit einem hochgeschlossenen steifen Kragen und einer goldenen Nadel trug ... eine Wolke mit einem Gesicht, das Wind machte ... golden ... Seine Augen hefteten sich auf die sonderbare Traurigkeit des goldenen Windgesichts ... Wenn er ihr einen Scheck über $ 10.000 vorlegte, würde sie ihn anzweifeln? Würde er zu einem Bankbeamten gehen und Erklärungen abgeben müssen? Was würde er sagen? Als *Kaution*? Der hochgeschätzte Mr. McCoy, Mr. McCoy, Mr. McCoy, Mr. McCoy ...

In Wirklichkeit sagte sie nichts weiter als: »Sie wissen doch, daß wir alle Transaktionen von zehntausend Dollar und mehr melden müssen, nicht wahr, Mr. McCoy?«

Melden? Einem Bankbeamten!

Sie mußte die Verblüffung auf seinem Gesicht bemerkt haben, denn sie sagte: »Der Regierung. Wir müssen ein Formular ausfüllen.«

Dann fiel es ihm wieder ein. Es war eine Verfügung, die man erlassen hatte, um Drogenhändlern in die Quere zu kommen, die Geschäfte mit großen Barsummen abwickelten.

»Wie lange wird das dauern? Ist dazu viel Papierkram nötig?«

»Nein, wir füllen nur das Formular aus. Wir haben ja alle Angaben, die wir brauchen, in den Akten, Ihre Adresse und so weiter.«

»Na – okay, das ist schön.«

»Wie möchten Sie sie? In Hundertern?«

»Äh, ja, in Hundertern.« Er hatte nicht die leiseste Idee, wie $ 10.000 in Hundertern eigentlich aussähen.

Sie verließ den Schalter und kehrte gleich darauf mit etwas wieder, das wie ein kleiner Papierziegel mit einem Papierband drumherum aussah. »Das hätten wir schon. Das sind hundert 100-Dollar-Noten.«

Er lächelte nervös. »Das ist alles? Sieht gar nicht nach viel aus, nicht wahr?«

»Na ja ... das kommt darauf an. Alle Scheine kommen in

Packen zu einhundert Stück, die Einer genauso wie die Hunderter. Wenn man da eine Hundert drauf sieht, ist es doch schon recht beeindruckend.«

Er legte seinen Aktenkoffer auf das Marmorsims des Schalters, ließ den Deckel aufschnappen, nahm ihr den Papierziegel ab, legte ihn hinein, klappte die Tasche zu und sah ihr wieder ins Gesicht. Sie wußte Bescheid, oder? Sie wußte, es war irgend etwas unsauber dran, wenn jemand eine solch ungeheure Barsumme abhob. Das mußte einfach so sein!

In Wirklichkeit verriet ihr Gesicht weder Zustimmung noch Ablehnung. Sie lächelte höflich, um ihren guten Willen zu zeigen – und eine Welle der Angst schwappte über ihn weg. *Guter Wille!* Was würde sie oder irgendein anderer dunkelhäutiger Mensch, der Sherman McCoy ins Gesicht sah, morgen denken – *von dem Mann, der einen schwarzen Musterschüler überfahren hat und einfach sterbend zurückließ!*

Als er auf seinem Weg zu Dunning Sponget & Leach die Nassau in Richtung Wall entlangging, überfiel ihn Geldangst. Die $ 10.000 hatten sein Girokonto so ziemlich erschöpft. Er hatte noch ungefähr $ 16.000 auf seinem sogenannten Geldmarktsparkonto, die jederzeit auf das Girokonto überwiesen werden konnten. Das war Geld, das er für ... Nebenausgaben! ... bereithielt, die üblichen Scheine, die jeden Monat kamen und weiter kommen würden! Wie Wellen am Strand ... *und was jetzt?* Sehr bald würde er an die Masse gehen müssen – aber es gab nicht soviel Masse. Er mußte aufhören, darüber nachzudenken. Er dachte an seinen Vater. In fünf Minuten würde er bei ihm sein ... Er konnte es sich nicht vorstellen. Und das war noch nichts, verglichen mit Judy und Campbell.

Als er in das Büro seines Vaters trat, erhob sein Vater sich von dem Stuhl hinter seinem Schreibtisch ... aber Shermans vergifteter Blick pickte sich die belangloseste ... traurigste Sache heraus ... Gleich gegenüber von dem Fenster seines Vaters, an einem Fenster des neuen Glas-und-Aluminium-Gebäudes auf der anderen Straßenseite, blickte eine junge Frau auf die Straße hinunter und popelte mit einem Q-tip in ihrem Gehörgang herum ... eine ganz normale junge Frau mit kleingelocktem Haar schaute auf die Straße und putzte sich die Ohren ... Wie entsetzlich traurig ... Die Straße war so schmal, daß er das Gefühl hatte, er könne die Hand ausstrecken und gegen die Scheibe klopfen, hinter der sie stand ... Das neue Gebäude hatte das kleine Büro seines Vaters für immer in Finsternis gehüllt. Er mußte das Licht ständig brennen lassen. Bei Dunning Sponget & Leach waren alte Partner, wie John Campbell McCoy, nicht gezwungen, sich ins Privatleben zurückzuziehen, sondern man erwartete von ihnen, daß sie das Richtige taten. Das hieß, daß sie die repräsentativen Büros mit den imposanten Ausblicken aufgaben und für die aufsteigenden Herren mittleren Alters Platz machten, Anwälte in den Vierzigern und Anfang Fünfzig, die noch immer barsten vor Ehrgeiz und Aussichten auf imposantere Ausblicke, repräsentativere Büros.

»Komm rein, Sherman«, sagte sein Vater ... der einstige Löwe ... lächelnd, aber auch mit einem wachsamen Unterton. Zweifellos hatte er an Shermans Stimme am Telefon erkennen können, daß das kein normaler Besuch war. Der Löwe ... Er war immer noch eine eindrucksvolle Gestalt mit seinem aristokratischen Kinn, seinem vollen, glatt nach hinten gekämmten weißen Haar, seinem englischen Anzug und der schweren Uhrkette, die über den Bauch seiner Weste hing. Aber seine Haut wirkte dünn und zart, als könne jeden Augenblick seine ganze löwenartige Erscheinung zusammenschrumpeln und in den eindrucksvollen Kammgarnkleidern verschwinden. Er deutete auf den Sessel an seinem Schreibtisch und sagte recht heiter: »Beim Rentenmarkt muß Flaute herrschen. Plötzlich bin ich am hellichten Tag einen Besuch wert.«

Ein Besuch am hellichten Tag – das frühere Büro des Löwen hatte nicht nur an der Ecke des Gebäudes gelegen, es hatte auch einen Ausblick über den Hafen von New York geboten. Welche Wonne war es für ihn als kleiner Junge gewesen, Daddy in seinem Büro zu besuchen! Von dem Moment an, da er im siebzehnten Stock aus dem Fahrstuhl trat, war er Seine Majestät, das Kind, gewesen. Jeder, die Empfangsdame, die Juniorpartner, selbst die Portiers, kannten seinen Namen und schmetterten ihn heraus, als könne den treuen Untertanen von Dunning Sponget kein größeres Glück beschert werden als der Anblick seines Gesichtchens mit dem sich bereits entwickelnden aristokratischen Kinn. Der ganze übrige Verkehr schien ins Stocken zu geraten, wenn Seine Majestät, das Kind, den Gang hinunter und tief in die Chefbürosuite hinein bis zum Büro des Löwen selbst eskortiert wurde, an der Ecke, wo die Tür aufging und – wundervoll! – die Sonne vom Hafen hereinflutete, der sich da unten für ihn ausbreitete. Die Freiheitsstatue, die Staten-Island-Fähren, die Schlepper, die Polizeiboote, die Lastkähne, die durch die Narrows in der Ferne hereinkamen ... Was für eine Schau – für ihn! Welche Wonne!

Mehrmals waren sie in jenem prachtvollen Büro nahe daran gewesen, sich hinzusetzen und ein richtiges Gespräch miteinander zu führen. So jung er war, hatte Sherman bemerkt, daß sein Vater in seine Förmlichkeit eine Tür zu öffnen versuchte und ihm ein Zeichen gab, einzutreten. Und er hatte nie recht gewußt, wie. Nun war – im Handumdrehen – Sherman achtunddreißig, und von einer Tür war nichts mehr zu sehen. Wie sollte er es in Worte fassen? Sein ganzes Leben lang hatte er es nie gewagt, seinen Vater mit einem einzigen Eingeständnis von Schwäche in Verlegenheit zu bringen, geschweige denn von moralischem Verfall und gemeinster Anfechtung.

»Na, wie geht's bei Pierce & Pierce?«

Sherman stimmte ein freudloses Gelächter an. »Ich weiß nicht. Es geht ohne mich weiter. Soviel weiß ich.«

Sein Vater beugte sich vor. »Du gibst doch den Posten nicht etwa auf?«

»Gewissermaßen ja.« Er wußte immer noch nicht, wie er das

Ganze in Worte fassen sollte. Und deshalb griff er, schwach, mit schlechtem Gewissen, auf die Schockbehandlung zurück, auf die offene Forderung nach Mitleid, die bei Gene Lopwitz funktioniert hatte. »Dad, ich werde morgen früh verhaftet.«

Sein Vater blickte ihn, wie ihm schien, sehr lange an, dann machte er den Mund auf, schloß ihn wieder und stieß einen leisen Seufzer aus, als verwerfe er alle bei der Menschheit üblichen Überraschungs- oder Zweifelsreaktionen, wenn ein Unglück angekündigt wird. Was er schließlich sagte, verwirrte Sherman, obwohl es völlig logisch war: »Von wem?«

»Von ... der Polizei. Der Polizei von New York City.«

»Auf welche Beschuldigung hin?« Diese Fassungslosigkeit, dieser Kummer in seinem Gesicht. Oh, er hatte ihn überrumpelt, na schön, und ihm wahrscheinlich die Möglichkeit kaputtgemacht, wütend zu werden ... aber was für eine abscheuliche Strategie war das ...

»Rücksichtslose Gefährdung, unerlaubtes Entfernen vom Unfallort und unterlassene Meldung eines Unfalls.«

»Automobil«, sagte sein Vater, als spräche er mit sich. »Und man wird dich *morgen* verhaften?«

Sherman nickte und begann mit seiner schmutzigen Geschichte, während er die ganze Zeit das Gesicht seines Vaters beobachtete und mit Erleichterung und schlechtem Gewissen bemerkte, daß er fassungslos blieb. Das Thema Maria behandelte Sherman mit viktorianischem Zartgefühl. Kannte sie kaum. Hatte sie nur drei- oder viermal gesehen, in harmlosen Situationen. Hätte natürlich nie mit ihr flirten sollen. Flirten.

»Wer ist diese Frau, Sherman?«

»Sie ist mit einem Mann namens Arthur Ruskin verheiratet.«

»Ah. Ich glaube, ich weiß, wen du meinst. Er ist Jude, nicht wahr?«

Was um alles in der Welt ändert denn das? »Ja.«

»Und wer ist sie?«

»Sie kommt irgendwo aus South Carolina.«

»Wie war ihr Mädchenname?«

Ihr Mädchenname? »Dean. Ich glaube nicht, daß sie zum Kolonialadel gehört, Dad.«

Als er zu den Artikeln in den Zeitungen kam, merkte Sherman, daß sein Vater nichts mehr von den schmuddeligen Details hören wollte. Er unterbrach ihn wieder.

»Wer vertritt dich, Sherman? Ich nehme doch an, du hast einen Anwalt.«

»Ja. Er heißt Thomas Killian.«

»Nie gehört. Wer ist das?«

Schweren Herzens: »Er ist in einer Kanzlei namens Dershkin, Bellavita, Fishbein & Schlossel.«

Die Nüstern des Löwen bebten und seine Kiefermuskeln traten hervor, als versuche er krampfhaft, sich nicht zu übergeben. »Wie um alles auf der Welt bist du denn auf *die* gekommen?«

»Sie sind auf Strafrecht spezialisiert. Freddy Button hat sie mir empfohlen.«

»Freddy? Du läßt *Freddy* ...« Er schüttelte den Kopf. Er fand keine Worte.

»Er ist mein *Anwalt!*«

»Ich weiß, Sherman, aber Freddy ...« Der Löwe blickte zur Tür und senkte dann die Stimme. »Freddy ist ein absolut prächtiger Mensch, Sherman, aber das hier ist eine ernste Angelegenheit!«

»*Du selbst* hast mich an Freddy verwiesen, Dad, lang ist's her!«

»Ich *weiß* – aber nicht für irgendwas *Wichtiges!*« Er schüttelte wieder leise den Kopf. Fassungslosigkeit auf Fassungslosigkeit. »Also, auf jeden Fall werde ich von einem Anwalt namens Thomas Killian vertreten.«

»Ach, Sherman.« In Gedanken versunkene Müdigkeit. Das Pferd ist aus dem Stall. »Ich wünschte, du wärst zu mir gekommen, als die Sache passiert ist. Jetzt, in dem Stadium – tja, aber da stehen wir nun mal, nicht? Also laß uns versuchen, von hier aus weiterzugehen. In einem bin ich mir ganz sicher. Du mußt dir die besten Anwälte suchen, die man sich denken kann. Du mußt Anwälte finden, denen du *trauen* kannst, vorbehaltlos, denn du legst ungeheuer viel in ihre Hände. Du kannst nicht einfach zu irgendwelchen Leuten gehen, die Dershbein heißen – oder wie auch immer. Ich werde Chester Whitman und Ed LaPrade anrufen und mal hören, was sie zu sagen haben.«

Chester Whitman und Ed LaPrade? Zwei alte Bundesrichter, die entweder pensioniert waren oder kurz davor standen. Die Wahrscheinlichkeit, daß sie etwas wußten über die Umtriebe eines Bronxer Staatsanwalts oder eines Harlemer Volksaufwieglers, war so vage ... Und mit einemmal war Sherman traurig zumute, nicht so sehr seinetwegen als wegen dieses alten Mannes vor ihm, der sich an die Macht der Beziehungen klammerte, die in den fünfziger und frühen sechziger Jahren mal was bedeutet hatten.

»Miss Needleman?« Der Löwe war bereits am Telefon. »Würden Sie bitte Richter Chester Whitman für mich anrufen? ... Was? ... Oh. Ich verstehe. Gut, also dann, wenn Sie damit durch sind.« Er legte auf. Als ehemaliger Partner hatte er auch keine eigene Sekretärin mehr. Er teilte sich eine mit einem halben Dutzend anderer Ehemaliger, und sie, Miss Needleman, sprang ganz offensichtlich nicht, wenn der Löwe sein Maul aufmachte. Wartend blickte der Löwe aus seinem einzigen Fenster, preßte die Lippen aufeinander und sah sehr alt aus.

Und in diesem Moment entdeckte Sherman das Schreckliche, was Männer früher oder später immer an ihren Vätern entdecken. Zum erstenmal bemerkte er, daß der Mann vor ihm kein alternder Vater, sondern ein Junge war, ein Junge, ganz ähnlich wie er, ein Junge, der aufwuchs und selber ein Kind hatte und, so gut er konnte, aus Pflichtgefühl und, vielleicht, aus Liebe eine Rolle übernahm, die Vatersein hieß, damit sein Kind etwas Mythisches und unendlich Wichtiges besäße: einen Beschützer, der ein Auge auf all die chaotischen und katastrophalen Möglichkeiten des Lebens haben würde. Und nun war dieser Junge, dieser gute Schauspieler, alt und gebrechlich und müde geworden, erschöpfter als jemals zuvor bei dem Gedanken, noch einmal versuchen zu sollen, sich die Rüstung des Beschützers auf die Schultern zu hieven, jetzt, so nahe vor dem Ende.

Der Löwe blickte vom Fenster weg Sherman direkt an und lächelte, was sich Sherman als liebenswürdige Verlegenheit deutete.

»Sherman«, sagte er, »versprich mir eines. Daß du nicht aufgibst. Ich wünschte, du wärst eher zu mir gekommen, aber das macht nichts. Du wirst meine volle Unterstützung haben, und auch die von Mutter. Was immer wir für dich tun können, das werden wir tun.«

Einen Moment lang dachte Sherman, er spräche von Geld. Bei nochmaligem Nachdenken wußte er, daß das nicht der Fall war. Gemessen am Rest der Welt, der Welt außerhalb New Yorks, waren seine Eltern reich. Tatsächlich hatten sie gerade genug, um die Einkünfte zusammenzubringen, mit denen sie das Haus in der Dreiundsiebzigsten Straße und das Haus in Long Island unterhalten, sich in beiden Häusern für ein paar Tage in der Woche Personal leisten und die Routineausgaben bestreiten konnten, mit denen sie sich ihren vornehmen Status erhielten. Aber ihr Kapital anzugreifen, wäre das gleiche, als schnitte man in eine Ader. Er konnte das diesem freundlichen, grauhaarigen Mann nicht antun, der vor ihm in diesem schäbigen, kleinen Büro saß. Und schließlich war er sich überhaupt nicht sicher, ob es das war, was er ihm angeboten hatte.

»Was ist mit Judy?« fragte sein Vater.

»Judy?«

»Wie hat sie das Ganze aufgenommen?«

»Sie weiß es noch nicht.«

»Sie *weiß* es nicht?«

»Keine blasse Ahnung.«

Jede Andeutung eines Ausdrucks wich aus dem Gesicht des alten, grauhaarigen Burschen.

Als Sherman Judy bat, mit ihm in die Bibliothek zu kommen, hatte er die feste Absicht, ganz bewußt die feste Absicht, vollkommen ehrlich zu sein. Aber von dem Augenblick an, da er den Mund auftat, war er sich seines schwerfälligen, heimlichen Para-Ichs, des Heuchlers, bewußt. Es war der Heuchler, der diesen unheilvollen Bariton in seine Stimme brachte und der Judy zu dem Ohrensessel führte, wie das ein Beerdigungsunternehmer gemacht hätte, und der die Tür zur Bibliothek mit kummervoller Bedachtsamkeit schloß und sich dann umdrehte und die Augenbrauen um die Nase herum zusammenknautschte, so daß Judy, ohne auch nur ein Wort gehört zu haben, sah, daß die Lage ernst war.

Der Heuchler setzte sich nicht hinter seinen Schreibtisch – das wäre zu förmlich –, sondern in den anderen Sessel. Und dann sagte er:

»Judy, ich möchte, daß du jetzt ganz stark bist. Ich ...«

»Wenn du mir von deiner kleinen Was-es-auch-immer-ist erzählen willst, sei unbesorgt. Du kannst dir nicht vorstellen, wie uninteressiert ich daran bin.«

Erstaunt: »Meine kleine *was?*«

»Deine ... Affäre ... wenn es das ist. Ich möchte überhaupt nichts darüber hören.«

Er starrte sie mit leicht geöffnetem Mund an und stöberte in seinen Gedanken nach etwas herum, was er sagen könnte: Das ist nur ein Teil davon ... Wenn das nur alles wäre ... Ich fürchte, du wirst es dir anhören müssen ... Es geht weit darüber hinaus ... Alles so lahm, so flach – und so griff er auf die Bombe zurück. Er würde sie ihr vor die Füße werfen.

»Judy – ich werde morgen früh verhaftet.«

Das erwischte sie. Das schlug ihr den herablassenden Blick

aus dem Gesicht. Ihre Schultern sanken herab. Sie war nur noch eine kleine Frau in einem großen Sessel. »Verhaftet?«

»Du erinnerst dich an den Abend, als die beiden Kriminalbeamten hier waren. Die Sache, die in der Bronx passiert ist?«

»Das warst *du*?«

»Das war ich.«

»Ich glaube es nicht!«

»Leider ist es wahr. Ich war es.«

Er hatte sie an ihrer schwachen Stelle. Sie war sprachlos. Er kam sich von neuem gemein und schwach vor. Die Ausmaße dieser Katastrophe nahmen noch einmal das ganze Terrain von Sitte und Moral in Anspruch.

Er stürzte sich in seine Erzählung. Bis die Worte aus seinem Munde kamen, hatte er vor, über Maria die volle Wahrheit zu sagen. Aber ... was würde das nützen? Warum sollte er seine Frau völlig vernichten? Warum sie mit dem Gedanken an einen durch und durch hassenswerten Gatten zurücklassen? Und so erzählte er ihr, es sei nur ein kleiner Flirt gewesen. Er habe die Frau kaum drei Wochen gekannt.

»Ich sagte ihr einfach, ich würde sie am Flughafen abholen. Ich sagte ihr halt plötzlich, daß ich das tun würde. Ich hatte wahrscheinlich – ich vermute, ich hatte dabei was im Sinn – ich würde nicht versuchen, dir oder mir ein X für ein U vorzumachen – aber, Judy, ich schwöre dir, ich habe die Frau noch nicht einmal *geküßt,* wieviel weniger hatte ich eine *Affäre.* Dann passierte diese unglaubliche Geschichte, dieser Alptraum, und seither habe ich sie nicht wiedergesehen, bis auf den Abend, als ich plötzlich bei den Bavardages neben ihr saß. Judy, ich schwöre dir, es gab keine *Affäre.*«

Er studierte ihr Gesicht, um zu sehen, ob sie ihm zufällig doch glaubte. Leere. Lähmung. Er hastete weiter.

»Ich weiß, ich hätte es dir sofort erzählen sollen, als es passiert war. Aber es kam zu diesem dummen Telefonanruf, den ich gemacht habe, noch dazu. Und dann *wußte* ich, du würdest denken, ich hätte so was wie eine Affäre, was es nicht war. Judy, ich habe die Frau in meinem Leben vielleicht fünfmal gesehen, immer in öffentlichen Situationen. Ich meine, selbst wenn man jemanden von einem Flugplatz abholt, ist das öffentlich.«

Er verstummte und versuchte wieder, aus ihr klug zu werden. Nichts. Er fand ihr Schweigen einschüchternd. Er fühlte sich bemüßigt, für all die fehlenden Worte zu sorgen.

Er berichtete weiter von den Zeitungsartikeln, seinen Problemen im Büro, über Freddy Button, Thomas Killian und Gene Lopwitz. Während er noch über die eine Sache redete, eilten seine Gedanken schon zur nächsten weiter. Sollte er ihr erzählen, daß er mit seinem Vater gesprochen hatte? Das würde ihm ihr Mitgefühl gewinnen, denn sie würde sich der Qual bewußt, die ihn dazu gezwungen hatte. Nein! Es könnte sie ärgern, daß er es erst seinem Vater erzählt hatte ... Aber bevor er zu diesem Punkt gelangte, bemerkte er, daß sie nicht mehr zuhörte. Ein seltsamer, geradezu verträumter Blick war in ihr Gesicht getreten. Dann begann sie leise in sich hineinzulachen. Das einzige Geräusch, das dabei herauskam, war ein leises *Klack-klack* in ihrem Hals.

Geschockt und gekränkt: »Kommt dir das komisch vor?«

Mit einem eben nur angedeuteten Lächeln: »Ich lache über mich. Das ganze Wochenende war ich völlig durcheinander, weil du so ein ... Langweiler ... bei den Bavardages warst. Ich fürchtete, es könnte meinen Aussichten schaden, Präsidentin des Museum-Benefizes zu werden.«

Trotz allem ärgerte es Sherman, zu hören, daß er bei den Bavardages ein Langweiler gewesen war.

Judy sagte: »Das ist doch ziemlich komisch, nicht? Daß ich mir Sorgen wegen des Museum-Benefizes mache?«

Mit einem Zischen: »Entschuldige, daß ich deinen Ambitionen im Wege stehe.«

»Sherman, ich möchte, daß du mir jetzt einmal zuhörst.« Sie

sagte es mit einer solch ruhigen, mütterlichen Liebenswürdigkeit, daß es unheimlich war. »Ich reagiere wohl nicht wie eine gute Ehefrau. Ich möchte es. Aber wie kann ich das? Ich möchte dir meine Liebe geben, oder wenn nicht meine Liebe, meine ... was? ... meine Sympathie, meine Nähe, meinen Trost. Aber ich kann es nicht. Ich kann nicht einmal nur so tun. Du hast mich nicht an dich herangelassen. Verstehst du das? Du hast mich nicht an dich herangelassen. Du hast mich betrogen, Sherman. Weißt du, was das heißt, jemanden *betrügen*?« Sie sagte es mit derselben mütterlichen Liebenswürdigkeit wie alles übrige.

»Betrogen? Lieber Gott, es war ein Flirt, wenn überhaupt. Wenn man ... jemandem schöne Augen macht ... kannst du das Betrug nennen, wenn du willst, aber ich würde es nicht so nennen.«

Sie setzte wieder das leichte Lächeln auf und schüttelte den Kopf. »Sherman, Sherman, Sherman.«

»Ich schwöre, es ist die Wahrheit.«

»Oh, ich weiß nicht, was du mit deiner Maria Ruskin gemacht hast, und es interessiert mich auch nicht. Es interessiert mich einfach nicht. Das ist nur das Geringste, aber ich glaube nicht, daß du das verstehst.«

»Das Geringste *wovon*?«

»Was du mir angetan hast, und nicht nur mir. Campbell.«

»Campbell!«

»Deiner Familie. Wir *sind* eine Familie. Diese Sache, diese Sache, die uns alle berührt, hat sich vor zwei Wochen zugetragen, und du sagst nichts. Du hast es vor mir verheimlicht. Du saßest direkt neben mir, in diesem Zimmer hier, und hast dir diese Nachrichtensendung angesehen, diese Demonstration, und hast kein Wort gesagt. Dann ist die Polizei in unsere Wohnung gekommen – die *Polizei!* – in *unsere Wohnung!* – Ich habe dich sogar gefragt, warum du in so einem Zustand wärst, und du hast behauptet, das sei ein Zufall. Und dann – an *demselben*

Abend – hast du neben deiner ... deiner Freundin ... deiner Komplizin ... deinem Seitensprung gesessen ... sag mir, wie du sie nennst ... und du hast immer noch nichts gesagt. Du ließest mich in dem Glauben, alles sei in Ordnung. Du ließest mich meine törichten Träume weiterträumen, und du ließest Campbell ihre Kinderträume weiterträumen, daß sie ein normales kleines Mädchen in einer normalen Familie ist, das mit seinen kleinen Freundinnen spielt und sich seine kleinen Kaninchen und Schildkröten und Pinguine bastelt. An dem Abend, an dem *die Welt* von *deiner Eskapade* erfuhr, zeigte dir Campbell ein Kaninchen, das sie aus Ton geformt hatte. Erinnerst du dich daran? Du hast es dir einfach *angesehen* und *all die richtigen Dinge* gesagt! Und jetzt kommst du nach Hause« – mit einemmal waren ihre Augen voll Tränen –, »am Ende des Tages, und erzählst mir, daß ... du ... morgen ... früh ... verhaftet ... wirst.« Der Satz wurde von Schluchzern unterbrochen. Sherman stand auf. Sollte er versuchen, die Arme um sie zu legen? Oder würde es die Sache nur verschlimmern? Er machte einen Schritt auf sie zu.

Sie setzte sich gerade auf und streckte die Hände sehr zart und vorsichtig in die Höhe.

»Nein, nicht«, sagte sie leise. »Hör einfach an, was ich dir zu sagen habe.« Ihre Wangen waren von Tränen streifig.

»Ich werde versuchen, dir zu helfen, und ich werde versuchen, Campbell zu helfen, in jeder mir möglichen Art. Aber ich kann dir nicht meine Liebe geben, und ich kann dir keine Zärtlichkeit geben. Ich bin keine so gute Schauspielerin. Ich wünschte, ich wäre es, denn du wirst Liebe und Zärtlichkeit nötig haben, Sherman.«

Sherman sagte: »Kannst du mir nicht verzeihen?«

»Wahrscheinlich könnte ich das«, sagte sie. »Aber was würde das ändern?«

Er hatte keine Antwort.

Er sprach mit Campbell in ihrem Schlafzimmer. Nur hineinzugehen genügte schon, ihm das Herz zu brechen. Campbell saß an ihrem Tisch (einem runden Tisch, von dem geblümter Baumwollstoff von Laura Ashley im Werte von $ 800 bis zum Boden hing und dessen Platte eine geschliffene Glasscheibe im Wert von $ 280 bedeckte), oder vielmehr, sie saß halb darauf, den Kopf dicht an der Tischplatte, in einer Haltung gespannter Konzentration, und schrieb mit einem dicken rosafarbenen Stift irgendwelche Druckbuchstaben. Es war das perfekte Kleinmädchenzimmer. Puppen und Stofftiere hockten überall. Sie saßen in den weißlackierten Bücherregalen mit den geriffelten Stützen und auf den beiden kleinen Damenstühlen (noch mehr geblümter Stoff von Laura Ashley). Sie lehnten an dem gestreiften Chippendale-Kopfbrett des Bettes und dem gestreiften Fußbrett und auf dem filigranen und sorgsam ausgetüftelten Kissendurcheinander und auf den beiden runden Nachttischen, von denen ein weiteres Vermögen an Stoff bis zum Boden fiel. Sherman hatte nie auch nur einen Cent von den erschreckenden Summen bedauert, die Judy allein in dieses Zimmer gesteckt hatte, und bestimmt tat er es auch jetzt nicht. Es schnitt ihm ins Herz, wenn er daran dachte, daß er jetzt die Worte finden mußte, um Campbell zu sagen, daß die Traumwelt dieses Zimmers beendet war, viele Jahre zu früh.

»Hi, Liebchen, was machst du gerade?«

Ohne aufzublicken: »Ich schreibe ein Buch.«

»Du schreibst ein Buch! Das ist wunderbar. Über was denn?«

Schweigen; ohne aufzublicken; schwer an der Arbeit.

»Schätzchen, ich möchte mit dir über etwas reden, etwas sehr Wichtiges.«

Sie schaute auf. »Daddy, kannst du ein Buch machen?«

Ein Buch machen? »Ein Buch machen? Ich weiß nicht genau, was du meinst.«

»Ein Buch machen!« Etwas aufgebracht über seine Begriffsstutzigkeit.

»Du meinst, richtig eines *machen*? Nein, die machen sie in einer Fabrik.«

»MacKenzie macht eins. Ihr Dad hilft ihr. Ich will auch eins machen.«

Garland Reed und seine verdammten sogenannten Bücher. Das Problem umgehend: »Na, aber erst mußt du dein Buch schreiben.«

Strahlendes Lächeln: »Ich habe es geschrieben!« Sie zeigte auf das Blatt Papier auf ihrem Tisch.

»Du hast es schon geschrieben?« Er korrigierte ihre Grammatikfehler nie direkt.

»Ja! Wirst du mir helfen, ein Buch zu machen?«

Hilflos, bekümmert: »Ich werd's versuchen.«

»Willst du es lesen?«

»Campbell, es gibt etwas sehr Wichtiges, über das ich mit dir sprechen möchte. Ich möchte, daß du dir sehr genau anhörst, was ich dir sage.«

»Willst du es lesen?«

»Campbell ...« Ein Seufzer; hilflos gegenüber ihrer Zielstrebigkeit. »Ja, ich würde es sehr gern lesen.«

Bescheiden: »Es ist nicht sehr lang.« Sie nahm mehrere Blätter Papier und gab sie ihm.

In großen, sorgfältigen Buchstaben:

Der Koala
von Campbell McCoy

Es war einmal ein Koala. Er hies Kelly. Er wohnte im Wald. Kelly hatte viele Freunde. Eines Tages machte jemand eine Wanderung und as Kellys Essen auf.
Er war sehr traurig. Er wollte die Stadt sehen. Kelly ging in die Stadt. Er wollte auch Häusser sehen. Er wollte gerade eine Klinke anfassen um eine Tür aufzumachen, da rannte ein Hund vorbei! Aber er kriegte Kelly nicht.

Kelly sprang in ein Fenster. Und aus Versehen drückte er auf den Alarm. Dann sausten die Polletzeiautos vorbei. Kelly hatte Angst. Schließlich lief Kelly weg. Jemand fing Kelly und brachte ihn in den Zoo. Jetzt liebt Kelly den Zoo.

Shermans Schädel schien sich mit Dampf zu füllen. Es handelte von ihm selbst! Einen Augenblick lang fragte er sich, ob sie auf irgendeine unerklärliche Weise das drohende Unheil *geahnt* ... aufgenommen habe ... ob es irgendwie schon in der Luft ihres Zuhauses hinge ... *Aus Versehen drückte er auf den Alarm. Dann sausten die Polizeiautos vorbei!* ... Es konnte nicht sein ... und dennoch stand es da!
»Gefällt es dir?«
»Ja, äh ... ich, äh ...«
»Daddy? Gefällt es dir?«
»Es ist wunderbar, Liebling. Du bist sehr begabt ... Nicht viele Mädchen in deinem Alter – nicht viele ... es ist wunderbar ...«
»Wirst du mir jetzt helfen, das Buch zu machen?«
»Ich – es gibt etwas, was ich dir erzählen muß, Campbell. Okay?«
»Okay. Gefällt es dir wirklich?«
»Ja, es ist wunderbar. Campbell, ich möchte, daß du mir zuhörst. Okay? Also, Campbell, du weißt doch, daß Leute nicht immer die Wahrheit über andere Leute sagen.«
»Die Wahrheit?«
»Manchmal sagen Leute böse Dinge, Dinge, die nicht wahr sind.«
»Was?«
»Manchmal sagen Leute böse Dinge über andere Leute, Dinge, die sie nicht sagen sollten, Dinge, die den anderen dazu bringen, daß er sich schlecht vorkommt. Verstehst du, was ich meine?«

»Daddy, soll ich für das Buch ein Bild von Kelly malen?«
Kelly? »Bitte, hör mir zu, Campbell. Das ist wichtig.«
»Ohhhh-kayyy.« Matter Seufzer.
»Erinnerst du dich, daß MacKenzie mal was über dich gesagt hat, was nicht nett war, etwas, das nicht stimmte?«
»MacKenzie?« Jetzt hatte er ihre Aufmerksamkeit. »Ja. Erinnere dich, sie sagte, du ...« Ums Verrecken konnte er sich nicht daran erinnern, was MacKenzie gesagt hatte. »Ich glaube, sie sagte, du wärst nicht ihre Freundin.«
»MacKenzie ist meine beste Freundin, und ich bin ihre beste Freundin.«
»Ich weiß. Das ist ja der springende Punkt. Sie hat etwas gesagt, was nicht stimmte. Sie meinte es nicht, aber sie sagte es, und manchmal tun Leute das. Sie sagen Dinge, die andere Leute verletzen, und vielleicht wollen sie das gar nicht, aber sie tun es, und es verletzt den anderen, und das ist doch nicht richtig.«
»Was?«
Weiterackernd: »Es sind nicht nur Kinder. Manchmal sind's auch Erwachsene. Auch Erwachsene können so gemein sein. Ja, sie können noch schlimmer sein. Also, Campbell, hör mir jetzt gut zu. Es gibt Leute, die sagen sehr schlimme Dinge über mich, Dinge, die nicht wahr sind.«
»Wirklich?«
»Ja. Sie sagen, ich habe einen Jungen mit einem Auto angefahren und schwer verletzt. Bitte, sieh mich an, Campbell. Also, das ist nicht wahr. Ich habe so etwas nicht gemacht, aber es gibt böse Leute, die das sagen, und du hörst vielleicht, daß Leute das sagen, aber du mußt wissen, es ist nicht wahr. Auch wenn sie sagen, es ist wahr, weißt du, daß es nicht wahr ist.«
»Warum sagst du ihnen nicht, daß es nicht wahr ist?«
»Das werde ich, aber diese Leute wollen mir vielleicht nicht glauben. Es gibt böse Leute, die wollen von anderen Leuten böse Dinge glauben.«
»Aber warum *sagst* du es ihnen nicht?«

»Das werde ich. Aber diese bösen Leute werden diese bösen Dinge in die Zeitung und ins Fernsehen bringen, und deswegen werden die Leute ihnen glauben, weil sie es in den Zeitungen lesen und im Fernsehen sehen werden. Aber es ist nicht wahr. Und es ist mir egal, was sie denken, aber mir ist nicht egal, was du denkst, denn ich liebe dich, Campbell, ich liebe dich sehr, und ich möchte, daß du weißt, daß dein Daddy ein guter Mensch ist, der nicht getan hat, was diese Leute behaupten.«
»Kommst du in die Zeitung? Kommst du ins Fernsehen?«
»Leider, Campbell. Wahrscheinlich morgen. Und deine Freundinnen in der Schule sagen zu dir vielleicht etwas darüber. Aber du mußt nicht auf sie hören, weil du weißt, daß die Dinge in der Zeitung und im Fernsehen nicht wahr sind. Ja, Liebchen?«
»Heißt das, du wirst berühmt?«
»Berühmt?«
»Kommst du in die Geschichte, Daddy?«
Geschichte? »Nein, ich komme nicht in die Geschichte, Campbell. Aber ich werde besudelt, verleumdet, durch den Dreck gezogen.«
Er wußte, sie verstünde kein Wort davon. Es brach einfach aus ihm heraus, getrieben von dem vergeblichen Bemühen, einer Sechsjährigen die Presse zu erklären.
Etwas in seinem Gesicht verstand sie ganz gut. Sehr ernst und zärtlich sah sie ihm in die Augen und sagte:
»Mach dir keine Sorgen, Daddy. Ich liebe dich.«
»Campbell ...«
Er schloß sie in die Arme und vergrub seinen Kopf an ihrer Schulter, um seine Tränen zu verbergen.
Es waren einmal ein Koala und ein hübsches kleines Zimmer, in dem sanfte, zarte Wesen lebten und den vertrauensvollen Schlaf der Unschuld schliefen, und nun war nichts mehr da.

22
Styropor-Erdnüsse

Sherman drehte sich auf die linke Seite, aber bald tat ihm das linke Knie weh, als schnüre ihm das Gewicht seines rechten Beines den Kreislauf ab. Sein Herz schlug ein bißchen schnell. Er drehte sich auf die rechte Seite. Irgendwie gelangte der Ballen seiner rechten Hand unter seine rechte Wange. Es fühlte sich an, als brauche er das, um seinen Kopf zu stützen, weil das Kopfkissen nicht ausreichte, aber das war Unsinn, und sowieso, wie sollte er mit der Hand unter dem Kopf einschlafen? Ein bißchen schnell, das war alles ... Es ging nicht durch ... Er drehte sich auf die linke Seite zurück und rollte sich dann flach auf den Bauch, aber das überlastete sein Kreuz, und so wälzte er sich wieder auf die rechte Seite. Normalerweise schlief er auf der rechten Seite. Sein Herz ging jetzt schneller. Aber es klopfte regelmäßig. Er hatte es noch unter Kontrolle.

Er widerstand der Versuchung, die Augen aufzumachen und nachzusehen, wie hell es unter den Rolläden war. Der Strich wurde gegen Morgengrauen heller, so daß man in dieser Jahreszeit immer sagen konnte, wann es auf halb sechs oder sechs zuging. Angenommen, es würde schon hell! Aber das konnte nicht sein. Es konnte nicht später als drei sein, schlimmstenfalls halb vier. Aber vielleicht hatte er eine Stunde oder so geschlafen, ohne es zu wissen! Und angenommen, die hellen Linien ... Er konnte sich nicht länger zurückhalten. Er öffnete die Augen. Gott sei Dank; noch dunkel; er war also noch in Sicherheit.

Und in dem Moment – lief ihm sein Herz davon. Es begann mit wahnsinniger Geschwindigkeit und mit wahnsinniger Kraft

zu klopfen, als wenn es versuchte, dem Brustkorb zu entfliehen. Es ließ seinen ganzen Körper zittern. Was machte es schon aus, ob er noch ein paar Stunden hatte, um sich auf seinem Bett herumzuwälzen, oder ob sich schon die Hitze des frühen Morgens unter den Rolläden zusammenbraute und die Zeit da war –
Ich komme ins Gefängnis.
Mit pochendem Herzen und offenen Augen wurde ihm nun schrecklich bewußt, daß er allein in seinem großen Bett lag. Wogen aus Seide hingen an den vier Ecken des Bettes von der Decke herunter. Mehr als $ 135 pro Meter hatte die Seide gekostet. Es war Judys innenarchitektonische Auffassung von einem königlichen Schlafgemach des achtzehnten Jahrhunderts. *Königlich!* Was für ein Hohn auf ihn das war, einen pulsierenden Klumpen aus Fleisch und Angst, der mitten in der Nacht sich in seinem Bett verkroch!
Ich komme ins Gefängnis.
Wenn Judy hier neben ihm gelegen hätte, wenn sie nicht im Gästeschlafzimmer zu Bett gegangen wäre, würde er die Arme um sie geschlungen und sie um nichts in der Welt mehr losgelassen haben. Er hätte sie so gern umarmt, sehnte sich danach – Und mit dem nächsten Atemzug: *Was würde das schon nützen?* Absolut gar nichts. Er würde sich dadurch nur noch schwächer und hilfloser fühlen. Ob sie schlief? Und wenn er in das Gästezimmer ginge? Sie schlief oft flach auf dem Rücken, wie eine liegende Statue, wie die Statue der ... Ihm fiel nicht ein, wessen Statue das war. Er sah den leicht gelblichen Marmor vor sich und die Falten des Tuches, das den Körper bedeckte – jemand Berühmtes, Geliebtes und Totes. Na ja, Campbell, am Ende des Korridors, schlief ganz sicher. Das wußte er. Er hatte in ihr Zimmer geschaut und sie sich eine Minute lang angesehen, als sähe er sie zum allerletztenmal. Sie schlief, die Lippen leicht geöffnet, während sie Leib und Seele rückhaltlos der Geborgenheit und dem Frieden ihres Zuhauses und ihrer Familie anvertraut hatte. Sie war fast sofort schlafen gegangen.

Nichts von dem, was er ihr gesagt hatte, war wirklich ... *Verhaftung ... Zeitungen ...* »Kommst du in die Geschichte?« ... Wenn er nur wüßte, was sie denkt! Angeblich nahmen Kinder Dinge über mehr Kanäle auf, als man dachte, über den Ton der Stimme, den Ausdruck des Gesichts ... Aber Campbell schien nur zu wissen, daß etwas Trauriges und Aufregendes passieren sollte, und daß ihr Vater unglücklich war. Vollkommen von der Welt isoliert ... im Busen der Familie ... die Lippen leicht geöffnet ... gleich am Ende des Korridors ... Um ihretwillen mußte er sich zusammenreißen. Und für den Augenblick tat er es jedenfalls. Sein Herzschlag wurde langsamer. So allmählich übernahm er wieder die Herrschaft über seinen Körper. Er würde stark sein für sie, wenn für niemanden sonst auf der Welt. *Ich bin ein Mann.* Wenn er kämpfen mußte, hatte er gekämpft. Er hatte im Dschungel gekämpft und gesiegt. Der rasende Moment, als er den Reifen nach der ... Bestie geworfen hatte ... Die Bestie lag auf dem Pflaster ausgestreckt ... *Henry!* ... Wenn er müßte, würde er wieder kämpfen. Wie schlimm konnte es schon werden?

Solange er gestern abend mit Killian gesprochen hatte, war er sich in Gedanken klar darüber gewesen. Es würde nicht so schlimm werden. Killian erläuterte jeden Schritt. Es war eine Formalität, keine angenehme Formalität, aber auch nicht so, als wenn man wirklich ins Gefängnis käme. Es wäre nicht wie eine normale Verhaftung. Killian würde dafür sorgen, Killian und sein Freund Fitzgibbon. Ein Kontrakt. Nicht wie eine normale Verhaftung, nicht wie eine normale Verhaftung; er klammerte sich an diesen Ausdruck: »Nicht wie eine normale Verhaftung«. Wie dann? Er versuchte sich vorzustellen, wie es sein würde, und ehe er es wußte, raste, floh, scheute und lief sein Herz aus Angst Amok.

Killian hatte es so eingerichtet, daß die beiden Kriminalbeamten, Martin und Goldberg, vorbeigefahren kämen und ihn gegen halb acht auf dem Weg zu ihrer Arbeit, der Acht-Uhr-

Frühschicht in der Bronx, in ihrem Wagen mitnähmen. Sie wohnten beide auf Long Island, fuhren jeden Tag in die Bronx, und würden einen Abstecher machen, vorbeikommen und ihn in der Park Avenue auflesen. Killian würde dasein, wenn sie ankämen und mit ihm in die Bronx rauffahren und dabei sein, wenn man ihn *verhaftete* – und das war eine *Sonderbehandlung*.

Im Bett liegend, an dessen vier Ecken Kaskaden aus Seide für $ 135 der Meter herabwallten, schloß er die Augen und versuchte, die Sache durchzudenken. Er würde in den Wagen mit den beiden Kriminalbeamten steigen, dem Kleinen und dem Dicken. Killian wäre bei ihm. Sie würden den FDR Drive zur Bronx hinauffahren. Die Kriminalbeamten würden ihn als erstes zum Zentralregister bringen, sobald die neue Schicht begann, und er würde erst diesen Prozeß durchlaufen, ehe die Verfahren des Tages in Gang kämen. Zentralregister – aber was war das? Gestern abend war das eine Bezeichnung gewesen, die Killian so unbefangen benutzt hatte. Aber jetzt, während er so dalag, merkte er, daß er keine Ahnung hatte, wie das aussehen würde. Den Prozeß durchlaufen – was für einen Prozeß? *Verhaftet zu werden!* Trotz allem, was Killian ihm erklärt hatte, war es unvorstellbar. Ihm würden die Fingerabdrücke abgenommen werden. *Wie denn?* Und seine Fingerabdrücke würden per Computer nach Albany übermittelt werden. Warum? Um sicherzugehen, daß nicht noch andere unerledigte Haftbefehle gegen ihn vorlägen. Aber sicherlich wußten sie das besser! Bis der Bericht von Albany per Computer zurückkäme, müßte er in den Arrestkäfigen warten. Käfige! Das war das Wort, das Killian immer wieder benutzte. *Käfige!* – Für welche Art Tiere? Als wenn Killian seine Gedanken erraten hätte, hatte er zu ihm gesagt, er solle sich nicht über Dinge Sorgen machen, die man über Gefängnisse läse. Der unausgesprochene Begriff war *homosexuelle Notzucht*. Die Käfige seien provisorische Zellen für Leute, die verhaftet wurden und auf die Vorführung vor dem

Haftrichter warteten. Da Verhaftungen in den frühen Morgenstunden selten seien, könne er dort durchaus ganz allein sein. Wenn der Bericht zurückkäme, würde er nach oben gehen, um vor dem Richter zu erscheinen. *Nach oben.* Was bedeutete das denn? Nach oben von wo? Er würde sich nicht schuldig bekennen und für eine Kaution von $ 10.000 freigelassen werden – morgen – in ein paar Stunden – wenn die Morgendämmerung das Licht unter dem Rolladen wärmt –

Ich komme ins Gefängnis, – als der Mann, der einen schwarzen Musterschüler überfuhr und sterbend zurückließ!

Sein Herz klopfte jetzt heftig. Sein Schlafanzug war schweißnaß. Er mußte aufhören zu denken. Er mußte seine Augen zumachen. Er mußte schlafen. Er versuchte, sich auf einen imaginären Punkt zwischen seinen Augen zu konzentrieren. Hinter seinen Lidern ... kleine Filme ... sich kräuselnde Formen ... zwei gepuffte Ärmel ... Sie verwandelten sich in ein Hemd, sein eigenes weißes Hemd. Nicht allzu gut, sagte Killian, weil die Arrestkäfige schmutzig sein könnten. Aber Anzug und Krawatte natürlich trotzdem, denn das war ja keine normale Verhaftung, keine normale Verhaftung ... Der alte blaugraue Tweedanzug, der aus England ... ein weißes Hemd, eine solide dunkelblaue Krawatte, oder vielleicht die mittelblaue mit den kleinen Pünktchen ... Nein, die dunkelblaue Krawatte, die wäre vornehm, aber nicht zu auffällig – *um ins Gefängnis zu gehen.*

Er öffnete die Augen. Die Seide wallte von der Decke herab. »Reiß dich zusammen!« Er sagte es laut. Bestimmt würde es nicht wirklich gleich passieren. *Ich komme ins Gefängnis.*

Gegen halb sechs, als das Licht unter dem Rolladen gelb wurde, gab Sherman den Gedanken an Schlaf oder auch nur an Ruhe auf und erhob sich. Zu seiner Überraschung fühlte er sich dadurch ein bißchen besser. Sein Herzschlag war schnell, aber er hatte die Panik unter Kontrolle. Es half, wenn man etwas tat, und wenn es nur das Duschen war und das Anziehen des blaugrauen Anzugs und der dunkelblauen Krawatte ... *meiner Gefängniskluft.* Das Gesicht, das er im Spiegel erblickte, sah nicht so müde aus, wie er sich fühlte. Das Yale-Kinn; er *wirkte* stark. Er wollte frühstücken und die Wohnung verlassen haben, ehe Campbell aufstand. Er war nicht sicher, ob er vor ihr tapfer genug sein könnte. Er wollte auch nicht mit Bonita sprechen müssen. Das wäre zu peinlich. Was Judy anging, so wußte er nicht, was er wollte. Er wollte nicht den Blick in ihren Augen sehen, nämlich den Blick von jemandem, der betrogen, aber auch entsetzt und verängstigt ist. Dennoch wollte er *seine Frau* bei sich haben. Und tatsächlich hatte er kaum ein Glas Orangensaft getrunken, da kam Judy in die Küche, angezogen und startklar für den Tag. Auch sie hatte nicht viel mehr geschlafen als er. Einen Augenblick später kam Bonita aus dem Dienstbotenflügel und machte sich schweigend an die Zubereitung des Frühstücks. Recht bald war Sherman froh, daß Bonita da war. Er wußte nicht, was er zu Judy sagen sollte, und wenn Bonita dabei war, würde er offenkundig nicht viel sagen können. Er konnte kaum was essen. Er trank drei Tassen Kaffee, weil er hoffte, sein Kopf werde davon klarer.

Um Viertel nach sieben rief der Portier an, um zu sagen, Mr. Killian sei unten. Judy ging mit Sherman hinaus in die Eingangshalle. Er blieb stehen und sah sie an. Sie versuchte ein aufmunterndes Lächeln, aber das verlieh ihrem Gesicht den Ausdruck schrecklicher Erschöpfung. Mit leiser, aber fester Stimme sagte sie: »Sherman, sei tapfer. Vergiß nicht, wer du bist.« Sie öffnete den Mund, als wolle sie noch etwas sagen, aber sie tat es nicht.

Und das war's! Das war alles, was sie tun konnte! Ich versuche, mehr in dir zu sehen, Sherman, aber es ist nichts weiter da als die Hülle, deine Würde!

Er nickte. Er bekam kein Wort heraus. Er drehte sich um und ging zum Fahrstuhl.

Killian stand unter dem Baldachin gleich vor der Haustür. Er trug einen grauen Anzug mit weißen Streifen, braune Wildlederschuhe, einen braunen Filzhut. (Wie kann er es wagen, so elegant zu sein am Tage meines Untergangs?) Die Park Avenue schwamm in aschigem Grau. Der Himmel war dunkel. Es sah aus, als würde es gleich regnen ... Sherman gab Killian die Hand und schritt den Gehweg fünf, sechs Meter weiter, um außer Hörweite des Portiers zu sein.

»Wie fühlen Sie sich?« fragte Killian. Er fragte so, wie man einen Kranken fragt.

»Prima«, sagte Sherman mit einem verdrießlichen Lächeln.

»Es wird nicht so schlimm werden. Ich habe gestern abend noch mal mit Bernie Fitzgibbon telefoniert, nachdem ich mit Ihnen gesprochen hatte. Er wird Sie da so schnell wie möglich durchschleusen. Der verfluchte Weiss hat 'n nassen Finger im Wind. Dieser ganze Rummel in der Öffentlichkeit hat ihm 'n Schrecken eingejagt. Sonst würde nicht mal 'n Idiot wie er das tun.«

Sherman schüttelte einfach den Kopf. Er war weit darüber hinaus, über die Geistesart von Abe Weiss Vermutungen anzustellen. *Ich komme ins Gefängnis!*

Aus den Augenwinkeln sah Sherman neben ihnen einen Wagen halten, und dann erkannte er den Kriminalbeamten Martin am Steuer. Der Wagen war ein relativ neuer zweitüriger Oldsmobile Cutlass, und Martin trug Jackett und Schlips, und so kam der Portier vielleicht nicht hinter die Sache. Oh, sie würden es schnell genug erfahren, alle Portiers und Matronen und Geldverwalter und Komplementäre und Wertpapierhändler und leitenden Regierungsbeamten und alle ihre Privatschulkinder und Kindermädchen und Erzieherinnen und Wirtschafterinnen, alle Bewohner dieser gesellschaftlichen Festung. Aber daß jemand sehen könnte, wie er *von der Polizei abgeführt* wurde, war mehr, als er ertrug.

Der Wagen hatte gerade weit genug von der Haustür entfernt

gehalten, daß der Portier nicht herauskam. Martin stieg aus, machte die Tür weit auf und zog den Sitz nach vorn, so daß Sherman und Killian auf die Rücksitze gelangen konnten. Martin lächelte Sherman an. *Das Lächeln des Folterknechts!*

»He, Herr Anwalt!« sagte Martin zu Killian. Ebenfalls sehr fröhlich. »Bill Martin«, sagte er und streckte seine Hand aus, und er und Killian begrüßten sich.

»Bernie Fitzgibbon hat mir erzählt, Sie hätten zusammen gearbeitet.«

»O yeah«, sagte Killian.

»Bernie is 'n toller Hecht.«

»Schlimmer als das. Ich könnte Ihnen 'n paar Geschichten erzählen.«

Martin gluckste in sich hinein, und Sherman fühlte seine Aussichten leicht steigen. Killian kannte diesen Fitzgibbon, der der Leiter des Morddezernats in der Bronxer Staatsanwaltschaft war, und Fitzgibbon kannte Martin, und jetzt kannte Martin auch Killian ... und Killian – Killian war sein Beschützer! ... Kurz bevor Sherman sich bückte, um auf den Rücksitz zu klettern, sagte Martin: »Passen Sie auf Ihre Sachen da hinten auf. Da liegen diese Scheiß – 'tschuldigen Se mein Französisch – Styropor-Erdnüsse rum. Mein Junge hat 'ne Schachtel aufgemacht, und diese weißen Winzkugeln, in die sie die Sachen einpacken, sind da überall verstreut, und sie bleiben an den Kleidern hängen und an allen andern gottverdammten Sachen.«

Als er sich bückte, sah Sherman den Dicken mit dem Schnurrbart, Goldberg, auf dem Beifahrersitz. Er hatte ein noch breiteres Lächeln im Gesicht.

»Sherman.« Er sagte es, wie man Hallo oder Guten Morgen sagen würde. Sehr freundlich. Und die ganze Welt erstarrte, tiefgefroren. *Mein Vorname!* Ein Diener ... ein Sklave ... ein Gefangener ... Sherman sagte nichts. Martin stellte Killian Goldberg vor. Noch mehr fröhliche Verhaftungsplauderei.

Sherman saß hinter Goldberg. Es lagen tatsächlich überall

diese weißen Styropor-Verpackungskügelchen herum. Zwei klebten an Shermans Hosenbeinen. Eins lag praktisch auf seinem Knie. Er nahm es weg und hatte Mühe, es von seinem Finger abzukriegen. Er spürte noch eins unter sich und fing an, danach herumzuangeln.

Sie waren kaum losgefahren und rollten die Park Avenue hinauf in Richtung Sechsundneunzigste Straße und Einfahrt zum FDR Drive, als Goldberg sich auf seinem Sitz herumdrehte und sagte: »Wissen Sie, ich hab 'ne Tochter auf der High School, und sie liest sehr gern, und sie hat so 'n Buch gelesen, und dieser Laden, für den Sie arbeiten – Pierce & Pierce, ja? – der kam drin vor.«

»Ach ja?« brachte Sherman heraus. »Was war das für ein Buch?«

»Ich glaube, es hieß ›Murder Mania‹. So ähnlich.«

Murder Mania? Das Buch hieß »Merger Mania«. Versuchte er, ihn mit irgendeinem abscheulichen Witz zu quälen?

»Murder Mania!« sagte Martin. »Mann Gottes, Goldberg, es heißt ›*Mer-ger Mania*‹.« Dann über die Schulter zu Killian und Sherman: »Toll, wenn man 'n Intellektuellen als Kollegen hat.« Zu seinem Kollegen: »Wie sieht 'nn 'n Buch aus, Goldberg? Rund oder dreieckig?«

»Ich zeig dir gleich wie«, sagte Goldberg und streckte ihm den Mittelfinger seiner rechten Hand hin. Dann drehte er sich wieder zu Sherman um: »Jedenfalls hat ihr das Buch wirklich gefallen, und sie geht erst zur High School. Sie sagt, sie möchte an der Wall Street arbeiten, wenn sie mit dem College fertig ist. Jedenfalls sind das diese Woche ihre Pläne.«

Dieser Goldberg also auch! Dieselbe abscheuliche, unverschämte Sklavenhalter-Freundlichkeit! Jetzt sollte er die beiden wohl *mögen!* Jetzt, wo das Spiel vorbei war und er verloren hatte und er ihnen gehörte, sollte er ihnen nichts übelnehmen.

Er sollte sie bewundern. Sie hatten ihre Greifhaken in einen Wall-Street-Investmentbanker geschlagen, und was war er jetzt? Ihr Fang! Ihre Beute! Ihr preisgekröntes Tier! In einem Oldsmobile Cutlass! *Die Bestien* aus den Außenbezirken – die Sorte Leute, die man auf der Achtundfünfzigsten oder Neunundfünfzigsten Straße in Richtung Queensboro Bridge herumlaufen sah – fette junge Männer mit herabhängenden Schnurrbärten, wie Goldberg ... und jetzt gehörte er ihnen.

An der Dreiundneunzigsten Straße half ein Portier einer alten Frau aus der Tür auf den Gehweg. Sie trug einen Karakalmantel. Es war einer dieser sehr konventionellen schwarzen Pelzmäntel, die man nirgendwo mehr sah. Ein langes, glückliches, isoliertes Leben in der Park Avenue! Herzlos würden die Park Avenue, le tout New York ihr alltägliches Leben fortsetzen.

»Na schön«, sagte Killian zu Martin, »verständigen wir uns noch mal genau darüber, was wir jetzt machen. Wir gehen beim Eingang Hunderteinundsechzigste Straße rein, ja? Und dann gehen wir von da runter, und Angel bringt Sherman – Mr. McCoy – direkt zum Abnehmen der Fingerabdrücke. Angel ist doch noch da?«

»Yeah«, sagte Martin, »er ist noch da, aber wir sollen an der Seite reingehen, durch die Außentür zum Zentralregister.«

»Wieso?«

»Das sind meine Anweisungen. Der zuständige Polizeihauptmann wird dort sein, und die Presse wird dort sein.«

»Die *Presse!*«

»Genau. Und wir müssen ihm Handschellen anlegen, bis wir dort sind.«

»Versucht ihr mich reinzulegen? Ich hab gestern abend mit Bernie gesprochen. Er hat mir sein Wort gegeben. Daß es keine Scheiße geben wird.«

»Von Bernie weiß ich nichts. Das hier ist Abe Weiss. Das ist die Art, wie Weiss es haben will, und ich habe meine Anweisungen direkt vom zuständigen Polizeihauptmann. Diese Verhaftung soll streng nach Vorschrift ablaufen. Sie haben doch eh schon 'n Riesendusel. Wissen Sie, wovon die Rede war, ja? Sie wollten die Scheißpresse zu seiner Wohnung bringen und ihn da festnehmen.«

Killian sah Martin finster an. »Wer hat Ihnen die Anweisungen gegeben?«

»Polizeihauptmann Crowther.«

»Wann?«

»Gestern abend. Er rief mich zu Hause an. Hören Sie zu, Sie kennen Weiss. Was soll ich Ihnen sagen?«

»Das ... ist ... nicht ... recht«, sagte Killian. »Ich hatte Bernies Wort. Das hier ... ist ... absolut nicht ... in Ordnung. So dreht man solche Sachen nicht. Das ... ist ... nicht ... recht.«

Martin und Goldberg wandten sich um und sahen ihn an.

»Das werde ich nicht vergessen«, sagte Killian, »es macht mich nicht froh.«

»Ayyyyy ... wasdenn wasdenn«, sagte Martin. »Geben Sie nicht uns die Schuld, denn uns ist es egal, ob's so oder so gemacht wird. Das Hühnchen müssen Sie mit Weiss rupfen.«

Sie waren jetzt auf dem FDR Drive und steuerten nach Norden auf die Bronx zu. Es hatte angefangen zu regnen. Der Morgenverkehr staute sich bereits auf der anderen Seite des Geländers, das den Expressway teilte, aber auf dieser Seite der Straße hielt sie nichts zurück. Sie näherten sich einer Fußgängerbrücke, die sich von Manhattan her über den Fluß zu einer Insel draußen in der Mitte des Stromes spannte. Die Konstruktion war in den siebziger Jahren in einem Anfall von Euphorie leuchtend lilarot gestrichen worden. Der falsche Optimismus deprimierte Sherman tief.

Ich komme ins Gefängnis!

Goldberg reckte sich wieder herum. »Hören Sie«, sagte er, »es tut mir leid, aber ich muß Ihnen die Handschellen anlegen. Ich kann nicht damit rumfummeln, wenn wir da ankommen.«

»Das ist reine Schikane«, sagte Killian. »Das wissen Sie hoffentlich.«

»Es ist Gesetz!« sagte Goldberg traurig. The lawwwr. Er hängte ein R hinten an law an. »Wenn man jemanden wegen eines Verbrechens verhaftet, muß man Handschellen anlegen. Ich gebe zu, daß ich's manchmal nicht gemacht habe, aber der Scheißpolizeihauptmann wird da sein.«

Goldberg hielt seine rechte Hand in die Höhe. Ein Paar Handschellen baumelten daran. »Geben Sie mir Ihre Handgelenke«, sagte er zu Sherman. »Das können wir schon mal hinter uns bringen.«

Sherman blickte Killian an. Die Muskeln an Killians Unterkiefer traten hervor. »Ja, machen Sie's!« sagte er zu Sherman mit dem scharfen Nachdruck, der zu verstehen gab: Irgend jemand *bezahlt* dafür!

Martin sagte: »Ich sag Ihn was. Warum ziehn Sie Ihr Jackett nich aus. Er fesselt Sie vorn statt hinten, da könn Se sich das Jackett über die Handgelenke legen, und da könn Se die Scheißhandschellen nich mal mehr sehn.«

So wie er das sagte, war es, als seien sie alle vier Freunde, als hielten sie alle zusammen gegen ein unfreundliches Geschick. Und einen Moment lang fühlte Sherman sich tatsächlich besser. Er kämpfte sich aus seinem Tweedjackett. Dann beugte er sich nach vorn und steckte seine Hände durch die Lücke zwischen den beiden Vordersitzen.

Sie fuhren über eine Brücke ... vielleicht die Willis Avenue Bridge ... er wußte nicht genau, welche Brücke es war. Er wußte nur, es war eine Brücke, und sie führte über den Harlem River, weg von Manhattan. Goldberg ließ die Handschellen um seine Gelenke schnappen. Sherman sank in den Sitz zurück und blickte nach unten, und da saß er nun, in Fesseln.

Der Regen prasselte stärker herunter. Sie gelangten an die andere Seite der Brücke. Da war sie also, die Bronx. Es war wie in einem alten, verfallenen Teil von Providence, Rhode Island. Man sah ein paar wuchtige, aber niedrige Gebäude, rußig und verwahrlost, und breite, trostlose schwarze Straßen, die an Hügeln hinauf und hinunter führten. Martin fuhr über eine Rampe auf eine andere Schnellstraße.

Sherman langte nach rechts, um sein Jackett hochzunehmen und sich über die Handschellen zu legen. Als er merkte, daß er beide Hände bewegen mußte, um nach dem Jackett zu greifen, und die Handschellen durch die Anstrengung in seine Handgelenke schnitten, ging eine Flut der Erniedrigung ... und *Scham* ... über ihn weg. Das war er selber, dieses Ich, das in einer einzigartigen, unantastbaren und unerforschlichen Schmelze im Zentrum seines Inneren existierte und jetzt in Fesseln lag ... in der Bronx ... Sicher war das eine Halluzination, ein Alptraum, ein Streich des Gedächtnisses, und er würde eine durchscheinende Schicht zurückziehen ... und ... Der Regen kam heftiger herab, die Scheibenwischer schrubbten vor den beiden Polizisten hin und her.

Mit den angelegten Handschellen konnte er das Jackett nicht über seine Handgelenke legen. Es bauschte sich unentwegt nach oben. Darum half Killian ihm. Es klebten drei oder vier Styropor-Erdnüsse an der Jacke. Und zwei an seinen Hosenbeinen. Er konnte mit den Fingern unmöglich hinlangen. Vielleicht Killian ... Aber was machte es schon?

Vor ihnen rechts ... das Yankee Stadion! ... Ein Rettungsanker. Etwas, an dem man sich festhalten konnte. Er war schon im Yankee Stadion gewesen. Zu Spielen der US-Meisterschaft, sonst nicht ... Trotzdem, er war schon dagewesen! Es gehörte zu einer heilen und ordentlichen Welt! Es war nicht dieser ... Kongo!

Der Wagen fuhr eine Rampe hinunter und verließ den Expressway. Die Straße führte um den Sockel des riesigen Stadion-Ovals herum. Es war keine zehn Meter entfernt. Ein dicker Mann mit weißem Haar und einer New-York-Yankees-Trainingsjacke stand vor einer Tür, die wie eine kleine Bürotür aussah. Sherman war zu den Meisterschaftsspielen mit Gordon Schoenburg dort gewesen, dessen Firma für die Saison Logenplätze hatte, und Gordon hatte zwischen dem fünften und sechsten Inning ein Picknickabendbrot aus einem dieser Picknickweidenkörbe serviert, die mit diesen Fächern und Chromstahlutensilien ausgestattet sind, und er hatte allen Sauerteigbrot und Pâté und Kaviar gereicht, was ein paar Trunkenbolde in Rage gebracht hatte, die das von dem Gang hinter der Loge aus sahen und ein paar sehr beleidigende Sachen sagten, wobei sie immerzu ein Wort wiederholten, das sie Gordon hatten sagen hören. Das Wort war »really«, wirklich, das sie immer und immer wieder als »rilly« wiederholten. »Oh, rilly?« sagten sie. »Oh, rilly?« Es war fast so, als beschimpften sie Gordon als Tunte, und Sherman erinnerte sich die ganze Zeit daran, obwohl niemand hinterher darüber sprach. Diese Beleidigung! Diese sinnlose Feindseligkeit! Dieser Haß! Martin und Goldberg! Sie waren alle Martins und Goldbergs!

Dann bog Martin in eine sehr breite Straße ein, und sie fuhren unter irgendwelchen überirdischen U-Bahn-Trassen hindurch und einen Hügel hinauf. Auf dem Bürgersteig sah man überwiegend schwarze Gesichter, die durch den Regen hasteten. Sie sahen alle so düster und durchgeweicht aus. Eine Menge grauer, baufälliger kleiner Läden, wie man sie in ganz Amerika in den verfallenen Geschäftsvierteln von Städten wie Chicago, Akron, Allentown sehen kann ... Die Daffyteria, das Snooker Deli, Korn Luggage, B&G Davidoff Travel & Cruise ...

Die Scheibenwischer schoben die Regenmassen zur Seite. Auf dem Gipfel des Hügels stand ein imposantes Kalksteingebäude, das einen ganzen Block einzunehmen schien, die Sorte monumentaler Gebäude, wie man sie im Distrikt Columbia sehen kann. Schräg gegenüber hing an der Seite eines niedrigen Bürohauses ein riesiges Schild, auf dem stand: ANGELO COLON, U.S. CONGRESS. Sie fuhren über den Gipfel des Hügels. Was Sherman am Abhang auf der anderen Seite sah, schockierte ihn. Es war nicht nur baufällig und aufgeweicht, sondern zerstört, wie nach einer Katastrophe. Auf der rechten Seite war ein ganzer Block nichts als ein tiefes Loch im Boden, mit einem Maschendrahtzaun ringsherum und zerfledderten Trompetenbäumen, die hier und da aus der Erde ragten. Zuerst hielt er das Ganze für eine Müllhalde. Dann erkannte er, daß es ein Parkplatz war, eine weitflächige Grube für Personenwagen und Lkw, offensichtlich ungepflastert. Drüben auf der linken Seite stand ein neues Gebäude, modern im billigen Sinne des Wortes, das im Regen vollkommen trübsinnig aussah.

Martin hielt und wartete den entgegenkommenden Verkehr ab, um links abzubiegen.

»Was ist das?« fragte Sherman Killian und deutete mit dem Kopf auf das Gebäude.

»Das Kriminalgericht.«

»Ist es das, wo wir hinfahren?« Killian nickte, dann blickte er starr geradeaus. Er wirkte verkrampft. Sherman fühlte, wie sein Herz sich ins Zeug legte. Ab und an begann es zu rasen.

Statt vor dem Gebäude zu halten, fuhr Martin an der einen Seite eine Schräge hinunter. Dort, in der Nähe einer schäbigen kleinen Eisentür, stand eine Menschenschlange, und dahinter erkannte man einen wild gemischten Haufen von Leuten, dreißig oder vierzig, die meisten weiß, die sich unter dem Regen duckten, in Ponchos, Thermojacken, schmutzige Regenmäntel gehüllt. Eine Wohlfahrtsstation, dachte Sherman. Nein, eine Suppenküche. Sie sahen aus wie die Leute, die er bei der Kirche an der Madison Avenue Ecke Einundsiebzigste Straße nach den Armenspeisungen hatte anstehen sehen. Aber dann wandten alle ihre verzweifelten, erschöpften Blicke wie auf ein Kommando dem Wagen zu – *ihm* zu –, und mit einem Schlag sah er auch die Kameras.

Der Menschenhaufen schien sich zu schütteln wie ein riesiger, dreckiger, am Boden liegender Hund und stürmte auf den Wagen los. Einige rannten, und er konnte Fernsehkameras sehen, die auf und nieder ruckten.

»Himmelherrgott«, sagte Martin zu Goldberg. »Steig aus und

halt die Tür auf, sonst kriegen wir ihn niemals auch nur aus dem Auto raus.«

Goldberg sprang raus. Im selben Moment waren die struppigen, durchnäßten Leute überall. Sherman konnte nicht mehr das Gebäude sehen. Er sah nur die Menschenmasse, die sich um den Wagen schloß.

Killian sagte zu Sherman: »Hören Sie zu. Sie sagen nichts. Sie lassen keine wie auch immer geartete Gemütsbewegung erkennen. Sie verdecken nicht Ihr Gesicht, und Sie lassen Ihren Kopf nicht hängen. Sie wissen überhaupt nicht, daß die Leute da sind. Sie können sich gegen diese Arschlöcher nicht durchsetzen, also versuchen Sie's erst gar nicht. Lassen Sie erst mich aussteigen.«

Zack! – Irgendwie schwang Killian beide Füße über Shermans Knie und rollte über ihn weg, alles in einer einzigen Bewegung. Seine Ellenbogen stießen gegen Shermans gekreuzte Hände und bohrten ihm die Handschellen in den Unterleib. Shermans Tweedjackett bauschte sich über seinen Händen nach oben. Es hingen fünf oder sechs Styropor-Erdnüsse an dem Jackett, aber es gab nichts, was er dagegen tun konnte. Die Wagentür stand offen, und Killian war draußen. Goldberg und Killian streckten ihm ihre Hände entgegen. Sherman schwenkte die Füße nach draußen. Killian, Goldberg und Martin hatten um die Tür herum mit ihren Körpern eine Mauer gebildet. Die Menge der Reporter, Fotografen und Kameraleute umringte sie. Leute schrien. Zuerst dachte er, es sei ein Handgemenge. Sie versuchten, ihn zu *fassen!* Killian langte unter Shermans Jacke und zog ihn an den Handschellen nach oben. Jemand hielt eine Kamera über Killians Schulter Sherman ins Gesicht. Er duckte sich. Als er nach unten blickte, sah er, daß fünf, sechs, sieben, weiß der Teufel wie viele Styropor-Erdnüsse an seinen Hosenbeinen klebten. Sie hingen überall an seinem Jackett und der Hose. Der Regen rann ihm über Stirn und Wangen. Er wollte sich gerade das Gesicht abwischen, als ihm klar wurde, daß er dazu beide Hände und das Jackett heben müßte, und er wollte sie nicht seine Handschellen sehen lassen. Und so rann das Wasser einfach an ihm herab. Er fühlte, wie es in seinen Hemdkragen drang. Wegen der Handschellen waren seine Schultern nach vorn gezogen. Er versuchte die Schultern zurückzunehmen, aber da zerrte ihn Goldberg plötzlich an einem Ellenbogen vorwärts. Er versuchte ihn durch das Gefühl zu bugsieren.

»Sherman!«
»Hier drüben, Sherman!«
»He, Sherman!«

Sie schrien alle *Sherman!* Seinen Vornamen! Er gehörte auch *ihnen!* Diese Blicke in ihren Gesichtern! Diese mitleidlose Aggression! Sie drängten ihm ihre Mikrofone entgegen. Jemand fetzte in Goldberg hinein und stieß ihn nach hinten gegen Sherman. Eine Kamera tauchte über Goldbergs Schulter auf. Goldberg schwenkte Ellenbogen und Unterarm mit ungeheurer Wucht nach vorn, man hörte etwas *tampf* machen, und die Kamera fiel zu Boden. Den anderen Arm hatte Goldberg noch immer in Shermans Ellenbogen eingehakt. Der Schwung von Goldbergs Schlag zog Sherman aus dem Gleichgewicht. Er machte einen Schritt zur Seite, und sein Fuß landete auf dem Bein eines Mannes, der sich am Boden krümmte. Es war ein kleiner Mann mit dunklem, kruseligem Haar. Goldberg trat ihm obendrein in den Unterleib. Der Mann machte *Uuuuuuuhahhh.* »He, Sherman! He, du Scheißkerl!«

Entsetzt blickte Sherman zu der Seite hinüber. Es war ein Fotograf. Die Kamera verdeckte die Hälfte seines Gesichts. Auf der anderen Hälfte klebte ein Stück Papier. *Toilettenpapier.* Sherman sah, wie sich die Lippen des Mannes bewegten. »Genau so, du Scheißkerl, guck genau hierher!«

Martin stand einen Schritt vor Sherman und versuchte, den Weg freizumachen. »Durchlassen! Durchlassen! Aus dem Weg!«

Killian packte Sherman am anderen Ellenbogen und versuchte ihn, von dieser Seite zu schützen. Doch jetzt wurden seine beiden Ellenbogen nach vorn gezogen, und er merkte, wie er vorwärts watschelte, durchnäßt, mit gebeugten Schultern. Er konnte den Kopf nicht oben halten.
»Sherman!« Eine Frauenstimme. Ein Mikrofon war in seinem Gesicht. »Sind Sie schon jemals zuvor verhaftet worden?«
»He, Sherman! Wie werden Sie plädieren?«
»Sherman! Wer ist die Brünette?«
»Sherman! Haben Sie ihn absichtlich überfahren?«
Sie steckten die Mikrofone zwischen Killian und Martin und zwischen Martin und Goldberg durch. Sherman versuchte, den Kopf aufrecht zu halten, aber eines der Mikrofone stieß ihm gegen das Kinn. Er fuhr unentwegt erschreckt zusammen. Jedesmal, wenn er nach unten guckte, sah er die weißen Styropor-Erdnüsse an dem Jackett und an den Hosen.
»He, Sherman! Dreckskerl! Gefällt dir diese Cocktailparty?«
Diese Beschimpfungen! Sie kamen von den Fotografen. Alles, um ihn zu veranlassen, in ihre Richtung zu blicken, aber – diese Beleidigungen! Dieser Unflat! Es war nichts zu gemein, um ihn nicht damit zu beleidigen. Er gehörte jetzt ... ihnen! Ihr Geschöpf! Er war ihnen zum Fraß vorgeworfen worden! Sie konnten mit ihm tun, was sie wollten! Er haßte sie – aber er *schämte* sich so. Der Regen lief ihm in die Augen. Er konnte nichts dagegen tun. Sein Hemd war klatschnaß. Sie kamen nicht mehr vorwärts. Die kleine Eisentür war nicht weiter als sieben Meter entfernt. Eine Menschenschlange drängte sich vor ihnen. Es waren keine Reporter, Fotografen oder Kameraleute. Einige von ihnen waren Polizisten in Uniform. Einige schienen Latinos zu sein, überwiegend junge Männer. Dann sah man da ein paar Weiße ... Wracks ... Säufer ... aber nein, sie trugen Dienstabzeichen. Es waren Polizisten. Alle standen sie im Regen. Sie waren triefend naß. Martin und Goldberg drängten jetzt gegen die Latinos und die Polizisten vor, Killian und Sher-

man immer dicht hinter ihnen. Goldberg und Killian hielten Sherman noch immer an den Ellenbogen fest. Die Reporter und Kameraleute machten sich wieder von der Seite und von hinten an ihn heran. »Sherman! He! Geben Sie uns eine Erklärung ab!«

»Bloß ein Schnappschuß!«

»He, Sherman! Warum ham Se'n überfahren?«

»... Park Avenue! ...«

»... absichtlich! ...«

Martin drehte sich um und sagte zu Goldberg: »Mann Gottes, sie haben eben in der Sozialstation oben an der Hundertsiebenundsechzigsten 'ne Razzia gemacht. Hier stehen zwölf scheißvollgedröhnte Carambas in der Schlange und warten, daß sie ins Zentralregister kommen!«

»Na, fabelhaft«, sagte Goldberg.

»Hören Sie zu«, sagte Killian, »Sie müssen ihn jetzt sofort hier reinbringen. Reden Sie mit Crowther, wenn Sie das müssen, aber schaffen Sie ihn rein.«

Martin wühlte sich durch die Menge, war aber gleich wieder zurück.

»Zwecklos«, sagte Martin und schüttelte entschuldigend den Kopf. »Er sagt, das hier muß streng nach Vorschrift ablaufen. Er muß in der Schlange warten.«

»Das ist ein großer Fehler«, sagte Killian.

Martin zog die Augenbrauen hoch. (Ich weiß, ich weiß, aber was soll ich machen?)

»Sherman! Wie wär's mit 'ner Erklärung!«

»Sherman! He, du Fotzengesicht!«

»*Okay!*« Es war Killian, der das schrie. »Sie wollen eine Erklärung? Mr. McCoy wird keine Erklärung abgeben. Ich bin sein Anwalt, und ich werde eine Erklärung abgeben.«

Stärkeres Geschiebe und Gerempele. Die Mikrofone und Kameras richteten sich jetzt auf Killian.

Sherman stand genau hinter ihm. Killian ließ Shermans Ellenbogen los, aber Goldberg hielt ihn am anderen fest.

Jemand schrie: »Wie heißen Sie?«
»Thomas Killian.«
»Wie wird das geschrieben?«
»K-I-L-L-I-A-N. Okay? Das hier ist eine *Zirkusverhaftung!* Mein Mandant war jederzeit bereit, vor der Grand Jury zu erscheinen, um sich den Beschuldigungen, die gegen ihn erhoben werden, zu stellen. Statt dessen ist unter absolutem Bruch einer Vereinbarung zwischen der Staatsanwaltschaft und meinem Mandanten diese Zirkusverhaftung inszeniert worden.«
»Was hat er in der Bronx gemacht?«
»Das ist die Erklärung, und zwar die ganze Erklärung.«
»Wollen Sie damit sagen, er ist unschuldig?«
»Mr. McCoy weist die Beschuldigungen sämtlich zurück, und diese unerhörte Zirkusverhaftung hier hätte nie gestattet werden dürfen.«
Die Schultern von Killians Anzug waren durchweicht. Der Regen war durch Shermans Hemd gedrungen, und er fühlte das Wasser an der Haut.
»*Mira! Mira!*« Einer von den Latinos sagte unentwegt dieses Wort: »*Mira!*«
Sherman stand da, die gebeugten Schultern durchnäßt. Er fühlte, wie das triefende Jackett auf seinen Handgelenken lastete. Über Killians Schulter hinweg sah er ein Gewirr aus Mikrofonen. Er hörte die Kameras weiterwimmern. Das schreckliche Feuer in ihren Gesichtern! Er wollte sterben. Er hatte sich noch nie zuvor wirklich gewünscht zu sterben, obwohl er, wie viele andere Menschen, mit dem Gefühl gespielt hatte. Nun wünschte er sich aufrichtig, daß Gott oder der Tod ihn erlösen möge. So grauenhaft war das Gefühl, und dieses Gefühl war schlicht und einfach eine tödliche Scham.
»Sherman!«
»Arschloch!«
Und dann war er tot, so tot, daß er nicht einmal mehr sterben konnte. Er hatte nicht einmal mehr die Willenskraft umzufal-

len. Die Reporter und Kameraleute und Fotografen – diese gemeinen Beleidigungen! Immer noch da, keinen Meter entfernt! –, sie waren die Maden und die Fliegen, und in ihm hatten sie das tote Tier gefunden, auf dem sie herumkrochen und in dem sie herumwühlten.

Killians sogenannte Erklärung hatte sie nur für einen Augenblick abgelenkt. Killian, der angeblich seine Beziehungen hatte und sicherstellen würde, daß das keine normale Verhaftung war! Es *war* keine normale Verhaftung. Es war der *Tod.* Jedes bißchen Ehre, Achtung und Würde, das er, eine Kreatur namens Sherman McCoy, jemals mochte besessen haben, war ihm genommen, *einfach so,* und es war seine tote Seele, die jetzt hier im Regen stand, in Handschellen, in der Bronx, vor einer schäbigen kleinen Eisentür, am Ende einer Schlange von einem Dutzend anderer Gefangener. Die Maden nannten ihn *Sherman.* Sie saßen ihm direkt auf der Haut.

»He, Sherman!«

»Wie wollen Sie plädieren, Sherman!«

Sherman blickte starr geradeaus. Killian und die beiden Kriminalbeamten, Martin und Goldberg, versuchten weiterhin, Sherman vor den Maden zu schützen. Ein Fernsehkameramann rückte heran, ein fetter Kerl. Die Kamera saß auf seiner Schulter wie ein Granatwerfer.

Goldberg drehte sich dem Mann zu und brüllte: »Nimm das Scheißding aus meinem Gesicht.«

Der Kameramann zog sich zurück. Wie merkwürdig! Wie absolut hoffnungslos! Goldberg war jetzt sein Beschützer. Er war Goldbergs Kreatur, sein Tier. Goldberg und Martin hatten ihr Tier herangeschafft, und jetzt waren sie entschlossen, dafür zu sorgen, daß es geschlachtet wurde.

Killian sagte zu Martin: »Das hier ist nicht recht. Sie müssen irgendwas unternehmen.«

Martin zuckte die Achseln. Dann sagte Killian in tiefem Ernst: »Mein Schuhe geben ihren Scheißgeist auf.«

»Mr. McCoy.«

Mr. McCoy. Sherman drehte den Kopf herum. Ein langer, blasser Mann mit langen blonden Haaren stand in der vordersten Reihe einer Schar Reporter und Kameraleute.

»Peter Fallow von ›The City Light‹«, sagte der Mann. Er hatte einen englischen Akzent, einen Akzent, der so outriert war, daß er wie die Parodie eines englischen Akzents klang. Wollte er ihn verhöhnen? »Ich habe Sie mehrere Male angerufen. Ich würde sehr gern *Ihre* Ansicht zu alldem hören.«

Sherman drehte sich weg ... Fallow, sein fanatischer Peiniger von »The City Light« ... Überhaupt keine Bedenken, zu ihm zu kommen und sich vorzustellen ... natürlich nicht ... sein Opfer war tot ... Er hätte ihn hassen sollen, und dennoch konnte er es nicht, weil er sich selbst so viel mehr verabscheute. Er war sogar für sich selber tot.

Schließlich hatten alle Gefangenen, die bei der Razzia in der Sozialstation verhaftet worden waren, die Tür passiert, und Sherman, Killian, Martin und Goldberg standen direkt davor.

»Okay, Herr Anwalt«, sagte Martin zu Killian, »wir übernehmen ihn von hier an.«

Sherman sah Killian flehend an. (Sie kommen doch sicher mit rein!) Killian sagte: »Ich bin oben, wenn Sie zur Anklagevernehmung raufgebracht werden. Machen Sie sich um nichts irgendwelche Sorgen. Nur: Geben Sie keine Erklärungen ab, sprechen Sie nicht über den Fall, auch nicht mit irgend jemandem in den Käfigen, *besonders* mit niemandem in den Käfigen.«

In den Käfigen! Mehr Geschrei hinter der Tür.

»Wie lange wird das dauern?« fragte Sherman.

»Ich weiß es nicht genau. Diese Burschen da sind noch vor Ihnen dran.« Dann sagte er zu Martin: »Hören Sie zu. Machen Sie das Richtige. Sehen Sie zu, ob Sie ihn nicht vor diesem Pack zum Abnehmen der Fingerabdrücke durchkriegen können. Ich meine, Herr du meine Güte.«

»Ich versuch's«, sagte Martin, »aber ich habe es Ihnen schon gesagt. Aus irgendeinem Grund wollen sie das hier Schritt für Schritt.«

»Yeah, aber ihr seid uns was schuldig«, sagte Killian. »Ihr seid uns sehr viel schuldig ...« Er hielt inne. »Tun Sie einfach das Richtige.«

Plötzlich zog Goldberg Sherman am Ellenbogen. Martin stand direkt hinter ihm. Sherman drehte sich um, um Killian im Auge zu behalten. Killians Hut war so naß, daß er schwarz aussah. Sein Schlips und die Schultern seines Anzugs waren klatschnaß. »Keine Sorge«, sagte Killian. »Es geht alles in Ordnung.«

An der Art, wie Killian das sagte, erkannte Sherman, daß sein Gesicht das Abbild reiner Verzweiflung sein mußte. Dann schloß sich die Tür; kein Killian mehr. Sherman war von der Welt abgeschnitten. Er hatte gedacht, er spüre keine Angst mehr, nur noch Verzweiflung. Aber er spürte die Angst wieder in jedem Winkel seines Innern. Sein Herz begann zu pochen. Die Tür war zu, und er war in dem Reich von Martin und Goldberg in der Bronx verschwunden.

Er befand sich in einem großen, niedrigen Raum, der in Kabinen unterteilt war, von denen einige Glasfenster hatten, wie die Innenfenster in einem Sendestudio. Fenster nach draußen gab es nicht. Helles elektrisches Licht füllte den Raum. Uniformierte liefen herum, aber sie trugen nicht alle die gleiche Uniform. Zwei Männer mit auf dem Rücken gefesselten Händen standen vor einem hohen Pult. Zwei junge Männer in abgerissenen Klamotten standen neben ihnen. Einer von den Gefangenen drehte sich um, erblickte Sherman und stieß den anderen an, und der drehte sich um und sah Sherman an, und dann lachten beide. Von der Seite her hörte Sherman den gleichen Ruf wie draußen; ein Mann, der »Mira! Mira!« schrie. Man hörte gackerndes Lachen, dann das laute Furzen von jemandem, der seine Notdurft verrichtete. Eine tiefe Stimme sagte: »Yaggh. Schweinerei.«

Ein anderer sagte: »Okay, hol sie da raus. Spritz das mit 'm Schlauch weg.«

Die beiden Männer in Lumpen beugten sich hinter den Gefangenen vor. Hinter dem Pult saß ein riesenhafter Polizist mit einem vollkommen kahlen Schädel, einer großen Nase und vorstehendem Unterkiefer. Er schien mindestens sechzig zu sein. Die Männer in Lumpen nahmen den beiden Gefangenen die Handschellen ab. Einer von den jungen Männern in den abgerissenen Klamotten trug eine Thermojacke über einem zerrissenen schwarzen T-Shirt. Er hatte Sneakers an und schmutzige, an den Knöcheln enge Tarnhosen. Ein Abzeichen, das Wappenschild der Polizei, war an der Thermojacke befestigt. Dann sah Sherman, daß auch der andere ein Abzeichen trug. Ein anderer alter Polizist trat an das Pult und sagte: »He, Angel, Albany ist ausgefallen.«

»Na, toll«, sagte der Mann mit dem kahlen Schädel. »Da haben wir den Salat, und die Schicht hat eben erst angefangen.«

Goldberg sah Martin an, rollte mit den Augen und lächelte, und dann sah er Sherman an. Er hielt Sherman immer noch am Ellenbogen fest. Sherman schaute nach unten. Styropor-Erdnüsse! Die Styropor-Verpackungskügelchen, die sich auf dem Rücksitz von Martins Wagen an ihm festgesetzt hatten, waren überall. Sie klebten an dem zerknüllten Packen seines Jacketts über seinen Handgelenken. Sie hingen überall an seiner Tweedhose. Die Hose war naß, zerknittert, um Knie und Schenkel verzogen, und die Styropor-Erdnüsse hingen daran wie Würmer.

Goldberg sagte zu Sherman: »Sehen Sie den Raum da drin?«

Sherman blickte durch ein Glasfenster hinüber in einen Raum. Er sah Aktenschränke und Papierstapel. Ein großer grau und beigefarbener Apparat nahm die Mitte des Raumes ein. Zwei Polizisten starrten darauf.

»Das ist die Telefax-Maschine, die die Fingerabdrücke nach Albany übermittelt«, sagte Goldberg. Er sagte es in einem angenehmen Singsang, so wie man etwas zu einem Kind sagen würde, das verängstigt und verwirrt ist. Schon der Ton entsetzte Sherman. »Ungefähr vor zehn Jahren«, fuhr Goldberg fort, »kam ein kluger Bursche auf die Idee – war's vor zehn Jahren, Marty?«

»Ich weiß nicht«, antwortete Martin. »Ich weiß bloß, es war eine dußlige Scheißidee.«

»Jedenfalls kam jemand auf die Idee, alle Fingerabdrücke für den ganzen Scheißstaat New York in diesem einen Büro in Albany zu sammeln ... verstehn Se ... und dann ist jedes einzelne Zentralregister mit Albany verbunden, und man schickt die Abdrücke auf dem Computer nach Albany, und man kriegt das Ergebnis zurück, und der Beschuldigte geht nach oben und wird zur Anklage vernommen ... verstehn Se ... Bloß ist es ein wahnsinniges Kuddelmuddel in Albany, besonders wenn die Maschine kaputtgeht, wie jetzt grade.«

Sherman nahm überhaupt nichts von dem auf, was Goldberg erzählte, nur daß etwas schiefgegangen war und Goldberg meinte, er müsse sich besondere Mühe geben, nett zu sein, und die Sachen erklären.

»Yeah«, sagte Martin zu Sherman, »seien Sie dankbar, daß es halb neun am Morgen ist und nicht halb fünf am Scheißnachmittag. Wenn's Scheißnachmittag wär, müßten Sie wahrscheinlich die Nacht im Bronxer Untersuchungsgefängnis oder sogar auf Rikers verbringen.«

»Rikers Island?« fragte Sherman. Er war heiser. Er bekam kaum die Worte heraus.

»Yeah«, sagte Martin, »wenn Albany am Nachmittag kaputtgeht, könn Se's vergessen. Sie können die Nacht nicht hierbleiben, und deswegen bringt man Sie rüber nach Rikers. Ich sag Ihnen, Sie haben 'n Riesenglück.«

Er erzählte ihm, er habe riesiges Glück. Man erwartete von Sherman, daß er sie jetzt mochte! Hier drinnen waren sie seine einzigen Freunde! Sherman fühlte ungeheure Angst.

Jemand schrie: »Wer *mieft* 'nn hier so, Himmelherrgott!«
Der Gestank erreichte das Pult.

»Also, das ist aber eklig«, sagte der kahlköpfige Mann namens Angel. Er blickte sich um. »Spritzt es weg!«

Sherman folgte seinem Blick. Seitlich an einem Gang konnte er zwei Zellen erkennen. Weiße Kacheln und Gitter; sie schienen wie öffentliche Toiletten aus weißen Ziegelkacheln errichtet zu sein. Zwei Polizisten standen vor der einen.

Einer von ihnen brüllte durch das Gitter: »Was is 'nn mit dir!« Sherman spürte am Ellenbogen den Druck von Goldbergs Hand, die ihn vorwärts steuerte. Er stand vor dem Pult und starrte zu Angel hinauf. Martin hielt ein Bündel Papiere in der Hand.

Angel sagte: »Name?«

Sherman versuchte zu sprechen, konnte aber nicht. Sein Mund war völlig trocken. Seine Zunge schien ihm am Gaumen zu kleben.

»Name?«

»Sherman McCoy.« Es war kaum ein Flüstern.

»Adresse?«

»Park Avenue 816. New York.« Er setzte »New York« hinzu, um bescheiden und gehorsam zu erscheinen. Er wollte sich nicht so verhalten, als nähme er einfach an, die Leute hier in der Bronx wüßten, wo die Park Avenue liegt.

»Park Avenue. New York. Ihr Alter?«

»Achtunddreißig.«

»Schon mal verhaftet gewesen?«

»Nein.«

»He, Angel«, sagte Martin. »Mr. McCoy war bisher sehr hilfsbereit ... und äh ... warum läßt 'n nich hier draußen irgendwo sitzen, statt 'n zu diesm Haufn Rattn da reinzusteckn? Die Scheiß sogenannte Presse da draußen, die hat ihm das Leben schon sauer genug gemacht.«

Eine Welle tiefer, sentimentaler Dankbarkeit spülte über

Sherman weg. Selbst als er das empfand, wußte er, es war irrational, aber trotzdem empfand er es so.

Angel blies seine Backen auf und blickte weg, als denke er nach. Dann sagte er: »Kann ich nich machen, Marty.« Er schloß die Augen und hob sein gewaltiges Kinn in die Höhe, wie um zu sagen: Die da oben.

»Um was machen die sich denn Sorgen? Die Scheiß TV-Bazillen haben ihn 'ne halbe Stunde da draußen im Regen stehn gehabt. Sieh ihn dir an. Sieht aus, als wär er durch 'n Abflußrohr hier reingekrochen.«

Goldberg gluckste. Dann, als wolle er Sherman nicht kränken, sagte er zu ihm: »Sie haben wirklich schon besser ausgesehn. Das *wissen* Sie.«

Seine einzigen Freunde! Sherman hätte am liebsten geweint, und das um so mehr, als dieses grauenhafte, erbärmliche Gefühl echt war.

»Kann ich nich machen«, sagte Angel. »Muß die ganze Prozedur abwickeln.« Er schloß die Augen und hob wieder sein Kinn. »Ihr könnt die Handschellen abnehmen.«

Martin sah Sherman an und verzog den Mund zu einer Seite. (Tja, Freund, wir haben's versucht.) Goldberg schloß die Handschellen auf und nahm sie Sherman von den Handgelenken. Weiße Ringe waren an seinen Gelenken, wo das Metall gewesen war. Die Adern auf seinen Handrücken waren prall voll Blut. *Mein Blutdruck ist an der Decke.* Überall klebten Styropor-Erdnüsse an seiner Hose. Martin reichte ihm das durchweichte Jackett. Auch an seinem nassen Jackett überall Styropor-Erdnüsse.

»Leeren Sie Ihre Taschen, und geben Sie mir den Inhalt«, sagte Angel.

Auf Killians Rat hin hatte Sherman nicht viel bei sich. Vier Fünf-Dollar-Scheine, ungefähr einen Dollar Kleingeld, einen Wohnungsschlüssel, ein Taschentuch, einen Kugelschreiber, seinen Führerschein – aus irgendeinem Grund hatte er gemeint, er sollte einen Ausweis bei sich haben. Während er die Gegenstände aushändigte, beschrieb Angel jeden laut – »zwanzig Dollar in Scheinen«, »ein silberner Kugelschreiber« – und reichte sie jemandem, den Sherman nicht sehen konnte.

Sherman fragte: »Darf ich ... das Taschentuch behalten?«
»Lassen Sie mal sehen.«
Sherman hielt es in die Höhe. Seine Hand zitterte entsetzlich.
»Yeah, das können Sie behalten. Aber die Uhr müssen Sie mir geben.«
»Es ist nur – es ist nur eine billige Uhr«, sagte Sherman. Er hielt seine Hand in die Höhe. Die Uhr hatte ein Plastikgehäuse und ein Nylonarmband. »Es ist mir egal, was damit passiert.«
»Kann ich nich.«
Sherman löste das Armband und lieferte die kleine Uhr ab. Ein neuer Panikanfall durchfuhr ihn.
»Bitte«, sagte Sherman. Kaum hatte das Wort seinen Mund verlassen, da wußte er, er hätte es nicht sagen sollen. Er bettelte. »Wie weiß ich denn – kann ich die Uhr nicht behalten?«
»Haben Sie 'ne Verabredung oder so was?« Angel versuchte sich an einem Lächeln, um zu zeigen, daß er das nur als Scherz gemeint hatte. Aber er gab die Uhr nicht zurück. Dann sagte er: »Okay, und ich brauche Ihren Gürtel und die Schnürsenkel.«
Sherman starrte ihn an. Er bemerkte, daß ihm der Mund offenstand. Er sah Martin an. Martin sah Angel an. Jetzt schloß Martin die Augen und hob sein Kinn, so wie es Angel gemacht hatte, und sagte: »O Mann.« (Die haben's aber *wirklich* auf ihn abgesehen.)
Sherman machte den Gürtel auf und zog ihn aus den Schlaufen. Im selben Moment fiel ihm die Hose auf die Hüften. Er hatte den Tweedanzug lange nicht mehr getragen, und der Hosenbund war viel zu weit. Er zog die Hose hoch und stopfte das Hemd wieder hinein, aber sie fiel wieder runter. Er mußte sie vorn festhalten. Er hockte sich hin, um die Schnürsenkel aus

den Schuhen zu ziehen. Jetzt war er eine verächtliche Kreatur, die zu Martins und Goldbergs Füßen kauerte. Sein Gesicht war so nahe an den Styropor-Erdnüssen an seiner Hose, daß er die Rillen darin sehen konnte. Irgendwelche gräßlichen Käfer oder Parasiten! Die Wärme seines Körpers und die Wolle seiner Hose vermischten sich zu einem unangenehmen Geruch. Er bemerkte den dampfigen Gestank seiner Achselhöhlen unter dem klammen Hemd. Absolut grauenhaft. Da gab's nichts zu deuteln. Er hatte das Gefühl, daß einer von ihnen, Martin, Goldberg oder Angel, einfach auf ihn träte, und *peng!* das wäre das Ende von allem. Er zog die Schnürsenkel heraus und erhob sich von der Hocke. Durch das Aufrichten wurde ihm schwindlig. Einen Augenblick lang dachte er, er würde ohnmächtig. Seine Hose fiel wieder herab. Er zog sie mit einer Hand hoch und reichte Angel die Schnürsenkel mit der anderen. Sie waren wie zwei kleine, getrocknete, tote Dinge.

Die Stimme hinter dem Pult: »Zwei braune Schnürsenkel.«

»Okay, Angel«, sagte Martin, »alles deins.«

»Richtig«, sagte Angel.

»Na dann, viel Glück, Sherman«, sagte Goldberg und lächelte freundlich.

»Danke«, sagte Sherman. Es war schrecklich. Er war wirklich dankbar.

Er hörte eine Zellentür aufgleiten. In dem kleinen Gang standen drei Polizeibeamte, die eine Gruppe Latinos aus einer Zelle in die nächste gleich daneben trieben. Sherman erkannte einige von den Männern wieder, die draußen vor ihm in der Schlange gestanden hatten.

»Okay, hört schon auf, und geht da rein.«

»Mira! Mira!«

Ein Mann blieb im Gang stehen. Ein Polizist hatte ihn am Arm gepackt. Er war groß und hatte einen langen Hals, an dem sein Kopf schlaff herunterbaumelte. Er schien sehr betrunken zu sein. Er murmelte vor sich hin. Dann hob er die Augen zum

Himmel und schrie: »Mira!« Er hielt seine Hose ebenso fest wie Sherman.

»He, Angel, was soll ich 'nn mit dem hier machen? Seine ganze *Hose* ist voll davon!« Der Polizist sagte »Hose« mit tiefem Ekel. »Tja, Scheiße«, sagte Angel. »Zieh ihm die Hose aus und *vergrab* sie, und dann spül ihn ab und zieh ihm eine von diesen grünen Arbeitshosen an.«

»Ich möchte ihn nich mal anfassen, Sarge. Ham Se nich eins von diesen Dingern, mit denen se im Supermarkt die Dosen vom Regal runternehm?«

»Yeah, hab ich«, sagte Angel, »und ich nehm dir gleich deine Dose runter.«

Der Polizist stieß den langen Mann wieder in Richtung der ersten Zelle. Die Beine des Langen waren wie die einer Marionette.

Angel fragte: »Was haben Sie da überall an *Ihrer* Hose?«

Sherman blickte an sich herunter. »Ich weiß nicht«, sagte er. »Das lag auf dem Rücksitz im Wagen.«

»Wessen Wagen?«

»Detective Martins Wagen.«

Angel schüttelte den Kopf, als hätte er jetzt genug gesehen. »Okay, Tanooch, bring ihn rüber zu Gabsie.«

Ein junger weißer Beamter ergriff Sherman am Ellenbogen. Mit der Hand hielt Sherman seine Hose fest, so daß der Ellenbogen wie ein Vogelflügel nach oben kam. Seine Hose war selbst im Bund feucht. Das nasse Jackett trug er über dem anderen Arm. Er setzte sich in Bewegung. Sein rechter Fuß schlüpfte aus dem Schuh, weil die Schnürsenkel weg waren. Er blieb stehen, aber der Polizist ging weiter und zerrte den Arm in einem Bogen nach vorn. Sherman steckte den Fuß wieder in den Schuh, und der Polizist machte eine Kopfbewegung zu dem kleinen Korridor. Sherman begann zu schlurfen, damit die Füße nicht wieder aus den Schuhen rutschten. Die Schuhe machten ein patschendes Geräusch, weil sie so naß waren.

Sherman wurde zu der Kabine mit den großen Fenstern geführt. Jetzt konnte er genau gegenüber, auf der anderen Gangseite, in die beiden Zellen sehen. In der einen lehnte, wie ihm schien, ein Dutzend Gestalten, ein Dutzend ungeschlachte Riesen in Grau und Schwarz, an den Wänden. Die Gittertür der anderen Zelle stand offen. Es war nur ein Mensch darin, der Lange, der auf einem Mauervorsprung zusammengesackt war. Eine braune Plempe lag auf dem Fußboden. Der Geruch nach Exkrementen war überwältigend.

Der Polizist bugsierte Sherman in das Abteil mit den Fenstern. Darin befand sich ein riesiger, sommersprossiger Polizist mit einem breiten Gesicht und blondem, welligem Haar, der ihn von oben bis unten betrachtete. Der Polizist, der Tanooch hieß, sagte: »McCoy« und reichte dem Riesen ein Blatt Papier. Der Raum schien voller Metallständer zu sein. Einer davon sah aus wie diese Detektorschleusen, wie man sie auf Flughäfen sehen kann. Eine Kamera stand auf einem Stativ. Ein anderes Ding sah aus wie ein Notenständer, nur daß oben nichts dran war, das groß genug gewesen wäre, um ein Notenblatt zu halten.

»Okay, Mr. McCoy«, sagte der riesige Polizist, »treten Sie durch diesen Durchgang da.«

Patsch, patsch, patsch ... seine Hose mit der einen Hand festhaltend und sein nasses Jackett in der anderen, schlurfte Sherman durch die Öffnung. Ein lautes, heulendes Piepsen kam aus der Maschine.

»Brr, brr«, sagte der Polizist. »Okay, geben Sie mir Ihre Jacke.« Sherman reichte ihm das Jackett. Der Mann suchte die Taschen ab und knetete dann das Jackett von oben bis unten durch. Dann warf er es auf einen Tisch.

»Okay, spreizen Sie die Beine, und strecken Sie die Arme gerade zur Seite. So!«

Der Polizist streckte seine Arme aus, als wollte er einen Schwalbensprung ausführen. Sherman starrte auf die rechte

Hand des Beamten. Er trug einen durchscheinenden Chirurgenhandschuh aus Gummi. Der Handschuh reichte hinauf bis zum halben Unterarm!

Sherman spreizte die Beine. Als er die Arme ausstreckte, fiel ihm die Hose herunter. Der Mann näherte sich ihm und begann, seine Arme, seinen Oberkörper, die Rippen, seinen Rücken und schließlich die Hüften und die Beine abzuklopfen. Die Hand mit dem Gummihandschuh erzeugte eine unangenehme, trockene Reibung. Eine neue Panikwelle ... Er starrte entsetzt auf den Handschuh. Der Mann sah ihn an und grunzte, offensichtlich vor Vergnügen, dann hielt er seine rechte Hand in die Höhe. Die Hand und das Handgelenk waren gewaltig. Der scheußliche Gummihandschuh war genau vor Shermans Gesicht.

»Machen Sie sich wegen dem Handschuh keine Sorgen«, sagte er. »Die Sache ist nämlich, ich muß Ihre Abdrücke abnehmen, und ich muß Ihre Finger einen nach dem andern hochnehmen und auf das Stempelkissen drücken ... Verstehen Sie? ...« Sein Ton war umgänglich, nachbarlich, als wären nur sie beide da, stünden im Gartenweg beisammen und er erklärte, wie der Motor seines neuen Mazda funktioniert. »Ich mach das den ganzen Tag, und ich krieg die Farbe an die Hände, und meine Haut ist erstens mal rauh, und manchmal kriege ich nicht alle Farbe ab, und ich komm nach Hause, und meine Frau hat das ganze Wohnzimmer in Weiß, und ich leg meine Hand aufs Sofa oder sonstwohin, und ich steh auf, und man kann drei oder vier Finger auf dem Sofa sehen, und meine Frau kriegt 'n Anfall.« Sherman starrte ihn an. Er wußte nicht, was er sagen sollte. Dieser riesige, grimmig aussehende Mann wollte geliebt werden. Es war alles so unglaublich seltsam. Vielleicht wollten sie alle geliebt werden.

»Okay, gehen Sie wieder durch die Schleuse.«

Sherman schlurfte wieder durch die Schleuse, und der Alarm ging wieder los.

»Scheiße«, sagte der Mann. »Versuchen Sie's noch mal.«
Der Alarm ging ein drittesmal los.
»Das ist mir verflucht noch mal zu hoch«, sagte der Mann. »Einen Moment. Kommen Sie mal her. Machen Sie Ihren Mund auf.«
Sherman öffnete seinen Mund.
»Lassen Sie 'n offen ... Warten Sie, drehen Sie ihn so rum. Krieg kein Licht.« Er versuchte, Shermans Kopf in einen seltsamen Winkel zu drehen. Sherman roch den Gummi von dem Handschuh. »Herr Jessas noch mal. Sie haben ja 'ne gottverdammte Silbermine da drin. Ich sag Ihnen was. Beugen Sie sich in der Taille so vor. Versuchen Sie, runterzukommen.«
Sherman bückte sich, während er seine Hose mit einer Hand festhielt. *Er würde doch nicht etwa –*
»Jetzt rückwärts durch die Schleuse, aber ganz langsam.«
Fast zu einem Neunzig-Grad-Winkel gebückt, begann Sherman rückwärts zu schlurfen.
»Okay, ganz langsam, ganz langsam, ganz langsam – gut so ... brrr!«
Sherman hatte mittlerweile den größten Teil der Schleuse passiert. Nur Schultern und Kopf waren noch auf der anderen Seite.
»Okay, zurück ... etwas weiter, etwas weiter, weiter ...«
Der Alarm ging wieder los.
»Brrr! Brrr! Genau so! Bleiben Sie genau so!« Der Alarm lief weiter.
»Herr Jessas noch mal!« sagte der riesige Mann. Er lief im Zimmer herum und seufzte. Er schlug sich mit der flachen Hand gegen die Beine. »Ich hatte letztes Jahr schon so einen. Okay, Sie können sich aufrichten.«
Sherman richtete sich auf. Er sah den Riesen verwirrt an. Der Mann steckte den Kopf zur Tür hinaus und schrie: »He, Tanooch! Komm her! Sieh dir das mal an!«
Jenseits des kleinen Ganges war ein Polizist mit einem Was-

serschlauch in der offenen Zelle und spritzte den Fußboden ab. Das Wasserrauschen hallte von den Fliesen wider.

»He, Tanooch!«

Der Beamte, der Sherman in diesen Raum gebracht hatte, kam den Gang runter.

»Guck dir das an, Tanooch!« Dann sagte er zu Sherman: »Okay, bücken Sie sich, und machen Sie das Ganze noch mal. Wieder durch die Schleuse, ganz langsam.«

Sherman bückte sich und tat, was ihm gesagt worden war.

»Okay, brrr, brrr, brrr ... Siehst du das jetzt, Tanooch? Bis jetzt nichts. Okay, jetzt ein bißchen weiter zurück, etwas weiter, etwas weiter ...« Der Alarm ging los. Der Riese war wieder völlig außer sich. Er lief herum, seufzte und rang die Hände. »Siehste das, Tanooch! Es ist sein *Kopf!* Schwöre bei Gott ... 's ist der Kopf von dem Burschen! ... Okay, stehen Sie auf. Machen Sie den Mund auf ... Gut so. Nein, drehen Sie ihn so rum.« Er bewegte wieder Shermans Kopf, um mehr Licht zu bekommen. »Guck da rein! Willste mal 'n bißchen Metall sehn?«

Der Beamte, der Tanooch hieß, sagte kein Wort zu Sherman. Er sah ihm in den Mund wie jemand, der in einem Keller einen dunklen Gang inspiziert.

»Jessas Maria«, sagte Tanooch. »Du hast recht. Gebiß sieht aus wie 'ne Münzpresse.« Dann sagte er zu Sherman, als bemerke er ihn zum erstenmal: »Hat man Sie jemals in 'n Flugzeug gelassen?«

Der Riese krümmte sich darüber vor Lachen. »Sie sind nicht der einzige«, sagte er. »Ich hatte letztes Jahr so einen wie Sie. Brachte mich rein um den Verstand. Ich kam nicht dahinter ... *was zum Teufel* ... verstehen Sie?« Plötzlich war's wieder der beiläufige Unterhaltungston wie mit einem netten Burschen hinten im Garten. »Dieser Apparat ist zwar sehr empfindlich, aber Sie haben wirklich auch den ganzen Kopf voll Metall, das muß ich Ihnen sagen.«

Sherman war gedemütigt, vollkommen erniedrigt. Doch was sollte er tun? Vielleicht konnten ihn die beiden hier, wenn er sich mit ihnen arrangierte, vor den ... *Käfigen* bewahren! Mit *diesen Leuten!* Sherman stand da und hielt seine Hose fest.

»Was ist das für Zeug überall an Ihrer Hose?« fragte Tanooch. »Styropor«, sagte Sherman.

»*Styropor*«, sagte Tanooch und nickte mit dem Kopf, jedoch völlig verständnislos. Er verließ den Raum.

Dann stellte der Riese Sherman vor einen Metallständer und machte zwei Fotos von ihm, eines von vorn und eines von der Seite. Sherman wurde klar, daß es sich dabei um die sogenannten Kopfbilder handelte. Dieser riesengroße Bär hatte gerade die Kopfbilder von Sherman gemacht, während er dastand und seine Hose festhielt. Er führte Sherman an einen Tresen, nahm seine Finger einen nach dem anderen und drückte sie auf ein Stempelkissen, um sie dann auf einem Formular abzurollen. Es war eine erstaunlich ruppige Aktion. Er packte jeden einzelnen von Shermans Fingern, als griffe er zu einem Messer oder Hammer, und bohrte ihn in das Stempelkissen. Dann entschuldigte er sich.

»Man muß die ganze Arbeit alleine machen«, sagte er zu Sherman. »Man kann nicht erwarten, daß jemand herkommt und für einen 'n gottverdammten Finger krumm macht.«

Von der anderen Seite des Ganges kamen die lauten Geräusche von jemandem, der sich übergab. Drei von den Latinos standen am Gitter des Käfigs.

»Ayyyyyy!« schrie einer von ihnen. »Der Mann kotzen! Er viel kotzen!«

Tanooch war der erste Polizist, der herbeieilte.

»Oh, um Gottes willen. Oh, na wundervoll. He, Angel! Dieser Kerl hier is 'n Ein-Mann-Müllkahn. Was willst 'nn da machen?«

»Isses wieder derselbe?« fragte Angel.

Dann begann sich der Gestank von Erbrochenem zu verbreiten. »Ayyyyyy, wasdenn wasdenn«, sagte Angel. »Spritz es weg, und laß ihn da drin.«

Sie öffneten das Gitter, und zwei Polizisten blieben draußen stehen, während ein dritter mit einem Wasserschlauch reinging. Die Gefangenen sprangen in die und in jene Richtung, um nicht naß zu werden.

»He, Sarge«, sagte der Polizist. »Kerl hat sich die ganze Hose vollgekotzt.«

»Die Arbeitshose?«

»Yeah.«

»Scheiß drauf. Spritz sie ab. Das ist keine Wäscherei hier.«

Sherman sah den Langen mit gesenktem Kopf auf dem Mauervorsprung sitzen. Seine Knie waren mit Erbrochenem bedeckt, und seine Ellbogen lagen auf den Knien.

Der Riese beobachtete das Ganze durch das Fenster des Fingerabdruckraumes. Er schüttelte den Kopf. Sherman ging zu ihm. »Hören Sie, Herr Wachtmeister, gibt's keinen andern Ort, wo ich warten kann? Ich kann da nicht rein. Ich bin – ich kann's einfach nicht.«

Der Riese steckte den Kopf aus dem Fingerabdruckraum und schrie: »He, Angel, was willste 'nn machen mit dem Mann hier, McCoy?«

Angel blickte von seinem Pult herüber, glotzte Sherman an und strich sich mit der Hand über seinen kahlen Schädel.

»Tjaaaaa ...« Dann nickte er mit dem Kopf zu der Zelle hinüber. »So ist das halt!«

Tanooch kam herein und ergriff Sherman wieder am Arm. Jemand öffnete das Gitter. Tanooch schob Sherman hinein, und der trat schlurfend auf den Fliesenboden, während er seine Hose festhielt. Das Gitter schloß sich hinter ihm. Sherman starrte auf die Latinos, die auf dem Mauervorsprung saßen. Sie starrten zurück, alle bis auf den Langen, der immer noch den Kopf gesenkt hielt und seine Ellenbogen in dem Erbrochenen auf seinen Knien herumwälzte.

Der ganze Boden neigte sich zu dem Gulli in der Mitte. Er war noch naß. Sherman spürte die Schräge, jetzt, da er drauf stand. Ein paar kleine Rinnsale flossen noch immer in den Gulli. Das war es. Ein Abflußrohr, durch das die Menschheit sich am tiefsten Punkt sammelte, und der Fleischhahn war aufgedreht. Er hörte das Gitter hinter sich zugleiten und stand in der Zelle, während er seine Hose mit der rechten Hand festhielt. Das Jackett lag über seinem linken Arm. Er wußte nicht, was er machen oder wo er überhaupt hingucken sollte, und so suchte er sich eine leere Stelle an der Wand aus und versuchte, aus den Augenwinkeln einen Blick auf ... *sie* ... zu werfen. Ihre Sachen waren ein Gewirr aus Grau und Schwarz und Braun, bis auf die Sneakers, die auf dem Boden ein Muster aus Streifen und grellen Flecken bildeten. Er wußte, daß sie ihn beobachteten. Er blickte zum Gitter hinüber. Kein einziger Polizist! Würden sie auch nur einen Muskel rühren, falls irgend etwas ...

Die Latinos hatten jeden Platz auf dem Sims besetzt. Er suchte sich eine Stelle, ungefähr einen Meter vom Ende des Mauervorsprungs entfernt, und lehnte sich mit dem Rücken gegen die Wand. Die Wand tat seiner Wirbelsäule weh. Er hob den rechten Fuß, und sein Schuh fiel herunter. Er schlüpfte so beiläufig wie nur möglich wieder hinein. Als er auf seinen Fuß hinunterschaute, der auf den hellen Kacheln stand, hatte er das Gefühl, er bekomme einen Schwindelanfall und falle um. Die Styropor-Erdnüsse! Sie hingen immer noch überall an seinen Hosenbeinen.

Eine schreckliche Angst erfaßte ihn, sie könnten ihn für einen Verrückten halten, für so einen hoffnungslosen Fall, daß sie ihn einfach umbringen konnten, wenn ihnen danach wäre. Er bemerkte den Geruch von Erbrochenem ... Erbrochenes und Zigarettenrauch ... Er senkte den Kopf, als döse er, und drehte die Augen in ihre Richtung. Sie starrten ihn an! Sie starrten ihn an und rauchten ihre Zigaretten. Der Lange, derjenige, der immerzu »Mira! Mira!« gesagt hatte, saß immer noch auf dem

Sims, den Kopf gesenkt und die Ellenbogen auf den Knien, die mit Erbrochenem bedeckt waren.

Einer der Latinos erhob sich von der Mauerleiste und kam auf ihn zu. Sherman sah ihn aus den Augenwinkeln. Jetzt ging's los! Sie warteten nicht einmal!

Der Mann stellte sich direkt neben ihm gegen die Wand, indem er sich auf dieselbe Weise wie Sherman mit dem Rücken dagegen lehnte. Er hatte dünnes, lockiges Haar, einen Schnurrbart, der sich um die Lippen nach unten bog, eine leicht gelbliche Hautfarbe, schmale Schultern, einen kleinen Spitzbauch und etwas Wahnsinniges im Blick. Er mußte um die fünfunddreißig sein. Er lächelte, und das ließ ihn noch wahnsinniger erscheinen.

»He, Mann, ich dich draußen sehen.«

Mich draußen sehen!

»Mit die TV, Mann. Warum du hier?«

»Rücksichtslose Gefährdung«, sagte Sherman. Er hatte das Gefühl, als krächze er seine letzten Worte auf Erden.

»Rücksichtslose Gefährdung?«

»Das ist ... wenn man jemanden mit dem Auto überfährt.«

»Mit dein Auto? Du überfahren jemand mit dein Auto, und die TV kommen her?«

Sherman zuckte mit den Schultern. Er wollte nicht mehr sagen, aber die Furcht, reserviert zu erscheinen, gewann die Oberhand über ihn.

»Weshalb sind Sie hier?«

»Oh, Mann, 220, 265, 225.« Der Bursche streckte die Hand aus, als wolle er die ganze Welt darin fassen. »Drogen, Pistolen, Glücksspielsachen – ayyyy, jedes Ding ein Scheiß, du verstehen?«

Der Mann schien einen gewissen Stolz auf sein Unglück zu empfinden.

»Du überfahren jemand mit dein Auto?« fragte er noch einmal. Er fand das offensichtlich trivial und unmännlich. Sherman hob die Augenbrauen und nickte matt.

Der Mann kehrte zu der Sitzkante zurück, und Sherman sah, daß er mit drei oder vier seiner Kameraden sprach, die noch einmal zu Sherman herüberblickten und dann wegsahen, als langweile sie die Mitteilung. Sherman hatte das Gefühl, daß er sie enttäuscht hatte. Sehr merkwürdig! Und doch fühlte er genau dies.

Shermans Angst wurde rasch von Langeweile abgelöst. Die Minuten schlichen dahin. Sein linkes Hüftgelenk fing an zu schmerzen. Er verlagerte das Gewicht auf das rechte, und der Rücken tat ihm weh. Dann tat ihm das rechte Hüftgelenk weh. Der Boden war gekachelt. Die Wände waren gekachelt. Er rollte sein Jackett zusammen, um sich ein Kissen daraus zu machen. Er legte es auf den Boden, dicht an die Wand, setzte sich darauf und lehnte sich zurück. Das Jackett war feucht, und seine Hose auch. Seine Blase begann sich zu füllen, und er spürte kleine Messer aus Gas in seinen Därmen.

Der kleine Mann, der herübergekommen war, um mit ihm zu reden, der kleine Mann, der die Zahlen kannte, ging an das Gitter. Er hatte eine Zigarette im Mund. Er nahm die Zigarette heraus und schrie: »Ich brauchen Feuer!« Keine Reaktion von dem Polizisten dahinter. »Ayyyyy, ich brauchen Feuer!«

Schließlich kam der, der Tanooch hieß, näher. »Was ist dein Problem?«

»Ayyy, ich brauchen Feuer.« Er hielt seine Zigarette in die Höhe.

Tanooch holte ein Heftchen Streichhölzer aus seiner Tasche, zündete eins an und hielt es ungefähr einen Meter vom Gitter entfernt in der Hand. Der kleine Mann wartete, dann steckte er die Zigarette zwischen die Lippen und preßte sein Gesicht gegen die Gitterstäbe, so daß die Zigarette nach draußen ragte. Tanooch rührte sich nicht und hielt das brennende Streichholz in der Hand. Das Streichholz ging aus.

»Ayyyyyy!« sagte der kleine Mann.

Tanooch zuckte mit den Achseln und ließ das Streichholz auf den Boden fallen.

»Ayyyyyy!« Der kleine Mann drehte sich zu seinen Kameraden um und hielt die Zigarette in die Luft. (Seht ihr, was er gemacht hat?) Einer der Männer, die auf dem Mauersims saßen, lachte. Der kleine Mann schnitt auf das verwehrte Mitleid hin ein Gesicht. Dann sah er Sherman an. Sherman wußte nicht, ob er Bedauern bekunden oder in die andere Richtung gucken sollte. Und so glotzte er einfach. Der Mann kam heran und hockte sich neben ihn. Die unangesteckte Zigarette hing von seinem Mund herab.

»Du das sehen?« fragte er.

»Ja«, sagte Sherman.

»Du wollen Feuer, sie so tun, geben dir Feuer. Scheißkerl. Ayy ... du haben Zigaretten?«

»Nein, sie haben mir alles abgenommen. Sogar meine Schnürsenkel.«

»Echt?« Er sah auf Shermans Schuhe. Er selber hatte die Schnürsenkel noch, bemerkte Sherman.

Sherman hörte eine Frauenstimme. Die Frau war über irgend etwas wütend. Sie tauchte in dem Gang vor der Zelle auf. Tanooch begleitete sie. Es war eine große, magere Frau mit lockigem braunem Haar und dunkelbrauner Haut, und sie trug schwarze Hosen und ein merkwürdig aussehendes Jackett mit sehr breiten Schultern. Tanooch eskortierte sie zum Fingerabdruckraum. Mit einemmal drehte sie sich um und sagte zu jemandem, den Sherman nicht sehen konnte: »Du dickes Stück ...« Sie beendete den Satz nicht. »Wenigstens sitz ich nich den ganzen Tach hier in dieser Kloake wie du! Denk drüber nach, Dicker!«

Viel höhnisches Gelächter von den Polizisten im Hintergrund.

»Paß auf, sonst spült er dich runter, Mabel.«

Tanooch trieb sie weiter. »Na los, Mabel.«

Sie fiel über Tanooch her. »Wenn du mit mir redest, nenn mich mit meinem richtigen Namen! Du sagst nicht Mabel zu mir!« Tanooch sagte: »Ich sag gleich was viel Schlimmeres zu dir«, während er sie unablässig weiter in Richtung Fingerabdruckraum schob.

»220-31«, sagte der kleine Mann. »Verkaufen Drogen.«

»Woher wissen Sie das?« fragte Sherman.

Der kleine Mann öffnete nur weit seine Augen und setzte eine wissende Miene auf. (Manches geht ohne Reden.) Dann schüttelte er den Kopf und sagte: »Scheißbus ankommen.«

»Bus?«

Es hatte den Anschein, daß normalerweise, wenn Leute festgenommen wurden, sie erst zu einem Polizeirevier geschafft und dort eingesperrt wurden. In regelmäßigen Abständen machte ein Polizeiwagen die Runde zu den Revieren und brachte die Gefangenen zum Zentralregister zum Abnehmen der Fingerabdrücke und der Vernehmung vor dem Haftrichter. Und eben war eine neue Ladung eingetroffen. Sie würden alle in diesem Käfig landen, bis auf die Frauen, die in einen anderen Käfig gebracht wurden, der den Gang entlang und um eine Ecke herum lag. Und nichts bewegte sich, denn »Albany war ausgefallen«.

Noch drei Frauen kamen vorbei. Sie waren jünger als die erste. »230«, sagte der kleine Mann. »Nutten.«

Der kleine Mann, der die Zahlen kannte, hatte recht. Der Bus war gekommen. Die Prozession begann, von Angels Pult über den Fingerabdruckraum in die Zelle. Shermans Angstgefühl setzte von neuem ein. Einer nach dem anderen kamen drei lange, schwarze junge Männer mit rasierten Schädeln, Windjacken und mächtigen weißen Sneakers in die Zelle. Alle Neuankömmlinge waren Schwarze oder Latinos. Die meisten waren jung. Einige schienen betrunken zu sein. Der kleine Mann, der die Zahlen kannte, stand auf und ging zu seinen Kameraden zurück, um sich seinen Platz auf der Mauerkante zu sichern. Sherman war entschlossen, sich nicht von der Stelle zu bewegen. Er wäre am liebsten unsichtbar gewesen. Irgendwie ... solange er keinen Muskel bewegte ... würden sie ihn nicht sehen.

Sherman starrte auf den Boden und versuchte, nicht an seine schmerzenden Därme und seine gefüllte Blase zu denken. Eine der schwarzen Linien zwischen den Fliesen auf dem Fußboden begann sich zu bewegen. Eine Schabe! Dann sah er noch eine ... und eine dritte. Faszinierend! – Und grauenhaft. Sherman schaute sich um, um zu sehen, ob es noch jemand bemerkt hatte. Offenbar niemand – aber er fing den Blick eines der drei jungen Schwarzen auf. Alle drei starrten ihn an! Diese mageren, harten, feindseligen Gesichter! Sein Herz begann von einem Augenblick zum anderen zu rasen. Er sah, wie sein Fuß von der Wucht seines Pulses zuckte. Er starrte auf die Schabe, um sich dadurch wieder zu beruhigen. Eine Schabe war über den betrunkenen Latino gekrochen, der auf den Boden gesackt war. Die Schabe begann, am Absatz seines Schuhs hochzuklettern. Dann krabbelte sie an seinem Bein entlang. Sie verschwand im Hosenbein. Dann tauchte sie wieder auf. Sie kroch auf den Hosenaufschlag. Sie begann, auf sein Knie zuzukriechen. Als sie das Knie erreicht hatte, ließ sie sich inmitten der Fladen aus Erbrochenem nieder.

Sherman blickte auf. Einer von den jungen Schwarzen kam auf ihn zu. Er hatte ein kleines Lächeln im Gesicht. Er wirkte ungeheuer lang. Seine Augen saßen dicht beieinander. Er trug schwarze Röhrenhosen und große weiße Sneakers, die vorn mit Velcro-Laschen statt mit Schnürsenkeln geschlossen waren. Er beugte sich zu Sherman hinunter. Sein Gesicht war vollkommen ausdruckslos. Um so erschreckender! Er blickte Sherman direkt ins Gesicht.

»He, Mann, haste 'ne Zigarette?«

Sherman sagte: »Nein.« Aber er wollte nicht, daß der Junge dachte, er benähme sich ruppig oder sei sogar verschlossen, und deshalb setzte er hinzu: »Entschuldigung, man hat mir alles abgenommen.«

Kaum hatte er das gesagt, wußte er, daß es ein Fehler war. Er hatte sich gerechtfertigt, ein Zeichen, daß er schwach war.

»Is okay, Mann.« Der Bursche hörte sich halbwegs freundlich an. »Warum bist du hier?«

Sherman zögerte. »Totschlag«, sagte er. Rücksichtslose Gefährdung war einfach nicht genug.

»Yeah. Das ist *schlimm*«, sagte der Junge mit beinahe besorgter Stimme. »Was is passiert?«

»Nichts«, sagte Sherman. »Ich weiß nicht, wovon sie reden. Warum bist du hier?«

»Ein 160-15«, sagte der Junge. Dann fügte er hinzu: »Bewaffneter Raub.«

Der Junge verzog den Mund. Sherman wußte nicht, ob das heißen sollte: Bewaffneter Raub ist nichts Besonderes, oder: Das is 'ne miese Drecksbeschuldigung.

Der Junge lächelte Sherman an, während er ihm noch immer direkt ins Gesicht sah. »Okay, Mr. Totschlag«, sagte er, stand auf, drehte sich um und ging wieder auf die andere Seite der Zelle.

Mr. Totschlag! Augenblicklich wußte er, daß er mich anmaßend behandeln konnte! Was konnten sie machen? Sie konnten doch nicht etwa ... Es hatte einen Zwischenfall gegeben – wo eigentlich? –, bei dem einige der Gefangenen in einer Zelle den Blick durch die Gitterstäbe mit ihren Körpern verstellt hatten, während die anderen ... Aber würde irgendeiner von den anderen hier drin für diese drei das tun – etwa die Latinos? Shermans Mund war trocken, völlig ausgedörrt. Der Drang, Wasser zu lassen, war akut. Sein Herz schlug ängstlich, wenn auch nicht mehr so schnell. In dem Moment wurde das Gitter aufgeschoben. Mehr Polizisten. Einer von ihnen hatte zwei Papptabletts in der Hand, wie sie von Feinkostläden benutzt werden. Er stellte sie auf den Zellenfußboden. Auf einem lag ein Berg Sandwiches; auf dem anderen standen Plastiktassen aufgereiht.

Er richtete sich auf und sagte: »Okay, Futterzeit. Teilt, und teilt gerecht, und ich will kein Scheißgeschrei hören.«

Es setzte kein Sturm auf das Essen ein. Trotzdem war Sherman froh, daß er nicht allzu weit entfernt von den beiden Tabletts saß. Er klemmte sich sein verdrecktes Jackett unter den linken Arm, schlurfte hinüber und nahm sich ein Sandwich, das in Zellophan eingepackt war, und eine Plastiktasse, die eine klare, zartrosa Flüssigkeit enthielt. Dann setzte er sich wieder auf seine Jacke und probierte das Getränk. Es schmeckte schwach süßlich. Er stellte die Plastiktasse neben sich auf den Boden und zog die Umhüllung von dem Sandwich. Er hob eine Brothälfte etwas in die Höhe und guckte hinein. Da lag eine Scheibe Frühstücksfleisch. Es hatte eine ungesund gelbliche Färbung. In der Neonbeleuchtung der Zelle sah es fast grünlich aus. Es hatte eine glatte, klebrige Oberfläche. Er roch daran. Ein schaler, chemischer Geruch entströmte dem Fleisch. Er klappte die beiden Brothälften auseinander, nahm die Scheibe Fleisch herunter, wickelte sie in das Zellophan und legte das zusammengeknüllte Zeug auf den Boden. Er würde nur das Brot essen. Aber das Brot gab einen so unangenehmen Geruch nach dem Fleisch von sich, daß er es nicht ertragen konnte. Mühsam faltete er das Zellophan auseinander, rollte das Brot zusammen und packte das Ganze wieder ein, das Fleisch und das Brot. Er bemerkte, daß jemand vor ihm stand. Weiße Sneakers mit Velcro-Laschen.

Er blickte hoch. Der junge Schwarze sah mit einem seltsamen kleinen Lächeln zu ihm herunter. Er ging in die Hocke, bis sein Kopf nur ein kleines Stückchen über Shermans war.

»He, Mann«, sagte er. »Ich hab irgendwie Durs. Gib mir dein Drink.«

Gib mir dein Drink! Sherman nickte in Richtung Papptabletts. »Is keiner mehr da, Mann. Gib mir dein.«

Sherman kramte in seinem Hirn nach etwas, was er sagen könnte. Er schüttelte den Kopf.

»Du has den Mann gehör. Teil, und teil gerecht. Dachte, ich und du sin Kumpels.«

Dieser verächtliche Ton gespielter Enttäuschung! Sherman wußte, es war Zeit, einen Strich zu ziehen, dies hier zu stoppen ... dieses ... Schneller, als seine Augen folgen konnten, schoß der Arm des Jungen hervor und ergriff die Plastiktasse, die auf dem Boden neben Sherman stand. Der Junge richtete sich auf, legte den Kopf nach hinten, trank die Tasse ostentativ leer, hielt sie dann über Sherman und sagte:

»Ich hab dich höflich gefrag ... Verstehs du? ... Hier drin mußte dein Kopf benutzn und dir *Freunde* machn.«

Dann öffnete er seine Hand, ließ die Tasse Sherman in den Schoß fallen und ging weg. Sherman wurde sich bewußt, daß der ganze Raum zusah. *Ich sollte – ich sollte –* aber er war gelähmt vor Angst und Verwirrung. Gegenüber von ihm zog ein Latino das Fleisch aus seinem Sandwich und warf es auf den Boden. Überall lagen Fleischscheiben herum. Hier und da sah man zusammengeknülltes Zellophan und ganze Sandwiches, unausgepackt auf den Boden geworfen. Der Latino hatte begonnen, nur das Brot zu essen – und seine Augen waren auf Sherman gerichtet. Sie blickten ihn an ... in diesem Menschenkäfig ... gelbes Frühstücksfleisch, Brot, Zellophan, Plastiktassen ... Schaben! Hier ... da drüben ... Er blickte auf den betrunkenen Latino. Er lag noch immer zusammengesunken auf dem Boden. Drei Schaben wühlten in den Falten am Knie seines linken Hosenbeins herum. Plötzlich sah Sherman etwas sich in der Öffnung der Hosentasche des Mannes bewegen. Noch eine Schabe – nein, viel zu groß ... grau ... eine Maus! ... Eine Maus krabbelte dem Mann aus der Tasche ... Die Maus klammerte sich einen Moment lang an den Stoff, dann hüpfte sie hinunter auf den Fliesenboden und hielt inne. Dann schoß sie vor zu einem Stück von dem gelben Frühstücksfleisch. Wieder hielt sie inne, als taxiere sie diesen Reichtum ...

»*Mira!*« Einer von den Latinos hatte die Maus entdeckt.

Ein Fuß stieß vom Mauersims hervor. Die Maus schlidderte über den Boden wie ein Hockeypuck. Wieder sauste ein Bein hervor. Die Maus flog wieder zu dem Mauervorsprung zurück ... Ein Lachen, ein Gackern ... »*Mira!*« ... wieder ein Fuß ... Die Maus rutschte auf ihrem Rücken über einen Batzen Frühstücksfleisch, wodurch sie wieder auf die Füße kam ... Gelächter, Schreie ... »*Mira! Mira!*« ... wieder ein Tritt ... Die Maus kreiselte auf dem Rücken liegend auf Sherman zu. Sie lag einfach da, fünf oder zehn Zentimeter von seinem Fuß entfernt, benommen, mit zuckenden Beinen. Dann rappelte sie sich wieder auf, kaum noch Leben in sich. Das kleine Nagetier war fertig, am Ende. Nicht einmal Angst bewegte es noch von der Stelle. Die Maus schleppte sich ein paar Schrittchen vorwärts ... Mehr Gelächter ... *Sollte ich nach ihr treten, als Zeichen meiner Verbundenheit mit meinen Zellengenossen?* ... Das war es, was er sich fragte ... Ohne nachzudenken, stand er auf. Er langte nach unten und hob die Maus auf. Er hielt sie in seiner rechten Hand und ging auf das Gitter zu. In der Zelle wurde es still. Die Maus zuckte schwach in seiner Hand. Er hatte fast die Gitterstäbe erreicht ... *Verfluchtes Drecksvieh!* ... Ein furchtbarer Schmerz in seinem Zeigefinger ... Die Maus hatte ihn gebissen! ... Sherman machte einen Satz und riß die Hand nach oben. Die Maus hielt sich mit ihren Kiefern an seinem Finger fest. Sherman fuchtelte mit dem Finger herum, als schüttele er ein Thermometer runter. Das kleine Vieh wollte nicht loslassen! ... »*Mira! Mira!*« ... Gegacker, Lachen ... Es war ein tolles Schauspiel! Sie genossen es ungeheuer! Sherman schlug mit der Handkante auf eine der Querstreben zwischen den Gitterstäben. Die Maus flog in hohem Bogen ... Tanooch direkt vor die Füße, der einen Stapel Papiere in der Hand hatte und sich der Zelle näherte. Tanooch sprang zurück.

»Heilige Scheiße!« sagte er. Dann sah er Sherman finster an. »Hat's bei dir ausgehakt?«

Die Maus lag auf dem Fußboden. Tanooch stampfte mit dem Absatz drauf. Das Tier lag mit offenem Maul platt am Boden.

Sherman tat die Hand schrecklich weh, wo er sie gegen das Gitter geschlagen hatte. Er hielt sie sich mit der anderen Hand. *Ich habe sie mir gebrochen!* Er konnte die Male von den Zähnen der Maus an seinem Zeigefinger und einen winzigen Blutstropfen sehen. Mit seiner Linken langte er hinter seinem Rücken herum und zog das Taschentuch aus seiner rechten Gesäßtasche. Das erforderte eine enorme Verrenkung. Alle guckten ihm zu. O ja ... alle guckten zu. Er tupfte das Blut weg und wickelte sich das Taschentuch um die Hand. Er hörte, wie Tanooch zu einem anderen Polizisten sagte:

»Der Kerl aus der Park Avenue. Er hat mit einer *Maus* geschmissen.«

Sherman schlurfte zurück zu der Stelle, wo sein Jackett zusammengerollt am Boden lag. Er setzte sich wieder auf die Jacke. Seine Hand tat lange nicht mehr so weh. Vielleicht habe ich sie mir nicht gebrochen. *Aber mein Finger ist von dem Biß vielleicht vergiftet!* Er zog das Taschentuch so weit zurück, daß er sich den Finger ansehen konnte. Es sah gar nicht so schlecht aus. Der Blutstropfen war weg.

Der junge Schwarze kam wieder auf ihn zu! Sherman blickte zu ihm hoch, dann sah er weg. Der Bursche kauerte sich vor ihm hin wie vorher.

»He, Mann«, sagte er, »weißt du was? Mir is kalt.«

Sherman versuchte ihn zu ignorieren. Er drehte seinen Kopf weg. Er war sich bewußt, daß er einen gereizten Ausdruck im Gesicht hatte. *Der falsche Gesichtsausdruck! Schwach!*

»Yo! Kuck mich an, wenn ich mit dir rede!«

Sherman drehte den Kopf zu ihm zurück. *Die reine Feindseligkeit!*

»Ich bitt dich um 'n Drink, un du waas nich nett, aber ich will dir 'ne Chance geben, das wiedergutzumachen ... verstehste ... Mir is kalt, Mann. Ich möchte deine Jacke. Gib mir deine Jacke.«

Meine Jacke! Meine Kleider!

Shermans Gedanken rasten. Er konnte nicht sprechen. Er schüttelte ablehnend den Kopf.

»Was is mit dir, Mann? Du solltes versuchn, freundlich zu sein, Mr. Totschlag. Mein Kumpel, er sag, er kenn dich. Er hat dich im TV gesehn. Du has irgend so 'n Burschen umgeleg, un du wohns in der Park Avenue. Das is schön, Mann. Aber hier is nich Park Avenue. Verstehste? Du machs dir besser 'n paa Freunde, verstehste? Du has mich ziemlich böse, böse, böse angeschmiert, aber ich will dir 'ne Chance gehm, es wieder gutzumachen. Jetzt gib mir die Scheißjacke.«

Sherman hörte auf zu denken. Sein Hirn stand in Flammen! Er legte die Hände flach auf den Boden, hob die Hüften und schaukelte sich nach vorn, bis er auf einem Knie hockte. Dann sprang er auf, während er das Jackett mit seiner Rechten packte. Er tat es so plötzlich, daß der schwarze Junge verblüfft war.

»Halt's Maul!« hörte er sich sagen. »Du und ich haben nichts zu bereden!«

Der junge Schwarze starrte ihn ausdruckslos an. Dann lächelte er. »Halt's *Maul*?« sagte er. »Halt's *Maul*?« Er grinste und machte ein schnaubendes Geräusch. »*Verbietet* mir zu reden.«

»He! Ihr Dreckskerle! Hört auf damit!« Es war Tanooch am Gitter. Er sah die beiden an. Der junge Schwarze lächelte Sherman breit an und steckte seine Zunge in die Wange. (Viel Spaß! Deine sterbliche Hülle wirst du noch ungefähr sechzig Sekunden haben!) Er ging zu dem Mauersims zurück und setzte sich, wobei er Sherman die ganze Zeit anstarrte.

Tanooch las von einem Blatt Papier: »Solinas! Gutiérrez! McCoy!«

McCoy! Sherman zog sich rasch das Jackett an, damit seine Nemesis nicht herbeispringen und es ihm wegschnappen konnte, ehe er die Zelle verließ. Das Jackett war naß, schmierig, stinkig, vollkommen formlos. Die Hose rutschte ihm auf die Hüfte, als er es anzog. Überall klebten Styropor-Erdnüsse an der Jacke, und ... *es bewegte sich etwas!* ... zwei Schaben waren in die Falten gekrochen. Hektisch wischte er sie weg, und sie fielen auf den Boden. Er atmete immer noch schnell und laut. Als Sherman im Gänsemarsch hinter den Latinos die Zelle verließ, sagte Tanooch mit leiser Stimme zu ihm: »Sehen Sie? Wir haben Sie nicht vergessen. Ihr Name steht eigentlich ungefähr sechs Stellen weiter unten auf der Liste.«

»Danke«, sagte Sherman. »Ich bin Ihnen sehr dankbar.«

Tanooch zuckte mit den Achseln. »Ich wollte Sie lieber hier rausgehen als rausfegen lassen.«

Der Hauptraum war jetzt voller Polizisten und Gefangener. Am Pult, Angels Pult, wurde Sherman einem Gefängnisbeamten übergeben, der ihm die Hände auf den Rücken fesselte und mit den Latinos in einer Reihe aufstellte. Seine Hose fiel ihm jetzt hoffnungslos auf die Hüfte. Er hatte keine Möglichkeit, sie hochzuziehen. Er blickte sich unentwegt um, aus Angst, der junge Schwarze könnte direkt hinter ihm sein. Sherman war der letzte in der kleinen Schlange. Die Gefängnisbeamten führten sie eine schmale Treppe hinauf. Am Ende der Treppe befand sich wieder ein fensterloser Raum. Noch mehr Gefängnisbeamte saßen an einigen ramponierten Metallschreibtischen. Hinter den Schreibtischen – *wieder Zellen!* Sie waren kleiner, grauer, schmutziger als die weißgefliesten Zellen unten. Richtige Gefängniszellen waren das. An der ersten hing ein abgeblättertes Schild, auf dem stand: NUR MÄNNER – 21 UND ÄLTER – KAP. 8 BIS 10. DAS 21 UND ÄLTER war mit so was wie einem Marker durchgekreuzt. Die ganze Schlange der Gefangenen wurde in diese Zelle geführt. Die Handschellen wurden ihnen nicht abgenommen. Sherman hielt die Augen auf die Tür geheftet, durch die sie zuerst gegangen waren. Wenn der junge Schwarze hereinkäme und zu ihm in diese kleine Zelle gesteckt würde –

er – er – seine Angst machte ihn verrückt. Er schwitzte unmäßig. Er hatte alles Zeitgefühl verloren. Er ließ den Kopf sinken, damit sein Kreislauf sich vielleicht wieder erholen konnte.

Wenig später wurden sie aus der Zelle zu einer Tür aus Stahlgitterstäben geführt. Auf der anderen Seite sah Sherman eine Reihe von Gefangenen in einem Korridor am Boden sitzen. Der Korridor war kaum neunzig Zentimeter breit. Einer von den Gefangenen war ein junger Weißer mit einem gewaltigen Gipsverband am rechten Bein. Er trug kurze Hosen, so daß der ganze Gips zu sehen war. Er saß am Boden. Zwei Krücken lehnten neben ihm an der Wand. Am Ende des Korridors befand sich eine Tür. Ein Beamter stand daneben. Er trug einen großen Revolver an der Hüfte. Sherman fiel auf, daß das die erste Pistole war, die er sah, seit er dieses Gebäude betreten hatte. Jedem Gefangenen wurden, wenn er die Arrestabteilung verließ und durch die Gittertür trat, die Handschellen abgenommen. Sherman ließ sich gegen die Wand gelehnt zu Boden sacken wie alle anderen. In dem Korridor war keine Luft. Es gab keine Fenster. Nur fluoreszierendes Licht und Hitze und die Ausdünstungen zu vieler Körper. Der Fleischhahn! Die Rutsche ins Schlachthaus! Und sie führte ... wohin?

Die Tür am Ende des Korridors ging auf, und eine Stimme von der anderen Seite sagte: »Lantier.« Der Gefängnisbeamte im Korridor sagte: »Okay, Lantier.« Der junge Mann mit den Krücken rappelte sich hoch. Der Latino neben ihm half ihm dabei. Er hüpfte auf seinem gesunden Fuß herum, bis er sich die Krücken richtig unter die Achselhöhlen geklemmt hatte. Was um alles in der Welt konnte er in diesem Zustand bloß getan haben? Der Polizist machte ihm die Tür auf, und Sherman hörte eine Stimme auf der anderen Seite, die ein paar Zahlen aufrief und dann sagte: »Herbert Lantier? ... Anwalt, der Herbert Lantier vertritt?«

Der Gerichtssaal! Am Ende der Rutsche war der Gerichtssaal! Als Sherman schließlich an die Reihe kam, fühlte er sich benommen, zerschlagen, fiebrig. Die Stimme auf der anderen Seite sagte: »Sherman McCoy.« Der Polizist drinnen sagte: »McCoy.« Sherman schlurfte durch die Tür, während er seine Hose festhielt und die Füße schleifen ließ, um die Schuhe nicht zu verlieren. Er sah einen hellen, modernen Raum und eine große Menge Menschen, die in alle Richtungen liefen. Die Richterbank, die Schreibtische, die Sitze, alles war aus einem billig wirkenden hellen Holz. Auf der einen Seite bewegten sich Leute in Wellen um das erhöhte helle Holzpult des Richters, und auf der anderen Seite bewegten sie sich in Wellen in etwas, das ein Zuschauerraum zu sein schien. So viele Menschen ... so ein helles Licht ... so ein Durcheinander ... soviel Bewegung ... Zwischen den beiden Bereichen verlief eine Schranke, ebenfalls aus hellem Holz. Und an der Schranke stand Killian ... Er war da! Er sah sehr frisch und adrett in seinen eleganten Sachen aus. Er lächelte. Es war das beruhigende Lächeln, das man sich für Schwerkranke aufhebt. Als Sherman auf ihn zuschlurfte, wurde ihm deutlich bewußt, wie er selbst aussehen mußte ... der schmutzige, aufgeweichte Anzug ... die Styropor-Erdnüsse ... das zerknitterte Hemd, die nassen Schuhe ohne Schnürsenkel ... Er konnte seinen eigenen Gestank aus Dreck, Verzweiflung und Angst riechen.

Jemand las ein paar Zahlen vor, und dann hörte er seinen Namen, und dann hörte er, wie Killian seinen Namen nannte, und der Richter sagte: »Wie plädieren Sie?« Killian sagte leise zu Sherman: »Sagen Sie: ›Nicht schuldig.‹« Sherman krächzte die Worte hervor.

Es schien in dem Raum sehr viel Bewegung zu herrschen. Die Presse? Wie lange war er eigentlich schon hier? Dann brach ein Streit aus. Vor dem Richter stand ein eifriger, bulliger, zur Glatze neigender junger Mann. Er schien von der Staatsanwaltschaft zu sein. Der Richter sagte *bss bss bss bss Mr. Kramer.* Mr. Kramer.

Sherman kam der Richter sehr jung vor. Es war ein dicklicher Weißer mit zurückweichendem lockigem Haar und einer Robe, die aussah, als habe er sie sich zu seiner Examensfeier geliehen. Sherman hörte Killian murmeln: »Scheißkerl.«

Kramer sagte gerade: »Ich sehe, Euer Ehren, daß unsere Behörde sich in diesem Fall mit einer Kaution von nur zehntausend Dollar einverstanden erklärt hat. Aber spätere Entwicklungen, Dinge, die uns inzwischen zu Kenntnis gelangt sind, machen es unserer Behörde unmöglich, so einer niedrigen Kaution zuzustimmen. Euer Ehren, dieser Fall dreht sich um einen schweren Personenschaden, sehr wahrscheinlich einen tödlichen Personenschaden, und wir haben eindeutige und definitive Kenntnis, daß es in diesem Fall einen Zeugen gab, der sich nicht gemeldet hat, und daß dieser Zeuge sogar in dem Wagen saß, der von dem Beschuldigten, Mr. McCoy, gefahren wurde, und wir haben jeden Grund zur Annahme, daß Versuche unternommen worden sind oder unternommen werden, diesen Zeugen daran zu hindern, sich zu stellen, und wir glauben auf keinen Fall, daß es den Interessen der Gerechtigkeit dienlich ist ...«

Killian sagte: »Euer Ehren ...«

»... wenn man diesem Beschuldigten gestattet, mit einer symbolischen Kaution freizukommen ...«

Unruhe, Grollen, lautes wütendes Gemurmel erhob sich in dem Zuhörerraum, und eine einzelne tiefe Stimme rief: »Keine Kaution!« Dann ein mächtiger Flüsterchor: »Keine Kaution!« ...

»Sperrt ihn ein!« ... »Macht ihn klein!«

Der Richter klopfte mit seinem Hammer auf. Das Gemurmel verstummte.

Killian sagte: »Euer Ehren, Mr. Kramer weiß sehr gut ...«
Von neuem machte sich Unruhe breit.

Kramer redete weiter, einfach über Killians Worte hinweg: »Angesichts der Emotionen in dieser Gemeinde, die sich völlig zu Recht erhoben, durch diesen Fall, in dem sich herausgestellt hat, daß die Gerechtigkeit ein schwankendes Rohr ist ...«

Killian, im Gegenangriff, rief: »Euer Ehren, das ist schlichter Unsinn!«

Große Unruhe.

Die Unruhe eskalierte zu einem Brüllen; das Gemurmel zu einem lauten, unartikulierten Schrei. »Oooohhhh, Mann!« ... »Buuuuh!« ... »Pfuiiiii!« ... »Halt dein dreckiges Maul und laß den Mann reden!«

Der Richter klopfte wieder mit dem Hammer auf. »Ruhe!« Das Gebrüll legte sich. Dann zu Killian: »Lassen Sie ihn seine Erklärung beenden. Sie können erwidern.«

»Danke, Euer Ehren«, sagte Kramer. »Euer Ehren, ich möchte die Aufmerksamkeit des Gerichts auf die Tatsache lenken, daß dieser Fall, selbst in der Phase der Anklageerhebung, innerhalb kürzester Zeit eine starke Anteilnahme der Gemeinde und vor allem der Freunde und Nachbarn des Opfers in diesem Fall, Henry Lambs, gefunden hat, der in äußerst ernstem Zustand weiterhin im Krankenhaus liegt.«

Kramer wandte sich um und machte eine Geste zum Zuschauerraum. Der war gedrängt voll. Leute standen. Sherman bemerkte eine Gruppe Schwarzer in blauen Arbeitshemden. Einer von ihnen war sehr groß und trug einen goldenen Ohrring.

»Mir liegt eine Bittschrift vor«, sagte Kramer, hielt mehrere Blätter Papier in die Höhe und wedelte damit über seinem Kopf herum. »Dieses Dokument ist von mehr als hundert Mitgliedern der Gemeinde unterschrieben und der Staatsanwaltschaft Bronx mit der Bitte übergeben worden, daß unsere Behörde in ihrem Auftrag dafür sorgen solle, daß in diesem Fall Gerechtigkeit geübt wird, und natürlich ist es nichts weiter als unsere geschworene Pflicht, ihre Repräsentanten zu sein.«

»Jesus Christus«, murmelte Killian.

»Die Nachbarn, die Gemeinde, die Menschen der Bronx haben die Absicht, diesen Fall und jeden Schritt des gerichtlichen Verfahrens sorgsam zu beobachten.«

Richtig! ... Yegggh! ... An-hannnnh! ... Gib's ihm! Ein schreckliches Durcheinander ging im Zuschauerraum los.

Der dickliche Richter klopfte mit seinem Hammer auf und rief: »Ruhe! Das hier ist eine Anklagevernehmung. Es ist keine Kundgebung. Ist das alles, Mr. Kramer?«

Grummel grummel murmel murmel buuuuuh!

»Euer Ehren«, sagte Kramer, »ich bin von meiner Behörde, das heißt von Mr. Weiss persönlich, instruiert worden, in diesem Fall um eine Kaution in Höhe von zweihundertfünfzigtausend Dollar zu ersuchen.«

Recht so! ... Yegggh! ... Gib's ihm ... Schreie, Applaus, Fußstampfen.

Sherman sah Killian an. *Sagen Sie mir – sagen Sie mir – sagen Sie mir, daß das nicht geschehen kann!* Aber Killian drängte sich schon zum Richter vor. Er hatte die Hand erhoben. Seine Lippen bewegten sich bereits. Der Richter schlug krachend mit seinem Hammer auf den Tisch.

»Wenn das so weitergeht, lasse ich den Saal räumen!«

»Euer Ehren«, sagte Killian, als der Lärm sich legte, »Mr. Kramer ist nicht nur bereit, eine Vereinbarung zwischen seiner Behörde und meinem Mandanten zu brechen. Er möchte einen Zirkus! Heute morgen wurde mein Mandant einer Zirkusverhaftung unterzogen, und das trotz der Tatsache, daß er jederzeit bereit war, freiwillig vor einer Grand Jury auszusagen. Und jetzt konstruiert Mr. Kramer eine frei erfundene Bedrohung durch einen namentlich nicht genannten Zeugen und bittet das Gericht, eine absurde Kaution festzusetzen. Mein Mandant ist ein in dieser Stadt alteingesessener Hausbesitzer, er hat eine Familie und tiefe Wurzeln in seiner Gemeinde, und mit einem Kautionsersuchen hat man sich einverstanden erklärt, wie selbst Mr. Kramer einräumt, und nichts hat sich ereignet, was die Voraussetzungen dieser Vereinbarung ändern könnte.«

»Sehr vieles hat sich geändert, Euer Ehren!« sagte Kramer.
»Yeah«, sagte Killian, »die Staatsanwaltschaft der Bronx ist es, was sich geändert hat!«
»Na schön!« sagte der Richter. »Mr. Kramer, wenn Ihre Behörde Informationen besitzt, die Einfluß auf die Höhe der Kaution haben, weise ich Sie an, diese Informationen zu sammeln und an dieses Gericht ein förmliches Gesuch zu richten, dann wird die Angelegenheit zu gegebener Zeit überprüft. Bis dahin entläßt das Gericht den Beschuldigten Sherman McCoy auf eine Kaution in Höhe von zehntausend Dollar bis zur Vorlage dieser Klage vor der Grand Jury.«
Gegröle und Geschrei! *Buuuh! ... Pfuiiiii! ... Neiiiinnn! ... Packt ihn!* ... Und dann setzte ein Sprechchor ein: »Keine Bürgschaft – sondern Haft!« ... »Keine Bürgschaft – sondern Haft!«
Killian führte Sherman von der Richterbank fort. Um aus dem Gerichtssaal zu kommen, würden sie direkt durch den Zuschauerraum müssen, direkt durch eine Ansammlung aufgebrachter Menschen, die sich jetzt erhoben hatten. Sherman sah Fäuste in der Luft. Dann sah er Polizisten auf sich zukommen, mindestens ein halbes Dutzend. Sie trugen weiße Hemden und Patronengurte und riesige Holster, aus denen Pistolengriffe ragten. In Wirklichkeit waren es Gerichtswachleute. Sie schlossen sich um ihn zusammen. *Sie bringen mich in die Zelle zurück!* Dann sah er, daß sie eine fliegende Keilformation bildeten, um ihn durch die Menge zu eskortieren. So viele finster blickende Gesichter, schwarze und weiße! *Mörder! ... Scheißkerl! ... Du kriegst das, was Henry Lamb gekriegt hat! ... Verrichte deine Gebete, Park Avenue! ... Ich reiß dir ein neues Loch in den Arsch! ... McCoy heißt: McTod, Baby! ...*
Er stolperte zwischen seinen weißhemdigen Beschützern weiter. Er hörte sie ächzen und keuchen, als sie die Menge zurückdrängten. »Durchlassen! Durchlassen!« ... Ab und zu tauchten andere Gesichter auf, deren Lippen sich bewegten ... Der lange

Engländer mit den blonden Haaren ... Fallow ... Die Presse ... dann wieder Rufe ... *Du gehörst mir, Spitznase! Mir! ... Zähl jeden Atemzug, Baby! ... Packt ihn! ... Das Licht ist aus, Miststack! ... Seht ihn euch an – Park Avenue!*

Selbst im Zentrum des Sturmes fühlte Sherman sich seltsam unberührt durch das, was geschah. Seine Gedanken sagten ihm, es sei etwas Schreckliches, aber er empfand es nicht. *Weil ich bereits tot bin.*

Der Sturm platzte aus dem Gerichtssaal in ein Foyer. Das Foyer war voller Leute, die überall herumstanden. Sherman sah, wie der Ausdruck ihrer Gesichter sich von Verblüffung in Angst verwandelte. Sie begannen zur Seite zu hasten, um dieser aus der Bahn geworfenen Galaxis aus Körpern, die aus dem Gerichtssaal kapriolt kam, Platz zu machen. Inzwischen steuerten Killian und die Gerichtswachleute Sherman auf eine Rolltreppe zu. Ein scheußliches Fresko war dort an der Wand. Die Rolltreppe ging nach unten. Druck von hinten – er taumelte nach vorn und landete auf dem Rücken eines Gerichtswachtmeisters auf der Stufe drunter. Einen Moment lang schien es, als ob eine Lawine aus Leibern – aber der Gerichtswachtmeister fing sich und hielt sich an dem rollenden Geländer fest. Jetzt brach die kreischende Galaxis durch die Eingangstüren und hinaus auf die Haupttreppe an der Einhunderteinundsechzigsten Straße. Eine Mauer aus Leibern war im Weg. Fernsehkameras, sechs oder acht Stück, Mikrofone, fünfzehn oder zwanzig Stück, schreiende Leute – die Presse.

Die zwei Menschenansammlungen trafen aufeinander, vermischten sich, erstarrten. Killian ragte vor Sherman auf. Mikrofone waren in seinem Gesicht, und Killian deklamierte äußerst rhetorisch:

»Ich will, daß ihr der ganzen Stadt New York« – Yawk – »zeigt, was ihr da drin gerade gesehen habt« – sawwwr in'eh. Mit der sonderbarsten Gleichgültigkeit wurde sich Sherman jeder Glossenflexion in der Stimme dieses Fatzkes bewußt. »Ihr habt eine Zirkusverhaftung gesehen, und dann habt ihr eine Zirkusanklagevernehmung gesehen, und dann habt ihr gesehen, wie die Staatsanwaltschaft sich prostituiert und für eure Kameras und den Beifall eines parteiischen Pöbels das Gesetz« – the lawwwr – »pervertiert!«

Buuuuh! ... Pfuiiiii! ... Selber parteiisch, du krummnasiger Scheißkerl! ... Irgendwo hinter Sherman, vielleicht einen halben Meter entfernt, leierte jemand in einem Singsang-Falsett: »Verrichte deine Gebete, McCoy ... Dein Tag steht fest ... Verrichte deine Gebete, McCoy ... Dein Tag steht fest ...«

Killian sagte: »Wir haben gestern eine Vereinbarung mit der Staatsanwaltschaft getroffen ...«

Das Singsang-Falsett sagte: »Verrichte deine Gebete. McCoy ... Zähl deine Atemzüge ...«

Sherman blickte zum Himmel hinauf. Der Regen hatte aufgehört. Die Sonne war hervorgekommen. Es war ein wunderschöner, milder Tag im Juni. Eine weiche blaue Kuppel wölbte sich über der Bronx.

Er blickte zum Himmel und lauschte den Geräuschen, einfach den Geräuschen, den bombastischen Tropen und Sentenzen, den Falsett-Songs, den neugierigen Rufen, dem Gemurmel der Autos, und er dachte: Ich gehe da nicht wieder rein, niemals. Es ist mir gleich, was es kostet, draußen zu bleiben, und wenn ich mir einen Flintenlauf in den Mund stecken muß.

Die einzige Flinte, die er besaß, war allerdings doppelläufig. Es war ein mächtiges, altes Ding. Er stand auf der Einhunderteinundsechzigsten Straße, einen Block vom Grand Concourse entfernt, in der Bronx, und überlegte, ob er wohl beide Läufe in den Mund bekäme.

23
Im Innern der Höhle

»Na, da sind Sie ja, Larry«, sagte Abe Weiss mit einem breiten Grinsen. »Die haben Ihnen aber 'ne blanke Birne verpaßt.«

Da Weiss ihn nun dazu aufforderte, tat Kramer, was er schon die letzten fünfundvierzig Sekunden am liebsten getan hätte, nämlich sich völlig von Weiss wegzudrehen und auf die Reihe der Fernseher an der Wand zu blicken.

Und da war er tatsächlich.

Die Videokassette der Channel-1-Sendung vom Vorabend war gerade an der Stelle angekommen, an der die Zeichnung der Gerichtszeichnerin die Szene im Gerichtssaal darstellte. Der Ton war runtergedreht, aber Kramer konnte die Stimme des Sprechers, Robert Corso, hören, als wäre sie mitten in seinem Kopf: »Unterstaatsanwalt Lawrence Kramer streckte die Bittschrift Richter Samuel Auerbach entgegen und sagte: ›Euer Ehren, die Menschen der Bronx ...‹« Auf der Zeichnung war die Oberseite seines Kopfes absolut kahl, was unrealistisch und unfair war, denn er hatte keine Glatze, er neigte nur dazu. Trotzdem, *da war er*. Das war nicht irgendeiner von den Leuten, die man im Fernsehen sieht. Das war er selbst, und wenn es je einen mächtigen Kämpfer für die Gerechtigkeit gegeben hatte, dann war er es auf diesem Fernsehschirm. Sein Nacken, seine Schultern, seine Brust, seine Arme – sie waren riesig, als stieße er die 7 $^1/_4$-Kilo-Kugel bei den Olympischen Spielen, statt mit ein paar Blättern Papier zu Sammy Auerbach rüberzuwedeln. Sicher, ein Grund, weshalb er so mächtig wirkte, war, daß die

Zeichnung ein bißchen unproportioniert war, aber das war wahrscheinlich die Art, wie ihn die Künstlerin gesehen hatte: überlebensgroß. Die Künstlerin ... Was für ein knackiges italienisches Mädchen das gewesen war ... Lippen wie Nektarinen ... Hübsche Brüste unter einem Pulli aus glänzendem Seidenjersey ... Lucy Dellafloria hieß sie ... Wenn nicht soviel Aufregung und Durcheinander geherrscht hätte, wäre es die einfachste Sache von der Welt gewesen. Schließlich hatte sie da im Gerichtssaal gesessen und sich auf ihn in der Bühnenmitte konzentriert, in seinen Anblick vertieft, in die Leidenschaft seiner Ausführungen, das Selbstbewußtsein seines Auftritts auf dem Felde der Schlacht. Sie war als Künstlerin und als Frau ... mit den vollen Lippen eines geilen italienischen Mädchens ... in ihn vertieft.

Viel zu schnell, einfach so, war die Zeichnung weg, und auf dem Fernsehschirm war Weiss mit einem ganzen Wald von Mikrofonen zu sehen, die sich ihm entgegenreckten. Die Mikrofone hatten auf kleinen Metallstativen auf seinem Schreibtisch gestanden, als er gleich nach der Anklagevernehmung eine Pressekonferenz gegeben hatte. Heute morgen hatte er noch eine gegeben. Weiss wußte genau, wie er das Hauptinteresse auf sich lenkte. O ja. Der durchschnittliche Fernsehzuschauer würde annehmen, daß die ganze Show eine Angelegenheit von Abe Weiss sei und daß der Unterstaatsanwalt, der den Fall vor Gericht vertrat, dieser Larry Kramer, nur das Instrument von Abe Weiss' rauchig-kehligem strategischem Intellekt sei. Weiss hatte tatsächlich kein einziges Mal auf seinen Füßen stehend in einem Gerichtssaal gearbeitet, solange er im Amt war, und das waren fast vier Jahre. Aber Kramer ärgerte das nicht; zumindest nicht sehr. Das waren die feststehenden Tatsachen. So lief das nun mal. So war das in jeder Staatsanwaltschaft, nicht bloß bei Weiss. Nein, speziell an diesem Morgen war Captain Ahab in Kramers Augen okay. Die TV-Nachrichten und die Zeitungen hatten den Namen Lawrence Kramer viele Male groß herausgebracht, und *sie,* die knusprige Lucy Dellafloria, das sexy Lucy Leckerblümchen, hatte sein Porträt gezeichnet und seine mächtige Gestalt eingefangen. Nein, es war gut so. Und Weiss hatte sich gerade die Mühe gemacht, ihm das darzulegen, indem er ihm die Videokassette vorspielte. Die unausgesprochene Botschaft lautete: Okay, ich mache mich zum Star, weil ich diese Behörde leite und ich derjenige bin, der sich einer Wiederwahl stellen muß. Aber siehst du, ich vergesse dich nicht. Du wirst an zweiter Stelle genannt.

Und die beiden sahen sich den Rest des Channel-1-Berichts in dem Fernseher an der getäfelten Wand an. Man sah Thomas Killian vor dem Gebäude des Kriminalgerichts stehen, während Mikrofone an *sein* Gesicht emporgehalten wurden.

»Sehn Sie sich diese Scheißklamotten an«, murmelte Weiss. »Sieht verflucht lächerlich aus.« Was Kramer durch den Kopf ging, war, was solche Sachen wohl kosteten.

Killian hielt sich weiter darüber auf, was das für eine »Zirkusverhaftung« und »Zirkusanklagevernehmung« gewesen sei. Er schien äußerst aufgebracht zu sein.

»Wir haben gestern eine Vereinbarung mit der Staatsanwaltschaft getroffen, daß Mr. McCoy sich heute morgen friedlich und freiwillig zur Anklagevernehmung hier in der Bronx einfindet, aber der Staatsanwalt zog es vor, diese Vereinbarung zu brechen und Mr. McCoy wie einen Schwerverbrecher zu verhaften, wie ein Tier – und wofür? Für Ihre Kameras und für Wählerstimmen.«

»Raus!« sagte Weiss zu der Mattscheibe.

Killian sagte: »Mr. McCoy weist die Beschuldigungen nicht nur zurück, er ist vielmehr sehr interessiert daran, daß die Tatsachen in diesem Fall ans Licht kommen, und wenn sie das tun, werden Sie sehen, daß das Szenarium, das man sich für diesen Fall ausgedacht hat, absolut jeder Grundlage entbehrt.«

»Bla bla bla«, sagte Weiss zu dem Fernseher.

Die Kamera schwenkte auf eine Gestalt, die gleich hinter Killian stand. Es war McCoy. Seine Krawatte war lose und zur Seite gezogen. Sein Hemd und sein Jackett waren zerknüllt. Sein Haar war zerzaust. Er sah wie halb ertrunken aus. Seine Augen drehten sich nach oben, zum Himmel. Er wirkte, als sei er überhaupt nicht anwesend.

Jetzt war das Gesicht von Robert Corso auf der Mattscheibe, und er sprach über McCoy, McCoy, McCoy. Es ging nicht mehr um den Fall Lamb. Es ging um den Fall McCoy. Der mächtige Wall-Street-Wasp mit seinem aristokratischen Profil hatte dem Fall ein bißchen Sex-Appeal eingehaucht. Die Presse konnte nicht genug davon bekommen.

Weiss' Schreibtisch war mit Zeitungen bedeckt. Die gestrige Nachmittagsausgabe von »The City Light« lag noch immer obenauf. In riesigen Lettern stand auf der Titelseite:

WALL-STREET-PROMINENTER
NACH UNFALLFLUCHT GESTELLT

Die Worte waren neben ein hohes, schmales Foto von McCoy gesetzt, das ihn triefend naß zeigte, die Hände vor sich haltend, während sein Anzugsjackett über die Hände gelegt war, offensichtlich, um seine Handschellen zu verdecken. Er hielt sein großes, hübsches Kinn hochgereckt, und ein grimmig böser Blick schoß genau an seiner Nase entlang in Richtung Kamera. Er sah aus, als wolle er sagen: Yeah, und wenn schon! Selbst die »Times« hatte diesen Morgen die Sache auf der Titelseite, aber »The City Light« war das Blatt, das sich wirklich wild gebärdete. Die Schlagzeile heute morgen lautete:

SUCHEN »SCHARFES« BRÜNETTES
PHANTOM-GIRL

Eine kleinere Überschrift darüber verkündete: *Mercedes-Team: Er fuhr, sie floh.* Das Foto war das aus dem Gesellschaftsmagazin »W«, auf das Roland Auburn gezeigt hatte, nämlich das von McCoy im Smoking, grinsend, und von seiner Frau, die tugendhaft und reizlos aussah. Die Bildunterschrift lautete: *Augenzeuge nannte McCoys Begleiterin jünger, »schärfer«, eine »heißere Nummer« als seine vierzigjährige Ehefrau Judy, hier mit Mann auf Wohltätigkeitsparty.* Eine Zeile mit weißer Schrift auf einem schwarzen Balken unten auf der Seite teilte mit: *Protestierer fordern »Haft statt Bürgschaft« für Wall-Street-As. Siehe Seite drei.* Und: *Chez McCoy und chez Lamb: Eine Geschichte zweier Städte. Fotos auf Seite vier und fünf.* Auf den Seiten vier und fünf waren Fotos von McCoys Riesenapartment an der Park Avenue, nämlich die aus »Architectural Digest«, auf der einen Seite und Fotos von Lambs' winzigen Zimmern in der Sozialbausiedlung auf der anderen abgebildet. Eine lange Bildunterschrift lautete: *Zwei äußerst unterschiedliche New Yorks stießen aufeinander, als der $ 50.000 teure Mercedes-Benz-Sportwagen des Wall-Street-Investmentbankers Sherman McCoy den Musterschüler Henry Lamb überfuhr. McCoy lebt in einem $ 3 Millionen teuren doppelstöckigen 14-Zimmer-Apartment in der Park Avenue. Lamb in einer monatlich $ 247 kostenden Dreizimmerwohnung in einem Neubauprojekt in der South Bronx.*

Weiss liebte jeden Quadratzentimeter des Berichts. Er hatte diesem ganzen Geschwätz von »weißer Justiz« und »Johannesbronx« ein für allemal das Maul gestopft. Es war ihnen nicht gelungen, McCoys Kaution auf $ 250.000 hochzuschrauben, aber sie hatten die Sache energisch verfolgt. Energisch? Kramer lächelte. Sammy Auerbachs Augen waren aufgeklappt wie zwei Regenschirme, als er mit der Bittschrift zu ihm rübergefuchtelt hatte. Das war eine Idee zu unverschämt gewesen, aber es hatte den Kernpunkt der Angelegenheit klargemacht. Die Bronxer Staatsanwaltschaft stand mit dem Volk in Kontakt. Und das würde weiterhin für eine höhere Kaution kämpfen.

Nein, Weiss war zufrieden. Das war deutlich zu sehen. Es

war das allererste Mal, daß Kramer ganz allein, ohne Bernie Fitzgibbon, in Weiss' Büro gerufen worden war.

Weiss drückte auf einen Knopf, und der Fernseher ging aus. Er sagte zu Kramer: »Haben Sie gesehen, wie McCoy aussah, als er da stand? Er sah aus wie ein Scheißtippelbruder. Milt sagte, er hätte so ausgesehen, als er gestern in den Gerichtssaal kam. Er sagte, er hätte grauenhaft ausgesehen. Wie kam denn das alles?«

»Na ja«, sagte Kramer, »der ganze Grund war, es hat geregnet. Er wurde naß, als er draußen vor dem Zentralregister in der Schlange wartete. Sie ließen ihn sich anstellen wie alle anderen auch, das war der ganze Zweck. Um ihm keine Sonderbehandlung zu geben.«

»Na schön«, sagte Weiss, »aber Herrgott noch mal, da bringen wir schon die Park Avenue in den Gerichtssaal, und Milt sagt, der Kerl hätte ausgesehen, als wär er gerade aus dem Fluß gefischt worden. Auch darüber hat sich Bernie bei mir beschwert. Er wollte ihn erst gar nicht durchs Zentralregister laufen lassen.«

»Er sah gar nicht *so* furchtbar aus, Mr. Weiss«, sagte Kramer.

»Nennen Sie mich Abe.«

Kramer nickte, beschloß jedoch, eine angemessene Zeit zu warten, ehe er sein erstes »Abe« probierte. »Er sah kein Stück anders aus als jeder, der aus den Käfigen in den Saal kommt.«

»Und dann versucht auch noch Tommy Killian einen großen Stunk um die Sache zu machen.« Weiss gestikulierte zu den Fernsehern hinüber.

Kramer dachte: Na, endlich hast du dich gegen die beiden Donkeys auf die Hinterbeine gestellt. Bernie war bedrückt gewesen, um es milde zu formulieren, als Weiss ihn überstimmt und Kramer angewiesen hatte, er solle beantragen, McCoys Kaution von $ 10.000 auf $ 250.000 zu erhöhen, nachdem Bernie sich mit Killian auf $ 10.000 geeinigt hatte. Weiss hatte zu Bernie gesagt, das solle nur die aufgebrachten Bewohner der

Gemeinde beschwichtigen, die meinten, McCoy bekäme eine Sonderbehandlung, und er wisse doch, daß Auerbach nicht wirklich so eine hohe Kaution festsetzen werde. Aber für Bernie war das ein Kontraktbruch gewesen, eine Verletzung der Bestimmungen der Gefälligkeitsbank, des heiligen Treuekodex von einem Harp zum anderen im Strafrechtssystem.

Kramer sah eine Wolke über Weiss' Gesicht ziehen, und dann sagte Weiss: »Na, lassen wir Tommy zetern. Man macht sich selber verrückt, wenn man versucht, es allen recht zu machen. Ich mußte eine Entscheidung fällen, und ich habe eine gefällt. Bernie mag Tommy, und das ist okay. Ich selber mag Tommy auch. Aber Bernie möchte ihm gottverdammte Sonderrechte zuschanzen! Nach den Versprechungen, die er Killian gegeben hatte, wäre McCoy hier durchgelatscht wie Prinz Charles. Wie lange war McCoy in den Käfigen?«

»Oh, ungefähr vier Stunden.«

»Na, Teufel, das ist doch ziemlich normal, oder?«

»Ziemlich. Ich habe Beschuldigte gesehen, die wurden von einem Polizeikittchen ins nächste befördert und dann zum Zentralregister und dann nach Rikers Island und dann zum Zentralregister zurück, und dann erst kamen sie zur Anklagevernehmung. Wenn sie an einem Freitagabend verhaftet werden, können sie das ganze Wochenende damit zubringen. *Dann* können Sie Leute sehen, die verlottert sind. McCoy mußte nicht mal erst auf ein Polizeirevier, um dann mit dem Bus rüber ins Zentralregister geschafft zu werden.«

»Also dann weiß ich nicht, was dieses ganze gottverdammte Gemeckere soll. Ist ihm in den Käfigen irgendwas zugestoßen? Was soll denn das alles?«

»Nichts ist passiert. Der Computer ist ausgefallen, glaube ich. Deswegen gab's 'ne Verzögerung. Aber auch das passiert immer wieder mal. Das ist normal.«

»Wollen Sie wissen, was ich denke? Ich glaube, ohne daß er's weiß, denkt Bernie – verstehen Sie mich nicht falsch, ich mag

Bernie, und ich respektiere Bernie – aber ich glaube, ohne daß er's weiß, meint er wirklich, jemand wie McCoy sollte eine Sonderbehandlung erhalten, weil er weiß ist und weil er bekannt ist. Aber das ist eine heikle Sache. Bernie ist Ire, ebenso wie Tommy Ire ist, und den Iren ist ein bestimmtes Maß an ›deference‹ angeboren, wie die Engländer das nennen, an Ehrerbietung, aber sie haben nicht die geringste Ahnung davon. Sie sind beeindruckt von solchen Wasps wie McCoy, auch wenn sie in ihrem Bewußtsein so handeln und denken, als gehörten sie der IRA an. Es ist nicht wirklich wichtig, aber ein Bursche wie Bernie hat sich mit diesem Ehrerbietungs-Kram, diesem unbewußten irischen Erbe auseinanderzusetzen, und er weiß es überhaupt nicht. Aber wir vertreten nicht die Wasps, Larry. Ich möchte wissen, ob in der Bronx überhaupt ein Wasp wohnt. Irgendwo in Riverdale muß es einen geben.«

Kramer lachte in sich hinein.

»Nein, im Ernst«, sagte Weiss. »Das hier ist die Bronx. Das hier ist das Laboratorium menschlicher Beziehungen. So nenne ich die Bronx, das Laboratorium menschlicher Beziehungen.«

Das stimmte; er nannte sie das Laboratorium menschlicher Beziehungen. Er nannte sie jeden Tag so, als habe er vergessen, daß jeder, der schon mal in seinem Büro war, es bereits von ihm gehört hatte. Aber Kramer war geneigt, Weiss' alberne Angewohnheiten zu verzeihen. Mehr als zu verzeihen ... *zu verstehen* ... und die fundamentale Wahrheit an der Art und Weise, wie dieser Hanswurst Dinge sagte, anzuerkennen. Weiss hatte recht. Man konnte das Strafrechtssystem in der Bronx nicht leiten und so tun, als befinde man sich in so was wie einem ausgelagerten Manhattan.

»Kommen Sie mal her«, sagte Weiss. Er stand aus seinem großen Sessel auf, ging hinüber an das große Fenster in seinem Rücken und nickte Kramer heran. Von hier oben im sechsten Stock, auf dem Gipfel des Hügels, war die Aussicht grandios. Sie waren hoch genug, daß alle miesen Einzelheiten verschwanden und die wunderschöne Hügellandschaft der Bronx in den Vordergrund trat. Sie blickten über das Yankee-Stadion und den John Mullaly Park hinweg, der von hier oben wirklich grün und waldig aussah. In der Ferne, geradeaus, jenseits des Harlem River, sah man die Skyline des nördlichen Manhattan, wo das Columbia Presbyterian Medical Center liegt, und von hier wirkte die Aussicht idyllisch, wie eines von diesen alten Landschaftsbildern, auf denen im Hintergrund verschwommen ein paar Bäume erscheinen und ein paar weiche graue Wolken.

Weiss sagte: »Schauen Sie runter auf diese Straßen, Larry. Was sehen Sie? *Wen* sehen Sie?«

Kramer sah tatsächlich nichts weiter als ein paar winzige Gestalten die Einhundertcinundsechzigste Straße und die Walton Avenue entlangspazieren. Sie waren so weit unten, daß sie wie Insekten wirkten.

»Sie sind alle schwarz und puertoricanisch«, sagte Weiss. »Man sieht da unten nicht mal mehr irgendeinen alten Juden rumlaufen, und auch keine Italiener mehr, und das ist das Stadtzentrum der Bronx. Das hier ist dasselbe wie die Montague Street in Brooklyn oder die City Hall Plaza in Manhattan. Früher saßen im Sommer da drüben am Grand Concourse abends die Juden draußen auf den Bürgersteigen und guckten einfach den vorbeifahrenden Autos zu. Jetzt würde man nicht mal Charles Bronson dazu kriegen, sich da draußen hinzusetzen. Das ist die moderne Zeit, und das begreift noch niemand. Als ich klein war, beherrschten die Iren die Bronx. Sie beherrschten sie lange. Erinnern Sie sich an Charlie Buckley? Charlie Buckley, der Kongreßabgeordnete? Nein, Sie sind zu jung. Charlie Buckley, der Herr der Bronx, so irisch wie nur was. Bis ungefähr vor dreißig Jahren beherrschte Charlie Buckley immer noch die Bronx. Und jetzt sind sie am Ende, und wer beherrscht sie? Juden und Italiener. Aber für wie lange? Da unten auf der Straße gibt's keine Juden und Italiener mehr, wie lange werden sie also noch hier oben in diesem Gebäude sein? Aber das ist die Bronx, das Laboratorium menschlicher Beziehungen. So nenne ich sie, das Laboratorium menschlicher Beziehungen. Es sind arme Leute, auf die man hier runterguckt, Larry, und Armut zeugt Verbrechen, und das Verbrechen in diesem Stadtteil – na ja, das muß ich Ihnen nicht erzählen. Zur einen Hälfte bin ich Idealist. Ich möchte mich mit jedem Fall ganz individuell und mit jedem Menschen einzeln befassen. Aber bei der riesigen Menge von Fällen, die wir haben? Ayyyyyyyyy ... Die andere Hälfte von mir weiß, nach dem, was wir eigentlich tun, sind wir wie eine kleine Schar Cowboys, die eine Herde bewacht. Das beste, was man für eine Herde hoffen kann, ist, daß man die Herde *als Ganzes*« – er machte mit den Händen eine weite Kreisbewegung – »unter Kontrolle behält und hofft, man verliert unterwegs nicht allzu viele. Oh, der Tag wird kommen, und vielleicht sehr bald, da werden diese Leute da unten ihre eigenen Führer und ihre eigenen Organisationen haben, und sie werden die Demokratische Partei der Bronx und alles andere sein, und wir werden nicht mehr in diesem Haus hier sitzen. Aber jetzt in diesem Moment brauchen sie uns, und wir müssen das Richtige für sie tun. Wir müssen sie wissen lassen, daß wir nicht anders sind als sie und daß sie genauso zu New York gehören wie wir. Wir müssen ihnen die richtigen Signale übermitteln. Wir müssen sie wissen lassen, daß wir sie zwar streng bestrafen mögen, wenn sie aus der Reihe tanzen, aber nicht, weil sie schwarz oder hispanisch oder arm sind. Wir müssen sie wissen lassen, daß die Justiz wirklich blind ist. Wir müssen sie wissen lassen, wenn man weiß und reich ist, läuft das genauso. Das ist ein sehr wichtiges Signal. Es ist wichtiger als jede Spezialfrage oder Spitzfindigkeit des Gesetzes. Um nichts anderes dreht sich diese Behörde, Larry. Wir sind nicht hier, um Fälle abzuhandeln. Wir sind hier, um Hoffnung zu schaffen. Das ist es, was Bernie nicht begreift.« Er sagte »doesn't understand«; und dieses »doesn't« statt des irischen »don't« zeigte das Erhabene der Gedanken des Staatsanwalts in diesem Moment an. »Bernie macht immer noch seine irischen Winkelzüge«, sagte Weiss, »genauso wie Charlie Buckley das tat, aber das ist zu Ende. Das ist vorbei. Das hier ist die moderne Zeit im Laboratorium menschlicher Beziehungen, und wir haben die geschworene Pflicht, diese Menschen zu vertreten, auf die wir hier heruntersehen.«

Kramer äugte eifrig auf die Insekten hinab. Was Weiss betraf, so hatte die Erhabenheit seiner Gedanken Stimme und Gesicht mit Leidenschaft erfüllt. Er warf Kramer einen freundlichen Blick zu und lächelte müde, so als wolle er sagen: Um nichts weiter dreht sich das Leben, sind erst einmal alle nichtigen Erwägungen beiseite gewischt.

»Ich habe noch nie in der Weise drüber nachgedacht, Abe«, sagte Kramer, »aber Sie haben absolut recht.« Es schien ihm ein guter Augenblick für das erste »Abe« zu sein.

»Ich habe mir zu Anfang wegen dieser McCoy-Sache Sorgen gemacht«, sagte Weiss. »Es sah so aus, als spielten Bacon und diese Leute die Sache hoch und wir täten nichts weiter, als zu reagieren. Aber es ist okay. Es hat sich als eine gute Sache erwiesen. Wie behandeln wir ein großes Tier von der Park Avenue *wirklich*? Wie jeden anderen, das ist die Antwort! Er wird verhaftet, er bekommt Handschellen angelegt, er wird registriert, ihm werden die Fingerabdrücke abgenommen, er wartet in den Käfigen genau wie jeder andere auf diesen Straßen da unten! Also, ich denke, das sendet einfach ein phantastisches Signal aus. Es läßt diese Leute wissen, wir vertreten *sie,* und sie sind ein Teil von New York City.«

Weiss blickte hinunter auf die Einhunderteinundsechzigste Straße wie ein Hirte auf seine Schafe. Kramer war froh, daß niemand außer ihm Zeuge davon war. Der Zynismus hätte sonst obsiegt. Man wäre außerstande gewesen, an was anderes zu denken, als daß Abe Weiss in fünf Monaten einer Wahl entgegensah und siebzig Prozent der Einwohner der Bronx Schwarze und Latinos waren. Aber da es keinen anderen Zeugen gab, konnte Kramer ins Herz der Angelegenheit vorstoßen, nämlich daß dieser Fanatiker vor ihm, Captain Ahab, recht habe.

»Sie haben gestern sehr gute Arbeit geleistet, Larry«, sagte Weiss, »und ich möchte, daß Sie weiter mit Volldampf rangehen. Fühlt man sich da nicht wunderbar, wenn man seine Gaben für etwas einsetzt, das etwas bedeutet? Herrgott, Sie wissen, was ich verdiene.« Das wußte Kramer. Es waren $ 82.000 im Jahr. »Ein dutzendmal hätte ich einen anderen Weg einschlagen und dreimal, fünfmal soviel in einer privaten Kanzlei verdienen können. Aber wofür? Man geht diesen Weg nur einmal, Larry. Womit möchte man in Erinnerung bleiben? Daß man ein Scheißlandhaus in Riverdale oder Greenwich oder Locust Valley hatte? Oder daß man *nicht gleichgültig war*? Mir tut Tommy Killian *leid*. Er war ein guter Unterstaatsanwalt, aber Tommy wollte Geld verdienen, und jetzt ist er auf Achse und verdient Geld, aber wie? Indem er einem Rudel von Klugscheißern, Psychopathen und Koksern die Händchen hält und die Nase putzt. Ein Typ wie McCoy läßt ihn gut aussehen. Aber so einen Typ hatte er die ganzen Jahre nicht, die er von hier weg ist. Nein, ich leite lieber das Laboratorium menschlicher Beziehungen. So denke ich drüber. Ich bin lieber nicht gleichgültig.« *Sie haben gestern sehr gute Arbeit geleistet. Und ich möchte, daß Sie weiter mit Volldampf rangehen.*

»Meine Güte, wie spät ist es eigentlich«, sagte Weiss. »Ich kriege langsam Hunger.«

Kramer sah voll Eifer auf seine Uhr. »Fast Viertel nach zwölf.«

»Warum bleiben Sie nicht da und essen hier zu Mittag? Richter Tonneto kommt vorbei, und dieser Typ von der ›Times‹, Overton Dingsbums – ich vergesse immer den Namen, die heißen alle Overton oder Clifton oder irgendso 'n Scheiß – und Bobby Vitello und Lew Weintraub. Kennen Sie Lew Weintraub? Nein? Bleiben Sie hier. Sie werden was lernen.«

»Na ja, wenn Sie meinen ...«

»Natürlich!« Weiss gestikulierte zu dem riesigen Konferenztisch hinüber, als wolle er sagen, da sei genügend Platz. »Bestellen Sie einfach ein paar Sandwiches.«

Er sagte das, als sei das zufällig eines von diesen spontanen Mittagessen, wo man was bestellte, statt auszugehen, als habe er oder irgendein anderer Hirte aus der Inselfestung es jemals gewagt, draußen unter der Herde herumzuflanieren und im Stadtzentrum der Bronx essen zu gehen.

Aber Kramer verbannte jeden billigen Zynismus aus seinen Gedanken. Mittagessen mit Leuten wie Richter Tonneto, Bobby Vitello, Lew Weintraub, dem Baulöwen, Overton Werauch-immer, einem Wasp von »The New York Times«, und dem Oberstaatsanwalt persönlich!

Er tauchte so allmählich aus dem anonymen Schlamm auf.

Danke, Gott, für den Großen Weißen Angeklagten. Danke dir, Gott, für Mr. Sherman McCoy.

Einen winzigen neugierigen Augenblick dachte er an McCoy. McCoy war nicht viel älter als er. Wie fühlte sich dieser kurze Sprung in die eiskalte Wirklichkeit für einen Wasp an, der sein ganzes Leben lang immer alles so gehabt hatte, wie er es wollte? Aber es war nur das, ein winziger Augenblick.

Die Bororo-Indianer, ein primitiver Stamm, der entlang des Vermelho in den Amazonas-Dschungeln Brasiliens lebt, glauben, daß es so etwas wie ein privates Ich nicht gibt. Die Bororo sehen den Geist als einen offenen Hohlraum wie eine Höhle oder einen Tunnel oder eine Arkade an, wenn man so will, worin das ganze Dorf wohnt und der Dschungel wächst. 1969 erklärte José M. R. Delgado, der hervorragende spanische Gehirnphysiologe, die Bororo hätten recht. Fast drei Jahrtausende lang hatte die abendländische Philosophie das Ich als etwas Singuläres betrachtet, als etwas, das sozusagen im Schädel des einzelnen eingeschlossen ist. Dieses innere Ich hatte sich natürlich mit der Außenwelt auseinanderzusetzen und von ihr zu lernen, und es mochte sich erweisen, daß es dazu unfähig war. Trotzdem nahm man an, daß es im Kern des eigenen Ich etwas Unwandelbares und Unberührtes gebe. Mitnichten, sagte Delgado: »Jeder Mensch ist eine vorübergehende flüchtige Mischung aus Materialien, die der Umwelt entnommen sind.« Das wichtige Wort war *vorübergehend,* und er sprach nicht von zehn Jahren, sondern von Stunden. Er führte Experimente an, in denen gesunde Studenten, die in hellen, aber geräuschisolierten Räumen auf Betten lagen, Handschuhe trugen, um den Tastsinn einzuschränken, und halb durchlässige Brillen, um bestimmte Sichtmöglichkeiten zu blockieren, *innerhalb von Stunden* zu halluzinieren begannen. Ohne das gesamte Dorf, den ganzen Dschungel, die die Höhlung einnahmen, war kein Geist mehr da.

Er zitierte allerdings keine Untersuchungen des entgegengesetzten Falles. Er legte nicht dar, was passiert, wenn das eigene Ich – oder das, was man darunter versteht – nicht nur ein für die Außenwelt offener Hohlraum ist, sondern plötzlich zu einem Vergnügungspark wird, in den jeder, todo el mundo, tout le monde, hereingetobt, -geschlittert, -gekreischt kommt, die Nerven ein Prickeln, die Lenden in Flammen, zu allem bereit, alles, was du hast, Gelächter, Tränen, Stöhnen, schwindelerregender Kitzel, Gekeuche, Schrecken, was immer, je blutrünstiger, desto fröhlicher. Mit einem Wort, er erzählte uns nichts über den Geist eines Menschen im Zentrum eines Skandals im letzten Viertel des zwanzigsten Jahrhunderts.

Zuerst, in der Woche nach dem Vorfall in der Bronx, hatte Sherman McCoy die Presse als einen Feind betrachtet, der ihn *da draußen* verfolgte. Er fürchtete die Zeitungen und Nachrichtensendungen jedes einzelnen Tages, wie jemand die Waffen eines ungreifbaren und unsichtbaren Feindes fürchtete, wie er herabfallende Bomben und einschlagende Granaten fürchtete. Selbst gestern, vor dem Zentralregister, in dem Regen und dem Dreck, als er das Weiße in ihren Augen und das Gelb ihrer

Zähne sah und sie ihn schmähten, verhöhnten und peinigten, als sie ihm alles antaten, außer auf ihm herumzutrampeln und ihn zu bespucken, waren sie immer noch der Feind *da draußen* gewesen. Sie hatten sich zum tödlichen Schlag um ihn versammelt, und sie verletzten und demütigten ihn, aber sie kamen nicht an sein unverletzliches Ich heran, Sherman McCoy, im Inneren des erzenen Feuerofens seines Geistes.

Sie rückten näher für den tödlichen Schlag. Und dann töteten sie ihn.

Er konnte sich nicht erinnern, ob er gestorben war, als er noch draußen in der Schlange stand, ehe die Tür zum Zentralregister aufging, oder als er in den Käfigen war. Aber als er aus dem Gebäude herauskam und Killian seine improvisierte Pressekonferenz hielt, war er gestorben und wiedergeboren. In seiner neuen Inkarnation war die Presse kein Feind mehr, und sie war auch nicht mehr *da draußen*. Die Presse war nun ein Zustand wie Lupus erythematodes oder Wegeners Granulom. Sein gesamtes Zentralnervensystem war jetzt an das weite, unberechenbare Netz von Radio, Fernsehen und Zeitungen angeschlossen, und sein Körper brauste, brannte und summte von der Energie der Presse und der Geilheit derer, zu denen sie gelangte, nämlich jedem, vom nächsten Nachbarn bis zum gelangweiltesten und fernsten Ausländer, den für einen Augenblick seine Schande angenehm erregte. Zu Tausenden, nein, Millionen kamen sie nun in die Höhle dessen getobt, was er für sein Ich gehalten hatte, Sherman McCoy. Er konnte sie nicht erfolgreicher dran hindern, in seine eigene Haut einzudringen, als er die Luft daran hindern konnte, in seine Lunge einzudringen. (Oder besser, er hätte sie nur auf die gleiche Weise draußen halten können, wie er seiner Lunge ein für allemal die Luft verweigern konnte. Diese Lösung kam ihm mehr als einmal während dieses langen Tages in den Sinn, aber er kämpfte gegen Todesgedanken an, ja, das tat er, das tat er, er, der schon einmal gestorben war.)

Es begann binnen Minuten, nachdem es ihm und Killian gelungen war, sich aus dem Gewühl von Demonstranten, Reportern, Fotografen und Kamerateams zu lösen und in die Limousine des Autoservice einzusteigen, die Killian gemietet hatte. Der Fahrer hörte im Autoradio einen dieser Unterhaltungssender, aber im Handumdrehen waren die jede halbe Stunde fälligen Nachrichten dran, und sofort hörte Sherman seinen Namen, seinen Namen und all die Schlüsselworte, die er den ganzen Rest des Tages immer und immer wieder hören und sehen würde: Wall Street, obere Zehntausend, Unfallflucht, Bronxer Musterschüler, unbekannte Begleiterin, und er sah, wie die Augen des Fahrers im Rückspiegel in die offene Höhle namens Sherman McCoy starrten. Als sie in Killians Büro ankamen, war die Mittagsausgabe von »The City Light« schon da, und sein verzerrtes Gesicht starrte ihn von der Titelseite an, und jedermann in New York stand es frei, durch diese entsetzten Augen einfach einzutreten. Am späten Nachmittag, als er heim zur Park Avenue fuhr, mußte er durch ein Heer von Reportern und Fernsehkamerateams Spießruten laufen, um in sein eigenes Wohnhaus zu gelangen. Sie nannten ihn »Sherman«, so munter und verächtlich und schroff, wie es ihnen gerade paßte, und Eddie, der Portier, sah ihm in die Augen und steckte seinen Kopf tief hinein in die Höhle. Um alles noch schlimmer zu machen, mußte er im Fahrstuhl mit den Morrisseys nach oben fahren, die das Penthouse-Apartment bewohnten. Sie sagten nichts. Sie bohrten nur ihre langen Nasen in die Höhle und schnüffelten und schnüffelten an seiner Schande, bis ihre Gesichter von dem Gestank erstarrten. Er hatte sich darauf verlassen, daß seine geheime Telefonnummer ihm Schutz gewährte, aber die Presse hatte das bereits gelöst, als er nach Hause kam, und Bonita, die freundliche Bonita, die nur ganz kurz in die Höhle spähte, hatte die Anrufe aufschreiben müssen. Jede nur denkbare Medienorganisation hatte angerufen, und einige Anrufe waren für Judy gewesen. Und für ihn? Wem fehlte es derart an Würde, wer wäre gegen Verlegenheit so unempfindlich, um persönlich in dieser großen, brausenden Passage anzurufen, dieser Hülse aus Scham und Angst, die Sherman McCoy war? Nur seine Mutter und sein Vater und Rawlie Thorpe. Na, wenigstens Rawlie hatte diese Größe. Judy – durchstreifte die Wohnung erschreckt und kühl. Campbell – verwirrt, aber nicht in Tränen; noch nicht. Er hatte gedacht, er würde nicht imstande sein, sich dem Fernseher auszusetzen, und trotzdem schaltete er ihn ein. Die Verleumdungen ergossen sich aus jedem Kanal. Prominenter Wall-Street-Investmentbanker, erste Geige bei Pierce & Pierce, einer der oberen Zehntausend, Privatschule, Yale, mißratener Sohn des ehemaligen Hauptgesellschafters von Dunning Sponget & Leach, der Anwaltskanzlei an der Wall Street, in seinem $ 60.000 teuren Mercedes-Sportwagen (mittlerweile gut $ 10.000 Aufschlag) mit einer sexy Brünetten, die nicht seine Frau und ganz und gar nicht *wie* seine Frau ist und seine Frau vergleichsweise verblüht erscheinen läßt, überfährt einen musterhaften Sohn achtbarer armer Leute, einen jungen Musterschüler, der in einer Sozialbausiedlung aufwuchs, und flieht in seinem Luxuswagen, ohne jedes Mitleid, geschweige denn irgendwelche Hilfe für sein Opfer, das nun dem Tode nahe ist. Das Unheimliche daran war – und er hatte es als unheimlich empfunden, als er dasaß und auf den Fernseher sah –, daß ihn diese plumpen Verzerrungen und offenkundigen Unwahrheiten nicht schockierten oder ärgerten. Vielmehr *schämte* er sich. Bis zum Abend waren sie in dem ungeheuren System, an das jetzt selbst seine Haut angeschlossen zu sein schien, so oft wiederholt worden, daß sie die Bedeutung von Wahrheiten angenommen hatten, weil nun Millionen diesen Sherman McCoy *gesehen* hatten, diesen Sherman McCoy auf der Mattscheibe, und sie kannten ihn als den Menschen, der diese herzlose Tat begangen hatte. Nun waren sie hier, in riesigen Pulks, die gackerten und tobten und wahrscheinlich noch Schlimmeres im Schilde führten, im Inneren der Passage, die er einmal für das private Ich von Sherman McCoy gehalten hatte. Jeder, jeder lebende Mensch, der ihn anblickte, möglicherweise mit Ausnahme Marias, falls sie ihn jemals wieder anblickte, würde ihn als den Mann auf der Titelseite von zwei Millionen, drei Millionen, vier Millionen Zeitungen und auf den Mattscheiben von Gott weiß wie vielen Millionen Fernsehapparaten kennen. Die Wucht ihrer Anschuldigungen, über das ungeheure System der Presse befördert, das mit seinem Zentralnervensystem verkabelt war, summte und brannte sich durch seine Haut und brachte sein Adrenalin in Wallung. Sein Puls war ständig schnell, und dennoch war er nicht mehr in Panik. Eine tief-, tieftraurige Apathie hatte eingesetzt. Konzentrieren konnte er sich auf ... nichts, nicht einmal lange genug, um Traurigkeit zu empfinden. Er dachte daran, was Campbell und Judy dadurch angetan wurde, und trotzdem fühlte er nicht mehr die schrecklichen Stiche, die er vorher gefühlt hatte ... ehe er gestorben war. Das beunruhigte ihn. Er schaute seine Tochter an und versuchte, die Stiche zu fühlen, aber es war nur eine intellektuelle Pflichtübung. Es war alles so traurig und mühsam, mühsam, mühsam.

Das einzige, was er wirklich empfand, war Angst. Es war die Angst, *wieder da rein* zu müssen.

Letzte Nacht war er völlig erschöpft zu Bett gegangen und hatte gemeint, er würde nicht schlafen können. Statt dessen schlief er fast auf der Stelle ein und hatte einen Traum. Es war gegen Abend. Er fuhr in einem Bus die First Avenue hinauf. Das war seltsam, denn er war seit mindestens zehn Jahren in New York nicht mehr Bus gefahren. Ehe er es merkte, war der Bus oben ungefähr an der Einhundertzehnten Straße, und es war dunkel. Er hatte seine Haltestelle verpaßt, obwohl er sich nicht erinnern konnte, bei welcher Haltestelle er aussteigen wollte. Er war jetzt in einem Schwarzenviertel. Eigentlich hätte es ein hispanisches Viertel sein sollen, nämlich Spanish Harlem, aber es war ein schwarzes Viertel. Er stieg aus dem Bus, weil er fürchtete, wenn er weiterführe, würde alles nur noch schlimmer. In Türen, auf Eingangstreppen, auf den Bürgersteigen konnte er in der Düsternis Gestalten sehen, aber sie hatten ihn noch nicht bemerkt. Er eilte im Dunkeln die Straßen entlang, immer darauf bedacht, nach Westen zu gelangen. Sein Verstand würde ihm geraten haben, einfach die First Avenue zurückzufahren, aber es erschien furchtbar wichtig, sich in Richtung Westen zu bewegen. Nun bemerkte er, daß die Gestalten ihn umkreisten. Sie sagten nichts, sie kamen nicht einmal furchtbar nahe ... im Moment. Sie hatten alle Zeit dieser Welt. Er rannte durch die Finsternis und spähte in die Schatten, und langsam rückten die Gestalten näher; langsam, denn sie hatten alle Zeit dieser Welt. Er wachte in furchtbarer Panik auf, schwitzend, und sein Herz sprang ihm aus der Brust. Er hatte keine zwei Stunden geschlafen.

Früh am Morgen, als die Sonne aufging, fühlte er sich besser. Das Summen und Brennen hatte aufgehört, und er begann sich zu fragen: Bin ich diesen grauenhaften Zustand los? Natürlich hatte er nichts begriffen. Das gewaltige Nachrichtensystem ruhte nur während der Nacht. Die Millionen anklagender Augen waren geschlossen. Auf jeden Fall beschloß er: Ich will stark sein. Welche andere Wahl hatte er schon? Er hatte keine, außer wieder zu sterben, langsam oder schnell; und in Wirklichkeit. In dieser Verfassung war er, als er beschloß, kein Gefangener in seiner eigenen Wohnung sein zu wollen. Er würde sein Leben führen, so gut es ginge, und dem Pöbel die Zähne zeigen. Er würde damit anfangen, indem er Campbell zur Bushaltestelle brächte, wie immer.

Um 7 Uhr rief Tony, der Portier, unter vielen Entschuldigungen oben an, um zu sagen, daß ungefähr ein halbes Dutzend Reporter und Fotografen draußen auf dem Bürgersteig und in Autos kampierten. Bonita richtete die Botschaft aus, und Sherman spannte die Kiefer, hob sein Kinn und beschloß, sich ihnen gegenüber genauso zu verhalten wie schlechtem Wetter gegenüber. Die beiden, Sherman in seinem kompromißlosesten mattglänzenden Kammgarnanzug aus England, und Campbell in ihrer Taliaferro-Schuluniform, stiegen aus dem Fahrstuhl und gingen auf die Haustür zu, und Tony sagte mit aufrichtigem Mitgefühl: »Viel Glück. Es ist ungehobeltes Pack.« Der erste draußen auf dem Gehweg war ein sehr junger Mann mit babyhaftem Äußeren, der geradezu höflich an ihn herantrat und sagte: »Mr. McCoy, ich würde Sie gern fragen …«

Sherman faßte Campbell bei der Hand, hob sein Yale-Kinn und sagte: »Ich habe keinen, aber auch gar keinen Kommentar abzugeben. Wenn Sie mich jetzt bitte entschuldigen.«

Plötzlich umringten ihn und Campbell fünf, sechs, sieben von den Leuten, und es hieß nicht mehr »Mr. McCoy«.

»Sherman! Einen Moment! Wer war die Frau?«
»Sherman! Warten Sie eine Sekunde! Bloß ein Foto!«
»He, Sherman! Ihr Anwalt sagt …«
»Halt mal! He! He! Wie heißt du denn, Süße?«

Einer von ihnen nannte Campbell *Süße!* Entsetzt und wütend wandte er sich der Stimme zu. *Derselbe* – mit dem Gestrüpp krauser Haare, das ihm am Schädel klebte – und jetzt *zwei* Fetzen Toilettenpapier an seiner Wange.

Sherman drehte sich wieder zu Campbell um. Ein verwirrtes Lächeln lag auf ihrem Gesicht. Die Kameras! Fotografieren hatte immer mit glücklichen Ereignissen zu tun gehabt.

»Wie heißt sie denn, Sherman?«
»Hi, Süße, wie heißt du denn?«

Der dreckige Kerl mit dem Toilettenpapier im Gesicht beugte sich über seine kleine Tochter und sprach mit öliger, onkelhafter Stimme.

»Lassen Sie sie in Ruhe!« sagte Sherman. Er sah, wie mit der Schärfe seiner Stimme die Angst in Campbells Gesicht trat.

Mit einemmal hatte er ein Mikrofon vor der Nase, das ihm die Sicht nahm.

Eine große, sehnige junge Frau mit breiten Unterkiefern:

»Henry Lamb liegt im Krankenhaus im Sterben, und Sie spazieren auf der Park Avenue herum. Was sagen Sie zu Henry ...«

Sherman schwenkte den Arm nach oben, um das Mikrofon aus seinem Gesicht zu schieben. Die Frau fing an zu schreien: »Du Riesenarschloch!« Zu ihren Kollegen: »Ihr habt's gesehen! Er hat mich geschlagen! Der Drecksack hat mich geschlagen! Ihr habt's gesehen! Ihr habt es gesehen! Ich laß dich wegen Körperverletzung verhaften, du Hurensohn!«

Die Bande schwärmte um sie herum, um Sherman und seine kleine Tochter. Er langte nach unten, legte seinen Arm Campbell um die Schultern und versuchte, sie an sich zu ziehen und gleichzeitig schnell auf die Ecke zuzugehen.

»Na los, Sherman! Bloß ein paar Fragen, und wir lassen Sie gehen!«

Von hinten keifte und jammerte die Frau noch immer: »He, hast du 'n Foto davon? Ich möchte sehen, was du aufgenommen hast! Das ist 'n Beweismittel! Du mußt es mir zeigen!« Dann die Straße runter: »Dir ist es egal, wen du triffst, was? Du rassistisches Arschloch!«

Rassistisches Arschloch! Die Frau war eine Weiße.

Campbells Gesicht war in Angst und Bestürzung erstarrt.

Die Ampel schaltete um, und das Rudel folgte den beiden und drängelte und schwärmte die ganze Strecke über die Park Avenue um sie herum. Hand in Hand gingen Sherman und Campbell unbeirrt geradeaus weiter, und die Reporter und Fotografen hasteten rückwärts und seitwärts um sie herum.

»Sherman!«

»Sherman!«

»Sieh mich an, Süße!« Die Eltern, Kindermädchen und Kinder, die an der Taliaferro-Bushaltestelle warteten, zogen sich erschreckt zurück. Sie wollten mit der ekelerregenden Lawine, die sie auf sich zukommen sahen, dieser lärmenden Masse aus Scham, Schuld, Erniedrigung und Quälerei, nichts zu tun haben. Andererseits wollten sie auch nicht, daß ihre Kleinen den Bus verpaßten, der heranrollte. Und so erschauerten sie und ballten sich, ein paar Schritte zurückweichend, zu einer Gruppe, als hätte der Wind sie zusammengefegt. Einen Moment lang dachte Sherman, jemand würde vielleicht zu Hilfe kommen, nicht so sehr um seinetwillen als um Campbells, aber er irrte sich. Einige glotzten, als wüßten sie nicht, wer er sei. Andere guckten weg. Sherman durchforschte ihre Gesichter. Die reizende kleine Mrs. Lueger! Sie hatte beide Hände auf den Schultern ihrer kleinen Tochter, die mit großen, faszinierten Augen guckte. Mrs. Lueger sah ihn an, als wäre er ein Obdachloser aus dem Asyl an der Siebenundsechzigsten Straße.

In ihrer kleinen weinroten Schuluniform stapfte Campbell die Stufen ins Innere des Busses hoch, dann warf sie einen letzten Blick zurück. Tränen strömten ihr übers Gesicht, aber sie gab keinen Laut von sich.

Ein Stich ging Sherman durch den Solarplexus. Er war noch nicht wieder gestorben. Er war noch nicht zum zweiten Male tot; noch nicht. Der Fotograf mit dem Toilettenpapier an der Backe war direkt hinter ihm, keinen halben Meter entfernt, und hatte sich sein schreckliches Instrument in seine Augenhöhle geschraubt.

Pack ihn! Stoße es ihm ins Gehirn! »He, Süße!« wagst du zu meinem Fleisch und Blut zu sagen –

Aber was nützte das? Sie waren ja nicht mehr der Feind *da draußen,* nicht wahr? Sie waren Parasiten unter seiner Haut. Das Summen und Brennen begann am Tag von neuem.

Fallow schlenderte durch die Lokalredaktion und ließ die Leute seine imposante Gestalt genießen. Er zog den Bauch ein und straffte die Schultern. Morgen würde er ernstlich damit beginnen, regelmäßig Sport zu treiben. Es gab keinen Grund, warum er keinen Heldenkörper besitzen sollte. Auf dem Weg Richtung downtown hatte er kurz bei Herzfeld haltgemacht, einem Herrenmodengeschäft an der Madison Avenue, das europäische und britische Kleidung führte, und sich eine gepunktete marineblaue Seidengrenadinekrawatte gekauft. Die winzigen Punkte waren in Weiß aufgestickt. Er hatte sie gleich dort im Laden umgebunden und sich von dem Verkäufer wer weiß was anhören müssen wegen seines abnehmbaren Kragens. Er hatte sein bestes Hemd angezogen, das von Bowring, Arundel & Co., Savile Row. Es war ein solides Hemd, und es war eine solide Krawatte. Wenn er sich nur einen neuen Blazer leisten könnte, mit breiten, tiefgeschnittenen Revers, die nicht glänzten ... Na ja, was soll's – schon bald! Er blieb am Redaktionstisch stehen und griff zu einem »City Light« vom Stapel der Frühausgaben, die zum Gebrauch der Mitarbeiter dalagen. »Suchen ›scharfes‹ brünettes Phantom-Girl«. Wieder ein Aufmacher von Peter Fallow. Der Rest der Schrift schwamm in der nebligen Augenschmier vor seinem Gesicht herum. Aber er starrte immer weiter darauf, um ihnen allen die Chance zu geben, die Anwesenheit von ... Peter Fallow in sich aufzunehmen ... Schaut her, ihr kümmerlichen Kulis, die ihr, über eure Computer gebeugt, unentwegt über eure »einhundert Scheinchen« schnattert und plappert und nörgelt. Ganz plötzlich fühlte er sich so großartig, daß er überlegte, was für eine überlegene Geste es doch wäre, wenn er rüber zu dem kümmerlichen Goldman ginge und ihm seine $ 100 zurückgäbe. Na, er würde noch mal drüber nachdenken.

Als er in seiner Kabine ankam, lagen bereits sechs oder sieben Anrufmitteilungen auf seinem Schreibtisch. Er blätterte sie durch, halb in der Erwartung, daß einer vielleicht von einem Filmproduzenten wäre.

Sir Gerald Steiner, ehemals die Tote Maus, eilte auf ihn zu. Er hatte das Jackett abgelegt und trug ein Paar hellrote Filzhosenträger über seinem gestreiften Hemd und ein Lächeln auf seinem Gesicht, ein bezauberndes Lächeln, ein gewinnendes Lächeln, statt des feindseligen Wolfsblicks von vor ein paar Wochen. Die Feldflasche mit dem Wodka war noch in der Tasche des Regenmantels versteckt, der immer noch auf dem Plastikkleiderhaken in der Ecke hing. Er könnte sie wahrscheinlich hervorholen und vor den Augen der Maus einen tüchtigen Schluck kippen, und was würde das zur Folge haben? Nichts als ein wissendes, pseudokameradschaftliches Mäuselächeln, wenn er seine Maus recht kannte.

»Peter!« sagte Steiner. *Peter;* nicht mehr das »Fallow« des Schulprüfungsbeamten. »Möchten Sie etwas sehen, das Ihren Tag heiterer stimmt?«

Steiner klatschte das Foto auf Fallows Schreibtisch. Es zeigte Sherman McCoy mit einem entsetzlich finsteren Blick, wie er gerade mit dem Handrücken nach dem Gesicht einer hochgewachsenen Frau schlägt, die eine Art Stab in der Hand hat, der sich bei näherem Hinsehen als Mikrofon entpuppte. In der anderen Hand hält er die Hand eines kleinen Mädchens in Schuluniform. Das kleine Mädchen blickt verwirrt und fragend in die Kamera. Im Hintergrund sah man den Baldachin eines Apartmenthauses und einen Türsteher.

Steiner gluckste. »Die Frau – schreckliche Frau nebenbei, von irgendeinem Rundfunksender – ruft stündlich fünfmal an. Sagt, sie wird McCoy wegen Körperverletzung verhaften lassen. Sie will das Foto haben. Sie wird das Foto kriegen, na sicher. Es ist auf Seite eins der nächsten Ausgabe.«

Fallow nahm das Foto und sah es sich prüfend an. »Hmmm. Süßes kleines Mädchen. Muß schwer sein, einen Vater zu haben, der es ständig auf Minderheiten abgesehen hat, schwarze Jungs und Frauen. Haben Sie mal bemerkt, wie die Yanks von den Frauen als Minderheit reden?«

»Die arme Muttersprache«, sagte Steiner.

»Wunderbares Foto«, sagte Fallow ganz aufrichtig. »Wer hat es gemacht?«

»Silverstein. Der Kerl hat Mumm. Den hat er wirklich.«

»Silverstein ist auf Totenwache?« fragte Fallow.

»O ja«, sagte Steiner. »Er liebt solche Sachen. Wissen Sie, Peter« – *Peter* –, »ich habe Respekt, vielleicht einen invertierten Respekt, aber einen wirklichen Respekt vor Burschen wie Silverstein. Sie sind die Farmer des Journalismus. Sie lieben die gute, fette Erde um ihrer selbst willen, nicht wegen des Geldes – sie lieben es, mit den Händen im Dreck zu wühlen.« Steiner verstummte erstaunt. Er war immer verblüfft über seine eigenen Wortspiele.

Oh, wie gern wäre Sir Gerald, das Hätschelsöhnchen von Old Steiner, imstande gewesen, sich mit dieser dionysischen Hingabe im Dreck zu wälzen – wie ein Bursche mit Mumm! Seine Augen schwammen von glühender Leidenschaft: Liebe vielleicht, oder Sehnsucht nach dem Morast.

»Die lachenden Vandalen«, sagte Steiner, lächelte breit und schüttelte den Kopf als Kommentar zu den berühmten Heldentaten des couragierten Fotografen. Das wiederum brachte ihn auf eine reichere Quelle der Zufriedenheit.

»Ich möchte Ihnen etwas sagen, Peter. Ich weiß nicht, ob Sie sich dessen ganz bewußt sind oder nicht, Sie haben jedenfalls mit dieser Lamb-und-McCoy-Angelegenheit eine sehr wichtige Geschichte gestartet. Klar, sie ist sensationell, aber sie ist noch viel mehr. Sie ist wie eine mittelalterliche Moralität. Denken Sie mal drüber nach. Eine Moralität. Sie erwähnten eben Minderheiten. Ich weiß, Sie meinten es witzig, aber wir hören bereits von diesen Minderheiten, von diesen schwarzen Organisationen und was weiß ich, denselben Organisationen, die das Gerücht verbreitet hatten, daß wir Rassisten sind, und den ganzen üblichen Quatsch, und jetzt gratulieren sie uns und betrachten uns als eine Art ... *Fanal.* Das ist eine ziemliche Kehrtwendung in so kurzer Zeit. Diese Anti-Hunger-Liga für die dritte Welt, dieselben Leute, die über die lachenden Vandalen so in Rage waren, sie haben mir eben das *glühendste* Anerkennungsschreiben geschickt. Wir sind jetzt die blutigen Bannerträger des Liberalismus und der Bürgerrechte! Sie halten Sie übrigens für ein

Genie. Dieser Reverend Bacon, wie sie ihn nennen, scheint den Verein zu leiten. Er würde Ihnen den Nobelpreis geben, wenn's nach ihm ginge. Brian muß Ihnen mal den Brief zeigen.«

Fallow sagte nichts. Die Idioten könnten wirklich ein bißchen dezenter zu Werke gehen.

»Was ich Ihnen damit sagen möchte, Peter, ist, daß dies ein sehr bedeutsamer Schritt in der Entwicklung dieser Zeitung ist. Unsere Leser sind nicht an einem so oder so gearteten Ansehen interessiert. Aber die Inserenten sind es. Ich habe Brian schon aufgetragen, daß er mal überlegen soll, ob wir nicht vielleicht einige von diesen schwarzen Gruppen dazu bringen können, ihre neue Meinung über ›The City Light‹ in irgendeiner Weise offiziell kundzutun: indem wir ihnen lobende Erwähnungen oder Preise in Aussicht stellen oder – ich weiß nicht, aber Brian wird schon wissen, wie man da rangeht. Ich hoffe, Sie werden sich die Zeit nehmen können, mitzumachen bei dem, was er sich da ausdenkt. Aber wir werden ja sehen, wie das klappt.«

»Aber selbstverständlich«, sagte Fallow. »Natürlich. Ich weiß, was für entschiedene Ansichten diese Leute haben. Wußten Sie, daß der Richter, der sich gestern weigerte, McCoys Kaution zu erhöhen, Morddrohungen erhalten hat?«

»Morddrohungen! Das ist nicht Ihr Ernst!« Die Maus zuckte vor widerlicher Erregung über das Gehörte.

»Es stimmt. Und er nimmt das auch sehr ernst.«

»Großer Gott«, sagte Steiner. »Das ist ein unglaubliches Land.« Fallow erkannte den Moment als günstig, Sir Gerald einen bedeutsamen Schritt ganz anderer Art vorzuschlagen: einen Vorschuß von $ 1000, der wiederum der wunderbaren Maus vielleicht auch gleich eine Gehaltserhöhung nahelegen würde. Und er täuschte sich in beiden Rechnungen nicht. Sobald der neue Blazer fertig wäre, würde er diesen hier *verbrennen;* mit Freuden.

Kaum eine Minute nachdem Steiner gegangen war, klingelte Fallows Telefon. Es war Albert Vogel.

»He, Pete! Wie geht's? Bald knallt's, bald knallt's, bald knallt's. Pete, Sie müssen mir einen Gefallen tun. Sie müssen mir McCoys Telefonnummer geben. Sie ist geheim.«

Ohne genau zu wissen, warum, fand Fallow das einen erschreckenden Gedanken. »Wozu brauchen Sie denn seine Telefonnummer, Al?«

»Nun, die Sache ist, Pete, ich bin von Annie Lamb als Anwalt engagiert worden, um eine Zivilklage wegen ihres Sohnes zu erheben. Zwei Klagen, genau gesagt: eine gegen das Krankenhaus wegen grober Fahrlässigkeit, und eine gegen McCoy.«

»Und Sie möchten seine private Telefonnummer? Wozu?«

»Wozu? Wir können doch was zu verhandeln haben.«

»Ich verstehe nicht, warum Sie nicht seinen Anwalt anrufen.«

»Herr du meine Güte, Pete.« Vogels Stimme wurde ärgerlich. »Ich habe Sie nicht angerufen, weil ich juristischen Rat brauche. Was ich will, ist eine beschissene Telefonnummer. Haben Sie seine Nummer oder nicht?«

Eine bessere Einsicht riet Fallow, nein zu sagen. Aber seine Eitelkeit würde ihm nicht gestatten, Vogel zu sagen, daß *ich, Fallow*, Eigentümer des Falles McCoy, außerstande gewesen sei, McCoys Telefonnummer zu bekommen.

»Na schön, Al. Ich schlage einen Tauschhandel vor. Sie überlassen mir die Einzelheiten der Zivilklagen und einen Tag Vorsprung für die Geschichte, und ich gebe Ihnen die Telefonnummer.«

»Hören Sie zu, Pete, ich möchte wegen der Klagen eine Pressekonferenz einberufen. Und worum ich Sie bitte, ist nichts weiter als eine lausige Telefonnummer.«

»Sie können ja trotzdem eine Pressekonferenz einberufen. Sie bekommen viel mehr Zuhörer, wenn ich meinen Artikel geschrieben habe.«

Eine Pause. »Okay, Pete.« Vogel lachte in sich hinein, aber es kam nicht sehr von Herzen. »Ich glaube, ich habe ein Monstrum geschaffen, als ich Sie auf Henry Lamb ansetzte. Was glauben Sie, wer Sie sind? Lincoln Steffens?«

»Lincoln wer?«

»Lassen Sie's gut sein. Es würde Sie nicht interessieren. Okay, Sie können die Scheißgeschichte haben. Kriegen Sie nicht langsam die Nase voll von all diesen Exklusivberichten? Also geben Sie mir die Nummer.«

Und das tat er auch.

Wenn man es sich genau überlegte, welchen Unterschied machte es schon, ob er die Nummer hatte oder nicht?

24
Die Informanten

Der grauenhafte orangefarbene Teppichboden loderte grell. Gleich neben der Formica-Couch, auf der er mehr hing als saß, hatte der Teppich sich, wo er an die Wand stieß, vom Fußboden gelöst und faserte in gekräuselte, drahtige Fäden aus. Sherman starrte auf den borstigen Spliß, um seinen Blick von den sinistren Gestalten abzulenken, die auf der Couch gegenüber saßen. Er fürchtete, sie könnten ihn anstarren und wissen, wer er sei. Die Tatsache, daß Killian ihn so warten ließ, besiegelte es, bewies die Richtigkeit dessen, was er vorhatte. Dies wäre sein letzter Besuch hier, sein letzter Abstieg in die Niederungen von Gefälligkeitsbank, Kontrakten, Unterschicht-Fatzkes und billigen Gossenphilosophien.

Aber bald gewann die Neugier Oberhand, und er sah sich ihre Füße an ... zwei Männer ... Einer trug ein Paar zierliche kleine Slipper mit dekorativen Golfkettchen über dem Spann. Der andere hatte schneeweiße Reebok-Sneakers an. Die Schuhe scharrten ein bißchen, als die Hinterteile der beiden Männer auf der Couch nach unten rutschten und sie sich mit den Beinen wieder nach oben schoben. Sherman rutschte nach unten und schob sich wieder nach oben. Sie rutschten nach unten und schoben sich wieder nach oben. Sherman rutschte nach unten und schob sich wieder nach oben. Alles an diesem Zimmer, selbst die groteske Schrägneigung der Couches, verriet Geschmacklosigkeit, Hilflosigkeit, Gewöhnlichkeit und, im Grunde, schiere Ignoranz. Die beiden Männer unterhielten sich in einer Sprache, die Sherman für Spanisch hielt. »Oy elmimo«, sagte einer von ihnen unaufhörlich. »Oy el mimo.« Sherman ließ seinen Blick bis zu ihrer Mitte hochkriechen. Beide trugen Strickhemden und Lederjacken, wieder Lederleute. »Oy el mimo.« Er nahm das Risiko auf sich: ihre Gesichter. Sofort schlug er die Augen wieder nieder. Sie starrten ihn unverhohlen an! Dieser unbarmherzige Blick! Beide schienen Anfang Dreißig zu sein. Sie hatten dickes, schwarzes Haar, das ganz frisch zu ordinären, aber teuren Frisuren gebürstet und getrimmt worden war. Beide trugen das Haar in der Mitte gescheitelt und derart aufgestellt, daß es in zierlichen, schwarzen, steifen Fontänen hochzusprühen schien. Diese verzerrten Mienen, während sie ihn anstarrten! *Wußten sie Bescheid?*

Jetzt hörte er Killians Stimme. Tawk. Lawrr. Awright. Er tröstete sich mit dem Gedanken, daß er sie nicht mehr sehr viel länger würde hören müssen. Der Löwe hatte recht. Wie konnte er nur sein Schicksal jemandem anvertrauen, der in diesem dreckigen Milieu zu Hause war? Killian tauchte aus dem Gang an der Tür auf. Er hatte den Arm um die Schulter eines dicklichen, völlig niedergeschlagenen kleinen Weißen gelegt, der einen erbärmlichen Anzug mit einer besonders erbärmlichen Weste trug, die sich vor seinem Bauch nach vorn wölbte.

»Was soll ich Ihnen sagen, Donald?« sagte Killian gerade. »Das Recht ist wie alles andere. Man kriegt, was man bezahlt. Okay?« Yuh gedwudja pay for. Der kleine Mann schlurfte davon, ohne ihn auch nur anzusehen. Nicht ein einziges Mal war Sherman mit Killian zusammengetroffen, ohne daß das Hauptthema der Unterhaltung Geld gewesen wäre – das Geld, das Thomas Killian zustand.

»Ayyyyy«, sagte Killian und lächelte Sherman an. »Ich wollte Sie nicht warten lassen.« Er richtete den Blick bedeutungsvoll auf die sich zurückziehende Gestalt des kleinen Mannes, dann hob er die Augenbrauen.

Als er und Sherman unter den sengenden Punktstrahlern den Korridor zu Killians Büro entlanggingen, sagte er: »Also, *das*« – sein Kopf nickte zurück in die ungefähre Richtung des kleinen Mannes – »ist ein Bursche mit Problemen. Ein siebenundfünfzigjähriger stellvertretender Schulleiter, irisch-katholisch, Frau und Familie, und er wird verhaftet unter der Beschuldigung, einer Siebenjährigen nahegetreten zu sein. Der Beamte, der ihn festnahm, behauptet, er hielt ihr eine Banane hin und machte seine Sprüche.«

Sherman sagte nichts. Glaubte dieser unsensible, klugscheißerische Fatzke mit seinem unaufhörlichen Zynismus wirklich, dadurch würde er, Sherman, sich besser fühlen? Ein Schauder durchfuhr ihn. Es war, als wenn das Schicksal des dicklichen kleinen Mannes sein eigenes wäre.

»Haben Sie sich mal die beiden Typen gegenüber von Ihnen genau angesehen?«

Sherman versteifte sich. In welcher Hölle saßen sie gefangen? »Beide achtundzwanzig, neunundzwanzig Jahre alt, und sie stünden auf der Forbes-Liste der Vierhundert, wenn ihre Branche jährliche Berichte rausgäbe. *So viel Geld* haben die. Sie sind Kubaner, aber sie importieren aus Kolumbien. Sie sind Mandanten von Mike Bellavita.«

Shermans Verärgerung wuchs mit jedem klugscheißerischen Wort. Glaubte dieser Fatzke wirklich, sein seichter Überblick über die lokale Szene, seine Gleichgültigkeit, sein ausgekochter Ton könnten ihm schmeicheln, würden ihm eine Überlegenheit verleihen gegenüber dem Abschaum, der in der dreckigen Flutwelle schwamm, die durch dieses Büro floß? Ich fühle mich nicht überlegen, du oh-so-wissender, oh-so-ignoranter Dummkopf! Ich bin einer von ihnen! Mein Herz schlägt für sie: für einen alten irischen Kinderschänder ... für zwei junge kubanische Drogenhändler mit melancholisch-protzigen Frisuren – kurz, er lernte für sich die Wahrheit des Sprichwortes kennen: »Ein Liberaler ist ein Konservativer, der verhaftet war.«

In Killians Büro nahm Sherman Platz und beobachtete den irischen Fatzke dabei, wie er sich in seinem Schreibtischsessel nach hinten lehnte und unter seinem Zweireiher eitel seine Schultern rollte. Er ärgerte sich noch mehr über ihn. Killian war in prächtiger Stimmung. Zeitungen lagen stapelweise auf seinem Schreibtisch. *Mercedes-Team: Er fuhr, sie floh.* Aber natürlich! Der heißeste Kriminalfall in New York war *seiner!*

Na, er wäre ihn bald los. Wie würde er es ihm sagen? Er hätte es ihm am liebsten *einfach so hingeknallt.* Aber die Worte kamen mit einem gewissen Taktgefühl heraus.

»Ich hoffe, es ist Ihnen klar«, sagte Sherman, »daß ich sehr ungehalten bin über das, was gestern passiert ist.«

»Ayyyyy, wer wäre das nicht? Es war ungeheuerlich, selbst für Weiss.«

»Ich glaube, Sie verstehen nicht. Ich rede nicht per se von den Dingen, denen ich ausgesetzt war, sondern ich spreche von der Tatsache, daß Sie ...«

Er wurde von der Stimme der Dame am Empfang unterbrochen, die durch die Gegensprechanlage auf Killians Schreibtisch tönte: »Neil Flannagan von der ›Daily News‹ auf drei null.«

Killian beugte sich in seinem Sessel vor. »Sagen Sie ihm, ich rufe zurück. Nein, warten Sie. Sagen Sie ihm, ich rufe in dreißig Minuten zurück. Wenn er nicht im Büro ist, soll er mich in dreißig Minuten wieder anrufen.« Zu Sherman: »Entschuldigung.«

Sherman schwieg, sah den Fatzke bösartig an, und sagte: »Ich spreche von etwas anderem. Ich spreche von ...«

Killian unterbrach ihn: »Ich meinte damit nicht, daß wir nur dreißig Minuten miteinander reden können.« Tawkin. »Der ganze Tag ist Ihrer, wenn Sie wollen und wir das brauchen. Aber ich muß mit diesem Flannagan von der ›News‹ unbedingt reden. Er soll unser Gegenmittel sein ... gegen das Gift.«

»Nun, das ist schön«, sagte Sherman so ausdruckslos wie möglich, »aber wir haben ein Problem. Sie haben mir versichert, Sie hätten in der Bronxer Staatsanwaltschaft Ihre besonderen ›Kontakte‹. Sie haben mir erzählt, Sie hätten einen ›Kontrakt‹ mit diesem Fitzgibbon geschlossen. Ich meine mich an einen richtigen Vortrag über etwas zu erinnern, das die ›Gefälligkeitsbank‹ heißt. Also, fassen Sie mich nicht falsch auf. Nach allem, was ich weiß, mögen Sie einen so scharfen juristischen Verstand haben wie ...«

Die Stimme in der Gegensprechanlage: »Peter Fallow von ›The City Light‹ auf drei null.«

»Lassen Sie sich seine Nummer geben. Sagen Sie ihm, ich rufe zurück.« Zu Sherman: »Wenn man vom Gift redet. Schon meldet sich die Oberschlange.«

Shermans Herz erzitterte heftig klopfend, dann erholte es sich wieder.

»Bitte. Sprechen Sie weiter.«

»Ich bezweifle nicht Ihren juristischen Sachverstand, aber Sie haben mir diese Zusicherungen gemacht, und naiverweise ging ich davon aus und ...« Er machte eine Pause, um das richtige Wort zu wählen.

Killian ging dazwischen: »Sie wurden betrogen, Sherman. *Ich* wurde betrogen. Bernie Fitzgibbon wurde betrogen. Was Weiss getan hat, war gewissenlos. Man *tut ... nicht ...*, was er getan hat. *Man tut es nicht.*«

»Trotzdem hat er es getan, und nachdem Sie mir gesagt hatten ...«

»Ich weiß, wie das für Sie war. Es war, wie in eine Jauchegrube geworfen zu werden. Aber Bernie war nicht völlig erfolglos. Weiss wollte viel Schlimmeres. Das müssen Sie begreifen. Der Scheißkerl wollte Sie *in Ihrer Wohnung* verhaften lassen! Er wollte eine *Park-Avenue-Verhaftung!* Er ist verrückt, verrückt, verrückt! Und wissen Sie, was er gemacht hätte, wenn's nach seiner Nase ginge? Er hätte Ihnen von der Polizei in Ihrer eigenen Wohnung Handschellen anlegen lassen, hätte Sie dann zum Revier bringen und Sie dort für eine Weile den Vorgeschmack auf die Käfige haben lassen, dann wären Sie zusammen mit einem Rudel dieser Tiere in einen Transporter mit Maschendraht vor den Fenstern gesteckt worden, und *dann* erst hätte man Sie zum Zentralregister gebracht und alles durchmachen lassen, was Sie durchgemacht haben. Das ist es, was er wollte.«

»Trotzdem ...«

»Mr. Killian, Irv Stone von Channel 1 auf drei zwo. Er ruft schon das drittemal an.«

»Lassen Sie sich seine Nummer geben, und sagen Sie ihm, ich rufe zurück.« Zu Sherman: »Heute muß ich mit diesen Leuten reden, auch wenn ich ihnen nichts zu sagen habe. Einfach, um die Linien offenzuhalten. Ab morgen drehen wir den Spieß um.«

»Drehen wir den Spieß um«, sagte Sherman in einem Ton, der bitter-ironisch klingen sollte. Der Fatzke merkte es nicht. Die Erregung über eine derartige Beachtung durch die Presse stand dem Fatzke überall ins Gesicht geschrieben. Aus meiner Schande zieht er seinen billigen Ruhm.

Also probierte er es noch mal. »Den Spieß herumdrehen, na toll«, sagte er.

Killian lächelte. »Mr. McCoy, ich glaube wahrhaftig, Sie zweifeln an mir. Nun, ich habe Neuigkeiten für Sie. Tatsächlich habe ich viele Neuigkeiten für Sie.« Er drückte auf einen Knopf an der Gegensprechanlage. »He, Nina. Bitten Sie Quigley rüberzukommen. Sagen Sie ihm, Mr. McCoy ist hier.« Zu Sherman: »Ed Quigley ist unser Detektiv, der Bursche, von dem ich Ihnen erzählt habe, der früher bei der Polizei mit schwierigen Fällen betraut war.«

Ein großer, glatzköpfiger Mann erschien in der Tür. Es war derselbe, den Sherman bei seinem ersten Besuch in dem gleißend hellen Empfangsraum gesehen hatte. Hoch an der linken Hüfte trug er einen Revolver in einem Holster. Er hatte ein weißes Hemd an, aber keine Krawatte. Die Ärmel waren aufgekrempelt und ließen zwei mächtige Handgelenke und Hände sehen. In der Linken hatte er einen braunen Umschlag. Er war die Sorte hochgewachsener, eckiger, grobknochiger Mann, der mit fünfzig stärker und furchteinflößender wirkt als mit fünfundzwanzig. Seine Schultern waren breit, hatten aber eine gewisse degenerierte Schlaffheit. Seine Augen schienen tief in die Höhlen gesunken zu sein.

»Ed«, sagte Killian, »das ist Mr. McCoy.«

Sherman nickte mürrisch.

»Erfreut, Sie kennenzulernen«, sagte der Mann. Er schenkte Sherman dasselbe tote Lächeln wie beim erstenmal.

Killian sagte: »Hast du das Foto?«

Quigley entnahm dem Umschlag ein Blatt Papier und reichte es Killian, und Killian gab es Sherman.

»Das ist eine Fotokopie, aber es brauchte – ich kann Ihnen überhaupt nicht sagen, was nötig war, um an dieses Foto zu kommen. Sie erkennen ihn?«

Eine Profil- und eine Frontalaufnahme eines Schwarzen, mit Zahlen. Vierschrötige Züge, ein mächtiger Nacken.

Sherman seufzte. »Es sieht ihm ähnlich. Der andere Junge, der Stämmige, der, der sagte: ›Yo! Brauchen Sie Hilfe?‹«

»Er ist ein kleiner Prolo namens Roland Auburn. Wohnt in der Poe-Siedlung. Jetzt im Moment sitzt er auf Rikers Island und wartet auf die Entscheidung über seine vierte Drogenanklage. Offensichtlich versucht er 'n Deal mit der Staatsanwaltschaft im Tausch für eine Aussage gegen Sie.«

»Und lügt.«

»Das verletzt die Prinzipien, die Mr. Roland Auburns Leben bisher regiert haben, in keiner Weise«, sagte Killian.

»Wie haben Sie das rausgefunden?«

Killian lächelte und deutete auf Quigley. »Ed hat viele Freunde unter unseren Männern in Blau, und viele von unseren Besten schulden ihm Gefälligkeiten.«

Fast hätte Quigley seine Lippen ein bißchen verzogen.

Sherman sagte: »War er schon mal wegen Raubes verhaftet – oder was er da bei mir versucht hat?«

»Sie meinen Schnellstraßenraub?« Killian gluckste in sich

hinein über das, was er eben gesagt hatte. »Daran hab ich noch nie gedacht. Aber das ist es doch, Schnellstraßenraub. Stimmt's, Ed?«

»Ich nehm's an.«

»Nicht, daß wir wüßten«, sagte Killian, »aber wir haben vor, über diesen Dreckskerl 'ne ganze Menge mehr rauszukriegen. Gefängnisinsassen sind berüchtigt für das, was sie bezeugen – und das ist Weiss' ganzer Scheißfall! Das ist es, aufgrund dessen er Sie verhaftet hat!«

Killian schüttelte deutlich angeekelt den Kopf, schüttelte ihn immer weiter. Sherman stellte fest, daß er aufrichtig dankbar war. Es war das erste Anzeichen eines ehrlichen Freispruches, das irgend jemand bisher vorgebracht hatte.

»Okay, das ist das eine«, sagte Killian. Dann zu Ed: »Jetzt erzähl ihm von Mrs. Ruskin.«

Sherman blickte zu Quigley hoch, und der sagte: »Sie ist nach Italien gefahren. Ich bin ihrer Spur bis zu einem Haus in Como gefolgt. Das ist 'ne Art Erholungsort in der Lombardei.«

»Das ist richtig«, sagte Sherman. »Sie kam gerade von dort zurück an dem Abend, als das alles passierte.«

»Yeah, also, vor ein paar Tagen«, sagte Quigley, »ist sie von dort mit irgendeinem jungen Kerl namens Filippo in einem Auto abgereist. Das ist alles, was ich weiß. ›Filippo‹. Haben Sie irgendeine Idee, wer das sein könnte? Anfang oder Mitte zwanzig, schlank, mittlere Größe. Viel Haar. Punk-Klamotten. Gutaussehender Junge, jedenfalls hat mir das mein Informant gesagt.«

Sherman seufzte. »Das ist irgendein Künstler, den sie kennt. Filippo Charazza oder Charizzi.«

»Wissen Sie was von einem anderen Ort in Italien, wohin sie fahren könnte?«

Sherman schüttelte den Kopf. »Wie haben Sie das alles rausgekriegt?«

Quigley sah Killian an, und Killian sagte: »Erzähl's ihm.«

»War gar nicht so schwer«, sagte Quigley. Stolz, auf der Bühne zu stehen, konnte er sich ein Lächeln nicht verkneifen. »Die meisten von diesen Leuten haben Globexpress. Sie wissen, die Kreditkarte. Es gibt eine Frau – eine Person in der Zentrale in der Duane Street, mit der ich manchmal zu tun habe. Die haben 'ne Computeranlage, die von überall in der Welt gespeist wird. Ich gebe ihr hundert Dollar pro Posten. Nicht schlecht für fünf Minuten Arbeit. Und tatsächlich hat diese Maria Ruskin vor drei Tagen zweimal in Läden in dieser Stadt Como mit der Karte bezahlt. Modeläden. Ich rufe also einen Typen an, den wir in Rom sitzen haben, und der ruft einen der Läden an und sagt, er ist von Globexpress, gibt die Kontonummer von Mrs. Ruskin an und sagt, sie müßten ihr wegen ›Kontoklarstellungen‹ ein Telegramm schicken. Denen ist das scheißegal. Die geben ihm die Adresse, bei der sie die Ware abgeliefert haben, und er fährt nach Como und überprüft das Ganze.« Quigley zuckte mit den Achseln, als wolle er sagen: 'n Klacks für 'n Burschen wie mich.

Killian bemerkte, daß Sherman außerordentlich beeindruckt war, und sagte: »Jetzt haben wir also einen Draht zu beiden von unseren Spielern. Wir wissen, wer der Zeuge von ihnen ist, und Ihre Freundin Mrs. Ruskin werden wir auch finden. Und wir werden sie hierher zurückbringen, und wenn Ed sie in einer Kiste mit Luftlöchern herschaffen muß. Gucken Sie nicht so schockiert. Ich weiß, Sie räumen ihr das Vorrecht des Grundsatzes ›Im Zweifel für den Angeklagten‹ ein, aber nach objektiven Maßstäben erweist sie sich nicht gerade als Ihre Freundin. Sie sitzen in der größten Klemme Ihres Lebens, und sie kann Ihnen da raushelfen, aber sie haut mit einem hübschen Bengel namens Filippo nach Italien ab. Ayyyyyyyy, wasdenn wasdenn?«

Sherman lächelte gegen seinen Willen. Seine Eitelkeit war jedoch so beschaffen, daß er sofort annahm, es gebe dafür eine harmlose Erklärung.

Nachdem Quigley gegangen war, sagte Killian: »Ed Quigley ist der beste. Es gibt keinen besseren Privatdetektiv in der Branche. Er ... macht ... einfach ... *alles.* Er ist der echte Ire vom harten Kern aus New Yorks Hell's Kitchen. Die Kids, mit denen Ed rumgerannt ist, sind alle Gangster oder Cops geworden. Die Cops waren die, die die Kirche in die Fänge kriegte, die 'n bißchen unter schlechtem Gewissen litten. Aber sie lieben alle dasselbe. Sie lieben es, Leuten auf die Köpfe zu kloppen und Zähne locker zu hauen. Der einzige Unterschied ist, wenn man Cop ist, kann man's offiziell machen, und der Priester nickt dazu und guckt gleichzeitig in die andere Richtung. Ed war ein Teufels-Cop. Er war ein verdammtes Schreckensregiment.«

»Wie *sind* Sie denn nun an dieses Foto gekommen?« fragte Sherman und sah auf die Fotokopie. »War das einer Ihrer ... ›Kontrakte‹?«

»Eine Sache wie diese? Oooooh. Könn Se vergessen. Diese Information zu kriegen – mit einem *Kopfbild* –, liegt so weit außerhalb des Denkbaren – ich meine, das geht über die Gefälligkeitsbank weit hinaus. Ich frage nicht, aber wenn mich meine Vermutung nicht trügt, ist das die Gefälligkeitsbank plus die wirkliche Bank, wie etwa schnöde indossierbare Vermögenswerte. Vergessen Se's. Ich mein's ernst. Reden Sie um Gottes willen nicht drüber. Denken Sie nicht mal mehr drüber nach.«

Sherman lehnte sich in seinem Sessel zurück und sah Killian an. Er war hergekommen, um ihn zu entlassen – und jetzt war er nicht mehr so sicher.

Als läse er seine Gedanken, sagte Killian: »Ich möchte Ihnen etwas erklären. Es ist nicht so, daß Abe Weiss die Gerechtigkeit nicht am Herzen liegt.« *Doesn't care.* Er hatte die korrekte dritte Person Singular benutzt. Welcher hochtrabende Gedanke, fragte sich Sherman, hatte sich in Killians Kopf verirrt? »Wahrscheinlich liegt sie ihm am Herzen. Aber dieser Fall hat nichts mit Gerechtigkeit zu tun. Das hier ist Krieg. Das ist Abe Weiss, der sich um seine Wiederwahl bemüht, und dieser Job ist sein

Scheißleben, und wenn die Presse auf einen Fall so geil wird, wie sie's bei dem ist, weiß er nichts mehr von Gerechtigkeit. Er wird jeden gottverdammten Schritt tun, den er tun muß. Ich will Ihnen keine Angst einjagen, aber das ist es, was wirklich herrscht, Krieg. Ich darf mir für Sie nicht bloß eine Verteidigung ausdenken, ich muß einen Feldzug planen. Ich glaube nicht, daß er Ihr Telefon hat anzapfen lassen, aber es steht in seiner Macht, und er ist durchaus imstande, es zu tun. Ich an Ihrer Stelle würde also am Telefon nichts von Belang über diesen Fall äußern. Sagen Sie am Telefon am besten überhaupt nichts darüber. Auf diese Weise brauchen Sie sich keine Gedanken darüber zu machen, was wichtig ist und was nicht.«

Sherman nickte, um anzuzeigen, daß er verstanden hatte.

»Jetzt muß ich sehr offen mit Ihnen reden, Sherman. Diese Geschichte wird eine Menge Geld kosten. Wissen Sie, was Quigleys Mann in der Lombardei kostet? Zweitausend Dollar die Woche, und das ist erst die erste Phase von allem, was wir tun müssen. Ich muß Sie um einen großen Vorschuß bitten, direkt auf die Hand. Und zwar ohne die Arbeit am Prozeß, der, wie ich noch immer hoffe, nicht nötig sein wird.«

»Wieviel?«

»Fünfundsiebzigtausend.«

»*Fünfundsiebzigtausend?*«

»Sherman, was soll ich Ihnen sagen? Das Recht ist wie alles andere. Stimmt's? Man kriegt, was man zahlt.« Yuh gedwudja pay for.

»Aber, du lieber Himmel. Fünfundsiebzigtausend.«

»Sie zwingen mich, unbescheiden zu sein. Wir sind die besten. Und ich werde für Sie kämpfen. Ich liebe den Kampf. Ich bin genauso irisch wie Quigley.«

Und Sherman, der hergekommen war, um seinen Anwalt zu feuern, schrieb einen Scheck über $ 75.000 aus.

Er reichte ihn Killian. »Sie müssen mir etwas Zeit lassen, damit ich so viel Geld auf mein Konto transferieren kann.«

»Das ist nur recht und billig. Was haben wir heute? Mittwoch? Ich reiche ihn nicht vor Freitagmorgen ein.«

Auf der Unterseite der Speisekarte waren kleine schwarzweiße Annoncen abgedruckt, kleine Rechtecke mit altmodischen Umrahmungen und hochstilisierten Emblemen für Dinge wie Nehi-Schokoladentrunk, Captain Henry's Heringsrogen in Dosen, Café du Monde – dunkler Röstkaffee mit Zichorie –, Indian-Chief-Fahrräder mit Ballonbereifung, Edgeworth-Pfeifentabak und 666 Erkältungs- & Hustensaft. Die Annoncen waren reine Dekoration, Erinnerungen an die alten Zweispur-Hardtop-Zeiten im Sumpfland Louisianas. Ein sechster Sinn ließ Kramer zusammenzucken. Dieser Pseudo-»Daheim im Süden«-Scheiß war genauso kostspielig wie der Pseudo-Bohème-Scheiß. Er wollte nicht mal drüber nachdenken, was ihn das alles kosten würde, vielleicht gottverdammte $ 50. Aber nun gab es keinen Weg mehr zurück, oder? Shelly saß ihm in der Nische genau gegenüber und beobachtete jeden Handgriff und Gesichtsausdruck von ihm, und er hatte die vergangenen anderthalb Stunden damit zugebracht, von sich das Bild eines Mannes zu vermitteln, der die Dinge in die Hand nimmt und das Sagen hat, und er war es gewesen, der mannhafte Bonvivant, der vorgeschlagen hatte, daß sie unverzüglich mit Dessert und Kaffee weitermachen sollten. Außerdem verspürte er das dringende Bedürfnis nach einem Eis. Sein Mund und seine Speiseröhre standen in Flammen. Das Café Alexandria schien bei keinem Gang auch nur ein einziges Gericht zu führen, das keinen Großbrand nach sich zog. Die kreolische Gumboschotensuppe mit Bayou-Sand – er hatte gemeint, Sand sei sicher eine Metapher für irgendein körniges Gewürz, irgendeine kleingemahlene Wurzel oder so was, aber es war wirklich Sand in der gottverdammten Suppe, offenbar in Tabasco getränkt. Das Maisbrot »Cayenne« – es war wie Brot mit Feuerameisen darin. Das Katzenfischfilet mit gedörrter Okra auf einem Bett aus gelbem Reis mit Apfelbutter und chinesischer Senfsoße – der chinesische Senf zeigte die rote Fahne, aber er mußte den Katzenfisch bestellen, weil er das einzige halbwegs bezahlbare Zwischengericht auf der Speisekarte war, $ 10,50. Und Andriutti hatte gesagt, es wäre ein billiges kleines kreolisches Restaurant in der Beach Street, »wirklich phantastisch«. Die Beach Street war so lausig, daß es dort durchaus ein billiges Restaurant geben konnte, und so hatte er ihm geglaubt.

Aber Shelly sagte in einem fort, wie wunderbar alles sei. Sie glühte, ein göttliches Strahlen mit braunem Lippenstift, allerdings war er sich nicht ganz sicher, ob es Liebe, »Herbst in den Berkshires«-Make-up oder ein Feuer im Magen war, worauf sein Auge ruhte.

Eiskrem, Eiskrem, Eiskrem ... Er überflog die Sumpffeuerprosa der Speisekarte und erspähte zwischen den kalorischen Wogen ein einziges Eiskrem-Dessert: Eiskrem aus handgestoßener Vanille mit einer Haube aus Walnuß-Chili-Chutney. *Chili?* Na gut, er konnte die Haube beiseitekratzen und sich an die Eiskrem halten. Er hatte nicht den Mut, die modischschicke Kellnerin mit all den Honiglöckchen zu bitten, die Haube wegzulassen. Er wollte vor Shelly nicht wie ein nicht zu Abenteuern aufgelegter Schwächling erscheinen.

Shelly bestellte sich Limonentorte mit Grünem-Pfeffer-Teig, und beide bestellten sie frischgemahlenen New-Orleans-Kaffee mit Zichorie, obwohl ihm irgend etwas flüsterte, die Zichorie bedeute nur neues Ungemach für seine glühenden Eingeweide. Nachdem er die Bestellung mit fester Stimme und männlicher Entschlossenheit aufgegeben hatte, legte er seine Unterarme auf die Tischkante, lehnte sich vor und bohrte seine Augen von neuem in Shellys, um ihr sowohl vom Verbrechensrausch als auch vom Rest aus der Flasche Crockett Sump White Zinfandel nachzuschenken, die ihn um weitere $ 12 ärmer machte. Es war der zweitbilligste Wein auf der Karte. Er hatte nicht den Mut gehabt, den billigsten zu bestellen, einen Chablis für $ 9,50. Nur unerfahrene Dummköpfe bestellten Chablis.

»Ich wünschte, ich könnte Sie mitnehmen, daß Sie sich einfach mal diesen Jungen anhören, diesen Roland Auburn. Ich habe ihn jetzt dreimal befragt. Zuerst wirkt er so unangenehm, *so* hart, *so* ... verstehen Sie ... gefährlich. Er ist ein *Fels*, mit solchen toten Augen, die Sorte Jugendlicher, die in jedermanns Alpträumen über dunkle Straßen in New York vorkommt. Aber wenn man ihm fünfzehn Minuten einfach mal zuhört – einfach zuhört –, hört man allmählich etwas anderes. Man hört Leid. Er ist ein *Junge*, Herrgott noch mal. Er hat Angst. Diese Jungs wachsen im Getto auf, ohne daß sich wirklich jemand um sie kümmert. Sie sind verängstigt. Sie errichten diese Mauer des Machismo um sich herum und denken, die wird sie vor Schaden bewahren, wo sie in Wahrheit jeden Augenblick Gefahr laufen, vernichtet zu werden. Das ist es, was sie erwartet: vernichtet zu werden. Nein, ich mache mir um Roland vor einer Jury keine Sorgen. Was ich tun werde, ist, daß ich ihn die ersten anderthalb bis zwei Minuten durch ein paar harmlose Fragen über seine Herkunft lotse, und dann wird er die Schutzhaut seines Mackergehabes abwerfen, ohne es selber zu merken, und man wird *ihm glauben.* Er wird nicht den Eindruck eines hartgesottenen Kriminellen oder eines gefühllosen Sonstwas machen. Er wird als ein verängstigter Junge erscheinen, der sich nur nach etwas Annehmlichkeit und nach einem bißchen Schönheit in seinem Leben sehnt, denn das genau ist er. Wenn mir nur eine Möglichkeit einfiele, der Jury die Collagen und Zeichnungen zu zeigen, die er macht. Shelly, er ist toll. Toll! Na schön, das wird sich wahrscheinlich nicht machen lassen. Es wird schon kniffig genug sein, sicherzustellen, daß ich den wahren Roland Auburn aus seiner harten Schale herausbekomme. Es wird sein, wie wenn man eine Schnecke aus einem dieser spiralförmigen Schneckenhäuser lockt.«

Kramer zeichnete mit dem Finger eine Spirale in die Luft und lachte über sein eigenes Gleichnis. Shellys schimmernde Lippen lächelten anerkennend. Und leuchteten. *Sie* leuchtete.

»Oh, ich würde mir den Prozeß so gern ansehen«, sagte sie. »Wann wird der sein?«

»Wir wissen es noch nicht.« (Ich und der Oberstaatsanwalt sind zufällig sehr eng miteinander befreundet.) »Wir werden die Sache kaum vor der nächsten Woche vor die Grand Jury bringen. Wir könnten den Prozeß in zwei oder aber in sechs Monaten beginnen. Das ist schwer zu sagen bei einem Fall, der soviel Publicity bekommen hat wie dieser. Wenn die Medien über irgendwas ausflippen, wird alles kompliziert.« Er schüttelte den Kopf, als wolle er sagen: Man muß einfach lernen, damit zu leben.

Shelly strahlte geradezu. »Larry, als ich gestern abend nach Hause kam und den Fernseher anmachte, und Sie waren da, diese Zeichnung von Ihnen – ich mußte einfach lachen, wie ein Kind. Ich sagte: ›Larry!‹ Ich sagte es einfach laut heraus, als wenn Sie gerade ins Zimmer gekommen wären. Ich konnte mich gar nicht beruhigen.«

»Mich hat's auch irgendwie umgehauen, wenn ich ehrlich sein soll.«

»Ich würde sonstwas dafür geben, wenn ich zu dem Prozeß kommen könnte. Kann ich das nicht?«

»Natürlich.«

»Ich verspreche auch, daß ich keine Dummheiten mache.«

Kramer spürte ein Prickeln. Er wußte, *das* war der Moment. Er ließ die Hand nach vorn gleiten und schob, ohne hinzusehen, seine Fingerspitzen unter ihre. Auch sie schaute nicht nach unten, und sie zog die Hand auch nicht zurück. Sie blickte ihm weiter in die Augen und drückte ihre Fingerspitzen gegen seine. »Mir ist es egal, wenn ... du Dummheiten machst«, sagte er. Seine Stimme überraschte ihn. Sie war so heiser und scheu.

Draußen, nachdem er praktisch sein ganzes Bargeld in der

interessant-antiquierten nichtelektrischen Registrierkasse des Café Alexandria zurückgelassen hatte, ergriff er ihre Hand, flocht seine dicken Hantelsportfinger zwischen ihre schlanken, zarten, und dann spazierten sie langsam durch die heruntergekommene Dunkelheit der Beach Street.

»Weißt du, Shelly, du kannst dir nicht vorstellen, was es für mich bedeutet, jemanden zu haben, mit dem ich über all das sprechen kann. Die Burschen in meinem Büro – du versuchst, bei irgendwas bis zum Kern vorzudringen, und sie denken, du wirst langsam weich. Und Gott sei dir gnädig, wenn du weich wirst. Und meine Frau – ich weiß nicht, sie tut einfach nicht – sie will einfach nichts mehr davon hören, egal, was es ist. Mittlerweile denkt sie halt, sie ist mit so einem Kerl verheiratet, der diese harte Aufgabe zu erfüllen hat, eine Menge erbärmliche Leute ins Gefängnis zu schicken. Aber dieser Fall hier ist nicht erbärmlich. Weißt du, was dieser Fall ist? Er ist ein Signal, ein sehr wichtiges Signal für die Menschen dieser Stadt, die glauben, sie sind nicht Bestandteil des Gesellschaftsvertrags. Verstehst du? Dieser Fall dreht sich um einen Mann, der denkt, daß seine erhöhte Position im Leben ihn aus der Verpflichtung entläßt, mit dem Leben von jemandem am Fuß der Leiter genauso umzugehen, als ginge er mit seinesgleichen um. Ich zweifle nicht eine Minute, wenn McCoy jemanden überfahren hätte, der auch nur entfernt wie er selbst gewesen wäre, dann hätte er sich richtig verhalten. Er ist wahrscheinlich das, was wir alle als ›netten, anständigen Burschen‹ kennen. Das ist es, was die Sache so faszinierend macht. Er ist absolut kein böser Mensch – aber er hat etwas Böses getan. Kannst du mir folgen?«

»Ich vermute. Das einzige, was ich nicht verstehe, ist, warum Henry Lamb nichts davon gesagt hat, daß er von einem Auto angefahren wurde, als er ins Krankenhaus ging. Und jetzt, wo du mir von deinem Zeugen, Roland, erzählt hast – es hat über ihn nichts in den Zeitungen gestanden, oder?«

»Nein, und wir werden über ihn auch eine Zeitlang nichts an

die Öffentlichkeit geben. Was ich dir erzählt habe, bleibt unter uns.«

»Ja, aber jedenfalls stellt sich jetzt raus, daß Roland fast zwei Wochen lang, nachdem es passiert war, nichts davon gesagt hat, daß sein Freund von einem Auto angefahren wurde. Ist das nicht ein bißchen seltsam?«

»Was ist denn daran seltsam! Mein Gott, Shelly, Lamb hat eine tödliche Kopfverletzung erlitten, oder sie ist wahrscheinlich tödlich, und Roland wußte, er würde wegen einer schweren Straftat verhaftet werden, wenn er mit der Polizei redet! Ich würde das nicht als *seltsam* bezeichnen.«

Miss Shelly Thomas beschloß, einen Rückzieher zu machen. »*Seltsam* ist auch nicht, was ich wirklich meine. Ich meine – ich beneide dich nicht ... die vielen Vorbereitungen und Nachforschungen, die du sicher machen mußt, um dich auf so einen Fall einzustellen.«

»Ha! Wenn ich die ganzen Überstunden bezahlt bekäme, die ich in diesen Fall bestimmt stecken muß – na ja, da könnte ich auch in die Park Avenue ziehen. Aber weißt du was? Das bedeutet mir nichts. Wirklich. Mir kommt's nur auf eines an: Ich möchte, egal, was für ein Leben ich führe, zurückblicken können und sagen: ›Ich war nicht gleichgültig.‹ Dieser Fall ist so wichtig, in jeder nur denkbaren Hinsicht, nicht bloß, was meine berufliche Zukunft angeht. Er ist einfach ... ich weiß nicht, wie ich es sagen soll ... ein ganz neues Kapitel. Ich möchte *nicht gleichgültig sein,* Shelly.«

Er verstummte und faßte sie, während er ihre Hand noch immer in seiner hielt, um die Taille und zog sie an sich. Sie blickte zu ihm auf, strahlend. Ihre Lippen trafen sich. Er guckte nur mal schnell, ob sie ihre Augen zugemacht hatte. Das hatte sie.

Kramer fühlte, wie sich ihr Unterleib gegen seinen preßte. War das die Wölbung ihres Venushügels? Es war soweit gekommen, so schnell, so zart, so schön – und verdammt! Nichts, wohin er mit ihr gehen konnte!

Man stelle sich das vor! Er! Der aufgehende Stern im Fall McCoy – und kein Ort – absolut keiner! – in diesem Babylon des zwanzigsten Jahrhunderts, wohin er mit einem reizenden, willigen Mädchen mit braunem Lippenstift gehen konnte. Er überlegte, was ihr in dem Moment wohl durch den Kopf ginge.

Tatsächlich dachte sie darüber nach, wie die Männer in New York eigentlich sind. Jedesmal, wenn man mit einem ausging, mußte man erst mal dasitzen und zwei oder drei Stunden lang »Meine Karriere« über sich ergehen lassen.

Ein siegreicher Peter Fallow war es, der diesen Abend ins Leicester's einzog. Jeder am Stammtisch und zig andere Leute unter denen, die sich in dem lauten Bistro drängten, selbst jene, die über »The City Light« die Nase rümpften, wußten, daß er es war, der den Fall McCoy ins Rollen gebracht hatte. Sogar St. John und Billy, die selten was anderes als ihre gegenseitigen Treuebrüche ernst nahmen, beglückwünschten ihn mit offenkundiger Aufrichtigkeit. Sampson Reith, der politische Korrespondent des Londoner »Daily Courier«, der für ein paar Tage hier war, kam auf einen Sprung am Stammtisch vorbei und erzählte von seinem Lunch mit Irwin Gubner, dem stellvertretenden Chefredakteur von »The New York Times«, der darüber jammerte, daß »The City Light« die Story praktisch für sich alleine hätte, was natürlich Peter Fallow, Inhaber und Verwalter, hieß. Alex Britt-Withers schickte auf Kosten des Hauses einen Wodka Southside rüber, und der schmeckte so gut, daß Fallow gleich noch einen bestellte. Die Flutwelle der Anerkennung ging dermaßen hoch, daß Caroline ihm das erste Lächeln nach sehr langer Zeit schenkte. Der einzige gallige Ton kam von Nick Stopping. Sein Beifall war entschieden verhalten und halbherzig. Dann wurde Fallow klar, daß Nick, der Marxist-Leninist, der Oxforder Spartakist, der Rousseau der dritten Welt, ganz klar von Eifersucht geplagt wurde. Das war *seine* Art Story, nicht die dieses oberflächlichen Komikers Fallow –

Fallow war mittlerweile in der Lage, Nicks Meinung über ihn mit großmütiger Belustigung zu betrachten –, und trotzdem spielte dieser Fallow die erste Geige und thronte auf dem Güterzug der Geschichte, während er, Stopping, für »House & Garden« noch mal einen Artikel über Mrs. Piekfeins neueste Villa in Hobe Sound oder sonstwo schrieb.

Also, was piekfein anging, da zog ihn Rachel Lampwick doch ganz schön auf, daß er das Wort so oft benutze. »Peter, ich finde, du könntest ein bißchen mehr *galanterie*« – sie sprach das Wort französisch aus – »gegenüber dieser Mrs. McCoy an den Tag legen, findest du nicht? Ich meine, du läßt dich aus über den piekfeinen Mr. McCoy und seinen piekfeinen Wagen und seine piekfeine Wohnung und seinen piekfeinen Job und seinen piekfeinen Daddy und seine piekfeine Freundin – oder wie hast du sie genannt? – ›scharf‹? – das gefällt mir ganz gut –, und die arme Mrs. McCoy ist einfach seine ›vierzigjährige Ehefrau‹, was natürlich ›unscheinbar‹ bedeutet, oder? Nicht sehr galant, Peter.«

Aber offensichtlich hatte Rachel jedes Wort, das er schrieb, verschlungen. Und so empfand er nichts als die Herzlichkeit des Siegers für sie und alle zusammen.

»›The City Light‹ sieht Frauen nicht als glamorous an, es sei denn, sie sind untreu«, sagte Fallow. »Wir sparen uns unsere Begeisterung für ›andere‹ Frauen auf.«

Dann begannen alle, über die »scharfe Brünette« zu spekulieren, und Billy Cortez, der St. John dabei einen Blick zuwarf, sagte, er hätte zwar von Männern gehört, die mit ihren kleinen Flittchen an ungewöhnliche Orte führen, um einer Entdeckung zu entgehen, aber *die Bronx* lasse doch wirklich auf eine ziemlich fortgeschrittene Paranoia schließen, und Fallow bestellte sich noch einen Wodka Southside.

Das Stimmengewirr war warm und fröhlich und englisch, und die orange- und ockerfarbenen Lichtreflexe des Leicester's waren sanft und englisch, und Caroline blickte ihn ziemlich oft an, manchmal lächelnd, manchmal mit einem schiefen Grinsen, und das machte ihn neugierig, und er trank noch einen Wodka Southside, und Caroline stand von ihrem Platz auf und kam um den Tisch herum dorthin, wo er saß, und beugte sich runter und sagte ihm ins Ohr: »Komm einen Augenblick mit mir nach oben.«

War das möglich? Es war so wahnsinnig unwahrscheinlich, aber – war das möglich? Sie gingen hinten die Wendeltreppe zu Britt-Withers' Büro hoch, und Caroline, die plötzlich ein ernstes Gesicht machte, sagte: »Peter, ich sollte dir möglicherweise nicht erzählen, was ich dir gleich erzählen werde. Du verdienst es wirklich nicht. Du bist nicht sehr nett zu mir gewesen.«

»Ich!« sagte Fallow mit einem beschwipsten Lacher. »Caroline! Du hast versucht, meinen *Rüssel* in ganz New York zu verbreiten!«

»Was? Deinen Rüssel?« Caroline lächelte errötend. »Na, nicht in ganz New York. Auf jeden Fall, nach dem Geschenk, das ich dir gleich mache, sind wir, glaub ich, quitt.«

»Geschenk?«

»Ich denke, es ist ein Geschenk. Ich weiß, wer deine ›scharfe Brünette‹ ist. Ich weiß, wer mit McCoy in dem Wagen saß.«

»Du machst 'n Witz.«

»Ich mache keinen Witz.«

»Na schön – wer?«

»Sie heißt Maria Ruskin. Du hast sie an dem Abend im Limelight kennengelernt.«

»Tatsächlich?«

»Peter, du warst so betrunken. Sie ist die Frau von einem Mann namens Arthur Ruskin, der ungefähr dreimal so alt ist wie sie. Er ist ein jüdischer Irgendwas. Sehr reich.«

»Woher weißt du das?«

»Erinnerst du dich an meinen Freund, den Künstler? Den Italiener? Filippo? Filippo Chirazzi?«

»Ah, ja. Könnte ihn ja wohl kaum vergessen, oder?«

»Also, er kennt sie.«
»Wie kennt er sie?«
»So wie eine Menge Männer sie kennen. Sie ist 'n Luder, die's mit jedem treibt.«
»Und sie hat ihm das erzählt?«
»Ja.«
»Und er hat's dir erzählt?«
»Ja.«
»Mein Gott, Caroline. Wo kann ich ihn finden?«
»Ich weiß nicht. Ich kann ihn selber nicht finden. Den kleinen Scheißkerl.«

25
Wir, die Jury

»Das ist nichts weiter als das Establishment, das für sich selber sorgt«, sagte Reverend Bacon. Er lehnte sich in seinem Sessel am Schreibtisch lässig nach hinten und sprach ins Telefon, aber sein Ton war förmlich. Denn er sprach mit der Presse. »Das ist die Macht, die ihre Lügen mit dem bereitwilligen Einverständnis ihrer Lakaien in den Medien fabriziert und aussät, und ihre Lügen sind leicht durchschaubar.«

Edward Fiske III., obgleich ein junger Mann, erkannte die Rhetorik der Bürgerrechtsbewegung der späten sechziger und frühen siebziger Jahre wieder. Reverend Bacon starrte die Sprechmuschel des Telefons mit dem Ausdruck aufrichtigen Zorns an. Fiske rutschte in seinem Sessel noch ein Stückchen tiefer. Sein Blick sprang von Reverend Bacons Gesicht hinüber zu den sumpfgelben Platanen im Hof hinter dem Fenster. Er wußte nicht, ob Augenkontakt mit dem Mann in diesem Moment klug war oder nicht, auch wenn die Sache, die Bacons Zorn erregte, nichts mit Fiskes Besuch zu tun hatte. Bacon war wütend über den Artikel in der »Daily News« von diesem Morgen, in dem angedeutet wurde, daß Sherman McCoy einem Raubversuch entflohen sein könnte, als er mit seinem Wagen Henry Lamb anfuhr. Die »Daily News« gab zu verstehen, daß Lambs Komplize ein verurteilter Verbrecher namens Roland Auburn sei und daß alle Beweise der Staatsanwaltschaft gegen Sherman McCoy auf einer Geschichte beruhten, die sich dieses Individuum ausgedacht habe, das jetzt in einem Drogenfall einen Schuldhandel zu erreichen versuche.

»Sie zweifeln, daß sie so tief hinabsteigen?« deklamierte Reverend Bacon in die Sprechmuschel. »Sie zweifeln, daß sie so abscheulich sein können? Jetzt sehen Sie sie so tief hinabsteigen, daß sie versuchen, den jungen Henry Lamb zu verleumden. Nun sehen Sie sie das Opfer schmähen, das tödlich verletzt daliegt und nicht für sich selber reden kann. Daß sie sagen, Henry Lamb ist der Räuber – *das* ist der kriminelle Akt ... verstehen Sie ... Das ist der kriminelle Akt. Aber das ist der kranke Geist der Mächtigen, das ist die ihm zugrunde liegende rassistische Gesinnung. Da Henry Lamb ein junger Schwarzer ist, glauben sie, sie können ihn als Verbrecher brandmarken ... verstehen Sie ... Sie denken, sie können ihn in dieser Weise mit Dreck beschmieren. Aber sie irren sich. Henry Lambs Leben widerlegt ihre Lügen. Henry Lamb ist alles, was die Mächtigen von dem jungen Schwarzen erwarten, aber wenn die Bedürfnisse *eines der Ihren* es erfordern ... verstehen Sie ... eines der Ihren ... dann finden sie nichts dabei, die Sache herumzudrehen und zu versuchen, den guten Namen dieses jungen Mannes zugrunde zu richten ... Was? ... Sie sagen: ›Wer sind *sie?*‹ ... Sie meinen, Sherman McCoy steht allein? Sie glauben, er ist auf sich gestellt? Er ist einer der mächtigsten Männer bei Pierce & Pierce, und Pierce & Pierce ist einer der größten Machtfaktoren an der Wall Street. Ich *kenne* Pierce & Pierce ... verstehen Sie ... ich *weiß*, was sie ausrichten können. Sie haben von Kapitalisten reden hören. Sie haben von Plutokraten gehört. Sie werfen einen Blick auf Sherman McCoy, und Sie *sehen* einen Kapitalisten, Sie *sehen* einen Plutokraten.«

Reverend Bacon nahm den beleidigenden Zeitungsartikel auseinander. Die »Daily News« war eine berüchtigte Speichelleckerin der Interessen des Kapitals. Der Reporter, der den Haufen Lügen zusammenschrieb, Neil Flannagan, war ein Lakai, der so schamlos war, daß er einer so widerlichen Kampagne auch noch seinen Namen lieh. Seine sogenannte Informationsquelle – zurückhaltend als »dem Fall nahestehende

Quellen« bezeichnet – war offensichtlich McCoy und seine Clique.

Der Fall McCoy war für Fiske nicht von Interesse, es sei denn als gewöhnlicher Klatsch, obwohl er wußte, daß der Engländer, der die ganzen Umstände als erster aufgedeckt hatte, ein wunderbar geistreicher Bursche namens Peter Fallow war, ein Meister in der Kunst der Unterhaltung. Nein, Fiskes einziges Interesse war, inwieweit Bacons Beziehungen zu der Sache seine, Fiskes, Aufgabe komplizieren würden, die $ 350.000 oder einen Teil davon zurückzuholen. In der halben Stunde, die er jetzt hier saß, hatte Bacons Sekretärin Anrufe von zwei Zeitungen, von Associated Press, einem Bronxer Stadtverordneten, einem Bronxer Kongreßabgeordneten und dem Geschäftsführer der Streitmacht Schwule Faust durchgestellt, alle betrafen den Fall McCoy. Und Reverend Bacon unterhielt sich jetzt mit einem Mann namens Irv Stone von Channel 1. Zuerst glaubte Fiske, seine Mission sei (wieder einmal) hoffnungslos. Aber hinter Reverend Bacons haßerfülltem Bombast begann er eine gewisse Heiterkeit zu entdecken, eine joie de combat. Reverend Bacon hatte Spaß an dem, was passierte. Er führte den Kreuzzug an. Er war in seinem Element. Wenn Edward Fiske III. den richtigen Moment erwischte, würde er vielleicht irgendwo in alledem schließlich doch eine Öffnung finden, durch die er vom bunten Haufen der Projekte des Himmlischen Kreuzritters die $ 350.000 der Episkopalkirche zurückholen konnte.

Reverend Bacon sagte gerade: »Es gibt die Ursache, und es gibt die Wirkung, Irv ... verstehen Sie ... Und wir hatten eine Demonstration in der Poe-Siedlung, in der Lamb wohnt. Das ist die Wirkung ... verstehen Sie ... Was Henry Lamb widerfuhr, ist die Wirkung. Aber heute werden wir zur Ursache zurückkehren. Wir bringen die Sache zur Park Avenue. Zur Park Avenue, verstehen Sie, wo die Lügen herkommen ... von wo sie ihren Ausgang nehmen ... Was? ... Richtig. Henry Lamb kann nicht für sich sprechen, aber er wird eine mächtige Stimme haben. Er wird die Stimme seiner Leute haben, und diese Stimme wird auf der Park Avenue gehört werden.«

Fiske hatte das Gesicht von Reverend Bacon noch nie so angeregt gesehen. Er begann, Irv Stone technische Fragen zu stellen. Natürlich könne er Channel 1 diesmal keine Exklusivrechte garantieren, aber könne er mit einem Live-Bericht rechnen? Was sei die beste Zeit? Dieselbe wie letztesmal? Und so weiter und so fort. Endlich legte er auf. Er wandte sich Fiske zu, blickte ihn mit unheilverkündender Aufmerksamkeit an und sagte: »Der Dampf.«

»Der Dampf?«

»Der Dampf ... Erinnern Sie sich, was ich Ihnen über den Dampf erzählt habe?«

»O ja. Sicher.«

»So, und nun werden Sie sehen, wie der Dampf ausbricht. Die ganze Stadt wird es sehen. Direkt auf der Park Avenue. Die Leute meinen, das Feuer ist erloschen. Sie denken, der Zorn ist eine Sache der Vergangenheit. Sie wissen nicht, daß er nur unterdrückt war. Nur wenn der Dampf eingeschlossen ist, findet man heraus, was er anrichten kann ... verstehen Sie ... Und dann stellen sie fest, daß es trostlos aussieht für sie und ihre ganze Sippschaft. Pierce & Pierce weiß nur, wie man mit *einer* Seite des Kapitals umgeht. Vom Dampf verstehen sie nichts. Sie können mit dem Dampf nicht umgehen.«

Fiske erspähte eine winzige Öffnung.

»Wie's der Zufall will, Reverend Bacon, habe ich gerade neulich mit jemandem bei Pierce & Pierce über Sie gesprochen. Linwood Talley von der Emissionsabteilung.«

»Man kennt mich dort«, sagte Reverend Bacon. Er lächelte, jedoch ziemlich boshaft. »Sie kennen *mich*. Sie kennen nicht den Dampf.«

»Mr. Talley erzählte mir von Urban Guaranty Investments. Er sagte mir, die Firma sei bisher überaus erfolgreich gewesen.«

»Ich kann nicht klagen.«

»Mr. Talley ging nicht auf Einzelheiten ein, aber ich schließe daraus, sie war gleich von Anfang an« – er suchte nach dem geeigneten Euphemismus – »von Vorteil.«

»Hmmmmmm.« Reverend Bacon schien nicht geneigt zu sein, das Thema zu vertiefen.

Fiske sagte nichts und versuchte, Reverend Bacons Blick mit seinem festzuhalten, in der Hoffnung, ein Gesprächsvakuum zu schaffen, dem sich der große Kreuzritter nicht entziehen könne. Die Wahrheit über Urban Guaranty Investments, wie Fiske von Linwood Talley erfahren hatte, war, daß die Bundesregierung der Firma als einem »Minderheits-Emissionsgaranten« kürzlich $ 250.000 für eine $ 7-Milliarden-Emission von bundesgestützten Kommunalobligationen angewiesen hatte. Das sogenannte Rücklagengesetz verlangte, daß am Verkauf solcher Anleihen Minderheiten beteiligt wurden, und die Urban Guaranty Investments war gegründet worden, um dieser Forderung des Gesetzes nachkommen zu helfen. Es bestand nicht die Forderung, daß die Minderheitenfirma von diesen Anleihen tatsächlich welche verkaufen oder auch nur beziehen müsse. Der Gesetzgeber wollte die Aufgabe nicht unnütz komplizieren. Für die Firma war es nur erforderlich, sich an der Emission zu beteiligen. Und »beteiligen« war weit gefaßt. In den meisten Fällen – Urban Guaranty Investments war nur eine von vielen solchen Firmen im ganzen Land – bedeutete die Beteiligung, von der Bundesregierung als Vergütung einen Scheck zu erhalten und ihn einzuzahlen, und nicht viel mehr. Urban Guaranty Investments hatte keine Angestellten und kein Büro, nur eine Adresse (Fiske war gerade dort), eine Telefonnummer und einen Vorsitzenden, Reginald Bacon.

»Und so kam mir eben der Gedanke, Reverend Bacon, bezüglich unserer Unterhaltung und dessen, worüber die Diözese natürlich besorgt ist und was noch immer gelöst werden muß, falls wir lösen können, was, wie ich sicher bin, Sie ebenso lösen möchten wie der Bischof, der, muß ich Ihnen sagen, mich in dieser Hinsicht sehr bedrängt hat ...« Fiske verstummte. Wie es ihm oft in Gesprächen mit Reverend Bacon passierte, konnte er sich nicht erinnern, wie er seinen Satz begonnen hatte. Er hatte keine Ahnung, welchen Numerus und welche Zeitform das Prädikat haben mußte. »... mich in dieser Hinsicht sehr bedrängt hat, und, äh, äh, die Sache ist, wir dachten, Sie wären vielleicht in der Lage, einige Gelder auf das Treuhandkonto zu verlagern, das wir neulich erwähnten, das Treuhandkonto für die Kindertagesstätte zum Kleinen Hirten, nur bis unsere Konzessionsprobleme gelöst sind.«

»Ich kann Ihnen nicht folgen«, sagte Reverend Bacon.

Fiske hatte das beklemmende Gefühl, er müsse irgendeinen Weg finden, dasselbe noch mal zu sagen.

Aber Reverend Bacon half ihm aus der Bredouille. »Wollten Sie damit sagen, wir sollten Geld von der Urban Guaranty Investments auf die Kindertagesstätte zum Kleinen Hirten verlagern?«

»Nicht mit so vielen Worten, Reverend Bacon, aber wenn die Mittel verfügbar sind oder umgetopft werden könnten ...«

»Aber das ist ungesetzlich! Sie sprechen von der Vermengung von Mitteln! Wir können nicht Gelder von einer Firma zur anderen verschieben, bloß weil es den Anschein hat, daß eine von ihnen sie nötiger braucht.«

Fiske blickte auf diesen Fels fiskalischer Rechtschaffenheit und erwartete geradezu einen Wink, obgleich er wußte, daß Reverend Bacon nicht der große Winker war. »Nun, die Diözese war immer bereit, bei Ihnen Ausnahmen zu machen, Reverend Bacon, und zwar insofern, als, wenn es Raum für ein Entgegenkommen in der strikten Auslegung von Vorschriften gab, wie zum Beispiel damals, als Sie und der Vorstand der Innerstädtischen Familienumgestaltungsgesellschaft die Reise nach Paris machten und die Diözese sie aus dem Etat des Missionsvereins bezahlte ...« Wieder ging er in der syntaktischen Suppe unter, aber es machte nichts.

»Auf keinen Fall«, sagte Reverend Bacon.

»Na ja, wenn nicht das, dann ...«

Die Stimme von Reverend Bacons Sekretärin tönte aus der Gegensprechanlage: »Mr. Vogel am Apparat.«

Reverend Bacon drehte sich zum Telefon auf der Kredenz um: »Al? ... Ja, ich hab ihn gelesen. Sie ziehen den Namen dieses jungen Mannes durch den Dreck und denken sich nichts dabei.«

Reverend Bacon und der Anrufer, Vogel, redeten noch eine Weile über den Artikel in der »Daily News«. Dieser Mr. Vogel erinnerte Reverend Bacon offenbar daran, daß Oberstaatsanwalt Weiss der »Daily News« gesagt hatte, es gebe absolut keinen Beweis, der die Theorie eines Raubversuchs stützte.

»Kann mich nicht auf ihn verlassen«, sagte Reverend Bacon. »Er ist wie die Fledermaus. Kennen Sie die Fabel von der Fledermaus? Die Vögel und die Tiere führten Krieg gegeneinander. Solange die Vögel siegreich waren, sagte die Fledermaus, sie sei ein Vogel, weil sie fliegen könne. Als die Tiere siegreich waren, sagte die Fledermaus, sie sei ein Tier, weil sie Zähne habe. Deswegen läßt sich die Fledermaus am Tage nicht sehen. Möchte nicht, daß jemand ihre zwei Gesichter sieht.«

Reverend Bacon hörte eine Zeitlang zu und sagte dann: »Ja, das tue ich, Al. Ein Herr von der New Yorker Episkopaldiözese ist gerade hier. Möchten Sie, daß ich zurückrufe? ... Hmmhmmm ... Hmm-hmmm ... Sie sagen, seine Wohnung ist drei Millionen Dollar wert?« Er schüttelte den Kopf. »So was habe ich noch nie gehört. Ich sage ja, es wird Zeit, daß die Park Avenue die Stimme der Straße zu hören bekommt ... Hmmhmmm ... Ich rufe Sie deswegen noch mal an. Ich spreche mit Annie Lamb, ehe ich Sie anrufe. Was meinen Sie, wann Sie Klage erheben? ... Ungefähr genauso wie gestern, als ich mit ihr sprach. Er hängt am Life-Support-System. Er sagt nichts und erkennt niemanden. Wenn man über diesen jungen Mann nachdenkt – es gibt keine Summe, die das bezahlen kann, ist es nicht so? ... Also, ich rufe Sie an, so schnell ich kann.«

Als er aufgelegt hatte, schüttelte Reverend Bacon bekümmert den Kopf, doch dann sah er mit einem Funkeln im Blick und der schwachen Andeutung eines Lächelns auf. Mit athletischer Behendigkeit erhob er sich aus seinem Sessel und kam mit ausgestreckter Hand um den Schreibtisch herum, als hätte Fiske gerade verlauten lassen, er müsse jetzt gehen.

»Immer schön, Sie zu sehen!«

Automatisch schüttelte Fiske ihm die Hand, und gleichzeitig sagte er: »Aber Reverend Bacon, wir haben noch nicht ...«

»Wir sprechen uns wieder. Ich habe furchtbar viel zu tun – eine Demonstration auf der Park Avenue, muß Mr. Lamb helfen, eine 100-Millionen-Klage gegen Sherman McCoy zu erheben ...«

»Aber Reverend Bacon, ich kann nicht ohne eine Antwort gehen. Die Diözese ist wirklich mit ihrer Geduld am Ende – das heißt, sie besteht darauf, daß ich ...«

»Sie sagen der Diözese, daß sie klug handelt. Ich habe Ihnen das letztemal gesagt, dies ist die beste Investition, die sie je gemacht haben. Sagen Sie ihnen, daß sie sich ein Optionsrecht erwerben. Sie kaufen sich die Zukunft unter Preis. Sagen Sie ihnen, sie werden sehr bald sehen, was ich meine, in allerkürzester Zeit.« Er legte Fiske kameradschaftlich den Arm um die Schulter und schob ihn zur Tür, während er sagte: »Machen Sie sich um nichts Sorgen. Sie handeln klug, verstehen Sie. Handeln klug. Man wird sagen: ›Dieser junge Mann, er ging das Risiko ein und hat den Jackpot gewonnen.‹«

Total verwirrt wurde Fiske von einem Schwall Optimismus und dem Druck eines starken Armes im Rücken nach draußen befördert.

Der Lärm des Megaphons und des Wutgeschreis stieg in der Junihitze von der Park Avenue zehn Stockwerke nach oben – zehn Stockwerke! – nichts dabei! – sie können fast *hinauflangen!* –, bis der Tumult da unten Bestandteil der Luft zu sein schien, die er atmete. Das Megaphon bellte seinen Namen! Das harte C in McCoy schnitt durch das Gebrüll des Mobs und flog über das riesige Haßgeschwür da unten hinweg nach oben. Er schob sich ans Bibliotheksfenster und wagte einen Blick nach unten. *Angenommen, sie sehen mich!* Die Demonstranten waren zu beiden Seiten des Mittelstreifens auf die Straße geströmt und hatten den Verkehr zum Erliegen gebracht. Die Polizei versuchte, sie auf die Gehwege zurückzudrängen. Drei Polizisten verfolgten eine andere Gruppe, mindestens fünfzehn oder zwanzig, durch die gelben Tulpen auf dem Mittelstreifen. Während die Demonstranten rannten, hielten sie ein langes Spruchband in die Höhe: WACH AUF, PARK AVENUE! DU KANNST DICH VOR DEM VOLK NICHT VERSTECKEN! Die gelben Tulpen sanken vor ihnen zu Boden, sie ließen eine Gasse zertrampelter Blüten hinter sich zurück, und die Polizisten stampften durch die Gasse hinter ihnen her. Sherman starrte entsetzt nach unten. Der Anblick der makellosen gelben Frühlingstulpen der Park Avenue, die dem Mob vor die Füße fielen, lähmte ihn vor Angst. Ein Fernsehteam zuckelte draußen auf der Straße entlang und versuchte aufzuschließen. Der, der die Kamera auf der Schulter trug, stolperte und stürzte krachend auf das Pflaster, mit Kamera und allem. Die Spruchbänder und Transparente der Menschenmenge hüpften und schwankten wie Segel in einem windigen Hafen. Auf einem Spruchband stand unverständlicherweise: SCHWULE FAUST GEGEN KLASSENJUSTIZ. Auf einem anderen – Herrgott! Sherman hielt den Atem an. In riesigen Lettern stand da:

SHERMAN MCCOY:
WIR, DIE JURY, WOLLEN DICH!

Er sah die plumpe Zeichnung eines Fingers, der direkt auf ihn zeigte, wie auf den alten »Uncle Sam wants you«-Plakaten. Sie schienen es schräg zu halten, damit er es von hier oben lesen konnte. Er lief aus der Bibliothek und setzte sich im hinteren Teil des Wohnzimmers in einen Sessel, eine von Judys geliebten Louis-Irgendwas-Bergèren – oder war es ein Fauteuil? Killian lief hin und her und frohlockte noch immer über den Artikel in der »Daily News«, offenbar um ihn aufzumuntern, aber Sherman hörte nicht mehr hin. Er hörte die tiefe, häßliche Stimme von einem der Leibwächter, der in der Bibliothek ans Telefon gegangen war. »Steck's dir in 'n Ärmel.« Jedesmal, wenn eine Drohung durchs Telefon kam, sagte der Leibwächter, ein kleiner, dunkler Kerl namens Occhioni: »Steck's dir in 'n Ärmel.« So, wie er es sagte, klang es schlimmer als jede klassische Zote. Wie waren sie nur an seine Privatnummer gekommen? Wahrscheinlich über die Presse – in der offenen Höhle. Sie waren hier in der Park Avenue, *unten an der Tür.* Sie kamen übers Telefon herein. Wie lange noch, bevor sie in die Eingangshalle stürmten und grölend über diesen feierlichen grünen Marmorboden gerannt kamen! Der andere Leibwächter, McCarthy, saß in der Eingangshalle in einem von Judys geliebten Thomas-Hope-Sesseln – und was würde das nützen? Sherman lehnte sich nach hinten, den Blick nach unten gerichtet ... auf die schlanken Beine eines Sheraton-Pembroke-Tisches geheftet, eines höllisch teuren Dinges, das Judy in einem dieser Antiquitätengeschäfte in der Siebenundfünfzigsten Straße entdeckt hatte ... höllisch teuer ... höllisch ... Mr. Occhioni, der »Steck's dir in 'n Ärmel« zu jedem sagte, der anrief und sein Leben bedrohte ... $ 200 pro Acht-Stunden-Schicht ... noch mal $ 200 für den teilnahmslosen Mr. McCarthy ... und noch mal die gleiche Summe für die beiden Leibwächter im Haus seiner Eltern in der Dreiundsiebzigsten Straße Ost, wo Judy, Campbell, Bonita und Miss Lyons waren ... $ 800 pro Acht-Stunden-Schicht ... alles ehemalige New Yorker Polizisten aus irgendeiner Agentur, die Killian kannte ... $ 2400 pro Tag ... Geld bluten ... *McCoy! ... McCoy!* ... ein ungeheures Gebrüll von der Straße herauf ... Und sofort dachte er nicht mehr über den

Pembroke-Tisch und die Leibwächter nach ... Er starrte krampfhaft vor sich hin und dachte über den Flintenlauf nach. Wie dick war er? Er hatte die Flinte so oft benutzt, zuletzt zur Leash-Club-Jagd im letzten Herbst, aber er konnte sich nicht erinnern, wie dick der Lauf war! Er war dick, da es eine 12kalibrige Doppelflinte war. War er zu dick, um ihn in den Mund zu bekommen? Wonach würde er *schmecken*? Ob es wohl schwierig war, lange genug zu atmen, um ... um ... Wie würde er den Abzug bedienen? Mal überlegen, er würde den Lauf in seinem Mund mit der einen Hand ruhig festhalten, mit der linken Hand – aber wie lang war der Lauf? Er war lang ... Konnte er den Abzug mit der rechten Hand erreichen? Vielleicht nicht! Sein großer Zeh ... Er hatte mal irgendwo von jemandem gelesen, der seinen Schuh ausgezogen und den Abzug mit dem großen Zeh gedrückt hatte ... Wo würde er es tun? Die Flinte war in dem Haus auf Long Island ... angenommen, er könnte nach Long Island gelangen, könnte aus diesem Haus kommen, von der belagerten Park Avenue entfliehen, käme lebend weg von ... Wir, die Jury ... Das Blumenbeet hinter dem Geräteschuppen ... Judy nannte es immer das Frühbeet ... Er würde sich da draußen hinsetzen ... Wenn es eine Schweinerei gäbe, würde es nichts machen ... *Angenommen, Campbell wäre diejenige, die ihn fände!* ... Der Gedanke rührte ihn nicht so zu Tränen, wie er gedacht hatte ... *gehofft* hatte ... Sie würde nicht ihren Vater finden ... Er war nicht mehr ihr Vater ... war nichts mehr, was mal jemand als Sherman McCoy gekannt hatte ... Er war nur eine Höhle, die sich rasch mit wütendem, gemeinem Haß füllte ...

Das Telefon klingelte in der Bibliothek. Sherman wurde steif. *Steck's dir in 'n Ärmel?* Aber er hörte nur das Rumpeln von Occhionis normaler Stimme. Wenig später steckte der kleine Mann den Kopf zum Wohnzimmer herein und sagte. »He, Mr. McCoy, da ist 'ne gewisse Sally Rawthrote. Wolln Se se sprechen oder nich?«

Sally Rawthrote? Das war die Frau, die bei den Bavardages neben ihm gesessen hatte, die Frau, die sofort das Interesse an ihm verloren und ihn den ganzen Rest des Dinners hatte links liegenlassen. Warum sollte sie jetzt mit ihm reden wollen? Und warum sollte er überhaupt mit ihr reden wollen? Das wollte er nicht, aber ein winziger Funken Neugier glimmte in der Höhle, und er stand auf, sah Killian an, zuckte mit den Achseln und ging in die Bibliothek, wo er sich an seinen Schreibtisch setzte und zum Telefon griff.

»Hallo?«

»Sherman! Sally Rawthrote.« *Sherman.* Der älteste Freund auf der Welt. »Ich hoffe, das ist kein ungünstiger Moment.«

Kein ungünstiger Moment? Von unten quoll ein ungeheures Gebrüll herauf, und das Megaphon schrie und bellte, und er hörte seinen Namen. *McCoy! ... McCoy!*

»Na ja, natürlich ist es ein ungünstiger Moment«, sagte Sally Rawthrote. »Was sage ich da. Aber ich dachte halt, ich riskiere es und rufe an und sehe mal, ob ich nicht irgendwie helfen kann.«

Helfen? Während sie redete, fiel ihm ihr Gesicht wieder ein, dieser gräßliche, angespannte, kurzsichtige Blick, dessen Brennpunkt ungefähr zehn Zentimeter vor dem Nasenrücken des Gesprächspartners lag.

»Tja, danke«, sagte Sherman.

»Wissen Sie, ich wohne ja nur ein paar Blocks von Ihnen weg. Selbe Straßenseite.«

»Ach, ja.«

»Ich bin an der Nordwestecke. Wenn man in der Park wohnt, finde ich, kommt der Nordwestecke nichts gleich. Man bekommt soviel *Sonne!* Natürlich, wo Sie wohnen, ist es auch hübsch. In Ihrem Haus sind einige der schönsten Wohnungen von New York. In Ihrer bin ich nicht mehr gewesen, seit die McLeods sie hatten. Sie hatten sie vor den Kittredges. Jedenfalls, von meinem Schlafzimmer, das an der Ecke liegt, kann ich die Park direkt hinuntersehen, dorthin, wo Sie wohnen. Ich schaue gerade jetzt im Moment dort runter, und dieser Mob – es ist absolut ungeheuerlich! Sie und Judy tun mir ja so leid – ich mußte einfach anrufen und sehen, ob ich nicht irgendwas tun kann. Ich hoffe, es macht Ihnen nichts aus?«

»Nein, Sie sind sehr freundlich. Übrigens, wie sind Sie eigentlich an meine Nummer gekommen?«

»Ich habe Inez Bavardage angerufen. War das in Ordnung?«

»Um Ihnen die Wahrheit zu sagen, es macht in diesem Moment verteufelt wenig aus, Mrs. Rawthrote.«

»Sally.«

»Jedenfalls, vielen Dank.«

»Wie ich schon sagte, wenn ich irgendwie behilflich sein kann, sagen Sie mir Bescheid. Mit der Wohnung, meine ich.«

»Mit der Wohnung?«

Wieder Gepolter ... Gebrüll ... *McCoy! McCoy!*

»Falls Sie sich entschließen sollten, irgendwas mit der Wohnung zu machen. Ich bin bei Benning Sturtevant, wie Sie wahrscheinlich wissen, und ich weiß, daß in Situationen wie dieser Leute es oft vorteilhaft finden, so flüssig wie möglich zu sein. Ha ha, ich könnte selber ein bißchen was vertragen! Jedenfalls, das ist eine Überlegung, und ich versichere Ihnen – *versichere* Ihnen – Ich kann Ihnen drei und eine halbe für Ihre Wohnung verschaffen. Einfach so. Das kann ich garantieren.«

Die Frechheit dieser Frau war erstaunlich. Sie lag jenseits von guter und schlechter Form, jenseits des ... Geschmacks ... Es war erstaunlich. Sherman mußte lächeln, und er hatte gemeint, er könne nicht lächeln.

»Tja, ja, ja, ja, Sally. Weitblick bewundere ich wirklich. Sie haben aus Ihrem Nordwestfenster geguckt und eine Wohnung zum Verkauf gesehen.«

»Überhaupt nicht! Ich dachte nur –«

»Tja, Sie kommen nur einen Schritt zu spät, Sally. Sie werden mit einem Mann namens Albert Vogel reden müssen.«

»Wer ist das?«

»Das ist der Anwalt von Henry Lamb. Er hat eine 100-Millionen-Dollar-Klage gegen mich angestrengt, und ich bin nicht sicher, ob ich im Moment die Freiheit habe, auch nur einen Teppich zu verkaufen. Aber vielleicht könnten Sie einen Teppich verkaufen. Wollen Sie nicht einen Teppich für mich verkaufen?«

»Ha ha, nein. Teppiche. Ich verstehe nichts davon. Ich begreife nicht, wieso man Ihr Vermögen einfrieren kann. Das erscheint mir absolut unfair. Ich meine, Sie waren schließlich das *Opfer,* nicht wahr? Ich habe heute den Artikel in der ›Daily News‹ gelesen. Normalerweise lese ich nur Bess Hill und Bill Hatcher, aber ich blätterte so herum – und da sah ich Ihr Foto. Ich sagte: ›Mein Gott, das ist ja Sherman!‹ Und so las ich den Artikel – und Sie haben ja nur einen Raubversuch abgewehrt. Es ist so unfair!« Sie plapperte weiter. Sie war feuerfest. Man konnte sie nicht einmal auf den Arm nehmen.

Als Sherman aufgelegt hatte, kehrte er ins Wohnzimmer zurück.

Killian fragte: »Wer war das?«

Sherman sagte: »Eine Immobilienmaklerin, die ich bei einem Dinner kennengelernt habe. Sie wollte meine Wohnung für mich verkaufen.«

»Hat sie gesagt, wieviel sie dafür kriegen könnte?«

»Dreieinhalb Millionen Dollar.«

»Hmm, lassen Sie mal sehen«, sagte Killian. »Wenn Sie sechs Prozent Provision bekommt, sind das ... hmmmm ... zweihundertzehntausend Dollar. Das ist es doch wert, die Sache eiskalt-opportunistisch zu sondieren, finde ich. Aber eines muß ich zu ihrer Rechtfertigung sagen.«

»Nämlich was?«

»Sie hat Sie zum Lächeln gebracht. Sie ist also nicht ganz schlecht.«

Wieder Gebrüll, das lauteste bis jetzt ... *McCoy!* ...

McCoy! ... Die beiden standen in der Mitte des Wohnzimmers und hörten einen Augenblick zu.

»Herrgott, Tommy«, sagte Sherman. Es war das erstemal, daß er ihn beim Vornamen nannte, aber er unterbrach sich nicht, um darüber nachzudenken. »Ich kann nicht glauben, daß ich hier stehe, und all das geschieht. Ich bin in meiner Wohnung eingesperrt, und die Park Avenue ist von einem Mob besetzt, der drauf wartet, daß er mich umbringen kann. Mich *umbringen!*«

»Oooohhh, Mann Gottes, das ist das letzte, was sie wollen. Tot sind Sie für Bacon 'n verdammten Dreck wert, und er ist der Meinung, daß Sie lebend sehr wertvoll für ihn sein werden.«

»Für Bacon? Was soll er denn von mir haben?«

»Millionen, denkt er, wird er von Ihnen kriegen. Ich kann es nicht beweisen, aber ich sage, die ganze Sache läuft über die Zivilklagen.«

»Aber Henry Lamb klagt doch. Oder seine Mutter, glaube ich, in seinem Namen. Wie soll Bacon etwas davon haben?«

»Na schön. Wer ist der Anwalt, der Henry Lamb vertritt? Albert Vogel. Und wie ist Henrys Mutter an Albert Vogel gekommen? Weil sie seine brillante Verteidigung der Utica-Vier und der Waxahachie-Acht im Jahre 1969 so bewundert? Könn' Se vergessen. Bacon lotst sie zu Vogel, weil die beiden zusammen glucken. Egal, was die Lambs in einer Klage erreichen, Vogel kriegt mindestens ein Drittel davon, und Sie können sicher sein, er teilt das mit Bacon, oder aber ein Mob rückt ihm auf die Pelle, der Ernst macht. Eins auf dieser Welt kenne ich von A bis Z, und das sind Anwälte und woher ihr Geld kommt und wohin es fließt.«

»Aber Bacon hatte seine Kampagne wegen Henry Lamb schon laufen, ehe er überhaupt wußte, daß ich beteiligt war.«

»Oh, am Anfang zogen sie nur gegen das Krankenhaus zu Felde, und zwar wegen Vernachlässigung der ärztlichen Sorgfaltspflicht. Sie wollten die Stadt verklagen. Wenn es Bacon gelänge, die Geschichte in der Presse zu einer riesigen Sache hochzupumpen, dann könnte eine Jury ihnen geben, was sie verlangen. Eine Jury in einem Zivilprozeß ... mit einem Rassenaspekt? Sie hätten 'ne gute Chance.«

»Also gilt dasselbe auch für mich«, sagte Sherman.

»Ich würde nicht versuchen, Ihnen was vorzumachen. Das ist wirklich so. Aber wenn Sie den Strafprozeß gewinnen, gibt's keinen Zivilprozeß.«

»Und wenn ich den Strafprozeß nicht gewinne, kümmert mich der Zivilprozeß auch nicht mehr«, sagte Sherman und sah sehr niedergeschlagen drein.

»Also, eins müssen Sie aber zugeben«, sagte Killian mit aufmunternder Stimme, »die Sache hat Sie zu einem Giganten an der Wall Street gemacht. Einem Wahnsinns-*Giganten*, Mann. Ham Se gesehen, wie Flannagan Sie in der ›Daily News‹ genannt hat? ›Pierce & Pierces sagenumwobener Chef-Wertpapierhändler.‹ *Sagenumwoben.* Eine lebende Legende. Sie sind der Sohn des ›aristokratischen John Campbell McCoy‹, ehemals Chef von Dunning Sponget & Leach. Sie sind das sagenumwobene Investmentbank-Aristokraten-Genie. Bacon denkt wahrscheinlich, Sie besitzen die Hälfte des Geldes der ganzen Welt.«

»Wenn Sie die Wahrheit wissen wollen«, sagte Sherman, »ich weiß nicht einmal, wo ich das Geld hernehmen soll für die Bezahlung von ...« Er machte eine Kopfbewegung zur Bibliothek, in der Occhioni saß. »Diese Zivilklage erfaßt *alles*. Sie sind sogar hinter dem vierteljährlichen Gewinnanteil her, den ich Ende dieses Monats bekommen sollte. Ich kann mir nicht denken, wie sie davon erfahren haben. Sie benutzten dabei sogar die firmeninterne Bezeichnung ›Pie B‹. Sie müssen jemanden bei Pierce & Pierce kennen.«

»Pierce & Pierce werden aber doch für Sie sorgen, oder?«

»Ha. Ich existiere für Pierce & Pierce nicht mehr. An der

Wall Street gibt es so was wie Treue nicht. Vielleicht hat es sie mal gegeben – mein Vater sprach immer so, als gäbe es sie –, aber heute gibt es sie nicht mehr. Ich habe einen Anruf von Pierce & Pierce erhalten, und der kam nicht von Lopwitz. Er kam von Arnold Parch. Er wollte wissen, ob es irgend etwas gäbe, was sie tun könnten, und dann kam er nicht schnell genug vom Telefon weg, aus Angst, mir könnte was einfallen. Aber ich weiß nicht, warum ich Pierce & Pierce so hervorhebe. Unsere Freunde sind alle genauso. Meine Frau findet nicht mal mehr Spielkameraden für unsere Tochter. Und die ist erst sechs ...«

Er schwieg. Er hatte plötzlich das ungute Gefühl, daß er sich mit seinen persönlichen Kümmernissen vor Killian aufspiele. Der verfluchte Garland Reed und seine Frau! Sie wollten Campbell nicht einmal mehr mit MacKenzie spielen lassen! Irgendeine über die Maßen lahme Ausrede ... Garland hatte nicht ein einziges Mal angerufen, und er kannte ihn schon sein ganzes Leben lang. Wenigstens Rawlie hatte den Schneid anzurufen. Er hatte sich dreimal gemeldet. Er hätte wahrscheinlich sogar den Mut, ihn zu besuchen ... falls WIR, DIE JURY jemals die Park Avenue räumte ... Vielleicht würde er ...

»Es ist verdammt ernüchternd, wie schnell das geht, wenn's mal losgeht«, sagte er zu Killian. Er wollte gar nicht soviel sagen, aber er konnte nicht anders. »Alle diese Verbindungen, die man hat, alle diese Leute, mit denen man zur Schule und aufs College ging, die Leute, die im selben Klub sind, die Leute, mit denen man essen geht – sie sind alle wie ein Faden, Tommy, alle diese Verbindungen, die das Leben ausmachen, und wenn der reißt ... Das war's! ... Aus! ... Mir tut meine Tochter so leid, mein kleines Mädchen. Sie wird um mich trauern, sie wird um ihren Daddy trauern, um den Daddy, an den sie sich erinnert, ohne zu wissen, daß er schon tot ist.«

»Was zum Teufel reden Sie denn da?« sagte Killian.

»Sie haben nie irgendwas wie das hier durchgemacht. Ich bezweifle nicht, daß Sie vieles gesehen haben, aber Sie haben es nie durchgemacht. Ich kann das Gefühl nicht erklären. Ich kann Ihnen nichts weiter sagen, als daß ich bereits tot bin, oder der Sherman McCoy von der Familie McCoy und Yale und Park Avenue und Wall Street ist tot. Mein *Ich* – ich weiß nicht, wie ich's beschreiben soll, aber falls, was Gott verhüte, Ihnen jemals etwas wie dies hier passiert, werden Sie wissen, was ich meine. Ihr *Ich* ... gehört *anderen,* all den Menschen, mit denen Sie verbunden sind, und es ist nur ein Faden.«

»Ayyyyy, Sherman«, sagte Killian. »Nun mal halblang. Es hat überhaupt keinen Sinn, mitten im Krieg zu philosophieren.«

»Toller Krieg.«

»Himmelherrgott, wasdenn wasdenn! Dieser Artikel in der ›Daily News‹ ist sehr wichtig für Sie. Weiss flippt bestimmt aus. Wir haben sein Prolo-Großmaul hochgehen lassen, das er als Zeugen hat. Auburn. Wir haben eine andere Theorie für die ganze Angelegenheit unter die Leute gebracht. Jetzt gibt es eine Basis, von der aus man Sie unterstützen kann. Wir haben dem Gedanken Durchbruch verschafft, daß Sie das ausgesuchte Opfer eines Plans, eines Raubüberfalls waren. Das verändert für Sie das ganze Bild, und wir haben Sie nicht im geringsten bloßgestellt.«

»Es ist zu spät.«

»Was meinen Sie, zu spät? Geben Sie der Sache ein bißchen Zeit, mein Gott. Dieser Flannagan bei der ›News‹ spielt so lange mit, wie wir mitspielen wollen. Der Brit, Fallow, bei ›The City Light‹, hat sich das Gehirn aus dem Kopf geschrieben mit dieser Geschichte. Darum nimmt er jetzt, was er von mir kriegt. Dieser Scheißartikel, den er gerade geschrieben hat, hätte auch nicht besser werden können, wenn ich ihm alles diktiert hätte. Er nennt Auburn nicht nur mit Namen, er verwendet sogar das Kopfbild, das Quigley besorgt hat!« Killian war ungemein entzückt. »Und er hat erwähnt, daß Weiss vor zwei Wochen Auburn den Crack-König von der Evergreen Avenue genannt hat.«

»Und, was macht das schon?«

»Es sieht nicht gut aus. Wenn Sie einen Typen wegen einer schweren Straftat im Gefängnis haben, und plötzlich meldet der sich, um eine Aussage zu machen, weil er damit erreichen will, daß die Beschuldigung gegen ihn fallengelassen oder runtergestuft wird, dann sieht das nicht gut aus. Es macht bei einer Jury keinen guten Eindruck, und es macht auch bei der Presse keinen guten Eindruck. Wenn er wegen eines Vergehens oder einer leichteren Straftat oder so was sitzt, macht's nicht soviel, weil anzunehmen ist, daß es für ihn bei der Zeit, der er entgegensieht, keinen so großen Unterschied macht.«

Sherman sagte: »Über eines habe ich mich immer gewundert, Tommy. Warum hat Auburn, als er sich seine Geschichte ausdachte – warum hat er gesagt, ich hätte den Wagen gefahren? Warum nicht Maria, die den Wagen tatsächlich fuhr, als Lamb verletzt wurde? Welchen Unterschied hat das für Auburn gemacht?«

»Er mußte es so drehen. Er wußte nicht, welche Zeugen Ihren Wagen gesehen hatten, kurz bevor und kurz nachdem Lamb verletzt wurde, und er muß ja irgendeine Erklärung dafür haben, warum Sie den Wagen bis zu dem Moment fuhren, als die Sache passierte, und warum Maria diejenige war, die wegfuhr. Wenn er sagt, Sie hätten gehalten, und dann hätten Sie und Maria die Plätze getauscht, und sie wäre weggefahren und hätte Lamb verletzt, dann ist die logische Frage: ›Warum haben die Leute denn angehalten?‹, und die logische Antwort ist: ›Weil irgendein Ganove wie Roland Auburn eine Barrikade errichtet und sie auszurauben versucht hat.‹«

»Wie heißt er? – Flannagan geht aber auf nichts davon ein.«

»Das stimmt. Sie werden bemerken, daß ich ihm weder so noch so irgendwas von einer Frau in dem Wagen erzählt habe. Wenn die Zeit kommt, wollen wir Maria auf unserer Seite haben. Sie werden auch bemerken, daß Flannagan den ganzen Scheißartikel geschrieben hat, ohne groß auf die ›Phantom-Frau‹ einzugehen.«

»Sehr entgegenkommender Bursche. Warum macht er das?«

»Ach, ich kenne den Mann. Er ist auch ein Donkey, genau wie ich, der einfach versucht, seinen Weg in Amerika zu gehen. Er macht seine Einzahlungen bei der Gefälligkeitsbank. Amerika ist ein wundervolles Land.«

Einen Moment lang stieg Shermans Stimmung um ein, zwei Striche, aber dann sank sie tiefer denn je. Es war Killians offenbare Hochstimmung, die das bewirkte. Killian jubilierte über seine strategische Genialität in »dem Krieg«. Er hatte gewissermaßen einen erfolgreichen Einsatz ausgeführt. Für Killian war das alles ein Spiel. Wenn er gewann, fabelhaft. Wenn er verlor ... auf zum nächsten Krieg. Für ihn, Sherman, gab's nichts zu gewinnen. Er hatte bereits fast alles verloren, unwiederbringlich. Im besten Falle konnte er nur vermeiden, alles zu verlieren.

Das Telefon klingelte in der Bibliothek. Sherman verspannte sich gleich wieder, aber schon erschien Occhioni in der Tür und meldete:

»'s is jemand, der Pollard Browning heißt, Mr. McCoy.«

»Wer ist das?« fragte Killian.

»Er wohnt hier im Haus. Er ist der Vorsitzende des Eigentümerbeirats.«

Er ging in die Bibliothek und griff zum Hörer. Unten von der Straße wieder Gebrüll, erneutes Gebell aus dem Megaphon ... *McCoy! ... McCoy! ...* Zweifellos war das chez Browning genauso gut zu hören. Er konnte sich vorstellen, was Pollard dachte.

Aber seine Stimme klang recht freundlich. »Wie hältst du's durch, Sherman?«

»Och, ich glaube, ganz gut, Pollard.«

»Ich würde gern mal schnell zu dir raufkommen, wenn ich dir nicht allzu lästig falle.«

»Bist du zu Hause?« fragte Sherman.

»Grade heimgekommen. Es war nicht leicht, ins Haus zu kommen, aber ich hab's geschafft. Wär das okay?«

»Klar. Komm rauf.«

»Ich gehe einfach die Feuertreppe hoch, wenn's dir recht ist. Eddie hat unten an der Haustür alle Hände voll zu tun. Ich weiß nicht, ob er überhaupt den Summer hören kann.«

»Ich mach dir hinten auf.«

Er sagte Killian, er ginge hinter in die Küche, um Browning hereinzulassen.

»Ayyyy«, sagte Killian. »Sehen Sie? Man hat Sie nicht vergessen.«

»Wir werden sehen«, sagte Sherman. »Gleich werden Sie Wall Street in Reinkultur erleben.«

In der großen, stillen Küche konnte Sherman an der offenen Tür Pollard die Metallstufen der Feuertreppe heraufpoltern hören. Bald kam er in Sicht. Er schnaufte von seinem Aufstieg die zwei Treppen hoch, sah jedoch tadellos aus. Pollard war der Typ des dicken Vierzigjährigen, der eleganter wirkt als jeder Athlet gleichen Alters. Seine glatten Backen quollen aus einem weißen Hemd aus glänzender Sea-Island-Baumwolle. Ein ausgezeichnet geschneiderter grauer Kammgarnanzug umspannte ohne ein Fältchen jeden Quadratzentimeter seines fetten Körpers. Er trug eine marineblaue Krawatte mit dem Jachtklubabzeichen und ein Paar schwarze Schuhe, die so vorteilhaft geschnitten waren, daß seine Füße klein wirkten. Er war glatt wie ein Biber. Sherman führte ihn aus der Küche in die Eingangshalle, wo der Ire, McCarthy, in dem Thomas-Hope-Sessel saß. Die Tür zur Bibliothek stand offen, und Occhioni war deutlich darin zu sehen.

»Leibwachen«, fühlte Sherman sich bemüßigt, Pollard mit leiser Stimme mitzuteilen. »Ich wette, du hättest nie gedacht, daß du mal jemanden kennenlernst, der Leibwächter hat.«

»Einer meiner Mandanten – kennst du Cleve Joyner von United Carborundum?«

»Ich kenne ihn nicht.«

»Er hat jetzt schon sechs oder sieben Jahre Leibwächter. Gehen mit ihm überallhin.«

Im Wohnzimmer unterwarf Pollard Killians ausgefallene Kleidung einer raschen Musterung, und ein gequälter, verquetschter Blick trat in sein Gesicht. Pollard sagte: »How do you do?«, was wie Hauja du klang, und Killian sagte »How are you?«, was wie Hehwaja herauskam. Pollards Nasenflügel zuckten leicht, so wie die von Shermans Vater, als Sherman ihm den Namen Dershkin, Bellavita, Fishbein & Schlossel genannt hatte.

Sherman und Pollard nahmen in einer der Sitzgruppen Platz, die Judy arrangiert hatte, um den weiten Raum zu füllen. Killian verschwand in der Bibliothek, um mit Occhioni zu sprechen.

»Also, Sherman«, sagte Pollard, »ich habe mich mit allen Mitgliedern des Verwaltungsvorstandes, außer Jack Morrissey, in Verbindung gesetzt, und ich möchte dir sagen, daß du unsere Unterstützung hast, und wir werden alles tun, was wir können. Ich weiß, das muß eine schreckliche Situation für dich und Judy und Campbell sein.« Er schüttelte seinen glatten, runden Kopf.

»Tja, danke, Pollard. Allzu schrecklich ist es nicht.«

»Und ich habe mich persönlich mit dem Inspektor beim Neunzehnten Polizeirevier ins Benehmen gesetzt, und sie sorgen für die Sicherung der Eingangstür, so daß wir rein und raus können, aber er sagt, er kann die Demonstranten nicht völlig von dem Haus fernhalten. Ich dachte, sie könnten sie einen Abstand von hundertfünfzig Metern einhalten lassen, aber er behauptet, das könnten sie nicht. Ich halte das für ungeheuerlich, offen gesagt. Diese Bande ...« Sherman sah, daß Pollard in seinem glatten, runden Kopf nach einer höflichen Formulierung suchte, um einen Rassenbeinamen zu umschreiben. Er gab die Mühe auf. »... dieser Mob.« Er schüttelte den Kopf noch eine ganze Weile weiter.

»Es ist politischer Football, Pollard. *Ich bin* ein politischer Football. Das ist es, was du über deinem Kopf wohnen hast.« Sherman versuchte zu lächeln. Gegen jeden besseren Instinkt wollte er, daß Pollard ihn gern habe und mit ihm fühle. »Ich hoffe, du hast heute die ›Daily News‹ gelesen, Pollard.«

»Nein, die ›Daily News‹ lese ich kaum. Ich habe die ›Times‹ gelesen.«

»Also, lies die Story in der ›Daily News‹, wenn du kannst. Es ist der erste Artikel, der eine gewisse Vorstellung davon gibt, was wirklich los ist.«

Pollard schüttelte seinen Kopf noch bekümmerter. »Die Presse ist genauso schlimm wie die Demonstranten, Sherman. Die Leute sind geradezu beleidigend. Sie lauern einem auf. Sie lauern jedem auf, der versucht, hier reinzukommen. Ich mußte eben verdammt noch mal regelrecht Spießruten laufen, um in mein eigenes Haus zu gelangen. Und dann fielen sie über meinen Fahrer her! Sie sind unverschämt! Sie sind eine Bande dreckiger kleiner Nigger.« *Nigger?* »Und die Polizei will natürlich nichts machen. Es ist, als wenn wir für sie ein gefundenes Fressen wären, nur weil wir das Glück haben, in einem Haus wie diesem zu wohnen.«

»Ich weiß nicht, was ich dazu sagen soll. Es tut mir alles furchtbar leid, Pollard.«

»Also, leider ...« Er ließ das fallen. »So etwas hat es in der Park Avenue noch nie gegeben Sherman. Ich meine, eine Demonstration, die sich *gegen die Park Avenue* als Wohngegend richtet. Es ist unerträglich. Es ist, als würde uns die Unverletzlichkeit unseres Heimes verweigert, nur weil das hier die Park Avenue ist. Und *unser* Haus ist der Mittelpunkt von allem.«

Sherman spürte ein nervöses Warnsignal gegen das, was da noch kommen würde, aber er war sich nicht sicher. Er begann, den Kopf im Rhythmus mit Pollard zu schütteln, um zu zeigen, daß sein Herz am rechten Fleck war.

Pollard sagte: »Offenbar haben sie vor, jeden Tag herzukommen oder rund um die Uhr hierzubleiben, bis – bis – ich weiß nicht, was.« Sein Kopf wackelte jetzt regelrecht.

Sherman beschleunigte das Tempo seines eigenen Kopfes. »Wer hat dir das gesagt?«

»Eddie.«

»Eddie, der Portier?«

»Ja. Auch Tony, der Schicht hatte, bis Eddie um vier kam. Er hat Eddie das gleiche gesagt.«

»Ich kann nicht glauben, daß sie das tun werden, Pollard.«

»Bis heute hätte man auch nicht geglaubt, daß eine Bande von – daß sie vor unserem Haus in der Park Avenue eine Demonstration abhalten würden, nicht wahr? Und da haben wir sie.«

»Das ist wahr.«

»Sherman, wir sind seit langem Freunde. Wir sind zusammen zur Buckley gegangen. War das eine unschuldige Zeit, was?« Er verzog das Gesicht zu einem kleinen, spröden Lächeln. »Mein Vater hat deinen Vater gekannt. Und so spreche ich zu dir als alter Freund, der für dich tun möchte, was er kann. Aber ich bin auch Vorsitzender des Beirats für alle Bewohner dieses Hauses, und ich habe ihnen gegenüber eine Verantwortung, die über meine persönlichen Vorlieben Vorrang haben muß.«

Sherman fühlte, wie sein Gesicht heiß wurde. »Das heißt was, Pollard?«

»Nun, einfach das. Ich kann mir nicht vorstellen, daß das in irgendeiner Weise eine angenehme Situation für dich ist, in diesem Haus gefangengehalten zu werden. Hast du daran gedacht ... die Wohnung zu wechseln? Bis sich alles ein bißchen beruhigt hat?«

»Oh, ich habe daran gedacht. Judy und Campbell und unsere Wirtschafterin und das Kindermädchen wohnen jetzt drüben bei meinen Eltern. Offen gesagt, habe ich bereits furchtbare Angst, daß diese Scheißbande da draußen das rausfindet und rübergeht und irgendwas tut, und ein Stadthaus ist vollkommen ungeschützt. Ich habe daran gedacht, nach Long Island zu ziehen, aber du hast unser Haus gesehen. Es ist völlig offen. Terrassentüren überall. Es würde nicht mal ein Eichhörnchen hindern reinzukommen. Ich habe an ein Hotel gedacht, aber Sicherheit in einem Hotel gibt es nicht. Ich habe daran gedacht, im Leash Club zu bleiben, aber der ist auch in einem Stadthaus. Pollard, ich erhalte Morddrohungen. *Mord*drohungen. Es waren heute mindestens ein Dutzend Anrufe.«

Pollards kleine Augen kreisten schnell im Raum herum, als ob *sie* durch die Fenster hereinkommen könnten. »Also, offen gestanden ... desto mehr Gründe, Sherman.«

»Gründe wofür?«

»Nun, daß du daran denken solltest ... ein paar Vorkehrungen zu treffen. Du weißt, nicht nur du allein bist in Gefahr. Jeder in diesem Haus ist in Gefahr, Sherman. Mir ist klar, daß es nicht dein Fehler ist, nicht direkt sicherlich, aber das ändert nichts an den Tatsachen.«

Sherman wußte, daß sein Gesicht puterrot war. »Ändere doch die Tatsachen! Die Tatsachen sind, daß mein Leben bedroht wird, und das hier ist der sicherste Ort, der für mich erreichbar ist, und zufällig ist es auch meine Wohnung, wenn ich dich an *diese Tatsache* erinnern darf.«

»Ich möchte dich daran erinnern – und noch einmal, ich tue das nur, weil ich eine höhere Verantwortung trage – ich möchte dich daran erinnern, daß du hier eine Wohnung hast, weil du Anteilseigner in einer *kooperativen* Wohnanlage bist. Sie heißt aus gutem Grund kooperativ, und bestimmte Verpflichtungen deinerseits und seitens des Vorstands ergeben sich aus dem Vertrag, den du unterschrieben hast, als du deine Anteile erworben hast. Es gibt keine Möglichkeit, daß ich *diese* Tatsachen ändern kann.«

»Ich stehe am kritischsten Punkt meines Lebens – und du salbaderst über Vertragsrecht?«

»Sherman ...« Pollard schlug den Blick nieder und warf die

Hände in die Luft – tieftraurig. »Ich habe nicht nur an dich und deine Familie zu denken, sondern an dreizehn weitere Familien in diesem Haus. Und wir verlangen von dir nichts auf Dauer.« Wir! Wir, die Jury – in den eigenen Mauern!

»Tja, warum ziehst *du* nicht aus, Pollard, wenn du so verdammte Angst hast? Warum ziehst du mitsamt dem ganzen Vorstand nicht aus? Ich bin sicher, euer leuchtendes Beispiel wird die anderen beflügeln, und sie werden auch ausziehen, und niemand wird mehr in Gefahr in eurem geliebten Haus sein, abgesehen von dem widerlichen McCoy, der die ganzen Probleme überhaupt erst in die Welt gesetzt hat, stimmt's?«

Occhioni und Killian guckten von der Tür zur Bibliothek herein, und McCarthy sah von der Eingangshalle ins Wohnzimmer. Aber Sherman konnte sich nicht beherrschen.

»Sherman ...«

»*Aus... ziehen?* Hast du eine Ahnung, was für ein aufgeblasener, lächerlicher *Trottel* du bist? Hier reinzukommen, zu Tode geängstigt, und mir zu erzählen, der Vorstand in seiner Weisheit hält es für richtig, daß ich *ausziehe?*«

»Sherman, ich weiß, du bist erregt ...«

»*Aus... ziehen?* Der einzige, der hier auszieht, Pollard, bist du! Und zwar aus dieser Wohnung hier – und zwar auf der Stelle! Und du gehst da raus, wo du reingekommen bist – zur Küchentür!« Er streckte steif wie ein Ladestock Arm und Zeigefinger in Richtung Küche aus.

»Sherman, ich bin in guter Absicht hier raufgekommen.«

»Ooohhh, Pollard ... Du warst schon auf der Buckley ein lächerlicher, fetter Angeber, und ein lächerlicher, fetter Angeber bist du auch jetzt. Ich habe genug um die Ohren ohne deine *gute Absicht.* Auf Wiedersehen, Pollard.«

Er nahm ihn beim Ellenbogen und versuchte ihn zur Küche umzudrehen.

»Leg du nicht Hand an mich!«

Sherman zog die Hand weg. Schäumend: »Dann raus.«

»Sherman, du läßt uns keine andere Wahl, als der Vorschrift hinsichtlich ›Unannehmbarer Zustände‹ Geltung zu verschaffen.«

Der Ladestock zeigte zur Küche und sagte leise: »Raus, Pollard. Wenn ich von hier bis zur Feuertreppe noch ein einziges Wort von dir höre, tritt ganz sicher ein unannehmbarer Zustand ein.« Pollard schien der Kopf apoplektisch anzuschwellen. Dann drehte er sich um und schritt rasch durch die Eingangshalle in die Küche. Sherman folgte ihm so geräuschvoll wie möglich.

Als Pollard den rettenden Hafen der Feuertreppe erreicht hatte, drehte er sich um und sagte wütend: »Vergiß nicht, Sherman. *Du* hast den Ton angestimmt.«

»›Den Ton angestimmt.‹ Schrecklich. Du bist ein richtiger Phrasendrescher, Pollard!« Er knallte die alte metallene Feuertür der Küche zu.

Fast augenblicklich bedauerte er das Ganze. Als er ins Wohnzimmer zurückkehrte, schlug sein Herz heftig. Er zitterte. Die drei Männer, Killian, Occhioni und McCarthy, standen mit gespielter Teilnahmslosigkeit herum.

Sherman zwang sich zu einem Lächeln, einfach um zu zeigen, daß alles in Ordnung sei.

»Freund von Ihnen?« fragte Killian.

»Ja, ein alter Freund. Ich bin mit ihm zur Schule gegangen. Er möchte mich aus dem Haus werfen.«

»Kaum Aussicht«, sagte Killian. »Damit können wir ihn die nächsten zehn Jahre verdammt in Atem halten.«

»Wissen Sie, ich muß Ihnen ein Geständnis machen«, sagte Sherman. Er zwang sich wieder zu lächeln. »Bis dieser Dreckskerl hier raufkam, habe ich daran gedacht, mir eine Kugel in den Kopf zu schießen. Jetzt fiele mir das nicht mal mehr im Traum ein. Das würde alle seine Probleme lösen, und er hätte einen Monat lang ein Thema auszuschlachten und wäre verdammt scheinheilig, solange er drüber redete. Er würde jedem erzählen, wie wir zusammen aufgewachsen sind, und er würde seinen dicken, runden Hohlkopf schütteln. Ich glaube, ich hole die Scheißbande da« – er machte eine Kopfbewegung zur Straße hinüber – »hier rauf und lasse sie die Mazurka genau über seinem dicken Hohlkopf tanzen.«

»Ayyyyy«, sagte Killian. »Das ist schon besser. Jetzt werden Sie verflucht noch mal richtig *irisch*. Die Iren haben die letzten zwölfhundert Jahre von Racheträumen gelebt. Das läßt sich schon eher hören, Mann.«

Wieder stieg in der Junihitze von der Park Avenue Gebrüll auf ... *McCoy! ... McCoy! ... McCoy!*

26
Tod à la New York

Es war die Tote Maus persönlich, Sir Gerald Steiner, der auf die brillante Idee kam. Steiner, Brian Highridge und Fallow saßen zusammen in Steiners Büro. Allein *hier* zu sein, in der berühmten Luft der Maus zu atmen, gab Fallow ein wohliges Gefühl. Dank seiner Triumphe im Fall McCoy standen ihm die oberen Regionen und die inneren Zirkel von »The City Light« offen. Steiners Büro war ein großes Eckzimmer, das auf den Hudson blickte. Darin standen ein großer hölzerner Schreibtisch, ein Arbeitstisch im spanischen Kolonialstil, sechs Sessel und der unerläßliche Beweis einer hohen Firmenposition, eine Couch. Im übrigen roch die Ausstattung nach »Arbeitendem Zeitungsmann«. Steiner hatte stets buntgemischte Haufen aus Zeitungen, Nachschlagewerken und Konzeptpapier auf seinem Schreibtisch und dem Arbeitstisch liegen. Ein Computerterminal und eine mechanische Schreibmaschine standen auf fachmännischen Metallgestellen neben seinem Drehstuhl. Ein Apparat der Nachrichtenagentur Reuters ratterte in einer Ecke. Ein Polizeifunkgerät stand in einer anderen. Es war jetzt still, aber Steiner hatte das Ding ein Jahr lang laufen lassen, bis das Gequassel und die atmosphärischen Störungen endlich seine Geduld erschöpften. Die großen Glasfenster, die eine überwältigende Aussicht auf den Fluß und das muschelgraue Ufer von Hoboken boten, hatten keine Vorhänge, nur Jalousien. Die Jalousien verliehen der Aussicht etwas von Leichtindustrie und »Arbeitendem Zeitungsmann«.

Der Zweck dieses Gipfeltreffens war, sich zu überlegen, wie

man mit Fallows siedendheißem Tip verfahre: daß nämlich Maria Ruskin das Phantom-Girl sei, die scharfe Brünette, die das Steuer von McCoys Mercedes-Sportwagen übernahm, nachdem McCoy Henry Lamb überfahren hatte. Vier Reporter – darunter, wie Fallow mit Genugtuung bemerkte, Robert Goldman – waren angewiesen worden, die Kleinarbeiten und Laufereien für die Geschichte zu erledigen. Laufereien *für ihn;* sie waren seine Kulis. Bis jetzt hatten sie nur herausgefunden, daß Maria Ruskin im Ausland weilte, wahrscheinlich in Italien. Was den jungen Künstler betraf, Filippo Chirazzi, so waren sie nicht in der Lage gewesen, überhaupt eine Spur von ihm zu finden.

Steiner saß an seinem Schreibtisch, hatte sein Jackett abgelegt und die Krawatte heruntergezogen, und seine roten Filzhosenträger loderten auf seinem gestreiften Hemd, als sie ihm kam, seine brillante Idee. Im Handelsteil von »The City Light« lief im Moment eine Serie über »Die neuen Tycoons«. Steiners Plan war, sich an Arthur Ruskin als eine Themenfigur für die Serie zu wenden. Das wäre nicht völlig abwegig, weil Ruskin tatsächlich ein typischer Vertreter des »neuen Tycoons« im heutigen New York war, ein Mann von immensem, neuem, unerklärlichem Reichtum. Der Interviewer des neuen Tycoons würde Fallow sein. Wenn er an den alten Mann herankäme, würde er einfach improvisieren. Zumindest bekäme er wahrscheinlich heraus, wo Maria Ruskin sich aufhielte.

»Meinen Sie denn, er wird drauf eingehen, Jerry?« fragte Brian Highridge.

»Oh, ich kenne diese Burschen«, sagte Steiner, »und die alten sind die schlimmsten. Sie haben ihre fünfzig Millionen oder ihre hundert Millionen gemacht – das ist es, was die Texaner eine Einheit nennen. Wußten Sie das? Sie nennen einhundert Millionen Dollar eine Einheit. Ich finde das köstlich. Eine Einheit ist natürlich nur der *Ausgangs*punkt. Jedenfalls macht also so ein Bursche sein riesengroßes Vermögen, und dann geht er zu einer Dinnerparty und sitzt neben irgendeinem hübschen jungen Ding, und er spürt ein bißchen von dem alten Prickeln – aber sie hat nicht die blasseste Ahnung, wer er ist. Hundert Millionen Dollar – und sie hat noch nie auch nur seinen Namen gehört, und es interessiert sie auch nicht, wer er ist, wenn er ihr das zu erzählen versucht. Was kann er tun? Er kann ja nicht gut mit einem Schild um den Hals rumlaufen, auf dem FINANZRIESE steht. An dem Punkt, glauben Sie mir, verlieren die allmählich was von ihren vorgeblichen Skrupeln gegen Publicity.«

Fallow glaubte ihm. Steiner hatte nicht umsonst »The City Light« gegründet und hielt es bei einem Betriebsverlust von jährlich etwa $ 10 Millionen am Laufen. Er war nicht mehr nur irgendein Finanzmann. Er war der gefürchtete Freibeuter des gefürchteten »City Light«.

Die Maus erwies sich als guter Psychologe der neuen, anonymen Reichen. Zwei Anrufe von Brian Highridge, und alles war klar. Ruskin sagte, normalerweise ginge er aller Publicity aus dem Wege, aber in diesem Fall würde er eine Ausnahme machen. Er sagte Highridge, er sähe es gern, wenn der Autor – wie war sein Name? Mr. Fallow? – beim Abendessen im La Boue d'Argent sein Gast wäre.

Als Fallow und Arthur Ruskin in dem Restaurant ankamen, bediente Fallow die messingene Drehtür für den alten Mann. Ruskin senkte sein Kinn ein wenig, und dann senkte er den Blick, und ein zutiefst aufrichtiges Lächeln verbreitete sich über sein Gesicht. Einen Moment lang wunderte Fallow sich, daß dieser schroffe, betonbrüstige einundsiebzigjährige Mann so dankbar für eine Geste von so harmloser Höflichkeit sein konnte. Im nächsten Moment wurde ihm klar, daß das Lächeln überhaupt nichts mit ihm und seiner Höflichkeit zu tun hatte. Ruskin spürte nur schon die ersten ambrosischen Strahlen der Begrüßung, die ihn jenseits der Schwelle erwartete.

Kaum hatte Ruskin das Vestibül betreten und das Licht der berühmten Skulptur des Restaurants, »Der silberne Eber«, fiel auf ihn, begann das Schwanzwedeln im Ernst. Der Maître d',

Raphael, sprang förmlich hinter seinem Pult und dem Kassenbuch hervor. Nicht einer, sondern gleich zwei Oberkellner kamen herzu. Sie strahlten, sie dienerten, sie erfüllten die Luft mit *Monsieur Ruskins*. Der große Finanzmann senkte sein Kinn noch tiefer, bis es auf einem Kissen aus Backenfett schwamm, und murmelte seine Antworten, und sein Lächeln wurde breiter und immer breiter und, seltsamerweise, immer schüchterner. Es war das Lächeln eines Jungen auf seiner eigenen Geburtstagsfeier, der junge Bursche, der zugleich eingeschüchtert und wundersam in Hochstimmung versetzt, ist durch die Erkenntnis, daß er sich in einem Raum voller Leute befindet, die glücklich sind, abnormal glücklich, könnte man sagen, ihn lebend und neben sich zu sehen.

Fallow warfen Raphael und die beiden Oberkellner ein paar rasche *Hallo, Sirs* zu, dann kehrten sie dazu zurück, Ruskin mit den reizenden Nichtigkeiten ihres Gewerbes zu überschütten. Fallow bemerkte zwei merkwürdige Gestalten in dem Vestibül, zwei Männer von etwa Mitte Dreißig, die dunkle Anzüge trugen, die offenbar lediglich als Tarnung für Körper aus nichts als Prolomuskulatur dienten. Einer schien Amerikaner zu sein, der andere Asiate. Dieser war so breit und hatte einen so riesenhaften Kopf mit derart breiten, flachen, abstoßenden Gesichtszügen, daß Fallow sich fragte, ob er nicht ein Samoaner sei. Auch Ruskin bemerkte ihn, und Raphael sagte mit einem selbstgefälligen Lächeln: »Geheimdienst. *Zwei* Geheimdienste, der amerikanische und der indonesische. Madame Tacaya wird heute abend hier speisen.« Nach Übermittlung dieser Neuigkeit lächelte er wieder.

Ruskin wandte sich zu Fallow um und schnitt ein Gesicht, ohne zu lächeln, vielleicht aus Furcht, daß er mit der Frau des indonesischen Diktators um die Aufmerksamkeiten und Huldigungen des Restaurants nicht konkurrieren könne. Der dicke Asiate beäugte sie beide. Fallow sah, daß ihm eine Schnur aus dem Ohr hing.

Raphael lächelte wieder Ruskin an und machte eine Handbewegung in Richtung Speisesaal, und dann setzte sich eine Prozession in Bewegung, angeführt von Raphael selbst, gefolgt von Ruskin und Fallow und einem Oberkellner und einem Kellner als Nachhut. An der von einem Punktscheinwerfer beleuchteten Plastik des »silbernen Ebers« wandten sie sich nach rechts und betraten den Speisesaal. Ruskin hatte ein Grinsen im Gesicht. Er liebte das. Nur die Tatsache, daß er den Blick gesenkt hielt, bewahrte ihn davor, wie ein Vollidiot auszusehen.

Abends war der Speisesaal hell erleuchtet und erschien sehr viel protziger als zur Mittagszeit. Die Abendgäste hatten selten das gesellschaftliche Niveau der Mittagsgäste, aber das Restaurant war dennoch voll besetzt und vom Brausen der Gespräche erfüllt. Fallow sah Traube auf Traube von glatzköpfigen Männern und Frauen mit ananasfarbenen Haaren.

Die Prozession hielt neben einem runden Tisch, der viel größer als alle anderen, jedoch noch nicht besetzt war. Ein Oberkellner, zwei Kellner und zwei Hilfskellner summten umher und arrangierten die Gläser und das Silber vor jedem Platz. Es war offensichtlich Madame Tacayas Tisch. Unmittelbar gegenüber befand sich eine Polsterbank unter den Stirnfenstern. Fallow und Ruskin wurden nebeneinander auf diese Banquette gesetzt. Sie hatten einen Blick auf den ganzen vorderen Teil des Restaurants; das war alles, was ein wahrer Aspirant auf den Adelsstempel des La Boue d'Argent benötigte.

Ruskin sagte: »Wollen Sie wissen, warum ich dieses Restaurant mag?«

»Warum?« fragte Fallow.

»Weil es das beste Essen in New York und die beste Bedienung hat.« Ruskin wandte sich Fallow zu und sah ihm direkt ins Gesicht. Fallow fiel keine passende Erwiderung auf diese Enthüllung ein.

»Oh, man redet immer von diesem ganzen Society-Quark«, sagte Ruskin, »und sicher kommen viele bekannte Leute hierher. Aber warum? Weil es phantastisches Essen gibt und die Bedienung großartig ist.« Er zuckte mit den Achseln. (Kein Geheimnis dran.)

Raphael erschien und fragte Ruskin, ob er etwas trinken wolle. »O Gott«, sagte Ruskin und lächelte. »Eigentlich darf ich nicht, aber mir ist nach einem Drink. Haben Sie einen Courvoisier V.S.O.P. da?«

»O ja.«

»Dann bringen Sie mir einen Sidecar mit dem V.S.O.P.«

Fallow bestellte sich ein Glas Weißwein. Heute abend hatte er vor, nüchtern zu bleiben. Wenig später kam ein Ober mit dem Glas Weißwein und Ruskins Sidecar. Ruskin hob das Glas.

»Auf das Glück«, sagte Ruskin. »Ich bin nur froh, daß meine Frau nicht da ist.«

»Warum?« fragte Fallow, ganz Ohr.

»Ich darf eigentlich nicht trinken, schon gar nicht so eine kleine Bombe wie das hier.« Er hielt den Drink ans Licht. »Aber heute abend ist mir nach einem Drink. Willi Nordhoff war's, der mich auf die Sidecars gebracht hat. Er bestellte sie sich immer drüben in der alten King Cole Bar im St. Regis. ›Zeitcar‹, sagte er immer. ›Mit Vau, Es, Oh, Peh‹, sagte er immer. Sind Sie Willi mal begegnet?«

»Nein, ich glaube nicht«, sagte Fallow.

»Aber Sie wissen, wer das ist?«

»Natürlich«, sagte Fallow, der den Namen in seinem ganzen Leben noch nie gehört hatte.

»Herrgott«, sagte Ruskin, »ich hätte nie gedacht, daß ich mal mit einem Kraut so dick befreundet sein würde, aber ich liebe den Burschen.«

Auf diesen Gedanken hin stürzte Ruskin sich in einen langen Monolog über die vielen Wege, die er in seinem Leben gegangen war, und über die vielen Gabelungen dieser Wege, und was für ein wunderbares Land Amerika sei, und wer hätte jemals einem kleinen Juden aus Cleveland, Ohio, eine Chance unter tausend gegeben, dort hinzukommen, wo er heute war. Er begann Fallow den Blick vom Gipfel des Berges auszumalen, während er sich einen zweiten Sidecar bestellte. Er malte mit kühnen, aber vagen Strichen. Fallow war froh, daß sie nebeneinandersaßen. So war es für Ruskin schwierig, die Gelangweiltheit auf seinem Gesicht zu bemerken. Hin und wieder warf er eine Frage ein. Er fischte herum nach Informationen, wo Maria Ruskin sich aufhalten könne, wenn sie Italien besuchte, aber Ruskin war auch hierin vage. Er war drauf aus, zur Geschichte seines Lebens zurückzukehren.

Der erste Gang wurde aufgetragen. Fallow hatte eine Gemüsepastete bestellt. Die Pastete bestand aus einem kleinen rosa Halbkreis, um den herum Rhabarberstengel wie Strahlen angeordnet waren. Sie war ins linke obere Viertel eines großen Tellers gesetzt. Der Teller schien mit einer seltsamen Jugendstilmalerei lasiert zu sein, die auf einem rötlichen Meer eine spanische Galeone zeigte, die in den ... Sonnenuntergang ... segelte, aber die untergehende Sonne war in Wirklichkeit die Pastete mit ihren Rhabarberstrahlen, und die spanische Galeone war keineswegs mit Lasuren gemalt, sondern mit verschiedenfarbigen Saucen. Es war ein Saucengemälde. Ruskins Teller enthielt ein Bett aus flachen grünen Nudeln, die so kunstvoll miteinander verschlungen waren, daß sie ein Korbgeflecht bildeten, auf dem ein Schwarm Schmetterlinge saß, deren Flügel aus jeweils zwei Pilzscheiben geformt waren; aus Pimentkörnern, Zwiebelscheiben, Schalotten und Kapern waren die Körper, Augen und Fühler gebildet. Ruskin nahm keine Notiz von der exotischen Collage vor sich. Er hatte eine Flasche Wein bestellt und wurde immer mitteilsamer, was die Berge und Täler seines Lebens betraf. Täler, ja; oh, er hatte viele Enttäuschungen zu überstehen gehabt. Das Wichtigste war, entschlossen zu sein. Entschlossene Männer fällten bedeutende Entscheidungen, nicht weil sie notwendigerweise klüger als andere Leute wären, sondern weil sie *mehr* Entscheidungen fällten, und nach dem Gesetz der

Wahrscheinlichkeit mußten dann einige Entscheidungen bedeutend sein. Hatte Fallow das verstanden? Fallow nickte. Ruskin verstummte, nur um düster auf das Gewese zu starren, das Raphael und seine Jungs um den großen runden Tisch vor ihnen veranstalteten. *Madame Tacaya trifft gleich ein.* Ruskin schien sich in den Hintergrund geschoben zu fühlen.

»Alle wollen sie nach New York«, sagte er niedergeschlagen, ohne zu erwähnen, von wem er gerade sprach, obwohl es ziemlich klar war. »Diese Stadt ist, was Paris einmal war. Ganz egal, was sie in ihrem eigenen Lande sind, er beginnt, an ihnen zu nagen, der Gedanke, daß es die Leute in New York vielleicht einen Furz interessieren könnte, wer sie sind. Sie wissen, wer sie ist, nicht wahr? Sie ist eine Kaiserin, und Tacaya ist der Kaiser. Er nennt sich Präsident, aber das tun sie alle. Sie alle legen ein Lippenbekenntnis zur Demokratie ab. Haben Sie das mal bemerkt? Wenn Dschingis Khan heute lebte, wäre er Präsident Dschingis oder Präsident auf Lebenszeit, wie Duvalier das mal war. Oh, es ist eine fabelhafte Welt. Zehn oder zwanzig Millionen arme Teufel zucken auf ihren Fußböden aus blanker Erde jedesmal zusammen, wenn die Kaiserin mit dem Finger wackelt, aber sie kann nachts nicht schlafen, wenn sie daran denkt, daß die Leute im La Boue d'Argent in New York vielleicht nicht wissen könnten, wer zum Teufel sie ist.«

Madame Tacayas Geheimdienstmann steckte seinen riesigen asiatischen Kopf in den Speisesaal und prüfte kritisch die Lage. Ruskin warf ihm einen haßerfüllten Blick zu.

»Aber selbst in Paris«, sagte er, »kamen sie nicht bis aus dem gottverdammten Südpazifik. Sind Sie mal im Nahen Osten gewesen?«

»Mmmmm-n-n-n-n-n-ei-n«, sagte Fallow, der eine halbe Sekunde überlegt hatte, ob er so tun solle.

»Sie sollten mal hinfahren. Sie begreifen nicht, was in der Welt vorgeht, wenn Sie nicht dort gewesen sind. Dschidda, Kuwait, Dubai ... Wissen Sie, was die da machen wollen? Sie wollen gläserne Wolkenkratzer bauen, um wie New York zu sein. Die Architekten sagen ihnen, sie sind verrückt. Ein Glashaus in einem Klima wie dem, da müßten sie die Klimaanlage vierundzwanzig Stunden am Tag laufen lassen. Es würde ein Vermögen kosten. Sie zucken bloß mit den Achseln. Na und? Sie sitzen auf dem gesamten Erdöl der ganzen Welt.«

Ruskin lachte in sich hinein. »Ich werd Ihnen erzählen, was ich darunter verstehe, Entscheidungen zu fällen. Erinnern Sie sich an die Energiekrise, damals Anfang der siebziger Jahre? So nannte man das damals, die Energiekrise. Es war das Beste, was mir je passiert ist. Plötzlich redete jeder über den Nahen Osten und die Araber. Eines Abends saß ich mit Willi Nordhoff beim Abendessen, und er kommt auf das Thema moslemische Religion, Islam, zu sprechen, und daß jeder Moslem nach Mekka möchte, ehe er stirbt. ›Jeder focking Moslem will da hin.‹ Er streute immer jede Menge ›fockings‹ ein, weil er dachte, dann klingt sein Englisch fließend. Na, kaum hatte er das gesagt, ging eine Glühbirne über meinem Kopf an. Einfach so. Damals war ich fast sechzig und absolut pleite. Die Börsenkurse waren um die Zeit zum Teufel gegangen, und das war alles, was ich zwanzig Jahre lang gemacht hatte, Wertpapiere kaufen und verkaufen. Ich hatte eine Wohnung in der Park Avenue, ein Haus am Eaton Square in London und eine Farm in Amenia, New York, aber ich war pleite, und ich war verzweifelt, und diese Glühbirne ging an über meinem Kopf.

Und ich sag zu Willi: ›Willi‹, sag ich, ›wieviel Moslems gibt es?‹ Und er sagt: ›Ich weiß nicht. Millionen, zig Millionen, Hunderte von Millionen.‹ Und dort und damals fällte ich meine Entscheidung. ›Ich steige ins Chartergeschäft ein. Jeden focking Araber, der nach Mekka will, den bringe ich da hin.‹ Ich verkaufte das Haus in London, und ich verkaufte die Farm in Amenia, um ein bißchen Bares zusammenzubringen, und ich leaste meine ersten Flugzeuge, drei klapprige Electras. Und meine gottverdammte Frau hatte nur den einen Gedanken – ich spreche von meiner früheren Frau –, wohin wir im Sommer fahren würden, wenn wir nicht nach Amenia und nicht nach London könnten. Das war ihr ganzer Kommentar zu der ganzen gottverdammten Lage.«

Ruskin ging völlig auf in seiner Geschichte. Er bestellte Rotwein, einen schweren Wein, der ein köstliches Feuer in Fallows Magen entfachte. Fallow bestellte sich ein Gericht namens Kalbfleisch Boogie Woogie, und wie sich herausstellte, bestand es aus Kalbfleisch-Rechtecken, kleinen Quadraten aus sehr aromatischen roten Äpfeln und Linien aus pürierten Walnüssen, die so angeordnet waren, daß sie wie Piet Mondrians Gemälde »Broadway Boogie Woogie« aussahen. Ruskin bestellte sich Médaillons de selle d'agneau Mikado; das waren vollkommen rosafarbene Lammrücken-Ovale mit winzigen Spinatblättchen und geschmorten Selleriestengeln, die zur Form eines japanischen Fächers arrangiert waren. Ruskin gelang es, zwei Gläser dieses feurigen Weins mit einer Schnelligkeit in sich hineinzuschütten, die verblüffend war angesichts der Tatsache, daß er nicht aufhörte zu reden.

Wie es schien, hatte Ruskin viele von den ersten Flügen nach Mekka persönlich begleitet, indem er sich als Besatzungsmitglied ausgab. Arabische Reiseunternehmer hatten die entlegensten Dörfer aufgesucht, um die Einwohner zu überreden, den Preis eines Flugtickets aus ihren erbärmlichen Besitzungen herauszuquetschen, um die magische Pilgerreise nach Mekka zu unternehmen, die statt dreißig oder vierzig Tagen nur wenige Stunden in Anspruch nahm. Viele von ihnen hatten noch nie ein Flugzeug gesehen. Sie kamen an den Flugplätzen mit lebenden Lämmern, Schafen, Ziegen und Hühnern an. Keine Macht auf Erden konnte sie dazu bringen, sich von ihren Tieren zu trennen, bevor sie in das Flugzeug stiegen. Ihnen war klar, daß die Flüge kurz sein würden, aber was sollten sie denn zum Essen schlachten, wenn sie erst einmal in Mekka waren? Und so kam mit den Besitzern das Vieh einfach mit in die Kabinen, wo es ganz nach Lust und Laune plärrte, blökte, meckerte, urinierte und seine Därme entleerte. Mit Plastikbahnen wurden die Kabinen ausgelegt, um Sitze und Böden abzudecken. Und so reisten Mensch und Tier nach Mekka, Schenkel an Keule, fliegende Nomaden auf einer Plastikwüste. Manche von den Passagieren machten sich sogleich daran, Stricke und Reisig in den Gängen aufzuschichten, um Feuer zu machen und Essen zu kochen. Eine der dringendsten Aufgaben der Besatzung war, diese Praxis zu unterbinden.

»Aber wovon ich Ihnen erzählen will, ist das eine Mal, als wir in Mekka von der Piste abkamen«, sagte Ruskin. »Es ist Nacht und wir gehen zur Landung runter, und der Pilot setzt auf, und die gottverdammte Maschine kommt von der Landebahn ab und fetzt mit einem Wahnsinnsruck in die Dünen, und die rechte Tragflächenspitze bohrt sich in den Sand, und das Flugzeug rutscht praktisch um dreihundertsechzig Grad herum, ehe wir zum Halten kommen. Na, Herrgott, wir denken, es wird eine allgemeine Panik geben mit all diesen Arabern und den Schafen und Ziegen und Hühnern. Wir denken uns, es wird verdammten Mord und Totschlag geben. Statt dessen reden sie alle mit normaler Stimme weiter und gucken aus dem Fenster auf die Tragfläche und das kleine Feuer, das an der Spitze ausgebrochen ist. Na, ich meine, wir sind diejenigen, die in Panik sind. Dann stehen sie auf, lassen sich richtig schön Zeit dabei, sammeln alle ihre Packen und Säcke und Tiere und was nicht noch alles zusammen und warten einfach darauf, daß wir die Türen aufmachen. Sie sind völlig gelassen – und wir sind zu Tode geängstigt! Und dann geht uns ein Licht auf. Sie glauben, das ist normal. Yeah! Sie denken, so bringt man ein Flugzeug zum Stehen! Man bohrt eine Tragfläche in den Sand und dreht sich rum, und das bringt das Ding zum Halten, und man steigt aus! Die Sache ist, sie sind noch nie in einem Flugzeug geflogen, und was wissen sie also vom Landen eines Flugzeugs! Sie glauben, das ist normal! Sie glauben, so macht man das!«

Die Vorstellung zwang Ruskin zu einem lauten, schleimigen Gelächter tief unten im Hals, und dann wurde das Lachen zu einem Hustenkrampf, und sein Gesicht wurde sehr rot. Er stemmte sich mit den Händen vom Tisch ab, bis er gegen die Polsterbank gepreßt zu werden schien, und sagte: »Önnnh! Hmmmm! Hmmmmmm, hmmmmmm, hmmmmm«, als dächte er amüsiert über die Szene nach, die er eben geschildert hatte. Sein Kopf sank nach vorn, als wenn er darüber tief in Gedanken versunken sei. Dann fiel sein Kopf zur Seite, ein Schnarchlaut kam aus seinem Mund, und er lehnte sich mit der Schulter gegen Fallow. Einen Moment lang dachte er, der alte Mann sei eingeschlafen. Er wandte sich ihm zu, um ihm ins Gesicht zu sehen, und als er das tat, sank ihm Ruskin entgegen. Entsetzt drehte Fallow sich auf seinem Platz herum, und Ruskins Kopf landete auf seinem Schoß. Das Gesicht des Alten war nicht mehr rot. Es war jetzt blaßgrau. Der Mund stand leicht offen. Der Atem ging in hastigen kleinen Stößen. Ohne nachzudenken versuchte Fallow, ihn auf der Banquette wieder gerade hinzusetzen. Es war, als versuchte man, einen Sack Kunstdünger hochzuheben. Während Fallow ackerte und zog, sah er zwei Damen und zwei Herren am Nebentisch entlang der Banquette mit der angeekelten Neugier von Leuten herüberstarren, die etwas Abstoßendes beobachten. Keiner rührte natürlich einen Finger. Fallow hatte Ruskin jetzt gegen die Bank gelehnt und sah sich im Raum nach Hilfe um. Raphael, ein Kellner, zwei Oberkellner und ein Hilfskellner fuhrwerkten um den großen, runden Tisch herum, der Madame Tacaya und ihre Begleitung erwartete.

Fallow rief: »Entschuldigen Sie!« Niemand hörte ihn. Ihm war klar, wie blödsinnig das klang, dieses britische *Entschuldigen Sie,* wo er eigentlich *Hilfe!* meinte. Und so sagte er: »Ober!« Er sagte es so aggressiv wie möglich. Einer der Oberkellner an Madame Tacayas Tisch blickte auf und zog die Stirn kraus, dann kam er herüber.

Mit einem Arm hielt Fallow Ruskin aufrecht. Mit der anderen gestikulierte er zu dessen Gesicht. Ruskins Mund stand halb offen, und seine Augen waren halb geschlossen.

»Mr. Ruskin hat eine Art von – ich weiß nicht was!« sagte Fallow zu dem Oberkellner.

Der Oberkellner blickte auf Ruskin, wie er vielleicht eine Taube angesehen hätte, die unerklärlicherweise ins Restaurant spaziert wäre und den besten Platz des Hauses eingenommen hätte. Er drehte sich um und holte Raphael herbei, und Raphael starrte Ruskin an.

»Was ist passiert?« fragte er Fallow.

»Er hat eine Art Anfall erlitten!« sagte Fallow. »Ist hier jemand, der Arzt ist?«

Raphael warf einen prüfenden Blick in den Raum. Aber man sah, daß er nicht nach jemand Bestimmtem Ausschau hielt. Er versuchte sich vorzustellen, was geschehen würde, wenn er den Raum zum Schweigen brächte und um ärztliche Hilfe bäte. Er schaute auf seine Uhr und fluchte leise.

»Um Himmels willen, holen Sie einen Arzt!« sagte Fallow. »Rufen Sie die Polizei!« Er fuchtelte mit beiden Händen herum, und als er die Hand von Ruskin fortzog, fiel der alte Mann mit dem Gesicht in seinen Teller, in die selle d'agneau Mikado. Die Frau am Nebentisch machte: »Aaaanooooooh!« Fast ein Aufschrei war es, und sie hob ihre Serviette ans Gesicht. Der Zwischenraum zwischen den beiden Tischen betrug nicht mehr als fünfzehn Zentimeter, und irgendwie hatte sich Ruskins Arm darin verkeilt.

Raphael kläffte den Oberkellner und die beiden Kellner an Madame Tacayas Tisch an. Die Kellner begannen, den Tisch von der Banquette wegzuziehen. Ruskin lag jedoch mit dem ganzen Gewicht auf dem Tisch, und sein Körper begann nach vorn zu rutschen. Fallow packte ihn um die Taille, um ihn davor zu bewahren, auf den Boden zu fallen. Aber Ruskins massiger Körper war ungeheuer schwer. Sein Gesicht glitt von dem

Teller. Fallow konnte ihn nicht halten. Der alte Mann rutschte von dem Tisch ab und stürzte kopfüber auf den Teppich. Jetzt lag er seitlich mit angewinkelten Beinen am Boden. Die Kellner zogen den Tisch weiter heraus, so daß der Durchgang zwischen den Tischen an der Banquette und Madame Tacayas Tisch blockiert war. Raphael schrie alle gleichzeitig an. Fallow konnte etwas Französisch, aber er verstand kein Wort von dem, was Raphael sagte. Zwei Kellner mit Tabletts voller Speisen standen da, schauten nach unten und dann auf Raphael. Es war ein totales Verkehrschaos. Raphael nahm die Sache in die Hand, kauerte sich hin und versuchte, Ruskin an den Schultern hochzuziehen. Er bekam ihn nicht von der Stelle. Fallow stand auf. Ruskins Körper hinderte ihn, hinter dem Tisch hervorzukommen. Ein Blick in Ruskins Gesicht, und es war klar, daß der Mann es nicht mehr lange machte. Sein Gesicht war aschgrau und mit einer französischen Soße und Spinat- und Selleriestückchen beschmiert. Die Haut um Nase und Mund verfärbte sich blau. Seine immer noch geöffneten Augen sahen aus wie zwei Milchglasscheiben. Leute reckten die Hälse in die und in jene Richtung, aber in dem Lokal brauste es noch immer von Gesprächen. Raphael hielt den Blick auf die Tür geheftet.

»Um Gottes willen«, sagte Fallow, »rufen Sie einen Arzt.«

Raphael warf ihm einen giftigen Blick zu und machte dann eine abweisende Bewegung mit der Hand. Fallow war sprachlos. Dann wurde er wütend. Auch er wollte diesen sterbenden alten Mann nicht am Hals haben, aber jetzt war er von diesem arroganten kleinen Maître d' beleidigt worden. Und nun war er Ruskins Verbündeter. Er kniete sich auf den Boden und spreizte Ruskins Beine. Er lockerte ihm die Krawatte und riß ihm das Hemd auf, wobei der oberste Knopf wegsprang. Er löste seinen Gürtel, öffnete den Reißverschluß an seiner Hose und versuchte, Ruskin das Hemd vom Körper wegzuziehen, aber es hatte sich eng um ihn gewickelt, wahrscheinlich durch die Art, wie er hingefallen war.

»Was hat er? 'n Erstickungsanfall? 'n Erstickungsanfall? Warten Sie, ich mach ihm den Heimlich-Handgriff!«

Fallow schaute auf. Ein dicker, geröteter Mann, ein mächtiger Percheron-Yank, stand vor ihm. Offenbar ein anderer Gast.

»Ich glaube, er hat einen Herzanfall«, sagte Fallow.

»Genauso sieht's aus, wenn man 'n Erstickungsanfall hat!« sagte der Mann. »Lieber Gott, machen Sie ihm doch den Heimlich-Handgriff!«

Raphael hatte die Hände erhoben und versuchte, den Mann wegzuschieben. Der Mann schubste ihn zur Seite und kniete sich neben Ruskin.

»Den Heimlich-Handgriff, verdammt noch mal!« sagte er zu Fallow. »Heimlich-Handgriff!« Es klang wie ein militärischer Befehl. Er schob Ruskin die Hände unter die Arme und brachte es fertig, ihn in eine Sitzposition zu hieven, worauf er Ruskin von hinten die Arme um die Brust legte. Er preßte Ruskins Körper zusammen, aber dann verlor er das Gleichgewicht, und er und Ruskin kippten seitlich auf den Boden. Es sah aus, als machten sie einen Ringkampf. Fallow hockte noch immer auf den Knien. Der Heimlich-Handgriff stand auf, hielt sich die Nase, die blutete, und taumelte davon. Seine Bemühungen hatten vor allem den Erfolg gehabt, daß sich Ruskins Hemd und Unterhemd nach oben geschoben hatten, so daß nun eine breite Spanne des massigen Bauches des alten Mannes den Blicken aller ausgesetzt war.

Fallow wollte sich gerade erheben, als er einen schweren Druck auf seiner Schulter spürte. Es war die Frau auf der Polsterbank, die sich vorbeizuquetschen versuchte. Er blickte hinauf in ihr Gesicht. Es war ein Abbild erstarrter Panik. Sie drückte Fallow beiseite, als versuche sie den letzten Zug aus Barcelona raus zu erwischen. Sie trat aus Versehen auf Ruskins Arm. Sie guckte nach unten. »Aaaaaoooooh!« Wieder ein Entsetzensschrei. Sie machte noch zwei Schritte. Dann blickte sie zur Decke hinauf. Sie begann sich langsam um sich selbst zu drehen. Vor Fallows Augen lief eine rasend schnelle Action ab. Es war Raphael. Er stürzte auf Madame Tacayas Tisch los, griff nach einem Stuhl und schob ihn genau in dem Moment der Frau unter, als sie ohnmächtig wurde und zusammensank. Mit einemmal saß sie apathisch da, und ein Arm hing lose über die Stuhllehne runter. Fallow stand auf, machte einen Schritt über Ruskins Körper weg und blieb zwischen Ruskin und dem Tisch stehen, der Madame Tacaya erwartete. Ruskin lag ausgestreckt quer im Durchgang wie ein gewaltiger gestrandeter weißer Wal. Raphael stand einen halben Meter entfernt und sprach mit dem asiatischen Leibwächter mit der Schnur im Ohr. Beide sahen zur Tür hinüber. Fallow hörte sie *Madame Tacaya Madame Tacaya Madame Tacaya* sagen.

Der kleine Scheißkerl! »Was werden Sie jetzt tun?« fragte Fallow.

»Monsieur«, sagte Raphael wütend, »wir 'aben rüfen die Polizei. Der Krankenwagen wird kommen. Es gibt nickts, was isch nock macken kann. Und es gibt nickts, was *Sie* nock macken kann.«

Er winkte einem Kellner, der mit einem großen, vollbeladenen Tablett über den Körper stieg und an einem Tisch wenige Schritte entfernt zu servieren begann. Fallow blickte auf die Gesichter an den Tischen um sie herum. Sie starrten auf das gräßliche Schauspiel, aber sie unternahmen nichts. Ein dicker alter Mann lag in sehr bedenklichem Zustand am Boden. Vielleicht würde er sterben. Sicherlich alle, denen es gelungen war, einen Blick auf sein Gesicht zu werfen, konnten das erkennen. Zuerst waren sie neugierig gewesen. Wird er direkt vor unseren Augen sterben? Zuerst hatten sie den Kitzel über das Unglück von jemand anderem verspürt. Aber mittlerweile zog sich das Drama zu lange hin. Das Brausen der Unterhaltungen war verstummt. Der alte Mann sah widerwärtig aus mit seiner aufgeknöpften Hose und dem riesigen, dicken, nackten, hervorquellenden Bauch. Er war zu einem Problem der Etikette geworden. Wenn ein alter Mann auf dem Teppich wenige Schritte vom eigenen Tisch entfernt starb, wie verhielt man sich dann angemessen? Hilfe anbieten? Aber dort in dem Gang zwischen den Tischreihen war ja bereits alles verstopft. Den Raum verlassen, damit er Luft bekäme, und später wiederkommen und die Mahlzeit beenden? Aber was würden dem Mann schon leere Tische helfen? Mit Essen aufhören, bis das Drama zu Ende und der alte Mann verschwunden war? Aber die Bestellungen waren aufgegeben, und das Essen wurde allmählich serviert, und es gab kein Anzeichen irgendeiner Unterbrechung – und das Menu kostete um die $ 150 pro Person, wenn man den Wein mitrechnete, und vor allem war es keine einfache Sache, einen Platz in so einem Restaurant zu ergattern. Den Blick abwenden? Tja, vielleicht war das die einzige Lösung. Und so wandten sie alle den Blick ab und konzentrierten sich wieder auf ihre pittoresken Gerichte ... aber es war was verdammt Deprimierendes an der ganzen Geschichte, denn es war schwierig für die Augen, nicht alle paar Sekunden dorthin zu wandern und nachzusehen, ob sie, Herrgott noch mal, den gefällten Koloß nicht weggetragen hatten. Ein sterbender Mensch! O Sterblichkeit! Wahrscheinlich ebenfalls ein Herzinfarkt. Diese tiefe Angst, die in der Brust praktisch jedes Mannes im Raum hauste. Die alten Arterien verengten sich Mikromillimeter für Mikromillimeter, Tag für Tag, Monat für Monat, von all dem saftigen Fleisch und den Soßen und dem duftigen Brot und den Weinen und Soufflés und Kaffees ... Und so sah es dann aus? Würde man selber irgendwo zwischen lauter Menschen am Boden liegen, mit einem blauen Kreis um den Mund und milchigen Augen, die halb offen waren und hundertprozentig tot? Es war ein verdammt unappetitliches Schauspiel. Es wurde einem übel davon. Es hinderte einen, diese kostspieligen Bröckchen, die zu so schönen Bildern auf dem Teller arrangiert waren, zu genießen. Und so hatte sich die Neugier in Unbehagen verwandelt, das jetzt in Verärgerung umschlug – eine Regung, die vom Restaurantpersonal aufgenommen und verdoppelt und dann noch einmal verdoppelt worden war.

Raphael stemmte die Hände in die Hüften und blickte mit einer Enttäuschung auf den alten Mann hinunter, die an Wut grenzte. Fallow hatte den Eindruck, wenn Ruskin auch nur mit einer Wimper gezuckt hätte, dann hätte der kleine Maître d' sich unversehens in einen Vortrag gestürzt, der mit der bitterkühlen Höflichkeit versetzt gewesen wäre, in die diese Sorte ihre Beleidigungen kleidet. Das Stimmengewirr wuchs von neuem. Den Gästen gelang es endlich, die Leiche zu vergessen. Aber nicht Raphael. *Madame Tacaya trifft jeden Moment ein.* Die Kellner sprangen jetzt ohne jede Rücksicht über den Leichnam weg, als täten sie das jeden Abend, als liege jeden Abend die eine oder andere Leiche dort an diesem Fleck, bis der Rhythmus des Sprunges ins eigene Nervensystem eingebaut war. Aber wie konnte die Kaiserin von Indonesien über diesen Koloß hinweg hineingeführt werden? Oder auch nur in seiner Gegenwart Platz nehmen? Wo blieb die Polizei nur so lange?

Diese grausamen, so verdammt kindischen Yanks, dachte Fallow. Nicht einer von ihnen, von dem lächerlichen Heimlich-Handgriff mal abgesehen, hatte einen Muskel gerührt, um diesem armen alten Dreckskerl zu helfen. Schließlich trafen ein Polizist und zwei Männer eines Rettungsdienstes ein. Der Lärm ebbte von neuem ab, als jedermann die beiden Helfer ins Auge faßte, von denen der eine ein Schwarzer und der andere ein Latino war, sowie ihre Gerätschaften, die aus einer zusammenlegbaren Trage und einer Sauerstoffflasche bestanden. Sie stülpten Ruskin eine Sauerstoffmaske über den Mund. Fallow erkannte an der Art, in der die Rettungsleute miteinander sprachen, daß von Ruskin keine Reaktion kam. Sie klappten die Trage auf, schoben sie unter Ruskin und schnallten ihn fest.

Als sie mit der Trage zur Eingangstür kamen, ergab sich ein lästiges Problem. Die Trage ging nicht durch die Drehtür. Jetzt, da sie nicht mehr zusammengelegt, sondern aufgeklappt war und jemand darauf lag, war sie zu lang. Sie versuchten irgendwie, einen der Türflügel zurückzuklappen, aber niemand schien recht zu wissen, wie man das macht. Raphael sagte in einem fort: »Stellt sie auf! Stellt sie auf! Schafft sie dürsch!« Aber offensichtlich war es ein schwerer Verstoß gegen medizinische Vorschriften, im Falle eines Herzanfalls den Kranken senkrecht zu stellen, und die Rettungsleute hatten sich um ihre eigene Haut zu sorgen. Und so standen sie alle im Vestibül vor der Statue des »silbernen Ebers« herum und diskutierten.

Raphael begann mit den Händen in der Luft herumzufuchteln und mit den Füßen aufzustampfen. »Glauben Sie, isch erlaube, daß *dieser*« – er machte eine Handbewegung zu Ruskin, verstummte und verzichtete dann darauf, ein geeignetes Substantiv nachzuschießen – »'ier in dem Restaurant bleibt, vor tout le monde? Bitte! Se'en Sie selbst! Das ist der 'aupteingang! Das ist ein Geschäft! Leute kommen 'ier'er! Madame Tacaya wird jeden Moment 'ier sein!«

Der Polizist sagte: »Okay, beruhigen Sie sich. Gibt's hier noch 'n andern Ausgang?«

Lange Diskussion. Ein Kellner nannte die Damentoilette, in der es ein Fenster zur Straße gebe. Der Polizist und Raphael gingen zurück in den Speisesaal, um diese Möglichkeit zu überprüfen. Sie kamen bald zurück, und der Polizist sagte: »Okay, ich glaube, es wird gehen.« Und so betraten nun Raphael, sein Oberkellner, der Polizist, die Träger mit der Bahre, ein Kellner, Fallow und der inaktive Leib von Arthur Ruskin wiederum den Speisesaal. Sie gingen denselben Gang zwischen den Banquette-Tischen und Madame Tacayas Tisch entlang, durch den Ruskin vor kaum einer Stunde triumphierend geschritten war. Noch immer war er der bestaunte Mittelpunkt der Prozession, auch wenn er jetzt kalt und aufgebahrt war. Das Brausen im Raum verstummte abrupt. Die Gäste konnten nicht glauben, was sie sahen. Ruskins gequältes Gesicht und sein weißer Bauch wurden nun direkt an ihren Tischen vorbeigeschwenkt ... die grausigen Überreste der Freuden des Fleisches. Es war, als wäre eine Seuche, die sie alle längst für ausgerottet hielten, plötzlich in ihrer Mitte wieder ausgebrochen, bösartiger denn je.

Die Prozession verschwand durch eine kleine Tür am hintersten Ende des Speisesaals. Die Tür führte in einen kleinen Vorraum, von dem wieder zwei Türen abgingen: in die Herrentoilette und in die Damentoilette. In der Damentoilette gab es ein kleines Foyer, und darin befand sich das Fenster zur Straße. Mit erheblichen Anstrengungen gelang es einem Kellner und dem Polizisten, das Fenster zu öffnen. Raphael zog ein Schlüsselbund hervor und schloß das zur Straße ausschwenkbare Gitter auf. Ein kühler, rußiger Zugwind wehte herein. Er war willkommen. Das Gedränge menschlicher Wesen, lebendig und tot, hatte die Luft in dem kleinen Raum unerträglich werden lassen. Der Polizist und einer von den Rettungsleuten kletterten durch das Fenster auf den Bürgersteig hinaus. Der andere Helfer und der Kellner schoben ein Ende der Trage, das Ende, an dem Ruskins Gesicht lag, das jede Minute grimmiger und grauer wurde, durch das Fenster hinaus zu den beiden Männern draußen. Das letzte, was Fallow von den sterblichen Überresten Arthur Ruskins sah, des Luftfährkapitäns, der Araber nach Mekka schipperte, waren die Sohlen seiner handgenähten englischen Schuhe, die durch das Fenster der Damentoilette des La Boue d'Argent verschwanden.

Im nächsten Moment schoß Raphael an Fallow vorbei, aus der Damentoilette hinaus, zurück in den Speisesaal. Fallow folgte. Als er den Speisesaal halb durchquert hatte, wurde Fallow von dem Oberkellner abgefangen, der an ihrem Tisch bedient hatte. Er schenkte Fallow das feierliche Lächeln, das man für jemanden in der Stunde der Trauer hat. »Monsieur«, sagte er, noch immer auf diese traurige, doch freundliche Art lächelnd, und reichte Fallow einen Zettel. Er sah wie eine Rechnung aus.

»Was ist das?«

»L'addition, Monsieur. Die Rechnung.«

»Die *Rechnung?*«

»Oui, naturellement. Sie 'aben ein Abendessen bestellt, Monsieur, und es wurde zubereitet und serviert. Das Unglück Ihres Freundes tut uns sehr leid ...« Dann zuckte er mit den Achseln, drückte das Kinn nach unten und schnitt ein Gesicht. (Aber es hat mit uns nichts zu tun, und das Leben geht weiter, und wir müssen trotzdem unser Geld verdienen.)

Fallow war entsetzt über die Brutalität der Forderung. Weit entsetzlicher war ihm jedoch der Gedanke, daß er in einem Restaurant wie diesem eine Rechnung bezahlen solle.

»Wenn Sie so verdammt scharf auf l'addition sind«, sagte er, »sollten Sie das wohl mit Mr. Ruskin besprechen.« Er rauschte an dem Oberkellner vorbei und steuerte auf die Tür zu.

»Nein, so nicht!« sagte der Oberkellner. Es war gar nicht mehr die ölige Stimme eines Restaurant-Oberkellners. »Raphael!« kreischte er, und dann sagte er etwas auf französisch. In dem Vestibül fuhr Raphael herum und stellte sich Fallow in den Weg. Er hatte etwas sehr Strenges im Gesicht.

»Einen Moment, Monsieur!«

Fallow war sprachlos. Aber in dem Augenblick drehte Raphael sich wieder zur Tür um und setzte sein professionelles Lächeln auf. Ein dicker, finster blickender, flachgesichtiger Asiate im Straßenanzug kam durch die Drehtür herein, wobei seine Augen wie Pfeile nach rechts und links zuckten. Hinter ihm erschien eine kleine, olivhäutige, etwa fünfzigjährige Frau mit dunkelroten Lippen und einem mächtigen Rückenschild aus schwarzem Haar und einer langen rotseidenen Jacke mit einem schmalen Stehkragen und einem bodenlangen roten Seidengewand darunter. Sie trug genügend Schmuck, um die Nacht zu erhellen.

»Madame Tacaya!« sagte Raphael. Er hielt beide Hände erhoben, als fange er einen Blumenstrauß auf.

Am nächsten Tag bestand die Titelseite von »The City Light« im wesentlichen aus fünf riesigen Wörtern, und zwar in der größten Type, die Fallow je auf einer Zeitung gesehen hatte:

TOD À LA NEW YORK

Darüber, in kleineren Lettern: SCHICKERIA-RESTAURANT ZU TYCOON: »BEENDEN SIE BITTE IHR STERBEN, EHE MADAME TACAYA KOMMT.«

Und am Fuß der Seite: *Ein* CITY LIGHT *Exklusivbericht von unserem Mann am Tisch: Peter Fallow.*

Zusätzlich zu der Hauptgeschichte, die in verschwenderischen Einzelheiten von dem Abend berichtete, bis hinab zu den Kellnern, die geschäftig über Arthur Ruskins Leichnam sprangen, gab es eine Nebengeschichte, die fast genausoviel Aufmerksamkeit erregte:

GEHEIMNIS DES TOTEN TYCOONS:
KOMISCHE JUMBOS NACH MEKKA

Am Mittag ratterte der Zorn der moslemischen Welt über den Reuters-Apparat in das Büro der Maus. Die Maus lächelte und rieb sich die Hände. Das Interview mit Ruskin war *seine Idee* gewesen.

Mit einer Freude, die alles Geld auf der Welt ihm nicht hätte bescheren können, summte er vor sich hin: »Oh, ich gehöre zu den Zeitungsmachern, ich gehöre zu den Zeitungsmachern, ich gehöre zu den Zeitungsmachern.«

27
Ein umschwärmter Held

Die Demonstranten verschwanden so schnell, wie sie gekommen waren. Die Morddrohungen hörten auf. *Aber für wie lange?* Sherman hatte nun seine Todesangst gegen die Horrorvorstellung abzuwägen, pleite zu gehen. Er schloß einen Kompromiß. Zwei Tage nach der Demonstration kürzte er die Zahl der Leibwächter auf zwei, einen für die Wohnung und einen für das Haus seiner Eltern.

Trotzdem – *blutete er Geld!* Zwei rund um die Uhr dienstbereite Leibwächter zu $ 25 pro Stunde und Mann ergab eine Summe von $ 1200 pro Tag – $ 438.000 im Jahr – *ich blute mich zu Tode!*

Zwei Tage danach brachte er die Nerven auf, eine Verabredung einzuhalten, die Judy vor fast einem Monat getroffen hatte: ein Dinner bei den di Duccis.

Ihrem Versprechen getreu, hatte Judy alles in ihrer Macht Stehende getan, um ihm zu helfen. Ihrem Versprechen ebenfalls getreu, hieß das nicht, Liebe und Zärtlichkeit zu zeigen. Sie war wie ein Asphaltgroßhändler, der durch irgendeinen fiesen Schicksalsschlag zum Bündnis mit einem anderen Asphaltgroßhändler gezwungen wird ... Vielleicht besser als gar nichts ... In dieser Stimmung jedenfalls planten die beiden ihre Rückkehr in die Gesellschaft.

Ihre (McCoy & McCoy) Überlegung war, daß der lange Artikel in der »Daily News« von Killians Verbündetem Flannagan eine unangreifbare Klarstellung des Falles McCoy bot. Warum sollten sie sich also verstecken? Sollten sie nicht einfach so tun, als führten sie ein ganz normales Leben, und je öffentlicher, desto besser?

Aber würde le monde – und würden vor allem die sehr fashionablen di Duccis – die Angelegenheit so sehen? Bei den di Duccis hatten sie zumindest eine reelle Chance. Silvio di Ducci, der seit seinem einundzwanzigsten Lebensjahr in New York wohnte, war der Sohn eines italienischen Bremsbacken-Fabrikanten. Seine Frau Kate war in San Marino, Kalifornien, geboren und aufgewachsen; er war ihr dritter wohlhabender Gatte. Judy war die Innenarchitektin, die ihnen das Apartment *gestaltet* hatte. Nun rief sie wenigstens vorsichtshalber an und erklärte sich bereit, von der Dinnerparty zurückzutreten. »Wagen Sie es nicht!« sagte Kate di Ducci. »Ich rechne darauf, daß Sie kommen!« Das gab Judy kolossalen Auftrieb. Sherman sah es ihrem Gesicht an. Ihm aber half es absolut nicht. Seine Niedergeschlagenheit und seine Zweifel saßen viel zu tief, als daß eine höfliche Aufmunterung von so jemandem wie Kate di Ducci hätte viel daran ändern können. Zu Judy vermochte er nichts weiter zu sagen als: »Wir werden ja sehen.«

Der Leibwächter in der Wohnung, Occhioni, fuhr mit dem Mercury-Kombi hinüber zum Haus von Shermans Eltern, holte Judy ab, fuhr zur Park Avenue zurück und sammelte dort Sherman auf. Dann setzten sie sich zu den di Duccis in der Fifth Avenue in Bewegung. Sherman zog den Revolver seines Grolls aus dem Hosenbund und machte sich auf das Schlimmste gefaßt. Die di Duccis und die Bavardages verkehrten mit genau derselben Clique (derselben ordinären Nicht-Knickerbocker-Clique). Bei den Bavardages hatten sie ihn geschnitten, auch als sein Ansehen noch intakt war. Was würden sie in ihrer Mischung aus Unverschämtheit, Primitivität, Gerissenheit und Chic jetzt für ihn bereithalten? Er sagte sich, daß er längst darüber hinaus sei, sich Sorgen darüber zu machen, ob sie ihn akzeptierten oder nicht. Seine Absicht – ihre (McCoy & McCoy) Absicht – war, der Welt zu zeigen, daß sie, da sie ohne Sünde waren, ihr Leben weiterführen könnten. Seine große Angst war, daß sich herausstellen könnte, sie hätten sich geirrt: etwa durch eine häßliche Szene.

Die Eingangshalle der di Duccis hatte nichts von dem verwirrenden Glanz der Halle der Bavardages. Statt Ronald Vines raffinierter Materialkombinationen aus Seide und Rupfen und vergoldeten Hölzern und Polsterleinwand, verriet die Halle der di Duccis Judys Schwäche für das Feierliche und Pompöse: Marmor, kannelierte Pilaster, gewaltige klassizistische Gesimse. Dennoch war sie ebenso aus einem anderen Jahrhundert (dem achtzehnten), und sie war mit denselben Trauben, bestehend aus Society-Röntgenfotos, Zitronentörtchen und Herren mit dunklen Krawatten, angefüllt; dasselbe Grinsen, dasselbe Gelächter, dieselben 300-Watt-Augen, dasselbe erhabene Geplätscher und ekstatische Rat-tat-tat-tat-Geschwätz. Mit einem Wort, der Bienenschwarm. Der Bienenschwarm! – Das vertraute Summen drang auf Sherman ein, aber es vibrierte nicht mehr in seinen Knochen nach. Er lauschte ihm und fragte sich, ob seine verderbliche Gegenwart nicht eben dieses Summen des Bienenschwarms mitten im Satz, mitten im Grinsen, mitten im schallenden Gelächter werde ersterben lassen.

Eine ausgemergelte Frau tauchte aus den Menschentrauben auf und kam lächelnd auf sie zu ... Ausgemergelt, aber absolut schön ... Er hatte nie ein schöneres Gesicht gesehen ... Ihr blaßgoldenes Haar war nach hinten gekämmt. Sie hatte eine hohe Stirn und ein Gesicht, so weiß und glatt wie Porzellan, und dazu große, lebhafte Augen und einen Mund mit einem sinnlichen – nein, mehr als das – einem *provozierenden* Lächeln. Sehr provozierend! Als sie seinen Unterarm ergriff, spürte er ein Kribbeln in den Lenden.

»Judy! Sherman!«

Judy umarmte die Frau. In aller Aufrichtigkeit sagte sie: »Oh, Kate, Sie sind so freundlich. Sie sind so wunderbar.« Kate di Ducci hakte ihren Arm bei Sherman ein und zog ihn an sich, so daß die drei ein Sandwich bildeten, Kate di Ducci zwischen den beiden McCoys.

»Sie sind mehr als freundlich«, sagte Sherman. »Sie sind mutig.« Mit einemmal wurde ihm bewußt, daß er denselben plump-vertraulichen Bariton anschlug, den er benutzte, wenn er das alte Spielchen in Gang setzen wollte.

»Seien Sie nicht albern!« sagte Kate di Ducci. »Wenn Sie nicht gekommen wären, Sie beide, wäre ich sehr, sehr böse gewesen! Kommen Sie hier rüber, ich möchte Ihnen ein paar Leute vorstellen.«

Sherman bemerkte mit Beklommenheit, daß sie sie zu einem Gesprächsbouquet führte, das von der großen, aristokratischen Gestalt Nunnally Voyds beherrscht wurde, des Romanciers, der auch bei den Bavardages gewesen war. Ein Röntgenfoto und zwei Männer in marineblauen Anzügen strahlten ihr breites Gesellschaftsgrinsen dem berühmten Autor ins Gesicht. Kate di Ducci übernahm das gegenseitige Vorstellen, dann führte sie Judy aus der Eingangshalle in den großen Salon.

Sherman hielt den Atem an, auf einen Affront oder, bestenfalls, die Ächtung gefaßt. Statt dessen behielten alle vier ihr kolossales Lächeln bei.

»Na, Mr. McCoy«, sagte Nunnally Voyd mit einem Mittel-Ostküsten-Akzent, »ich muß Ihnen sagen, ich habe die letzten paar Tage mehr als einmal an Sie gedacht. Willkommen in der Legion der Verdammten ... jetzt, wo Sie von den Obstfliegen so richtig verschlungen worden sind.«

»Den Obstfliegen?«

»Von der Presse. Mich amüsieren alle diese Gewissensskrupel, denen sich diese ... *Insekten* unterwerfen. ›Sind wir zu aggressiv, zu kaltblütig, zu herzlos?‹ – Als wenn die Presse ein Raubtier wäre, ein Tiger. Ich glaube, sie würden sehr gern für blutrünstig gehalten werden. Das ist es, was ich ›auf biestige Art sanft tun‹ nenne. Sie haben sich das falsche Tier ausgesucht. In Wirklichkeit sind sie Obstfliegen. Kaum riechen sie was, schon fliegen und schwärmen sie. Wenn man mit der Hand nach ihnen ausholt, *stechen* sie nicht, sie gehen eiligst in Deckung, und sobald man den Kopf dreht, sind sie wieder da. Sie sind Obstfliegen. Aber ich bin sicher, *Ihnen* muß ich das nicht erzählen.«

Trotz der Tatsache, daß dieser berühmte Literat Shermans mißliche Lage als Podest benutzte, um diese entomologische Metapher draufzustellen, dieses Versatzstück, das im Vortrag ein bißchen angestaubt herauskam, war Sherman dankbar. In gewisser Weise war Voyd tatsächlich ein Bruder, ein Mitlegionär. Er meinte sich zu erinnern – er hatte Literaturklatsch nie viel Aufmerksamkeit geschenkt –, daß Voyd als homosexuell oder bisexuell gebrandmarkt worden war. Es hatte irgendwelche in der Presse breitgetretene Zänkereien gegeben ... Wie entsetzlich ungerecht! Wie konnten es diese ... *Insekten* wagen, auf diesem Mann herumzutrampeln, der, wenn auch vielleicht ein bißchen affektiert, eine solche geistige Aufgeschlossenheit besaß, ein solches Feingefühl für menschliche Verhältnisse? Was, wenn er *tatsächlich* ... schwul ... wäre? Dieses Wort »schwul« kam Sherman ganz spontan in den Sinn. (Ja, es ist wahr. Ein Liberaler ist ein Konservativer, der verhaftet war.)

Durch seinen neuen Bruder im Geiste ermutigt, erzählte Sherman, wie ihm die Frau mit dem Pferdegesicht ein Mikrofon ins Gesicht gestoßen habe, als er mit Campbell das Haus verließ, und wie er mit dem Arm ausgeholt habe, nur um das Gerät aus dem Gesicht zu bekommen – und jetzt klage die Frau gegen ihn. Sie habe geschrien, geschmollt und gewinselt – und eine Zivilklage in Höhe von $ 500.000 angestrengt!

Jeder in dem Bouquet, selbst Voyd, sah ihn direkt an, hingerissen, ein strahlendes Gesellschaftsgrinsen im Gesicht.

»Sherman! Sherman! Gottverdammich!« Eine dröhnende Stimme ... Er sah sich um ... Ein massiger, junger Mann, der auf ihn zukam ... Bobby Shaflett ... Er hatte sich aus einem anderen Bouquet gelöst und kam mit einem breiten Mistbauerngrinsen im Gesicht auf ihn zu. Er streckte die Hand aus, und

Sherman ergriff sie, und der Goldene Hillbilly schmetterte: »Sie haben ja wirklich für einen Riesenwirbel gesorgt, seit wir uns das letztemal gesehen haben! Das haben Sie verdammt noch mal wirklich, Herr du meine Güte!«

Sherman wußte nicht, was er sagen sollte. Wie sich herausstellte, brauchte er gar nichts zu sagen.

»Ich bin letztes Jahr in Montreal verhaftet worden«, sagte der blonde Tenor mit offenkundiger Genugtuung. »Wahrscheinlich haben Sie darüber gelesen.«

»Hm, nein ... das habe ich nicht.«

»Das haben Sie *nicht*?«

»Nein – warum, um alles auf der Welt – weswegen sind Sie verhaftet worden?«

»*Pinkeln gegen einen Baum!*« *Ho ho ho ho ho ho ho ho ho ho!* »Die kommen in Montreal nicht damit zurecht, wenn man um Mitternacht gegen ihre Bäume pißt, zumindest nicht direkt vor dem Hotel!« *Ho ho ho ho ho ho ho ho ho ho!*

Sherman starrte konsterniert in sein strahlendes Gesicht.

»Sie haben mich ins Gefängnis gesteckt! *Erregung öffentlichen Ärgernisses!* Pinkeln gegen einen Baum!« *Ho ho ho ho ho ho ho ho!* Er beruhigte sich ein kleines bißchen. »Wissen Sie«, sagte er, »ich war noch nie im Gefängnis gewesen. Was halten *Sie* vom Gefängnis?«

»Nicht viel«, sagte Sherman.

»Ich weiß, was Sie meinen«, sagte Shaflett, »aber es war gar nicht so grauenhaft. Ich hatte von dem ganzen Zeug gehört, was die anderen Gefangenen im Gefängnis mit einem machen?« Er sprach das aus, als wäre es eine Frage. Sherman nickte. »Wollen Sie wissen, was sie mit mir gemacht haben?«

»Was denn?«

»Sie haben mir *Äpfel* geschenkt.«

»Äpfel?«

»Sicher. Das erste Essen, das ich da drin krichte, war so schlecht, ich konnt's nich essen – und ich esse *gern!* Ich konnt nix weiter essen als den Appel, der dabei war. Und wissen Se was? Plötzlich hieß es, ich würd' nix weiter als den Appel essen, und da schickten mir alle ihre Äppel, alle anderen Gefangenen. Sie reichten sie weiter, von Hand zu Hand, durch die Gitterstäbe, bis sie bei mir ankamen. Als ich da rauskam, ragte bloß noch mein Kopp aus 'm Haufen Appel!« *Ho ho ho ho ho ho ho ho ho ho ho!*

Ermutigt von dieser so vorteilhaft über die Gefängniszeit gestrichenen Tünche, erzählte Sherman von dem Puertoricaner in der Arrestzelle, der gesehen hatte, daß ein Fernsehteam ihn in Handschellen gefilmt hatte, und nun wissen wollte, weshalb er verhaftet worden war. Er erzählte, wie seine Antwort, nämlich »Rücksichtslose Gefährdung«, den Mann offensichtlich enttäuscht und er darum dem nächsten Frager »Totschlag« geantwortet habe (Der junge Schwarze mit dem rasierten Schädel ... Er spürte ein Zucken des ursprünglichen Schreckens ... Das erwähnte er nicht.) Erwartungsvoll starrten sie ihn an, das ganze Bouquet – *sein* Bouquet – der berühmte Bobby Shaflett und der berühmte Nunnally Voyd, wie auch die drei anderen Partyseelen. Ihre Gesichter waren so hingerissen, so rasend gespannt! Sherman fühlte einen unwiderstehlichen Drang, seine Kriegsgeschichte auszuschmücken. Und so erfand er einen dritten Zellengenossen. Und als dieser Zellengenosse ihn fragte, weshalb er verhaftet wäre, sagte er: »Mord zweiten Grades.«

»Mir gingen allmählich die Verbrechen aus«, sagte der Abenteurer, Sherman McCoy.

Ho ho ho ho ho ho ho ho, machte Bobby Shaflett.

Hu hu hu hu hu hu hu hu, machte Nunnally Voyd.

Ha ha ha ha ha ha ha ha, machten das Röntgenfoto und die beiden Herren in marineblauen Anzügen.

Hi hi hi hi hi hi hi hi, machte Sherman McCoy, als habe die Zeit in der Arrestzelle für ihn nichts weiter erbracht als eine Kriegsgeschichte im Leben eines Mannes.

Das Eßzimmer der di Duccis enthielt, wie das der Bavardages, zwei runde Tische, und in jeder Tischmitte befand sich eine Kreation von Huck Thigg, dem Floristen. Für diesen Abend hatte er aus gehärteten Glyzinenranken zwei Miniaturbäumchen geschaffen, die keine vierzig Zentimeter hoch waren. An die Zweige der Bäume waren in Massen leuchtendblaue getrocknete Kornblumen geklebt. Jeder Baum stand auf einer ungefähr einen Quadratfuß großen Wiese aus lebenden Butterblumen, die so dicht gesät waren, daß sie gegeneinanderstießen. Um jede Wiese zog sich ein Miniatur-Lattenzaun aus Eibenholz. Diesmal jedoch hatte Sherman keine Gelegenheit, sich die Kunst des berühmten jungen Mr. Thigg genau anzusehen. Weit davon entfernt, um einen Gesprächspartner verlegen zu sein, beherrschte er jetzt einen ganzen Abschnitt des Tisches. Unmittelbar zu seiner Linken saß ein renommiertes Society-Röntgenfoto namens Red Pitt, sotto voce als die Hinternlose Pitt bekannt, weil sie so hervorragend ausgemergelt war, daß ihre Glutei maximi und das sie umgebende Gewebe – auf gut deutsch, ihr Arsch – offenbar vollkommen verschwunden waren. Man hätte ein Senkblei von ihrem Kreuz zur Erde fallen lassen können. Zu ihrer Linken saß Nunnally Voyd, und zu dessen Linker ein Immobilien-Röntgenfoto namens Lily Bradshaw. Zu Shermans Rechter saß ein Zitronentörtchen namens Jacqueline Balch, die blonde dritte Frau von Knobby Balch, dem Erben des Colonaid-Verdauungsdrops-Vermögens. Zu ihrer Rechten saß kein anderer als Baron Hochswald, und zu dessen Rechter Kate di Ducci. Während eines Großteils des Dinners waren diese sechs Männer und Frauen allein auf Mr. Sherman McCoy eingestimmt. Verbrechen, Wirtschaft, Gott, Freiheit, Unsterblichkeit – ganz gleich, worüber McCoy und der Fall McCoy zu sprechen wünschten, der Tisch lauschte, selbst so ein routinierter, geltungsbedürftiger und nicht zu bremsender Schwätzer wie Nunnally Voyd.

Voyd sagte, er habe mit Überraschung erfahren, daß solche

riesigen Massen Geld mit Anleihen verdient werden könnten – und Sherman wurde klar, daß Killian recht hatte: Die Presse hatte den Eindruck erweckt, daß er ein Finanztitan sei.

»Ehrlich gesagt«, fuhr Voyd fort, »habe ich das Rentengeschäft immer für eine ... hmmmmm ... ziemlich *lahme* Sache gehalten.«

Sherman ertappte sich dabei, daß er das gequälte Lächeln derer lächelte, die ein sehr süßes Geheimnis kennen. »Vor zehn Jahren«, sagte er, »hätten Sie recht gehabt. Man nannte uns die ›Rentenlangweiler‹.« Er lächelte wieder. »Das habe ich jetzt schon lange nicht mehr gehört. Heute wechselt wahrscheinlich in Anleihen fünfmal soviel Geld den Besitzer wie in Aktien.« Er drehte sich zu Hochswald herum, der sich vorgebeugt hatte, um der Unterhaltung zu folgen. »Würden Sie das nicht auch sagen, Baron?«

»Oh, ja, ja«, sagte der alte Mann, »das ist wohl so.« Und damit verstummte der Baron – um zu hören, was Mr. McCoy zu sagen hatte.

»Alle Übernahmen, Aufkäufe, Fusionen – alles wird mit Anleihen gemacht«, sagte Sherman. »Die Staatsschuld? Eine Billion Dollar? Was glauben Sie, was das ist? Alles Anleihen. Jedesmal, wenn Zinsraten fluktuieren – ob nach oben oder unten, ist egal – wie Krümel fallen all die Anleihen dabei ab und bleiben in den Ritzen des Bürgersteigs hängen.« Er schwieg und lächelte selbstbewußt ... und überlegte ... Warum hatte er diese abscheuliche Umschreibung von Judy benutzt? ... Er gluckste in sich hinein und sagte: »Das Wichtigste ist, daß man nicht die Nase über diese Krümel rümpft, denn es gibt Milliarden und Milliarden und Milliarden davon. Bei Pierce & Pierce, glauben Sie mir, fegen wir sie sehr gewissenhaft zusammen.« *Wir! – bei Pierce & Pierce!* Selbst das Törtchen zu seiner Rechten, Jacqueline Balch, nickte zu allem, als hätte sie es verstanden.

Red Pitt, die stets stolz war auf ihre ungehobelten Manieren, sagte: »Erzählen Sie, Mr. McCoy, erzählen Sie mir – nun ja, ich rücke direkt damit raus und frage Sie: Was ist da oben in der Bronx *tatsächlich* passiert?«

Jetzt beugten sich alle vor und starrten Sherman gebannt an. Sherman lächelte. »Mein Anwalt sagt, ich darf kein Wort über das Geschehene verlieren.« Dann beugte auch er sich vor, blickte nach rechts, dann nach links und sagte: »Aber ganz entre nous, es war ein Raubversuch. Es war buchstäblich Schnellstraßenraub.«

Sie beugten sich jetzt alle so weit vor, daß es aussah, als hielten sie um Huck Thiggs Glyzinenbäumchen auf der Butterblumenwiese Kriegsrat.

Kate di Ducci sagte: »Warum können Sie damit nicht rausrücken und es einfach sagen, Sherman?«

»Ich kann darauf nicht näher eingehen, Kate. Aber ich sage Ihnen noch eines: Ich habe mit meinem Wagen *niemanden* angefahren.«

Keiner sagte ein Wort. Sie saßen da wie gebannt. Sherman blickte zu Judy am anderen Tisch hinüber. Vier Leute, zwei auf jeder Seite, darunter ihr schlauer kleiner Gastgeber, Silvio di Ducci, lehnten sich zu ihr herüber. McCoy & McCoy. Sherman eilte weiter: »Ich kann Ihnen einen sehr nützlichen Rat geben. *Verfangen* Sie sich *nie* ... im *Strafrechtssystem* ... dieser Stadt. Sobald Sie von der Maschinerie erfaßt sind, nur von der *Maschinerie,* haben Sie verloren. Die einzige verbleibende Frage ist, *wieviel* Sie verlieren werden. Sobald Sie eine Zelle betreten – noch ehe Sie eine Chance hatten, Ihre Unschuld zu erklären –, sind Sie eine Zahl. Ihr Ich *gibt* es nicht mehr.«

Schweigen um ihn herum ... Der Blick in ihren Augen! ... Das Betteln um Kriegsgeschichten!

Und so erzählte er ihnen von dem kleinen Puertoricaner, der die Zahlen kannte. Er erzählte ihnen von dem Hockeyspiel mit der lebenden Maus und davon, wie er (der Held) die Maus gerettet und aus der Zelle geworfen habe, worauf ein Polizist sie mit dem Absatz zertrat. Selbstsicher wandte er sich an Nunnally Voyd und sagte: »Ich glaube, das fällt unter die Rubrik Metapher, Mr. Voyd.« Er lächelte weise. »Eine Metapher für das Ganze.«

Dann blickte er zu seiner Rechten. Das reizende Zitronentörtchen schlürfte jedes seiner Worte. Wieder spürte er das Kribbeln in seinen Lenden.

Nach dem Dinner sammelte sich in der Bibliothek der di Duccis eine richtige Traube um Sherman McCoy. Er unterhielt sie mit der Geschichte von dem Polizisten, der ihn andauernd durch den Metalldetektor hatte gehen lassen.

Silvio di Ducci war entrüstet: »Sie können Sie *zwingen,* das zu tun?«

Sherman bemerkte, daß die Geschichte ihn etwas zu willfährig erscheinen ließ und seinen neuen Status unterhöhlte, wonach er den Feuern der Hölle getrotzt hatte.

»Ich habe einen Handel geschlossen«, sagte er. »Ich sagte: ›Okay, Sie können Ihrem Kumpel zeigen, wie ich den Alarm auslöse, aber Sie müssen was für mich tun. Sie müssen mich aus diesem beschissenen‹« – er benutzte das Wort »fucking«, das er sehr leise aussprach, um zu zeigen, daß, ja, daß er wußte, es war sehr taktlos, daß aber unter den Umständen das wörtliche Zitat erforderlich war – »›Schweinestall rausholen.‹« Er deutete wissend mit dem Finger, als zeige er auf den Arrestkäfig im Zentralregister in der Bronx. »Und es zahlte sich aus. Sie holen mich früher raus. Sonst hätte ich die Nacht auf Rikers Island verbringen müssen, und das, nehme ich an, ist *nicht ... allzu ... toll.*«

Jedes Törtchen in der Traube hätte er mühelos bekommen können.

Als der Leibwächter, Occhioni, sie zu dem Haus seiner Eltern fuhr, um Judy abzusetzen, war es Sherman, der den Partyrausch genoß. Gleichzeitig war er verwirrt. Wer *waren* diese Leute eigentlich?

»Es ist doch die reine Ironie«, sagte er zu Judy. »Ich habe

diese Freunde von dir nie gemocht. Du hattest das sicherlich schon erkannt.«

»Dazu waren nicht viele Erkenntnisse nötig«, sagte Judy. Sie lächelte nicht.

»Und trotzdem sind sie die einzigen, die anständig zu mir waren, seit die ganze Sache angefangen hat. Meine sogenannten alten Freunde wünschen sich offenbar, daß ich das Richtige tue und verschwinde. Diese Leute, diese Leute, die ich nicht einmal kenne, sie behandelten mich wie einen lebendigen Menschen.« Mit derselben zurückhaltenden Stimme sagte Judy: »Du bist berühmt. In den Zeitungen bist du ein reicher Aristokrat. Du bist ein Tycoon.«

»Nur in den Zeitungen?«

»Ach, fühlst du dich mit einemmal reich?«

»Ja, ich bin ein reicher Aristokrat mit einer sagenhaften Wohnung von einer berühmten Designerin.« Er wollte sich gut mit ihr stellen.

»Ha.« Leise. Bitter.

»Es ist doch pervers, nicht wahr? Vor zwei Wochen, als wir bei den Bavardages waren, haben mich dieselben Leute geschnitten. Jetzt werde ich auf jeder Zeitungsseite durch den Dreck gezogen – *durch den Dreck gezogen!* –, und sie können nicht genug von mir kriegen.«

Sie sah von ihm weg aus dem Fenster. »Du bist leicht zufriedenzustellen.« Ihre Stimme war so weit weg wie ihr Blick.

Die Firma McCoy & McCoy schloß für den Abend.

»Was liegt heute morgen vor, Sheldon?«

Kaum hatten die Worte seinen Mund verlassen, bereute sie der Bürgermeister. Er *wußte*, was sein zwerghafter Assistent sagen würde. Es war unvermeidlich, und so wappnete er sich gegen die gemeine Phrase, und natürlich, da kam sie schon.

»Vor allem Sticker für Nigger«, sagte Sheldon. »Bischof Bottomley ist da und möchte Sie sprechen, und außerdem ist ungefähr ein dutzendmal die Bitte geäußert worden, Sie möchten zum Fall McCoy etwas sagen.«

Der Bürgermeister wollte protestieren, wie er das schon mehrere Male getan hatte, aber statt dessen drehte er sich weg und sah aus dem Fenster auf den Broadway. Das Büro des Bürgermeisters lag im Erdgeschoß, ein kleiner, aber eleganter Raum an der Ecke, mit einer hohen Decke und gewaltigen Palladiofenstern. Die Aussicht in den kleinen Park um die City Hall herum wurde durch Reihen blauer Polizeibarrikaden im unmittelbaren Vordergrund, gleich vor dem Fenster, beeinträchtigt. Sie lagen dort aufgestapelt auf dem Rasen – oder vielmehr auf kahlen Flecken, auf denen einmal Rasen gewesen war –, um aufgestellt zu werden, wenn es plötzlich Demonstrationen gab. Es gab unablässig plötzlich welche. Und dann baute die Polizei aus den Barrikaden einen riesigen blauen Zaun, und er blickte hinaus auf das breite Gegrinse der Cops, während sie irgendwelchen abgerissenen Demonstrantenhorden entgegensahen, die auf der anderen Seite herumheulten. Was für eine erstaunliche Menge Zeugs die Cops an ihren Rückseiten herumschleppten! Polizeiknüppel, Totschläger, Taschenlampen, Handschellen, Patronen, Vorladungsbücher, Walkie-talkies. Fortwährend sah er sich auf die sperrigen, vollgestopften Rückenpartien von Cops starren, während irgendwelche Unzufriedenen herumbrüllten und -grölten, natürlich nur fürs Fernsehen.

Sticker für Nigger Sticker für Nigger Sticker für Nigger Sticker für Nigger. Die gemeine Phrase ging ihm jetzt durch den Kopf. »Sticker für Nigger« war eine niedrige Art, Feuer mit Feuer zu bekämpfen. Jeden Morgen ging er aus seinem Büro hinüber zum Blauen Saal und überreichte unter den Porträts glatzköpfiger Politiker vergangener Jahre Auszeichnungen und Belobigungen an Bürgerinitiativen, Lehrer, prämierte Studenten, mutige Mitbürger, selbstlose ehrenamtliche Mitarbeiter und verschiedene andere Ackerer und Rackerer auf dem Gelände der Stadt. In diesen schwierigen Zeiten, in denen die Umfragen so liefen, wie sie jetzt liefen, war es klug und wahrscheinlich vorteilhaft, so viele Schwarze für diese Auszeichnungen und rhetorischen Fanfaren auszuwählen wie nur möglich, aber es war nicht klug und vorteilhaft für Sheldon Lennert, diesen Homunkulus mit seinem absurd winzigen Kopf und seinen nicht zueinanderpassenden karierten Hemden, Jacketts und Hosen, diesen Vorgang »Sticker für Nigger« zu nennen. Schon hatte der Bürgermeister ein paar Leute im Pressebüro den Ausdruck benutzen hören. Was, wenn irgendwelche Schwarzen aus dem Mitarbeiterstab das hörten? Sie würden vielleicht sogar lachen. Aber sie würden nicht innerlich lachen.

Aber nein ... Sheldon sagte immer wieder »Sticker für Nigger«. Er wußte, daß der Bürgermeister das haßte. Sheldon hatte die hämisch-boshafte Art eines Hofnarren. Nach außen war er treu wie ein Hund. Innerlich schien er ihn die meiste Zeit zu verhöhnen. Die Verärgerung des Bürgermeisters wuchs.

»Sheldon, ich habe Ihnen gesagt, daß ich diesen Ausdruck in diesem Büro nicht wieder hören möchte!«

»Okay, okay«, sagte Sheldon. »Was wollen Sie also sagen, wenn Sie nach dem Fall McCoy gefragt werden?«

Sheldon wußte immer genau, wie er ihn ablenken konnte. Er brachte augenblicklich zur Sprache, was, wie er wußte, den Bürgermeister am meisten verwirrte, was ihn von Sheldons kleinem, aber erstaunlich gewandtem Kopf am abhängigsten machte.

»Ich weiß nicht«, sagte der Bürgermeister. »Zuerst sah die Sache ziemlich klar aus. Da ist dieser Wall-Street-Typ, der einen schwarzen Musterschüler überfährt und die Kurve kratzt. Aber jetzt stellt sich heraus, es war noch ein zweiter schwarzer Junge dabei, und der ist ein Crack-Dealer, und vielleicht war's ein Raubversuch. Ich glaube, ich wähle die unparteiische Linie. Ich fordere eine genaue Untersuchung und ein sorgfältiges Abwägen der Beweise. Richtig?«

»Falsch«, sagte Sheldon.

»Falsch?« Es war verblüffend, wie oft Sheldon das Naheliegende ablehnte – und damit absolut recht hatte.

»Falsch«, sagte Sheldon. »Der Fall McCoy ist zu einem von diesen Prüfsteinen in der schwarzen Gemeinde geworden. Er ist wie Enteignung und Südafrika. Diese Probleme *haben* keine zwei Seiten. Wenn Sie andeuten, die Dinge haben möglicherweise zwei Seiten, sind Sie sofort nicht mehr unparteiisch, sondern voreingenommen. Das gleiche hier. Die einzige Frage ist, ist ein schwarzes Menschenleben genausoviel wert wie ein weißes? Und die einzige Antwort lautet, weiße Typen wie dieser McCoy von der Wall Street, die ihre Mercedes-Benze fahren, können nicht einfach in der Gegend rumkutschieren und schwarze Musterschüler überfahren und die Biege machen, weil's unbequem ist anzuhalten.«

»Das ist doch Quatsch, Sheldon«, sagte der Bürgermeister. »Wir wissen ja noch nicht mal genau, was passiert ist.«

Sheldon zuckte mit den Achseln. »Was gibt's denn Neues? Das ist die einzige Version, über die Abe Weiss überhaupt zu reden bereit ist. Er geht mit diesem Fall um, als wenn er Abe Scheiß-Lincoln wär.«

»Weiss hat alles ins Rollen gebracht?« Der Gedanke störte den Bürgermeister; er wußte, daß Weiss sich immer schon mit dem Gedanken trug, selber nach dem Bürgermeisteramt zu greifen. »Nein, Bacon hat die Sache gestartet«, sagte Sheldon. »Irgendwie ist er an diesen Suffkopf von ›The City Light‹ gekommen, diesen Brit, Fallow. So fing's an. Aber jetzt hat die Sache eingeschlagen. Sie ist längst über Bacon und seine Gang hinaus. Wie ich schon sagte, sie ist ein Prüfstein. Weiss steht vor einer Wahl. Und Sie auch.«

Der Bürgermeister dachte einen Moment nach. »Was für ein Name ist McCoy eigentlich? Irisch?«

»Nein, er ist ein Wasp.«

»Was für ein Mensch ist er?«

»Reicher Wasp. Durch und durch. Alle richtigen Schulen,

Park Avenue, Wall Street, Pierce & Pierce. Sein Alter war früher Chef von Dunning Sponget & Leach.«

»Hat er mich unterstützt? Wissen Sie das?«

»Nicht daß ich wüßte. Sie kennen doch diese Typen. Sie denken über Lokalwahlen nicht mal nach, weil bei einer Wahl in New York republikanisch zu wählen 'n Scheißdreck bedeutet. Sie stimmen für einen Präsidenten. Sie stimmen für einen Senator. Sie reden über die Bundesreserven und Angebotsorientierung und diesen ganzen Scheiß.«

»Ahhhn-hannnh. Gut, und was sage ich?«

»Sie fordern eine vollständige und eingehende Untersuchung der Rolle, die McCoy in dieser Tragödie gespielt hat, und die Einsetzung, wenn nötig, eines Sonderstaatsanwalts. Durch den Gouverneur. ›Wenn nötig‹, sagen Sie, ›falls nicht alle Tatsachen ans Licht kommen.‹ Damit teilen Sie gegen Abe 'ne kleine Spitze aus, ohne seinen Namen zu nennen. Sie sagen, das Gesetz dürfe keine Unterschiede der Person machen. Sie sagen, McCoys Wohlstand und Position dürfen seinen Fall nicht davor bewahren, auf die gleiche Weise behandelt zu werden, wie wenn Henry Lamb Sherman McCoy überfahren hätte. Dann garantieren Sie der Mutter des Jungen – Annie heißt sie, glaub ich –, Sie garantieren der Mutter des Jungen Ihre volle Unterstützung und Rückendeckung dabei, den Schuldigen an dieser schlimmen Tat vor den Richter zu bringen. Sie können gar nicht dick genug auftragen.«

»Ziemlich hart für diesen McCoy, nicht?«

»Das ist nicht unser Fehler«, sagte Sheldon. »Der Mann hat den falschen Jungen im falschen Stadtviertel überfahren, als er in der falschen Wagenmarke mit der falschen Frau im Schalensitz neben sich fuhr, nämlich nicht seiner Frau. Er kommt gar nicht so großartig weg.«

Die ganze Geschichte bereitete dem Bürgermeister ein unbehagliches Gefühl, aber Sheldons Instinkte waren in solchen komplizierten Situationen immer richtig. Er überlegte noch ein bißchen. »Okay«, sagte er, »ich gebe Ihnen das alles zu. Aber putzen wir Bacon damit nicht ungeheuer raus? Ich hasse diesen verdammten Hurensohn.«

»Ja, aber er hat mit der Sache schon einen Riesenerfolg gelandet. Daran können Sie nichts drehen. Sie können jetzt nur noch mit dem Strom schwimmen. Es ist nicht mehr weit hin bis November, und wenn Sie im Fall McCoy einen falschen Schritt tun, kann Bacon Ihnen wirklich ziemlichen Kummer machen.«

Der Bürgermeister schüttelte den Kopf. »Ich glaube, Sie haben recht. Wir stellen den Wasp an die Wand.« Wieder schüttelte er den Kopf, und eine Wolke zog über sein Gesicht. »Dieser dumme Scheißkerl ... Warum zum Teufel mußte er auch nachts in einem Mercedes-Benz auf dem Bruckner Boulevard rumgondeln? Manche Leute sind einfach entschlossen, sich das eigene Haus überm Kopf anzuzünden, nicht? Er hat's drauf angelegt. Die Sache gefällt mir immer noch nicht – aber Sie haben recht. Egal, was er kriegt, er hatte es drauf angelegt. Okay. Soviel zu McCoy. Und was wünscht Bischof Wie-hieß-er-noch?«

»Bottomley. Es geht um die Episkopalkirche St. Timothy. Der Bischof ist übrigens schwarz.«

»Die Episkopalkirche hat einen schwarzen Bischof?«

»Oh, die sind sehr liberal«, sagte Sheldon und rollte die Augen. »Es hätte genausogut auch eine Frau oder ein Sandinist sein können. Oder eine Lesbierin. Oder eine lesbische Sandinistin.« Der Bürgermeister schüttelte noch ein Weilchen den Kopf. Er fand die christlichen Kirchen verwirrend. Als er aufwuchs, waren die Gojim alle Katholiken, wenn man die Schwarzen nicht mitzählte, was sowieso keiner tat. Die wurden noch nicht mal als Gojim eingestuft. Von den Katholiken gab's zwei Sorten, die Iren und die Italiener. Die Iren waren dumm und schlugen sich und fügten gern Schmerzen zu. Die Italiener waren dumm und ordinär. Beide waren unangenehm, aber die Systematik war leicht zu verstehen. Er war auf dem College, ehe er dahinterkam, daß es noch eine ganz andere Gattung von

Gojim gab, die Protestanten. Er bekam nie welche zu Gesicht. Im College gab es nur Juden, Iren und Italiener, aber er hörte von ihnen, und er erfuhr, daß einige der berühmtesten Familien New Yorks zu dieser Sorte Gojim gehörte, den Protestanten, Leute wie die Rockefellers, die Vanderbilts, die Roosevelts, die Astors, die Morgans. Der Begriff »Wasp« wurde erst viel später erfunden. Die Protestanten untergliederten sich in so eine wahnsinnige Menge Sekten, daß niemand über alle auch nur annähernd auf dem laufenden sein konnte. Das war alles ganz heidnisch und schauerlich, wenn's nicht lächerlich war. Sie alle beteten einen obskuren Juden von irgendwo auf der anderen Seite des Globus an. Die Rockefellers! Und die Roosevelts auch! Sehr obskur war das, und trotzdem führten diese Protestanten die größten Anwaltskanzleien, die Banken, die Investmentfirmen, die großen Aktiengesellschaften. Er bekam diese Leute nie in natura zu sehen, außer bei feierlichen Anlässen. Ansonsten existierten sie nicht in New York. Selbst in Wahlumfragen tauchten sie kaum auf. Rein zahlenmäßig waren sie ein Nichts – und trotzdem gab es sie. Und jetzt hatte eine von diesen Sekten, die Episkopalkirche, einen schwarzen Bischof. Man konnte über die Wasps Witze machen, was er auch oft tat unter Freunden, und dennoch waren sie viel weniger komisch als unheimlich.

»Und diese Kirche«, sagte der Bürgermeister, »irgendwas wegen Denkmalpflege?«

»Genau«, sagte Sheldon. »Der Bischof möchte St. Timothy an eine Bauträgerfirma verkaufen, und zwar weil die Mitgliederzahl abnimmt und die Kirche viel Geld verliert, was stimmt. Aber die Gemeindegruppen üben 'ne Menge Druck auf die Denkmalpflege-Kommission aus, das Kirchengebäude zu schützen, so daß niemand es verändern kann, auch wenn er es kauft.«

»Ist dieser Kerl ehrlich?« fragte der Bürgermeister. »Wer kriegt das Geld, wenn sie die Kirche verkaufen?«

»Ich hab nie was darüber gehört, daß er nicht ehrlich wäre«, sagte Sheldon. »Er ist ein gelehrter Mann der Geistlichkeit. Er war in Harvard. Er könnte natürlich trotzdem geldgierig sein, aber ich habe keinen Grund, das anzunehmen.«

»Annh-hanh.« Der Bürgermeister hatte plötzlich eine Idee. »Na schön, schicken Sie ihn rein.«

Bischof Warren Bottomley stellte sich als einer jener gebildeten, weltgewandten Schwarzen heraus, die augenblicklich den Halo-Effekt in den Augen von Weißen auslösen, die nicht wissen, was sie erwartet. Ein, zwei Augenblicke lang war der Bürgermeister regelrecht verschüchtert, so dynamisch war Bischof Bottomley. Er sah gut aus, war schlank, etwa fünfundvierzig, athletisch gebaut. Er hatte ein rasches Lächeln, einen funkelnden Blick und einen festen Händedruck, und er trug Klerikerkleidung, die der katholischer Geistlicher ähnelte, aber teuer wirkte. Und er war groß, viel größer als der Bürgermeister, der wegen seiner kleinen Statur etwas empfindlich war. Als sie schließlich saßen, sah der Bürgermeister die Dinge wieder im richtigen Verhältnis und dachte von neuem über seine Idee nach. Ja, Bischof Warren Bottomley wäre die Vollkommenheit in Person.

Nach ein paar wohlformulierten Höflichkeiten über die glänzende politische Karriere des Bürgermeisters begann der Bischof die finanzielle Misere von St. Timothy darzulegen.

»Natürlich verstehe ich die Sorgen der Leute aus der Gemeinde«, sagte der Bischof. »Sie möchten dort kein größeres Gebäude oder irgendein anderes Gebäude haben.«

Überhaupt kein schwarzer Akzent, dachte der Bürgermeister. Es kam ihm vor, als laufe er jetzt andauernd Schwarzen über den Weg, die keinen Akzent hatten. Die Tatsache, daß er das bemerkte, machte ihm ein klein wenig schlechtes Gewissen, aber er bemerkte es dennoch.

»Aber sehr wenige dieser Leute gehören der St.-Thimothy-Kirche an«, fuhr der Bischof fort, »was natürlich genau das

Problem ist. Es gibt weniger als fünfundsiebzig reguläre Mitglieder für ein sehr großes Gebäude, das nebenbei gesagt keinen architektonischen Wert besitzt. Der Architekt war ein Mann namens Samuel D. Wiggins, ein Zeitgenosse von Cass Gilbert, der keine einzige Fußspur im Sand der Architekturgeschichte hinterlassen hat, soweit ich das feststellen kann.«

Diese beiläufige Bemerkung schüchterte den Bürgermeister noch mehr ein. Kunst und Architektur waren nicht seine starke Seite.

»Offen gesagt, dient die St.-Timothy-Kirche nicht mehr ihrer Gemeinde, Herr Bürgermeister, weil sie dazu nicht mehr in der Lage ist, und wir meinen, sie könnte von viel größerem Segen sein, nicht allein für die Episkopalkirche und ihre vitaleren Bekundungen in unserer Stadt, sondern für die Stadt selbst – da ein großer besteuerungsfähiger Bau auf dem Grundstück errichtet werden könnte, und auch die Gemeinde würde indirekt daraus Nutzen ziehen, in dem Sinne, daß die ganze Stadt durch die erhöhten Steuereinnahmen profitierte. Deswegen würde ich den gegenwärtigen Bau gern verkaufen, und wir ersuchen um Ihre Entscheidung ... so daß das Gebäude nicht geschützt wird, wie es die Denkmalpflege-Kommission vorhat.«

Gott sei Dank! Der Bürgermeister stellte mit Erleichterung fest, daß der Bischof sich in seiner Grammatik verheddert und einen unvollständigen Satz hinter sich zurückgelassen hatte. Ohne ein Wort zu sagen, lächelte der Bürgermeister den Bischof an und legte einen Finger an seine Nase, so wie St. Nikolaus in »Die Nacht vor dem Heiligen Abend«. Dann reckte er den Finger senkrecht in die Höhe, als wenn er sagen wollte: Horch! oder: Paß auf! Er strahlte den Bischof an, drückte auf einen Knopf an der Gegensprechanlage auf der Kredenz neben seinem Schreibtisch und sagte: »Geben Sie mir den Denkmalpfleger.«

Wenig später ertönte ein leises *Piep-piep,* und der Bürgermeister griff zum Telefon. »Mort? ... Kennen Sie die St.-Timothy-Kirche? ... Richtig. Genau ... Mort – *in Ruhe lassen!*«

Der Bürgermeister legte auf, lehnte sich in seinem Sessel zurück und strahlte den Bischof wieder an.

»Sie meinen – das war's?« Der Bischof schien aufrichtig überrascht und erfreut zu sein. »Das heißt ... die Kommission ... sie wird nicht ...«

Der Bürgermeister nickte und lächelte.

»Herr Bürgermeister, ich weiß kaum, wie ich Ihnen danken soll. Glauben Sie mir – mir ist erzählt worden, Sie hätten eine gewisse Art, Dinge zu erledigen, aber – tja! Ich bin Ihnen sehr dankbar! Und ich kann Ihnen versichern, daß ich dafür sorgen werde, daß jedem in dieser Diözese und allen unseren Freunden bewußt wird, welch großen Dienst Sie uns erwiesen haben. Ja wirklich, das werde ich!«

»Das ist nicht nötig, Herr Bischof«, sagte der Bürgermeister. »Sie brauchen das nicht als Gefälligkeit oder gar als Dienst anzusehen. Die Tatsachen, die Sie mir so geschickt vorgetragen haben, waren sehr überzeugend, und ich meine, die ganze Stadt wird ihren Nutzen daraus ziehen. Ich bin glücklich, etwas für Siiiieee zu tun, das für Siiieee und für die Stadt New York von Vorteil ist.«

»Das haben Sie gewiß! Und ich bin Ihnen außerordentlich dankbar.«

»Ich möchte nun im selben Geiste Sie bitten«, sagte der Bürgermeister, indem er seinen schulmeisterlichsten Ton anschlug, der ihm so oft so dienlich gewesen war, »daß S-i-e-e etwas für m-i-i-ch tun ... das *eben*falls für S-i-e-e und für die Stadt New York von Vorteil ist.«

Der Bürgermeister legte den Kopf schief und lächelte noch breiter als zuvor. Er sah aus wie ein Rotkehlchen vor einem Wurm.

»Herr Bischof, ich möchte, daß Sie Mitglied einer Sonderkommission über das Verbrechen in New York werden, die ich in Kürze bilden werde. Ich würde Ihre Berufung zur selben Zeit bekanntgeben, in der ich die Einsetzung der Kommission bekanntgebe. Ich brauche Ihnen nicht zu sagen, was für ein schwieriges Problem das ist, und eine unserer größten Schwierigkeiten sind all die rassischen Zwischentöne, all die Vorstellungen und Vorurteile darüber, wer Verbrechen begeht und wie unsere Polizeibeamten Verbrechen behandeln. Es gibt keinen bedeutenderen Dienst, den Sie der Stadt New York in diesem Moment leisten könnten, als sich an dieser Kommission zu beteiligen. Wie wär's damit?«

Der Bürgermeister erkannte sofort die Bestürzung im Gesicht des Bischofs.

»Ich fühle mich sehr geschmeichelt, Herr Bürgermeister«, sagte der Bischof. Aber er wirkte keineswegs sehr geschmeichelt. Kein Lächeln mehr. »Und ich bin mit Ihnen natürlich einer Meinung. Aber ich muß Ihnen mitteilen, daß, insofern meine Tätigkeiten als Bischof dieser Diözese sich mit den öffentlichen oder, sagen wir, mit den behördlichen Dingen überschneiden, mir die Hände ziemlich gebunden sind, und ...«

Aber in diesem Moment waren ihm die Hände nicht gebunden. Er begann sie zu verdrehen, als versuche er ein Glas eingelegter Pfirsiche zu öffnen, während er dem Bürgermeister die Struktur der Episkopalkirche und die der Struktur innewohnende Theologie und die Teleologie der Theologie zu erläutern vorsuchte, und was des Kaisers sei und was nicht.

Der Bürgermeister schaltete nach zehn oder zwölf Sekunden ab, ließ den Bischof aber weiter drauflosreden, wobei ihm die Pein dieses Mannes eine bittere Freude bescherte. Oh, es war völlig klar. Der Scheißkerl erfüllte die Luft mit Blödsinn, um die Tatsache zu vertuschen, daß kein aufstrebender Schwarzenführer wie er es sich leisten konnte, auf irgendeine Weise mit dem Bürgermeister zu verkehren, nicht einmal wenn es darum ging, in einer Scheißkommission über das Scheißverbrechen zu sitzen. Und es war eine so brillante Idee gewesen! Eine gemischtrassige Kommission über das Verbrechen mit einem halben Dutzend gutaussehender, dynamischer Schwarzenführer wie dem Bischof. Bischof Warren Bottomley hätte auf derselben Wellenlänge mit dem Herzschlag jedes wohlanständigen schwarzen Menschen in New York gelegen, eben der Wählerschaft, die der Bürgermeister bekommen mußte, wollte er im November gewinnen. Und diese glatte, in Harvard gezüchtete Schlange entwand sich seinem Griff! Lange bevor der Bischof mit seinen Exegesen und Apologien zum Ende kam, hatte der Bürgermeister seine Idee einer Sonderkommission über das Verbrechen in New York City aufgegeben.

»Es tut mir aufrichtig leid«, sagte der Bischof, »aber die Kirchenordnung läßt mir keine Wahl.«

»Oh, ich verstehe«, sagte der Bürgermeister. »Was Sie nicht tun können, das können Sie halt nicht tun. Ich kann mir niemanden vorstellen, den ich in der Kommission lieber gesehen hätte, aber ich verstehe Ihre Lage vollkommen.«

»Es tut mir doppelt leid, Herr Bürgermeister, angesichts dessen, was Sie gerade für unsere Kirche getan haben.« Der Bischof überlegte, ob der Handel noch zur Debatte stünde.

»Oh, machen Sie sich darüber keine Sorgen«, sagte der Bürgermeister. »Machen Sie sich darum überhaupt keine Sorgen. Wie ich bereits sagte, habe ich es nicht für Sie getan, und ich habe es nicht für Ihre Kirche getan. Ich habe es getan, weil ich meine, es geschieht zum Besten der Stadt. So einfach ist das.«

»Nun, ich bin trotzdem dankbar«, sagte der Bischof und erhob sich, »und Sie können sicher sein, daß Ihnen die ganze Diözese dankbar sein wird. Ich werde dafür sorgen.«

»Das ist nicht nötig«, sagte der Bürgermeister. »Hin und wieder ist es schön, auf einen Vorschlag zu stoßen, der seine ganz eigene, bestechende Logik besitzt.«

Der Bürgermeister schenkte dem Bischof sein breitestes Lächeln, während er ihm offen ins Gesicht blickte, und er schüttelte ihm die Hand und lächelte weiter, bis der Bischof das Zimmer verlassen hatte. Als der Bürgermeister an seinen

Schreibtisch zurückkehrte, drückte er auf einen Knopf und sagte: »Geben Sie mir den Denkmalpfleger.«

Gleich darauf ertönte ein leises *Piep-piep*, und der Bürgermeister griff zum Telefon und sagte: »Mort? Sie kennen diese Kirche St. Timothy? ... Richtig ... *Setzen Sie das Mistding auf Ihre Liste!*«

28
Auf zu besseren Ufern

»Hören Sie zu, Sherman. Glauben Sie, es interessiert sie in diesem Moment im Ernst, ob Sie ein Gentleman sind oder sonstwas? Glauben Sie, sie wird freiwillig ihre Interessen aufs Spiel setzen, um Ihnen zu helfen? Sie spricht ja nicht mal mit Ihnen, Herrgott noch mal.«

»Ich weiß nicht.«

»Ich *weiß* es. Geht Ihnen das immer noch nicht auf? Sie hat Ruskin *geheiratet,* Herrgott noch mal, und was hat sie Ihrer Meinung nach für ihn empfunden? Ich wette, sie hat sich die Sterblichkeitsstatistik genau angesehen. Okay? Ich wette mit Ihnen, sie hat in Wirklichkeit die Scheißsterbetafeln studiert.«

»Sie mögen ja recht haben. Aber das rechtfertigt nichts von dem, was ich tue. Das ist eine *Beerdigung,* wovon wir reden, die *Beerdigung* ihres Mannes!«

Killian lachte. »Sie können das ja eine Beerdigung nennen, wenn Sie wollen. Für sie ist es Weihnachten.«

»Aber das einer *Witwe* am Tage der Beerdigung ihres Mannes anzutun, praktisch zusätzlich zur Leiche!«

»Na schön. Lassen Sie mich's anders ausdrücken. Was wollen Sie, einen Goldstern für moralische Grundsätze ... oder Ihr eigenes Begräbnis?« Killian hatte die Ellbogen auf die Armlehnen seines Schreibtischsessels gestützt. Er neigte den Kopf zur Seite, als wolle er sagen: Was ist, Sherman? Ich höre nichts.

Und in diesem Moment sah Sherman *diesen Ort* und *sie* vor sich. Wenn er ins Gefängnis müßte, und sei es nur für ein paar Monate – ganz zu schweigen von *Jahren* –

»Dies ist das einzige Mal, wo Sie *wissen,* daß Sie sie zu Gesicht bekommen werden«, sagte Killian. »Sie *muß* zu dem Scheißbegräbnis dieses Typen kommen. Für die Auszahlung beim Ende dieses einen wird sie Sie und zehn andere Ihresgleichen aushalten.«

Sherman senkte den Blick und sagte: »Okay, ich mach's.«

»Glauben Sie mir«, sagte Killian, »es ist vollkommen legal, und unter den augenblicklichen Umständen ist es absolut recht und billig. Sie tun Maria Ruskin gar nichts an. Sie schützen nur sich selbst. Dazu haben Sie jedes Recht.«

Sherman blickte zu Killian hoch und nickte, als gebe er die Einwilligung zum Ende der Welt.

»Wir fangen am besten gleich an«, sagte Killian, »ehe Quigley essen geht. Das Verkabeln macht bei uns immer er.«

»Machen Sie das so oft?«

»Ich sage Ihnen, das ist mittlerweile eine gängige Prozedur. Wir hängen's nicht gerade an die große Glocke, aber wir machen's andauernd. Ich geh mal Quigley holen.«

Killian stand auf und ging den Korridor hinunter. Shermans Augen wanderten über das gräßlich wahllose Interieur des kleinen Büros. Wie unaussprechlich grauenhaft! Und trotzdem saß er hier. Das hier war seine letzte Bastion. Er saß hier aus eigenen freien Stücken und wartete darauf, *verkabelt* zu werden, um sich durch den schamlosesten Betrug eine Zeugenaussage von einem Menschen zu erschleichen, den er geliebt hatte. Er nickte, als wäre noch jemand im Zimmer, und dieses Nicken hieß: Ja, aber ich werde es trotzdem tun.

Killian kam mit Quigley zurück. Hoch oben an der linken Seite trug Quigley am Hosenbund einen .38er Revolver im Holster, dessen Griff nach vorn ragte. Er hatte einen Aktenkoffer bei sich. Er lächelte Sherman schroff und sachlich an.

»Okay«, sagte Quigley zu Sherman, »Sie werden Ihr Hemd ausziehen müssen.«

Sherman tat, was ihm gesagt wurde. Die körperliche Eitelkeit des Mannes kennt keine Grenzen. Shermans unmittelbare Sorge war, daß die Ausbildung seiner Brust-, Bauch- und Trizepsmuskulatur genügend zur Geltung käme, so daß die beiden Männer von seinem Körperbau beeindruckt wären. Einen Augenblick lang ließ das alles andere zurücktreten. Er wußte, wenn er seine Arme senkrecht nach unten streckte, als ließe er sie einfach an den Seiten runterhängen, würden sich die Trizepse anspannen.

Quigley sagte: »Ich werde Ihnen den Recorder hinten ins Kreuz kleben. Sie werden doch 'n Jackett drüber tragen, oder?«

»Ja.«

»Okay. Dann ist das kein Problem.«

Quigley ging auf die Knie, öffnete seinen Aktenkoffer und nahm die Kabel und den Recorder heraus, der ungefähr die Größe eines Kartenspiels hatte. Das Mikrofon war ein grauer Zylinder von der Größe des Radiergummis einschließlich des Metallstreifens am Ende eines normalen Bleistifts. Als erstes klebte er Sherman den Recorder mit Klebeband auf den Rücken. Dann führte er das Kabel um die Taille herum von hinten nach vorn und über den Bauch herauf bis zu der Einbuchtung zwischen den Brustmuskeln, genau über dem Brustbein, wo er das Mikrofon mit Klebeband befestigte.

»Das ist gut«, sagte er. »Es sitzt schön tief. Es wird überhaupt nicht zu sehen sein, vor allem wenn Sie eine Krawatte tragen.« Sherman faßte das als Kompliment auf. *Schön tief ... zwischen den massiven Erhebungen meiner männlichen Brustmuskeln.*

»Okay«, sagte Quigley, »Sie können Ihr Hemd wieder anziehen, und wir probieren's aus.«

Sherman zog Hemd, Krawatte und Jackett wieder an. Tja ... nun war er *verkabelt*. Stellen kalten Metalls am Rücken und über dem Brustbein ... Er war zu diesem ekelhaften Tier geworden ... das ... das ... Aber ekelhaft war nur ein Wort, nicht wahr? Jetzt, da er wirklich zu dieser Kreatur geworden war, *spürte* er eigentlich nicht einmal mehr Gewissensbisse. Die

Angst hatte die moralische Geografie sehr rasch neu gezeichnet.
»Okay«, sagte Killian. »Jetzt gehen wir noch mal durch, was Sie sagen werden. Sie brauchen nur ein paar Angaben aus ihr rauszuholen, aber Sie müssen genau wissen, wie Sie sie bekommen. In Ordnung? Fangen wir mal an.«

Er winkte hinüber zu dem weißen Plastikstuhl, und Sherman nahm Platz, um die männliche Kunst der Überlistung zu lernen. Nicht Überlistung, sagte er sich. Wahrheit.

Harold A. Burns an der Madison Avenue war als Beerdigungsinstitut schon seit vielen Jahren in New York die große Mode, aber Peter Fallow war noch nie dort gewesen. Die dunkelgrünen Doppeltüren an der Madison waren von feierlichen Säulen gerahmt. Das Vestibül drinnen war nicht größer als dreieinhalb mal dreieinhalb Meter. Doch von dem Augenblick an, in dem er eingetreten war, war Fallow sich eines überwältigenden Gefühls bewußt. Das Licht in dem kleinen Raum war extrem hell, so hell, daß er nicht einmal nach der Lichtquelle zu suchen wagte, aus Angst, sie würde ihn blenden. Ein glatzköpfiger Mann in einem dunkelgrauen Anzug stand in dem Vestibül. Er reichte Fallow ein Programm und sagte: »Bitte tragen Sie sich in die Kondolenzliste ein.« Es stand ein Pult da, auf dem ein großes Terminbuch und ein Kugelschreiber lagen, der an einer Messingkette hing. Fallow setzte seinen Namen unter die Liste.

Als sich seine Augen allmählich an das Licht gewöhnt hatten, bemerkte er hinter dem Vestibül einen breiten Durchgang und wurde gewahr, daß ihn jemand anstarrte. Allerdings nicht jemand, sondern mehrere Leute ... nicht mehrere, sondern ... Mengen! Der Durchgang führte auf eine kurze Treppe. So viele Augen, die zu ihm herunterblickten! Die Trauergäste saßen in einem Raum, der wie das Sanktuarium einer kleinen Kirche aussah, und sie starrten alle ihn an. Die Bänke blickten auf eine Bühne für die Andacht, vor der der Sarg des kürzlich Dahingeschiedenen stand. Das Vestibül war wie eine zweite Bühne auf der gegenüberliegenden Seite, und wenn sie die Köpfe drehten, konnten die Trauergäste jeden sehen, der hereinkam. Und jeder drehte sich um. Aber natürlich! Das hier war Manhattan! Die Upper East Side! Der teure Verblichene, der in der Kiste da vorn ruht? Ja leider, der arme Deubel ist erledigt, tot und weg. Aber die Quicken und Lebenden – ah! – das ist doch was. Die brennen noch immer vom tollen, lebenslustigen Feuer der Stadt! Nicht wer dahingeht, sondern wer hereinkommt! Laßt sie uns mit allen Mitteln beleuchten und ihren strahlenden Glanz ermessen!

Sie strömten herbei, Baron Hochswald, Nunnally Voyd, Bobby Shaflett, Red Pitt, Jackie Balch, die Bavardages, alle, alle, die ganze anmaßende Bevölkerung der Klatschkolumnen, sie alle traten in das blendende Licht des Vestibüls mit Gesichtern, so angemessen düster, daß Fallow am liebsten gelacht hätte. Feierlich setzten sie ihre Namen auf die Liste. Er würde einen ausführlichen Blick auf diese Unterschriftenliste werfen, bevor er ging.

Bald war der Raum voll besetzt. Ein Raunen ging durch die Menge. Eine Tür seitlich von der Bühne öffnete sich. Leute standen von ihren Plätzen auf, um besser sehen zu können. Fallow erhob sich gebückt.

Ja, da war sie – wenigstens nahm Fallow an, sie war es. An der Spitze eines Geleitzugs schritt ... die Phantom-Brünette, die Witwe Ruskin. Sie war eine hübsche Frau, die ein langärmeliges schwarzes Seidenkostüm mit mächtigen Schultern trug, eine schwarze Seidenbluse und einen schwarzen, fezartigen Hut, von dem ein bauschiger schwarzer Schleier herabwallte. Diese Ausstattung würde die Erbschaftsmasse bestimmt den Gegenwert einiger Mekka-Tickets kosten. Bei ihr waren ein halbes Dutzend Leute. Zwei davon waren Ruskins Söhne aus erster Ehe, zwei Männer mittleren Alters, jeder alt genug, um Maria Ruskins Vater zu sein. Dann eine etwa vierzigjährige Frau, von der Fallow annahm, daß sie Ruskins Tochter von der zweiten Frau sei. Dann war da eine alte Frau, vielleicht Ruskins Schwester, dazu noch zwei Frauen und zwei Männer, die Fallow überhaupt nicht einordnen konnte. Sie setzten sich in die erste Reihe, in die Nähe des Sargs.

Fallow saß auf der entgegengesetzten Seite des Raumes, schräg gegenüber von der Tür, durch die Maria Ruskin eingetreten war und durch die sie am Ende der Trauerfeier wahrscheinlich wieder verschwände. Ein bißchen rüde Journalisten-Aggressivität würde wohl vonnöten sein. Er fragte sich, ob die Witwe Ruskin zu der Gelegenheit wohl irgendwelche Leibwächter angeheuert habe.

Eine hochgewachsene, schlanke, sehr fesche Gestalt erklomm die vier oder fünf Stufen zu der Bühne vorn und trat ans Rednerpult. Sie war für den Trauerfall sehr elegant gekleidet mit dem dunkelblauen Zweireiher, einer schwarzen Krawatte, weißem Hemd und spitzen schwarzen Schuhen. Fallow sah auf das Programm. Das war offenbar ein Mensch namens B. Monte Griswold, Direktor des Metropolitan Museum of Art. Er angelte eine Halbbrille aus seiner Brusttasche, breitete einige Blätter Papier vor sich aus, blickte nach unten, blickte nach oben, setzte die Halbbrille wieder ab, zögerte und sagte dann mit einer etwas flötenhaften Stimme: »Wir sind nicht hier, um Arthur Ruskin zu betrauern, sondern um sein sehr erfülltes ... und sehr reiches Leben zu feiern.«

Fallow bekam Gänsehaut von diesem amerikanischen Hang zum Persönlichen und Sentimentalen. Die Yanks konnten nicht einmal die Toten mit Würde aus der Welt scheiden lassen. Jedem im Saal ging's jetzt an den Kragen. Er fühlte sie herankommen, die nichtssagenden Plattheiten, die triefenden Portiönchen Seele. Es reichte, um einen Engländer zurück in den Schoß der Kirche von England zu treiben, in der der Tod und alle bedeutenderen Momente im Leben auf dem hohen Niveau des Göttlichen, einer unveränderlichen und verehrungswürdig feierlichen Würde behandelt wurden.

Ruskins Lobredner waren genauso geistlos und geschmacklos, wie Fallow sich das gedacht hatte. Der erste war ein US-Senator aus New York, Sidney Creenspan, dessen Akzent, selbst nach amerikanischen Maßstäben, außergewöhnlich vulgär war. Er strich Arthur Ruskins Großzügigkeit gegenüber United Jewish Appeal groß heraus, eine unglückliche Bemerkung angesichts der soeben aufgedeckten Tatsache, daß Ruskins Finanzgewalt auf dem Transport von Moslems nach Mekka beruhte. Dem Senator folgte einer von Ruskins Partnern, Raymond Radosz. Er begann recht vergnüglich mit einer Anekdote über eine Zeit, als sie beide am Rande einer Pleite gestanden hatten, aber dann kam er vom Thema ab und redete peinlichen Stuß über Glanz und Gloria ihrer Holding-Gesellschaft, Rayart Equities, die Arties – er nannte ihn Artie –, Arties Geist am Leben halten würde, solange Kreditgeschäfte im Gange und Schuldverschreibungen umwandelbar waren. Dann kam ein Jazzpianist, »Arthurs Liebling«, namens Manny Leerman, um ein Medley aus »Arthurs Lieblingsmelodien« zu spielen. Manny Leerman war ein kleiner, fetter, rothaariger Mann, der einen bläulichgrünlich changierenden Zweireiher trug, den er umständlich aufknöpfte, nachdem er sich ans Klavier gesetzt hatte, damit der Jackettkragen nicht über den Hemdkragen nach oben rutschte. Arthurs Lieblingsmelodien entpuppten sich als »September in the Rain«, »The Day Isn't Long Enough« (When I'm with You) und »Der Hummelflug«. Das letzte spielte der rotgesichtige kleine Pianist schwungvoll, aber keineswegs fehlerlos. Er schloß seine Darbietung, indem er auf dem Klavierhocker um einhundertachtzig Grad herumwirbelte, ehe ihm klar wurde, daß das hier kein Klubauftritt war und keine Verbeugung von ihm erwartet wurde. Er knöpfte sein zweireihiges Jackett zu, ehe er die Bühne verließ.

Dann kam der Hauptredner, Hubert Birnley, der Filmschauspieler, der beschlossen hatte, was vonnöten wäre, sei die leichte Hand und die menschliche Seite von Arthur, dem großen Finanzmann und Fährkapitän in die arabische Welt. Er verfranste sich in einer Anekdote, die sich größtenteils um das Verständnis für die Probleme drehte, die Leute in Palm Springs, Kalifornien, mit Schwimmbeckenfilteranlagen haben. Als er die Bühne verließ, tupfte er sich die Augenwinkel mit einem Taschentuch.

Der letzte auf dem Programm war Kantor Myron Branoskowitz von der Gemeinde Schlomoch'om in Bayside, Queens. Er war ein riesenhafter junger Mann, ein Dreihundertpfünder, der mit einem starken, klaren Tenor auf hebräisch zu singen begann. Seine Klagen schwollen an und wurden lauter. Sie waren endlos und ununterdrückbar. In seiner Stimme pulsierte und vibrierte es. Wenn es die Wahl gab, eine Phrase in einer hohen oder einer tiefen Oktave zu beenden, ging er unweigerlich nach oben, wie ein Opernsänger im Konzert, der seine Virtuosität genießt. Er legte Tränen in seine Stimme, die den schlimmsten Schmieren-Bajazzo verlegen gemacht hätten. Zuerst waren die Trauergäste beeindruckt. Als die Stimme immer lauter wurde, waren sie verdutzt. Dann machten sie sich allmählich Sorgen, als der junge Mann sich wie ein Frosch aufzublähen schien. Und schließlich begannen sie, sich gegenseitig anzusehen, und jeder fragte sich, ob sein Nachbar nicht dasselbe dachte: Der Junge hat nicht alle Tassen im Schrank. Die Stimme stieg und stieg, erreichte dann den Höhepunkt mit einem Ton, der gerade noch eben an einem Jodler vorbeiging, ehe sie mit einer tränenseligen Vibratokaskade in tiefere Sphären sank und abrupt endete.

Die Feier war vorüber. Die Zuhörer warteten noch, doch Fallow nicht. Er schlüpfte in den Gang hinaus und begann leicht gebückt nach vorn zu eilen. Er war zehn oder zwölf Reihen von der ersten Bankreihe entfernt, als vor ihm eine Gestalt dasselbe tat. Es war ein Mann, der einen marineblauen Anzug, einen Hut, dessen Krempe hinten hochgeschlagen und vorn nach unten gebogen war, und eine dunkle Brille trug. Fallow sah seinen Kopf nur ganz kurz von der Seite ... das Kinn ... Es war Sherman McCoy. Er hatte zweifellos den Hut und die Brille aufgesetzt, um das Beerdigungsinstitut unerkannt zu betreten. Vor der ersten Bankreihe bog er um die Ecke und schloß sich dem kleinen Geleitzug der Familie an. Fallow tat dasselbe. Jetzt konnte er einen raschen Blick auf das Profil werfen. Es war Sherman McCoy.

Die Menge befand sich bereits im wuseligen Durcheinander des Aufbruchs der Trauergäste und des Dampfablassens nach dreißig oder vierzig Minuten pflichtschuldiger Ehrerbietung für einen Mann, der, als er noch lebte, nicht besonders herzlich oder liebenswert gewesen war. Ein Angestellter des Beerdigungsunternehmens hielt der Witwe Ruskin die kleine Seitentür auf. McCoy blieb einem hochgewachsenen Mann dicht auf den Fersen, der, wie Fallow jetzt sehen konnte, Monte Griswold, der Zeremonienmeister, war. Die Lobredner begaben sich mit der Familie in die hinteren Gemächer. Und McCoy und Fallow waren lediglich Teil eines Trauerzugs dunkelblauer Anzüge und schwarzer Kleider. Fallow verschränkte die Arme vor der Brust, um die Messingknöpfe an seinem Blazer zu verdecken, aus Furcht, sie könnten deplaziert wirken.

Es gab keine Probleme. Der Türsteher war nur darauf bedacht, jeden durchzulotsen, der hineinging. Die kleine Tür führte auf eine kurze Treppe, an deren oberem Ende es eine Reihe von Zimmern gab, wie eine kleine Wohnung. Alle versammelten sich in einem kleinen Empfangszimmer, das im französischen Stil des neunzehnten Jahrhunderts mit Wolkenstores und goldgerahmten Stoffpaneelen ausgestattet war. Jeder sprach der Witwe sein Beileid aus, die hinter der Mauer aus blauen Anzügen kaum zu sehen war. McCoy lungerte zögernd am Rande herum, er hatte noch immer die dunkle Brille auf. Fallow blieb hinter McCoy.

Er hörte das Baritongeplapper von Hubert Birnley, der mit der Witwe sprach und zweifellos vollkommen angemessene und törichte Dinge mit einem traurigen, aber charmanten Birnley-Lächeln sagte. Nun war Senator Greenspan an der Reihe, und man konnte seine nasale Stimme hören, die zweifellos mehrere falsche neben den richtigen Dingen sagte. Und dann kam die Reihe an Monte Griswold, der untadelige Dinge äußerte, dessen konnte man sicher sein, und die Komplimente der Witwe über seine Fähigkeiten als Zeremonienmeister erwartete. Monte Griswold verabschiedete sich von der Witwe Ruskin, und – *zack!* – McCoy trat vor sie. Fallow stand genau hinter ihm. Er sah Maria Ruskins Gesicht durch den schwarzen Schleier. Jung und schön! Nichts kam ihm gleich! Ihr Kostüm betonte ihren Busen und brachte die Silhouotte ihres Beckens zur Geltung. Sie blickte starr auf McCoy. McCoy beugte sich so nahe zu ihrem Gesicht, daß Fallow zuerst dachte, er wolle sie küssen. Aber er flüsterte. Die Witwe Ruskin sagte etwas mit leiser Stimme. Fallow beugte sich etwas näher. Er duckte sich regelrecht hinter McCoy.

Er verstand nichts ... Ein Wort ab und zu ... »gerade« ... »wesentlich« ... »beide« ... »Wagen« –

Wagen. Kaum hörte er das Wort, empfand Fallow ein Gefühl, für das Journalisten leben. Ehe das Hirn verdauen kann, was die Ohren eben gehört haben, schaltet eine Alarmanlage im Nervensystem eine rote Lampe an. *Eine Story!* Es ist ein Nervenvorgang, ein Gefühl, so handgreiflich wie nur eins, das von den fünf Sinnen registriert wird. *Eine Story!*

Verdammt. McCoy murmelte wieder. Fallow neigte sich noch etwas näher ... »der andere« ... »Rampe« ... »rutschte« *Rampe! Rutschte!*

Die Stimme der Witwe erhob sich. »Schuhmun« – sie nannte ihn offenbar Schuhmun. »Könn' wir nich später drüber reden?« Kint we tuk about it letter?

Letter? überlegte Fallow. Etwas mit einem Brief? Dann ging ihm auf, daß sie »later«, »später«, gesagt hatte.

Jetzt wurde McCoys Stimme lauter: »... *Zeit*, Maria!« ... »... direkt dort mit mir – du bist mein einziger Zeuge!«

»Ich möcht jetz nich über all das nachdenken, Schuhmun.« Dieselbe forcierte Stimme, die mit einem kleinen Beben in der Kehle endete. »Kannste das nich verstehn? Weißte nich, wo de bist? Mein Mann ist tot, Schuhmun.«

Sie schlug die Augen nieder und begann unter leisen Schluchzern zu zittern. Sofort war ein breiter, vierschrötiger Mann an ihrer Seite. Es war Raymond Radosz, der während der Feier gesprochen hatte.

Noch mehr Schluchzer. McCoy ging rasch weg und verließ das Zimmer. Einen Moment lang war Fallow drauf und dran, ihm zu folgen, dann drehte er sich um. Die Witwe Ruskin war jetzt die Story.

Radosz drückte mittlerweile die Witwe so fest an sich, daß er die enormen Schultern ihrer Trauerkleidung zerknickte. Sie sah aus, als hätte sie Schlagseite. »Ist ja okay, Honey«, sagte er. »Bist 'n braves Mädchen, und ich weiß genau, wie dir zumute ist, denn Artie und ich haben 'ne Menge zusammen durchgemacht. Wir kannten uns lange, lange, ich nehme an, schon bevor du geboren wurdest. Und eines kann ich dir sagen. *Artie hätte die Feier gefallen.* Das kann ich dir sagen. Ihm hätte's gefallen, mit dem Senator und allen.«

Er wartete auf ein Kompliment.

Die Witwe Ruskin nahm ihren ganzen Kummer zusammen. Es war die einzige Möglichkeit, sich von ihrem glühenden Trauergast zu befreien. »Aber du ganz besonders, Ray«, sagte sie. »Du hast ihn am besten gekannt, und du hast einfach gewußt, wie man das ausdrückt. Ich weiß, Arthur ruht sorgloser nach deinen Worten.«

»Oooohh, ich danke dir, Maria. Weißt du, ich sah Arthur irgendwie vor mir, als ich sprach. Ich brauchte nicht zu überlegen, was ich sagen würde. Es kam einfach so aus mir raus.«

Dann ging er, und Fallow trat vor. Die Witwe lächelte ihn ein ganz klein wenig verwirrt an, weil sie nicht wußte, wer er war.

»Ich bin Peter Fallow«, sagte er. »Wie Sie vielleicht wissen, war ich mit Ihrem Gatten zusammen, als er starb.«

»O ja«, sagte sie und sah ihn fragend an.

»Ich wollte Ihnen nur sagen«, fuhr Fallow fort, »daß er nicht gelitten hat. Er verlor einfach das Bewußtsein. Es passierte –« Fallow hob die Hände zu einer Gebärde der Hilflosigkeit – »einfach *so*. Ich wollte Ihnen sagen, daß alles getan wurde, was getan werden konnte, jedenfalls scheint es mir so. Ich habe es mit künstlicher Beatmung versucht, und die Polizei war sehr schnell zur Stelle. Ich weiß, wie man über diese Dinge ins Grübeln kommen kann, und ich wollte, daß Sie das wissen. Wir waren mitten in einem wunderbaren Essen und einer wunderbaren Unterhaltung. Das letzte, woran ich mich erinnere, war das wundervolle Lachen Ihres Gatten. Ich muß Ihnen in aller Ehrlichkeit sagen, es gibt schlimmere Arten – es ist ein schrecklicher Verlust, aber es war kein schreckliches Ende.«

»Danke«, sagte sie. »Es ist wahnsinnig nett von Ihnen, daß Sie mir das sagen. Ich habe mir Vorwürfe gemacht, daß ich nicht bei ihm war, als …«

»Das sollten Sie nicht«, sagte Fallow.

Die Witwe Ruskin blickte zu ihm auf und lächelte. Er bemerkte das Funkeln in ihren Augen und die seltsame Kräuselung ihrer Lippen. Sie vermochte sogar dem Dank einer Witwe eine kokette Färbung zu verleihen.

Ohne den Klang seiner Stimme zu verändern, sagte Fallow: »Ich habe zufällig bemerkt, daß Mr. McCoy mit Ihnen gesprochen hat.«

Die Witwe lächelte mit leicht geöffneten Lippen. Zuerst erlosch das Lächeln. Dann schlossen sich die Lippen.

»Ja, ich habe unwillkürlich Ihre Unterhaltung mit anhören müssen«, sagte Fallow. Und dann mit einem strahlenden und liebenswürdigen Gesicht und einem vollreifen englischen Country-Wochenende-Akzent, als frage er nach der Gästeliste einer Dinnerparty: »Ich entnehme dem, daß Sie mit Mr.

McCoy im Wagen saßen, als er seinen bedauerlichen Unfall in der Bronx hatte.«

Die Augen der Witwe verwandelten sich in zwei ausgeglühte Kohlen.

»Ich hoffte, daß Sie mir vielleicht sagen könnten, was sich an jenem Abend genau ereignet hat.«

Maria Ruskin sah ihn noch einen Augenblick an, und dann sagte sie zwischen schmalen Lippen: »Hören Sie, Mr. ... Mr. ...«

»Fallow.«

»... Pfeifenkopf. Das ist das Begräbnis meines Mannes, und ich will Sie hier nicht haben. Verstehen Sie? Also raus mit Ihnen – und verschwinden Sie.«

Sie drehte sich um und ging weg, hinüber zu Radosz und einer Gruppe blauer Anzüge und schwarzer Kleider.

Als er das Beerdigungsinstitut Harold A. Burns verließ, drehte sich Fallow der Kopf von dem, was er erfahren hatte. Die Story existierte nicht nur in seinem Gehirn, sondern in seiner Haut und seinem Solarplexus. Sie brauste wie ein Strom in jedem Neurit und Dendrit seines Körpers. Sobald er an den Textcomputer käme, würde ihm die Story aus den Fingern strömen – fertig formuliert. Er würde nicht sagen, behaupten, andeuten, darüber spekulieren müssen, daß die schöne und inzwischen sagenhaft reiche, lustige junge Witwe Ruskin die mysteriöse Brünette sei. McCoy hatte es für ihn gesagt. »Direkt dort mit mir – mein einziger Zeuge!« Die Witwe Ruskin war verschlossen geblieben – aber sie hatte es nicht geleugnet. Auch hatte sie es nicht geleugnet, als der Journalist, der berühmte Fallow, als *ich* – als *ich* – als *ich* – das war es. Er würde die Story in der Ichform schreiben. Noch ein Augenzeugen-Exklusivbericht wie »Tod à la New York«. *Ich, Fallow* – lieber Gott, er hungerte, *gierte* nach dem Textcomputer! Die Story vibrierte in seinem Kopf, seinem Herzen, ja in seinen Lenden.

Aber er zwang sich, bei der Liste im Vestibül einen Halt einzulegen und sich die Namen all der berühmten Seelen abzuschreiben, die zugegen gewesen waren, um der reizenden Witwe des Kapitäns der koscheren Mekka-Fähren ihre Achtung zu erweisen, ohne eine Ahnung von dem Drama zu haben, das sich unter ihren geilen Nasen vollzog. Aber sie würden es schnell genug erfahren. *Ich, Fallow!*

Draußen auf dem Bürgersteig, gleich vor dem Vestibül, standen in Trauben eben jene strahlenden Gestalten herum, von denen die meisten jene Art überschwenglich grinsender Unterhaltungen führten, wie sie Leute in New York irgendwie einfach führen müssen bei Ereignissen, die nachdrücklich ihre hohe Stellung in der Gesellschaft belegen. Beerdigungen waren da keine Ausnahme. Der riesenhafte junge Kantor, Myron Branoskowitz, sprach – oder redete er auf ihn ein? – mit einem ernsten, älteren Mann, dessen Name Fallow eben von der Liste abgeschrieben hatte: Jonathan Buchman, Chef von Columbia Records. Der Kantor redete mit großer Lebhaftigkeit. Seine Hände vollführten kleine Flüge durch die Luft. Buchmans Gesicht war starr, gelähmt durch die sonore Logorrhöe, die ihm so unaufhörlich ins Gesicht sprudelte.

»Kein Problem!« sagte der Kantor. Es war fast ein Schrei. »Überhaupt kein Problem! Ich habe die Kassetten schon fertig! Ich habe alle klassischen Caruso-Nummern gemacht! Ich kann sie Ihnen morgen in Ihr Büro bringen! Haben Sie eine Karte?« Das letzte, was Fallow sah, bevor er ging, war, daß Buchman eine Karte aus einer hübschen kleinen Brieftasche aus Eidechsleder zog, während Kantor Branoskowitz mit der gleichen deklamatorischen Tenorstimme hinzusetzte: »Mario Lanza auch! Ich habe Mario Lanza gemacht! Die sollen Sie auch haben!«

»Aber ...«

»Kein Problem!«

29
Das Rendezvous

Am nächsten Morgen saßen Kramer, Bernie Fitzgibbon und die beiden Kriminalbeamten Martin und Goldberg bei Abe Weiss im Büro. Es war wie eine Vorstandssitzung. Weiss saß am Kopf des großen Konferenztisches aus Walnußholz. Fitzgibbon und Goldberg saßen zu seiner Linken, Kramer und Martin rechts von ihm. Das Thema war, wie man bei der Grand-Jury-Anhörung im Fall Sherman McCoy vorgehen solle. Weiss gefiel nicht, was er gerade von Martin hörte. Kramer auch nicht. Ab und zu warf Kramer einen Blick zu Bernie Fitzgibbon hinüber. Alles, was er sah, war eine Maske schwarzhaarig-irischer Ungerührtheit, aber sie sandte kurze Wellen aus, die verkündeten: Das habe ich doch gleich gesagt.

»Moment«, sagte Weiss. Er sprach mit Martin. »Erzählen Sie mir noch mal, wie Sie diese beiden Typen geschnappt haben.«

»Das war bei einem Crack-Großreinemachen«, sagte Martin.

»Ein Crack-Großreinemachen?« fragte Weiss. »Was zum Teufel ist ein Crack-Großreinemachen?«

»Ein Crack-Großreinemachen ist ein – wie wir das jetzt machen. Ein paar Straßen da rauf, da gibt's so viele Crack-Dealer an einem Block, es ist wie 'n Flohmarkt. Viele von den Häusern sind nicht bewohnt, und die andern, die Leute, die da wohnen, haben Angst, vor die Haustür zu gehen, weil's auf der Straße nichts weiter gibt als Leute, die Crack verkaufen, Leute, die Crack kaufen, und Leute, die Crack rauchen. Und dann machen wir halt diese Reinigungen. Wir rücken an und nehmen alles fest, was sich bewegt.«

»Funktioniert das?«

»Klar. Man macht das 'n paarmal, und dann ziehen sie zu einem andern Block um. Es ist mittlerweile so: Kaum biegt der erste Streifenwagen um die Ecke, rennen sie von den Häusern weg. Es ist wie bei diesen Baustellen, wenn sie das Dynamit zünden, und die Ratten fangen an, die Straße runterzulaufen. Jemand sollte mal 'ne Filmkamera mitnehmen. Wenn alle diese Leute die Scheißstraße runterrennen.«

»Okay«, sagte Weiss. »Also, die beiden Burschen, die ihr geschnappt habt, die kennen Roland Auburn?«

»Yeah. Sie alle kennen Roland Auburn.«

»Okay. Und was sie uns erzählen – das ist etwas, was Roland ihnen persönlich erzählt hat, oder ist es etwas, was sie gehört haben?«

»Nein, das ist, was man sich allgemein erzählt.«

»In Crack-Kreisen in der Bronx«, sagte Weiss.

»Ja, das nehme ich an«, sagte Martin.

»Okay, erzählen Sie weiter.«

»Also, es heißt, Roland hätte zufällig diesen Jungen, Henry Lamb, getroffen, als der zum Texas Fried Chicken ging, und wär mitgegangen. Roland macht es Spaß, dem Jungen eins auszuwischen. Lamb ist das, was man einen ›artigen Jungen‹, ein Mamasöhnchen, einen Jungen, der ›nicht runterkommt‹, nennt. Er geht nicht runter und mischt sich ins Leben auf der Straße. Er geht zur Schule, er geht in die Kirche, er möchte aufs College, er kriegt keine Schereien – er gehört nicht mal richtig in die Siedlung. Seine Mutter versucht Geld zu sparen für 'ne Anzahlung auf ein Haus in Springfield Gardens, sonst würden sie nicht mal mehr dort wohnen.«

»Das haben Ihnen aber nicht die beiden Burschen erzählt.«

»Nein, das hatten wir über den Jungen und seine Mutter schon rausgekriegt.«

»Schön, halten wir uns an diese beiden Kiffköppe und was sie gesagt haben.«

»Ich habe versucht, Ihnen den Hintergrund zu schildern.«
»Gut. Schildern Sie jetzt den Vordergrund.«
»In Ordnung. Also, jedenfalls spaziert Roland mit Lamb den Bruckner Boulevard runter. Sie kommen an der Auffahrt bei der Hunts Point Avenue vorbei, und Roland sieht irgendwelches Gerümpel auf der Rampe liegen, Reifen oder Müllkübel oder so was, und er weiß, jemand war da oben und hat versucht, Autos auszurauben. Und er sagt zu Lamb: ›Komm mit, ich zeig dir, wie man 'n Wagen ausraubt.‹ Lamb will davon nichts wissen, deshalb sagt Roland: ›Ich mach's nicht wirklich, ich zeig dir bloß, wie's geht. Wovor haste denn Angst?‹ Er hänselt halt den Jungen, weil er so ein Mamasöhnchen ist. Und der Junge geht mit ihm die Rampe rauf, und als nächstes sieht er, daß Roland einen Reifen oder einen Mülleimer oder irgend so was vor einen Wagen wirft, so einen wahnsinnig tollen Mercedes, und es stellt sich raus, es ist McCoy und irgend 'ne Braut. Dieser arme Teufel, Lamb, steht einfach so da. Wahrscheinlich hat er irrsinnigen Schiß, weil er da ist, und er hat irrsinnigen Schiß wegzulaufen, nämlich wegen Roland, der diese ganze Nummer nur darum abzieht, um dem Jungen vor allem zu zeigen, was er für 'ne Trine ist. Aber dann läuft irgendwas schief, weil es McCoy und der Frau gelingt, sich da rauszuwinden, und Lamb wird von dem Wagen gestreift. Das jedenfalls erzählt man sich draußen auf der Straße.«

»Schön, das ist eine Theorie. Aber haben Sie jemanden gefunden, der tatsächlich gehört hat, daß Roland das erzählt hat?«

Bernie Fitzgibbon mischte sich ein. »Diese Theorie würde erklären, warum Lamb nichts davon sagt, daß ihn ein Auto angefahren hat, als er ins Krankenhaus geht. Er möchte nicht, daß jemand denkt, er wäre in einen Versuch verwickelt, ein Auto auszurauben. Er möchte nur sein Handgelenk verarztet bekommen und nach Hause gehen.«

»Yeah«, sagte Weiss, »aber wir haben hier nichts weiter als eine Theorie, die uns zwei Kiffköppe vorgesetzt haben. Diese

Leute kennen nicht den Unterschied zwischen dem, was sie hören, und dem, was sie *hören*.« Er wirbelte in der Plemplem-Gebärde mit seinem Zeigefinger an der Schläfe herum.

»Also, ich meine, es lohnt sich, der Sache auf den Grund zu gehen, Abe«, sagte Bernie. »Ich denke, wir sollten jedenfalls 'n bißchen Zeit drauf verwenden.«

Kramer war beunruhigt und verärgert und hatte das Gefühl, er müsse sich als Beschützer beweisen, als Beschützer von Roland Auburn. Keiner von ihnen hatte sich die Mühe gemacht, Roland so genau kennenzulernen wie er. Roland war kein Heiliger, aber er hatte einen guten Kern, und er sagte die Wahrheit.

Er sagte zu Bernie: »Es kann nicht schaden, der Sache auf den Grund zu gehen, aber ich kann mir vorstellen, wie so eine Theorie entsteht. Ich meine, es ist eigentlich der McCoy-Standpunkt. Es ist das, was McCoy der ›Daily News‹ erzählt hat, und es ist im Fernsehen zu sehen. Ich meine, diese Theorie ist bereits im Umlauf, und das ist es, was dann dabei rauskommt. Sie beantwortet eine Frage, aber sie stellt zehn neue. Ich meine, warum sollte Roland versuchen, einen Wagen auszurauben mit diesem Jungen neben sich, den er als Niete, als Lahmarsch kennt? Und wenn McCoy das Opfer eines Raubüberfalls ist und dabei einen von den Angreifern verletzt, warum sollte er zögern, die Sache der Polizei zu melden? Er würde es *einfach so* tun.« Er schnippte mit den Fingern und bemerkte, daß sich ein streitlustiger Ton in seine Stimme geschlichen hatte.

»Ich gebe zu, sie wirft eine Menge Fragen auf«, sagte Bernie. »Um so mehr Grund, diese Sache nicht durch die Grand Jury zu hetzen.«

»Wir müssen sie durchhetzen«, sagte Weiss.

Kramer bemerkte, daß Bernie ihn merkwürdig ansah. Er erkannte den Vorwurf in seinen schwarzen irischen Augen.

In dem Moment gab das Telefon auf Weiss' Schreibtisch drei Piepser von sich. Weiss stand auf, ging hinüber und hob ab.

»Yeah? ... Okay, stellen Sie durch ... Nein, ich habe ›The

City Light‹ noch nicht gesehen ... Was? Sie machen doch 'n Witz ...«

Er drehte sich zum Konferenztisch um und sagte zu Bernie: »Es ist Milt. Ich glaube, wir brauchen uns eine Weile keine Gedanken mehr über irgendwelche Kiffkopp-Theorien zu machen.«

Wenig später kam Milt Lubell mit großen Augen und etwas außer Atem mit einem Exemplar von »The City Light« in das Zimmer. Er legte die Zeitung auf den Konferenztisch. Die Titelseite sprang ihnen entgegen.

CITY LIGHT-EXKLUSIVBERICHT
WITWE VON FINANZMANN IST PHANTOM-GIRL
IM FALL MCCOY
McCoy auf Beerdigung: »Hilf mir!«

Unten auf der Seite über die ganze Breite die Zeile: *Peter Fallows Augenzeugenbericht, Fotos auf den Seiten* 3, 4, 5, 14 und 15. Alle sechs standen da und beugten sich darüber, die Hände auf dem Walnußtisch, um sich abzustützen. Ihre Köpfe liefen über dem Epizentrum zusammen, das von der Schlagzeile gebildet wurde.

Weiss richtete sich auf. Auf seinem Gesicht lag der Ausdruck eines Mannes, der weiß, ihm fällt das Los zu, der Anführer zu sein.

»Okay, wir werden folgendes tun. Milt, rufen Sie Irv Stone von Channel 1 an.« Er spulte die Namen von den Nachrichtenredakteuren von fünf anderen Fernsehstationen runter. »Und rufen Sie Fallow an. Und diesen Flannagan von der ›News‹. Und sagen Sie ihnen folgendes. Wir werden diese Frau so schnell wie möglich verhören. Das soll nur mal so festgehalten werden. Ohne ihr was zu unterstellen, erzählen Sie ihnen, wenn sie die Frau ist, die mit McCoy zusammen war, sieht sie schweren Beschuldigungen entgegen, weil sie diejenige war, die wegfuhr, nachdem McCoy den Jungen verletzt hatte. Das heißt unerlaubtes Verlassen des Unfallorts und unterlassene Meldung. Unfallflucht. Er machte den Unfall, sie floh. Okay?«

Dann zu Bernie: »Und Sie ...« Er ließ den Blick rasch über Kramer, Goldberg und Martin gleiten, um zu zeigen, daß er sie mit einbezog. »Sie kaufen sich diese Frau und erzählen ihr genau dasselbe. ›Es tut uns leid, daß Ihr Gatte tot ist, et cetera, et cetera, et cetera, aber wir benötigen sehr schnell ein paar Antworten, und wenn Sie diejenige waren, die mit McCoy in dem Wagen gesessen hat, sitzen Sie verdammt tief in der Patsche.‹ Aber wenn sie bereit ist, über McCoy auszupacken, räumen wir ihr vor der Grand Jury Immunität ein.« Zu Kramer: »Gehen Sie zunächst nicht allzu präzise darauf ein. Na, Teufel noch mal, Sie wissen ja, wie man das macht.«

Als Kramer, Martin und Goldberg vor dem Haus Nummer 962 in der Fifth Avenue hielten, sah der Bürgersteig aus wie ein Flüchtlingslager. Fernsehleute, Rundfunkjournalisten, Reporter und Fotografen saßen, schlenderten und gammelten in den Jeans, Strickhemden, Reißverschlußjacken und Trapper-Dan-Schuhen herum, die von ihrer Branche im Augenblick bevorzugt getragen wurden, und die faulen Gaffer, die zuschauten, waren nicht viel besser gekleidet. Die Beamten vom 19. Revier hatten eine Doppelreihe blauer Polizeireiter aufgestellt, um für die Leute, die in dem Haus wohnten, eine Gasse zur Haustür zu bilden. Ein uniformierter Streifenbeamter stand daneben. Für so ein Gebäude, dreizehn Stockwerke hoch und einen halben Block breit, war der Eingang nicht allzu pompös. Trotzdem zeugte er von Reichtum. Er bestand aus einer einzigen, in schweres, hochpoliertes Messing gefaßten Glastür, die durch ein Ziergitter aus Messing geschützt wurde, das ebenfalls glänzte. Ein Baldachin erstreckte sich von der Tür bis zur Bordsteinkante. Der Baldachin wurde von Messingstangen mit Messingverstrebungen getragen, die so poliert waren, daß sie wie

Weißgold aussahen. Mehr als alles war es die endlose Kuliarbeit, die in dem ganzen handpolierten Messing zum Ausdruck kam, was von Geld zeugte. Hinter der Glastür konnte Kramer die Gestalten von zwei uniformierten Portiers erkennen, und er dachte an Martin und seinen Monolog über die »Blödköppe« im Haus von McCoy.

Na ... hier war er nun. Er hatte mindestens tausendmal an diesen Wohnhäusern in der Fifth Avenue, die auf den Central Park blickten, hinaufgeschaut, letztesmal am Sonntagnachmittag. Er war mit Rhoda, die Joshua im Kinderwagen schob, im Park gewesen, und die Nachmittagssonne hatte die mächtigen Kalksteinfassaden so leuchtend beschienen, daß ihm der Begriff *Goldküste* unwillkürlich durch den Kopf gegangen war. Aber es war nur eine Wahrnehmung ohne jede Emotion gewesen, abgesehen vielleicht von einem leichten Gefühl der Genugtuung darüber, inmitten einer so goldenen Umgebung herumspazieren zu können. Es war bekannt, daß die reichsten Leute in New York in diesen Häusern wohnten. Aber ihr Leben, was immer das auch war, war so weit weg wie ein anderer Planet. Solche Leute waren nur Schemen, weit außerhalb jeder denkbaren Anwandlung von Neid. Sie waren »Die Reichen«. Er hätte nicht den Namen eines einzigen von ihnen gewußt.

Inzwischen ja.

Kramer, Martin und Goldberg stiegen aus dem Wagen, und Martin sagte etwas zu dem Polizisten in Uniform. Die zerlumpte Meute der Journalisten rappelte sich auf. Ihre versyphten Klamotten umflatterten sie. Sie sahen die drei von oben bis unten an und schnüffelten nach dem Geruch des Falles McCoy.

Würden sie ihn erkennen? Ihr Wagen war nicht gekennzeichnet, und selbst Martin und Goldberg trugen Jacketts und Krawatten, und so konnten sie als drei Männer durchgehen, die einfach zufällig in dies Haus wollten. Andererseits ... war er denn noch immer nur ein anonymer Funktionär des Strafrechtssystems? Kaum. Sein Bild (von der knackigen Lucy Dellafloria) war im Fernsehen gewesen. Sein Name hatte in jeder Zeitung gestanden. Sie gingen die Gasse zwischen den Polizeibarrikaden hinauf. Auf halbem Wege – fühlte Kramer sich im Stich gelassen. Kein Mucks von dieser riesigen zuckenden Versammlung der New Yorker Presse.

Dann: »He, Kramer!« Eine Stimme rechts von ihm. Sein Herz machte einen Satz. »Kramer!« Seine erste Regung war, sich umzudrehen und zu lächeln, aber er kämpfte dagegen an. Sollte er einfach weitergehen und die Stimme ignorieren? Nein, er durfte sie nicht hochnäsig behandeln ... Und so wandte er sich mit einem Blick großer Wichtigkeit im Gesicht der Stimme zu. Zwei Stimmen zugleich:

»He, Kramer, werden Sie ...«
»Wie lauten die Beschuldigungen ...«
»... mit ihr reden?«
»... gegen sie?«

Er hörte jemand anderen sagen: »Wer ist das?« Und jemanden antworten: »Das ist Larry Kramer. Der mit diesem Fall betraute Staatsanwalt.«

Kramers Mund blieb hart, als er sagte: »Ich habe im Augenblick nichts für euch, Freunde.«

Freunde! Sie gehörten jetzt *ihm,* dieser Haufen – *die Presse,* die früher, was ihn anging, nur ein abstrakter Begriff gewesen war. Jetzt blickte er dem ganzen krätzigen Haufen ins Gesicht, und sie hingen an jedem seiner Worte, jedem seiner Schritte. Ein, zwei, drei Fotografen waren in Stellung gegangen. Er hörte das Jaulen der Winder ihrer Kameras. Ein Fernsehteam kam herangezuckelt. Eine Videokamera ragte einem der Männer aus dem Schädel wie ein Horn. Kramer ging ein bißchen langsamer und blickte einen der Reporter an, als überlege er sich eine Antwort, um den Burschen noch ein paar Sekunden länger den Anblick seines würdevollen Gesichts zu schenken. (Sie taten auch nur ihre Arbeit.)

Als er und Martin und Goldberg an der Haustür ankamen, sagte Kramer mit kehliger Autorität zu den beiden Portiers: »Larry Kramer, Staatsanwaltschaft Bronx. Wir werden erwartet.«
Die Portiers walteten ihres Amtes.
Oben wurde die Wohnungstür von einem kleinen Mann in Uniform geöffnet, der Indonesier oder Koreaner zu sein schien. Kramer trat ein – und der Anblick blendete ihn. Das war zu erwarten, denn das Ganze war darauf angelegt, Leute zu blenden, die gegen Luxus viel abgehärteter waren als Larry Kramer. Er blickte Martin und Goldberg an. Alle drei waren sie hemmungslose Touristen auf Besichtigungstour ... die zwei Stockwerke hohe Decke, die mächtigen Kronleuchter, die Marmortreppe, die kannelierten Pilaster, das Silber, die Empore, die riesigen Gemälde, die prächtigen Rahmen, von denen jeder, allein ein Rahmen, ungefähr die Hälfte eines Jahresgehalts eines Polizisten kostete. Ihre Augen saugten all das gierig auf. Kramer hörte irgendwo oben einen Staubsauger laufen. Ein Dienstmädchen in schwarzer Tracht mit einer weißen Schürze erschien auf dem Marmorboden der Eingangshalle und verschwand wieder. Der orientalische Butler führte sie durch die Halle. Durch eine Tür konnten sie in einen riesengroßen Raum blicken, in den das Licht durch die größten Fenster hereinflutete, die Kramer jemals in einem Privathaus gesehen hatte. Sie waren so groß wie die Fenster in den Gerichtssälen der Inselfestung. Sie blickten hinaus über die Wipfel der Bäume im Central Park. Der Butler führte sie in ein kleineres, dunkleres Zimmer daneben. Es war wohl nur vergleichsweise dunkler, denn in Wirklichkeit ließ ein einzelnes, gewaltiges Fenster, das auf den Park hinausging, so viel Licht herein, daß die beiden Männer und die Frau, die darin warteten, zunächst nur als Silhouetten erkennbar waren. Die beiden Männer standen. Die Frau saß in einem Sessel. Der Raum enthielt eine Reihe rollender Bibliotheksleitern, einen großen Schreibtisch mit vergoldeten Verzierungen an den ge-

schwungenen Beinen und antiquarischem Schnickschnack darauf, außerdem zwei kleine Couches mit einem geräumigen, üppig gemaserten Kaffeetisch dazwischen, mehrere Sessel und Beistelltischchen und ... und all dies *Zeug*. Eine der Silhouetten trat einen Schritt aus dem gleißenden Licht nach vorn und sagte: »Mr. Kramer? Ich bin Tucker Trigg.«

Tucker Trigg; so hieß der Bursche tatsächlich. Er war ihr Anwalt von der Firma Curry, Goad & Pesterall. Kramer hatte dieses Treffen mit ihm vereinbart. Tucker Trigg hatte eine nasale, plärrige Wasp-Stimme, die Kramer eigentlich abstieß, aber jetzt, da er ihn sah, wirkte er gar nicht so, wie Kramer sich einen Wasp vorstellte. Er war groß, rundlich, untersetzt, wie ein zu dick gewordener Football-Spieler.

Sie gaben sich die Hand, und Tucker Trigg sagte mit seiner plärrigen Stimme: »Mr. Kramer, das ist Mrs. Ruskin.«

Sie saß in einem Armstuhl mit hoher Lehne, der Kramer an eine dieser Serien im Masterpiece Theatre denken ließ. Ein hochgewachsener, grauhaariger Typ stand neben ihr. Die *Witwe* – wie jung und knusprig sie aussah! »Scharf«, hatte Roland gesagt. Arthur Ruskin hatte sich eine Menge aufgebürdet, mit seinen einundsiebzig Jahren und dem zweiten Herzschrittmacher. Sie trug ein schlichtes schwarzes Seidenkleid. Die Tatsache, daß die breiten Schultern und der Schnitt des Kadettenkragens augenblicklich sehr elegant waren, ließ Larry Kramer kalt, aber ihre Beine nicht. Ihre Beine waren übergeschlagen. Kramer versuchte, seine Augen davon zurückzuhalten, über die hellleuchtende Wölbung ihres Spanns und die glitzernde Wölbung ihrer Waden und die schimmernde Wölbung ihrer Schenkel unter der schwarzen Seide hinaufzuwandern. Er versuchte sein Bestes. Sie hatte den wundervollsten langen Elfenbeinhals, den er je gesehen hatte, und ihr Mund war leicht geöffnet, und ihre dunklen Augen schienen seine regelrecht aufzusaugen. Er war völlig durcheinander.

»Es tut mir leid, daß ich Sie unter diesen Umständen belästigen muß«, stammelte er. Er hatte im selben Moment das Gefühl, etwas Dämliches gesagt zu haben. Sollte sie daraus schließen, daß er unter anderen Umständen sie sehr gern belästigt hätte? »Oh, ich verstehe, Mr. Kramer«, sagte sie leise, mit einem tapferen Lächeln. Oh, I unnerstin, Mr. Krimmuh. Aber war es *nur* ein tapferes Lächeln? Allmächtiger, wie sie ihn *ansah*!

Er hatte keine Ahnung, was er als nächstes zu ihr sagen sollte. Tucker Trigg ersparte ihm das, indem er den Mann vorstellte, der neben ihrem Sessel stand. Es war ein großer, älterer Mann. Sein graues Haar war fesch nach hinten gekämmt. Er hatte die Art militärischer Haltung, wie man sie in New York selten sieht. Sein Name war Clifford Priddy, und er war als Strafverteidiger prominenter Leute vor dem Bundesgericht sehr bekannt. Er trug das Wort »Wasp« mitten ins Gesicht geschrieben. Er blickte einen über seine lange, dünne Nase hinweg direkt an. Seine Kleidung war zurückhaltend und kostbar zugleich, wie es nur diese Scheißkerle fertigbrachten. Seine glänzenden schwarzen Schuhe lagen am Rist oh-so-sanft an und saßen tipptopp an der Spitze. Neben dem Mann kam Kramer sich plump vor. Seine Schuhe waren schwere braune Treter mit Sohlen, die wie Felsgesimse nach außen ragten. Schön, dieser Fall wurde nicht im Bundesgericht verhandelt, wo das alte, immer schon funktionierende Netzwerk der Ivy League noch immer für sich selber sorgte. Nein, sie hatten es jetzt mit der ordinären Bronx zu tun. »Wie geht's, Mr. Kramer«, sagte Mr. Clifford Priddy leutselig. »Danke«, sagte Kramer, schüttelte ihm die Hand und dachte: Sehn wir mal, wie schmuck du noch aussiehst, wenn wir dich rauf nach Gibraltar holen.

Dann stellte er Martin und Goldberg vor, und alle setzten sich. Martin, Goldberg, Tucker Trigg und Clifford Priddy – ein tolles Quartett. Goldberg saß zusammengesunken da, aber Martin war immer noch der unbekümmerte Tourist. Seine Augen tanzten im ganzen Zimmer herum.

Die junge Witwe in Schwarz drückte auf einen Knopf an dem Tisch neben ihrem Sessel. Sie wechselte die Stellung der übergeschlagenen Beine. Die schimmernden Wölbungen flossen auseinander und ordneten sich neu. Kramer versuchte, den Blick abzuwenden. Sie schaute zur Tür. Ein Dienstmädchen, eine Filipina, wenn Kramer hätte raten sollen, stand da.

Maria Ruskin sah erst Kramer und darauf Goldberg und Martin an und sagte: »Hätten die Herren gern etwas Kaffee?«

Keiner wollte Kaffee. Sie sagte: »Nora, ich hätte Kaffee, und ...«

»*Cora*«, sagte die Frau tonlos. Alle Köpfe drehten sich zu ihr herum, als hätte sie gerade einen Revolver gezogen.

»... und bring bitte ein paar Extra-Tassen mit«, sagte die Witwe, die die Berichtigung überhörte, »falls einer der Herren ihre Meinung ändern.«

Nicht perfekt in Grammatik, dachte Kramer. Er versuchte genau dahinterzukommen, was falsch an dem war, was sie eben gesagt hatte – und dann bemerkte er, daß alle schwiegen und ihn ansahen. Jetzt war er mit seiner Show dran. Die Lippen der Witwe waren zu demselben seltsamen kleinen Lächeln geöffnet.

War es Unerschrockenheit? Oder Hohn?

»Mrs. Ruskin«, begann er, »wie ich bereits sagte, bedauere ich es, in dieser kritischen Zeit zu Ihnen kommen zu müssen, und ich bin sehr dankbar für Ihre Hilfsbereitschaft. Sicher haben Ihnen Mr. Trigg und Mr. Priddy den Zweck dieser Zusammenkunft erklärt, und ich, äh, möchte nur ...« Sie bewegte die Beine unter ihrem Kleid, und Kramer versuchte, nicht Notiz davon zu nehmen, wie sich ihre Schenkel unter der glänzenden schwarzen Seide abzeichneten. »... äh, betonen, daß dieser Fall, in dem es um eine sehr ernste, wahrscheinlich tödliche Körperverletzung an einem jungen Mann, Henry Lamb, geht – daß dieser Fall für unsere Behörde von großer Bedeutung ist, weil er für die Menschen im Bezirk Bronx und für alle Menschen dieser Stadt von großer Bedeutung ist.« Er hielt inne. Ihm wurde klar, daß er schwülstig klang, aber er wußte nicht, wie er von seinem hohen Roß wieder runterkommen sollte. Die Anwesenheit dieser Wasp-Anwälte und das Ausmaß dieses Palastes hatten ihn da hinaufklettern lassen.

»Ich verstehe«, sagte die Witwe, möglicherweise um ihm beizuspringen. Ihr Kopf war leicht zur Seite geneigt, und sie schenkte ihm das Lächeln einer vertrauten Freundin. In Kramer rührte sich Schuftiges. Sein Inneres eilte vor zum Prozeß. Manchmal arbeitete man schließlich sehr eng mit einer hilfsbereiten Zeugin zusammen.

»Deshalb wäre Ihre Mitarbeit für uns so wertvoll.« Er warf den Kopf nach hinten, um die Pracht seiner Hals- und Nackenmuskulatur zur Geltung zu bringen. »Also, im Augenblick möchte ich nur versuchen, Ihnen zu erklären, was alles damit zusammenhängt, wenn Sie uns wirklich behilflich sein wollen, oder wenn Sie sich aus irgendeinem Grunde entschließen, uns nicht zu helfen, weil ich meine, wir müssen uns da völlig klar ausdrücken. Bestimmte Dinge ergeben sich natürlich aus beiden Entscheidungen. Bevor wir also anfangen, sollte ich Sie daran erinnern, daß ...« Wieder hielt er inne. Er hatte den Satz falsch angefangen und würde sich in seiner Syntax verheddern. Ging nicht anders, als weiterzureden. »... Sie von hervorragenden Anwälten vertreten werden, und deshalb muß ich Sie bezüglich dessen nicht an Ihre Rechte erinnern.« *Bezüglich dessen.* Warum diese hochtrabenden, sinnlosen Phrasen? »Aber ich habe die Pflicht, Sie an Ihr Recht zu erinnern, nichts zu sagen, sollten Sie das aus irgendeinem Grunde wollen.«

Er sah sie an und nickte, als wolle er sagen: Ist das klar? Sie nickte zurück, und er bemerkte, wie ihre üppigen Brüste unter der schwarzen Seide in Bewegung gerieten.

Er nahm seine Aktentasche, die er neben den Stuhl gestellt hatte, legte sie sich auf den Schoß und wünschte sich im selben Moment, er müßte das nicht tun. Die abgewetzten Ecken und

Kanten der Tasche waren ein Beleg seiner niederen Stellung. (Ein $ 36.000 im Jahr verdienender Unterstaatsanwalt aus der Bronx.) Sieh dir diese gottverdammte Aktentasche an! Völlig ausgetrocknet, gesprungen und abgeschabt! Er fühlte sich gedemütigt. Was ging diesen beschissenen Wasps in diesem Augenblick durch den Kopf? Hielten sie ihr hämisches Grinsen einfach aus taktischen Gründen oder aus irgendeiner gönnerhaften Wasp-Höflichkeit zurück?

Der Aktentasche entnahm er zwei Seiten Notizen auf gelbem Kanzleipapier und eine Mappe mit fotokopiertem Material, darunter ein paar Zeitungsausschnitte. Dann klappte er das verräterische Gepäckstück wieder zu und stellte es auf den Boden zurück.

Er blickte hinunter auf seine Notizen. Er blickte zu Maria Ruskin auf. »Von vier Menschen ist bekannt, daß sie vertraute Kenntnis von diesem Fall haben«, sagte er. »Einer ist das Opfer, Henry Lamb, der in einem anscheinend irreversiblen Koma liegt. Einer ist Mr. Sherman McCoy, dem rücksichtslose Gefährdung, unbefugtes Verlassen eines Unfallorts und unterlassene Unfallmeldung zur Last gelegt werden. Er weist diese Beschuldigungen zurück. Einer ist ein Bursche, der dabei war, als sich der Zwischenfall ereignete, und der sich gemeldet hat und Mr. McCoy als den Fahrer des Wagens, von dem Mr. Lamb angefahren wurde, zweifelsfrei identifiziert hat. Dieser Zeuge hat uns erzählt, daß Mr. McCoy in diesem Wagen von einer Person begleitet wurde, einer weißen, weiblichen Person Mitte Zwanzig, und diese Information macht diese Person zur Beteiligten an einer oder mehreren schweren Straftaten, die Mr. McCoy zur Last gelegt werden.« Er machte eine Pause, die, wie er hoffte, höchst effektvoll sein würde. »Dieser Zeuge hat zweifelsfrei ... Sie als diese Frau identifiziert.«

Kramer hielt jetzt inne und sah der Witwe offen ins Gesicht. Zunächst war sie absolut perfekt. Sie blinzelte nicht. Ihr reizendes, tapferes Lächeln kam kein bißchen ins Wanken. Aber dann bewegte sich ihr Adamsapfel fast unmerklich nur einmal nach oben und wieder nach unten.

Sie hatte geschluckt!

Ein unvergleichliches Gefühl durchrieselte Kramer und jede seiner Zellen und Nervenfasern. In diesem Moment, dem Augenblick dieses kaum wahrnehmbaren Schluckens, bedeutete seine abgewetzte Aktentasche nichts mehr, und ebensowenig bedeuteten seine klobigen Schuhe und sein billiger Anzug und sein popeliges Gehalt und sein New Yorker Akzent und seine Sprachbarbarismen und -schnitzer noch irgend etwas. Denn in diesem Augenblick besaß er etwas, was diese Wasp-Anwälte, diese makellosen Wall-Street-Partner aus dem Universum der Currys & Goads & Pesteralls & Dunnings & Sponget & Leaches nie kennenlernen würden, und nie würden sie die unaussprechliche Freude empfinden, es zu besitzen. Und davor würden sie schweigen und höflich bleiben, wie sie es gerade eben taten, und sie würden vor Angst schlucken, wenn und falls ihre Zeit kam. Und jetzt begriff er, was es war, das ihm jeden Morgen einen kurzen Augenblick lang solchen Auftrieb gab, wenn er die Inselfestung auf dem Scheitel des Grand Concourse sich aus der Düsternis der Bronx erheben sah. Denn es war nichts weniger als die Macht, dieselbe Macht, der auch Abe Weiss völlig verfallen war. Es war die Macht der Regierung über die Freiheit ihrer Untertanen. Wenn man abstrakt an sie dachte, war sie so theoretisch und akademisch, aber wenn man sie *fühlte* – den *Ausdruck auf ihren Gesichtern sah* – während sie auf einen als Boten und Verbindungsmann zur Macht zurückstarrten – Arthur Riviera, Jimmy Dollard, Herbert 92X und der Kerl namens Pimp selbst sie – und jetzt *dieses kleine, angstvolle Schlucken* an diesem makellosen, millionenschweren Hals zu sehen – tja, der Dichter hat nie von dieser Ekstase gesungen oder sie auch nur geträumt, und kein Ankläger, kein Richter, kein Polizist, kein Steuerprüfer wird ihn da aufklären, denn wir wagen es nicht, sie uns gegenseitig auch nur einzugestehen, nicht wahr? – und trotzdem *empfinden* wir sie und *erleben* sie jedesmal, wenn sie uns mit diesen Augen ansehen, die um Gnade bitten oder, wenn nicht um Gnade, lieber Gott, um stummes Glück oder launische Großmut. (Nur eine Chance!) Was sind alle die Kalksteinfassaden der Fifth Avenue und alle die Marmorhallen und die mit Leder vollgestopften Bibliotheken und alle die Reichen der Wall Street vor *meiner* Gewalt über *euer* Schicksal und eure Hilflosigkeit im Angesicht der Macht?

Kramer dehnte diesen Moment so lang aus, wie es die Grenzen der Logik und eines Minimums an Anstand nur zuließen, und dann noch ein kleines bißchen länger. Keiner von ihnen, weder die beiden tadellosen Wasp-Anwälte von der Wall Street noch die schöne junge Witwe mit ihren neuen Millionen, wagte einen Muckser.

Dann sagte er leise, väterlich: »Na schön. Nun sehen wir mal, was das heißt.«

Als Sherman in Killians Büro trat, sagte Killian: »Ayyyyy, wasdenn wasdenn? Warum denn dieses lange Gesicht? Sie werden's nicht bedauern, den ganzen Weg bis hier runter gemacht zu haben, wenn ich Ihnen sage, warum. Glauben Sie, ich habe Sie kommen lassen, um Ihnen das hier zu zeigen?«

Er schubste »The City Light« rüber an die Schreibtischkante. WITWE VON FINANZMANN ... Sherman warf kaum einen Blick darauf. Es war bereits summend und zischend in die Passage eingedrungen.

»Er war dort bei Burns, direkt in dem Zimmer. Dieser Peter Fallow. Ich habe ihn überhaupt nicht gesehen.«

»Das macht nichts«, sagte Killian, der heiterer Stimmung war. »Das sind alte Kamellen. Das wußten wir bereits. Habe ich recht? Ich habe Sie wegen der *Neuigkeiten* kommen lassen.«

Tatsache war, daß Sherman diese Fahrten hinunter zur Reade Street überhaupt nichts ausmachten. Das Herumsitzen in der

Wohnung ... das Warten auf die nächste telefonische Drohung ... Schon die Größe des Apartments sprach dem Zustand hohn, zu dem er mittlerweile reduziert war. Er saß da und wartete auf den nächsten Schlag. Da war es besser, irgendwas zu tun. In einem Wagen zur Reade Street zu fahren, sich ohne Widerstand in der Horizontalen zu bewegen – toll! Phantastisch!

Sherman setzte sich, und Killian sagte: »Ich wollte es am Telefon nicht erwähnen, aber ich habe einen sehr interessanten Anruf erhalten. Wirklich der große Treffer.«

Sherman blickte ihn nur an.

»Maria Ruskin«, sagte Killian.

»Sie scherzen.«

»Damit würde ich nicht scherzen.«

»Maria hat Sie angerufen?«

»›Mistuh Killyun, mein Name ist Muhriuh Ruskin. Ich bin die Freundin eines Ihrer Mandanten, Mistuh Schuhmun McCoy.‹ Hört sich das nach der richtigen Kundschaft an?«

»Mein Gott! Was hat sie gesagt? Was hat sie gewollt?«

»Sie möchte Sie sehen.«

»Nicht zu glauben ...«

»Sie möchte Sie heute nachmittag um halb fünf sehen. Sie sagte, Sie wüßten wo.«

»Nicht ... zu ... glauben ... Sie hat mir nämlich gestern bei Burns gesagt, sie würde mich anrufen. Aber ich habe das keinen Augenblick geglaubt. Hat sie gesagt, warum?«

»Nein, und ich habe sie nicht gefragt. Ich wollte nichts sagen, was sie vielleicht umstimmen würde. Ich habe nur gesagt, ich sei *sicher*, Sie würden kommen. Und ich bin sicher, das werden Sie, mein Lieber.«

»Habe ich Ihnen nicht gesagt, sie würde mich anrufen?«

»Haben Sie das? Eben haben Sie gesagt, Sie hätten nicht geglaubt, daß sie es tun würde.«

»Ich weiß. Gestern habe ich nicht dran geglaubt, weil sie mir ausgewichen ist. Aber habe ich nicht gesagt, sie wäre nicht der vorsichtige Typ? Sie ist eine Spielerin. Sie ist nicht der Typ, der auf Nummer Sicher geht. Sie liebt den Kampf, und ihr Sport ... tja, sind *Männer*. Mein Sport sind Kapitalanlagen, Ihrer das Gesetz und Marias Sport sind *Männer*.«

Killian lachte leise in sich hinein, mehr über die Veränderung in Shermans Stimmung als über sonst was. »Okay«, sagte er, »fabelhaft. Dann spielen Sie mal mit ihr. Fangen wir gleich an. Ich hatte noch einen Grund, Sie hier runterkommen zu lassen, anstatt mich zu Ihnen zu bemühen. Wir müssen Sie verkabeln.« Er drückte auf einen Knopf und sagte in die Gegensprechanlage: »Nina? Sagen Sie Ed Quigley, er möchte rüberkommen.«

Punkt halb fünf – sein Herz pumpte in einem ziemlichen Tempo drauf los – drückte Sherman auf die Klingel mit dem Schild »4B Boll«. Sie mußte neben dem Kästchen der Gegensprechanlage gewartet haben – die Gegensprechanlage selber funktionierte nicht mehr –, denn er hörte im selben Moment das Summen in der Tür und das laute *Klick-klick-klick* des sich entriegelnden elektrischen Schlosses, und er betrat das Mietshaus. Der Geruch war ihm sofort vertraut, die abgestandene Luft, der dreckige Teppich auf den Stufen. Der alte düstere Anstrich und die vergammelten Türen und die trübe Beleuchtung – vertraut und gleichzeitig neu und schrecklich, als habe er sich nie die Mühe gemacht, das zu sehen, was wirklich da war. Der herrlich bohèmehafte Zauber des Hauses war gebrochen. Er hatte nun das Unglück, einen erotischen Traum mit dem Auge des Realisten betrachten zu müssen. Wie hatte er das nur jemals bezaubernd finden können?

Das Knarren der Treppe erinnerte ihn an Dinge, die er am liebsten vergessen hätte. Er sah noch immer vor sich, wie der Dackel seine fette Röhre die Stufen hinaufhievte ... »Du bist eine kleine nasse Wurschat, Muhschull« ... Und er hatte geschwitzt ... Schwitzend war er dreimal diese morsche Treppe rauf- und runtergelaufen, um Marias Gepäck hinaufzuschaffen ... Und jetzt schleppte er die schwerste Last. *Ich bin verkabelt.* Er spürte das Bandgerät in seinem Kreuz, das Mikrofon über seinem Brustbein; er fühlte – oder meinte zu fühlen – den Druck des Klebebands, mit dem das Kabel an seinem Körper befestigt war. Jedes dieser kunstvollen, verborgenen, miniaturisierten Elemente schien mit jedem Schritt, den er tat, zu wachsen. Seine Haut vergrößerte sie, wie eine Zunge, die ein Loch in einem Zahn befühlt. Bestimmt waren sie zu sehen! Wieviel davon war in seinem Gesicht zu lesen? Wieviel Falschheit? Wieviel Schande?

Er seufzte und merkte, daß er schon schwitzte und keuchte – vom Treppensteigen oder vom Adrenalin oder vor Angst. Durch die Wärme seines Körpers juckte das Klebeband – oder war es nur seine Einbildung?

Als er vor der Tür ankam, dieser trist gestrichenen Tür, atmete er schwer. Er zögerte, seufzte wieder und klopfte dann mit dem Zeichen, das sie immer benutzt hatten: *Tap tappa tap tap – tap tap.*

Die Tür öffnete sich langsam, aber es war niemand zu sehen. Dann ... »Buh!« Ihr Kopf schoß hinter der Tür hervor, und sie lachte ihn an. »Haste dich erschrocken?«

»Nicht richtig«, sagte Sherman. »In letzter Zeit werde ich von Fachleuten erschreckt.«

Sie lachte, und es schien ein echtes Lachen zu sein. »Du auch? Wir sind schon ein Paar, was, Sherman?« Mit diesen Worten streckte sie ihm die Arme entgegen, wie man das zu einer Willkommensumarmung tun würde.

Sherman starrte sie verdutzt, verwirrt, wie gelähmt an. Die Überlegungen rasten schneller durch sein Hirn, als er nachkommen konnte. Da stand sie, in einem schwarzen Seidenkleid, ihrer Witwentracht, die in der Taille eng anlag, so daß ihr wundervoller Körper sich darüber und darunter vorwölbte. Ihre Augen waren groß und strahlend. Ihr dunkles Haar die Vollkommenheit schlechthin, voll üppigem Glanz. Ihre scheu geschwungenen Lippen, die ihn immer wahnsinnig gemacht hatten, waren voll, leicht geöffnet und lächelten. Aber all das ergab nichts weiter als eine bestimmte zufällige Anordnung von Kleidern, Haut und Haaren. An ihren Unterarmen war ein Bewuchs leicht borstiger dunkler Haare. Er sollte zwischen diese Arme schlüpfen und Maria umarmen, wenn es das war, was sie wollte! Es war ein heikler Augenblick! Er brauchte sie auf seiner Seite, sie mußte Vertrauen zu ihm haben, ganz gleich, wie lange es dauerte, um gewisse Tatsachen ins Mikrofon über seinem Brustbein und auf das Tonband in seinem Kreuz zu bekommen! Ein heikler Augenblick – und ein scheußliches Dilemma! Angenommen, er umarmte sie – und sie fühlte das Mikrofon – oder strich ihm mit den Händen am Rücken runter! Er hatte nie über solche Dinge nachgedacht, nicht einen Augenblick lang. (Wer würde einen Mann, der *verkabelt* war, denn schon *umarmen* wollen?) Trotzdem – tu etwas!

Und so ging er auf sie zu, indem er die Schultern nach vorn bog und den Rücken krumm machte, damit sie sich unmöglich gegen seine Brust schmiegen konnte. So umarmten sie sich, ein lüsternes, geschmeidiges junges Ding und ein rätselhafter Krüppel.

Rasch machte er sich wieder los, während er zu lächeln versuchte, und sie blickte ihn an, als wolle sie sehen, ob er ganz gesund sei.

»Du hast recht, Maria. Wir sind vielleicht ein Paar, wir stehen auf der Titelseite.« Er lächelte philosophisch. (Also, laß uns zur Sache kommen!) Nervös sah er sich in dem Zimmer um. »Na komm«, sagte sie, »setz dich.« Sie machte eine Bewegung zu dem eichenen Säulentisch hinüber. »Ich mach dir 'n Drink. Was möchtest du?«

Schön. Setzen wir uns eben hin und reden miteinander. »Hast du Scotch?«

Sie ging in die Küche, und er blickte hinunter auf seine Brust, um sicherzugehen, daß das Mikrofon nicht hervorguckte. Er versuchte, in Gedanken noch mal die Fragen durchzugehen. Er fragte sich, ob das Band noch liefe.

Sie kam zurück mit einem Drink für ihn und einem für sich, etwas Klarem, Gin oder Wodka. Sie setzte sich auf den zweiten Kaffeehausstuhl, schlug die Beine übereinander, ihre schimmernden Beine, und lächelte.

Sie hob das Glas wie zu einem Toast. Er tat dasselbe.

»Hier wären wir also, Sherman, das Paar, über das ganz New York spricht. Es gibt viele Leute, die bei *dieser* Unterhaltung gern zuhören würden.«

Shermans Herz machte einen Hopser. Gar zu gern hätte er schnell mal nach unten geschaut, um zu sehen, ob das Mikrofon vorguckte. Spielte sie auf irgend etwas an? Er studierte ihr Gesicht. Er konnte nichts erkennen.

»Ja, hier wären wir«, sagte er. »Ehrlich gesagt, ich dachte, du hättest beschlossen, mir aus dem Weg zu gehen. Ich hatte keine sehr angenehme Zeit, seitdem du abgereist bist.«

»Sherman, ich schwöre dir, ich habe nichts davon gewußt, bis ich zurückkam.«

»Aber du hast mir nicht mal erzählt, daß du wegfährst.«

»Ich weiß, aber das hatte nichts mit dir zu tun, Sherman. Ich war – ich war halb verrückt.«

»Womit hatte es denn dann zu tun?« Er legte den Kopf schräg und lächelte, um ihr zu zeigen, daß er nicht verärgert war.

»Mit Arthur.«

»Ah. Mit Arthur.«

»Ja, mit Arthur. Du glaubst, ich hatte ein sehr zwangloses Verhältnis zu Arthur, und in gewisser Weise hatte ich das auch, aber ich mußte auch mit ihm leben, und bei Arthur war nichts wirklich zwanglos. Er rächte sich auf die eine oder andere Weise. Ich habe dir erzählt, daß er angefangen hatte, auf mich zu fluchen.«

»Du hast es erwähnt.«

»Indem er mich direkt vor dem Personal oder sonst jemandem Hure und Miststück schimpfte, wenn ihm danach war. Diese *Wut*, Sherman! Arthur wollte eine junge Frau, und dann machte er eine Kehrtwendung und haßte mich, weil ich jung und er ein alter Mann war. Er wollte aufregende Leute um sich haben, weil er meinte, mit seinem ganzen Geld verdiene er aufregende Leute, und dann machte er eine Kehrtwendung und haßte mich, und er haßte mich, weil die Leute meine Freunde oder mehr an mir als an ihm interessiert waren. Die einzigen Leute, die an Arthur interessiert waren, das waren diese alten Jidden wie Ray Radosz. Ich hoffe, du hast gesehen, wie lächerlich er sich auf der Beerdigung gemacht hat. Und dann kam er nach hinten und versuchte auch noch, mich zu *umarmen*. Ich dachte, gleich würde er mir das *Kleid* vom Leibe reißen. Hast du das gesehen? Du warst so *aufgeregt!* Ich habe dir unentwegt zu sagen versucht, du solltest *dich beruhigen!* Ich habe dich noch nie so gesehen. Und dieser dicknasige Scheißkerl von ›The City Light‹, dieser grauenhafte, scheinheilige Brit, stand direkt hinter dir. Er hat dich *gehört!*«

»Ich *weiß*, daß ich aufgeregt war«, sagte er. »Ich dachte, du wolltest mich schneiden. Ich hatte Angst, es wäre für mich die letzte Gelegenheit, um mit dir zu sprechen.«

»Ich habe dich nicht geschnitten, Sherman. Das versuche ich dir ja gerade zu erklären. Der einzige Mensch, vor dem ich mich gedrückt habe, war Arthur. Ich bin einfach abgereist, ich habe einfach – nicht überlegt. Ich bin nach Como gefahren, aber ich wußte, dort könnte er mich finden. Deshalb habe ich Isabel di Nodino besucht. Sie hat ein Haus in den Bergen, in einer kleinen Stadt außerhalb von Como. Es ist wie ein Schloß aus dem Märchen. Es war wunderbar. Keine Telefonanrufe. Ich habe nicht mal eine Zeitung zu Gesicht bekommen.«

Ganz allein, bis auf Filippo Chirazzi. Aber das machte auch nichts. So ruhig wie nur möglich sagte er: »Es ist schön, daß du hast entfliehen können, Maria. Aber du wußtest, daß ich mir

Sorgen machte. Du wußtest von dem Artikel in der Zeitung, weil ich ihn dir gezeigt habe.« Er bekam die Erregung nicht aus der Stimme. »An dem Abend, als dieser dicke Verrückte hier war – ich weiß, daß du dich dran erinnerst.«

»Komm, Sherman. Du regst dich ja schon wieder auf.«

»Bist du jemals verhaftet worden?« fragte er.

»Nein.«

»Aber ich. Das war eines der Dinge, die ich gemacht habe, als du weg warst. Ich …« Er verstummte, denn ihm wurde plötzlich klar, daß er etwas sehr Dummes tat. Ihr angst wegen der Aussicht zu machen, verhaftet zu werden, war das letzte, was er gerade jetzt tun durfte. Deshalb hob er die Schultern und lächelte und sagte: »Na ja, das ist halt eine Erfahrung«, als wolle er hinzusetzen: Aber nicht so übel, wie du vielleicht denkst.

»Aber mir ist damit gedroht worden«, sagte sie.

»Was meinst du damit?«

»Ein Herr von der Staatsanwaltschaft Bronx war mich heute mit zwei Kriminalbeamten besuchen.«

Das traf Sherman wie ein Schock. »Tatsächlich?«

»Ein aufgeblasener kleiner Mistkerl. Der hielt sich für ungeheuer tough. Er warf immer wieder den Kopf nach hinten und machte irgendwas Merkwürdiges mit seinem Hals, ungefähr so, und sah mich durch so kleine Schlitze statt Augen an. Was für ein Widerling.«

»Was hast du ihm gesagt?« Sehr nervös jetzt.

»Nichts. Er war zu sehr damit beschäftigt, mir zu erzählen, was er mir antun könnte.«

»Was meinst du damit?« Leichte Panik.

»Er hat mir von diesem Zeugen erzählt, den er hat. Er war so wichtigtuerisch und amtlich damit. Er wollte nicht mal sagen, wer es ist, aber es ist offensichtlich der andere Junge, der Stämmige. Ich kann dir gar nicht sagen, was für ein Trottel dieser Mann war.«

»Hieß er Kramer?«
»Yeah. So hieß er.«
»Er war auch bei der Verhandlung, als ich zur Anklage vernommen wurde.«
»Er machte es ganz simpel, Sherman. Er sagte, wenn ich gegen dich aussagen und den anderen Zeugen stützen würde, würde er mir Immunität einräumen. Wenn nicht, würde ich als Komplizin behandelt werden, und man würde mich wegen dieser ... Verbrechen anklagen. Ich kann mich nicht mal erinnern, wie die lauteten.«
»Aber sicherlich –«
»Er hat mir sogar Fotokopien von Zeitungsartikeln gegeben. Er hat mir praktisch den Weg genau vorgezeichnet. Das eine waren die richtigen Geschichten, und das andere waren die, die du dir ausgedacht hast. Man erwartet, daß ich die richtigen Geschichten bestätige. Wenn ich sage, was wirklich passiert ist, gehe ich ins Gefängnis.«
»Aber sicher hast du ihm erzählt, was wirklich passiert ist!«
»Ich habe ihm gar nichts erzählt. Ich wollte erst mit dir sprechen.«
Er saß auf der Stuhlkante. »Aber Maria, bestimmte Dinge sind so *sonnenklar* an dieser Sache, und sie wissen sie noch nicht mal. Sie haben nur Lügen gehört von dem Jungen, der uns auszurauben versucht hat! Zum Beispiel ist es nicht auf einer *Straße* passiert, es passierte auf einer *Auffahrt*, stimmt's? Und wir haben angehalten, weil der Weg blockiert war, ehe wir überhaupt jemanden gesehen haben. Stimmt's? Ist das nicht richtig?« Er bemerkte, daß seine Stimme laut geworden war.
Ein herzliches, bekümmertes Lächeln, wie man es Menschen schenkt, die Kummer haben, verbreitete sich über Marias Gesicht, und sie stand auf, stemmte ihre Hände in die Hüften und sagte: »Sherman, Sherman, Sherman, was machen wir bloß mit dir?«
Sie drehte den rechten Fuß in der bestimmten Art, die ihr

eigen war, und ließ ihn einen Moment lang auf dem Absatz ihres schwarzen hochhackigen Schuhs pendeln. Sie sah ihn mit ihren großen braunen Augen an und streckte die Hände zu ihm aus, Handflächen nach oben.

»Komm her, Sherman.«

»Maria – das ist wichtig!«

»Das weiß ich ja. Komm einfach mal her.«

Herrgott! Sie wollte ihn schon wieder umarmen! Also – umarme sie schon, du Idiot! Es ist ein Zeichen dafür, daß sie auf deiner Seite stehen möchte! Umarme sie, als wenn's um dein Leben ginge! Ja! – aber wie? *Ich bin verkabelt!* Eine Patrone der Schande auf meiner Brust! Eine Bombe der Schmach in meinem Kreuz! Was wird sie als nächstes wollen? Sich aufs Bett schmeißen? Was dann? Tja – großer Gott, Mann! Der Blick in ihren Augen heißt: Ich bin dein! – Sie ist dein Fahrschein aus der Bredouille! Verpaß diese Chance nicht! *Tu etwas! Handle!*

Er erhob sich von seinem Stuhl. Er schlurfte auf die beste Lösung zu. Er machte sich krumm, damit ihre Brust seine nicht berührte und sein Kreuz außerhalb der Reichweite ihrer Hände war. Er umarmte sie wie ein alter Mann, der sich über einen Zaun lehnt, um einen Fahnenmast zu umfassen. Deshalb war sein Kopf sehr tief. Sein Kinn lag praktisch auf ihrem Schlüsselbein.

»Sherman«, sagte sie, »was ist mit dir? Was ist mit deinem Rücken los?«

»Nichts.«

»Du gehst ja völlig krumm.«

»Tut mir leid.« Er drehte sich zur Seite, die Arme immer noch um ihre Schultern gelegt. Er versuchte sie seitlich zu umarmen. »Sherman!« Sie trat einen Moment zurück. »Du biegst dich völlig zur Seite. Was ist denn los? Willst du nicht, daß ich dich berühre?«

»Nein! Nein ... Ich bin wohl einfach ein bißchen verkrampft. Du weißt ja nicht, was ich durchgemacht habe.« Er beschloß, darauf zu setzen. »Du weißt nicht, wie sehr ich dich vermißt habe, wie sehr ich dich gebraucht habe.«

Sie sah ihn prüfend an, dann schenkte sie ihm den wärmsten, feuchtesten, labialsten Blick, den er sich vorstellen konnte. »Also«, sagte sie, »hier bin ich.«

Sie kam auf ihn zu. Jetzt war er dran. Keinen Buckel mehr, du Blödmann! Kein Zur-Seite-Drehen mehr! Er mußte es darauf ankommen lassen! Vielleicht lag das Mikrofon tief genug, damit sie es nicht fühlte, besonders wenn er sie küßte – sie leidenschaftlich küßte! Dann lägen ihre Arme um seinen Nacken. Solange sie sie dort behielt, käme sie gar nicht an sein Kreuz heran. Sie waren nur Zentimeter auseinander. Er schob seine Arme unter ihre, um sie zu zwingen, sie ihm um den Hals zu legen. Er umfaßte sie an den Schulterblättern, um ihre Arme weit nach oben zu drücken. Umständlich, aber es mußte gehen. »O Maria.« Dieses leidenschaftliche Stöhnen war nicht typisch für ihn, aber es mußte ebenfalls gehen.

Er küßte sie. Er schloß die Augen, um aufrichtig zu erscheinen, und konzentrierte sich darauf, ihren Oberkörper mit den Armen hoch oben zu umklammern. Er wurde Haut gewahr, die leicht mit Lippenstift überzogen war, warmen Speichel und den Geruch ihres Atems, in dem der destillierte vegetabile Geruch von Gin lag.

Moment mal! Was zum Teufel machte sie denn da? Sie ließ ihre Arme über seine hinweg nach unten zu seinen Hüften gleiten! Er hob die Ellbogen und spannte die Muskeln seiner Oberarme an, um ihre Arme von seinem Körper wegzudrängen, ohne die Sache zu offensichtlich erscheinen zu lassen. Zu spät! Sie hatte die Hände auf seinen Hüften und versuchte, sein Becken gegen ihres zu drücken. Aber ihre Arme waren nicht lang genug! Und wenn ihre Hände dann zu seinem Kreuz hochrutschten? Er drückte seinen Hintern nach außen. Wenn ihre Finger den Kontakt mit seinen Hüften verloren, vielleicht gäbe sie dann auf. Ihre Finger – wo waren die? Einen Augenblick spürte er nichts. Dann – etwas an seiner Taille, an der Seite. Scheiße! Lenke sie ab – das war seine einzige Chance. Ihre Lippen blieben gegen seine gepreßt. Sie wand sich rhythmisch und leidenschaftlich inmitten des penetranten vegetabilen Geruchs. Auch er wand sich und wackelte ein bißchen mit den Hüften, um sie abzuschütteln. Ihre Finger – er hatte sie wieder verloren. Jede Nervenfaser war aufs höchste gespannt, während sie den Verbleib der Finger zu ermitteln versuchten. Plötzlich hörte ihr Becken auf, sich zu winden. Ihre Münder lagen noch aufeinander, aber der Motor hatte ausgesetzt. Sie löste ihren Mund und zog den Kopf ein paar Zentimeter zurück, so daß er vor seinem Gesicht drei Augen schwimmen sah. Aber ihre Arme hatte sie noch um ihn gelegt. Ihm gefiel die Art nicht, wie diese drei Augen da herumschwammen.

»Sherman ... Was ist das hier an deinem Rücken?«

»Meinem Rücken?« Er versuchte sich zu bewegen, aber sie hielt ihn fest. Ihre Arme umschlangen ihn noch immer.

»Da ist ein Klotz, ein Stück Metall oder so was – dies Ding hier auf deinem Rücken.«

Jetzt spürte er den Druck ihrer Hand. Sie lag genau auf dem Tonbandgerät! Er versuchte, sich ein bißchen in die eine Richtung und ein bißchen in die andere Richtung zu drehen, aber ihre Hand blieb darauf liegen. Er versuchte einen richtigen Shimmy. Keinen Zweck! Jetzt hatte sie das Ding gepackt!

»Sherman, was ist das hier?«

»Ich weiß nicht. Mein Gürtel – meine Gürtelschnalle – ich weiß es nicht.«

»Du hast doch keine Gürtelschnalle am Rücken!«

Jetzt machte sie sich vorn von ihm los, aber ihre Hand hatte sie noch immer an dem Gerät.

»Maria! Was soll das, zum Teufel!«

Er drehte sich mit Schwung zur Seite, aber sie drehte sich ruckartig hinter ihn wie ein College-Ringer, der auf einen Niederwurf hofft. Er konnte ihr Gesicht kurz sehen. Halb ein

Lächeln – halb eine wütende Grimasse – der etwas Gräßliches dämmerte.

Er drehte sich herum und riß sich los. Sie stellte sich ihm mit vorgerecktem Kopf in den Weg.

»Sherman!« Schuhmun. Ein spöttisches Lächeln, das auf den richtigen Moment wartet, um in ein Anklagegebrüll auszubrechen. Langsam: »Ich möchte wissen ... was das auf deinem Rücken ist.«

»Herr du meine Güte, Maria. Was ist in dich gefahren? Es ist nichts. Die Hosenträgerknöpfe vielleicht – ich weiß es nicht.«

»Ich will's sehen, Sherman.«

»Was meinst du damit, sehen?«

»Zieh dein Jackett aus.«

»Zieh's aus. Ich will nachsehen.«

»Das ist doch verrückt.«

»Du hast hier drin mehr als bloß das ausgezogen, Sherman.«

»Also komm, Maria, du bist albern.«

»Dann laß mir meinen Willen. Laß mich nachsehen, was du auf deinem Rücken hast.«

Die dringende Bitte: »Maria, komm schon. Es ist zu spät am Tag, um Spielchen zu machen.«

Sie kam auf ihn zu, das schreckliche Lächeln noch immer im Gesicht. Sie würde selber nachsehen! Er sprang zur Seite. Sie kam ihm nach. Wieder wich er aus.

Ein gespielt spaßhaftes Kichern: »Was machst du denn, Maria!« Allmählich heftiger atmend: »Das werden wir ja sehen!« Sie sprang auf ihn los. Er konnte nicht ausweichen. Ihre Hände waren an seiner Brust – versuchten, an sein Hemd zu gelangen! Er hielt die Hände vor sich wie eine Jungfrau. »Maria!«

Das Geheul setzte ein: »Du *versteckst etwas,* oder?«

»Nun warte doch mal ...«

»Du *versteckst etwas!* Was hast du da unter dem Hemd?«

Wieder stürzte sie auf ihn los. Er wich aus, aber ehe er es merkte, war sie hinter ihm. Sie hatte die Hände unter seinem

Jackett. Sie hatte das Tonbandgerät gepackt, das allerdings noch unter seinem Hemd war, und das Hemd steckte noch in der Hose. Er fühlte, wie es am Rücken herausrutschte.

»Ein *Draht,* Sherman!«

Er hielt ihr die Hand fest, um sie daran zu hindern, das Kabel herauszuziehen. Aber ihre Hand war unter seinem Jackett, und seine Hand war über dem Jackett. Er begann herumzuhüpfen, während er die sich windende zornrote Masse unter seinem Jackett festhielt.

»Es – hängt – an – einem – *Kabel* – du – Mistkerl!«

Die Worte kamen in gräßlichen Ächzern hervorgesprudelt, während sie beide herumhüpften. Nur die Anstrengung hinderte sie daran, Zeter und Mordio zu schreien.

Jetzt hatte er ihre Hand am Gelenk gepackt. Er mußte sie zwingen loszulassen. Er drückte fester und fester.

»Du – tust mir weh!«

Er drückte fester.

Sie stieß einen leisen Schrei aus und ließ los. Einen Moment war er wie gelähmt von der Wut in ihrem Gesicht.

»Sherman – du niederträchtiger, gemeiner Schuft!«

»Maria – ich schwöre …«

»Du – *schwörst,* ja?« Sie sprang wieder auf ihn zu. Er nahm Reißaus in Richtung Tür. Sie erwischte einen Ärmel und den Rücken seines Jacketts. Er versuchte, sich ihrem Griff zu entwinden. Der Ärmel begann sich von seinem Körper zu lösen. Er ackerte weiter auf die Tür zu. Er fühlte, wie das Tonbandgerät ihm gegen den Hintern schlug. Es hing ihm inzwischen unter dem Hemd hervor aus der Hose, wo es an dem Kabel von seinem Rücken herabbaumelte.

Dann wischte schwarze Seide an ihm vorbei, und es gab einen Bums. Maria lag am Boden. Einer ihrer hochhackigen Schuhe war umgeknickt, und die Beine waren unter ihr weggerutscht. Sherman rannte zur Tür. Öffnen konnte er sie nicht, denn das Jackett war über seine Arme heruntergezogen.

Doch schließlich hatte er es auf den Flur geschafft. Er hörte Maria schluchzen, und dann schrie sie:

»Das ist recht, lauf weg! Klemm deinen Schwanz zwischen die Beine!«

Es stimmte. Während er die Treppe hinunterhumpelte, baumelte ihm das Tonbandgerät würdelos am Hintern. Er fühlte sich niederträchtiger als ein Hund.

Als er an die Haustür kam, war ihm die Wahrheit aufgegangen. Durch Dummheit, Inkompetenz und Angst war es ihm gelungen, sich um seine allerletzte Hoffnung zu bringen.

O du Master of the Universe!

30
Eine begabte Schülerin

Die Grand-Jury-Räume in der Inselfestung sahen nicht wie normale Gerichtssäle aus. Sie waren wie kleine Amphitheater. Die Mitglieder der Grand Jury blickten hinunter auf den Stuhl und den Tisch, an dem die Zeugen Platz nahmen. Auf einer Seite, etwas weiter weg, stand der Tisch des Protokollführers. Bei der Verhandlung vor der Grand Jury gab es keinen Richter. Der Ankläger setzte seine Zeugen auf den Stuhl und befragte sie, und die Grand Jury entschied, ob der Fall aussichtsreich genug war, um den Beschuldigten vor Gericht zu stellen, oder ob er es nicht war und der Fall verworfen wurde. Die in England im Jahr 1681 aufgekommene Idee dahinter war, daß die Grand Jury die Bürgerschaft vor skrupellosen Anklägern schützen sollte. Das war die Idee, und diese Idee war zu einem Witz geworden. Wenn ein Beschuldigter vor der Grand Jury aussagen wollte, konnte er seinen Anwalt in den Grand-Jury-Raum mitbringen. Falls er durch die Fragen des Anklägers (a) verwirrt oder (b) gelähmt oder (c) schwer beleidigt wurde, konnte er den Raum verlassen und sich draußen auf dem Korridor mit einem Anwalt beraten – und dadurch aussehen wie jemand, der (b) gelähmt ist, wie ein Beschuldigter, der etwas zu verbergen hat. Nicht viele Beschuldigte gingen dieses Risiko ein. Grand-Jury-Anhörungen waren zu einer Show geworden, die der Ankläger dirigierte. Mit seltenen Ausnahmen taten die Mitglieder einer Grand Jury genau das, was der Ankläger ihnen nahelegte. Bei neunundneunzig Prozent aller Fälle wollte er, daß sie gegen den Beschuldigten Anklage erhoben, und sie gehorchten, ohne mit der Wimper zu zucken. Normalerweise waren es sowieso alles Law-and-Order-Leute. Sie wurden unter den alteingesessenen Gemeindemitgliedern ausgewählt. Ganz selten einmal, wenn politische Überlegungen es erforderten, wollte der Ankläger, daß ein Fall verworfen wurde. Kein Problem: Er mußte nur seine Vorlage entsprechend formulieren, sozusagen ein paarmal verbal mit den Augen zwinkern, und die Grand Jury kapierte sofort. Aber hauptsächlich benutzte man die Grand Jury, um Leute anzuklagen, und nach dem berühmten Ausspruch von Sol Wachtler, dem Vorsitzenden des Staatlichen Revisionsgerichts, würde die Grand Jury auch »ein Schinkenbrötchen anklagen«, wenn man das wollte.

Du leitetest das Verfahren, du präsentiertest die Beweismittel, befragtest die Zeugen, gabst Plädoyers ab. Du standest, während die Zeugen saßen. Du schwangst Reden, gestikuliertest, liefst herum, drehtest dich auf dem Absatz im Kreis, schütteltest ungläubig den Kopf oder lächeltest mit väterlicher Zustimmung, während die Zeugen brav auf ihrem Stuhl saßen und zu dir als dem Dirigenten aufblickten. Du warst sowohl der Regisseur als auch der Star dieser kleinen Amphitheaterproduktion. Die Bühne gehörte ganz dir.

Und Larry Kramer hatte seine Schauspieler gut im Griff.

Der Roland Auburn, der an diesem Morgen in den Grand-Jury-Raum kam, sah weder aus noch ging er wie der hartgesottene Kunde, der vor zwei Wochen in Kramers Büro aufgekreuzt war. Er trug ein Button-down-Hemd, allerdings ohne Krawatte; es hatte schon genügend Kämpfe gekostet, ihn überhaupt in das spießige Brooks-Brothers-Hemd mit dem Button-down-Kragen zu kriegen. Er trug ein Sportjackett aus blaugrauem Tweed, von dem er ungefähr die gleiche Meinung hatte, und eine schwarze Hose, die er bereits besaß und die nicht allzu übel war. Das Ganze war fast an dem Problem der Schuhe gescheitert. Roland war auf Reebok-Sneakers eingeschworen, die schneeweiß sein mußten, als wären sie eben aus der Schachtel gekommen. Auf Rikers Island schaffte er es, *pro Woche zwei neue Paar* zu bekommen. Das bewies der Welt, daß er ein schwerer Fall war, dem innerhalb der Mauern Respekt zukam, und ein gerissener Spieler, der Verbindungen nach außen hatte. Ihn zu bitten, von Rikers ohne seine weißen Reeboks zu kommen, war, als bäte man einen Sänger, sich die Haare abschneiden zu lassen. Und so ließ Kramer ihn endlich Rikers mit den Reeboks an den Füßen verlassen unter der Bedingung, daß er sie im Wagen gegen ein Paar Lederschuhe eintauschte, ehe sie im Gerichtsgebäude ankamen. Es waren leichte Slipper, und Roland fand sie widerlich. Er verlangte die Zusicherung, daß niemand, den er kannte oder kennen könnte, ihn in diesem spießigen Aufzug sehen würde. Das letzte Problem war der pimp roll. Roland war wie ein Läufer, der zu lange Marathon gelaufen ist; sehr schwierig, die Gangart zu wechseln. Schließlich kam Kramer eine verrückte Idee. Er ließ Roland mit auf dem Rücken verschränkten Händen gehen, so wie er Prinz Philipp und Prinz Charles im Fernsehen ein Heimatmuseum in Neuguinea hatte besichtigen sehen. Es klappte! Die verschränkten Hände blockierten seine Schultern, und die blockierten Schultern brachten ihn aus seinem Lendenrhythmus. Und als Roland jetzt in den Grand-Jury-Raum geschlendert kam und in seinen schülerhaften Kleidern auf den Tisch in der Bühnenmitte zuging, hätte er auch als Student aus Lawrenceville durchgehen können, der über die Dichter der Lake School nachdenkt.

Roland nahm auf dem Zeugenstuhl Platz, so wie Kramer es ihm beigebracht hatte; das heißt, ohne sich nach hinten zu fläzen und die Beine zu spreizen, als gehöre ihm der ganze Laden, und ohne mit den Knöcheln zu knacken.

Kramer sah Roland an, dann drehte er sich um, blickte zur Grand Jury hinauf, machte ein paar Schritte in die eine und dann in die andere Richtung und schenkte den Jurymitgliedern ein nachdenkliches Lächeln, als teile er, ohne ein Wort zu sagen, mit: Das ist ein sympathischer und glaubwürdiger Mensch, der hier vor euch sitzt.

Kramer bat Roland, seinen Beruf zu nennen, und Roland sagte leise und bescheiden: »Ich bin Künstler.« Kramer fragte ihn, ob er im Augenblick Arbeit habe. Nein, die habe er nicht, sagte Roland. Kramer nickte ein paar Sekunden lang, dann begann er mit einer Reihe von Fragen, die genau ans Licht brachten, warum dieser junge, talentierte Mann, dieser junge Mensch, der darauf versessen war, sich ein Betätigungsfeld für seine Kreativität zu suchen, nicht das richtige Feld gefunden hatte und statt dessen im Moment einer Anklage wegen eines kleineren Drogenvergehens entgegensah. (Der Crack-König von der Evergreen Avenue hatte abgedankt und war zum bloßen Sklaven der Umstände geworden.) Wie sein Freund Henry Lamb, aber ohne Henry Lambs Vorteile, was das gesicherte Zuhause anging, hatte Roland der erdrückenden Benachteiligung junger Menschen in den Siedlungsprojekten den Kampf angesagt und war daraus hervorgegangen, ohne daß seine Träume Schaden gelitten hatten. Es ging einfach darum, Leib und Seele beisammenzuhalten, und Roland war in eine schädliche, aber im Getto alles andere als ungewöhnliche Gesellschaft geraten. Weder er, der Ankläger, noch Roland, der Zeuge, wollten versuchen, diese leichten Vergehen zu verschweigen oder zu bagatellisieren; aber angesichts der Umgebung, in der er gelebt hatte, sollten sie in einer so ernsten Angelegenheit wie dem Schicksal Henry Lambs seine Glaubwürdigkeit bei gerecht denkenden Menschen nicht beeinträchtigen.

Charles Dickens, er, der seinen Lesern den Lebensweg Oliver Twists nahebrachte, hätte es nicht besser gekonnt, jedenfalls nicht, wenn er in einem Grand-Jury-Raum in der Bronx gestanden hätte.

Dann führte Kramer Roland durch die Schilderung des Unfalls mit der anschließenden Unfallflucht. Liebevoll verweilte er bei einem ganz bestimmten Moment. Es war der Augenblick, als die scharfe Brünette dem hochgewachsenen Mann, der den Wagen gefahren hatte, etwas zurief.

»Und was hat sie zu ihm gesagt, Mr. Auburn?«

»Sie sagte: ›Schuhmun, paß auf.‹«

»Sie sagte *Schuhmun?*«

»So hat sich's für mich angehört.«

»Würden Sie diesen Namen noch einmal sagen, Mr. Auburn, genauso, wie Sie ihn an dem Abend gehört haben?«

»Schuhmun.«

»›Schuhmun, paß auf‹?«

»Genau. ›Schuhmun, paß auf.‹«

»Danke.«

Kramer drehte sich zu den Jurymitgliedern um und ließ dieses *Schuhmun* in der Luft hängen.

Der Bursche, der auf dem Zeugenstuhl saß, war ein junger Mann von diesen armseligen Straßen, deren tapferste und beste Anstrengungen nicht ausgereicht hatten, Henry Lamb vor der kriminellen Fahrlässigkeit und Unverantwortlichkeit eines Investmentbankers von der Park Avenue zu bewahren. Carl Brill, der Gypsy-Taxi-Unternehmer, kam in den Raum und berichtete, daß Roland Auburn in der Tat eins seiner Taxis gemietet habe, um Henry Lamb zu retten. Edgar (Curly Kale) Tubb erzählte, er habe Mr. Auburn und Mr. Lamb zum Krankenhaus gefahren. Er konnte sich an nichts erinnern, was Mr. Lamb sagte, außer daß er Schmerzen gehabt hatte.

Die Beamten William Martin und David Goldberg berichteten von der verbissenen Polizeiarbeit, einer bruchstückhaften Zulassungsnummer bis zu einem Investmentbanker von der Park Avenue nachzuspüren, der schließlich nervös wurde und Ausflüchte machte. Sie erzählten, wie Roland Auburn ohne Zögern Sherman McCoy aus einer Reihe von Fotos herausgefunden habe. Ein Parkhaus-Angestellter namens Daniel Podernli berichtete, daß Sherman McCoy mit seinem Mercedes-Benz-Sportwagen an dem fraglichen Abend und während der fraglichen Stunde unterwegs gewesen und in zerzaustem und erregtem Zustand zurückgekommen sei.

Alle kamen sie herein, setzten sich an den Tisch und blickten zu dem energischen, aber geduldigen jungen Unterstaatsanwalt auf, und jede seiner Gesten, jede seiner Pausen, jeder seiner Schritte sagte: Wir brauchen sie nur ihre Geschichte auf ihre Weise erzählen zu lassen, und die Wahrheit kommt von selbst zutage.

Und dann holte er *sie* herein. Maria Ruskin kam in das Amphitheater aus einem Vorzimmer, an dessen Tür ein Gerichtswachtmeister stand. Sie war grandios. Sie hatte in ihrer Garderobe gerade den richtigen Ton angeschlagen, ein schwarzes Kleid mit einer dazu passenden, mit schwarzem Samt gepaspelten Jacke. Sie hatte sich nicht aufgetakelt, aber auch nicht abgetakelt. Sie war die vollkommene Witwe in Trauer, die Anlaß hatte, hier zu sein. Und doch schienen ihre Jugend, ihre Üppigkeit, ihre erotische Ausstrahlung, ihre Sinnlichkeit jederzeit bereit, aus diesen Kleidern hervorzubrechen, aus diesem überwältigenden, aber gefaßten Gesicht, aus diesem vollen, makellosen dunklen Haarschopf, bereit, sich mit wilder Hemmungslosigkeit zerzausen zu lassen – jeden Moment! – unter jedem Vorwand! – beim nächsten Kitzel! – dem kleinsten Blinzeln! Kramer hörte, wie es in der Jury raschelte und raunte. Sie hatten die Zeitungen gelesen. Sie hatten ferngesehen. Die »scharfe Brünette«, das »Phantom-Girl«, die »Witwe des Finanzmanns« – das war *sie*.

Unwillkürlich zog Kramer den Bauch ein, spannte seinen Unterleib und warf Schultern und Kopf zurück. Er wollte, daß sie seinen mächtigen Oberkörper und Nacken sähe, nicht seine ungünstige Platte. Zu schade, daß er der Jury nicht die ganze Geschichte erzählen konnte. Sie hätten ihre Freude daran. Sie würden ihn mit erneutem Respekt betrachten. Schon allein die Tatsache, daß sie durch diese Tür getreten war und jetzt wie aufs Stichwort an diesem Tisch saß, war ein Triumph gewesen, *sein* Triumph, und nicht bloß seiner Worte, sondern seiner besonderen Persönlichkeit. Aber natürlich konnte er ihnen nichts von seinem Besuch in der Wohnung der »scharfen Brünetten« erzählen, ihrem in Containern herbeigekarrten Palazzo. Wenn sie sich entschlossen hätte, McCoy in der Geschichte von einem Raubüberfall auf einer Highwayrampe zu unterstützen, die er sich aus den Fingern gesogen hatte, wäre die Sache sehr problematisch geworden. Der ganze Fall wäre auf die Glaubwürdigkeit Roland Auburns angewiesen gewesen, des ehemaligen Crack-Königs, der jetzt versuchte, sich aus einer Gefängnisstrafe rauszuwinden. Rolands Zeugenaussage lieferte zwar die Grundlage für einen Fall, aber keine sehr solide, und Roland war imstande, sie jeden Moment platzen zu lassen, nicht durch das, was er sagte – Kramer hatte keinen Zweifel, daß er die Wahrheit sagte –, sondern durch sein Verhalten. Aber jetzt hatte er auch sie. Er war in ihre Wohnung gegangen und hatte ihr ins Auge geblickt, ihr und auch ihren Wasp-Gefolgsleuten, und er hatte sie in die Klemme gebracht, in eine Zwickmühle aus unwiderlegbarer Logik und Angst vor der Macht. Er hatte sie so schnell und sicher in diese Klemme gebracht, daß sie nicht einmal merkte, was passierte. Sie hatte geschluckt – der Adamsapfel an ihrem Multimillionen-Hälschen war einmal nach oben und wieder nach unten gewandert –, und alles war vorbei gewesen. Am Abend waren die Messrs. Tucker Trigg und Clifford Priddy – Trigg und Priddy, Priddy und Trigg – oh, diese Wasps! – am Telefon gewesen, um einen Handel zu schließen. Jetzt saß sie vor ihm, und er blickte auf sie hinunter und ließ seine Augen auf ihren ruhen, ernst zunächst und dann mit einem (jedenfalls bildete er sich das ein) Zwinkern.

»Würden Sie bitte Ihren vollen Namen und Ihre Adresse nennen.«

»Maria Teresa Ruskin, Fifth Avenue 962.«

Sehr gut, Maria Teresa! Er selbst, Kramer war es gewesen, der entdeckt hatte, daß ihr zweiter Vorname Teresa war. Er hatte sich vorgestellt, es säßen ein paar ältere Italienerinnen und Puertoricanerinnen in der Grand Jury, und natürlich saßen sie drin. *Maria Teresa* würde sie ihnen näherbringen. Eine kitzlige Sache, ihre Schönheit und ihr Geld. Die Jury staunte Bauklötze. Sie konnten nicht genug von ihr kriegen. Sie war das bezauberndste menschliche Wesen, das sie je leibhaftig gesehen hatten. Wie lange war es schon her, daß jemand auf einem Zeugenstuhl in diesem Raum gesessen und eine Adresse in der Fifth Avenue in der Höhe der siebziger Straßen angegeben hatte? Sie war alles, was sie nicht waren und (Kramer war sich da sicher) sein wollten: jung, wunderschön, schick und treulos. Und trotzdem konnte das ein Vorzug sein, solange sie sich in einer gewissen Weise verhielt, solange sie einfach und bescheiden blieb und durch das Ausmaß ihrer eigenen Vorzüge ein wenig beschämt erschien, solange sie die kleine Maria Teresa aus einer Kleinstadt in South Carolina war. Solange sie sich bemühte, in ihrem Kern *eine von uns* zu sein, würde die Jury sich bei dieser Exkursion in die Strafjustiz durch das Bündnis mit ihr, durch ihren Erfolg und ihre Berühmtheit, ja allein schon durch die Aura ihres Geldes geschmeichelt fühlen.

Er fragte sie nach ihrem Beruf. Sie zögerte und blickte ihn mit leicht geöffnetem Mund an, dann sagte sie: »Ähmm ... ich bin« ... *Ähm-äh* ... »äh wohl ähm-äh Hausfrau.«

Brausendes Gelächter erhob sich in der Jury, und Maria schlug die Augen nieder, lächelte zurückhaltend und schüttelte leicht den Kopf, als wolle sie sagen: Ich weiß, es klingt lächerlich, aber ich weiß nicht, was ich sonst sagen soll. Kramer erkannte an der Art, in der nun wiederum die Jurymitglieder lächelten, daß sie bisher auf ihrer Seite standen. Sie waren bereits verzaubert von diesem seltenen und schönen Vogel, der jetzt in der Bronx vor ihnen herumflatterte.

Kramer nutzte diesen Moment, um zu sagen: »Ich meine, die Jury sollte davon in Kenntnis gesetzt werden, daß Mrs. Ruskins Gatte, Mr. Arthur Ruskin, erst vor fünf Tagen verstorben ist.

Unter diesen Umständen sind wir ihr zu Dank verpflichtet für ihr Entgegenkommen, sich in dieser Zeit dazu bereit zu erklären, mit dieser Jury an diesen Beratungen mitzuarbeiten.«

Die Jury starrte Maria noch mal ausführlich an. *Tapferes, tapferes Mädchen!*

Maria senkte wieder recht kleidsam den Blick.

Gutes Mädchen, Maria! »Maria Teresa« ... »Hausfrau« ... Wenn er dieser ehrenwerten Jury doch nur eine winzige Exegese darüber liefern könnte, wie er ihr diese kleinen, aber wirkungsvollen Einzelheiten eingepaukt hatte. Alles wahr und aufrichtig! ... Aber selbst Wahrheit und Aufrichtigkeit können ohne einen Lichtstrahl übersehen werden. Bislang war sie ein bißchen kühl gegen ihn gewesen, aber sie befolgte die Anweisungen und signalisierte damit ihren Respekt. Na, es würde noch viele Sitzungen geben, wenn die Sache vor Gericht käme – und selbst in diesem Augenblick, in diesem Raum, unter diesen nüchternen Umständen, auf diesem schlichten Zeugenstuhl war etwas an ihr – bereit, hervorzubrechen! Ein Krümmen des Fingers ... ein einziges Augenzwinkern ...

Bedächtig, ruhig, um zu zeigen, daß er wußte, wie schwer es für sie sein müsse, begann er sie durch die Ereignisse des verhängnisvollen Abends zu führen. Mr. McCoy hatte sie am Kennedy-Flughafen abgeholt. (Keine Notwendigkeit für diese Verhandlung, zu sagen, warum.) Sie verfahren sich in der Bronx. Sie sind ein bißchen beunruhigt. Mr. McCoy fährt auf der linken Spur einer breiten Avenue. Sie sieht drüben an der rechten Seite ein Schild, auf dem ein Weg zurück zu einem Expressway angezeigt wird. Er schert plötzlich mit hoher Geschwindigkeit nach rechts aus. Er rast direkt auf zwei Jungen zu, die am Straßenrand stehen. Er sieht sie zu spät. Er streift einen, erwischt beinahe den anderen. Sie sagt zu ihm, er solle halten. Das tut er.

»Also, Mrs. Ruskin, würden Sie uns bitte erzählen ... In diesem Moment, als Mr. McCoy anhielt, befand sich der Wagen auf der Auffahrt zu dem Expressway oder noch auf der Avenue selbst?«

»Er befand sich auf der Avenue.«

»Auf der Avenue.«

»Ja.«

»Und gab es dort irgendeine Sperre oder Barrikade oder irgendeine Art von Hindernis, das Mr. McCoy veranlaßte, mit dem Wagen an der Stelle anzuhalten, wo er das tat?«

»Nein.«

»Gut, erzählen Sie uns, was dann geschah.«

Mr. McCoy stieg aus dem Wagen aus, um zu sehen, was passiert war, und sie öffnete den Schlag und blickte zurück. Sie sah die beiden Jungen auf den Wagen zukommen.

»Und würden Sie uns bitte Ihre Reaktion schildern, als Sie bemerkten, daß sie auf Sie zukamen?«

»Ich hatte Angst. Ich dachte, sie würden über uns herfallen – wegen dem, was passiert war.«

»Weil Mr. McCoy einen von ihnen angefahren hatte?«

»Ja.« Augen niedergeschlagen, vielleicht aus Scham.

»Haben die Jungen Sie mit Worten oder durch irgendeine Bewegung bedroht?«

»Nein.« Größere Scham.

»Aber Sie dachten, Sie würden vielleicht über Sie herfallen.«

»Ja.« Ein demütiger Ton.

Eine freundliche Stimme: »Könnten Sie erklären, warum?«

»Weil wir in der Bronx waren, und weil es spät war.«

Eine sanfte, väterliche Stimme: »Ist es auch möglich, daß es daher kam, daß diese beiden jungen Männer schwarz waren?«

Eine Pause. »Ja.«

»Meinen Sie, Mr. McCoy dachte genauso?«

»Ja.«

»Hat er irgendwann einmal mit Worten angedeutet, daß er genauso dachte?«

»Ja.«

»Was hat er gesagt?«

»Ich erinnere mich nicht genau, aber wir sprachen später darüber, und er sagte, es wäre wie ein Kampf im Dschungel gewesen.«

»Ein *Kampf im Dschungel*? Diese beiden jungen Männer, die auf Sie zukamen, nachdem einer von ihnen von Mr. McCoys Wagen angefahren worden war – das war wie ein Kampf im Dschungel?«

»Genau das hat er gesagt. Ja.«

Kramer machte eine Pause, um das wirken zu lassen. »Na schön. Die beiden Männer nähern sich Mr. McCoys Wagen. Was haben Sie dann getan?«

»Was ich getan habe?«

»Was haben Sie getan – oder gesagt?«

»Ich sagte: ›Schuhmun, paß auf.‹« *Schuhmun*. Einer aus der Jury kicherte.

Kramer sagte: »Würden Sie das bitte wiederholen, Mrs. Ruskin? Wiederholen Sie, was Sie zu Mr. McCoy gesagt haben.«

»Ich sagte: ›Schuhmun, paß auf.‹«

»Nun, Mrs. Ruskin ... wenn Sie mir das gestatten ... Sie haben einen unverwechselbaren Akzent. Sie geben Mr. McCoys Vornamen eine etwas dunkle Färbung. *Schuhmun*. Ist das so richtig?«

Ein bedauerndes, aber kleidsames Lächeln ging über ihr Gesicht. »Ich glaube. Sie können das besser beurteilen als ich.«

»Also, würden Sie ihn nur noch einmal auf Ihre Weise für uns aussprechen? Mr. McCoys Vornamen?«

»Schuhmun.«

Kramer drehte sich zu den Juroren um und sah sie einfach an. *Schuhmun*.

»Na schön, Mrs. Ruskin, was passierte dann?«

Sie erzählte, wie sie hinter das Steuer geschlüpft sei, und Mr. McCoy setzte sich auf den Beifahrersitz, und sie raste davon, wobei sie fast den jungen Mann erwischte, der einer Verletzung entgangen war, als Mr. McCoy fuhr. Als sie wieder sicher zurück auf dem Expressway waren, hatte sie den Vorfall der Polizei melden wollen. Aber Mr. McCoy wollte überhaupt nichts davon hören.

»Warum sträubte er sich dagegen, den Vorfall zu melden?«

»Er sagte, er sei schließlich gefahren, als die Sache passierte, und deshalb liege es in seiner Entscheidung, und er würde sie nicht melden.«

»Ja, aber er muß doch einen Grund genannt haben.«

»Er sagte, es war nur ein Zwischenfall im Dschungel, und es hätte sowieso keinen Sinn, das zu melden, und er wolle nicht, daß sein Arbeitgeber und seine Frau etwas davon erführen. Ich glaube, wegen seiner Frau war er besorgter.«

»Weil er wußte, daß er jemanden mit seinem Wagen angefahren hatte?«

»Weil er wußte, daß er mich vom Flughafen abgeholt hatte.« Augen niedergeschlagen.

»Und das war Grund genug, nicht zu melden, daß er einen jungen Mann angefahren und, wie sich herausstellte, schwer verletzt hatte?«

»Also – ich weiß es nicht. Ich weiß nicht alles, was in seinem Kopf vorging.« Sanft; traurig.

Sehr gut, Maria Teresa! Eine begabte Schülerin! Sehr passend, die Grenzen deiner Kenntnisse zu gestehen!

Und so versenkte die reizende Witwe Ruskin Mr. Sherman McCoy wie einen Stein.

Kramer verließ den Grand-Jury-Raum in einer Euphorie, wie sie vor allem Athleten kennen, die gerade einen großen Sieg errungen haben. Er gab sich alle Mühe, ein Lächeln zu unterdrücken.

»He, Larry!«

Bernie Fitzgibbon eilte den Korridor entlang auf ihn zu. Prima! Jetzt hatte er eine Kriegsgeschichte und eine halbe obendrein für den schwarzhaarigen Iren.

Aber ehe er das erste Wort über seinen Triumph herausbekam, sagte Bernie: »Larry, hast du das hier gesehen?«

Er streckte ihm eine Nummer von »The City Light« entgegen.

Quigley, der eben hereingekommen war, griff zu »The City Light«, das auf Killians Schreibtisch lag, und machte sich ans Lesen. Sherman saß neben dem Schreibtisch in dem elenden Fiberglas-Armstuhl und wandte den Blick ab, aber die Titelseite konnte er trotzdem noch sehen.

Ein Streifen quer über den Kopf der Seite lautete: EXKLUSIV! NEUER SCHOCKER IM FALL McCOY!

Links oben auf der Seite befand sich ein Foto von Maria in einem Kleid mit tiefem Ausschnitt, aus dem der Busenansatz quoll. Ihr Mund war leicht geöffnet. Das Foto war in eine Schlagzeile aus riesigen schwarzen Lettern hineingesetzt:

KOMM IN MEIN MIETGEBUNDENES LIEBESNEST!

Darunter ein Streifen, der kleiner gedruckt war:

MILLIONÄRIN MARIA EMPFING McCOY
IN EINER STURMFREIEN BUDE FÜR $ 331 PRO MONAT
Von Peter Fallow

Killian saß hinter dem Schreibtisch, lehnte sich in seinem Drehstuhl nach hinten und betrachtete Shermans düsteres Gesicht. »Hören Sie«, sagte Killian, »machen Sie sich darüber keine Sorgen. Es ist 'ne schäbige Geschichte, aber sie schadet unserm Fall überhaupt nicht. Vielleicht hilft sie sogar. Sie könnte ihre Glaubwürdigkeit untergraben. Maria schneidet dabei ab wie 'ne Nutte.«

»Das ist wahr«, sagte Quigley mit einer Stimme, die aufmunternd klingen sollte. »Wir wissen bereits, wo sie war, als ihr

Mann starb. Sie war in Italien, und hatte irgendeinen Knaben namens Filippo bei sich. Und nun sagt dieser Winter, sie hatte ständig Kerle bei sich da oben. Dieser Winter ist vielleicht ein Schätzchen, was, Tommy?«

»Ein richtig liebenswerter Hauswirt«, sagte Killian. Dann zu Sherman: »Falls Maria Sie verleumdet, kann das hier nur helfen. Nicht viel, aber etwas.«

»Ich denke nicht an den Fall«, sagte Sherman. Er seufzte und ließ sein mächtiges Kinn auf sein Schlüsselbein sinken. »Ich denke an meine Frau. Das hier gibt ihr den Rest. Ich glaube, sie hatte mir schon halbwegs verziehen, oder zumindest wollte sie versuchen, mich zu verstehen, sie wollte unsere Familie zusammenhalten. Aber das wird alles zerstören.«

»Sie sind an eine Super-Luxusnutte geraten«, sagte Killian. »Das passiert immer wieder. Das ist alles nicht so tragisch.«

Nutte? Zu seiner Überraschung fühlte Sherman den Drang, Maria zu verteidigen. Aber er sagte: »Unglücklicherweise habe ich meiner Frau geschworen, daß ich nie ... nie etwas anderes getan hätte, als ein-, zweimal mit ihr zu flirten.«

»Haben Sie im Ernst gedacht, sie glaubt das?« fragte Killian.

»Das ist egal«, sagte Sherman. »Ich habe geschworen, das sei die Wahrheit, und dann bat ich sie, mir zu verzeihen. Ich habe eindringlich darauf bestanden. Und jetzt erfährt sie zusammen mit dem Rest von New York, mit dem Rest der Welt, von der Titelseite eines Revolverblattes, daß ich ... ich weiß nicht ...« Er schüttelte seinen Kopf.

»Na ja, es ist doch nicht so, als wenn's irgendwas Ernstes gewesen wär«, sagte Quigley. »Die Frau ist 'ne Super-Luxusnutte, wie Tommy schon sagte.«

»Nennen Sie sie nicht so«, sagte Sherman mit leiser, bedrückter Stimme, ohne Quigley anzusehen. »Sie ist der einzige anständige Mensch in dieser ganzen Schweinerei.«

Killian sagte: »Sie ist so anständig, daß sie Sie verleumden wird, wenn sie's nicht schon getan hat.«

»Sie war bereit, das Richtige zu tun«, sagte Sherman. »Ich bin davon überzeugt, und ich habe ihr ihre guten Absichten einfach brutal um die Ohren gehauen.«

»Blödsinn! Ich glaub, ich möchte das nicht weiter hören.«

»Sie hat mich nicht angerufen und gebeten, zu ihr in diese Wohnung zu kommen, um *mich* reinzulegen. Ich bin *verkabelt* zu ihr gegangen ... um *sie* reinzulegen. Was hatte sie zu gewinnen, wenn sie sich mit mir traf? Nichts. Ihre Anwälte hatten ihr wahrscheinlich gesagt, sie solle mich nicht sehen.« Killian nickte. »Das stimmt.«

»Aber das ist nicht die Art, wie Marias Verstand funktioniert. Sie ist nicht vorsichtig. Sie wird sich nicht plötzlich starr an Paragraphen halten, nur weil sie in der Klemme sitzt. Ich habe Ihnen mal gesagt, Marias Lebenselement seien *Männer*, und das ist die Wahrheit, genauso wie das Lebenselement eines ... eines ... eines Delphins das Meer ist.«

»Würden Sie auch einen Haifisch gelten lassen?« fragte Killian.

»Nein.«

»Okay, ganz wie Sie wollen. Sie ist eine Meerjungfrau.«

»Sie können sie nennen, wie Sie wollen. Aber ich bin überzeugt, was immer sie auch in diesem Fall mich betreffend, einen Mann, mit dem sie in enger Beziehung stand, unternehmen wollte, sie hatte nicht vor, es hinter einem Schutzschild von Anwälten zu tun – und sie wollte nicht *verkabelt* kommen ... um *Beweise* zu erhalten. Ohne Rücksicht darauf, was passieren würde, wollte sie mich sehen, in meiner Nähe sein, ein richtiges Gespräch mit mir haben, ein *ehrliches* Gespräch, nicht irgendein Spiel mit Worten – und sie wollte mit mir ins Bett. Sie denken vielleicht, ich bin verrückt, aber genau das wollte sie.«

Killian hob nur die Augenbrauen.

»Ich glaube auch nicht, daß sie nach Italien gefahren ist, um sich vor diesem Fall zu drücken. Ich denke, sie fuhr aus genau dem Grund, den sie genannt hat. Um von ihrem Mann wegzukommen ... und von mir ... und ich nehme ihr das nicht übel ... und um mit einem hübschen Burschen ihren Spaß zu haben. Sie können das ein Hurenverhalten nennen, wenn Sie wollen, aber sie ist die einzige in dieser ganzen Angelegenheit, die ihren Weg geradeaus gegangen ist.«

»Das ist ein raffinierter Trick, einem in den Rücken zu fallen«, sagte Killian. »Wie ist C. S. Lewis' Nacht-und-Notfall-Nummer? Wir haben's hier mit einem ganz neuen Moralbegriff zu tun.« Sherman bohrte die Faust in seine Hand. »Ich kann nicht glauben, was ich getan habe. Wenn ich doch nur ehrlich zu ihr geblieben wäre! Ich – mit meinen hohen Ansprüchen in Sachen Korrektheit und Anstand! Und jetzt sehen Sie sich das an.«

Er griff zu »The City Light«, mehr als bereit, sich in seiner öffentlichen Schande zu ertränken. »›Liebesnest‹ ... ›sturmfreie Bude‹ ... ein Foto sogar von dem Bett, in dem ›die Millionärin Maria McCoy empfing‹ ... Das ist es, was meine Frau mitbekommt, sie und ein paar Millionen andere Leute ... und meine Tochter ... Meine kleine Tochter ist fast sieben. Ihre kleinen Freundinnen werden durchaus imstande sein, sie darüber ins Bild zu setzen, was das alles bedeutet ... und bereit dazu und wild darauf ... Da können Sie sicher sein ... Stellen Sie sich das vor. Dieser Mistkerl Winter, der ist so schmutzig, daß er die Presse hereinläßt, damit sie ein Foto von dem *Bett* macht!«

Quigley sagte: »Das sind rauhe Burschen, Mr. McCoy, die Hauswirte in den mietgebundenen Häusern. Das sind Wahnsinnige. Sie haben von morgens bis abends nur eins im Sinn, und das ist, Mieter rauszusetzen. Kein Sizilianer haßt jemanden so sehr wie ein Hauswirt mit mietgebundenen Wohnungen seine Mieter. Sie glauben, die Mieter saugen ihnen das Blut aus. Sie drehen durch. Dieser Kerl sieht Maria Ruskins Foto in der Zeitung, und sie hat eine 20-Zimmer-Wohnung in der Fifth Avenue, und er flippt einfach aus und rennt zu der Zeitung.«

Sherman schlug das Blatt auf Seite drei auf, wo der eigentliche

Artikel begann. Dort fand sich ein Foto der Straßenansicht des alten Mietshauses. Ein anderes Foto von Maria, auf dem sie jung und sexy aussah. Ein Foto von Judy, auf dem sie alt und abgehärmt aussah. Ein anderes Foto von ihm ... und seinem aristokratischen Kinn ... und einem breiten Grinsen ...

»Das gibt ihr den Rest«, sagte er zu sich, aber laut genug, daß Killian und Quigley es hören konnten. Sinkend, sinkend, untertauchend in seiner Scham ... las er laut:

»Winter sagt, er hat erfahren, daß Mrs. Ruskin unter dem Tisch $ 750 an die tatsächliche Mieterin, Germaine Boll, zahlte, die dann die $ 331 an gebundener Miete entrichtete.«

»Das stimmt«, sagte Sherman, »aber ich frage mich, woher er das weiß. Maria hat's ihm nicht gesagt, und ich bin sicher, Germaine auch nicht. Maria erwähnte es einmal mir gegenüber, aber ich habe nie mit einer Menschenseele darüber geredet.«

»Wo?« fragte Quigley.

»Was wo?«

»Wo waren Sie, als sie Ihnen davon erzählte?«

»Ich war ... Es war das letztemal, als ich in der Wohnung war. Es war an dem Tag, als der erste Artikel in ›The City Light‹ erschien. Es war an dem Tag, als dieser dicke Irre, dieses chassidische Monster, hereingeplatzt kam.«

»Ayyyy«, sagte Quigley. Ein Lächeln verbreitete sich über sein Gesicht. »Verstehst du, Tommy?«

»Nein«, sagte Killian.

»Hm, aber ich«, sagte Quigley. »Ich könnte mich irren, aber ich glaube, ich verstehe.«

»Verstehst was?«

»Diesen hinterlistigen Hurenbock«, sagte Quigley.

»Wovon redest du eigentlich?«

»Erzähl ich dir später«, sagte Quigley, immer noch grinsend. »Jetzt geh ich erst mal da rüber.«

Er verließ das Zimmer und schritt mit ziemlichem Tempo den Korridor hinunter.

»Was will er denn tun?« fragte Sherman.
»Kann ich nicht genau sagen«, antwortete Killian.
»Wo geht er denn hin?«
»Das weiß ich nicht. Ich lasse ihn machen, was er will. Quigley ist eine Naturgewalt.«

Killians Telefon klingelte, und die Stimme der Dame am Empfang kam durch die Gegensprechanlage. »Es ist Mr. Fitzgibbon auf drei null.«

»Übernehme ich«, sagte Killian und griff zum Hörer. »Yeah, Bernie?«

Killian hörte zu, und seine Augen blickten nach unten, ab und zu jedoch richteten sie sich nach oben und hefteten sich auf Sherman. Er machte sich ein paar Notizen. Sherman fühlte, wie sein Herz loszuhämmern begann.

»Mit welcher Begründung?« fragte Killian. Er hörte wieder eine Zeitlang zu. »Das ist Blödsinn, und das weißt du ... Yeah, schön, ich bin ... ich bin ... Was? ... In wessen Abteilung kommt sie? ... Hmm-hmmm ...« Nach einer Weile sagte er: »Ja, er wird dasein.« Er blickte auf Sherman, als er das sagte. »Okay. Danke, Bernie.«

Er legte auf und sagte zu Sherman: »Also ... die Grand Jury hat der formellen Anklageerhebung gegen Sie stattgegeben. Maria hat Sie verraten.«

»Hat er Ihnen das gesagt?«

»Nein. Er kann nicht darüber sprechen, was in der Grand Jury vor sich geht. Aber er hat es zwischen den Zeilen angedeutet.«

»Was bedeutet das jetzt? Was passiert nun?«

»Das erste, was passiert, ist, daß die Staatsanwaltschaft morgen früh das Gericht ersucht, eine höhere Kaution festzusetzen.«

»Eine höhere Kaution? Wie können sie das tun?«

»Der Gedanke dabei ist, daß Sie jetzt, wo Anklage gegen Sie erhoben wird, verstärkt Grund haben, sich der Rechtsprechung durch das Gericht zu entziehen.«

»Aber das ist doch absurd!«

»Natürlich ist es das, aber das tun sie nun mal, und Sie müssen dazu dort sein.«

Ein schrecklicher Gedanke beschlich Sherman. »Wieviel werden sie verlangen?«

»Bernie weiß es nicht. Aber es wird 'ne Menge sein. Eine halbe Million. Eine Viertelmillion auf alle Fälle. Irgendeine bescheuerte Summe. Das ist alles nur Abe Weiss, der es auf die Schlagzeilen abgesehen hat, der nach den schwarzen Wählerstimmen schielt.«

»Aber – können sie die Kaution denn wirklich so hochsetzen?«

»Es hängt alles vom Richter ab. Die Vernehmung findet vor Kovitsky statt, der als Richter auch die Aufsicht über die Grand Jury führt. Der hat 'ne Menge Mut. Bei dem haben Sie zumindest eine reelle Chance.«

»Aber wenn sie das tun – wieviel Zeit habe ich, das Geld zusammenzukriegen?«

»Wieviel Zeit? Sobald Sie die Bürgschaft vorlegen, sind Sie draußen.«

»Bin ich *draußen*?« Schreckliche Erkenntnis ... »Was meinen Sie mit *draußen*?«

»Aus der Haft.«

»Aber warum sollte ich *in* Haft sein?«

»Na ja, sobald eine neue Kaution festgesetzt wird, sind Sie in Haft, bis Sie die Bürgschaft vorlegen, es sei denn, Sie legen sie sofort vor.«

»Moment mal, Tommy. Sie meinen doch nicht, falls meine Kaution morgen früh hochgesetzt wird, daß sie mich sofort in Haft nehmen, gleich dort, sobald die Kaution festgesetzt ist?«

»Hmm, ja. Aber ziehen Sie keine voreiligen Schlüsse.«

»Sie meinen, sie nehmen mich gleich dort im Gerichtssaal fest?«

»Yeah, *falls* – aber machen Sie nicht –«

»Verhaften mich und bringen mich *wohin?*«

»Tja, ins Untersuchungsgefängnis Bronx wahrscheinlich. Aber der entscheidende Punkt ist –«

Sherman schüttelte langsam den Kopf. Er hatte das Gefühl, die Auskleidung seines Schädels sei entzündet. »Das kann ich nicht, Tommy.«

»Nehmen Sie doch nicht gleich das Schlimmste an! Es gibt bestimmte Dinge, die wir tun können.«

Noch immer den Kopf schüttelnd: »Es ist mir völlig unmöglich, heute nachmittag eine halbe Million Dollar zusammenzubekommen und in eine Tasche zu stecken.«

»Ich rede« – tawkin – »ja überhaupt nicht von so was, Herrgott noch mal. Es ist eine Kautions-*Anhörung.* Der Richter muß sich die Argumente anhören. Wir haben ein gutes Argument.«

»Oh, sicher«, sagte Sherman. »Sie haben selbst gesagt, die Sache ist ein politischer Football.« Er ließ den Kopf hängen und schüttelte ihn wieder. »Herrgott, Tommy, ich kann das nicht.«

Ray Andriutti schlang seinen Pepperoni runter und kippte sein Kaffeegesöff hinterher, und Jimmy Caughey hielt einen halben Roastbeef-Hero wie einen Taktstock in die Luft, während er am Telefon mit jemandem über irgendeinen läppischen Scheiß redete, der ihm zugewiesen worden war. Kramer hatte keinen Hunger. Er las unentwegt den Artikel in »The City Light«. Er war fasziniert. Mietgebundenes Liebesnest für $ 331 im Monat. Die Enthüllung berührte den Fall eigentlich so oder so nicht sehr. Maria Ruskin würde nicht ganz als das sympathische kleine Mädel dabei rauskommen, das im Grand-Jury-Raum alle hingerissen hatte, aber sie gäbe trotzdem eine gute Zeugin ab. Und wenn sie mit Roland Auburn ihr »Schuhmun«-Duett sänge, hätte er Sherman McCoy in der Zange. Mietgebundenes Liebesnest für $ 331 im Monat. Sollte er wagen, Mr. Hiellig Winter anzurufen? Warum nicht? Er sollte ihn auf jeden Fall befragen ... sehen, ob er die Beziehungen zwischen Maria Ruskin und Sherman McCoy nicht näher erläutern kann, und zwar hinsichtlich des ... des ... des mietgebundenen Liebesnestes für $ 331 im Monat.

Sherman ging aus dem Wohnzimmer in die Eingangshalle und lauschte dem Geräusch seiner Schuhe auf dem feierlichen grünen Marmor. Dann drehte er sich um und hörte sich zu, wie er über den Marmor in die Bibliothek schlenderte. In der Bibliothek gab es noch eine Lampe neben einem Sessel, die er nicht angeknipst hatte. Und so knipste er sie an. Das gesamte Apartment, beide Stockwerke, strahlte im Licht und pochte vor Stille. Sein Herz pumpte in einem ganz schönen Tempo. In Haft – morgen würden sie ihn wieder *dort hinein*stecken! Er hätte am liebsten laut losgeschrien, aber es war niemand in diesem riesigen Apartment, den er anschreien konnte; und draußen auch nicht.

Er dachte an ein Messer. Abstrakt gesehen, war es so stählern-tüchtig, ein langes Küchenmesser. Aber dann versuchte er, die Sache in Gedanken durchzuspielen. Wo sollte er es hineinstoßen? Würde er das durchhalten? Was wäre, wenn er eine blutige Sauerei anrichtete? Sich aus dem Fenster stürzen. Wie lange, bis er aus dieser Höhe auf dem Pflaster aufschlug? Sekunden ... endlose Sekunden ... in denen er woran denken würde? Daran, was er Campbell antäte, daran, daß er den Ausweg eines Feiglings wählte. Meinte er das überhaupt ernst? Oder war das nur abergläubisches Spekulieren; meinte er, wenn er an das Schlimmste dachte, könnte er die Wirklichkeit ... *dort drin* ... ertragen? Nein, er könnte sie nicht ertragen.

Er hob den Telefonhörer ab und wählte wieder die Nummer in Southampton. Keine Antwort; es war den ganzen Abend niemand an den Apparat gegangen, und das, obwohl er von seiner Mutter wußte, daß Judy und Campbell, Bonita, Miss Lyons und der Dackel schon vor Mittag das Haus in der Dreiundsiebzigsten Straße verlassen hatten, um nach Southampton zu fahren. Hatte seine Mutter den Zeitungsartikel gelesen? Ja. Hatte Judy ihn gelesen? Ja. Seine Mutter hatte sich nicht einmal dazu überwinden können, eine Bemerkung dazu zu machen. Es war alles zu schmutzig, um darüber zu sprechen. Wieviel schlimmer war es dann für Judy gewesen! Sie war überhaupt nicht nach Southampton gefahren! Sie hatte beschlossen zu verschwinden und hatte Campbell mitgenommen ... in den mittleren Westen ... zurück nach Wisconsin ... Eine flüchtige Erinnerung ... die kahlen Ebenen, nur von silbrigen Wassertürmen aus Aluminium in der Form modernistischer Pilze und Grüppchen schmächtiger Bäume unterbrochen ... Ein Seufzer ... Campbell wäre dort besser aufgehoben als in New York, wo sie mit der entwürdigten Erinnerung an einen Vater lebte, der eigentlich nicht mehr existierte ... einen Vater, der von allem abgeschnitten war, was einen Menschen definierte, bis auf seinen Namen, der jetzt der eines bösen Cartoons war, über den Zeitungen, das Fernsehen und Verleumder jeder Art sich lustig machen durften, wenn sie es für richtig hielten ... Versinkend, versinkend, versinkend überließ er sich der Schande und dem Selbstmitleid ... bis ungefähr beim zwölften Klingeln jemand den Hörer abnahm.

»Hallo?«
»Judy?«
Eine Pause. »Ich dachte mir, daß du es wärst«, sagte Judy.
»Du hast sicher den Artikel gelesen«, sagte Sherman.
»Ja.«
»Also, hör zu ...«
»Wenn du nicht willst, daß ich sofort auflege, sprich überhaupt nicht darüber. Fang nicht erst an.«
Er zögerte. »Wie geht es Campbell?«
»Es geht ihr gut.«
»Wieviel weiß sie?«
»Sie versteht, daß es Probleme gibt. Sie weiß, daß irgend et-

was im Gang ist. Ich glaube nicht, daß sie weiß, was. Zum Glück ist die Schule vorüber, obwohl es schlimm genug hier draußen sein wird.«

»Laß mich dir erklären ...«

»Nein. Ich möchte mir deine Erklärungen nicht anhören. Es tut mir leid, Sherman, aber ich habe keine Lust, meine Intelligenz beleidigen zu lassen. Nicht mehr, als sie schon beleidigt wurde.«

»Gut, aber ich sollte dir wenigstens sagen, was geschehen wird. Ich komme morgen wieder in Haft. Zurück ins Gefängnis.«

Leise: »Warum?«

Warum? Es ist doch egal, warum! Ich schreie laut auf zu dir – daß du mich festhältst! Aber ich habe nicht mehr das Recht dazu! Und so erklärte er ihr nur die Schwierigkeit wegen der erhöhten Kaution.

»Ich verstehe«, sagte sie.

Er wartete einen Augenblick, aber das war es. »Judy, ich weiß einfach nicht, ob ich das kann.«

»Was meinst du damit?«

»Es war schon das erstemal grauenhaft, und da war ich nur wenige Stunden drin, in einer provisorischen Arrestzelle. Diesmal wird's im Bronxer Untersuchungsgefängnis sein.«

»Aber nur, bis du die Bürgschaft vorlegst.«

»Aber ich weiß nicht, ob ich das auch nur einen Tag aushalte, Judy. Nach dem ganzen öffentlichen Aufsehen wird es voller Leute sein ... die *es auf mich abgesehen haben* ... ich meine, es ist schon schlimm genug, wenn sie nicht wissen, wer man ist. Du kannst dir nicht vorstellen, wie es ist ...« Er verstummte. *Ich möchte laut aufschreien zu dir!* Aber er hatte das Recht dazu verloren.

Sie hörte die Qual in seiner Stimme. »Ich weiß nicht, was ich dir sagen soll, Sherman. Wenn ich dir irgendwie zur Seite stehen könnte, dann würde ich's tun. Aber du ziehst mir fortwährend den Boden unter den Füßen weg. Wir hatten die gleiche Unterhaltung schon früher. Was habe ich noch, was ich dir geben könnte? Du ... du tust mir nur sehr leid, Sherman. Ich weiß nicht, was ich dir sonst sagen soll.«

»Judy?«

»Ja?«

»Sag Campbell, daß ich sie sehr liebe. Sag ihr ... sag ihr, sie soll an ihren Vater als den Menschen denken, der er war, ehe das alles geschah. Sag ihr, daß einen all das irgendwie verändert und daß man nie mehr derselbe sein kann.«

Verzweifelt wünschte er sich, daß Judy ihn fragen würde, was er meine. Auch auf die zögerndste Aufforderung hin war er bereit, alles aus sich herausströmen zu lassen, was er fühlte.

Aber sie sagte nichts weiter als: »Ich bin sicher, sie wird dich immer lieben, ganz gleich, was geschieht.«

»Judy?«

»Ja?«

»Kannst du dich erinnern, wie ich immer in die Arbeit ging, als wir noch im Village wohnten?«

»Wie du in die Arbeit gingst?«

»Als ich die erste Zeit bei Pierce & Pierce arbeitete? Die Art, wie ich dich mit erhobener linker Faust grüßte, wenn ich die Wohnung verließ, mit dem Black-Power-Gruß?«

»Ja, ich erinnere mich.«

»Erinnerst du dich auch, warum?«

»Ich glaube.«

»Es sollte heißen, daß ich – ja! – an der Wall Street arbeiten würde, aber mein Herz und meine Seele würden ihr niemals gehören. Ich würde sie benutzen und gegen sie rebellieren und mit ihr brechen. Erinnerst du dich an all das?«

Judy sagte nichts.

»Ich weiß, es ist nicht so gelaufen«, fuhr er fort, »aber ich weiß noch, was für ein schönes Gefühl das war. Du nicht auch?«

Wieder Schweigen.

»Tja, jetzt habe ich mit Wall Street gebrochen. Oder Wall Street hat mit mir gebrochen. Ich weiß, es ist nicht dasselbe, aber auf merkwürdige Weise fühle ich mich frei.« Er schwieg und hoffte, sie zu einer Bemerkung zu bewegen.

Schließlich sagte Judy: »Sherman?«

»Ja?«

»Das ist eine Erinnerung, Sherman, aber sie ist nicht mehr am Leben.« Ihre Stimme versagte. »Alle unsere Erinnerungen aus dieser Zeit sind schrecklich verstümmelt worden. Ich weiß, du möchtest, daß ich dir etwas anderes sage, aber ich bin hintergangen und gedemütigt worden. Ich wollte, ich könnte so sein, wie ich vor langer Zeit einmal war, und dir helfen, aber ich kann es nicht.« Sie zog Tränen durch die Nase hoch.

»Es würde helfen, wenn du mir verzeihen könntest – wenn du mir eine letzte Chance gäbest.«

»Darum hast du mich schon einmal gebeten, Sherman. Na gut, ich vergebe dir. Und ich frage dich wieder: Was ändert das?« Sie weinte leise.

Er hatte keine Antwort darauf, und das war's.

Danach saß er in der strahlendgleißenden Stille der Bibliothek. Er ließ sich in dem Drehsessel an seinem Schreibtisch nach hinten sacken. Er wurde sich des Drucks der Sitzkante gegen die Unterseite seiner Schenkel bewußt. Marokkanisches Ochsenblutleder; $ 1100, um allein die Lehne und den Sitz dieses einen Sessels beziehen zu lassen. Die Bibliothekstür stand offen. Er blickte in die Eingangshalle hinaus. Dort sah er auf dem Marmorboden die extravagant geschwungenen Beine eines der Thomas-Hope-Armstühle. Keine Mahagoni-Reproduktion, sondern eines der Rosenholz-Originale. Rosenholz! Die kindliche Freude, mit der Judy ihre Rosenholz-Originale entdeckt hatte!

Das Telefon klingelte. *Sie rief zurück!* Er hob den Hörer sofort ab.

»Hallo?«

»Ayyyyyy, Sherman.« Sein Mut verließ ihn wieder. Es war Killian. »Ich möchte, daß Sie noch mal hier runterkommen. Ich habe Ihnen etwas zu zeigen.«

»Sind Sie noch in Ihrem Büro?«

»Quigley ist auch da. Wir haben was, das wir Ihnen zeigen müssen.«

»Was ist es?«

»Möchte am Telefon nicht gern drüber reden.« Tawkaboudit. »Ich möchte Sie bitten herzukommen.«

»In Ordnung ... ich fahre sofort los.«

Er war sowieso nicht sicher, ob er es in der Wohnung noch eine Minute länger ausgehalten hätte.

In dem alten Haus in der Reade Street hörte der Nachtwächter, der Zypriote oder Armenier zu sein schien, in einem riesigen Kofferradio einen Country-music-Sender. Sherman mußte bei ihm haltmachen und seinen Namen und die Uhrzeit in ein Hauptbuch eintragen. Mit seinem dicken Akzent stimmte der Wachmann immer wieder in den Refrain des Liedes ein:

My chin's up,
My smile 's on,
My heart's fee-
lin'
down ...

Was sich bei ihm anhörte wie:

Mai tschien's op
Mais a Meil's on
Mai hatt's fie-
lien
dohn ...

Sherman nahm den Fahrstuhl nach oben, schritt durch die schmuddelige Stille des Korridors und kam zu der Tür mit dem gravierten Plastikschild mit der Aufschrift DERSHKIN, BELLAVITA, FISHBEIN & SCHLOSSEL. Einen Augenblick dachte er an seinen Vater. Die Tür war verschlossen. Er klopfte, und nach fünf oder zehn Sekunden wurde sie von Ed Quigley geöffnet.

»Ayyyy! Kommen Sie rein!« sagte Quigley. Sein mürrisches Gesicht hatte sich erhellt. *Strahlen* ist das richtige Wort. Urplötzlich war er Shermans liebster Freund. Ein Gluckser sprudelte aus ihm hervor, während er Sherman in Killians Büro führte. Killian begrüßte ihn mit dem Lächeln der Katze, die den Kanarienvogel gefressen hat. Auf seinem Schreibtisch stand ein großes Tonbandgerät, das offenbar den höheren und anspruchsvolleren Sphären des audiovisuellen Königreichs entstammte.

»Ayyyyyyyyyy!« sagte Killian. »Nehmen Sie Platz. Halten Sie sich gut fest. Warten Sie, bis Sie das hier gehört haben.«

Sherman setzte sich neben den Schreibtisch. »Was ist es?«

»Das sagen Sie mir«, erwiderte Killian. Quigley stand neben Killian, blickte auf den Apparat und zappelte nervös herum wie ein Schuljunge, der auf der Bühne einen Preis entgegennehmen soll. »Ich möchte nicht, daß Sie sich wegen dieser Sache hier allzu große Hoffnungen machen«, sagte Killian, »denn es sind ein paar ernste Probleme damit verbunden, aber Sie werden es interessant finden.«

Er drückte irgendwo auf den Apparat, und ein Schwall leiser atmosphärischer Geräusche setzte ein. Dann eine Männerstimme: »Ich habe es gewußt. Ich habe es gleich gewußt. Wir hätten es sofort melden sollen.« Die erste Sekunde oder so erkannte er sie nicht. Dann dämmerte es ihm. *Meine eigene Stimme!* Sie fuhr fort: »Ich kann nicht glauben, daß ich – ich kann's einfach nicht glauben, daß wir in dieser Situation sind.« Eine Frauenstimme: »Tja, nun ist es zu spät, Sherman.« *Schuhmun.* »Geschehen ist geschehen.«

Die ganze Szene – die Angst, die Spannung, ihre ganze Atmosphäre – strömte durch Shermans Nervensystem ... In ihrem Hideaway an dem Abend, als der erste Artikel über Henry Lamb in »The City Light« erschienen war ... MUTTER VON MUSTERSCHÜLER: POLIZEI DECKT FAHRERFLUCHT ... Er sah die Schlagzeile auf der Platte des eichenen Säulentisches noch ganz genau vor sich ...

Seine Stimme: »Erzähl ... einfach, was passiert ist.«

Ihre Stimme: »Das wird sich fabelhaft anhören. Zwei Jungs haben uns angehalten und versucht, uns zu berauben, aber du hast einen Reifen nach einem von ihnen geworfen, und ich bin davongerast wie 'ne ... 'ne ... angesengte *Sau,* aber ich habe nichts davon gemerkt, daß ich jemanden angefahren habe.«

»Aber genauso ist es passiert, Maria.«

»Und wer soll das glauben? ...«

Sherman sah Killian an. Killian hatte ein verkniffenes, kleines Lächeln im Gesicht. Er hob die rechte Hand, wie um Sherman zu bitten, noch weiter zuzuhören und noch nicht zu reden. Quigley hielt die Augen starr auf den Zauberapparat geheftet. Seine Lippen waren fest aufeinandergepreßt, um das breite Grinsen zurückzuhalten, das seiner Meinung nach fällig war.

Wenig später tauchte der Riese auf. »*Sie* wohnen hier?«

Seine eigene Stimme: »Ich habe gesagt, wir haben dafür keine Zeit.« Er hörte sich furchtbar hochnäsig und gespreizt an. Von neuem fühlte er die Erniedrigung dieses Augenblicks, das gräßliche Gefühl, jeden Moment zu einem Männerduell, sehr wahrscheinlich körperlich, gezwungen zu werden, das er unmöglich gewinnen konnte.

»*Sie* wohnen nicht hier, und sie wohnt auch nicht hier. Was machen Sie hier?«

Der hochnäsige Bursche: »Das geht Sie nichts an! Seien Sie jetzt so freundlich und gehen Sie!«

»Sie gehören hier nicht her. Okay? Wir haben ein echtes Problem.«

Dann Marias Stimme ... der Streit ... ein ungeheures Krachen, als der Stuhl zusammenbricht und der Riese zu Boden geht ... sein schmählicher Rückzug ... Marias schallendes Gelächter ... Schließlich ihre Stimme, die sagt: »Germaine zahlt bloß $ 331 im Monat, und ich zahle ihr $ 750. Die Wohnung ist mietgebunden. Sie würden sie hier gerne rausschmeißen.«

Bald verstummten die Stimmen ... und Sherman erinnerte sich, *spürte* das unruhige Treiben auf dem Bett ...

Als das Band zu Ende war, sagte Sherman zu Killian: »Mein Gott, das ist ja erstaunlich. Wo kommt denn das her?«

Killian blickte Sherman an, zeigte aber mit seinem rechten Zeigefinger auf Quigley. Und Sherman sah Quigley an. Es war der Augenblick, auf den Quigley gewartet hatte.

»Als Sie mir sagten, wo sie Ihnen von ihrem Mietentrick erzählt hat, wußte ich es. Ich *wußte* es einfach verdammt noch mal. Diese Irren. Dieser Hiellig Winter ist nicht der erste. Die ›voice-activated tapes‹, diese durch Stimmen in Gang gesetzten Tonbänder. Deswegen bin ich gleich mal rübergefahren. Dieser Typ hat in den Wohnungen in den Kästchen der Gegensprechanlagen Mikrofone versteckt. Der Recorder ist unten im Keller in einem verschlossenen Schrank.«

Sherman starrte dem Mann in sein plötzlich strahlendes Gesicht. »Aber warum sollte er sich denn überhaupt um so was kümmern?«

»Um die Mieter raussetzen zu können!« sagte Quigley. »Die Hälfte der Leute in diesen mietgebundenen Wohnungen sind zu Unrecht drin. Die Hälfte trickst da genauso wie Ihre Freundin. Aber das vor Gericht zu beweisen, ist eine ganz andere Sache. Und deshalb nimmt dieser Irre jede Unterhaltung in der Bude mit den voice-activated tapes auf. Und glauben Sie mir, er ist nicht der erste.«

»Aber ... ist das nicht illegal?«

»Illegal?« fragte Quigley hocherfreut zurück. »Es ist so irre illegal, daß es schon nicht mal mehr komisch ist! Es ist so wahnsinnig illegal, daß, wenn er in dem Moment durch die Tür da reinspaziert käme, ich sagen würde: ›Hi, ich hab mir eben dein Scheißtonband geholt. Was sagst du dazu?‹ Und er würde sagen: ›Ich weiß nicht, wovon du redest‹ und würde wieder rausgehen wie 'n netter Junge. Aber ich sage Ihnen, diese Wahnsinnigen sind völlig *ausgeflippt.*«

»Und Sie haben es sich einfach genommen? Wie sind Sie denn da überhaupt reingekommen?«

Quigley zuckte überaus selbstgefällig die Schultern. »Das ist doch keine große Sache.«

Sherman sah Killian an. »Herrgott ... dann könnte doch ... wenn das auf Band ist, dann könnte doch vielleicht ... Gleich nachdem die Sache passiert war, fuhren Maria und ich in diese Wohnung und sprachen die ganze Angelegenheit durch, alles, was passiert war. Wenn das auf Band wär – das wär ... phantastisch!«

»Es ist nicht da«, sagte Quigley. »Ich habe mir Kilometer von dem Zeug angehört. So weit reicht das nicht zurück. Er muß es hin und wieder löschen und einfach überspielen, damit er nicht andauernd neue Bänder kaufen muß.«

Shermans Stimmung schnellte in die Höhe, und er sagte zu Killian: »Na ja, vielleicht reicht das ja auch!«

Quigley sagte: »Nebenbei gesagt, sind Sie nicht der einzige Besucher, den sie in dem Schuppen empfängt.«

Killian mischte sich ein: »Jaja, aber das ist in diesem Moment nur von historischem Interesse. Jetzt geht's vor allem um eines, Sherman. Ich möchte nicht, daß Sie Ihre Hoffnungen wegen dieser Sache zu hoch schrauben. Wir haben es mit zwei ernsten Problemen zu tun. Das erste ist, daß sie nicht richtig mit der Sprache rausrückt und sagt, sie hat den Jungen angefahren, und Sie haben's nicht getan. Was sie sagt, ist indirekt. Die halbe Zeit klingt es so, als könnte sie einverstanden sein mit dem, was Sie sagen. Trotzdem ist das Band eine gute Waffe. Es reicht sicherlich aus, um bei Geschworenen Zweifel zu erregen. Sie scheint allerdings Ihrer Theorie beizupflichten, daß es ein Raubversuch war. Aber wir haben noch ein Problem, und um ehrlich zu Ihnen zu sein, ich weiß nicht, was in drei Teufels Namen wir da machen sollen. Ich weiß keine Möglichkeit, wie ich das Band in die Beweisaufnahme kriegen soll.«

»Nein? Wieso nicht?«

»Wie Ed schon sagte, ist das ein total illegales Band. Dieser verrückte Winter könnte dafür ins Gefängnis wandern. Es gibt absolut keine Möglichkeit, ein erschlichenes, illegales Tonband vor einem Gericht als Beweismittel zu benutzen.«

»Ja, warum haben Sie *mich* denn dann verkabelt? Das ist auch ein erschlichenes Band. Wie könnte das denn benutzt werden?«

»Es ist erschlichen, aber nicht illegal. Sie haben das Recht, Ihre eigenen Gespräche aufzunehmen, heimlich oder nicht. Aber wenn es die Gespräche von jemand anderem sind, ist es illegal. Wenn dieser wahnsinnige Hauswirt Winter seine eigenen Gespräche aufnähme, gäb's keine Probleme.«

Sherman starrte Killian mit offenem Mund an, während seine eben aufgekeimten Hoffnungen schon wieder zusammenbrachen. »Aber das ist nicht *recht!* Das hier sind ... *entscheidende Beweise!* Man kann doch entscheidende Beweise nicht wegen einer reinen Formsache unterdrücken!«

»Ich muß Ihnen das leider sagen, mein Lieber. Man kann. Und man würde. Wir müssen folgendes tun: Wir müssen uns überlegen, wie wir das Band dazu benutzen können, jemanden dazu zu bringen, uns eine rechtlich einwandfreie Zeugenaussage zu liefern. Zum Beispiel müssen wir überlegen, ob es eine Möglichkeit gibt, dies Band dazu zu benutzen, Ihre Freundin Maria zum Auspacken zu zwingen. Haben Sie irgendwelche zündenden Ideen?«

Sherman überlegte einen Moment. Dann seufzte er und schaute an den beiden Männern vorbei ins Weite. Es war alles zu grotesk. »Ich weiß nicht mal, wie man sie überhaupt dazu bringen könnte, sich das verdammte Ding anzuhören.«

Killian sah Quigley an. Quigley schüttelte den Kopf. Alle drei schwiegen.

»Einen Moment«, sagte Sherman. »Lassen Sie mich mal das Band sehen.«

»Sehen?« fragte Killian.

»Ja. Geben Sie es mir.«

»Soll ich's aus dem Gerät nehmen?«

»Ja.« Sherman streckte die Hand aus. Quigley spulte es zurück und nahm es sehr vorsichtig aus dem Gerät, als wäre es ein kostbarer Gegenstand aus mundgeblasenem Glas. Er reichte es Sherman.

Sherman hielt es in beiden Händen und starrte es an. »Verdammt will ich sein«, sagte er, hob den Blick und sah Killian an. »Es gehört mir.«

»Was wollen Sie damit sagen, es gehört Ihnen?«

»Das ist mein Tonband. Ich habe es aufgenommen.«

Killian blickte ihn fragend an, als suche er die Pointe an dem Witz. »Wie meinen Sie das, Sie haben's aufgenommen?«

»Ich habe mich an dem Abend selber verkabelt, weil in ›The City Light‹ gerade dieser Artikel erschienen war, und ich dachte mir, ich könnte eventuell irgendwas gebrauchen, was beweist, was wirklich passiert ist. Was wir eben gehört haben – das ist das Band, das ich an dem Abend damals aufgenommen habe. Es ist mein Band.«

Killian stand der Mund offen. »Was sagen Sie da?«

»Ich sage, ich habe dieses Band aufgenommen. Wer will denn sagen, ich hätte es nicht getan? Dieses Band ist in meinem Besitz. Richtig? Hier ist es. Ich habe dieses Band aufgenommen, um eine genaue Aufzeichnung von meinem eigenen Gespräch zu haben. Sagen Sie mir, Herr Anwalt, würden Sie meinen, dieses Band ist vor einem Gericht zulässig?«

Killian sah Quigley an. »Jesus Gottverdammich Maria.« Dann sah er Sherman an. »Also, ich habe das richtig verstanden, Mr. McCoy. Sie sagen mir, Sie haben sich selbst verkabelt und dieses Band von Ihrem Gespräch mit Mrs. Ruskin gemacht?«

»Genau. Ist es zulässig?«

Killian blickte zu Quigley rüber, lächelte und sah dann wieder Sherman an. »Das ist durchaus möglich, Mr. McCoy, durchaus möglich. Aber Sie müssen mir etwas ganz genau erzählen. Wie haben Sie das Band bespielt? Was für ein Gerät haben Sie benutzt;? Wie haben Sie sich selbst aufgenommen? Ich meine, wenn Sie wollen, daß das Gericht dieses Beweisstück zuläßt, dann sollten Sie auch in der Lage sein, alles, was Sie gemacht haben, von A bis Z zu erklären.«

»Tja«, sagte Sherman, »dazu würde ich gern hören, was Mr. Quigley *vermutet*. Er scheint sich auf dem Gebiet gut auszukennen. Ich würde gern hören, was er *vermutet*.«

Quigley sah Killian an.

»Na los, Ed«, sagte Killian, »spiel's mal durch.«

»Na ja«, sagte Quigley, »ich an Ihrer Stelle, ich nähme einen Nagra 2600, voice-activated, und dann würde ich ...« Er fuhr fort, in allen Einzelheiten darzulegen, wie er den sagenhaften Nagra benutzt und sich verkabelt haben würde, um sicherzustellen, daß er die bestmögliche Aufzeichnung von so einem Gespräch bekäme.

Als er fertig war, sagte Sherman: »Mr. Quigley, Sie kennen sich wirklich auf diesem Gebiet aus. Denn wissen Sie was? Genau das habe ich getan. Sie haben keinen einzigen Schritt ausgelassen.« Dann sah er Killian an. »Da haben Sie es. Was meinen Sie?«

»Ich werde Ihnen sagen, was ich denke«, sagte Killian langsam. »Sie erstaunen mich ungeheuer. Ich hätte nicht gedacht, daß das in Ihnen schlummert.«

»Ich auch nicht«, sagte Sherman. »Aber etwas ist mir im Laufe der letzten paar Tage aufgegangen. Ich bin nicht mehr Sherman McCoy. Ich bin jemand anderer ohne eigenen Namen. Ich bin dieser andere schon seit dem Tag, an dem ich verhaftet wurde. Ich wußte, etwas ... etwas Grundlegendes hatte sich an dem Tag ereignet, aber ich wußte zuerst nicht, was. Zuerst dachte ich, ich sei noch Sherman McCoy, und Sherman McCoy mache eine riesige Pechsträhne durch. Während der letzten paar Tage aber habe ich mich mit der Wahrheit so allmählich abgefunden. Ich bin jemand anderer. Ich habe nichts zu tun mit Wall Street oder Park Avenue oder Yale oder St. Paul's oder Buckley oder dem Löwen von Dunning Sponget.«

»Der Löwe von Dunning Sponget?« fragte Killian.

»So habe ich mir immer meinen Vater vorgestellt. Als Herrscher, als Aristokraten. Und vielleicht war er das auch, aber ich bin nicht mehr mit ihm verwandt. Ich bin nicht mehr der Mensch, den meine Frau geheiratet hat, und der Vater, den meine Tochter kennt. Ich bin ein anderer Mensch. Ich lebe jetzt *hier unten*, falls es Sie nicht kränkt, wenn ich das so ausdrücke. Ich bin kein besonderer Mandant von Dershkin, Bellavita, Fishbein & Schlossel. Ich bin ein Standardfall. Jedes Geschöpf hat sein Habitat, und ich lebe jetzt in meinem. Reade Street und Hunderteinundsechzigste Straße und die Käfige – wenn ich denke, ich stehe darüber, mache ich mir nur selbst was vor, und ich habe aufgehört, mir was vorzumachen.«

»Ayyyyy, einen Moment mal«, sagte Killian. »So schlimm steht's noch nicht.«

»Es steht so schlimm«, sagte Sherman. »Aber ich schwöre Ihnen, ich fühle mich jetzt besser. Sie wissen, wie man einen Hund, einen Haushund, einen Schäferhund zum Beispiel, der sein ganzes Leben gefüttert und gehätschelt wurde, zu einem bösartigen Wachhund erziehen kann?«

»Ich habe davon gehört«, sagte Killian.

»Ich habe gesehen, wie's gemacht wird«, sagte Quigley. »Ich habe es gesehen, als ich bei der Polizei war.«

»Na ja, dann kennen Sie ja das Prinzip«, sagte Sherman. »Sie verändern den Charakter dieses Hundes nicht mit Hundekuchen oder Pillen. Sie ketten ihn an, und Sie schlagen ihn, und

Sie quälen ihn, und Sie beschimpfen ihn, und Sie prügeln ihn wieder, bis er sich umdreht und die Zähne fletscht und jedesmal, wenn er einen Laut hört, zum letzten Kampf bereit ist.«

»Das stimmt«, sagte Quigley.

»Ja, in dieser Lage sind Hunde klüger als Menschen«, sagte Sherman. »Der Hund klammert sich nicht an die Vorstellung, daß er ein wundervolles Schoßhündchen in irgendeiner fabelhaften Hundeschau ist, wie der Mensch das tut. Der Hund kapiert, was los ist. Der Hund weiß, wann's Zeit ist, zum Tier zu werden und zu kämpfen.«

31
In den Solarplexus

Diesmal war es ein sonniger Tag, ein linder Tag im Juni. Die Luft war so leicht, daß sie selbst hier in der Bronx rein und erfrischend schien. Ein wundervoller Tag, mit einem Wort; Sherman nahm das übel. Er nahm es persönlich. Wie ungeheuer herzlos! Wie konnten Natur, Schicksal – Gott – sich so etwas Grandioses für die Stunde seines Elends ausdenken? Herzlosigkeit auf allen Seiten. Ein Anfall von Angst fuhr ihm hinab bis ans Ende seines absteigenden Grimmdarms.

Er saß mit Killian auf dem Rücksitz eines Buick. Ed Quigley saß neben dem Chauffeur, der dunkelhäutig war, dickes, glattes schwarzes Haar und ein zartes, feines, geradezu hübsches Gesicht hatte. Ein Asiate? Sie fuhren die Rampe von dem Expressway herunter, direkt an dem Oval des Yankee Stadions vorbei, wo auf einem großen Schild stand: HEUTE 19 UHR YANKEES GEGEN KANSAS CITY. Wie ungeheuer herzlos! Zehntausende von Menschen würden heute abend *auf jeden Fall* hierherkommen – um Bier zu trinken und zwei Stunden lang einen weißen Ball herumsausen zu sehen – und er würde *wieder dort drin* sein, in einer Dunkelheit, die er sich nicht vorstellen konnte. *Und es würde losgehen.* Die erbärmlichen Dummköpfe! Sie wußten nicht, wie die Wirklichkeit war! Zehntausende von ihnen würden im Yankee Stadion einem *Spiel* zusehen, einer bloßen Kriegs*farce*, während er in einem *richtigen* Krieg war. Und es würde losgehen ... mit der elementaren körperlichen Gewalt ... Jetzt fuhr der Buick die lange Steigung, die

Einhunderteinundsechzigste Straße hinauf. Sie würden im Nu dasein.

»Es findet nicht im selben Gerichtsgebäude statt«, sagte Killian. »Sondern in dem Gebäude oben auf dem Gipfel des Hügels, auf der rechten Seite.«

Sherman erblickte einen riesigen Kalksteinbau. Er sah recht majestätisch aus, wie er da so auf der Höhe des Grand Concourse im Sonnenlicht eines wunderschönen Tages thronte; majestätisch und unglaublich ernst.

Sherman sah, wie die Augen des Fahrers ihn im Rückspiegel aufs Korn nahmen, und dann saugten sie sich in einem peinlichen Blickkontakt fest und hüpften wieder weg. Quigley, vorn neben dem Fahrer, trug eine Krawatte und ein Jackett, aber gerade mal so eben. Das Jackett, aus einem merkwürdigen Tweed in der bläulichgrünen Farbe angegangenen Fleisches, rutschte ihm beharrlich über die narbige Haut seines Nackens nach oben. Er sah aus wie diese Sorte nervös-zappeliger, schwerer Jungs, die nach einer Gelegenheit suchen, sich Jackett und Schlips vom Leibe zu reißen und sich zu schlagen und Hämatome zu züchten, oder besser noch irgendeinen angsterfüllten Schwächling einzuschüchtern, der nicht bereit ist, der Herausforderung zu folgen und sich zu prügeln.

Als der Wagen den Hügel hinauffuhr, sah Sherman nahe dem Gipfelpunkt eine Menschenmenge auf der Straße vor dem Kalksteingebäude. Wagen quetschten sich an die Seite, um vorbeizukommen.

»Was ist da los?« fragte er.

»Sieht aus wie 'ne Demonstration«, sagte Quigley.

Killian sagte: »Na, wenigstens stehen sie diesmal nicht vor Ihrem Haus.«

»Eine De-mon-strrrra-tion? Hahahaha«, sagte der Fahrer. Er hatte einen Singsang-Akzent und ein fröhliches, durch und durch ängstliches Lachen. »Gegen was ist die? Hahahaha haha.«

»Sie ist gegen uns«, sagte Quigley mit seiner tonlosen Stimme. Der Fahrer sah Quigley an. »Gegen Siiiiee? Hahahahaha ha.«

»Kennen Sie den Herrn, der diesen Wagen gemietet hat? Mr. McCoy?« Quigley machte eine Kopfbewegung zum Rücksitz.

Im Spiegel suchten ihn die Augen des Chauffeurs und hefteten sich von neuem fest. »Hahahaha.« Dann wurde er still.

»Keine Sorge«, sagte Quigley. »Im Zentrum eines Krawalls ist es immer sicherer als an seinen Rändern. Das ist eine allgemein bekannte Tatsache.«

Der Fahrer sah wieder Quigley an und sagte: »Hahahaha.« Dann wurde er *sehr* still; zweifellos versuchte er herauszufinden, wovor er mehr Angst haben mußte, vor den Demonstranten auf der Straße, denen er sich näherte, oder vor dem schweren Jungen, der bei ihm drinnen und nur Zentimeter von seinem bislang noch nicht umgedrehten Hals entfernt saß. Dann nahm er mit seinen Augen wieder Sherman aufs Korn, heftete sich fest, sprang dann ins Innere der Höhle und hastete weiter, glotzäugig vor Panik.

»Nichts wird passieren«, sagte Killian zu Sherman. »Da oben werden Cops sein. Sie warten bereits auf die Brüder. Es ist jedesmal dieselbe Sippschaft, Bacon und dieser ganze Verein. Glauben Sie, die Menschen der Bronx interessiert das auf die eine oder andere Weise? Bilden Sie sich das nicht ein. Das hier ist dieselbe Clique, die wieder dieselbe verrückte Nummer abzieht. Es ist eine Show. Halten Sie einfach den Mund und gucken Sie starr geradeaus. Diesmal haben wir eine Überraschung für sie.«

Als sich der Wagen der Walton Avenue näherte, sah Sherman die Menge auf der Straße stehen. Sie standen um das ganze riesige Kalksteingebäude auf dem Gipfel des Hügels herum. Er hörte eine Stimme über ein Mikrofon. Die Leute antworteten der Stimme in einem Sprechchor. Wer es auch immer war, der durch das Mikrofon schrie, er schien oben auf der Plattform der großen Treppe an der Seite zur Einhunderteinundsechzigsten Straße zu stehen. Aus dem Gesichtermeer stachen die Gerätschaften der Kamerateams in die Höhe.

Der Fahrer fragte: »Wooooollen Sie, daß ich halte? Hahahaha.«

»Fahren Sie einfach weiter«, sagte Quigley. »Ich sage Ihnen, wann Sie anhalten sollen.«

»Hahahaha.«

Killian sagte zu Sherman: »Wir gehen durch einen Seiteneingang rein.« Dann zu dem Fahrer: »Die nächste rechts!«

»All die Leeeeeuuuuute! Hahahaha.«

»Fahren Sie einfach die nächste rechts rein«, sagte Quigley, »und machen Sie sich keine Sorgen.«

Killian sagte zu Sherman: »Bücken Sie sich. Binden Sie sich den Schuh zu oder so was.«

Der Wagen bog in die Straße ein, die an der tiefer gelegenen Seite des gewaltigen Kalksteingebäudes entlangführte. Aber Sherman blieb aufrecht auf seinem Platz sitzen. Es hatte keine Bedeutung mehr. *Wann würde es losgehen?* Er sah orangeblaue Transporter mit Maschendraht vor den Fenstern. Die Menge hatte sich vom Gehweg herunter auf die Straße ergossen. Sie blickten hinauf zu der Gebäudeseite an der Einhunderteinundsechzigsten Straße. Die Stimme bombardierte sie, und die Sprechchöre erhoben sich aus dem Gedränge auf der Treppe.

»Biegen Sie nach links«, sagte Killian. »Genau da rein. Sehen Sie den roten Kegel? Dort ist es.«

Der Wagen fuhr im 90-Grad-Winkel an die Bordsteinkante direkt neben dem Gebäude. Eine Art Polizist war zur Stelle und zog einen fluoreszierenden Gummikegel von der Mitte des Parkhafens weg. Quigley hielt mit der Linken eine Karte gegen die Windschutzscheibe, die offenbar für den Polizisten bestimmt war. Es standen noch vier oder fünf Polizisten auf dem Gehweg. Sie trugen kurzärmelige weiße Hemden und hatten gewaltige Pistolen an den Seiten.

»Wenn ich die Tür aufmache«, sagte Killian, »treten Sie zwischen mich und Ed und traben los.«

Die Tür ging auf, und sie kletterten hinaus. Quigley war auf Shermans rechter Seite; Killian auf seiner linken. Leute auf dem Bürgersteig starrten sie an, schienen aber nicht zu wissen, wer sie waren. Drei von den Polizisten schlängelten sich zwischen die Menge und Sherman, Killian und Quigley. Killian ergriff Sherman am Ellenbogen und dirigierte ihn auf die Tür zu. Quigley schleppte eine schwere Tasche. Ein Polizist in einem weißen Hemd stand in der Tür, trat dann zur Seite und ließ sie in das Foyer ein, das von trüben Leuchtstoffröhren erhellt war. Rechts öffnete sich eine Tür zu etwas, das wie ein Geräteraum aussah. Sherman konnte die schwarzen und grauen Formen von Menschen erkennen, die auf Bänken hockten.

»Sie haben uns damit einen Gefallen getan, daß sie ihre Demonstration auf der Treppe abhalten«, sagte Killian. Seine Stimme klang exaltiert und angespannt. Zwei Beamte führten sie zu einem Fahrstuhl, den ein dritter Beamter für sie aufhielt. Sie gingen in den Fahrstuhl, und der Beamte trat mit ihnen ein. Er drückte den Knopf für das achte Stockwerk, und die Fahrt nach oben begann.

»Danke, Brucie«, sagte Killian zu dem Beamten.

»Is schon okay. Bernie mußte dafür danken.« Killian blickte Sherman mit einer Miene an, die verkündete: Was habe ich Ihnen gesagt?

Im achten Stock stand auf dem Gang vor einem Raum, der als Abteilung 60 bezeichnet war, eine lärmende Menschenmenge. Eine Reihe Gerichtswachtmeister hielt sie zurück.

Yo! ... Da ist er!

Sherman blickte starr geradeaus. *Wann geht es los?* Ein Mann sprang vor ihn hin – ein weißer, hochgewachsener Mann mit blondem Haar, das von einer scharf umrissenen Stirnlocke aus nach hinten gekämmt war. Er trug einen marineblauen Blazer, eine dunkelblaue Krawatte und ein Hemd mit gestreifter Brust und steifem weißem Kragen. Es war dieser Reporter, Fallow. Sherman hatte ihn zum letztenmal gesehen, kurz bevor er ins Zentralregister hineinging ... *dieser Ort ...*

»Mr. McCoy!« *Diese Stimme.*

Mit Killian auf der einen, Quigley auf der anderen Seite und dem Gerichtswachtmeister Brucie als Vorhut wirkten sie wie eine fliegende Keilformation. Sie schoben den Engländer beiseite und gingen durch eine Tür. Sie waren in dem Gerichtssaal. Eine Menschenmenge links von Sherman ... auf den Zuschauerplätzen ... Schwarze Gesichter ... ein paar weiße Gesichter ... Im Vordergrund sah er einen riesigen Schwarzen mit einem goldenen Ohrring an seinem Ohrläppchen. In gebückter Haltung erhob dieser Mann sich von seinem Platz, zeigte mit einem langen, dünnen Arm auf Sherman und sagte in einem lauten, kehligen Flüsterton: »Das ist er!« Dann lauter: »Keine Bürgschaft! Sondern Haft!«

Die tiefe Stimme einer Frau: »Sperrt ihn ein!«

Yegggh! ... Das ist er! ... Seht ihn euch an! ... Keine Bürgschaft! Sondern Haft!

Jetzt? Noch nicht. Killian hielt ihn am Ellenbogen und flüsterte ihm ins Ohr: »Ignorieren Sie's!«

Ein Falsettgesumm: »Sherrrrrr-maannnnnn ... Sherrrrrr-maannnnnn.«

»Ruhe! Hinsetzen!«

Es war die lauteste Stimme, die Sherman jemals gehört hatte. Zuerst dachte er, sie richte sich an ihn. Er fühlte sich schrecklich schuldig, obwohl er keinen Ton von sich gegeben hatte.

»Noch mehr von diesem Gebrüll – und ich lasse den Saal räumen! Drücke ich mich klar aus?«

Oben auf der Richterbank, unter der Inschrift AUF GOTT WIR BAUEN, stand ein schmächtiger, glatzköpfiger, hakennasiger Mann in einer schwarzen Robe, die Fäuste auf seinen Schreibtisch gestützt, die Arme durchgestreckt, als wäre er ein Läufer, der jeden Moment aus dem Startloch springt. Sherman sah das Weiße um seine Iris, während die lodernden Augen des Richters über die Menge vor ihm hinwegstrichen. Die Demonstranten murrten, wurden aber still.

Der Richter, Myron Kovitsky, starrte sie weiter wütend an.

»In diesem Gerichtssaal reden Sie, wenn das Gericht Sie darum bittet. Sie äußern Ihr Urteil über einen Mitmenschen, wenn Sie in eine Jury gewählt wurden und das Gericht Sie um Ihr Urteil bittet. Sie stehen auf und geben Ihre obiter dicta ab, wenn das Gericht Sie bittet, aufzustehen und Ihre obiter dicta abzugeben. Bis dahin – *halten Sie den Mund und setzen sich! Und ich ... bin das Gericht! Drücke ich mich klar aus?* Gibt es jemanden, der bezweifelt, was ich eben gesagt habe, und dieses Gericht dermaßen verachtet, daß er einige Zeit als Gast des Staates New York zubringen möchte, um darüber nachzudenken, was ich gerade gesagt habe? *Drücke – ich – mich – klar – aus?*«

Seine Augen schwenkten von links nach rechts über die Menge, dann von rechts nach links und wieder von links nach rechts.

»Na schön. Da Sie das jetzt verstanden haben, können Sie dieser Verhandlung möglicherweise als verantwortliche Mitglieder der Gesellschaft beiwohnen. Solange Sie das tun, sind Sie in diesem Gerichtssaal willkommen. In dem Moment, wo sich das ändert – werden Sie sich wünschen, Sie wären im Bett geblieben! Drücke – ich – mich – klar – aus?«

Seine Stimme erhob sich wieder, und das so plötzlich und in solcher Lautstärke, daß die Menge zurückzuweichen schien, erschrocken über den Gedanken, daß der Zorn dieses wütenden kleinen Mannes wieder auf sie herabfahren könnte.

Kovitsky setzte sich und breitete die Arme aus. Seine Robe blähte sich auf wie Flügel. Er senkte den Kopf. Das Weiß um seine Iris war noch immer zu sehen. Der Saal war jetzt still. Sherman, Killian und Quigley standen in der Nähe des Zauns – der Schranke –, die den Zuschauerteil von dem eigentlichen

Gericht trennte. Kovitskys Augen hefteten sich auf Sherman und Killian. Er schien auch über sie wütend zu sein. Er gab einen Laut von sich, der wie ein von Abscheu erfüllter Seufzer klang.

Dann wandte er sich an den Protokollführer des Gerichts, der auf der einen Seite an einem großen Konferenztisch saß. Sherman folgte Kovitskys Blick, und da sah er ihn neben dem Tisch stehen, diesen Unterstaatsanwalt Kramer.

Kovitsky sagte zum Protokollführer: »Rufen Sie den Fall auf.«

Der Protokollführer rief: »Anklage Nummer 4-7-2-6, das Volk gegen Sherman McCoy. Wer vertritt Mr. McCoy?«

Killian ging hinauf an die Schranke und sagte: »Ich.«

Der Protokollführer sagte: »Geben Sie mir bitte Ihre Personalien an.«

»Thomas Killian, Reade Street 86.«

Kovitsky fragte: »Mr. Kramer, haben Sie gleich jetzt einen Antrag einzubringen?«

Dieser Mensch, Kramer, machte ein paar Schritte auf die Richterbank zu. Er lief wie ein Football-Spieler. Er blieb stehen, warf den Kopf nach hinten, spannte aus irgendeinem Grund seinen Nacken an und sagte: »Euer Ehren, der Beschuldigte, Mr. McCoy, befindet sich im Moment mit einer Kaution in Höhe von zehntausend Dollar auf freiem Fuß, einer unbedeutenden Summe für einen Menschen mit seinen außergewöhnlichen Möglichkeiten und Ressourcen in der Finanzwelt.«

Yegggh! ... Keine Bürgschaft! Sondern Haft! ... Laßt ihn zahlen!

Mit tief gesenktem Kopf sprühte Kovitsky finstere Blicke. Die Stimmen verebbten zu einem Grollen.

»Wie Euer Ehren wissen«, fuhr Kramer fort, »hat die Grand Jury jetzt auf die schweren Belastungsgründe hin einer Anklage gegen den Beschuldigten stattgegeben: wegen rücksichtsloser Gefährdung, unerlaubten Verlassens eines Unfallortes und unterlassener Unfallmeldung. Nun, Euer Ehren, da die Grand Jury bereits genügend Beweise für die Verantwortungslosigkeit des Beschuldigten gefunden hat, um Anklage gegen ihn zu erheben, ist das Volk der Meinung, daß darüber hinaus in hohem Maße die Möglichkeit besteht, daß der Beschuldigte seine Kaution ignoriert und, angesichts der geringen Höhe dieser Kaution, darauf verzichtet.«

Yeah ... Das ist richtig ... Hmm-hmmm ...

»Darum, Euer Ehren«, sagte Kramer, »ist das Volk der Meinung, daß es dem Gericht obliegt, ein klares Signal nicht nur dem Beschuldigten, sondern auch der Gesellschaft zu geben, daß dem, worum es hier geht, tatsächlich allergrößte Bedeutung beigemessen wird. Im Mittelpunkt dieses Falles, Euer Ehren, steht ein junger Mann, ein mustergültiger junger Mann, Mr. Henry Lamb, der für die Menschen der Bronx zu einem Symbol für die Hoffnungen geworden ist, die sie für ihre Söhne und Töchter hegen, und für die verhärteten und tödlichen Hindernisse, denen sie sich gegenüber sehen. Euer Ehren sehen bereits die Leidenschaft, mit der die Gemeinde jeden Schritt dieses Falles verfolgt. Wenn dieser Gerichtssaal größer wäre, wären die Menschen der Gemeinde in diesem Moment zu Hunderten hier, vielleicht zu Tausenden, so wie sie es eben jetzt auf den Korridoren und den Straßen draußen sind.«

Weiter so! ... Keine Bürgschaft! Sondern Haft! ... Gib's ihm! Ra-peng!

Kovitsky schlug mit einem gewaltigen Krach seinen Hammer auf den Tisch.

»*Ruhe!*«

Das Grollen der Menge flaute zu einem leisen Brodeln ab.

Mit tief gesenktem Kopf und den auf einem Meer aus Weiß schwimmenden Iris sagte Kovitsky: »Kommen Sie zur Sache, Mr. Kramer. Das ist hier keine Wahlkundgebung. Es ist eine Verhandlung in einem Gericht.«

Kramer wußte, er blickte auf all die üblichen Symptome. Die

Iris schwammen auf der schäumenden See. Der Kopf war gesenkt. Der Schnabel stach heraus. Es würde nicht mehr viel nötig sein, um Kovitsky explodieren zu lassen. Andererseits, dachte er, kann ich nicht kneifen. Ich kann nicht nachgeben. Kovitskys Haltung bisher – auch wenn sie nichts weiter als den Normalfall Kovitsky erkennen ließ, das übliche Geschrei, die übliche aggressive Betonung seiner Autorität –, Kovitskys Haltung bisher erwies ihn als Gegner der Demonstranten. Die Staatsanwaltschaft des Verwaltungsbezirks Bronx war ihr Freund. Abe Weiss war ihr Freund. Larry Kramer war ihr Freund. Das Volk ... wahrhaftig *das Volk*. Das war der Grund, weswegen er hier war. Er würde es bei Kovitsky einfach darauf ankommen lassen müssen – diesen wütenden Masada-Augen, die jetzt auf ihn herabstießen.

Seine Stimme hörte sich komisch für ihn an, als er sagte: »Ich bin mir dessen bewußt, Euer Ehren, aber ich muß mir auch der Bedeutung dieses Falles für das Volk bewußt sein, für all die Henry Lambs jetzt und in Zukunft, in diesem Land und in dieser Stadt ...«

Gib's ihm, Mann ... Weiter so! ... Das ist richtig!

Kramer beeilte sich, mit noch lauterer Stimme weiterzureden, ehe Kovitsky explodieren konnte: »... und deshalb ersucht das Volk das Gericht, die Kaution des Beschuldigten zu einer bedeutenden und glaubwürdigen Höhe anzuheben – auf eine Million Dollar – um ...«

Keine Bürgschaft! Sondern Haft! ... Keine Bürgschaft! Sondern Haft! ... Keine Bürgschaft! Sondern Haft! Die Demonstranten draußen brachen in einen Sprechchor aus.

Das ist richtig! ... Million Dollar! ... Yaggghh! ... Die Stimmen aus der Menge im Saal erhoben sich zu einem mit jubelndem Gelächter durchsetzten Freudengebrüll und gipfelten dann in dem Sprechchor: *Keine Bürgschaft! Sondern Haft! ... Keine Bürgschaft! Sondern Haft! ... Keine Bürgschaft! Sondern Haft! ... Keine Bürgschaft! Sondern Haft!*

Kovitskys Hammer stieg fast einen halben Meter über seinen Kopf empor, und Kramer zuckte vor dem Aufschlag innerlich zusammen.

Ra-peng!

Kovitsky warf Kramer einen wütenden Blick zu, dann lehnte er sich vor und nahm die Menge aufs Korn.

»*Ruhe im Saal! ... Schweigen Sie! ... Zweifeln Sie an meinen Worten?*« Seine Iris surften nach links und nach rechts auf der tosenden, kochenden See.

Der Sprechchor verstummte, und die Schreie sanken zu einem Grollen ab. Aber leises, vereinzeltes Gelächter zeigte, daß die Zuschauer nur auf die nächste Gelegenheit warteten.

»*Die Gerichtswachtmeister werden ...*«

»Euer Ehren! Euer Ehren!« Es war McCoys Anwalt, Killian.

»Was ist, Mr. Killian?«

Die Unterbrechung brachte die Menge aus dem Tritt. Sie wurde still.

»Euer Ehren, darf ich an die Richterbank vortreten?«

»In Ordnung, Mr. Killian.« Kovitsky winkte ihn heran. »Mr. Kramer?« Kramer steuerte ebenfalls auf die Richterbank zu.

Jetzt stand er neben Killian – Killian in seinen eleganten Kleidern – vor der Richterbank, unter der finsteren Miene von Richter Kovitsky.

»Okay, Mr. Killian«, sagte Kovitsky, »was gibt's?«

»Euer Ehren«, sagte Killian, »wenn ich nicht irre, sind Sie der Richter, der in diesem Fall die Oberaufsicht über die Grand Jury hat.«

»Das ist richtig«, sagte er zu Killian, aber dann wandte er seine Aufmerksamkeit Kramer zu. »Sind Sie schwerhörig, Mr. Kramer?«

Kramer sagte nichts. Auf so eine Frage mußte er nicht antworten.

»Sind Sie berauscht vom Geschrei dieses Haufens da« – Kovitsky nickte zu den Zuschauern hinüber –, »der Ihnen zujubelt?«

»Nein, Herr Richter, aber es ist unmöglich, diesen Fall wie einen gewöhnlichen Fall zu behandeln.«

»In diesem Gerichtssaal, Mr. Kramer, wird er auf jede Scheißart und Weise behandelt, in der ich ihn behandelt haben will. Drücke ich mich klar aus?«

»Sie drücken sich immer klar aus, Herr Richter.«

Kovitsky faßte ihn scharf ins Auge, wobei er offensichtlich zu ergründen versuchte, ob in der Bemerkung irgendeine Frechheit enthalten war. »Na schön, dann wissen Sie auch, daß, wenn Sie weiter diesen ausgesprochenen Blödsinn in diesem Gerichtssaal vom Stapel lassen, Sie sich wünschen werden, Sie hätten Mike Kovitsky nie gesehen!«

Das konnte er einfach nicht hinnehmen, wenn Killian gleich neben ihm stand, und deshalb sagte er: »Hören Sie, Richter, ich habe jedes Recht ...«

Kovitsky unterbrach ihn: »Jedes Recht, was zu tun? Für Abe Weiss die Wiederwahlkampagne in meinem Gerichtssaal zu führen? Blödsinn, Mr. Kramer! Sagen Sie ihm, er soll sich einen Saal mieten, er soll eine Pressekonferenz einberufen. Sagen Sie ihm, er soll an einer Talkshow teilnehmen, Herr des Himmels.«

Kramer war so wütend, daß er nicht sprechen konnte. Sein Gesicht war puterrot. Zwischen den Zähnen hindurch sagte er: »Ist das alles, Richter?« Ohne eine Antwort abzuwarten, drehte er sich auf der Stelle um und ging weg.

»Mr. Kramer!«

Kramer blieb stehen und wandte sich um. Mit finsterem Gesicht winkte ihn Kovitsky zur Richterbank zurück. »Mr. Killian hat, glaube ich, eine Frage. Oder wollen Sie, daß ich ihm alleine zuhöre?« Kramer biß nur seine Zähne zusammen und starrte geradeaus. »Okay, Mr. Killian, legen Sie los.«

Killian sagte: »Herr Richter, ich bin im Besitz wichtiger Beweise, die nicht nur auf Mr. Kramers Ersuchen, was die Kaution angeht, sondern auch auf die Stichhaltigkeit der Klage selbst Einfluß haben dürften.«

»Welche Art Beweise?«

»Ich habe Tonbänder von Unterhaltungen zwischen meinem Mandanten und einem Hauptzeugen in diesem Verfahren, die es als höchst glaubhaft erscheinen lassen, daß der Grand Jury falsche Beweise vorgelegt wurden.«

Was zum Teufel war das? Kramer mischte sich ein: »Richter, das ist Unsinn. Wir haben eine formelle Anklage durch die Grand Jury. Falls Mr. Killian irgendwelche Beanstandungen ...«

»Warten Sie doch mal, Mr. Kramer«, sagte Kovitsky.

»... falls er irgendwelche Beanstandungen am Grand-Jury-Verfahren zu äußern hat, stehen ihm die üblichen Wege offen ...«

»Warten Sie doch mal. Mr. Killian sagt, er hat einige Beweise ...«

»Beweise! Das hier ist keine Beweisaufnahme, Richter! Er kann nicht einfach hier reinspazieren kommen und das Grand-Jury-Verfahren ex post facto in Frage stellen! Und Sie können nicht ...«

»*Mr. Kramer!*«

Der Ton von Kovitskys erhobener Stimme ließ ein Knurren durch die Reihen der Demonstranten gehen, die urplötzlich wieder unruhig zu werden begannen.

Augen, die über die brodelnde See schossen: »Mr. Kramer, wissen Sie, was mit Ihnen ist? Sie hören verflucht noch mal nicht zu, das ist es! Sie können verflucht noch mal nicht *zuhören!*«

»*Richter ...*«

»*Schweigen Sie!* Das Gericht wird sich Mr. Killians Beweise anhören.«

»*Richter ...*«

»Wir werden das im Richterzimmer, unter Ausschluß der Öffentlichkeit tun.«

»Unter Ausschluß der Öffentlichkeit? Warum?«

»Mr. Killian sagte, er hat einige Tonbänder. Wir werden sie uns zunächst einmal im Richterzimmer anhören.«

»Hören Sie, Richter ...«

»Wollen Sie nicht mit ins Richterzimmer kommen, Mr. Kramer? Befürchten Sie, daß Ihnen Ihr Publikum fehlen wird?«

Schäumend vor Wut blickte Kramer zu Boden und schüttelte den Kopf.

Sherman stand verlassen an dem Zaun, der Schranke herum. Quigley war irgendwo hinter ihm und hatte die schwere Tasche in der Hand. Aber vor allem ... waren *sie* hinter ihm. *Wann würde es losgehen?* Er hielt die Augen auf die drei Gestalten bei der Richterbank geheftet. Er wagte es nicht, den Blick wandern zu lassen. Dann fingen die Stimmen an. Sie ertönten hinter ihm in drohendem Singsang.

»Dein letzter Weg, McCoy!«

»Das letzte *Abend*mahl.«

Dann ein leises Falsett: »Letzter Atemzug.«

Irgendwo standen auf beiden Seiten Gerichtswachtmeister. Sie unternahmen nichts, um das zu unterbinden. *Sie haben genau solche Angst wie ich!*

Dasselbe Falsett: »Yo, Sherman, mußt dich schämen!«

Schämen – Sherman. Offenbar gefiel das den anderen. Auch sie legten im Falsett los.

»Sherrr-maaannn ...«

»Schämen, Sherman!« Gekicher und Lachen. Sherman starrte auf die Richterbank, auf der seine einzige Hoffnung zu ruhen schien.

Wie als Reaktion auf sein Flehen sah der Richter jetzt zu ihm herüber und sagte: »Mr. McCoy, würden Sie einen Augenblick hier heraufkommen?«

Grollen und ein Chor aus Falsettstimmen, als er sich in Bewegung setzte. Als er sich der Richterbank näherte, hörte er, wie der Unterstaatsanwalt, Kramer, sagte: »Ich verstehe nicht,

Richter. Welchem Zweck soll die Anwesenheit des Beschuldigten dienen?«

Der Richter sagte: »Es ist sein Antrag und sein Beweis. Außerdem möchte ich nicht, daß er hier draußen rumhängt. Sind Sie damit einverstanden, Mr. Kramer?«

Kramer sagte nichts. Er sah den Richter und dann Sherman an. Der Richter sagte: »Mr. McCoy, Sie werden jetzt mit mir, Mr. Killian und Mr. Kramer mit in meine Amtsräume kommen.«

Dann schlug er dreimal laut mit seinem Hammer auf den Tisch und teilte dem Saal mit: »Das Gericht begibt sich jetzt mit dem Anwalt des Volkes und dem Anwalt der Verteidigung ins Richterzimmer. In meiner Abwesenheit bleibt in diesem Saal der entsprechende Anstand gewahrt. Drücke ich mich klar aus?«

Das Grollen der Demonstranten schwoll zu einem leisen, wütenden Brodeln an, aber Kovitsky zog es vor, das zu überhören, erhob sich und stieg die Stufen von dem Podium herunter. Der Protokollführer stand von seinem Tisch auf und schloß sich ihm an. Killian zwinkerte Sherman zu, dann eilte er zurück in die Zuschauerabteilung. Der Richter, der Protokollführer, der Referendar des Richters und Kramer steuerten auf eine Tür zu, die sich auf der einen Seite des Podiums in der getäfelten Wand befand. Killian kam zurück, er hatte die schwere Tasche in der Hand. Er hielt kurz inne und forderte Sherman mit einer Kopfbewegung auf, Kovitsky zu folgen. Der Gerichtswachtmeister, über dessen Pistolengurt sich eine mächtige Fettrolle bauchte, bildete den Schluß.

Die Tür führte in einen Raum, der allem widersprach, was der Gerichtssaal selbst und der vornehme Ausdruck »Amtsräume« Sherman hatten vermuten lassen. Die »Amtsräume« waren in Wahrheit ein einziger Raum, ein einzelnes, sehr erbärmliches Zimmer. Es war klein, schmutzig, kahl, heruntergekommen, »Gut genug für den Staatsdienst«-cremefarben gestrichen, nur daß die Farbe hier und da ganz fehlte und an anderen Stellen in traurigen Locken abblätterte. Das einzig Großzügige waren die außergewöhnlich hohe Decke und ein etwa zwei Meter fünfzig hohes Fenster, das den Raum mit Licht durchflutete. Der Richter nahm an einem ramponierten Metallschreibtisch Platz. Der Protokollführer und Sherman setzten sich auf schwere, alte rundlehnige Holzstühle, die man als »banker's chairs« kennt. Kovitskys Referendar und der fette Gerichtswachtmeister lehnten sich gegen die Wand. Ein hochgewachsener Mann kam mit der tragbaren Stenografiermaschine herein, die von Gerichtsschreibern benutzt wird. Wie merkwürdig! Der Mann war auffallend gut gekleidet. Er trug ein gedeckt grünes Tweedjackett, ein weißes Button-down-Hemd, so makellos wie Rawlies, eine altmodische krapprote Krawatte, schwarze Flanellhosen und durchbrochene Halbschuhe. Er wirkte wie ein Professor aus Yale mit unabhängigem Einkommen und Besitz.

»Mr. Sullivan«, sagte Kovitsky, »Sie bringen am besten auch Ihren Stuhl mit.«

Mr. Sullivan ging hinaus und kam mit einem bescheidenen Holzstuhl zurück, setzte sich, fummelte an seiner Maschine herum, sah Kovitsky an und nickte.

Dann sagte Kovitsky: »Also, Mr. Killian, Sie behaupten, daß Sie im Besitz von Informationen sind, die für das Grand-Jury-Verfahren in diesem Fall von ausschlaggebender und substantieller Bedeutung sind.«

»Das ist korrekt, Herr Richter«, sagte Killian.

»Na schön«, sagte Kovitsky. »Ich möchte hören, was Sie zu sagen haben, aber ich kann Ihnen nur raten, daß dieser Antrag besser nicht leichtfertig gestellt wird.«

»Er ist nicht leichtfertig, Herr Richter.«

»Denn wenn er das ist, werde ich ihn sehr negativ beurteilen, so negativ, wie ich nur irgendwas in all den Jahren auf der Richterbank beurteilt habe, und das wäre in der Tat sehr, sehr negativ. Drücke ich mich klar aus?«

»Selbstverständlich, Herr Richter.«
»Na schön. Also, sind Sie bereit, Ihre Informationen jetzt vorzulegen?«
»Ja.«
»Dann legen Sie los.«
»Vor drei Tagen, Euer Ehren, erhielt ich einen Anruf von Maria Ruskin, der Witwe von Mr. Arthur Ruskin, in dem sie anfragte, ob sie mit Mr. McCoy sprechen könne. Nach meinen Informationen – und Zeitungsberichten zufolge – hat Mrs. Ruskin in diesem Fall vor der Grand Jury ausgesagt.«

Kovitsky sagte zu Kramer: »Ist das richtig?«

Kramer erwiderte: »Sie hat gestern als Zeugin ausgesagt.«

Der Richter sagte zu Killian: »In Ordnung, fahren Sie fort.«

»Ich verabredete eine Begegnung zwischen Mrs. Ruskin und Mr. McCoy, und auf meine Veranlassung hin brachte Mr. McCoy versteckt ein Aufnahmegerät zu diesem Treffen mit, um eine beweisbare Aufzeichnung von diesem Gespräch zu bekommen. Die Begegnung fand in einer Wohnung in der Siebenundsiebzigsten Straße Ost statt, die sich Mrs. Ruskin offensichtlich für ... äh, private Zusammenkünfte hält ... und eine Bandaufnahme dieses Treffens haben wir erhalten. Ich habe das Band bei mir, und ich meine, das Gericht sollte erfahren, was auf dem Band ist.«

»Einen Moment, Richter«, sagte Kramer. »Will er damit sagen, daß sein Mandant Mrs. Ruskin *verkabelt* aufgesucht hat?«

»Ich nehme an, das ist der Fall«, sagte der Richter. »Ist das richtig Mr. Killian?«

»Das ist richtig, Euer Ehren«, sagte Killian.

»Dann möchte ich Einspruch anmelden, Richter«, sagte Kramer, »ich möchte das im Protokoll vermerkt haben. Es ist nicht der Zeitpunkt, auf diesen Antrag einzugehen, und außerdem gibt es keine Möglichkeit, die Echtheit dieses Bandes zu überprüfen, das Mr. Killian zu haben behauptet.«

»Erst hören wir uns das Band mal an, Mr. Kramer, und sehen,

was drauf ist. Wir werden sehen, ob es weitere Erwägungen rechtfertigt, prima facie, und danach zerbrechen wir uns über die anderen Fragen den Kopf. Findet das Ihre Billigung?«
»Nein, Richter, ich verstehe nicht, wie Sie ...«
Der Richter gereizt: »Spielen Sie das Band ab, Herr Anwalt.«
Killian griff in die Aktentasche, holte das große Tonbandgerät heraus und stellte es auf Kovitskys Schreibtisch. Dann legte er eine Kassette ein. Die Kassette war über die Maßen klein. Irgendwie erschien diese versteckte Miniaturkassette so unaufrichtig und schmutzig wie die ganze Unternehmung selbst.
»Wie viele Stimmen sind auf diesem Band?« fragte Kovitsky.
»Nur zwei, Herr Richter«, sagte Killian. »Mr. McCoys und Mrs. Ruskins.«
»Es wird für Mr. Sullivan also verständlich genug sein, was wir hören?«
»Ich denke schon«, sagte Killian. »Nein, Entschuldigung, Herr Richter, ich habe was vergessen. Am Anfang des Bandes werden Sie Mr. McCoy mit dem Fahrer des Wagens reden hören, der ihn zu dem Haus gebracht hat, in dem er Mrs. Ruskin traf. Und am Ende hören Sie ihn wieder mit dem Fahrer sprechen.«
»Wer ist der Fahrer?«
»Er ist der Chauffeur des Autoservice, den Mr. McCoy gemietet hatte. Ich wollte das Band in keiner Weise redigieren.«
»Anh-hanh. Gut, machen Sie weiter und spielen Sie es.«
Killian schaltete das Gerät ein, und am Anfang hörte man nichts weiter als Hintergrundgeräusche, ein leises dampfartiges Rauschen mit gelegentlichen Verkehrsgeräuschen, einschließlich dem kreischenden Signalhorn einer Feuerwehr. Dann einen halb gemurmelten Wortwechsel mit dem Chauffeur. Es war alles so abwegig. Eine Welle der Scham überrollte Sherman. Sie würden es bis zum Ende laufen lassen. Der Schreiber würde alles mitstenografieren, jedes letzte wehleidige Wort, als er herumhüpfend sich Maria zu entwinden und das Offen-

kundige zu leugnen versuchte, nämlich daß er der hinterlistige Dreckskerl war, der verkabelt zu ihr in die Wohnung gekommen war. Wieviel davon würde sich nur über die Worte mitteilen? Genug: Er war niederträchtig.

Jetzt ließ der verborgene, betrügerische Recorder das Geräusch des Summers an der Tür des Stadthauses hören, das *Klick-klick-klick* des elektrischen Schlosses und – oder war das seine Einbildung? – das Knarren der Treppenstufen, während er nach oben stapfte. Dann eine sich öffnende Tür ... und Marias fröhliche, arglose Stimme: »Buh! ... Haste dich erschrocken?« Und die perfide, schauspielerhaft-beiläufige Antwort einer Stimme, die er kaum wiedererkannte: »Nicht richtig. In letzter Zeit werde ich von Fachleuten erschreckt.« Er warf einen Blick nach rechts und links. Die anderen im Zimmer hatten die Köpfe gesenkt, starrten auf den Fußboden oder auf den Apparat auf dem Schreibtisch des Richters. Dann bemerkte er, daß der fette Gerichtswachtmeister ihn direkt ansah. Was der wohl dachte? Und die anderen mit ihrem abgewandten Blick? Aber natürlich! Sie brauchten ihn gar nicht anzusehen, denn sie waren bereits tief in der Höhle drin und wühlten ganz nach Belieben darin herum, während sie alle sich bemühten, die Worte seiner hintertückisch-miesen Schauspielkunst mitzubekommen. Die langen Finger des Stenografen tanzten über seine sensible kleine Maschine. Sherman empfand eine lähmende Traurigkeit. So schwer ... er konnte sich nicht bewegen In diesem düsteren, moderigen kleinen Zimmer befanden sich noch sieben andere Leute, sieben andere Organismen, Hunderte Pfunde an Fleisch und Knochen, Atem, pulsierendem Blut, Kalorien, die verbrannt, Nährstoffe, die verarbeitet wurden, wobei Kontaminanten und Toxine herausgefiltert, Nervenimpulse übermittelt wurden, sieben warme, scheußliche, unerfreuliche Tiere, die gegen Bezahlung in der völlig öffentlichen Höhle herumwühlten, von der er einmal gedacht hatte, sie sei seine Seele.

Kramer brannte darauf, McCoy anzusehen, aber er beschloß,

sich kühl und professionell zu geben. Wie sieht ein Lump aus, wenn er sich dabei zuhört, wie er sich als Lump aufführt, und das in einem Raum voller Leute, die wissen, daß er ein Lump ist – der verkabelt seine Freundin besucht? Ohne sich dessen bewußt zu sein, war Kramer zutiefst erleichtert. Sherman McCoy, dieser Wasp, dieser Wall-Street-Aristokrat, dieses Mitglied der oberen Zehntausend, dieser Yale-Absolvent, war genauso ein Lump wie jeder x-beliebige Drogenhändler, den er verkabelt hatte, um seinesgleichen ans Messer zu liefern. Nein, McCoy war ein viel größerer Lump. Ein Fixer erwartete nicht viel von einem anderen. Aber in diesen oberen Regionen, auf diesen Zinnen von Sitte und Moral, da oben in dieser von bleichen, dünnlippigen Wasps beherrschten Stratosphäre war Ehre vermutlich kein Wort, mit dem man leichtfertig umging. Doch standen sie mit dem Rücken zur Wand, entpuppten sie sich genauso schnell als Lumpen wie jeder kleine Prolo. Darüber war er erleichtert, denn er war beunruhigt gewesen durch das, was Bernie Fitzgibbon ihm gesagt hatte. Angenommen, der Fall war tatsächlich nicht sorgfältig genug untersucht worden? Maria Ruskin hatte Rolands Geschichte vor der Grand Jury bestätigt, aber innerlich wußte er, er hatte sie ziemlich unter Druck gesetzt. Er hatte sie so schnell in eine so schmale und enge Falle gelockt, daß sie eventuell ...

Er zog es vor, den Gedanken nicht zu Ende zu denken.

Das Wissen, daß McCoy im Grunde nichts als ein Lump mit einem besseren Lebenslauf war, beruhigte ihn. McCoy hatte sich in diesem ganz besonderen Schlamassel gefangen, weil es sein natürliches Milieu war, das schmutzige Nest seines verkrüppelten Charakters.

Nachdem Kramer sich über die Berechtigung seiner Sache beruhigt hatte, genehmigte er sich einen gewissermaßen positiven Unmut über diesen mächtigen Pseudo-Aristokraten, der jetzt nur wenige Schritte von ihm entfernt saß und den Raum mit seiner Lumpenausdünstung erfüllte. Während er den beiden Stimmen auf dem Tonband lauschte, dem aristokratischen Quäken McCoys und dem schleppenden Mädchen-aus-dem-Süden-Geleier Maria Ruskins, war nicht allzuviel Phantasie vonnöten, um zu begreifen, was vor sich ging. Die Pausen, das Atmen, das Herumgeraschele – McCoy, der Lump, hatte diese üppige, sexy Kreatur in seine Arme genommen ... Und diese Wohnung in der Siebenundsiebzigsten Straße Ost, in der sie zusammenkamen – diese Leute in der Upper East Side hatten Wohnungen nur zu *ihrem Vergnügen!* –, während er noch immer sein Hirn (und seine Taschen) durchsuchte nach irgendeinem Ort, an dem er die Sehnsüchte von Miss Shelly Thomas stillen könnte. Die Schöne und der Lump redeten weiter ... Es trat eine Pause ein, während der sie das Zimmer verließ, um ihm einen Drink zu mixen, dann gab es ein Kratzgeräusch, als er offenbar sein verstecktes Mikrofon berührte. Der Lump. Die Stimmen hoben wieder an, und dann sagte sie: »Es gibt viele Leute, die bei *dieser* Unterhaltung gern zuhören würden.«

Nicht einmal Kovitsky konnte daraufhin widerstehen, aufzublicken und sich in dem Zimmer umzusehen, aber Kramer weigerte sich, ihm mit einem Lächeln gefällig zu sein.

Die Stimme von Maria Ruskin leierte weiter. Jetzt heulte sie sich über ihre Ehe aus. Wo zum Teufel sollte dieses Band denn noch hinführen? Das Gejammere der Frau war langweilig. Sie hatte einen alten Mann geheiratet. Was zum Teufel erwartete sie denn? Träge ließ er die Gedanken wandern – er sah sie vor sich, als sei sie hier in diesem Raum. Die sehnsuchtsvollschwüle Art, in der sie die Beine überschlug, das kleine Lächeln, die Art, wie sie einen manchmal ansah ...

Mit einem Ruck war er hellwach: »Ein Herr von der Staatsanwaltschaft Bronx war mich heute mit zwei Kriminalbeamten besuchen.« Dann: »Ein aufgeblasener kleiner Mistkerl.«

Was? – Er war wie betäubt. Eine siedendheiße Woge stieg ihm in Nacken und Gesicht. Irgendwie war es das »klein«, das ihn am meisten verletzte. Dieses verächtliche Abservieren –

und das *ihm* mit seinen mächtigen Brust- und Nackenmuskeln – er hob den Blick, um die Gesichter der anderen auszukundschaften, bereit, ein abwehrendes Lachen zu zeigen, falls noch jemand zufällig aufblicken und über so eine Unverschämtheit lächeln sollte. Aber niemand hob den Blick, am wenigsten McCoy, den er nur allzu gern erwürgt hätte.

»Er warf immer wieder den Kopf nach hinten und machte irgendwas Merkwürdiges mit seinem Hals, ungefähr so, und sah mich durch so kleine Schlitze statt Augen an. Was für ein Widerling.«

Sein Gesicht war jetzt dunkelrot, es glühte; er kochte vor Wut und, schlimmer noch, vor Entsetzen. Irgend jemand in dem Zimmer machte ein Geräusch, das ein Husten, aber auch ein Lachen sein konnte. Er hatte nicht den Mut, der Sache nachzugehen. *Weibsstück!* sagte sich sein Kopf, bewußt. Aber sein Nervensystem sagte: *Böswillige Zerstörerin meiner kühnsten Träume!* In diesem kleinen Raum voller Leute erlitt er die Qualen eines Menschen, dessen Ego seine Jungfräulichkeit verliert – wie es geschieht, wenn er zum erstenmal zufällig die unverfälschte, unverblümte Meinung einer schönen Frau über seine Männlichkeit hört.

Was dann kam, war noch schlimmer.

»Er machte es ganz simpel, Sherman«, sagte die Stimme auf dem Band. »Er sagte, wenn ich gegen dich aussagen und den anderen Zeugen stützen würde, würde er mir Immunität einräumen. Wenn nicht, würde ich als Komplizin behandelt werden, und man würde mich wegen dieser ... Verbrechen anklagen.«

Und dann: »Er hat mir sogar Fotokopien von Zeitungsartikeln gegeben. Er hat mir praktisch den Weg genau vorgezeichnet. Das eine waren die richtigen Geschichten, und das andere waren die, die du dir ausgedacht hast. Man erwartet, daß ich die richtigen Geschichten bestätige. Wenn ich sage, was wirklich passiert ist, komme ich ins Gefängnis.«

Dieses verlogene Weibsstück! Er hatte sie in die Klemme gebracht, natürlich – aber er hatte ihr keinen Weg vorgezeichnet! Hatte sie nicht *instruiert,* was sie sagen sollte – hatte sie nicht von der Wahrheit abgebracht –

Er platzte heraus: »Richter!«

Kovitsky hielt eine Hand in die Höhe, die Handfläche nach außen, und das Band lief weiter.

Sherman war über die Stimme des Unterstaatsanwalts erschrocken. Der Richter hatte ihn sofort zum Schweigen gebracht. Sherman verkrampfte sich, weil er wußte, was jetzt kam. Marias Stimme: »Komm einfach mal her.«

Er *spürte* diesen Augenblick noch einmal, diesen Augenblick und diesen gräßlichen Ringkampf ... »Sherman, was ist mit dir? Was ist mit deinem Rücken los?« ... Aber das war nur der Anfang ... Seine Stimme, seine gemeine, lügenhafte Stimme: »Du weißt nicht, wie sehr ich dich vermißt habe, wie sehr ich dich gebraucht habe.« Und Maria: »Also ... hier bin ich.« Dann das furchtbare, verräterische Rascheln – und er roch ihren Atem noch einmal wie neulich und fühlte ihre Hände an seinem Rücken.

»Sherman ... Was ist das hier an deinem Rücken?«

Die Worte füllten den Raum mit einem Schwall aus Schande. Er wünschte sich, der Boden täte sich auf: Er ließ sich auf seinem Stuhl nach hinten sacken und neigte das Kinn auf seine Brust. »Sherman, was ist das hier?« ... Ihre lauter werdende Stimme, seine kläglichen Dementis, das Herumgezapple, ihr atemloses Keuchen und Kreischen ... »Ein *Draht,* Sherman!« ... »Du – tust mir weh!« ... »Sherman – du niederträchtiger, gemeiner Schuft!«

Zu wahr, Maria! Nur zu schrecklich wahr!

Kramer hörte das alles durch den roten Schleier seiner Demütigung hindurch. Das Weibsstück und der Lump – ihr Tête-à-tête war zu einer Art miesem Gerangel zwischen Lump und Weibsstück entartet. *Aufgeblasener kleiner Mistkerl. Widerling.*

Etwas Merkwürdiges mit seinem Hals. Sie hatte ihn verhöhnt, ihn gedemütigt, ihn erniedrigt, ihn verleumdet – und damit dem Vorwurf der Anstiftung zum Meineid ausgeliefert.

Sherman war erstaunt über das Geräusch seiner eigenen verzweifelten Versuche, nach Luft zu ringen, die aus dem kleinen schwarzen Apparat auf dem Schreibtisch des Richters gekeucht kamen. Es war ein demütigendes Geräusch. Schmerz, Panik, Feigheit, Schwäche, Falschheit, Scham, Erniedrigung – alles auf einmal, gefolgt von einem plumpen Getrampel. Das war das Geräusch von ihm, wie er die Treppe in dem Mietshaus hinunterflüchtete. Irgendwie wußte er, jeder in diesem Zimmer könne ihn sehen, wie er weglief, während der Recorder und *das Kabel* zwischen seinen Beinen baumelten.

Bis das Band zu Ende gelaufen war, war es Kramer gelungen, unter seiner verletzten Eitelkeit wieder hervorzukriechen und seine Gedanken zu sammeln. »Richter«, sagte er, »ich weiß nicht, was ...«

Kovitsky unterbrach ihn: »Einen Augenblick bitte. Mr. Killian, können Sie das Band zurückspulen? Ich möchte den Dialog zwischen Mr. McCoy und Mrs. Ruskin über Mrs. Ruskins Zeugenaussage noch einmal hören.«

»Aber, Richter ...«

»Wir werden es uns noch einmal anhören, Mr. Kramer.«

Sie hörten es sich noch einmal an. Die Worte schwirrten an Sherman vorbei. Er versank noch tiefer in seiner Schande. Wie konnte er auch nur einem von ihnen ins Gesicht sehen?

Der Richter sagte: »Okay, Mr. Killian. Welchen Schluß sollte das Gericht Ihrer Ansicht nach hieraus ziehen?«

»Herr Richter«, sagte Killian, »diese Frau, Mrs. Ruskin, wurde entweder angewiesen, gewisse Dinge auszusagen und gewisse andere Dinge wegzulassen, sonst hätte sie mit ernsten Konsequenzen zu rechnen, oder sie dachte, das müsse sie, was aufs selbe hinausläuft. Und ...«

»Das ist doch absurd!« sagte Unterstaatsanwalt Kramer. Er

beugte sich mit einem vor Wut roten Gesicht auf seinem Stuhl nach vorn und deutete mit seinem dicken, fleischigen Zeigefinger auf Killian.

»Lassen Sie ihn ausreden«, sagte der Richter.

»Und außerdem«, sagte Killian, »hatte sie, wie wir eben gehört haben, genügend Gründe, falsch auszusagen, nicht nur, um sich selber zu schützen, sondern auch, um Mr. McCoy zu schädigen, den sie einen ›niederträchtigen, gemeinen Schuft‹ nennt.«

Der niederträchtige, gemeine Schuft wurde noch einmal durch und durch gedemütigt. Was konnte demütigender sein als die schlichte Wahrheit? Ein wildes Geschrei brach zwischen dem Unterstaatsanwalt und Killian aus. Was sagten sie? Es bedeutete nichts angesichts der offensichtlichen, erbärmlichen Wahrheit.

Der Richter brüllte: »*Schweigen Sie!*« Sie schwiegen. »Die Frage der Anstiftung zum Meineid ist nicht das, was mich im Moment interessiert, wenn es das ist, was Ihnen Sorgen bereitet, Mr. Kramer. Aber ich glaube allerdings, daß die Möglichkeit der Falschaussage vor der Grand Jury besteht.«

»Das ist absurd!« sagte Kramer. »Die Frau hatte die ganze Zeit zwei Anwälte an ihrer Seite. Fragen Sie die Herren, was ich gesagt habe!«

»Wenn wir soweit sind, werden sie befragt werden. Aber mich interessiert weniger, was Sie gesagt haben, als was in Mrs. Ruskin vorging, als sie vor der Grand Jury aussagte. Verstehen Sie, Mr. Kramer?«

»Nein, das verstehe ich nicht, Richter, und ...«

Killian mischte sich ein: »Herr Richter, ich habe noch ein Band.«

Kovitsky antwortete: »Na schön. Was ist das für ein Band?«

»Richter ...«

»Unterbrechen Sie nicht, Mr. Kramer. Sie bekommen noch Gelegenheit, gehört zu werden. Fahren Sie fort, Mr. Killian. Was ist das für ein Band?«

»Es ist ein Gespräch mit Mrs. Ruskin, das Mr. McCoy nach seinen Angaben vor drei Wochen aufgenommen hat, nachdem der erste Zeitungsartikel über die Verletzungen von Henry Lamb erschienen war.«

»Wo fand dieses Gespräch statt?«

»Am selben Ort wie das erste, Herr Richter. In Mrs. Ruskins Wohnung.«

»Ebenfalls ohne ihr Wissen?«

»Das ist richtig.«

»Und was hat dieses Band mit der Voruntersuchung zu tun?«

»Es enthält Mrs. Ruskins Darstellung des Zwischenfalls, der Henry Lamb betrifft, wenn sie freimütig und aus eigenem Entschluß mit Mr. McCoy redet. Es erhebt sich die Frage, ob sie ihre aufrichtige Darstellung abgeändert haben könnte, als sie vor der Grand Jury aussagte, oder nicht.«

»Richter, das ist doch Wahnsinn! Jetzt wird uns weisgemacht, der Beschuldigte *lebt* mit einem *Kabel* am Körper! Wir wissen doch bereits, daß er eine Ratte ist, um in der Sprache der Straße zu reden, warum sollten wir also glauben ...«

»Beruhigen Sie sich, Mr. Kramer. Erst werden wir uns das Band anhören. Dann werden wir es bewerten. Bisher steht noch nichts unauslöschlich im Protokoll. Fahren Sie fort, Mr. Killian. Einen Moment, Mr. Killian. Erst möchte ich Mr. McCoy vereidigen.« Als Kovitskys Augen seinen begegneten, konnte Sherman nichts weiter tun, als seinem Blick standzuhalten. Zu seiner Überraschung empfand er ein schrecklich schlechtes Gewissen über das, was er zu tun im Begriff war. Er war im Begriff, einen Meineid zu leisten.

Kovitsky ließ ihm durch den Protokollführer, Bruzzielli, den Eid abnehmen, dann fragte er ihn, ob er die beiden Bänder auf die Art und Weise und zu der Zeit aufgenommen habe, die Killian angegeben hatte. Sherman sagte ja, zwang sich, Kovitsky dabei anzusehen, und fragte sich, ob die Lüge nicht irgendwie in seinem Gesicht zu sehen sei.

Das Band begann: »Ich habe es gewußt. Ich habe es gleich gewußt. Wir hätten es sofort melden sollen ...«

Sherman vermochte kaum zuzuhören. Ich tue etwas Ungesetzliches! Ja ... aber im Namen der Wahrheit ... Das ist der verborgene Weg zum Licht ... Das ist die tatsächliche Unterhaltung, die wir geführt haben ... Jedes Wort, jedes Geräusch ist wahr ... Denn wenn das unterdrückt würde ... wäre es die größere Unredlichkeit ... Nicht wahr? ... Ja – aber ich tue etwas Ungesetzliches! Immer rund herum ging es in seinem Kopf, während das Band weiterspulte ... Und Sherman McCoy, er, der sich nun gelobt hatte, sein Tier-Ich zu sein, entdeckte, was schon viele vor ihm entdeckt hatten. In wohlerzogenen Mädchen und Jungen sind die Schuld und der Trieb, den Gesetzen zu gehorchen, Reflexe, unauslöschliche Geister in der Maschine.

Noch ehe der chassidische Riese die Treppe hinuntergepoltert und Marias schallendes Gelächter in diesem heruntergekommenen Zimmer in der Bronx verhallt war, protestierte der Anklagevertreter Kramer heftig.

»Richter, ich kann nicht gestatten, daß ...«

»Ich gebe Ihnen noch Gelegenheit zu sprechen.«

»... billige Trick ...«

»Mr. Kramer!«

»... beeinflußt ...«

»*Mr. Kramer!*«

Kramer verstummte.

»Also, Mr. Kramer«, sagte Kovitsky, »ich bin sicher, Sie kennen Mrs. Ruskins Stimme. Bestätigen Sie, daß das ihre Stimme war?«

»Möglicherweise, aber das ist nicht die Frage. Die Frage ist ...«

»Einen Moment. Angenommen, das ist der Fall, unterschied sich dann das, was Sie eben auf dem Band gehört haben, von Mrs. Ruskins Aussage vor der Grand Jury?«

»Richter ... das ist absurd! Es ist schwer zu sagen, um was es auf diesem Band überhaupt geht!«

»*Unterscheidet* es sich, Mr. Kramer?«

»Es weicht ab.«

»Ist ›abweichen‹ dasselbe wie ›sich unterscheiden‹?«

»Richter, es ist unmöglich, die Bedingungen festzustellen, unter denen dieses Ding zustande kam!«

»Prima facie, Mr. Kramer, unterscheidet es sich?«

»Prima facie unterscheidet es sich. Aber Sie können nicht zulassen, daß dieser billige Trick« – er schwenkte die Hand in einer verächtlichen Bewegung in Richtung McCoy – »Ihr Urteil ...«

»Mr. Kramer ...«

»... beeinflußt!« Kramer sah, daß Kovitskys Kopf sich langsam senkte. Das Weiße um seine Iris wurde sichtbar. Die See begann zu schäumen. Aber Kramer konnte sich nicht zähmen. »Schlichte Tatsache ist, die Grand Jury hat rechtsgültig einer Klageerhebung zugestimmt! Sie haben – diese Anhörung ist nicht zuständig für ...«

»Mr. Kramer ...«

»... die vorschriftsmäßig abgeschlossenen Beratungen einer Grand Jury!«

»*Danke für Ihre Belehrungen und Ratschläge, Mr. Kramer!*«

Kramer erstarrte, den Mund hatte er immer noch offen.

»Vielleicht darf ich Sie daran erinnern«, sagte Kovitsky, »daß ich der vorsitzende Richter für die Grand Jury bin, und ich bin nicht entzückt von der Möglichkeit, daß die Aussage eines Hauptzeugen in diesem Fall falsch gewesen sein könnte.«

Aufgebracht schüttelte Kramer den Kopf. »Nichts von dem, was diese zwei ... *Individuen*« – er fuchtelte wieder mit der Hand zu McCoy hinüber – »in ihrem kleinen Liebesnest von sich gegeben haben ...« Wieder schüttelte er den Kopf, zu wütend, die Worte zu finden, um den Satz zu beenden.

»Gerade da kommt manchmal die Wahrheit zutage, Mr. Kramer.«

»Die *Wahrheit!* Zwei verwöhnte, reiche Leute, einer davon verkabelt wie ein Lump, Richter – versuchen Sie das den Menschen in diesem Gerichtssaal weiszumachen ...«

Sobald die Worte heraus waren, wußte Kramer, daß er einen Fehler gemacht hatte, aber er konnte nicht zurück.

»... und den Tausenden außerhalb dieses Raumes, die an jedem Wort dieses Falles hängen! Versuchen Sie ihnen zu erzählen ...«

Er hielt inne, Kovitskys Iris surften wieder über die kochende See. Er erwartete, daß der Richter von neuem explodieren würde, aber statt dessen tat er etwas viel Enervierenderes. Er lächelte. Der Kopf war gesenkt, der Schnabel war draußen, die Iris sausten wie Gleitboote über den Ozean, und er lächelte.

»Danke, Mr. Kramer. Das werde ich.«

Als Richter Kovitsky in den Gerichtssaal zurückkehrte, fand er recht aufgekratzte Demonstranten vor; sie redeten aus vollem Halse, gackerten, liefen herum, schnitten dem Trupp weißbehemdeter Gerichtswachtmeister Fratzen und zeigten sonstwie, wer hier der Boss war. Sie wurden ein kleines bißchen leiser, als sie Kovitsky sahen, aber eher aus Neugier als aus einem anderen Grund. Sie waren in Hochspannung.

Sherman und Killian begaben sich zum Verteidigertisch, einem Tisch vor der Richterbank, und der Falsett-Singsang setzte sofort wieder ein.

»Sherrrr-maaannnn ...«

Kramer stand drüben am Tisch des Protokollführers und sprach mit einem hochgewachsenen Weißen in einem billigen Gabardineanzug.

»Das ist besagter Bernie Fitzgibbon, zu dem Sie kein Vertrauen haben«, sagte Killian. Er grinste. Dann sagte er, wobei er auf

Kramer zeigte: »Behalten Sie das Gesicht dieses Arschlochs im Auge.«

Sherman sah hin, ohne zu begreifen.

Kovitsky war noch nicht wieder zur Richterbank hinaufgestiegen. Er stand ungefähr drei Meter entfernt da und sprach mit seinem Referendar, diesem rothaarigen Mann. Der Lärm im Zuschauerteil wurde lauter. Kovitsky stieg langsam die Stufen zur Richterbank hinauf, ohne in die Richtung der Zuschauer zu sehen. Er stand mit gesenktem Blick an der Bank, als betrachte er irgend etwas am Fußboden.

Mit einemmal – *Ra-peng!* Der Hammer – es hörte sich an wie ein Kanonenschlag.

»Sie da! Schweigen Sie und setzen Sie sich!«

Die Demonstranten erstarrten für einen Moment, erschreckt von der wahnsinnigen Lautstärke der Stimme dieses kleinen Mannes.

»Sie bestehen also darauf ... den Wi-i-i-l-len ... dieses Gerichts ... auf die Probe zu stellen?«

Sie wurden still und begannen ihre Plätze einzunehmen.

»Sehr schön. Also, im Fall des Volkes gegen Sherman McCoy hat die Grand Jury der Klageerhebung zugestimmt. Gemäß meiner Befugnis, das Grand-Jury-Verfahren zu beaufsichtigen, ordne ich an, daß diese Klage im Interesse des Rechts abgewiesen wird, und zwar ohne Präjudiz und mit dem Recht der Wiedervorlage durch den Staatsanwalt.«

»Euer Ehren!« Kramer war aufgesprungen, die Hand in der Luft.

»Mr. Kramer ...«

»Ihre Maßnahme wird nicht nur dem Recht des Volkes irreparablen Schaden zufügen ...«

»Mr. Kramer ...«

»... sondern auch der Sache des Volkes. Euer Ehren, in diesem Gerichtssaal« – er machte eine Bewegung zu der Zuschauerabteilung und den Demonstranten hinüber – »sind heute viele Mitglieder der Gemeinde, die von diesem Fall so entscheidend betroffen ist, und es gebührt sich nicht für das Strafrechtssystem dieses Verwaltungsbezirks ...«

»*Mr. Kramer! Würden Sie es gebührlicherweise unterlassen, mir Ungebührlichkeiten vorzuwerfen!*«

»Euer Ehren ...«

»*Mr. Kramer! Das Gericht weist Sie an, den Mund zu halten!*«

Kramer blickte zu Kovitsky hinauf, den Mund weit offen, als wäre ihm die Puste aus dem Körper geprügelt worden.

»Also, Mr. Kramer ...«

Aber Kramer war wieder bei Atem. »Euer Ehren, ich wünsche, daß im Protokoll festgehalten wird, daß das Gericht seine Stimme erhoben hat. Geschrien, um genau zu sein.«

»Mr. Kramer ... das Gericht wird noch ... *ganz etwas anderes als seine Stimme erheben!* Was läßt Sie glauben, daß Sie vor die Richterbank treten und die Fahne der Gemeindewut schwenken dürfen? Das Recht ist kein Handlanger der wenigen oder der vielen. Das Gericht läßt sich von Ihren Drohungen nicht einschüchtern. Das Gericht hat Kenntnis von Ihrem Betragen vor Richter Auerbach im Kriminalgericht. Sie schwenkten eine Bittschrift, Mr. Kramer! Sie schwenkten sie in der Luft herum wie eine Fahne!« Kovitsky hob seine rechte Hand und schwenkte sie umher. »Sie waren im *Fernsehen*, Mr. Kramer! Ein Künstler zeichnete von Ihnen ein Bild, auf dem Sie Ihre Bittschrift schwenkten wie Robespierre oder Danton, und Sie waren im *Fernsehen!* Sie haben dem Mob Zucker gegeben, nicht wahr – und vielleicht sind *gerade jetzt* diejenigen hier im Gerichtssaal, denen Ihre Vorstellung *Spaß gemacht* hat, Mr. Kramer. Nun, da habe ich eine *Neuigkeit* für Sie! Wer *in diesen Gerichtssaal* kommt und Fahnen schwenkt ... *verliert seine Waffen!* ... Drücke ich mich klar aus?«

»Euer Ehren, ich wollte nur ...«

»*Drücke ich mich klar aus?*«

»Ja, Euer Ehren.«

»Na schön. Also, das Gericht weist die Klage im Fall des Volkes gegen Sherman McCoy mit dem Recht der Wiedervorlage ab.«

»Euer Ehren, ich muß wiederholen – diese Maßnahme würde der Sache des Volkes irreparablen Schaden zufügen!« Kramer stieß die Worte so vehement hervor, daß Kovitsky ihn mit seiner mächtigen Stimme nicht übertönen konnte. Kovitsky schien über das Ungestüm von Kramers Erklärung und seine Heftigkeit erstaunt zu sein. Er erstarrte, und das machte den Demonstranten gerade genug Mut, ihrer Wut freien Lauf zu lassen.

»Yagggghhh! ... Weg mit der Park-Avenue-Justiz!« Einer sprang von seinem Platz auf, dann noch einer und noch einer. Der Lange mit dem Ohrring stand in der ersten Reihe mit der Faust in der Luft. »Mohrenwäsche!« schrie er. »Mohrenwäsche!«

Ra-peng! Der Hammer explodierte von neuem. Kovitsky stand auf, stemmte die Fäuste auf die Schreibtischplatte und beugte sich vor. »Die Gerichtswachtmeister mögen ... *diesen Mann entfernen!*« Mit diesen Worten schoß Kovitskys rechter Arm heraus und zeigte auf den langen Demonstranten mit dem Ohrring. Zwei Gerichtswachtmeister in kurzärmeligen weißen Hemden und .38ern an den Hüften bewegten sich auf ihn zu.

»Sie können nicht das Volk entfernen!« brüllte er. »Sie können nicht das Volk entfernen!«

»Yeah«, sagte Kovitsky, »aber *Sie* werden entfernt!«

Die Beamten rückten von beiden Seiten auf den Mann los und begannen, ihn in Richtung Ausgang zu schieben. Er blickte sich zu seinen Genossen um, aber sie schienen in Unordnung geraten zu sein. Sie redeten durcheinander, schienen aber nicht den Mut zu haben, es en masse mit Kovitsky aufzunehmen.

Ra-peng!

»*Ruhe!*« sagte Kovitsky. Kaum war die Menge einigermaßen

zur Ruhe gekommen, blickte Kovitsky zu Fitzgibbon und Kramer hinüber. »Das Gericht vertagt sich.«

Die Zuschauer erhoben sich, und ihr Gequassel wuchs jetzt zu einem wütenden Grollen an, während sie sich auf die Tür zu bewegten und dabei Kovitsky finstere Blicke zuwarfen. Neun Gerichtswachtmeister bildeten eine Kette zwischen den Zuschauern und der Schranke. Zwei von ihnen hatten die Hände auf den Griffen ihrer Pistolen liegen. Man hörte gedämpfte Rufe, aber Sherman verstand sie nicht. Killian erhob sich und ging auf Kovitsky los. Sherman folgte ihm.

Eine heftige Bewegung von hinten. Sherman fuhr herum. Ein hünenhafter Schwarzer hatte die Kette der Gerichtswachtmeister durchbrochen. Es war der Mann mit dem Ohrring, den Kovitsky aus dem Gerichtssaal hatte abführen lassen. Offensichtlich hatten ihn die Beamten draußen auf dem Gang laufen lassen, und er war wutschnaubend zurückgekehrt. Er hatte die Schranke bereits passiert und rannte mit lodernden Augen auf Kovitsky los.

»Du glatzköpfige, alte Pussy! Du glatzköpfige, alte Pussy!«

Drei Gerichtswachtmeister verließen die Kette, mit der sie die Demonstranten aus dem Gerichtssaal zu drängen versuchten. Einer packte den riesigen Mann am Arm, aber der riß sich los.

»Park-Avenue-Justiz!«

Jetzt begannen sich Demonstranten durch das Loch in der Kette der Beamten zu drängen, sie murrten und grölten und versuchten einfach rauszukriegen, bis zu welchem Punkt sie es treiben wollten. Sherman starrte sie an, wie gelähmt von dem Anblick. *Jetzt geht es los!* Ein Gefühl der Angst ... *Vorahnung! ... Jetzt geht es los!* Die Gerichtswachtmeister weichen zurück, wobei sie versuchen, zwischen der Menge und dem Richter und dem Gerichtspersonal zu bleiben. Die Demonstranten laufen herum, grölen, schreien, steigern sich in ihre Wut hinein und versuchen einfach rauszukriegen, wie stark sie sind und wie mutig.

Buuuuh! ... Yeggghhh! ... Yaaaggghhh! ... Yo! Goldberg! ... Du glatzköpfige, alte Pussy!

Mit einemmal sieht Sherman gleich links von sich die wilde, grobknochige Gestalt Quigleys. Er hat sich den Gerichtswachtmeistern angeschlossen. Er versucht, die Menge zurückzutreiben. Er hat etwas Wahnsinniges im Gesicht.

»Okay, Jack, das reicht. Es ist vorbei. Alle gehn jetzt schön nach Hause, Jack.« Er nennt sie alle Jack. Er ist bewaffnet, aber sein Revolver bleibt irgendwo unter seinem bläulichgrünen Sportjackett verborgen. Die Gerichtswachtmeister rücken langsam zurück. Immer wieder bewegen sie die Hände zu den Holstern an ihren Hüften. Sie berühren die Pistolenknäufe, doch dann ziehen sie die Hände wieder weg, als seien sie erschrocken darüber, was in diesem Saal passieren würde, wenn sie die Waffen zögen und anfingen loszuballern.

Geschiebe und Gedränge ... ein fürchterliches Herumgeschubse ... Quigley! ... Quigley packt einen Demonstranten am Handgelenk, dreht ihm den Arm auf den Rücken, reißt ihn nach oben – *Aaaaggh!* – und tritt ihm die Beine weg. Zwei von den Gerichtswachtmeistern, der, den sie Brucie nennen, und der mit dem Fettreifen um die Taille, kommen rückwärts an Sherman vorbei, geduckt, die Hände an den Pistolen in ihren Holstern. Brucie schreit plötzlich über seine Schulter hinweg zu Kovitsky hinüber: »Gehn Sie in Ihren Fahrstuhl, Richter! Herr des Himmels, gehn Sie in Ihren Fahrstuhl!« Aber Kovitsky rührt sich nicht von der Stelle. Er starrt den Mob finster an.

Der Lange, der mit dem goldenen Ohrring, ist keinen halben Meter von den beiden Beamten weg. Er versucht nicht, an ihnen vorbeizukommen. Er hat den Kopf auf seinem langen Hals in die Luft gereckt und schreit zu Kovitsky rüber: »Du glatzköpfige, alte Pussy!«

»Sherman!« Es ist Killian neben ihm. »Kommen Sie! Wir fahren im Richterfahrstuhl mit nach unten!« Er fühlt, wie Killian an seinem Ellenbogen zerrt, aber er steht wie an der Stelle festgewurzelt. *Jetzt geht es los! Warum es verschieben?*

Eine rasche Bewegung irgendwo. Er blickt auf. Eine wütende Gestalt in einem blauen Arbeitshemd stürmt auf ihn los. Ein verzerrtes Gesicht. Ein mächtiger, knochiger Finger. »Die Zeit ist um, Park Avenue!«

Sherman wird steif. Plötzlich – Quigley. Quigley tritt zwischen die beiden, steckt mit einem völlig wahnsinnigen Lächeln dem Mann seinen Kopf ins Gesicht und sagt: »Hi!«

Erschrocken starrt der Mann ihn an, und in dem Moment, während er ihm immer noch direkt ins Gesicht guckt und lächelt, hebt Quigley den linken Fuß und schmettert ihn dem Mann auf den großen Zeh. Ein grauenhafter Schrei.

Das bringt die Menge in Rage. *Yagggghhhh! ... Packt ihn! Packt ihn!* ... Sie drängen an den Gerichtswachtmeistern vorbei. Brucie schubst den langen Schwarzen mit dem Ohrring. Der taumelt zur Seite. Urplötzlich steht er direkt vor Sherman. Er glotzt. Er ist verblüfft. Auge in Auge! Und was jetzt? Er glotzt bloß. Sherman ist wie versteinert ... entsetzt ... *Jetzt!* Er duckt sich, dreht sich um die Hüfte und kehrt ihm den Rücken zu *jetzt! – Jetzt geht es los!* Er wirbelt herum und jagt dem Mann die Faust in den Solarplexus.

»Oooooh!«

Der riesige Scheißkerl sackt mit offenem Mund und hervorquellenden Augen zusammen, während sein Adamsapfel krampfhaft zuckt. Er landet am Boden.

»Sherman! Kommen Sie!« Killian zieht ihn am Arm. Aber Sherman ist wie erstarrt. Er kann sich nicht von dem Mann mit dem Ohrring losreißen. Er liegt zusammengekrümmt auf der Seite und japst nach Luft. Der Ohrring hängt in einem verrückten Winkel von dem Ohrläppchen herab.

Sherman wird von zwei ringenden Gestalten zurückgedrängt. *Quigley.* Quigley hat einen langen weißen Jungen mit einem Arm um den Hals gepackt und scheint ihn mit dem Ballen seiner anderen Hand die Nase in den Schädel treiben zu wollen. Der weiße Junge macht Aaaanaah, aaaaaah und blutet schrecklich. Die Nase ist ein blutiger Pudding. Quigley grunzt *Annnnh annnh annnh*. Er läßt den Jungen zu Boden fallen und bohrt ihm dann den Absatz in den Arm. Ein grauenhaftes *Aaaaah*. Quigley packt Sherman am Arm und schiebt ihn zurück.

»Kommen Sie, Sherm!« *Sherm.* »Sehen wir zu, daß wir hier wegkommen!«

Ich habe ihm die Faust in den Magen gejagt – und er machte »Ooooooh!« und fiel um. Ein letzter Blick auf den baumelnden Ohrring ...

Quigley schiebt jetzt Sherman zurück, und Killian zieht an ihm. »Kommen Sie!« schreit Killian. »Sind Sie denn völlig verrückt, verdammt noch mal?«

Es war nur noch ein kleiner Halbkreis von Gerichtswachtmeistern plus Quigley zwischen dem Mob und Sherman, Killian, dem Richter, seinem Referendar und dem Protokollführer, die sich Schulter an Schulter und gegeneinander rempelnd durch die Tür in das Richterzimmer quetschten. Die Demonstranten – vieles, über das sie jetzt wütend sein können! Einer versucht, sich durch die Tür zu drängen ... Brucie kann ihn nicht zurückhalten ... *Quigley* ... Er hat seinen Revolver gezogen. Er hält ihn in die Höhe. Er schiebt sein Gesicht hinüber zu dem Demonstranten in der Tür.

»Okay, du Scheißhaufen! Willst du ein Loch mehr in deine dreckige Nase?«

Der Mann erstarrt – erstarrt wie eine Statue. Es ist nicht der Revolver. Es ist der Blick in Quigleys Gesicht, der ihn entsetzt. Ein Schlag ... zwei Schläge ... Das ist alles, was sie brauchen. Der Gerichtswachtmeister mit dem dicken Wabbelfettreifen hält die Tür zum Richterfahrstuhl auf. Sie treiben alle an – Kovitsky, seinen Referendar, den langen Protokollführer, Killian. Sherman schiebt sich mit Quigley rückwärts hinein, wobei Quigley und Brucie ihm unmittelbar auf den Zehen stehen.

Drei Gerichtswachtmeister bleiben in dem Amtszimmer, bereit, die Pistolen zu ziehen. Aber die Menge hat an Wut, an Mut verloren. *Quigley. Der Blick in seinem Gesicht. Okay, du Scheißhaufen. Willst du ein Loch mehr in deine dreckige Nase?*

Der Fahrstuhl setzt sich nach unten in Bewegung. Es ist unerträglich heiß da drin. Alle zusammengepfercht. *Aaah, aaaahh, aaaaaah, aaaaaahhh.* Sherman merkt, er ist es selbst, der nach Luft ringt, er selber und Quigley auch, und Brucie und der andere Gerichtswachtmeister, der Dicke. *Aaaaaah, aaaahhhh, aaaaahhhh, aaaaahhhh, aaaaahhhhhh.*

»Sherm!« Es ist Quigley, der zwischen keuchenden Atemzügen spricht. »Sie haben ihn kalt erwischt ... diesen Schwanzlutscher ... Sherm! Sie ... haben ihn kalt erwischt!«

Sackte zu Boden. Zusammengekrümmt. Der Ohrring baumelte. *Jetzt! – Und ich habe triumphiert.* Eiskalte Angst verzehrt ihn – *sie kriegen mich!* – und ein hochfliegendes Vorgefühl. *Noch mal! Ich will es noch mal tun!*

»Gratulieren Sie sich bloß nicht.« Es war Kovitsky mit leiser, strenger Stimme. »Die ganze Geschichte war ein beschissenes Fiasko. Sie wissen überhaupt nicht, wie schlecht das war. Ich hätte das Gericht nicht so schnell vertagen sollen. Ich hätte mit ihnen reden sollen. Sie ... *wissen nicht.* Sie wissen überhaupt nicht, was sie getan haben.«

»Richter«, sagte Brucie, »es is noch nicht vorbei. Wir haben Demonstranten in den Korridoren und draußen vor dem Gebäude.«

»Wo draußen?«

»Hauptsächlich auf der Haupttreppe zur Hunderteinundsechzigsten Straße, aber ein paar sind auch um die Ecke in der Walton Avenue. Wo steht denn Ihr Wagen, Richter?«

»An der üblichen Stelle. In der Grube.«

»Vielleicht sollte ihn einer von uns rum zum Concourse-Eingang fahren.«

Kovitsky dachte einen Augenblick nach. »Scheiß drauf! Diese Genugtuung werde ich ihnen nicht geben.«

»Die kriegen's nich mal mit, Richter. Ich will Sie ja nich beunruhigen, aber sie sind schon da draußen ... reden über Sie ... Die haben 'ne Verstärkeranlage und alles.«

»Ach ja?« sagte Kovitsky. »Ob die mal was von Behinderung einer staatlichen Behörde gehört haben?«

»Ich glaub nich, daß sie jemals was anderes gehört haben, als Mordstheater zu machen, aber das können sie.«

»Na, danke, Brucie.« Kovitsky setzte ein Lächeln auf. Er drehte sich zu Killian um. »Erinnern Sie sich, wie ich Sie mal aus dem Richterfahrstuhl schmeißen wollte? Ich weiß gar nicht mehr, wie Sie überhaupt reingekommen sind.«

Killian lächelte und nickte.

»Und Sie wollten nicht aussteigen, und ich sagte, ich betrachte das als Mißachtung? Und Sie sagten: ›Mißachtung von was? Mißachtung des Fahrstuhls?‹ Erinnern Sie sich?«

»Na, das können Sie aber glauben, daß ich mich daran erinnere, Richter, aber ich hatte gehofft, *Sie* würden sich nicht erinnern.«

»Wissen Sie, was mich fuchsig gemacht hat? Sie hatten recht. Das war es, was mich fuchsig gemacht hat.«

Noch ehe der Fahrstuhl im Erdgeschoß ankam, hörten sie das gewaltige *Rrriiiiiinng* der Alarmanlage.

»Herrgott. Welcher Trottel hat denn die ausgelöst?« sagte Brucie. »Wer zum Teufel soll denn ihrer Meinung drauf reagieren? Jeder Beamte im Haus ist doch schon auf Posten.«

Kovitsky machte wieder ein düsteres Gesicht. Er schüttelte den Kopf. Er wirkte so klein, ein hagerer, kleiner, glatzköpfiger Mann in einer mächtigen schwarzen Robe, der in diesen heißen Fahrstuhl gequetscht war. »Die wissen nicht, wie schlimm das ist. Sie wissen's verflucht noch mal einfach nicht ... Ich bin ihr einziger Freund, ihr einziger Freund ...«

Als die Fahrstuhltür aufging, war der Krach der Alarmglocken – *rrriiiiinng!* – überwältigend. Sie traten in einen kleinen Vorraum. Eine Tür führte auf die Straße. Eine andere führte in die Eingangshalle im Erdgeschoß der Inselfestung. Brucie rief Sherman zu: »Was stellen Sie sich vor, wie Sie hier rauskommen?«

Quigley antwortete: »Wir haben einen Wagen, aber der Himmel weiß, wo der ist. Der Scheißfahrer hatte schon die Hose voll, als er hier rauffuhr.«

Brucie fragte: »Wo soll er denn stehen?«

Quigley sagte: »An der Tür in der Walton Avenue, aber wie ich diese Tunte kenne, ist der schon halb in seinem Scheiß-Candy.«

»Candy?«

»Das ist die Scheißstadt, aus der er kommt, in Ceylon. Candy. Je näher wir an das Gebäude rankamen, desto mehr fing er an, von dieser Scheißstadt zu erzählen, aus der er kommt. Candy. Die Scheißstadt heißt Candy.«

Brucie riß die Augen weit auf und schrie: »He, Richter!«

Kovitsky ging soeben durch die Tür, die in das Foyer des Gebäudes führte.

»Richter! Gehn Sie da nich rein! Sie sind in allen Korridoren!« *Jetzt! Noch einmal!* Sherman stürzte auf die Tür los und rannte hinter der kleinen Gestalt in Schwarz her.

Killians Stimme: »Sherman! Was zum Teufel machen Sie denn da!«

Quigleys Stimme: »Sherm! Herrgott noch mal!«

Sherman fand sich in einer weiten Marmorhalle wieder, die von dem gewaltigen Gebimmel des Alarms erfüllt war. Kovitsky war ein Stück vor ihm, er lief so schnell, daß seine Robe sich aufblähte. Er sah wie eine Krähe aus, die Höhe zu gewinnen versucht. Sherman fiel in einen Laufschritt, um ihn einzuholen. Eine Gestalt lief an ihm vorbei. Brucie.

»Richter! Richter!«

Brucie holte Kovitsky ein und versuchte, seinen linken Arm

zu ergreifen. Sherman war mittlerweile direkt hinter ihnen. Mit einer wütenden Bewegung schleuderte Kovitsky die Hand des Beamten fort.

»Richter! Wo wollen Sie hin? Was machen Sie denn!«

»Muß es ihnen sagen!« schnaubte Kovitsky.

»Richter – die bringen Sie um!«

»Muß es ihnen sagen!«

Sherman bemerkte jetzt, daß die anderen auf beiden Seiten aufschlossen, rennend ... der fette Gerichtswachtmeister ... Killian ... Quigley ... Alle Gesichter in der Eingangshalle blieben stehen und guckten und versuchten herauszubekommen, was in drei Herrgotts Namen sie eigentlich mit ansahen ... diesen zornigen kleinen Richter in seiner schwarzen Robe, während seine Eskorte neben ihm herlief und schrie: »Richter! Tun Sie's nicht!«

Rufe auf dem Gang ... *Das ist er! ... Yo! Das ist dieser Scheißkerl! ... Rrriiiiinng!* ... Der Alarm schlug mit seinen Schockwellen auf alle ohne Ausnahme ein.

Brucie versuchte wieder, Kovitsky zurückzuhalten. »Lassen Sie meinen *Scheißarm* los!« kreischte Kovitsky. »Das ist ein *Scheißbefehl, Brucie!*«

Sherman fiel wieder in einen Dauerlauf, um mitzuhalten. Er war nur einen halben Schritt hinter dem Richter. Er guckte prüfend in die Gesichter in der Halle. *Jetzt! Noch einmal!* Sie kamen um eine Ecke. Jetzt waren sie in dem großen Art-déco-Foyer, das auf die Plattform führt, die die Einhunderteinundsechzigste Straße überblickt. Fünfzig oder sechzig Zuschauer, fünfzig oder sechzig gespannte Gesichter befanden sich in dem Foyer und blickten hinaus auf die Plattform. Durch die Glastüren konnte Sherman die Umrisse einer Menschenmenge erkennen.

Kovitsky erreichte die Eingangstüren, stieß eine auf und zögerte. *Rrriiiiinng!* Brucie schrie: »Gehn Sie nich da raus, Richter! Ich flehe Sie an!«

In der Mitte der Plattform stand ein Mikrofon auf einem Stativ, wie man es vielleicht auf einem Musikpodium sehen kann. An dem Mikrofon stand ein hochgewachsener Schwarzer in einem schwarzen Anzug und einem weißen Hemd. Schwarze und Weiße drängten sich zu beiden Seiten von ihm. Eine Weiße mit drahtigen graublonden Haaren stand neben ihm. Eine riesige Menge, schwarz und weiß, stand auf der Plattform und auf den Stufen, die zu beiden Seiten zu der Plattform hinaufführten. Nach dem Lärm zu urteilen standen noch Hunderte, möglicherweise Tausende auf der großen Treppe und dem Bürgersteig unten an der Einhunderteinundsechzigsten Straße. Dann wurde Sherman klar, wer der hochgewachsene Mann am Mikrofon war. Reverend Bacon.

Er sprach zu der Menge mit einer ruhigen, kontrollierten Baritonstimme, als sei jedes einzelne Wort ein weiterer unabänderlicher Schicksalsschritt.

»Wir haben unser Vertrauen in diese Gesellschaft ... und in diese Mächtigen gesetzt ... und was haben wir erhalten?« Viel Geheul und viele zornerfüllte Rufe aus der Menge. »Wir haben ihren Versprechungen geglaubt ... und was haben wir erhalten?« Unmut, Jammern, Schreien. »Wir haben an ihre Gerechtigkeit geglaubt. Sie sagten uns, die Gerechtigkeit ist blind. Sie sagten uns, die Gerechtigkeit ist eine blinde Frau ... eine *unparteiische* Frau ... versteht ihr? ... Und diese Frau würde nicht die Farbe eurer Haut kennen ... Und als was stellt sich diese Blinde heraus? Wie ist ihr *Name?* Wenn sie ihre lügenhaften, rassistischen Spiele treibt, welches Gesicht trägt sie dann?« Rufe, Buhs, Geheul, Schreie nach Blut. »Wir *kennen* dieses Gesicht, wir *kennen* diesen Namen ... *My-ron Ko-vit-sky!*« Buhs, Geheul, Geschnatter, Rufe, ein gewaltiges Gebell erhob sich aus der Masse. »*My-ron Ko-vit-sky!*« Der Lärm schwoll zu einem Gebrüll an. »Aber wir können warten, Brüder und Schwestern ... wir können warten ... Wir haben schon so lange gewartet, und wir können nirgendwo anders mehr hin. *Wir kön-*

nen warten! ... Wir können darauf warten, daß die Handlanger der Mächtigen ihr Gesicht zeigen. Er ist dort drin! Er ist dort drin!« Bacon hielt sein Gesicht dem Mikrofon und der Menge zugewandt, aber er schleuderte seinen Arm und seinen ausgestreckten Finger hinter sich in die Richtung des Gebäudes. »Und er weiß, daß das Volk hier ist, denn ... *er* ... ist ... nicht ... blind ... Er lebt in Angst auf dieser Insel inmitten der mächtigen See des Volkes, denn er weiß, daß das Volk – und die Gerechtigkeit! – auf ihn warten. Und es gibt kein Entkommen!« Die Menge brüllte, und Bacon beugte sich einen kurzen Augenblick zur Seite, während die Frau mit den drahtigen graublonden Haaren ihm etwas ins Ohr flüsterte.

Und in diesem Moment stieß Kovitsky die beiden Glastüren vor sich auf. Seine Robe breitete sich aus wie zwei riesige schwarze Flügel.

»Richter! Um Gottes willen!«

Kovitsky blieb mit ausgestreckten Armen in der Tür stehen. Der Augenblick dehnte sich ... dehnte sich ... Die Arme fielen herab. Die ausgebreiteten Flügel sanken gegen seinen zerbrechlichen Körper. Er drehte sich um und schritt zurück ins Foyer. Er hatte den Blick gesenkt und murmelte vor sich hin.

»Ihr einziger Freund, ihr einziger Scheißfreund.« Er sah den Gerichtswachtmeister an. »Okay, Brucie, gehen wir!«

Nein! Jetzt! Sherman schrie: »Nein, Richter! Tun Sie's! Ich gehe mit Ihnen!«

Kovitsky fuhr herum und sah Sherman an. Offensichtlich hatte er gar nicht bemerkt, daß er da war. Ein wütender Blick. »Was zum Teufel ...«

»Tun Sie's!« sagte Sherman. »Tun Sie's, Richter!«

Kovitsky sah ihn nur an. Auf Brucies Drängen eilten sie schließlich alle mit ziemlichem Tempo durch die Eingangshalle zurück. In den Korridoren drängten sich viel mehr Leute ... ein widerlicher Mob ...

Das ist Kovitsky! Das ist dieser Kerl! Rufe ... ein ungeheures

Gepolter ... *Rrriiiiinng!* Der Alarm schepperte und schepperte und hallte verdoppelt, verdreifacht vom Marmor wider ... Ein älterer Mann, kein Demonstrant, kam von der Seite heran, als wolle er Kovitsky entgegentreten, und deutete und schrie: »*Sie* ...« Sherman stürzte auf ihn zu und brüllte: »Nimm dein beschissenes Gesicht aus dem Weg!« Der Mann sprang mit klaffendem Mund zurück. Sein Gesicht – angsterfüllt! *Jetzt! Noch einmal!* – Jage ihm die Faust in den Magen, hau ihm die Nase zu Brei, ramme ihm deinen Hacken ins Auge! – Sherman drehte sich um und sah Kovitsky an.

Der Richter starrte ihn an, wie man einen Irren anstarrt. Auch Killian. Und auch die beiden Gerichtswachtmeister.

»Haben Sie den Verstand verloren?« schrie Kovitsky. »Wollen Sie, daß man Sie umbringt?«

»Richter«, sagte Sherman, »es ist doch egal. Es ist egal!«

Er lächelte. Er spürte, wie sich seine Oberlippe über seine Zähne spannte. Er stieß ein kurzes, rauhes, wütendes Lachen aus. Führerlos hielt sich der Mob in dem Korridor zurück, nicht sicher, womit er es zu tun hatte. Sherman betrachtete prüfend ihre Gesichter, als wolle er sie allein mit seinen Augen auslöschen. Er war entsetzt – und absolut bereit – *noch einmal!*

Die kleine Schar räumte das Feld, die Marmorgänge hinab.

Epilog

Ein Jahr später, auf den Tag genau, erschien folgender Artikel auf Seite B 1 des Lokalteils von »The New York Times«:

FINANZMANN WEGEN TOD EINES SCHÜLERS VOR GERICHT
Von Overton Holmes jun.

Der frühere Wall-Street-Finanzmann Sherman McCoy wurde gestern in Handschellen in die Bronx gebracht und wegen des Todes von Henry Lamb, eines 19jährigen schwarzen Musterschülers der der Stolz seines Siedlungsprojekts in der South Bronx war, unter der Anklage des Totschlags dem Haftrichter vorgeführt.

Mr. Lamb starb Montagabend im Lincoln Hospital an der Gehirnverletzung, die er davontrug, als er vor dreizehn Monaten auf dem Bruckner Boulevard in der Bronx von Mr. McCoys Mercedes-Benz-Sportwagen überfahren wurde. Er hat das Bewußtsein nie wiedererlangt.

Demonstranten der Solidarität für alle und anderer Organisationen stimmten die Sprechchöre »Wall-Street-Mörder«, »Kapitalistischer Killer« und »Endlich Gerechtigkeit« an, als Kriminalbeamte Mr. McCoy zum Gebäude des Kriminalgerichts der Bronx an der Einhunderteinundsechzigsten Straße Ost führten. Mr. McCoys angebliche Rolle bei dem Unfall von Mr. Lamb geriet letztes Jahr zum Mittelpunkt eines politischen Sturms.

Eine aristokratische Erscheinung

Von Reportern gebeten, etwas zum Unterschied zwischen seiner Wall- Street- und Park-Avenue-Vergangenheit und seiner jetzigen Lage zu sagen, rief Mr. McCoy: »Ich habe mit Wall Street und Park Avenue nichts zu tun. Ich bin ein Berufsangeklagter. Ich habe ein Jahr juristischer Schikanen hinter mir, und ich werde noch eins hinter mich bringen – vielleicht aber auch 8 $^1/_3$ bis 25.«

Das war offensichtlich eine Anspielung auf die Gefängnisstrafe, die ihn erwartet, falls er auf die neue Beschuldigung hin verurteilt wird. Vom Oberstaatsanwalt der Bronx, Richard A. Weiss, heißt es, er habe eine fünfzigseitige Anklageschrift zur Vorlage vor der Grand Jury verfaßt. Mr. Weiss' hartnäckige Untersuchung des Falles wurde allgemein als der Schlüssel zu seiner erfolgreichen Bewerbung um die Wiederwahl im November angesehen.

Eine hochgewachsene, aristokratische Erscheinung, Sohn des bekannten Wall-Street-Anwalts John Campbell McCoy und Absolvent von St. Paul's School und Yale, war Mr. McCoy, neununddreißig, mit einem Sporthemd mit offenem Kragen, khakifarbenen Hosen und Wanderschuhen bekleidet. Das stand im scharfen Gegensatz zu den $ 2000 teuren, maßgeschneiderten englischen Anzügen, für die er als der legendäre, jährlich $ 1 Million verdienende »König des Rentenmarkts« bei Pierce & Pierce berühmt war. Als er durch die Tür im Untergeschoß des Gerichtsgebäudes ins Zentralregister der Bronx geführt wurde, sagte Mr. McCoy als Antwort auf eine Reporterfrage: »Wie ich bereits sagte, bin ich ein

Berufsangeklagter. Ich habe mich fürs Gefängnis angezogen, obwohl ich keines Verbrechens überführt bin.«

GESUNKENER LEBENSSTANDARD
Zu seiner Anklagevernehmung sechs Stunden später erschien Mr. McCoy vor Richter Samuel Auerbach mit einer leicht geschwollenen linken Kinnpartie und Hautabschürfungen an den Knöcheln beider Hände. Von Richter Auerbach darüber befragt, sagte Mr. McCoy, indem er die Fäuste ballte: »Keine Sorge, Richter. Das ist etwas, worum ich mich selber kümmere.«
Polizeibeamte sagten, Mr. McCoy sei in einer Gemeinschaftszelle in eine »Auseinandersetzung« mit zwei anderen Gefangenen geraten, was zu einem Handgemenge geführt habe, er habe aber das Angebot, sich ärztlich behandeln zu lassen, abgelehnt.
Als der Richter ihn fragte, wie er plädiere, sagte Mr. McCoy mit lauter Stimme: »Absolut unschuldig.« Gegen den Rat des Richters bestand er darauf, sich bei der Anklagevernehmung selbst zu verteidigen, und gab zu verstehen, daß er während seines bevorstehenden Prozesses ebenso verfahren werde.
Mr. McCoy, dessen Vermögen früher schätzungsweise mehr als $ 8 Millionen betrug, ist laut ihm nahestehenden Quellen nach einem Jahr außerordentlich hoher Anwaltskosten und anderer Verpflichtungen »kaum noch in der Lage, seine Miete zu bezahlen«. Früher Besitzer einer $ 3,2 Millionen teuren Eigentumswohnung in der Park Avenue 816, bewohnt er jetzt zwei bescheidene Zimmer in einem Nachkriegshochhaus in der Vierunddreißigsten Straße Ost in der Nähe der First Avenue.
Die ursprüngliche Beschuldigung gegen Mr. McCoy, rücksichtslose Gefährdung, wurde im letzten Juni während einer turbulenten Verhandlung vor der Kammer

des ehemaligen Richters am Obersten Gerichtshof, Myron Kovitsky, verworfen. Während des nachfolgenden Proteststurms der schwarzen Gemeinde brachte Mr. Weiss den Vorwurf vor eine zweite Grand Jury und setzte eine neue Anklage durch.

Die Organisation der Demokraten in der Bronx weigerte sich auf Forderungen aus der Gemeinde, Richter Kovitsky wieder zu nominieren, und er wurde im November bei seinem Versuch, wiedergewählt zu werden, eindeutig geschlagen. Er wurde durch den altgedienten Richter Jerome Meldnick ersetzt. Mr. McCoys Prozeß im Februar endete damit, daß die Geschworenen sich in der Schuldfrage nicht einigen konnten, wobei alle drei weißen Juroren und ein hispanischer Geschworener an ihrem Freispruch festhielten.

Vor zwei Monaten sprach eine Bronxer Geschworenenjury in einem Zivilverfahren gegen Mr. McCoy Mr. Lamb $ 12 Millionen zu. Mr. McCoy hat Berufung eingelegt. Rechtsanwalt Albert Vogel, der für Mr. Lamb tätig ist, hat vor kurzem Mr. McCoy vorgeworfen, er verstecke Vermögenswerte, um sich dem Urteil zu entziehen. Die fraglichen Vermögenswerte sind die Erträge aus dem Verkauf seines Park-Avenue-Apartments und seines Hauses in Southampton, L.I., die er im ganzen seiner von ihm getrennt lebenden Ehefrau Judy, und ihrer siebenjährigen Tochter Campbell zukommen lassen wollte. Das Gericht hat diese Gelder samt den Überresten von Mr. McCoys Papieren und der verkäuflichen persönlichen Habe bis zum Ausgang seiner Berufung in der zivilen Schadensersatzklage eingefroren.

Mrs. McCoy und ihre Tochter sind, wie es heißt, in den Mittelwesten gezogen, aber Mrs. McCoy war gestern im Zuschauerraum des Gerichtssaals, offensichtlich unerkannt von der lärmenden Gruppe schwarzer und weißer

Demonstranten, die die meisten Plätze einnahmen. Einmal sah Mr. McCoy zu seiner Frau hinüber, lächelte leicht und hob die geballte linke Faust zum Gruß. Die Bedeutung dieser Geste war unklar. Mrs. McCoy weigerte sich, mit Reportern zu sprechen.

»Mietgebundenes Liebesnest«

Mr. McCoys Ehe wurde durch die Enthüllung erschüttert, daß Maria Ruskin-Chirazzi, die Erbin des Ruskin-Charter-Vermögens, mit Mr. McCoy in dem Wagen saß, von dem Mr. Lamb angefahren wurde. Das Paar, so stellte sich heraus, hatte in einer Geheimwohnung, die später den Beinamen »mietgebundenes Liebesnest« erhielt, eine Beziehung unterhalten. Mrs. Chirazzis damaliger Gatte, Arthur Ruskin, starb an einem Herzanfall, kurz bevor ihre Verwicklung in den Fall bekannt wurde.
Oberstaatsanwalt Weiss war schon bereit, ein neues Verfahren aufgrund der Beschuldigung rücksichtsloser Gefährdung zu eröffnen, als Mr. Lamb starb, womit Mr. McCoy der schwereren Beschuldigung des Totschlags ausgesetzt wurde. Mr. Weiss hatte bereits angekündigt, daß Unterstaatsanwalt Raymond I. Andriutti die Untersuchung leiten werde. Im Laufe ungewöhnlicher Ereignisse war Mr. Weiss gezwungen gewesen, den Ankläger im ersten Prozeß, Lawrence N. Kramer, aus dem Verfahren zu entlassen, als bekannt wurde, daß Mr. Kramer sich bei einem Hauswirt dafür eingesetzt hatte, daß dieser das sogenannte mietgebundene Liebesnest einer Freundin, Shelly Thomas, zusichere, die als Sekretärin in einer Werbeagentur arbeitet. Mr. Kramer, der verheiratet ist, begegnete Miss Thomas, als sie als Geschworene an einem mit den geschilderten Ereignissen nicht in Verbindung stehenden Verfahren teilnahm, in dem er die Anklage vertrat. Der Beschuldigte in diesem Fall, Herbert

(Herbert 92X) Cantrell, hat mit der Begründung »staatsanwaltlichen Fehlverhaltens« die Aufhebung seines Urteils erlangt, in dem er des Totschlags für schuldig befunden wurde.
Mr. Andriutti sagte gestern, daß er Mrs. Chirazzi in Mr. McCoys neuem Prozeß als Zeugin der Anklage aufrufen werde, und zwar trotz der Tatsache, daß es eine Kontroverse über ihre Aussage vor einer Grand Jury gab, die zur Abweisung der ersten Klage durch Richter Kovitsky führte. Sie hat im ersten Prozeß nicht ausgesagt.

Ein vornehmer Landsitz

Mr. McCoys juristische Probleme wurden gestern noch vergrößert, als die Angestellte einer Immobilienfirma, Sally Rawthrote, beim Zivilgericht Manhattan gegen ihn eine Klage auf $ 500.000 einreichte. Mrs. Rawthrote hatte $ 192.000 Provision für den 3,2-Millionen-Dollar-Verkauf von Mr. McCoys Park-Avenue-Wohnung erhalten. Aber Mr. Lamb verklagte sie durch Mr. Vogel auf die $ 192.000 mit der Begründung, das Geld solle in die Summe von Mr. Lambs Schadensersatzurteil gegen Mr. McCoy in Höhe von $ 12 Millionen einfließen. In Mrs. Rawthrotes gestriger Klage gegen Mr. McCoy wird dieser des »betrügerischen Anbietens überschuldeten Besitzes zum Verkauf« bezichtigt. In einer Erklärung ließ sie verlauten, sie »sichere sich nur gegen den möglichen Verlust der mir zustehenden Provision ab« und wünsche im übrigen Mr. McCoy alles Gute.
Was genau Mr. McCoy in dieser und anderen komplizierten rechtlichen Angelegenheiten, die sich aus dem Fall ergeben, unternehmen könnte, war ungewiß. Mr. McCoys früherer Anwalt, Thomas Killian, den wir in seinem Haus in Long Island erreichten, sagte, daß er Mr. McCoy nicht mehr vertreten könne, weil Mr. McCoy

nicht mehr über genügend Mittel verfüge, um eine Verteidigung aufzuziehen.
Mr. Killian hat im Augenblick alle Hände voll zu tun mit einem ganzen Schwall von Klagen, die von seinen neuen Nachbarn in der schicken North-Shore-Gemeinde Lattingtown gegen ihn angestrengt worden sind. Er hat vor kurzem einen zwanzig Morgen großen Phipps-Landsitz erworben und den bekannten Neo-Shingle-Architekten Hudnall Stallworth beauftragt, einen großen Anbau an das Hauptgebäude zu entwerfen, das sich auf der Liste der Nationalen Denkmalpflege befindet. Ortsansässige Denkmalschützer sind gegen jede Veränderung des imposanten georgianischen Baus.
Mr. Killian unterstützt jedoch Mr. McCoys Sache nach wie vor leidenschaftlich. In einer Rede vor privaten Essensgästen belegte er, wie berichtet wurde, die Anklage wegen Totschlags mit einem allgemein bekannten tauroskatologischen Kraftwort und wurde mit dem Satz zitiert: »Wenn dieser Fall in foro conscientiae (auf dem Forum des Gewissens) verhandelt würde, hießen die Beschuldigten Abe Weiss, Reginald Bacon und Peter Fallow von ›The City Light‹.«
Milton Lubell, der Sprecher von Mr. Weiss, sagte, der Oberstaatsanwalt werde nicht auf das »Kiebitzen« von jemandem reagieren, »der mit dem Fall nichts mehr zu tun hat«. Er setzte hinzu: »Nur die Vorzugsbehandlung durch gewisse Elemente des Rechtssystems hat Mr. McCoy bisher vor dem Gesetz bewahrt. Es ist tragisch, daß erst der Tod von Henry Lamb nötig war, der die höchsten Ideale unserer Stadt verkörperte, um dafür zu sorgen, daß der Gerechtigkeit in diesem Fall endlich Genüge getan wird.«
Buck Jones, ein Sprecher der Solidarität für alle des Reverend Mr. Bacon, tat Mr. Killians Beschuldigung als

»die übliche rassistische Augenwischerei durch ein rassistisches Sprachrohr eines allgemein bekannten rassistischen Kapitalisten« ab, der sich darum zu drücken versucht, »zu bezahlen, was er für die rassistische Vernichtung eines mustergültigen jungen Mannes schuldig ist«.
Mr. Fallow, Gewinner eines Pulitzer-Preises für seine Berichte über den Fall McCoy, war zu einer Stellungnahme nicht zu erreichen. Wie es heißt, befindet er sich mit Lady Evelyn, der Tochter des Verlegers und Finanziers Sir Gerald Steiner, mit der er seit zwei Wochen verlobt ist, auf einer Segeljacht in der Ägäis.